团扇美人

上册

半窗斜月 著

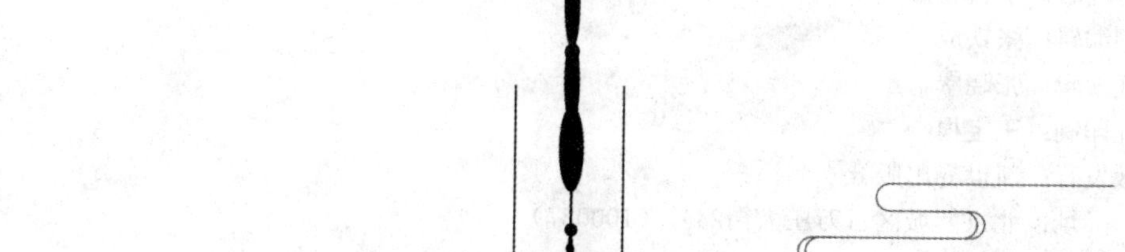

新世界出版社
NEW WORLD PRESS

图书在版编目（CIP）数据

团扇美人．上 / 半窗斜月著．-- 北京 ： 新世界出版社，2019.11

ISBN 978-7-5104-6915-2

Ⅰ．①团… Ⅱ．①半… Ⅲ．①长篇小说－中国－当代 Ⅳ．①I247.5

中国版本图书馆CIP数据核字(2019)第230963号

团扇美人．上

作　　者：半窗斜月
策划编辑：张铁成
责任编辑：张晓翠
责任印制：王宝根
出版发行：新世界出版社
社　　址：北京西城区百万庄大街24号（100037）
发 行 部：（010）6899 5968　（010）6899 8733（传真）
总 编 室：（010）6899 5424　（010）6832 6679（传真）
http：//www.nwp.cn
http：//www.nwp.com.cn
版 权 部：+8610 6899 6306
版权部电子信箱：nwpcd@sina.com
印　　刷：三河市金元印装有限公司
经　　销：新华书店
开　　本：710mm×980mm　1/16
字　　数：339千字　印张：19
版　　次：2019年11月第1版　2019年11月第1次印刷
书　　号：ISBN 978-7-5104-6915-2
定　　价：118元（全三册）

目录

第一章　祸从天降

大唐长庆四年，又是一年立夏日，早春的萧瑟早已远去，此时是水暖风清。

润州城外，紫竹端直挺秀，各色花树秾艳。城里，街上行人步履急切，方向一致——城东观前街，方府。

立夏日是方家团扇的订扇日。

方家是润州城乃至整个大唐制扇第一家，大唐举国上下，一半的团扇都出自方氏扇坊。方家的订扇日是润州城里人最看重的日子。

方府占了整条观前街，街口高耸的挑檐式街门，四根朱红色的两人合抱大柱，正门左右两个侧门，门楣上彩色雕绘，正中“观前街”三个乌墨大字，两侧砖雕，与一般街坊门楼刻紫气东来竹苞松茂之类的不同，这里刻的是“巧夺天工”与“妙手无双”，暗合了方家制扇世家的身份。

和往年一样，方府门前向街门方向搭起三尺高的观扇台，无数精致的红灯笼点缀其间，一派喜气洋洋。大管事何栎站在台前，宽眉朗目，鼻梁笔挺，唇角微微上挑，笑容浅浅，温和有礼不卑不亢。身上一袭鲜明的绯色蜀锦宝相花暗纹窄袖襴袍，腰悬金镶玉如意佩，跟观扇台上的红灯笼交映相衬，人如其名，身姿栎树般笔挺苍劲，举止优美多姿，面有锦绣，胸怀丘壑，人物出色，神韵独具。

其实何栎一贯低调，从不显山露水，喜暗蓝藏青等不起眼颜色，老成持重端方沉稳，对衣饰挂件也不在意。今日方家订扇会，一年里最隆重的盛典，方穿了这么抢眼的衣裳。

陆续到来的扇商们笑容可掬，热络地与何栎攀谈。丝毫没因他不是方家主子而轻视他。

何栎是方家家主方德清正室夫人姜氏的同胞姐姐的儿子，自幼在方家长大，甚得方德清器重，方府琐事与扇坊大事一起挑，是方德清和方家二郎方临汝之下第一人。

日光彤彤，太阳破云而出，何栎抬头看看天色，估摸辰时末了，朝扇商们微颔首，侧头向身边扇坊的管事方诚交代了几句，便转身进了方府。

方府奢华处不下侯门世家，前面接待客人的金阊厅屋宇高大，空间阔敞，陈设富丽。金阊厅后是宴客的鸿春堂，穿过鸿春堂往东是上房正院澄漪山房，园里头暖香蒸腾，奇花怒放，回廊通幽，曲径盘旋，侍婢下人进进出出，人来人往却不闻半丝脚步声。家主方德清居住的玉澜堂外二十名妆容严整的侍婢肃立，一样的双螺髻，一样的红色襦裙，高矮肥瘦一般无二，五官端丽，皆是难得一见的美人。

何栎朝玉澜堂里头看了一眼，并不进去，而是往二郎方临汝居住的漱石榭走去。

漱石榭临水而建，屋后有一个极大的深潭，外面粉垣半掩，入院门石子漫成甬路，两侧藤萝山石掩映，水声潺潺入耳，夏日里最是凉爽清幽。

方临汝的贴身侍婢琬初正在廊下喂雀儿，精致的脸儿，双环髻，上身穿桃红窄袖衫，外面深红色半臂，下身穿榴红裙子，寻常的婢女衣裳穿在她身上别生一股干练，抬头看到何栎，琬初笑了笑，放下手里的雀食，转身撩起紫竹帘子，清清脆脆的嗓子禀道："二郎，何大郎来了。"

里头寂静无声，过了片刻，几分慵懒、沉哑的声音道："让他进来。"

何栎的身体不易觉察地战栗了一下，皮肤表面浮起细细颗粒，不合时宜地想，都说方家的扇面美人绝色无双，自己这个表弟若是女人，怕是扇面美人也有所不及。

屋里头一股檀香味，正中错金博山香炉上香烟袅袅，地台檀木云纹翘头案上搁着六棱青花釉茶壶，同质青花瓷盘里倒扣着四个茶杯，一边一个同质茶叶罐，地台后面檀木架连地屏，月白丝绢绣岁寒三友屏风面，里头人影映在屏风上，长发束在头顶，长长一支乌木簪，挺拔的身影双臂平展，一身合体顺服的翻领对襟窄袖胡袍，婢女跪在面前，为他束鞢带，挂香包算囊等物。

少时诸事毕，里面的人走了出来，水蓝色的云纹织锦衬得肌肤如凝脂堆雪，泼墨点漆一双明眸，顾盼间光华流动，何栎望一眼急忙垂下眼睫，嗓子微哑道："辰时末了，快到订扇会时间，不知姨父那边准备好了吗？"

方临汝唇角微微上挑，笑容柔和了眉眼间的勃发英气，神采更加耀眼，道：

“都多少年了，阿爷哪会没准备好。”

何栎飞快瞥了他一眼，赔笑，脸微红。

方临汝抚抚袖子，举手投足间自有一股淡然从容，看看何栎，笑道：“罢了，免得你坐立不安，我陪你去玉澜堂外等着吧。”

两人并肩出了门，才走几步，方临汝回转身，吩咐琬初：“去秫香楼看看，问问二娘今日早膳可有多吃两口，身子爽利吗？若是哪儿不舒服，请王大夫过来诊视。”

琬初应下，快步离去。

何栎顺着她的身影朝南面看去，秫香楼飞翘的屋檐隐约可见。

方临汝口中的二娘乃是与他一母所出的孪生妹妹锦枫，胎里带了弱症，自出生后便一直卧床养病，鲜有露面，何栎是嫡亲表哥，寄居方家十几年，也只在每年除夕团年宴上见过这个表妹。

方锦枫与方临汝生得一模一样，鹅蛋脸庞，秀挺的眉毛，眼睛内勾外翘，眼尾上扬，只是一人双眼开合间眸光逼人，令人不敢直视，一人皎皎怯怯如秋露沾霜含愁带泪惹人怜疼。

方府的家主方德清与正室夫人方姜氏，以及参与管事的方临汝，都极在意方锦枫，多贵重的药材只要大夫说得出来，方家一定会花高价买来给方锦枫调养身体，遗憾的是方锦枫却一直不见起色。

光芒当空洒下，亭台楼阁笼了隐隐约约一层金光，有暗香馥郁沁人心脾，方临汝昂首阔步，忽而停了下来，眉头微蹙。

“怎么啦？”何栎不解。

方临汝凝神片刻，若有所思道：“好像有杂乱的脚步声，还有叫嚷声。”

“来自上房这边？”何栎讶异。

方府依东西南北方向分了四个所在，南面待客厅堂。东面上房澄漪山房，堂榭楼馆阁数处，方德清与正室夫人姜氏及嫡出的方临汝和方锦枫居住。西面至善苑，也有数处房舍，住着方德清妾室柳氏及柳氏所出的长子方游丰和大娘方香雯，三娘方秀绮。北面归闲坞，何栎和他娘何姜氏、弟弟何舆居住。

归闲坞和至善苑离此极远，不可能听到那边的声音，要说澄漪山房里有喧闹之声，着实令人难以置信。

方姜氏心地仁善，重话都不曾呵斥过下人一句，方德清与方临汝却都是御下极严之人，又兼方锦枫得静养，澄漪山房里头，别说喧闹，素常连脚步声都是极轻的。

说话工夫，何栎也听到了喧嚷之声，从方向看，竟是来自方德清居住的玉澜堂，不由得微微变色。

“快去看看。”方临汝低喝，撩起袍摆抬步疾奔。

长廊盘旋，出蔷薇花廊，当头一人跌跌撞撞奔来，半头白发，却是管家方孝。

方临汝与何栎相视一眼，均是面色微沉。

方孝自重方府管家身份，虽是家生子下人，却最是讲究风仪面子，行走间每每踱着方步，鹅将军视察士兵一般，从不曾如此慌张过。

“二郎，不好了！”方孝看到方临汝，一个趔趄扑倒在地。

方临汝按下心头忧急，俯身搀起方孝，温声道：“莫急，慢慢说。”

“润州刺史鲁玄带着人过来，捉了郎君，还要查抄方府。”方孝气喘吁吁道。

平地惊雷，头顶乌云突地罩顶，吞没了日光。

百年传承玉堂富贵，商场中人人仰望、呼风唤雨、备受世人推崇的制扇第一大家，呼啦啦大祸临头！

方临汝眼前一黑，站立不稳。

喧闹声里夹杂了号哭声，越来越清晰，方临汝嘴唇抖颤，想说些什么，启口了，却一个字也没发出来，脑子里乱糟糟如迷雾缠裹，耳边哭号声如大海涨潮，呼啸着扑面而来，顿感胸腔闷胀，四肢百骸有冰凉的寒意攀爬。

恍惚间还心存侥幸，也许是幻觉，没有的事，阿爷没被捉拿，没有官兵抄家。

“汝郎！汝郎！”何栎见方临汝双眼发直，急得抬手扳住方临汝的肩膀猛摇。

双肩被铁钳似的力道按着，方临汝从锥心蚀骨的刺疼中回过神来，肩膀一缩，从何栎掌心脱开，侧行一步与他拉开距离。

掌心还有相触余温，何栎失神，暗暗后悔，情急之下忘了这个表弟的忌讳了。

方临汝从不与人有过近距离，更别说身体接触了。

没抬手甩自己一巴掌，想必已是尽力克制。

自责之余，不由自主地揣测，表弟怎么跟小娘子似的，时时刻刻与人保持距离。

方临汝按按太阳穴，定了定神，问方孝：“可有宣读罪责？”

“说是郎君与苏玄明和张韶谋反案有关。”方孝道。

方临汝听说过苏玄明和张韶谋反案，算卦的苏玄明说染坊染工张韶能端坐龙椅吃御膳，张韶信以为真，带着百名染坊染工起事谋反，冲进宫城后这群乌合之众很快就被神策军斩杀。当时听说只觉滑稽之极，没想到这个案子竟然会牵连到方家。

润州离长安路遥千里，阿爷哪来分身术参与谋反？方家家大业大，阿爷不可能谋反，欲加之罪生拉硬扯。拿人与抄家同时进行，未经审讯定罪即治罪，不按律办事，目的何在？

“二郎，你快去阻止啊。”方孝泪流满面，迭声催促。

“刺史拿人，汝郎又没功名，去了又能如何？”何栎连连摇头，望一眼玉澜堂方向，压低声音急切道，“汝郎，趁着官差还没过来，你赶紧逃，避过眼前难关，再徐图光复方家大计，府里我看着，尽力周全。”

方孝一愣，随即道：“是老奴糊涂了，何大郎言之有理，二郎，你快逃。”往来路奔，方步也不踱了，慌张焦急，口中道，“何大郎，你快护着二郎从北面走，老奴去拦着官兵。”

怎么逃？自己一个人逃了，家人呢？

方临汝摇头，急切间，浑浊的脑袋变得清明，清叱一声喊住方孝，“回来，听我说。”眉头低压，细细吩咐。

说的是鸡蛋碰石头稍有不慎便刀斧加身的事，面上的神色却极平淡，眼眸沉着机智，光华迸射，满园春色及不上的秾艳，那种感觉很奇妙，明明不是女子，于不经意间却总是将他面前的男人撩拨得乱了心神。

何栎手心冒汗，垂睫不敢细看。

“能行吗？”方孝犹豫。

方临汝用力挥手，淡淡道：“左右是死局，不如搏一搏。”

何栎回神，推一把方孝：“按汝郎交代的办，快走吧。”

两人分头行事。

方临汝静立些时，估摸着时间差不多了，抬步往玉澜堂走去。

玉澜堂前方府的人抱头蹲地，乌压压一堆黑色头颅，方德清已被先行带走了，十数个官差手持长棍凶神恶煞般站在四周。廊前牡丹花丛倾压，绿叶萎地，屋里头砰砰声响一声接一声，方临汝走近，目光瞥去，众多黑脑袋里头，方姜氏髻松衫乱，满月般圆润白腻的脸庞沾满了不知是草汁还是花瓣的泥浆，脸颊泪痕点点，哭得狠了，眼眶通红，看到方临汝，凄凄然珠泪滚落，启唇嘶喊：“汝娘……汝郎你来啦！”

汝娘两字到唇边又急急咽回，改口喊“汝郎”。

方临汝冲她安抚地笑了笑，抬步往堂里走。

官差见他气定神闲，面面相觑，拿不定主意要不要拦之时，方临汝已进屋。

室内比外头光线暗，稀薄的晨光打在地上，光斑摇晃，堂上“匠心独具”匾额被挑下摔在地上裂开一道细缝，方家几代人传承、沉淀着沧桑浑厚的牌匾，已成一块废木块。

坐北面南的地台上，本应是主人端坐的位子上坐着而立之年的润州刺史鲁玄。头戴黑色幞头，身着从五品浅绯公服，金带十銙，阔脸粗眉，一双三角眼，酒糟鼻儿，面庞肌肉因纵欲过度而有些浮肿松弛，阴鸷的目光紧盯着方临汝。

此前方府宴请过他，识得的，方临汝从容行礼，清声道：“临汝见过鲁刺史，未知我阿爷犯的何罪？以致方家抄家问罪。”

“谋反大罪。”鲁玄恶声道。

方临汝“哦”一声，往前迈步，带进一室阳光，阳光与室内光晕连成一道线，大堂为之一亮：“既锁人抄家，想必已证据确凿或是部里明文，临汝斗胆，请刺史出示公文。”

鲁玄面皮不易察觉地抖了抖，拂拂袍裾：“本官依律办事，岂容你一介草民置喙。”

方临汝挑眉，并不畏惧，笑道：“临汝虽没功名，大唐律法却也熟知，三审而定，证据确凿后报刑部，经中书门下省审批方可处置犯人及其家产，我阿爷未审未过堂，鲁刺史便查抄方家，似有不妥。”

鲁玄未料一个商户之子对朝廷律法了如指掌，一时间进退不能。

方临汝笔直站着，昂然与他对视，俊眉长挑入鬓，凤眼斜飞，英姿不凡，气度骄矜，绝丽的面庞三分明媚三分刚硬，乌浸浸的一双眸子，盯得人微微发寒。

鲁玄移开眼，眼角看卧房方向。

卧房书房纷杂声响，方临汝刚要进一步逼迫，十几个官差走出来，打头的人头顶黑巾子扎发，一袭靛蓝圆领襕衫，粗短的眉毛，两撇山羊胡，乃刺史府主簿林源，目光在方临汝身上停了停，走到鲁玄身边，弓着腰，低声道：“都查过了，没有。”

没有什么？谋反罪证吗？

方临汝心头一突，往里头看，生怕鲁玄找不到谋反证据无中生有栽赃。

呐喊声就在这时传来，刚开始还是远远地传来，霎时间便近了，声音震耳欲聋响彻云霄。

救星来了，方临汝紧绷的身体略略放松。

“禀刺史，外头来了许多刁民，叫着嚷着说刺史滥用职权为难无辜良民，小的们压不住，这当儿冲进来了。”一个官差慌慌张张奔了进来。

鲁玄霍地站起来，眉眼扭曲，大声喊道：“刁民阻差办公，妨碍公务，都给我抓起来。”

“好多……人……啊……”官差结结巴巴道。

人声鼎沸，顷刻间到了玉澜堂外，乌压压数不清多少人，挥舞着手臂，大声呐喊，要求给大家一个交代。

官差架着长棍守着厅门不让人冲进厅里头，人潮如水，汹涌迅猛，极是狼狈。

“刁民！”鲁玄怒骂，说到一半顿住，眼睛看向林源。

“鲁公息怒。”林源急道，朝鲁玄不住眨眼。

方临汝静静站着，不看他们眉来眼去。

法不责众，这么多人抓起来激起民愤不是小事。

何况鲁玄立身不正，办的事经不起推敲，便是能只手遮天，也得惧朗朗众目，方家不是籍籍无名之辈，润州城制扇第一大家，事出突然顺利抓了阿爷，无凭无据接着抄家却是难了。

鲁玄咬牙，牙缝里一字一字挤出：“去告诉他们，本刺史只是例行公事，这就带人走。”

官差眨眼工夫撤得无影无踪。

打抱不平的人是方临汝让何栎与方孝鼓动过来的，一部分是方家扇坊的扇工，一部分是一早过来等着看方家团扇美人的润州城百姓，一部分是远道而来的扇商，何栎带着方诚和方孝安抚了众人几句，大家也便走了。

喧闹的方府安静下来。

玉澜堂如台风过境，案斜柜倒，卧房中的楠木床被整个掀翻，脚下方砖都被挨个撬开了，泥沙散了一地，方德清精心收藏的春秋蟠虺纹鼎也打碎了，王羲之的《草书十八帖》扔在地上踩踏了无数脚印，书房暗柜里收着的数千缗钱也不见了踪影。

方姜氏抬眼四顾，从来不曾如此惊吓过，出嫁前爷疼爱，出嫁后夫妻恩爱，富贵顺遂，再想起方德清被抓生死难料，悲声痛哭，直哭得几乎晕厥过去。

方临汝喉头腥甜，勉强定住，四下查看一遍后，手足冰凉，心头忧急更甚。

方家的传家宝——美人团扇不见了。

润州盛产紫竹，紫竹是制作团扇最常用的材料，润州城家家户户制扇，城里祖传制扇世家无数，却没有一家如方家闻名天下。

方家的扇固然精致，最奇妙的却在于，方家是扇神指定的制扇之家，有一把天赐美人团扇。

这把美人团扇比寻常扇子大了三倍，以紫竹挑丝作骨，竹丝骨纤细如毛发，穿插严整紧密。冰蚕丝织成的洁白丝绢作扇面，难得一见的雀羽织锦包边，紫竹柄光滑透亮。扇坠儿是整块羊脂白玉雕琢的弯月形玉佩，缀以绿色流苏，扇子制作精致，巧夺天工，世间罕见。

只是这也罢了，令人赞叹不绝的是扇面上的美人。见过方家宝扇上的扇面美人的，莫不神魂颠倒如痴如狂，众口一词，天下最美的女人当是方家的扇面美人。

方家的扇面美人每年一换，或清雅出尘回风舞雪，或如兰麝馥郁桃李秾艳，秋月披霜含愁，灿霞映澄空，人间难觅，天上无双。

美人团扇只在新任家主继位时以及每年立夏日的订扇会露面，订扇会上，当任家主会请出宝扇，下了订单的各扇行东家可上观扇台近观宝扇，其他人则只能在台下踮着脚尖眼馋。

为了一观宝扇，扇商们都拼命下单，方家团扇每年立夏这一日的订扇会少说也订出一百万把，润州城乃至整个大唐，再也没有一家扇坊有这么高的销量。

鲁玄方才带着官差们离开时不见带着美人团扇走，美人团扇为何不见了？

难道？明修栈道暗度陈仓，不走正门，从后头窗户方家人看不见的地方偷偷拿走了？

方临汝自责不已，暗悔疏忽大意，没有命人严守四周。

当务之急是救出阿爷，方临汝草草安慰了方姜氏几句，命下人小心些收拾便出了玉澜堂。

门外方德清妾室柳氏所出方家大郎方游丰缩着头颤颤站着，身上襕袍皱巴巴的，袍裾灰扑扑沾满泥灰，也不知方才躲哪里蹭上的，看到方临汝，白着脸问：“汝郎，怎么办？用不用收拾了细软赶紧逃？”

往哪里逃，方家百年制扇大家，离了润州，以何营生？靠着积蓄庸庸碌碌、苟且偷生，莫不如一根绳子吊死。

方临汝皱眉，摆手道：“莫说丧气话，先跟我到刺史府讨说法，再去大牢里看望阿爷。”命下人马厩牵马到府门外，口中说着，看琬初过来了，朝她使个眼色，大踏步往外走。

“这时候能去探望阿爷吗？会不会被牵连？”方游丰嘟囔，个头不比方临汝矮，步履却没她快，脚步虚浮，走得跌跌撞撞。

牵连？父与子的关系撇得清吗？便是能撇清，又岂能为自保撇清。

方临汝咬牙不答，只当没听到。

府门外早上熙熙攘攘的人潮散了十之七八，只有一百多人尚在，都是各地扇商，看到方临汝出来一齐拥过来，七嘴八舌地问：“方二郎，事情怎么样？”

“兴许是有什么误会，临汝这便去府衙，订扇日出这种事，扫大家兴了。”方临汝歉然笑笑，朝众人拱手致意，又道，“方才多谢大家鼎力相助。”

“举手之劳不足挂齿。”众人客套，见方临汝神色安闲，不慌不忙，跟着也安心些，有人道：“我不走了，等着方当家出来了订扇。”

其他人略一迟疑，都表示要等方德清出来后还订方家扇。

方临汝道谢，下人配好鞍镫牵马过来，方临汝纵身上马，里头琬初小跑着过来，递了一个小布包给方临汝，方临汝接过，小小一个布包极沉，琬初小声道：“金佛，行吗？”

“挺好！”方临汝嘉许一笑。

这是备着送鲁玄的，玉澜堂被抄，古玩字画均在，只少了几千缗钱，由此可见鲁玄只爱钱不懂珍玩，送黄金佛再合适不过。

鲁玄不见方临汝和方游丰。

“这可怎么办？”方游丰愁眉苦脸，身子站不直，歪靠着刺史府门口石狮子。

“等。”方临汝淡淡道。

不离开，隔得小半个时辰就给守门差役递好处，让进去禀报。

来时巳时末，渐渐地，太阳升到正空中，阳光如火星子当空洒下，方临汝额间渗出细细汗珠，但依旧是直直地站着。方游丰嘟囔道：“太热了，受不了了。”随即抬眼四下看了看，走到刺史府大门夹角处，蜷缩成一团避阳光。

方临汝皱眉，有心让他先回家，但阿爷下大牢，心中定是牵挂儿女的，多一个人看望，他心情会好些，况且方游丰是长子，比其他儿女更是不同，因此方临汝也只好勉强忍住要方游丰回去的想法。

日过正午，方游丰从哼唧热变成哼唧肚子饿，可怜巴巴朝远处探头，问道：

“汝郎，府里会给我们送饭吗？”

“不会。”方临汝视线只盯着刺史府里头。

“一帮没良心的。”方游丰嘟囔道。

方临汝深吸气，忍住发火的冲动。

阿爷在大牢中，做儿女的若是连饿一顿肚子都忍不得，让鲁玄如何看他们？

在刺史府门外等着不走，为的是给鲁玄施无形压力，一定要心急如焚方可，何栎性情通透沉稳持重，自然会阻止府里给他们送饭。

差役禀报了一次又一次，鲁玄渐渐沉不住气了。

方德清涉嫌谋反一事，不过是他借苏玄明张韶谋反案强行攀扯的一个借口，长安城根本没发公文让他抓捕方德清。

来回踱步些时，鲁玄拉开房间一侧五斗柜柜门，里头一个山水云烟青花瓷画筒，画筒里一幅卷轴，鲁玄拿出卷轴，打开挂到墙上，却是幅美人画卷，玉作轴头，紫檀为轴身，阵阵紫檀清雅的香气萦绕，画中美人梨涡浅笑，乃是去年方家的美人团扇上的美人。

美人图是鲁玄请画师在方家订扇会上看了方家的美人团扇后凭记忆绘出来的。

微风穿窗而去，画卷轻动，画上美人活了，衣袂翩翩，秋水明眸含情脉脉，鲁玄粗喘，沉溺其中，如痴如狂。

笃笃敲门声，林源门外喊，鲁玄被打扰，皱眉，半晌方道：“进来。”

林源袍角血迹斑斑，右手拇指根发红，手背一层黑色炭灰。

“供出美人团扇搁哪里了没有？”鲁玄眼角斜了林源一眼，又回头痴痴看着画卷上的美人。

林源摇头，叹道：“没有，那方德清像是铁打的，杖刑、水刑、炙刑、针刑都用上了，属下都不忍下手了，他硬是一句话不吐。”

“不肯说？”鲁玄眉间皱纹更重，粗声恶气道，“再用重刑。”

“人都不成样了，再用刑就死了。”林源吃惊。

“不然呢？”鲁玄烦躁，甩着袖子来回踱步，“方临汝一直在府门口等着要本官给个说法，你也知道，方德清一案不能明堂过审，精心策划了这一局，难道就这样作罢？”

林源讷讷。

今日一局乃是他出谋献策的，本以为十拿九稳，谁知人算不如天算。

鲁玄觊觎方家的团扇美人许久了，因方家人行事无隙可寻，无法拿问，只得强忍着，他为主分忧，在听说长安城中苏玄明张韶谋反一事后，当即提出借机治罪方德清、夺方家美人团扇的计策。

为万无一失，行事选在立夏订扇日这天。

他事先打听过，方家订扇日每次都是从方德清居住的玉澜堂请出美人团扇的，因此刺史府便以谋反之罪捉拿方德清，接着查抄玉澜堂，避人耳目拿了美人团扇就走，即便方家后来上告，查实方德清没参与谋反一事，但也没有证据证明美人团扇落在鲁玄之手，方家也就无计可施了。

“早知道搜不到就等订扇会上方家请出美人团扇后再动手。”林源垂头丧气道。

“订扇会上那么多双眼睛看着，本官拿了团扇不还，能行吗？”鲁玄怒冲冲地反问，视线从美人画卷上离开，眯起鹰鹫般的一双三角眼，透过窗户看远处，自语似的道：“方临汝怎么就是个男人呢，可惜了。”

林源眼皮颤了一下，怔了怔，道：“听说他那个孪生妹妹跟他长得一模一样，要不要属下想办法弄来？”

“病蔫蔫的美人有何趣味。”鲁玄摆手，皱眉片刻，手指捋动，数铜钱的样子，道，“你出去见方临汝，他要是个识趣的，就让他进大牢见方德清。”

“方德清周身没一块好皮肉，让方临汝看到能行吗？”林源发愁。

“就是要让他看到，少不得就劝方德清把美人团扇交出来了，若是跟方德清一样不识时务，本官就把他也下大牢去。”鲁玄阴沉沉道。

第二章　临危受命

方临汝奉上金佛，鲁玄很满意。

林源不愿跟进大牢，带方临汝与方游丰到大牢外交给狱卒。

大牢阴霾与湿冷，逼仄低矮的一眼望不到头的长长走廊，两侧牢房里不时传来金属镣铐碰撞声，一根根木栓隔起一个个牢房，一堆稻草就是犯人的床铺，空气浑浊，粪便与尿水的臭味与鲜血、铁锈味混杂，令人几欲作呕。

牢房里的犯人尽皆衣衫褴褛、污秽不堪，听到人声，有的扑到木栓上往外看，如饿极猛兽，通红的眼睛狠狠瞪着方临汝和方游丰，似乎下一刻就扑出来咬住他们脖颈血管。有的麻木地坐着，眼神空茫黯淡，对眼前一切视而不见听而不闻，活像一具具干尸。

方临汝每走一步，心便下沉一分。

方游丰捂着嘴，越走越慢，后来，不肯抬步："汝郎，我害怕，我不进去看阿爷了，你自己去。"

方临汝紧攥起一双手，深吸气，面色平缓，点头："好，你去大牢外等我。"

已猜到阿爷情况不好，一路想着，得忍着，别露出悲伤怯弱，免得阿爷焦心，但见到了，方临汝还是压不住凄厉地惨号。

方德清周身上下没一处完好的皮肉，衣裳与皮肉混杂在一起，凹一块凸一块，有的焦黑，有的赤红，烧红的铁皮炙烤过后，又淋了盐水。鞋子没穿在脚上，赤着足，十个脚趾没了脚指甲，还在淌血……

"阿爷！"方临汝跪地，惨切的哭声穿过木栓在牢房四面八方回响，屋顶瓦楞子一颤一颤，牢房口的火把也跟着黯然。

"别哭，阿爷没事。"方德清艰难地抬臂，十个指头被按到铁板上敲断了，软软地垂着，搭上方临汝头发后，摸不了，又颓然放开，昔日意气风发、风雅无双、润州城富可敌国的儒商巨贾，半日工夫面色枯槁，上气不接下气喘了些时，血丝密布的眼睛看向牢房外，哑声道：“游丰呢？怎么没同你一块来？”

“阿兄……”方临汝微一犹豫后，道，“阿兄得留在府里安抚母亲照看妹妹们，故没有同来。”

“他来了，又胆怯了，不敢过来，是不是？”方德清看她闪烁眼神哪有不明白的，一阵剧咳，口中鲜血喷涌。

方临汝惊叫：“阿爷，莫生气。”为方德清抚胸顺气，左右看了看，别无他物，含泪抓住袍摆撕下一角，帮方德清擦嘴角鲜血。

“你为什么不是男儿呢！”方德清低喃。

方家二郎方临汝其实是二娘，长年卧病在床的才是二郎。

当年方临汝和方锦枫前后相差不到一炷香出生，女婴哭声嘹亮舞手蹬腿，男婴双眼紧闭连哼哼都不会。方德清虽已有一子，庶出的到底不如嫡子，又兼正室夫人姜氏性情温柔体贴，爱重姜氏对嫡子看得更重，焦急不已请医，千年人参、西域灵芝用上无数，儿子仍养不活的样子，求医不见起色又问卜，半仙道是方家祖先墓地风水旺女伤男，让把女儿当儿子养，儿子当女儿养，可保性命无虞。于是方德清将儿作女，以女为儿，家里除了老夫妻俩和贴身服侍方临汝与方锦枫的下人，其他人都不知其中玄机。

女儿一年一年大了，到了许婚的年龄，方德清也曾想过公开女儿的身份，只是长子不成器，次子身体一直没起色，女儿在外行走，营商管理俱甚出色，将方家重担挑了一半，方德清生意场上一时半刻离不开女儿，因此一直拖着没公开。

不料祸从天降，许是天意如此，方家的重担终是要靠女儿挑。

方德清抬臂，想抓方临汝的手，无奈手指软垂抓不了。

阿爷一双手以前修长白皙，骨节匀润，保养得极好，如今却废了。

方临汝泪流满面，伸手过去给方德清搭着，哽咽着安慰道：“阿爷莫伤心，儿虽不是男儿身，商场上搏杀又有几个男儿能比儿强，若是给人家知道儿是女儿身，那些生儿子的怕是都要眼红，叹生男勿喜，生女勿悲，儿不如女呢。”

“是啊，阿爷的汝娘虽说是女儿，可比儿子还强呢！”方德清低低叹，定定地看着方临汝，神色莫名。

自出生起便作男儿养，方临汝通身上下没有一丝小女子的娇羞脆弱，挺拔的身条儿，飞扬的眉，清凌凌双凤眼，睫毛长而密，挺翘如蝶翼，自信而傲然的眼神，金镶玉砌、龙肝凤髓怡养出不凡气度，举止利落行事果敢，润州城里，最出色的年轻人就是她。

便是放眼整个大唐，方德清自信，胜过他女儿的也没多少人。

“阿爷，鲁玄拿了咱家不少好处，这般做派不是为谋逆案吧？”方临汝问道，小心翼翼地扶方德清往墙壁挪，墙面粗糙，怕阿爷靠着疼痛，动作很轻。

“自然不是。”方德清欣慰一笑，感慨女儿的敏锐，“他为的是美人团扇。”

“美人团扇！”方临汝低叫，咬唇，此时不便说，怕阿爷忧上添恨，却又不得不说，低声把方德清被抓后方府发生的事告诉了阿爷，自责不已地道：“女儿失察，美人团扇已被他得了。”

“没被抄家！好样的！”方德清开怀一笑，欣欣然看着女儿，“不能一鼓作气，就是气已竭，鲁玄今日没抄成咱家，后来便再也不能抄了，女儿做得好。”

“可是美人团扇被他拿走了，咱们家……”方临汝咬牙。

没了传家宝扇的方家，与普通制扇之家无异。

“他没拿走，除了方家家主，谁都不可能得到方家宝扇。”方德清淡淡地道。

方临汝诧异：“玉澜堂被掘地三尺翻了，儿查过，不见美人团扇。”

“那是因为，美人团扇藏在一个谁也想不到的地方。”方德清咳了几声，浑蒙的眼睛迸出精光，“天不绝我方家，汝娘，撕一块袍角给阿爷。”

要袍角做甚?

方临汝不问，顺从地撕下袍角，按方德清示意，双手拉着绷开展现在他面前。

无笔无墨，方德清用断了的指骨蘸着自己身上鲜血一笔一画极艰难地写道：

轮回无常，黄泉难逃，承天眷顾，祖宗庇佑，临终遗命，嫡庶贵贱有别，今以嫡子临汝承家，凡方氏子孙均需尊奉，襄助共举家业。方德清书于长庆四年立夏日。

这是家主传位遗书！

方临汝变色：“阿爷，儿是女儿身。”

“女儿身又怎么啦？你方才也说了，汝娘巾帼不让须眉。”方德清含笑看女儿。

“可是……咱家并非没儿子，二兄身体不好，阿爷可传位给大兄，儿辅助便是。”方临汝道。

方德清摇头，苦涩一笑：“阿爷想过，你也看到了，游丰庸碌无为也罢了，最不堪的是一丝胆色亦无，区区牢房就把他吓住了，连亲生阿爷生死都不顾，方家的重担他担不起，若传位给他，他又不听你的话，不啻把方家推进火坑。”

“阿爷……”方临汝还想劝说，方德清摆手，怜悯的目光看着女儿：“但凡有其他路走，阿爷也不想把方家的担子压到你肩上，你到底是女人啊，要你在虎狼环伺的商场上搏杀，阿爷心中委实不忍。”

一下子说了许多，方德清喘不过气来，不住地咳嗽，眼里浊泪闪闪：“阿爷没料到祸从天降，事先没有为你铺路安排，难为你了。”

“阿爷！”方临汝泪流满面，为方德清抚胸顺气，手底下没一块好皮肉，不禁满腔悲愤，把鲁玄恨之入骨，勉强忍着安慰方德清：“阿爷莫焦心，儿必设法救阿爷出去，等阿爷出去了，咱家的担子有阿爷挑，无须担心儿。”

“出去？”方德清摇头，喘吁吁道，“你什么都不要做，民不与官斗，咱家此前又没为此布过局，斗不过鲁玄的，走错一步方家便会倾覆。你莫管我，把方家担子挑好，其他事，往后再徐徐图之。”

怎么可能不管他！要怎么样的毫无人性才能置自己的阿爷不管不顾！

方临汝咬牙，忍了又忍，不愿意，却不得不妥协。

“阿爷，鲁玄要咱家的美人团扇，咱们就给他，宝物不如人重要，只要你平安出大牢。”

面对恶势力退让，不是软弱，只是因为，活着，才能言及其他。

“不行！”方德清断决地摇头，喟然长叹，“美人团扇不能交，不交，出事的只有阿爷，你们兴许还能保住。交了，方家难逃灭门，不仅鲁玄，天下人都要弄死方家人为快。”

方临汝冷汗淋漓，虽不明白为何，却知阿爷拼着受刑不交美人团扇，其中利害非同小可。

方德清招手，让方临汝附耳，低声道：“今日别后不知还能见面否，阿爷告诉你方家美人团扇的秘密……”

一字一字入耳，方临汝耳膜嗡嗡作响，几疑幻听。

怎么可能呢？

天命所归，扇神垂青的制扇第一大家方家，同其他制扇之家其实没差别。神秘莫测、万众瞩目、膜拜敬畏的方家传家宝扇，居然是一个精心策划的骗局。

方家的传家宝美人团扇并非天赐，所谓扇神指定天定制扇之家，是人为的。

方家当年一个祖先有一个倾城绝色的妾，且极善丹青，那个祖先有一天突发奇想，想用神秘感提高方家团扇的知名度，于是让那个妾室绘下自己画像，故弄玄虚弄出一柄所谓传家美人宝扇，宝扇制成，谣言散播出去，果然大大提高了方家扇的知名度，各扇行争相鬻方家团扇。

此后，那柄美人团扇便代代相传。

美人团扇上的冰蚕丝扇面用了特殊药水处理，美人变换不是天意，而是用药水将上一任美人画像销去，另绘上一个美人，因而，团扇年代久远，团扇上的美人却能年年不同。

美人团扇上的美人并非画师凭空想象，而是真人。

家主差了心腹在全国各地寻买三至五岁眉目精致小女娃，而后送到润州城外方家紫竹林里的紫竹园养着。

紫竹林很大，里头东面高墙隔出一个隐蔽的外头看不到门的小园，便是养美人的紫竹园，园外小河，每年方家需入园伐紫竹数次，因此多年来无人察觉。

扇面美人一任一任以丹青之术相传，每年从长成的小娘子里挑一个出任扇画美人，团扇换上新任美人画像后，这一任扇面美人就升任下一任扇面美人的师傅，教导养在园子里的女娃儿丹青之术，与此同时，她的上一任美人失去作用，便灌药弄哑，贬为服侍各个年龄层待选扇面美人的婢女。

紫竹园里如今养着各个年龄层的美人，共有二十个，均姿容极美。

牢房门口的火把微弱，虚虚照下，方德清的眉目在火光里深刻冷峻，凹陷的眼窝下浅浅一圈阴影，眼神清明，方临汝在那里面没找到阿爷昏愦说胡话的证据。

心中的敬仰从遥不可及的云端跌落地面，摔成无数碎片。方临汝身体遏制不住颤抖，寒热交替，一忽儿凉浸浸如置身冰窖里，血液仿佛被冻住，指尖都僵了。一忽儿皮肉灼疼，铺天盖地的火焰，火苗如毒蛇，从四面八方向她缠来，将她狠狠焚烧。

“阿爷，你说的不是真的吧？”方临汝可怜巴巴的眼神看方德清。

“是真的，先祖当年没办法才出此下策，你也看到了，因为有神秘的传家宝扇光环，方家方得以成润州制扇第一家。”方德清低叹，深深看着女儿，“汝娘，接受吧，没有传家宝扇，方家不可能在制扇业独领风骚，远的不说，本城的谢家，制扇手艺远胜方家，当年风头甚至比方家还盛，可还不是陨落了。郭家拼死拼活也难望方家之颈，祖宗铺好路了，咱们就沿着既成的路走下去便是。”

可是，这是一条欺世盗名之路，而且，这条路是靠牺牲无数美人铺开的。

那些美人与世隔绝活着，没有亲人陪伴，长成后得不到爱情，贡献了青春美貌后，还要被残忍地弄哑贬为婢女！

牺牲那么多人，只为造就延续方家神话，只为了鬻团扇赚钱。

方临汝嘴唇嚅动，看着方德清憔悴的面容，看着他满身的伤痕，她像胸腔里塞满棉花籽儿，无处不堵，无处不疼。

她无法指责阿爷。

奴婢的命运如沙砾如浮尘。大唐律法明文规定：奴婢贱人，律比畜产。奴婢有罪，其主不请官司而杀者，杖一百。无罪而杀者，徒一年。

主人要找奴婢过错易如反掌，有罪而杀不过杖一百，方家只是下药弄哑那些美人，依世俗眼光看，已是温厚仁慈了。

美人们如果进的不是方家，虽免于被药哑，却难说不会更惨，或是沦落烟花，或是碰到穷凶极恶的主家，动辄责打，碰到好色的主人，淫辱后无名无分也是有的。迎接她们的也许是食不果腹、衣不蔽体，也许是冰冷潮湿暗无天日，谁又能预料呢。

方德清默默看着女儿不赞成却又不便反对的纠结神情，心头又是酸楚又是宽慰。

女儿生在富贵之家，玉堂金马，却不失良善。

药哑那些美人，他也心有不忍，只是想不出不靠美人团扇保持方家制扇第一家荣光的良策。

美人们当上扇面美人之前，有人服侍，锦衣玉食娇养着，其后却沦为婢女，难保不会想逃走，虽说紫竹园防患森严固若金汤，然世事岂能尽在掌握中，少不得按祖宗传下来的办法行事，把上过扇面的美人药哑，这些美人俱不识得字，再不会说话了，就会胆怯心虚不敢逃出紫竹园。药哑后也可以不贬为婢女还荣养着，然荣养所费钱物委实不少，兼且不用她们侍候美人，就得从外头送婢女进去，里头的人不能放走还往里送人，更加缺德。

父女俩相对无言些时，方德清忽想起一事，忙嘱女儿道：“游丰虽说不是奸猾之人，可心中没成算，藏不住事，紫竹园养着扇面美人一事万不可给他知道。”

方临汝点头应下，这个她心中有数。

“还有。”方德清又道，“不能给人看到紫竹园里的美人，如今园中的那些美人，太美了，尤其是徽娘。”

“徽娘很美？”方临汝闻言不觉奇怪。

方家历年扇面美人都是极美的，方府里，活生生的几个女人，他阿爷的妾室柳氏，她母亲，庶出的姐妹，以及她自己，哪一个都算得上国色美人，见多了美人的阿爷居然如此郑重其事，那个徽娘得多美！

“世间言语无法描述，你见了便知道了。”方德清道。

方临汝没追问，紫竹园虽是与世隔绝，日常柴米油盐衣裳水粉总得往里送，下头小管事不算，方家现有府第管家方孝，扇坊管事方诚，里外都管的大管事何栎，方临汝问道：“哪个管事负责紫竹园的供给？”

“原来是方孝，阿爷见他年纪大了，去年换了栎郎。”

“表哥？”方临汝挑眉，难掩惊诧，“紫竹园里都是美人，你说那个徽娘极美不能给人看到，表哥今年刚二十，血气方刚的年龄，你让他跟一园子美人打交道，妥当吗？”

“他是最合适不过的人，性情沉稳，美色入眼如见骷髅，阿爷带他去时还担心，待看到他跟美人们见面的情形，都觉得羞惭了。”方德清微笑，眼神放空，透过木栓牢门，看向遥远的万丈红尘，嘴唇微启又合上。

他心中有个想法，想招何栎为临汝的上门女婿，因不想干涉女儿的选择而没说出口。

方临汝知道方德清想说什么，何栎品貌俱佳，可或许自小一起长大之故，她只当何栎兄长，并无儿女之情，不想与之结缡。

方德清不挑明，她也不说，眼下重中之重先设法救阿爷出大牢，阿爷满身的伤，片时也不能等了，必得今日便救他出去。

不交美人团扇，不如鲁玄的愿，怎么才能让鲁玄放人？

方临汝低眉沉吟些时，百思不解：“阿爷，且不说扇神赐美人团扇真假，此扇庇护的是制扇之家，鲁玄一州刺史，又不做扇子营生，你觉得他要美人团扇作何用途？”

“为了扇面上的美人。”方德清苦笑。

女儿虽扮男儿在外行走，到底不是真的男人，与男人保持着距离，男人最津津乐道的污糟事，她听不到。

外头有传言，方家的宝扇上的扇面美人，能变活人。

有人信誓旦旦说，订扇会上，看到扇面上的美人对自己回眸浅笑。

有人说，梦见过与扇面美人交欢……

谣言传开后，更多人给出佐证，说方家订扇会上，那些扇商大手笔订扇，为的就是订扇后能与扇面美人巫山云雨。又说，方德清富可敌国，除了成亲前一个通房纳为妾，就只有一个正室夫人，便是因为天下女人再美也美不过方家的扇面美人，他有扇面美人陪伴，已足矣。

方德清听了传说没有澄清，心中想法是方家的团扇美人传得越玄，对方家鬻团扇越有利，万没想到，有一日搬起石头砸了自己的脚。

左右看都是死局，方临汝抿唇，俊挺的眉头紧蹙，半晌，道："美人团扇既然不能给，那么，我去跟鲁玄说，让他派人参与方家扇坊的经营，扇坊的盈利给他一半，重利相许，先救你出去，后来怎么对付鲁玄，咱们再从长计议，慢慢筹谋。"

"绝对不行！"方德清遽然变色，死灰色的脸庞涨得通红，霎地坐直身体，扯动伤口疼得额头汗珠直冒，嘶声道，"别傻了，人心不足，你给了一半盈利，他紧接着就会要全部，何况……"

他压低嗓子，低低叹："别看咱家每年出那么多扇子赚的钱很多，开销也实在不少。全国各地寻买绝色小女娃的费用可不少，你二兄每年用的冬虫夏草、千年人参、极地灵芝、牛黄、沉香、蛤蚧、血竭、羚羊角等物，少说也得两千金。方家润州制扇第一大家的架子得摆，阖府上下一百多个下人，光月钱嚼用每年就得多少钱。扇坊几百名扇工，每年薪俸几千缗钱。人情往来每月也得花不少钱。咱们家外头看着轰轰烈烈，实则绣花枕头，扒开灿烂的枕皮，里头一把稻草，给了他一半盈利，咱家就撑不下去了。"

方临汝愕然。

她虽然帮着父亲管事，却不过问钱物账务，怎么也想不到方家竟如此经不起风浪。

不送钱给鲁玄，又无法给他美人团扇，怎么脱身？

"阿爷想过，徽娘绝色无双，把她送给鲁玄，定能化解危机，只是怕泄露了咱家的秘密，献了美人也难周全方家，况且。"方德清长叹，道，"徽娘身世那么惨，阿爷不想再造孽。"

徽娘身世怎么惨方临汝没有追问也没深思，只思量，便是不会泄露方家秘密也不能送。

那是活生生的人，有思想有感情，会悲会喜，即便是方家买来的，只是奴婢，也不能当物品送人。

将事情前后梳理了一遍，方临汝决定冒险将军。

击鼓鸣冤，逼鲁玄明堂审讯。

他阿爷没谋反，只要没证据，鲁玄就不能囚人。

鸣冤前安排一些人大堂外围观，给鲁玄施加舆论压力，方家乃润州制扇第一家，声名在外，鲁玄不得不有所忌惮，况且他上头还有观察使，明堂过审时，安排几个口齿清晰的，大喊鲁玄若草菅人命便上告观察使。

“绝对不行。”方德清摇头，嘶声道，“游丰是男人，若是他肯去击鼓也罢，可他胆小怕事吃不得一丝丝苦头，必是不肯去的，你去，绝对不行。”

说话间，方德清胸膛起伏，粗喘着，脸色灰里透着青，抓不住方临汝，身体前倾想阻止她：“击鼓之人要打二十杀威棒，二十杀威棒打下去，皮开肉绽，阿爷怎舍得看你受这样的罪。再说，一旦受杖你女儿身的秘密很可能就保不住，鲁玄好色荒淫，对你有不轨之心也不好说。”

“只要有一线生机便值得一试，眼下死局，唯有置之死地而后生，二十杀威棒儿受得住，便是皮开肉绽，也不一定就暴露女儿身份。”方临汝拿定主意，棍棒加身亦无惧，只要能救得阿爷出大牢就好。霎地起身，胡袍袍裾缺了一大角，残缺的衣摆飘曳，火光侧照在她身上，脸庞轮廓深刻分明，男儿也难及的潇洒气度，“阿爷，你等着，儿很快救你出去。”

深深地看了方德清一眼，快步往牢房外走。

方德清泪流满面，受刑之后强撑着，心知命不久长，怕女儿忧心不敢流露，此时面临悬崖绝壁，不愿再拖累女儿。大儿子不成器，二儿子病弱，方家一大家子全靠女儿，女儿不能出事，从小如珠似宝宠着，指甲片儿的擦伤都心疼，哪舍得她受杖，喉咙底下呜咽着喊了一声“汝娘”，拼尽周身气力，头朝墙壁撞去。

砰的撞击声如惊雷在耳际炸开，方临汝心脏遽然收缩，抬起迈步的一只脚僵住。

巨大的声响过后，牢房死寂一片，不祥的预感在脑子里浮起，只不敢、不甘、不愿置信。

过了许久，其实只是一瞬间，心脏的停跳令时间无限拉长，方临汝猛地转身，带起一股旋风，夹着牢房阴冷的寒气，锋利如钢刀锋从鬓角擦过，透过木栓缝隙，牢房里头一隙无余，方临汝双目圆瞪，瞳仁紧缩，呆呆地看着倒在血泊里的方德清。

“阿爷！”她喃喃叫着，身体僵直，木偶似的进了牢房，直直地跪了下去。

“汝娘，这是阿爷最后能为你做的事！”方德清憋着最后一口气，恋恋不舍地看着女儿。

女儿小时粉团团玉雪可爱，长大后明艳照人、聪敏睿智，陪着他出入商场，帮他分担大部分担子，他却不仅不能为女儿遮风挡雨，还将方家沉沉重担压到女儿肩膀上。

第三章　末日狂欢

鲁玄把玩着金佛，灿烂夺目的金色，拿在手里沉甸甸，至少五十两，无须找人鉴别，光肉眼看便知是足金。就在鲁玄越看越欢喜，心花怒放之时，房门忽然震天响，紧接着被凶狠地踹开，鲁玄双手一颤，金佛跌落地上。

“找死吗？来……”鲁玄大骂，话未说完，身体被大力推倒，后仰横在案面上，脖子被方临汝横臂一压，颈骨细细地咔嚓了一声。

“放开……我……”鲁玄伸手去扳方临汝的手腕，刚一抬手，方临汝松了他脖子，攥着他头发把他抓了起来，狠狠的一脚踹去，鲁玄直直后退，脚下绊到金佛，身体晃了晃跌倒在地上。

方临汝弯腰，抓起他的前襟，襕袍圆领勒住鲁玄脖子，鲁玄呼吸艰难，惊恐地瞪着方临汝。方临汝冷冷地盯着他，束发松了一绺，软垂在脸侧，乌墨似的黑发衬得脸庞肌肤更白，双凤眼通红通红，盈着迷蒙的泪光，下唇鲜艳两个牙印，流转着潋滟的殷红，胡袍翻领微微歪斜，精致的蝶翅一般向两侧延伸的锁骨，腻滑的肌肤如玉石雕琢而成，别样的诱惑。鲁玄眼直直地看着，这当儿，什么性别，什么顾忌都忘了，满心眼只有美色，夺目销魂的美色，倾国倾城的美色，比素日痴狂眷爱的扇面美人还勾人的美色，若能与之云雨一番……邪念上涌，欲望如潮，止也不止住，喉结滑动，咕噜咕噜咽了一口唾沫。忽地，眼皮颤动，眼白外翻，身体急促地抽搐了几下，随后如被抽了骨头，脖子歪向一侧，头部软绵绵下垂。

方临汝诧异盯着，松开手。

鲁玄身体砰一声摔到地上。

方临汝的目光从鲁玄左脸颊上几个通红的指印移开，掠过胸膛，再往下……

许久过去，鲁玄一动不动。

方临汝抿了抿唇，蹲下去，探手鲁玄的鼻边，幽黑的眸子暗了暗。

没有呼吸。死了！居然死了！

怎么就死了？自己只抓他衣领，就那么一勒就死了？

襕袍领口勒住脖颈时间极短，浅浅一道红色勒痕很快消失，不像会置人死地，从表面看，裆部那一摊令人作呕的痕迹最可疑。

方临汝没看过杂书，心思却极是剔透的，略略思索，明白过来，鲁玄想必被勒住脖子，呼吸不畅，心肺高度收缩几近窒息时却起邪念，极度快乐中猝死了。

死得好！

方临汝没感到畏惧。

亲眼看着阿爷为了保住她自绝身亡，心如被利刀劈成两半，满溢胸腔的仇恨与悲愤，再也不想容忍，冲进来时便是与鲁玄同归于尽为阿爷报仇的想法。

只要能为阿爷报仇，以命抵命也值得。

眼下鲁玄死了，真是要以命抵命了。

方临汝静静地看着鲁玄，忽而，眉心剧跳。

鲁玄鼻翼翕动，眼皮颤动，方临汝伸手指再探，虽然极微弱，却是有气息出入的，抓起手腕搭到脉搏上，竟有轻微的跳动。

没死！只是短暂窒息，又活过来了。

不用偿命赔进自己。可是，怎么甘心！

这个人觊觎方家美人团扇，害她阿爷无辜丧命，万死难赎其罪。

没死，她固然不需赔进自己，可鲁玄势必还会仗势欺人欲夺方家美人团扇，美人团扇交与不交，方家都将大厦倾覆，家破人亡。

阿爷死了，她是方家家主，她得保护家人，不容许方家有闪失。

方临汝咬牙，沉吟些时，唇边掠过冰凉的笑意。

狗官没死也得死。

一个十七岁碧玉年华小娘子，换做别人尚在爷娘膝前脆生生撒娇，可她已是一家之主，肩膀上挑着整个方家几百口人的生存，脚下便是万人尸坑，她也不能皱半丝眉头。若有朗朗青天给她求告，她是不愿手沾血腥的。可退无可退，头顶利刃高悬，身前万丈深渊，她不入地狱，家人便会如她阿爷，瞬息间生命消失，从此生死两茫茫。没有选择，自己只有化身恶虎猛兽，以纤纤素手作尖利的獠牙，撕咬仇人的鲜肉，烹调饕餮盛宴。

方临汝朝鲁玄凑近。

那股子令人不舒服的腥膻味久久不散，熏得方临汝喉间翻涌欲呕，就在一脚将入地狱之前，这股子怪味儿蓦地提醒了她——也不是不能从容抽身，弄死鲁玄后，可以挖坑逼鲁玄的走狗林源跳，由他善后。

鲁玄怀的丑陋居心，林源自是知道的，帮着做下三流龌龊事儿，又对她阿爷施重刑，虽暂时无法治他，拿来利用一下帮自己脱身，也不错。

胸怀坦荡的人未尽会入局，也未必会妥协，林源小人一个，汲汲而为、贪婪自私，相信稍加威逼利诱便能如愿。

方临汝缓缓蹲了下去，身上水蓝色云纹织锦胡袍滑动，深蓝色袖口伸出雪白秀润一双手，左手掏出帕子堵住鲁玄嘴，右手撩起一角袍角，软滑的锦缎，抓在手里如无物，那样漂亮的一双手一丝颤抖没有，隔着锦缎，稳稳捏住鲁玄的鼻子。

鲁玄喉头咕噜了一声，帕子堵着，沉闷低暗，肥胖的身躯如离岸脱水的鱼，蹦跳打摆，渐渐变成抽搐，再后来，抽搐消失，整个身体静止。

方临汝眼神清明，沉静平淡，心跳跟平时一般，不急不躁。

许久，鲁玄再没动静了，方松开他的鼻子，抽出手帕收进怀中。

房间静悄悄的，死亡一般地沉寂。

确认鲁玄已断气不会再活过来，方临汝也不急，静静地等着林源过来。

有脚步声传来，方临汝悄悄拉开一扇窗，从缝隙往外看，果然是林源。方临汝微微一笑，关上窗，回转软榻旁，摇动软榻，压低嗓子，低低吟哦。

大牢就在刺史府一角，当时方临汝从大牢出来直奔内院，差役守的只有大门，二门没人守，因此直直进了内院。林源在二门上见方临汝血红着眼睛冲进来，想想方德清的情形，知道都是自己的杰作，虽说奉命而为，可这仇这恨少不了算他一份，因此有些胆怯，远远地避开没跟她打照面。

但又不放心，他深知色字头上一把刀，担心鲁玄被方临汝迷惑从而放了方德清，而自己对方德清施酷刑，方临汝一旦得鲁玄宠爱后跟他秋后算账，那就大事不妙了。想到这些林源立马坐立不安，犹豫些时便火烧火燎地往书房赶来，还没进门就听得迷离靡丽声音，顿时又惊又怕。

心道难道一人突破男女禁忌，一人为救父献身，两个已成就好事？

顾不得回避，急忙推门入内。

跨进门槛时与正要往外走的方临汝差点儿撞个满怀。

“林主簿你来得正好，快请大夫，鲁刺史突然晕倒了。”方临汝急切道，带着几分扭捏和几分羞涩。

林源往里看，鲁玄倒在地上，锦袍腹下位置一摊湿渍，甚是不雅，来不及喊大夫，先入房，托起鲁玄，欲扶到榻上，鲁玄一条臂膀挽到肩上又垂下，接连几次，林源面色一白，低头察看，吓得尖叫。

“怎么啦？”方临汝凑近，关切问，一副贴心人模样。

“鲁公好像……死了……”林源结结巴巴道。

“怎么可能？方才还好好的，你是不是干了什么？”方临汝尖叫，走到门边，大声喊，“来人，快来人，林主簿失手杀了鲁刺史了。”

“别喊，别喊。”林源惊叫，被方临汝先发制人扰了神，一心只想着要洗脱自己杀人嫌疑，急忙放下鲁玄，扯住方临汝的袖子低声哀求：“鲁公看来是马上风猝死，与我无关哪。”

“胡说，鲁公衣裳齐整，怎么会是马上风猝死，这屋里只你我两个男人，又怎么会马上风猝死。”方临汝义正词严驳斥。

怎么会马上风死了难道不该问你！

林源抖着手指指着临汝叫道：“是你……是你害死鲁公。”

“林主簿这是杀了人后要嫁祸他人吗？”方临汝冷笑，“咱们一起面官吧，鲁刺史死了，润州还有观察使管事。”说罢，打个请字手势，带头往外走。

林源吓得周身发软，站立不稳。

她无所畏惧，他却不能。

没有第三人在场作证，只他们俩互相指责，真相说不清，方临汝胆大包天，心机深沉，巧舌如簧，自己未必说得过他。审来审去，一拖数月或一年两年，好不容易弄到手的主簿官位就葬送了。

况且方家有的是钱，大把大把砸钱进去，到头来，只怕这杀人的罪名就会落在自己头上。

鲁玄无外伤，看起来死于马上风，要撇清方临汝和自己不难。

指证方临汝两败俱伤，反之，双方得利。

跟鲁玄的恩义不及自己的锦绣前程重要，林源在须臾间有了决定。

方临汝才走出十几步便被死死拽住，林源结结巴巴道：“方二郎，这事咱们从长计议，从长计议。”

一州刺史亲吏，一向作威作福，此时却弓着身子赔好话，堆笑脸，嗓门时高时低，谄媚得只差唤方临汝祖宗。

计议许久，方临汝终于松了口。林源确定鲁玄死于马上风，方临汝什么都不知道，鲁玄没妻室，有几个小妾，怎么捂住他小妾的口，前因后事均由林源一力解决。

至此，方德清涉嫌谋反一事经查自然是子虚乌有。

鲁玄死了，刺史府里林源就是说了算的人，日暮时分，天地昏蒙，方临汝与方游丰从刺史府大牢抬了方德清尸身回家。

家主去世，订扇会无限期推后。

观扇台拆掉了，大红灯笼收进了库房，府第大门斜贴白纸条，秫秸夹火纸插上左侧大门门框，鸿春堂布置成灵堂。

黑幛高挂，白幡飘摇，梵音声声，阴阳盆里金银箔钱纸火舌盘旋，方临汝一身缟素，头上白布堂巾上加麻梁冠，外罩麻布衰衣，面庞白得近乎透明。

方姜氏数度哭昏过去，醒来后又伏到灵前泣不成声。

方临汝没哭，痛到极处，眼泪凝结，心脏麻麻的，钝钝的。鲁玄死了，可脑海间仍在反复闪着那生死一瞬间的情形，喉间恶心想呕，心头的仇恨和暴怒比阿爷刚死那一刻更甚，没有消减半分。

方德清穿上寿衣梳束起头发，簇新的深蓝色八团宝相花绸缎襕袍，伤痕累累的身体看不到了，看上去体面尊荣，目睹他生前惨状，方临汝没办法把阿爷所受的罪从脑海里消去。

阿爷刚四十岁，前一晚还意气风发跟她说，今年的订扇会应该能订出一百五十万把扇子，订扇会后，想走一趟长安，争取把方家团扇打入内廷，做皇商。

言犹在耳，人已与世长辞。

灵床已移到灵堂，接下来要拈香、焚纸、举哀，遵礼成服，病中的方锦枫在婢女的搀扶下也过来了，脸色雪白喘吁吁站不直跪不稳。方德清的妾室柳氏和柳氏所出方府大娘方香雯、三娘方秀绮却还没来。

方临汝蹙眉，刚要使婢女去催，远处忽地传来哭声，抑扬顿挫一脉三叹："郎君，你怎么就丢下我们母子几个走了啊？你叫妾往后日子怎么挨啊！"

方临汝蹙眉，眼底掠过不愉。

方游丰灵前跪着，偷偷地瞥了方临汝一眼，愁眉苦脸往外看。

哭声到了灵堂前，柳氏扭着细腰一步三摇走进来。

府里下人在布置好灵堂后不等方临汝吩咐俱已戴孝，方姜氏得知方德清死讯时即换了孝妇服，脂粉洗掉，钗环摘得干净。柳氏却还是平常穿的衣裳，绿衫石榴裙，挽着精致的望仙髻，玉蝉金钗，四十岁的人，保养得极好，皮肤仍如十八小娘白皙紧致，妩媚一双杏眼，脸颊细心扑了妆粉，染螺黛涂口脂，艳丽妩媚，妖娆多姿。

“郎君，你怎么说走就走呢，临走也不见妾一面。”柳氏扑到灵床前，手里帕子掖眼角，呼天抢地，帕子没被泪浸湿，倒擦了面上不少胭脂，一块一块的红色。

下人暗暗撇嘴，方游丰微微脸红，起身凑近了，用手肘悄悄地顶柳氏。

“干吗？”柳氏语气不善，见众人目光都在自己身上，特意不换孝服便过来，为的正是用美貌惑人，此时却是暗暗得意。

方游丰不敢说出口，用手指了指她的帕子，又指了指脸颊。

柳氏好似没悟过来一般，竟丝毫不理方游丰的提醒，自己此来还有正事，鼻孔朝天气派十足地拿眼角四下看，看到方府管家方孝，扇坊管事方诚，庶务和商务都管的大管事何栎都在，昂然道：“大家都在，我也省得挨个交代，家不可一日无主，你们尽快择个吉日良辰，让大郎继家主之位。”

“阿娘！”方游丰急急地喊，尴尬地看着众人，小声道：“阿爷临终遗命，着汝郎继承家主之位。”

“什么？”柳氏尖叫，十分惊讶，眼睛瞪得浑圆，“你是长子，怎么不是你继承家主之位？”

方游丰讷讷，搓袖子，小声道：“我做不了。”

“有什么做不了的，又不要你做事，方家养那么多人是吃闲饭的吗？”柳氏大叫着。

方孝从方临汝爷爷那一辈开始做方府管家，连方德清见他都要尊敬地称阿兄，合府上下可以说无人不敬重，大到请客送礼，小到主人喝的茶、熏的香，哪样不是他打点。此时却被暗指吃闲饭，听到此处方孝不由恼怒，半白胡子颤颤，粗声道：“柳姨娘，是不是吃闲饭的自有家主论断，轮不到你多嘴。”

“我说不得你啊？”柳氏尖声反问，推方游丰到方孝跟前，双手叉腰，扯着嗓子喊，“我育有方家长子，还有两个女儿，怎么就说不得你一个下奴，乞索儿。”

方孝气得嗷嗷叫，他是下奴没错，可方府的主子谁又拿他当下奴看待，被骂乞索儿更是生平头一遭，欲要与柳氏厮打一番，但对方是女人，又是刚逝郎君妾室，实实不便动手，直气得脸庞紫涨，额角青筋暴起。

“够了。”方临汝断喝，招手要婢女扶方孝下去。柳氏从小服侍方德清，殷勤周到讨好奉迎，但在其他人面前却趾高气扬，方临汝往日看方德清的面上每每让着她，可是今日心情不好，便容不得她再撒野，瞟一眼柳氏身上红红绿绿的衣裙，吩咐左右：“给柳姨娘换孝服。”

众人早就看柳氏不顺眼了，当即有人出去拿孝服，有人上前按住柳氏，有人扒她花衣裳，有人摘钗环，拿孝服的回来了，几个人抬胳膊抬腿，很快料理妥当。

当着众多下人的面，柳氏气得脸庞紫涨，许久说不出话来，被里外收拾完了方透过气来，气得七窍生烟，冲到方临汝面前，抬手就想打方临汝耳光。

“阿娘，不可！”方游丰惊叫，冲上前想阻止，但有人比他更快，一阵旋风卷起，柳氏一只手被何栎狠狠攥住，一拖一带一甩，柳姨娘栽倒在地上。何栎满面寒霜，冲周围下人道：“郎君去世，柳姨娘伤心过度身体不适，还不扶她回至善苑休息。”

何栎一贯沉稳，从未急颜高声过，一众下人吓呆了，过片时，也想不起他不过客居之人，不是方家家主，只知听命从之，急急上前，把柳氏架起，拖物儿般拖了出去。

“郎君尸骨未寒，你们就这样对我，天打五雷轰不得好死……”柳氏大哭。

素日有方德清宠着，而方姜氏又宽和温厚，随她想做什么便做什么，张狂骄矜目下无人，从不以妾自居，只当自己主子。方德清去世，虽然也伤心，但更多的是暗喜儿子继家主之位，自此后自己就是方家第一人，此时才知大势已去，痛不欲生。

哭声渐远，方姜氏叹气，看着方临汝和何栎，低声道：“那到底是郎君宠爱之人，别太过分了。”

方临汝一言不发。不过一个妾室，竟敢对自己动手，若不是想着方德清尸骨未寒，就不只是把她拖回去幽禁这样简单了。

何栎嘴唇动了动，看看满堂人，如果反驳就忒不给方姜氏面子了，犹豫了一下方把话咽了下去，看方临汝满面疲倦，急吩咐婢女去催方香雯、方秀绮过来。

方香雯和方秀绮过了小一炷香才过来，两人头上扎白袼子，身穿孝服，方秀绮才十五岁，脸庞微带婴儿肥，大眼樱唇，腰若束素，眼眶红红，泪珠隐隐。方香雯却不见悲意，一脸不耐之色，一边走一边扯袖子，拉衣领，却不是拢得严密些，而是往外拉，雪脯颤颤，几乎要从裹胸里头蹦出来。

两人进门，方秀绮走到方姜氏面前，低喊母亲，接着看向方临汝，哽咽着喊二兄。

方锦枫终日困在家中，十之七八时间在床上躺着，方临汝平常要帮方德清打理商场事情，偶得闲暇，因此多数时都到秋香楼陪方锦枫，跟异母的方香雯和方秀绮无甚往来，此时暗暗打量，这个幺妹看着倒不错。

方秀绮小声致歉："我来迟了，请二兄恕罪。"

"不是三娘的错。"跟在后头进来的两个婢女中方秀绮的婢女碧棋愤愤地道。

方香雯蓦地回头，恶狠狠地瞪着碧棋道："难道是我的错不成？"

"就是，若不是三娘非要大娘守这规矩守那规矩的，大娘也不会迟到。"方香雯的婢女芊月附和。

"郎君身故，大娘不仅不伤心，还嫌孝服穿上去宽松了不好看不肯穿，要把孝服改修身才穿，这算什么？合着给郎君举哀还要等着改完孝服？三娘要她别拖延赶紧换衣卸妆，难道还是三娘的不是？"碧棋声音拔高了，眼睛红通通的，显然方才在至善苑那边就同方香雯芊月吵过了。

"别说了。"方秀绮眼眶红红瞪碧棋，"阿爷灵前吵吵嚷嚷成何体统。"

碧棋悻悻合唇。

方临汝眼角瞥方香雯，暗暗摇头。

亲生阿爷死了，居然嫌孝服穿上去不好看不肯穿，这个大姐样貌跟柳氏一个模子出来，性情竟也无出其右，刁蛮任性，喜享乐好奢华，轻浮喜出风头，早晚要栽跟头。

眼下不是追究的时候，方临汝打手势，示意执事主持遵礼成服一节。

方府的内外管事都是极能干的，方孝操持过方老太爷的丧事，该怎么做心中有数，也不需方临汝操什么心。

找润州城名人为方德清写哀启和行状，差人到亲友、街坊邻居家送讣闻报丧，送浆水送盘缠接三送三等事有条不紊进行。

对于她出任家主一事，方家下人都不意外，顺从听命。

柳氏被何栎命人看守起来，没出来闹嚷，方临汝落得耳根清净。方姜氏悲伤过度，身体微恙，方锦枫每日由婢女扶着到灵堂举哀，孱弱的身子承受不住，连日发高烧，方临汝忧急不已，丧事不需她操心，全部精力都放在了方锦枫身上，每日在秋香楼待的时间比漱石榭还多。

请和尚哞经超度亡魂之后就要出殡了，方临汝从第三天起就装病，人前出现时一副病蔫蔫随时倒地之状。

出殡那日长子摔盆打幡，次子抱灵牌，她是女儿，抱灵一事当由方锦枫做，方临汝打算那一日自己着孝女服，站女儿那头，让锦枫着孝子衣抱灵。

这日，方临汝到秫香楼看方锦枫时，跟方锦枫提起打算。

方锦枫刚喝了药，半歪身体躺在床上斜溜肩儿，雪白的脸庞，下巴尖削，喘吁吁应道："应该的，你安排就是。"

"你身子弱，出殡那天差不多得三个时辰，要走很多路，能挺住吗？"方临汝有些担心，手臂从方锦枫颈后穿过，把他轻轻扶起，把引囊往上拉了拉，兄妹两个一模一样的眉眼，她是碧树琼花，蓝天上飞翔的雄鹰，方锦枫却是盈盈露珠儿，是雪色天上月，皎皎林间雪。看着他，不自觉低了声气，只恐呼吸粗了、重了吓着他，动作猛了伤着他，看他气息略好些眉有笑意，便觉天地广阔生机勃勃，看他喘气，霎时气儿滞了日月失了颜色。

"无碍的。"方锦枫虚弱地笑了笑，沉默了片时，道："你回去吧，我略歇一歇也要睡下了。"

才刚日落，云霞漫天之时，安置早了些，方临汝本想有话要说，但方锦枫身体与常人不同，咽了回去，略略宽解两句起身离开。

她才刚出门，里头方锦枫的贴身婢女素心、素问把紫竹帘子搁下，床前坐了下来，素心忧心忡忡道："二郎这提议甚是不妥，你的身子哪撑得住。"

"撑不住也得撑。"方锦枫道，脸庞白得不见一丝血色，眉尖轻蹙，一双双凤眼盈盈泪意翻滚，更加乌润，素白一只纤手举起，艰难地指四周，"你们看看，这些……这些……"

蟠螭香鼎里熏着旃檀香，香中之王，香味醇和弥久，大夫说，此香能治胸膈不舒之症，方德清便重金托人从海外购来，案上青玉盏里，西域雪蛤炖的汤，小小一盏花费近一两金子，日日当茶水喝的参汤也是广托药行寻买的千年人参。吃的极好，用的更不用说，也是府里最好的，身上这件家居常服，白地绿花罗罩墨色香云纱，费用就抵贫苦人家一家子一年的嚼用。

"汝娘提出来，我能拒绝吗？我只花不赚，从没为这个家出过一分力，阿爷跟汝娘从没说过我半分不是，就冲这恩情，我便是走一趟送了命，也得走。"方锦枫哽咽道。

"你是方家儿子，方家养你应当的。"素心不满，怨方临汝说那些挑起话题引方锦枫心伤。

方锦枫病恹恹，与素问两人得护着他，不知不觉间养成了老母鸡护崽性情，心里眼里，方锦枫最好，方家对他怎么好都不为过。

担心方锦枫伤心落泪，少不得又细声宽慰，素心、素问的帕子轻柔地帮他拭泪，一时哄得他收了泪，看看酉时了，又忙给他宽衣，拿了香油过来，仔仔细细帮他揉抹全身肌肤，服侍他安置。

方临汝从秝香楼回到漱石榭，栉沐更衣出来，外头报何栎来了。

已入夜，虽说表面是男儿，但内里却不是，还得避避忌讳，方临汝道："不见，让他回去，有事明日再来。"

其实自己也有些累，不想听何栎禀事。

扮着男装，举止之间便是十足的男人，但身体却不是。声音好办，吃着王大夫开的药，略显沉暗便遮掩过去了，喉间粘着王大夫精心制作的假喉结，表面看着惟妙惟肖，只是粘得时间长了，底下皮肤发痒，往日她回漱石榭早，一日不过粘四五个时辰，也罢了，这几日早出晚归，必得粘上近八个时辰，喉结处皮肤有些瘙痒，不甚舒服。

除了喉结皮肤，胸前已长成，柔软的两团，每日束布巾，也甚麻烦，腰肢比男人纤细许多，柔如嫩柳，也得厚厚缠一圈布，天气渐热，苦不堪言，难得解开透气，见何栎又得严严整整束发着衣，忒累。

"何大郎今日来过三回你都不在，这么晚又来，兴许有什么重要的事。"琬初道，口中说话，一双手灵巧地往方临汝脖子粘喉结处抹药膏。

日间人前跟他碰过几次面，他都没提，许是有什么人前不方便说的事，方临汝略一沉吟，道："见吧。"

不着衣不束发，垂着及腰长发，孝中，便是房中也只着白色，里头月白中衣月白长裤，外面披了件月白宽袖锦袍，来到外面，地台上放了引囊，身子微歪搭着，使脖颈不至正面对着人，又让璟初把八角琉璃大宫灯灭了，只留一盏小莲花灯。

何栎进房，脚步跨过门槛的瞬间，抬眼先寻方临汝。方临汝一身素白，锦袍松松搭着，长发披散，小莲花灯细细一点橘黄色灯光，若有若无照着，一双漆黑如墨的眸子淡染了一点橘黄，下颌圆融，嘴唇水润柔软，没了白日的俊美清冷，多了秾丽鲜妍，风姿绰约艳色无双。何栎脑子里轰隆隆什么都想不起来，呆呆怔怔，心脏狂跳，脸庞着火似烧了起来。

迷迷糊糊中想，汝郎怎么那么像女人。

"这么晚找我有急事？"方临汝问，灯光暗淡，没看到何栎脸庞红通通几欲滴出血来，见他跨过门槛后便怔站着，只当灯光暗没看到自己。

沉暗的公事公办语气，何栎激灵打了个冷战，从混乱的梦魇中苏醒，后背湿涔涔一层汗，张口，喉头堵得死死的，一个字说不出来。

“怎么啦？”方临汝眉头微微蹙起，声音隐约透出不耐。

何栎更急，舌头越发打结，张嘴半晌，拼命咳起来。

这些日子他忙里忙外，很累，此时自己忒苛刻了，方临汝微内疚，喊琬初：“给何大郎倒茶。”

如牛海饮连喝了三杯茶，何栎方缓过气来。却不说话，拿眼瞥琬初和璟初。

他这是要她命琬初、璟初回避吗？

三更半夜的孤男寡女见面已是不妥，琬初与璟初两人是家生子，自小到她身边服侍，是她心腹之人，什么事她们都知道，无须回避，方临汝启唇刚要让他有话直说，忽想起一事，又合上，朝琬初、璟初抬下巴，示意她们退出去。

“明日是给紫竹园送供给的日期，汝郎是否跟我一起走一趟？”何栎走近地台，半弯腰，嗓子压得极低。

离得太近，方临汝不自在，身体不动声色后挪，摇头道：“我不去了，要送什么东西你看着安排就行。”

何栎为难：“订扇会与家主继位都要请宝扇与众人一观，订扇会前虽已换下去年的美人绘上新的美人，可还有家主继位时的扇面美人没定，绘像一时半刻不能完成的，得及早定下家主继位时出现在宝扇上的扇面美人，让美人现在开始就绘像。”

这几日方临汝一直回避，不想又一个绝色美人在当上扇面美人后变成哑女，苦思不靠美人团扇的光芒保持方家制扇第一大家之策，却殊无智计，何栎提起，不得不面对，沉吟些时，叹道：“罢了，我去看看。”

看一看，至于要不要挑扇面美人，挑上后要不要下哑药，再慢慢思量。

第四章　倾国倾城

紫竹园在城外，来回四十余里，方临汝和何栎寅时初便出发了。

送东西去紫竹园需得避人耳目，何栎预先准备好东西放在方家城里的另一处不起眼的小宅子里。

那处宅子细说应是两座宅子，背靠着背，大门各对两条不同巷子，方家祖先买下，外头没动，里面相隔那堵墙开了一个隐蔽的暗门，人从东面宅子的门进去，穿过暗门，从那边宅子驾马车去紫竹园，便是被人跟踪上了，也只当在宅子里逗留，不能察知方家秘密。

两人骑马从方家大宅出发，到那边另换马车。

方临汝穿了黑色织锦胡袍，纵身一跃，姿势利落，身形潇洒。

何栎昨晚一晚没睡，悄悄看方临汝，分明英风霁月男儿，暗暗唾弃自己心术不正。

换了马车后，车舆两侧挂灯笼，何栎驾车，方临汝坐在车里头。

寅时末，两人来到方家紫竹林外。

润州城外一望无际的紫竹林，家家户户有竹林，作为制扇第一家，方家拥有的竹林几近润州城竹林的一半，方圆数十里。

别人家的竹林都是竹篱圈起，方家的则与众不同，竹林四周砌了两丈多高的围墙，曙色不明，乌沉沉如一座城堡。

整个紫竹林只一扇门，大门高一丈八，宽一丈，近一尺厚的门板，每扇门板两尺宽，连接成门，一个乌环扣一个乌环，硕大的一个铜锁，钥匙只有家主和送供给的管事有。

进了紫竹林，马车又走了许久来到河边，约三丈宽的河面，河上无船无桥。

何栎在一处水边站定。

方临汝看着河那头，不见门，只有青灰色的高墙，暗道：难道大门就在对面？怎么过去呢？

何栎在河边蹲了下去，摸索了一下，随即河两头各两根半人高的铁柱升起，离水面膝盖高的地方带出一座仅容一人通过的铁索桥。

河水深幽，铁索桥在半明半寐的晨光中似有还无，方临汝惊奇地看到，何栎如履平地般，毫无阻滞地走了过去。

那头与墙面融合无间的地方居然嵌入了一座浮桥，铁链锁着开关，何栎开锁后放下浮桥，后面露出一扇深棕色木门。

何栎回头过来驾马车过去，接着再打开园门。

园门略小些，门板跟外头的一样厚重，何栎一扇一扇推得很吃力。

这墙这门这河这桥，难怪从没有发生过美人逃离紫竹园的事。

大门进去还有一条河，比外面的小些，一丈宽，水中隐藏铁索桥，过去放下浮桥才能通过，浮桥锁了，同样只有送供应的管事和家主有钥匙。

“方伯和姨父说，里面的美人没有想走的，都是打小就来了，从没接触过外面，很单纯，以为紫竹园就是整个世界，浮桥大门小河防的是砍竹时进园的扇工。”何栎见方临汝一脸不忍，忙解释。

紫竹林并非一直无人出入，每年要砍几回紫竹，这话也说得过去，即便不合理，作孽的是方家人，跟他无关，方临汝淡淡“嗯”了一声，表示接受。

进入紫竹园，方临汝眼前一亮。

紫竹园凿水池堆筑假山，种奇花栽异草，茂树葱茏，珍禽无数，置身其中，恍如立于天然山水画卷中，满身尘埃荡尽。景致竟是比方府还美。

方临汝抬目四顾，深吸气，想，方家的祖先真的老奸巨猾，如此美景，那些扇面美人没逃出去也罢，若是逃了出去，跟外面一对比，怕是也会对方家感激不尽，死死帮方家守秘密了。

到库房把东西卸完，何栎带着方临汝往美人们居住的疏影楼走去。

疏影楼是两层小楼，坐北朝南，青墙灰瓦，暗绿色立柱，远远看飞檐翘角，轩丽精致。近了，只见雕梁画栋，门窗雕刻着精美繁复的花样，窗户糊了霞影纱，清幽里点点鲜艳的虚幻的霞红，与清幽翠润相融，真是一个绝妙所在。

候选的扇面美人都住在疏影楼二楼，一楼正中明厅，东侧画室，西侧琴棋室。

美人们跟以前的扇面美人学丹青为主，有喜琴棋的也可自学。

但都不教认字。

何栎告诉方临汝，因为先生都是上一代扇面美人，擅长的只有丹青，琴棋只懂皮毛，美人们会的才艺基本一样。

方临汝楼前站定，仰头往上望的瞬间，呼吸忽而停止。

红日初升，霞光柔和温软，浅浅的金黄色如缥缥缈缈似有还无的轻纱，小楼静谧安宁，一个美人斜倚雕镂着精美花样的栏杆，飘逸的月白织锦大袖衫与同色长裙在晨风中飞扬。美人感觉到她的注视，低头看来，浓密的乌黑如墨的头发在头顶中分，分股叠拧交叠头顶侧后方，脸庞两侧头发蓬松，软垂着半遮脸颊，生动而轻灵的朝云近香髻，鬓发沾了露水，微显濡湿，纤长的小扇子似的睫毛，低垂下半覆眼睛，只见幽幽半泓秋水，脸庞轮廓、眉眼、鼻子嘴唇，工笔画绘出来的一般优美精巧。白玉雕冰凤凰，翠叶含绿露珠，中有殷红一点红豆，春风低徊，香氤氲。华美的小楼轮廓渐渐模糊，凡尘俗世如退潮海水远去，天地之大，存在的只有眼前这个人。

方临汝定定地站着，隔着楼上楼下的距离，失神地望着。

“那位就是徽娘？”她问，心中已肯定，这人就是阿爷口中的徽娘。

难怪阿爷说不能给外人看到她，当真不能。

“真美！”方临汝低喃。

总算明白了，何谓世间语言无法形容的美，何谓倾国倾城。

从此以后，自己心中，世间最美的，定是眼前清幽中氤氲着的这一抹缤纷艳色。

两人一瞬不瞬地看着对方。

不知过了多久，美人忽地直起身，在栏杆前消失，方临汝怅然若失，楼梯处咚咚声响，美人身影出现，如云朵飘飞自上而下，很快到了跟前，白雪堆成美玉雕琢的肌肤，蛾眉朱唇，明眸桃腮，鬓生乌云，袖带清风，仙姿玉容、绝世无双，抬眼皮眨眼睫，抿唇浅笑，一举一动、一颦一笑，莫不迷人。

只是眉目如画也罢了，方家的扇面美人哪个不是眉目如画，她的眉眼间另有一股无法言说的意蕴，那种味道不是表面的好看，说不出来所以然，只是让人觉得，她就是与众不同的。

“你是谁？从没见过你。”美人定定地看着方临汝，月白大袖衫，月白诃子裙，月白绣梨花大帔帛，整个人裹在一片如云的白色里，嗓音沉暗，清澈的瞳眸里闪着某种莫名情绪。

方临汝有种被雷电击晕的错觉，手足麻颤，皮肉酥软，指尖动一动都不能，意识尚在，却说不出话来。

“新任家主，方二郎。”何栎淡淡地道。

方临汝回神，眼角看到何栎面色微有些沉，有些讪然，扯起唇角笑了笑，问道：“你是徽娘？”

“是，我名崇徽，你叫我崇徽吧。”美人喃喃，语毕，睫毛眨动，乌黑的瞳仁轻颤，低垂头，袖子抖动，屈身行礼。

方临汝急倾身搀扶，笑容灿烂：“快起来。”左右瞧了瞧，一楼面前处朱漆大门，便是厅堂，晨光不烈，和煦温暖，只崇徽皮肤雪堆成似的，看着深恐被日光晒融了，挽着崇徽手臂往厅里走，柔声道：“外头站着晒，厅里坐吧。”

何栎瞠目，片刻方回过神，快步上前为方临汝推开厅门。

园子景致优美，建筑巧夺天工，里头的布置也不寻常，地台上面软垫引囊俱是精致的普通仕宦之家都用不起的绛丝缎面，楠木案几，地台背后一扇连地屏，整幅月白丝绢绘山水屏风面，云霞缥缈，山与水深浅浓淡交融，层峦叠翠，烟波浩渺，观之，如置身山水之间，耳边水声潺潺，鼻边清新草木气息。

“这是我绘的。”崇徽凑近方临汝，腼腆而得意，脸颊浅浅一团红晕，眼睛亮晶晶清亮透澈，邀宠求夸之意甚明。

方临汝失笑，忍不住抬手揉了揉她头发，夸道：“妙甚！”

崇徽低头弯腰，方便方临汝摸，方临汝蓦地发觉，崇徽居然比她高了一个头，因穿着大袖衫诃子裙宽宽松松缘故，方才离得远没察觉。

方临汝在女人中个子极高的，从未见过比自己高的，且高了这许多，崇徽的身高，放男人堆里也属个高的，侧头看后边何栎，比崇徽还矮了少许，不觉讶然。

转念一想，大唐太宗皇帝的韦贵妃身高八尺有余，女子里头未必没有身材特别高的，遂释然。

“让我给你绘一幅画像，行不行？”崇徽定定地看着方临汝，眼里晦暗不明的气流涌动，朦胧如被云层半掩的月色。

方临汝心脏跳得有些快，崇徽一瞬不瞬地看着她，黑白分明的眼睛，内眦分明，眼尾微微弯起漂亮的弧度，带着笑意望人时，莫名动人，方临汝不由自主点头。

“汝郎，不能……”何栎喊，语调有些高，随即又压低下去，“太亲近。”

不能与扇面美人太亲近，省得后来舍不得灌药弄哑。

说一半隐一半，方临汝明白，搭在崇徽头上的手颓然收回，冲崇徽强笑，道：“我还有事，只停片刻便走，没时间。”

崇徽嘟嘴，嘴唇噘得老高，看着方临汝，眼底水光氤氲，浓密的眼睫眨动，方临汝被眨得心口又痒又疼，忍不住想改口，何栎一旁高声道：“汝郎，时辰不早了，该见见其他人然后回去了。”

方临汝回神，不觉赧然，道：“都喊来我看一看吧。”

“你去把小娘子们喊来。”何栎向崇徽说道。

崇徽的视线滞在方临汝身上许久，方出了厅。

大厅霎忽间黯然失色，方临汝看着空敞着的房门怔怔失神。

何栎轻摇了摇头，撩起袍摆在方临汝左侧几案一边坐下，低声道：“汝郎，你是方家家主，不可能娶她为妻，莫平白误人家吧。”

“啊？”方临汝大张口，不明白何栎说的什么。

何栎手指在案面来回敲，一脸纠结：“这个徽娘听说身世很惨，咱家买的小娃儿都要契书齐全爷娘卖给牙婆的才收，独她没爷娘摁手印的契书，卖她的牙婆是润州城本地的，说是在牙市卖孩子时，徽娘自己找了上去，求卖她的，当时除了一张脸，身上没一块好皮肉，青红瘀紫，还有火炙伤疤，耳朵被剪了个缺口，血刚结痂，下半身她不肯给人看，哭得很惨，想必是伤得更重，可能是……伤了隐秘处。”

何栎有些难以启口。

方临汝勃然变色。

想象着崇徽那时的样子，小小的人儿，一身狰狞伤痕，耳朵滴血，瑟瑟发抖，绵软软的小羊羔般可怜巴巴求牙婆卖她，才四岁，正是在爷娘怀里撒娇的年龄，似懂非懂的年龄，她却已被逼懂事，为了活命寻求外力帮助，突然心脏被硬生生撕开，疼得抽搐。

何栎接着又道：“听姨父说，别的女娃进园时，多少都有些想爷娘想家，哭哭啼啼，独她不哭不闹，梳妆洗漱都自己来不要人服侍，才得四岁，就如大人一般周全妥当，夜里频频噩梦，醒来一脸惶恐，不住哀求不要把她送走。”

“当时有没有寻根究源，把伤她的恶徒找出来？”方临汝双眉倒立，疾声问。

“她不肯说。”何栎叹道，“她怕被送回去，出身来历一个字不透露，那么小，走不了多远，家应该就是润州城里的。”

“本城的，那应该很好找，查一查谁家丢了孩子并不难。”方临汝道。

“姨父说，那阵子没人报官说丢了孩子，也没听说谁家找孩子。”

也许是阿爷去世了，娘是后娘，才舍得那般下狠手，在丢了后也不寻找。

方临汝恼怒又无奈，怔怔无语，忽而明白，扇面美人大多挑十四五岁小娘子，那是女人最娇艳翠嫩的年龄，为何独崇徽十八岁了还没出任扇面美人。选上扇面美人，过一年，下一任美人选出来，就得灌药弄哑，那样可怜的身世，那样出色的容貌，再是心坚如钢的人，也下不了手。

何栎看着她，一脸欲言又止的纠结，方临汝的余光瞥到，脑子里呱呱呱一群乌鸦飞过。

方才就觉得有些古怪，只没在意，原来何栎一向寡言，今日却破天荒说了许多陈年旧事，敢情是怕自己见色起意，撩了崇徽又负了她。

方临汝哭笑不得：“表哥，你……的操心是多余的。”

她也是女人，只是初见之下一时为美色所迷罢，哪就会跟崇徽弄出些风流艳事来。

素日极清冷的人因似笑不笑的样子多了几分调皮，眼睛明亮湛然，何栎失神，斜刺里一股旋风刮过来，月白袖角拂过眼睛有些刺痛，何栎拭眼，再睁开，方临汝与他之间，楠木矮案尖角处，崇徽歪着身体挨着方临汝坐着，大袖招展，手指指着厅中间，灿烂的花儿绽放一般的笑容，“二郎，人都来了。”

此前见过崇徽几次，小心翼翼诚惶诚恐，浑不似此时胆大妄为。

何栎看着方临汝，方临汝笑呵呵由得崇徽倚着，右手在崇徽搭着她左臂的手上轻轻拍着，不由得暗暗摇头。

方临汝没觉得崇徽倚着自己过于亲密。

自己是女人，崇徽生得好，喜欢她，就跟与方锦枫相处一般，只不是兄妹而是姐妹，又心疼她身世凄凉，打心底愿意惯着宠着她，想起何栎说崇徽刚到紫竹园时满身的伤，耳朵被剪子剪了个缺口，心头恻恻，看崇徽耳朵，朝云近香髻挽得极松，垂在脸庞两侧的发丝如墨绸，把两只耳朵都遮住了，绿玉耳珰从乌发里坠出，衬着白雪堆成的皮肤，如一汪翠绿的秋水，方临汝拍着崇徽手背的手缓缓上移，掠过她白玉似柔润美好的脖颈，在发髻上揉了揉，悄悄挑起她笼盖着耳朵的发丝，左侧耳朵柔润完好，方临汝略一停顿，往右侧探去，怕崇徽发觉，左手张臂搂着她，右手去摸耳朵。

这一切只把众人看得眼都直了。

崇徽眼睛晶亮往方临汝肩膀上靠，方临汝一只手摸上崇徽耳朵外面头发，崇徽脸上灿烂的笑容霎地消失，雪白的面孔没有一丝血色，嗓子都抖了：“二郎，我……我……”

方临汝不料崇徽如此在意，暗暗自责，松了手，浅笑一声掩饰道：“你这朝云近香髻梳得极好看，自己梳的还是别人帮你梳的？”

崇徽定定地看着她，清澈的大眼令人无所遁形，方临汝咳了咳，才想说些别的转开话题，崇徽猛一下撩起盖着耳朵的头发：“就是这个样子，你想看就看。”

粉润润的花瓣似的耳朵，似问号的外耳郭半弧处缺了指甲片大一角，边缘参差不齐，可以想象当时受伤不是一剪子剪伤，而是剪了好几剪。也或者不止一次剪了许多下，而是剪了好几回。

那时她才四岁！

方临汝眼眶发红，牙根咬得格格响，粗声问道：“那会儿……很疼吧？”

“你不觉得很难看吗？”崇徽呆呆怔怔地道，似乎没想到方临汝关注的不是丑陋，而是那时疼不疼。

方临汝笑了笑，身体略后退，仔细打量。

崇徽坐得端端正正，一动不动，一双手拢在一起，紧张至极看她。

方临汝长叹了一声，道：“白璧微瑕。”

崇徽塌了脸，扁着嘴，要哭起来的样子。

方临汝哈哈大笑，捏她脸颊，朗声道：“徽娘貌若天仙，连神仙都心疼，故给了小小瑕疵，若没这小瑕疵，月满则亏，水满则溢，后来怕是有大祸临头，有这小瑕疵，一生平安喜乐无忧，白璧微有瑕，然瑕不掩瑜，极好。”

“真的吗？真的吗？你觉得我还是好看？没有因为耳朵缺了一角就变丑啦？”崇徽迭声问，眼里死灰复燃，更璀璨，明亮的光华照亮了整个大厅。

方临汝微微笑，笑容春水般柔软：“当然，你不信我吗？”

“我信你！”崇徽难以言表的欢喜，浓烈得从心窝一直往外漫溢，捂不住，咧嘴傻笑了些时，抱住方临汝，嗷嗷大叫：“二郎，我好开心我好开心！”

方临汝回抱她，崇徽胸腔震荡，心跳咚咚响，一下一下撞击着耳膜，方临汝闭眼，有瞬间，只想不计一切付出讨得眼前人欢心。

“汝郎！”何栎低喊。

方临汝回神，猛想起自己虽是女人，但外表却是男人，崇徽与世隔绝长大不知避男女之嫌便罢，自己却不能，推开崇徽，抚着她耳朵伤口处，低声问：“还记得谁伤了你吗？我替你报仇。”

“不记得了！”崇徽摇头，眼里明亮消失，晦暗滞涩，惶然不安。

分明是记得却不想说。

那虐待她的人是怎生地心狠手辣，才让她在过了十几年后，还如此惊恐害怕？

方临汝黯然，崇徽不想说，也便不提，随即注目看那些美人。

美人们五至十五六岁的都有，一眼望去，小的如娇怯怯的小花苗，大的是一朵朵含苞欲放的花朵。日色渐盛，阳光照在美人们脸上，洁白的面庞宛若上好的羊脂白玉，好奇的目光看她，一派天真无邪。

方临汝想起此来目的，顿觉呼吸不畅。

侧头看身边崇徽，崇徽笑意盈盈，绚烂的艳色里有股云开日出的清朗，有如毒药，迷得人魂失心悸之余，尖刀刮骨般刺疼。

从年龄上看，崇徽出任扇面美人一事不能再拖了。从大局方面想，方德清骤然去世，方家风雨飘摇，新任家主继位时出现的扇面美人艳色无双倾国倾城，美貌更胜历任美人，对维持方家的地位与声名帮助更大。

厅外绿意氤氲，日光花影，和风澹澹，枝头鸟声啾啾，人间仙境，厅内美人们鲜艳夺目至极，置身其中如处百花丛中，美不胜收。

方临汝如坠冰窖，周身透凉，霎地起身，几乎是狼狈地，跌跌撞撞地往外奔去。

“二郎，别走！”崇徽叫，伸手去抓方临汝，软滑的黑色织锦袍摆从她手指缝滑开，霎忽间挺拔的身影出了门，崇徽怔怔地看着空无一物的手心，猛地站起来，倾身往门外扑。

“徽娘。”门口立着一个窈窕的人影，沉沉地喊她，乃是这一年的扇面美人兰荪，横出一只手臂，精致的玉兰刺绣广袖飘逸，挡住崇徽的去路。

“闪开，别阻着我追二郎。”崇徽不耐烦，大叫，用力拔兰荪手臂。

“追上又怎么样？”兰荪被拔得后退了两步，又极快伸出手挡住崇徽，低低地凌厉地道，“别忘了，你是男人，他也是男人，你想做什么？”

崇徽愕然，抬起的脚顿住。

“我是男人，他也是男人。”他喃喃，茫然看着门外，方临汝走得很快，身影在他的视线里消失。

崇徽痴痴站着，也不知自己想做什么，他就是喜欢看着临汝，喜欢他清浅的微笑，喜欢他眼眸中那抹柔和的光彩，喜欢他身上如空山新雨后的清幽悠远的气息，喜欢他傲然从容的姿态。

一起长大的美人灼烧的花颜如盛放的丁香花蕊，可他却觉得，所有人的美加起来不及一个方临汝。

方临汝那么耀眼，像太阳，吸引着他想奋不顾身靠近。

“方才你跟他搂搂抱抱，可把我吓死了。”兰荪拍拍胸脯，凑近崇徽，鲜艳的两瓣嘴唇在他耳畔启启合合，“我采集了草药给你吃抑制成长没变声，你方能瞒住自己是男人的真相，离得太近可就瞒不住了，方家家主不是善类，你不怕他知道你的秘密？”

“我不知道，我只知道我喜欢他。”崇徽扁嘴，像一只被抛弃的小兽，傻傻的可爱的天真懵懂。

兰荪眼珠子转了转，笑道：“他既是家主，以后还是会来的，你还能见到他的。”

崇徽眼睛遽然明亮，嘴唇咧开绝美的弧度，洁白如贝的牙齿，明亮的光芒从眼睛灼向整个脸庞，如三月桃花雨水冲刷后，清澈剔透媚色天成，美得最高明的画师手中笔墨也无法描绘。

兰荪局促地移开眼，不敢直视，又回头看，如痴如狂。

脚下石子甬路凹凸不平，方临汝走得太快，微微喘息。

何栎追了上来，劝道：“汝郎，人各有命，莫放心上了。”

方临汝摆手，刚要开口，路旁花丛里悉索声，几个梳着双环髻婢女打扮的人影探出头来，方临汝停步看去，那些婢女年长的不到三十，年少的碧玉年华，见她望来，露齿一笑，樱唇微启，却无声音发出，于是抬手，比画着。

这是那些已成哑女的历任扇面美人！

虽比崇徽略逊些，但个个都是国色天香。

如有爆竹在胸中爆炸，方临汝五脏六腑被炸得支离破碎。

车舆里之前装着送去紫竹园的青菜水果肉类还有胭脂水粉，各种气味混杂，道路有些颠簸，方临汝身体忽儿左忽儿右，鼻端一会儿清雅的女儿脂粉香，一会儿世俗凡尘味，脑袋越来越不清醒。

方家的荣光需要美人团扇的光环维持，病弱的方锦枫需要大量鬻团扇获利购昂贵药材，母亲、姨娘、庶兄庶姐妹们过惯奢华生活，奢华的生活离不开钱，方家的商场对手虎视眈眈，官府那头，鲁玄虽暴毙了不能再为难方家，但林源这个知内情的人还是个麻烦，身为方家家主，她责任重大，不能意气行事，不能因善念而置方家于不顾。

道理明白，却过不了心中良知的那道槛。

下马车换马，一路恍恍惚惚，至府门前，方临汝才清醒过来。

容不得她不清醒。

府门一侧的拴马桩拴着一匹通体毛发如墨的高头大马，方临汝认得，那是润州城另一制扇大家郭家的大郎郭成安心爱的坐骑墨骥。

方府的拴马桩由整块青石雕凿而成，高近一丈，宽两人合抱，莲瓣底座，上头精致骑狮造型，威风凛凛，那匹墨骥却一副纡尊降贵样子，猖獗地打着响鼻，不时刨刨蹄子。

“跟它主人一样。”方临汝哼了哼。

“打听到咱们出去了过来的吗？”何栎皱眉。

郭成安跟方游丰、何栎同年出生，同是双十年龄，郭家嫡出长子、郭家家主郭笑盟身体不好，最近几年已不主事，郭成安虽未正式荣任家主，却跟家主无异，其人争强好胜，精明狡猾，逮着机会便与方家争长短，素日往来，笑里藏刀，没少与方家人起口舌之争。

为了将方家团扇挤掉，郭成安甚至在大唐各地开了扇行鬻郭家团扇，妄图以此扩大郭家扇的影响力与销量。

方孝的儿子方渭门外张望着，方德清和方临汝一向当他方家子侄看待，方孝百年之后方府的管家便是他。此时身上穿的子侄辈穿的白麻孝衣，方渭不似方孝年纪大爱摆谱，浓眉大眼憨厚耿直，时时咧嘴笑着一脸欢乐，两个小虎牙极是可爱。正当愁眉苦脸，看到方临汝和何栎，急忙快步下台阶迎上前来，方临汝纵身下马，方渭殷勤接过她手里马缰，小声道：“郭成安来了，张狂着，好像他是方家主人似的。”

方临汝瞥了一眼墨骥，嗤一声笑，道：“我跟表哥都不在，他不摆摆架子，回头可就没机会了，你体谅体谅他一二吧。”

方渭让口水呛了一下，哈哈大笑，紧绷的眉眼松弛下来，何栎后头听到，也是忍俊不禁，心道这个表弟惯常清冷正经，毒舌起来却是个厉害的主。

灵堂一侧布置了待客偏厅，过府来吊丧的亲友上香后便被迎到偏厅歇息用茶，方临汝远远便听到郭成安洪亮的声音。

“这茶是剑南蒙顶石花吧，此节气喝茶，当喝峡州碧涧茶芳蕊茶，方家是润州制扇第一大家，怎么连这个都不懂呢？”

“张罗这些俗事一向都是方伯。”方游丰讪笑，接着又道，“听起来，郭兄对饮食着实精通。”

一句话，就把自己置于郭成安之下了，方临汝暗暗摇头。

“自然，我郭家饮食哙精哙细，最是讲究的。”郭成安傲慢的口气道。

方临汝大踏步，几步来到厅门口。郭成安大大咧咧坐在主位上，黑色宽袖襕袍，黑色折子巾，方脸粗眉，肤色略黑，怡然悠闲，一副家主样子。

方游丰下首陪着，抬头看到方临汝，霎地起身，欢喜道：“汝郎，你回来啦。”

方临汝笑笑，朝郭成安微颔首，看向方游丰，道：“远远听得你们在议论喝茶，阿爷刚去世，做儿女的却讲究吃喝，可是大大的不孝。”

“没有讲究，只是郭兄说春日喝碧涧芳蕊更妙一些。”方游丰被方临汝扣了顶不孝帽子，有些惶恐。

“碧涧芳蕊是不错，不过口感清柔幽淡，更适合娇怯怯的小娘子。”方临汝哂然一笑，不等郭成安反驳，看厅外琬初站着，招手唤她进来，问道，“府里素日茶叶都是怎么分配的，你可知道？”

“知道。”琬初抿唇一笑，蔑视的目光瞥了郭成安一眼，道，“待客的有剑南蒙顶石花或小方或散牙，这是年轻客人喝的，味甘醇绵厚。还有东川神泉、小团、昌明，这三种味道厚重浓郁，上了年纪的客人喜欢。另有岳州浥湖含膏，洪州西山白露等。府里郎君和娘子们喝的各不相同，大娘喜碧涧，三娘喜芳蕊，二娘喝茶少，偶尔喝一杯，必得顾渚紫笋；郎君在世时喜欢喝夔州香山……”

琬初一样一样数着，口中所说的茶俱是上上之品，一两茶叶一缗钱不止，郭成安方脸渐渐绷不住，屁股底下搁了一口热锅般，来回不住挪动。

方临汝抬手，轻敲了琬初额头一记，嗔道：“我不过白问一句，你倒长篇大论起来。”笑吟吟看向郭成安，道，“婢女无状，班门弄斧，郭兄莫怪。”

郭成安肤色暗黑的脸庞已涨得通红，先是被方临汝暗指喜欢小娘子喝的茶没男儿气概，后又被婢女嘲见识少，绞尽脑汁想不出反驳之语，只得装风度，强笑道：“无妨，无妨。”

方临汝浅笑着瞥琬初，赞道：“郭兄大人大量，汝佩服。”一面说，一面往次座指了指，比了个请的手势。

“琬初谢郭大郎不降罪。”琬初知机，施礼致谢后，上前一步，半挽半拖，郭成安回过神来，已被从主位上拉到宾位上去。琬初又飞快地把他的茶盏挪了过来，眼角瞥过厅外婢女，轻抬下巴，婢女都是极机灵，四五个人一齐进来，有人换坐垫，有人给方临汝打扇，有人奉茶。

茶盏是金錾花小瓯，茶是洪州西山白露，热气袅袅如轻烟，香气四溢，方临汝抬臂举杯，袖口银丝暗绣回纹闪闪，雪白一截皓腕，手指修长秀润，一派月华光辉，令人相形见绌。

郭成安满腔斗志化为一肚子闷火，欲要与方临汝一较高下，方临汝抬手启口莫不超然，实难追赶，寻思不知方家那个病恹恹的二娘是何模样，若是生得与方临汝一般无二，不妨求娶，娶回去日日折辱，只当羞辱方临汝。

第五章　妍蚩立现

“郭兄，请！”方临汝饮毕，笑吟吟看郭成安。

“请！”郭成安应道，也饮了一盏茶，搁下茶盏回神，被牵着鼻子走了，暗暗懊恼，此来除了送奠礼吊丧，还有别的目的，将不快压下，说了打算。

却是说方家忙着办丧事，无暇开订扇会，郭家的扇行遍布大唐各地，愿帮方家售扇，也不必方家让利，只是方家售给扇商的价格即可。

“多谢郭兄！郭兄古道热肠，汝感激不尽。”方临汝黝黑的瞳仁闪了闪，搁下茶盏。琬初执茶壶殷勤上前满上茶，方临汝端起茶盏轻摩，话锋一转，道，“只是扇商们订方家扇，鬻扇盈利尚在其次，为的是目睹方家的传家宝扇，方家于订扇会上让大家一观宝扇已成定例，汝不敢打破祖宗们的规矩。”

“方世叔突然去世，你另辟蹊径也不为过，何必拘泥祖宗俗例。”郭成安笑道。

“郭兄这是想让汝做不肖子孙吗？”方临汝浅笑，不咸不淡回将一军。

郭成安被堵得哑口无言。

两人又打了几句机锋，客套话说着，方临汝周到有礼，郭成安见她油盐不进，只得拱手告辞。

方临汝送到厅门口即止步，让游丰送客。

她与郭成安同龄人，可她已继位方家家主之位，郭成安只是郭家大郎，郭成安要摆架子，她就摆得比他更足，只送至厅外。

何栎一旁陪着，看方临汝睥睨红尘目空一切的傲慢样子，止不住莞尔一笑。

人说比干有七窍玲珑心，自己这个表弟跟他相比，只多不少，阴黑起来，能让人一口血哽在喉间喷不出来。

心念一转想起郭成安此来目的，笑容敛起，沉吟道："郭成安这是看姨父去世，欺你年少经验不足，迫不及待想蚕吞方家了。"

"不过做白日梦空拨如意算盘罢了。"方临汝撩起袍角懒洋洋坐下。一大早起床，又是骑马又是乘车，午膳时间都过了，也懒得去膳厅，唤琬初，"差人去灶房看看，现成的给我和表哥来点儿吃的。"

琬初嘻嘻一笑，脆声应好。

方临汝回头和何栎继续刚才的话题，才说了几句，方游丰就送客回来了，素日走路拖拖沓沓，这当儿倒麻利，大步进厅来，挨着方临汝坐下，满眼好奇问道："汝郎，郭成安愿意无偿帮咱家卖扇子，你为什么不答应？"

"他哪是帮咱们，那是想撬咱家的墙角。"方临汝低哼，方游丰若是有长进，对方家大有益处，于是笑了笑，一步一步耐心引方游丰细思，"阿兄觉得郭成安是无利益所图也肯出力的人吗？"

"不是，他见钱眼开得很。"方游丰摇头，微蹙眉，"可是，他又没要咱家让利，还是给扇商们的价格给他扇子，他如果加价把扇子给扇商们，扇商们必是不同意的，咱们给他扇子时可以约好不准加价便是。"

方临汝摇头："便是加价也加不了多少，郭家才看不上那点儿蝇头小利。"

她细细说给方游丰听："郭成安那看似示好的提议，实是包藏祸心，想侵吞方家团扇的鬻扇渠道。他用不着在扇子价格加价，甚至还可以降价，只需要求订的扇商们进方家团扇的同时，进一定比例的郭家团扇。或者，方家的团扇根本不供货给扇商们，留着郭家的扇行卖。郭家扇行要售自家的扇，还要卖方家扇，销量自是下降，不过无须担心积压方家的团扇卖不完，往年卖方家团扇的扇商们没方家团扇卖，少不得就去进郭家团扇卖了，此消彼长，郭家还是赚钱。借着鬻方家团扇的机会，与鬻方家团扇的扇商们套近乎拉关系，占了方家团扇的鬻扇渠道，明年这些人或多或少就会进郭家团扇，这才是利中之利，最重要的。"

方游丰眨着眼睛听着，方临汝说了许多，还是似懂不懂的神情。

方临汝又重复说了一遍，说得更细致。

方游丰挠头，道："好复杂，听得我都蒙了。"

这么简单的道理，他即便一时听不懂，静下心来细一想便明白了。

方临汝心中叹了口气，看他身体挪来挪去坐立不住状，猛想起他一向对家中生意不感兴趣，不关心不过问，这当儿问长问短，怕是醉翁之意不在酒，自己讲了半日口渴气躁，不耐烦跟他兜圈子，直剌剌问道："你有事找我吧？"

“啊！”方游丰缩肩，眼珠子转来转去不敢跟方临汝对视，期期艾艾道：“这个月的月钱我用完了，你能不能跟方伯说一声，给我预支下个月的？”

他每月有十缗钱零用钱，吃食穿戴都是公中的，随他怎么用也不至于才月初就没钱了，方临汝皱眉，问道：“你把钱都用哪去了？”

“买了两只蛐蛐。”方游丰越说声音越低，怕方临汝骂他阿爷去世还玩蛐蛐，急急又补充，“这是阿爷去世前就交代了要的，人家送来不好反悔不要。”

“你！”方临汝吁出一口气，沉默片刻，道，“如今我当家，你长了一辈，月钱给你涨一涨吧，预支的事莫提，没的坏规矩。”

方渭外头使唤婢女下奴做事，方临汝拍拍手唤他进来，道：“跟方伯说，大郎的月例这个月起从十缗涨为二十缗，这个月只发了十缗，再给大郎补十缗。”

一下子翻一倍，方游丰大喜，眼睛发亮，大叫：“多谢汝郎！”扯了方渭往外奔，“快，快带我去找你阿爷拿钱。”

何栎不甚赞同：“涨得太多了，他每日斗鸡走狗不干正事，这一来，更加不成样了。”

“他以往花的可不止月例钱。”方临汝嘴角弯了弯，往至善苑方向指了指，略略低了声音，“阿爷在世时，柳姨娘从阿爷那里份例外可要了不少钱，他缺钱了就去找柳姨娘要，如今阿爷去世了，柳姨娘那里没了份例外的钱。我这公中要是再不给，他难免有怨言，公中给了，就不会去跟柳姨娘要，没跟柳姨娘要钱，就不会听她挑唆是非。”

况且游丰除了平庸无能不长进，其实也还好，比如有自知之明，从不跟她争抢方家家主之位，也从不使阴招拖她后腿。若论花钱，一样是儿子，方锦枫每年花的钱是游丰的百倍千倍，没必要计较太多。

“姨父什么都好，就是对柳姨娘太放纵了。”何栎想起那一日柳氏对方临汝无礼，恼恨不已。

在他心中，庶出的等同奴婢，不能与正室儿女等同视之。

“男人嘛，谁能没个糊涂的时候。”方临汝笑笑，并不在意，柳氏自小服侍方德清，惯会使媚，方德清宠她情理之中，随即交代何栎，“回头你把跟大兄的人敲打敲打，他玩儿蛐蛐什么的也罢了，赌坊一定不能让他进，花街柳巷也不行，还有，小心盯着，别让他跟郭成安来往。”

何栎应下，问柳氏安排，按他的想法，当是长长久久关禁闭，省得出来扰方临汝清静。

“她毕竟为方家育有儿女，一直关着不行。”方临汝叹道，想起阿爷，心口刺疼，敬重她阿爷，也不想十分为难柳氏，便道，“大兄未能当上家主，她已是很受打击了，出殡前日放她出来吧，往后，也别关了。”

“大郎接任家主？她做白日梦。”何栎冷哼，“阖府上下，谁不知道姨父去世了接任家主的定是你。”

大家不知她是女儿身，故有此想法，此次若不是天降横祸阿爷无力挽狂澜，正常情况下，继位的当是方游丰。

阿爷平时言行里想必多少流露出这般想法给柳氏，柳氏那日方那么笃定且张狂。

方临汝沉默些时道：“你外头留意一下品貌佳的小娘子，给大兄说一门亲事，家境如何不必在意，大不了多给些钱，品性好模样好就行。虽说孝中不能成亲，时常接过府来规劝一二也好，不然，柳姨娘看他没能继位家主，怕是要提分家。”

“分家就分家！”何栎拔高了声音，眼底满是愠色，“分出去，没多久就得败光家产回来求你，到时你可别心软。”

“表哥，我眼下可不仅是方家二郎，还是方家家主。”

方临汝低叹，面色白得近乎透明，眼底布满红血丝，下视的长长睫毛睑下一圈阴影，眼眶处青黑青更重，微有荫翳颓丧的神色。

身为方家家主，她要考虑的不仅是自身，还有方家所有人。

母亲、锦枫，不同母的阿兄游丰，姐妹方香雯和方秀绮，乃至柳氏，以及方府上下人等，扇坊几百个扇工，都是她的责任。

此时琬初端了膳食过来，方临汝净面洗手，握起箸子，忽地脱手，擦着碗沿落下，当啷一声。

“怎么啦？”何栎才夹起一箸子青菜，霎地搁下，青白了脸，起身弯腰，探头过食案，紧张地看着方临汝，“可是饿极了胃不舒服？”

方临汝眉头蹙起，有气无力摇头。

方才在郭成安面前忘了装病了！

郭成安狡猾精明，心思比团扇骨丝还细密，只盼出殡那日他不来了，若来了，锦枫形甚孱弱，短短几日举止相差太多，未必能瞒过他的眼睛。

亲近如何栎也不便实说，方临汝食不知味，心病重，倒真有几分生病了。

方游丰等不得唤服侍小子去领钱，跟方渭到了账房，自个儿兴冲冲补领了十缗月钱，把欠着的蛐蛐钱还了，还剩五缗，挂在脖子上叮叮当当回了居住的瑞福轩。

方德清怕他平庸无能之余又添贪花荒淫毛病，瑞福轩只配小子服侍，方游丰眼前得用的两个小子一名双瑞一名双福，都是十七岁，奴随主性，也是不爱上进只好玩的散漫性情，见方游丰挂着钱串子回来，欢天喜地迎上前，把钱一串串从方游丰脖子上取下来，异口同声问道："大郎斗蛐蛐赢了？"

"阿爷刚去世，斗什么蛐蛐。"方游丰哼哼，椅子上坐下，手足大摊，叫道，"上茶，扇风。"

双瑞、双福收起钱，殷勤地上前服侍，眼珠子滴溜溜转着，方游丰嘻嘻笑道："别寻思了，那是汝郎给我涨的月钱，你们大郎我从此以后一个月有二十缗钱的月钱了。"

"这么多！"双瑞、双福一齐惊叫。

"是啊，就是有这么多。"方游丰乐滋滋道。

"二郎对大郎可真不错。"双瑞道。

"汝郎一向对我不错。"方游丰道，方临汝从来不唠叨他，以后看来也不会，顿时心宽身安，跷起二郎腿，足尖一点一点，"往日没钱去跟阿娘要每次都得听她一阵唠叨，这下好了，不用看她眼色了。"

双瑞和双福相视一眼，双福小心翼翼道："方才大娘来过，说是柳姨娘唤大郎过去，有事交代。"

方游丰面上笑容霎地消失，皱眉道："都禁足了还不消停，有没有说什么事？"

方香雯没留话，只让过去，方游丰来回踱步转了几圈，有心不去，又怕回头被柳氏念叨更甚，蔫头耷脑出了瑞福轩，往柳氏居住的水木堂而去。

何栎吩咐禁足不得外出，却没禁探视，柳氏虽是妾，但一向得宠，下奴也没有十分为难她，只不让出去。方游丰还盼着被拦一拦，没人拦他，无奈何只能进去。

十数日工夫，柳氏与那日嚣张狂妄目下无尘判若两人，衫皱裙乱，长发披散，眼窝凹陷，瞳孔里幽冥暗火，乍一看，像一个女鬼，方游丰吓了一跳，凑近反复看了看，方喊："阿娘。"

"没良心的，我不让雯娘唤你来，你就不来看我了是不是？"柳氏怒叱，戳着方游丰额头，下了死力，方游丰哎哟哭叫，惨兮兮道："阿娘轻点，何大郎把你禁足了，我要是来看你也得遭殃啊。"

"我是你亲娘，你竟怕被牵连。"柳氏气得几乎昏厥，左右看，抓起妆台珐琅采胭脂盒子朝方游丰砸去，方游丰急忙闪避，大叫大喊："阿娘饶命。"

柳氏气恼更甚："一个胭脂膏盒子还能砸伤你不成，怕什么。"冲上前，揪住方游丰耳朵一顿痛骂。

母子俩闹嚷了些时，柳氏累了，松开方游丰，吭哧喘气，恶狠狠道："你去跟方临汝说，要分家。"

"分家？"方游丰惊叫，瑟缩了一下，道："我不想分家，汝郎刚给我涨了月例钱，一个月二十缗呢。"

柳氏一愣，随即大骂："蠢材，方家富可敌国，二十缗钱不过沧海一粟，不分家，家产让方临汝吞了，你什么都没有了。"

"汝郎不是那样的人。"方游丰抗拒，今天刚说没钱，方临汝马上给他涨月钱，哪会谋图他家产，万不信的，头拨浪鼓似的摇。

柳氏大怒，苦口婆心道："你不分家，阿娘便得一直看人脸色，你想想，何栎不过一个依傍方家生活的穷亲戚，居然下令禁足阿娘，你忍得了这口气吗？"

"你居然敢动手打汝郎，不把你禁足才怪，何栎也不是什么穷亲戚，阿爷有多倚重他你不知道吗？"方游丰嘟囔道。

方德清曾让他学着管理方家事务，搬了厚厚一大摞账本让他看，他只看了几页便生不如死，后来这些事都让何栎接手，他方得以解脱，对何栎感激得很。

"你说什么？合着他一个穷亲戚比我这个为方家养儿育女的人还尊贵？"柳氏捶胸顿足。

方游丰撇嘴，不耐烦得很，拔足往外走，口中道："你若有母亲的矜持端重，谁又敢轻视你。"

母亲指的是方姜氏了。

柳氏愕然，略一停顿工夫，方游丰已出房，小跑着冲出院门，柳氏放声大哭，真的伤心了。

这边发生的事，何栎晚间尽知，暗赞方临汝想得周到，先行一步使方游丰和柳氏不一条心。又恨柳氏无端总爱生事，给方临汝添恼，暗想着等方德清丧事毕，定要治一治柳氏，逼得她从此老老实实夹着尾巴做人。账务先放一边，何栎差人把双瑞和双福唤到跟前，狠狠敲打了一番。告诫他们若是方游丰做错什么，只拿办他们。把两人训得泪汪汪磕头请罪不迭后，又各赏了一缗钱。

双瑞和双福没想到还有赏赐，且如此厚重，一个月的月钱不过二百文，一缗钱是五个月的月钱了，喜出望外，拍胸脯保证，请何大管事放心，定紧跟着大郎，不使大郎行差踏错，坏方家声名。两个一般福相，白白胖胖，模样可亲可掬，何栎被他们逗笑了，一脚踹去，骂道："滚回去，好生服侍大郎。"

打发走双瑞和双福，何栎拿过账本核对。

家主新丧，扇坊却没停，有条不紊地生产着，团扇所用材料甚多，只有紫竹是自家紫竹园生产的，其余的，如扇面用的绢帛，装饰的扇坠和丝绦，盛放团扇的匣子等都要购买，每日好大一笔进出账。方诚只管扇工们生产，并不管钱物。方孝管方府庶务不过问扇坊那边的事，何栎里外一手抓，团扇所用材料的好坏，价钱是否合适得审核，以防下头采办被蒙骗或者贪墨。还有团扇的款式，扇面绘图得过目，为的是保持方家团扇在团扇行业的领先位置。

事务繁杂，但何栎自有一套办法，办事既快又好，故深得方德清倚重。这一晚账册摆在眼前，却一字看不进去，眼里来回晃动着方临汝宜嗔宜喜的笑脸。

"汝郎还没说由谁当扇面美人，问一问吧。"何栎自语，找到见方临汝的借口，立觉浑身轻松，收了账本，出门，往澄漪山房走去。

才出明瑟馆，就遇上了自己的母亲何姜氏。

院门灯笼当头照着，清晰可见何姜氏脸上强行堆叠的讨好笑容。

何栎眉头打了细结，何姜氏性情有些愚犟，耳根子软，没有半点儿主意，何栎一向不喜母亲没轻没重惯着弟弟何舆，行礼喊了声母亲后，一言不发袖手站着。

何姜氏有些讪然，帕子揉了又揉，道："你弟弟整日游手好闲不是个事，如今汝郎当家，不必怕惹你姨父生气跟你姨妈生分，你好歹提拔一下，让你弟弟有份事做。"

"姨父又不是没给过事让他做，他做成什么样母亲不知道吗？如今汝郎刚当家，上下几百双眼睛看着，更不能添乱，母亲这话莫再提。"何栎冷冷地道。半分商榷地余地也没有，直接拒绝。

何栎的父亲去世时，何栎刚六岁，未能撑起家业，母亲没成算，家产被叔伯们以各种名目骗了去，生活无着，母亲带着他和弟弟投奔方家。方德清拨了归闲坞给他们孤儿寡母居住，许他兄弟俩与方游丰方临汝同样的月例钱，饮食用度一般无二，一样请先生教导。

他十三岁开始帮方德清做事，一步一个脚印，渐渐帮着挑起方家担子。

弟弟何舆却另一种性情，明明只是寄居，愣是养出纨绔之气，吃喝讲究，又极好面子。方游丰只是手脚撒漫，胆小无能，从没给方家添大乱。他一个寄居之人倒好，一副奸猾之性，小时偷方姜氏房中古玩器物出去卖，换了钱呼朋唤友吃喝玩乐，方姜氏顾念姐妹之情，不想让寡居姐姐烦心，悄悄拿了钱去赎回来。谁知这只是何舆的小打小闹，长大一些后，刚进扇坊做事，就弄出更大乱子来。第一个月，把扇坊的紫竹偷卖了几牛车；第二个月，私底下以低市价二文的价钱订出两万把扇子给扇商，收了钱不上交，从扇坊悄悄运了扇出去给扇商，方德清查知后，顾念亲戚之情，只薄责了一番；第三个月，弄了更大的事，居然偷方家扇坊里上万块成色极好的青玉坠子出去卖，若不是何栎察觉得快追了去，那上万块青玉坠子就被他以不到一半的价格卖掉变现了。何栎怒抽了他一顿鞭子，方德清顾念亲戚之情，他却不能眼看蛀虫蛀垮方家，把何舆赶出方家扇坊，交代上下管事，不得再允许何舆进扇坊，宅子这头让方孝传话下去，严防死守，每月的月钱十缗钱给他花着，才杜绝了再次出现污糟事。

毫不委婉地拒绝了母亲，何栎又道："请母亲莫去找姨妈，姨妈便是找汝郎说，我还是要反对的，亲戚接济没有接济一辈子的道理。舆郎今年十七了，当自立门户，母亲若去找姨妈说，我便外头买一小宅子，请母亲跟舆郎搬出去，以后自个赚钱过日子。"

"你……你何必这么绝情，那是你亲弟弟。"何姜氏脸白了白，又涨得通红。

"不是亲弟弟我早就把他打死了，免得留在世上丢人现眼。"何栎冷冷地道，"姨父对我们恩重如山，他不知恩图报，反做蠹虫硕鼠勾当，母亲应当劝劝他，莫助长他歪心思才是。"

何姜氏无语以对，憋了半晌，道："你姨父对咱们好，也不是一无所求，他想要你娶他那个连床都起不来的病秧子女儿。"

"病秧子！母亲，你怎么能这样喊枫娘！怎么能说出这等忘恩负义的话！"何栎气得周身发抖，哆哆嗦嗦地攥紧手，艰难克制，方说出话来，"不说姨父从没提过，便是提了，枫娘是姨父姨妈心头肉，许给儿是看得起儿，儿自是欣然从之，从今往后，儿不想听到你叫枫娘什么病秧子的话。"

"你就是奴性。"何姜氏悄声嘀咕。

"我奴性！"何栎气得大笑，"母亲莫忘了，当年咱家家产让叔伯们哄骗得一干二净，我们变卖了你的首饰衣裳才凑出盘缠来投奔姨妈，路上遇到打劫的，盘缠被抢，一路乞讨来润州，好时讨得残汤剩羹，坏时饿肚子一整天，到润州时衣衫褴褛、身无分文，若非姨妈姨父收留我们，我们早没命了。方家养了我们母子仨这么多年，我们一衣一饭俱赖姨父姨妈恩赐，儿便是奴性又怎么了？总比狼心狗肺恩将仇报之人强。"

"我没忘你姨父姨妈恩情。"何姜氏讷讷，肩膀略微缩了缩，低声道，"你弟弟也是一心想着出人头地，你做阿兄的，不能给他一个改过自新的机会吗？”

“改过自新？他是那种肯改过自新的人吗？想出人头地就是侵吞方家财产吗？”何栎冷笑，懒得再与何姜氏废话，越过何姜氏，大步往前走。

才走得几步，抬起的脚顿住，呆怔怔不能动弹。几步远的地方，方临汝素衣白袍，静静地站着，身侧一株梧桐树，整个人笼在阴影里，面目看不清，只觉幽幽黑黑一双眼眸定定看着自己，专注沉静。

“汝郎，你什么时候来的？”何栎口吃，结结巴巴语无伦次，“汝郎你别误会，我不是想娶枫娘，不是，我不是不想娶枫娘，我……”

何栎一头薄汗，生怕方临汝以为他贪慕方家家财对方锦枫心怀不轨，又怕他认为自己嫌弃方锦枫体弱多病不肯娶，还怕他以为自己喜欢方锦枫，心中九曲十八弯，自己都闹不明白，更加说不清。

“我明白。”方临汝往前迈步，面庞落到灯笼光里头，微微笑着，素常冷冽的墨染双瞳秋水流转，潋滟澹然，“表哥想说，你对枫娘无意，但若是我阿爷给你指婚，你必是会应承，只因阿爷对你有恩，枫娘便是身子骨弱，未必担得起妻子之责，你也不会嫌弃。”

何栎点头不迭，眼眶发红，看着方临汝半晌，嗓子有些哑，道：“你怎么过来了？找我有事？让人来喊我过去便是，每日事儿那么多，好歹抽空歇一歇。”

“心情不好，随意走走，不知不觉就走到这儿来了。”方临汝笑笑，抬头望何氏一眼，缓缓抬步，朝她走过去。

光随着她动，身后拉下长长一道影子，在何姜氏面前站定，微微一笑，礼数周到，表情温和，半分不倨傲，也无家人背后被人编排的恼怒，得体而大气，温声喊道：“姨妈。”

何姜氏不敢跟她对视，垂着头，视线到处飘：“汝郎，我方才那话并非有意中伤枫娘……”

“姨妈无须多言。”方临汝摆手，唇角下垂，要笑不笑，眼底几分阴翳，“姨妈说什么我听到无妨，枫娘若听到了，因此心情不好，我可不依。”

“我不会去枫娘面前胡说的。”何姜氏讷讷，面色苍白，嘴唇颤了颤，道，“栎郎不肯帮他弟弟，我方失了方寸。”

合着何栎不肯答应，还想在自己这里说情，方临汝眼底寒芒明灭不定，道：“姨妈可知，舆郎做的那些事，阿爷若是告官，他得牢狱之灾？”

“大家是亲戚，提什么告官？”何姜氏愕然。

“因为是亲戚，我阿爷方没告官。”方临汝低笑，轻声道，“临汝有句话先交代给姨妈，我是六亲不认的，舆郎若再敢做些宵小行径，我必告官。”

“啊！舆郎是你嫡亲表弟，你怎么能做得这么绝情？”何姜氏惊叫，煞白了脸一步步后退。

“汝郎不告官，我也要告官，母亲请回。”何栎上前一步，眼神冷冽。

何姜氏怔怔说不出话。

何栎心知她的糊涂，但懒得说道理，转身看向方临汝，眼里笑意涌动：“外头露水重，有什么事进屋谈。”

何姜氏顿足，看何栎陪着方临汝并肩入内，想要追上去，又有些发怵，怔站了些时，到底还是怕触怒大儿子和方临汝，无奈垂头丧气地离开了。

何栎的住处一眼看去空旷雪洞，博古架空荡荡古玩珍宝皆无，没有花瓶，时鲜花草一束不见，地台上连坐垫引囊都没有，矮案上空无一物，没有半丝烟火气。

方临汝因自己是女儿家，自重矜持，从没进过何栎住处，猛然间看了，倒怔了怔，叹道：“表哥，你过得也太自虐了，明日我让方伯从库房里拿几样摆件过来，服侍的人太不上心了，眼下府里办丧事也罢了，平时园子里摘束花瓶子里插着，添添生机。”

“不用。”何栎连连摆手，“我只睡觉时回来，平时不在澄漪山房，就是在扇坊巡视，抑或外头谈生意，弄些摆件还得收拾，忒麻烦。”

“又不要你收拾，自有婢女小子。”方临汝笑道，左右看了看，笑容敛去，“我记得你这边配的服侍的人跟我那是一样的，两个贴身婢女，四个洒扫的粗使婢女，外头两个小子，怎么一个不见？偷懒去了？”

何栎的手指僵僵地按在茶壶上，纠结些时，低声道：“母亲和舆郎那边说服侍的人不够，想跟姨妈再要人，我寻思着我很少在家，便把人打发了去他们那边，只留了个两个小子，他们白天跟着我到处跑，晚上就没要他们服侍。”

他里里外外那么多事，何姜氏和何舆什么事不干，还嫌服侍的人少？

不，不是何姜氏嫌服侍的人少，而是何舆嫌服侍的人少。

方临汝气极：“你太惯着他们了。”抬步往外走，便要去何舆那边抓人。

“汝郎。”何栎低叫，捉住方临汝袖子又飞快松开，讷讷道，“我并非惯着他们，只是我若不给人，我母亲必要去找姨妈的，姨妈心慈，怕委屈亲戚，少不得就拨人过来，我不想他们再添嚼用。”

方临汝满腔怒火尽化幽幽叹息，再说下去倒使何栎为难了，住口不提。

何栎提起茶壶又讪讪放下，外头行走时方临汝随和从众，在漱石榭时却极讲究的，泥炉煨火，砂壶盛着山泉，水的滚烫程度差一丁点儿出来的茶都嫌味儿不对，此时茶壶里的乃是大壶茶，早起走前泡的，别说茶的清香，连白水的清甜可口都没有。

方临汝走了老远的路，方才又逞口舌训了何姜氏一顿，有些口渴，手指搭在案面上等着端茶，何栎拿起茶壶便朝茶杯凑去，随即又搁下，凑了个空茶盏，不觉莞尔。

“你稍等，我去漱石榭拿茶具过来。”何栎有些拘谨地道。

“无须，有得讲究时讲究，没得讲究时还穷讲究做甚，我没那么迂腐。”方临汝笑笑，把茶盏推到何栎面前，指节敲案面，哒哒响，调皮一笑，道，“表哥，我口渴了，赏我一杯茶喝。”

晃晃悠悠的烛火，光影下面的笑脸如鲜花盛开，铺天盖地的艳色蜿蜒，遮蔽了一双眼睛能看到的其他，何栎低头，双手微颤着为方临汝倒茶。

第六章　红尘碌碌

方临汝方才说心情烦闷随意走走，其实不然，她为扇面美人一事，特意过来找何栎商量的。

何栎掌管紫竹园，方家团扇美人的秘密自是尽知的，方临汝也不兜圈子，直言问道："表哥，你对团扇美人有甚看法？"

"徽娘今年十八岁，不能再拖下去，又是美人里面长得最美的，我觉得，你接任家主的典礼上，扇面美人就挑她最好。"何栎道。

他误会了，方临汝抿了抿唇，道："我不是问这个，我想取消扇面美人擢选，以后，方家不靠美人团扇造势鬻扇。"

"什么！"何栎惊叫，霍地站起来，一向沉稳的人也遽然变色，"万万不可，没了美人团扇，方家与其他制扇之家有何区别。"

"因为美人团扇能给方家带来名与利，就一直欺世盗名下去吗？"方临汝反问。

"这是方家祖先费尽心思摸索出来的门道，数代相传，方有今日制扇第一家方家，取消了，方家以何与众不同？以何为凭仗同行中独占鳌头？"何栎来回踱步些时，忽地停下，傻呆呆看方临汝，"你……你莫不是……"结结巴巴，难以启口，极艰难才把后面的话说完，"你对徽娘一见钟情？不舍得她选上扇面美人后被药哑？"

方临汝瞠目。

何栎找到原因，长吁出一口气，坐下来，沉吟道："虽说从没有扇面美人离开紫竹园的先例，可你是家主，若真是喜欢她，也不是不行，只是她自小在紫竹园中与世隔绝长大，世事懵懂迷糊，单纯天真，担不起方家当家主母的重任，把她纳为妾便罢，不要娶作正室。”

方临汝抚额。

她是女子，崇徽再美，她也不可能有什么想法。

真相无法说，方临汝憋得肝疼，何栎一脸殷切等自己表态，一口气在喉间转了转，蹦出一句：“娶妻又纳妾，就不能一生一世一双人吗？表哥你也是这般想法？”

“啊？”何栎呆滞，从没想过娶妻纳妾问题，怔怔想，想不出跟一个或两个女人相伴的生活是什么情形，道：“我不娶妻也不纳妾。”

“孤身一人一辈子？”方临汝讶然。

何栎点头，此前糊涂，只一瞬的思索，整个人通透，确定自己不想跟任何一个小娘子一起生活。

方临汝抬眼看，幽幽灯光里，何栎映在地上的身影几分伶仃，想起自己女扮男装，担着方家家主之位，怕是一辈子也不能谈婚论嫁了，叹道：“咱们表兄弟真是难兄难弟。”

“汝郎，你……”何栎捉摸不透方临汝话中之意，隐约又觉有所指，抑制不住地雀跃。

方临汝一叹之后，也没往心上放，笑道：“你误会了，我不喜欢崇徽。”一语毕，觉得不对，又改口，道，“我很喜欢崇徽，但不是你以为的那种喜欢。”

把自己不想使奸欺骗扇商，不想残害扇面美人的想法细细说了，道：“听阿爷说方家美人团扇的秘密后，我就一直在考虑这事，与崇徽无关。”

这个原因何栎无论如何也想不到。

他虽寄居方家，却也是大家出身，婢仆侍候长大，骨子里看不起奴婢，不把奴婢平等看待。可方临汝不愿再用扇面美人，何栎不想她纠结为难，沉默片刻，道：“家主继任典礼要挑吉日举行，我去请半仙算日子的时候让他算个今年最靠后的日子，你再多考虑些时日吧。”

只能如此了，方临汝长叹。

自个儿是女儿身的事，有心告诉何栎，半仙当日说，女作儿养，儿当女养需得瞒着人，方能度厄。方姜氏与何姜氏姐妹情深也没告诉她，不管信不信，方锦枫身体弱，自己不敢冒险，也便没告诉何栎。

从明瑟馆出来，方临汝往何姜氏与何舆居住的院落方向望了一眼，寻思着何舆品性太差，以前还小也罢了，今年已经十七了，只比自己小一个月，府里除了方锦枫，还有两个庶出的姐妹，一个府里住着总是不便，不如给他们买处宅子，让他跟何姜氏搬出去。

翌日，方临汝觑空跟方姜氏提，方姜氏却不愿意，唠唠叨叨说了许多，指责方临汝眼里只有钱，刚当了家主就嫌弃穷亲戚，末了道："你阿爷去世了，你外头忙着整日见不着，锦枫病着阿娘也不能跟他说闲话，怕他心思太细上心了心情不好，幸好有你姨妈陪我，搬出去了来往忒麻烦，你表弟犯错那时还小，大了就好了，你也别紧盯着往日那点儿事。"

方临汝气结，欲强硬做主，想着阿爷刚去世，母亲悲伤，也便没坚持。

匆匆又过了十数日，四月二十五日，出殡日到了。

方家作为润州城制扇第一大家，丧礼极隆重，二十四人抬杠，十名吹鼓手，仪仗队举成对的髹漆金瓜、钺斧、朝天镫和雪色旗帜等。方游丰摔盆打幡，方临汝没束胸也没壮腰，改变声音的药没吃，一早与方锦枫换了衣裳，方锦枫抱灵牌，她则在女儿这边，与方香雯方秀绮一起。

身份换了，婢女也得换，琬初、璟初两个跟方锦枫，素问、素心跟着她。

还有一炷香吉时到，出殡队伍便出府，想起自此后再也见不到阿爷，方临汝悲难自抑，哭得肝肠寸断。

昏沉沉里左右两只手臂同时被死死抓住，很用力地掐着，长长的指甲深掐得肉里。

哽咽堵在喉咙，方临汝侧头，素心、素问脸色有些白，紧绷着脸看她，目光对上，轻努嘴，方临汝顺着视线看去，眉头不自觉蹙起。

郭成安不知何时过来了，居然站在方锦枫身边，正不知说着什么，方锦枫弯着腰捂着嘴，不住咳嗽，脸庞白里透着青，宽大的孝衣穿在身上，飘飘荡荡，身体孱弱得像随时拦腰折断一般。琬初、璟初扶着他，伶俐剔透的两人，此时却一脸无措，眼角不住往她这里瞟。

方临汝皱眉，这当儿她自是不能上前的，往何栎那头看去，哀乐声声，朝天镫和雪旗的缝隙，何栎正朝方锦枫那头看，面上微有不解之色。方临汝紧盯他，何栎似有所感觉，朝她看来，目光对上，何栎如遭雷击，双目圆瞪，瞬间痴痴傻傻，方临汝抿唇，下巴轻抬朝方锦枫的方向，微不可察。何栎像木头人一般看着她，忽而身体抖了抖，轻点头，抬步朝方锦枫和郭成安那头走去。

离得远，不知何栎和郭成安说的什么，只见郭成安开始还说了几句，后来脸色便青一阵白一阵，方锦枫一阵剧咳，郭成安绷着脸拂袖走了。

方临汝舒出一口气，素心、素问却更急了，热锅上的蚂蚁般，搀扶着她的，却哪是扶，手指甲快把她胳膊掐成马蜂窝了，两人凑到她耳边，也不管周围都是人，嘶哑的哭腔哀求："二娘好像很难受，二郎，你赶紧和二娘换孝衣，自个去抱灵牌，让我们扶二娘回去歇着好不好？"

她们两个自幼服侍方锦枫，把方锦枫当眼珠子，方临汝明白她们焦急的心情，却无法点头。

"咬咬牙，挺一挺就过去了。"她对素心、素问说，也是跟自己说，逼自己别心软。

阿爷出殡，方锦枫身为人子，无论如何得坚持下去。

可是方锦枫到了后面站都站不住，琬初和璟初一左一右架着他走，终于落棺礼成。回到澄漪山房，刚进大门，素心、素问两个便朝方锦枫冲去，方锦枫一动不动，苍白的脸庞不见半分血色，西下的夕阳余晖稀薄地打在他脸上，薄而透的皮肤下血丝隐隐，纸片人儿一般，方临汝的心疼得抽搐，定神看，方锦枫鼻翼不见翕动，不由得魂飞魄散，探一探脉，有律动，方略略安定些。

"都是你害的，非要逼着二娘走这一趟，二娘要有什么三长两短，我跟你没完。"素心悲声怒骂。

素问用力拨开方临汝的手，推琬初、璟初，抱起方锦枫，尖声对素心道："我抱二娘，你快回去把早上让小丫头们煨着的参汤搅温了等着。"

虽是纤纤柔柔的一个小女子，可能是素日时常抱练出来的手劲，抱起方锦枫却是健步如飞。

素心先她一步，如飞鸟掠出。

方临汝呆呆地站着，一双手臂疼得麻了，无知无觉。

"不是你的错，郎君出殡，二娘身为人子，哪能不走这趟。"琬初愤愤道。

"就是，两人恃宠生骄，对二郎这么无礼，得治罪。"璟初也是恼怒不已。

"别说了。"方临汝恹恹地摆手。

称呼乱了，二郎喊二娘，二娘喊二郎，落在他俩肩膀上的责任，也变了，方临汝理所当然地承担责任承受责难。

王大夫在秋香楼等着，唉声叹气："走这一日，把过去一年将养出来的精气神都耗掉了。"

素心和素问哭得泪人一般，赤红了眼瞪方临汝，哑着嗓子一齐指向房门，喊：

“林香楼庙小容不得大佛，请二郎回去。”

方临汝脸庞精赤，却无法理论，还得拦住捋袖子要理论的琬初和璟初。

外人看方府一派祥和融洽，实则各为其主，阵营分明。澄漪山房这边的人和至善苑的人不对付，明里暗里掐架，她的人再和方锦枫的人不和，那真是一日太平都别想了。

况且素心、素问两个虽然对她无礼，也是因为关心方锦枫乱了方寸罢了。

琬初、璟初白眉赤目，还想叨念，方临汝挥手：“今日各府都差人过来，母亲那边事多，你们过去帮忙。”

把两人打发走，耳根也清净下来，自个儿回了住处。

漱石榭静悄悄的，堂前绿树斗芳草，玉栏玲珑绿荫蔽日，芍药郁金艳胜晚霞，朵朵飘红，进得门，香阁珠翠，羽纱锦幔。

方临汝在地台上坐下，矮案上搁着掐丝珐琅莲瓣纹提耳小香炉，轻烟袅袅。方临汝拿过，一下下拨弄着光润的莲瓣，香味清悠，往日闻着甚好，此时却无端焦躁。摩挲了一会儿搁下，展目四顾，象床珍簟，玉屏金盂，极致奢华却难换顺心遂意。

窗外一声鸟啼，黑影一线腾空而起，方临汝蓦地起身，入内室，脱了孝服，随意抓起一件黑色胡袍换上，直直出了门。

丧事刚毕，下奴来来往往，忙着拆挽幛白幡清钱纸灰归置桌椅洒扫地面，没一处清静，方临汝进了马厩，牵马出门。

上马前也没想着要去哪里，只随意走走，等得马儿出了观前街，眼前突然出现一双小奶狗眼巴巴看肉骨头一般看着自己的眼睛，心头忽然透亮起来，往腰间摸，钱袋里一串钥匙叮叮响，不由一笑，拉紧缰绳，扬鞭直驰，直奔城外而去。

早上来回走过的觉得崎岖不平的路似乎因是骑马而变得平坦了，流动的空气饱胀着春日萌动的气息，方临汝越来越迫切，马缰拉紧，马鞭不停甩，整个人贴伏马背上，恨不得马儿飞起来。

那日费了很大劲纹丝不动的大门，轻易就推开了一扇，不驾马车，也不需大开，方临汝牵马进去，回手锁上，直直往里走。

直到紫竹园门外，方临汝把马拴在河这头，只拉铁索桥上来，没放浮桥。

开门进去，当头就看到了崇徽。

崇徽倚着一丛紫竹，高高的个子，挺拔如一株秀树，还是一身月白，外头一件对襟长衫，长及足踝，胸前系带打了蝴蝶结，里面月白交领贴里，月白长裙，表里通透秋水明，洁若春雪腻于玉，皎然霜明。

方临汝定定地看着，初则电闪雷鸣，忽而婉转风生，焦躁的心安定不已，浮生悲苦，红尘碌碌，五花马，千金裘，不及此时此际一个虚妄的梦。

微风吹过，竹叶婆娑起舞，沙沙声里，伴着袍裾飞扬的悉索声。

崇徽抬头看来，一双大眼倏地瞪圆，似有无数星辉聚拢，光芒璀璨，又似绿荷上滚动的露珠，晶莹清透滑润，明澈得令人不敢直视。

“我做梦了。”他轻叹，脸上浮起醉酒的不清醒，朝方临汝走来，翩然地走，没有小娘子的款款韵致，倒似俊俏小郎君的潇洒。

方临汝心头掠过讶异，随即抛到脑后，微微笑着，快步迎过去。

两人离得只有五六步远了，崇徽脸上醉酒般的醺然更甚，双目迷离，方临汝激灵颤了一下，何栎的提醒突然从脑子里炸开。

我这是要做什么？我过来紫竹园是找崇徽吗？我想找她做什么？

她自问，思绪游离于身体之外，以奇怪的角度看着一切，一双手不知不觉攥紧胡袍，顺滑的黑色织锦成了一团揉皱的废纸，凌乱而扭曲。

崇徽张臂，朝方临汝扑过来，方临汝几乎是下意识地，急切地转身往外走。

沉重的木板门合上，刚扣上铜锁，哐当响起来，崇徽在里头狠命拽。

门板剧烈摇晃，几乎要被生生抓开一个大洞的力道，崇徽咕咕哝哝迫切地叫喊着，“二郎，二郎！”一声一声透过厚重的门板扎进耳膜，方临汝忍不住要开锁时，晃动停了下来。

死一般的静寂，时光无声，脚下河水，近处远处的竹林，俱静止不动。

隔着厚厚的门板，却似能看见崇徽茫然地站着，两道目光搜寻，在寻找自己一般。

“徽娘，你干吗？”门板后头有些尖利的声音划破寂静。

方临汝认得，是这一年的扇面美人兰荪。

“我做梦了。”崇徽垂头丧气说，失落迷惘，“我看到二郎了。”

“家主？他怎么可能来呢？”兰荪讶异，柔声哄道，“都知道是做梦了还傻呆着干什么，快回去绘画。”

她俩交情很好。

方临汝想，随即摇头，与世隔绝自小相伴成长，没有丝毫的勾心斗角，哪会交情不好。

竹林绿荫蔽日，脚下泥土小路路面湿润，蜿蜒曲折，方临汝扯紧马缰正要上马，抬头间，又停了下来。

何栎不知何时来了，牵着枣红色赤骝马，就在对面站着，目光复杂，疼、怜、敬、佩种种混杂。

方临汝承受不住，扯了扯唇角，牵马走近前去，笑道：“表哥不认识我了？”

何栎抿唇，拧紧手里缰绳，暗黄粗麻色，孔武有力的一只手，纠结些时，低着嗓子道：“你打算一直女扮男装下去？”

“看情况吧。”方临汝拍拍马背，苦笑，“你也看到了，大兄不成器，二兄身体不好，我要是再撂挑子不干，方家就垮了。”

“可是，你不方便啊。”何栎道，看着她，眼中疼怜更甚。

“无甚。”方临汝笑笑，说开了，也不装了，挺直背脊，拍胸膛，“今日之前，表哥你不是也没看出来吗？”

何栎抓马缰的手紧了紧，调转马头，把马缰换到左手，陪在方临汝左侧伴着她缓步走，许久，道：“郭成安怕是起疑了，今日你要跟枫娘……锦枫交换，应该告诉我，我安排一下，也不至于被郭成安看出来。”

方临汝叹气：“我疏忽了，没想到郭成安竟然在出殡时还来捣乱。”

“锦枫跟你虽说眉眼长得一模一样，但眼神差别太大，目光对上便让人起疑了。”何栎道，眼角悄悄瞄向方临汝。

“他当时说了什么连琬初、璟初都无法应对？”临汝问。

“你没问她俩？”何栎有些意外，脚步顿了一下。

从秫香楼出来，心情郁闷，还没问过琬初、璟初，方临汝揉了揉眉心，把素心、素问怪她一事说了，叹道：“幸好二兄只是体弱支撑不住，要有个好歹，她俩怕是要把我剐了，是我虑事不周，只想着阿爷出殡，为人子无论如何得坚持，没多考虑二兄的身体状况。”

身侧寂然无声，何栎没说话，也没跟上来，方临汝回头看，何栎眼眶微红，悯怜的疼入骨髓的眼神看她，方临汝呆了呆，何栎喃喃道：“难为你了！”

方临汝颤了一下，耸耸肩膀，笑道：“表哥，我没那么脆弱，莫这样的眼神。”竹林静极，笑声突兀仓促，鸟儿惊飞，竹叶簌簌摇晃。

“汝郎，我……”何栎启口又合上，苦恼的目光看着临汝。

方临汝别开眼，纵身上马，嗒嗒马蹄声打破沉寂。

何栎怔了怔，急上马，扬鞭追了上去。

密密匝匝的紫竹，泥土路面微有濡湿，十来里地，方临汝纵马直到紫竹林大门方停了下来，何栎骑术不如她，强行跟上额头都是汗，喘吁吁气息不匀，头上束发微乱，样子甚是狼狈，方临汝暗怪自己多疑，出了大门，放下速度，与何栎并驱而行，坦坦荡荡问起先前问题。

“郭成安当时最初应该没想到你身份有隐情，只是看锦枫弱不禁风的样子，得意自己强壮，上前嘲他，男人之间自吹说的话粗糙，忒难听。”何栎面庞微红，一语带过。

方临汝明白了。

郭成安大放厥词，琬初、璟初两个虽然伶俐，到底只是十七岁的女娘，哪应付得来，锦枫一直静居养病，从未接触外界，更加不知如何应付。

“我过去时，郭成安满嘴荤话，那时可能还没想到你跟锦枫交换身份，只是看锦枫柔弱可欺，占便宜。”何栎道。

“回过头来，怕是就想起我跟二兄是孪生子，两人容貌一模一样，把‘我’今日突然变得虚弱一事与之串到一块去了。”方临汝沉声道。

何栎点头，扬起马鞭又收起，来回几次，道：“郭成安城府极深，奸猾阴险，他起疑，怕是后患无穷。”

正是如此。

方家风雨飘摇，她女扮男装一事，绝不能被揭穿。

若是方锦枫身体好起来，撑得起气势，人前露几回面再换上她，倒也罢，方锦枫那身子，不露面还好，露面了，更加捂不住。

方临汝左思右想，竟是没有万全之策。

心事重重，骑着马也没跑起来。进城时，已是暮色昏沉，进观前街，晚风卷起黄钱纸，耳中不闻哀乐，不闻哭泣之声，不见挽幛纸扎，失去至亲的悲伤却没有跟着消失。方临汝跳下马，一步一步踩着地上的纸钱，想着长眠地底下的阿爷，眼眶红红地往里走。

何栎跟着跳下马，凑近方临汝，朝她伸手，接她手里缰绳。

方临汝心事重重，摆手道：“表哥，你不用管我，先回府去。”

“有人躲在坊门角落偷偷瞧你！”何栎顾自拿过她手里缰绳，低声道，“别回头看，装病弱不适吧。”

方临汝迅速低眉，趔趄着，身体虚弱步履不稳往前走。

至府门时，方临汝借马儿遮掩回头看，围墙夹角也有人探头探脑，居然不止一个。

“至少四个。”进府门，何栎把缰绳抛给迎上来的下奴，没回归闲坞，陪着方临汝一径往里走，牙根痒痒，恼恨闷怒，几乎忍不住爆粗口，“这个郭成安简直……”

被人偷窥的感觉糟透了，虽然窥的不是他，但他当时极想回转身，把偷窥的人抓出来暴打一顿。

方临汝笑笑：“这笔账咱们先记着，哪天我让人给他穿上小娘子的红衫绿裙，站挹翠楼门口帮姐儿们招睐客人。”

何栎想像郭成安粗粗壮壮的个头穿襦裙插花挹翠楼门口甩着帕子拉客情形，口水呛住，大声咳起来。

方临汝抬头，忧伤望夜空：“表哥，郭大郎敞门迎客，你居然无动于衷，好歹赏个面子笑一笑嘛。”

“哈哈哈……”何栎再也忍不住，纵声大笑。

“不生气啦？”方临汝微微笑。

“汝郎，你……”何栎喉头一哽，恍悟方临汝是怕他憋闷，故意说笑哄他开心，几乎忍不住落泪，“我没事的，我忍得住。”

“能不忍就不忍。”方临汝轻叹。

这个表哥自小做事一板一眼泾渭分明，少言寡语老成持重，她心中常常觉得他无趣得很，暗里给他取了个“木头人”绰号。那一夜明瑟馆外听他和何姜氏对话，猛然间窥见他平静的面庞下，从没诉之于口的沉沉苦闷。

那一年何姜氏带着他和何舆来润州投亲，盘缠被劫一路乞讨到润州。何姜氏富生贵养从没受过苦，何舆那时才三岁，乞讨的人不用想也知是他。才六岁的人，本是富家小郎，离乡背井颠沛流离已是苦极，还要护弱母幼弟，尝尽人间冷暖。到了方家后，一应起居虽说比照她和游丰，到底寄人篱下，哪敢恣意。

带着感恩之心兢兢业业做事，如果母亲和弟弟争气，他或许在帮方家做事一段时间后就出去自立门户了。谁知母亲愚犟，弟弟频频给方家惹麻烦，她阿爷宽宏一再宽恕，他只能赔上自身做牛做马报答方家。

在方府里虽说是大管事人人尊敬，但哪及得上自己立业当家做主来得快活，以他的才干，离开方家也能闯出一方天地，真是难为他了。

“我没事的，你……你自己也宽心些。”何栎搭住方临汝的肩膀，猛想起她的忌讳，又急忙松开。

方临汝见他惶恐，笑了笑，才想说当他亲阿兄，嫡亲兄妹之间不必避讳太多。

远处两盏灯笼摇曳着走了近来，伴着低语声，人影渐行渐近，两个婢女举着灯笼前头走着，后面是方姜氏和一个妇人。

灯光闪烁不明，方临汝以为是何姜氏，与方姜氏打过招呼后，才想喊姨妈，霎时顿住。

妇人高鬟蛾眉，丰颊朱唇，虽则一身素白无半点儿装饰，却难掩国色芳华，气质高雅，眉眼微有傲色，方临汝没见过，不是何姜氏。

大唐男女大防不严，妙龄女娘出门不避人眼，上了年纪的妇人更是从容逛街市聚会闲谈，方临汝在外行走，却从没见过这妇人，不觉暗暗奇怪。

这么出色的女娘，为何从没听说过。

“这是我儿子临汝跟外甥何栎。”方姜氏对妇人道，朝方临汝何栎招手，柔声道，“汝郎、栎郎，见过谢夫人。”

“谢夫人！”方临汝惊讶，脱口道，“谢家的谢夫人？”

哪个谢家不需言说，在场几人自是心知。

方家崛起前，曾经的润州城制扇第一大家——谢家。

第七章　谢家风流

谢家当年家业之大甚至曾胜今日方家，方家的紫竹园，一半以上是从谢家购来的，谢家团扇制作精致巧夺天工，扇商们公认，方德清自己也承认，谢家团扇的精良远胜方家团扇。

方家团扇若没有美人团扇的吸引力，实难与谢家团扇媲美。其实就算方家团扇有扇面美人吸引人，在扇面美人面世之前的几十年里，谢家团扇也一直与方家团扇势均力敌抗衡着，占有的市场不比方家差多少。直到上一代，方临汝的祖父经营有方，而谢家家主去世早。谢天十岁便接家主之位，力有不及，方让方家占了便宜，后来谢天英年早逝，谢家因而完全没落。

方姜氏红着眼眶点头，哽咽着道："是谢家的谢夫人，当年我嫁过来时，夫人过来喝喜酒，满堂惊艳，想不到过了十几年方得再见夫人。"

"孀居之人哪好意思打扰，今日要不是……"谢夫人低声叹息，帕子拭了拭眼角。

方姜氏哑着嗓子又哭起来，哭了些时，忙打住，道："往后大家都是孀居的人，夫人要不嫌我粗笨，时常过来坐坐，大家姐妹相亲可好？"

"你不嫌我叨扰便好。"谢夫人笑道，朝方临汝和何栎淡淡颔首，抬步往外走，裙摆轻曳，款款生姿。

方临汝和何栎侧身垂首恭送，谢夫人腰板挺得笔直，即便看起来有意放低姿态，也掩不住倨傲之气，方姜氏柔美娇软，两人差不多高，气势却相差很多。

恐怕母亲当人家姐妹亲热，人家并不如此想。

方临汝摇头，道："母亲眼里就没坏人，十几年从没来往，突然登门，也不细寻思一番就跟人家亲亲热热掏心掏肺。"

“谢夫人想必无碍。”何栎沉吟。

谢天十四年前去世，谢家的扇坊在他去世后关了，谢夫人其后一直深居简出，既没涉足制扇行，也没在润州城里走动，一直与世无争，要说她会对方家不利不大可能。

“倒也是。”方临汝略一想也便释然，谢家境遇令人唏嘘，一时起八卦之心，道，“谢郎君连个儿子都没留下，谢家算是绝后了。”

同是制扇大家，何栎也听说一些谢家的事，道：“都说若不是谢夫人悍妒不给谢郎君纳妾，谢家兴许就能有儿子，其实世事哪能尽如人意，便是纳了妾，也不见得就会有儿子。”

这话方临汝赞同，女人不肯给夫郎纳妾，在她看来不算什么悍妒，哪个女人愿意与他人分享自己的夫郎呢。

不过，谢夫人当年并不只是悍妒不给谢天纳妾，还有一事，令谢氏族人愤怒不已，润州城人人诟病。

却是她以女充儿，谢天去世时有儿子送终，后来儿子就没在人前露过面，谢家族人觉得蹊跷，于是几次三番提出要见谢天儿子，谢夫人百般阻挠，最后无法才坦白，她生的是女儿，而非儿子。

据传，谢夫人带冒充儿子的女儿跟谢家族人见面时，谢家族人几乎气厥，据说当年已十岁的孩儿，身量极小，只有六七岁模样，且举止粗鲁野蛮，男儿穿戴打扮，分毫没大家闺秀的端重矜持。

谢家族人提出从族中挑一个男娃儿过继给谢天做儿子，谢夫人却死咬牙不同意。

谢天在世时，是润州城有名的美郎君，丰姿郁美，雅洁无双，爱慕他的女娘无数，人皆呼其檀郎，这样出色的人物却落了个绝户，不只谢家族人，许多外人也大骂谢夫人。

“谢郎君当年美冠润州城，谢夫人也是国色天香的美人，不知她女儿是何模样？”方临汝看着谢夫人远去的背影若有所思道。

“你想做什么？”何栎问，隐约猜到，不甚赞同。

“传言谢夫人的女儿举止粗鲁野蛮，未必可信。”方临汝道，“我看谢夫人强势能干，风华无双，她女儿若模样似她，订给大兄，说不定能挑起方家长房的责任。”

“大郎若得势，柳姨娘可不易与。”何栎担心方游丰得势，柳氏不服管束，不敬方临汝。

“不过随口说说罢了，还得仔细瞧瞧细细思量，方家有意，还得谢夫人愿意。”方临汝自失一笑，又喟叹，“二兄也到订亲年龄了，只是身体不好，良缘不可期。”

何栎听她操心这个操心那个，偏偏没把自个儿放心上，眉头皱得更紧，更深露重，夜色湿漉漉如飘移的轻烟，天际弯月隐隐，淡薄的月光照下，屋顶还有影影绰绰的白光，地面便是一片漆黑。偷眼看去，方临汝明丽的眉眼笼在半明半寐里，明明只有十七岁，却背负起沉沉重担，自察知她女扮男装后疼怜之情更重，忍不住一双手抬起，想揽她入怀柔声安慰，又倏地收回，快走十几步，到一侧厦屋廊下提了一盏灯笼过来照路。

这般周到细致，道谢忒见外，方临汝也不客套，从容受了，大步前行。

夜风撩起袍摆，呼呼作响，黑袍与夜色融合，沉稳有力的脚步声在寂静里回响。

一路无语进了漱石榭，琬初、璟初已准备好晚膳，女扮男装一事已说开，往后任家主，许多事都得倚仗何栎，也无须避什么男女嫌疑，方临汝留何栎一起用晚膳。

何栎略一迟疑，应了下来。

琬初、璟初极机灵，不需方临汝吩咐便自分派了活儿，一人服侍方临汝，一人服侍何栎，铜盆盛了清水，又捧巾帕，何栎素常都是自己动手，此时倒有些不自在，闪避着要自己来。

“表哥你得学着消受美人恩。”方临汝动作利落，洗手拭了面，见何栎还在躲闪，便从琬初手里拿过巾帕捧给何栎，俏皮一笑，要帮何栎擦手。

何栎不禁红脸，哪敢要她侍候，局促地由着琬初帮他拭手拭脸。

一时膳毕，方临汝这些日子思量过，正好得便，于是与何栎商量，家主继位后要搬去玉澜堂，她想让何栎搬到漱石榭住，归闲坞虽说在一个府里，到底离得远了些，两人商量事情也不得便，她也不想何栎日子过得那么清苦，搬过来，让琬初、璟初调教几个得用的婢女服侍他，早晚热汤热水总比清冷的好些。

闲闲的言语，一字一字都是关切，却又不离一家之主为大局着想的思路。

何栎的心微微地疼，微微地酸，低眉应好，不敢去细品喉底是甜是苦。搬进来后，离得那么近，除了睡觉，几乎时时相见，于已，是蜜糖还是鸩毒？

方临汝交代好了，又提起郭成安怀疑自己的事，问计何栎。

何栎沉吟，下午细细思量过，心有一计，只是不想说，隐约觉得一旦说了，自己与方临汝往后便离得更远了。

琬初、璟初撤了膳桌下去，捧茶上来，方临汝说话不避她俩，听了个全，璟初抿唇笑，嘴角两个小酒窝像盛了蜜糖，身材娇娇小小像个糖团儿，糯声道："这个不难，郭成安便是起疑，总不好要验身，二郎透些口风出去，就说我跟琬初是二郎房中人便是，横竖眼下郎君孝期不能同房，不见有身孕也在情理之中。"

咳咳咳……方临汝被她奔放的言语呛住，嘴里一口茶喷出，咳得满脸通红，斥道："胡说八道。"

琬初捶了璟初一下，刮脸羞羞："小妮子思春啦，这话也说得出来。"一面说，一面急上前收拾，把案面抹干净，换了茶杯，为方临汝另斟一盏茶。

璟初摊手："除了这个，你难道有别的办法？让二郎去挹翠楼找姐儿，嫖娼宿妓证明自己是男儿？不说收买姐儿做伪证麻烦，便是不麻烦，郎君刚去世，二郎孝中寻花问柳，也会遭人诟病。"

跟自己想的略有不同，不过也大致不差，何栎若有所思地道："璟初说得有道理。"

方临汝想象一下外人心中自己和琬初、璟初一床锦被亲热的情形，搓了搓手臂，恶心得嗓子都抖了："这话别提，想个靠谱的。"

何栎看着她，手里的茶盏快摩挲成薄纸片儿了，咬了咬牙，道："还有一法，围魏救赵。"

给方锦枫订亲，以女子身份订一个未婚夫。

郭成安有所疑，疑的便是方临汝与方锦枫男女身份互换，方临汝是方家二娘，方锦枫才是二郎，只要方锦枫许嫁，他即便不能释疑，也无法兴风作浪。

"好主意。"琬初拊掌。

方临汝低睫，细密的睫毛笼下浅浅一圈阴影，迟迟没言语。少时抬头看向何栎，两人离得极近，只隔一张矮案，何栎眉似墨峰，鼻梁挺直，眼睛深邃如千年沉潭，端端正正不苟言笑，一心一意只为方家。如果说给方锦枫订亲，那对象只能是他，方锦枫病弱，此生怕是夫妻情好虚幻，而何栎却不是，亲事订下，为了方家家声，是不容更改的，他只能背着虚名过一辈子，不仅叹了口气，摇头道："不妥，这话莫再提。"

"郭成安安排那么多人盯着，这事不尽早解决，后患无穷啊。"何栎忧心忡忡地道。

“再看看吧，兵来将挡，水来土掩。”方临汝笑道，波澜不惊。

何栎本想劝她，但见方临汝眉目坚定，如磐石不可转，只得作罢。看看沙漏，已戌时，忙起身告辞。

夜幕低垂，暗夜里影影绰绰几点灯笼光影，亭台楼阁沉浸在夜雾中，模糊不清的影子。何栎心事重重，本该从澄漪山房的西北角门出去回归闲坞的，却直往南走正门，出了正门方回神，鸿春堂后头有石径小路通归闲坞，一只脚刚踏上，忽地想起连日府里事多，遂不放心地又往大门外走来，过了鸿春堂未到金阊厅，只见当头十几个人打着灯笼过来，有人喝道：“谁？三更半夜乱走，站住。”

却是方渭的妻子舒九娘带着婆子在巡夜锁角门，走近前来，见是何栎，忙赔笑道：“不知是大管事，请恕眼拙。”

“无妨。”何栎摆手，微有些不自在地说，“我跟二郎议事，故走得迟了，过些日子，二郎搬进玉澜堂后，我要搬进漱石榭。”

“应当的，应当的。”舒九娘笑道。舒九娘不是方家家生子，本是扇坊一个扇工的女儿，方德清见她性情爽利，俏丽有致，遂做主替方渭订下亲事。成亲刚一年，夫妻甚恩爱，方渭敬重何栎，她也跟着敬重，方德清在世时便极信任、倚重何栎，方府各处的钥匙，方临汝有的他都有，何栎随意行走，她自然没话说。看何栎身边没人侍候，舒九娘忙喊一个婆子：“给大管事挑灯笼，侍候大管事回归闲坞。”

“不必。”何栎摆手，问舒九娘，“外头有人巡查没？”

“有的，往日是阿敬带人巡视，这几日府里事多，人来人往的，都是渭郎亲自带人巡查，还加派了人，歇息前查过了，另派上下夜两班各十人值夜。”舒九娘笑道。

“甚好！”何栎安了心，回归闲坞。

他这头刚走，外头一个小子奔进来，急吼吼地喊人。

“怎么啦？”舒九娘问。

“有个人鬼鬼祟祟地要翻墙进府，我们上去抓，没逮着给跑了，渭管事让把里头巡夜的人都喊上，整条观前街搜查。”

“啊！”舒九娘大惊，急带了人往府外赶。

挑灯执杖，近三十个人一寸寸地儿搜观前街，又围着方府围墙寻找，找了一个多时辰，都没找到，那人如幻觉，凭空出现又凭空消失。

方渭急红了眼，半夜里把方孝叫了起来。

方家数十年从没出过事，方孝听说有人翻墙，人却没抓到，气得一脚将方渭踹翻地上，大骂："怎么做事的，我的老脸全让你丢光了。"

说罢不顾年迈，亲自带了人又搜寻了一遍，还是没搜到，不禁又急又恼。暗道自己半辈子要强，方临汝刚当家主，本就担心方临汝觉得自己年迈无用，更有柳氏那日的刺耳之言，当下吩咐不得将此事报与方临汝，又交代方渭，日夜严防，再出事，提头来见。

众人散去交寅时，一人渐渐落在人后，缓缓隐进花丛中，猫腰蹲了些时，等得周围没人，往围墙靠近，靠着墙根走了百来步，抓着一棵梧桐树爬了上去，随即伸腿勾住围墙，朝外慢慢探腿，顷刻间落到围墙外。

曙色未明，搜了一夜的方府下人都歇息去了，无人巡视。那人脱了身上方府下奴穿的藏蓝色圆领短衫，露出里头明亮的宝蓝抚州绸襕袍，袍摆扎进下面黑色长裤里，短衫系到腰间，裤腰拽了拽，拉出襕袍下摆，扯了襕袍下摆把短衫遮严实，又把头上六角黑头巾拽掉，里头整整齐齐束发，插一根赤金精雕缠枝长簪，富贵迫人，方脸粗眉，一脸倨傲，赫然郭成安。

郭成安出观前街不远，十几个小子围了上来，七嘴八舌问："大郎，你还好吧？"

"跟着一群白痴走一晚，好不好还用问吗！"郭成安骂道，抬腿踹向当头名叫茂树的贴身小厮。

"我们也想救大郎，只是怕被方家人发现。"茂树委屈地辩解。

"一群笨蛋，调虎离山避实就虚不会吗？出来一个人吸引走方渭那傻瓜的目光，我不就能脱身了？一个个溜得比兔子还快。"郭成安更怒，大骂道。

方临汝和何栎回府时，感觉暗中有四五个偷窥的人，其实不止，竟有十二个之多，而郭成安自己就在偷窥的人之中。

方临汝后来装了虚弱，但跟上午出殡时的方锦枫差别仍极大，郭成安心中的怀疑更甚。

上午那人风吹要倒，柳腰欲折娇喘细细，被自己荤话取笑止不住咳，半分没有平时的铁齿铜牙，委实不是方临汝的做派。

方临汝其人，便是敲断了骨头抽了筋，也是铮铮然傲视众生之态。

在方府外头转了转，郭成安压不住想一探究竟的念头，便偷偷翻墙，想摸到方临汝住处查探，谁知恰好遇上方渭带人巡夜，急忙跳下来匆匆藏到角落。在方渭带人搜到附近时跟着人群混了进去，夜色暗沉，灯影下黑，竟是瞒过了方渭，第一遍搜完跟着人进了方府，偷了下奴的衣衫穿上，又在方孝带领下随众人走了一遍，其间竟是镇定得很。

郭成安回到府，顾不上回房歇息，直奔母亲房氏的院子。

润州城制扇三大家，谢家、方家、郭家，三家情况各不相同。

谢天在世时，虽说谢夫人悍妒，却也有其洁身自爱之故，成亲前没通房，成亲后一个妾室也没有，可惜英年早逝。

方家大富，方德清本人清峻儒雅，却不好色贪花，身边只有成亲前的通房柳氏纳为妾和正室夫人姜氏两个女人。

郭笑盟则恨不能占有天下美人，有名份的妾室八个，外头没名分的也不少，儿女加起来三十多个。

郭成安的母亲房氏是正室，奉爷娘之命媒妁之言迎娶的，妙龄时就貌不惊人，上了年纪了，白白胖胖，脸庞双下巴，一身肥肉耸动，圆滚滚只见横不见高，即便是在以丰腴为美的大唐，也是胖得过了。

房氏虽从没得宠过，但颇有心计，会笼络人心，所以一直牢牢抓着内宅的理家之权。十几年来外表大度宽容，暗里却挑唆郭笑盟的几个妾室争斗，那些妾室带着儿女斗得你死我活，最后正室这边得了利。郭笑盟纵欲过度酒色掏空身体不能理事后，郭成安便顺利地抓住了郭家大权。

房氏不仅打理内宅是一把好手，于经商一道也颇有见解，很能帮郭成安出主意化解难题。

郭成安过来时，房氏已起床了，听说他一晚没归，急让跟前婢女服侍他洗漱梳头，收拾妥当了，传早膳，母子俩边说话边商量事情。

郭成安在房氏面前一向随意，吃了个大包子，未及咽下，壮黑的脸庞上肌肉蠕动，唔囔着含糊说道："昨日出殡时那个人绝对不是方临汝，母亲，你说他是不是有事外出，昨晚刚回来，因为有事不能送方德清出殡，故让他那个病秧子妹妹替他抱灵？"

"不可能。"房氏断然摇头，"天大的事能有阿爷出殡重要？方临汝是孝子，方家家风端正，也不容他做出阿爷出殡时走开的事来。"

"既不是，那就是……"郭成安眨动薄薄单眼皮，豆荚眼闪闪发光看房氏。

"方临汝其实是女的，出殡时那个病秧子才是方家二郎，出殡儿子抱灵，她是女儿只好让兄长抱灵。”房氏若有所思，箸子夹着包子，包子掉了也没察觉，箸尖压着嘴唇，双眼瞪得浑圆，“以女儿之身接任方家家主之位，这也忒大胆了吧？”

“有什么是方临汝做不出来的。”郭成安鼻孔里哼了哼，左右看看，一旁侍候的都是房氏的心腹，凑近房氏，小声道：“那日鲁玄好好儿带着人抓方德清抄方家，下午突然就死了，母亲不觉得蹊跷吗？”

“你觉得，鲁玄是方临汝杀死的？”房氏惊叫，捂住嘴，不敢置信。

“太巧了，虽无证据，可我觉得八九不离十。”郭成安沉眉道，“只不知她如何善后的，居然不用抵命。”

“果真如此，心狠手辣果敢决绝，方临汝只怕比方德清更难对付，咱们郭家要凌驾方家之上，更难了。”房氏喃喃道。

“再难我也要让郭家成制扇第一家。”郭成安咬牙切齿，把嘴里包子当方临汝嚼，恨恨地道：“凭什么方临汝事事强我一头，等我把方家从制扇第一家的位置拉下来，把方临汝踩脚底下了，我要……”

要怎么样？郭成安回想出殡时看到的弱不胜情的那张绝艳的脸，喉结滑动，不住咽口水。

“方临汝若真是女儿身，要把方家拉下来倒也不是无计可施。”房氏沉吟，招手郭成安附耳，细细分说。

“母亲高见。”郭成安大喜，抓起一个包子塞嘴里，兴冲冲就往外奔。

房氏微笑，慈爱地看着他狂奔离去。

“夫人给大郎出什么主意把他乐成这样？”房氏的贴身婢女月娇笑呵呵地问，看房氏不吃了，手脚麻利地收拾食案。

房氏肥胖白嫩的一双手，指甲染着红艳艳的蔻丹，翻转间，刮起的却是阴风，冷冷沉沉地笑道：“是让方家一败涂地，方临汝身败名裂之计。”

说罢，抬头看向门外，极目远眺，天际朝霞璀璨，霞光染红了从薄雾晨曦中露出峥嵘头角的亭台楼阁，唇角下垂，自言自语地道：“方家霸了制扇第一家之名那么多年，是时候换郭家了。”

方临汝不知夜里郭成安翻墙进方家，见郭成安那头无动静，绷紧神经提防郭成安揭露她女扮男装一事，也便丢到一边。

丧事毕，很多暂缓的事都得处理，虽然先前帮着父亲料理一些事务，但到底不是家主，管的只是一半，如今全部接手，方临汝忙得焦头烂额。

扇商们的欠账要催讨，方家扇坊欠外头的要结账，讨账得先了解商户以前的合作情况，诚信的和赖皮的，得分派不同的人去应对。欠外头的账本就有约好半月结、月结或季结的，有提前来追讨的，得问清楚，若是不信任方家，大家也不必合作下去，方家每年的订货量可不少，得找彼此信任宽心的。

还有接洽应酬等事，当了一家之主，请客吃饭喝酒等事儿不能推也推不了，每日一个碧玉年华小娘子却陪着五大三粗男人吃喝，其中滋味，亲历方知艰辛。

即便有何栋分担了大半，方临汝也累得两腿打颤，每每回到漱石榭，还没洗漱就睡死过去。

方锦枫那头更是顾不上探望，有多日没去秋香楼，只差琬初和璟初去探问。

琬初、璟初去过两三回，这日方临汝忙里偷闲，晌午回漱石榭歇息，琬初对方临汝诉说道，方姜氏对她颇有微词，认为她当上家主后变了，不关心母亲不关心兄长。

“今日婢女过去，夫人唠叨个没完，真真不当家不知辛劳，婢女憋得慌，幸好银杏来报谢夫人来了，方得脱身。”

“阿爷去世，母亲心情不好，多说几句也是有的，你们不许顶嘴，让我知道你们不敬夫人，方府你们也别待了。”方临汝正颜道。

琬初委屈地应下，方临汝要歇午觉，服侍方临汝睡下，二人门外守着，嘀嘀咕咕说着悄悄话。

琬初抱怨：“别的人跟着主子吃香喝辣，咱们跟的是一家之主，按理说应是比谁都趾高气扬才对，偏生是最夹着尾巴做人的。夫人动不动就数落咱们，素心、素问服侍二娘比谁都劳苦功高。至善苑那头服侍大娘的芊月都比咱们横，柳姨娘跟前的人更不用说了。归闲坞的人服侍的是客，自然也体面些。数一数，也就服侍三娘的人跟咱们一样守规矩，大郎跟前的人大大咧咧做事不成样，可也没招惹谁，也还好。”

璟初长叹了一声，她个子小，一副娇娇软软的模样，声音甜糯，这当儿却是老气横秋之音：“二郎一家之主要顾虑的多，咱们是她跟前的人，再不体谅她谁体谅她？少说两句吧。”

两人虽都压低了嗓子，但禁不得房里房外静，方临汝字字听得分明，顿时睡意尽消，困乏之感更甚。翻来覆去些时，想起阿爷在时，万事有阿爷担着，不禁喉头酸堵，起身来，从博古架上拿了一瓶玉薤酒。大肚子白瓷酒瓶，软木塞裹着红绸布，也不倒杯里，拔了木塞，整个酒瓶倾倒，大口大口如牛海饮，喝得太急，香醇的美酒成了烧刀子，热辣辣灼烧喉咙。片刻，周身血液流窜，热气往头上蹿，晕乎乎飘飘然，无比爽快，方临汝至此却停了，塞回软木塞，搁下酒瓶，喊道："给我来碗醒酒汤。"

"青天白日又没喝酒做甚要醒酒汤？"琬初讶然，与璟初进来，见方临汝脸庞通红满身酒味，惊得脸都白了，急喊外头小丫头去灶房要醒酒汤，又忙打热水进来，给方临汝拭头、脸、脖颈。

不多时醒酒汤来了，琬初忙吹凉了端给方临汝喝，看着她喝了醒酒汤，想着午膳吃得少，怕喝酒伤胃，又忙端点心上前，劝着方临汝，要她吃枣泥糕酥酪饼。

琬初隐约猜到方临汝喝酒的原因，跟璟初目光交接，暗暗后悔，不该说那些混账话招方临汝心烦。

方临汝由得她俩忙碌，醒酒汤喝下，洗漱净面后，精神略好些，正要再歇下，忽然外头报，郭成安与林源到访。

郭成安怎么和林源凑到一块儿了？

方临汝残存的一点儿醉意立马烟消云散。

一起到来想做什么？揭穿自己的女儿身份？

只一个郭成安也罢了，方家之势在郭家之上，加上一个林源却不容小觑，刺史府主簿官虽不大，但碾压平头百姓易如反掌。

阿爷突然去世，方家此时风雨飘摇，经不起一点儿波折，自己是女儿身的事绝不能被揭穿。

此前没散布自己将琬初、璟初收房的消息，也没将方锦枫许嫁，若郭成安偕同林源同时发难，怕很难抵挡住。

一点点星火传播出去，顷刻间便会成燎原之势，想到这些，方临汝知道这一切必须扼杀在萌芽状态。

情势不由人细思万全之策，局势瞬息万变，身为一家之主，落子之前后面一步步都需布好，迫切之中，方临汝吩咐琬初："你马上赶去扇坊，跟表哥说郭成安跟林源同时到访，就说我说的，让他带徽娘来府，来了后，暂时让徽娘在马车里待着，他先到金阊厅来看情势。"

金阊厅大堂正中紫铜錾花蝙蝠纹炉鼎熏着沉香、檀香、龙脑、麝香混和调制成的四合香，香味缥缈出尘，轻烟如梦。上位地台背后紫檀镶金边錾刻浮雕连地屏，厅顶鲛蛸纱帘半掩半垂，富丽堂皇。

何栋不在，方游丰出去了，方临汝未到，方渭招呼郭成安与林源宾位上坐着，命婢女煮茶服侍。

郭成安也不急，端着茶盏，一口一口轻啜，无意识地就学方临汝平时姿态。

自己不觉，一旁的林源却看出来了，本是端端正正昂头坐着的，腰背不觉就略弯了，眉头也微有不安之色。

“林公怎么啦？”郭成安微笑着看他，“方家不过一商户，林公可是润州刺史，朝廷四品官。”

林源个头粗壮，方脸粗眉，笑得却颇温雅。身上簇新的襕袍，深绯色蜀锦，腰间金带十一銙，威风凛凛从五品常服，但禁不得心虚，胆气儿壮不起来。

方家可不是一般商户，商户也不见得就不能左右官员升迁。

自己这个从五品润州刺史官职，就是郭家花了一万两金帮他疏通关系谋得的。

郭成安带重礼到刺史府拜访，跟林源打听鲁玄的死因，涉及自身安危，林源一字不透露，郭成安又提出花重金帮他谋官，他得高升后，减免郭家扇坊税赋，再帮郭家对付方家。

林源一直害怕方临汝追究自己对方德清施重刑一事，鲁玄死得蹊跷，方临汝心机不可小觑。因此林源日夜不安，比郭成安更想弄垮方家、治死方临汝。减免税收是小事，他之前帮鲁玄干过不少平账贪税银的事，很有经验。此前奉承讨好鲁玄，所求便是升官发财，郭成安愿意花重金帮他谋官，正是他求之不得的事，两人当下一拍即合。

郭成安满心欢喜地等着，门外传来脚步声，抬头看去，端着茶杯的手蓦地一紧。

方临汝过来了，没像惯常穿胡袍，一袭水蓝色广袖长袍，抚州绸布料，银丝暗绣大朵宝相花，月白交领中衣，缠枝莲腰带松松系着，翠绿丝绦结蟠螭衔珠玉佩，五彩绛丝囊袋，阔步如风走来，月辉珠华顾盼神飞竞逐风流，造物主垂青无双公子。

她穿什么都好看，人配衣裳，衣裳衬人，鲜活得只要出现便引来艳羡和妒忌。

郭成安在心中把眼前的人尽情折磨，想象着那脸的主人求饶的样子，方略略平静些。

方临汝大步踏进金阊厅，先朝林源拱手致意，笑吟吟道：“不知林主簿大驾光临，有失远迎，恕罪恕罪。”

“吏部已行文擢林公为润州刺史，方二，你该改口了。”郭成安皮笑肉不笑道。

林源高升了！

方临汝心头"咯噔"了一下，面上却一丝不露，笑意更盛，连声恭喜，道："如此大喜事当庆祝，我做东，请林刺史迎宾楼喝酒，郭兄作陪，可好？"

"酒自是要喝的，不过不急，今我跟林公一起来，有别的事。"郭成安嘿嘿笑，凑近方临汝，吸鼻子嗅，豆荚眼细细眯着，"方二，你身子怎么小娘子似的这么香？"

"很香吗？"方临汝不避不闪，抬袖嗅了嗅，半眯眼陶醉状，"果然香，这是梅真香，把零陵香叶、甘松、白檀香、丁香、白梅各取少许，研成末掺在一起调和，收进香囊里，袖袋里时时收着，方得这么香，郭兄喜欢，回头我让人调一包送你。"

语毕，斜睨郭成安，又摇头，道："不过依我看，郭兄不适宜用香，我用香，美赛娇娥，郭兄用了，怕是……藏獒戴花。"

后面一句着意加重调子，啧啧连叹好几声。

郭成安霎时大黑脸涨得黑红黑红，方临汝没推他，自己先恼得退开数步。

"我失言。"方临汝赔笑，看向林源，略低嗓子，道，"林刺史你看，这不怪我吧？郭兄确实不适合梅真香，是也不是？"

林源不懂梅真香，此前主簿的俸禄供不起奢侈的生活，刺史刚当上，没来得及贪赃弄钱，郭成安粗粗壮壮，跟方临汝的风雅相差甚远，方临汝能用的，他的确不适合用，反驳的话说不出，又不便跟方临汝一起取笑郭成安，扯起嘴角干笑："久闻方二郎豪迈放纵笑谈风趣，果然。"

"多谢林刺史夸奖。"方临汝毫不谦和地接受了，说罢撩起袍摆一派潇洒坐下，招手让婢女上茶，口中道，"我兄弟少，爷娘膝前承欢我分担了大半，嘴巴拙了不行，还是郭兄好，姐妹不算，兄弟就有十几个，一人一日爷娘膝前尽孝，半个多月才轮一次，能偷懒。"

郭成安最恨就是郭笑盟宠妾侍、疏远他阿娘，同母弟妹一个也没有，异母的弟弟妹妹在他眼里跟仇人一般，恨不能尽赶出府去，郭笑盟尚在世无法赶，但每一时都在心中怨庶出的弟妹无能，嫌白嚼用，有才干的要提防跟他争夺家主之位厌不安分，方临汝这话，不啻扇他耳光，黑脸膛更加精赤，涨成紫茄子。

方临汝羡慕完郭家人丁兴旺，又盛赞林源能干，有他做润州刺史，实乃润州百姓之福。

林源自谦，方临汝舌灿莲花，真诚热情，说话的同时，又让婢女点新茶请林源品尝，大唐各地好茶方家应有尽有，尝过新茶，又献精巧糕点。

郭成安数次欲提自己想说的，均被方临汝打断，她也不是抢话头，而是带谈话方向，捧林源，郭成安也得给林源面子，只好听着，眼珠儿悄悄往上翻，心道凭你再会高谈阔论，总免不了得停下。

第八章　飞蛾扑火

琬初罕见方临汝那样庄重面色，情知不好，她跟着方临汝学过骑马，等不及吩咐套马车，也不换衣裙了，出漱石榭奔进马厩，把裙子撩起压进长裤里，牵了马急往外奔。

团扇材料都是易燃物品，小门小户人家也罢了，在家中做，制扇大家则不然，百余年来自律成规，于偏僻处建扇坊。润州城西北民居稀少人烟荒凉，制扇三大家郭家、方家、谢家的扇坊都聚集于城西。

谢家扇坊先到，关闭了，一片荒凉。进去是郭家，郭家后面新安大道上是方家。

早些年，新安大道除了方家还有其他中等规模制扇之家的扇坊十数家，方家越做越好，规模一再扩大，至方临汝祖父那一代，将附近人家的扇坊都收购了，整葺扩建，如今已跟谢家扇坊最昌盛时一般规模，比郭家胜了许多，方方整整、驷马拖车大院落，红桁蓝桷，地面青砖，屋顶灰瓦，进门通廊是主人和来访客人停放交通工具的地方，南厅接待客人，北厅是管事们理事地点。二进院子是家主理事和歇息的地方，再进去，主体建筑是扇工们制团扇的地方，其他房间则分别为物料房和成品团扇存放库房。

院子前低后高，每进递增三级石阶，庭院中的甬道尽是大块青石铺就，宽敞明亮，疏阔开朗，占地近两百亩，方家光这一处扇坊的价值便足以傲视整个润州城富商巨贾。

扇坊严禁火烛，不设灶房不做饭，不挂灯笼，工期再紧晚上也不赶工，天明开工，日落收工。

琬初策马奔到扇坊门前时已是满头大汗，一双腿都软了，颤颤的下不了马，何栎恰好送扇商出来，见她这般，遽然变色，大步奔过来，疾声问：“可是汝郎出什么事了？”

“郭成安跟林源一起到访……”琬初低低道，说到方临汝传话让他带徽娘回府，何栎眼眸里瞳仁缩了一下，霎地打断她：“我知道怎么做了，你进去，跟方诚要几把今年未面市的新款团扇带回府，请客人把玩欣赏，帮汝郎拖延时间。”

何栎瞬间明白方临汝要用崇徽当挡箭牌。

郭成安与林源同时造访方府，所为定是方临汝女扮男装一事，一开始，他们还得给方家给方临汝几分薄面，只会从方临汝亲事上做文章，方临汝若是推托，他们便会步步紧逼，撕破脸提出验身了。

只郭成安也罢了，加上林源，前头若不能把他们驳倒，后面便被动了。

崇徽美艳无双，把她推出来，既吸引目光转移视线，又能把人堵得哑口无言——这么美貌的未婚妻，天下女子与之相比云泥有别，还提什么亲事。

虽说方家扇面美人从没有出过紫竹园的先例，但事急从权，况且方临汝有吩咐，自是不能违逆，何栎如前一般，先是骑马，接着换马车，曲折转转，留意着没人跟着，朝紫竹园疾驰而去。

美人们都在疏影楼一楼画室里，有的绘画，有的嗑瓜子儿，有的说闲话，崇徽靠窗坐着，一身月白，眼巴巴看着疏影楼门前小径，自那日见过方临汝后便是这般情态，午后阳光浓烈地照在脸上，淡烟笼眉，薄愁盈目，昔日不问世事，锦章绣画佳人，从无娇娆态，只清绝出尘之姿，而今不饮不得眠，日升月落悠悠，望断一方天地。

“这处得注意颜色浓淡变化，山光水色，由远及近各不相同……”兰荪指导一个美人绘画，眼睛却不时望崇徽，简单说了几句，扔下美人，朝崇徽走去。

“午后阳光虽说不烈，一直晒也不好。”兰荪柔声道，拉拉崇徽的袖子。

崇徽袖手笼袖，避过她的手，眼睛直直看着小径，闷闷道：“你说二郎是一家之主会再来的，怎么这么多日过去也不见他过来。”

“兴许事儿多。”兰荪笑了笑，低眉，美丽的眼睛精光闪了闪，再抬头，声音更柔更软，“他是男人，徽娘，你想过吗？他便是来了，你跟他也做不了什么。”

“做什么？干吗要做什么？”崇徽不解，眨巴着黑白分明大眼，“我不想做什么啊，只要能看见他就好。”

兰荪噎住，半晌，轻声道：“我没他好吗？”

崇徽蹙眉："你干吗跟他比。"兰荪眼睛一亮，崇徽接着道，"没人有他好，他是最好的。"

兰荪愕然，定定看着崇徽，眼眶霎地红了，不敢置信："徽娘，咱们从小一起长大，我还比不上一个外人吗？"

"二郎不是外人。"崇徽喃喃道，对兰荪的失落视而不见，满脑子想的是，二郎真好看，什么时候才能再见到他。

远处传来嘎吱车轱辘转动的声音，还有达达马蹄声，崇徽飞快起身，朝门外奔，马蹄声车轱辘声渐近，很快到了跟前，何栎"吁"一声跳下马。

"二郎来了！"崇徽快活地叫，玉琢雪堆的脸颊泛起浅浅红晕，嘴唇鲜艳如樱桃，眼睛越发黑亮，闪动璀璨的光芒，日影横斜，疏花密竹，静谧的园子鲜亮起来，跳上踏板，松青撒花帘子大力掀开，带起一股旋风，帘摆飘忽，里头空无一人，崇徽皱眉，怀疑自己眼花了，使劲眨了眨眼睫，再看，还是无人，一脸狐疑地看向何栎，问："二郎呢？"语毕，随即喜滋滋道，"我知道了，二郎在库房那边。"跳下踏板，挽起裙子抬步飞奔。

"站住。"何栎低斥，来时路上还有担忧，怕崇徽见了外人会为出紫竹园脱离方家说些对方临汝对方家不利的话，此刻看情形，虽说方临汝不是男人，后来拆穿了不好收场，但解眼前困境却是无碍的，再不迟疑，喊道："二郎要见你，上车，我带你去找他。"

崇徽在何栎低斥时怔忡住，眼里一片死灰，听得后面那句，如枯木逢春，且春光更盛，咧开嘴笑，撩起裙摆就往车上跳，绝美的人儿，因急切而动作颇粗鲁。

"徽娘，等等，理理发髻，换身衣裳，拾掇拾掇再走。"兰荪喊，伸手拦崇徽。

"不收拾了。"崇徽不耐烦，拨开她的手，迫不及待要上车。

"徽娘！"兰荪加重语气，扯他袖子，不住眨眼。

"干吗呢？别拦我，我要去见二郎。"崇徽用力拉袖子，兰荪抓得紧，崇徽扭了几下手臂却甩不开她，眉头微蹙一下，俯下头，樱红的嘴唇张开，牙齿咬住软滑的绸缎，"哧"一声，袖子一角落在兰荪手里，人得脱身，如粉蝶翩飞上了马车。

"徽娘！"兰荪尖声喊。

崇徽不理她，进了车舆，放下帘子，向何栎喊道："快走。"

兰荪死死抓车轸，看着何栎，崇徽不肯下车，说不了悄悄话，咬了咬牙，大声喊道："徽娘，别去，咱们在这园子十几年了，何曾见过往外带人，你这一去，凶多吉少。”

崇徽撩起帘子，看她，又看何栎，水汪汪的大眼苦恼无措。

何栎一惊，眼下困局，非崇徽解围不可，她若不肯去，强行带去反而不妥，别的美人虽说也漂亮，到底不如她。

兰荪迫切地望着崇徽，呼吸短促，一声急过一声。

崇徽双手交迭来回揉搓，月白广袖绵软地飘荡，挺秀的眉头时而蹙起，时而松开，面上神色一时欢喜一时苦恼。

兰荪和何栎看着她，心思不同，紧张的情绪相同。

崇徽一颗心忽上忽下，靠不着天，落不到地，片刻，抿了抿唇，看着兰荪，坚定地道："多谢你提醒，我还是想见二郎。"车舆里坐下，冲何栎挥手，"走吧。"

何栎紧绷的心落地，把兰荪推到一旁，扯缰调头，往来路疾奔而去。

方临汝拉着林源和郭成安东拉西扯，新茶品过，糕点吃过，正将无话可说时，琬初带着几个婢女，手执团扇婀娜多姿进来。

方临汝暗赞，轻颔首。

琬初嫣然一笑，拍拍手，几个人轻启樱唇，且歌且舞。

歌声曼妙，莲步蹁跹，柳腰迎风折，团扇遮粉面，人比团扇巧，团扇映花娇。

林源只爱财贪权不好色，仍免不了赞叹。

郭成安眼里不见美人，紧盯着舞动的一把把团扇。

都是市面上没见过的新款，形状在往年的长圆、葵花、梅花形之外，又添了六角、匾圆等，主材料除了润州特色紫竹，另有檀木、牛骨等，扇坠虽说还是惯常的玉器配流苏，可上面结绺有几个创新花式，蝴蝶、祥云、团锦样式均是没见过的，扇面所用之绢的颜色亦添了新品，除了常见的月白浅粉淡蓝瓷青，竟添了泥金、枣红等违常例的艳丽颜色，扇面绘图狂野奔放热烈磅礴，别开生面，极是夺目。

郭成安只盼看实了记个全，回头模仿，用在郭家扇上。

方临汝唇角轻挑，浅浅笑着，并不揭穿，由他看个够。

一曲接一曲，一舞毕了又一舞。

突然，外头传来下奴问何大管事好的声音。

方临汝长吁出一口气，摆手，示意琬初带婢女下去，笑吟吟地看着郭成安："郭兄方才说今日前来有要事，是何要事？"

“大好事。”郭成安回神，今日收获颇丰，等会儿能逼得方临汝女扮男装一事原形毕露，眼下又窥得了方家新款团扇，回头让扇工模仿了生产，抢先鬻扇，定能出一把风头赚不少钱，想到这些不仅开怀笑，面颊肌肉一颤一颤，眯眼不怀好意看着方临汝：“林刺史的侄女美若天仙，等闲人配不上，方二你风采翩然，润州城无人能及，林刺史甚是欣赏，托了我玉成美事，恭喜你！”

“啊？”方临汝大张口，意外而苦恼。

“你可别推托什么父丧孝期，只是订亲又不成亲，无碍的。也别说什么长兄未娶，你是方家之主，先于长兄订亲并无不妥。”郭成安皮笑肉不笑道。

“方二郎不是看不起本官的侄女吧？”林源山羊胡子抖了抖，紧跟着进逼。

“不是不是！”方临汝摆手，面上苦恼更甚。

“两位说得迟了。”何栎大步进厅，拱手见过林源，淡淡地道，“汝郎早有心上人，是我的表妹，亲上加亲，已口头议好亲事，因我姨父突然去世方耽搁了。”

郭成安一笑，道：“何大你莫信口开河，方二议亲，润州城怎么一丝风声不闻？莫非是瞧不起林刺史的侄女？你别随便拉一个小娘子出来应付，我是不信的，方二这样的人物，不是绝色佳人可配不上他。”

“汝郎神仙般的人物，当然也要神仙一样的佳人相配。”何栎笑笑，走到厅门口，喊琬初，“去请我表妹过来。”

郭成安脸颊肌肉跳了跳，笑得更欢快，端起茶盏，装模作样吹了吹，道：“真有这么一个人吗？我们今日可有眼福了，林刺史，若是容色胜了你侄女，你可不能坏人姻缘。”

言下之意，若是一般，方临汝可不能瞧不起一州刺史的侄女。

林源领会，绷起脸道：“若比本官侄女强，本官自是无话，若差了，方二郎，你得给本刺史一个交代。”

“自然。”方临汝浅浅一笑。

郭成安哼哼：“拭目以待，方二，你可别……”一语未了，哐当一声，茶盏跌落地上，被点了穴般，整个人呆滞。

林源也呆了，喃喃失声：“这是扇面美人活了吗？都说方家扇面美人能活，果然如此吗？”

只见眼前一人披着橘红色夕阳款款走来，一身月白衫裙如绵软的白云裹着她，长长的大帔帛，帔帛上精美的丝绣白玉兰扑扑簌簌，寒月含烟，清颜凝雪，时间瞬间静止，只有绝丽的美人如画图一步步拉近，所有人呼吸都停止了，美人衣袂蹁跹，最美的锦缎，最华丽的衣饰，都不能夺她一丝风采，灿烂的霞光，盛放的鲜花，不及她丰姿郁美，雅洁无双，绝代芳华。

美人踏进大厅，眼里无旁人，只有方临汝，眼里璀璨晶亮的笑意，欢喜地叫：“二郎。”朝方临汝奔来，翩翩然如粉蝶，裙子绊了一下，身体朝前扑倒，方临汝惊叫：“徽娘。”起身迎了过去，张臂将将扶住，两人搂个满怀。

男俊女俏，花好月圆一对璧人，楼榭歌台，玉堂金阙作陪衬，缠缠绵绵一首诗，婉婉转转一幅画，若要生生将他们分开，人神共愤，天地不容。

“二郎，我好开心，好开心！”崇徽迭声叫，搂住了不算，还小狗似撒欢儿，抱着方临汝直蹭。

侍候婢女们粉面涨得通红，林源也微有不自在，目光游移，郭成安双眼赤红，几乎要滴出血来。

方临汝任由崇徽抱着，许久方推开他，笑吟吟看着他，柔声道：“我这边有客人，你先随琬初回去歇息。”

“我不要。”崇徽摇头，雪色玉光晃花人眼，“我不离开你，我要跟着你。”

抓住方临汝手臂，身子又往方临汝身上贴，糖糕儿似绵软黏糊，粘上了就拉不开，好像要融化在方临汝身上。

“不听话。”方临汝薄责，语气却柔得滴得出水来，满是宠溺，弹弹崇徽的额角，望向林源，歉然道，“徽娘自幼娇养，我又惯了些，失礼了，林刺史莫怪。”

“无妨无妨。”林源强笑，眼角看向郭成安。

“果然美人。”郭成安笑，笑得咬牙切齿，崇徽美貌世间罕见，无法说方临汝胡扯拉人充数，脑筋转了转，道，“方二，你不是要宴请庆祝林公升迁之喜吗？择日不如撞日，就今日吧，不用去迎宾楼了，你府第厨子做的菜远胜迎宾楼厨子，就在你府中宴请，如何？”

说着，望向林源。

“甚好。”林源当即点头赞同。

“林公不嫌舍下寒陋，汝自当从命。”方临汝笑道，吩咐摆酒设宴，心知郭成安不甘心，还要暗中观察崇徽，厅中设宴少不得灯火通明，吩咐宴席摆后园碧波池中赏风亭，又看何栎，悄悄竖起拇指，道：“表哥，林公是贵客，劳表哥亲自安排。”

“我这便去。”何栎领会，这是让他出去把方游丰支走。

府里宴客，女眷回避情理之中，方游丰是方府大郎，不作陪说不过去。作陪，怕方游丰没成算没心计，被郭成安从他口中套话。

何栎往外走，郭成安也在瞬息间想到了，除了宴席上观察方临汝跟美人行止，还可以从方游丰嘴里套话，今日事出突然，何栎方临汝未及安排方能套出真话，今日之后，方游丰得了嘱咐，套出来的就不是真话了，想到这些快步追上何栎，伸张手臂拦他："留步留步，林公是自己人，无须客气。"看向林源道，"林公，你说呢？"

"自当如此，何大郎，方二郎，大家随意即可，不需费心操持。"林源附和，上前帮着郭成安拦住何栎。

"林公平易近人，汝甚是感佩。"方临汝笑笑，此时琬初、璟初在门外紧挨着站着，瞥见她二人，在璟初脸上停了一下，睫毛轻眨，又回望琬初，高声喊道："林公在此，琬初，快去请大郎过来作陪。"

琬初脆生生应好，却不走，脚尖悄悄踢璟初，璟初会意，娇娇小小的人儿不打眼，缓缓往后退，隐进婢女里头，猫了腰走了几步，眼角瞥得郭成安没注意了，快步往至善苑走去。

琬初稍停一停抬步，郭成安面皮颤颤笑着走近，轻佻地绕着琬初转，啧啧道："方二，这是你贴身婢女？好美貌，如此美人，怎舍得她劳累，久闻方府泉石、林花如诗如画，亭台楼阁奇秀精雅，带我们游览一番，顺便去看看方家长子的居处，再一起入席，可好？"

他这里语方毕，林源便大声叫好，以一州刺史之威，不容分说地道："方二郎，前头带路。"

方临汝抿唇，微有作难之色，踌躇片刻道："林公，请。"

璟初出了金闾厅挽起裙摆狂奔。

争的是一线先机，不容懈怠。

至善苑离得不近，进了至善苑，穿过花繁林密的园子方到瑞福轩。璟初的额头濡湿一片香汗，娇喘嘘嘘，进院门，抬眼看去，暗叫糟糕，柳氏居然也在，和方游丰在院子相持，小厮缩着肩，廊前站着远远观望。

"你给我去，不许躲着，方临汝是方家儿子，你难道就不是？衙门的人来了，正是结交的好机会。"柳氏拧着方游丰的耳朵往外拽，尖声叫嚷着。

原是听说林源到访，只当攀附权贵的好机会，过来逼方游丰去奉迎。

璟初的脑子飞快地转，方游丰虽说与方临汝不同母，却还是很敬重方临汝的，也听方临汝的话，莫如先把方游丰带走，离开柳氏再告诉他实情，上前行礼，甜甜地笑道："府里设晚宴宴请林刺史，二郎差婢女来请大郎过去作陪，那边等着开席，请大郎这便随婢女前往。"

"这种应酬有汝郎就行，喊我过去做甚。"方游丰满不乐意，眼角看着屋里。

前些日子十缗钱买的蛐蛐黑将军调教得不错，明日就开斗场，盼着黑将军夺冠，一雪此前花了许多钱总买败将之耻，他根本不想应付官员，吹捧高谈非他所长所好，忒不自在。

"他怎么突然这么好心提携兄长？"柳氏觉得蹊跷，皱眉看作奸犯科的人一般看璟初。

"二郎这些日子累得一晚睡不到一个时辰，大郎同胞阿兄，若能帮衬着，岂不是比别人强。"璟初赔笑，心下焦急，还要作从容之态，时间不等人，伸手拽方游丰，"大郎，快走吧，迟了怠慢林刺史不好。"

方游丰万般不情愿，柳氏让他去他可以坚持不去，但方临汝唤他却不敢违逆，于是慢慢吞吞地往外走。

"慢着。"柳氏大喝，拉住方游丰，喊双瑞，"你去看看，是不是真的叫大郎去陪客。"双瑞领命，小跑着去了，柳氏又上下打量方游丰，撣撣他袖子，皱眉道，"有些许褶皱，进屋换一身。"

再拖下去就来不及走了，璟初急红眼，便在这时，外头传来双瑞的问候声，扭头看，竟是方临汝和林源郭成安等人来了，离得仅二十来步，此时再拉方游丰走只能迎面当头遇上，有柳氏在，又不能急切拉走方游丰，咬了咬唇，扯住方游丰胳膊要他弯腰，附耳飞快道："大郎，二郎需你相助，记住，二郎与何大郎表妹徽娘此前已口头议亲，因郎君突然去世，故尚未纳采问吉订亲。"

"啊？"方游丰傻傻瞪眼，方临汝和郭成安等人越走越近，璟初推他，蓦地回神，点头不迭："我知道了。"扭头瞪向柳氏："阿娘，外男过来，你还不回避？"

避什么！

柳氏不愿意，还想陪客人，使使媚，为儿子搏前程。

心思一转，方临汝定不同意的，与其人前被方临汝落脸面，莫如先避开，后来再徐图之，于是转身，扭着腰，一步三摇入了内堂。

璟初低眉，跟在她身后，走到廊下，跟瑞福轩的下奴站到一处。

方临汝远远看到方游丰还在，船到江心无退路，亦不能露怯，自自在在地带着林源和郭成安走了过来。

郭成安快步走在前面进院门，寒暄的话一句不说，直剌剌地道：“方大，林刺史有意将他侄女许配给方二，你说，这是不是极好一桩美事？”

“啊？”方游丰张大口，呆呆地道：“可是汝郎不是已经议好亲事了吗？栎郎的表妹，亲上加亲，不能悔亲吧？”

“方二真的议亲了？”郭成安大失所望。

“这还能有假？”方游丰此时竟如换了一个人一般，反问道。

郭成安没套到想要的话，反被扇一无形耳光，讪讪地扯嘴角强笑。

方临汝后头听到，暗赞璟初机灵，没能把方游丰带走，随即改变策略，先一步与他对好口供。

何栎看她，两人目光对上，会心一笑。

崇徽的视线在他俩脸上来回转，乌墨似如星光璀璨双眸突地乌云罩染，玉雕雪堆艳色欲滴一张脸要哭不哭，扁了嘴，凑到方临汝耳边，委委屈屈地耳语：“你喜欢他？不喜欢我是不是？”

方临汝一怔，哭笑不得，手指曲起在她额头轻弹了一下，脱口小声道：“喜欢他我还把你带过来？怎么不带着他？”

语毕，突地怔住，崇徽眼里自己是男人，这个误会可大了。

一时间，后悔起来，不该为解围让何栎带她来，这般做派，真真合了何栎担忧的，撩了她又负了她。

崇徽不知她心中悔青肠子，笑逐颜开无限欢喜，抱着她胳膊雀跃道：“我就知道，我喜欢你，你也是喜欢我的！”把脸贴到方临汝脸上磨蹭，方临汝身上清凌凌雪中寒梅似的香气，沁人心脾。

周围那么多人，方临汝闹了个大红脸，推她，道：“站好。”语毕，又觉严厉了，放软嗓子哄：“人前别这样，等只有咱们两人时，你想怎么样就怎么样。”

崇徽不情不愿直起身，抿紧红艳艳的嘴唇。

服侍的婢女和林源等一路看来多见他俩黏糊样儿，见怪不怪，方游丰抬头看到，却是整个人呆滞，眼直直眼珠子快掉出来了。

惊讶方临汝一向清冷，居然也有柔情漫溢之时。

更诧这个美人自然不是何栎表妹，如斯美貌，世间罕见，方临汝哪里找的？

难道外间传方家传家宝扇上的扇面美人能变大活人是真的，美人是扇面美人降落凡尘？

不是有心计的有成算的人，喜怒形于色，惊诧写满脸庞。

郭成安目的没达到，才想说晚宴不吃了，看方游丰神色，不觉起疑。

既已议好亲事，又是何栎表妹，住在方府里，方游丰怎么一副没见过的样子？

便是男女有别没见过，总得听家下下人议论过，为何这么意外，看呆了？

郭成安当即改变主意，不走了。

第九章　配合默契

赏风亭建于碧波池中间，弯弯曲曲的浮桥从岸边通向亭子，洁白的浮雕栏杆，亭子全部榉木构建，独具一格。因要宴客，翘檐挂起八角宫灯，共有八盏，每一盏的琉璃灯面各不相同，有山水画，有碧树红花，有仕女图，里头的蜡烛有小儿臂膀粗，映着外面的绘图也活了，鲜艳明媚。亭外碧波浩淼，近处橙色水光，远处映着月光流银泻玉，脉脉柔光，凉风习习吹来，别有一番与自然亲近的盎然意趣。

亭子的地面铺了蝠云祥瑞地毯，食案靠着亭栏环形摆开，林源、郭成安、方游丰和何栎都是单独的食案，方临汝和崇徽挨一起坐，入座时，何栎有意带动，与方游丰一左一右伴在方临汝与崇徽身边，林源和郭成安则坐在斜对面。

往日宴客，金樽、玉盘、玛瑙杯，犀头金镀银器盂，一片金灿白莹光芒，如今孝中，兼且方临汝不想再摆富贵逼人盛势，食具尽用青瓷，酒具用了白瓷，青瓷清朗釉色，白瓷如霜胜雪，倒也清雅。

各人各怀心事，表面上却言笑晏晏，觥筹交错，气氛热烈。

方临汝始则担心崇徽说错话，不过片时便放松下来。

崇徽眼里只有她，他人如无物，眼睛比亭角挂着的宫灯还明亮，一瞬都没离开过她的脸，嘴角笑得又傻气又天真。

林源食不知味，满脑子都是——这么美的小娘子怎么没听说过，方家的扇面美人也许真的能变大活人，美人就是扇面美人变的，若能得方家传家美人宝扇，把扇面上的美人献给上头官员，何愁仕途不通达。

郭成安眼珠子在众人脸上来回瞟，绞尽脑汁想抓破绽，心中疑念根深蒂固，不相信方临汝是男人，眼角瞥得方游丰不住看崇徽神思恍惚，计上心头。

酒过数巡，月上中天。

林源微有遗憾，想要方临汝拿方家传家宝扇过来一观，思量着不能得逞的，刚当上润州刺史，根基未稳，不便发难，看郭成安没继续发难之意，遂起身告辞。

方临汝略略挽留几句，也便主随客便，送客。

桥面窄，不容多人并肩走，方临汝推开崇徽，示意琬初、璟初服侍她后面走，自己陪着林源走在最前头，郭成安在众人出赏风亭时，抢先一步，挤开何栎，拉着方游丰走在方临汝与林源后面。

浮桥曲折蜿蜒，方游丰神思恍惚，不住扭头看崇徽。

何栎看在眼里，不觉皱眉，方临汝是女人，娶不了崇徽，也不想给方游丰娶崇徽，崇徽身世堪怜，方游丰虽是方家长子，玉堂金马，富贵逼人，可其人不长进，崇徽嫁给他，犹如一朵鲜花插牛粪上，甚不妥当，低眉思索，方游丰若被美色所迷不顾兄弟情谊开口要娶崇徽，自己怎么才能不落方临汝家主面子抢先出面拒绝他。

郭成安眼角瞥见何栎心事重重低着头，暗叫天助我也。

宴席上拿了一块西瓜皮放在拢袖子里，此时悄悄摸出来，趁着夜色无人发觉，往前方桥面丢去，方游丰心不在焉，又被郭成安拉着带着脚步大小，走得三步，一脚踩上瓜皮，蹭地往前冲。

前面方临汝和林源，方临汝就他这个方向，听得后面有异响，扭头看，方游丰直直扑过去，方临汝避了一下又霎地移步回去。

浮桥恰转弯，她若避，方游丰便会直直冲进碧波池。

方游丰撞过来，方临汝只来得及把他往后推了一推，自个儿身子后仰，扑通一声被巨大的力道撞进水池里。

“汝郎！”

“二郎！”

……

几个声音同时失声叫。

众人扑到桥栏边，崇徽脸色雪白，何栎周身冰凉，郭成安转头，扯过崇徽臂间长长帔帛，帔帛长数丈，抓住一头，往水里抛，大叫：“方二，抓住，我拉你上来。”

水花飞溅，方临汝落水后又浮起来，满头水珠，黑压压的头发，没抓郭成安扔来的帔帛，双手扑腾拍打几下，又沉下水去。

“谁会游水，快救二郎。”崇徽失声哭喊。

“这里没人会游水。”何栎大喊。

琬初、璟初按着桥栏，“二郎自己水性很好”那句话在唇边霎地收回。

“快带人让船娘划采莲船过来救汝郎。”何栎大喊，声音促急，望琬初、璟初二人，眼睛眯了眯。

“婢女这就去。”琬初、璟初应道，招手喊上宴席上侍候的婢女，飞奔上岸。

离了郭成安和林源的视线，二人慌慌张张地吆喝乱指挥，一时让往东，一时又喊回来让往西，众人无头苍蝇一般，来回转圈儿，半日没实际行动。

“汝郎！”方游丰抓着栏杆，急得哭起来，他虽无心计没成算，却不傻，方临汝方才能避开不避，落水前推了他一把，为的什么哪有不明白的。

“汝郎！”何栎也叫，心下焦急比方游丰更甚。

倒不是担心方临汝溺水，漱石榭临水而建，屋后潭深逾丈，方临汝夏日里最喜潭中玩水，他没亲眼见过，却听琬初、璟初赞过，说方临汝水中闭气能达一炷香的时间，能手足不停划水半个时辰，水性极好。眼下只担心方临汝湿淋淋从水中出来时被郭成安看到，男人女人身体差别极大，衣裳浸湿了水贴在身上，再完美的伪装也瞒不了郭成安这个有心人的眼。

只能尽量拦一拦，为方临汝争取游到远处避过人眼上岸的时间。

水面涟漪一圈圈散开，灯光下粼粼闪烁，渐渐地，涟漪消散，死水如潭，静止不动。

“二郎！”崇徽凄厉的叫，如利刀刎颈的濒临死亡的绝望至极声音，何栎的眼前白影闪过，崇徽跨过桥栏，纵身跳进水里。

“徽娘！”何栎惊叫，心中还盼着崇徽熟水性，结果水里一串串水泡冒起，崇徽咕噜噜喝池水，哪是会水的样子。不由得暗骂崇徽添乱，喊人过来救她也得救临汝，自然是无法喊，崇徽扑腾几下后沉了下去，水面浪花翻滚，渐渐弱了，人没再冒出来，不能眼睁睁看着崇徽溺死，何栎扯开喉咙大叫：“徽娘，你不会游水做甚要跳水救人，别乱扑，稳住，马上有人来救你和汝郎。”

寄希望方临汝听到叫唤，潜水回来救走崇徽。

方临汝潜在水底下前进，估莫着游出众人视线了，悄悄冒出水面，远处灯笼光芒点点，是看不到此处的，便往岸边游。

扒着池壁正要上岸，急听得何栎大喊，离得远，声音如雨珠打檐，淅淅沥沥不甚分明。何栎惯常沉稳冷静，不会这般失态，方临汝皱眉，抬起的脚停下，侧耳倾听。

何栎的喊声一声高过一声，前台是倾盆暴雨，磅礴地砸着琉璃瓦，后面如山洪暴发，万马奔腾之势，方临汝隐约听得“崇徽、跳水”等字眼，勃然变色。

方临汝急忙潜下水往回游，在赏风亭浮桥附近水下来回打了几转，才抓到崇徽。

“二郎！”崇徽抓住方临汝的腰，八爪鱼一般紧紧缠着，意识半失。

“傻瓜。”方临汝暗骂，心脏被无形的东西抓挠了几下，又疼又痒，无声地轻叹了口气，扒开她手，抓着她手臂奋力划水。溺水的人抓到东西便如抓住活命浮木，死命抱紧不松开，崇徽却在被她扒开后，极配合她，并不缠她。

刚入夏日，又是夜里，水底下冰凉冰凉，方临汝身上除了外头衣袍，里面缠的布帛也不少，此时吸了水，整个身子涨了一倍体重，拉着一个人潜水前行甚是吃力，本想浮出水面，又怕被郭成安看到。衣裳湿透，被他看到了，真相无所遁形，可是崇徽的手越来越软，身体随波打摆，眼看着就要失去呼吸了，方临汝灵机一动，咬了咬牙浮出水面，离赏风亭只得七八十步远，游到岸边，拉崇徽上岸。

几次见面，崇徽飘然若仙，想不到体重不轻，别说抱，拉动都困难，方临汝咬牙半拖半抱，好不容易离水上岸，脚下不知被什么绊了一下，一个趔趄，两人跌倒在地，方临汝在下，崇徽在上，一上一下交迭。

剧烈的震荡，方临汝周身如同散架一般，难受得紧，崇徽呕呕连声，不住往外吐水，吐了片时停下，身体挪动，仰起头，哑着嗓子喊：“二郎，是你吗？”月色昏朦看不清，摸了摸方临汝的头脸，眉头眼睛鼻子，欢喜地道，“二郎，是你，你没事，咱们都没事，太好了！”

“嗯，咱俩都没事。”方临汝点头，虽然没溺水，却被压得喘不过气来，闷声道，“起来吧。”

伸手推崇徽的肩膀，崇徽在她说话时恰好起身，方临汝不偏不倚正好按上崇徽的胸脯，方临汝怔了一下，虽说彼此都是女人却也颇难为情，急急地收回手，蓦然间，脑子里轰隆隆如有霹雳炸开，思绪未厘清，一双手已极快地又按了回去，不只按着，还转了转。

手底下湿漉漉瘪瘪的一团，分毫没有女人雪脯的绵软和弹性，抓一抓，两团东西越变越小，再抓，直接脱离身体落在掌心。

方临汝呆呆怔怔地说不出话。

崇徽僵着身子，喘息粗重。

沉暗里，看不出彼此眼里神色方，方临汝咬牙，放开那两团不明物品，扒开崇徽的衣领。

衣裳湿了水，软软贴在皮肤上，指尖触上布料的同时划上肌肤，崇徽抖了抖，低低的一声颤音逸出喉咙。

方临汝脑袋发昏，抿抿唇，用力一扯，银丝暗绣流云花纹大袖衫跟月白中衣一起拉开，里头粉色裹胸，绣并蒂莲花，与寻常小娘用的不同，皱巴巴一团布，里面不明物体，遇水瘪成小小一团，原来是棉花，此前崇徽胸脯鼓起，是裹胸里头垫了棉花，方临汝没有迟疑，一把扯掉裹胸，雪色玉光划破黑暗，眼前明亮起来，滑润的白皙的皮肤暴露在的湿冷的空气中，瑟缩了一下，平平滑滑的胸膛，胸肌线条分明。

身旁月季花丛迎风扑簌响，天上弯月忽地突破云层，洒下淡白光晕，水池里游鱼跃出水面，划出一道弧线跌落，涟漪荡漾一圈后，又复静水无波。

方临汝猛一下将崇徽推倒，崇徽直直仰面躺倒……

方临汝头晕眼花，呆呆地问："崇徽，你是男人？"

"是！"崇徽惨白着脸，死死抓方临汝的手，急慌慌道："二郎，我不是存心骗你的，你别生气。"

生气吗？方临汝理不清思绪。

难怪初见面时，不想自己唤他徽娘，让唤他崇徽。

看崇徽颈部，喉结不明显，他的声音虽则没女儿家的绵柔清脆，却也不粗暗，他十八岁了，怎会如此？

锦枫才刚十七岁，喉结已很明显，前几年开始变声，如今已是朗朗的男人声音。

"你怎么喉结那么浅？怎么也没变声？"

"兰荪的阿爷是尚药局司医，阿爷获罪被抄家，她阿娘悄悄把她送走免于被处死，走时她身上带着家传的《医典》，这些年她一直暗里学医，她在园子里采了草药煲给我喝，我就不长那么快了，她说，当上扇面美人后一年后就会被弄哑，弄哑后没人注意，就可以停药。"崇徽一五一十地说。

"兰荪识字？"方临汝问，她记得，何栎说紫竹园的美人都不教认字。

"识字的，她进园子时已经七岁了，她阿娘当时把她托给一对受过她阿爷恩惠的农家夫妻，后来朝廷追查得紧，那夫妻怕给自家招祸，听说牙婆寻买眉眼精致小娃儿，她长得好，就把她卖给牙婆，牙婆只买五岁以下小娃儿，就往小了说，说她只有五岁，她家世代行医，她三岁起就开始看医书学医，字全部认得。"

兰荪是今年的扇面美人，何栎说她十五岁，原来已经十七岁了。

方临汝想起那日紫竹园门外听到的兰荪哄崇徽的话，当时想的是两人从小一块长大感情很好，如今看，兰荪分明喜欢崇徽，女人喜欢男人的喜欢。

想必翘首等着崇徽当上扇面美人，而后被下药弄哑，那时再给崇徽停药，两人人前姐妹，背人处夫妻，一双两好，缠绵恩爱。

好有心计的一个人，居然帮崇徽瞒过了所有的人。

崇徽摇着方临汝的手臂，颤颤地道："二郎，我不是成心装女人的，那天我去牙市找牙婆，身上穿的是男娃的小褂，牙婆说不买男娃，我只能说自己是女娃。"

方临汝明白了："那会儿你浑身的伤，她们想查看，你不给查看下身，不是下面伤着了，是怕被人发现你是男娃儿？"

崇徽点头，身体簌簌发抖："二郎，我真的怕，我不敢回家，太疼了，好疼好疼，我受不了。"

他生得好，小孩儿又都是扎丱发，他说他是女娃，牙婆也便信了。

后来，不要人服侍，虽有懂事之故，却也是怕被人发现是男娃儿，被送回去。

方临汝想起何栎说他被虐待的惨状，喉头酸堵不能言语。

他撒谎骗人，可一个不过四岁的孩子，为了活命被迫撒谎，又有什么不能原谅的。

"二郎，我喜欢你，你别生气好不好？兰荪说，咱俩都是男人做不了什么，要做什么吗？我不做什么，只想能看到你。"崇徽眼眶红红道。

迷离的眼睛，水汪汪似含着一池春水，把人瞧得心都融化了。

方临汝不知如何言语，也不知自己有没有生气，崇徽是男人，太意外了。

水面沉寂无声，不见一丝生机，郭成安看着，厚实的大嘴唇咧开合不拢。

方临汝要是就这么淹死了，方游丰不成器，方家颓败只在旦夕间，万千之喜。

欢喜中，猫哭老鼠叹息，方临汝那张脸……那张脸委实好看，那个人……那个人人物风流，气度高华，言谈风趣，就这么死了，可惜啊！

又想，方临汝死了看不到自己将方家踩到脚底下了，若是没死，郭家凌驾方家之上后，定要将她翅膀折了，弄到家里锁起来，铁链锁了当狗遛，把她整治得泪光点点、娇喘微微，哭喊着求自己放过她。

想了许多，无比得意，快活得差点儿大笑出声。

胳膊忽被撞了一下，回头见林源紧皱眉头看他，眼角朝何栎斜了一下，郭成安回神，蓦地发现，何栎大喊大叫这么久，琬初带人去喊船娘划采莲船过来救方临汝，许久却不见过来，方临汝是方家家主，上下人等怎地怠慢至此？

“别干等了，快沿池岸看看。”郭成安叫道，说罢大步行至赏风亭，摘亭檐宫灯。

林源那头也自踩栏杆摘宫灯。

何栎也去摘，没想到脚下歪了歪，一下子没摘到，再探身，一脚踩空跌倒。

郭成安一肚子闷火，朝林源使眼色，两人不等他了，提着宫灯快步走去，过了浮桥，沿池岸仔细找，大声喊：“方二，你在哪里。”

何栎拖延不成，也不摘灯了，快步跟上。

方游丰傻呆呆地也急忙跟上。

方临汝怔怔地看着崇微，郭成安的叫唤声传来，一惊回神，越来越近的灯笼光晕开浅淡的月光，染出嫣然的橘红。

月季花丛半人高，蓬蓬勃勃一大簇，月色朦胧，如果猫腰躲到花丛里，也能避过。

方临汝的目光从崇徽脸上扫过，滑过他平坦的胸膛，蓦然间计上心头，抓住崇徽急道：“快起来。”把崇徽拉到花丛里，飞快地脱下自己身上水蓝色锦袍，喊崇徽，“把你衣裳脱了跟我调换。”

崇徽“啊”了一声，方临汝脱了外袍，里面中衣湿漉漉粘在身上，胸膛一圈圈布帛，腰肢也缠了几圈，崇徽目光扫过，颤了一下，不问为什么，飞快地扒自己衣裳，把大袖衫、裙子、中衣、裹胸都脱了，只着一条月白长裤。

两人飞快换了衣裳，方临汝拔头上发簪，松开束发，崇徽不等她交代，飞快地解开自己湿漉漉的朝云近香髻，以指为梳把头发拢到头顶束起来，方临汝赞赏地点头。自己来不及梳髻了，披着头发，只把乌木簪给崇徽插在束发里，又把自己的靴子跟崇徽的云头锦履交换，崇徽脚大，她的靴子因怕太秀致招人怀疑，做得大了两号，里面靴头处塞了布，把布拿出来，崇徽缩起脚趾也能穿上，云头锦履穿在她脚上大了许多，却无碍的，只要不露出来被看到便可。

崇徽没打耳洞，翠玉耳珰乃是夹在耳垂上的，戴取很方便，取下来夹到自己耳垂上即可。

人声与灯笼光越发近了，方临汝小声道：“仰面躺倒。”指着挨花丛地面，崇徽飞快躺下，极聪敏，不需方临汝明言，便脚朝花丛远处，头在花丛这边，方临汝忍着羞涩把他中衣连锦袍拉开，露出平坦光滑胸膛，自己横趴下，身体隐在花丛头，脸凑到崇徽脸上，低低耳语：“等人走近了，装着在上面的是你，大喊二郎你终于醒啦，太好了！”

郭成安与林源、何栎、方游丰沿池岸走，郭成安和林源眼睛死死盯着池面，方游丰也是看水池里头，何栎却是留意四周，花丛扑簌响，何栎一眼看到有人，湿淋淋的水蓝色锦袍，视线急移开，才想赶紧把郭成安和林源引向别处，突然脑子“嗡”了一下，又蓦地回头，昏昏蒙蒙看得不甚分明，依稀却能看出，躺在地上那人裸露着胸膛，平坦毫无起伏的胸膛，胸肌分明，是个男人。

那人身上穿着的是汝郎的锦袍，为何……何栎脑子里一根弦蹦跳了一下，虽不清楚发生何事，隐约猜到是方临汝用意，当即大声喊道：“在这边，汝郎在这边。”

朝花丛快步走去，口中大声喊道：“汝郎，你可还好？”

郭成安和林源回头，冲得比他还快，一行人顷刻间到了花丛边。

崇徽就在这时大叫：“二郎，你终于醒啦，太好了！”

几个人这时方发现，还有一人伏在躺着的人身上，也不是身上，只是俯在脸上，黑黑的后脑勺，湿漉漉长发披散着，翠玉耳珰在灯光下闪烁。

“我没事，别哭。”方临汝柔得滴水的声音道。

两人脸贴着，声音是上是下发出来的没人听出来，郭成安咬牙，紧盯着那片平滑的胸膛，久久不愿挪步离开。

“咱们走吧。”何栎低声道，迈步挡住郭成安的视线。

“方二既然无事，某也不打扰了，林公，咱们走。”郭成安咬牙切齿道。

出得方府，纵身上了墨骥，撇下林源，打马扬鞭疾奔。

林源看着他远去的背影，面色沉暗。

无功而返，不止郭成安扫兴，他也颇恼怒。

他得郭成安帮助当上润州刺史，连跳数级，万千之喜，喜过之后，往上爬的渴念更甚，不再满足只是大唐一个州的刺史，心心念念想得方家传家宝扇，得了上面的美人，献给上官，铺开仕途高升之路。

郭成安打马冲进府里，茂树殷勤地迎上来，郭成安跳下马，一言不发一鞭子抽过去，茂树哎呀一声叫，抱头鼠窜。

“站住，谁允许你跑了。”郭成安厉声喊。

茂树哭哭啼啼地站住。

郭成安抬手，又一鞭甩过去，被抓攥住，房氏原来门楼下站着，虽然身体肥胖，行动却极敏捷，抓住郭成安的手，不赞成地轻摇头，郭成安深吸气，收回鞭子，口中哼了一声，口气颇不耐却带着关心，问茂树："方才抽到你哪里了，账房领一缗钱去医馆让大夫瞧瞧。"

茂树霎时不哭了，嘻嘻笑道："不碍事不碍事，多谢大郎关心。"

"把墨骥牵去马厩，再去灶房吩咐把给大郎炖着的人参鸡汤送我院中来。"房氏微微一笑道。

茂树忙不迭应好。

母子俩进了房氏的院子，房氏把服侍的婢女都遣了出去，拉郭成安地台上坐下，亲自斟了茶递给他，在他对面坐下，压低声音，语重心长道："心里再恼，也别冲下奴撒火，太宗皇帝曾云，水可载舟亦可覆舟，作为一家之主，跟一国之尊所坐位置大致无差，只是管理的人与事少些，格局小了。可以责骂杖打下奴，那是他们犯了错惩治他们，驯服调教，而不是无故发火，弱者无能之辈方会拿比自己弱小的人踩……"

郭成安专注倾听，并无不耐之色，等得房氏语毕，大口喝了杯中茶，道："母亲说得有理，儿受教，儿以后尽量克制。"

"难为我儿了。"房氏叹，接了杯子搁下，伸手为他抚皱眉，"今日走方家不顺利？"

"方临汝是男人。"郭成安一五一十，将今日到方府后的一切告诉房氏，懊恼不已道，"儿看得清清楚楚，方临汝确实是男人。"

"是男人，那可怪异了。"房氏若有所思，手指在矮案上一下一下击打，道，"听你所言，前头又是喝茶又是品点心又是扇舞的，分明是在拖延时间，为的什么呢？"

"母亲这一说，儿也觉得奇怪，团扇新款面市前等闲不暴露，方临汝为何给我看到毫不在意。"郭成安皱眉。

母子两人细细分析，却找不出症结所在。

"方家那些新款团扇咱家别模仿了，小心是方临汝设的套。"房氏道，凝眉，目光幽幽，"方临汝心机深沉，咱们想弄垮方家，他说不定也想弄垮咱们家，以期方家在团扇业一家独大，谢家的前车之鉴，不可不防。"

郭成安有些惋惜，纠结些时同意了，房氏提起谢家，他想起一事，那日偷窥方临汝看到的，道："方德清去世，谢家不仅送了奠礼，出殡那天，谢夫人还亲临方家，与方夫人言谈甚是亲热。"

"怪事！"房氏诧异，"谢家败落，谢天英年早逝，虽说不是方德清所为，可子不杀伯仁，伯仁却因其而死。谢夫人当年与谢天夫妻恩爱之极，谢天去世，谢夫人闭门谢客，衣带渐宽人憔悴，当是恨方家入骨才是，怎么可能还送吊且亲自登门！”

“儿也是这个看法，只想不出因由。”郭成安摊手。

房氏沉吟些时道：“约莫是为儿女终身大事吧，她以女充儿的那个女儿，算起来，今年也十八岁了，方游丰二十岁，方临汝十七岁，一个比她女儿长了两岁，一个小了一岁，年龄都合适，方游丰不长进，又是庶出，她约莫是看不上的，大约是看中方临汝了。”

郭成安“啊”了一声，惊出一身冷汗：“幸好方临汝订亲了，谢家扇坊虽然关了，产业可都还在，城外那片紫竹林，卖了大半给方家，剩下的比咱家还多，城西的扇坊占地比方家和咱家都大，她只得一女，谢家的家业少不得归她女儿夫家，方临汝若娶谢家女儿，财势更盛，可就更难办了。”

房氏点头，想心事，略停了停道：“先前你阿爷当家，我怕他给你订的亲事不如意，一直压着，如今定谁家女儿咱们可以自己做主，方家庶出那两个女儿配不上我儿，嫡出的二娘身体不好，不能为郭家绵延子嗣，也不妥，何况即便咱家求娶，方临汝怕是也不答应的，不如我走走谢家，看看谢家女儿容貌、品性如何，传言谢夫人那女儿举止粗鲁野蛮，未必可信，谢天当年美冠润州城，谢夫人也是国色天香美人，女儿容貌不拘随爷还是随娘，想必都不差，若品性好，为你求娶也行。”

“求娶谢家女儿？”郭成安愕然，极意外，粗浓的眉头皱紧，想了想，道，“母亲走走看看也行，只别露求娶之意，我要自己相看，若中意，求娶也行，若不合我意，便是陪嫁金山钱库，儿也不娶。”

“自然，需得我儿喜欢方可。”房氏笑道。

果真是母子一条心，无话不谈。

更漏声声，亥时初了，房氏起身出房，吩咐的人参鸡汤早送来了，侍女月娇见他母子说事便没打扰，红泥小火炉里煨着，房氏嘉许一笑，接了托盘回房。

“母亲也喝。”郭成安道，高声喊再添一碗，亲自舀了，双手捧给房氏。

房氏眼里有泪，飞快拭了一下，端起碗慢慢喝。

郭成安看到，只作没看到，房氏为他殚精竭虑谋划，他自当孝顺，想起以前未当家做主时，母子俩隐忍奉迎郭笑盟，夹着尾巴如乞儿般的日子，伤感不已，转念想起方临汝，又一肚子怨恨。

“方临汝生得好，标致风流，得方德清宠，自小便以方家下任家主之势在外走，如今订的未婚妻又是天仙似的玉人，怎就那么好运气。”郭成安唇角狠狠抿着，皮肤黑且粗糙，豆荚眼细眯着，神情狰狞。

“方临汝那未婚妻到底有多美？”房氏今晚听儿子数次夸奖，儿子不好色，不觉讶异。

“很美很美，见过她，回头再看其他人，都是狗尾巴草，想必跟当年美冠润州城的谢天相比，也是毫不逊色。”郭成安道。

房氏失笑：“谢天是男人，你怎么把一个女人跟男人相比？”

郭成安怔神，想了想，道：“许是因为她美得雌雄莫辨吧，看着她，浑忘了性别，心中只有一个想法，世间居然有这样的美人。”

“比方临汝还美？”房氏微皱眉。

“不好比。”郭成安摇头，细细思量，道，“若论眉眼，他那未婚妻更胜一筹，可母亲你是见过方临汝的，方临汝之美，不在容貌而在气度，在谈笑风生间，在一举一动里。”

“倒也是。”房氏叹了口气，压眉低低哼，“我儿加把劲，把方家弄垮了，方临汝那未婚妻也便由得你想怎么玩就怎么玩了。”

“没兴趣。”郭成安撇嘴，甚不屑，“也就方游丰那种不长进的才会见色起意，那是弟弟的未婚妻呢，整晚上眼睛盯着不转一转，丢人。”

房氏眼睛一亮：“方游丰对方临汝的未婚妻甚是痴迷？”

郭成安点头，顷刻间明白房氏问话之意，大喜击掌：“方临汝明敏睿智果敢决绝，何栎稳重周到波澜不惊，他们两个无懈可击，方游丰却是一摊烂泥，偏又有方家长子身份，若能有效利用起来，定会要方临汝内外交困，焦头烂额。”

房氏微笑，赞道：“我儿敏锐。”

招手让郭成安凑近，母子俩细细谋划，一字一把刀，刀刀锋利，对准方临汝，务求削其颈，断其手足，堵其生路。

第十章　不饮亦醉

瑟瑟脚步声响，灯光摇曳，渐行渐远。

方临汝松开崇徽，四肢摊开倒地上，身上湿涝涝，冷汗与未干的池水混杂，衣裳黏腻腻贴在皮肤上，惊魂之后，周身力气散尽，好像拉过磨刚卸了套的老驴似的直喘气。

崇徽坐起来，捂着嘴唇直呆呆看着方临汝，魂魄飘来荡去，许久，手指颤颤做贼似搭上方临汝肩膀，俯身凑近她耳朵，傻傻地雀跃的口气问："二郎，咱们做了什么了是不是？"

甜丝丝湿热的气息喷到耳郭上，席上饮下的酒在此刻发挥，微醺的酒气上头，方临汝面红耳热，想站起来逃开，却站不起来。想抽自已一耳光，肩膀被崇徽按着，手臂软软的举不起来。

崇徽来回抚自己嘴唇，又看方临汝，方临汝嘴唇红艳艳的，花儿一般很好看，崇徽咧嘴傻笑，伸手按方临汝的胸脯，勾那一圈一圈布帛，嘿嘿地傻笑像登徒子："二郎，兰荪说，男人跟男人不能做什么，你是女人，我是男人，咱们能做什么对吧？"

方临汝抚额，不能再装死，再装下去，不知崇徽要说什么惊天动地的话出来，站起来，绷着脸道："换衣裳。"

"好。"崇徽动作麻利脱衣裳，光着胸膛也不觉得难为情，把衣裳递给方临汝，又从她手里接衣裳，一边穿，一边目不转睛盯着方临汝，光明正大地耍流氓，一本正经地色迷迷着，把方临汝盯得心慌意乱，锦袍穿反了，系束带时才发觉，扒下来又穿一遍，叫他瞧了个够，他一边瞧着，一边眼睛亮晶晶地说："二郎，你虽然束了布帛，可胸膛还是比我耸得高。"

“闭嘴。”方临汝低喝，横眉瞪他。

自出生起一直男儿装扮，光明磊落，没半分女儿家羞涩，禁不得魔高一尺道高一丈，崇徽轻薄人调戏人的道行，令她便是有城墙厚的脸皮也抵挡不住。

偏生又不能一个耳光扇过去，崇徽半点儿自觉没有，没有男女之防，也没有男女避忌，说起来，还是方家作的孽，在紫竹园中与世隔绝长大，没人教导，什么都不懂，如同一张雪白的纸，干干净净，清澈明透，教人哪舍得责备他。

崇徽扁嘴，真个紧闭不说话，只是一双眼睛比嘴巴还会说，粘在方临汝身上，把方临汝粘得想失明，失明看不到也没用，他的视线太炙热了，看不见也能感觉得到。

月上中天，月光如烟如纱，周围寂然无声，方临汝纠结些时，招手道：“跟我走。”

何栎去送客，琬初、璟初见郭成安走了，也便先回漱石榭，院门探头站着，先前带着婢女们无头苍蝇一般转，裙摆沾着暗黄色泥灰，发髻微乱，琬初的长脸儿在灯下拉得更长，瘦得尖削，璟初唇角酒窝没了蜜，只有焦急，抬头看到方临汝，两人眼睛一亮，殷殷地迎上来，齐声问：“二郎，没被郭成安看穿吧？”

“没有。”方临汝无力摆手，瞥一眼崇徽，崇徽乌润润的眼睛看她，惊惶、企盼、信赖、喜欢、依恋等种种情绪混杂，长叹口气。

澄漪山房里头还有几处院落空着，指一处让崇徽安置便可，只是他一清二白天真得像小白兔儿，不放在身边委实不放心。

漱石榭主屋原是一明两暗三间房，她不喜分隔，拆了墙，只以屏风做隔断，疏朗开阔，正中做起居厅，东侧卧房，西侧书房，主屋前面东西两侧各有两间小小的廊房，西侧两间做了库房和茶水间，东侧两间琬初和璟初住着，其他婢女下奴并不住漱石榭，另有下人居处。

让崇徽住书房，跟她一处住着不合规矩，让崇徽住琬初、璟初房中委屈他了，到底不忍委屈他，便把世俗规矩撇到一边。

她一直女扮男装行走，如今更是以女儿之身接任方家家主，规矩什么的，在她这边如无物，若此时坚持守规矩，倒像笑话。

吩咐琬初、璟初：“把起居厅连地屏抬书房去，崇徽今晚歇书房那头，给我们打热水来。”停了一下，崇徽身上衣裳湿透了，不换不行，给他备男人还是女人衣裳颇费脑筋，想了想，道，“把我的衣裳拣宽大的给他拿一套，再去库房要一张大方床，以及全套的被褥过来。”

琬初、璟初脆声应下，琬初吩咐抬热水，往库房走去，璟初朝崇徽打手势："娘子，请随婢女……"

话说了一半顿住，惊讶地指崇徽胸膛："你……你这里怎么平了？"

"裹胸里包的棉花在水里泡水后瘪成一团，就平了。"崇徽坦坦荡荡道。

"你……你是男人？"璟初眼珠子要掉地了。

"是，我是男人。"崇徽点头，翘起嘴角，喜滋滋道，"我是男人，二郎是女人，我跟二郎能做什么，我们咬嘴唇了。"

"你跟二郎亲嘴了？"璟初不仅掉眼珠，下巴也掉了，大张着嘴合不拢。

"咬嘴唇叫亲嘴吗？就是嘴唇贴着嘴唇，舌头勾着舌头。"崇徽好学上进不耻下问。

方临汝捂脸，想刨个坑把自己埋了。

又想找针线，把崇徽好看的桃花瓣似的嘴唇缝上。

璟初五官扭曲，肩膀抽搐，憋笑憋得几乎岔气。

崇徽看她，又看方临汝，识趣地闭上嘴唇，嘴唇不能说话，就用黑白分明的大眼睛表达，蹭到方临汝身边，抱她的胳膊，细密纤长的眼睫毛扑簌簌眨呀眨，无声地说："我很乖，你别生气。"

方临汝一腔闷火被他眨没了，扑哧一声笑，点他额头："随璟初去洗漱，洗漱完了安置，明早我再找你。"

崇徽大力点头，两人进门，方临汝推他往西，他乖乖走，方临汝松了口气，往东进卧房，崇徽却又快步跟过来，可怜巴巴而又渴切热烈的眼神看她，道："二郎，我还想咬你嘴唇，唔，就是亲嘴，亲一下行不行？"

"咳咳咳……"方临汝被自己的口水呛住，嗽得满面通红。

"不能随便亲的。"璟初撑不住笑出声来，扯着崇徽的衣角，"快跟我来，不然二郎生气了，把你赶走，再也不见你。"

"啊！"崇徽白了脸，低了头："我乖乖的，我听话，这就去洗漱。"

往西面书房蹿，快得如影子飘，只一下便离了十几步远。

热水抬进来，琬初去库房了，璟初没过来服侍，方临汝也不喊，独自进了净房，热水氤氲，暖融融熏得人睡意沉沉。

泡了些时出来，经过镜台时方临汝蓦地站住，精致的二龙戏珠镜架，青铜壬字云纹镜背，卷草纹边沿，镜面光滑清晰地照出镜前的人，乌黑的润湿的头发，脸庞皮肤白得略显发青，唯嘴唇红得过分，艳如榴花，临汝抬手略略松锦袍，撩起头发，拿小镜照后颈，前头反照出来，白腻细嫩的后颈一条条掐痕，红红紫紫，纵情肆意渲染。

“这个崇徽，属狗的吗？狗爪子那么用力。”方临汝暗嗔，骂不是打又不得，一肚子闷气。

“何大郎来了。”璟初进来禀报。

“知道了。”方临汝道，何栎面前不用再束胸壮腰装男人，让璟初给她把头发用发带松松挽了，一面问道，“崇徽睡下了？”

“睡下了。”璟初抿唇笑，眼睛弯成月牙儿，“二郎哪找的人，小白兔儿般可爱天真，从没接触过人似的。”

紫竹园里的美人从没接触过外界，可不是跟没接触过人似的，方临汝苦笑，心情郁闷，吩咐璟初：“备几样下酒菜，开一瓶松醪春，我与表哥对饮几杯。”

何栎厅中来回踱步，方临汝出来，迎上前，才刚沐浴过，肌肤濡润，香气袭人，目光闪了一下，深吸口气，道：“好生凶险，幸好你找了个男人过来，看来郭成安被瞒过去了。”

“那么短的时间，上哪找男人。”方临汝苦笑。

何栎愣住，目光在她胸前瞥一下又急忙移开。

方临汝打手势，率先在地台上坐下，何栎略一迟疑，撩起袍摆在她对面坐了下来。

酒菜很快摆上，琬初、璟初知方临汝与何栎在一起都是商量要事，自觉地出去，廊下等着传唤。

方临汝抬臂执起酒瓶，大袖滑落，雪白一截酥臂，金黄酒液注入八菱形银把杯，醇酒味至甘美，饮之醉人，美色当前，不饮亦醉。

何栎怔怔地看，急移开目光，微有不自在。

方临汝没察觉，仰脖一口干了杯中酒，摩挲杯子，洁白的手指，银色酒杯，白与银辉映更加夺目，往西侧书房瞟了一眼，闷闷道：“崇徽是男人。”

“什么？”何栎失声惊叫，手里酒杯脱手，金黄的酒液溅到矮案上，恍若不见，双眼直直盯着方临汝。

“你看到的男人就是他。”

“那……那趴他上面跟他……是你？”何栎结结巴巴问。

方临汝点头。

何栎剧烈咳起来，上气不接下气。

“用不着这么大受刺激的样子吧！”方临汝抱怨，扯过一旁抹擦干案面，另为何栎满上酒，自己也满上，端起酒杯，哼道，“我本来要表哥陪我喝酒压惊的，看来，表哥受的惊吓比我更大，我陪表哥吧，表哥，请满饮此杯。”

“委实没想到，我自罚三杯赔罪。”何栎尴尬地笑。

“咱们比嫡亲兄妹还亲，说什么赔罪。”方临汝莞尔一笑。

两人大口干了杯中酒，何栎仍是不能置信，道：“崇徽怎么是男人呢！容貌因他长得美雌雄莫辨也罢了，可是他今年十八岁了，声音不对，而且他没有喉结。”

“兰荪知道他是男人，帮他隐瞒了。”方临汝把崇徽说的一五一十告诉了何栎。

“原来如此，我就觉得怪异，她对崇徽太在意了。”何栎把下午要带崇徽离开，兰荪死死拦着不让带走的情形说了，道，“这人往日见时不显山不露水没看出来，如今看，心眼忒多，委实不像自小与世隔绝长大的人。”

“七岁才进的园子，曾经经历家破人亡惨祸，受了她家恩惠她阿娘托孤的人又忘恩负义狠心把她卖了，想的自然比谁都多。”方临汝道。

何栎“嗯”了一声，低眉沉吟道：“崇徽是男人，他的去处不好安排了。”

方临汝点头，半夜留何栎对酌，本有心烦之故，也是想找他商量如何安置崇徽。

崇徽之前一直喝药，虽说十八岁了，可身体发育却被抑制了，在美人环绕的紫竹园里生活倒是安然无事。药一停，很快就长成成年男人，让他回紫竹园，与兰荪男的俊女的俏干柴烈火也罢了，若一园子美人都跟他有染可就麻烦了。此后，方家不仅要给他养儿育女，还怕美人们争风吃醋弄出祸事来。

把他留在方家，他是男人，一停药，真实性别就遮掩不住了，一个女扮男装的二郎，一个男装女的二娘，再来一个男扮女的家主未婚妻，可真是热闹。

况且他对世事丝毫不知，懵懂迷糊，天真得犹如垂髫小儿，不随时看着，委实不放心。可随时看着，又哪有那么多的时间。

何栎静静地听她说，等方临汝语毕，缓缓道：“其实如何安排他说难也难，说不难也不难，皇宫里头，皇帝的女人何其多……”

“把崇徽阉了送回紫竹园？”方临汝身体一震，金刚怒目，菩萨低眉，狠狠盯着他道，“如此缺德的做法，表哥你怎么说得出来。”

“我只是随口这么说，又没说要这么做。”何栎涩笑，心中百味俱杂，临汝从没对他这般疾颜厉色过，为着一个只见几面刚认识的崇徽，居然如此这般，不仅深吸口气，如咽下黄连入喉苦楚，平静无波的口气道，“还有一法，也有些缺德，就是还把他送回紫竹园，制一铜墙铁壁牢房，只留送饮食窗口，把他终身幽禁。”

“不成。”方临汝断然否决。

“那就不送回去了，留下来，留在府里。”何栎道。

方临汝有片刻的沉默，迟疑道：“崇徽一清二白，对世事一毫不知，留在府里，怕是多有不便。”

虽有些难为情，还是把崇徽晚间跟璟初的对话说了。

何栎低头倒酒，眼角看着方临汝，方临汝前头毫不犹豫否定了对方家有利的提议，这当儿虽有犹豫，但却是偏向把崇徽留下的。

满上酒，何栎执起酒杯大口干了，一把火顺喉咙烧向胃部，晚上担心郭成安发难，担心崇徽说错话，担心方游丰被郭成安套话，后来又担心方游丰迷恋崇徽跟临汝兄弟阋墙，酒喝了不少，菜没夹几箸，此时再喝酒，胃疼得痉挛，倒也不错，将心口的酸疼压下去了，言笑自如，笑道：“无妨，崇徽很聪明，相信学人情世故不难。”

摆手让方临汝别插口，接着道：“别看他洁白懵懂，却看得通透，今日带他进府前，我跟他说，让他别跟人说自己从哪来的，有人问起，就说是我表妹，他问我，是不是你有祸事，让我放心，他不会给你添乱的，在郭成安和林源面前，他缠着你，瞧都不瞧他们一眼，故有喜欢你之故，依我看，也是故意为之。璟初面前那样说话，那是他看出来你信任她，对她无所隐瞒，换个人，他必定不会那么说。”

“真的吗？”方临汝踌躇。

何栎道：“明日让安姨过来，她来时，你别跟她打照面别在崇徽面前跟她说话露了亲密，我试探一下给你看。若放心了，以后就让安姨教他人情世故。”

安姨是方临汝的乳娘，年纪大了，方临汝外头行走，没空陪她膝前承欢，便没留她府里住，让她回家，跟奶兄苏阳、苏刚一处起居，颐养天年。

方临汝跟安氏比跟方姜氏还亲，安氏疼方临汝也是心肝肉儿般。

扇面美人的秘密不能让太多人知道，琬初、璟初两个没告诉，对安氏也没必要说，不过，只须叮嘱崇徽别说出从紫竹园来的便可。

“便依你所言。”方临汝道。

何栎当即起身：“累了一日，你安置吧，我走了。”

出了漱石榭院门，何栎回头看了一眼，灯光里，方临汝起身往书房去了，自嘲一笑，喃喃道：“我这是为的什么啊！”

方临汝走到书房连地屏外，侧耳倾听，里头寂寂无声，崇徽想必睡得安稳，便转身回卧房。

这一日惊心动魄跌宕起伏，真的累极了，倒头后很快睡死过去。

书房里头，她以为睡下了的崇徽，根本没睡。

何栎过来，而后跟她对酌说话，崇徽则在书房里头，两眼睁得大大的，趴在门屏风前，悄悄地看着他们。

何栎走后，方临汝走过来，他急忙躺回床上，渴切地盼着方临汝进来，可方临汝却没进。

听得脚步声离去，心头的失落无以复加。

身下的大方床是从库房抬来的，璟初怕有异味，擦过后又在床头搁了一个千陀罗叶香包，香味弥漫。被褥松软，水蓝色云锦被面触手光滑，料子极好，虽是临时安排的，却是样样精致，用了十二分的心，奴察主人意，可见方临汝对他极好的。

心中这么想，却难安宁，辗转反复些时，悄悄起身，往外看去，厅中无人，大灯灭了，细细一盏小莲灯，光晕朦胧，地台上，杯盘都撤了，干干净净。

崇徽定定地看，依稀里，临汝和何栎对坐着，低眉浅笑，闲谈细语。崇徽咬唇，缓缓走出房，方临汝的衣裳穿身上短了一截，裤子到小腿上，外袍亦然，赤着足，无声地踩在大理石地面上，袍裾随风轻摇，飘飘扬扬出尘如仙。

地台上到了，崇徽定定地看了些时，在此前何栎坐的位子坐下，神情恍惚看着对面，对面浮起幻影，方临汝挑眉俏皮笑，凝眉沉思，皱眉嗔怒，倾身专注听，后仰一派轻松，种种情态。

崇徽扁嘴，蹙眉苦恼地看着，他想要方临汝也那个样子跟自己相处，那个时候的方临汝，看表情，没跟他在一起时的亲切与温柔，但是，有另一种他捉摸不到的东西，他思索着，用自己空白的没有见识没有经验的脑袋想，想得头都疼了。

更鼓当当当数声响，崇徽颤了一下，想懂了，那是放松、信任、倚重，剖心交腹，伯牙子期高山流水，帝王与重臣，将军和谋士，在方临汝眼里，何栎是能与她并肩作战的人，而自己，是宠物，一只可爱的小狗，一只调皮的小猫，一只天真的小白兔，她疼他宠他对他好，不算无足重轻，却也没多少重量。

“二郎！汝郎！临汝！”崇徽低喃，失落地、难过地、凄凉地看向方临汝的卧房。

夜色深重，气温越来越低，凉飕飕的寒意，崇徽却久久地一动不动，直至曙色微露，里头悉索声响，像是方临汝起床了，才急急逃回书房。

方临汝一夜好眠，梳洗后，才要出去用早膳，安氏便来了。

何栎办事真的妥帖稳当，方临汝暗赞。看崇徽没在外头，吩咐璟初去唤崇徽起床，又道：“让崇徽跟奶娘碰个面，什么都不要说，不要露出跟奶娘很熟络亲密的样子来。”

璟初也不问为什么，顺服地出去。

琬初怕方临汝吃饭迟，饿着了，出去端了馎饦入内，里头没食案，方临汝也不讲究，接过后在镜台前坐下吃起来了，琬初一旁侍候，刨根究底不弄明白坐立不安的性子，终于忍不住小声问道：“二郎方才说那话有何用意？”

“试探一下，看崇徽能不能留府里。”方临汝道。

崇徽来自方家的紫竹园，是待选扇面美人一事不能告诉她，其他的，却无妨。

“啊！不是只用他应付郭大郎的吗？”琬初讶然，“他是男人，留在府里何大郎能愿意吗？”

“表哥为什么不愿意？”方临汝咽下口中馎饦，好奇地看着琬初。

琬初绞手指，白净的脸庞上眼底下浅浅一圈暗黑，很明显是昨晚没睡好，纠结些时，吞吞吐吐道：“二郎，何大郎难道不是……不是……”

“不是什么？”半天没说出来，方临汝不耐听她结巴，自顾吃着馎饦，吃光了，抬头把碗递给琬初，琬初神思不定魂游天外，也不伸手接，方临汝刚想取笑她，忽地一震，想明白她没说出口的话。

琬初要说的话是：何大郎不是你未来的夫郎吗？你留个男人在身边，何大郎能愿意吗？

“小妮子思春啦？”方临汝哭笑不得，把碗递到她眼皮底下，取笑，“满脑子都是男男女女的事，看来，我得留意着，替你相看夫婿了。”

“二郎你……浑蛋！”琬初羞恼，抢了碗，怒冲冲地奔出去。

方临汝摇头失笑，笑了些时，笑容敛去，目光沉了下去。

看来，外人眼里，何栎必是方家女婿。

难怪何姜氏会认为，她阿爷要把锦枫许给他。

琬初和璟初知她是女儿家，方锦枫是男人，因而不会以为她阿爷要把方锦枫许给何栎，却以为跟何栎结亲的是自己。

这误会……方临汝苦笑，只希望何栎没这样的心。

她不想跟何栎反目成仇。

方临汝捏了捏眉心，忽而心头一动。

方家除了她，还有两个女儿，方香雯空有美貌，性情不行，方秀绮看着甚是不错，若是把方秀绮许给何栋，岂不两全其美。

念头起，随即压下。

若何栋看中方秀绮跟自己提也罢了，自己万不能提。

不然，他承方家深恩，不愿意也应下，不是两全其美，而是造就一对怨偶了。

“好美的人儿！”外头安氏惊叫，打断了方临汝的思绪。

崇徽出来了，不再作小娘子装束，如云黑发用发带松松扎在脑后，身上白色广袖宽袍，月白交领中衣，领口绯色衮边，鲜艳的一抹红衬得脸庞更加白皙，如初雪明净，眼睛不像之前明亮，迷离恍惚，似浸润着一汪陈年女儿红，透明澄澈、赏心悦目之余，另有一股诱人的馥郁芳香，勾得人忍不住想品尝。

“真是祸国殃民勾魂摄魄的美。”方临汝心道。

安氏拉着崇徽的手，上下打量，赞不绝口，问璟初：“这么美的人儿，汝郎哪找来的？”

璟初微笑着笑摇头：“婢女也不知道，二郎昨日才刚接回府的。”

安氏又问崇徽：“叫什么名字？家哪里的？几岁了？爷娘叫什么的？”

崇徽抿唇，一言不发，哑巴似的。

“不会说话？”安氏诧道。

“会说的。”璟初道，推崇徽，“嬷嬷问你话呢，怎么不说。”

“不说，我只跟二郎说话。”崇徽鼓起腮帮子。

璟初大笑：“跟我怎么就说了，昨晚你可说了不少。”

崇徽目光在她和安氏脸上打转，注目看了些时，低眉敛目，如老僧入定。

“别吓他，娃儿怕生呢。”安氏慈爱地笑，喊璟初，“把食案抬过来，我跟小郎一起用膳。”

璟初“哎”一声应好，过去抬食案，崇徽“嗖”地一下过去，按住食案，力气很大，凶巴巴道：“这是备下二郎吃的，不准给别人吃。”

璟初一呆，笑道：“灶房还有，二郎还没起身，搁着放凉了反而不好，回头二郎要吃再传。”

崇徽方松了手。

璟初摆食案，安氏招呼他一起吃，他却不吃，静静地坐着。

安氏笑了笑，道：“吃吧，晨起不吃东西对身体不好。”

崇徽望她，疏远的眼神。

“来，尝尝这松子糕，只有府里的厨子做得出来的味，外头酒楼做的还没这好吃，还有这腌瓜片，又酸又辣又甜的，味儿可足了……”安氏慈爱地不住说着。

崇徽还是不吃，自始至终眼皮都不眨一下，只有璟初说话时会应一两句，惜字如金，浑不似昨晚那样口无遮拦。

方临汝静静地看这边，心道难道果如何栎料的那般？

安氏待了近一炷香，崇徽始终不说话，安氏用罢早膳，琬初捧上巾栉，安氏抹了抹嘴唇，道：“汝郎还没起，我就不等了。”

“嬷嬷慢走。”璟初琬初送至门外。

方临汝留意着崇徽，见他状似不搭理，眼睛却悄悄地看着。

璟初和琬初送了安氏回来，崇徽紧绷的脸松弛下来，方临汝等着他问璟初两个，他却不问，垂着头想心事。

方临汝缓缓走出去，璟初装模作样上前禀报：“方才安嬷嬷来了。”

“知道了。”方临汝道，命上早膳。

崇徽蹭过来，方临汝冷脸浅笑着问道：“昨晚睡得可好？”

“一晚上没睡。”崇徽心中道，却不敢说，怕方临汝生气赶他走，猛点头说：“香香的，睡得很舒服。”说罢紧挨方临汝坐下，凑到她耳边，小声问，“方才来的那安嬷嬷是什么人？怎么一副主人架势？”

“是我奶娘。”方临汝道，补充，“很疼我，对我很好，我也很敬重她，把她当我亲阿娘。”

“啊！”崇徽哭丧了脸，天塌下来的样子。

“怎么啦？”方临汝问。

“我……我不知道你跟她很好，冷脸对她了。”崇徽扁嘴。

方临汝夹了包子搁他面前碟子里，笑道：“无妨，奶娘不是小气的人，来，吃饭。”

崇徽拿箸子戳包子，眉头皱得很紧。

“汝郎，你起来啦。”安氏去而复返。

“嬷嬷，方才没吃饱吧？过来跟我和二郎一起，再吃一些。”崇徽热情道，起身迎过去，搀扶安氏往里走，脸上笑成一朵花儿，跟方才的冷淡判若两人。

方临汝撑不住，捶着食案大笑，今日长见识了。

“汝郎，你笑什么？”崇徽莫名其妙，傻呆呆地看方临汝。

方临汝笑得更厉害了，身子东歪西倒，大叫：“奶娘，快来帮我揉肚子，笑得疼了。”

“别笑别笑，吃着饭不能笑。”安氏听说她肚子疼，大急，过来把她搂住，一面嗔怪，一面真个给她揉肚子，方临汝在她怀里颤颤笑，浑没平时的清冷端重，小孩儿一般。

崇徽眼睛瞪得浑圆，看呆了。

早膳后来欢声笑语，崇徽对安氏大献殷勤。

安氏再问他几岁了等话，他把名姓年龄都说了，从哪里来则说的是何栎告诉他的，何栎的家乡越州。问他家里有什么人，他说都没了，故来投奔表哥何栎。

方临汝一旁听着，暗暗点头。

果然看着傻，该精的地方却是精得很。这样子，便是与郭成安林源对上，也不怕的。

提着的心放下，昨日耽搁半日，许多事情没处理，用罢早膳准备出门，交代崇徽：“屋里待着，奶娘教你事儿仔细听着。”

“我想跟着你。”崇徽抓她手臂，大眼睛巴巴儿看她，像要被抛弃的小狗。

“二郎事儿很多，不能带你，你这样二郎要生气的，生气了就要把你送走。”璟初吓唬他。

崇徽身体颤了一下，明亮的眼睛暗了下去，抓着方临汝手臂的手紧了紧又极快松开，垂头喃喃道：“你去吧，我等你。”

乖巧的样子把方临汝弄得心口都疼了，极想把他带着一起，可他跟着忒不便，狠狠心，无视他的眷恋，阔步出门。

璟初笑着用手肘顶琬初，悄声道：“往后这白雪雪糯米糕团儿非要粘着二郎，咱们就吓他，不听话二郎要把他送走便成。”

“这样行不行？忒伤人，你看他，眼泪都要掉出来了。”琬初小声道。

“没事，别看他个头大，心性就是个小孩儿。”璟初笑嘻嘻道。

方临汝踏出大厅，看到何栎在一侧窗前站着，愣了愣。

“多会来的？怎么不进去？”

“跟安姨一起来的。”何栎道，陪着方临汝往外走，边走边说，“怎么样？要留他府里住下吗？”

“留下吧，果真是你说的那样，很聪明，而且看来沉得住气，想弄明白奶娘的身份，却不问璟初她们，憋着等问我。”方临汝道。

“四岁就能想法子自救，哪是不聪明的。”何栎笑道。

“表哥看人比我眼光敏锐。”方临汝赞道。

何栎微微一笑，没接话。

她膏粱锦绣娇生富养，他则少小离家寄人篱下，从富家小郎变成一穷二白靠人怜悯施舍的穷人，期间还曾乞讨为生一个多月，不同的经历，看人的角度自是不同，他更细致些，观察入微。

崇徽赤红着眼看着并肩离去的两人，那样一致的步调，那样亲密无间的姿态，一双手攥得很紧，关节微细的格格响。

第十一章　喜怒莫名

方临汝和何栋出了院门，按日程安排，今日该去扇坊。

立夏那日的订扇会没办成，库里积压了许多扇子，前些日方子方临汝把账务都厘清了，眼下该看一下团扇的库存，不同扇形、花式、用料的团扇有多少，定下价格，商量一下如何鬻扇。

方临汝站住，让何栋先去扇坊："我随后去，昨晚大兄突然朝我撞过来，有些蹊跷，怕是跟郭成安有关系，我去找他问一问，虽说不能定郭成安什么罪，让大兄知道郭成安不是好人，有所防备也是好的。"

"我昨晚去找过大郎了。"何栋笑道，脸颊浮起浅浅的红晕，微微有些羞涩，"大郎说是踩到什么东西往前滑，约莫是西瓜皮，我提醒他，西瓜皮可能是郭成安扔的，要他小心郭成安，看起来他听进去了。"

除了去查问突然往前滑冲一事，他还旁敲侧击，观察方游丰对崇徽的想法，崇徽是男人，不担心方游丰想娶他。可是，不知郭成安这回死心了，后来会不会又起疑，崇徽往后可能还得给方临汝当挡箭牌，在漱石榭恢复本性，出漱石榭，还是要作小娘子打扮，是男人一事暂时不能告诉方游丰，方游丰若是对崇徽动念，跟方临汝生嫌隙，于眼下的方家是不小的麻烦，需得尽早打消方游丰的念头。

他试探了几句，看起来，方游丰只惊诧崇徽的美貌，并没有想占有的念头，略略安心些。

"表哥想得就是周到。"方临汝赞道，想着他昨晚从漱石榭离开已是夜半，还去找方游丰，今日一早又去找安氏，接安氏进府，数一数，一晚上睡不到一个时辰，内疚又感动，欲要道谢，何栋为方家做的，又哪是"多谢"两个字能抵消的。若是何舆争气，把他弟弟也拉扯起来，免他后顾之忧，可何舆品德败坏，委实扶不起，长叹一声，低眉，怅然不乐。

“怎么啦？”何栎关切地看她。

方临汝不想他烦心，摆手：“无甚。”

她的样子哪是无事的样子，何栎问：“可是担心锦枫？”凝眉想了想，道，“要不我先去扇坊，你去看看他。”

方临汝许多日子没去秣香楼了，委实有些牵挂，只是若去看方锦枫，又不像跟方游丰说话那般，交代清楚就走，还得陪他说话，他倦了方能离才，扇坊那边的事便耽搁了，迟疑难决。

不等她拿定主意，方姜氏跟前的婢女银杏来了。

却是方锦枫身子比往时更不爽利了，昨晚晚膳只喝了半碗新笋汤，今早咬了两口素包子就不吃了。王大夫诊脉，说是悲伤兼思虑过度，本就体弱，再添多愁多虑之症，身体更不好了。

方姜氏觉得方德清已去世悲伤无法消除，多虑却可开解，心中多少埋怨方临汝不念骨肉之情，当上家主后就不去秣香楼了，便使银杏过来唤方临汝。

“夫人说，二郎若还念骨肉之情，就别说什么扇坊忙事儿多，一门心思钻钱眼里不要母亲不要兄弟姐妹。”银杏说得很急，说完了，一脸为难，小声道，“夫人还说，二郎要是不去，让婢女唾你，问你话，是要钱，还是要骨肉。”

何栎勃然变色：“姨妈怎么能说这种话，你每日忙得昏天暗地，为的还不是方家，她……”

“表哥。”方临汝打断他，低喟一声，道，“怪不得母亲，阿爷新丧，我不能陪她，还疏忽了枫娘，难怪她生气。”

何栎的心脏被搅成无数碎片，血肉模糊，疼得说不出话来。

才十七岁，一个女儿家却挑起一个几百口人的大担子，商场风刀霜剑相逼，虽厌极郭成安林源之流，却不得不热情招待，笑脸相对虚与委蛇。家里姨娘庶兄庶姐不省心，亲生母亲再不体谅，这日子让她怎么熬？

鲁玄那一日上午带人抓方德清查抄方家，下午暴毙，其中与她有没有关系，不敢细思。若有关，无法想像一个娇生富养从没经过风浪的小娘子，如何在瞬息间咬牙行凶作恶，又如何在事后想方设法善后，她带着方游丰抬了方德清尸身回府，面色平静，谁又知，心脏是不是在淋淋漓漓滴血，悲伤掩映在闲淡里，让人分不清。

方姜氏和方锦枫失去亲人，方临汝亦然，她们能抱怨能伤心，方临汝却不能，不只不能伤心，还得强打精神接手方家，账务、人情交往等千头万绪，片时安闲难觅。

方锦枫体弱便是掌中珠心头肉，她刚强如松，风雪无惧，便要被如此无情对待吗？

方临汝走得远了，看不见身影，林木在晨风里簌簌，金黄的朝霞光芒照着亭台楼阁，富丽堂皇，何栎抬步，朝着方临汝离去的方向，走得十几步又倏地停下。

背着方姜氏，方临汝都不让他多言，他去找方姜氏理论，只会令她为难。

不找方姜氏理论，却是怒火难抑。

让婢女唾方临汝问话，这样的话方姜氏怎么说得出口！

何栎呆呆怔怔地往外走，愤懑之余，百思不解。

方德清在世时，方姜氏虽偏疼方锦枫些，对方临汝也还好，知疼着热，嘘寒问暖。况方姜氏仁善宽和，连下奴都不舍重责，为何短短时间里性情大变，对亲生女儿如此刻薄？

扇坊里千百桩事等着处理，服侍的小厮牵着马在澄漪山房院门口等着，何栎甩头，将疑虑抛到脑后，出门往扇坊而去。

山石后面，何姜氏与何舆鬼鬼祟祟地探头探脑，看何栎走远了，才从山石后出来。

何姜氏说她领方德清与方姜氏的情，原也不差。份例与方姜氏相差不多，她却时时注意客居身份，吃食不讲究，衣饰只用不出挑的。此时身上深绿窄袖衫，铁灰裙子，外罩一件深蓝色褙子，头上梳了简单的倾髻，斜插一枝缠枝莲银簪，银镶玉耳坠，古朴厚重，只看打扮，与何栎的沉稳颇相似，性情原也好。但只有一点，对小儿子一味地惯宠，愚昧不明，倔强不听劝，不自觉间就已经做错了很多。

何栎经家变后，尝尽人间冷暖，六岁小儿一夕成熟懂事，少时埋头学习，大了一心一意要把方德清交给他的事儿做好，顾得了外顾不了内，慈亲膝前未免疏于承欢，何姜氏跟他无多话可谈。何舆则不然，打滚撒娇哭闹样样拿手，一时一刻离不开阿娘，何姜氏慈母心肠尽放在小儿子身上，只恨不能捧起来，他便是要天上的月亮，也要想法给他摘。家业已被哄骗尽，自个儿无能，不能给何舆万贯家财天家富贵，何舆只盯着方家家财，一心要占为已有，她虽觉不妥，却不愿逆他。

那晚因何舆撺掇而去找何栎，要何栎安排何舆进扇坊，被拒绝后，又被方临汝吓了一吓，也不敢找方姜氏诉苦，回去后被何舆好一通抱怨。憋了数日，今天又被何舆拉着，要找方姜氏。

“你阿兄说，我若是找姨妈，就要买宅子让我们搬出去，果真如此，怎么办？”母子俩往里走，何姜氏走得很慢，微有踌躇。

“怕什么，真给我们买房子了，我把房子卖掉，咱们白得一笔钱再搬回来就是。”何舆漫不经心地道。

其实何舆生得极不错，丹唇皓齿，多情桃花眼，俊俏秀美，身量修长，举止风骚，出门去，极多不明就里的小娘子抛媚眼追捧。此时身上一身洋红蜀锦宽袖襕袍，压绿色滚边，绣大朵富贵牡丹花纹，手里摇着一把檀香扇，扇坠是上好羊脂玉，绝美一个风流倜傥富贵小郎。

何姜氏嘴唇嚅动，道：“你阿兄怕是会防着这一点，房契办他自己的名字，且收着不给我们拿到。”

“阿兄真没兄弟情。”何舆其实也担心这个，才逼着何姜氏过来找方姜氏，今日定要闹一闹，便是不能去扇坊，也要提月例钱才行。

方游丰提了，当然也得给他提才是。

前几年，何栎不藏私，把自己的月例钱也交给何姜氏，交给何姜氏也便等于给了他，三个人的月例钱他一个人花，自把他从扇坊赶出来，何栎就把自己的月例钱留起来了，一分不交何姜氏。一个月少了十缗钱，又没得挪腾方家的钱财用，如今哪够他每日呼猪朋唤狗友秦楼楚馆豪阔，过得捉襟见肘，便把何栎恨之入骨，时时在心中嚼他肉喝他血，怨他没兄弟情。

他却不思量，贫穷人家一家子一年也不过花十缗钱，他一个寄居之人，每月花自己的月例十缗和他母亲的二十缗已很多了，这是方家大富之家方供得起，侯门仕族小郎，每月都只得十缗钱呢。

“栎郎确实不念兄弟之情。”何姜氏昏昧得紧，竟是附和，“你姨父在世时，你们兄弟俩跟汝郎方大郎一样的月例，汝郎当了家主，提了方大郎的月例，你的却不提，他的也没听说提，他也不为自己和你争一争。”

“争什么，他只顾他自己。”何舆撇嘴，桃花眼眯了眯，道，“他想娶那个病秧子表姐，娶了表姐，少不得厚重一份陪嫁，我多领一分钱，他就少得一分陪嫁。”

何姜氏叹气，按理说亲上加亲不错，可方锦枫一年到头床上躺着，娶这样的媳妇，绵延子嗣怕是没指望的，看大儿子那意思，也不可能纳妾，长房要是绝了嗣，她九泉之下有何面目见夫郎。

母子俩来到芙蓉堂，方姜氏不在，婢女说，去秫香楼看方锦枫了。

“要去秋香楼吗？”何姜氏犹豫。

方姜氏跟她姐妹情深，只是一向不喜欢她去秋香楼，有时她过来，方姜氏在秋香楼，她便过去找她，顺便探望方锦枫，每次都是刚到秋香楼，方姜氏便带着她一起回芙蓉堂，次数多了，她也自觉地不再去秋香楼。

“当然去。”何舆道，好不容易哄得母亲答应帮自己来求方姜氏，如果就这样走了，回头又得费许多口舌。

方临汝到秋香楼时，秋香楼里药味儿比往日又重了，窗户紧闭，帘栊半垂着，清晨时分，室内却充斥着夜的沉郁。方锦枫歪靠床头，夏日天气，身上还穿夹的，云锦贡缎丝被盖到胸前，尖削苍白的脸蛋，一双眼睛分外幽黑，枝头饱经暴雨摧残的梨花般，脆弱娇嫩，随时萎地枯残。

方姜氏床前坐着，两眼红通通肿胀如核桃，手里端着白瓷碗，瓷碗里头精心熬了两个时辰的荷叶粥，哄道：“枫儿再吃一口，只吃一口便好。”

一旁的素心端着瓷盂，素问捧着巾帕，备着方锦枫吃了又吐侍候他。

方临汝进门，看得这般形景，喉间哽咽，急忙赔罪。

“不敢当，你是一家之主，我跟枫儿算什么。”方姜氏冷冷地道，手里的瓷碗重重地搁到床侧五斗柜上，哐当声响，柜面颤动，别人没吓着，自个先哭起来，先前哭了许久，手帕都濡湿了，方临汝忙拿了自己的递过去，方姜氏接了，哭得更伤心，一边哭一边数落：“你阿爷去世了，我跟枫儿如今依靠的唯有你，你不着紧我们母子，让我们还怎么活？枫儿心情郁郁，便是你瞧都不来瞧他之故。”

方临汝唯有赔罪：“儿以后尽量抽时间，多过来跟阿兄说说话。”

方姜氏哼了哼，道：“说到可得做到，可别再说什么扇坊事多，要对账务要陪扇商的话，我也不要你陪枫儿多少，每日抽一个时辰陪他便可。”

每日一个时辰？方临汝有些怔，扇坊里的事没个定数，应下了，若一日抽不出空来，岂不失信。

“母亲，汝娘得空自然会来看我，你别硬生生规定时间，扇坊里事儿那么多，她忙不过来。”方锦枫笑道，一口气说了许多话，喘吁吁气息不稳。

“哪就忙得一个时辰都抽不出来。”方姜氏刚止住的泪又涌出来，抽泣道，“你阿爷在世时也是一家之主，哪天不过来瞧你陪你好阵子，偏她当家主就忙得阿兄母亲都不要了。”

方临汝喉头堵住，一口血上涌，喷不出咽不下。

她阿爷在世时，有她分担了大半事务，如今阿爷去世，两个人的事压她一个人肩上，如何一样？

况且她年轻，下头扇工和管事，外面扇商们，材料供应商们都睁眼看着，不容出一毫差错，要用十二万分心思，如此，自然更忙了。

道理很简单，母亲为何不懂。

欲要细细分说，方姜氏怕是会认为她在寻借口，火上加油，索性抿紧唇不言语，但又憋得难受。

“母亲快别这么说，眼下跟阿爷在世时岂能一样，汝娘年轻，许多人不服气，诸事需得更周到才是，况且汝娘到底是女儿家，并非当男人装扮便是男人，许多事我虽没经历，想来也是多有不便。”方锦枫剧咳，眼角盈盈泪水，抓住方姜氏手，哑着嗓子道，“求母亲别为我苛责汝娘，都是母亲肚子里出来的，母亲疼我，也疼汝娘方是。”

方姜氏大哭，方临汝眼眶发红，床沿坐下，把方锦枫抱起来，为他轻轻抚背，道：“这阵子刚接手事务，忙了些，过阵子，把扇坊库存的扇子鬻光，就得空了，那时别说一日一个时辰，一日两个时辰三个时辰陪阿兄都是有的。”

“如此就行了。”方锦枫浅浅笑着道。

柔软的孱弱的笑容，娇娇怯怯，似乎略一用力，便会香消玉碎。

这般模样，别说方姜氏，方临汝心硬如钢之人，也心疼得恨不能以身相替。

母子三人相对流泪，各自伤感。

许久，方临汝松开方锦枫，扶他靠床头坐稳，端起瓷碗，尝了尝，荷叶粥温度恰好，汤勺舀了，小口小口喂锦枫。

许是哭了些时郁气消了，方锦枫这回没吐，把小半碗粥都吃光了。

方姜氏大喜，素心、素问两个也是喜笑颜开，连声念阿弥陀佛，看方锦枫细细一层薄汗，忙打热水进来，给他拭身子换衣裳。

虽是至亲，到底男女有别，方临汝跟方姜氏也便回避。

日光瞳瞳，阳光穿过镂空的雕花花隔，映入一缕缕不规则的灿烂光芒，方姜氏心情略好些，见方临汝微有焦急之色，遂道：“巳时末了，你扇坊有事便去吧。”

方临汝应好，却不走，沉吟些时，外头有小丫头和婆子候着，说话不方便，也便没称方锦枫阿兄、唤枫娘，道：“母亲，儿想请族中长辈和一众亲友作见证，立下契约书，方家家产，依世俗规例给雯娘和绮娘留下嫁妆后，余之大兄和枫娘平分。”

方姜氏一愣，脸微红，讷讷道："我没疑过你觊觎家产，枫娘身子骨不好，得了家产也不能打理，不需立什么契约书。"

"枫娘身子骨不好，更应明确了，把家产划到他名下。"方临汝道。

"这不跟分家似的吗？你阿爷九泉之下必是不愿意看到方家分崩离析的，柳妹妹那边没提，你也别提，你跟枫娘都是娘肚子里出来的，娘信得过你。"方姜氏摇头。

确实有些像分家，方临汝并不愿意，方游丰不长进，方锦枫身体不好打理不了扇坊，阿爷把方家重担交给她，再艰难也得好好挑下去，这么提议，其实是揣测方姜氏心思，见她似是担心自己眼里只有钱，大权独揽后弃她和方锦枫于不顾，故如此说，方姜氏反对，也便没坚持，嘱了几句出门，往扇坊去。

院外蔷薇花墙旁，何姜氏和何舆惊呆了。

两人方才过来，听得里头有方临汝的声音，知方临汝在，提什么都是枉然，也便避到一旁，打算等方临汝走了再进去，不想听到方临汝竟提议家产给方游丰和方锦枫平分。

何姜氏感慨："枫娘病秧秧的，从出生起就一直流水般花钱，倒是好命，你姨父姨妈对她好也罢了，连汝郎都对她那么好，该自己得的家产要全部给枫娘。"

"是啊，真没想到。"何舆啧啧叹，眼珠子滴溜溜转了转，拉何姜氏，"母亲，姨妈似乎心情不好，咱们别进去打扰她，改日再来求姨妈。"

"不找你姨妈了？"何姜氏有些意外，看何舆，"你想干什么？"

知子莫若母，何舆嘿嘿笑："母亲别管，横竖是好事。"

拉着何姜氏手臂急急离开，心中方才一瞬间有了主意。

何栎防着他，便是求得方姜氏发话进扇坊，怕是也不能如以前那般偷卖团扇、偷卖玉坠等牟取私利。不进扇坊，一个月便是能跟方游丰一样提到二十缗钱，跟方家的巨额家财比，沧海一粟，不如娶方锦枫，得方家一半家财，一劳永逸。

方姜氏和方临汝看中方锦枫的夫婿是何栎，他要求娶求不到，不过，明的不成，可以来暗的。

只要把方锦枫的身子得了，家丑不能外扬，大家又是亲戚，自然只能把方锦枫许配给他了。

何舆越想越美，无比得意，这些日子囊中羞涩没出门，回了归闲坞，把何姜氏的首饰拣值钱的拿了几样，打算当了换钱，呼朋唤友上青楼捧粉头。

出门得讲排场，何舆把原本侍候何栎的小厮喊上两个，连同派给自己的，一共带了四个随从。

一路哼小调儿，心中已将方府一半家财占为已有，不禁得意扬扬，在府门前头山石前不留神，与从西边过来的方游丰撞个满怀。

何舆装模作样抚了抚袍子，“唰”一声打开折扇，昂头仰面，鼻孔朝天，闲庭踱步，风度翩翩出门，招呼都不跟方游丰打一声。

“呸，不过寄居之人，还当自己方家主子了。”双瑞不满，冲何舆背后狠啐口水。

双福也着恼，尖声道：“大郎，他有四个小子，大郎也得有，咱们找二郎要去。”

方游丰低着头检查蛐蛐，方才那一撞不轻，好在笼子是上等的犀牛角打造的，丝网用的铜丝，颇坚固，没撞坏。只是黑将军受了惊吓，在里头不安地蹦跳，方游丰嘘了好几声，才把它安抚住，方得空抬头，正看到何舆出府门，背影不可一世，方游丰甚不喜他，只是不愿与他相争，道：“他也是两个，另外那两个是何大郎跟前的不是公中调派给他的，我难道跟他学，去要汝郎的人？”

双瑞、双福无言以对，可心中还是恼火，道：“大郎是正正经经方家的主子，却被他比了下去，忒糟心。”

“他哪就把我比下去了，汝郎给我提了月例，他的可没提。”方游丰笑道。

“也是。”双瑞、双福赞同，随即又皱眉，“要是二郎也给他涨呢。”

“这不没涨吗？涨了再做打算。”方游丰很乐观，挥手，道，“快走吧，斗场要开始了。”

蛐蛐斗场开在城东谷华巷，方游丰被何舆撞那一下耽误了片时，到达时已开场，来不及问规矩，心中也没觉得需要问，往日常玩的，挤进人群，立马吆喝了一声“我要参加”，便把黑将军放进比笼里。

这一日与平时却不同，主人认定标头了，围观许多人还叫嚷着贴标头，分筹做花，主斗者叫着十文为一花，可压一花到百花千花不等，方游丰满心只想着黑将军今日一定能得胜，也没在意，主斗者问他要压几花时，随口道“千花。”

第一场，黑将军甚是争气，将对方打败，方游丰斗了多年一直是败将从没赢过，今日一雪前耻，欢喜无限。主斗者把十缗钱交到他手里，方游丰怔了些时才明白，今日斗场不是斗着玩儿，而是赌钱。方德清怕他玩物之余沾嫖赌恶习，严禁他赌，因此方游丰从没赌过，不觉忐忑。

“大郎，这是赌博啊！”双瑞、双福也有些害怕，何栎说过，方游丰搞什么事就拿办他两个，拉方游丰胳膊，“大郎，咱们走吧。”

“走什么啊，是不是男人？这么怕事！”主斗者乜斜眼瞧方游丰，鄙视了一番，又道，“你这蛐蛐甚是雄壮，我看没谁能赢它。”

一句话说到方游丰心坎上，黑将军威武，不怕输，再斗几场无妨，把钱推给双瑞、双福，撸起袖子大声道：“再来。”

这一日连斗了五场，每一场都赢了，斗场结束时，双瑞、双福脖子上挂满钱。

“明日还开，明日还来不？”主斗者问。

方游丰豪气干云，拍胸膛，大声道：“来，怎么不来。”

“明日真的还来啊？”双瑞小声问。

双福紧接着问：“不怕二郎知道生气吗？”

“你俩不说，我不说，汝郎上哪知道去。”方游丰笑眯眯地拔两人脖子上的钱，“你们大郎我一直手头紧，没什么赏你们，今日赢了这么多，一人赏你们一缗钱，回去可别多嘴。”

双瑞、双福相视一眼，喜滋滋地齐声应是。

主斗者目送他主仆离开，嘿嘿一笑，收了尖草跟比笼离开斗场，走的方向不是别处，却是郭府。

郭成安厅中接见那人，那人仔仔细细说了斗场经过，郭成安微微一笑，道：“不错，明日还让他赢，接连给他赢三日，再让他输，先是输得少赢得多，再接着，就让他一直输，偶尔才赢一回。”

那人应好，赞道：“大郎好谋算，方游丰沾上赌瘾，他方家便是座金山也经不起这么折腾。”

“我要的不是从赌上得方家的财产，方临汝可不是易与之辈，一但他发现方游丰在赌，方游丰哪还来得了。”郭成安大笑。

他要的，是引得方游丰染上赌瘾，方临汝却不给他赌，那时再挑拨一二，方游丰本就喜欢方临汝的未婚妻，又添这事，定会猜忌方临汝，那时，兄弟阋墙，方家分崩离析，他坐收渔翁之利。

方临汝在扇坊清盘了一天，至黄昏扇坊关门，跟何栎回玉澜堂，又整理核对，至戌初方停下。

看看面前账册数字，方临汝心头沉沉喘不过气来。

方家现有各种款式、各种材质的团扇成品近二百万把，数量相当惊人。

外头欠各种材料经营商行的钱数目也相当高，达二万金之多。

方德清去世，有部分商行怕方家赖账，她约谈后，大家都安了心，仍由方家继续赊欠着，库存的团扇若是不能及时鬻出去，收拢回现钱，方家这个制扇第一家倾覆只在旦夕间。

立夏日赶来润州参加方家订扇会的扇商们，很多还没走，在城中客舍住着，等着方家再开订扇会订扇。郭成安这两日频频拜访那些扇商，鼓动如簧巧舌，想游说扇商们订郭家扇，因方家有美人团扇之故，扇商们拒绝了，再拖下去，却难保没人动摇，订郭家扇。

“还开订扇会吧，以美人团扇吸引扇商订扇，虽说不一定能订出二百万把，订出一百五十万把却是没问题的，余下的，零散着订出去便是。”何栎道。

“我不想用美人团扇。”方临汝前些时还微有犹豫，在把崇徽带出紫竹园后，目睹他的天真懵懂，自己的这个想法又坚定了几分，手指在账册上摩挲，道，“表哥，用所谓的传家美人宝扇吸引人，固然看起来是坦途，可你想过没，这是欺世盗名，玩弄世人，把扇商们当傻子耍，一朝事败，方家将千夫所指，万劫不复。紫竹园里那些美人又何罪之有，要遭受被药哑的命运。”

“可是……没有美人团扇，方家与其他制扇之家无异，又如何维持下去？”何栎忧心忡忡，入夜了，两人还没用晚膳，他自己习惯了，却怕方临汝饿出病来，关切地道，“我去传膳，先用晚膳，这事再细想想吧。”

“到漱石榭用吧。”方临汝道，把账册收进墙壁夹层里，大步往外走。

何栎略慢得一慢，她已出了大门，何栎忙灭了烛火追上去，房门锁上，又去摘廊下灯笼。

方临汝似是背后长了眼睛，回头看来，笑道：“今晚月色不错，不提灯笼吧。”

离了五六步远，模模糊糊秀树般的身影，似一幅江南烟雨朦胧里水墨画，隽永风流。

何栎恍了神，一只手搭在灯笼上忘了收回，热气熏着，只片时皮肤微微灼疼，方临汝语毕又迈开步，何栎忙跟上，方临汝看着走得快，实则等着他，十几步后便追上了，两人并肩走，月华朦胧，柔和得如轻烟缥缥缈缈弥漫，路两旁林木花草繁茂，月光下影影绰绰，夜风送来阵阵花香，何栎抚了抚灯笼烛火灼过的地方，有些疼，不只手腕那里，身体其他地方也疼起来，心口犹甚。

第十二章　张机设阱

漱石榭在望，远远地便看到门前一抹颀长挺拔的身影，何栎脚步滞了一下，怔了怔神，道：“汝郎，我还有些账务未厘清，我回去弄。”

“用了晚膳再弄不迟。”方临汝道，有些心不在焉，眼睛看着漱石榭大门。

“我到玉澜堂一边吃一边看。”何栎道，极快转身，朝来时路上走。

“别太拼了。”方临汝在他背后道。

何栎“嗯”了一声，脚步不停。

方临汝没再言语，崇徽大叫着：“二郎，你回来啦。”欢天喜地冲过来，方临汝微微一笑站住，何栎回头看，崇徽冲到方临汝面前了，捉住方临汝的手臂，亲热地贴了过去。何栎转身，快步走，这次再没回头。

天上乌云突地掩了月儿，又是一个没有光明的漫漫长夜。

“二郎，你怎么一走一整天不回来。”崇徽眨巴着大眼睛，咧嘴笑，一口白牙如玉般漂亮，“我想死你了，看到你好开心。”

直白且热烈，换了另一个成年男子说，还不把人羞死。

当然，别的成年男子，也说不出这样的话。

方临汝怔了怔，崇徽的脸庞贴了过来，柔柔的滑滑的，在室外站得久了，有些许的凉意，贴着脸蹭摩时像沾了露水的羽毛轻拂，绵绵柔柔的，过了片刻，凉意遇热溶化，方临汝的身体几不可察颤了一下，深吸口气，笑了笑，问道：“用过晚膳没？”

“没有，我等着你，没看到你吃不下。”崇徽扁嘴。

两人一路走进门了，琬初和璟初听到，抿唇笑，璟初道：“二郎再不回来，有的人要变成长颈鹿了，中午院门外等着，跟他说你中午极少回来的，拦下了，晚膳就劝不住了，一直站外面伸长脖子瞧。”

一面说，一面与琬初上来侍候，一人捧巾栉，一人将铜盆盛清水端上来，崇徽睁圆眼看着，目光灼灼有神。方临汝闭眼由得琬初和璟初服侍，一时净面洗手完毕，晚膳也摆了上来，在食案前坐下，对崇徽道：“以后不用等我，我不定什么时间回来，有时会在外面吃了才回来。”

“我跟着你行不行？”崇徽老调重弹，坐到方临汝身边，贴过来，个子比方临汝高，弯了背仰头看她，雪堆玉雕的粉团团脸庞，黑白分明的一双大眼，纯澈得不染半分尘埃。

方临汝低眉沉吟，手指“咚咚”地敲着桌面，暗道自己是不是太惯着他了，惯得他没轻没重，需要教训两句，崇徽一双大眼忽闪忽闪的，惶然不安地看她，方临汝到唇边的话咽了回去，柔声道：“好生待在屋里，别光想着出去看热闹。”

“没想看什么热闹，只是想跟着你，今天你不在，我想死你了。”崇徽委屈地嘀咕。

方临汝“噎”了一下，沉默起来。

用完晚膳撤了食案，璟初奉上茶，方临汝悠悠地啜一口茶，思量着，崇徽总这么直白这么依恋自己，皆因从小与世隔绝长大之故，多多接触外面世界，知道人情世故，也便好了，于是问道：“今日奶娘教你什么了没？”

“教了好多，我都记住了。”崇徽站起来，抖抖袖子，挺直身体，表情严肃端正，朗声念道，“凡为主宠，先学立身。立身之法，惟务清贞。清则身正，主刚宠柔，恩爱相因。居家相待，敬重如神。处家之法，为宠须能。以和为贵，孝顺为尊。外眷莫与通名。答问殷勤，轻言细语。主若发怒，不可生嗔。退身相让，忍气低声……”

方临汝大咳，摆手，喘着气喊：“打住打住。”

奶娘这都教的什么，怎么擅自改了尚宫五宋著的《女论语》让他背。

崇徽是男人又不是女人，教他三从四德做甚。

琬初一旁憋着笑，璟初笑嘻嘻上前，为方临汝续茶，瞥了崇徽一眼，小声道：“他什么都不懂，醋劲儿可不小，今日一个劲儿跟我们打听何大郎，嬷嬷用心良苦，调教得宽和大度贤淑柔顺，往后二郎就万事无须操心了！”

方临汝抚额，真想一头碰晕。

这是把崇徽当她男宠调教了。

她一直女扮男装，身边人不知不觉中，居然用世俗看男人的目光看她了。

男人三妻四妾，她便三夫四侍。

何栎是正室，崇徽是姨娘，何栎主动留下崇徽，她们不担心何栎生气了，却怕崇徽醋劲大，故教他妇容妇德妇言，以期他后来跟何栎和睦相处。

“二郎，你生气啦？”崇徽凑到方临汝身边，眨巴眼睫小心翼翼看她脸色，无瑕的眼神纯净明澈洁白。

方临汝陡然间想起何栎的提醒，那时他们还以为崇徽是女人，何栎怕她撩了崇徽又负了她觉得好笑，如今亦然，便是崇徽是男人，她是女人，想法还是一样。

崇徽容色无双，有时不自觉地会着迷，喜欢他，看着他便满心欢喜，慕少艾爱风流，仅此而已，无其他念头。

有些话原本没想说，这当儿觉得不说不行了，干脆不管崇徽听不听得懂，一股脑说了：“崇徽，你长得好看，谁见了都会喜欢你，我也喜欢你，就跟……”指琬初、璟初，“就跟喜欢她们一样，你明白吗？”

说话间，眼角瞥向琬初、璟初，别有深意。

琬初、璟初怔住，张大口，半晌，面面相觑，璟初悄声问：“咱们误会了？”

“看来是的。”琬初摊手。

崇徽莫名其妙，浓密的小扇子似的睫毛眨呀眨，皱着挺秀眉头想了半天，问：“我知道我喜欢你，你也喜欢我，这跟你喜欢琬初、璟初有关系吗？”

方临汝被问得哑口，方想起，崇徽白纸一般世事不明，感情懵懂，分不清男女之情与一般的喜爱的区别，两人挨得紧，她今日穿的也是白袍，跟他的白袍交缠在一起，亲密不分彼此，苦笑一声，道：“以后你慢慢就懂了。”手指搭上崇徽的肩膀把他推开，站起来，理了理锦袍，交代琬初、璟初，“让奶娘教他人情世故男女之防，别教妇德了。”

想了想，不能让崇徽一直在漱石榭里跟自己一起住，又道：“明日带人把流觞轩拾掇整理一下，起居配置和服侍的人份例比照我跟大郎，使唤的挑口紧的，教导一番，收拾完了让崇徽搬过去住。璟初，你先跟过去贴身侍候一段时间，调教出人上道了再回来，崇徽是男人的事，只咱们几个知道，外面的人不得透露，回头比了他身量胖瘦出府给他买几身男人衣裳回来，女人的衣裳不必买，他原来有，表哥会送过来给他。”

琬初、璟初应下，方临汝回头嘱崇徽：“在屋里时随意穿，要出去时就女装，戴帷帽，没我带着不要出去。”

崇徽在她刚开始交代时就怔住了，有种脖颈被大手扼住的窒息痛楚。

安氏今天教他背那些，开始迷迷糊糊不懂，后来看琬初、璎初挤眉弄眼调笑神色，便隐约明白了。主指方临汝，宠指他自己，他还不知世人夫妻不称主与宠，只知这样的名分，自己便是能待在方临汝身边了，不禁欣喜欲狂。琬初和璎初对他好，安氏也对他好，洁白无瑕懵懂迷糊，分辨好坏的本能却是与生俱来的，这一日放肆无拘，兴奋激动，急切地盼着方临汝回来。但没想到等来的却是这样的结果。

虽没把他赶走，却不让他一处住，对他来说断头削足之刑不过如是，本想扑住方临汝撒娇，但委实太不体面，欲哭泣哀求，想起何栎跟方临汝相处时的样子，稳如山沉若海，自己做不到只能让眼泪在眼眶里打滚，哭声吞咽进喉咙。

方临汝出门去了，利落潇洒，袍裾随风轻摆，影子在青砖地面摇曳飘过，划下勾人的风雅韵致。

崇徽怔怔忡忡地看着，方临汝渐行渐远，什么都看不到了，眼睛却还是一动不动。

“又傻了。”璎初摇头，推他，半是开解、半是威胁，“二郎很忙，整日不着家，流觞轩离这很近，不过百来步，你在那边住跟在漱石榭住一样的，白天你可以过来，到晚上二郎睡下了再回去。不然，老缠着二郎，二郎生气了，把你送走，可就一面也见不着了。”

崇徽眼珠子转动，傻呆呆地瞧她，半晌，垂下头，闷闷道：“好，我听你的。”

“这么乖就好了。”璎初大笑，一拍巴掌，兴致高昂，“晚上虽收拾不成，带你过去认认地儿也好，走，去看看。”

拉崇徽，没拉动。

崇徽无精打采道：“不看了，搬进去自然就看到了。”

说罢起身，耷拉着脑袋往书房走。

“知道他这里单纯得跟十岁小儿似的，你还老用要送走他吓他。”琬初指脑袋，不甚赞成。

“不吓他，由得他，他糯米糕团儿似黏二郎，岂不把二郎烦死。”璎初不以为然。

琬初嘴唇动了动，叹了口气，不再言语。

崇徽进了书房，抱膝坐在床榻上发呆。

心头沉甸甸的厘不清是怨还是恼，是苦还是酸。

临时安置的大床紧挨着书架，书架顶高高挂着一盏琉璃灯，里头蜡烛儿臂粗，照射出明亮的光芒。书架上有很多书册，一整面墙的书架，一整面墙的书册，清浅的墨香。听琬初、璟初说，何栎自小在方府长大，二郎跟他一起进学，这样的书，二郎这里有，何栎那边想必也有，二郎看过的，何栎想必也看过。站起来，目光从书册名上掠过，有《计然篇》《陶朱公生意经》《卢氏本草经》等。

崇徽抽了最近的一本看。

进紫竹园前，阿爷在世时给他请了先生，认得一些字，进紫竹园后，兰荪识字，也悄悄教他认字，翻开来，字都识得，只是含义晦涩不明，看得颇辛苦。

想着何栎也看过这些书，崇徽咬牙往下看，翻到第二页，文字一侧有注解，崇徽揣摸着，这是二郎的字了，注目凝神，二郎的字如其人，从容潇洒，灵气蕴藉，几分傲气，几分骄矜，不由得痴了，指尖蘸茶在台面上写，字体歪歪斜斜，不堪入目。

方临汝长得好看，字也好看。

崇徽抚着自己缺了一个小口的耳朵，羞惭懊恼，无地自容。

把书搁回书架，崇徽恹恹地四顾，一本本厚厚的书册无声地提醒他，他和方临汝之间的距离。

书架最上面的一本《千字文》进入眼帘，崇徽怔了怔，在家时，便是看这本书认字的，二郎怎么也看这么浅的书？

探手拿过来翻开一看，崇徽咧嘴笑。

书里面夹着一叠纸，最上面那张，歪歪斜斜地写满方临汝三个字，下面几张，都是《千字文》里的字。

那些字，比他写的大是不如。

崇徽再看一眼书架，放《千字文》的地方紧挨着还有《百家姓》《急就章》《开蒙要训》《仪礼》等，拿过来一本一本翻看，里头都夹着写满字的纸，字体由歪歪斜斜渐次到工整，崇徽一本一本看，到后来，书册里没有夹纸了，在文字一侧都加了注释，字体也越来越好看。

这是方临汝从小到大学过的书。

崇徽想像方临汝小时候琅琅读书的样子，稚拙地握笔写字的样子，咧嘴无声笑起来。

《千字文》里的字全部认得，不看，看《百家姓》，看完又看《仪礼》，案上有笔墨，研了墨，一面看，一面照着写。

方临汝出漱石榭，本想再去玉澜堂理账务，但牵挂方锦枫，便先往秋香楼去。

院门紧闭，灯笼幽幽光芒映下，里头静悄悄的，方锦枫睡下了。

方临汝也便不打扰了，径往玉澜堂去。

何栎不在玉澜堂中，他说要过来整理账务的，去了哪里？

方临汝微诧，何栎做事自有章程不需操心，因此并没放在心上，进了内室，正要开夹壁拿账簿，外头有声音传来。

来的是银杏，说方姜氏找她。

这么晚了，方姜氏找她有事？

方姜氏自她阿爷去世后性情大变，方临汝微蹙眉，锁了门，跟银杏一起往芙蓉堂走。

银杏前头举灯笼照路，不时扭头看她，方临汝一向不跟母亲的婢女打探什么的，此时也不问，倒是银杏忍不住了，至芙蓉堂外头，小声道："夫人心情不好，二郎小心些回话。"

方临汝抿了抿唇。

银杏看看她脸色，又道："方才柳姨娘来过，说了一些不中听的，夫人恼了，大声喊婢女叫你过来。"

她阿爷在世时，母亲对柳氏每多尽让，从不争风吃醋，为何阿爷去世了，母亲倒计较起来？

方临汝眉间细褶不觉深了。

要母亲的婢女给自己通风报信，母女情疏至此，不免心下悲凉，对银杏的示好，不便无视，朝她笑了笑，轻颔首，道："我知道了，阿爷刚去世，母亲心情不好，你们跟前服侍的，辛苦些，多用心。"

"婢女谨遵二郎教诲。"银杏低眉，灯光下，菱角小嘴微翘，肌肤细腻光滑，虽不够白皙，却也另有一肌健康明媚之美，眼角春情隐隐。

方临汝一呆，银杏是方姜氏身边贴身使唤的，日日陪方姜氏去秋香楼看方锦枫，当知她是女儿身，为何这神情？

心念转了转，有所悟，这是喜欢何栎，何栎一向寡言，冷漠淡然，搭不上话，想从自己这里迂回曲折上位，自己是家主，若发话把她给何栎做房中人，何栎不便拒绝的。

微微一笑，想不到何栎严谨冷肃，端正得近乎呆板，也有小娘子痴恋他。

芙蓉堂此前翠幛玉屏，金鼎银炉，珍宝古玩，华美富丽。方德清去世后，方姜氏自觉孀居之人不宜奢华，命人都撤了，厅堂略显空旷清冷，方临汝入内，抬眼四顾，心情沉重，方姜氏冷着脸端坐着，任她行礼，却并不言语。

方临汝弯腰半日，方姜氏不唤她起身，略一思索，双膝着地跪了下去。

“你这是做甚？”方姜氏勃然变色。

“不知哪里惹母亲生气了，想来都是儿的不是，故请罪。”方临汝低声道。

“我哪敢当你母亲，你眼里何曾有我这个母亲。”方姜氏怒道，手指颤颤地指方临汝，她本鲜少高声说话，也不曾责骂人，说得这么一句，方临汝还没露出委屈之色，自己竟先哭起来，道，“你阿爷在世时，栎郎、舆郎的份例一向比照你们兄弟，你当上家主不说偏帮，倒踩起自己母亲娘家亲戚了，要不是今日柳妹妹过来提起，我还不知道呢，你要涨丰郎月例我没话说，栎郎跟舆郎的也得涨。”

方游丰是方家的儿子，何栎与何舆只是亲戚，如今已长大成人，亲戚家接济没接济一辈子的道理。何栎也罢了，帮着方家做事劳苦功高，别说一个月二十缗，一百缗也应当的。何舆则不然，白吃白拿方家，还要各种昧方家坑方家，依她主意，别说涨月例，连那十缗钱都要取消的。

方姜氏这么生气，想必柳氏过来时说的话忒难听，被落了面子，憋了一肚子气冲自己发，此时摆道理只会令她更气愤，方临汝起身，地台上坐下，为方姜氏倒了一杯茶，双手捧上，赔笑道：“母亲教训得是，是儿想得不周道，母亲喝杯茶，消消气。”

方姜氏哼了哼，沉着脸不接，方临汝双手捧着茶盏不收回，方姜氏到底撑不住，还是接了，浅浅抿了一口，道：“明日就给栎郎和舆郎把月例钱涨了。”

方临汝应好，道：“儿有个想法，母亲看看行吗？表哥在扇坊里帮忙，出力又辛苦，帮咱家赚不少钱，不好再按以前的定例，表哥的月例钱涨为三十缗钱，舆郎的就别涨了。母亲你想想，舆郎一味地挥霍无度，他自己的月例钱，连同姨妈的，不肖说都给他花了，眼下他还没成亲，若是还不够用，成亲以后，一个月得要多少钱才够花？长长久久的，方家可供不起，不能再纵着他，二兄的身体花多少钱没个定数，儿想多攒些钱留着给他。”

提起方锦枫，方姜氏没话说，何栎一个月三十缗，与何舆的十缗加起来，合共四十缗，均分就是一人二十缗，跟方游丰的一致了，低嗯了一声算是同意。

方临汝又道：“儿方才去秋香楼，院门闭了，阿兄已歇下，不知今日后来身体怎么样？好些了没？”

“还是不好，中午只吃了几口素菜两口粥，晚上吃得更少，好说歹说劝他喝了小半碗参汤。”提起方锦枫，方姜氏泪水又流了下来，拿帕子不住拭泪，“不是母亲不体谅你，知道你忙还要你去陪枫儿看枫儿，实是他一个人整天闷屋里忒寂寞，每回你去了，你在外行走见多识广，嘴又能说，跟他说说话，他心情就好很多，吃得也多些。”

“过了这阵子能得空些，儿每日都去看阿兄。”方临汝歉然道。

方姜氏脸色舒缓些。

又说了会儿闲话，方姜氏微有倦色，方临汝亲自服侍她安置，看她睡下了，方起身离开。

夜已深，方临汝沉沉望着暗夜出神些时，往明瑟馆去。

心情郁郁，想找何栎一起小酌几杯说说话。

明瑟馆暗沉沉一点儿烛火亦无，院门紧闭，何栎不在。

何栎去紫竹园了。

已确定要把崇徽留下来，就得给他准备衣裳，跟方临汝同样的想法，何栎认为崇徽在屋里时可以穿男装，外出时还得女装，以防郭成安和林源发难时，还能推他出来做挡箭牌。

衣裳也可以另做，到紫竹园并不只是拿崇徽原来的衣裳首饰，还想看看兰荪的情况。

那日兰荪死命拦崇徽，崇徽走了不回，兰荪心思深沉又懂医术，怕她生事，把怨恨报复到园子里的美人身上。

崇徽的消息得传给她，让她有所顾忌，不至于弄出麻烦事。

推开紫竹园大门，一眼就看到了兰荪，何栎有些意外，却又不意外。

“徽娘！”兰荪高叫，冲了过来，探头看，何栎背后无人，勃然变色，“徽娘呢？怎么没送她回来？”

门楼下没有月光，马车停在浮桥那头，灯笼光照不到，乌沉一片暗影，身影在暗影里瘦削娇小，与凌厉而尖锐的叫声格外不相称。

“家主留下他有事，暂住些日子，我过来给他拿衣裳。”何栎道，声音和缓。

兰荪抬头，探寻的目光瞧了他半晌：“为什么留下她……”眼里有惊惶，还有失落、警惕，似乎在确定崇徽的安危，“徽娘有没有让给我捎什么话？”

崇徽见了方临汝，哪还想得起她。

她有情，崇徽对她，显而易见是无义的。

何栎看着沉暗里清瘦得可怜的人，摇了摇头。

兰荪无助地失措地茫然地看着他，蓦地，扑通一声跪了下去："大管事，求你也带我出去，带我去找徽娘行吗？我保证，不添乱，什么都听家主安排，只要能让我待在徽娘身边。"

"家主身边多一个人少一个人没大要紧，不过。"何栎居高临下，语刀递出，冷酷而残忍地直捅兰荪心窝，"我回去会禀家主，能不能接你出去，还得看徽娘的意思。"

何栎故意编话要她不记恨方家，道："徽娘昨日刚去，昨晚就把服侍家主的一个婢女从家主身边赶走了。"

兰荪身体颤了一下，头低垂，几乎贴到地面，何栎面无表情，淡淡道："起来吧，收拾徽娘的衣裳首饰给我带走。"

提着包袱出紫竹园大门，锁门时，何栎往里看，夜色暗沉，静夜里，亭榭精美花木雅致穷极奢丽的紫竹园，像座荒芜的废墟，忽然间有些明白，临汝为何想要放弃用传家美人团扇翳扇，为何想要放一园子扇面美人自由。

一将功成万骨枯，一个个扇面美人在紫竹园里从红颜成枯骨，造就了制扇第一大家方家，方家名扬天下，背后堆叠着无数扇面美人的青春年华。

方临汝自明瑟馆出来，出归闲坞大门时遇上了何栎。

何栎把崇徽的衣裳首饰送到漱石榭，琬初说方临汝到玉澜堂了，去玉澜堂没遇上，猜她到明瑟馆找自己，忙赶过来。

听说他夜里跑紫竹园，方临汝歉然道："辛苦表哥了。"

"无甚。"何栎笑了笑，微有些腼腆，两人并肩走，问方临汝，"这么晚了，还到玉澜堂看账务吗？"

"不看了，表哥，陪我喝一杯吧。"方临汝道。

何栎抬眼看了她一眼，垂下眼帘，道："酒还是少喝些，喝多了伤身体。"

方临汝大是扫兴，半嗔半怨斜眼："表哥，你比我阿爷还啰嗦。"

何栎讪笑，却不改口。

方临汝口中说阿爷，不自禁便想起方德清，往日阿爷在世，天大的事有阿爷顶着，母亲也不是这般不分青红皂白的三天两回就责备她，心下郁郁，一时无言。

两人沉默着走进漱石榭，粗使一向只在做事时进内，平时都在外头，夜深了，被琬初、璟初打发走，崇徽在书房里，外头静悄悄只她们两个。

见方临汝何栎进来，一齐问好，不等方临汝发话，自觉地到外头守着。

崇徽听得方临汝声音，搁下书，无限欢喜地往外奔，抬脚又刹住，蹑足走到屏风前，悄悄地往外看。

方临汝和何栎地台上坐下，方临汝亲自为何栎倒茶，洁白的锦袍，翩然风雅无双丽人，纤长秀润的手提着茶壶，两人头凑得很近。

崇徽咬唇，眼眶红红，狠狠甩了甩头，回转身，拿起方才看的书继续看。

何栎这一天实在辛苦，茶水都没好好地喝一口，方临汝亲自为他斟茶，茶水香味异常浓郁，何栎大口干了，鲜爽生津，回味无穷，抿唇品味片时，方说心中顾虑。

“我今晚过去，兰荪见了我，跟疯子似的，缠着非要跟出来找崇徽，看来对崇徽是情根深种，崇徽滞留外面不回去，我怕她会在园子里生事。”

“崇徽不能让他回去，便是不怕他跟一园子美人有染，接下来要他做挡箭牌的时候，怕是还很多。”方临汝道。

“不把崇徽送回去，短时间内还行，时间长了，兰荪心机深沉，弄出事不好。”何栎手指一松一紧地握着茶杯，纠结些时，道，“不然，把她弄死。”

“弄死？”方临汝手里茶壶脱手，瞪圆眼，不敢置信地看着何栎。

何栎目光闪烁，游移飘忽，低声道：“你要是下不了手，我来。”

方临汝捏太阳穴，久久无语，何栎启口还想言语，方临汝摆手打断他，涩声道：“表哥，被迫无奈反抗跟主动杀人不同，那是一条人命，不能因为她有可能威胁到方家利益便夺她性命，防患于未然固然重要，但若是以他人性命为代价，我情愿自己涉险，把生机留与他人，用善念换清朗天地。”

“是我不对，你说不行就不行，别在意。”何栎歉然。

“在意”两字如棒槌直击方临汝的心窝，方临汝低睫，指尖微颤。

何栎为的不过是方家，被她责备没生气，反担心她不舒服，道歉安慰她。

方临汝深吸气，将翻滚的情绪压下，把晚上方姜氏为月例钱的事找她的经过说了。

“柳姨娘往日也不是没说过这种话挑衅姨妈，也不见姨妈动怒，这阵子怎么啦？”何栎皱眉，对方临汝提自己月例钱一事没多言，方临汝为的平复方姜氏的恼怒，推托忒见外，不提何舆的便好。

“是啊，母亲一时风一时雨的。”方临汝叹气，按太阳穴。

何栎看她，想着外人只看到她洒脱恣情，裘衣骏马春风得意，哪知她人在釜中备受煎熬，不自觉的又是又怜又疼眼神。

崇徽看了会儿书，看不进去，来回踱步，悄悄地又过来扒屏风，听不到说话，看到何栎看方临汝的眼神，跟小狗面前肉骨头被人虎视眈眈般，满心不自在，手指戳屏风面，把屏风当何栎，戳了一下又一下。

方临汝和何栎均没觉察，方临汝顾自想心事，心中不赞成男人娶妻又纳妾，只世情如此，何栎身边没人服侍，若是他看得上银杏，把银杏收房，有个人侍候他起居未为不可，指尖在案面来回勾划些时，虽颇难为情，还是说了。

“表哥对母亲跟前的银杏有没有印象？觉得她如何？”

“姨妈跟前的人？没注意，服侍姨妈不尽心？你想换掉？”何栎凝眉回想，没有印象，不知好歹，道，“姨妈最近对你不满，你想裁换的话，还是问问姨妈，由她决断好。”

这么说，便是没留意过银杏了。

方临汝一个未婚小娘子，提那话已怪难为情，何栎无意，遂住口不说。

何栎没放心上，只想着方姜氏为柳氏几句闲话又责备方临汝的事，寻思着总这样不行，方锦枫身体弱，方姜氏因为他的事怪罪方临汝无法可想，柳氏那头却可治一治。不想要方临汝操心，便也不说心中打算，更漏声声，夜已深，看方临汝眼眶浅浅一圈青黑，难掩倦色，忙起身告辞：“你也累了，去洗漱安置吧。”

目送何栎出门，方临汝起身，往书房走，屏风前站定。

崇徽憋着一口气，见方临汝过来，心头沉甸甸的幽怨登时消弭无痕，面前月白丝绢上的梅兰竹丝绣在眼里变得摇曳多姿，灯光分外温暖，迷迷朦朦的缠绵粉色，整个人掉进蜜罐子，从头到脚都是甜的。

昨晚方临汝过来，略站一站离开，还怨她没进来看自己，今晚听方临汝让他搬去流觞轩住，惊惶失落之余，心中所求退了又退，忐忑得只要方临汝还记得他这个人便好，看来方临汝还记得他，不禁快活得咧嘴傻笑，不想声音在耳旁响起：“站这里做甚？怎么还没睡？”

竟是方临汝越过屏风走了进来，幽黑如墨的眼睛定定地看他。

崇徽一惊，无暇思索，飞快地跑到床边，跳上床，要装睡着起来梦游，只是被子都没打开，急慌慌扯开盖到身上，紧闭眼，呼呼打鼾。

方临汝失笑，本来看一眼便走的，索性不走了，床沿坐下，俯下身，凑到崇徽耳边，小声道：“睡着了吗？”

崇徽要装睡，又想跟她说话，憋了憋没憋住，睁开眼，打了个呵欠，装着才醒过来，睡意蒙眬道：“二郎，你来啦。”

装得真像，把人当跟他一样的傻子。

方临汝嘿嘿笑，笑得没半分正经：“我不是什么二郎，我是狼。”举起双手，作爪子状，嘴巴大张成血盆大口，朝崇徽扑去。

崇徽快活得魂儿飞天，目不转睛地看着方临汝，不舍得眨一眨眼，嘴角绷得极紧，样子傻乎乎可爱极了。

“也不配合我。”方临汝收起手，点他额头，微嗔。

“要怎么配合你？”崇徽傻傻地问。

方临汝微微笑，身体后仰，举手作求饶状，娇滴滴颤着嗓子道：“狼大王饶命，小的只是一只小白兔儿，不够大王塞牙缝的，大王找别的野猪獐子去行不行？”

崇徽专注地看她，半晌，圆睁眼，鼓着腮帮子，一脸严肃道：“不要，我愿意给你吃，吃我吧，什么野猪獐子都没有我好吃。”

方临汝乐得大笑，东歪西倒。

第十三章　疏狂轻薄

何栎出院门，里头笑声传来，脚步微滞，低垂睫，灯笼光侧照下，身影沉在半明半寐里，无端地有些脆弱。

琬初看他，张嘴想说什么，何栎抬脚，快步如风，瞬间走出视线。

“这到底是有意还是无意？”琬初顶璟初手肘，朝书房努嘴，“要说无意，怎么对他这么好，半夜里瓜田李下不避嫌。”

“什么有意无意的，你想多了，二郎就是把他当物儿宠，别看他高高大大的，你瞧这说话，也就是个垂髫小儿，他若是如何大郎那般稳重，二郎自然就不越一步雷池，以礼相待了。”璟初道。

方临汝捂着肚子笑得打跌，没听到外面的声音，崇徽耳尖，听得分明，不由怔住，眼角看方临汝，又往外头瞄，眉头蹙起，苦恼为难。

他看方临汝和何栎亲密亲近眼红眼热，可听起来，能让方临汝无拘无束的，似乎是自己。

还要不要学何栎呢?

方临汝不知洁白无瑕纯净如白纸的人儿已染上缤纷色彩，玩闹了片时，心头烦恼尽消，捏捏崇徽的脸颊，暗道崇徽已知自己是女儿身，方锦枫是男人一事可不必瞒着他，也许可以让他有时间去秋香楼陪方锦枫，略解方锦枫寂寞。

心念起，觉得极不错，恨不得马上带崇徽去秋香楼。

想想方锦枫此时歇下了，明日再带崇徽去吧，又与崇徽说笑了些时，回房歇息。

殊不知，何舆把魔爪伸向方锦枫，就在今晚要作恶。

何與当了何姜氏首饰，呼朋唤友地向挹翠楼走去。挹翠楼里新来了一个叫玲珑的小娘子，今日恰好开苞接客，粉面桃腮，大眼朱唇，薄如蝉翼的衣裳，娉娉婷婷在高台上站着，底下一众人尖叫着，大声喝彩。

玲珑半抬眼皮，一双眼把台下众人瞧了瞧，最后定在何與的脸上，含情脉脉。

“何二，看中你了。”何與的狐朋狗友一齐喊，笑推他，“今晚美人的榻上贵客必定是你。”

何與看不中玲珑，其实他也从没看中过哪个姐儿，方府里都是美人，看多了，外头这些姐儿俱皆庸脂俗粉，他爱的是豪掷阔摆后众人追捧奉承的乐趣。放在往时，自然要高价压下一众嫖客，当玲珑入幕之宾的，今日身上只有当何姜氏首饰的十缗钱，请众人吃喝都有些小心翼翼，还生怕不够，更别说出价买姐儿初夜了，干巴巴笑了笑，道：“我姨父新丧，我到这里来已是不妥，留宿是万万不能的。”

场面话说得漂亮，奈何众人都是极了解他的，当下便有人露了“你一定是没钱了”的鄙夷神色出来。

何與臊得慌，不思自己交损友，只怨何栋卡着自己的发财路。

本想仔细筹谋，万无一失再对方锦枫下手，可是此时受不了没钱花的日子，不等了，离席，找挹翠楼里一相熟的姐儿，要药。

何與素来体贴，又长得俏，姐儿倒贴都愿意，细细问他要做什么，听他说迷奸，贴心巴肺地为他着想，送了迷烟式的，效果特别好，名唤十三酥。

何與听说这种药再是贞节的烈女也束手就擒，非男女交合无解，大喜，啧啧亲了姐儿几口，把袖袋里剩下的一缗钱都打赏了姐儿，满心欢喜地回府。

方府原来夜里只锁外面大门和侧门及后角门，方德清去世后，方临汝发话，除外面的门锁上，府里头，归闲坞至善苑和澄漪山房三处地方的原来相通的门晚上也上锁，夜里又添许多人巡夜。何與怕被逮住以后想行事便难了，在各处门户上锁前便进了澄漪山房，找了处花丛藏起来。亥时末，舒九娘带着人各处查房，锁了门离开，何與从花丛里出来，拍拍身上花瓣叶子，“嘿嘿”笑一声，猫腰躲躲闪闪地往秫香楼走去。

何與作奸犯科惯了，爬墙入室易如反掌，况且内院的墙不比外墙，不过一人高，轻而易举地翻墙而入。方锦枫身体虚弱，上下楼喘气，日常起居都在一楼，二楼只是闲时上去望望蓝天白云，一楼外面是厅，里头是卧房。何與随何姜氏来过，对里面的格局清楚得很。绕到后边在方锦枫的卧房外窗前停下，窗纱用随身携带小刀戳开一个洞，姐儿给的十三酥塞烟管一头，点燃，往里吹。

不到一炷香工夫，里头悉索声响，有人起床了，何舆听得是素心，嘀咕道："怎么好热啊？"过来开窗，何舆闪到一边，素心开了窗回去，何舆贼笑，方才只吹了一半的药，接着又吹。

"好热！"素问也起来了。

片刻后，方锦枫的声音响起："你俩不舒服？"

"没事，二娘你睡吧。"素心道，嗓子发颤，微有干哑。

"睡不着，把灯点起来吧。"方锦枫喘吁吁道。

原来小小一盏夜灯，哔一声，屋里大亮，八盏千枝灯点燃。

何舆并不心慌，也不怕灯光大亮有人把他认出来，他要光明正大地做，只要得了手，谁也奈何不了他。

秫香楼跟方临汝的漱石榭一般，晚上只有两个贴身婢女留下服侍，其他人回下奴宿处，多年的规矩，他很清楚，打定主意，先奸了方锦枫，再把两个婢女一起办了，才三个人，自信应付得来。

想到这里随手扔了烟管，走过去敲门

"谁？"素心问。

"院门不是上闩了吗？怎么进得来人？"素问道。

不是中药了吗？还问什么？

何舆暗骂，压着嗓子模仿方临汝口气："开门，我来看枫娘。"

"是二郎。"声音不像，素心素问此时已糊涂了，难受得紧，不辨真假，霎地拉开门，抬头看到是何舆，要关门，却是迟了。

何舆一脚探进门，双手按门板，嘻嘻笑道："两位姐姐是不是不舒服？小弟来服侍姐姐们。"

素心"嘶"一声倒吸口凉气，至此时，哪有不明白的，知道着了道儿，骂道："混账王八羔子，这是方府，岂容你胡来。"

中了药，面红气喘，骂人的话心中凶巴巴说的，出声了，却透着媚意软弱，何舆不当一回事，笑得更婉转风流："好姐姐，别生气，弟弟一会儿就让姐姐上天堂，管保姐姐快活。"

口中说着，推她两个往里走，一面走一面贼笑，淫声浪语调戏："表姐，弟弟来了，表姐勿惊，红绡帐暖卧鸳鸯，人生美事，弟弟定尽心尽力，让表姐快美。"

"无耻，卑鄙！"素心、素问怒骂，伸手拦他，但中了药，虚软无力，哪拦得住，何舆伸臂，一手揽一个，左亲一口，右亲一口，色迷迷笑："两位姐姐别急，凡事得分个先来后到，先主后奴的道理，等我满足了表姐，再来侍候你们。”

素心、素问满脸通红，眼睛滴血，对视一眼，挣开何舆，朝他撞去。

何舆连退几步，却没跌倒，站稳了，啧啧连声，拨开她俩，直进卧房。

方锦枫起来了，水蓝色云锦贡缎半掩在胸前，浅绿蜀锦中衣松松穿着，肩膀斜溜，尖尖的下巴，娇怯脆弱，一双与临汝一模一样的双凤眼水光盈盈，床前灯架上青铜百盏千枝灯，蜡烛糅了昂贵的龙脑屑在其中，香气浮溢，上等东海楠木制的床，挂蛟蛸纱帐，垂金丝为流苏，雕青绿白等各种颜色宝玉为珠，火蚕绵枕头，金堆玉砌，极致的奢华，作洞房之地甚是不错，何舆歪着嘴笑，眼睛淫光闪闪，床沿坐下，柔情款款说：“表姐，弟弟日日想你，求表姐怜悯成全我，弟弟明日便请母亲向姨妈提亲。”

语毕，自以为体贴到了，俯下身便撕方锦枫的衣裳，中衣领口只扒得一点点，洁白如雪的肌肤扑了满眼，何舆咕噜噜咽口水，原来图的方家家产，此刻却为了美色发了疯，要将诱人的身体一块块撕开，趁着新鲜热烫尽情咀嚼。

方锦枫急切地拢领口，怕到极点，他男扮女，先前为的半仙所说只图活命，眼下，方临汝以女儿之身继位方家家主，他是男人一事万不能泄露，何舆卑鄙无耻小人，被他知道自己是男人，后患无穷。勉强拼力挣扎，但体虚力弱，推不开，嘶声喊素心、素问。

素心、素问过来，两人腿脚得站不稳，满面通红，香汗淋漓，仅凭脑子里一点儿清明，勉力缠住何舆，艰难叫道：“二娘，快去找二郎，快！”

方锦枫得了空隙，急急下床往外奔，何舆哪能看着他离去，双手忍不住在素心、素问的身上肆虐，两个人中了药物，短促一声低喘，力弱气促。何舆拨开她俩，追出门去，方锦枫走得快，但快不过他，后衣领被何舆抓住，但不敢停，挣一挣往前扑，没挣开，整个人扑倒地上。自出生起，方锦枫连帕子都不曾拿过，双手从地面擦过，娇嫩嫩神仙水浸润的肌肤，掌心油皮擦破，袖子蹭开，手肘被刮出长长的血口子。素心、素问追出来看到方锦枫的样子，锥心剜肉般的疼痛，凄凄切切喊“二娘”，没想到药力瞬间弱了，二人朝何舆扑去，一人抱臂，一人抓腿，双手无力，张嘴便咬。

“小蹄子，等下看我怎么收拾你们。”何舆怒骂，方锦枫趁机拉开院门奔了出去。何舆一脚踹翻素心，又把素问推倒，急追方锦枫，还不到院门外就追上了方锦枫，下死力往院里拖。

绝望之时方锦枫死命挣扎，口中嘶声喊：“汝郎救我！汝郎救我……”

方临汝这一晚开始睡得很香甜，后来却不踏实，迷糊里总觉有什么事要发生，竟做起噩梦。一时是兰荪给紫竹园的美人们下毒，一个个天仙似的美人唇青脸肿，口吐鲜血，气息脆弱，兰荪眉眼狰狞，尖厉的嗓子叫："把崇徽还给我，我就给她们解药。不然，你就看着所有人都死掉，你方家没有扇面美人可用。"

一时是方姜氏找她，不知为的什么事，大声哭骂，她下跪，叩头认错，方姜氏还是不依不饶。何栎突然冒出来，厉声道："姨妈，你别太过分。"方姜氏指着他手指啰嗦，大喊，"你竟敢对我无礼。"随即一口鲜血箭弩般喷射而出。

何栎和母亲消失，郭成安和林源出现，郭成安凑得很近，五官在她的眼底变形，脸庞皮肤毛孔粗大，藏着细细黑点，她恶心得作呕，郭成安阴沉沉地道："方二，你别瞧不起我，你方家如今已败，你方府一干人等都已官卖，男的为奴，女的作妓，你如今是我郭家下奴，你母亲姨娘庶出姐妹和你的孪生妹妹都在挹翠楼接客呢。"

方锦枫是男人，怎能为妓！

眼前浮光掠影，方锦枫泪流满面凄凉地无助地看她，张着口，没发出声音，唇形是："汝娘，救我！"

"不！"方临汝尖叫着从睡梦里醒来。

屋里暗黑一团，往窗外看，廊下的灯笼光幽弱，推开窗向远处望，天际月儿弯弯，地面亭台楼阁隐隐约约。夜风乍起，似有若无的花香，这样一派静谧安宁的夜色，心口的紧张却没因此而消减半分。

紫竹园的美人，还有母亲，今日都曾为之烦心，可说日有所思夜有所梦，唯独梦到方锦枫，为何会做那样的梦？

据说，孪生子之间有心灵感应，祸福与共。

难道是锦枫在向自己求救？！

方临汝望向秋香楼一眼，抓起锦袍飞快穿上，顾不上束胸，来不及束发，套上长靴，拉开门，没喊琬初、璟初，灯笼也来不及提一盏，急匆匆便往秋香楼跑去。

远远就听到方锦枫嘶喊"汝郎救我"，方临汝顿时魂飞魄散。

狂奔近前，何舆正抓着方锦枫要往里拖，方锦枫死死地扒着院门，纤长洁白的手指被粗糙的门框割开血口子，雪白的手臂细细几道嫣红尖锐刺目。

方临汝周身的血液都往脑门涌，顾不得那么多，冲上前攥住何舆的头顶束发，狠狠一拽，何舆惨叫。方临汝紧抓着退开一步，将他朝院墙撞去，血肉之躯与青砖墙面相触，何舆顿时头晕耳鸣，在方临汝松手后，没站住，摇摇晃晃地跌倒在地上，方临汝重重地一脚踹去，何舆再次惨叫，勉强撑着想反抗，抬头看到方临汝癫狂扭曲的眉眼，惊得力竭气尽，抱头鼠窜。

方临汝哪容他逃，一旁的蔷薇花密密匝匝地低垂，抬手抓住一根蔷薇花藤，用力扯断了一根，拽着花藤快走几步，使出吃奶的力气，向何舆狠命抽去，花叶扑簌落了一地，何舆一个趔趄，再次倒地。方临汝以花藤作鞭子，一下接一下地抽，抽断一根，再扯一根接着抽，何舆尖声哭号求饶，方临汝此时再不是心软之人，对如此无耻恶徒，也决不容情，直抽得何舆满身花汁、叶汁、血水淋漓，动弹不得，随即抽他的腰带、撕他的外袍作绳，将他五花大绑起来。

料理停当，回头看方锦枫扶着院门泪流满面，方临汝疼得心脏被撕裂开，急忙奔过去，拉他手检查，除了手指掌心，手肘也伤了，血淋淋的口子，更恨不得将何舆碎尸万段。

“二娘，你怎么样？”素心、素问跌跌撞撞地奔过来，衣裳零乱，面红耳赤，汗水涔涔。

方临汝望得一眼，眉头蹙起：“你俩怎地这般形容？”

“许是那无耻恶贼……下药了……”素心颤颤道。

素问低头，粉颈红通通一片，羞耻难当：“二郎来了，劳你照顾二娘，我跟素心暂避。”

“那是十三酥，没男女交合不能解药性，方临汝，你要么自己上，那可是你亲妹妹，要么让我来，我保证不会始乱终弃，明日就请母亲提亲。”何舆得意扬扬地大笑。

方临汝目眦欲裂，看着方锦枫，方锦枫虽则气喘吁吁，却是平日体虚怯弱样子，看来那药只对女人起效，瞟一眼素心、素问，回头抓起何舆，半拖半提地弄到远处，在地上拔一把草，掰开何舆的下巴，连草带泥塞进他嘴里，何舆呜呜哇哇地叫着，方临汝又抓一把草塞进去，何舆登时叫都叫不出，方临汝又狠狠地踹了一脚，才回转身进院子。

庭院中不见素心、素问，方锦枫风里站着，宽松的中衣随风摇曳，一双手紧攥着，眼里晦涩不明情绪。素心、素问两个日夜守在方锦枫的床前，没有单独宿处，方临汝往厅里头看，想起何舆的话，暗暗心惊，快步入内，素心正往梁上投白绫，素问搬几案垫高，方临汝一把扯下白绫，厉声喝道：“你俩从小服侍枫娘，你们去了，叫他如何独活。”

素心、素问捂脸，身体不住地颤抖，半晌，哀声道：“二郎，婢女实在受不了，求你给我们一个痛快。”

“你们是痛快了，枫娘怎么办？”方临汝眉头低压，扑哧粗喘些时，扒开她俩紧捂脸的手，温声道，“你俩有喜欢的人没？”

两人一齐咬唇，泪花闪闪。

方临汝自知摇头，她俩自小服侍方锦枫，从没离开过半步，哪有机会去看上别的男人，怔了怔，道：“枫娘身子弱，不行，我去给你们找个男人过来。”

“那样，婢女情愿死。”素心、素问异口同声喊，噙着泪，低低哭泣。

方临汝搓手，左右为难。

窸窸窣窣的衣袂飘动之声，方锦枫缓步走了进来，脸颊淡淡一抹红，低声道：“汝娘，你出去。”

方临汝一震，摇头反对，瞥一眼素心、素问，心想崇徽刚停药，还不算男人，何栋信得过，品行样貌皆人上人，事后收房，不算辱没素心、素问，咬了咬牙，低声道：“我去找表哥过来。”

“求二郎赐婢女一死。”素心、素问扑通跪了下去。

“汝娘，请你出去。”方锦枫咬唇，雪白的脸，殷红的唇，触目惊心，语调不高，却是坚定不可移之志。

方临汝迟疑，素心、素问呜咽道：“不成的，二娘，你身子虚弱，不能……”

方锦枫低眉，声音飘忽：“把你们给别的男人，我还能活吗？你们还能活吗？”

素心、素问哑然，悲声饮泣。

方临汝轻叹口气，抬步往外走，拉上院门，抱臂怔怔望天，下弦月天际挂着，月光朦胧，一颗心如波上小舟，起起落落没个安宁。

方锦枫一向体弱，若有个好歹，母亲怕是饶不了自己。

本想禀告母亲，但母亲过来，势必要拦，看方锦枫舍命也要救素心二人的神情，母亲来了僵持不下，反为不妙，少不得天大的不是自己来背了，成全方锦枫。

只盼方锦枫能撑住。

以往只知素心、素问对方锦枫忠心体贴，捧着护着，心里眼里只有方锦枫，不承想方锦枫对她俩亦然。

夜色暗沉，月儿隐了现，现了隐，再没出来，乌沉沉的天幕黑色渐褪，露了铁灰色，曙色半现，数一数近两个时辰了，方临汝忧急如焚，将将忍不住时，细细脚步声传来，院门从里头拉开。

素心开的门，髻松发乱，小衫虚虚掩着，纤纤细腰，垂杨摇曳，脸颊浅浅胭红，盈盈露滴，嗓子微哑，羞涩道："多谢二郎！"

"枫娘怎么样？"方临汝迫切问，抬步往里走。

"睡下了。"素问里头迎出来，跟素心差不多光景，方临汝往里瞧，方锦枫长发披散，如玉白一般的一张脸，脸颊浅浅红晕，虽则有些虚弱，但看起来却是无碍的。床头五斗柜上放着纱布等物，想来方锦枫的伤口也处理过了，方临汝轻吁一口气，怕吵着方锦枫，往外走去。

素心、素问两个送出来，三人在院门口站定，方临汝沉吟道："枫娘身子理不了事，我还得担着家主之名，你俩的名分没法给，月例钱我会比照柳姨娘的份例给你们提上去。"

"二郎快别这样说。"素心涨红了脸。

"我俩五岁卖身进府，亲人早没了，府里吃喝不愁，用不着钱，二娘在世一日，我们陪他一日，二娘若去了，我们也不活了，名分什么都是虚的，二郎要体恤我们，月例钱也别提。"素问低声道。

方临汝满心感念，叹口气，道："便依你们吧。"又交代，若是怀了孩子，千万告诉她，她会想办法解决孩子身份问题。

"这是自然。"素心、素问羞涩低头，蚊子似的说话。

说了这么久的话，曙色更明，天际淡淡一抹红霞，方临汝索性也不回漱石榭了。何舆地上躺着不能动，蚊子咬了满脸红疙瘩，身上衣裳破碎，满身都是淋淋漓漓的蔷薇花叶、花藤的汁水，甚是狼狈，方临汝半点儿也不怜悯，狠狠地拖拽起，往芙蓉堂走去。

方姜氏还未起床，银杏穿着鹅黄窄袖衫，月白裙子，娇嫩鲜妍青春明媚，和方姜氏另一个贴身婢女翠翘正指挥下奴备巾栉盥漱用品备早膳，看到方临汝拖着何舆前来，蓦地变色，不等方临汝吩咐，忙要入内禀方姜氏。

方临汝摆手，命她和翠翘看守何舆，自己进内。

"怎么就出这种事！"方姜氏跺足不迭，听方临汝讲完了，纤纤素指狠戳她的额头，骂道，"枫儿那身子岂是能跟女人恩爱的，你怎不拦着，府里哪找不到个男人。"

方临汝低声道："阿兄不同意。"

"他不同意，你就眼看着他送命？"方姜氏尖声道，匆匆拿衣裳穿，要去看方锦枫，方临汝忙上前服侍，口中低低请罪，又道："儿过来时，阿兄看着还好，睡得香甜，母亲这会过去，倒把他吵醒了。”

方姜氏停下，重重哼了一声，道：“这次罢了，下回不可自作主张。”

又骂：“枫儿顾念自小服侍之情，疼惜她俩，她俩怎么就不为枫儿身体着想，交代舒九娘，找牙婆来，把她俩发卖了，如今开窍了，还在枫儿跟前待着，怕是不安分了要勾引枫儿了。”

素心、素问比谁都着紧方锦枫的身体，当时不过事出无奈，方姜氏不分青红皂白，方临汝不便驳她，心念转了转，低声道：“把她俩打发走了，再挑来的人未必有她俩服侍阿兄尽心尽力，阿兄身体弱，理不了事，儿如今还不能跟阿兄把身份换过来，换了人服侍，万一走漏风声，也麻烦。”

方姜氏怔了怔，犹豫起来。

方临汝又道：“她俩兴许怀上阿兄的孩子了，那是母亲嫡亲孙子或孙女，倘若阿兄有后，岂不天大喜事。”

方姜氏床沿颓然坐下，面色神色一时喜一时忧一时恼，半晌，无力道：“罢了，随你安排。”

这一篇总算揭过了，方临汝放下高悬的心，问怎么处置何舆。

依她的主意，打断一条腿，让他再不能到处走作恶。要打断腿，别说何姜氏，方姜氏都不同意的，只能撵出方府，从此再祸害不了方家。

“我也不知道如何是好了。”方姜氏揉眉心，无力道，“让人去请你姨妈过来吧。”

何姜氏一味地愚犟顺着何舆，这事得找何栎，方临汝不想何栎为难，自个儿怎么决定何栎都不会反对的，也便依方姜氏所言，只让请何姜氏过来。

心中打定主意，找何姜氏过来，不是商量，而是通知。

昨晚匆忙中赶去秣香楼，没束胸没梳洗，衣裳宽大，夜里沉暗看不出来，天明了这样子露在人前是不行的。方临汝刚想唤银杏去漱石榭给自己拿衣裳，银杏就带着琬初捧着衣物一起进来了。

琬初方才与方临汝刚打照面，便急急赶去漱石榭了。

方临汝嘉许一笑，暗赞琬初的机灵，寻思得便了，再在何栎面前提一提。

方临汝收拾妥当，何姜氏恰也过来了。

一身藏青襦裙，半翻髻松松挽着，没插簪钗，略显几分老态。进门看了何舆一眼，便放声大哭，却不哭儿子，只哭死去的阿娘，悲悲戚戚地喊着不活了，求阿娘来要了她的命，九泉之下有阿娘，也不寂寞。

她这里哭了声阿娘，方姜氏也落泪了。

兄弟姐妹不少，同母的却只有姐妹两个。母亲早逝，在娘家时姐妹两个相依为命，出嫁后，何姜氏过来投奔，一处生活，年近四十，分开的只有刚出嫁那几年，姐妹情深，不比疼儿女的心少多少。何姜氏未曾责备方临汝，方姜氏先发火了，骂方临汝："怎么对你表弟这样，有不好的，好生劝着便是，谁允你责打了。"说罢，亲自上前为何舆解束缚，外袍撕开了，唤人去给何舆拿衣裳，又细声低气地给何姜氏赔礼道歉，解释原因。

何姜氏抽泣，打着哭嗝道："舆郎做得确实不对，只是他也是心慕枫娘之故，虽说眼下闲着不做事，可毕竟还年轻，往后看，焉知就没出息了，你就把枫娘许配给他吧。"

何舆解了缚，有何姜氏在场，一敛昨晚趾高气扬不可一世之态，瑟瑟抖着可怜巴巴跪了下去，情真意切道："姨妈，我真的喜欢枫娘，求姨妈成全。"

方姜氏语结，那是儿子，若是女儿，许给何舆亲上加亲并非不可。

半仙交代过，女作儿养，儿当女养一事得保密，不能说与他人得知，否则，泄露了天机，方锦枫性命不保。为着儿子，亲姐姐也不能透露，方姜氏眼神闪烁，为难地看着方临汝。

方临汝抑制不住地纵声大笑。

打的好如意算盘，慢说方锦枫是男人，便是女人，也不可能嫁给这么一个一事无成、无耻卑鄙的浪荡纨绔。

跟小人莫讲君子风度，只有比他更小人，更不要脸。

方临汝上前，一言不发，对准何舆一脚踹去，紧接着，不容他起身，接二连三地踢打。

何舆惨叫着，被捆住许久，手脚发麻无法反抗，便是能反抗，酒色掏虚了身体，也不是方临汝的对手，在地上打滚左躲右闪，哪闪得开。

何姜氏急得大哭，方姜氏也白了脸，两人上前要拦，银杏、翠翘、琬初叫喊着也上前，嘴里说着劝解的话，不约而同地拦方姜氏和何姜氏，待得两人上前，方临汝也打累了，才住手不打，何舆鼻青脸肿，衣裳踹开，身上没一处好皮肉。

何姜氏声嘶力竭大哭，手指颤巍巍地指方临汝："舆郎是你表弟，怎就下如此狠手，你好狠毒。"

方临汝冷冷地盯她，沉沉道："方才那话再敢提，我必打死他，姨妈若不平，尽管去衙门告我，不过，莫忘了，是他入室欲行不轨在先。"

“你……你……”何姜氏呆了，紫涨着脸说不出话。

方姜氏一旁站着，要上前，银杏眼看拦不住，上前禀道：“夫人，方才秋香楼那边来人，说二娘不大舒坦，让请王大夫诊脉。”

“什么？”方姜氏大惊，“怎地不早说。”

说罢，急往秋香楼赶，口中大喊请王大夫。何舆生死此时已经不重要了，若是方锦枫有个三长两短，方临汝便是将他打杀了，也不拦着了。

方临汝冷冷地吩咐：“把何二郎抬回去，传我话给方伯，亲戚家接济没个接济一辈子的道理，何二郎已长大成人，外头帮忙租一处房子，让何二郎和姨夫人搬出去。”

何姜氏变了脸色，苍白如纸，何舆两眼一翻，晕了过去。

方临汝阔步出门，琬初急忙跟上，主奴两个往漱石榭走去，琬初一向是她心腹，有话直言不讳，不甚赞同：“二郎把何二郎和姨夫人赶出府，夫人知道了怕是不依，回头不让搬走，不是被打脸了吗？况且这么做，忒落何大郎面子。”

方临汝哂笑，道：“母亲若糊涂得要打我脸，便由她打，表哥那边无碍的，他有数。”

其实此次的目的并不在赶何舆出府。

方姜氏虽然生气，但只要方锦枫身体无碍，她便会顾念姐妹之情，不会同意。明知会被打脸还声称要赶何舆出府，不过是要一步一步逼迫方姜氏，今日打她脸不让她赶何舆，他日，何舆再犯事，她再赶，方姜氏便不能阻拦了。

第十四章　盈盈露滴

方临汝踏进院门，蓦地顿住。

庭前草木带露，藤蔓苍翠，书房靠走廊这边的花窗推开了，崇徽在窗前书案前站着，黑发松松挽在脑后，一身白色交领中衣，白色对襟长衫，胸前水蓝色系带，腰侧垂下香囊玉佩，嘴唇紧抿着，唇色格外鲜艳，一脸专注，脸上有着与以往的懵懂不同的意味，别是一番动人风韵。

虽然见了许多次，但还是被惊艳了，不知不觉间便怔怔失神。

“二郎！”琬初低声喊。

方临汝回神，拍了拍脸颊，道：“今日赶紧收拾流觞轩出来。”

琬初应下，方才看她神色，似是不舍崇徽搬出去，不知为何却似更急了。

方临汝阔步入内了，忙跟上，命传早膳。

早膳摆开，琬初往书房去，要喊崇徽，方临汝却摆手，道：“他正沉迷着，莫扰他，一会他停了再喊他吃。”

说着，食案前坐下，把膳食拨开，分成两份，极快地吃起来。

只片时便吃完了，回房拿了要紧几样物事，径自出门，也没跟崇徽道别。

“走得这么匆忙，是怕糯米糕团儿黏糊着又要咬嘴唇吗？”璟初咭咭笑。

“可能吧。”琬初兴致不高，没笑模样，把昨晚秋香楼发生的事以及方临汝对何與的处置说了，道，“二郎这么做，忒令何大郎为难，夫人那边怕是也反对的，若是被夫人驳回打了脸，家主的威信何在？”

“若那样，可怎么办。”璟初紧张起来，食案收拾到一半，把手里端着的盘碗搁下，道，“你收拾吧，收拾完了喊糯米糕团儿出来吃，我去秋香楼打探打探。”

琬初应好，心不在焉，东西收拾完，喊了崇徽出来，崇徽看一眼食案，问她：

“怎么这么少，二郎的呢？”

“你吃你的莫管二郎。”琬初随口道，抬头看安氏来了，迎了出去，道，“嬷嬷，你照看着，我出去一趟。”

崇徽怔怔地看着她远去背影，安氏进来，自己不敢去方临汝的卧房，撺掇她去看：“二郎若是一会儿就起床，我等着她一起用膳。”

“不用看，汝郎一准出去了，要不然，两丫头不会都走。”安氏笑呵呵道，往卧房门口瞟一眼，道，“果然，汝郎已经走了。”

走了！怎么不跟自己说一声？

崇徽呆呆怔怔，食不知味，欲要自宽，究竟道行浅薄。

琬初径自往归闲坞走去，行至明瑟馆，铁将军把门，里面寂寂无声，何栎不在，只能闷闷地往回走。想了想，又去了芙蓉堂，半路遇上璟初。

“二郎果然被打脸了。”璟初的小脸蛋拉成黄瓜，嘴角的小酒窝没了蜜只有愁，“夫人在秣香楼呢，姨夫人一去，立马陪着姨夫人回了芙蓉堂，还差人找了二郎过去，好一顿发火，又是哭又是骂，幸好何大郎也来了，不轻不重地压了姨夫人几句，姨夫人敛了声气，二郎又赔罪说好话，夫人才作罢。”

“我就说，姨夫人一家的安排，二郎做不了主，却偏要发话，平白被打了脸，家主的颜面丢尽了，往后，何二郎更猖狂了。”琬初跺足，脸儿拉得更长，跟璟初两个一粗一细两根蔫黄瓜。

“倒也不会，虽说没搬出去，可何大郎提出，他长大了，当由他养家，吃食便罢了，还是这府里供给，月例钱不能再领了，何二郎和姨夫人的月钱取消了。”

琬初“啊”了一声，若有所思道：“这么说，虽说被打脸，也不算白发话，往后，没了钱，何二郎翻不起天来。”

“算是吧。”璟初叹气，道，“我还是憋气，一大家子全靠二郎辛苦操持赚钱养着，却不听她的话，二郎忒累。”

琬初也叹气，道：“有什么办法，家主家主，一家之主，再多委屈也只能受着。”

方临汝早料到这次不能赶何舆出府，亦没放心上，何栎配合她，取消了何舆和何姜氏的月例钱，目的达到，心情不错，这一日把府里的庶务丢到一边，只潜心思考鬻扇问题。

方临汝不愿再用美人团扇，哪怕只是今年用，她怕用过一次，自己尝到甜头，会如方家历代家主一样，沉迷其中再难自拔。

立夏日赶来参加订扇会的扇商们，离润州远的还没走，都在等着方家再开订扇会。

方临汝这日分别宴请了几位订扇量大的扇商，扇商们不约而同地问何时开订扇会，方临汝状若无意地说阿爷新丧无心开订扇会。入夏了，鬻扇好时机，让大家需要的话不必等开订扇会，可先行订扇，可惜扇商们没一人表示要订扇。

明州江氏扇行跟方家合作多年，三四代人之久，这次东家江尔林带着儿子江楚泽一起来了，江楚泽身高九尺有余，铁塔一般壮硕雄健，五官深刻，脸庞轮廓分明，如钢刀长枪般刚猛锋锐，凛然如天神降临。

方临汝甚是欣赏他，只是她刚闲闲提了一句，江楚泽便长篇大论起来。

“男子汉大丈夫立于世，当泰山崩于前而面不改色，天塌下来长臂一顶护家人护亲眷，你身为一家之主，岂能因阿爷去世便颓丧消极不思进取，祖宗传下来的基业也不好好经营。”

方临汝讪笑，被语刀削打得面皮无光。

幸得何栎一旁陪坐，岔开话题，方解了她尴尬。

出了酒楼，与江楚泽父子拱手道别，各朝不同方向走，何栎劝道：“便是姨父在世，想取消美人团扇鬻扇都不能，更何况你新任家主，根基不稳，先渡过眼前难关再做打算吧。”

方临汝沉默，不同意，又无法反驳。

扇坊每天正常制扇，团扇库存越积越多，若不能尽快鬻出，市场让其他家的团扇占领，方家再有什么动作也迟了。

让扇坊停工，却是万万不能的。

扇工们大多是父子孙几代人在方家扇坊做工，靠着那点儿工钱养家糊口，停工，工钱发不发?

不发，这些扇工家庭生活无以为继。

发，几百个扇工，那可是不小的一笔数目。

没鬻扇盈利还要付扇工工钱，方家也负担不起。

况且停工消息一旦传出去，外界的猜疑定抑制不住，动荡一起，压也压不住。

看来停工不生产也不是解决问题之道。

刚入夜，一天里最热闹的时候，丝竹管弦之音悠扬，长街两头灯笼红光脉脉，映着两旁的楼阁，金碧辉煌热闹非常。

方临汝有些疲倦，昨晚只睡了一会儿，后来惊魂焦急，脑筋绷得很紧，日间又不得歇息，同扇商周旋谈笑，江楚泽的话虽说不会打倒她，但到底不舒坦。

何栎看着她，迟疑些时，道：“要不，去城外租条画舫游江散散心？”

大唐有宵禁令，不过出了京城，在州郡则形同虚设。夜里，城外江中数百画舫，各种各样的宫灯，红螭灯、蓝釉灯、镂空莲灯，明亮如夜明珠，灯光映在水面，星星点点波光粼粼，五彩缤纷，远远看去，长长一条大江犹如瑰丽的金玉珠宝镶嵌宝带。

方临汝以往去过，都是应酬，入乡随俗，自己不嫖，喊姐儿陪客唱小曲却免不了，脂粉香浓，莺声燕语，想想那情形，搓了搓手臂，摇头不迭。

“不找姐儿，就……就咱们俩坐画舫里，顺江吹吹风，看看夜色，心情兴许好些。”何栎有些结巴，一双手抓攥袖子不住地揉。

方临汝委实有些烦躁，想了想，道：“也好，回府喊上崇徽吧，他什么都没见过，带他见识见识。”

何栎身体僵了僵，捻着袖口的手攥紧，随方临汝往方府走，进府门，蓦地停步，歉然道：“我突然想起来，今日有一批扇子要配玉坠，让我定夺，我还没确定，我去看看。”

“夜里那边又没灯火，又看不了什么。”方临汝道。

“不去扇坊，我找方诚商量。”何栎道。

他做事严谨认真，没做完的就搁不开，方临汝也不勉强，道：“去吧。”

何栎离去，方临汝还没拿定主意何栎不去，要不要带崇徽去，银杏当头寻了来，方姜氏找她。

方姜氏最近每回找她都没好事，方临汝不自觉地微蹙起眉头。

银杏前头举灯笼照路，不时扭头看她。

方临汝昨日承了她的情，也不好冷脸，微微一笑。

银杏低眉微有羞涩，过片刻，抬头，小声道：“晚间谢夫人来了，说了一会儿话，谢夫人走后夫人便大声喊婢女叫你，谢夫人跟夫人说话时，声音压得很低，婢女外头侍候，也没听到说的什么。”

“谢夫人这阵子经常来？”方临汝皱眉。

“是的，两三天就来一回，每回都坐上半个时辰一个时辰的，夫人很喜欢她，无话不谈。”方临汝“哦”了一声，心中思量着，方姜氏这阵子的反常难道与谢夫人有关？

芙蓉堂灯火通明，侍婢都在外头院门外站着，方临汝瞄了一眼，看这架势，方姜氏气得不轻，要大力发作自己呢，故把人都遣到外头，怕落自己面子，登时心头甜酸苦混杂。

方临汝进门，才刚喊了声“母亲”，姜氏手里茶盏“咚”一声砸在几案上，碎瓷片片，发狠骂道：“以后你别叫我母亲，我担不起。”

方临汝莫名其妙，不知为的哪起公案。

碎瓷散落伤了手指或哪里都不好，母女说话，不便唤下奴进来收拾，方临汝亲自一片片捡了扔废纸篓里，又找抹布拭案面和地台，口中道：“母亲息怒，别气坏身子。”

“我算你什么母亲，你订亲了，我这个做母亲的什么都不知道，若不是谢夫人来了问起，我还不知道你订亲了。”

原来为的这事。

方临汝松了口气，从矮案这头起身，坐到方姜氏身旁，附耳，将事情从头至尾说了。

崇徽是方家扇面美人一事没实说，真实性别也没说，方姜氏不是捂得住话的人，只说是越州人，父母双亡，到润州谋生，何栎在外行走认识了，因他美貌，又是同乡，昨日事急，便去找他，请他帮自己解围。

“居然是这样！”方姜氏大张着口，呆呆地看着方临汝。

“那时真是凶险，若不是表哥恰好认识崇徽，崇徽美貌倾国倾城，带过来帮儿解了围，眼下儿是女儿身的事，怕是已传遍润州城了。”方临汝道。

“幸好幸好！”方姜氏不住拍胸脯。

方临汝要她内疚，又道：“儿前日晚上水底下游来又游去，夜里水底凉，身子有些不适，头昏脑涨，昨晚夜里做噩梦，在秋香楼又被舆郎气了一回，一整夜没睡，今日越发不好了，神志不清，忘了禀母亲。”

其实是方姜氏一向对外头的事不闻不问，本就没想起要告诉她。

“这当儿可好些了？虽说你身子一向强健，也别大意，明日让王大夫瞧瞧，开两剂药吃。”方姜氏霎时紧张得脸色都白了，拉起方临汝手，摩手摸脸。

“好些了，母亲无须担心。”方临汝笑道，站起来转了转，“母亲你看，是不是壮得像头牛？”

“胡说什么，你可是女儿家，哪能把自己比牛。”方姜氏嗔怪。

母女嫌隙尽消。

“那个崇徽往后就住咱们家了？”方姜氏问道。

“嗯，她无处可去，儿想，郭成安怕是还不死心，林源如今是润州刺史，大权在握，要对付咱们家就跟碾一只蚂蚁似的，不可不防，把她留下来了，需要时做挡箭牌也好。”

“你看着安排便是。”方姜氏不在意，略停了停，道，“哪天得空带来我见一见，看看怎样的倾城倾国。”

方临汝自然应好，今日离府后刚回，还没去秋香楼，有些担心方锦枫，因问起方锦枫。

方姜氏笑道：“也还好，今日还出秋香楼了，园子里走了百来步，午膳吃了一个乳酪饼一碗鲜笋鸡汤，晚膳吃了一碗饭，荤素几样菜都动了几箸。”

方临汝大喜，寻思道：“许早就对素心、素问有意，只身体弱不敢有所为，阴差阳错得偿所愿，心情好，身体也便好些。”

“说的什么话，你可是未婚小娘子，忒粗俗。”方姜氏瞪她。

方临汝回神，方才不知不觉把心中所想说了出来，微有赧然，低眉间，又不禁苦笑。

哪家小娘子像她这样，成日在外应酬，连唤姐儿陪客户的事都做了出来。

母女又说了会儿闲话，出了芙蓉堂，方临汝面上笑容消失，幽黑的眼眸火苗簇簇。

她订亲一事，方府里都未传开，外头仅林源和郭成安知情，谢夫人从何得知?

天幕黑漆漆的似随时要兜头罩下，魑魅魍魉在黑暗里蠢蠢欲动，看不见的陷阱密密等着，暗箭随时射过来。

满心的郁闷无处排解，方临汝不自觉又往明瑟馆走去。

院门前停下，看着里头黑漆漆一团，自失一笑。

何栎去找方诚，没那么快回来，自己竟糊涂了。

转身间，背后站着一人，吓了一跳，定神看，拍着胸膛：“表哥，你回来啦，一声不响吓我一跳。”

“方才喊你了，你没听到。”何栎微微笑，心情雀跃，早先的失落烟消云散，“找我有事？”

方临汝点头，恹恹无精打采，把方姜氏找她的经过说了，道：“谢夫人若是从郭成安和林源那里得的消息，自阿爷去世后，她突然频频登门就很可疑了，若说是府里前天侍候宴席的婢女泄露了消息，不大可能，侍候饮宴的，都是先前玉澜堂侍候阿爷的人，极口紧的。若她是从郭成安林源那边听的消息，我母亲居然不知道我订亲一事，这会儿怕是已传到郭林二人耳里了，他俩接着发难就在近日。”

何栎沉吟，看方临汝满面倦色，道：“你回去洗漱消消乏，我先去查一下，看看侍候宴席的人前晚到现在有没有出过府，便知道谢夫人是从哪听的消息。”

方临汝确实很累，束胸壮腰，还有粘在脖颈上的假喉结，天气越来越热，实在难受，也不推托，道：“有劳表哥。”

两人分手，方临汝回漱石榭，解了束缚卸了伪装，热水洗漱了，浑身轻松，出来时，绝丽的面庞更加明艳，俊美骄矜里带着几分慵懒，一双点漆研墨的眼睛浸了一汪秋水，潋滟水润。

何栎进门，抬头瞥得一眼，呼吸急促，勉强忍着，面上如常般平静，陪着方临汝地台上坐下，低声道：“查过了，那几个人都没出过府。”

方临汝霎地坐直身体，面色冷沉：“如此说来，谢夫人跟郭成安林源勾搭到一起了，这些日子频频造访，也不知从母亲那里打听了多少方家的秘密，幸好扇面美人的事，阿爷并没告诉母亲。”

“你方才提醒姨妈提防谢夫人没？”何栎问。

“提醒了也没用，母亲那人对谁都掏心掏肺，我这头叮嘱她，回头她对谢夫人实话实说，反为不妙。”

确是如此。

何栎轻叹，注目看着方临汝，想着她一个女儿家在商场行走已是艰难，母亲还不体贴，顿时心脏生疼，怔了怔，望向书房，又极快地收回目光。

崇徽在方临汝进门时便知道了，方临汝不找他，闷闷不乐地看了会儿书，听得何栎来了，书看不进去，满心的不自在，把书册翻得哗哗响，雅致修长的手指，骨肉匀润，虽说服了药不似男人，却也不是女儿家的纤弱，生得恰恰好，粗一分嫌壮了，细一分嫌弱了，跟那张脸一般，见之令人惊艳，但自己却不觉得，只烦恼自己不如何栎，不能让方临汝倚重，彼此无话不谈。

“物竞天择适者生存，谢家的败落，谢天的死，都非阿爷所为，谢夫人要对付方家，好生没道理。”方临汝“啪”一掌落在矮案上，眼中掠过一道冷酷阴沉的杀意。

崇徽吓了一跳，他见过的方临汝一直是温情脉脉，翩然淡雅的，看何栎，何栎毫不意外，端着茶盏的手稳稳的颤都没颤一下，闲闲地啜了一口，道：“有句话叫迁怒，谢夫人嫁进谢家时，谢家无限风光，短短几年，夫死家败，有怨气也是自然。”

崇徽听不到他俩的说话，只觉他俩眼神交流，言语交谈，无处不契合。

嘴唇咬破了，腥涩的铁锈味，怔怔看了些时，回头看书，一字一字咀嚼，心中发誓，定要超越何栎，让方临汝用看着何栎的眼神看自己。

“谢夫人果是跟郭成安勾结，郭成安背后又有林源，麻烦不小。”方临汝道。

前些日子她想为方游丰求娶谢家的女儿，何栎反对，此时理了理眼前困局，道：“不知谢家那女儿如何，若笨些拙些，为大郎求娶，方谢两家本无直接仇恨，冤家宜解不宜结，联姻兴许是化解的好办法，谢夫人要是答应方家的求亲，她只得一独女，女儿嫁入方家，也便不会跟郭家勾结了。”

方临汝想要的是谢家女儿美貌如谢天，性情彪悍如谢夫人，能驯服方游丰，撑起方家长房，何栎想的，却是笨些拙些，与方游丰般配便可。

方临汝没纠正他的说话，此举不失为分化瓦解敌人的办法，点头赞同，道：“明日我便陪母亲登门拜访谢夫人，顺便打探一下她跟郭家的联系有多紧密。”

方姜氏听说方临汝要陪她拜访谢夫人，也没多想方临汝每日事儿那么多，怎么有空陪她登谢家门。孀居寂寞，谢夫人时不时过来，颇谈得来，自己极愿意与谢夫人亲近，欢喜得紧，高声唤备礼物。

银杏、翠翘库从房里挑了又挑，捧了过来给她过目，她却不满意，银杏两个又重挑，来回走了好几趟。样样都是极好的，有白玉雕的梅寿长春摆件，梅树干骨骼清奇，梅花纯净如水，雕工精致细巧。有紫檀扇屏，昂贵的紫檀木为骨架，翡翠和玉石珊瑚珍珠镶嵌堆砌了喜鹊闹梅屏风面，她都不满意。银杏两个又拿金镀银成套酒具，金平脱犀头匙箸、金银平托盘、八斗金镀银酒瓮，无比精致，也就方家巨富，方拿得出来。

方姜氏还是摇头。

银杏、翠翘问她想送什么，她又说不出。

两个无奈，相视一眼，再走库房，拿来的是这个月刚出的岳州沼湖含膏新茶，方姜氏还是摇头，蹙眉道：“不好！”

方临汝一旁看着，灵机一动，笑道：“谢家当年也是富贵之家，家底不差，这些东西谢夫人见得多了，不稀罕，如今谢家冷寂，咱们送这样的礼，又有炫耀之嫌，谢夫人只有一个女儿，想必是极疼的，依我说，也不必再找了，去秫香楼，把我往日从外面带回来给枫娘的那些玩物装上一箱来，我跟母亲带过去。”

方姜氏凝眉细思，大喜：“还是你想得周到，可不是，就送那些好了，你带回家那些玩物古朴有趣，新奇得很，别说枫娘，我看着都怪好的，谢小娘子跟你们差不多年龄，想必喜欢的。”

母女俩出门，方姜氏乘马车，方临汝骑马，谢夫人往日来，都不带婢女，方姜氏也便没带银杏和翠翘。

谢家在城南，作为润州城曾经的制扇第一家，谢家府第占地不比方府小，街口早前跟方家的观前街一般也有街门，如今只四个柱礅子。

几年前有一帮纨绔子弟在城中跑马经过，一人打马不及，撞上街门柱子，摔下马，断了一条腿，个人的错，偏赖谢家，一帮人把坊门推倒了，还到谢家门前叫嚷，要谢夫人赔偿，把谢府大门都砸了。

谢夫人孀居之人，家中没个当家男人，族人因她不肯过继儿子，跟她断了往来，也不给她撑腰，颇狼狈。后来还是方德清听说了，因这班纨绔里头有何舆，呵斥了一番，又挨个到那班纨绔家劝说，方平了事端。

事后方德清内疚，要出钱重建涯石街门楼，修葺谢家大门，谢夫人却不同意，语气坚定拒绝，方德清只能作罢。

谢府大门外跟润州城许多大户人家一般，也有威风凛凛两只石狮子，屋宇式阔敞大门。宏伟气派，深邃庄严，大门上桶瓦泥鳅脊，门檐朱粉涂漆，十几步远还有一个小门楼式墙垣门，供马车与马匹出入。

昔日玉堂金马之家，婢仆无数，客来如云，如今大门紧闭，连侧门都不开，大门门板坑坑洼洼，还是几年前何舆与那帮纨绔寻事生非石砸脚踹弄出来的。

方临汝当年听说此事，心中也怨何舆，如今亲眼看到那场欺凌寡弱的事件留下的痕迹，当日谢夫人的无助愤怒感同身受，更加愤怒。

车夫上前叩门，许久没人应声。

方临汝近前，透过窗棂往门房里头看，门房里头有床褥，看来有阍者的，只是许只值夜白日不在，或是哪处躲懒去了。

无人应声，若只是普通拜访，方临汝也便劝方姜氏回去了，今日前来有要事，默思片刻，又去敲墙垣门。

死马当活马医，不承想居然有人应声。

清冷的切金断玉之声，是谢夫人。

方临汝自报家门，里头沉默片时，接着门开了。

乍见谢夫人，方临汝呆了呆。

谢夫人一身黑色粗麻布衣裳，乌髻一点儿饰物亦无，面上没施脂粉，眉眼沉沉，憔悴苍老，那一晚方家所见那个雍容典雅，气度骄矜，风华万千的人，似乎是印在脑子里的幻觉。

难道谢家生活无以为继了？

方临汝张口，想赠钱送物接济一二，又怕伤谢夫人颜面，一时踌躇起来。

“孀居之人，无意华衣丽饰，着粗麻布，乃因今日是我亡夫忌日。”谢夫人淡淡道。

只瞬间的犹疑，她便看出来了，好敏锐！

方临汝暗赞，行礼，歉然道：“不知今日谢郎君忌日，冒昧了，汝跟母亲告辞，改日再来拜访夫人。”

“十四年过去了，无甚。”谢夫人笑了笑，低眉间，眼底凉浸浸的寒意。

方姜氏马车里听得说话，下车过来，谢夫人迎过去，眼眶微红，凄然道：“自亡夫去世，门可罗雀，妹妹肯来，我心甚喜。”

“一向仰慕夫人，只是不便打扰，早知如此，以前就来叨扰了。”方姜氏眼眶也红了。

两人手拉手，絮絮说了好一会儿话，携手进内。

方临汝一旁冷眼看，谢夫人话不多，却句句说到方姜氏心坎上，心道难怪母亲喜欢她。

谢府外头看着颓败，里头却不差，水磨石甬路，翠幛随势起落，藤萝掩映，雕甍绣槛，粉墙青瓦，不似方家富丽，另有一股雅致，可见家主是出尘脱俗之人。

一路不见婢仆，静悄悄的，方临汝暗暗奇怪，进厅堂后，谢夫人请落座，方临汝笑道：“谢郎君忌日，汝是晚辈，当亲奠，劳夫人带路。”

谢夫人眸光闪了闪，看方姜氏，幽幽道：“孤标傲世，风采翩然，言谈有致，仪礼周到，妹妹有子如此，此生无憾。”

方姜氏得意地笑，道：“汝郎从小就样样比人强，我夫君在世时，常叹……”霎地住口，方德清叹的是，汝娘若是男儿就好了，不便说，讪讪笑。

“为母的疼儿，儿便是一蠢才，母亲也是觉得千好万好的。”方临汝笑道，为方姜氏解围。

“为母的疼儿吗？”谢夫人喃喃，眼里盈盈珠泪滑落。

方临汝怔了怔，不知自己触动她哪儿。

谢夫人低眉，再抬头时，眼里悲意已敛去，浅笑道：“妹妹稍坐，我带汝郎去去就来。”

离正厅不远的一处院落，精致典雅，看来便是谢夫人居处，方临汝随着她进厅。

厅堂里头黑幛白幡，跟办丧事中一般，厅堂正中供着灵位，灵前地下一块跪垫，暗黑色缎面清晰的磨损，显见的，谢夫人经常在上面跪着。

谢天去世已十四年，她仍这般深情，方临汝感佩不已，拈了香，恭敬地行过拜礼，方起身把香插进香炉里。

要出厅堂时，眼角瞥到东面墙上一幅画像，方临汝霎地站住。

“这是亡夫。”谢夫人低声道。

谢天美冠润州城，果然名不虚传，只是一幅画像，便让人眼前一亮，浑然忘了凡尘俗世。那种美很难说清，像上等白玉，温润细腻，又像雪里红梅，满目洁白里明丽一抹艳红，又像是翱翔九天的凤凰，那样华美高贵，不语也笑，无言也动人，意蕴生动，人间至美。

方临汝定定看，眼睛细细眯起。

“我夫君很美吧？”谢夫人幽幽道。

方临汝点头，出神道：“很美。”眼睛眯得更细，皱眉苦思，“谢郎君去世时，我只得三岁，便是见过，也忘了吧，怎会觉得好生面善呢？”

“面善？你是不是见过跟我夫君长得像的人？”谢夫人蓦然变色，抓住方临汝的手臂，力道大得几乎掐断她胳膊，一双眼睁得浑圆，亮得出奇。

见过吗？方临汝细思，摇头。

谢夫人松开她，眼神暗了下去，凄凄然笑，精神失常般。

方临汝微惊，问道：“夫人是不是要寻什么人？”

“我……我……”目光涣散，空茫没焦点，半晌，渐渐凝聚起，嘴唇哆嗦些时，道，“都说有轮回，我想，我夫君一定投胎了，不知还能不能见着他。”

生死轮回不过传说，谁也没经历过，方临汝看她凄凉无助之色，怜悯之心起，不愿打破她美梦，温声道：“有缘自能相见，夫人还有女儿，保重身体才是。”

“是啊，我还有女儿。”谢夫人喃喃，“我弄没了夫君的儿子，得好生疼着女儿，不能让女儿再出意外。”

后面的话在喉底低徊，没说出来，方临汝没听到。

第十五章　美人心计

两人回到厅中，喝茶闲话，茶过三巡，方临汝把带来箱子打开，笑道：“我妹妹喜欢这些稀奇玩意儿，夫人的女儿跟我妹妹差不多大，我特意搜集了这些东西相送，不知夫人女儿喜不喜欢，若喜欢，下回我母亲过来拜访夫人，再带一些过来。”

谢夫人起身，箱子里玩物一样一样拿起，瞧了瞧，赞道：“好新奇巧妙的玩物，这礼物，真让人喜欢到心坎上了。”

方临汝说那话，要引她唤女儿前来，不料她却滴水不漏，一时不好把话题再绕着谢家小娘，笑了笑，揭过，说别的事。

“妹妹好福气，你这儿子剔透玲珑心，又贴心又孝顺，听来还疼妹妹，可把我眼红的。”谢夫人坐了回去，低低叹息。

方姜氏抑制不住得意，眉开眼笑，道：“说起来，不是我自夸，汝郎是真的没得挑，孝顺我也罢了，他妹妹身子弱，他着紧的什么似的，就前晚上，做噩梦，半夜里急忙跑去看他妹妹，后半夜都没睡，一直陪他妹妹。”

略一停，又道：“对了，姐姐昨日问起汝郎亲事时，我还不知道，原来他有喜欢的小娘子，我外甥栎郎越州老家那边的人，算起来，也是亲戚，是栎郎远房表妹，他存了心，跟他阿爷提过，他阿爷同意，因他阿爷突然去世，便没跟我提。”

“原来如此。”谢夫人笑，低眉间，眼睛眯了眯，幽幽冷笑，再抬头，怅然神色，叹口气，道，“可惜我家宁娘无缘，令郎丰神秀润，那晚一见我心甚喜，想把我家宁娘许令郎，只因方公新丧，不好提起，昨日郭夫人突然登门，为他儿子郭大郎求亲，我看不中，又不好推托，拿令郎出来抵挡，她说令郎已订亲了，方才知道。”

谢夫人原来是这样曲折迂回的原因知道自己订亲一事吗？

方临汝将信将疑，谢夫人提起亲事，顺竿子上，笑道："我虽订亲了，方家尚有一子……"

"请用茶。"谢夫人突地道，打断方临汝说话，白瓷茶盏，洪州西山白露茶，不奢侈，也不寒薄，为三人面前茶盏满上了，端起杯，啜了一口，浅浅一笑道，"你说的是方大郎？听说也是好模样，跟你兄弟情深，可羡煞人。"

这是看不中方游丰不愿意？还是跟郭家已结盟，不愿再与方家结亲？

方临汝捉摸不透，抛开这个话题，笑言其他。

将将坐了近一个时辰，不见婢仆上前服侍，谢家小娘子也没露面。

看着打探不出什么，方临汝扯了方姜氏袖子一下，起身告辞。

"得空常来。"谢夫人亲送至门口。

方姜氏自是满口应好，方临汝只微笑，扶了方姜氏上马车，抓着马辔正欲上马，谢夫人忽然道："那天晚上与你在一起的是你姨表哥？"

方临汝一呆，道："正是。"

"好出色人物，下回来，不妨也带你表哥过来，宁娘喜热闹，年轻人一起玩甚好。"

这是……看不上方游丰，却看上何栋了，并不是不想跟方家结亲？

方临汝脑袋停摆，过得片时，方微笑着应下。

一路上忍不住笑，满脑子都是何栋做事一板一眼，不苟言笑，一丝表情欠奉，木头人似的，想不到却招桃花，银杏喜欢她，谢夫人眼界那么高，也看中他。

把方姜氏送到府门口，也不进门，直奔扇坊而去。

何栋南厅中案前坐着，面前一字摊开几张纸，执笔写着什么，身体坐得笔直，表情刚正严肃，跟参加科考一般，方临汝忍不住笑，何栋抬头，不知她笑什么，只知心里开了锅似咕噜噜冒泡，站起来，也跟着笑。

方临汝近前，抱揖，嬉笑道："恭喜表哥，贺喜表哥，谢夫人看中你，想你做她女婿，咱府里还有一位美人仰慕表哥，表哥左拥右抱，指日可待。"

何栋笑容僵在脸上，直直望着方临汝，方临汝笑容快活，声音调皮，何栋垂下目光，沉默着，坐回书案前，执起笔又写字。

"表哥不高兴？"方临汝讶然，男人都爱美人，她见过的莫不如此，不明白他为何不喜，谢夫人的女儿明确提了也罢，府里美人没说是谁，他竟连问一声都不问。

近前，几张纸上写满字，都是鬻扇之法，有降价、捆绑、附赠等方法，写后，又打了叉，原来这一日都是在思索没有团扇美人的吸引力如何鬻扇，一时间怔了怔，喉头酸涩，低声道：“表哥，你也别太累了。”

“哪有什么累的。”何栎眉间郁色霎时散了，掷笔，叹道，“美人团扇人人追捧，有的为美人，有的为那神秘的传说，别的法子再精妙也难追其光芒，眼看日子一天一天热了，最好的鬻扇机会若错失，可就难了。”

“再想想吧，总有法子的。”方临汝道，把走谢家一趟的事细细说了，让何栎帮着参详。

“听你这么说，倒像是没跟郭成安勾结。”何栎同样的看法，“过几日，若是郭成安没再过来试探，差不多就可以确定。”

方临汝点头，银杏这头何栎看不中好办，谢夫人若真看中他，想他做女婿，他如果拒绝便扫了谢夫人的面子，因问道：“表哥，你不想看看谢夫人的女儿？”

“不看，没兴趣。”何栎低眉，毛笔在纸上滑动，一道道粗细不匀凌乱笔画，道，“我跟你说过，我对成亲没想法，这辈子，都不成亲了。”

年纪轻轻的就跟行将就木的老头儿似的，方临汝不甚赞同，欲要打趣，想起他坎坷的童年，想起不省事的何舆，想起愚犟不明的何姜氏，言语堵在喉中，说不出来。

不愿再惹他伤怀，笑了笑转开话题，道：“我今日在谢家看到谢天的画像，果然美极，世间罕见，天上无双。”

何栎“哦”一声，不感兴趣，方临汝提，随口问道：“比之崇徽如何？”

“伯仲之间，一时瑜亮。”方临汝道。

忽地蹙眉，蓦地想起来了，为何会觉得谢天的画像似曾相识，那是因为崇徽竟然跟谢天长得有些像。

细思，却又不像。

谢天双眸狭长，崇徽双眼更大更圆些，谢天眼神忧郁，崇徽清朗明澈，谢天脸庞轮廓分明，清雅里透着端重，崇徽是鹅卵形脸庞，更加明润秀致，至于鼻子，美人没有塌鼻的，都是笔挺的鼻梁，嘴唇的差别就大了，谢天上唇薄下唇厚，这种唇的人据说善谈福薄，崇徽上下唇一般丰润，红艳艳腻嘟嘟，美艳里透着几分可爱。

会觉得他们长得像，大概是因为两人都美得雌雄莫辨吧。

方临汝自失一笑，才要跟何栎说，外面阍者报，有客到。

何栎收了案上的纸张，扔进痰盂里，倒了清水进去浸泡。

这也忒小心了，其实撕碎即可，方临汝张嘴又合上，何栎做事谨慎小心，性情如此，何必以自己的习惯要求他，理了理锦袍，出去迎客。

客人北厅里候着，没坐，负手背对着门看着墙上方家先祖手书的商圣名言——持盈者与天，定倾者与人，节事者与地。

铁塔般的个子，静静地站着，便给人林中之王猛虎下山的冲击，来人昨日刚约见过，正是明州江氏扇行的少东家江楚泽。

方临汝微笑，拱手，朗声道："江大郎，汝有礼了。"

江楚泽回头，回以一礼，快步走近，面对面站着了，锐利的眼神定定地看着方临汝："方二郎，客套话我就不说了，请问，方家的传家宝扇，是不是那日抄家时，已被夺走？"

方临汝一呆，脑袋飞快转动，思索江楚泽这么问的缘由。

"方二郎可以用场面话应付我，但我有几句话，请方二郎听了想想再说。"江楚泽沉声道，粗浓的剑眉，凌厉的虎目，不怒自威，"订扇会那日，方公突遭不测，接下来，方家得办丧事，没开订扇会也说得过去，可方公出殡后，方二郎迟迟不举行家主接任大典，迟迟不开订扇会，眼下已入夏，鬻扇的最好时间，润州城里那日来参加订扇会的扇商滞留没走，等着方家开订扇会，方二郎自是知道的，昨日约请几位大扇商，却只字不提开订扇会的事，反状若无意流露出不开订扇会让众人订扇之意，我昨夜彻夜未眠，江氏扇行数代人鬻方家扇，与方家风雨同舟，若有需要江氏襄助的地方，方二郎尽管开口。我以为，方家若不开订扇会，当尽快用其他方法鬻扇，迟了，看穿的，怕就不只是我了。"

方临汝整个人滞住，怔怔地看江楚泽，隔着一步的距离，高大的铁塔似的身材压迫着她，那双褐色虎目，还有他的话，巨大的冲击令得方临汝脑袋一片空白，绵长的时间里，没有思想，只有眼前狂傲的猛虎一般的男人。

"江家扇行的墙上，有我曾祖父，祖父，我阿爷几代人见过方家美人团扇后，凭记忆请画师绘下来的扇面美人的画像，美人们倾国倾城国色天香千娇百媚，扇行里的伙计，对方家美人团扇历任美人如数家珍。鬻扇时，都会讲一讲方家的扇面美人，买扇的人，不拘年老年幼，均无限向往，方家的团扇比其他家的团扇定价高个几文钱，也没人嫌贵，江氏在方家团扇上，赚了不少钱，不希望方家有倾覆危机，方二郎，你明白吗？"江楚泽接着又道，定定地看方临汝。

方临汝周身汗水涔涔，双膝发软，许久，不承认也没否认，只哑声道："多谢江大郎！"

“你……”江楚泽启口欲语，方临汝摆手，低低道：“江大郎请回。”

江楚泽离去，方临汝跌坐椅子上，一动不能动。

“咱们昨日打草惊蛇了。”何栎外头听得分明，进门，在方临汝身侧坐下，为她倒了茶，“喝一杯压压惊。”

方临汝仰脖，一口干了，搁下茶杯，抹一把额头，手心湿淋淋都是汗水。

“赶紧开订扇会吧，不然，所有人都怀疑了，人心浮动，那时就迟了。”何栎劝道。

开订扇会，然后如她的先祖，在这条欺世盗名的路上继续走下去！

方临汝凝眉，半晌，无力道：“容我想想，再想想。”

其实自己心中明白，不过是垂死挣扎罢了。

若有弃美人团扇且能很好地鬻扇的方法，不等她这一代，她阿爷就先取消了。

方家需要美人团扇的光环，订方家扇的扇商们亦如此，大加宣扬，利用方家扇的神奇，鬻扇获重利，那个方家扇面美人能变大活人的谣言，说不定就是扇商别有用心传开的。

万众瞩目，无数人追捧，方家的美人团扇越神秘越尊崇，鬻方家扇越轻松越简单。

体面光鲜，名与利双收，谁都不愿舍弃，双方都再难收场。

崇徽近日沉迷于书籍里，原来就识字，又不是小孩儿，加之用心，因此学起来，可以说是日进千里。

没有先生教导，自己便总结了一套学起来行之有效的方法，先看书，逐字逐句看过，默思一遍，再誊抄，如此这般，虽说不能过目而颂，也都记住了。

字迹及不上方临汝的漂亮，与初学者比却也不差，端丽工整。

午膳时璟初唤他吃膳，人出来时，手里还拿着一本书，口中吃着，目不转睛地看着。

自然也没再当长颈鹿，院门口眼巴巴地等方临汝。

安氏来过，见他入迷看书，方临汝不让教妇德，便把人情世故跟他讲一遍，他瞪圆一双明澈的大眼，一头雾水的样子安静地听着，安氏笑得无序，喜他纯洁，也就不说了，由他自去看书。

崇徽把《仪礼》看完了，又看过《开蒙要训》，随手另抽一本，却是《三十六计》，书架里除了开蒙认字的，都是与营商有关的书，崇徽翻开，看的是兵书，微有讶异，不自觉间看得分外仔细。

看了一下午，别的不甚在意，只把《美人计》那一节来回反复看了好几遍。

看到第五遍，醍醐灌顶茅塞顿开，嘴角高高翘起，眉眼弯笑。

方临汝心事重重，晚间回漱石榭，进门看到崇徽外头坐着，宽袖白色锦袍，白云裹着玉人。微微一笑，近了，崇徽脸庞润白里透着酡红，本就美，此时更加赏心悦目，秀色可餐惹人垂涎，跟往日有些不同，方临汝讶然，寻思莫不是喝酒了，在他身边坐下，凑近，没闻到酒味。

"我这样好不好看？"崇徽抬眼看她，睫毛颤颤，星眸迷离，羞涩含情。

方临汝一呆，看一旁侍立的璟初和琬初两个。

璟初捂嘴咭咭笑："擦胭脂了，日落时突然心血来潮想抹，漱石榭又没有，我特意去夫人那要的，韶州的檀心红，等闲没处买，夫人是萃宝楼老主顾，特意给捎的，二十缗钱一盒。"语毕，进房拿了脂盒出来，巴掌大的珐琅彩盒子，盒盖缠枝莲纹，精巧秀致，打开来，里头薄薄一层脂膏。

方临汝瞠目，二十缗钱换这么一个劳什子！

"你还没说我好不好看？"崇徽抓方临汝的手臂，又忙松开，一副做贼心虚状。

好看是好看，只是……方临汝怕夸他，他往后日日要擦，二十缗钱换这个抹几次就没的东西，忒贵，而且他是男人，调脂弄粉不好，有些纠结不知怎么说好。

"不好看吗？"崇徽眼眶湿了，羞愧的懊恼的口气，自言自语道："看来这美人计也不是对什么人都有效的，或者我不算美人。"

"你……说……什么？"方临汝口吃。

"我在对你用美人计。"崇徽撩眼皮，特风情地朝方临汝抛媚眼。

"哈哈……"喷笑之声四响，不只方临汝，琬初、璟初也笑得打颤，抱肚子哎哟不迭。

方临汝笑得上气不接下气，笑了半晌，道："奶娘这都教的什么，跟奶娘说，别教这些了。"

"嬷嬷今日没教他啥，这不是嬷嬷教的。"琬初、璟初异口同声，为安氏申冤。

"不是嬷嬷教的，我自己看书学的。"崇徽扁嘴。

方临汝憋笑，喘着气道："什么书拿来我看看。"

《三十六计》好好的一本书让他看出歪门邪道来，方临汝莞尔，合上书，道：

“以后别看了。”

“你为什么看？我看你还经常看的。”崇徽指着密密麻麻的注释，“书架里都是商道的书，这本却是兵书，怎么回事？”

小白兔一点儿也不傻呢，方临汝笑了笑，耐心解释：“兵者，诡道也，用兵之道在于千变万化、出其不意，其实商道亦然……”

崇徽专注地听，方临汝语毕喝茶，他仔细看方临汝的注释，这一看，豁然开朗，咧嘴笑道：“我明白了，打个简单的比方，这声东击西计用在营商上，就是说积压的是长圆团扇，迫切地需要鬻的是它，却做出它很紧俏，积压的是六角团扇的样子，物稀为贵，越是紧俏的越受欢迎，扇商们反而都来订长圆团扇了，是不是？”

“是这道理。”方临汝嘉许一笑，心头一动，崇徽似乎对营商之道很敏感，自己和何栎人在局中，兴许还没他看得清，因道：“考考你，如今有一种商品，积压很多，往日有一巧妙的方法能很好地鬻光，今日却要另辟新径，你觉得怎么办好？”

崇徽低眉沉思，过片刻，道：“无中生有、欲擒故纵、空城计怎么样？”

“何解？”方临汝问道。

“无中生有，就是造一个比原来那个巧妙的方法更好的法子，让人迫不及待想订商品。欲擒故纵，就是明明急着想有人订商品，却装出不紧张的样子，甚至有人订时，还推三阻四不供应，制造紧张气氛。空城计就是明明很多的货，却弄出库空货缺的样子来，如此三管齐下，许就成了。”

方临汝细思，拊掌大赞：“妙啊！”

“很好是不是？”崇徽凑近，眼睛晶亮地看她。

“嗯，甚好！”方临汝笑道，压在心头多日郁结解开，眉目开朗，灼灼生辉。

崇徽察言观色，当即要奖赏：“二郎，你很开心是不？给我咬下嘴唇可以吗？”

方临汝大咳，差点儿咳断气。

琬初、璟初狂笑，一点儿小娘子矜持样儿没有。

“怎么啦？”崇徽莫名其妙，看看这个，看看那个。

方临汝抚额，时光倒流，回到那一晚，她就是被郭成安看穿女扮男装，也不去贴崇徽嘴唇。

崇徽定定地看着她，等她解释，琬初、璟初笑得合不拢嘴，眼睛晶亮等着看笑话，方临汝无奈，清了一嗓子，道：“咬嘴唇那种事，不能说给别人听到。”

“可是那天晚上很多人在旁边，我们就咬嘴唇了，咬比说更得避着人吧？”崇徽好学上进得很，不懂就问。

方临汝差点儿吐血，憋了憋道：“那天晚上事出有因，以后不行。”

“就是说，只咱们两人的时候，我就可以咬你嘴唇了是吧？”崇徽点头，一脸我懂了的表情。

“来道雷把我劈死吧！”方临汝想仰天长啸。

跟崇徽说不清，再待下去得活活憋死，起身，狼狈出门。

背后，琬初、璟初笑得更大声，“哈哈……”乐不可支，花枝乱颤。

方临汝到明瑟馆时，面上红通通还没消，何栎迎出来，看得一眼，嗓音都变了：“怎地脸那么红？生病了？赶紧找大夫瞧瞧。”

“无事。”方临汝摆手，虽则磊落，崇徽要跟她亲嘴一事说出来也难为情，只道，“走路急了，给我来杯茶。”

“果真？”何栎仍担心，见方临汝连喝两盏茶，面上潮红渐退，方略放心些。

方临汝沉了沉喘息，把崇徽说的那三计讲给何栎听，道：“我觉得可行，与美人团扇光环相媲美的虽说没有，却可造一个。”

方德清去世的前一天晚上，跟她说，订扇会后，想走一趟长安，想法结识贵人，把方家团扇打进宫廷，做成皇商，他们可以使一些人暗里放出消息，说方家已接到宫里的订单，如此一来，方家团扇又多了个卖点，皇帝的妃嫔都用的扇子，不用说便知是极好的。

此举也是弄虚作假，不过，却是一种短期手段，不像传家宝扇，还得长长久久造假，况且这一传言不由方家明着传出，只暗里散播，与方家无关，把库存的团扇鬻光，她走一趟京城，若能凭方家扇的名声打进内廷，明年就用不着靠美人团扇了，若打不进去，再想其他办法。

“欲擒故纵一招，我想请江楚泽帮忙，江氏扇行生意做得极大，在扇商中威望极高，有江氏配合做内应，事半功倍。”方临汝道。

“怕不怕露了命门给他，以后被他当刀子捅过来，借此要挟咱们。”何栎有些担心。

方临汝低眉，灯火落在她脸上，脸庞轮廓明晰，眼睫打下浅浅一圈阴影，手指曲起，有节奏地一下一下敲击案面，过片时，缓缓道：“我觉得他信得过，没江氏相帮，这计策很难万无一失。”

何栎心中觉得千百计不如美人团扇来得安然，方临汝坚持不肯用美人团扇，只得顺着她，点头道：“好，明日我便着手安排。”

“需要江氏帮忙一事，我亲自去找江楚泽。”方临汝道。

“我陪你一起去吧。”何栎道，自从知道方临汝是女儿身，再也不放心她一个人与商户接触，总怕她着道儿。

方临汝想拒绝，目光对上，何栎眼里忧虑担心关切，柔软的心脏被重重一击，痉挛般的麻痹，眼眶发热，莫名想哭，深吸气压下，微笑着点头：“有劳表哥。”

何栎看看更漏，戌时末，道：“今晚就去找他吧，他今日刚来过，趁热打铁。”

方临汝正有此意，两人一起出门。

尘里客舍天字号房里，江楚泽与江尔林对面坐着，矮案上摆着棋盘，棋子七零八落，都是随手掷的，并没在下棋。

“你觉得，方家的美人团扇真的已丢失？”江尔林道。

“应该是的，若没丢，方临汝虽说以前不当家，但跟随方公商场行走多年，当知眼下是鬻扇最好时机，过了这个时机，市场便让其他制扇之家的扇子占领了，订扇会拖不得，郭成安这些日子一直在扇商中走动，他应该也是知道的。”江楚泽道。

“方家团扇若没美人团扇光芒，也只是普通团扇，咱们还要鬻方家扇吗？”江尔林犹豫。

“方家团扇是普通团扇，郭家的亦然，从规模、信誉、东家为人等各方面考量，方家跟方临汝显然比郭家郭成安强，咱们家扇行鬻方家团扇近百年，肯定不换。”江楚泽道。

江尔林沉吟些时叹道：“随你吧，阿爷老了，扇行以后靠你了。”

江楚泽拨弄棋盘上棋子，微有焦躁：“我今日说得那么明白了，不知方临汝信不信我，咱们家打定主意跟方家合作到底同舟共济，还得方家不倒才行。”

“他若不信你，又拿不出美人团扇开订扇会，你还坚持跟方家共进退吗？”江尔林问道。

江楚泽沉默，起身，来回不住踱步。

“两位郎君这边请，江家郎君就是住这间客房。”声音从外面传来，接着，敲门声响起。

江楚泽与父亲交换了一个眼色，霎忽间，喜上眉梢。

方临汝前头进门，何栎随后，反手掩上房门，方临汝拱手，打过招呼后，长揖到地："求江郎君江大郎相助，汝在此拜谢！"

"不必多礼，有事说事便可。"江楚泽一把托起来，粗壮的手臂，铁钳似的手指，力拔山兮气盖世。

方临汝清清雅雅秀致飘逸，便是想再行礼，也不能了。

方家团扇本就欺世盗名一事，不能说，方临汝也不说美人团扇没丢，只道："汝求江郎君跟江大郎之前，有一话相告，汝对两位并非全无隐瞒，有关美人团扇的事，汝不能实言相告，两位且先考虑些时，再说愿不愿意相帮。"

江楚泽有力地挥手，道："你来此，足见信得过我们，有些事，非不言，实不能言，有所隐瞒应当的，我跟阿爷不问，你只说需要我们帮忙做什么即可。"

半个时辰后从客舍出来，方临汝周身轻松。

何栎也是笑意隐隐，道："看来，江楚泽父子是真心要帮方家。"

"是啊！"方临汝点头，"商人逐利，可也不乏重情重义之人。"

"有他们相帮，定能成事。"何栎信心十足，夜色深沉，看方临汝，心疼不已，自己也不察的温柔口气道，"回去安心睡一觉，明日不必早起，我来安排便是。"

方临汝立马应好，低笑道："表哥，我感觉阿爷虽然去世了，可是还是没少了疼爱，表哥对我真好，比我阿爷还疼我。"

何栎一呆，心口生疼，疼痛之后，欣然道："汝郎若不嫌弃，以后我把你当亲妹妹和女儿般疼。"

"求之不得。"方临汝挤眉，调皮地笑。

扇商们之间流传开，道是方家团扇得宫里贵人看中，已签下订单，供给内廷，故夏日到了，鬻扇的最好时机，方家却静悄悄的不提开订扇会。

有人悲伤见不到今年的扇面美人，牵肠挂肚，立夏日千里迢迢赶来，为的便是订扇会上看一眼团扇美人。更多的人是焦急，怕方家团扇进内廷，对民间生意不在意，往后无方家团扇鬻，要知道每年鬻方家团扇的盈利可是不少。

扇商们纷纷到方家扇坊打听，谁知大管事何栎很忙，每回说上两句，便有阍者报贵人找，急急离去，方家的新任家主方临汝根本不露面，他们见不到。

众人忧急，纷乱里，江楚泽提出，大家不妨先少订一些扇，反正少订些，后来若还开订扇会，订扇会上再多订，若没开，那时再想想怎么办，率先订了扇。

众人相继效仿，方家接了订单，却没足量供应，拦腰斩，要一万把的，只批五千，要两万把的，只给一万。

扇商们到方家扇坊提扇时，库房打开，往年订扇会后过来提扇，库房堆得满满的，这当儿，空了十之七八，没多少扇子。

江氏在扇商中生意做得最大，往年订扇会都订三四十万把扇，这当儿，不管有没有现货，定了八十万把扇，方家批了四十万把，江氏当即把钱付了。

观望的人见江氏出手，不少人跟进，估莫着自个儿扇行的销量，也不等开订扇会了，争先下单，都把要订的数量翻一倍，方家拦腰斩，正好合适，把钱都付了。其他人一看风声，再迟，恐怕排单得到夏日以后，那时，鬻扇的最好时间已过，急急忙忙也跟着下单付钱。

不到半个月，扇坊里库存的团扇被订空，方临汝大喜，戏要做足，暂时间也便不按扇坊既成行规，夜里在扇坊挂起灯笼，做出扇工们日夜赶工的样子来，又过半月，陆陆续续把各扇商的订单都交了货，方公布消息出去，今年家主新丧，不开订扇会了。

扇商们虽说因看不到扇面美人沮丧，想着还有家主继位大典可以看到扇面美人，也便安然。

方临汝备重礼到尘里客舍谢江楚泽父子，他俩却已离开润州回明州。

危机解除，郭成安这些日子也没再来试探，看来谢夫人果真没跟郭家勾结，方临汝周身轻松。想着崇徽献计之功，不能给他咬嘴唇，带他出去走走却是无妨，流觞轩已收拾停当了，崇徽却一直拖着不肯搬去，寻思着带他出去走一走，让他见见世情，知道男女之防，回来后让他搬出去，想必也容易些。

这些日子和何栎两个人操碎了心，每日仔细听派出去察看扇商们言行动向的人的禀报，了解扇商们的一言一行，及时调整策略。跟江楚泽暗里通气，定应对之法，劳心费力比任何时候都甚。她躲起来不见扇商，略好些，何栎则累得两眼血丝密布，眼眶青黑，让他歇一歇，一起出去散心也好。

这晚，何栎在漱石榭用晚膳，膳毕，崇徽也在，方临汝便把打算跟他俩说了。

何栎低眉，沉默片刻道："资金回笼，该把欠材料供应商行的账核对一下，跟他们结账，接着要清盘一下库存材料，再下订单，这些事虽说有下头各分管事做，咱们自己也得过问，你去吧，我留扇坊核对。"

“就是要让你歇一歇，天大的事先搁一边。”方临汝摆手，强硬地行使家主权力。

崇徽听何栎不想去笑得咧开嘴，一口白牙亮光闪闪，见方临汝坚持要何栎一起去，雀跃的眼神暗了下去，方临汝望他时，绞着袖子，期期艾艾道：“我要看书，《陶朱公生意经》昨日才看了几章，得趁着小有心得看完。”

“又没先生查你课业，什么时候看不行？”方临汝点他额头。

崇徽乌黑的眼珠子滴溜溜转了转，谄媚地笑，热切切地望着方临汝：“何大郎得查账，要不，二郎，你也别出去了，在家歇息，顺便教教我，书里面虽然有你的注释，但不如听你讲理解得透彻。”

何栎低垂睫坐着，闻言霎地抬头，看他，又自失摇头。

崇徽洁白无瑕，于世事上头懵懂迷糊，没有心计，自己想多了。

“别太用功了，小心读成书呆子。”方临汝看他笑得弯弯的一双眼，恁地可爱，更想带他出去走走，见识一番世外风光，当下蛮横道，“都不准推托，明日一起出去。”

一言九鼎，何栎跟崇徽只能听从。

次日方临汝起床，崇徽也起来了，装束妥当等着她。

月白颜色大翻领胡袍，窄袖，贴身顺服，衬得整个人格外高挑挺拔，万里挑一的好身材，头上戴着搭耳帽，多数人在冬日用以御寒的便帽，一般用厚实的羊皮做，他戴的则不然，用白色绫绢制作，轻薄凉爽，帽顶尖耸，两侧缀下护耳，恰好遮了他缺一角的耳朵，足蹬高脚靴，风流矫捷。

虽则衣裳里头穿着垫棉花的裹胸，胸脯鼓起，又美得雌雄莫辨，但看起来，给人的直觉，还是男儿。

城中闲逛不知会不会遇上郭成安，若是女扮男装也不怕，然则本就男人，却怕人家看出他是男的，方临汝想让他改穿襦衣长裙，见崇徽一脸兴奋雀跃，遂改口，只让他摘了搭耳帽，改戴帷帽，绛纱网帷下垂至颈，戴上后，挑开门，帽裙后面垂颈前头露面，将将遮了耳朵。

这种帷帽只小娘子戴，视线望去，帽子在头上，先夺了眼，不自觉地，便会给人留下他是小娘子的印象。

崇徽摸摸帽子，不甚喜欢，方临汝让他戴，他不反对，一脸乖巧的模样。

方临汝本也是穿胡袍，但要与崇徽有区别，就回房换了一身蓝色箭袖劲装，身姿标枪似笔直，头顶束发还如平时，简单一根乌木发簪，清爽利落。崇徽不错眼地看她，眼神黏糊糊好像不会转动一般。

琬初、璟初看惯了，习以为常，即便方临汝微有不自在，也没多在意，只何栎看到时，视线略停了停。

既然是闲逛，几个人也不骑马，步行悠哉悠哉地出门。

天空澄碧清透，飘着几朵白云，屋宇楼阁在浅淡晨光里旖丽精巧，树木花草生机旺盛，蓬蓬勃勃。

五个人中，崇徽美貌倾国倾城自不待言，方临汝风采无双，何栎眉头略松开些，不那么端重严肃，也是极出色的人物，琬初、璟初俏丽娇美，路上走着，自成风景，引得无数路人注目。

有认识方临汝与何栎的，纷纷过来打招呼。

崇徽在那些人恭谨地与方临汝问好，呼方二郎时，咧开嘴笑，待见那些认识方临汝的人，也都认识何栎，用跟方临汝打招呼时差不多的神态跟何栎打招呼，笑容便留不住了。

出府走了三条街，崇徽几乎要哭起来，心中两个小人打架，一个叫着要回府，一个不舍，还想跟方临汝走下去。

虽说一行五人，可方临汝一路走来只看着他，给他讲风物习俗，介绍各商行里的各种物品听，路边有耍猴儿的，本没停步，见他多看几眼，便停下来，陪他看。

方临汝想着他在紫竹园中与世隔绝，十八岁了却还是垂髫小儿心思，都是方家造的孽，自是惯着他。琬初、璟初虽说不常出府，到底一年里头也能逛个几回，何栎在外时常行走，见惯热闹的，多照顾崇徽些，也没觉不妥。

一行人走了两三个时辰，至未时，肚子叽咕响，方想起要吃午膳。

崇徽一向不挑食，何栎虽说吃食不讲究，迎宾楼的水晶肘子和荷叶鸡却颇喜欢，方临汝因而提议到城中迎宾楼。

琬初道："此时过了饭点了，不知还有没有水晶肘子和荷叶鸡，婢女先行一步过去交代。"

"我陪你。"璟初道。

两人快步先去，方临汝则带着崇徽与何栎缓行。

何栎在漱石榭吃过很多次饭，崇徽门儿清，霎时喉间打翻五味瓶，又酸又辣又咸，酸味儿一枝独秀，面上还得摆着笑容，心中的小人跑出来，嗖嗖直放飞刀，不知扎谁好，方临汝对他好，琬初、璟初两个对他也好，何栎待他其实也不差，把他从紫竹园带出来，连夜回紫竹园给他拿衣裳，跟方临汝在一起也是为着方家生意，扎他飞刀不行，能扎的只有自己，一刀接一刀，把自个儿捅得心口生疼。

迎宾楼是润州城颇有名气的食肆，两层小楼，单檐九脊顶，门前三重阶，蝠云瑞祥纹隔子红漆门扇大敞着，但若想从大门闲适入内，便只能两人并肩，不自觉地，方临汝便快行一步与何栎并肩，把崇徽撇在后头。

崇徽满腹心事，还没忘跟紧方临汝的脚步，陡然间被撇下，呆得一呆，脑袋昏黑，醋味儿干翻了理智，一只脚不假思索地朝前伸出，悄悄绊向何栎。

何栎身体朝前倾，里头恰好一人走出来，直直扑到那人身上，去势沉重，正好把那人扑倒了，上下重叠，严丝合缝。

方临汝眼睛往里瞧着找琬初、璟初，听得“砰”一声响，侧头看，方发觉，连忙上前，扶起何栎，又去扶底下那人。

那人一袭天青胡袍，头顶束发插一根白玉簪，十四五岁年纪，粉面朱唇，眉清眼秀，一个绝美小郎。方临汝暗赞了声好出色人物，启唇，微微一笑道歉，那人瞥一眼方临汝，骂道：“金玉其外，败絮其中。”方临汝愕然，那人望向何栎，啐一口，又大骂，“登徒子，光天化日非礼人，不要脸。”口中说着，抬脚朝何栎踹去。

何栎狼狈不已，本就不是能言善辩的，此时满脸通红，讷讷不能言。

骂“登徒子”，这人是……方临汝目光从那人胸前瞟过，颤颤耸起，原来是个小娘子，也觉尴尬，赔礼不迭：“误会误会，我表哥非是有意，只是一时没走好。”

“没走好，说得轻巧，抱歉，我手不留神……”女子泼辣如母夜叉，举止甚是粗鲁，伸手“哧”地一声响，何栎的襕袍衣领竟让她撕开了，深开到腰间，长裤裤腰隐约可见，女子却还不罢休，又去撕何栎中衣。

何栎闪避，不敢再与女子有肢体接触，女子骂登徒子时一脸端庄节妇样儿，此时却不避男女之防，她比何栎矮些，额头快贴上何栎下巴了，纤纤素手抓着他中衣不放。

方临汝上前拦。

女子瞪她，大叫：“一人非礼我还不够，你也要非礼我吗？”

方临汝省过来自己外表是男人，收手不迭。

“哧哧”又是几声响，何栎的中衣被女子撕开，敞胸露乳。

何栎臊红了脸，方临汝也是慌不迭地移开眼。

女子至此还不罢休，还要去撕何栎裤子。

“琬初、璟初。”方临汝急得大喊，琬初、璟初过来，上前拉那女子，那女子生得娇美，力气却极大，轻轻松松地拨开她俩，两人跌倒地上，眼看何栎裤子都保不住了，琬初急得大喊：“何大郎你快跑！”随即死死地抱住女子的一条腿。方临汝此时也顾不得男女之防了，酒楼里许多食客，齐刷刷地看过来，身为方府大管事，不少人认得何栎，大庭广众之下裤子被女子扯掉，传开去，往后也不必在外行走了。想到这里方临汝上前抓住女子的手把她后扯，璟初也爬起来了，抓那女子的另一只手，三人合力，堪堪把她从何栎身上拉开，何栎不只脸红，耳朵脖颈连同胸膛都是红的，羞红了脸扭头走。

“登徒子，给我站住。”女子大喊，竟是天生神力，方临汝、琬初、璟初三人也没拦住她，被她甩开，一阵风似的朝何栎追去。

何栎狂奔，女子在后面大喊大叫，不肯作罢。

方临汝抚额，急忙追去，琬初、璟初两个紧跟着追上去，崇徽不承想自己不经意一个小动作弄得何栎如此狼狈，后悔不迭，也忙跟上。

正午时分，艳阳高照的时候，树叶都有些萎，行人避着阳光树荫下行走，他们几个路上狂奔，引得众人齐齐侧目。

第十六章　噩梦纠缠

女子体力极佳，追着何栎跑出三条街也不停下。

方临汝喘吁吁几乎断气，双腿灌铅似的沉甸甸提不起来，琬初、璟初也跑不动了，拖着腿一步一步挪，崇徽悔恨不已，跑不动也要跑，原来跑在最后面的，后来便越过方临汝三人，紧随女子后面，将将跑过第四条街，何栎跑不动，被女子逮住，崇徽随后追上，此时也顾不得被方临汝知道讨厌他了，大叫："你放开他，不怪他，是我不好，我伸脚绊他，他才摔倒的，恰好你从里面出来撞上，都是我的错，你要撕衣裳撕我的。"

语毕，"哗哗"扯开胡袍，又扒开中衣，里头葱绿裹胸，粉红丝线绣大朵荷花，再扒开，便露出胸膛让人知道他是男人了，想到方临汝让他在外头扮女人，顿时犹豫起来。

"行了，别扒了。"女子大叫，近前，替崇徽拢起中衣拉上胡袍领子，啐了一口，悻悻道，"不知羞耻，有伤风化。"

崇徽不知这两话何意，圆睁眼看着她，乌润润的眼睛，明澈如水，女子不自在，别开眼，道："你是小娘子，岂能当街扒衣裳。"

崇徽受教点头，看向何栎，何栎脸庞红得要滴血，额头上密密汗水，内疚不已道歉："对不起，我不该绊你。"又看女子，"你不让我扒衣服，就是不追究了，是吧？"

女子眼神闪烁，看看何栎，何栎红通通的脸庞，眉眼间的端正严谨弱了，别是一番味道，鼻子里哼了一声，道："虽然是误会，可他实打实趴我身上了，得让我趴回来。"

方临汝与琬初、璟初追过来，一齐瞠目。

何栎剧咳，几乎将肺脏咳出来。

“趴回来吗？”崇徽看看女子看看何栎，道，“也行，他趴你，你趴他，就抵消了，两不相欠。”

女子昂头，孔雀开屏般不可一世状，眼角瞟着何栎说：“还不快躺倒。”

方临汝几乎晕倒。

这是什么家庭教出来的，似是知道男女之防，又似不知，跟崇徽一般飞出天际的奇怪想法。

看来跟她说不清，她似乎也不肯罢休，如果再追跑几条街，大家命都送了，只能设法找她爷娘解释了。大唐男女之防不严，虽说肌肤相亲，然无心之失，不至于多大罪，方临汝笑笑，道：“方才跑出很远，娘子想必也累了，我们送你回家，在令尊令堂见证下道歉可好？”

“我母亲才不管这些琐事呢。”女子撇嘴，斜眼看何栎，道，“罢了，带你去见识见识我家也行。”

说着，迈步前头走。

何栎拢好衣裳，埋着头，恨不能羞死过去，本不想跟，但君子端方，趴女子身上是他不对，道歉应当的，含羞忍耻跟上。

一行人行至涯石街，女子昂首阔步往里走。

方临汝呆滞，看向何栎，何栎也呆了，两人相视一眼，何栎往来路指了指，方临汝略一迟疑点头，何栎缓缓后退，退了数步，转身离开。

崇徽呆怔怔地看门楼墩子。

“走吧。”方临汝拉他。

“这是去谢府的路吗？”琬初小声问，她没来过谢府，不过，谢家之名听说过，何舆当年与一帮纨绔推倒了谢家街口门楼的事也知道。

方临汝点头。

璟初长吁一口气，小声道：“她是谢夫人的女儿吗？看来容易了结了。”

方临汝像霜打了般无精打采，此前满心里想着，谢夫人看中何栎，看看谢家女儿如何，让何栎娶谢家女儿也不错。如今，谢家小娘子美倒是美，那性情，嫌命长了才敢娶她。

崇徽的眼直直，越往里走，脸色越白，后来，竟然雪白得没有半丝血色。女子越过正门，到墙垣门前，推开门板上小圆洞扣板，腰间解下钥匙去开门，崇徽看看墙垣门，又看看正门，身子跟被雷击到般簌簌发抖，额头黄豆大汗珠一颗接一颗滴落，抓住方临汝的手臂，颤声道："二郎，我不舒服，我们走吧。"

到门上了，何栎已离开，她再走不好，方临汝看崇徽很难受的样子，只当他方才跑出太远跑得太快身体不舒服，遂也不勉强他一同入内，吩咐琬初、璟初："你们扶崇徽回去。"

在外面开门探手入内开门不便，女子好些时才开了门，回头看，只有方临汝一人，拧紧秀眉，恶声道："怎么只有你一人，撞我的登徒子呢？"

"他衣裳敞开了，见令堂多有不便，回去换了衣裳再来。"方临汝从容道。

女子哼了哼，信以为真，口气好了些："若不来，我可不饶他。"

两人入内，方临汝前些时才来过，熟门熟路，女子带着方临汝直往看着是谢夫人居处设谢天牌位的那处院落去，方临汝留意着，一路上还是没有下奴的影子，不觉犹疑。

偌大的府第，难道谢夫人一个婢仆不留，只她母女两人？

谢夫人堂前跪着，跟那日一般的黑色粗麻布衣裳。

方临汝呆了呆，不是说只有谢天忌日才那般吗？日日如此，十四年了，这得多深的情！

"母亲，我回来啦。"女子脆生生喊，蹦蹦跳跳地入内。

"午膳吃了没？今日可快活？"谢夫人柔声问，摸帕子为女儿擦汗，动作轻柔，似乎女儿是玉雕的人儿、雪堆的肌肤，略使力些，便会伤了女儿，其中饱含的深情，令人震颤。

"吃过了，在迎宾楼吃的，母亲不喜外面吃食，我便没给你带。"女子笑嘻嘻道，略一顿，嘟嘴，恨恨道，"出酒楼时，有个登徒子把我扑倒了，压到我身上，我带他们回来，当着母亲的面，给我道歉。"回头指方临汝。

方临汝讪笑，施礼。

谢夫人至此才看到方临汝，眸光闪了闪。

"一场误会。"方临汝歉然，三言两语解释了经过，因不愿何栎娶谢夫人的女儿，怕谢夫人要他负责，并不说扑倒谢夫人女儿的是自己表哥，只称同伴，又道："是汝未婚妻小孩子心性，方弄出这事。"

"那美人是你未婚妻？"女子眼睛晶亮，对谢夫人道，"他那未婚妻好美，跟阿爷差不多的美，雪堆玉雕的美人儿，在她跟前，都不敢喘气，不敢大声说话。"

"绝色美人？"谢夫人面庞忽地绷紧，声音微有急促问道，"跟你阿爷长得像不像？"

女子蹙眉，细细思索，摇头："不像。"又道："虽说生得美，可是好生不要脸，不让我撕那登徒子裤子，就扯自己衣裳。"比自己胸脯，高高扰手，"颤巍巍的，这么高，裹胸都露出来了。"

"女的？"谢夫人皱眉问。

"当然是女的啊，不都说了吗，他的未婚妻。"女子讶然，指着方临汝。

谢夫人怔怔失神。

方临汝想起那日她的言语，想必苦寻谢天转世，听说美貌佳人，便以为是谢天投胎，不觉悯然，关切地低低喊道："谢夫人。"

谢夫人激灵地颤了一下，虚茫的眼神聚焦，弯腰施礼，道："小女无状，我夫君去世早，我怜她无父，未免娇惯了些，请汝郎莫怪。"

"不敢当。"方临汝忙回礼。

"母亲你认得他？"女子眼睛晶亮，冲方临汝笑，甜软软道，"我叫谢宜宁，你叫什么？"

"宁娘！"谢夫人低喝，朝方临汝歉然一笑，"汝郎想必很忙，你自忙去。"

她逐客，方临汝求之不得，拱手抱揖，转身出门。

"我送你。"谢宜宁大叫。

方临汝走出很远，她却没追出来。

出得谢府，方临汝快步走，深恐谢宜宁追上来。

谢宜宁被谢夫人拉住，顿足不迭："母亲你放开我。"

"不放。"谢夫人阴沉沉，手攥得很紧，谢宜宁挣扎，谢夫人深吸口气，尖声道，"他有未婚妻，你喜欢他也没用。"

"谁说我喜欢他！"谢宜宁大叫，眉眼跟谢夫人有些相似，却没她的端庄雍容，活脱脱一只皮猴儿。

"不喜欢他就好。"谢夫人淡淡说着，却还是不松手，半晌，看女儿一脸不服，叹了口气，悲声道，"宁娘，你阿爷就是被这个人阿爷害死的，你阿爷要是没死，你阿兄也不会走失，咱们也不会孤女寡母遭人欺凌，你看咱家的门楼，就是这个人的表弟带人推倒的，咱家的大门的坑洼，也是他表弟带人砸的。"

谢宜宁不挣了，怔站些时，道："可是，这个人的阿爷我看着还好啊，那时候，他表弟推倒咱家门楼，他不是登门道歉了吗？还说要出钱帮咱家重建门楼修葺大门。"

"惺惺作态沽名钓誉罢了。"谢夫人咬牙切齿，眉目狰狞，恍若夜叉厉鬼，

“那何舆不过寄居方家的一个穷亲戚，如何就有胆子带人闹事挑衅我谢家，定是受他指使的。”

“是这样吗？”谢宜宁挠头，蹙眉苦思，许久无解，喃喃，“可是母亲，我看这个什么汝人也挺好的。”

“好？”谢夫人冷笑，道，“他若是人品好，交往的必是皎洁之士，为何跟他同路的人非礼你。”

“也不算非礼啦。”谢宜宁忙忙道，“已经解释清楚了，是他未婚妻伸脚把人绊倒，我恰好要出去，才扑到的。”

“他们说的你就信？”谢夫人嗤笑，“这个人年纪不大，可心思比筛眼还多，那日陪他母亲还拜访我，世交之谊，当送古玩珍宝，再不然也是时鲜的茶叶什么的，他倒好，送的是顽物，这是打量着我疼你，投我所好了。”

“他投你所好有什么不对吗？”谢宜宁五官皱成一团。

“并无不对，只是太周全了，才得十七岁，考虑事情如此周全，心机深不可测，母亲怎么放心你跟他有牵扯。”谢夫人柔声道。

谢宜宁欲要反驳，却寻不出言语。

谢夫人温柔地笑，也不逼她，转了话题：“来，给你阿爷上香。”

方临汝回府，先到明瑟馆看何栎，大门紧闭，敲门，何栎在里头含含混混说累了，有事明日再谈，不开门。

何栎长到二十岁，跟小娘子连手指头都不曾碰过，更不说大庭广众之下上下交叠，又袒胸露乳被瞧了个遍，始则羞愧难当，后来便悲愤欲绝，男人不当有失身之说，可他便是觉得自己清白被沾污了，偏生不能诉之于口。回府后，关了门，大白天的不想唤人打热水，凉水一盆一盆往身上浇，浇了半日，脱了衣裳，搓一阵香豆面子，洗了又洗，还觉不洁，又寻桂花胰子，擦洗十几遍，香气萦绕，只还觉得脏，方临汝敲门，何栎自感无颜相见。

方临汝略站些时，不知何栎纠结，便离开了。

午膳没吃，耽误了这些时，也没兴致吃，这阵子忙，有好些日没去看方锦枫了，径自往秋香楼走去。

秋香楼跟往常一般，宁谧安静，只是，刚进门，方临汝便敏感觉察到有些不一样。

“你来啦。”方姜氏厅中坐着，招手方临汝坐下，方临汝往里张望，问道：

“枫娘呢？”

“歇午觉。”方姜氏笑呵呵道。

方临汝看她，脑筋转了转，眼睛一亮：“素心、素问两个有人害喜啦？”

方姜氏点头，笑得合不拢嘴：“两个都害喜了，王大夫今日给诊了脉，说时间还短，脉象不明显，不过素心的月事过去二十多日了，素问的也过了二十日了，约莫是怀上了。”

“太好了！”方临汝大喜，差点儿要翻筋斗庆贺。

“小声些。”方姜氏嘘了一声，小声道，“素心跟素问也在睡觉，别吵醒她们。”

方临汝合掌团团转，快乐无以复加。

素心、素问怀孕，意味着方家嫡出这一支有后，真是万千之喜。

转了些时，方姜氏身边坐下，跟她悄声商量素心、素问的身份安排。

“我跟她俩商量过了，枫儿身体不好，理不了事，你是女儿一事不能公开，暂时把她俩算你房中人，以后若是枫儿身体好转，你俩身份交换回去就得了。”

这是最好的安排了，方临汝赞成，只是还有些发愁。

素心、素问俩有了孩子，不能当一般通房看待，最好是设宴公开纳妾，给名分，可孩子是怀在孝期中，外人不知事出无奈，必定会攻讦，虽说商户人家规矩没仕宦官绅人家大，可阿爷刚去世，未足百日便传出这事，委实招人非议。

“要摆纳妾宴吗？”方临汝问道。

“她俩说不要，怕坏了你名声，害你被人诟病孝中不守规矩，说低调些吧，害喜时间提前一个半月，说在你阿爷去世前，略掩一掩众口，枫儿赞成，他也不肯摆纳妾宴。”方姜氏轻叹，道，“枫儿说，她俩就是他妻子，不是妾，也不是通房，他这身子，我也不指望他娶妻了，就这么糊涂着吧。”

方临汝没想到方锦枫如此深情，怔了怔道：“也好。”

素心、素问害喜，不能再操劳，服侍方锦枫的人得另安排。这就颇麻烦，必须信得过，还得心细做事妥帖，方临汝想了想，道：“把琬初、璟初调来服侍枫娘吧，另外，家下婢女里再挑四个稳妥的服侍素心、素问。”

“琬初、璟初不能动，你是女儿身一事，这紧要关头可不能泄露。”方姜氏摇头，道，“原来玉澜堂服侍你阿爷的那二十个婢女都是极妥当的，本待家主继位大典后你搬进玉澜堂接着服侍你，如今先调过来服侍素心、素问。四个太少了，调八个，另要再挑四个经验老到的婆子随侍，产婆和奶娘也要开始留意了，仔细挑，你亲自交代舒九娘。我身边红叶、白芷、银杏和翠翘四个都极妥当的，把银杏和翠翘两个调来贴身服侍枫儿，让舒九娘另给我挑两个补上大丫头的缺。”

方临汝应下，母女俩都兴奋异常，议好怎么安排服侍的人，又说起给孩子取名，还不知是男是女，便把男的女的名字各想十几个，絮絮叨叨直说到晚膳之时，素心、素问起来了，服侍方锦枫梳洗毕出来，脸蛋红红的，新嫁娘一般娇美。

方姜氏和方临汝的晚膳都在秫香楼吃，不让素心和素问立着服侍，小食案分散，方姜氏命人抬来大食案，团团围坐，和美欢乐。

吃过晚膳，方临汝看方锦枫精神甚好，也没离开，大家说闲话，便说起今日遇上谢宜宁一事。

方姜氏听说谢宜宁粗鲁野蛮，言语离经叛道，咋舌不已：“亏得你订亲了，不然可麻烦。”

“谢夫人后来看中表哥了，母亲，她若是跟你提起，你可不能应承。”方临汝道。

“晓得晓得。”方姜氏拍胸脯，“你姨妈是老实人，哪经得起这种媳妇折腾。”

况且，何栎是自个女儿的，虽说女儿女扮男装，不知何年何月才能恢复女儿身，外甥自小看着长大，品性好样貌好，若是肯等女儿，少不得只能委屈外甥长长久久地等着。

她提起何姜氏，方临汝敛眉不接话，怕方姜氏顺竿子上，要她给何舆和何姜氏恢复发月例钱。

方姜氏却没提，又说起其他。

方临汝暗暗诧异，不知母亲这回怎么看开了，没一意偏袒姐姐和外甥。

一旁的素心抿唇浅笑，朝方锦枫努了努嘴。

方临汝明白了，这是方锦枫背后使了力，说何舆坏话，方姜氏疼方锦枫如眼珠子，嫌恶起何舆，故何姜氏找她求情，她也不如以前般无原则地包容了。

母子几人欢笑细语，戌时初，方锦枫倦了，方临汝和方姜氏才离开。

方临汝送了方姜氏回芙蓉阁，不忙着回漱石榭，先拐去管事厅，把人事安排交代给舒九娘。想了想，怕大灶房弄的膳食不合素心、素问口味，她俩又安分守已不肯十分张口要求，秫香楼里方锦枫男扮女，身子弱又需静养，遂命把紧挨秫香楼的紫藤院收拾出来，砌小灶房，安排厨艺好的人专驻紫藤院，日常汤汤水水侍候。以后，素心、素问产子时，若怕影响方锦枫，到紫藤院也行。

戌时中，方临汝回到漱石榭，厅中静悄悄的，只琬初、璟初两个，书房中没亮灯，崇徽竟是歇下了。

“怎么歇这么早？”方临汝诧异。

“回来后，书也没看就躺下了，午膳没吃，晚膳喊他起来吃，也不起来。”璟初道。

方临汝有些担心，道：“别是哪里不舒服，请王大夫过来瞧瞧没有？”

“用不着吧？”琬初迟疑，“约莫是绊了何大郎弄出祸事，羞愧了，又怕你责怪，躲着你。”

方临汝压根没想过要责备崇徽，商场中尔虞我诈，算计人，也被人算计，说一句话都要三思，听一句话也要细细琢磨，难得见崇徽那样干净洁白里外通透的人儿，不知不觉中，卸下心防，也倾注了无原则的宽容。闻言，怔了怔，要说没啥，想起何栎当时的窘迫，又合上嘴唇。

回房，沉进热水中，方感到周身的骨头散架似的酸疼。

想起中午奔跑四条街没倒下，暗赞自己一声。转念间，想起谢宜宁，此时才体会到当年谢家族人见谢宜宁时，为何会暴跳如雷。

儿变女也罢了，那样粗鲁野蛮的举止，却是美姿容冠绝润州城的谢天的女儿，难怪谢家族人接受不了。

很奇怪的是谢夫人端庄雍容，教养极好，为何把女儿惯得这般模样，仅因为谢天去世，只得一女故娇养着不肯拘束她吗？

思前想后，出浴房时，已一炷香过去。

迷迷糊糊地刚睡过去，忽地尖厉一声哭叫传来。

“别打我，求你，别打我……”

撕心裂肺变了调的惨叫，如猎人陷阱里小兽，屠夫刀下的猪崽，猛虎尖利的獠牙下的小鹿发出的惨嚎，那样悲切惊恐。

方临汝呆了呆，一跃而起。

璟初和琬初刚回到厢房中，也被惊着了，提着灯过来，问道：“谁在叫？”

方临汝一言不发，进书房。

琬初、璟初相视一眼，一齐变色，快步跟了进去。

灯光划开黑暗，床上，羽缎落被踢掉了，半坠到地上。崇徽蜷缩成一团，缩在床角，身体筛糠似的抖，一双手不停摆着，身上薄薄的白色中衣，让冷汗浸透了，粘在身上，乌黑的头发披散开，发根湿润，脸色青白，汗水泪水交织，湿淋淋水光，嘴巴大张，不住喊：“别打我别打我，求你啦，好疼……啊……好疼……”

方临汝愣了愣，床沿坐下，抓住他乱摆双手，柔声喊：“崇徽，醒醒，醒醒……”

“二郎……”崇徽喃喃，眼睛紧闭着没醒过来，但似乎有所感，呼吸渐渐平稳，往方临汝身体靠过。方临汝抿唇，由得他靠，他蹭了蹭，心满意足“唔”了一声，自言自语：“我不怕，我逃走了，我有二郎了，二郎不会把我送回去的，二郎，二郎……”

一声接一声地叫，婉转悱恻。

“我在，别怕。”方临汝低低道，在他耳畔呢喃，“我不会把你送回去的，我不会给任何人再伤害你。”

“真的吗？”崇徽迭声问，还是不放心，“二郎，我乖乖的，你也不赶我走，好不好？。”

“不赶你，除非你自己想走。”方临汝柔声道。

崇徽咧嘴笑，眉眼开朗，那样地快活，那样地满足。

像热油淋过心脏，火辣辣地灼疼，方临汝怔坐着，许久，方把他轻轻放到床上，为他盖上薄被。

三人出书房，琬初小声道：“这是怎么回事？来咱们府之前，被人虐待过，打得很狠吗？”

岂是一个“狠”字能概括的，方临汝想起何栎讲的，想想崇徽缺一角的耳朵，十四年过去，崇徽还怕得做噩梦，低眉间，眼角洇开水光。

吩咐琬初、璟初：“我没时间陪他，你俩以后得空带他出去走走。”

多在外面走走，或许就忘了纠缠不走的儿时悲惨遭遇。

琬初、璟初忙不迭点头。

三人朝不同方向走，方临汝一脚步进房门，书房里头，崇徽尖厉的嘶喊又起，惨切比刚才更甚。

方临汝飞奔进去，崇徽裹着被子，捂着耳朵翻滚，头撞到书架，额角一块乌青，手背蹭开油皮，红红的血珠子，尖叫着哭喊：“别剪我耳朵，别剪，别剪，缺一角不好看，二郎就不喜欢我了……”

“不会不好看，很好看，我说过的，你忘了吗？”方临汝咬唇，把他连人带被子抱住，柔声哄劝，“好看，崇徽很好看，耳朵缺一角又怎么啦，多少人及不上你呢！”

“真的吗？”崇徽眼泪大颗大颗地滑落，眼睛没睁开，眼睫不住眨，水珠莹莹，桃花烟雨淡烟笼月的美。

“自然。”方临汝笑道，伸手，将他披散开的头发拨到耳后，指尖轻捻他缺了一角的耳朵，温柔地低哼，“好看，崇徽真好看。”

“那你别赶我走，好不好？”崇徽哑着嗓子问，抽泣着，不住地抽泣。

方临汝低低叹，贴着他耳根，柔声道：“刚才就说了不赶你了，我说话算数，你放心。”

崇徽满意地“唔”了一声，把脸贴住方临汝的脸，蹭了蹭，嘴角往上，满意地睡了过去。

方临汝手足麻了，许久，把他放下回房。

谁知刚躺下，崇徽又哭喊起来。

如此反复数次，后来，方临汝抱着他不撒手，方安静下来。

方临汝把那伤崇徽的人恨之入骨，思忖着把人寻出来，重重整治。转念一想，如果那人是崇徽的亲人，便是后娘，也比自己占了名分，真的找出来，崇徽的身份揭开，反而不能留他在方家，反反复复多时，许久方强压下把人寻出来为崇徽报仇的念头。

窗外突然风起，风吹过树梢，树叶沙沙的，过不多时，滴滴答答声传来，竟是下雨了。

雨声一阵急过一阵，不多时，便成倾盆暴雨之势。

方临汝静静地看着崇徽，伸手触到他脸颊，滑腻如白玉，面上神情几次转换，起先是决绝，继而是不舍，之后是怅然，最后嘴唇微微上挑，摇头，自失一笑，低叹：“真是红颜祸水，可惜我不能做商纣。”

第十七章　戏调相得

素心、素问被方临汝收房，已害喜的消息，一夜之间在方府传开。

家下婢女听说方临汝给她们专门指一处院落，拨八个婢女服侍，还有四个婆子，四个粗使，这才诊出有喜就开始找奶娘产婆了，重视程度不亚于待正室夫人，令她们羡慕不已。

柳氏听说后，当即冲到芙蓉堂质问方姜氏。

“素心、素问凭什么这待遇？纳妾的文书都没有，说得好听是通房，不好听，不过暖床的，我是郎君设了宴纳的妾，育了大郎还有雯娘、绮娘两个女儿，我只得两个贴身婢女，四个粗使，她俩凭什么越过我？”

方姜氏是个好脾气人，菩萨心肠，往日随她作张作致，只谦和忍让。这次却寸步不让，涉及她心肝眼珠子方锦枫的事，不容置喙，淡淡啜了一口茶，搁下茶盏，帕子慢慢擦了嘴，闲闲道：“柳妹妹兴许不知道，调去服侍素心、素问那八个婢女，是服侍家主的，汝郎把服侍自己的人派去服侍自己房中人，这不违例吧？至于那四个婆子，他日丰郎房里有人怀孕了，为方家开枝散叶，我也一般拨人。”

柳氏哑口无言。

“妹妹若无别的事，请回吧。”方姜氏温柔柔逐客。

柳氏怒冲冲地回至善苑，一路上，越想越恼。

这些日子受了不少窝囊气，膳食和脂粉首饰布料等都不如意，找方姜氏，方姜氏推托府里庶务都是方孝主理，让她找方孝。找方孝，方孝咬牙不松口，说这是规矩，方德清新丧，合府上下都不得华衣奢食。

柳氏哭闹几次不得逞，打听了一下，才知是何栎的主意，她恨得大骂，心知与自己那次到方姜氏面前说方临汝给方游丰涨了月例钱，没涨何家兄弟的有关。

方临汝后来下令，把何舆与何姜氏的月例钱全停了，一缗钱不发，她不知何舆意欲污辱方锦枫一事，只当是方姜氏找方临汝，方临汝拒绝再接济方姜氏亲戚，何舆与何姜氏月例钱没了，何栎为母弟不平，故搓磨报复她，却不知何栎恼的是她去方姜氏面前闹嚷，方姜氏发作方临汝，给方临汝添恼，才故意吩咐方孝，要治一治她。

方姜氏是正室，儿子现当家，柳氏无可奈何，思来想去，唯有分家，在自己儿子府中方能得尊重，想到这里跑向瑞福轩，逼方游丰分家。

方游丰每日早出晚归赌钱，起初几日大赚，后来接二连三地输，把之前赢的钱输光了，又跟柳氏要钱，柳氏不给，要他去找方临汝要求分家，方游丰不愿意，偷偷把瑞福轩的珍玩带出府典当，珍玩当完了，又当衣裳饰物。双瑞、双福吓坏了，一齐劝他别赌了，方游丰一心只想翻本，把输的赢回来，根本不听。

双瑞、双福劝不住，想找何栎坦白，又怕被责打，心中也奢望方游丰赢了，从此收手。

方游丰的心思不在府里，此时别说方临汝收两个通房，便是天塌下来，没砸到自个身上他就不当回事。

柳氏聒噪许久，他只字未听进耳，急着出去赌钱，理都不理她。

柳氏除了大骂不孝子，一肚子火，又去找女儿哭诉。

方秀绮居住的齐妆阁先到，拐进去，方秀绮案前正抄往生经，迎了出来，柳氏又哭又骂，方秀绮听了一半，当即道："母亲说的原也没错，阿娘若置气，却是不通达了。"

"给素心、素问调派人的事也罢了，我的饮食起居为何那么差，这可没按规矩来。"

这几日她到处嚷嚷这事，方秀绮已听说了，无奈得很，叹道："二兄提了大兄月钱没提何家两位表兄的，你为何要到母亲跟前炫耀？明明是奴，偏生不安分不自重，怪得了谁。"

"说的什么话，我才是你亲生阿娘，你却捧澄漪山房的人踩自己阿娘，是何道理！"柳氏大怒。

方秀绮见她说话忒糊涂，也不劝了，借口要给阿爷抄往生经，径自入卧房。

柳氏气得大骂养了白眼狼，又去找方香雯。

方香雯也正窝了一肚子火，往常方德清在时，除了份例，找他撒撒娇，便可以随时拿个十缗二十缗的钱，府里供应的衣裳首饰脂粉许多，却还嫌不足，自个儿又到外头置买，如今一概没了，因此恼恨不已。

跟柳氏一起骂何栎，骂了何栎又骂方临汝，骂方锦枫，后来连方姜氏也一起骂，骂她："阿爷在世时宽仁慈厚讨好阿爷，阿爷去世，她儿子当了家主，就换了一副嘴脸。"

又道："阿娘你是妾，到底是奴，我是方家女儿，是主子，我去找她，问她一问。"

柳氏大声叫好。

方香雯怒气冲冲，还不忘理鬓整妆，拾掇一番，自为美胜月宫仙子了，方出门。

一路扭腰摆臀，妖妖娆娆，顾影自怜，陶醉无限，眼无旁物，却不想在澄漪山房门口，一头撞到何舆的怀里。

何舆穿着宽宽松松的大袖襕衫，鲜嫩的茜草粉色，腰上一条细细的翠绿丝带扎着，楚腰纤纤，肩膀斜溜，弱不胜衣，脸庞搓了粉，白雪雪的脸，一双桃花眼格外打眼，穿在旁人身上过于娘气的衣裳，因他的美貌，不只不难看，还平添几分俊俏风流，八分人才整治出十分来。

往日，因何舆是方姜氏的娘家亲戚，又是依傍方家过日子的穷小子，方香雯正眼都不瞧他。何舆也鄙视她是庶出的，十分看不上眼，两个人没言语过。此时方香雯撞过来，何舆风月场中走，惯会装怜香惜玉，下意识张臂抱住，一手揽紧方香雯的细腰，一只手习惯性地在她屁股上揉了一下，柔情款款道："小娘子小心些，若摔了，舆可是要心疼的。"

方香雯涨红了脸，才子佳人话本看过许多，也曾想过遇一俊俏郎君，郎情妾意，婉转相就，只是方家门风严谨，未曾得便，冷不防与男人这般亲近，竟然说话不得，动弹不能。

何舆说那话时还没看清投怀的是谁，低眉一看，暗叫晦气，欲要松开方香雯，怕她回头告上自己一状，平时秦楼楚馆出入，席上都是人便啾啾亲嘴儿，把那得背人处才行得的事情当平常，一不做二不休，照准方香雯嘴唇亲了下去。

方香雯在他看时也颤着眼皮看他，只觉好标致人物，暗悔往日没留意，错过了这般出色的小郎，何舆亲下来，方香雯的身子虚软，竟然半点儿不反抗。

何舆等着一声尖叫，等着一顿怒骂，而后先发制人，说方香雯勾引自己。未料什么都没有，不觉奇怪，略略退开些，悄悄地看方香雯，只见方香雯脸颊酡红，眼底濡润，春情隐隐。何舆脑筋转了转，心中嘿嘿一笑，暗道天助我也，时不我待，失不再来，当下抱着方香雯，且亲且退，往山石后面去，背着人处，又是一番动作。

何舆这阵子过得颇有些生不如死。

被方临汝打得一身伤，伤养好了，被停了月例钱，兜里没钱没脸见纨绔朋友，府里哪待得住，憋了又憋，怂恿何姜氏去找方姜氏要钱，何姜氏还是要点儿脸皮的，没好意思要钱，只找方姜氏，话里话外要恢复月例钱，方姜氏被方锦枫耳边吹了吹风，恼何舆，只推托说方临汝此番气极了，留她母子府里住着已触怒方临汝，方临汝虽是她的儿子，却也是家主，不好十分较劲。

何姜氏无奈，劝何舆消停："你安分几日，过些日子，便是汝郎不给发月例，我也可以找栎郎要钱。"

"这种日子我还不如死了算。"何舆撒泼大闹。

何姜氏垂泪不已。

何舆接连闹了数日，忽听得素心、素问怀了方临汝的孩子，府里郑重其事，又是调婢女服侍又是挑婆子找产婆奶娘，又收拾紫藤院弄灶房，一怔之后，大喜过望。

十三酥非交合无解，那一晚被扔到远处，本以为方临汝找的何栎，谁知过了这些日子，方府静悄悄没提给何栎和方锦枫订亲的事，倒是素心、素问传出害喜了，素心、素问怀的方临汝的孩子，难道那一晚给方锦枫解十三酥毒性的是方临汝自己?

他觉得不可思议，却又想这是发财的好机会，方临汝不给他脸，方姜氏不怜惜他，那就撕开脸，直接以这丑事逼方姜氏给他一笔钱。

他也不找何姜氏了，自个儿到澄漪山房找方姜氏。

一路思索怎么唬方姜氏，不承想就撞上了方香雯。

敲诈勒索乃破釜沉舟之计，方姜氏固是心慈，方临汝却是狠辣之人，万一不顾表亲之情，把自己灭口了也极有可能的。何舆被方临汝一顿毒打，作奸犯恶的气概略弱了些，当下眼珠子一闪，一肚子坏水又起，打起方香雯主意。

虽说是庶出，到底是方家女儿，手里想必有两个钱，哄哄她，把她手里的钱骗来花，略改眼前危机也是好的。

何舆乃风月场中老手，亲嘴儿的同时，一只手乱摸。

方德清担心游丰和方香雯成亲就得给方临汝和方锦枫订亲，所以在世时一直拖着。方香雯未能嫁如意郎君，长夜寂寞，虽不曾偷人养汉，春宫画本儿却买了好几本，爱不释手地日日看，身体枝头熟透的桃儿般，想男人想得狠了，此时哪禁受得起，只恨不得幕天席地即时与何舆成好事。

何舆却深谙欲擒故纵之理，时常风月场中走，也不饥渴，方香雯虽美，却不算倾国倾城，也未能令他沉迷，略略弄了些手段，见方香雯已入釜中，也便住手，风度翩翩，柔情蜜意表白一番，又道歉："表姐美貌，致失礼，求表姐原谅则个。"

方香雯此时也不计较他是方姜氏亲戚，不在意他依傍方家过日子了，含情脉脉，飞红了脸，低头羞涩道："都这样了，还说那些做甚，趁早让你母亲找我母亲提亲方是。"

提亲！想得美！何舆心中嗤笑，面上一片怨恼之色，低声道："提亲一事还得从长计议，若被拒了，再难挽回。"

附到方香雯耳旁，无中生有胡说，说方姜氏要把方锦枫配给自己，自己拒绝了，方姜氏和方临汝恼羞成怒，停了自己和母亲月例钱，如今刚拒与方锦枫结亲便去求娶方家另一个女儿，不妥。

"阿爷和母亲不是一直属意你阿兄娶枫娘吗？"方香雯讶然。

何舆眼珠子转了转，道："你有所不知，我阿兄跟汝郎走得多了，看上了汝郎身边那个婢女，叫什么……"

"琬初？"方香雯接口，狠啐一口，道，"素日我便见她对何大郎殷勤得很，果然是想攀高枝。"

"就是她。"何舆拍手，道，"我姨妈跟汝郎把枫娘心肝宝贝似疼着，自然不允许她的夫婿纳妾，故而，这事黄了，把主意打到我头上来了。"

"依你说，如何是好？"方香雯想嫁人得紧，软软地依到何舆身上。

"我眼下尚年轻，得依傍方家过日子，没办法，过些日子，我赚了钱，自立门户，那时便是姨妈不同意把你嫁给我，我也不惧她……"何舆细细诉说前景，一副伟丈夫气概。

"那你快些赚了钱置房子自立门户。"方香雯迫不及待地道。

"可惜没本金，姨妈怕我长进，把我月例钱停了。"何舆摊手，痛不欲生。

"我手里也没钱。"方香雯皱眉。

身为方家女儿，怎么会没钱？

何舆心道白应付了那么久，将要爆粗口骂人，方香雯道："虽说没钱，首饰加起来变卖了，约莫也有二百金，你先拿了去变卖做本钱罢。"

二百金！何舆乐开了花，面上还端着，连声说不行，男子汉大丈夫，哪能依靠小娘子，又情意绵绵表白，以后赚钱了，定风风光光娶方香雯，让所有人都羡慕她。

一番窝心情话说得方香雯满心欢喜，更坚持要给他本钱，何舆略推托两句，便随方香雯到她居住的紫云阁。

进了房，少不得又是一番亲热，何舆装了守礼尊重方香雯的样子，又亲又摸，只不做最后一步，直把方香雯撩得半日工夫便对他无比痴情。

何舆卷了首饰离开，方香雯痴痴目光相送，直至人影不见了，方回头。

“大娘，你怎么把首饰都给他了，他靠得住吗？”芊月愁眉。

“我都不愁，你愁什么。”方香雯满心愉悦，方才跟何舆亲热，髻发微松，镜台前坐下，让芊月给她重挽髻，细想何舆样貌，只觉美貌异常，俊俏风流，“哧”一声笑，拿起梳子敲芊月手背，似嗔实喜道：“回头郎子赚了钱，风光娶我进门，也少不了你的好处。”

芊月愣了愣，须臾喜上眉梢，羞红了脸跺足道：“大娘你取笑婢女。”

“我哄你干吗，横竖都是要纳妾的，外头不相干的人哪有你贴心，我成亲后，一挨有身孕，就让舆郎纳你为妾。”

芊月扭扭捏捏推辞几句，也不劝香雯了，主仆两个一心一意等着扬眉吐气，一雪被欺压之耻。

两个人正说体己话儿，柳氏来了，张口便问：“怎么样？有没有把那个面善心黑的女人问住了？”

方香雯早忘柳氏吩咐自己的事了，柳氏问起，却不实说，扬起下巴，得意道：“那还用说，被我问得哑口无言。”

“那我的膳食衣裳能答应改善没？”柳氏急切问道。

方香雯随口敷衍，道：“答应了，阿娘放心。”

柳氏听得，打了厚厚一层香粉的脸笑得扑簌簌掉粉，头上赤金垂小凤钗颤颤，喜鹊登梅的样式，喜鹊眼睛镶的红宝石，嘴里衔珍珠串，晃动间熠熠生辉。方香雯把自己的首饰包了十之八九给了何舆，看着柳氏的不免眼红，半是撒娇半是讨赏，道：“阿娘，阿爷去世，我的月例钱不够添置首饰，你那边给我拿一套好不好？”

柳氏迟疑。

方香雯又道：“女儿若打扮得漂亮，嫁得如意郎君，必好生孝顺阿娘。”

柳氏想想方游丰跟方秀绮，儿女有三个，贴心的唯有方香雯，当即允了，道：“行，跟我来吧。”

带着方香雯来到自己居住的水木堂，开了七宝妆匣，她自小服侍方德清，极善媚，方家豪富，方德清只有妻妾两个，外头不嫖不赌，各地视察行走时便给她和方姜氏带礼物，首饰小件物品易带，女人又都喜欢，带得最多，妆匣里头宝石珍珠赤金等首饰应有尽有，宝石戒面有龙眼那么大，极稀罕的鸽子蛋大小的珍珠项链，上等玉石、琥珀、宝石、金子等物穿成的璎珞等，方香雯看得眼花缭乱，每一样都喜欢，每一样都恨不能占为已有，寻思着多要柳氏是不肯的，装模作样只要了一套赤金镶宝石首饰。

柳氏放了心，直夸她懂事。

方香雯强笑着，带着首饰离开，心中却眼红眼热得紧，出了水木堂，寻思着，柳氏体已自己，若能哄得她欢心，把她手里那些首饰要来，给何舆卖了做本钱，本钱多，赚得更多，自立门户就更快了。

要讨好柳氏，方才又夸下海口，说方姜氏答应改善她膳食衣饰了，遂往芙蓉堂去。

方姜氏整个心思都放在方锦枫身上，对庶出的子女不闻不问。往日方德清在世时，因她容让柳氏，对她敬重有加，又怜她操心方锦枫日夜不宁，再不肯要求她对庶子女好的，方姜氏连庶子女和妾室晨昏定省都免了。府里各人也不一处用膳，大灶房做了送到各房，各人只在自己房中膳，一年见不了庶出子女几面，方香雯什么性情，她也不是十分清楚，那日灵前芊月与碧棋产生口角，方姜氏没往心上放，方香雯进来后，扑通跪了下去，哭哭啼啼，一片孝悌神情，求她发话让下头不得苛待柳氏，只当她是真的孝顺，不觉尴尬。

“母亲心善，儿方敢来求母亲，求母亲看在阿爷面上，许阿娘安度晚年吧。”方香雯大哭，帕子来前滴了姜汁，眼睛揉一揉，霎时眼眶通红，珠泪滚滚。

苛待柳氏一事本就有些说不过去，方姜氏面红耳赤，坐不住，喊银杏：“去跟方管家说，柳妹妹陪伴郎君多年，又为郎君育了三个儿女，劳苦功高，柳妹妹的衣食起居，她若想精致些，便随她。”

银杏找到方孝传了话，方孝恼着，本不想更改，但方姜氏发话，不听忒不给主子面子。于是去找何栎问计，何栎为失去清白一事，昨日午膳晚膳都没吃，不停地洗擦，几乎不曾洗脱一层皮来，今日忍了羞耻出门理事，却不见方临汝，到漱石榭探问，原来崇徽身体不适，方临汝又是传医又是煎药的，一整日都在漱石榭陪他，更是说不清滋味，方孝询问，不得不打起精神，略一思索，道：“姨妈发话了，便恢复前例，柳姨娘若就此收敛也罢，若还猖狂，再裁减。”

方孝一想有道理，眼下先给方姜氏面子，后来要裁减还不是在他们手上，当即应好，发话下去，恢复柳氏供应。

柳氏当晚见膳食如初，先前克扣的衣饰也送过来了，大喜，盛赞方香雯贴心，从此更疼她。

方香雯眼红她的首饰，要想方设法弄了去，对她百般奉承，把她哄得更开心。

崇徽一直病着，发烧，说胡话，方临汝攥着他的手便好好的，刚松开，便哭闹起来，方临汝只得寸步不离陪着他，见他梦里几次捂耳朵，不让剪耳朵，说伤了耳朵不好看，自己就不喜欢他了，没承想崇徽这么在意，王大夫过来把脉，也便重重拜托他，帮崇徽像给自己做假喉结那般，做个假耳郭粘上去。

假耳郭粘上去，不凑到跟前仔细看，看不出罩了一层假的，惟妙惟肖，跟正常人一般，方临汝扶他起来，照了下镜子，崇徽看一眼，从迷迷瞪瞪中醒了来，睁圆眼，摸着耳朵嘿嘿直乐。

缺了一角的耳朵似乎是崇徽心病，当即如服了仙丹般，从魔魇里醒来。

方临汝长吁口气，连日靠参汤吊着，忙命传膳。

崇徽吃了饭，洗漱了，一身清爽出来，精神抖擞，不复之前病态。

方临汝见他好了，也便不再陪他，要去扇坊视事，不意崇徽死死缠着，要跟她一起去扇坊。

“二郎，我乖乖的，不说话，只做你的影子，可好？”他捉着方临汝的袖子，乌黑的大眼睛，洁白无瑕可怜兮兮的眼神。

“胡来。”外头事儿复杂得紧，别看他想出了妙计化解了翳扇的困难，也许不过凑巧罢了。方临汝拍开他手，掸袖子，指尖抚过，又复回去，触手濡湿，呆了呆，拉起崇徽的手，修长润白的手指潮热湿润，掌心抹一把，都是汗。

崇徽往回缩手，脸庞红通通，羞愧难当，低垂头，颤着嗓子道：“我不是害怕，我只是想跟二郎在一起。”

方临汝一颗心倏地收紧，“害怕”两字如钢刀从胸腔穿插而过，他竟然怕得一步不敢离开自己。

崇徽头垂得更低，十指收拢又放开，再收拢，再放开，反反复复，半晌，抬头，眼里满是惶恐：“二郎，我不害怕的，有你在，她再也不能打我了，你不喜欢我跟着，我便不跟，我在家里乖乖待着等你回来。”

方临汝捉着袖子不说话，他这样子比一个劲纠缠，撒娇装痴更让人抵挡不住，袖子被他抓过的地方，潮热的汗水已变凉，夏日里却冷浸浸的，沉吟些时，道：“换胡袍戴上帷帽，我带你一起去。”

“二郎，你真好！”崇徽欢喜地大叫，大眼睛宝石般闪亮，方临汝注目看他，在那双清澈的瞳仁里看到自己的面庞，低叹了一声，喃喃道：“但愿你以后不怪我不恨我不怨我。”

“二郎你说什么？”崇徽松了她的手要去换衣裳，又回头，羽扇似的睫毛密密匝匝扑闪。

方临汝想了想，话到嘴边没咽回去，道：“崇徽，我喜欢你，跟喜欢琬初、璟初两个一般无二。”

“我知道啊，你说过了。”崇徽莫名其妙，挠挠头，傻兮兮道，“我喜欢你，也喜欢琬初、璟初。”

“那你为什么非要缠着我，不缠她两个？”这句话，方临汝到底没说出来，只微微一笑道：“好了，去换衣服，早点儿走，扇坊一堆事等着我处理。”

时辰不早，再讲下去，今日上午都没时间理事了。

前几日刚下过雨，谢家扇坊门前泥水淤积，雨水干了后，薄薄一摊暗黄色泥浆，大门紧闭，年月久，黄铜锁锈迹斑斑。崇徽勒缰侧头看，才刚学的骑马，拉缰绳的力道没控制好，听到马儿嘶声叫，方临汝急打马回来，跟他并骑，吹口哨安抚马儿。

崇徽分毫没觉察到危险，只愣神看着谢家的扇坊，喃喃问道：“这一家原先也很气派吧？”

方临汝点头，道：“曾经的润州城制扇第一家。”

“那天撞何大郎那个小娘子，是她家的养女？”崇徽接着又问。

“不是。”谢宜宁眉眼像谢夫人，嘴唇却像谢天，一模一样，方临汝道，“你没见到她阿娘阿爷，她跟爷娘很像。”

若不是很像，突然儿变女，当年谢氏族人怕是要怀疑谢宜宁的身世了。

崇徽“哦”了一声，低垂睫，心事重重。

方临汝诧异，自紫竹园第一次见他，许久时间，从不见他对什么人和事感兴趣，兰荪跟他自小一起长大，离开紫竹园那么久，他一个字未提过兰荪，为何独对谢家，对谢宜宁如此感兴趣？

难道，他喜欢谢宜宁？

谢宜宁那性情，正常男人都不会喜欢她。

不过，崇徽也不是什么正常男人，两个人差不多的奇怪脑筋。

崇徽松缰打马前行，方临汝跟他并辔，想了想，问道："你想不想兰荪？要不要送你回去跟她见面？"

"不要。"崇徽毫不犹豫摇头，道，"她不让我来见你，回去见她，又不知要闹什么，必是拦着不让我找你的，不见。"

"那想不想见谢家小娘子，她叫宜宁。"方临汝故作随口一提的口气道。

一面说，一面细细观察崇徽。

崇徽抓着马缰的手紧了紧，秀润修长的手指，因攥得极紧，关节突起，微微泛白，迟疑些时，道："若是在外头，就见她，要是去她家，我不去。"

真的对谢宜宁与众不同！

方临汝也不知该哭该笑，这几日还担心着，怕崇徽这么粘自己，是对自己有男女情意，看来，担心是多余的。

沉沉心事放下，霎时浑身轻轻。

何栎先到了，厅中理事，听得脚步声，抬头往外看，方临汝身姿笔直，玉树般挺拔，步履潇洒，英风逼人，心口一跳。方临汝抬头看来，微微一笑，何栎回以一笑，手心都是汗，方临汝进门，背后跟着崇徽，何栎一呆，脱口问道："你怎么把崇徽带来了？"

"王大夫说他受惊吓，惊悸伤神，好容易好了，我想带他出来走走，兴许就不那么娇弱。"方临汝道，并不说是崇徽糖糕团儿粘着甩不掉，说出来忒难为情。转头招手崇徽近前，才要让他为那日的事给何栎道歉，不等她开口，崇徽向何栎长揖到地，《仪礼》上学的，展臂拢手躬身，一毫不差，口中道："那日我绊何大郎，以致起后来那些事端，崇徽向何大郎陪罪。"

何栎在商场中行走，年纪不大，胸中却是撑得起船的度量，哪会怪他。况且崇徽在他心中就是垂髫小儿，更不会计较，急扶起他，笑道："那日你已道歉过，不必再搁心上。"

听说崇徽病这几日做噩梦，梦到儿时被虐待情形，估莫着只怕也有怕自己责怪，方临汝因而赶他回紫竹园之故，又补充："你放心，汝郎不会送你回去，便是她要送你回去，我也拦着的，事过了就过了，一家子人，有些许摩擦，或者互相捉弄，方不外道。"

崇徽听他说一家子人，喉间一堵，又羞又愧，何栎待他，真真没得说，他却绊他，害他人前出丑，脸庞紫涨，眼眶通红。

方临汝怕他掉眼泪，浅笑着推了他一下，道：“扇坊你没来过，到处走走瞧瞧去。”大声喊方诚，方诚小跑了来，方临汝吩咐，“带徽娘各处随意走走。”

案上厚厚一摞账册，有对外要结的账，还有扇工们的工钱结算账，团扇材料库存账等，何栎已核对过，把重点分门别类地列在一本总结上，给方临汝审阅。

方临汝一一复核，看得头昏眼花，核账需一丝不苟，看起来浑忘了周遭的一切，直至案面颤动，何栎轻拍喊她用膳，才从账册中抬起头来。

中午扇工们各自回家吃饭，方临汝和何栎，还有方诚及几个小管事的饭食却是方府灶房做了差人送过来的，方临汝瞥一眼食案，有波棱菜、冬苋菜、胡麻粥、黄耆羊肉、生鱼脍等，是往日她和何栎两个人吃的分量，不觉皱眉：“我出府前吩咐过今日加崇徽的，怎地没加？”

“加了，崇徽跟方诚谈得正投契，要在那边跟他们一起吃，我便捡了一份送那边去了。”何栎笑道，琬初、璟初不在，铜盆早备了清水给方临汝洗手净面，又给她递巾帕，周到细致。

方临汝想喊他别这样，寻思他性格如此，不由他照顾，他反失落，也便泰然受了。

两人案前坐下，方临汝有些担心崇徽，不知他能否习惯，想去看看，又不想他粘自己，颇有些纠结，夹菜不是夹得太快，一箸接一箸往嘴里塞菜，就是嘴巴咽光了，还干愣着，箸子敲着碗沿，叮叮响。

何栎看她，眼底掠过一抹苦涩，随即平静淡然，道：“崇徽似乎对制扇很有天分，方才在刀工工坊，说刀工破竹剖丝动作有误，亲自作示范。好生奇怪，他四岁进紫竹园，当是没制扇过，然而，我看他的动作虽则一开始有些生疏，可上手很快，操作几下后便很娴熟。应是进紫竹园前学过，且是很刻苦地学，刀工按他的指点操作，果然更快捷，且劈出来的竹丝更匀称。后来去了绷扇面工坊，又指点了一下，扇工大赞，崇徽看完所有工序，从劈竹丝开始，到绷绢修边等等，独自一个人完成了所有工序，制出来的那把团扇，方诚赞不绝口，拿着给扇工传观，都夸个不停，方诚说，收工时再拿来给你瞧瞧。”

方临汝一诧之后，笑道：“润州城家家户户制扇，他家就是润州城的，小时在家学过也不稀奇。”

语毕，又蹙起眉头，沉吟思索。

“怎么啦？”何栎不解，夹菜的动作顿住。

“润州虽说家家户户制扇，但制扇的手艺强胜方家的，只得谢家一家，咱们扇坊里的扇工都是祖辈传下来的手艺，技艺精湛，我三岁起，读书识字之余，便入扇坊学制扇，至今制出来的团扇，也未能胜过谢家扇，手艺一行，一辈辈相传极严谨，崇徽的制扇手艺若是家传，岂不是说，他家的制扇工艺，远胜方家。”方临汝道。

“谢家已败落，润州城里的大大小小扇坊，我都知道的，没有一家制出来的扇能胜方家扇。”何栎道。

“也许是崇徽格外聪明些，青出于蓝胜于蓝吧。”方临汝猜测道，崇徽仅凭看过《三十六计》，便想出那样巧妙的鬻扇方法，遂释然。往日只要她回漱石榭，崇徽都不离开她，今日午膳也不回来找她，心情更加轻松，但想起崇徽似是喜欢谢宜宁，又有些担心。

何栎见她突地沉默，不由得紧张起来，注目看她，问道：“发愁什么？”

“崇徽好像喜欢谢宜宁……”方临汝对何栎无所隐瞒，把早上经过谢家扇坊时的情形细细讲给他听，道，“崇徽要是喜欢谢宜宁，可怎么办？谢宜宁那性情，若嫁进方家，怕是得鸡犬不宁。”

崇徽不可能喜欢谢宜宁，可是，为什么又会想见谢宜宁？

何栎细思，手里的箸子笃笃敲击着，忽地，双眼睁圆，见鬼了似的。

“想到什么这么惊讶？”方临汝讶异。

“听说，崇徽那日回去后就病倒了，一直做噩梦，梦见小时被虐待的情形？”何栎问。

方临汝点头，想起那几日崇徽害怕的样子，心有戚戚。

“十四年过去，没道理还怕成那样，除非是突然受到惊吓。”何栎沉吟着，说得很慢，“崇徽会不会是谢家的儿子？就是谢天出殡时，给他送终的那个儿子，那日到谢府，认出那是他家，想起儿时被虐待的情形，故而回去后做起噩梦。”

方临汝瞠目，张大口，过片刻，拍案大笑，笑得眼角溢泪，喘吁吁道：“表哥，你别是跟崇徽一起待久了，脑筋也不着正道了，谢天无妾，谢夫人是谢天子女的亲生母亲，那么狠毒地虐待一个四岁孩子，便是陌生人，只要没仇怨，也做不出来，更遑论亲生母亲。再说了，崇徽跑掉了，若他是谢夫人的儿子，谢夫人哪有不报官不寻找之理？谢夫人只得一个孩子，谢宜宁像谢天又像她，谢家血脉不容怀疑，崇徽怎么可能是谢家儿子。”

句句在理，何栎赧然，羞赧低头：“是我糊涂了，听说崇徽想见谢宜宁，还以为是血脉相连，不自觉地关心自已妹妹呢。”

“许人家血脉相连关心，就不能是动心喜欢人家吗？谢宜宁可是美人儿。”方临汝乐不可支，觉得是个天大的笑话，直笑了许久。

何栎赔着笑，心中不信崇徽喜欢谢宜宁，不想方临汝发愁，自是要设法化解，略一思索，道：“崇徽若真喜欢谢宜宁，不一定非得让谢宜宁嫁进方家，他又不是方家子，让他入赘谢家，岂不两便。”

方临汝细一想，十分在理，愁眉解开。

又寻思，崇徽虽说不是方家子弟，可跟方家渊源深厚，他娶谢宜宁，谢夫人不消说便站在方家这边，不会再与郭成安勾结了。

积压的团扇不需开订扇会便鬻了出去，方锦枫有后，最近事事如意，心头欢喜，核起账册来也不觉得烦闷。

第十八章　意浓似酒

方家如意，郭家便失意，郭成安这些日子过得甚是糟心。

方家订扇会因方德清去世而停办，扇商们滞留润州城，他挨个走动，鼓动如簧巧舌，本以为至少能拉得几个扇商订郭家扇。谁知大家都等着方家开订扇会订方家扇，若后来方临汝靠传家宝美人团扇鬻扇也罢了，偏偏方临汝没开订扇会，便鬻出近两百万把的团扇，重重打了他一耳光，甚觉脸面无光，五脏六腑尽碎。

方临汝不靠祖荫便凌驾他之上，这一场仗输得入泥地般的彻底。

入夏后第一场豪雨，郭成安借口天气不好，也不去扇坊视事，托恙，躲家中舔伤口，接连几日，连房氏过来探望都不见。

雨早停了，心中的不痛快却绵延不停，断断续续，再没个了局。

这一日房氏又来了，却不进屋，喊了一声，说送了礼物挂在门上，便走了。郭成安在床上翻来覆去些时，起身开门，当头一件暗红色小娘子穿的银片点缀红杏枝头春意闹抹胸落下，蒙住他脸，阵阵幽香，郭成安扯掉抹胸狠狠甩掉，黑壮的脸庞涨成紫红色，这几日焦灼恼恨上火，脸上的痘痘如雨后春笋勃发，密密数不清有多少粒，随着脸庞肌肉一颤一颤，重重一脚朝抹胸踩去，履底堪堪踮上抹胸布料又霎地收回。

方才看到的是香艳的红杏闹春图，这当儿，抹胸上头赫然是猛虎下山图，郭成安弯腰捡起来，原来双面不同图案，一面红杏，一面猛虎，猛虎威风凛凛，眼若铜铃，观之有呼呼林动风啸之声，边上绣着一行字——麒麟蒙光祥瑞聚，猛虎下山野狼惊。

郭成安悚然而惊。

母亲这是借抹胸问他，是要做深闺女子一般的无用之人，还是下山猛虎，威震四方。

房氏回到房中，并不着急，命月娇冰镇葡萄酒，并准备几样下酒菜，闲闲等着儿子过来。

果然才坐了不到一炷香，郭成安就过来了。

“儿糊涂，让母亲担忧了。”

“母亲长了十几岁方经得住，我儿能这么快看开看透，难得。”房氏温和地笑，招手郭成安坐下，命月娇捧酒菜。

精致的红木雕花方案，一色上品岳州瓷器具，莲瓣形大盘，缠枝莲纹大碗，双耳小酒盏，葡萄酒在白瓷杯里璀璨夺目，透亮诱人的颜色，郭成安一连饮了数杯，掷了杯子，终是难抑颓败，黯然道：“母亲，往日我总觉得方临汝不过得天独厚有祖荫，可这回他没用方家传家宝扇便鬻出那么多团扇，实非我所能企及的。”

“不一定。”房氏淡笑，“未到最后一刻，胜负没有定数，我儿如今把润州刺史牢牢抓在手里，方临汝可做不到。”

郭成安眉眼略开朗些，过片时，复又皱起：“林源虽说为我们郭家所用，可方临汝做事严谨老到，滑不溜手，到如今，只方游丰迷上赌博这事如意，别的地方居然一点儿突破没有。”

房氏眯眼，再睁眼时，阴沉沉笑：“既然无缝可寻，那就主动出击。”招手郭成安近前，低声道，“林源其人爱财如命，你给他出主意，让他找方家要钱……”

郭成安连连点头，眉间郁色烟消云散。

“换了别的州官，想必不敢这样公然索贿，林源唯利是图，却必是听从的，母亲高见，儿这便去刺史府。”

方临汝下午继续审账，酉时中，扇坊要关门了，崇徽才在方诚的陪同下过来。

这一日在工坊里钻，水蓝色的胡袍前头沾了些许细竹屑，多次半蹲地上，袍裾拖曳了浅浅一层灰尘。看见方临汝，咧嘴快乐地笑，西斜的夕阳映在他脸上，一片灿烂的撩人美色，方临汝微恍神，回过神来，把账簿合上，示意何栎收起来，走到歇息的地台前坐下，微笑着朝他招手：“过来我看看。”

崇徽看一眼何栎，走过去，并不似以往在漱石榭那般，黏糊糊地依偎着她坐下，而是坐到对面。

“有长进，才出来一日，换了个人似的。”方临汝心中暗赞，才要问他一日里做了什么，方诚后头进来，捧着几把团扇，喜滋滋道：“二郎，以后每日都让娘子过来扇坊指点扇工们好不好？”说罢，献宝似的把手里团扇庄重地奉到方临汝面前。

方临汝随手接了，瞟得一眼，倏地坐直身子。

外行看热闹，内行看门道，家学渊源，三岁开始学制扇，只看得一眼，方临汝便看出来，这几柄扇比方家扇精妙。

团扇制作有几种工艺，常见的有两种，一种是将紫竹破竹丝数十根作扇骨，双面粘贴绢帛，扇骨细如银针，看不出扇骨来，妙到毫巅。一种是将整竹烘烤成各种形态，有圆形、菱花形、八角形、秋梨形、芭蕉形、梧叶形、菊花形、海棠形和十六棱形等，其中的菊花形、海棠形和十六棱形最难烘烤，只有当年的谢家生产，方家被尊为制扇第一家也做不出完美的这三款形状，方诚拿来的这几把扇之中，其中的菊花扇，海棠扇和十六棱扇三种形状极妙，细节处理完美无缺。

看紫竹骨，分明只是寻常扇工们常用的紫竹，制扇涉及的才艺诸如大漆、雕、刻、烙花、镶嵌等这三柄团扇都用上了，精妙无比，不是方家扇工们的手艺。

“这些都是娘子做的。”方诚欢喜道。

“好生精妙！天不绝我方家！”方临汝拍掌，大喜过望。

她还愁放弃方家传家美人团扇的荣光，如何把方家扇打进内廷，如今能制出这么巧夺天工至善至美的团扇，打进内廷的把握大了许多。

崇徽一眨不眨地看着她，讨好的谄媚的笑容，眼睛弯成月牙儿，亮闪闪的一口白牙：“二郎，我做得很好是不是？”

“很好，很棒！”方临汝赞道，崇徽举手给她看，一双修长漂亮的手被竹丝和篾片刮了许多细细密密的口子，淡淡的红色，扁着嘴道：“疼死我了，二郎，你给我咬下……”嘴唇二字到唇边，猛想起方临汝说过这种话不能让别人听到，又忙咽回，不能讨赏，转而邀功求夸，“二郎，我是个有用的人，对不对？”

才夸他懂事，原来还是老样子，敢情一整天没来黏她，只是因为想显摆能耐，让她夸一夸，方临汝的唇角憋不住翘得老高，笑吟吟道：“崇徽当然是有用之人，不是普通的有用，而是天才，天赐方家的宝贝。”

不吝赞语，夸了又夸。

崇徽发出一声快活的大叫，起身，走过矮案，贴着方临汝坐下，身体没骨头似黏到方临汝身上。方临汝眼睛看着团扇，细细盘算着，由他折腾。崇徽真的折腾开了，抓着她胳膊当枕头靠，脑袋蹭呀蹭，过片刻，又觉得不满足，坐起来，大眼睛忽闪忽闪，透着几分天真的色迷迷，紧盯着方临汝，嘟嘟囔囔念念有词。

临汝没理他，随手摸摸他的头，又继续看团扇，半低眉，眼底黑黢黢的，窗外橘红色霞光，她背光坐着，侧略微沉暗，跟霞光相映，仿佛剪影一般。崇徽看着看着，脸红了，他也不知自已臊什么，满脑子都是青涩的快乐，跟以往不一样，因为临汝夸他是天才，是天赐方家的宝贝，方临汝此时的眼神，跟身边坐的是何栎一般。崇徽心中升起小小一股罪恶感，悄悄去看何栎，房间空旷，只他和方临汝两个，何栎和方诚不知何时离开了。

周围没人，可以和方临汝要奖赏了，好想咬方临汝嘴唇，崇徽嘿嘿贼笑，抓住方临汝肩膀把她脸朝自己这边扳过来，方临汝还搞不清怎么回事，他的嘴唇贴了上来。

“你……干什么……”方临汝惊叫，只叫得一个“你”，后头的话被崇徽堵住了。

真的是咬嘴唇，那天晚上方临汝在上面，崇徽被动，只张嘴迎合，这一回，方临汝没回应他，他也不知怎么亲，只会狠狠咬，咬得方临汝嘴唇生疼，口中浅浅的血味儿，他却快活得很。方临汝疼得大叫，手上发力，猛然间，总算把他推开了。

不需看，也知嘴唇肿了，舌头疼得嘶嘶吸气，方临汝气恼不已，抬手一掌挥去。

崇徽干了坏事半点儿不自觉，把方临汝扇过来的手当作伸出来给他抱的，一把抱住，眼睛亮闪闪比星星还亮，嘴唇咧得不像话，抱着方临汝的胳膊，色迷迷地嘿嘿贼笑，调戏她：“二郎，你嘴唇红通通的，像大樱桃，真好看。”不等方临汝开口，接着又道，“不仅好看，还好咬，好甜好香！”啧啧咂嘴，回味无穷，还很想咬的样子，眼睛黏在方临汝的嘴唇上，只要方临汝不反对，便再次咬上去。

方临汝上气不接下气地喘，周身发热，热得难堪，又臊，无地自容。

崇徽还在那哼哼，快活地抱着她胳膊摇啊摇。

方临汝霎地推开他，瞪眉，恶狠狠喝道：“以后不准再咬我嘴唇了。”

“为什么？”崇徽怔住，方才咬嘴唇时把束发弄散了，黑压压几绺垂在脸侧，盘旋在脖颈上，乌黑的头发，白雪雪的脸庞，跪在坐垫上，身体打着战，满眼惶然，没缓过劲儿来，闹不明白，方临汝为什么突然变脸。

方临汝深吸气，此时最想做的是找个无人打扰的僻静地儿痛饮几杯，一醉解千愁，却不得不解释，心中明知说了也白说，磨牙半晌，道：“咬嘴唇那种事，得夫妻之间才能做，我跟你不是夫妻，以后不能再咬了。”

“夫妻才能咬嘴唇？”崇徽眯眼，稍纵即逝的痴迷回味神色，扁了扁嘴，委屈道，“咱们咬过嘴唇了，不就是夫妻了吗？都是夫妻了，怎么就不能再咬呢？”

一个接一个的问题，砸得方临汝脑仁疼，起身离他远些，狠狠地擦了擦嘴唇，咬牙切齿道：“明日你别跟着我来扇坊了，留府里，问奶娘，让奶娘教你。”

“我不用问奶娘，我知道。”崇徽霍地站起来，比方临汝高了半个头还多，不再是摇尾求欢的小狗，正气凛然，掷地有声：“你对我始乱终弃，亲了我，又不肯对我负责。”

方临汝怔呆住，又羞又怒：“谁教你的？”

“话本上看的。”崇徽垂头，肩膀软垮，方才的豪迈英勇不见了，瑟瑟发抖可怜兮兮，软绵绵的撒娇味儿，“嬷嬷讲了很多我没听懂，她就拿了几本话本给我看，里面有漂亮的小娘子，有俊俏的小郎，虽然我是男的你是女的，可是也差不离儿，是你先咬我嘴唇的，现在又不给我咬了。”

方临汝眼前发黑，崇徽又说了什么，声音时近时远，她一个字没听进去。

满脑子都是：原来这便是作茧自缚，挖坑自埋。

外头脚步声一拨接一拨，扇工们收工回家，脚步声响了许久，接着是哐当一声接一声的关门声，扇坊大院子上百个房间，上百扇门，最后悠悠扬扬的一声近在耳际，那是北厅的门，按关门顺序，应该是南厅先的，这是所有门都关完，只余南北两个厅了。

方临汝深吸口气，紧抿唇，崇徽看着她，蓦地白了脸，方临汝启唇，欲开口，崇徽抢在她前头说话了，噼噼啪啪，放炮仗似的，说得极快。

“二郎，你别生气好不？是我糊涂，是我犯浑，你都说了，那天晚上事急从权，当时是怕被那两人发现你是女人才咬我嘴巴的，我听你的，以后再不咬你嘴巴了，我是男人，刚才咬你嘴巴，是不对的，我那样子，就跟……”咬着嘴唇，黑漆漆的眼睛天真而苦恼，半晌，找到借鉴，道，“就跟何大郎那天趴宁娘身上一样，我是登徒子。”

方临汝一肚子闷火，看他可爱的模样，登时消失得无影无踪。他能看开懂了，不需自己解释更好，哧一声笑，点他额头，虎着脸道：“说到可得做到。”

“一定做到。”崇徽拍胸膛，眼睛一瞬不瞬地看着方临汝，小心翼翼地问，“二郎，你不生我的气？不赶我走吧？”

生气也不会赶他走，方临汝微微一笑，摸摸他头发，道：“不会。”再待下去天就黑了，扇坊不能点烛火，于是快步往外走，唤崇徽，“走吧，回家。”

崇徽煞白的脸略略恢复了一点儿血色，抚着嘴唇静看方临汝的背影些时，才快步跟了上来。

残阳隐隐，灰蓝色的天空，地面些许光明，方诚和几个小管事已经走了，何栎一人在扇坊大门外站着，高大的门楼，孑然孤独的身影在地上拉得很长。

方临汝微有内疚，歉然道：“表哥，让你久等了，怎么不喊我们？”

何栎僵硬地笑了笑，没言语，崇徽依偎到她身侧时，何栎便招手方诚出来了，后来崇徽亲她，“啊啊哦哦”叫得半个院子都听到了，哪还能再进去。

此时再看方临汝红肿的嘴唇，只余苦涩。

三人的马都在拴马桩上拴着，何栎过去，先去解方临汝坐骑的缰绳，牵马过来给她，才解自己的马。

崇徽默默地看着，看着他对方临汝自然而然的体贴，蔫头耷脑，无精打采。

方临汝跟何栎纵身上马了，他还拖拖拉拉地解着马缰。

方临汝回头看，要催他，眼角忽瞥到几十步远院墙拐角地上长长一个人影，那里鬼鬼祟祟地躲着人。

除了郭成安的人再无其他，方临汝恼怒，方德清出殡那一日忍着装柔弱，这一日却不想忍了。冷沉沉一笑，催马，倏忽间便到了，跳下马，也不看人，扬鞭狠狠地抽了过去。

“二郎饶命！”那人抱头大叫。

方临汝第二鞭紧跟着抽去，闻言忙往一边偏。

外头的人喊她都会带上姓呼她方二郎，单喊二郎的，只有方家的人。

“怎么啦？”何栎打马跟来，朝那人瞟一眼，厉声喝道，“双福，你怎么不服侍大郎跑这里来。”

方临汝收了马鞭定睛看，果是方游丰跟前服侍的双福，立了眉，怒骂：“你是方家的人，到扇坊来何需躲躲闪闪，收了谁家好处盯着我是不是？”

“冤枉啊！给贱奴豹子胆贱奴也不敢做对不起方家的事。”双福惨兮兮叫，扑通跪了下去，“二郎，何大郎！大郎在赌钱……”

“大郎赌钱？赌得很大？瑞福轩东西变卖完了，还逼你和双瑞把月例钱给他做赌本？”方临汝勃然变色，“大郎赌了这么久了，你竟然今日才来报！”马鞭又扬起。

何栎下马，捉住她马缰，方临汝那一甩极用力，粗糙的鞭面拖磨过，掌心红肿，细细血珠子，方临汝低眉看去，又惊又急，何栎摆手，不当一回事，凑近，低低耳语：“他肯来出告，就别追究了，不然，往后有什么风吹草动，怕受责，越发不敢说了。下奴们之间互通有无，惩罚了他，便等于堵了所有言路。”

转身扶起双福，温声道：“大郎是主子，你服侍他，帮他隐瞒情有可原，这次就不追究了，以后不可如此糊涂了，把大郎陷赌的经过从头细细说来。”

“多谢大管事！”双福涕泪交流，从头至尾细讲，不敢有半分隐瞒。

结结巴巴，不甚流利，时间又过得久，颠三倒四地大致经过倒是讲明白了。方临汝和何栎相视一眼，在对方眼中看到同样的反应——有人设套给方游丰钻。

会设套给方游丰钻的，润州城里，除了郭成安，再无旁人。

方临汝的太阳穴突突跳，千防万防，没承想方游丰这头还是被算计了。

又悲又恼。

悲，赌是无底洞，不归路，阿爷在世时千叮万嘱，看得严实，阿爷刚去世，方游丰就把他的教诲抛诸脑后。

恼，郭成安的骗局何其简单，方游丰居然没看出来，一头扎进去。赌瘾一旦染上，要戒掉何其难。

夜幕降临，城西本就人烟稀少，入夜更加寂静，连绵起伏的屋脊在夜色里沉默着，远方星星点点灯火，映衬得眼前更加萧瑟。

方临汝深吸气，跟何栎交换了一个眼神，挥手让双福回去。“我跟二郎已知一事，不必告诉大郎。”何栎嘱道。

崇徽远远地看着，要装君子，不屑偷听，后来便忍不住了，装出一副勉为其难的样子，牵着马走过来，竖起耳朵专注听。双福抽抽噎噎说的每一个字都听进耳朵，却不明白赌是什么东西，但看方临汝脸色，怕是很不好的事，有心帮着如鬻扇那般出主意邀宠，无奈在紫竹园中与世隔绝长大，方临汝房中没有与赌有关的书，安氏拿的话本都是讲才子佳人的，此时竟不知所以然。

方临汝复上马，心事重重，也没看他，与何栎并辔而行，把他甩在背后。

崇徽紧攥马缰，掌心深深浅浅的压痕，整个人如被抛进油锅的萝卜丸子，外焦里嫩，夹起来，便是香喷喷的下酒菜。

三人至方府大门前，马儿交给下奴，方临汝大步进府，扬声吩咐拿伤药。

崇徽松开紧攥的手，掌心缰绳的挤压的红痕外，还有指甲掐出来的细细伤痕，看着方临汝的背影，霎时间离了油锅，浸泡进蜜水里，窃笑着偷偷乐，想着：二郎怎么知道我手心伤着了，看来是默默关注着我。

又寻思，也不疼，不需抹伤药，不过，如果二郎帮自己抹，不疼也要抹的。

想着方临汝帮自己抹药的情形，酥醉了一颗心。

方临汝走得很快，袍裾猎猎没回头，何栋与她并肩走，一步不落，一路上，灯笼一盏盏点亮，映下一双影子，崇徽此时也不酸醋了，美滋滋紧跟着。

方临汝进玉澜堂，撩起袍摆坐下，抬头看到崇徽，诧道："你怎么没回漱石榭？"

"你在哪我就在哪。"崇徽欢笑着，上前一步，挨方临汝坐下，又去握她的手。方临汝的手微凉，夏日里，怎么这么凉？崇徽讶然，摸索上手腕，还是凉浸浸的，隐约有所察觉，微微变了脸，问道，"二郎，大郎赌钱那事很严重吗？"

"不要紧的。"方临汝强笑，心头沉沉重压，没心情跟他仔细分说，含糊道，"总有办法解决的，我跟表哥商量，你先回漱石榭去，也不必等我了，让琬初、璟初服侍你用膳栉沐，今日累了一天，早点儿歇息。"

"我要听着，你也可以跟我商量。"崇徽瘪瘪嘴，才想说还要等你给我抹药，婢女捧着伤药纱布进来，方临汝道："给大管事包扎一下手。"崇徽怔住，方才在浪头漂荡快活的一颗心跌到尘埃里，碎成零零散散无数片，捡拾不起，失落噬心锥骨，直教人痛不欲生。

"怎么啦？"方临汝不知他怎么突然霜打的茄子似的，推他。

"我以为你要伤药是给我包伤口的。"崇徽伸手，泪水几乎要止不住了。

方临汝拉起他的手，注目看，马缰的挤压的红痕过了些时，已消了，指甲掐痕浅浅细细，只两三点，并不碍事，哧笑一声，点他额头："这点儿伤哪用得着包扎，你看表哥的。"朝何栋指，何栋方才伸手抓方临汝凌空甩出的马鞭，几道血口子，皮肉微微外翻，血珠越渗越多，凝结成红红一道血痂，崇徽的伤跟他相比，颇有些作张作致小事当大事之疑。

崇徽脸庞赤红，热辣辣无处搁，从方临汝手中抽回手，甩袖子往外冲。

"崇徽。"何栋大喊，崇徽脚步不停，埋头走，何栋不赞同地看方临汝，道："他是小孩性情，你这么说他还以为是取笑他呢，快追上去哄一哄。"

"真是玻璃人儿。"方临汝叹气，崇徽刚病好，到底怕他想不开，起身追出去。各处灯笼都点上了，远远看去，深深浅浅的一串红，崇徽的身影消失在红光里，方临汝刚要抬步，阍者小跑着过来："二郎，林刺史来了，贱奴已把他请到金阊厅候着。"

一州刺史，怎么又到商户人家来？

方临汝心头"咯噔"一下，何栋推开婢女，纱布松松垂着，快步走出来，两人相视一眼，何栋低低道："黄鼠狼给鸡拜年没安好心，怕是来者不善。"

一州上官到访，不能避而不见，方临汝沉吟片刻，道：“我去迎他，且看看他要做什么，表哥，你从金阊厅后头侧门进去悄悄听着，若我一人无法应对，你再露面帮我。”

回廊和厅堂屋檐下灯笼俱亮着，前几日刚下过大雨，树木叶子干净澄碧，灯光下绿得发亮，婢女下奴穿行其中，方临汝一路上走着，请安之声此起彼落，一声声提醒着方临汝，她是方家家主，天塌下来也得扛着。

林源金阊厅中正襟危坐，身上与那日一般的从四品公服，气度却大不相同，两撇山羊胡修得分外工整，下巴抬起，神情倨傲，无处不透着朝廷命官的威严。

面上是神是佛，暗里却是魑魅魍魉，可叹这样的人却谋得一州刺史之职，润州百姓何其无辜。

方临汝勾了勾唇角，划出笑来，拱手朗声道：“不知林刺史大驾光临，有失远迎，恕罪恕罪。”

“不知者无罪，方二郎，请坐。”林源微微笑，并不起身，架子十足。

方临汝笑笑，也不客套，撩袍坐下。

宾主客套几句，林源抚了抚山羊胡，不容置喙的口气道：“润州城外道路不平，本刺史打算修整，府库财政支出困难，方家乃润州城世家，当为民表率，请方二郎踊跃认捐，数目也不必多，就一千金吧。”

一千金还不多，方家又不是开金矿的，伸手就有。

修路自有朝廷拨款，商户们捐的这钱，不像交税，朝廷有律例，官府一一登记，定是被他个人中饱私囊。

城中一丝消息未闻，想必还没让其他商户认捐，方家捐了这款，必会被他拿来做文章，逼着其他商户也认捐，方家便成众矢之的，润州城中各商户的眼中钉了。

他刚当上润州刺史两月不到便这般狮子大开口，这次遂了他意，往后便成他取钱的聚宝盆，无论如何不能答应。

然而，不答应，便与他正面作对，民难与官斗，阿爷无辜入狱丧命便是前车之鉴，她刚当上家主，方家如今比阿爷在世时更经不起风浪。

方临汝端起茶盏，轻啜着，面上一片闲淡，脑子里，迫切思索对策。

“方二郎？”林源“啪”一声搁下茶盏，重重地喊了一声，道，“方二郎不愿意吗？”

“汝突然想起鲁公，一时疏神，林公见谅。”方临汝在瞬间已想到对策，轻蹙眉，悲色满面。

林源一只手抬起，欲拍案，僵在半空中。

鲁玄的死，是两人不能宣之于口的共同秘密，方临汝突然提起，目的何在昭然若揭。

第十九章　赤子丹心

方临汝轻搁下茶盏，为林源满上茶，推心置腹地娓娓道：“林公不知，方家外头瞧着轰轰烈烈，实则大有难处，炮仗儿听着响，里头空，本是不便说的，但林公是故人，汝也不瞒林公，方家这时别说一千金，便是一百金都难弄出来。汝虽是家主，却不是长子，家中还有姨娘，有兄长，这些日子，柳姨娘一直闹着要分家，汝这时捐钱，柳姨娘闹嚷起来，方家脸面无存哪。”

“你是说方家不捐？”林源蓦地沉了脸，两撇山羊胡一抖一抖，眉头低压，面色难看之极。

“自然不是。”方临汝话锋一转，道，“林公开口了，汝便是没有，也得想方设法凑出来，只是要压住柳姨娘跟我阿兄，实是不便，汝倒有个主意，保林公不仅顺利筹得修路钱，还能博得百姓景仰好名声，对林公升迁大有益处。”

凑近林源，贴心着意出主意，却是说，谷华巷有一帮人以斗蛐蛐为名聚赌，其中就有方游丰，朝廷明令不许聚赌，林源带人过去查赌，把聚赌的人都抓了，关上几天，命各家交罚金赎人。

多少人家因家人赌博而家破人亡，多少人因踏上赌博这条不归路而一生前途尽毁。沉迷赌博的人一旦没钱赌，还会做出抢掠盗窃等作奸犯科的事，民众深恶痛绝，州官查赌，民众自然支持，往上报，又是项政绩，于官声和升迁大有好处。

“我阿兄因赌而被抓需交罚金，如此汝便能方便行事了，一千金虽说凑不出来，把府里的东西拿出去当，约莫也能凑出五百金来。”方临汝真诚地道。

林源紧盯着方临汝，方临汝坦然对视，双凤眼眼尾微微上挑，锋锐暗藏，林源陡然间想起鲁玄死时的情形，想起郭成安在他面前骂方临汝的话，“方临汝其人，手腕强硬狠辣决绝心有百窍、巧舌善辩，林公不必跟他废话，直接开口要钱，也不容他推诿，一口咬定，就是要方家捐钱，捐这么多钱。”

后面的话，林源此时忽略了，反复只想着，方临汝不是易与之人，连郭成安都怵他，千叮万嘱自己，如果把方临汝逼急了，跟自己来个鱼死网破，他无所畏惧，自己却不能，莫如顺他意。不过，不能由他打对折给，必须还是一千金。

何栎在厅堂后面悄悄地听着，方临汝这么说的用意自是明白，悄悄地退出厅堂，快步绕过回廊往正厅走。

林源抚着山羊胡沉吟些时，刚要启口拒绝，何栎外头匆匆进来，朝他草草行了一礼，看向方临汝，欲言又止，颇纠结。

“林公不是外人，有什么话直说。”方临汝道。

“柳姨娘又在闹嚷要分家，不当家不知道，只当方家金山铜矿，还想分了钱逍遥快活，实际上，方家除了这府第，扇坊，城外紫竹园，何曾有什么钱财，每年鬻扇的盈利，也只够开销，因此故，如今我弟弟跟我母亲的月例钱都停了，要是分家，柳姨娘见只分得产业没有现钱，闹嚷出去，教外人知道制扇第一家只有空壳子，如何能行！我方才跟姨妈劝她，偏她是不要面子的，一味撒泼大闹，可如何是好？”何栎愁眉，不住搓手。

“绝对不能分。”方临汝断然，蹙眉低叹，道，“看看，哪处开销再节减节减，把她的日常供给提提，哄住她吧。”

“怎么节减？”何栎拔高嗓子，愤愤道，“你为了维持住这个家，刚当上家主就提了大郎月例钱，可是自己的房中人怀了身孕，连月例钱都没提，服侍的人还是调了自己身边的人过去，再节减，你的颜面何存。”

“我想想，你别急。”方临汝摆手，复又猛想起林源就在一旁般，尴尬地笑。

林源不信方家如此拮据的，只是何栎提的，却俱从郭成安那里听过。郭成安也提过，柳氏一直闹着要分家，方临汝名为家主，其实位子坐得很不稳当，不觉半信半疑起来，疑又轻些，信重一两分。

思量些时，不答应方临汝提议，也不逼她捐钱，起身，沉着脸道：“告辞。”

“啊！”方临汝一诧之后，急起身送客：“林公慢走。”陪着林源往外走，口中低低道，“汝方才的提议，请林公考虑，若觉得可行，为防走漏风声抓到的人少了，还需严加保密，带着差役到谷华巷前，任何人都不给知道。”

林源脚步不停，不言语。

方临汝又道：“听说上午辰时末开赌，午时前人最多，午时后，有的人输光了带去的钱走了，有的人回家吃午膳，下午被家人拦住去不了，下午人少。”

把双福交代的每日开赌时间和聚赌情况细细告诉林源，语毕，恰好出府门，林源上马，方临汝殷勤拱手，林源居高临下瞥了她一眼，也不回礼，提缰走了。

方临汝回转，何栎金阊厅门前张望着，两人交换了一个目光，并肩往厅里走。

何栎赞道："汝郎好谋算，大郎沉迷赌博中，明着阻拦定然兄弟生分，他若恼你，柳姨娘再从中挑拨，可就难办了，如今借林源之手治他，他素来胆小怕事，大牢里关几天，出来后，想必就不敢赌了，你为了赎他又花了那么多金子，再管束他不让他赌，他也不敢有怨言。这番找这个借口不直接给林源金子，间接地，也挫了他锐气，让他敲诈勒索没那么顺当，免得三不五时开口，把方家当金库铜矿提钱。又免于因认捐得罪了润州城其他商户，可谓一举几得。"

"话虽如此说，一下子去了五百金，若真是用来修路，功在社稷百姓，也罢了，偏是给狗官的，狗官拿了这钱，又去买官，官越大，受危害的百姓越多，我这是助纣为虐。"方临汝喟叹。

"人在屋檐下，不得不低头，眼下没别的办法，只能如此。"何栎劝道，压低声音，几不可闻，"你看他会照你说的做吗？"

"有你推波助澜说了那些，若是没漏了口风给郭成安，便能成。"方临汝地台上坐下，按太阳穴，自黄昏时听说方游丰在赌博，便疼得紧，眼下更痛了，如有一把重锤在敲击。

何栎半坐下又起身，复又坐下，想帮她揉按，究竟不敢冒犯，只能压下，沉吟些时，道："要不，我走一趟郭府，缠住郭成安，让他和林源商量不成。"

"又不能十二个时辰都缠着，郭成安精明，又心细如发，被他察觉，反为不妙。"方临汝摇头，端起茶盏，把茶当酒，大口干了，转动茶盏，默思着。片刻后，搁下茶盏，呵呵一笑，道，"咱们不能公然缠着郭成安，却可把他引开，让他在林源捉了我大兄之前无暇顾及。"凑近何栎，附耳低语。

何栎拊掌，脱口赞道："妙啊！"

入夜，月儿未起，灯笼光影影绰绰，郭府后园中摆开了酒席，郭成安邀请了润州城中十几位生意做得大的商户饮宴，佳肴珍馐流水般端上，酒菜好，器具也不差，金花盘，金镀银盖碗，金平脱酒盏等，赴宴的虽都家中巨富，见了仍免不了赞叹一声，郭成安志得意满，热情地招呼着。

他与林源约定，林源自方家要了金子出来，便到郭府来，在众商户面前，大声道方家认捐了一千金子，让众人也跟着认捐，他要把方家推出来当靶子被众人仇恨，林源则能跟众商户要一大笔钱。

下奴急匆匆走来，郭成安得意地挑眉，那下奴到他跟前，说的却不是林源到访，而是说房氏突然不舒服，请他过去看望。

房氏便是不适，也不会在这当口来打断他，郭成安一惊，以为房氏突发急病，抛下众商户急往房氏院子赶。

房氏好好儿坐着，郭成安长吁口气，待看清房氏面前立着扇坊值夜管事郭森，面色又变了。

“大郎，方家有异动。”郭森是郭成安心腹，急切道，“一炷香前，方临汝跟何栎急匆匆赶去方家扇坊，打马打得很急，我听得马蹄声急得不寻常，出来察看，只见他俩敲开方家扇坊后，门口殷殷叮嘱了方诚许多话，我远远跟了上去，两个人随后没回方府，出西城门走了。”

“出西城门？方临汝想干什么？”郭成安搓手，来回踱步。

“西城门通扬州，会不会是林源去找他索捐，他不肯，去扬州找淮南观察使告状？”房氏沉声道。

“县官不如现管，找观察使告状，他嫌命长吗？”郭成安喃喃，来回转了几圈，恨恨道，“没有什么事是方临汝干不出来的，兴许真的去了。如果办小事，也用不着把何栎带着一起去。”

方临汝若真的找观察使告状，结果如何难以预料，他花了一万两金子帮林源谋的官，断不能让林源有丢官的危险，郭成安咬牙切齿道：“我跟去看看。”

“也好，募捐一事什么时候办都行。”房氏赞同。

时间紧，来不及跑一趟刺史府，郭成安也怕林源吓着，不肯再逼方临汝捐钱，遂不去。让管家去跟客人道歉，只说房氏很不好，他得侍疾，送客，打马出府，直奔西城门，追方临汝和何栎。

方临汝和何栎快马赶了约十里路，路边一片灌木林，乌沉沉漆黑一片，两人不约而同勒缰，默契地跳下马，牵马往灌木丛里走。

地面有些潮，少许冬日落叶，未混进泥土里，踩上去软绵绵的，不甚清脆的吱呀声，有些瘆人。何栎走得几步停了下来，伸手跟方临汝要马缰：“你在这里等着，我把马牵里头拴。”

“我又不是娇滴滴的小娘子，表哥，你忒小看我了。”方临汝失笑。

何栎低眉，喉间涩涩一声叹息。

本就是小娘子，男人扮久了，竟是忘了不曾。

将马儿离大道五十来步拴在树上，两人又回来伏到路边灌木丛里。

四野沉沉，偶尔一声鸟啼，灌木丛里潮湿燥热，蚊子难得闻到鲜味儿，成群结队前来，脸、脖颈、手背都是上等美食，何栎男人皮粗，蚊子不爱光顾他，尽捡方临汝细肉嫩肤咬，不多时，方临汝白净的脸庞点点红疙瘩，抬手搓脸时，白藕似两截手腕也是红点密密。

何栎憋了憋，忍不住捉着袖子作扇为方临汝扇风赶蚊。

“多谢表哥，无碍。”方临汝笑笑摆手。

近在咫尺，幽幽的女儿香，丝丝缕缕似真似幻，分明圣洁不容亵渎，却无端让人觉得娇娆妩媚，想紧按进怀里，揉碎了融化到一起。呼吸间，心乱了，人微醺，脑子里只有那如花盛放的笑容，何栎的眼睛无法动，没再扇风，一只手还捉着袖子，僵在半空中。

方临汝语毕又调回视线盯路面，一丝不察。

何栎半晌回神，羞窘不已，双手胡抓，抓住一节树枝，晚上刚包扎的掌心伤口受挤压又裂开了，细细的疼，激荡的心情平静下来，微有担忧道：“不知郭成安会不会自己追上来？”

方临汝哂然一笑，道：“咱们为了引他来，特意走了一趟扇坊，急骤马蹄声招了郭森注意，郭成安为人多疑，手下的人一个个也谨慎过头，定然会去禀报，他如今还没明确接任家主，防备之心甚重，追咱俩这等大事，必不放心交给别人办。”

“但愿如此。”何栎喃喃，“要是他不追来，咱们就白喂这么久蚊子了。”

“哈哈哈……”方临汝大笑，拍拍何栎肩膀，俏皮地挤眼：“佛曰，我不入地狱谁入地狱，蚊子也是生命，表哥，难得舍身成仁一回，笑一笑。”

何栎看她，月光融融照下，眉眼开朗，目光熠熠生辉，斑斑蚊咬红点因长在她脸上也变得生动鲜活，霎时间，胸间也万里晴空，不由得跟着欢笑起来。

约莫一炷香的时间过去，润州城方向传来马蹄声。

方临汝和何栎同时挺直背脊，注目看。

尘烟滚滚，高大威猛的骏马，纯黑油亮的鬃毛，马背上的人粗粗壮壮，虽是一闪而过，依稀能看出来是郭成安。

成了！

郭成安路上追不到，一直追到扬州，一来一回至少两天。

两人相视一笑，止不住抬手击掌庆贺。

方临汝与何栎回到方府，距崇徽憋气跑出玉澜堂已是一个时辰以后，此时想起来，不免有些急，步履如风。

何栎背后看着，黯然失神，缓缓地从几步到十来步，后来便没跟上了，略站了一会儿，愣站了一会儿，转身回了归闲坞。

崇徽从玉澜堂出来，心里委屈得什么似的，不懂害羞为何物，自然而然就羞臊了。

脚步快，后悔来得也快，才走出二十几步便后悔了，站住等着方临汝追来，等些时不见方临汝，他也不管什么面子架子，扭头就往回走。

玉澜堂大门紧闭，房门上锁了。

偌大一个青铜锁，崇徽不相信，瞪圆眼死死地看着，看半晌，不是幻觉，还不死心，扯锁又拍门，手都拍红了，方临汝去金阊厅了，自是不会出来。

崇徽蔫蔫地回漱石榭，院门口伸长脖子等着，琬初、璟初两个要服侍他栉浴更衣用膳，他也不动弹，只摆手，“我要等二郎。”

“二郎事那么多，哪顾得了你。”璟初龇牙，把他拖进屋推进书房，“乖乖地赶紧把自己拾掇好吃饭睡觉，省得二郎生气，不然赶你走。”

为什么自己就不能像何栎那样，方临汝有事就找他商量，琬初、璟初对他殷勤着意，何栎也不姓方，却不会被人动不动就威胁要送走。

崇徽的五脏六腑像是被打散了，火辣辣地翻搅，先是疼，疼过，又麻又钝。

“好好的俊脸拉成马脸了。”璟初哈哈大笑，刮脸羞羞，“这是哪家还在吃奶的小娃儿啊！”

崇徽再不懂世事，这话还是听懂了，脸拉得更长，扁着嘴，不肯哭，却止不住伤心，眼眶发红，泪珠打滚。

“你别作弄他了。”琬初看不过去，门外等着婢女抬水过来的，扭头，瞪了璟初一眼，道，“适可而止，小心二郎知道责罚你，除了二娘，二郎最重视的人就是他了。”

璟初“咯咯”笑了几声，不说了。

崇徽愣了，诧异地看着琬初：“你说什么？”

“二郎很喜欢你，对你很好，你别总担心她不要你，一时没黏着她就像被抛弃了一样。”琬初有些无奈道。

“真的吗？”崇徽低声咕哝，其实信了，他知道方临汝对他好，只是总还觉得不够，“她怎么不能只对我一个人好呢？为什么总跟何大郎在一起？”

这话虽不算惊世骇俗，也够让人震惊了，琬初和璟初大张着嘴巴看他，过片刻，璟初看琬初，眼神说："看吧，我就说会这样，得调教一番，你不信。"

什么都不懂呢醋劲就这么大，等开窍了，方临汝身边连公蚊子都不能有了。

琬初抚额无语。

崇徽不情不愿地洗漱了，却不愿用晚膳，非要等方临汝一起吃，在院门口打磨的驴一般来回支旋儿，把琬初、璟初两个转得脑仁疼，费了许多口水，又哄又劝，才把他哄进屋里，怕他饿着，扯着在地台上坐下，端了糕点，故作无意般哄他吃一两口。

外头传来婢女请安声，方临汝回来了，崇徽大喜，方临汝人随声到，崇徽扁嘴，心中很想"哇"的一声大哭闹一闹，到底难为情，憋了又憋，把头扭到一边，奋力装出毫不在意的样子，忽听琬初、璟初两个一齐惊叫："二郎，你怎么这个样子？"

"什么样子？"崇徽装不下去，跳起来，影子一般蹿到方临汝面前，方临汝一脸红包，摆手说不要紧，手背手腕也是红点，崇徽锥心割肉疼起来，抓起方临汝的手，又去摸脸，早忘了撒气，迭声问："二郎，难受吗？疼不疼？怎么弄成这样子的？"

蚊子咬的，不疼，只是有些痒。

一个接一个的问题，让人不知回答他哪个好，方临汝摇头，见他急得面白眼绿，灵机一动，哎哟一声，吸鼻子揉眼睛，呜咽有声，上气不接下气喘着道："你还有脸问，一句话不说就跑，我急死了跑出去找你了，润州城转遍，没找到你，却招了满城蚊子叮我。"

"你不在玉澜堂，原来是出去找我了？"崇徽眼睛锃亮，光芒闪闪。

方临汝不承认也不否认，反问："不出去找你，你说我去哪了？"

璟初找驱蚊水出来为方临汝抹拭，边抹边瞪崇徽："原来是你一语不合就跑，下回再这样，二郎不赶你出府，我也要赶你了。"

崇徽羞愧低头，死死掐袖子，袖子都快抓烂了，细声哼哼："二郎，是我不对，你别生气，我以后不跑了。"

"你们别捉弄他了。"琬初失笑，摇头不迭。

崇徽糊涂，抬头，一脸茫然看琬初。

璟初咭咭笑："谁说我跟二郎捉弄他了，他离家出走，二郎自是出府去找他。"

"二郎又没傻，他便是离家出走，那也是拽着二郎一起走。"琬初敲了璟初额头一记。

两个丫头鬼精灵，由得她俩说下去说穿了，崇徽怕是又得憋闷。

方临汝那么说，倒不是要捉弄崇徽，只是有些累，不想再软语哄他，故意要让他内疚回头来哄自己，便省事了，当下板着脸，摆手，不让琬初两个说下去，问得崇徽没用晚膳，忙唤传膳。

“何大郎要不要过来一起吃？”琬初问道。

方临汝此时方发现何栎没跟来。

夜深了，他不过来，方临汝也便不差人特意去喊，道：“就我跟崇徽一起吃吧。”

琬初出去，高喊婢女传膳，回厅后，迟疑些时，问道：“二郎跟何大郎一起回府的也不知何大郎没来是不是？要不要婢女去看一下？”

方临汝沉吟片时，道：“看一下也好，跟表哥说，不知郭成安走前有没有什么安排，让表哥明日歇歇，别去扇坊，别露了行踪。”

何栎不去扇坊，方临汝身边就只有自己了。

崇徽大喜，吃了开胃三宝一般，这一餐饭吃得又快又多，边吃边不停给方临汝夹菜舀汤。

一时两人用过晚膳，漱了口，崇徽当即挪过去挨着方临汝坐，明明比方临汝个子高，为了配合方临汝身高，愣是横趴着，抱住方临汝的胳膊蹭了蹭，亮晶晶的眼睛看她，一脸求知欲问道：“二郎，赌钱是什么意思？”

方临汝有些倦，不想细说，但看他打破砂锅问到底的架势，不说不行，想着他憋了那么久也不问琬初、璟初两个，只等着问自己，又有些莫名心疼，放软了嗓子，温声细细讲解，又嘱他：“可不能因好奇去赌，赌是无底洞，再大的家业，沾上赌也完了。”

崇徽不语，低头凝眉。

方临汝侧头看他，崇徽眼睛线条流畅明晰，低眉间，睫毛密密匝匝，微卷着上翘，脸庞轮廓比初见时多了些许刚强，令人透不过气来的艳色里，透着男儿阳刚。

这是停药后身体发生变化了，声音也有些沉暗，不似此前清脆，没多久许就长出喉结了，不能再让他抱自己胳膊紧挨着坐。方临汝拨开他的手，推他坐直身体，崇徽也不闹，乖乖坐直了，方临汝暗夸他。璟初收拾完食案，端了水果过来，新出的樱桃，明艳的鲜红，调了糖和酪，看着便觉甚美味，方临汝推他，道：“尝一尝。”

崇徽一动不动。

“傻了不曾？”方临汝歪头凑到他面前看他，崇徽的眼神沉吟专注，瞳眸幽深，方临汝心跳慢了半拍，坐直身子，怔怔失神。

“你觉得这样行不行？”

崇徽的声音在耳边响起，方临汝身体颤了一下，好半晌方凝神：“你说什么？”

“你没听我说话？”崇徽噘嘴，不甚情愿之色，嘴巴却飞快又说了一遍，“咱们用明修栈道暗度陈仓之计如何？”

“方游丰沉迷赌博，明着阻拦兄弟生分，不如悄悄安排几个人，把他拉到另一个地方赌，明着是赌，可赌的同时，这些人嘴里却说一些其他的事，讨论对赌深恶痛绝什么的，开始说些赢回输掉的钱就收手，后来就说些悬崖勒马未为晚之类的话，来自同类的话总是让人比较容易听进去的。潜移默化，到后来，从日日赌，到两三日聚赌一次，到好几天才聚赌，再看看方游丰有没有别的爱好，把他的心思从赌博上拉到别的爱好上面去，这么一来，也许就能慢慢戒掉了。就算戒不掉，输的钱给的是二郎安排的人，二郎可以把钱收起来，也不亏，还可以发狠把方游丰分家出去，等方游丰把家业都败尽了，自然就没得赌了。”

方临汝止不住地拍案叫绝。

虽说后面说的一派胡言，作为一家之主，她不想分家，也不想看到方家子弟落魄，但前面所说却妙极。

一个与世隔绝长大的人，只认得字，看了《三十六计》居然能想出这么绝妙的应对办法，当真天才。

“二郎，你觉得这办法可用？”崇徽察言观色，喜滋滋地问，整个人又往方临汝身上黏。

方临汝点头，怕他又索要咬嘴唇奖赏，不忙夸他，先声明：“不能咬嘴唇，想要其他什么奖赏跟我说。”

“就想要咬嘴唇。”崇徽嘟囔，便是没说出来，睫毛下那双黑白分明的大眼睛也毫不掩饰地泄露了心思。

方临汝哭笑不得，看他失落的小模样，禁不住也有些心软，勉强忍着，推他：“我打算过些日子到京城去，到时谁都不带，就带你，可好？”

“真的！”崇徽霎时大喜，松开方临汝，一蹦三尺高，陀螺似的不住转圈圈。

方临汝含笑看了会儿，有些乏了，径自回房。

崇徽对她把自己抛下的行径也不在意了，很是感慨，蓬勃充满活力的年纪，尚未完全变声的嫩脆嗓子老气横秋叹气：“总算得了甩掉其他人只我跟二郎两人的机会了。”

叹完，又忧伤：“怎么还得过些日子呢，今晚就走多好。”

璟初进房侍候方临汝，在房门口扭头看他，摇头不迭。

“二郎若真对他没意思，真真不能再留这个醋坛子在身边了。”又叹气，自语道，“意思是没有，不过还是蛮疼他的，怕是舍不得赶走。”

不能到扇坊办事，方临汝起床比平时略晚些，辰时末方起身，推开窗看去，艳阳高照，霞光璀璨，淡金色的阳光笼罩着亭台楼阁，说不出的富丽堂皇，轩昂壮阔。

得去方锦枫那边看看，早先便想着让崇徽和方锦枫亲近亲近，要方锦枫不那么闷，还应承过方姜氏，带崇徽去给她看看。说好今日得空，便把两件事一起办了。

崇徽早早起身了，一袭男女都宜的广袖对襟白袍，在书案前看书，听得步声，扭头看来，方临汝一袭贴身顺服雪青色胡袍，笔直如白杨，挺拔秀雅，翩然清润，崇徽痴怔怔地看着，眼珠子都不会转，方临汝笑吟吟走近，伸手在他眼前晃：“发什么怔？”

“二郎你真好看，我要是有你这么好看该多好。”崇徽上下地看着方临汝，要把她剥光似的灼热而露骨的眼神。

自己再好看也没他好看，不只自己，润州城里，也只有已故的谢天当年能与他媲美一二。

他美貌倾城而不知，方临汝莞尔一笑，上下打量一下，猜崇徽许是不自觉喜欢男装，遂扬声喊璟初：“把前些日子给崇徽新做的衣裳里头那件月白箭袖袍找出来，帮他换上。”

衣裳捧出来，崇徽却不让璟初近前服侍，抢过去，扭扭捏捏道：“我自己来。”

“你没穿过这种衣裳，会穿吗？”方临汝挑眉，打趣他，“等会儿别穿反了，还得璟初帮你脱了重穿。”

“没穿过我也会穿。”崇徽鼓起腮帮子，一手拿衣裳，一手从书架上抓出《仪礼》，气呼呼道，“这里面有介绍，你甭想看我笑话。”

《仪礼》里面除了交谈礼仪，举止动作教导，还有着装。

方临汝哈哈大笑。

跟崇徽在一起，不知为何心情便很好，这些日子大笑的时候，比以往那些年不知多了几许。

崇徽换衣裳不让璟初看到，方临汝也不便一人旁边看着，和璟初出书房，厅中悠闲等着。

早膳摆上来了，又凉了撤下去，再换热的端上来，又凉了。

“生娃儿都没这么慢。”璟初嘀咕。

“他第一次穿，自是久些。”方临汝微微一笑，并无不耐。

恐怕比生娃儿还庄重，他以往在紫竹园中着女装，到方家后，在漱石榭都是大袖宽松锦袍，出过两次门，穿的是胡袍，箭袖束身锦袍第一次穿，看他那小眼神，想必还一心想穿得跟自己一般好看，更要细致得一个褶子也要抚平了。

一炷香工夫过去，随着拖拖沓沓脚步声，崇徽走了出来，转过屏风便不动了，目光忐忑又渴切，一瞬不瞬地看着方临汝。

长发梳拢到头顶紧紧拧成发束，长长的黄杨木簪子缠住发束，盘了许多圈，层次分明，发尾塞入发髻里头，外面看不到碎发，盘得又结实又好看。

箭袖锦袍穿戴齐整，没半分差错，白色镶松青小滚边交领中衣，圆领长褶通身箭袖袍，月白色云锦布料，衣料无花纹，只领口银丝暗袖缠枝莲图案，箭袖束口用的松青色，腰上束松青缠枝莲镶嵌白玉腰带，与袖口和中衣领口镶滚相得益彰。

袖身窄小，衣裳贴身，他个子本就极高，这么一装束，身姿颀长劲拔，铮铮然如一杆竖立着的光芒闪闪的长枪，晨光热烈，穿堂入室，洒在他脸上，映得雪堆玉雕的肌肤光滑闪亮灼灼夺目，精致的五官更加出色，勾魂夺魄的美色。

方临汝屏息静气，不能呼吸，不敢高声。

璟初喃喃道：“惨了，这样子走出去，不知要招惹多少桃花烂债，早知道不给置办这么好看的衣裳了。”

“好看吗？二郎。”崇徽对璟初的话听而不闻，只巴巴儿看方临汝。

“都说了好看了，还问。”璟初撇嘴，刮脸羞他，“想要人夸了一次又一次是不是？不羞。”

“你夸的不算。”崇徽半点儿不客气，不给璟初面子，也不害臊，道，“我就是想二郎夸我，多夸几次，夸上很多很多次更好。”

小娃儿般的言语把璟初打败了，鄙夷道：“你又不是小娘子，要什么好看，男人顶天立地够厉害就行。”

崇徽皱眉，有些理解不能，过片刻，哼道：“我知道，你是妒忌我，男人也要长得好看才行，长得好看才能引二郎注目。”

璟初讶然，咯咯笑：“哎呀，小白兔一点儿也不傻呢。”

崇徽不喜欢她喊自己小白兔，鼻孔里哼哼，扭脸不理她，只看方临汝，切切追问：“二郎，我好看吗？”

“好看。”祸国殃民的好看！方临汝叹气，有些发愁，听闻谢天在世时，润州城半数小娘子喜欢他，崇徽这样子被人看到，怕是也要招更多小娘子喜欢，也不知他能淡然置之否？若不能，帮他处理风流债可是大问题。

心思一转，寻思，还是想办法创造机会，让他再跟谢宜宁接触，以谢宜宁的性情……嘿嘿一笑，担忧放下。

“二郎，你笑什么？好像……好像……”崇徽咬唇思索，还真给他想出来了，“不怀好意一样。”

方临汝大乐，夸他：“没有先生教导，自己看书学的，懂的可不少了。”

“我很聪明吧？”崇徽不在意方临汝笑得不怀好意了，咧嘴傻乐。

“夸你一句就翘起尾巴了，这有啥，我知道的可比你多。”璟初撇嘴，噼噼啪啪炒豆子似的脆生生念，“居心叵测、别有用心、口蜜腹剑……”

一口气念了十多个词语，道：“这些词跟不怀好意意思都一样，你懂吗？”

崇徽自然不懂，想个“不怀好意”都想好些时，一下子噎住了，结巴半晌，发狠道：“等我再多看些书，我就懂得比你多了。”

璟初大乐，逗他：“你能懂得比我多，可你无论如何都不可能比二郎懂得多。”

“二郎懂得比我多我更开心。”

璟初恨得牙痒：“平日侍候你吃侍候你喝，二郎要你搬去流觞轩，你不搬，我也没催你，你却恩将仇报。”

崇徽听她提起流觞轩，吓得脸都白了，什么气节啊立场啊瞬间抛到脑后，起身“嗖”地一下起蹿到她身边，谄媚地笑：“璟初你好厉害，懂得真多。”

方临汝瞠目。

璟初得意不已，捂嘴笑，眼珠子滴溜溜转些时，道：“你说，我长得好不好看？”

“啊？”崇徽大张嘴，为难地摸头。

“这很难说吗？”

方临汝见璟初要发飙，忙帮崇徽解围，笑眯眯道：“璟初当然好看了，两个小酒窝像盛了蜜，看着就甜到心窝了，别人都比不上。”

璎初得意，扬起下巴。

“不对。”崇徽不挠头了，坚决否认，瓮声瓮气道，“除了二郎，别的人都不好看。”

方临汝捂脸呻吟，这种盲目崇拜的好话，脸皮再厚听了也害臊。

璎初虽说个子娇小了些，然而眼睛又圆又大，鼻子秀巧，唇如樱桃，小酒窝尤其迷人，杨柳细腰，娇美俏丽，便是入目都是美人的方家，也毫不逊色。拿到外头跟其他人相比，月宫仙子一般，在他眼里却是不好看，而且他话里，不只璎初，所有人都不好看，偏还一副实话实说的样子，怎不教被他吹捧的人好生难为情。

璎初哈哈大笑，摊手认输：“往日我们都夸二郎好看，今日才知道，我们夸人的言语，实在拙得很。”

再说下去，今日乐得出不了漱石榭了，说了这许久的话，都巳时末了，案上早膳早凉了，也便不喊崇徽吃了，到秣香楼跟方锦枫一同用午膳吧。方临汝起身，朝崇徽招手，笑道：“我带你去见我母亲跟枫娘。”

“啊？”崇徽苦了脸，皱眉头，团团转，喊璎初：“快帮我揉胭脂擦口脂。”

他是男人，整弄那些作什，方临汝摆手，道：“别弄有的没的，走吧。”

“不弄那些，这么丑她们不喜欢我怎么办？”崇徽忧心忡忡，悲伤道，“她们要是不喜欢我，你可不能赶我走。”

他若丑，世间没美人了。

方临汝忍不住乐，捏了捏他的脸。

璎初大笑，道：“放心去吧，见过岳母就是走了正道了，往后二郎再也不能赶你走。”

“胡说什么。”方临汝薄嗔。

崇徽此时却陡然间开窍了，明白璎初言下之意，当下乐颠颠跟方临汝出门，走出院门了，又奔回来，凑到璎初跟前，小声道谢。

方临汝没听到他说话，看他那谄媚小眼神，暗暗叹气，寻思回头得跟琬初、璎初两个明白交代，别让她们总拿崇徽跟她放到一起开玩笑。

脑子里想到琬初，忽而发现，琬初昨晚去归闲坞找何栋传话，后来一直没见过，琬初从来不偷懒的，别是身体哪不舒服吧？

方临汝担忧，问璎初：“琬初呢？”

“没见她，兴许还在睡。”璎初迟疑道，奔出来，敲东厢北面琬初卧房房门，里头寂然无声，轻轻一推，房门开了，没上闩。

屋里陈设简单，一张铆钉床，床前五斗柜，靠墙衣橱，临窗镜台，床上被褥折叠得整整齐齐，没人。

不知是昨晚就没回来过，还是今早出去了，方临汝问得璟初昨晚就没见过琬初，微皱眉，复又松开，不自觉微笑。

“二郎，你笑什么？”崇徽莫名其妙。

“兴许咱们府里又要有好事了。”方临汝笑道。

被褥没动过，似是一夜未回，想必是跟何栎干柴烈火成就好事了。

璟初领会了，蹙眉道：“不可能吧？琬初不至于那么不庄重。”

“你去看看，若在表哥那里，可别打扰他们。”方临汝笑道，招手呆呆怔怔一头雾水的崇徽，“走吧，别发呆了。”

第二十章　宁死不离

方德清去世后，方姜氏几乎整日整日都待在秋香楼中，方临汝带着崇徽出门，不去芙蓉堂，先到秋香楼。

前两日因素心、素问害喜，楼里一片欢声笑语，今日却有些沉闷，静悄悄的不闻人声。

难道方锦枫身体又不好了？

方临汝大惊，快步入内，帘栊低垂，轩窗半敞，没有药味，方临汝略松一口气，低眉看去，方姜氏和方锦枫地台上对面坐着，素心、素问两个不见人，只银杏、翠翘一旁侍候，又提起一口气，疾声问道：“母亲，枫娘，素心她们去哪了？没出什么事吧？”

“没事。”方姜氏有些恹恹，说得这么两个字，也便不言语了。

这哪是无事的样子！方临汝看向方锦枫，方锦枫往一边挪了挪，方临汝挨着他坐下，注目看，方锦枫眉间微有郁色，气色却还好，脸颊浅浅的红，不似此前苍白。

方锦枫跟她目光对上，面上红晕更甚，低眉不语。

“夫人觉得素心、素问两人有身孕了，还在这边住着怕影响二娘，早上发话，让她们去紫藤院住。”银杏小声道。

“这哪成！”方临汝诧异，看方姜氏欲言又止，方临汝明白了，方姜氏这是怕素心、素问两个和方锦枫干柴烈火，影响胎儿，又怕方锦枫累着，哭笑不得，“我安排拾掇紫藤院，只是想弄膳食方便，让她俩住过去，岂不是我的罪过了。”

“跟你何干，少揽事。”方姜氏瞪她。

“母亲看着，这几日枫娘身体比以前是好些还是差了？”方临汝笑道。

“自是好了许多，可难保……”

“母亲难道不知道，素心、素问两个有多重视枫娘，枫娘是她们的终身依靠，她们肚子里的孩子是枫娘的子嗣，她们哪会置枫娘跟胎儿于不顾？”方临汝倏地打断她，不再似平常只顺着她说话，“依我说，有她们陪着枫娘，枫娘才能不那么寂寞，有时跟她们肚子里胎儿说说话，也是极好的，我跟枫娘在母亲肚里时，母亲是不是也盼望阿爷常陪着你，跟肚里孩子说说话？”

方姜氏无语以对，推己及人，当日怀孕时，的确盼着夫郎时时陪自己。

命素心、素问搬去紫藤院后，方锦枫便一直落落寡欢，心中微有些悔了，想了想，差银杏翠翘：“去让她俩搬回来吧。”

银杏和翠翘出门，跨出门槛，低低“啊”了一声，一齐呆滞不动。

“怎么啦？”方姜氏诧异。

方临汝自己初见崇徽之时便失魂落魄，并不意外，笑道：“是徽娘，我带她过来见母亲。”冲门外扬声喊道，“徽娘，进来。”

方姜氏对人无防备之心，她时常与谢夫人往来，让她知道崇徽是男人，谢夫人也便知道了，方临汝并不打算告诉她崇徽是男人，虽说谢夫人看来没与郭成安勾结，可防人之心不可无，不能让谢夫人知道崇徽是男人，至于崇徽与谢宜宁的姻缘，顺其自然吧。

崇徽那着装，打眼看去就是男人，方临汝却没让他换衣裳，乃是故意为之，崇徽眼下还没长出喉结，此时让方姜氏怀疑他是男人后又反转，后来即便崇徽长出喉结变声了，认知已固定，只略作遮掩，便不会怀疑了。

崇徽进门，带进一室灿烂。

方姜氏倏地坐直身体，失声叫道：“好美的人儿。”

崇徽看到方锦枫也呆了：“二郎，怎么有两个你？”见到方姜氏也紧张忘了问好，挤开方临汝坐到方锦枫身边，定定看他，伸手摸他脸，傻呆呆道：“眉毛像，眼睛像，鼻子也像，嘴巴也像，就是瘦些，下巴尖了些，眼神……二郎，他的眼神没你那么亮。”

“不是说是小娘子吗？怎么是个男人？”方姜氏悄悄问方临汝。

方临汝指颈间，笑而不答。

方姜氏细看，拍手叫绝：“虽说美得雌雄莫辨，可你不说，我真看不出来是小娘子。”

本来就不是小娘子，方临汝笑道：“儿在外面行走，不也从没人看出儿是小娘子？”

“倒也是，你跟枫娘两个穿一模一样衣裳出去，任谁都看不出他是男人你是小娘。”方姜氏喟叹。

母女俩说了几句话，方临汝扭头看去，崇徽已与方锦枫打得火热。

方锦枫长年卧病在床，除了母亲阿爷方临汝和跟前服侍的，鲜少与外人接触，崇徽爱屋及乌，又不守俗世规矩，拉着他亲密无拘，那样美的人儿，那般赤诚的心，登时便交了心，无话不谈了。

他心思细腻，见方临汝不避忌男女之防，又见崇徽个子高得离谱，手拉上手了，故作不经意翻崇徽掌心手背看，男人的手再秀润，也比女人大了许多，登时心中有数，只诧异崇徽为何没喉结。

方临汝觑空，背着方姜氏，悄悄把崇徽是男人，之前吃药阻生长一事告诉他，方锦枫只点头，也不追问原因。

几个人说了会儿闲话，素心、素问搬回来，方锦枫神情更愉快了，方姜氏大喜。

午膳摆开，大家团团围坐，崇徽跟方锦枫紧挨着，两个叽咕低语，亲密像兄弟，方姜氏觉得有些不妥，细一想，也许崇徽不知方锦枫是男人，以为是小娘子，不必避男女之嫌，也便释然。

方临汝知她担忧什么，禁不住想笑。

一家子边说笑边用膳，膳毕已是未时初，昨晚给林源出主意，让他上午抓人，若是林源真的抓人了，此时应该有消息传回来了，方临汝心中牵挂，频频看向院门。

方游丰的消息还没传来，漱石榭却来了人，外头侍候的粗使，璟初打发她过来，请方临汝赶紧回去。

方临汝以为方游丰被抓的消息先报到漱石榭，回来一问，才知不是，竟是琬初受伤了。

澄漪山房西北有一个花园，穿过园子，角门进归闲坞，琬初晕迷在进了角门十几步远的地方。

自上次何舆到秫香楼行不轨，方临汝便下令把这个角门锁了，府里各处钥匙，方孝那里有一套，何栎有一套，他经常出入澄漪山房，走角门近了许多。方临汝有一套，琬初昨晚去归闲坞，拿的便是方临汝那一套，因那角门锁了，舒九娘带人巡夜时便没巡那处，固而琬初晕迷在地也没人发现。

方临汝快步进厢房，琬初已苏醒了，歪坐着，方临汝注目看去，不由一凛，琬初素常极干练的，此刻却委顿不堪，面色死灰，唇色青紫，额头一个大包，身上衣裳沾满灰土，极是狼狈。

“怎么回事？”方临汝急声问。

琬初是她跟前的人，若是方府的人动手打琬初，那是反了天了。

“我也不知道，抬脚时绊了一下，直直往前摔，一下子就晕了过去了。”琬初微有羞愧之色。

不是被人打了，方临汝松口气。

虽然没其他外伤，到底怕伤着脑袋，命小丫头去禀了方孝请王大夫过来诊视。

琬初撑着床板坐直了些，道：“我进归闲坞就晕了，还没把话传给何大郎，不知他今早会不会已经去了扇坊，刚叫璟初去看了。”

璟初去看了，方临汝也便不急了，到西厢库房里，把素常王大夫开的化瘀药油拿了来，床沿坐下，指尖拈了药油帮琬初揉。

琬初扭头闪避：“等璟初回来了帮我揉。”

“避什么，坐好。”方临汝薄嗔，琬初、璟初自小服侍她，虽是主仆，情份却同姐妹无异，并不觉自己是主子照顾琬初掉架子。

琬初眼眶发红，终是生受了。

高肿的大包揉化了，一时王大夫过来，诊视过，道无碍，方临汝方安心。

忙忙碌碌小半个时辰过去，璟初还没回来，方临汝微有不安，正要使人到明瑟馆去看，璟初回来了。

何栎不在明瑟馆中，她忙赶去扇坊，想着虽说也许迟了，总得做些什么，要嘱何栎隐藏行踪，可何栎也不在扇坊中。

她问过方诚，方诚说何栎今日没去过扇坊，回来后问阍者，阍者说何栎丑时末出府的。

丑时末，夜深人静，想必是去紫竹园了，按路程行程，卯时初就能避人耳目回来了，为何这时都午后了还未回来？

郭成安动手杀人怕是不敢，况且他不在润州城中，却怕紫竹园外那条沉沉不见底的河，浮桥夜里看不清，何栎别是掉河里了。

思及此，方临汝的心脏陡地紧缩，扑通扑通跳得厉害，顾不得此时去紫竹园会被人发现了，站起来快步往外走。

崇徽一旁傻站着，木头人似的，见方临汝抬步当即会动了，大喊：“二郎，你去哪？”

跟上来紧抓住她胳膊不松手。

方临汝拨开他的手：“我有急事，你别添乱了。”临汝皱眉。

“谁说我添乱了。”崇徽眼睛睁得浑圆，挺起胸膛，理直气壮道，“何大郎没陪着你，我得跟着你，保护你。”

“你保护我？”方临汝看他为自己赴汤蹈火眉头不皱一些儿的气势，一时间理不清滋味，斥责的言语到唇边咽回，笑了笑，道，“好吧，跟我一起走。”

不带供应紫竹园日用的物品，且担忧何栎安危，方临汝也不避人，带着崇徽打马直奔紫竹林。

紫竹林除了伐竹之时有人进入，平时人迹罕至，林间小道车辙分明，从车辙看，只见进不见出，何栎真个来了后没出去，方临汝心中忧急更甚。

紫竹园外没马车，河水不见异状，开门进去，石子甬路一排车辙往里去，没有往回来的印迹。

不是掉河里，方临汝轻吁一口气。

园子寂静宁谧，盛夏，花草树木最繁茂之时，园中景色比上次来时又是不同，树木葱茏，远远看去一片浓荫流泻，宜人的绿意里，又有朵朵鲜红粉嫩探头，含苞欲放的娇娇嫩嫩，霞蒸锦蔚，无处不透着春意。

方临汝无暇欣赏美景，打马疾奔，崇徽紧跟着她，才骑了几次马，马技便很好了，竟是一步不落。

去库房和去疏影楼是不同的路，方临汝在岔路口略一停，随即往库房去。

马车就在库房前停着，车前兰荪翘首站着，鲜艳抢眼的鹅黄襦裙，见到他们，挽起裙摆飞奔过来，方临汝急扯马缰，马儿嘶蹄一声，竖起前蹄腾空，空中打了个转，方停下。

兰荪差点儿被马蹄踩成肉酱，却一点儿没感到害怕，瞟了方临汝一眼，越过她，口中喊着徽娘，朝崇徽扑去。

“你跑那么快干什么？害得二郎急勒马差点儿摔下马。”崇徽粗声骂。跳下马，把马缰随手扔掉，冲到方临汝马前，伸手扶她下马，口中殷殷问：“吓着没有？有没有哪不舒服？”

“徽娘，你……”兰荪怔怔看他，眼眶发红。

崇徽这一日精心妆扮了，眉若春山，眸凝秋水，唇点朱丹，本就好看，更显了十分魅色，娇媚鲜妍若狐仙，泫然欲泣间，雨打梨花楚楚可怜，凄凄然叫人看了心碎。

崇徽视而不见，把方临汝扶下马，上下检视一番，见方临汝面色如常，松口气，方看向她，直刺刺问道："何大郎呢？"

兰荪咬唇，眼眶里打滚的泪水倾落："徽娘，我担心死了，怕你有意外。"

"能有什么意外，你多虑了。"崇徽毫不领情，说完，弯了眉眼，急于炫耀的快乐的笑容，得意扬扬道，"二郎对我可好了，我们咬……"

"崇徽！"方临汝断喝。

崇徽"啊"一声，猛地捂住嘴唇，虽捂住了嘴唇不说话，一双黑白分明的大眼睛却活泼泼转动，将那没说出口的话渲染得再清楚不过。

"你……你们……他知道你是……"兰荪手指指崇徽，又指方临汝，崇徽还是早上那袭箭袖锦袍，身姿笔直修长，勃发如松，兰荪的视线在他和方临汝身上来回打转，短短几个字说得极其艰难："他……知道……你是……男人了？"

"知道了，我是男人，二郎是……"崇徽说了一半急忙又去捂嘴唇。

"二郎是什么？"兰荪眉尖蹙起，紧盯着他。

崇徽眼珠子转了转，道："二郎是菩萨，不怪我。"

"便是不怪你，你是男人，他也是男人，你们也做不了什么，你回来，我陪着你，好不好？"兰荪痴痴道，往日收敛着，怕吓着崇徽，如今再不表白，人便跑了，也顾不得面皮了。

崇徽抖了抖，搓手臂，恶心得很的表情："我不要谁陪，我只要二郎。"说话间，见方临汝要跳上驭位察看车舆，一把拽住她，喊道，"我来。"

暗蓝色团花帘子掀开，里头米面粮油衣料等物未卸，何栎横躺在上面，眼睛圆睁，脸色苍白，嘴唇青紫，崇徽惊叫了一声，扶起何栎，大声喊："何大郎！何大郎！"

何栎软绵绵坐立不能，神志清醒着，看着方临汝，眼珠子不住转动。

不算最坏的，方临汝至此反松口气，何栎如此，什么人所为显而易见，望向兰荪，淡淡道："解药给我。"

"把徽娘留下，别再带他出园，我就给你解药。"兰荪歇斯底里地叫喊，"别想找大夫配解药，我家传的秘方，当年我阿爷奉皇后命给皇帝宠妃下毒，宫里的太医都研制不出解药，更别提润州小城的大夫了。"

马车前看到她，方临汝便有预感，因此并不意外，这人心思深沉，不是易与之辈，略一沉吟，淡淡道："我现在答应你，你给我表哥解了毒以后，我不留下崇徽，你又能如何？”

“我自然不会一次解清，他经常送日常供给过来，我每月给他服一粒解药。”兰荪赤红着眼道。

好周密的算计，果然没那么容易善了。

方临汝暗暗后悔，何栎跟自己提过，她似癫似狂，不可不防，自己却疏忽大意，致酿今日之祸。

视线落在崇徽的脸上，眼下，似乎只能暂时把崇徽留下，让何栎先服下一丸解药，出紫竹园后，要大夫诊视，想办法配出解药来，再重治她，把崇徽带走。

崇徽脸上空白茫然的表情，似乎不明白兰荪为什么说那些话，与方临汝目光对上后，周身一震，极短暂的怔神后，看向兰荪，眼神凶狠凌厉，猛一下松开何栎，像一把出鞘的利刃，朝兰荪冲去，笔直的长腿，飞一般的速度带给人强烈的冲击力，兰荪痴痴迷迷看他，崇徽冲到她面前，朝她挥出拳头，青筋暴凸毫不客气地一拳，拳头在冲到兰荪眼皮底下时，硬生生刹住，大叫道：“你别想把我从二郎身边弄走，快给何大郎解药，解清全部毒那种解药。”

兰荪呆了，没想到崇徽居然朝自己挥拳，虽然没打出，可她看出来，崇徽不是舍不得打，而是怕打了她之后，她不肯给解药。

百箭穿心不过如此！

“徽娘，咱们从小一起长大的情分，还不如一个外人吗？”兰荪噙泪，颤颤伸手去拉崇徽，白皙的一只手，手指纤细而绵软，半弯着，娇怯羸弱。

崇徽没半点儿怜香惜玉之心，侧身一闪避开她，把手藏到背后不给她拉，眉头打结，恶狠狠地瞪她：“快把解药拿来。”

兰荪咬唇，跟他较劲。

那是她留下他，得到他的最后的仅有的杀手锏。

炽烈的阳光当头照着，风带来扑面热气，枝头一声声蝉鸣，崇徽站得笔直，用凌厉、憎恨、厌恶般的眼神盯着兰荪。从方临汝站着的角度看去，今日的发型与衣着真的极适合他，他的鬓角干净齐整，额头光洁如玉，眉峰飞扬入鬓，青山卧波优美清明，浓密挺翘的睫毛像黑压压的蝶翅，惑人地眨动着，俊挺的鼻翼，丰润的嘴唇，方临汝胸腔颤动，对着这祸国殃民的美色流口水，恍惚里忽想，兰荪是不是也如自己这般，为崇徽美色所惑，故而走火入魔坠入地狱。

自己若非方家家主，担着一家子几百口人，顶着男人身份，此生夫妻情好无望，怕是也如她一般痴痴迷迷付诸行动了。心思车轱辘似的不住转，看着兰荪，不仅无恨，反生怜，心头空荡荡的，说不清是悲伤还是怅然，可叹她对崇徽一片痴情，崇徽却视她如骷髅毒蛇，由得她伤心绝望半分悯怜也无。

兰荪紧咬着牙一动不动，崇徽的面色从气愤的赤红到悲伤的惨白，他毫不怀疑，较劲到最后，方临汝定是把他留紫竹园换何栎的解药。

日头西坠，艳丽的霞光映亮了半边天空。

车舆突地"砰"一声巨响，如丧钟震耳，崇徽绝望看去，何栎竟是从车舆里甩出来了，方临汝冲过去扶他，何栎抓着车辕虚软无力地抬着头，不看方临汝，只注目看他，嘴唇轻颤着，崇徽眼眶红了，喃喃道："何大郎，我知道你也对我好，可是我不能离开二郎，我离不开二郎。"

何栎嘴唇颤动，在说话，没能发出声音。

看着他的唇形，朝夕相处，加之表兄妹之间的血缘关系方临汝看懂了。何栎想说的是，让崇徽也中毒，利用兰荪对他的爱慕，逼兰荪给解药，在拿到解药后，制住兰荪，让兰荪自己也中毒，由此逼她写下药方。心口扑通剧烈一跳，怕兰荪看出来，脸对着何栎，状若无意提示崇徽："围魏救赵。"

"围魏救赵！"崇徽反问，不明所以，懵懂迷糊，《三十六计》虽用心看了，可惜于儿女私情一头一窍不通，不能领会方临汝言下之意。

何栎一瞬不瞬地看着他，因中毒后不能动弹，用意志凝聚了周身力气扑出来，毒发更快，面庞青紫更甚。

崇徽急得几乎发狂，抓住兰荪胸襟，厉声道："解药快拿来。"

"不拿，除非你留下来。"兰荪昂头，眼里同归于尽的狠毒。

方临汝见崇徽像块木头，欲要提示，又担心被兰荪察知他们的图谋，恨压过爱，那时不只不能救何栎，连崇徽也有了危险，一时间左右为难。

何栎突然呕一声，有液体从嘴角流出，暗黑的颜色，竟是血，一口接一口的血呕出，只片时，脸庞底下一大摊血污。

方临汝勃然变色，扶着何栎，何栎周身软绵绵的，扶都扶不起来。

"这毒本来十二个时辰方发作的，他拼了那一拼爬出来，毒气攻心，再不服解药，谁也救不了他。"兰荪冷冰冰道。

方临汝手足冰凉，崇徽不能领悟，只能先抛下他，再作打算。

看崇徽，要开口让他留下，又有些担忧。崇徽方才举止毫无情意，只怕把他留下，兰荪虽然不会对他下要命的毒药，却会用其他药。

世间大部分男人欣然纳之的艳福，崇徽却怕是不能接受。

他于男女之情上一窍不通，连兰荪拉他手都不愿意，可想而知，跟兰荪有肌肤之亲，于他而言是弥天大祸而非艳福。

“二郎，你要用我换何大郎解药？”崇徽傻呆呆地看着她。

方临汝沉默无言。

崇徽的眼神从企盼哀求到凄凉绝望，木然站起来，如行尸走肉，眼直直地恍恍惚惚走到马车前，慢慢蹲下身子，伸手摸那一摊暗黑的血水，指尖举起时，黑紫的血水滴滴答答。

兰荪离得数步远，机会难得，方临汝低头俯下身，想跟他说自己跟何栎的打算，崇徽却以为她要将自己推给兰荪，嗷呜一声叫，尖厉惨切，方临汝未及开口，他抓起何栎一只手，对准手腕血管，狠狠咬了下去，吸血吞咽。

“崇徽，你干吗？”方临汝与兰荪同时惊叫。

兰荪魂飞魄散，方临汝却是暗欣喜，脚下移动，弯腰伸手，看似要拉开崇徽，实则挡兰荪。兰荪冲过来，被方临汝挡着，尖声大叫，伸臂抓崇徽没抓到，略迟得一迟，方临汝把崇徽拉起来了才挤进去，崇徽抬头来，紫血玷污一张脸，眉眼扭曲，眼睛通红，仇恨的目光死死地盯她：“我死也不离开二郎，你休想分开我跟二郎。”

语毕，扭头看向方临汝，另是一番神色，眼神灼热，专注地一瞬不瞬看她：“二郎，我想跟着你，死我也要死在你身边，别把我丢下好不好？”

方临汝低骂一声“傻子”，何栎的手腕不住冒血，没空理会他，一只手按住何栎的血口，一只手探进车舆里，迫切搜索。送紫竹园的日杂用品里头，也有药品，乒乒乓乓连声响，布包米袋颠来倒去，总算找到药品布包，翻了伤药出来，急洒药粉上去，看看那血住了，又袖袋里掏出帕子，给何栎包扎伤口。

崇徽痴痴地看着，看她为何栎忙碌，顾不上瞥自己一眼。

“你看，他心里根本没有你，你何必非黏着他。”兰荪流泪道。

崇徽如石头人一般，一动不动，眼珠子都不转动，面色越来越白，唇色青紫。

霞光在天际消失，沉暗一抹死灰，崇徽缓缓地倒了下去，只得片刻，嘴角溢出黑血。

怎么发作得那么快！

方临汝眼角一直留意着他，手一颤，帕子绳结打空。

“徽娘！”兰荪失声尖叫，“你别紧绷身体，放松！”

崇徽绷得更紧，嘴角乌黑的血水越流越多。

兰荪直怔怔地看着他。

方临汝克制不住，嘴唇哆嗦，一双手颤个不停，指尖忽地冰凉触觉。

何栎手指艰难地勾着她的手，眼睫眨动，眼神说："忍住！忍住！忍住！"

方临汝忍不住，却知道忍不住也得忍，成败在此一刻，低下头，虚虚伏到何栎身体上方，眼角一滴温热的泪水落到何栎脸上。

四周死一般沉寂，崇徽在地上斜斜看去，方临汝就是伏在何栎身上，周身血液奔流，血管暴胀欲断，脑子里来回喧叫着，"二郎，你跟我咬过嘴唇了，不准你跟何大郎那么亲热。"却喊不出来，嘴角黑血跟开闸的水一般，比何栎淌得还多。

"徽娘！"兰荪怔呆呆地叫，脸色越来越难看，扭头看一眼方临汝，咬了咬嘴唇，奔进库房里。

方临汝听得脚步声响，抬头看，兰荪进库房了，觑机飞快抓起马鞭，紧紧攥住。

兰荪奔出来，脚步凌乱急促，冲到崇徽身边，左手托起他下巴，掰他的嘴唇，右手掌心两粒乌黑蜜丸。

方临汝再不迟疑，兜头一鞭抽去，"啪"的一声脆响，兰荪仆地，方临汝大步冲过去，膝盖压住她的后腰，抓起她双臂扭到背后，用她臂间帔帛作绳，眨眼工夫，连同一双脚捆个结实。

地上两个乌金似的蜜丸滚在崇徽脸颊，方临汝捡起来，看一眼崇徽，崇徽湿漉漉的眼睛看着她，方临汝咬牙，起身，走到何栎身边，掰开他嘴巴，把药丸喂进他嘴里。

"你好狠心，徽娘对你那么好，你却置他于不顾。"兰荪嘶声骂。

方临汝只喂了一粒给何栎，悄悄漏了一粒落在何栎身边，却不说，居高临下地看着她，冷冷道："表哥是我至亲，我方家离不开他，崇徽怎么能跟他比，你那么喜欢他，就让他跟你做一对同命鸳鸯吧。"

解开何栎腕间的手帕，伤口流血止住了，拿着帕子走到崇徽跟前，崇徽脖颈下巴都是血，帕子浸湿了血，一把塞进兰荪嘴巴。

"你……"兰荪挣扎，方临汝哪容她挣脱，挤压帕子，血水淌进她口腔，顺着喉管滑下，兰荪呕呕几声，呕不出，咕噜噜咽了下去。

来回数次，崇徽脖子上的血迹浸个干净，兰荪面青唇紫，显见也中毒了。

方临汝把帕子扔了，用兰荪的裙子拭了拭手，起身，何栎能动了，虚软无力，艰难道："汝郎，崇徽对你一片赤诚，让兰荪写药方，找大夫配药，救救崇徽吧。”

“不行！”方临汝断然拒绝，无心无肺铁心石人，“若不是他，你不至于遭此横祸。”

语毕，进库房，咚咚地搬东西，过片时出来，道：“今日天晚了，现挖坑麻烦，把他俩先扔地穴去，过个十天半个月死透了，再过来挖个坑埋了他们。”

口中说着话，过来扶何栎坐起，悄悄儿捡起药丸，过去，拽着崇徽的胳膊，粗鲁地把他往库房里拖。

“你表哥的毒还没完全解呢，你弄死我们，他也得给我们陪葬。”兰荪叫，毒入口，中气不足，尖叫的姿态，说出来却如蚊子哼哼。

方临汝瞥了她一眼，脚下不停，把崇徽拖进库房，至地穴前，离了兰荪视线，急把手里药丸喂进他嘴里。

崇徽本来软绵绵如已死去，魂魄不存，陡地睁开眼，亮晶晶地看着临汝。

方临汝低叹，俯到他耳边，几不可闻低语：“我怎么可能真的置你于不顾，不过演一场戏，逼她交解药。”语毕抬头来，崇徽已在瞬间泪水湿了脸庞，血迹晕开，绝美如花的一张脸斑驳如戏台小丑。

方临汝刚硬的心软得一塌糊涂，纵是无心无情无意，一个人宁愿死也不离开她，免不了漆黑无光的天地里四季生春，手指掠过崇徽眼角，为他拭了拭泪，方起身出库房。

第二十一章　晓譬曲直

"我们死了，你表哥也得死，我跟你做交换，我把解药药方告诉你，你救我跟崇徽，如何？"兰荪青白了脸，一双赤红的眼睛盯着方临汝。

"你骗谁呢！"方临汝浅浅笑，眉眼间的骄横残忍教人惊惧，"一粒解药是半解，两粒解药就是全解，你本来以为，我必是很爽快就要留下崇徽的，还以为，崇徽是愿意留下来的，你给我表哥下毒，只是想让他走不了，我久等他不回，过来察看，然后把崇徽带回来。"

心知两粒解药不能完全解毒，却必得这么说，方能逼得兰荪没了侥幸之心。

"我才不是这样想……"兰荪咳了咳，周身虚软，脸颊肌肉动得牵强，声音越来越细，"不怕一万，就怕万一，你就不怕万一两粒解药不能解你表哥的毒吗？"

方临汝"哦……"了一声，兰荪声音已模糊不清，深怕她过得片时她连话都说不出来，实实装不下了，凝眉作沉思状，随后道："我暂且信你一回。"

车舆里送来的物品就有笔墨颜料纸砚，找出来，让兰荪口述。

兰荪十年来把紫竹园各处搜索过，找出不少草药，挪种到一处，方临汝按她指示，很快把各种草药配齐，炼蜜丸她不懂，兰荪说煲药汁喝也可。

喂过何栎，方临汝又端了一碗进库房喂崇徽。

事先服过一粒解药，再喝了药汁，崇徽很快活蹦乱跳。方临汝往外走，被他一把拽住，他的眼睛亮得出奇，门外灯笼光晕映进来，璀璨的辉光，脸上血痕被泪水冲刷后，淋漓斑驳，衬得那双纯粹的大眼更加鲜明，眸仁深处异样的热烈的情绪使那双眼睛鲜亮得像着了火，方临汝不敢跟他对视，抽手，却没能抽出来，崇徽修长匀润的几根手指如铁钳，力道很大，不容她脱出一分。

"二郎，我好开心，我想咬你嘴唇。"他凑近她，湿热的气息打在她额头上。

方临汝的身体一颤，低喝道：“跟你说过，嘴唇不能乱咬，别胡来……”

“我忍不住。”崇徽耍赖，这当儿周身血液奔突，叫嚷着，血管要爆开了。经过今日之事，知道方临汝对自己无以复加地好，更是包容忍让，自己的分量不比何栎轻，更加不怕了，不容分说咬住方临汝嘴唇。

湿热的温软的舌头，带着药汁的苦涩，还有咸涩味儿，有泪水从他眼眶滑落，顺着脸颊渗进方临汝跟他的嘴里，融入两人的口水中，方临汝有些颓然地闭上眼睛，无力地意识到，崇徽此时入魔了——她不能阻止他，她的话这会儿他也听不进去。

“我女扮男装，担着家主之位，在枫娘和大兄的孩子中有人挑起方家重担前，不可能嫁人。”她在崇徽乱无章法的啃咬间隙，似低喃自语。

崇徽没弄懂她说这话的意思，只略一停，又迫不及待咬了起来。

“我……生气……了……”方临汝断断续续叫。

“我知道你再生气也不会扔下我不要我，我不怕。”崇徽的脸皮厚得很，不知寡廉鲜耻为何物，得意地笑，有恃无恐，一丁点儿停下来的意思都没有。

两人从库房里走出已过了一盏茶的工夫。

崇徽束发松乱，几绺头发散在脸颊，脸上脖颈上还有污血痕迹，样子有些狼狈，气色却极好，一脸猫儿偷腥后的满足笑容，嘴巴快翘到天上去了。

方临汝嘴唇微肿，脸涨得通红。

傻子也知他们方才做了些什么，何况刚才崇徽半点儿不回避，兰荪见鬼似盯着方临汝，口结舌钝：“你是男人，你居然跟徽娘……不要脸……”

方临汝眼角都吝于瞥她，心中恼怒不已，若不是她，自己也不至于又被崇徽咬嘴唇。

何栎平平静静，似乎什么都不知道，低声问：“怎么处理她？”

为免绝后患，自然是弄死了干净。

只是，兰荪做得再过分，也不过一个走火入魔的痴情人罢了。

方临汝沉吟些时，道：“把她锁房间里面，房门处理一下，留一个小口进出食物，沐浴的水每回你过来时，供给一次吧。”

兰荪关起来，得挑一个出来当管事。

紫竹园默认的规矩，当年的扇面美人就是管事，下一年扇面美人选出来，上一年的扇面美人弄哑了，由新任美人继任管事，兼教导待选美人。兰荪软禁，往年的美人都是哑巴，不能做管事，只能在待选美人中再选一个出来打理紫竹园庶务。

方临汝没召美人细选，问崇徽："谁跟兰荪关系不好？"

崇徽眯眼，仔细想了想，道："大家都跟她很好。"

这就难办了。

方临汝跟何栎相视一眼，均想，难不成从外头调一个人进来？

崇徽站在方临汝左边，看方临汝跟何栎对望，影子一般飘过来，插进方临汝跟何栎中间。

方临汝抚额无语，何栎眼睑下垂，随即又抬头，微笑着问崇徽："除了兰荪，你跟谁最要好？"

"我跟谁都不好，跟兰荪也不熟。"崇徽两手摆动，有些惶恐地看方临汝。

方临汝眉心跳了一下。

何栎心中喟叹，崇徽看着傻，其实精得很，什么都不懂呢，却知道撇清，怕方临汝吃醋，压下心中酸涩，笑道："眼下要找一个跟你好的做管事，能听你的话，我才那样问。"

"听我话的啊？"崇徽皱眉思索，道，"那就是梅娘了，平时我说什么她都是点头。"

梅娘被找了来，也是一个倾城美人。崇徽如天上洁白的云，出尘如谪仙不可捉摸。兰荪是曼陀罗，娇艳而狠毒。梅娘则是临水照影的水仙花，弯弯新月眉，渺渺含情目。一袭烟紫色襦裙，亭亭玉立站着，天然丽质，芬芳清新，素洁幽雅，今年十四岁，比兰荪和崇徽小，比其他美人年纪大。不出意外，兰荪之后的下一任扇面美人或是崇徽，或是她，让她当管事，倒也合适。

梅娘果然很听崇徽的话，崇徽交代一句，她便点一下头，自始至终，一句为什么都没问。

方临汝又把哑婢和美人们都喊到一处，宣布兰荪犯规软禁，以后园中事务由梅娘打理。

哑婢低着头，说不出话，也无意说话。

美人们似乎有些意外，又似不意外，小的天真烂漫叽叽喳喳说着自以为的人人听不到的悄悄话，大的眼睛都在看崇徽。

看这样子，怕是不只兰荪，其他人也多少察觉崇徽是男人且芳心暗许了。

方临汝暗骂了句祸国殃民，方才被崇徽啃咬的嘴唇有些疼，自嘲苦笑："方临汝，你也不过一个俗人，为美色所惑的芸芸众生中的一员。"

从紫竹园出来，酉时末。

要避人耳目，三人分了两路，何栎驾马车前头先走，方临汝与崇徽打马后面缓缓走。

崇徽一会儿踩着马镫站起来，一会儿向左扭扭，一会儿往右歪，口中呱啦呜哇哼唧，吐字不清，样子活像一只开屏的雄孔雀，花枝招展，张扬招摇，得意扬扬，恨不能把周围所有目光聚到自己身上，大声嚷嚷："我跟二郎又咬嘴唇了！"

方临汝纠结得要吐血，城门在望，回府后，他要是还这样子，见到的人都能猜到他跟自己做了什么。勒马停下，轻咳了一声，崇徽立即打住，眼睛亮晶晶看过来，方临汝深吸气，虽有些臊，却不得不说："崇徽，我是方家家主，在下一代，便是我的侄儿有人挑起方家前，不可能公开女儿身份，不会嫁人。"

"我知道，你说过了啊，咱俩咬嘴唇时你就说了。"崇徽嘿嘿笑，显然又想到不能想的地方了，身体在马背上横跨，朝方临汝凑过来，咂嘴，甜滋滋笑，"二郎，咬嘴唇真舒服，我还想再咬你嘴唇。"

方临汝喉间一口血差点儿喷出来，勉强压下，也不讲什么含蓄了，直直道："咱们虽然亲嘴了，可是我不可能对你负责。"

本来是男人对女人负责的，到她这里，却变成她对崇徽负责，方临汝语毕，止不住先苦笑。

"我不要你负责。"崇徽爽快地说，上次他说了要方临汝对他负责的话，方临汝当即变脸，他对世事迷糊懵懂，揣摸方临汝的心思方面却通透得很，颇会察言观色迎合方临汝，想了想，又补充，"你只跟我咬嘴唇，不跟别人咬就行。"

鸡同鸭讲，对牛弹琴。

方临汝无语，极目远望，顿感天地沉暗，广袤无垠，人居其中，蝼蚁般渺小。扪心自问，对崇徽到底什么感情，理不清，似乎不仅是一般的喜欢，却又不是爱恋，方家的重担压在肩膀上，不能考虑感情，也无暇考虑感情，也许只是惑于他美色，跟兰荪，跟紫竹园里的美人迷恋他一般，只是不像兰荪那样迷恋得失了本性。

崇徽小心翼翼地看着方临汝脸色，夜色昏朦看不分明，只觉方临汝眉眼沉沉，说不出的疲倦与忧伤，急得脑门冒汗，怔怔想了些时，却什么都不懂，只不想方临汝烦恼。方临汝之前让自己搬出漱石榭，一直赖着不肯搬，这当儿只想顺着方临汝，让她不烦恼，脱口道："二郎，今天晚上我就搬去流觞轩，你别发愁好不好？"

方临汝抓马缰的手霎地紧了紧，侧头看，崇徽专注的目光定定地看着她，傻气而天真，之前他撒娇耍赖不肯搬，为了哄她开心，却主动提出搬，心头百般滋味上涌，许久化作一声轻叹，霎地提缰，马儿扬蹄，如风疾驰，顷刻间把崇徽甩在身后。

“二郎，等等我！”崇徽大叫，苦恼想，搬走还不能哄得方临汝开心，怎么才能让她不皱眉头呢？

两人进府门，何栎照壁前等着，迎过来，与方临汝并肩走，小声道：“大郎黄昏时回来了，我刚找来双福问了一下，今日林源带了人去谷华巷抓人了，可双福说，林源把他们抓进去关了约莫两个时辰后就放了，也没提要交罚金，甚是奇怪。”

“别是郭成安半路回头了，林源跟他碰过头了吧。”方临汝脚下略顿，想起崇徽献的计，方游丰没被关，便用崇徽提的方法办，低声讲给何栎听。

何栎凝思片时，道：“不错，让大郎戒赌一事，便这么办，明日我即着手安排。”

方临汝颌首许可，他办事没有什么好操心了，把这事丢开，林源抓了人又不要交罚金，不知打的什么主意，略一沉吟，道：“我亲自跑一趟刺史府，看看林源什么打算。”

“我陪你去。”何栎和崇徽异口同声道。

“我又不是三岁小娃儿。”方临汝失笑，龙潭虎穴都无惧，况且区区一个林源。

林源昨晚从方府出来，觉得方临汝的提议极好，他想要政绩往上爬，抓赌罚钱与强迫捐款相比，自然是前者更好，只是跟郭成安议定了，改口反悔有些难办。

事先约好了，拿了钱就去郭府，但钱没拿到，林源犹豫着，不知要不要去郭府。

官位是郭成安帮他谋来的，撇过郭成安不好，林源回了刺史府纠结些时，命人去郭府请郭成安过来商议。

差役回报，郭成安有急事外出。

林源听说，遂没去郭府。这日上午又使人去请郭成安，郭成安还是不在，眼看方临汝说的人最多的时间到了，林源不愿放过敛财揽功的机会，带着差役到谷华巷抓人。

人抓回来了，除了方游丰，挨个讯问，要了解一下各人家底，好定下罚金数目，谁知都不是什么有钱的主儿，有几个怕事的更是招认，他们受雇于主斗者，每日领工钱，输赢不关他们的事，只是起哄，诱方游丰一直赌下去。

林源一听，这好像是个陷阱，联想起鲁玄不明不白突然死了，方临汝却把杀人的罪名套到自己头上，一阵惊怕。

他贪财之心甚盛，更惜命，不急着通知各家交罚金，先命人请郭成安过来商议，听说郭成安还是外出未回，打听得郭成安昨晚宴请润州城一些豪商，却中途离席，离席后再未回去，当即吓得坐立不安，寻思郭成安莫不是遭方临汝暗算了。

前因后果细想，心中认定方临汝为图谋方家家财，陷害同胞阿兄，又做套给自己钻，思索些时，保得住官位保住命才能有钱，还是小心为上，把聚赌的人训斥一顿，都放了。

听差役报方临汝到访，心情微妙，不想见，很怵她，却又想听听方临汝说些什么。

踌躇许久，命人请方临汝到前厅。

刺史府厅堂气势雄伟，方正阔敞，服侍的不是婢女，而是一个个差役，一式浅青公服，凶神恶煞如狼似虎，寻常人进来，气势先矮了几分。

方临汝却不然，步履利落潇洒，闲庭信步，逛自家后花园般。雪里寒梅绽放，清池里荷花戏露，冷冽有之，清雅有之，自成风骨，厅堂鎏金溢彩未能夺她分毫气势。林源看着，微失神，忽想起鲁玄因执念痴迷送了命，心头咯噔一下，回神，嘴角牵起，皮笑肉不笑，道："方二郎，请坐。"

"谢林公。"方临汝从容道，笑意略深些，五官鲜明夺目。

宾主坐下，差役奉上茶，方临汝浅啜一口，笑吟吟夸好茶："这是新出的东川神泉吧？林公喜欢东川神泉否？汝认识一个茶商，改日送几罐给林公品尝。"

"岂敢！"林源摆手推辞。

方临汝留意着，见他不似作伪，昨晚到方府，客踏主地，一副倨傲张扬之色，今晚自己是客，到他的地盘来，他虽则疏冷，却半丝傲气亦无，这一日到底发生什么，让他转变如此之快？

心思转动，笑了笑，道："林公放我阿兄回府了，汝感激不尽，不知这罚金？"顿住，静看林源。

林源一震，坐直身子，拂袖子，抚襕袍，正颜厉色道："方二郎莫提罚金二字，本刺史身为朝廷命官，对走邪道的百姓，自当苦口婆心教诲，哪能以罚代教。"

果然有变，只不知是因为什么，对方家有利还是不利。

方临汝神色不变，起身，一揖到地，钦佩不已道：“林公爱民如子，汝佩服。”

“方二郎请起！”林源急起身扶她，好个礼贤下士两袖清风的清官。

方临汝顺势起身，复坐下，又问道：“捐款一事，林公怎么看？”

“方家是润州城制扇第一大家，每年纳税不少，便罢了。”林源有些讪然，眼神闪烁，躲躲闪闪不敢与方临汝对视，半晌，忍不住问道，“方二郎可知郭大郎去了哪里？本刺史要找他募捐，从昨晚到现在都没找着他。”

这是没找到郭成安，以为自己使黑手，把郭成安怎么了，吓得也不敢要方家的钱了。

方临汝差点纵声大笑。

郭成安急匆匆追自己和何栎而去，便是来不及亲自去面别林源，也可差人禀报。不说，显见不想让林源知道。其人自负自大要面子，空跑一趟发现被自己耍了，事前不告诉林源，事后却是没脸说了，方临汝脑筋转了转，端起茶盏慢悠悠喝了几口，故作高深道：“郭兄去扬州办事了，林公最迟明晚就可见到他。”

“他去扬州做甚？”林源山羊胡颤了颤，找了郭成安数次没找到，听得他没出事，而是跑扬州去，不觉恼火。

“这个嘛？”方临汝指节曲起，矮案上轻敲，一声声清脆叮咚响，颇为难的样子，“林公还是等他回来问他吧。”语毕，眉头轻蹙，弹了弹自己额头一记，道，“我糊涂了，郭兄兴许不想让林公知道他去扬州，还请林公问起时，不要说听汝提过他去扬州。”

约好在府里等着自己，却跑扬州去，林源忘了自己也没按约定从方家要到钱后去郭府，只恼郭成安耍自己。刚当上刺史时，感念郭成安花万金帮自己谋官之恩，如今官位稳了，不觉骄矜起来，虽说不上过河拆桥，却不再把郭成安当再生父母。

在心中把郭成安骂了几遍，本以为方临汝把郭成安怎么了，没要方家认捐没拿罚金，想想至少损失五百金，懊恼得紧，不想再应付方临汝，沉了脸，紧抿唇，作了送客神色。

方临汝也不多做逗留，施礼道别。

夜已深，月上中天，月光映在地上，淡白的光晕，轻盈如雾，方临汝打马转过街角，霎地停下。

拐弯处两人牵马站着，纵身上马，飞快追上来，却是何栎和崇徽。

“都说了不用担心，哪用得着巴巴地过来等着。”方临汝薄责，语气带嗔。

何栎浅浅一笑，微有羞赧。

崇徽直剌剌道：“不过来，在府里干等着得急死。”

“也不过早见一些时罢了。”方临汝笑笑，被牵挂的滋味委实不错，没再纠缠下去，扭头看向何栎，边打马慢行，边把跟林源见面的经过细细说了。

“看来，郭成安跟林源关系甚紧密，林源逼捐，郭成安事先知道的，说不定就是郭成安给他出的主意。”何栎若有所思道。

方临汝点头，道：“此番一点儿好处没给林源，他眼下就有恼羞成怒之色，只是已说了不要不便再开口。他已说了不要，咱们断没主动送钱之理，等郭成安回来，一挑唆，他怕是要狮子大开口了。”

“他贪财却胆小，也许可以从这方面想办法，同时设法离间他和郭成安，让他做不成郭成安的靠山，两人不能狼狈为奸。”何栎道。

总是兵来将挡太被动，釜底抽薪方是上策，方临汝颔首赞同，严峻的眉眼在月光下柔和朦胧。

崇徽不知前情一头雾水，却不肯丢开，紧贴着方临汝的马，竖起耳朵专注听。

街道两旁烛光点点，夏日的夜风徐徐吹着，头顶天穹空幽，月华如水披泻，马蹄声哒哒，骏马带着影子在黄土夯得严实的街道上移动。

到府门外下马，下奴过来牵了马去，三人并肩往里走。今日的惊心动魄，还没用晚膳，方临汝让何栎到漱石榭一起用膳。

崇徽听着，不由得又打翻了醋瓶儿。方临汝在正中，右侧何栎，他在左侧，一样的地位，尚不知足，凑近方临汝，白皙如玉的一只手搭了过去抓住方临汝的手，紧紧握住。

何栎眼角看到，一只手虚虚伸了出去，堪堪触上方临汝的右手，猛一下又收回，自失地苦涩一笑。

方临汝的心思都在怎么对付郭成安和林源身上，竟没察觉。

进了大门，崇徽突地站住，方临汝顾自往前走着，一止一动，两人差儿点摔倒。

方临汝扭头，看着交握的两只手，再看崇徽惴惴不安的小眼神，忍不住笑道：“站住不走也不提醒我。”一面说，一面往回抽手。

崇徽委屈朝前指，方临汝方看到，白芷照壁前站着。

她是方姜氏跟前侍候的人，等闲不离开方姜氏，方临汝四下看，没看到方姜氏。

白芷过来，屈身行礼："婢女奉夫人的命在这等二郎，请二郎速去议事厅。"

"议事厅？"方临汝反问，眉头瞬间蹙起，此前银杏数次通风报信，不自觉便问，"因为何事？"

白芷低眉，只道："二郎去了便知。"

议事厅明烛高燃，亮如白昼，人头攒动。

下头进厅处跪着下人，乌压压的人头里，漱石榭的人一个不少，琬初额头包扎着白緤，摇摇欲坠。往里，站着方孝、方渭、舒九娘，还有五个小管事，方孝脸庞赤红，吭哧喘着粗气，方渭和舒九娘一脸羞愧懊丧不已神情。再进去，方姜氏上首坐着，眉头紧皱，方游丰、方香雯、方秀绮和柳氏下面站着，方游丰无精打采，半垂头一言不发，方秀绮视线来回转，一脸为难之色。方香雯扬着下巴，满眼得色。

柳氏口沫横飞，尖声叫着："要是不给我个公道，不帮我把首饰追回来，不重治这个贱婢，我就一头碰死在郎君牌位前，让润州人，让天下人看着，郎君尸骨未寒，你们就把他的寝边人逼死。"

说话间，冲进跪着的下人里头，攥着琬初头发，把她往外拖。

"那你碰死吧！"方临汝冷冷道，大步入门，抬臂，朝她手腕狠狠击去，柳氏"哎哟"一声痛呼，不由自主地松开琬初，愕然看是方临汝，片刻，大声哀号："我是郎君的人，是你庶母，以下犯上啊以下犯上啊。"

"汝郎是方家家主，有权力处置方家每一个人，除非不是方家人。"何栎随后进厅，冷冷道，"柳姨娘是方家人吗？"

柳氏哑口无言。

"柳姨娘，要去郎君牌位前碰死吗？若要，也不必劳柳姨娘动步，老奴差人去请郎君牌位过来。"方孝粗声道。

方姜氏气弱，又仁善，压不住柳氏。方临汝来前，方孝被柳氏发作了一通，说他治下不严管理无方，憋了一肚子气。方临汝来了，有了硬气的主事者，顿时腰板挺直，说话底气也足了。

"你们……你们……"柳氏脸色青了红，红了青，五彩纷纭，手指哆哆嗦嗦，指方孝，指何栎，又指向临汝。

"阿娘，你别急，二兄回来了，请二兄决断便是。"方秀绮轻声道，近前，把柳氏手指压了下去。

柳氏张嘴还欲叫嚷，对上方临汝冷冷的眼睛，瑟缩了一下，合上嘴巴。

方临汝大步越过众人，地台前站住，行礼见过方姜氏，撩起袍摆坐下，扫了地下跪着的下奴一眼，沉声道："没定罪前，无须下跪，都起来回话。"

众人跪了许久，膝盖酸麻，又被当犯人看待，俱又悲又愤，当下眼眶都红了，有不会克制的，低低呜咽了一声，又急忙捂嘴。

方临汝视线掠过琬初、璟初，看向方孝等人，在方秀绮脸上停下，温声道："绮娘，怎么回事你来说。"

柳氏紧绷着脸，一副方临汝要是偏袒琬初她就拼命的样子，听方临汝点方秀绮说前情，怔了一下，方秀绮虽总说正房好话，到底是她亲生女儿，遂住口。

方秀绮往前一步，一袭鹅黄襦裙，娉娉婷婷秀美婉丽，启唇，不卑不亢，清声说经过。

原来是柳氏的首饰被偷了。

柳氏昨晚睡前卸妆，首饰还在，今早辰时中起床，洗漱用过早膳，辰时末梳妆，打开妆盒，里面的首饰却不见了，柳氏又惊又怒，当时急了眼，把服侍的人都锁起来，到紫云阁唤来方香雯，母女俩把水木堂侍候的下人的住处翻了个遍，没找到。

柳氏急去找方孝，要他派人合府搜查，半路上，在水木堂往至善苑大门离得百来步的地方，发现地上有一柄佛手黄小凤钗，小凤钗两步远地方，有一个红玉耳坠，小凤钗不是她的，红玉耳坠是她的。柳氏觉得小凤钗是偷窃的人的，那人偷了她的首饰逃走时匆忙中，赃物掉了，自己髻上的首饰也掉了，只要查到小凤钗的主人，就能抓到窃贼。

方孝听说失窃，当即传唤下人，其时还没传唤澄漪山房的人，只传了至善苑各处的人，有人认出小凤钗是琬初的。后来，又查到琬初昨晚一夜未归，柳氏要求传唤琬初，方孝见涉及漱石榭的人，不肯传，要等方临汝回来决断。

柳氏禀了方姜氏，方姜氏命把漱石榭的人都唤来，琬初说她昨晚晕倒在归闲坞，并没去过至善苑，然而她晕倒的地方无人经过，没有证人，而她手里拿着方临汝的那串钥匙，方府各处门锁都能打开，柳氏怀疑她在各处落锁后，到至善苑去，用钥匙开了院门，偷了她的首饰，藏起来后，再假装晕迷。

方秀绮的阐述条理分明，言语不偏不倚，客观公正，才是一个十四岁闺阁小娘字，夹在嫡母与亲生阿娘之间，能如此甚是难得，方临汝暗暗点头，心中喜爱又重了一分。

第二十二章 贼胆包天

琬初从小服侍她，品性如何方临汝很清楚，不可能是窃贼。

只是她的小珠钗跟失物掉落在一处，嫌疑十足，扯皮扯不出结果，硬扛着保琬初，不如找出窃贼让柳氏无话可说。

昨晚睡前首饰还在，今早发现不见，由此可见，是夜里失窃的。

半夜里失窃，各处的门都锁了，外面进的贼，不可能只偷柳氏的东西，不肖说是内鬼。

找出赃物，再顺根盘查，便能捉住贼人了。

方临汝吩咐方渭："把大门角门都关了，阍者带来问话。"

又交代何栎："表哥，你亲自登记，今日出府过的每个人都记下，挨个问话，把出府时间，在外头干什么了都记下。"

何栎应下，摆开方案，铺纸研墨准备。

"我能做什么？"崇徽挤到方临汝身边，大眼睛闪亮，献殷勤之意甚明。

众人在他进门时便不自觉悄悄注目看他了，俱皆惊艳惊奇失神，方临汝看在眼里，暗骂祸水，微微一笑，道："你的活可不少。"扬声喊璟初，"给徽娘备颜料纸张过来。"不等璟初开口，又摇头，"不需你准备。"此时不能让自己的人出去，有转移赃物的嫌疑，看向方秀绮，"绮娘，齐妆阁有绘画所需的一切吗？"

"有。"方秀绮应道，领命出去。

众人听得方临汝说徽娘，惊讶不已，有人克制不住"啊"一声，瞪圆眼看崇徽。

方临汝说那声徽娘乃有意为之。

崇徽今日着装看起来男人无异，唤他徽娘，却是要让众人以为崇徽是小娘子。

方才白芷禀报时本想让他回漱石榭，此前她没打算让崇徽在方府众人面前公开露脸，却启唇后又合上，瞬间改变主意。

方游丰好逸恶劳，指望不上他，方孝年迈，方渭性情忠厚不足挑重任，方诚管理扇坊寸步走不开，何舆刁钻奸猾不能用，她发现，手下能倚重的人太少了，只有一个何栎远远不够，崇徽对她忠心自是无疑，这些日子看来，他虽因与世隔绝长大之故世事懵懂迷糊，然极聪明，学什么都极快，也许能培养起来挑大梁，故把他带过来了。

方秀绮回来，方临汝有意让何栎和方秀绮多亲近，让方秀绮在何栎问话时帮忙做笔录。

崇徽案前坐下，方临汝唤柳氏和服侍柳氏的婢女近前，吩咐："把丢失东西的形状细细讲给徽娘听。"

语毕，看向崇徽，道："把她们说的画下来，能不能找出这个贼，靠你了。"

众人面前要做亲密之状，让众人明白自己宠崇徽，是崇徽的靠山，朝崇徽挑眉亲昵地笑，春暖花开，艳光照人。

崇徽痴了，下午咬嘴唇时那种激荡销魂的感觉蓦地涌上，紧紧缠裹住感官，绵绵密密的快活，皮肉为之战栗，人性本就食髓知味，况且他此前未尝过如此美妙滋味，当下舔了舔嘴唇，咽了口唾沫，脱口就道："二郎，我还想咬你……"嘴唇两个字将将出口，猛想起方临汝说过咬嘴唇的话不能人前说，又霎地刹住，咬住下唇，一双清澈纯净的大眼苦恼而无措地看方临汝。

不用脑子想都知他又想到哪里去了，方临汝着恼，满厅的人百来双眼睛看着，若是发火，先前装的柔情蜜意白装了，忍着心中恚怒，摸了摸他头发，笑道："快画吧。"

柳氏口述，凡有她说得不明白的，她的婢女再补充，崇徽按她俩说的绘下失物形状，初图画好，给她俩看过，需要修改的修改一下，而后再画下正式图案。扇画美人在紫竹园中无事可做，每日都学绘画，崇徽又聪明，画工媲美丹青大师，绘下物品图案，柳氏和她的婢女都说，与实物无异。

何栎挨个问完话，崇徽也画完了，方临汝吩咐方渭："带上绘图，这便出府里，城里所有当铺、银楼、珍宝楼都敲开门，打听今日有没有人去变卖或当这些东西，若有，问下去的人眉眼长相年龄。若无，交代一声，这是方府被盗之物，谁拿去，把人扣下，有重赏。"

方渭领命而去，方临汝又看了一眼方秀绮记下的问话，又吩咐何栎："你亲自核实一下。”需要连夜去核对，要培养崇徽，让何栋把崇徽带上。

何栋应下，带了崇徽出门。

方临汝今日奔波半日，晚膳还没吃，有些疲倦。她从紫竹园回府时，已入夜，方孝尚未传唤众人问话，可见都用过晚膳了，忍着饥饿挨个问没出府的下人，昨晚至今传唤时的动向。

刚问了数人，何栋带着崇徽回转来，何栋端着铜盆，里头盛清水，崇徽端着托盘，一碗汤，一张胡饼，两个包子。

“二郎，你快吃，别饿坏身子。”崇徽在厅外便大叫。

“多谢！”方临汝笑道，视线却越过他，往他后头看。记挂着她没吃晚饭，却不差下奴去端，这当儿谁走出议事厅，都有转移赃物之嫌，故亲自端过来，如此细心周到，崇徽是想不到的，视线与何栋对上，何栋目光闪烁，脸微红。

崇徽搁下盘子，飞快地回头接何栋手里铜盆，殷勤服侍方临汝。

眼下最要紧的是赶紧跟何栋出府核对众人行踪，他却轻重不分，方临汝苦恼，崇徽虽聪明，眼里却只看得到自己，没有大局观，也不知要培养他的想法到底是对是错，会不会白费力。

众目睽睽之下不能呵斥，方临汝拉起崇徽手，轻挠了挠，朝何栋努嘴。

崇徽略一怔，极聪明，领会了，乌润润的大眼睛看了方临汝一眼，起身跟何栋出门。

方游丰恹恹地站着，自看到崇徽后眼神亮了亮，格外关注，柳氏看在眼里，倾城美人不是自己的儿媳妇，莫名的一肚子火，阴阳怪气地给方临汝找不自在。

“二郎哪里遇到的美人，丰郎是长子，怎么着也该定给丰郎吧。”

方临汝眼睫都不眨一下，状似听不到，自在用膳。

柳氏被落了没脸，面皮精赤，欲再启口，方游丰恼怒瞪她：“那是汝郎的未婚妻，你胡说什么。”

“他是次子，你是长子，要订亲，也是你先订。”柳氏怒了，也不给方游丰留面子了，跳到他跟前，伸手狠戳他额头，恨恨骂，“你就是不会争，什么都让，才落得家主之位被人抢了。”

方临汝吃完了，“啪”一下重重甩下碗，冷冷道：“儿女好不好，嫡母在堂，自有嫡母教导，柳姨娘慎言。”

世俗规矩如此，只方姜氏一向不计较，对什么都不在意，柳氏浑忘了嫡母为尊，闻言僵住。

方游丰不成器，也有柳氏教导无方之故，方临汝当家后，越发恼柳氏，不屑跟她对嘴，喝骂了一句也便住口，温声对方游丰道："阿兄的亲事我一直留意着，阿兄若是看中谁家小娘子，也可以跟我说。"

方游丰摇头，微有赧然，尴尬道："没看中谁，汝郎，你别听我阿娘胡说，阿爷常说，婚姻大事随缘，急不来，我不急。"

方临汝十岁出头便随方德清在商场行走，丰姿不凡举止翩然，润州城许多有女儿的人家看中他，托人向方家提亲，方德清以长子未订亲不谈次子亲事为由推托，怕给方游丰订下亲事后，方临汝的亲事便推无可推了，一直拖着。其实以方游丰的年龄，早该成家了，方临汝听他无半分怨怼，心头五味俱杂。

方才先问的是瑞福轩的人，服侍方游丰的都是男奴，绝少到处走动，昨晚到今日都在瑞福轩待着，多人一起，可以互相作证。双瑞、双福跟着方游丰出府了，却没离开过他，瑞福轩的人基本可以排除嫌疑。

方临汝见方游丰面色不佳，今日刺史府大牢中待了两个时辰，他一向胆小，怕是吓得不轻，遂道："阿兄，你先回去歇息吧，瑞福轩的人都带回去，拘着他们，事情水落石出之前，不要给他们随意出瑞福轩即可。"

方游丰正不耐烦得紧，闻言大喜过望，招手瑞福轩的人跟他走，也不管失主是自己亲生阿娘，此时正忧急烦恼着。

柳氏一心认定窃贼是琬初，见方临汝大张旗鼓调查，只当方临汝要为琬初开脱，还要倚仗儿子给自己撑腰，方游丰径自离去，气得哇哇怒骂，一丝儿自尊自重亦无。

方秀绮涨红了脸，低声劝，柳氏听不进去，反骂她白眼狼，踩低攀高。

方临汝暗怒，寻思，得空多找方秀绮说话，若表里如一，不妨把她从至善苑调出来住到澄漪山房，自己亲自教导。

心念转动间，眼角瞥到方香雯，方香雯两只手捉对儿撕打着，甚是心虚紧张的样子，不由得起疑，以她的性子，柳氏丢首饰，嫌犯是琬初，漱石榭的人，她还不得借机张扬一番，最初踏进议事厅时，她的眉间也尽是得色，如今却……难道失窃一事跟她有关？

疑心既起，再看紫云阁的婢女，粗使也罢了，方香雯贴身服侍的芊月面色苍白，身体微微颤抖，登时心头透亮。

想来自阿爷去世后，府里防备森严，哪会进贼？

内贼，随时可登堂入室的人，偷东西太容易，只是不知赃物出府了没有？

琬初的小凤钗跟赃物落在至善苑里头，看来摔倒晕迷一事跟她也有关系，她行事前，便想到栽赃嫁祸琬初。只是，琬初进的是归闲坞，进角门十来步便摔倒晕迷，她在至善苑，即便得知琬初进归闲坞的，也来不及那么短时间内赶过去弄晕琬初。

除非她当时就在归闲坞里，恰好看到。又或者，归闲坞里有人跟她合谋！

方临汝的太阳穴突突跳，一双手攥起，筋脉暴凸，血管几乎炸开，一再深吸气，方略略平静下来，问琬初："你昨晚出了漱石榭，路上遇到什么人没有？有没有跟人提起过你要去归闲坞？"

也许琬初要去归闲坞的消息提前泄露了，方香雯抢先赶过去，用了什么花招绊倒她。

"没有，路上没遇什么人，也没跟人提过。"琬初很肯定地摇头。

方香雯听方临汝问这话，身体颤了一下，芊月额头的汗水簌簌而下，身体摇摇欲坠，方临汝看在眼里，心头的怀疑落实，但也犹豫起来。

再查下去，方香雯与何舆勾搭一事大白于人前，好事不出门，坏事天下闻。今晚大张旗鼓召集府里这么多下人，这件事是捂不住的，让外面的人知道方家女儿未婚和男人勾搭偷窃亲生阿娘东西，方家脸往哪儿搁？

作为一家之主，家里的一切她都必须忍，不能让方家名声有所损伤。

然而不揪出窃贼，琬初的嫌疑便无法洗刷，顾此失了彼，也不行。

便是她想让真相大白，仅凭怀疑也不能定方香雯和何舆的罪。何舆油滑狡诈，方香雯骄横自大，没确凿证据，两人负隅反抗，说她包庇琬初嫁祸他们，更麻烦。

回想方才何栎的问话，归闲坞与紫云阁这两处今日无人出过府，失物想必还在府里，要不要只设法找出失物，不揪窃贼？

何舆凶蠹硕鼠之性，查出来，借这个机会把他撵出方府，方姜氏便无话可说，难得的机会，不抓住真的有些可惜。

方临汝思索着，久久没有说话。

满堂寂寂，只有微细的呼吸声，夜深了，夜风吹进厅堂里，烛火摇曳。

方姜氏轻揉额角，面有倦色，方临汝从沉思中回神，歉然道："夜深了，请母亲回去歇息，这事查明了，儿再禀报母亲。"

方姜氏"唔"了一声，白芷和红叶上前，殷勤地扶她，她却不搭她们的手腕，方临汝忙上前扶她，托着她的手穿过厅下众下人，把她送到厅外。

下了厅堂台阶，方姜氏站定，低声道："柳妹妹来找我，要传琬初，非是我不护着你的人，实是这事非彻查不可。我嫁进方家近二十年，就从没出过这样的事，往小里说，是失窃，往大里说，这是目无主子，你别想着柳妹妹只是个妾，她到底是方府长子的亲生阿娘，还育有两个女儿，哪能真当她是妾奴，偷她东西的人忒胆大，今日可偷她的，明日就能偷你的我的。我自然知道琬初眼皮子没那么浅，品行信得过，传琬初，还把合府下人除玉澜堂和芙蓉堂之外的人都传来了，便是要查个水落石出，还琬初清白。查出是谁了，一定要重惩。”

“儿晓得母亲苦心。”方临汝笑道，心中腹诽，等查出是何舆了，不知她还记不记得此时说过重惩这话。

何栎、崇徽和方渭先后回来。

如方临汝所料，出府的人查过了，交代的都是实话，没有带出贼赃的嫌疑。

各银楼当铺珍宝斋这日也没人去卖或当柳氏的首饰。

失物还没出方府，可方府那么大，要搜出来不易。

崇徽来回奔劳，却没有分毫倦色，天然的雪堆玉琢的肌肤光滑润泽，接触人与事，短短时间里，身上打磨出了浅浅的入世痕迹，一双黑白分明的眼睛在烛光下黝黑明亮，炯炯有神。见方临汝眉头紧蹙，面色晦暗，凑到她身边，伸手给她揉捏额角。

乱没章法，有时轻了有时重了，捏得并不舒服，方临汝滞涩的心情却略略开朗了，扫一眼厅下众人，此时已交子时，众人上下眼皮打架，站得不那么笔直，连失主柳氏也有些挨不住，方香雯此时倒精神了，一双手不再捉对撕打，芋月把头埋到胸前，看不出神情如何，身体也不抖了。

这是以为事情拖得越久，查不出来就安全了。

这样的时刻，谁沉得住气，谁就胜了。

贼赃未出府，关上半个月一个月两个月禁闭，不信她跟何舆熬得住。

方临汝冷冷一笑，寒声吩咐方孝：“大门角门都锁了，钥匙你亲自收着，从今日起，没捉住贼未拿回失物前，未经我的同意不得踏出府门一步，主子下人同样，包括归闲坞里姨夫人跟何二郎。”

“主子同样不得出府？”方香雯勃然变色，恶声道，“方临汝，我跟你一样是方家儿女，我关禁闭，你自己呢？你的婢女是贼，凭什么关我？”

“我是家主，你是吗？”方临汝淡淡道，瞥向柳氏，“琬初是不是贼，尚未定论，柳姨娘若想找回失物，就劝一劝大姐。”

柳氏恼火被关禁闭，却更着紧能不能找回失物，眉头皱了皱，扯方香雯袖子：“少说两句，回去吧。”

方香雯还要再争，方秀绮也拉她，孤掌难鸣，只得悻悻离开。

众人在方孝与方渭舒九娘的监视下各回各院，偌大的议事厅人去屋空，幽静空旷，明明夏日里，却透着冰凉凛冽的寒意，方临汝按住崇徽的手，闭眼，脑子里浮光掠影，跑马似的咚咚响。

崇徽乖觉地没再按下去，只静静地陪着。

“是不是有头绪了？”何栎低声问，略一迟疑，在一旁方姜氏原来坐的位子坐下。

“约莫有数了，只是不知偷窃过程如何，赃物现藏何处。”方临汝把方香雯的反常，以及自己的推断细细说了。

“舆郎跟大娘里应外合作的案？从不见他俩有来往，什么时候勾搭上的？”何栎微诧，沉吟些时，道，“未能现场捉住，便是从他们住处搜出赃物来，他们不承认，也无法定他们的罪。”

“舆郎滑头得很，不可能藏自己的住处。”方临汝道。

何栎低眉，指尖划地图分析，半晌摇头，道：“府里那么大，随便哪处挖个坑埋起来，就够我们搜的了。”

“何大郎弟弟做贼，他怎么没觉得羞臊？也没想着要包庇欺骗你？”崇徽贴住方临汝耳朵耳语。

方临汝一呆，她从没想过，揭穿何舆做贼一事，何栎会难堪。

也没想过，何栎会包庇何舆，跟自己不一条心。

崇徽眼睛亮闪闪等着她解惑，方临汝看向何栎，何栎低眉思索着，侧对着她，鼻梁高挺，脸颊瘦削，轮廓棱角分明，襕袍领口还有暗沉的血迹，明晃晃的烛光下，端重严整的神态称得上孤绝清冷，姿色不比崇徽差多少，绝好男儿。

何栎沉吟着无意识抬头，跟方临汝目光端端正正地对上，方临汝双凤眼没有素常的锋利，隐隐约约的温柔神色，心口扑呼一跳，有些不自在，低垂头，又忍不住抬头。

方临汝注目看着他，眼珠子忽地一动，何栎未回神，她已哈哈大笑起来，边笑边揉崇徽后颈，口中喘着气欢喜道：“踏破铁鞋无觅处，得来全不费工夫，我知道贼赃藏在哪里，也想到怎么捉贼拿赃了。”

“藏在哪里了？用什么办法捉贼拿赃？”崇徽兴致勃勃地问。

“藏在哪里不用搜，用请君入瓮之计让窃贼原形毕露即可！”方临汝微微笑，眉目开朗，如春光掩映在清凌凌的双凤眼里，迷离了一室灯火。

方临汝猜得没错，偷柳氏首饰的，是方香雯与何舆。

何舆那一日拿了方香雯的首饰，并没有随即将方香雯弃如敝屣，他被何栎堵死了发财之路，还要在她身上再三再四榨油。方香雯的首饰都给他了没钱了，可方府有钱，他自信凭自己的“聪明才智”，定能通过方香雯，把方府的一切变为己有。

风月场中常客，何舆哄女人很有一套，把首饰变卖后，给方香雯很是买了几样稀奇贵重的礼物。

花的是方香雯的钱，可方香雯一头栽进何舆甜言蜜语织成的情网里，看不清，也没想看清，快活不已，只当遇上有情郎。

两个柔情蜜意如胶似漆，方香雯只恨孝中不能成亲，何舆却是暗暗庆幸幸亏孝中，口中信誓旦旦要娶方香雯，心中却看不上她，压根没娶她的打算。

方香雯的首饰变卖了二百金，何舆许了几个酒肉朋友好处，让他们作托儿，这几日假装看铺面谈买卖，每每带着方香雯一起察看，二百金能做很多种买卖，他却只看那须得千金万金才能做成的，本钱少赁铺子也能干，他偏口口声声只作买铺户的打算。

若是旁的小娘子，即便不懂买卖，也会劝他脚踏实地做事，偏生方香雯骄横自大好面子，什么都不懂还要装得什么都懂的样子来，不问不打听，只一味摆制扇第一世家方府大娘的架子，小本买卖比何舆还看不上眼，做的美梦是何舆一步登天，挣下的家业比方家还大。

两人逛了几日，买卖没头绪，吃喝玩乐大手大脚，倒把那一两百金花了好几十金。

何舆唉声叹气，叹本金不够，买卖做不成，不能尽早迎娶方香雯。

方香雯听得多了，把主意打到柳氏头上，告诉何舆柳氏有多少首饰珍玩，变卖了，上千金都有，只是柳氏爱财如命，哄得她开心了也只舍得给个金钗玉坠什么的。

何舆暗暗喜悦，让她哄柳氏，把首饰交给她变卖了放高利贷生利息，胸膛拍得山响，说只要本金足够，半年时间他就能双倍还钱给柳氏，方香雯真去柳氏耳边吹风了，但柳氏视财如命，钱离了身边不安心，任方香雯说得天花乱坠，就是不同意。

方香雯无法，何舆恼怒不已，唆使方香雯偷，方香雯怕事败激怒柳氏，也怕失面子，不肯。

琬初到归闲坞传话，掏钥匙开角门时，何舆与方香雯正在幽会。

何舆怕与方香雯有关联的事被人知道不得不娶她，假装为她名声着想，两人在府外行走避方府的人，府里头只悄悄来往。这处角门锁了后人迹罕至，紧挨角门是游廊，游廊两侧花丛葱茏，清幽雅致，恰是偷情的最好地点，两人坐游廊长石椅上搂搂抱抱正得趣，忽听得有人开门，急忙分开。

方香雯边掩衣裳边骂："锁了门，不让走还走，扰人雅兴。"

"不让走的只是没钥匙的，有钥匙的当然能走了。"何舆懒洋洋道，把方香雯往花丛后面拉，忽而顿住。

有钥匙的几个都是他的仇人，不拘是谁，整治一下报仇都好。

扯下方香雯身上长长的帔帛，附耳说了几句，两人各抓住帔帛一头，把帔帛当绊脚绳，躲到小径两侧。琬初开了门进来，回身又锁门，平素常走的路，也没提灯笼，何舆和方香雯把帔帛往上一提，琬初不提防，当即摔倒。何舆见得手，飞快收起帔帛，两人蹑足离开，走得远了些，窃笑不已。

"看身高个子，好像是琬初，这是来找你阿兄的吗？果然有猫腻。"方香雯道。

何舆说琬初与何栎有染乃信口雌黄，见方香雯当真，并不解释，只嘿嘿笑，恨方临汝，方临汝身边的人也恨，把人绊倒还不解气，道："早晚我得了整个方家，我要把澄漪山房的人都卖进挹翠楼去，看她们还怎么得意。"

语毕，猛想起这话赤裸裸地觊觎方家家产，微慌，看方香雯，方香雯却并没恼怒，反拊掌附和，道："我也看不惯正房得很，这主意好，把他们都赶出去，方家就是我们的天下了。"

何舆大喜，搂住方香雯柔情蜜意亲了下去，方香雯软了身子，热情回应。

两个亲热许久，夜已深，何舆作了依依不舍之色，送方香雯回至善苑，为避人耳目，还从后角门那头游廊走，看到琬初地上趴着，方香雯有些惊怕："不会摔死了吧？"

"不至于吧？"何舆凑近，探了探鼻息，有呼吸，庆幸又恼恨，琬初脸朝下趴着，钥匙串摔在头顶，视线掠过，一条毒计浮起。

方香雯听了他的嫁祸之计，跟他差不多品性，想着自己与何舆得了东西，方临汝的人是贼得负责赔偿，柳氏也没亏，大声称妙，回去后即依计行事。

方临汝分析柳氏的东西乃夜里被盗的，实则不然。

方香雯这一日一早过来水木堂，柳氏未醒，她是亲生女儿，这些日子又经常过来，婢女自是不当一回事，由得她直入室内。方香雯袖袋里藏了一块包袱皮，把柳氏百宝匣里的首饰收进包袱卷了，却不拿走，廊下婢女侍立着等着服侍柳氏，也没法拿走，只能塞进床头五斗柜下又离开。

柳氏梳洗后发现首饰不见了，又惊又怒，婢女是信不过的，差人去招方香雯过来。

方香雯给她出主意，暂且先不报方孝，先把婢女们全锁到厢房里，到婢女住处搜查，若能查到最好，免得被人嚼舌根说她御下无方。

柳氏心急着找回首饰，又不疑她，遂答应了。

至善苑里头当差的人住处在一处，在至善苑的西北角，离水木堂甚远，母女俩赶去下人住处搜查。这时天已大亮，至善苑院门大敞，何舆按与方香雯的约定，潜进水木堂，婢女都被柳氏锁在厢房里，他从五斗柜下头拿了包着首饰的包袱出门，无人知晓。

方香雯与柳氏在婢女住处没搜到东西，陪着柳氏回水木堂，要拖延时间方便何舆藏赃，又说窃贼会不会把东西藏在水木堂了，柳氏觉得有理，母女俩把水木堂里里外外又仔细搜了一遍，没有搜到，又讯问婢女，也没问出什么来。

晨起弄到黄昏，方香雯方提出报与方孝搜查，母女俩往外走，离至善苑大门百来步地方，方香雯落后柳氏两步，丢下琬初的小凤钗和柳氏的黄玉耳坠，然后大叫，把嫌疑引到小凤钗的主人身上。

何舆临时起意行窃，本想翌日便带着贼赃出府变卖，不意方临汝的反应迅捷，当晚便描影绘图连夜派人敲开银楼当铺大门，润州城变卖不能了，暗暗恼恨。

偷东西前一晚颇费了一番思量，偷来的东西藏在自己的院子自然不行的，方临汝可不会给他面子不搜他住处。藏何姜氏那里，怕还是一样会被搜，思来想去，只有何栎的院子最安全，何栎一向秉公办事从不包庇他，方临汝信任他，搜哪里都不会搜他的院子。况且搜何栎的院子，把何栎的面子置于何地。

何栎跟前侍候的人只留了两个小子沐雨和清泉，其他人都被他要走了，清泉、沐雨平时被他差遣到处办事，何栎也便没让他们到明瑟馆服侍，他一走，明瑟馆里就没人了。

何舆一早就先到何栎的院子察看，何栎走得极早，院子里一个人没有，何舆偷了东西后从容自在进入明瑟馆，在院子里花丛边挖了个坑，包袱用油布包得严密预防下雨渗水，埋进去，填平土，从别处弄了些许旧土过来洒在上面，看不出动过土。

听说方府大门封闭，不让出去，何舆不住地骂方临汝。

心中还盼着，制扇第一大家长期封闭府门丢了方家的脸，应不会关闭许久。

谁知翌日下午忽然听说，外头珍宝斋的掌柜使人来报，有人拿了一串八宝瓔珞过去变卖，样子跟方渭前一晚拿去给他看的图样很像，他当时即要把人扣下，没想那人滑头得很，转身就跑，没留住。方临汝大怒，出府的人限制得更严格了，经同意能出府的人在出府门时还要搜身，每一个都是疑犯了，不由得坐立不安起来。

那八宝瓔珞是不是柳氏的东西?

若是柳氏的，难道是自己埋在明瑟居的东西被人偷了？

近千金的东西，若是被人得了，自己就白谋划了。

沐雨和清泉经常出入明瑟馆，听说今日出府的，就有沐雨和清泉两人，他俩发现了，把东西拿走也不是不可能的。

何舆急切地需要查看那个包袱还在不在，有没有被人拿走一些东西。

何栎出门办事没在明瑟居，何舆悄悄潜进去，东西竟然还在。

虽是虚惊一场，何舆却也不放心把东西留在自己顾及不到的地方了。

藏在自己的住处怕方临汝搜查，最好的办法是赶紧带出府，让方临汝再也搜不到，让其他人不可能无意中发现偷偷拿走。

出府要搜身的指令不知要执行多久，要是没找到东西就一直搜身，东西拿不出府不啻于废物。何舆那次进秣香楼被方临汝狠狠收拾了一番，对方临汝的铁腕强硬感受至深，分毫不怀疑，若没找到赃物，方临汝会命令一直搜身下去。

正一筹莫展，傍晚时何姜氏匆匆来找他，让他一起住到明瑟馆去。

方才清泉、沐雨过来找她，问她能不能搬到明瑟馆住照顾何栎，道是何栎不慎从马上摔下来，弄断了腿，得留府里养病，现在就近抬去医馆了，过半个时辰就回来，让先把明瑟馆拾掇一下。

“伤筋动骨一百天，你阿兄这一伤得养好久，跟母亲住过去，一起照顾他，趁这个机会跟他和好，他是大管事，汝郎又倚重他，只要他点头，你前途就不愁了。”何姜氏道。

听到这些何舆如五雷轰顶，整个人呆滞。

何栎养伤天天待在明瑟馆，他还怎么带走那些东西？

狗急了跳墙，人急了，贼胆包天，何舆把柳氏首饰在自己手里的事告诉何姜氏，要她去哄方姜氏，用方姜氏作挡箭牌，带着东西出府。

第二十三章　旦夕生死

“你……你偷柳氏东西！”何姜氏吓傻了。

“怎么就是偷呢，本该给我发月例钱的，方临汝却停掉，我只是换种方式要回属于我的而已。”何舆恶狠狠地道，做贼却半点儿不脸红。

何姜氏到底大家出身，深知不妥，往日何舆偷方姜氏房中的物品，那是她亲妹妹，窝里臭着也罢了。但偷到柳氏头上，这样闹嚷开，不只她没脸，方姜氏的脸也丢尽了，急得目赤脸白。

何姜氏不舍得责骂儿子，搓手为难半晌，道：“这时候怎么带得出府呢，出府的每个人都搜身啊！”

“所以才要你去找姨妈，方临汝若是连姨妈的马车也搜，岂不是自打孝子嘴巴。”何舆哧笑。

“你平时小打小闹拿你姨妈的东西也罢了，这回拿到柳氏那边的，忒落她面子，她知道了要生气的。”何姜氏连连摇头。

“母亲你到底帮不帮我？不帮，我去方临汝那里自首，由得他打死我算了。”何舆撒泼。

对付何姜氏，手段手到擒来。

“好！好！我去找你姨妈。”何姜氏当即应承，礼义廉耻全抛到脑后。

这当儿非常时期，要让方姜氏跟她一道出府，只能拿死去的阿娘说事了。来到芙蓉堂找方姜氏，道是昨晚做噩梦梦见阿娘形容极凄惨，不想今日便传来何栎跌下马的消息，只怕儿孙有难，要连夜到城外天禅寺为阿娘诵经祈福。

方姜氏这一日烦躁着，也没到秫香楼陪方锦枫，在芙蓉堂静坐发闷。

眼见快入夜了，听说何姜氏还要出城，不由愕然，何姜氏借口编得好编得妙，可她又不蠢，略一思索，心头透亮，低低叹了口气，沉默不语。

何姜氏心中发虚，也不敢多说，直直地站着。

方才进来想的是说得三两句话便拉方姜氏出门，可是此时方姜氏请她上坐也没落座。铁灰色裙子，外罩深青褙子，值钱的首饰前些日子都让何舆要去当了，髻上只一根镂空雕花银簪，簪子用了好几年了，银色暗淡，鬓边几根白发，眼角细细的皱纹，拢袖端端正正站着，嫡亲一母同胞姐妹，一人富贵逼人，一人寄居篱下，生生便似主与仆。

方姜氏看着，想起早丧的母亲，心头酸楚，百般恼怒不平化作一声叹息，低眉，吩咐白芷、红叶："去把我柜里那个黄花梨嵌螺钿箱子抬出来。"

红叶、白芷入内，方姜氏起身走到何姜氏身旁，从裙腰里头扯出一个绣囊，里头十几把钥匙，解开绳结拆下一把，递给何姜氏，压低嗓子，悄声道："那箱里有一千多金，是我历年的体己，收着预枫娘有急用之需的，姐姐拿了去，给舆郎做买卖也好置田地收租也好，让他莫再给汝郎添烦恼了。"

何姜氏一呆，情知被方姜氏看穿，登时脸庞热灼灼无地自容，手里钥匙如烧火棍，滚烫得握不住，"哐当"一声落到地上。

方姜氏弯腰捡起，还要往何姜氏手里搁，何姜氏甩开手，跌跌撞撞奔了出去。

何舆在明瑟馆前焦急等着，见何姜氏一人回来，急红了眼，粗声恶气道："不是让你跟姨妈一起上车，让车夫驾马车过来，假装搬经书把东西搬上车吗？"

何姜氏的脸还是热的，低垂头不敢看何舆："你姨妈看出来了，没答应。"

"真没用！"何舆大怒。

近千金的财物，睁眼看着要失去了，何舆哪肯作罢，眼珠子骨碌碌不住转，心眼里坏水咕噜噜直冒，恶毒的主意冒出来，比如放火烧方府引起动乱，又或者潜进灶房下毒药，把上上下下的人都毒倒了，就能乘乱拿东西出府，只是他如今进不了澄漪山房，烧归闲坞和至善苑自觉不能引起大乱，出不了门弄不到毒药想下毒药也办不到。还有一盏茶工夫何栎就要回府了，一旦他回到明瑟馆养伤，东西就拿不出去了，多放一天就多一分失去的危险。

抬眼四顾，飞檐翘角与葱茏的绿色相伴，围墙青瓦前隐约可见马厩，何舆眼睛一亮，找到捎东西出府的办法了。

解开马厩的马，烧马，引起混乱，再趁乱出府。

方临汝被崇徽那"何大郎弟弟做贼，他怎么没觉得羞臊？也没想着要包庇欺骗你？"的话提醒，断定何舆因她信任何栎，怀疑谁都不会怀疑何栎，断定赃物藏在明瑟馆中。

若搜查明瑟馆，就忒不给何栎面子了。

况且在明瑟馆中搜出赃物，知道的说何舆偷了藏在他住处，不知道的还当何栎是贼。

方临汝万不想何栎颜面有损，光搜出贼赃也不是事，还得揪出何舆，重治一番，于是用了引蛇出洞与火烧眉毛之计。

什么银楼报有人拿像是柳氏的八宝璎珞变卖的话，都是子虚乌有的事，要的就是让何舆着急，其后又传了什么何栎从马上摔下来的话。何栎回府养伤不能外出，何舆就转移不了贼赃了，自然就着急了。

其实慢慢逼迫更好，只是她没时间把精力放在府里这些破事上，因此同一天就使两招。

方临汝使沐雨、清泉传了何栎摔下马的消息后便回府了，待在门房里头，等着何舆出府时截住他，当场搜查。等了许久，舒九娘来报，何姜氏去找方姜氏要出府却被拒绝了。

方临汝千算万算，却没算到，这一回方姜氏没纵容何舆，没有给他提供方便。

何舆出不了府，没法捉贼拿赃，但扇坊千百件事等着她决断，而郭成安空跑一趟扬州，回来后不知出什么幺蛾子。府里头的事没处理好忒分心，方临汝刚想命人给何姜氏传话，借口何栎在医馆动弹不了，让她收拾一些何栎的日用品送过去，给何舆出府的机会，府里头突然传来尖锐的叫喊。

叫喊声离得远，先是一人两人几个人的惊叫，不过片刻，便如沙场杀戮屠宰之声，惨切痛苦的哀号声伴着马的嘶叫声。方临汝冲出门房，嘶喊声从马厩方向起，方临汝往马厩方向奔，下人慌乱地叫喊着从对面跑来，只顾逃命。只见一匹马横冲直撞奔来，马身上赤红的火焰，热浪伴着烈火扑面而来，“砰砰”连声响，马撞上花架，花架崩塌，再往前冲，一个婢女躲避不及，惨叫着倒地，马蹄踩上去，鲜血凌空溅起，又如红雨坠落。

“二郎快闪开。”方渭在后面追着马跑，听得异响匆忙中赶来，手无寸铁却不顾一切扯住马尾巴，妄想阻住它，一个人的力量哪能抓得住，却把马激得更发狂，狠狠一甩马尾，方渭的半边脸庞至脖颈瞬间赤红，跌倒在地上。

疯马嘶叫着由远及近，方临汝的瞳孔倏然缩紧，眼角掠过四周，无称手物件，此时马如通红的火龙迎面冲过来，旦夕生死间，方临汝没有闪避，而是略一侧身，在马儿冲过来时，贴近抱住马脖纵身上马。

马身鬃毛都着火了，风中扭曲的火焰很快点燃了她的衣袍。

喧杂的惊叫在耳边炸开，树木花草如潮水般飞速后退，眼前出现岔道，一条往金阊厅，一条往府第正门，马辔头黄铜无缝圈连接着皮带，马缰已烧得抓不住了，方临汝抓住黄铜圈，艰难地控制马朝府第大门方向奔。

金阊厅那头下人来来往往，府第大门今日封闭了，没她允许不许出入，因此人少。

铜圈滚烫得快烧融了，掌心触上，“哧哧”烤肉的声音，焦肉味儿传进鼻腔，方临汝丝毫不察一般，紧抓着铜圈，半分不松开，似乎那手是别人的。

袍角着火后，裤子也燃烧了。

高大的朱红色大门在眼前，紧闭着，马儿直直地冲过去。

方临汝控马往这里走只想着这边人少，减少伤害，但如果当头撞上去，马死人亦亡。此时脑子一片空白，恐惧的尖叫卡在喉咙间，周身发寒，头皮麻颤，急切中来不及多想，下意识地侧身下坠跳马，只觉左小腿钻心地疼痛，头朝地面撞去，方临汝双手抱头，手肘与地面摩擦，皮肉蹭破一大片，血肉之躯剧烈摩擦，方临汝咬牙，在地上翻滚，卸去巨大的下坠之力的同时，也灭了衣裳上火焰。

疼痛难忍红了眼的马冲上了台阶，迅疾无比朝大门撞去，巨大的地动山摇的响声响起，鲜血四溅，伴随着惨烈的嘶鸣。

大门轰然倒塌，血溅开的时候，马儿惨烈地嘶鸣了一声，头颈垂下，直直倒了下去。

鲜血，火焰，天际残阳如血，不知血染了残阳，还是残阳火光映红了血。

方临汝直着眼看着，似是看见了红彤彤血光，又似是什么都看不见，眼前白茫茫一片，马儿的尸骸在视线里无限放大，扭曲变形，凄厉的嘶鸣在耳际反复回响，剧烈的震颤令得耳膜生疼，骨头被巨石碾压过般，散了架错了位，剧痛与眩晕交织，天旋地转。

婢仆呆滞之后一齐朝方临汝冲来。

“二郎！”

“二郎你怎么样？”

“二郎你还好吧？”

……

关切的喊叫声如潮水涌动此起彼伏，方临汝闭眼睁眼，来回数次，深吸气，摒弃不该有的软弱与惊惶，艰难地站起来，身体直起一分，骨头就重装一次，双手掌心焦赤血水淋漓，头脸都是烟灰，身上的胡袍被烧掉大片。

疯马身上鬃毛烧光了，火焰在淋漓血水里渐弱。

方临汝直直地看着，身体摇摇晃晃，突地又倒了下去，双眼紧闭，青白的面庞，弯翘的眼睫下疲惫一圈阴影。

“二郎！”众人惊叫。

方渭慢了半步奔来，半边脸血红里透着焦赤，急喊：“快请大夫。”

下奴慌慌张张地奔出府。

舒九娘和方孝后头赶了来，舒九娘急得哭起来，方孝又急又气，灰白胡子抖颤，大骂：“无用东西，怎么让二郎受伤了。”高声喊，“怔着干什么，快抬长条凳来。”

玉澜堂离得近些，命人抬到玉澜堂去。

一众人簇拥着，府第大门倒了，府门空荡荡没人看守，也没有在意。

大家只顾看方临汝，感念方临汝不顾个人安危制住惊马，更加敬重爱戴，生怕她有不测。

何舆眼见马儿着火后发狂狂奔而去，嘿嘿奸笑着，奔到明瑟馆，取出包袱，躲躲闪闪地往大门外走去，众人奔跑逃命，没人注意他。何舆见方临汝控马往大门去，生路不通，暗暗着急，且马死方临汝晕过去，众人抬着她离开，府门大敞，没人看守，不禁大喜过望，提着包袱大摇大摆走出去。马的尸骸就在门边，淋漓一大摊鲜血，踩上去扑哧扑哧响，靴底黏腻腻的，有几小摊溅到他茜草色锦袍袍角，何舆眼角轻蔑瞥一眼，不仅没内疚，还嫌弃血水污了锦袍。

方临汝本是直挺挺地躺在条凳上，才刚离开大门视线所及，猛一下坐起身，众人吓一跳，随即大喜：“二郎你没事，真是太好了。”

“马上安排人从角门出去，看到何舆，立即扭住。”方临汝淡声吩咐。

众人面面相觑，方渭最先悟过来，圆瞪眼，讶异又敬佩：“二郎，偷东西的就是何二郎，你是故意的，要诱他拿东西离开，抓现行？”

“快去吧。”方临汝微微一笑，周身骨头错位般疼痛，掌心血肉模糊，疼得心脏抽搐，面上却是光风霁月之色。

何舆出了方府，手里的包袱沉甸甸的提着艰难，眼前闪着明晃晃一堆黄金一缗缗铜钱，耳边响着酒肉朋友的阿谀奉迎和姐儿的赞叹声，不禁得意扬扬哼起小调儿来。心中盘算着，卖掉首饰后，要在老地盘挹翠楼连包一个月场让所有人都匍匐在自己脚下。还要到长安去，在天子脚下风流快活一番。

突然背后传来“嘎吱”一声，何舆扭头一看，角门开了，方渭带着十数人涌了出来，杀气腾腾地盯着自己。何舆不由一怔，手里提着赃物，想装作事不关己是不行了，一咬牙，拔足狂奔。

渐渐地把人远远甩开，出观前街，才要找地方躲起来，突然一人策马迎面过来，堵住了他的去路。何舆抬头看，马上的人眉眼冷冽，居高临下，面无表情地看着他，竟是传了消息回来说摔断腿的何栎。

“中计了！”何舆暗叫一声糟糕，闪身便想越过何栎逃跑。

何栎冷冷地盯着他，残阳斜照，长街寂寂，狼狈的奔逃的人是他同胞亲弟弟，失落、失望、愤怒，种种情绪混杂，攥马鞭的手紧了紧，霎地挥出。

凌空啸声，马鞭直直地抽上何舆的后背，何舆大叫一声，身体朝前扑倒在地上。

暗蓝色的丝绣宝相花包袱瞬间散开，金玉宝石光彩夺目，全是琳琅满目的首饰。

何舆急忙收捧，包袱才拧起一角，一只脚便重重地踩下，黑缎靴子，袍裾飞扬，笔直的长腿，气势凛凛。

“大管事！”方渭喘吁吁地带着人追了上来。

“捆起来，带回府。”何栎冷冷地道。

议事厅被临时布置成刑堂，火盆烧起，炭火里埋了铁块，又从灶房里拿来烧火棍、捆柴草的粗麻绳、挑水的扁担、水果刀等充刑具。合府下奴都唤来了，柳氏拿到失物后喜出望外，忙着清点数目并没来，主子里头何姜氏、方姜氏、方香雯、方秀绮都来了，乌压压比前一夜审讯的人更多。厅堂主位一边铺了席子，十五个人或坐或躺，有十三个人在下午惊马中受伤，有瘸了腿的，有断了胳膊的，伤势或轻或重，另有两个当场已死，一人肚皮被马蹄踏穿；一人被马身上的火点燃了衣裳，活活烧死。

伤者疼痛难忍压抑着喉底呜咽之声，有与死者交好的，也忍不住细细呜咽。

何栎被方临汝使去衙门报案了。

不怕他偏袒何舆，只怕他在场情面上难看。

何舆被五花大绑地扔在厅堂正中，华丽鲜艳的茜草粉锦袍污成一团，俏白脸蛋都是泪，嘴巴被堵住，惊恐地呜呜叫着。

方香雯颤着眼皮看何舆，想上前，又不敢；何姜氏抱着何舆，青白了脸，方姜氏绞着帕子，为难地看着方临汝。

方临汝静静地坐着，身上衣裳着火后尚未换，袍摆袖口烧掉一大块，焦卷起，脸上灰烬暗黑斑驳，纤长的睫毛投下细细一层阴影，眼里寒森森如坚冰。

死一般的沉寂，过了许久，在众人沉重的喘息声里，方临汝缓缓开口：“失窃案已水落石出，为正方家家风，作奸犯科者，当重治，以儆效尤。”

抬下巴，示意方渭行刑。

“舆郎！舆郎！”何姜氏锥心剜肉疼痛，嘶声喊，哀哀地看着方姜氏。

“汝郎，舆郎是你嫡亲表弟。”方姜氏颤颤道。

方临汝指着那些受伤的下人和那两具尸体，轻柔而冷冽的嗓音道：“母亲，我是方家家主，我若不为他们讨个公道，还有谁为他们做主？”

方姜氏讷讷，还想言语，方临汝抬起双手，掌心对着方姜氏，烧焦的皮肉黑里透着青红，血糊糊里，指节白骨森森。方才大夫来了，她让先察看下人伤情，自己的手不包扎不清洗不医治，方姜氏看去，瞳仁遽然收缩，脸色白了又白，泪水流了出来，再也说不出话。

“谁让你跳上马的，你不跳上马，能受伤吗？”方香雯尖叫，扯开喉咙，声嘶力竭。

满厅的人齐齐变色。

方孝气得半白胡子立起：“大娘，若没二郎舍身冒险制住疯马，还会有更多人受伤或丧命，你知道吗？”

“死了就死了，伤了就伤了，有什么大不了的，不过下奴贱命。”方香雯嗤道。

下人齐齐变色，方孝气得吭哧粗喘，说不出话。

方临汝一口贝齿几乎咬断，方家出了这等视人命为无物的女儿，身为家主，无地自容。

方香雯自以为在理，气焰更嚣张，方姜氏也阻止不了方临汝，情郎要受刑，堵得方孝哑口无言，又咄咄逼方临汝：“就算你是方家家主，也不能用私刑。”

“你说得不错，我不能动私刑，还是报案交衙门吧。”方临汝看着她，幽幽冷笑，肃杀、冷傲，铁腕刚硬，“得请衙门细细查，查清楚，何舆是如何潜进水木堂盗走柳姨娘首饰的。”

方香雯身体一颤，高涨的气焰霎地灭了。

“要报官吗？”方临汝冷冷地问。

方香雯瑟缩了一下，陡然间明白，方临汝已看穿一切，至于不追查不逼问何舆的盗窃过程，为的是顾全她的名声。

方临汝为她名声着想，她却不只没害羞感恩，反恨方临汝为什么那么精明，为什么洞穿一切，低垂下头，心中将方临汝抽筋剥皮。

方临汝目光从她脸上掠过，看向何姜氏，何姜氏抖了抖，凄凄地看方姜氏，方姜氏低眉不与她视线相接，何姜氏绝望垂下眼睫。

“把众人受的罪，一样不落让何舆受一遍，从今日起，方府不许这个人踏入半步。”方临汝淡淡交代，异常平静。

方临汝静坐着，一动不动，并不喊停止，面上平平静静，身体却是一阵冷一阵热的，方家家风严谨，从没这般重治过下人，更不说治的还是血脉至亲，愤怒与悲伤夹杂汹涌成浪，浪潮一浪比一浪高。

她其实更想将何舆弄死，也清楚地知道，何舆卑鄙无耻，凶蠹之性奸恶小人，不弄死，后患无穷。但理智却难以压过善念，明知不对，明知放过何舆乃妇人之仁，却还是寄希望于刑罚能让他害怕，能震慑住他。

郭成安连夜急赶，丑时到达扬州。方临汝行事一向神出鬼没，郭成安不敢轻视，没找客舍歇息直接赶赴扬州淮南观察使府外，没看到方临汝与何栎的马匹，却也不敢离开，心中只觉方临汝无所不能，但大半夜敲开观察使府大门也是不可能的，生怕错眼一下就没盯住方临汝，只能忍着疲累守着。

夜里的蚊子嗡嗡响，叮着他饱餐了一顿。

好不容易挨到天明，观察使府开门。军卒出来，郭成安过去搭讪，递了几缗钱，军卒笑纳了，却说不清楚，郭成安又赔笑脸，央求找来推官，钱花了几十缗，过了一个多时辰，打听得夜里没人进去过，略松了口气。寻思着，不如在方临汝过来前，先行与观察使打好关系，又重礼求见观察使，观察使却不屑见他一个商户，不收礼，拒绝见他。

攀不上关系，郭成安焦急不已，守了一整日不见方临汝，还要再守，又担心润州城有变，两下权衡，忧心如焚回润州。

戌时初进润州城，顾不上回府，先去找林源。

林源这一天都在郁闷到手的钱飞了，想一想，若是听方临汝的话，至少能得五百金，机会错失，逼捐过一次，紧接着再来第二次，脸面忒难看。心中骂方临汝多少遍，也骂郭成安多少遍，若不是郭成安突然不见，他也不至于吓得不敢索贿，想不到郭成安进来，脸色很难看。

“林公，你上当了！”郭成安听他说完经过，气得捶胸顿足，“诱方游丰赌博的人是我安排的，方临汝让你去抓赌，目的是借你的手治方游丰，让他不敢再赌。”

“你为什么不告诉我？”林源霍地站起来，眉毛抖了抖，又突地坐了回去。

官位不是白坐的，刺史当了些日子，渐渐地身份架子出来了，气急败坏得很，却做了闲淡姿态，端起茶杯浅抿了一口，缓缓道：“以后你要做什么得跟我说，免得再闹同样的误会。”

“是我疏忽了。”郭成安赔笑，抚了抚袍摆，暗骂林源胆小鬼。

“你这两日去哪里了？方临汝说你去扬州了，因何事那么急？”林源问道。

方临汝怎么知道自己去扬州了？

郭成安一怔之后，明白自己被方临汝算计了，黑脸膛涨起暗红，脑门生烟，真相羞于启口，不说，又怕林源心中不畅，踌躇些时，胡编了个借口：“我喜欢的一个婢女跟情人逃跑了，我去追。”

林源想起鲁玄的死，摇头不已：“红颜祸水。”由鲁玄想起方临汝，乜斜郭成安一眼，脱口道：“你若有方临汝之貌，那女子投怀送抱都来不及，哪还舍得逃走。”

这句话真真打脸，郭成安脸庞精赤，有些坐不住，但还得跟林源商量怎么对付方临汝，勉强忍着，才要启口，差役匆匆来报，方府报案，府里有人心怀叵测，点火烧马，马儿在府里狂奔，死了两个下人，现场保留着，请刺史派人查察。

“不过死两个下人，随便处理，特意报官，故意消遣林公吧？”郭成安皱眉。

林源也觉麻烦：“就说本刺史知道了，让方家便宜行事。”

差役出去又回来。

“方府大管事何大郎说，事关重大，还请林刺史过去现场勘查具结。”

“小题大做。”林源恼怒，大事都懒得动，更不说这等没好处拿的小事，“让孙主簿带上仵作走一趟，别再来烦本官。”

把人打发走，跟郭成安继续说话，半遮半掩问计，逼捐一事没成，用什么法子让方临汝和润州城富商上供，捞一笔。

郭成安豆荚眼眯了眯，阴沉沉一笑，道：“林公不妨从佛事着手。”

大唐宪宗皇帝信佛，曾遣宫使持香专门迎佛骨进宫供奉，举国上下在那场浩大而狂热的礼佛风潮后，都信奉尊崇佛教，王公士庶经常舍施，润州城外的天禅寺颇负盛名，控制天禅寺，以礼佛为名让润州城的富商舍施，所得钱款表面归了天禅寺，实际上为刺史府所得，瞒天过海，比以修路为名直接捐钱给刺史府更妙。

“甚好！”林源大喜，盛赞郭成安，立即命人安排酒席。

各有目的，互相利用，互相倚重，推杯换盏，宾主甚欢。

夜深，郭成安告辞，出刺史府大门时，与从方家回来的刺史府主簿孙传迎面遇上。

孙传知道郭成安是林源座上宾，甚是殷勤，笑容满面问好。

郭成安含蓄一笑，又觉得冷淡了些，视线瞥过孙传手里那沓纸，笑问道：“方家的案子？”

孙传点头，道：“幸好刺史大人没去，见了，说不定得吐，太吓人了。”说着，作了作呕吐之态，手里的纸张翻了翻，抽出几张递给郭成安，“方二郎那个未婚妻真是奇才，笔下丹青竟是能描物与人之影，这是方二郎命她绘下的，让我带回来，说是一并纳入卷宗。”

郭成安定定看了半晌，要过笔录，细细看了一遍，朝孙传草草拱手告辞，匆匆离去。

第二十四章　半含酸醋

回到郭府，郭成安气急败坏直奔房氏院子。

房氏等着他，未入睡，案前火炉里温着炖汤，咕噜噜冒着热气，案上精致几个菜，郭成安一掌拍在食案上，盘碗哐当响，恼怒不已道："今晚把一个日后治方临汝的机会白白送掉，气死我了。"

"机会有的是，今日的丢了就丢了。"房氏笑道，闻得郭成安身上有酒味，知道是用过晚膳了，也便不给他盛饭，只舀了炖汤，推到他面前，"喝汤，慢慢说。"

郭成安端起碗，喝两口说几句，一碗汤喝完，事儿也说完，懊恼道："当时我若阻止，不让林源命孙传带仵作去，后来这桩事扒出来，虽说下奴命如草芥，要拿来做文章也不是不可能的，纵使不能问方临汝死罪，让他方家伤筋动骨总是可以的。"

房氏"啊"了一声，也微有懊丧之态，但很快敛起，笑道："方临汝既然派何栎亲自去报案，就不容这件事成为方家把柄被你利用，罢了。"

语毕，低眉沉吟，肥胖的双下巴肥肉挤压，细细的单眼皮眯成一条线，半晌，道："在马身上点火，不用脑子想都该知道后果会多严重，何舆为什么要这么做，你派人查一查，看看能不能从他身上打开方家的缺口。"

"他不是方家儿郎，又不参与管事，无用之人，何必在他身上浪费精力。"郭成安不甚乐意。

"今日之事，方临汝本可以捂下的，大唐哪个豪门世家商贾大户家没死几个婢仆，他却不捂，把将来有可能出现的麻烦抑杀掉，高瞻远见，谋算周密，我们若不能把方家缝衣针大的错处都抓住，要扳倒方家只是做白日梦罢了。"房氏缓缓道。

郭成安怔了怔，脸膛涨得黑红黑红，垂头低声道：“母亲教训得是，儿明日便派人去查。”

房氏“唔”了一声，缄默起来，神情怅然。

“母亲在想什么？方家不太平，好事啊。”郭成安不解。

“方家乱，本当是好事，可方临汝把它变成对他自己是好事，对我们是坏事了。”房氏幽幽长叹，摆手止住郭成安发问，反问他，“若是咱们府中也有疯马乱窜，你会跟方临汝一样，不顾一切上马制住疯马吗？”

“怎么可能？”郭成安不屑地撇嘴，“跳上马多危险，一个不好就丧命了，即使没丧命，母亲你没看到方临汝那双手的惨状，光是看图就让人发怵打战冒冷汗，制住马干什么，由着那马窜，早晚会烧死。”

“可由着疯马乱窜，家下众人闪避不及，不知会死伤多少人。”房氏缓缓道。

“马儿是从马厩着火跑出来的，离澄漪山房那么远，怎么窜也窜不到澄漪山房去，听说他那孪生妹妹是个病秧子，轻易不出住处，他母亲每日里都在陪他妹妹，不会出来，撞不上他母亲和妹妹，撞上其他人，死了便死了，有什么所谓，方临汝平时看着精，下午干的这事实在愚不可及。”郭成安侃侃而谈。

“这就是你跟方临汝的差距。”房氏起身，来回踱了几圈，门口站住，遥望方府所在方向，叹道，“在方临汝眼里，母亲妹妹固然重要，方家的每一个人也不容伤害，哪怕是下人，他情愿自己涉险，也不愿方府的人有危险，他心里眼里看到的，是整个方家，而你，心里眼里只有自己。你方才说的那些，方府的下人也会想到，经今日这事，上下一心，那些人怕是为方临汝送了性命也愿意了。”

生死关头，想的是他人，方是大家家主风范。

郭成安一滞，咬牙，不愿承认自己是自私自利的懦夫，却又找不出言语反驳。

房氏没再说下去，案前坐下，两只手紧按着案面，眉头纠结在一处，眼里寒芒闪了闪，转了话题：“我明日再走走谢家，谢夫人一直不修葺谢府大门，丧夫之痛，上门欺孤凌寡之辱，不信她不在意，若能把她拉成我们同盟，扳倒方家又多了一分胜算。”

房氏上次去谢家，闲谈间提出想见谢夫人的女儿，两家儿女年龄相当，说这话，虽没明言求亲，却也暗示了。但谢夫人却不唤女儿见客，房氏无奈，只得把方临汝已订亲一事当闲话说，要阻止谢家与方家结亲，后来又说了许久闲话，但谢夫人滴水不漏，不亲近，也不疏远，客客气气，房氏空跑了一趟，无功而返。

郭成安觉得与谢家结盟不可能，只房氏一向精于算计人心，善于审时度势，出手又狠又快，有她相助他方能把持郭家，当下并不反驳，只道："有劳母亲了。"

"明日你也走一趟方家，假装探望方临汝，即使打听不到什么，打击他一下也好。"房氏又嘱道。

郭成安应下，阴沉沉笑，道："夜深了，不然我这会儿就想去，看看方临汝那双手的惨状再回来，今晚能睡得更香。"

房氏溺爱一笑，柔声道："以后我儿把方家扳倒了，想怎么折磨方临汝就怎么折磨。"

郭成安厚实的嘴唇咧开，眉间掩不住的得色。

母子俩在心中将方临汝这样那样，得意些时，郭成安起身回房，房氏叫住他："方临汝已知道方游丰在赌博，接下来你想怎么做？"

"方游丰已染上赌瘾，不管他了，谷华巷的露天聚赌场收了罢，他会找别的地方接着赌，别被方临汝拿到是我幕后策划的实证惹麻烦，方临汝那个人可不是善茬，连利用林源逼方游丰戒赌的事都做得出来，没什么她不敢的。"郭成安道。

房氏正有此意，嘉许一笑，道："甚好。"

方临汝手掌包扎得圆滚肥胖，像两个白色大粽子，崇徽一旁坐着，身上月白色锦袍抱方临汝时蹭上不少黑灰，跟那张出尘绝俗的脸甚不相搭，多了几分人间烟火气，嘴唇咬破了，眼眶通红，泪水要掉不掉，傍晚从扇坊回来，看到方临汝受伤后便一直这个样子。

"我记得你昨晚说要搬去流觞轩的。"方临汝打趣他，栉沐更衣后才清洗包扎伤口，白色的中衣，外面随意披了件白色的锦袍，刚洗过的头发湿润地垂着，黑压压的颜色，衬得脸色更白，斜靠在引囊上，懒洋洋的姿态，灯光下唇边一抹浅笑，艳色满溢，灼眼得紧。

崇徽看得痴了，怔神些时，眨了眨眼，扁着嘴嘟囔："你受伤了，我还搬什么，我得照顾你。"

大言不惭的，什么都不懂怎么照顾我。

再说，昨晚我可没受伤，不需要他照顾，也不见他搬走。

方临汝失笑，九死一生，没力气计较，咳了一声清嗓子，道："好，那便等我伤好了再搬。"

"你以后别这样不把自己当一回事了。"崇徽挨着方临汝坐下，眼角瞥到衣裳上灰烬，忙又起身，三两下扒了外袍，夏日穿得少，里头便是中衣长裤，少了严整，添了几分恣意风流，笔直一双长腿，方临汝眼角掠过，不知是不是停了药的关系，只觉扑面男人阳刚气息，不由得有些心浮气躁，崇徽一副天经地义的寻常神色上了床，紧挨她坐下，拿起她两只白胖手，上下左右看，不住心疼地嘶嘶吸气，仿佛疼在他身上般。

方临汝脸颊微热，要让他下去回书房歇息，偏他坦坦荡荡之色，开口赶人，倒是自己想多了，憋得难受。

崇徽看了许久，把那双手几乎看成花儿了，抱到怀里，闷闷道："我以后一步不离开你了，再有下午那样的事，我来制住马，我保护你。"

方临汝"扑哧"一笑，不自在烟消云散，看着崇徽水润润湿漉漉的眼睛，取笑他："那你可得好好练骑术，以你现在的的马术，我救你保护你还差不多。"

"我会练的。"崇徽霎地坐直身体，唇角抿了抿，眼里星火蹿烧，"我知道男人要保护女人，我会好好学一切，给你做依靠。"

豪言壮语掷地有声，气势磅礴，豪迈激烈，一片纯洁冰心，赤裸裸捧在方临汝眼前。

方临汝呆呆地看他，身体一阵冷一阵热的，崇徽双目炯炯有神，坚定强硬，沉沉如有大山压着她，方临汝微喘，两人离得极近，呼吸在咫尺间，下午疯马冲向大门时无助与惊惧在这一刻迟迟到来，自阿爷去世后，已炼成铜墙铁壁似的筋骨忽地融化了，心脏热烫烫一波强过一波感动，方临汝阖眼，身体微歪，缓缓往崇徽身上靠去。

崇徽坐得笔挺，由得她靠，两只手还抱着她手，小心翼翼像捧着露珠儿，怕弄疼了她。

夜深了，灯火在静夜里很亮，房间沉寂。

方临汝靠在崇徽肩上缓缓抬头，仰视的角度，崇徽睫毛更长，浓黑的一圈，眼眦分明，眼神专注、郑重，不知想着什么，有一股子说不清是温柔还是狠绝的矛盾，越发好看动人。方临汝失了魂，不由自主凑过去，红唇轻启，调皮地吹风，温热的风拂过崇徽蝶翅似的睫毛，细细的软软地颤动。

"痒痒的。"崇徽抖了抖，身体轻颤，嘟囔，"二郎，你怎么突然像宁娘似的，蛮不讲理捉弄人。"

方临汝抿唇窃笑，忽而僵住。

崇徽喊谢宜宁为宁娘叫得再自然不过，似乎心中叫过许多遍，跟谢宜宁很熟稔似的。

猛然间想起来，崇徽对谢宜宁颇有好感。

方临汝把被他抱着的一双手收回，懒洋洋歪靠到床头上，笑眯眯道："那日说要带你找谢宜宁，一直不得空，你想没想她？"

"想啊，等你伤好了，把她喊出来咱们一起出去玩。"崇徽大大咧咧毫不设防，自然而然道，语毕，又朝方临汝贴过来。

"坐直，这么大个人了，没骨头似的。"方临汝用手肘力顶他，崇徽冷不丁地被她用力一顶，身体一歪，跌倒后止不住去势，头颈落在床沿，略一停，"咚"一声摔到床下。

男人在床上被女人蹬下床，委实没面子，方临汝也没想到一顶把他顶下床，却不想哄他，等他自己一扭头，后背对她，或者回瞪她，然后气昂昂地走了出去。

方临汝气笑不得，他年龄十八，心智却只有十岁上下，紫竹园中与世隔绝长大，纯净如白纸，混沌懵懂，没好生教导，只拿他撒气，是自己的错。

崇徽浑然不知方临汝心中九转回肠，牢不可破黏住方临汝没有被弄下床的担忧了，安然安心，黑白分明大眼睛转了转，问道："小娃儿不是要一个男人和一个女人睡一起才有的吗？怎么宁娘她娘没有阿爷能把她生下来？"

说的什么胡话？

小娃儿怎么来的方临汝自是听过安氏教导，谢宜宁怎么来的自然跟别的小娃儿一样，眼下她虽没阿爷，但她出生时谢天是在世的。

方临汝听得明白又糊涂，受伤后有些倦，也不想跟崇徽讨论男人和女人睡觉生娃的事。

便是不把自己当女人看待，说这种事也忒难为情，心念一转，道："明日让奶娘多拿几本话本给你看，就懂了。"

"奶娘拿了很多本，只是我还没看完，才看了三本，我再接着看。"崇徽道，猛地松开方临汝，跳下床，匆匆往外走。

他竟是这么着紧与谢宜宁相关的！

方临汝有些不是滋味，随即又释然，笨重的手敲脑袋："方临汝，你怎地糊涂了，崇徽黏你，不过是紫竹园中见不到生人，一时新鲜罢了。"

于是下床，把灯火灭了，摸索回床，缓缓躺下。

四周黑漆漆的，没有声音没有光亮，沉寂编织成一张网兜头将人罩住，胸腔里心脏怦怦跳着，视觉、听觉关闭，身体的感觉尤其强烈，人前平静，究竟血肉之躯，沉暗里疼痛成百倍千倍增长，整个人又坠火海里，皮肉灼疼，熊熊烈火烧烤着，骨头如有千百根银针无休止一下下扎着，又似是有铁钩钢刀在身上拖钩砍扎，周身无处不疼，疼到极处，神智昏乱，只知咬牙不发出声响，莫扰得大家都不安宁。

“二郎，你怎么不等我？”黑暗里委屈的声音响起，悉索声响，崇徽摸到床前。

他不是要去看话本找答案了吗？

方临汝疼得说不出话，身体瑟瑟发抖，头脸都是汗水。

崇徽把脸贴上她脸，如触到烧红的铁板，猛一下跳起来：“你怎么啦？”手忙脚乱地点灯。

灯光亮，方临汝惨白的脸，脸上身上湿涔涔都是汗，中衣让汗水打湿了，崇徽看得一眼，眼睛兔儿眼似的，通红通红，失声惊叫：“很难受是吧？怎么不说？”

“没事！”方临汝扯了扯嘴角强笑，伸手想拍他安慰他，肌肉牵动，疼痛更甚，眉头蹙了一下，冷汗大颗大颗滑落。

“你别动。”崇徽按住方临汝，眼里又是心疼又是焦急，大床一侧五斗柜上有王大夫留下的药膏，道是让给方临汝身上伤口抹的，他当时要给方临汝抹，方临汝只说无事，看这情形哪是无事的样子，拿过来，伸手就扒方临汝的衣裳，“我给你把身上的伤抹一抹。”

“不成。”方临汝闪避，碰到伤口，嘶一声吸气，喊道，“叫璟初来。”

“干吗要叫她，我给你抹不行吗？”崇徽固执地不松手，修长的手指，攥着方临汝雪白的中衣，攥得死紧，谁也不能赶他走的架势。

方临汝低眉，瞥到自己领口下若隐若现的乳沟，再是脸皮厚也害臊了，眉头拧起：“你是男人我是女人，我身子哪能给你看。”

“有什么不能看的。”崇徽嘟囔，眨巴眼睫，“我也给你看就是。”

说着，不等方临汝否定，松了方临汝，扯衣裳，霸道蛮横像个要对良家妇人动手的浪荡子，偏生却是一脸正气，我给你看了你也给我看两不相欠的表情。

当日方临汝把他从水池里救出来，月季花丛边换衣裳时，他也曾脱光了上身，只那时情势紧急，又兼周围漆黑一团，眼下房间里，琉璃八角灯高悬，明亮的灯光当头照着，崇徽扒掉中衣，接着扒裤子，光滑的肌理分明的胸膛，如白玉精雕细琢，不想看也瞥了个满眼。

被这样的人看到自己的身子，看到的是这样的出色身体，倒也没什么不可以。

荒唐念头闪过，自个儿忍俊不禁，看来傻气真的会传染。

“不要那样子看着我。”崇徽大叫，“嗖”一下把裤子拉上，束紧系带，又急急忙忙穿中衣。

“不给我看？”方临汝故作诧异，见他害羞了，偏逗弄他，“不成，说好的你看我我看你的，快脱。”

崇徽脸红得滴血，手抖得厉害，抓着中衣领口簌簌颤，中衣拢半天没拢紧，结结巴巴道：“我不给你看了。”

“那你也不能看我的身子了。”方临汝公平交易口气道。

崇徽拢衣领的手顿住，眉头打结，很是为难苦恼，半晌，不情不愿道：“行，我去喊璟初来，不过你可得仔细地全身都抹上药膏，不能胡说什么不疼。”

语毕，急吼吼冲出门去喊人。

方临汝摇头失笑，视线转动间，瞥到枕头边一本册子，拿起来看，却是坊间话本，她卧房中不搁这东西的，睡前崇徽跑出去，原来是去拿话本，要过来在这边一边看一边陪自己，信手翻了翻，书页空白处有崇徽的批注，什么人情、风物、地理，他竟是将消遣的话本当学术书，认认真真学习吸收凡尘俗世间的一切，旁人成长过程耳濡目染十数年才学会，他却想短短时间内懂得，不由得红了眼眶，喃喃自语：“真是个傻子。”

受伤之初，方临汝没当一回事，谁知后来越来越严重，不只手掌心的伤，身上烫伤烧伤，还有坠下马时骨头皮肉擦伤，直养了半个月方痊愈。

郭成安在她受伤的翌日到访，方临汝没露面，只让何栎接待。

谷华巷的蛐蛐斗场停了，何栎安排了人在隆寿街另开了斗场，顺理成章地把方游丰引了过去。

方游丰那日被抓进刺史府吓了一吓，东西当得差不多了，没有赌本，新认识的赌友又赌得不甚起劲，赌瘾明显淡了下来。

仅是如此还不够，需断其根本让他再不沾赌方可。

崇徽献的计还有一条兴趣转移之说，方临汝想让方游丰戒赌之余走正道，这日伤好要去扇坊，出门前先把双瑞、双福唤来，细细询问与方游丰相关的。

“大郎就喜欢玩，不过没特别喜欢什么，外头什么时兴他就玩什么。”双瑞挠头半晌道。

双福点头，扳着白胖手指头数方游丰玩过的。

前些年润州城的小郎玩儿跑马，方游丰就兴匆匆到处买宝马，不懂马的好坏，只挑贵的买，花钱却没买到好马，每次跑马都落人后，好在马儿不好也有不好的好处，就是跑不快，有一次从马上摔下来，也没伤到筋骨。

过一年，大家不爱跑马了，兴起打猎，他又搜罗起名弓好箭，很是练了一会儿箭术，瑞福轩的小库房里，眼下还堆了一大堆那时买的弓箭。

有一年，不知谁家小郎先喜欢的，大家玩起竹排江上漂流，他又兴趣浓厚，亲自砍了紫竹弄竹排，自家的紫竹园进不去，还跟别人买竹，因不懂紫竹价格，被人狠宰了一笔。

……

方临汝听得不住摇头。

她这个庶出兄长，总结起来，就是不干正事，偏家里有两个钱，于是就成了白白胖胖的一头肥猪，谁都想宰一刀，谁都能宰上一刀。

那些什么时兴的玩意儿，想必是人家要从他身上赚钱弄出来的花招。

跟他买了不少蛐蛐跟人斗，却从没斗赢过一样。

总这么玩儿下去也罢了，如今沾上赌博，却不得不把他拉回来。

方临汝沉吟些时，不死心又问了一句："大郎就没有对什么东西一直感兴趣的？"

双瑞、双福眯眼，绞尽脑汁苦思，半晌，道："好像不算得兴趣吧，大郎这几年断断续续收藏了一些瓷器，有鹜州挂釉菹罂，越窑青瓷海棠碗，岳州蕉叶黄釉杯等物，也不知是不是上品，看着挺好看，这次饰物衣裳都差不多当光了，瓷器却一样没舍得当。"

好几年，断断续续收藏，别的东西都当了，独瓷器不舍得。

看来是爱好了。

方临汝到扇坊后，交代何栎，让他派人到大唐几个有名的瓷都岳州鹜州寿州等地考察了解一下，有什么样的瓷器买卖能做。

"跨行经营，你又得分心，每日要操劳的够多了，不如利用自家资源，开个扇行给他经营。"何栎道。

"开扇行他若是愿意干，阿爷在世时，怕是就开了给他干了，需得他感兴趣的才行。"方临汝叹道。

可不就是如此。

何栎低眉思索，叹了口气，道："罢了，我明日便安排一个妥当的各处走走。"

"不拘什么买卖，都少不了铺子，提前留意城里能做铺面的房子，别到时要用了买不到合意的。”方临汝又道。

何栎应下。

方临汝正要交代他别的事，阍者匆匆进来禀报，却是城外天禅寺住持今日登坛讲经，刺史府令润州城有声望地位人家都去听讲，接受教诲。

帖子送到方府，听说方临汝在扇坊，衙门的人又跑扇坊来了。

“林源其人当官只为权势钱财，何曾有泽被苍生的觉悟，这是要弄什么幺蛾子吗？”方临汝注目看帖子，眉头微微蹙起。

“我陪你去看看。”何栎急切道。

方临汝失笑。

自从知道自己是女儿后，何栎就跟阿爷守护女儿似的，离开他单独做一件事都不行。

那日制疯马受伤，更是把他吓着了，这几日，她在府里养伤时，他中午都要回府走一趟，名曰用午膳，实则是担心她又出什么事，必得到漱石榭看她一眼方安心。

眼下扇坊事儿不多，让他同往也无不可。

方临汝微笑着应下，起身往外走。

马儿门外拴马桩拴着，鞍镫没卸，两人解了马缰纵身上去，将将提缰绳，何栎突地问道：“要不要叫上崇徽？”

“不喊他了，让他好生指点扇工制扇。”方临汝道。

崇徽本就像糯米糕团儿似黏着她黏得紧，这些日子更是如影随形，直到今日到扇坊来才走开，到工坊指点扇工们制扇。

方临汝被崇徽的黏人劲儿弄得焦头烂额，疲于应付，有些想躲开他。

何栎启唇又合上，默默提起缰绳。

第二十五章　随机应变

江南富庶，润州城更是富商巨贾无数，并且都乐善好施。天禅寺虽处于州郡中，规模却不亚于京城名刹。依山傍水，占地广阔，殿宇择衡霍良木构建，重楼高阁，殿内珠玉、金翠装饰，琼砖玉栏，富丽辉煌，主殿在山腰，殿内供奉如来、文殊与普贤，殿外容纳千余人大广场，中有一人高地台，住持讲经便在此处。

山门在山腰下，有差役把守，有刺史府帖子的才能进去，方临汝与何栎相视一眼，心中了然，此次所谓讲经，幕后策划者定是林源，家资不够丰饶的，或是寻常百姓，还进不去呢。

山门到主殿石阶有一百多级，林间清静得近乎寂寥，梵声阵阵，偶尔一声鸟鸣，夏日的灼热到了此地竟无影无踪，一片荫凉花艳。

方临汝不急不慢地走着，面容平静从容。

“你觉得林源搞这个目的何在？”何栎贴着方临汝并肩走着，目光在殿宇翘角掠过，眉头微蹙。

“他贪权爱财，把润州城里的人都聚到这里来，想必是借舍施之名敛财。”方临汝粲然一笑，道，“我便狠狠舍施一次，让他眼馋着却拿不到钱，无可奈何。”

两人到得广场，一眼就看到了郭成安。

湖水蓝襕衫，时新的抚州云纹锦，衣料在日光下若隐若现朵朵白云，剪裁手艺绝佳，衫子贴身顺服，可惜他相貌抱歉，粗重得有如扫把的眉毛，暗黑的四方脸庞，壮实的短粗身材，穿那么一件风流外露的衫子，直如蛤蟆戴红花，猴子擦脂粉，大象捻绣花针，要多滑稽有多滑稽，要多难看有多难看。

方临汝嘴角抽了抽，极艰难才压住笑容。

心中忍不住想，服侍郭成安的人都是多神奇的眼光，居然能不提醒他。

又想，房氏应该是极疼儿子的，怎么也不过问郭成安起居，好歹提点他一下，别穿得这么难看。

却不知在母亲眼里，儿子怎么样都是好的。郭成安便是再难看，房氏也能看成一朵花儿，郭成安喜欢逸致风雅的衣裳，房氏就尽心帮他置办，他今日身上这袭襕衫，还是房氏亲手为他缝的。

郭成安脸对着高台，眼角却一直留意着台阶，方临汝刚露出头顶束发和一根乌木长簪，他便认出来了，深吸气，挺胸抬头，昂昂然的姿态。方临汝踏上广场，身上恰也是湖水蓝衣裳，只不过不是襕衫，而是胡袍，身如秀树，挺拔招展，郭成安头昂得更高了，自觉自己如方临汝一般好看，自己来得早，湖水蓝衣裳是自己先挑的，方临汝是东施效颦。

方临汝把郭成安丑人作怪的样子看进眼里，憋着笑，假装没看到郭成安，侧头和何栎低声说话。

何栎太了解她了，陪她做戏，眼角瞥都不瞥郭成安。

两人越过郭成安，往另一侧走去。

郭成安到方府没见到方临汝，憋着一肚子火，眼见方临汝与自己擦身而过，也顾不得端不起架子，急喊："方二，你来了。"

叫完，自个儿也觉得过于急躁了，口水呛了一下，咳得黑脸膛通红。

方临汝回头，情真意切"咦"一声，极意外的口吻："方才没看到郭兄，失礼失礼。"

"无妨。"郭成安挺胸，故作大度，视线把方临汝从头到脚打量了一遍，道，"听说你受伤了，可还好？"

言语是关切的，眼神却是巴不得方临汝病重不治一命呜呼。

方临汝"哎"一声，如他所愿，长叹："九死一生，差点儿见不到郭兄了。"

说话间，举起双手，掌心对着郭成安，道："郭兄，你看。"

掌心纵横交错伤痕，原来烧灼过的皮肉剔掉，刚长了新肉，方临汝觉得丑陋得很，故大大方方亮相，满足郭成安幸灾乐祸之心，却不知她皮肤本就白，新长出来的肉又鲜嫩，粉腻腻晶莹剔透，伴着一截皓腕，美玉般光华耀眼。

郭成安呆了一下，瞧着她手掌怔神。

"很吓人是吧？"方临汝笑笑，缩回手。

郭成安视线闪烁，看方临汝的脸庞，方临汝的脸庞光洁秀润神辉瑞彩，眼底映着讲经台上高燃的金烛，袅袅香烟里，缥缈如仙子下凡尘，移开眼，眼角瞥到周围的人都在悄悄地看方临汝，不由得心中将方临汝凌迟了千百遍，暗恨爷娘没给自己一副好相貌。

扳倒方家，将方临汝踩到脚底下之心更盛。

高台上住持讲经到一段落，停了下来，小僧们上前捧扶着进大殿暂歇，知客僧上台，双手合十，请大家舍施。

要帮林源敛财，重中之重是让方临汝吐血，郭成安厚实的嘴唇抿了抿，黄鼠狼给鸡拜年的殷勤笑容，道："方二，住持讲经，大家都要舍施，方家是润州制扇第一大家，你要舍施多少？"

"礼佛贵乎心诚，自然不能少。"方临汝笑眯眯道。

"不能少？那是多少？"郭成安追问。

方临汝笑笑不答，抬足跳上高台，拍手，清脆数声响，周围众人一齐看来，方临汝双手合十面对知客僧宣了声"阿弥陀佛"，看向台下众人，来的都是润州城巨商，大部分认识，不认识的也有些面熟，拱手一一致意，大声道："制扇方家舍施一千两黄金。"

"一千两黄金！"人群不约而同一声惊呼。

郭成安没料到方临汝出手如此大方，一时倒怔住了。

"不愧是制扇第一大家，果然大手笔。"有人赞叹。

"方家一直是信诚之家，每年都要舍施不少钱。"有人附和。

……

七嘴八舌一片颂扬之声。

方临汝的视线从众人脸上掠过，侃侃道："汝前些日子险些丧命，佛祖保庇方得死里逃生，为表心诚，这一千黄金，汝会请匠人教汝，亲手为天禅寺众佛像妆漆金身，请大家作证。"

"又舍施又亲手为佛祖妆金身，佩服。"

"我等愿为方二郎作证。"

……

何栎带头，"啪啪"鼓掌，有人紧接着附和，霎时间，掌声雷动。

"我等也愿为佛像妆漆金身。"有人接着喊。

很多人跟着附和。

有人舍施十两黄金，有人舍施百两，视家业大小，热情踊跃，又都学方临汝，请众人作证，要亲自为佛祖漆金身。

不多时，竟捐了万金之数。

“郭兄，你郭家呢？”方临汝立于高台之上，袍摆飘忽，风姿翩然，眉眼殊丽，居高临下，笑吟吟地看向郭成安。

郭成安脸庞赤红，缤纷瑰丽如晚霞。

“郭家也是大家，哪会落于方家之后，至少也是一千两黄金吧？”何栎笑道，把眼看四围。

周围也有制扇之家的人，何栎行事端方周正，不欺弱不凌寡，对有难之家有时还伸手相助，大家甚是感佩，纷纷附和。

郭成安咬牙，骑虎难下，只得道：“郭家舍施一千金。”

“郭兄大家出身，气概不凡，汝佩服。”方临汝大声赞叹，舍施一千黄金的除方家、郭家，尚有经营珍宝古董的杨家，经营茶叶商号的苗家等五家，方临汝请五家当家一齐上台，就在众人面前，反客为主，主持商量谁家为哪尊佛妆金身，大家商议妥当，请知客僧记下，又把日期也定了下来。

郭成安睁眼看着自己和林源的谋划被方临汝动动嘴皮子，三两下就击败了。

众商户舍施了，可这钱进不了林源私库，又有何用。

方临汝与众人议定，大家融洽无间，午膳便在天禅寺用素斋。

郭成安几乎吐血，哪里还能待得住，寻了个借口，离开天禅寺，回城，直奔刺史府。

林源案前坐着，面前摊开十数张纸，详细写着京城各部要员的情况、亲戚关系、爱好、得圣眷程度。思索着，此次得的金子送哪位上官好，疏通关系后，要谋求什么职位。

人那么多，分析起来不易，竟有些头昏脑涨，只是想着不久高官得做、财源滚滚，不禁心花怒放，再也不觉得累。

听郭成安报，到手的钱飞了，气得抓起砚台朝郭成安砸去。

砚台擦着郭成安的额头飞过，墨汁四溅，把他一张黑脸庞喷得更黑，墨汁流淌，郭成安狼狈拭擦，又气又恼。

林源厉声咆哮：“你怎么不阻止？本官费了多少口水，软硬兼施才逼得天禅寺的秃驴答应讲经，帮本官以舍施之名索财，黄金都妆漆佛像金身去了，我难道偷偷叫人再把金子刮下来？”

“当时那么多人那么多双眼睛看着，我怎么阻止？”郭成安也恼了，林源的刺史之位是他花钱谋得的，虽然他当上刺史后免了郭家不少税钱，本钱差不多捞回了一半，但功劳自是还在。自己是他的恩人，他却如此不敬，今日在天禅寺吃瘪，本就一肚子火气，几番嫌林源胆小无用，许多不满堆积到一处，忍无可忍，拂袖子转身就走。

林源山羊胡抖颤，铁青着脸团团转。

苦思无计，但又不想到手的钱飞了，钱飞了，意味着升官发财的路也就堵死了。

出门，喊来主簿孙传商量。

孙传的主簿之位也是买来的，今年四十岁，进士及第五年，其后参加了四次博学宏词科，均未能得优等，没法通过吏部的铨选考试释褐当官。此番倾全部家资贿赂林源，谋了这主簿之职，一心盼着林源升官发财，他攀住这高枝，也能官运亨通。

因此故，很是为林源着急，得林源召见，自己绞尽脑汁想法子，可惜不是多智之人，想来想去都没什么好的计策。

林源气得大骂："一个两个都是笨蛋，方临汝怎么眨下眼睛便一堆诡计出来，无用！"

孙传眼睛一亮，不知林源与方临汝旧怨，欢喜道："林公找方临汝过来商量便是，属下这就去请他过来如何？"

"蠢！"林源勃然变色。

方临汝怎么可能帮他敛财，今日舍施，却又提出给佛像妆金身，说不定就是看穿他图谋，有意为之。

这么想着，微微后悔，方才不该对郭成安发火。

方临汝其人，他自己见着都发怵，更别说郭成安了，那时众多商户上千双眼睛看着，他个人之力如何反对。

为了钱，林源极是能屈能伸的，撇下孙传急忙出门。

要去郭府找郭成安道歉修好。

午后阳光烈烈，润州人好享乐，大都躲屋里凉快着，街道空旷寂静，林源打马，刚出两条街，迎面遇上方临汝和何栎。

方临汝勒马，马背上拱手行了一礼，随后又下马，大步走到林源的马前，热络道："林公有要务在身否？若无，汝请林公迎宾楼小酌如何？"

林源谋划一场鸡飞蛋打，没好气地应酬方临汝，淡淡道："不了，公务在身。"也不下马，抱拳草草应付了一下，算是给了方临汝面子。

方临汝笑笑，也没难为情之色，退到一侧给林源让路。

“汝郎，快上马吧，跟郭大郎约好的别让他久等。”何栎喊道。

“我都不想见他。”方临汝抱怨，甩了一下马鞭，恶声道，“舍施也就罢了，他非要提议什么亲手给佛祖漆金身，佛像漆金身这活可不是一天两天能干完的，没事找事做。”

“不想做，他跟你说的时候你就该拒绝，为何还在人前主动提出来。”何栎惊讶道，语调拔得有些尖利。

“母亲最疼枫娘，他又是……我有什么办法……”

林源本要打马疾行，听得何栎说话，松缰绳不走了，方临汝和何栎的对话，前头的听得分明，但最后那句，方临汝上马了，与何栎渐行渐远，马蹄声嘚嘚响，听得断断续续。度其意，约莫是方临汝母亲疼的是女儿方二娘，而郭成安似乎是方二娘女婿，故而，方临汝也只能让着郭成安了。

林源只觉听了天大的笑话，郭成安若要娶方家女儿，就不会花钱帮自己买官，又坏水不停地整方临汝。

这么想着，忽又想起，郭成安帮自己买官，自己在润州任上，只要免郭家几年税收，一万金就出来了，郭成安并没贴什么钱。至于整方临汝，他说方临汝是女儿身，后来却证实子虚乌有，上次捐款，他突然离开润州没办成，这次借舍施之名弄钱，又鸡飞蛋打。

想到这里，拉马缰的手紧了一紧，马跑了起来，带着暑热之气的风从脸颊吹过，郭府在望，门前两只石狮子威风凛凛，林源霎忽间又勒住马。

方临汝诡计多端，焉知不是故意说给自己听使的离间计，片面之言不可信。

郭成安帮自己谋得刺史之位属实，郭家也实实在在为自己花了一万金，若没郭家这一万金，新任刺史到来，自己也许连主簿位子都坐不住呢。

林源慢慢调转马头，往来路方向走。

不找郭成安问罪，却也不找他赔情和好了。

方临汝在郭成安刚走时，朝何栎使了个眼色，跟同席的商人们说了几句场面话，便寻了借口出来。

禅房离正殿甚远，诵经声远离，静谧安宁，方临汝也不跟僧人说他们要离开，只说微有不适要各处走走，绕过人多的地方下山，出了山门，纵马回城。

她猜郭成安应是找林源商量了，林源或许会赶来，阻止商户们将舍施给佛像漆金身，她是坚决不把金子交到林源手里的，林源若是当众提出来，人前驳他面子不妥，不如避开。

商人中不乏机敏的，跟林源对上，便会有人看穿林源所图拒绝林源。

不管如何，她都没必要留下。

入城没走多远，当头便遇上林源，方临汝暗暗叫苦，长街中段，打马调转马头是来不及了，要假装没看到却也不行，只能咬牙勒马前行，距离越来越近，林源铁青的脸色看得分明，方临汝心思转了转，侧头，小声问何栎：“表哥，你看他像不像跟郭成安闹崩了？咱们要不要顺势往他眼里揉沙子？”

何栎也有这看法，当即道：“不管是不是，咱们只管做咱们的，横竖成了有利，不成无害，便是这次不成，听多了，也会起嫌隙的。”

两人配合默契，也不需约好，便有了林源能听到的背后一问一答说了那些话。

扭头看着林源气急败坏打马离去，方临汝止不住乐：“这个人贪财之心很大，气量却只有针眼大小。”

“他不一定会找郭成安问罪。”何栎若有所思道。

“便是不找，心里那根刺是种下了。”方临汝笑道。

两人信马由缰，说话间，经过吉安里，方临汝勒马，顺着坊门往里看。

那一晚怒冲冲杖责何舆毕，命人把他扔出方府，口中说得狠，到底是自己亲姨表弟，又是何栎同胞阿弟，少不得还是暗中妥善安置。

何舆入秣香楼欲行不轨后，方临汝就打定主意要撵他出府，使人寻买了宅子。二进院落，就在吉安里，虽不阔绰，却也不错了。何舆当晚抬了过来，素常服侍他的人，方临汝命舒九娘问过话，公中安排的贴身服侍何舆的两个婢女，并从何栎那里要去的那两个，都让何舆得了身子，不能留了，遂遣过来，另有两个小子景天和辰阳，跟着何舆惯了，要跟出来，其他人都不愿意。方临汝把这六人的卖身契都给了何姜氏，又给了何姜氏二十缗钱，足够何舆治伤了，打算往后每月给他们母子十缗钱度日，饿不着，又不容何舆再花天酒地浪荡。

“要不要进去看看姨妈？”方临汝问道。

“不去。”何栎摇头，视线从攥马缰的手掠过，低垂睫，掩饰住眼底的心疼。

那一日抓着何舆回府后听说何舆烧马纵马，害得方临汝受伤，勃然变色，要不是方临汝硬拦着，把何舆杀了都有可能。

何栎悔恨自责，若早些把何舆赶出方家，也不至于要方临汝受伤。

方临汝养伤的半个月，他每日里都把何舆咬嚼几次，母亲就是从犯，再不肯去看望的。

方临汝也不喜何姜氏和何舆，何栎不进去，自己也没坚持，两人纵马过去。

若是进去了，就能知道，何舆日子过得快活得很，已带一帮酒肉朋友出润州到京城玩乐去了。

方姜氏那晚没拦方临汝对何舆行刑，见姐姐哭得肝肠寸断，内疚不已。

何舆意图对方锦枫不轨，又害得方临汝受伤，本心反对方临汝的决定，但把何舆留在府里又实在说不过去，不能留何舆和何姜氏，便从其他方面找补，积攒了十数年的体己钱本就要给何姜氏的，使人避过方临汝送来给何姜氏。

何舆乐不可支，大叫因祸得福。

方家宽和忠厚传家，方德清和方临汝虽说御下极严，却从不曾用重刑，奴随主性，方渭性情也极温和，领方临汝命对何舆用刑，没下得多狠的手。但何舆要让何姜氏心疼，哇哇哭得响，其实伤势不重，养上十天半月的伤便好了。

他带着钱出去玩，连使人给方香雯送个口信都没有，还告诉何姜氏，方香雯若寻了来，告诉她，自己伤得很重，外出寻医了，还嘱道：“你可别对她太好，省得我后来甩不掉她。”

他眼下不想和方香雯明明白白断了，寻思这一千多金花完了，若是还没有想出法子吞方家家财，少不得还得从方香雯身上下手。

要跟方香雯卿卿我我虚与委蛇，他又十分不愿意，故晾着她。

“这能行吗？人家一个小娘子为你连亲生阿娘的东西都偷，你这么做，忒薄情了。”何姜氏为难道。

“又下贱又轻浮又没能力，谁娶她。”何舆撇嘴，哼道，“我要娶的是锦枫表姐，锦枫表姐有方家一半家产的陪嫁，她哪能相比。”

何姜氏愁得不知如何是好，方香雯若寻来，自己是冷不下脸对方香雯的，只得吩咐下人，不要跟方府的人走动，别让方香雯知道他们住哪里。

带过来的两个小子跟何舆出门了，四个婢女在方府都见过方香雯，都不喜她骄横猖狂。方姜氏性情好，方锦枫是她女儿，也一定差不了，何况身体又不好，想必也不会责罚打骂夫郎妾侍，只盼着何舆娶方锦枫，她们不用受主母气，都很乐意帮着瞒方香雯，一丝消息不泄露回方府。

方香雯眼见情郎受重伤，五内如焚。

欲要为何舆出头，又怕方临汝当众揭发真相，那时，不等方临汝出手，柳氏就会先撕了她，因此只得忍着。

当晚何舆便被送出方府，后来多方打听，却没打听到何舆的消息，方香雯如坐针毡，怕何舆伤重不治，也怕何舆负情，坐卧不宁，想出府寻找，可方临汝在府里养伤，自己不敢轻举妄动。

这一日听得方临汝去扇坊理事，当即四下走动，能问的人都问了，谁都说不知何舆去向。

方香雯无奈，觍着脸去问方姜氏。

方锦枫有后，方姜氏心情好，芙蓉堂又复往日布置，富丽堂皇，衣裳也不再一味素白浅淡。今日王大夫又给素心、素问把脉，确诊有孕，胎象良好，方姜氏欢喜得紧。方锦枫歇午觉，她无事可做就回到芙蓉堂，梨花木长案前坐着，案上铺开红色织锦，要亲手裁小儿肚兜，上身烟霞色织锦大袖衫，广袖轻垂着，底下银红色烟罗锦罩羽纱长裙，地台上逶迤开，裙摆绣大朵牡丹花，端方雍容。

方香雯进来，方姜氏只淡淡"嗯"了一声，视线不曾在她身上多逗留，低头裁肚兜。

方香雯案前坐下，伸手殷勤地帮方姜氏按住布料，闲谈口气问道："母亲知不知道何家二表哥去了哪里？那晚受那么重的伤，无碍吧？"

方姜氏剪子顿住，抬眼看她，温和的眉眼里，透出一股凌厉的审视意味。

方香雯一惊，视线游移，不等方姜氏出声，忙又转了话题，笑道："母亲这是打算裁什么？"

"看看吧，没定。"方姜氏淡淡道，搁下剪子，按了按额角，站了起来，"我乏了，要歇息，你去吧。"

"我扶母亲。"方香雯目的未达到，不愿离去。

"无须。"方姜氏摆手，喊白芷。

白芷上前，托着方姜氏手臂入内室，红叶忙忙喊婢女点上香炉熏香，又命一人拿美人拳给方姜氏捶腿。

众人各自忙碌，方香雯一个大活人站在厅中，犹如无物。

方姜氏自然知道何舆住处，却不说。

那一晚方临汝要对何舆行刑，方香雯跳出来反对，方姜氏看在眼里，内中详情不知，只隐约看出这个庶女对自己外甥有情，如今又来探问，豁然开朗。

自己的外甥自然没错的，只怪方香雯不知廉耻勾引何舆，做下行窃那般没脸的事，害自己外甥与姐姐如今流落在外，又害得自己的女儿受伤，进得内室，尚不肯作罢，又冲外头大声道：“我如今事多，雯娘以后没事不要来找我。”

方才是无声一巴掌，这句话，却是把人剥光了羞辱，方香雯脸庞精赤，几欲冲进内室，指着方姜氏鼻子大骂，想着她是何舆姨妈，咬牙忍下，甩袖子，怒冲冲离开。

回到紫云阁，越想越生气，欲要砸东西出气，又舍不得，眼珠子骨碌碌转了转，咬牙切齿道：“毒妇，你让我不好我过，我必也要让你闹心。”

出门，招招摇摇地去找柳氏。

柳氏房中正守着八宝匣发愁，她寻回首饰后，日夜担心再次被盗，藏哪里都觉不安全，方香雯进来，急问计：“快帮阿娘想办法，藏哪里不会被人偷走。”

“藏哪里都不行，窃贼一天没赶出方家，就还会伸手再偷你东西。”方香雯懒洋洋道，眼睛盯着黄澄澄金灿灿的首饰，想着这些东西本来能给何舆做本金，早日赚了钱娶自己过门的，恼恨不已，暗算亲生阿娘的那点儿愧疚荡然无存。

“何舆不是已经被赶出去了吗？又回来了？”柳氏又惊又怒。

“贼根本不是何二郎。”方香雯撇嘴，挑起一条珍珠项链，珠水圆润，上品珍珠，眼红不已，便是不变卖换钱，戴自己脖子上，定然增艳色不少，强忍着收入袖袋的冲动，坐了下去，道：“阿娘，你被骗了，偷东西的是琬初。你想想，若是何二郎偷的，琬初的小凤钗怎么会跟你的耳坠在一起？方临汝看不惯何二郎，又要保琬初，就把何二郎拉出来替罪羊罢。”

柳氏一愣，过片时，道：“管他谁偷的，东西寻回来便是。”

“琬初不慎落了物证，方临汝没办法才让她交出来，下回，琬初必定做得无缝可寻，那时，娘你想要回东西就不易了。”方香雯道。

柳氏爱财如命，不由得着急起来，扯住方香雯袖子，迭声道：“这可如何是好，快帮阿娘想办法。”

“只要还住这府里，就无法可想，除非……”方香雯拉长嗓音，恨恨道，“除非分家，分家了，你就是当家主母，用不着看人眼色，下人也不敢偷你东西。”

“我何曾不想，可你阿兄不肯。”柳氏被戳中心脏肝肺，痛不欲生。

“阿兄不肯，你不会从澄漪山房那边想办法吗？”方香雯咬牙切齿道，“闹，闹得那边不得安生，主动提出分家。”

“怎么闹？”柳氏眼睛一亮。

“……”方香雯凑近，附耳，小声献计。

柳氏圆睁眼听着，不住点头，喜滋滋道：“不错，就这么办，二娘是那毒妇的心肝，闹上几回，便是方临汝不肯分家，毒妇也会受不了逼着他分家。”

撸起袖子，风风火火直奔秫香楼。

第二十六章　举一反三

崇徽要显得自己有用，压下想黏在方临汝身边的心思，全身心地在工坊里指点扇工制扇。晌午，方诚唤他用午膳才离开工坊，到了厅中，方临汝却不在，听说跟何栎一起出去的，登时抓心挠肺般地难受。

午膳除了常见的几样精致菜品，还有一道鹿脯，等闲是吃不到的，但崇徽瞥都不瞥一眼，在食案前怔站了片刻，出门，解马缰纵身上马。

方诚追出来时，却只看到一个远去的身影。

漱石榭静悄悄的，琬初在院子里晾晒衣裳，天气一日比一日热了，春天的衣裳不会再穿，晾了收进箱笼里，璟初则在修剪花枝。

听说方临汝没回来，崇徽呆住，垂手直怔怔站着，一袭雪白的襕衫，扎着细腰带，由于赶路急，束发微微松散，出尘清华容色里，微有几分单薄凄凉。

“二郎每日那么多事，不可能让你每时每刻都跟在身边。”琬初劝道。

“我不能跟，何大郎为什么就能跟？”崇徽咬唇，眼里泪光闪闪。

琬初抚额无语。

“跟一个一根筋的傻子讲道理，你也是傻了。”璟初剜了琬初一眼，搁下剪子，笑嘻嘻道，“你跟何大郎不一样，何大郎是外人，所以在外面都带着他，你是内人，登堂入室的是你，明白吗？”

什么外人内人的崇徽听不懂，眉头皱得更紧，扁着嘴一言不发。

璟初哈哈大笑，小酒窝盛了蜜糖，摘了一朵鲜艳娇嫩的月季花塞到崇徽手里：“别愁了，簪上花，把自己拾掇得美美的，用美色迷住二郎就行了。”

崇徽这回听懂了，脸上悲色更甚，伸手摸耳郭，假耳罩粘着，没有缺口，那缺口在他心里头，闷闷道：“我长得又不好看，哪里来的美色迷住二郎！”

璟初瞠目。

这要是换了个人，一准儿会认为他矫情说反话，可崇徽不会说反话，可见他有多么天真。

璟初望天呻吟，喃喃低语：“你要是不好看，天底下都是丑八怪了。”

“瞧瞧，还说我，你不是也踢到钉板了吗！”琬初莞尔，凑近璟初，才要说悄悄话，外头咚咚急促脚步声，银杏青白着脸满头汗水奔过来：“二郎在不在？”

“不在，去扇坊没回来过。”琬初道。

“出什么事了？”璟初和崇徽异口同声迫切问。

“柳姨娘到秫香楼说了些颠三不着二的话，二娘一口气背过去，小半个时辰了都还没醒来，偏生王大夫进山采药了，不在家。几个老婆子有点儿经验，说是一时急火攻心昏厥，得掐人中赶紧让二娘醒过来，不然这口气回不过来就完了，我们几个轮流掐了，二娘还是没醒。夫人一着急昏了过去，我们也不知怎么办了，只能找二郎赶紧过去看一看，扇坊里没找到二郎，说是去天禅寺了，派了快马去天禅寺找，又说二郎跟何大郎早离开了。”

“这么说，二娘很危险？”琬初、璟初疾声问。

银杏点头，悲声道：“二郎不在，可怎么办好？”

“我去看看。”崇徽往外疾走。

“别去。”琬初大叫，狂奔过去拽住他袖子，璟初与银杏尾随其后，三人一齐堵住崇徽。

“别去。”璟初脸上惯有的嬉笑神色不见，沉声道，“我跟琬初过去瞧瞧，你回房去，装作什么也不知道。”

“为什么？”崇徽不解，急着过去看方锦枫，用力扒琬初手。

“傻子，我们为你好。”璟初跺足，看银杏，欲言又止。

银杏轻咬唇，压低嗓子，小声道：“夫人心里最重是二娘，你过去了，若能想到法子救二娘，也罢了，若不能，二娘有什么不测，怕是会被夫人迁怒，横竖你不当家，只作什么都不知道吧。”

“况且你什么都不懂，去了也是白添乱，别过去了。”琬初接口道。

崇徽扒她手的力道散了。

琬初轻叹口气，道：“回屋里待着，我俩没回来前，不要出来。”

语毕，招手璟初、银杏：“快走。”抬步急奔。

崇徽比她们更快，影子一般掠出。

“你回来。”璟初急得大叫。

崇徽脚步不停，声音远远传来：“二郎在意二娘，我得帮她分忧，便是事后被责怪，我也认了。”

“这傻子！”琬初摇头不迭。

“看起来，倒有几分当家主母的气势，敢挑事。”银杏低喃。

“得挑得起来才行啊。”璟初叹气，急忙跟上。

秫香楼素日宁谧安静，这当儿却乱糟糟的，半个方府的人过来了，黑压压里三层外三层，叽叽喳喳似百千鸟儿齐鸣。柳氏和方香雯满头珠翠花枝招展格外醒目，幸灾乐祸之色，红唇翻动不住地叫嚷。再往里，方孝、方渭怒冲冲地横臂站着，不让外头的人进去。厅里头，方姜氏仰面倒在地台上，白芷、翠翘、红叶围着不住叫着“夫人”，方秀绮、舒九娘一旁站着，一时看方姜氏，一时看厅外，见琬初、璟初、崇徽，方秀绮快步迎过来，疾声问道：“二兄呢？”

“二郎不在，我来处理。”崇徽镇定道。

方锦枫在内室的床上躺着，乌黑的长发披散，衬得苍白的脸更白，不见半分生机，人中豆大一点红，是刚才狠掐掐出来的。

崇徽凑近，见他鼻翼的翕动都没有，抬起手，像兰荪平时搭他脉搏一样搭上去，脉搏的跳动微弱得几乎感受不到，心头一沉。

“你懂医道？”素心、素问一齐问，满面泪痕，声音嘶哑。

崇徽哪里懂，不过强作镇定罢了，低头定定地看方锦枫，要让人请王大夫之外的大夫，方锦枫是男人的事就捂不住了。

想必因为如此，方姜氏才迟迟没下决断。

琬初、璟初迟得一步到来，进得内室，看方锦枫情形不好，都是急红了眼。

素心、素问见崇徽迟迟无语，不由得失望，嘶声哭起来：“王大夫不在，请别的大夫吧。”

方姜氏昏迷不醒，在场的人都知道方锦枫真实性别，担不起这个责任，面面相觑。

“马上请大夫。”崇徽沉声道。

“这……能行吗？”琬初平日最有决断的，也踌躇了。

“不行也得行，出什么事我担着。”崇徽再不迟疑，请大夫的话说出，霎时头脑清朗，“我相信，二郎在这里也会做这样的决定，方家家业固然重要，却没有二娘重要。”

琬初、璟初一震，相视一眼，琬初抿唇，道："我亲自去请。"飞奔出去。

崇徽攥着手，紧张地站着，心中祈祷，在大夫来前方临汝能够回来。

方临汝一直没回来，方姜氏昏迷着，崇徽的视线在院内室内来回打转，大夫很快到来，真的要为了救方锦枫泄露方家不能为人知的秘密吗?

不会的，不一定就会泄露，大夫也有可能不会把方锦枫的性别隐情说出去。

可是就算不会说，把柄被人抓着，以后也是生死由人决定，如履薄冰过日子了。

若是方临汝在，会不会有两全之策?

崇徽自问，脑子里忽地有一根弦当地响了一下。

事在人为，世上没有走不通的绝路，便是无路，也能走出路来。

抬眼四顾，内室中璟初、银杏、翠翘、素心、素问，看神色听口气，都是知情的，也不跟璟初咬耳朵了，小声道："璟初，从府外抬一个像是重伤的男人过来，如何?"

话不多，几个人都是机灵的，略一愣当即领悟，俱眼睛一亮。

"这主意不错，等闲人不能留在秋香楼治病，二郎却不然，她又跟二娘长得一模一样，抬来的人，就说是二郎吧。"璟初道，看看银杏、翠翘，"安嬷嬷家紧挨着观前街，正好，我去找安嬷嬷，让二郎两个奶兄抬着我进府来，在我身上盖上薄被蒙了头脸即可，大声嚷嚷二郎突然晕倒。银杏，你到扇坊守着，翠翘，你去从外面回府必经之路路口守着，二郎从哪出现，你们都让她先隐藏起行踪。"

银杏、翠翘齐声应好，三人都是极聪明的，不走正门，从内室爬窗出去，竖起梯子翻后院院墙，悄悄从后角门出府。

崇徽出内室，厅门口站定，瞥一眼厅外众人，吩咐："方伯、渭郎、九娘留下外头侍候，其他人都回去。"

方渭得令，挥手道："听到没有，娘子让都回去。"

婢仆往外退，方香雯咬牙不愿走，大喊："我是亲姐姐，为啥让我出去。"

"大姐，你少说两句，快走吧。"方秀绮红了眼，过来推方香雯。

"整日攀高枝儿了，瞧瞧，人家也不当你自己人，一样得被赶走。"柳氏冷笑，戳方秀绮，尖而长的指甲掐进她额头。

"阿娘你这说的什么话。"方秀绮气得哭起来，又怕扰了方姜氏和方锦枫，急捂住嘴。

崇徽皱眉，知道方临汝对方秀绮这个三妹青睐有加，看她红了眼眶，忙微笑着安抚她：“三娘，二郎知道你有心，只是这会儿人越多越乱，方让你回去，你是方家的主子，别跟下奴一般见识，没的掉架子。”

柳氏一口气噎住，差点儿昏厥过去。

方香雯张嘴要反驳，但妾确实不算主子，无从反驳，头上赤金垂珠钗颤颤，半晌说不出话。

方秀绮抿了抿唇，眼里泪水压回，清声道：“我知道，娘子莫往心上去。”

帮着方渭方孝，把柳氏和方香雯及一众或是担忧或是看热闹的下人往外赶。

拥挤的院子空了下来，嘈杂喧嚷声消失，崇徽深吸气，让方孝、方渭和舒九娘院子外头守着，回过头来，低低吩咐：“快，给二娘换男人衣裳，抬到地台来，把夫人发髻散了，抬到床上去，放下纱帐，装成二娘样子。”

苏阳、苏刚抬着担架神色匆忙，急慌慌叫嚷着进方府。

他们前脚进了秋香楼，琬初后脚带着大夫就到了。

“好生凶险，病人乃气血涌堵，吐不出咽不回，迟得一迟，大罗神仙也救不了。”大夫惊叫，急施针。

方锦枫蹦坐起，一口血喷出，幽幽醒转。

方姜氏无大碍，忧急之下昏迷，大夫开了一剂虎狼药，灌了下去，便醒了。

琬初送大夫出去。

方姜氏抱住方锦枫放声大哭，哭了些时，拉崇徽手，爱惜不已，“好孩子，多亏了你，我都不知怎么谢你了。”

“不用谢！二娘没事就好。”崇徽挠头，憨实地笑。

方姜氏更加赞叹不已，众人也是点头，满眼嘉许之色。

璟初深知崇徽的性子，忙拉他袖子：“夫人，二娘得好生歇息，婢女送娘子回去。”

“去吧。”方姜氏浅笑，爱怜地看着崇徽。

“等一下。”崇徽甩开璟初，贴着方姜氏床沿坐下，眼睛亮闪闪看她，“夫人，二郎也要听你的话是不是？你发话，让二郎以后到哪都得带着我，不得甩开我好不好？”

璟初捂脸，痛不欲生。

就知这傻子又要犯傻，果不然，在漱石榭丢人也罢了，居然丢到方姜氏跟前来。

琬初送了大夫回来，撩帷幔的手僵住，一时间，不知讲义气进去一起丢脸好，还是悄悄找个地方哭去。

方姜氏愕然，抬头看众人，茫然问："这孩子说的什么？"

众人羞红了脸低头不语。

璟初抢着道："徽娘说，不知二郎去哪里了，银杏、翠翘不知通知到她了没有。"

"果然是我幻听了，我就说嘛，哪有紧黏着不放的，忒……"三十几岁的人，说起来也觉脸红。

"就是，黏着不放还求到婆婆跟前，忒不尊重了。"琬初接口，搁下帘栊进内，背着方姜氏白了崇徽一眼。

方临汝是女人，自己算什么婆婆！

方姜氏启唇又合上，苦恼地拍额头。

琬初把崇徽拉起来推向璟初，往前一步隔开他和方姜氏，道："二郎没在扇坊没在天禅寺，午膳时间，兴许跟何大郎去迎宾楼用膳了，夫人歇着，婢女去找找。"

方姜氏自然应允，琬初转身，崇徽听得方临汝可能和何栎在迎宾楼，一阵风冲了出去。

方临汝与何栎果是在迎宾楼内。

两人经过吉安里后，方临汝见何栎面有郁色，心疼他父亲早逝，母亲愚顽不明，弟弟不省事，便提议到迎宾楼用膳。

他不嫖不赌，便用佳肴美酒哄他开心。

何栎自是愿意的，两人到迎宾楼，要了个小包厢，点了酒菜，小酌谈话，却不知方府差点儿翻天。

琬初带着崇徽找了来，她经常陪方临汝过来，掌柜认得她，殷勤周到，亲自送她们到包厢。

迎宾楼有润州城第一酒楼之称，装饰富丽中透着清雅，长廊下的地毯，两侧墙壁上挂的画，无不透着不凡品位，推开菱花红漆木板房门，驼色织兰花地毯，寒江白雪连地屏，黑漆雕花四方桌上摆着精致的岳州白瓷餐具，佳肴吃了过半，杯中斟满玉薤酒，醇香厚重。四方桌两侧的人一个风姿卓然，一个端方沉稳，恍如出尘离世画卷，清静安宁韵致无限。

崇徽被兜头淋了一缸醋，头发丝到脚趾无处不酸，难受得紧，扑过去，贴着方临汝坐下，一把抱住她，把头埋到她肩膀上，粗着嗓子控诉："二郎你真的在这里，知不知道我们快急死了。”

掌柜还没退出房间，方临汝尴尬得不知如何是好。

大唐再是民风开放，人前搂搂抱抱总是有碍观瞻。

琬初无语，璟初的话看来是对的，对付崇徽糯米糕团儿一般的黏劲，不恐吓恐吓，还真不知怎么把他从方临汝身上拉开。

跟掌柜的道了谢，忙把包厢门关上，近前，低声把府里发生的事说了一遍。

方临汝在她说方锦枫气厥不醒时，惊得猛一下拨开崇徽站起来，听说已经转危为安，身体又被抽了骨头似地跌坐回去。稍停，拳头砸在桌面上，桌面盘盏咣当响，不及她紧咬的牙齿发出的磨牙声粗重，浓密的睫毛下，尖锐的阴冷凶狠：“看来，柳姨娘真是太安乐了。”

“别再留情了，你身为家主爱护方家每一个人，她可不然，半点儿不当你家主敬重。”何栎劝道。

“家主”两字把方临汝勃发的怒气打得七零八落，不只没被何栎劝得狠下心治柳氏，反想起自己肩膀上的责任，咬牙些时，气闷无力道：“把她送城外会莲庵斋戒一个月，略作薄惩便罢了。”

“这惩治太轻了，当时若不是崇徽果断机警，这时候，或是你跟方锦枫的真实身份传开了，或是方锦枫没及时救治已去世，无论哪一种，后果都极不堪。”何栎不赞同。

方临汝静静听着，眼底阴云密布握了握拳，半晌，低声叹道：“方才我想着，我是家主，不能一心只想着亲生的母亲跟同母阿兄，这当儿，却觉得，对柳姨娘来说，这惩治，她们兴许还觉得重了呢。”

“她差点儿害死锦枫，怎么就重了！”何栎大怒。

方临汝摆手，止住何栎的话，唇间溢出一声叹息：“二兄若有不测，柳姨娘也不算得凶手，朝廷律法论罪，也治不了她，更何况她是阿兄和雯娘、绮娘的亲生阿娘，我若对她狠了，他们会怎么想？”

何栎无言，死死按住桌面。

“要是你阿爷只有夫人一个妻子，儿女都是夫人生的，就没这烦恼了。”崇徽嘟囔，皱着眉头，很是不解的口气道，“二郎，你阿爷和夫人睡觉，又跟那柳姨娘睡觉，不恶心吗？”

语出惊人，座上有男有女，方临汝和琬初都是未婚小娘子，听他口中睡来睡去的言语，臊得脸通红，便是何栎，一僵之后，也是脸红得滴血，掩饰着执起酒杯，心神不属喝得太急，呛着喉咙，咳了起来，咳得撕心裂肺。

“怎么啦？我说错了？”崇徽莫名其妙，清澈的大眼圆睁，纯良无害。

从一岁长到十八岁，慢慢接触尘世一切，跟十八岁突然入世，真的大不一样。

方临汝无法，忍着羞臊，温言道：“睡觉这种事，就跟在人前得穿衣裳不能光身子一样，是很私密的事，不能露于人前。”

“我知道了。”崇徽点头，大彻大悟……

“恶向胆边生。”方临汝脑子里浮起这句话，抚着崇徽头发的手想往下滑，想掐住他脖子，让他再也说不出话来。

琬初扭头，装作自己聋了，什么都听不到。

何栎低眉，脸上红通通的血色瞬间褪尽。

“回去了。”方临汝霍地站起来。

“你得隐藏行踪，这样出去不行。”崇徽一把拉住她，把她往连地屏后面推，又扯琬初，“你跟二郎把衣裳换了，我跟二郎先避人耳目回府，你跟何大郎过得一会再走，去扇坊通知银杏不用守着了。”

“这行吗？”琬初犹疑。

方临汝略一沉吟，道：“可以，真真假假，假假真真。”

琬初比方临汝矮了少许，衣裳互换不怎么合身，不过凑合着也行。

何栎一言不发地坐着，方临汝和崇徽出门也没起身相送。

琬初目送方临汝和崇徽下了楼梯，把厢房门关上，回头看看何栎，何栎素常挺直的腰背有些佝偻，背光的脸晦涩不明，透着萧瑟失落，琬初略一迟疑，在方临汝刚才所坐的位置坐下，低声道：“崇徽懵懂天真，说话不经思索，何大郎莫跟他一般见识。”

“懵懂天真吗？”何栎牵了牵嘴角，执起酒杯，默默饮了一口。

“是啊，傻子一个。”琬初把崇徽在方姜氏面前说的话讲给何栎听，红着脸摇头道，“婢女当时臊得脸没处埋，幸好夫人以为幻听了。”

何栎握紧酒杯，沉默些时，道：“我若说，崇徽在姨妈面前说那话，不是天真，不是无知，而是有意为之，你信吗？”

“怎么可能！”琬初诧异，摇头，“他傻乎乎的，纯良无害小白兔儿，断没这种狡猾心思。”

“小白兔！”何栎涩涩一笑，仰头大口干了杯中酒，喉间低低道，“他怕是不知不觉中已由小白兔变成狐狸了。”

“何大郎你说什么？”琬初没听清，凑了过来。

何栎直起身子，不动声色地离琬初远了些，淡然平静道：“我说，这酒很好喝。”

“酒喝多了伤身。”琬初道，眉间神色温柔。

何栎视若不见听而不闻，一杯接一杯饮酒。

第二十七章　邀功请赏

方临汝和崇徽避过耳目回到府里，崇徽担心方锦枫，径直去秋香楼看方锦枫，方临汝回了漱石榭，即让琬初传令，命舒九娘带人送柳氏去会莲庵斋戒，一个月后方许回府。

柳氏不愿意，大闹起来。

方香雯更是大声叫嚷。

连一向顾全大局的方秀绮和从不逆方临汝的方游丰都到漱石榭找方临汝，为柳氏求情。

“阿兄和绮娘为柳姨娘既求到我跟前来，那便罢了，让柳姨娘在府里斋戒一个月作薄惩，只是我有话想问，若再有下次，若枫娘没有抢救过来，你们要如何自处？”方临汝微微笑着道。

方秀绮脸白了白。

方游丰也呆住了。

方临汝紧接着又道：“你们也许认为，柳姨娘只是无心之过，并不知枫娘受不住两句闲言，可我想问你们，这十几年来，柳姨娘去过几次秋香楼？若我没记错，这是第一次，第一次到秋香楼，不是关心问候枫娘，而是出言讥讽，说枫娘一无所长，只会耗方家米粮给方家上下人等添麻烦，这能是无意吗？”

方秀绮和方游丰一齐羞愧低头。

方秀绮轻声道：“请二兄原谅，是我不识大体，二兄还是把我阿娘送去会莲庵，让她清醒清醒吧。”

“阿娘太过分了，汝郎，你想怎么做就怎么做，我不多说了。”方游丰粗着嗓子道。

“你们都是好的。”方临汝渭叹，一手拉一个，地台上坐下，温声道：“你们来为柳姨娘求情，乃是人子该做的，若不来，我才寒心呢，只是咱们身为方家子女，心里面想着的，不能只有自己，得是整个方家，皮之不存，毛焉附也，只有方家这个大家好好的，咱们才能安然。”

“二兄说得在理，妹妹受教！”方秀绮红了眼眶。

方临汝笑笑，拍拍她的手背，看向方游丰，思索些时，把柳氏金饰失窃一事乃何舆与方香雯里通外合一事说了，未及往下说，方秀绮惊叫，秀美的眉头蹙到一处，愤愤道：“果然这样，大姐怎么能这样做呢。”

“你猜到了？”方临汝颇意外。

方秀绮点头，臊红了脸：“那日听说阿娘首饰丢了，我就怀疑有内鬼了，外面的人即便有钥匙避过巡夜的人开院门进水木堂，水木堂还有值夜的人呢，如何能不被察觉？那天晚上对何家二表哥行刑，大姐一向嫌贫爱富，瞧不起何家两位表哥客居寄人篱下的，突然就仗义执言，恁地可疑。何家二表哥偷窃过程二兄不追查，不堵府里巡守不周漏洞，我疑心就更重了。”

是个聪明的，可惜托生在柳氏肚子里，便是自己疼她，要帮她订门好亲事，因着这嫡庶名分，怕是也不能十分称心如意。

方临汝叹口气，将惋惜暂丢一边，道：“我担心追查下去，雯娘声名尽失，只能止于何舆身上，今日说与你俩知道，只是怕柳姨娘不察，失窃那种事后面还出现，我提醒她，她未必听得进去，你们俩得便提醒她一下。”

“我不说，阿娘忒糊涂。”方游丰怒道，虽是不长进，好歹还是知道的。

“我得便提醒阿娘吧。”方秀绮道。

兄妹三个说许久话，晚膳时间到了，方秀绮和方游丰方起身。

两人主动表示，他们要去帮着舒九娘把柳氏送去会莲庵。

方临汝长舒口气，他俩懂事，她省心不少，亲自送至院门。

院子里花叶婆娑沙沙响，灯笼光影朦胧，天上细细一弯月牙儿，方临汝目送方秀绮和方游丰走远，方转身。

东厢悉索裙裾拖曳之声，白芷和红叶扶着方姜氏走了出来。

“母亲有什么事派人喊儿过去便是，怎么亲自来了？”方临汝讶然。

“下午不是说你病了吗，再喊你过去，人多口杂的，传出去引人生疑。”方姜氏道。

“劳母亲亲自跑一趟了。”方临汝歉然，上前托起方姜氏手肘，扶着她缓缓往厅里走，口中道，“母亲什么时候来的？怎么不进屋？”

“来了有些时了，他俩在，我懒得听他们喊母亲。”方姜氏淡淡道，眉眼间难抑厌恶之色。

方临汝脚步滞了一下，低声道：“阿兄和绮娘跟柳姨娘的性子还是不同的。”

方姜氏冷哼，不接话。

母女俩进厅堂，地台上坐下，方临汝问道：“二兄怎么样？可还有不适？”

“王大夫从山里回家了，方才过府来给他诊过脉了，说是无碍了，今日下午好生凶险，多亏了崇徽，我想来想去，没别的好送，就送她一套首饰吧。”方姜氏招手，白芷近前，手里捧着一个精致的花钿妆匣。

方临汝接过，打开看，里头一套赤金嵌红珊瑚头面，这是她阿爷当年从西域商人手里买的，极是难得，方姜氏素日甚爱，忙替崇徽道谢。

方姜氏摆手，琬初、璟初和白芷、红叶机智地都退了出去。

方临汝心头一突，亲自为方姜氏斟了茶，双手捧上，

方姜氏撩起袖子，皓腕上羊脂白玉手钏轻晃，晶莹的雪光玉色映得她光滑的肌肤如十八小娘子一般迷人，接过方临汝捧过来的茶盏，不喝，搁到案上，眸中寒光闪闪：“我进方家门前，柳妹妹就生下丰郎了，大户人家谁家郎君没几个小妾的，我也不在意，你阿爷对我好就行了。润州城里，我敢说，哪家的小妾都没柳妹妹自在，约莫是惬意过头了，如今郎君去世了，她没个撑腰的人了，居然还不收敛。她怎么张狂我也不管，敢伤到枫儿，我却饶不了她，你把家产理一理，分家，把至善苑的人给我弄出方家去。”

“分家？”方临汝低眉，脸上闪着阴晴不定的神色，“分家出去，大兄不说创业，连守业都不会，柳姨娘又是个眼皮子浅的，过不多时，家业就败光了，我哪放心。”

“不分家，今日这样的事再发生，你说怎么好？由得他们闹得家宅不宁吗？”方姜氏霎地拔高声音。

“母亲别急，这事从长计议。”方临汝劝道。

“我能不急吗！”方姜氏尖叫，抽帕子拭泪，哽咽道，“枫儿要有个什么好歹，我也不活了。”

“今日这样的事，儿不会再让它发生。”方临汝眉头低压，眸色森森寒气，“儿会吩咐方伯，澄漪山房门口安排人轮流值守，往后，柳姨娘跟雯娘要进内，需得禀报，得你跟我一人同意了方得进去。”

方姜氏抽泣声细了下去，打着哭嗝喘气，半晌，道：“就这样作罢？不分家了？”

“不能分，儿是家主，不能只考虑母亲跟二兄，而罔顾大兄的境况。”方临汝苦笑。

方姜氏低眉，不甘不愿的神色。

方临汝捧起茶，笑道：“母亲喝杯茶消消气。”

方姜氏轻咬唇，接了过去，浅抿一口搁下，眼里泪水流了出来：“你反对，我也不知能说什么，我凭借倚仗的，也不过是有你这个女儿罢了。”

“母亲伤心，是儿的不是。”方临汝小心地赔笑脸，低低叹了口气，道，“母亲不看别的，看在阿爷面上吧，阿爷去世方几个月，咱们就分家忒不像话，儿一直在留意着，等我给大兄订一门好亲事，有个厉害嫂子，不说开拓，只要能守住家业，安安稳稳过日子，儿便分家。”

“他不长进，好人家的小娘子哪肯嫁给他。”方姜氏皱眉。

“门当户对的不能，在家境比不上咱家的寻，也不是不可能，家徒四壁也无妨，只要人好就行，咱家多许一些银子便是。”方临汝道。

“你啊！”方姜氏嗔怪，女儿说的件件桩桩在理，无从反驳，心思转了转，道：“雯娘好像跟舆郎有首尾，你外头瞅瞅，有合适的，赶紧把她聘出去。”

“母亲不想把她许给何舆，亲上加亲？”方临汝有些意外。

“轻浮浪荡，不知羞耻，连自个亲娘的东西都偷，让她嫁给舆郎，岂不误了舆郎。”方姜氏嫌恶地哼道。

方临汝噎住。

母亲真不是一般护短，方香雯不自重，何舆也不守礼，两个半斤八两。

方香雯跟何舆之间的事情，方临汝并不打算干涉，这个庶出姐姐忒不像话，她的归宿她自个把握。

方秀绮看着极好的，只操心她的亲事罢了。

母女俩又说了会儿话，方姜氏分家的念头没消，被方临汝的言语堵住，没法再提。

把方姜氏送走，方临汝闭眼，压额角。

跟方姜氏说话，心累，累得不轻。

一只手轻轻拨开她的手，小心翼翼按她额角，力道轻得如羽毛拂过，像挠痒痒，方临汝颤了一下，拍开那只手，笑道：“回来了。”

“你闭着眼睛，怎么知道是我？”崇徽瞪圆眼，疑惑与不解写在那双黑白分明的大眼睛里。

琬初、璟初两个帮她按压不会力道把握得这么差，除了她俩，能在漱石榭里通行无阻无须通报的，也只有他了。方临汝笑笑，还真别说，跟崇徽在一起，不知为何便浑身轻松，伸手捏了捏他脸颊，调笑道：“我会算。”

“二郎你好厉害。”崇徽细密的睫毛眨了眨，嘴唇笑得很开，乌黑的眼珠子转了转，眼神渴切而热烈，撒娇的口气道，“二郎，你算算，我这当儿心里在想什么？”

能想什么，每次做好一件事就要邀功请赏，要咬她嘴唇，方临汝暗骂了声真会顺竿子爬，伸手，曲起手指弹弹他额头，嗔道：“咬嘴唇的事莫想了，说说，要别的什么奖赏。”

“我只想跟你咬嘴唇，别的都不想要。”崇徽塌了脸，扁嘴嘟哝，“咬嘴唇那么快活，你为什么就非不同意。”

方临汝一怔，脸热了热，过片刻，身子也热了，呼吸艰难，扯了扯领口，把案上妆匣拿过来，笑道：“你下午做得甚好，这是母亲嘉奖你的。”

崇徽瞥一眼，对那套许多小娘子心羡的首饰没半儿点兴趣，随口道：“好看。”方临汝不肯给他咬嘴唇，他不愿意放弃机会，勾住方临汝的腰肢，把下巴抵在她肩上，侧头，嘴唇凑到方临汝耳朵上。

潮热的气息往耳洞里喷，方临汝颤了一下，怒道：“你干吗？”

扭头推崇徽，却没推开，崇徽紧紧地搂住她，湿漉漉的嘴唇压到她嘴唇上。

“放开我。”方临汝沉声道，伸手推他。

方临汝算是明白了，想让崇徽放弃亲自己的心思简直是痴人做梦。

他眼下停药没多久，身体还不算成年男人，等再过些时，情欲动了，就不仅是想亲嘴了，自己担着家主之位，此生欢情如梦，男女之情不能考虑，也无意考虑，不能再拖下去，得赶紧做个了断。

咳嗽了一声，方临汝板起脸道：“以前咬了就咬了，以后不准再咬。”见崇徽懵懂迷糊油盐不进样子，要细说男女之间的一切，委实说不出，略一沉吟放弃，与其徒劳地想让他榆木脑袋开窍，不如多带他外头走走，他对谢宜宁似乎颇有好感，寻机会约上谢宜宁，让他跟谢宜宁多接触，不要一门心思放自己身上，遂道：“以后你遇到喜欢的人就明白了，不说了，今晚给我搬流觞轩去。”

“我不搬。”崇徽大叫，紧盯着方临汝，纯澈的大眼无端有些咄咄逼人之势，令人无所遁形，“二郎，你怕什么？”

怕他越陷越深，怕自己动情，怕的太多了。

方临汝闭眼，搓了搓脸，疲倦不堪，过片时，睁开眼，大声喊琬初、璟初：“给崇徽收拾东西，今晚就搬流觞轩去，他要是不搬……”顿住，沉了脸，崇徽如待宰的羔羊凄凉看着她，方临汝咬牙，狠了狠心，道，“他要是不搬，叫表哥来送他，从哪来的还回哪去。”

琬初、璟初两人门外守着，里头情形尽知，以为方临汝和崇徽更好了，听得这些话，愣愣不能言语。

崇徽咬唇，半晌，牙缝里逸出几个字。

方临汝没听清，隐约像是“负情薄幸”，又羞又恼，厉声道：“你说什么，再说一遍。”

崇徽咬唇，往常这时眼里泪珠打滚了，这次却没有，平静无波，看得方临汝一眼，垂首，低声道：“二郎，我走了。”

也不需琬初、璟初抓着他，转身出门。

璟初怔了怔，喊道：“等等，我给你打灯笼。”

“这是怎么啦？要赶人也不急在这一时，好歹吃了晚膳再让他搬，这一去，晚上必是吃不下饭了。”琬初无奈。

方临汝不理，低眉，手指敲着案面。

琬初摇头，出去唤婢女传晚膳，回转身，一壁摆食案，一面自语似把下午救方锦枫时崇徽的言行讲了，低叹：“不是我说，崇徽真是把命给你都行，你怎么就这么狠心待他。”

“别说了。”方临汝低喝，“素日把你惯得没轻没重了是不是？我的决定你驳什么。”

晚膳案上摆开了，瞥都不瞥，起身进房，丢下一句话：“气饱了不吃了，把饭菜抬去流觞轩。”

“何苦来，舍不得就别让人搬，冲我撒火有什么用。”琬初叹气。

流觞轩早就收拾妥当了，崇徽的衣物也搬了一些过去，进书房，把崇徽正在用的穿的一包袱卷了，命婢女端起膳食，往流觞轩去。

流觞轩青墙灰瓦，精致三间正房两间厦屋，院子里假山喷泉，藤蔓绕垂，景致也极不错，只比漱石榭少了屋后水潭，廊下灯笼点了起来，屋里高悬八角琉璃宫灯，璟初厅中搓着手来回走，抬头看到琬初，启唇，霎地看到跟在她身后的婢女，又合上，粗声道："把膳食搁下，都回去。"

盘碗杯盏当当声响，片刻摆好，几个婢女离去。

"傻子过来了一言不发进屋，门拴上了，叫也不理，怎么办？"璟初苦恼不已道。

"咱们能怎么办，除非二郎来哄他，这膳食是白送了。"琬初叹气，地台上坐下，光影里，眉间微有怨怼之色，"一个两个为二郎要疯了，也不知后来如何了局。"

璟初呆住，手指往归闲坞方向指："你说何大郎也……"

"除了他，还能有谁。"琬初沉沉道。

"可往日见他什么表情都没有，大木头一截啊！"璟初犹疑。

"我也以为他不在意，今日看着却不然。"琬初叹气。

何栎今日下午一杯接一杯地喝酒，她劝，他听都不听。后来，命她先离开，到扇坊通知银杏，她和银杏回府后，悄悄去明瑟馆看，何栎还没回来。

不知此时是不是还在迎宾楼喝闷酒。

"小傻子醋劲太大了，要不然，何大郎做大，他做小，两全其美。"璟初嘀咕。

琬初皱了皱眉头，启唇又合上。

崇徽躺在床上，被子堵着嘴巴，不让自己哭，听得琬初来了，竖起耳朵，盼着方临汝使她过来唤自己回去。

好消息没听到，晴天霹雳倒来一个。

什么做大做小弄不明白，隐约知道意思是自己和何栎都跟方临汝好。

崇徽不愿意，方临汝的嘴唇只能他一个人咬，方临汝的身边只能站着自己。

怎么才能如愿？

崇徽苦苦思索，用他那入世不久，如种子刚发了点儿芽苗，白纸刚染上点滴清浅颜色的脑袋苦苦思索。

紫竹园里的生活是一潭死水，春夏秋冬都是一个颜色，方临汝出现，眼前的一切陡然间变得亮丽多彩。她带他接触他连想都没想过的人和事；她那么聪明，教会他许多他不懂的东西；她言谈风趣，一颦一笑都让人陶醉；跟她咬嘴唇的滋味那么美妙，他还想咬她嘴唇，他不想离开她。

他已经竭尽全力学习尘世间的一切，努力让自己成为有用的人，还要怎么做才能更有用，才能让临汝像让倚重何栎那样倚重自己，才能让临汝离不开自己。

屋子暗沉沉的，不像漱石榭房间相通，房门一闩上，外面的灯光都泄不进来，从窗户一角往外看，视野里一线天空的缝隙，廊下淡淡红光，再远去，如烟如雾的苍茫。

更漏一声又一声，开始还有琬初、璟初的低语，后来便寂然无声。

崇徽在孤单里，绞尽脑汁想着，一个念头从模糊到清晰，越来越坚定。

他得比何栎还能干，不只能跟方临汝并肩作战，还得强大到如参天大树，做方临汝的依靠。还要能只手遮天，翻云覆雨，让方临汝不能反抗他，只能听他的，任他对她为所欲为！

……

《团扇美人》人物关系图

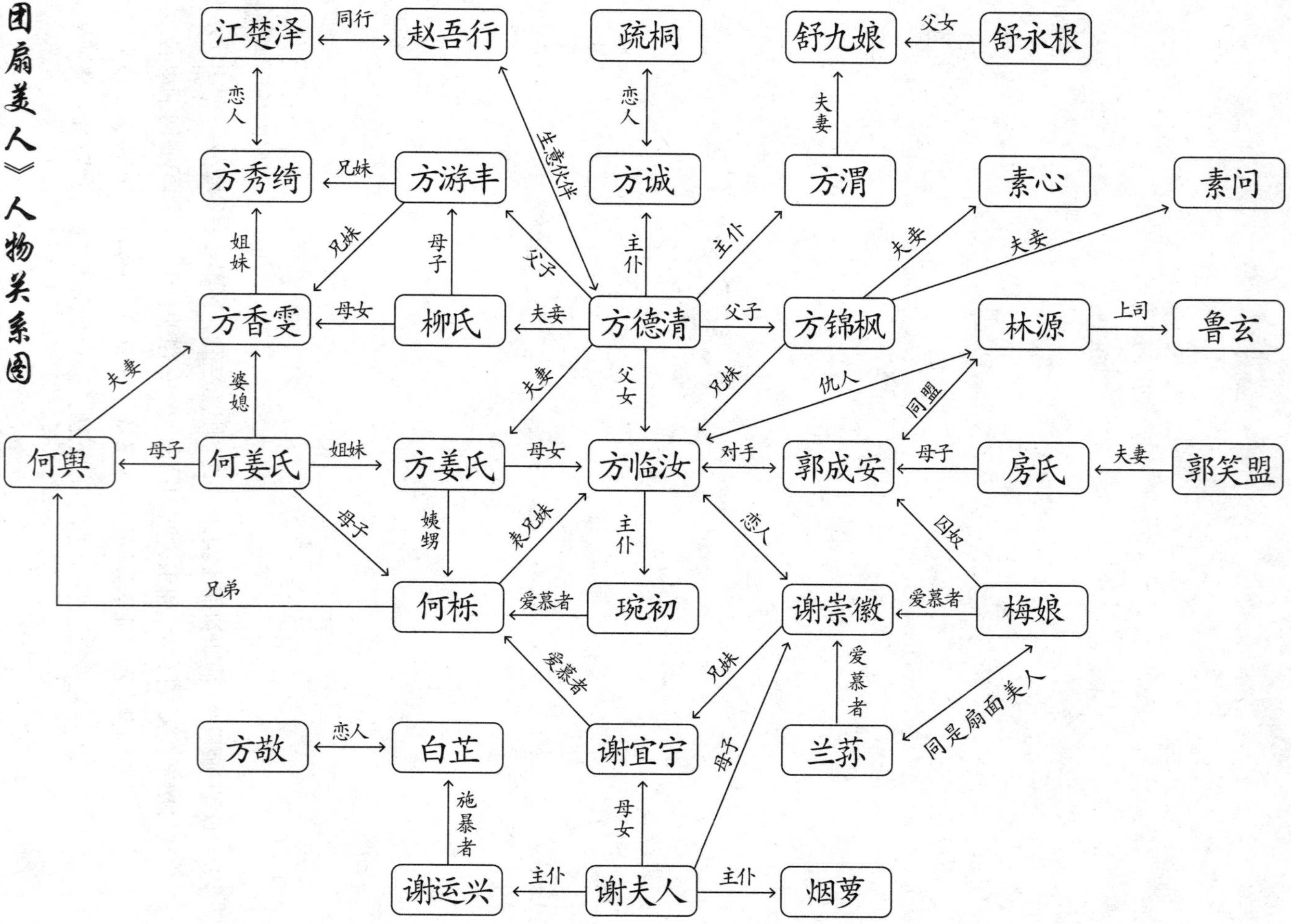

江楚泽
同行
赵吾行
疏桐
舒九娘
父女
舒永根
恋人
生意伙伴
恋人
夫妻
方秀绮
兄妹
方游丰
方诚
方渭
素心
素问
姐妹
兄妹
母子
父子
主仆
主仆
夫妻
夫妾
方香雯
母女
柳氏
夫妾
方德清
父子
方锦枫
林源
上司
鲁玄
夫妻
婆媳
夫妻
父女
兄妹
仇人
同盟
何舆
母子
何姜氏
姐妹
方姜氏
母女
方临汝
对手
郭成安
母子
房氏
夫妻
郭笑盟
母子
姨甥
表兄妹
主仆
恋人
囚友
兄弟
何栎
爱慕者
琬初
谢崇徽
爱慕者
梅娘
爱慕者
兄妹
爱慕者
同是扇面美人
方敬
恋人
白芷
谢宜宁
兰荪
施暴者
母女
母子
谢运兴
主仆
谢夫人
主仆
烟萝

团扇美人

中册

半窗斜月 著

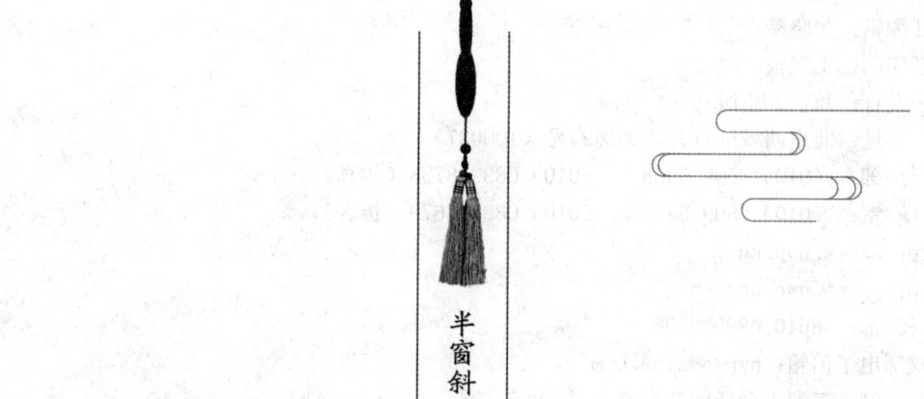

新世界出版社
NEW WORLD PRESS

图书在版编目（CIP）数据

团扇美人. 中 / 半窗斜月著. -- 北京 : 新世界出版社，2019.11

ISBN 978-7-5104-6915-2

Ⅰ. ①团… Ⅱ. ①半… Ⅲ. ①长篇小说－中国－当代 Ⅳ. ①I247.5

中国版本图书馆CIP数据核字(2019)第230965号

团扇美人．中

作　　者：半窗斜月
策划编辑：张铁成
责任编辑：张晓翠
责任印制：王宝根
出版发行：新世界出版社
社　　址：北京西城区百万庄大街24号（100037）
发 行 部：（010）6899 5968　　（010）6899 8733（传真）
总 编 室：（010）6899 5424　　（010）6832 6679（传真）
http：//www.nwp.cn
http：//www.nwp.com.cn
版 权 部：+8610 6899 6306
版权部电子信箱：nwpcd@sina.com
印　　刷：三河市金元印装有限公司
经　　销：新华书店
开　　本：710mm×980mm　1/16
字　　数：348千字　印张：19.5
版　　次：2019年11月第1版　2019年11月第1次印刷
书　　号：ISBN 978-7-5104-6915-2
定　　价：118元（全三册）

目录

第二十八章 疑窦丛生

这一晚，不只崇徽彻夜无眠，方临汝也是辗转反侧。

不能再拖下去了，得把崇徽这个烫手山芋甩出去，不然，时间拖得越久，对他的伤害越大。

翌日起床，方临汝出房，崇徽已经洗漱完过来了，蔫头耷脑，受气小媳妇般。

方临汝也不理他，一时膳食摆上来，崇徽蹭到案前坐下，方临汝抿了抿唇，也没赶他。

两人一起用过早膳，方临汝吩咐璟初："送崇徽到归闲坞跟何大郎一起去扇坊，跟何大郎说，我上午不去扇坊了。"

"你不去扇坊我也不去。"崇徽脱口道。

方临汝淡淡瞥他，崇徽瑟缩了一下，讷讷道："我去。"

崇徽走后，方临汝也没歇息，出门，往芙蓉堂走去。

方姜氏厅中坐着，浅浅的黑眼眶，气色不大好，看到方临汝，有些冷淡问："怎么没去扇坊？"

"知道母亲心情不好，我陪母亲出去走走。"方临汝笑道，亲昵地挨着方姜氏坐下，倚到她身上撒娇。

"你啊！"方姜氏嗔道，狠狠戳她额头，脸色却是霁了。

方锦枫是她的眼珠子，上次何舆潜进秣香楼，方锦枫受伤，她事后才得知，惊险时刻已过，因此感受不深。昨日她在场，亲眼看着儿子差点儿丧命，惊怕恐惧，生怕柳氏再给方锦枫添堵。儿子命不保，方临汝不同意分家，心下不满，可方临汝说得似是把一切都安排妥当了，自己也无法坚持，只能憋着一肚子闷火，可方临汝这一撒娇，索性也就顺了脸。

“母亲想去哪里玩？”方临汝笑嘻嘻问。

“有什么好玩的，一个孀居的人，街上走忒招摇。”方姜氏低哼，姐姐搬出去了，因着没阻止方临汝对何舆行刑一事，也没脸去找她说闲话，想了想，道，“谢夫人好些日子没来了，去看谢夫人吧。”

“好啊，儿这便让人安排马车。”方临汝笑道。

过来说要陪方姜氏出去玩，心中的想法便是到谢府去。

她想再见见谢宜宁，跟她熟悉了，以后约出来玩，给崇徽和谢宜宁创造机会亲近。

方姜氏坐马车，方临汝骑马在马车一侧陪着，刚进涯石街，里头一辆马车驶出来，跟她们擦肩而过。

天热，帘栊半垂半掀，方姜氏看到，“咦”了一声，道：“谢夫人这是出门吗？别是要去咱们家。”

“那不是谢夫人的马车。”方临汝扭头瞥了已去得一箭之地的马车一眼，笑道，“谢家的马车不会是这么个样子。”

那辆马车的车舆比寻常人家的车舆大了近三分之一，车轸车辋所用杉木比寻常马车粗了一倍，部件制作精美，金银丝镶嵌纹饰，昂贵的绯丝锦缎作帘子，赤裸裸的金镶银琢富贵气息。谢夫人端庄雍容、典雅高贵，不会是这种低俗的急欲张扬的审美，那辆马车的主人不难猜测，当是郭家，车里坐着的，应是郭成安的母亲房氏。

方临汝猜得不错，马车里确是房氏，她扭头看时，房氏也掀起帘子一角，悄悄地看她。

高头骏马浑身雪白，气势昂然，马上人一袭松青色丝绣松纹胡袍，长发严整地束在头顶，插着一根长长的乌木簪子，光洁如玉的面庞，五官精致，气质俊雅绝伦，举止翩然，一个陌上风流少年郎。

妙龄小娘子见了，神魂颠倒。男人见了，则自惭形秽。

帘栊落下，车舆光线暗淡，房氏的嘴唇紧抿成细长的直线，眉眼阴郁，双下巴肥肉随着马车轱辘转动一颤一颤的。

家世好也罢了，生得还那么出色，样样压着她儿子一头，不把他踩到脚下，实在难开怀。

她到访，谢夫人礼貌周到，言语间，却滴水不漏，既不热络，也不冷淡。她几次旁敲侧击想见谢夫人女儿，谢夫人却只装作听不懂，原来方家也与谢夫人有来往，方临汝甚至放下繁杂事务，亲自陪方姜氏拜访谢夫人。

这么瞧着，要拉谢家做同盟有些难。

身下软垫填了厚厚的棉花，松软如云，外面光滑的孔雀纹蜀绸作面，坐在身底下却如针毡。房氏倒靠到车舆壁，手里泥金团扇用力摇动，思索着，怎么才能扳倒方家，踩死方临汝。

马车到郭府，自侧门直入，在二门前停下，房氏下车，抬眼看到月娇带着焦灼之色在等自己，皱眉，不耐烦地问道："那些人又弄幺蛾子？"犹疑口气，有些不信。

郭成安掌握郭家大权后，她便不再是谦和宽厚之态，而是严刑重治震慑立威。

郭笑盟宠爱的八姨娘被她以服侍郭笑盟不周到的罪名打死，郭笑盟最疼爱的儿子十二郎在挹翠楼里跟人争姐儿打架，被她以丢了郭家脸面为名打断了一条腿，婢仆更是打死了好几个。郭家上下人等如今都吓得喏喏无声，安分守己，在府里行走大气都不敢出，在她面前头都不敢高抬。

"没有。"月娇摇头，凑近房氏，低声道，"大郎回来了，神色很难看，传了酒菜，婢女方才过去看，在那喝酒呢，喝得脸通红，酒喝多了伤身，婢女劝不住，夫人快过去看看。"

房氏不等她说完，大踏步往郭成安住处奔去。

满屋酒味，昂贵的金镶玉雕架屏，古玩珍宝也没能掩住浓浓的颓败之气，案上精致的菜肴没动，酒壶扔了好几个。郭成安抱着酒壶，咕噜噜喝着酒，酒液顺着他的下巴往下淌，脖子领口湿漉漉的都是酒渍。

房氏的眉心跳了一下，上前，扔了团扇，把郭成安手里的酒壶夺下。

"出去。"郭成安粗声喝，房氏定定地站着，郭成安晃了晃身体，眯眼看她，眼前重影摇晃，许久凝聚，亲切熟悉的脸，霎地坐直身子，喊道："母亲，你回来啦。"

房氏"嗯"了一声，笑了笑，挨着郭成安坐下，摸了摸他脑袋，柔声道："酒壶那么小，喝起来忒不痛快，母亲叫人拿酒坛来，咱们大口喝，好不好？"

"不喝了吧。"郭成安酒醒了几分，房氏什么都顺着他，明知喝酒不好，想喝也不能喝了，委屈地叫，“母亲！”

豆荚眼眨动，泪水滚了出来。

“林源落我儿面子了是不是？”房氏摸出帕子，轻柔地帮郭成安拭泪。

“他不见我，他凭什么摆刺史架子，要是没有我，他眼下还不知怎么样地卑躬屈膝，我主动找他和好，他居然敢不见我。”郭成安恶声道，拳头攥得格格响。

“他鼠目寸光，是他没见识。”房氏笑呵呵道，

“我气死了，真想冲进后堂，把他揪出来大骂一顿。”郭成安大声嚷嚷。

“我儿是要成大事的人，不跟他一般见识。”房氏给郭成安戴高帽子。

郭成安泄了气，把头埋进房氏怀里，抽抽搭搭三岁小儿般哭起来：“母亲，我觉得自己真没用，花一万金捧了这么一个小人，我识人不明，我糊涂。”

“人心难测，谁也看不着，我儿没错。”房氏柔声道，脸上肥肉颤动，心中恨不得把林源凌迟处死，口里只温声安抚，轻拍郭成安后背。

月娇厅外探头，房氏抬下巴，月娇会意，轻手轻脚进来撤下案上盘碗杯盏，收拾干净了，又铜盆盛清水搭了巾帕端进来。

郭成安“呜呜”哭了些时，哭声渐低，不久止住，房氏扶他坐直，巾帕浸了水拧干，慈爱地为他擦面擦脖颈擦手，一时月娇端了醒酒汤来，吹凉了，喂小儿般细细喂他喝。

一碗醒酒汤喝下，郭成安浑蒙的眼睛亮了，睁眼看房氏，羞赧无言。

“我儿害羞啦！”房氏笑眯眯看他，双手比画，“母亲把你从这么大一把屎一把尿养大，你什么样子母亲没见过，若是在母亲面前都要装着端着，这日子还怎么过。”

“母亲！”郭成安哽咽着叫，眼眶又红了。

房氏笑笑，没再说下去，转换了话题：“我方才从谢家出来，遇上方临汝跟方夫人。”

“方临汝每日那么忙，怎么还陪方姜氏去谢家，要结交谢家，由他母亲去便是，何必自己去？他已经订亲了，求娶谢家小娘不可能，难道是想替方游丰求亲？”郭成安犹疑。

“谢夫人眼高于顶，方游丰不长进，她看不上眼。”房氏顿住，若有所思道，“若换了何栎，谢夫人怕是愿意的。”

“何栎虽说长得好看又上进，可没有家业，一个寄居之人，哪配得上谢家小

娘。”郭成安撇嘴。

“谢家扇坊虽然关了，可家底还在，谢夫人想必也不在意女婿家有没有钱，说不定何栋没家业正中她下怀，让何栋入赘很不错。”

“入赘？”郭成安惊叫，酒喝太多了脸色黑里透青，很难看，此时更难看，粗浓的眉头打结，活像厉鬼。

房氏点头，咬牙道：“何栋沉稳踏实，君子端方，从不涉风月场，风评甚好。若不是有传言他要娶方二娘，主动求亲的只怕不比方临汝少多少。”

“差点儿忘了。”郭成安拍手大笑，道，“何栋是要娶方临汝那个病秧子妹妹的，不可能跟谢家联姻。”

房氏长叹：“眼下我倒希望他真的娶方二娘不娶谢家小娘，不然，他对方家忠心耿耿死心塌地，他娶谢小娘，便等于方临汝得了谢家，咱们无论如何使力，都无法扳倒方家了。”

郭成安醉意全消，拧眉立目，嘶声大叫：“难道天也助他吗？”

紧攥拳头朝案面砸去，盛醒酒汤的碗未撤，拳头恰砸在碗上，“嘭”一声响，碗碎了，手掌心侧也见了红，淋淋鲜血滴下。

房氏惊叫，心疼如绞，急唤传大夫。

“这点儿小伤用不着。”郭成安咬牙，唤月娇，“端一碗盐水来。”

“伤了皮肉了，盐水冲上太疼了。”房氏疼得打战。

“疼方能燃起斗志。”郭成安龇着牙道。

心中懊丧得很。

花一万金帮林源谋官，未料扶植的不是一条忠心耿耿的走狗。

何栋若入赘谢家，方临汝得了谢家助力，还怎么扳倒他。

此时锥心割肉都不及功败垂成的打击来得疼痛。

浓盐水泼到血淋淋的手上，仿佛能听到皮肉嘶声喊疼，郭成安眉头未皱，房氏先受不了，一把抢过碗，也不看地儿，“嗖”一下将盐水泼了，大喊请大夫。

大夫过来，清洗包扎。

一时包扎好了，大夫离去，房氏把郭成安受伤的手捧着左瞧右瞧，泪水不住地流。

郭成安一个五大三粗汉子，房氏疼他甚是受用，粗嗓子撒娇道：“母亲吹吹就不疼了。”

“好，吹吹。”房氏细心吹，吹了半晌，看郭成安头上都是汗，拉着袖子帮他拭汗，拭完汗，侧头，团扇就在一边，拿过来帮郭成安扇风。

郭成安眯眼欢快地享受着房氏无微不至的疼爱，忽而，摆手示意房氏停下，指着团扇讶然道：“这扇子在什么肮脏地方搁过，怎么长霉斑了？”

“没搁哪啊！”房氏细看，满眼不解，“我方才回来路上还摇着，扇面好好的。”

左右看了看，方才搁团扇的地方细浅浅一汪水渍，略一怔，讶异不已：“这是方才浇到盐水了，盐水刚浇过没多久就长霉斑，好生奇怪。”

“扇面为了防潮防蛀，都用药熏过，兴许盐水是它的天敌。”郭成安道，语毕，豆荚眼眯了眯，“哈哈”大笑，“天助我也。”

凑近房氏，低低耳语。

“不错，我儿好谋算。”房氏击掌大赞。

郭成安“嘿嘿”奸笑：“方临汝，这回可不比募捐，我看你怎么化解我的釜底抽薪妙计。”

踹倒食案，重重一脚踩去，想象着踩的是方临汝，不禁心花怒放。

方临汝陪着方姜氏到谢府，没有像上回那般等许久，才敲了一下门，门便开了。

谢夫人这日没着素衣，青绫绢大袖衫，姜黄色曳地长裙，透明的羽纱帔子，望仙髻插着金步摇，大袖款款，步履从容。视线落在方临汝脸上，欣然一笑，盈盈一双妙目，春色蔓延春光灿烂，烟波潋滟。

方临汝暗赞，执晚辈礼半弯腰，谢夫人一把托起她，笑吟吟看向方姜氏：“妹妹好。”

宾主言笑甚是友好地往里走，一路上，还是不见婢仆，也不见谢宜宁。

厅上茶盏未撤，谢夫人自己拾掇，一边收拾，一边笑道：“郭夫人刚刚走，你们要是早来一步就能遇上了，人多，大家说说笑笑也热闹。”

“郭夫人？她来做什么？”方姜氏微蹙眉，关切道，“姐姐，她要是替她儿子求亲，你可别答应，郭家太乱了。”

“咳咳！”方临汝咳嗽，悄悄扯方姜氏的袖子。

“你拉我做什么。”方姜氏扭头瞪她，掸了掸袖子，不理方临汝暗示，看向谢夫人，接着又道，“姐姐与谢郎君夫妻举案齐眉，不知其中苦楚，郭家姨娘好几个，儿女那么多，太乱了，孩子嫁进那样的家庭，忒委屈。”

方临汝咳都咳不出了，低声道："别人家的家事，母亲慎言。"

"我这是为谢小娘着想，便是郭夫人在这里，我也这样说。"方姜氏低哼。

"多谢妹妹！"谢夫人微笑道，茶盏撤下去了，另换一套上来。岳州青瓷，内壁白色，外头杯壁浅淡青花，杯沿一圈深青缠枝莲纹，精致雅洁，炉上提了砂壶倾水点茶，举止优雅，如诗如画。

"姐姐好风采，难怪当年谢郎君为姐姐一个妾室不纳，也不出入秦楼楚馆。"方姜氏喟叹。

谢夫人执茶壶的手颤了一下，滚烫的开水洒出杯子，"哧"一声热气腾空，她却一无所觉，眼神茫然，怔了片时方回神，壶嘴重新对准茶盏，笑道："妹妹也不错，方郎君只在妹妹进门前一个通房，后来就没再纳人了。"

"一个就够让人受的了。"方姜氏沉眉。

"母亲，家门丑事，不提也罢。"方临汝笑道，捧了茶凑到方姜氏面前，"母亲请喝茶。"

方姜氏低哼，接过茶盏，浅浅啜着。

方临汝要转移话题，四下张望，笑问道："宁娘不在，出去玩了？"

"今日没出门，后园玩去了，汝郎可以去找她玩。"谢夫人笑道。

方临汝犹豫。

自己一走，母亲口没遮拦，把方家那点儿丑事都抖出来，忒丢人。

不去寻谢宜宁，今日便白跑一趟了。

"去吧，我们老婆子说话，你在这里不自在。"方姜氏赶人。

方临汝看她一副迫不及待要找谢夫人倒苦水的样子，不由苦笑。

往后她和谢夫人经常见面，自己不可能时时守着，她想说的还是会说的，方临汝心思转动，略一思索，便也不推托，笑着行了一礼，出厅往后园找谢宜宁。

谢夫人出神地看着方临汝远去的背影，挺拔的身条，阳光勾出优雅的轮廓，一步一步从容闲适，头颈与后背垂直成直线，坦坦荡荡自信傲然的姿态，幽幽道："妹妹这儿子小小年纪就很沉得住气，顾全大局，方郎君没选错人，是个好家主。"

"就是太顾全大局了，我都不知说她什么好。"方姜氏憋着一肚子火，竹筒倒豆子般，把昨日发生的事一五一十倒了个干净，懊恼不已道，"她一心顾念着骨肉亲情，想扶植长房起来，可丰郎不成器，烂泥怎会扶上墙。"

"难为汝郎了。"谢夫人喟叹，为方姜氏满上茶，等方姜氏饮毕搁下茶盏，用不经意的口气道，“昨日枫娘那么凶险，皆因请大夫不及时之故，为何执意要请王大夫，别的大夫不见得医术就不行，事急从权，不应该只认一个大夫。”

“这个……”方姜氏僵住，自然不能说怕泄露方锦枫是男人的事，扯起嘴唇尴尬笑了片时，道，“也是急糊涂了，王大夫从小给枫娘治病的，不知不觉就认定他一人了。”

“是这个理儿。”谢夫人笑，并不纠缠。

方姜氏摸出帕子，轻拭额头薄汗。

谢夫人低眉，眼底一抹尖锐阴冷的笑意。

方临汝出厅，抬眼四顾，度着亭台楼阁飞檐翘角间为后园位置，缓缓走去。

一路上入目满是绿荫，花草树木修剪得极好，石板路面也不见尘沙，洁净整肃，奇怪的是还是不见婢仆。廊房厦屋房门半掩，没有人声，偶尔几声鸟鸣划破静谧，孤寂感更为深重起来。

大户人家布局大同小异，后园门在望，方临汝脚步顿住，略一思索，往应该是洗衣房的地方走去。

府里有没有下人，洗衣房外看看有没有下人的衣裳便分明。

洗衣房到了，晾衣绳上孤零零数件衣裳，大袖衫与长裙、胡袍、里衣亵裤，还有裹胸，方临汝男人扮久了，看到女娘贴身衣物，微有不自在。

衣裳这么少，显见只有谢宜宁与谢夫人的，忙转身，视线无意间掠过洗衣台，脚步顿住。

她看到洗衣台上一小迭看起来正准备洗还未洗的衣服。

那衣服很小，看起来，是小儿衣裳。

方临汝缓缓走过去。

松青团花对襟小褂，同色裤子等，还有短短一条发带，看大小款式，都是三四岁小男娃穿的。

方临汝心脏扑通狂跳。

谢宜宁未婚，谢夫人孀居，这些小孩衣裳的主人是谁？

是谢宜宁未婚育子？还是谢夫人红杏出墙生下的？

因为有隐情，所以府中下人一个不留？

弄不明白，不能胡乱撮合崇徽跟谢宜宁了。

方临汝不进后园了，随意各处走了些时，便回到厅堂。

方姜氏与谢夫人言谈甚欢，方临汝进来，忙里抽空瞥了一眼，问道：“谢小娘呢？”

“没找到。”方临汝摊手。

“约莫又是出府淘气去了。”谢夫人笑道，似乎并不意外。

方临汝下首坐下，听方姜氏仍滔滔不绝地说，想必方府那点儿事被她兜个干净，是不是连素心、素问害喜的事都说了。

方临汝不住苦笑，幸而母亲对扇坊的事一毫不知，只是内宅方寸天地，否则，方家还不得让她一缗钱不收卖了。

从谢家出来，方姜氏眉眼开朗，一扫早上郁色。

方临汝看着她，郁闷得几乎要吐血。

终于明白，阿爷在世时，母亲不爱出门不与夫人们来往，没有制扇大家方家主母的手腕，因此阿爷从不勉强她，从不劝她外头走动。

方姜氏心情好，看方临汝也顺眼了许多，和颜悦色道：“你事儿多，去扇坊吧，不需送我回府。”

方临汝巴不得，母女之间也用不着客套，随即打马直奔扇坊。

远远听得喧哗，方临汝一夹马肚，加速疾奔。

扇坊门外下马，喧哗声更响更清晰了，阵阵哄笑声里，夹杂口哨声与大喊大叫。

有人喊道：“大管事，你就从了吧。”

有人叫：“小娘子，快点儿啊，别让大管事跑了。”

叫喊声里，崇徽略微喑哑的声音格外无力，几乎听不到：“宁娘，你停下，别这样。”

方临汝心口“咯噔”了一下，跳下马急奔进门。

二进院子里的庭院里三层外三层围满扇工，夏日热，很多人腰间扎着汗巾打着赤膊，浓浓的雄性色迷迷味儿。

方临汝用力拨人往里走，没拨开，众人起哄着，没人理她。

“让开！”方临汝厉喝。

像一刀切脖而下，哄闹声叫嚷声一齐哑了，方临汝面前人流如海水退潮，霎忽间让开一条道。

“抓住你啦，哈哈，看你往哪跑。”寂静里，谢宜宁的叫声极嚣张。

方临汝大步冲进去，把眼一瞧，几乎晕厥。

庭院里，就在她脚边落着几片勉强能看出是衫袍的布料，何栎光着上身，脸颊胸膛充血一般红通通，汗水淋漓。谢宜宁紧抓着他，抓的居然是他的长裤裤腰，何栎死死抓着裤子，如果没抓着，估计裤子也让谢宜宁扒下了。

看到她，何栎脸庞红色更重，埋下头，方临汝看到，几滴晶莹的水珠从他眼里滚出，顺着脸颊滑落。

谢宜宁趾高气扬，高昂着头，不可一世。这日没穿男装，头发挽了个惊鹄髻，也不知她怎么定发的，狂奔追人居然不见散乱。上身一件鹅黄窄袖衫子，下头系一条及脚面的鲜嫩的柳绿色裙子，脸颊浅浅两团红晕，皮肤滑如凝脂，眼睛清亮，红唇水润，虽则举止粗鲁，却难掩国色天香。脂香腻粉面，小衫可身裁，春色透脸，莺声婉转，润州城里走一遭，想必惯于出入秦楼楚馆的男人都要失神注目，更不说家境一般，每日工作苦闷单调的扇工了，大家喝醉酒似两眼发光，兴奋异常。

“二郎，你来啦，快让宁娘松手。”崇徽喘吁吁地跑过去。

方才想必是何栎在前面跑，谢宜宁后头追，崇徽后面追谢宜宁……

“都回工坊去。”方临汝高声道。

扇工们轰一下散去。

方临汝低头捡起衣裳，已经被撕成几块碎布，无法穿了，恼得不知说什么好，让何栎一直光着也不行，勉强挽起一片，走过去，展开，想帮何栎披上凑合着先遮掩一二。

“我自己来。”何栎赤红着脸，松开裤子接衣裳。

“哧”的裂帛声，方临汝不及察看，眼前一黑，头脸撞得生疼，有力的手臂箍住她，崇徽紧搂着把她按进怀里不让她看，紧接着，他尖锐高昂的叫喊在她耳边炸开：“宁娘，你太过分了，你知不知道男人不能随便光身子给人看的，女人也不能随便看男人的光身子，只有夫妻才能看。”

“谁让他上次不道歉偷溜，这回被我逮着还想跑，我撕光他衣裳，还没趴回来呢。”谢宜宁清脆的声音跟崇徽比拼大声，响彻云霄。

方临汝听到窸窸窣窣的脚步声，似乎扇工们又回来看热闹，脑门充血，猛一下推开崇徽。何栎弯着腰半蹲地上，狼狈地拢着裤子，方才那裂帛声，果然是谢宜宁撕开他的裤子。方临汝脑袋空白，咬牙切齿地走近谢宜宁，抓着她的裙腰，不理会她惊讶得张得浑圆的嘴巴，低声对何栎道：“表哥，你先回南厅去。”

何栎起身，两手抓裤子，趺趺撞撞，埋着头奔了出去。

“喂，你别走。”谢宜宁大喊，拔足要追。

对非常之人只能用非常手段，方临汝攥着她裙腰的手半点儿不松，厉声喝道：“谢宜宁，你再往前走一步，裙子可就让我撕开了。”

谢宜宁一只脚定在半空中，金鸡独立之势，半晌，不情不愿落地，抬手拍方临汝：“行啦，我不追他，你放开我。”

扇工们见势不妙，急忙散开。

方临汝松了手，很想高声质问谢宜宁，她母亲是怎么教导她的。

但转瞬一想，这么问出来，谢宜宁回头讲给谢夫人听，梁子便结死了，勉强克制着，左右看，方诚不在，看崇徽，问道：“方诚呢？”

“要订材料，他去商行看材料了。”崇徽道，目光沉了沉，“要给何大郎拿衣裳是不是？我回府拿。”

方临汝犹豫，他从没单独出行过，有些放心不下。

“我认得路。”崇徽道，似乎知她心中想些什么，眼睛特别亮，光芒灼灼夺目。

方临汝迟疑了一下，点头，嘱道：“快去快回，把帷帽戴上，路上有人找你搭讪别理会，遇到生事的，别跟人较劲，赶紧走，离扇坊近就跑扇坊来，离家近就跑家里去，马儿别跑太快，小心控制不住……”

啰啰嗦嗦交代很多，直到谢宜宁扑哧一笑方住。

“你对你未婚妻真好。”谢宜宁笑嘻嘻地看她，眼睛晶亮清澈，眼底颇有些羡慕之色。

方临汝不想理她，却又不得不应付，招手示意她跟上，带头往北厅走。

“我表哥那日撞了你，是他不对，可事出有因，崇徽也解释了，那件事能不能就此揭过？”方临汝单刀直入道。

“不能，除非他让我趴回来。”谢宜宁哼哼。

男女不同，她非得趴回来，其实是她吃亏。

换了别的男人，让她趴回来就是，得享艳福求之不得，但何栎却不能。

何栎洁身自爱，再美的小娘子在他眼里如同骷髅，不用问，也知他不想同谢宜宁有一星半点儿的身体接触。

方临汝抿了抿唇，不信谢夫人能超出礼义廉耻的框架纵容谢宜宁，淡淡一笑，道：“好啊，我替我表哥应下，只是必得有见证人，请你稍等，我差人去请你母亲过来。”

“别！”谢宜宁惊叫，高昂的气焰霎地泄了，耷拉着脑袋，垂头丧气道，“你别找我母亲来，她不让我找你们玩，我今日偷偷跑来的。”

方临汝极意外，随即大喜，看来谢宜宁还是怕谢夫人的。

抓着她这个把柄，不狠狠敲打她一下不行，沉了脸，一字一字道：“不成，这事必得有个了结。或是我表哥错了，请你母亲过来作个见证，让你趴回来。或是你错了，明知我表哥是无心之失却咄咄逼人，今日你追着他跑，弄得他那么狼狈，在扇工们面前颜面尽失，你得道歉。”

“不能请我母亲来。”谢宜宁跺足，嘟着嘴，圆溜溜大眼睛转了转，悻悻然道，“我道歉。”

第二十九章　欲取先予

何栎换了衣裳先行回府了，晚上扇坊关门，只方临汝和崇徽两人同路回家，崇徽兴致高昂，不住口夸方临汝厉害。

“你来前，我劝说了很久，宁娘就是不依，你居然能逼得宁娘主动给何大郎道歉，太厉害了。”

方临汝笑笑，心不在焉。

下午那会儿抓住谢宜宁把柄的欢喜，在沉静下来后，化成挥之不去的疑虑。

大唐民风开放，未婚小娘子在外行走，与男儿自由来往不在少数。方家是润州城数一数二大家族，门风端正，谢夫人也曾流露出欣赏何栎之意，为什么不让谢宜宁跟他们来往？

谢宜宁说得不多，却可揣测出，谢夫人是毫无商榷余地严令禁止谢宜宁找他们。

谢夫人也许不像表面看到的与世无争，对方家也并不友善。

心事重重地进门，方临汝撇下崇徽，径往归闲坞去。

崇徽没说什么，一言不发分道往澄漪山房去。

以往不带他，他必要黏糊糊痴缠，方临汝走了十几步，自己觉得怪异，回头看，只看到崇徽背影，摇头失笑，暗骂自己。

崇徽黏着不放嫌腻烦，不黏居然觉得不习惯，真是好笑。

明瑟馆院门紧闭，方临汝敲了许久何栎没应声，不免有些着急，才要唤人拿梯子来翻院墙进去，院门拉开了。

何栎头发束在头顶，才刚洗过的，没擦干，湿漉漉的鬓角还有水珠，身穿整齐的襕衫，脸庞赤红，比下午那时有过而无不及。低着头，视线不敢与方临汝相接，嗓子微哑，低声道："我没事，你回去吧。"

这哪是无事的样子！

扇工们夏日打赤膊乃是常事，男子汉大丈夫，意外露个肉什么的，臊一时，也便过去了，云淡风轻置之方是。何栎一贯沉稳平静，山崩于眼前不变色，没想到却如此在意，跟妙龄小娘子失了身一般。

一走了之自是不能的，方临汝嘴唇动了动，不知如何安慰他，憋了半晌，憋出一句："表哥身材挺好看的。"

何栎霎地抬头，眼睛如高燃烛火，明亮灼热。

方临汝回神，悔恨不已。

男人扮久了，把自己是女儿家的事都忘了，一个未婚小娘子跟男人说这种话，忒孟浪。

一时间，脸无处搁，视线游移，粉白的脸颊漾起潮红。

何栎看着她，脸庞越发红了，手轻轻一摸，能刮下一层鲜艳的粉色来，怔怔半晌，侧开身，一手扶着门板，头低得快埋进胸膛，声音蚊子哼哼似的："外头暑气重，进来吧。"

"我……我……"方临汝结巴了，话都说不利索，"我"了半晌，方嗑嗑巴巴说出话来，"突然想起来还有事没处理，我先走了。"

火烧猛兽赶一般，跌跌撞撞脚步凌乱地离开。

"汝郎！"何栎叫，声音在喉底低徊，没有发出声来。

方临汝奔回漱石榭，脸还是热的，想找根绳子把自己吊死算了。

琬初厅门口站着，指挥几个婢女往里端膳食，抬眼看到她，诧道："怎么回来这么快，不是说有事跟何大郎商量吗？"

"商量完了。"方临汝粗声道，闪身进门。

璟初正在摆食案，扭头看，笑盈盈道："回来了好，正好跟小傻子一起吃，小傻子一直不肯吃呢。"

方临汝不想吃，只想静静一个人待着，悄悄抽自己几个耳光。

崇徽从食案后站起来，回府后换了家居常服，白色襕衫，因为宽松，身材显得有些单薄。往常这时早已冲过来欢天喜地扯她一块用膳了，此时却只扁着嘴，拿那一双黑白分明的大眼睛悄悄地看着她，有些像饿极的小狼狗等着喂食般，可怜兮兮的。

方临汝心中叹了口气，慢吞吞地走过去撩起袍摆坐下。

崇徽的眼睛霎地亮了，方临汝预防他糖糕儿似黏过来，他却没有，规规矩矩地吃着，也不像以往殷勤地帮她夹菜，只是吃得有些慢，一双眼睛自以为隐蔽地不时偷偷看她。

虽然没有完全丢开，总算不再贴着她身子抱她胳膊。

方临汝略松口气，想起撮合他和谢宜宁无望，不觉丧气，吃得极慢，无滋无味。

一时膳毕，撤下盘碗，方临汝起身刚想回房，崇徽蹭过来，一把捉住她胳膊，又霎地松开。

"二郎，你跟何大郎商量什么事能告诉我吗？"

"告诉你，你也不懂。"方临汝没好气道。

"你教我不就懂了，你看，昨天你不在，我不就很好地处理了二娘突然病倒事件吗？"崇徽不弯腰了，挺起胸膛，两眼炯炯有神，声音铿锵有力。

方临汝止不住扑哧一笑。

"我很聪明的，只是以前没接触过这些事，你教教我，我以后会比谁都能干。"崇徽半点儿不谦虚，自夸得坦坦荡荡。

是很聪明，昨日那事，那么多人在场，琬初、璟初都没想出法子，独他想出来了，更难得的是，危急时敢挑事不胆怯。

方临汝含笑看他一眼，不进房了，回转身地台上坐下。

崇徽欢天喜地跟着坐下，为她倒茶，双手捧着凑到她唇边。

方临汝恍惚看到一只狐狸，还是毛皮鲜亮尾巴乱摇，在小娘绣楼下眼睛亮闪闪准备偷人那种的。茶水怎么也喝不下去，喝下去，也得笑喷出来。

方临汝憋着笑拨开他，咳了咳，正颜道："谢夫人不让谢宜宁跟咱们来往，你觉得是为甚？"

"你阿爷害死……"崇徽卡壳了一下，方接着说，"你阿爷害死了谢郎君，不共戴天之仇，她自然就不想女儿跟咱们家的人有来往了。"

"我阿爷害死谢郎君，这话从何说起？"方临汝惊讶不已。

"这不明摆着吗？"崇徽莫名其妙，"方家团扇大卖，把谢家扇挤到角落，谢郎君殚精竭虑未能挽回败局，忧思过度一病不起方去世，害死他的，不是方家又是谁。”

方临汝结结实实被崇徽的言语当胸捅一刀，不及躲闪，也想不到闪躲。

商场是无声的战场，没有硝烟，没有刀枪，没有呐喊呻吟，不见滚烫的血液飞溅，弱肉强食，适者生存，谢天的死怎么能算到她阿爷头上。

方临汝意外于崇徽那种不容置疑的态度，这是她方家的人，入世未深，居然就这样认为。

世人呢？谢夫人呢？也是如此想法吗？

方临汝搁在案下的手紧攥起，控制着自己，勉强装出平静无波的神色。

如果谢夫人也是这种想法，那么，阿爷出殡时突然登门，其后与母亲往来亲密，便很可疑了。

她阿爷在世时没登门，不是她说的孀居不便打扰，而是怵着她阿爷，怕泄露图谋。她阿爷去世后，跟郭成安一样，欺自己年轻，迫不及待要出手，只是她比郭成安沉得住气，没有贸然出手白碰壁，而是以自己母亲为缺口，徐徐图之。

果是如此，方家要面临的暗算，不只郭家，还有谢家了。

“怎么啦？”崇徽凑近，一瞬不瞬地看着方临汝。

“我很意外。”方临汝喃喃，觉得不可思议，“你觉得，谢夫人会认为谢郎君是我阿爷害死的？”

“肯定啊！她对你阿爷恨之入骨，发誓要灭方家为夫报仇。”崇徽道，语毕，霎地捂住嘴，有些惊惶地看方临汝。

只是方临汝低眉思索，没看到。

崇徽悄悄吁了口气，如释重负。

方临汝越思，眉头皱得越紧。

郭成安虎视眈眈，毫不掩饰想吞并方家的野心。她尚年轻，两个阿兄一个只会拖后腿还得她设法收拾烂摊子，一个身体弱得出门都不能，都无法助她。柳氏不添乱就是大喜了，母亲胸无城府不设防，若是继续用传家宝美人团扇矇扇，虽说一旦被揭穿，方家从云端跌泥地，但未揭穿前却是无限荣光轻松许多。可她不想再用美人团扇，如何保持方家制扇第一家的荣耀，如何让方家扇不倒，便很艰难了。

今日母亲在谢府怕是什么都说了，柳氏在会莲庵斋戒，谢夫人若是真的对方家心怀不轨，恐怕会去会莲庵，假装偶遇柳氏，挑拨一番。

柳氏心计有限，只会小打小闹撒泼，谢夫人则不然，虽没在她手上吃过败仗，但只看表面，观她言行，便知是个做事滴水不漏的人，不可不防。

入夜了，琬初和璟初轻手轻脚地点上烛火，烛光彤彤。

方临汝动了动麻痹的双脚，沉沉吁出一口气，五脏六腑的憋闷没有舒缓，反更加难受。

把眼四顾，琬初、璟初点上灯火后，一人拾掇衣裳，一人进书房检点纸砚笔墨。往日她不去玉澜堂核账时，会进书房看上一会儿书或是临摹几张帖子，两人服侍她起居尽心尽力，很是妥当，其他的，却帮不上忙了。

看近处，崇徽看着她，一副要为她分忧的眼神，可惜他才入世，懵懵懂懂，能帮的究竟有限。

方临汝抬手轻摸了摸他的脑袋，吩咐琬初、璟初差人去请方秀绮过来。

方秀绮来得很快，灯光朦胧，浅绿蜀锦深绿镶滚边的小衫抢眼鲜嫩，下身的白绫长裙却有几分优雅，两相呼应使她看起来格外俏美可爱。

方临汝赞赏地笑了笑，招手让她坐到自己身边。

听方临汝说要她去会莲庵陪柳氏，如果有人找柳氏，不拘说什么都不要反驳，只静静听，回头告诉自己。方秀绮也没问为什么，一口应承。

“我今晚就去，二兄也别安排人送我，省得大姐若是也去找阿娘，说了出来，阿娘就知道是二兄派我去的了。”

方临汝暗喜这个妹妹，是个懂事的，又聪明，虑事周到。

方临汝点头，方秀绮出门，悄悄嘱琬初，让她去找舒九娘，方秀绮要套马车出门，直接允了，不必来禀报。

“二郎是怕谢夫人找柳姨娘，给她出主意，柳姨娘回府兴风作浪吗？”崇徽低声问。

方临汝惊了一下，没想到他这么敏感。

要否认，自失摇头，若是崇徽都不能信任，还有谁可以相信呢，低“嗯”了一声承认。

崇徽皱眉，沉吟些时道：“柳姨娘在府里说不上什么话又做不了多少事，我觉得，夫人常去找谢夫人，夫人说的话你又只能听不能反驳，才是大麻烦。”

说得在理。

方临汝叹气，摊手，无力道："母亲对谢夫人很有好感，我要跟她说谢夫人心怀叵测，又没证据，母亲是听不进去的。"

"那让她少去找谢夫人吧，我去跟二娘说，二娘必是肯帮忙缠着夫人让她出不了门的。"崇徽道。

"谢夫人过来找她呢？总不能不让母亲接待吧？"

"夫人身边安排个跟二郎贴心的，二郎想知道什么事一问便知，万事了然于胸，便无惧无忧了，如何？"崇徽眨着眼睫，眼睛亮闪闪地看方临汝。

主意很不错，先前银杏在方姜氏身边就有这个便利，眼下却没有了。

再要把银杏调回方姜氏身边，需得有说得过去的理由，不能说她侍候方锦枫不周，那样，方姜氏会嫌弃她。左思右想，竟是没说得过去的理由。早想到今日局面，那日就该让方姜氏调白芷和红叶去服侍方锦枫。

想起银杏，猛然间想起，她所求的自己还没有帮忙办成，苦恼更甚。

"二郎！"崇徽从矮案一侧蹭到方临汝身边，眼睛滴溜溜看四周，琬初出去了，璟初在门外指挥婢女做事，都没看他们，做贼似的咬耳朵，"二郎，咱们可以使美人计。"

"美人计？"方临汝想起他那一晚揉脂擦粉对自己撩眼皮的情形，差点儿笑起来，憋着笑艰难问道，"什么美人计？"

崇徽眨眼，长长的睫毛蝶翅似扑扇："让何大郎去勾引宁娘，打探谢家的情况。"

方临汝不提防他说出勾引二字，笑意再也憋不住，拍案东歪西倒："哎呀，崇徽，你知道勾引是什么意思吗？"

"知道啊，就是约了小娘子喝酒听戏什么的，话本里说了。"崇徽莫名其妙，不懂自己说的话有甚好笑的神情。

又傻又不傻，方临汝无语，止住笑，道："勾引不是好话，别说这两个字。"

崇徽从善如流，当即改口："听你的，咱们可以让何大郎结识宁娘，打听谢家的事。"

"为什么不是你？"方临汝问。

"宁娘喜欢何大郎啊！"崇徽一副理所当然的口气。

还以为他对谢宜宁有好感呢，瞧这神情，是自己想错了。

方临汝有些失望，想一想谢家洗衣房看到的小儿衣裳，又暗暗庆幸，崇徽要是喜欢谢宜宁，以他一根筋的性情，自己只怕拦不住呢。

细一想，谢宜宁一直揪着何栎不放，倒真的像是喜欢何栎。

不想娶，别说勾引，连来往过密都不能的。方家行事坦荡，决不能为行骗一个未婚小娘芳心，做那样的下作阴诡之事。

方临汝摇头："这种事不能做，不行。"

崇徽塌了肩膀，垂头丧气道："那我再想别的办法吧。"

"有劳你了。"方临汝笑吟吟道。

不知为何，跟崇徽在一起，总是能心情开朗，无限欢悦。

沙漏滴答，戌时了，方临汝瞥一眼崇徽，刚要赶人，崇徽不等她开口，自个儿站起来："二郎你歇息，我去流觞轩了。"

利落地大踏步出门。

方临汝本以为今晚还要费一番唇舌，用把他送走的话威胁他，没想到他这么懂事，一时间有些不习惯，崇徽出院门了，回过神来，不由得苦笑。

方临汝翌日一早去了天禅寺，没跟何栎碰面，倒不是尴尬，而是过了一夜，尴尬烟消云散，根本没往心里去。

男人扮久了，脸皮要厚，心也要宽。

天禅寺舍施时说过要亲自为佛像妆漆金身，当说到做到。

也不能拖，时间长了怕林源不死心从中捣鬼。方临汝万不想送钱给林源，割肉事小，助贪官敛财绝不能为。

给佛像上金漆极费工夫，一日半日做不完。江南多雨，连日大雨，方临汝没停歇，雨中仍日日虔诚地到天禅寺给佛像漆金身，城中几家大户的当家纷纷效仿，也日日不落去天禅寺为佛像漆金身，以示诚心。

方家声望在方德清去世后，不仅没败落，反而更高了。

崇徽跟何栎白天去扇坊，晚上从扇坊回来，用过晚膳，便到秋香楼走一遭，陪方锦枫说上会儿话。

他跟方锦枫很谈得来，许是跟素心、素问两情相悦，又得崇徽陪伴，方锦枫心情好，身子也强健了些。有一晚，甚至在崇徽陪同下，慢悠悠走到玉澜堂找方临汝说话，把方姜氏乐得连声念阿弥陀佛。

有方锦枫帮忙拖着，方姜氏也没出府去找谢夫人。

方秀绮在会莲庵陪柳氏，每日以回府拿东西为由差碧棋回来报讯，没人去找柳氏。

谢宜宁也没再到方家扇坊，一时间，太平无事，诸事顺遂。

将将忙了半个月，方临汝看着扇坊平静，扇工们在崇徽指点下，制出来的团扇更精致了，于是筹备起进京一事。

崇徽的制扇手艺比方家的扇工还出色，她此前的打算是带着崇徽一起进京，必要时，可以让崇徽在相关官员面前露一手，但眼下却踌躇起来。

好不容易才把崇徽从自己身边推开，再带他一起去长安，路遥千里，他会不会又复以前黏缠的样子。

思量再三，方临汝还是决定带上崇徽。

先前许诺过带他一起上京，不能言而无信。而且这些日子看着，崇徽虽则有些傻气，可傻气只对亲近不需设防的人，对外人，他精明敏锐，圆滑周到得很，好好培养，不日定能独当一面。

带着他到京城去，繁华盛都，正好可以长长见识，弥补他长到十八岁才入尘世的缺陷。

这日晚上，在玉澜堂中处理完账务，方临汝把自己的打算告诉了何栎。

何栎听方临汝提过要去长安，只没想到走得这么快，脑子里“嗡”的一声，整个人蒙了。掩饰着去提茶壶，心不在焉抓的不是壶把而是壶嘴，才刚灌的开水，滚烫的热气烫上掌心。猛一下回神，后背一层冷汗，抬头看方临汝，方临汝顾自想着事儿，没注意到自己的窘态，何栎不免暗暗庆幸，稳住心神提了茶壶斟茶，看着清幽的茶落进白瓷杯里，深吸一口气，道：“润州离长安甚远，长安城里你又人生地不熟的，我陪你去吧。”

“便是因为太远，办的事又是急不得的，这一去，短则两三月，多则半年也难定，咱俩都走开不行。”方临汝摆手，深思熟虑过，道，“我不走陆路走水路，水路快，润州到长安这一段路，不靠边境没有匪患，一向太平，无须担心。”

“你一个小娘子，我不放心。”何栎憋了半晌道。

方临汝失笑，端起茶盏，浅抿一口，徐徐道：“表哥以前不知道我是小娘子可没担心这么多，还当我是男儿便好了。”

又不是当她是男儿她就真的是男儿，何栎无论如何不同意：“不亲自陪你去，我不放心。”

自从知道她是女儿家，何栎就这样态度，如果可能，方临汝毫不怀疑，他会把她拘府里不让出门。

“表哥，咱俩都走了，扇坊出事怎么办？府里出事怎么办？”方临汝无奈道。

何栎无言，不住摩挲茶杯，许久，道：“要不暂时别去长安了，还用美人团扇吸引扇商，过得一两年，你当家主日久，内外敬服，地位稳固，崇徽很聪明，那时也能挑起大梁了，咱们再去。”

“表哥别忘了，崇徽停药了，他的个子太高了，骨骼一点儿不纤细，过不了多久变了声再长出喉结，就掩饰不住他是男人的真相，在他暴露出是男人后，除非方家能不把郭成安和林源之流放在眼里，不然，就无法让他在外行走。”方临汝苦笑。

何栎无语以对，缄默起来。

其实让崇徽接着服药便是，可方临汝此前没让他喝，眼下更不可能让他喝了。

方临汝也没开口，室内静谧无声，绣花针落地都能听到。沉寂里，远远传来的急促脚步声格外刺耳，两人突地抬头，交换了一个眼神，一齐站起来，朝门外看去。

“二郎，何大郎。”方渭喘吁吁奔来，脸庞赤红，汗水簌簌。

“出什么事了？”何栎皱眉问。

“坐下慢慢说，不急。”方临汝笑道，亲自为方渭倒茶。

方渭接了茶，却不喝，搁到一边，也不坐，急切道：“方诚差人过来报讯，湖州、杭州那边的扇商派了人来，说是今年刚订的团扇扇面绫绢有霉斑。”

“怎么可能！”何栎与方临汝同时低叫。

方家百年制扇大家，团扇扇面用的绫或绢都经防潮防蛀处理过，从没出过问题，更不用说团扇大批量长霉斑这样的事。

方临汝看方渭两手空空，问道：“长霉斑的团扇在扇坊没带过来？”

“两处扇商只派了人过来，没带团扇，方诚问过，他们回话说出问题的团扇数量庞大，需得请方家派人过去察看解决，因而没带霉斑团扇过来。”方渭道。

何栎本是往外走要急奔扇坊的，霎住停下，皱眉道：“便是要方家派人去解决，怎么说坏扇也得带几把过来给咱们瞧瞧，好生奇怪。”

方临汝瞬间也是这个想法，略一沉吟，道："咱俩暂时别露面，让方诚去，制扇这方面方诚经验丰富，应付得来。"

方诚急匆匆跟着两地扇商派来的人去察看，因杭州扇商订货量大，先去了杭州。

方临汝暂时没了进京的心思，焦灼地等着消息。

过了三日，陆陆续续又有扇商派了人来报，说团扇长了霉斑。

台州、婺州、衢州、信州、睦州等地，反映的情况一样。

各地扇商中，江氏父子最信得过，还没来人报讯，方临汝急差舒九娘的父亲舒永根奔赴明州了解情况。

舒永根翌日中午便回来了。

他在半路上遇上江氏父子派来的人。

明州江氏商号订的方家团扇，也出现了霉斑。

江家派来的人带了五把长霉斑的团扇前来，方临汝与何栎一把把仔细察看，不同扇面，有绫有绢有羽纱，相同的是，扇面中间晕染开一团污渍似的霉斑。

霉斑在阳光下狠狠扎着眼睛，方临汝握着团扇，竭力镇定，仍止不住双手微抖。

"老当家跟少当家当时发现，还以为是连日大雨潮湿之故，想悄悄地晾晒处理一下，后来听说别处也是这样，想来不是我家的问题，就派我过来禀报方当家。"江家派来的人口齿清晰地道。

派来的是商行的二掌柜江成，看来江楚泽对此事相当重视。

方家制扇手艺传了百年，扇坊里的扇工都是几代人为方家制扇，方诚外务不通，制扇这方面却极老到的，从没出过问题，不可能是方家制出来的扇有问题。

可是，别的扇商也罢了，江楚泽性情顶天立地坦荡昂然，曾跟方家共患难，是不可能阴诡耍手段欺诈方家的。

中庭空旷阔敞，风吹来，花枝扑扑簌簌，一只鸟儿"啾"一声腾空掠起，在空中划下细而长的弧线，消失在天际一方，风萧萧兮易水寒。

"请江二掌柜转告江大当家跟江大郎，这事方家必会给扇商们一个交代，无须担心。"何栎笑道，朝舒永根抬下巴示意。

“二掌柜远道而来，想必累了，先随小的来，洗漱了用膳。”舒永根笑道。

江成略一迟疑拱手：“在下先告辞，静候方当家处理意见。”

在舒永根引领下退了下去。

何栎从方临汝手上拿起团扇，低声道：“先进屋。”

室内搁着冰盆，凉爽清幽，案上搁着何栎方才让人回府端来的樱桃乳酪，加着少许冰粒，红的鲜艳，白的莹澈，甚是喜人。方临汝案前坐下，沉默些时，伸手拿起勺子，慢慢地一口一口吃。

“这件事好生怪异，若是人为，不可能那么多扇行那么多团扇同时出问题，倒像是天谴。”何栎来回翻转着手里的团扇。蓦地，脸色青白，尖锐的嗓音如钢刀磨过铁板，完全变调，“汝郎，你说，会不会今年没用美人团扇鬻扇，方家列祖列宗降罪？”

方临汝手中的勺子正送进嘴里，突然僵住，过片刻，搁下勺子，挑眉欣欣然笑，妙目盈盈，波光潋滟，如春花绽放，瞬息之间春光照亮了整个厅堂。

何栎红了脸，低下头，烈焰在眼底灼烧。

方临汝起身，拍拍何栎的肩膀，口角噙笑：“表哥，若是方家祖先有知，怎会以伤方家根本的方式降罪，自然只是重治我一人，你想多了。”

“你别胡说，要治罪也是治我，是我没劝你放弃主意。”何栎勃然变色。

方临汝搭在他肩膀上的手顿了一下收回，朗声道：“妖魅邪祟难敌朗朗正气，我不做欺世盗名残害无辜的事，天若有眼，祖先若有灵，只会支持我，表哥无须担心。”

何栎几近崩溃的脸色略霁，怔了一下，沉声道：“你认为是人为？”

“现场见过那些扇子便知道了，表哥，你守着润州，我马上动身前往明州。”方临汝道，大步往外走，袍裾猎猎，利落干净。

“带上几个人吧。”何栎快步追出来。

方临汝停下，身边有人妥当些，不过无须多，只带一个足矣。

带谁颇费思量。

隐约觉得，她走后，润州城将风起云涌，事儿不会比外头少，方诚已走，再带走一两个得用的，何栎可用的人就更少了。

心念转了转，方临汝道：“喊崇徽出来，让他跟我走。”

“只带崇徽？”何栎迟疑，“崇徽虽说也很聪明，可毕竟入世未久，许多事懵懂迷糊，怕是帮不了什么忙。”

“无须他帮忙，只图他待我赤诚，是男人，若我女儿身份有差池时，他从旁帮忙掩盖一二。”方临汝笑道。

眉眼闲淡，神情懒散，似乎此行乃是赏景听风，阳光映在身上，水蓝色胡袍上的银丝线暗绣云纹熠熠生辉，名士风流，霸王挥剑，一颦一笑俱是风光，庭前花木扶疏，不及她一分艳色。

何栎看着她，心头紧绷的弦松开，跟着一笑，转身进三进院子，去工坊里唤崇徽。

润州到明州八百余里，方临汝心急，每日快马疾驰，崇徽刚学骑马不久，此前在紫竹园里只学丹青，不曾受半点儿苦，方临汝原来有些担心他撑不住，他却极是要强，闷声不响埋头紧跟。

倒是江成跟着跑了五日便承受不了，方临汝也便安排他后面慢慢走，自己和崇徽先行。

这日中午没赶上市集村镇，方临汝也没特意挑，路边的茶寮打尖歇息。

四根竹竿撑起一个人字形草棚，地面几张破苇席，几张看不出本来木头颜色的矮案，暗褐色土坯茶壶，茶水浑浊。

方临汝在外行走，能精致时精致，不能精致时便随遇而安，只担心崇徽，在紫竹园中精洁精贵长大，不知受不受得了这苦。

崇徽撩起帷帽，方临汝注目看，崇徽眉眼鲜活，跟前几日一言不发木着脸，闷嘴葫芦的样子判若两人，恍惚间想起他刚到方府时变色朱宫的情形，不觉暗笑。

傻子一点儿不傻，精着呢，人前怕说错话，于是装酷，把自己都瞒过了。

“二郎，咱们这次去明州要做什么？”崇徽眼睛晶亮看方临汝。

那日被何栎从工坊叫出来，跟着方临汝回府，带上包袱当即跟江成一道出发，话都没说上一句。

方临汝看他，忽起促狭之心。

“扇坊惹上一些麻烦，得赔扇商们好多钱，明州有个大商最爱绝色美人，带着你过去，把你卖给他，换个一千两金，解方家之困。”

“啊！”崇徽当头棒打，整个人呆滞，怔怔呆呆地看着方临汝，半晌，垂死挣扎，“我是男人不是小娘子，人家不买吧？”

方临汝端起茶杯，吹了吹，将上面茶叶吹开，浅抿一口，闲闲道：“那人男女不忌，只要是绝色美人便可。”

崇徽木呆呆地如泥塑，目光直直不动。

方临汝一杯茶喝完倒第二杯第三杯，他依然一动不动。

“把茶喝了上路。”方临汝起身，拍他肩膀。

崇徽轰一声倒了下去。

一时精一时傻的，方临汝无语。

崇徽直直躺着，空洞无光的眼睛，浑身骨头让人打碎了般，再也不能动一动。

方临汝叹气，启唇，才要说是开玩笑，崇徽猛一下起身，捉住她袖子，满头的汗，喃喃问：“二郎，等你卖完了拿到钱了，我偷偷跑回来，行不行？”

无形的钢枪当胸扎来，身心都疼，方临汝呆呆地看着他，无法言语。

“行不行二郎？”崇徽哀叫，抓住方临汝，冰凉冰凉的手，手心濡湿，痴痴傻傻地看着她，喃喃地不住口问“行不行？”

“为什么要回来？我把你卖了，对你那么绝情，你还回来做甚？”方临汝牵起嘴角微笑，抽出手，轻抚过他眼睛，崇徽在眼眶里打滚的泪水掉了下来，一颗颗砸进她心肝里，又热又疼。

“我不知道，我就是不想离开你，看到你就很快活，离开你就很难受。”崇徽颤颤说，压着差点儿破喉而出的痛哭。

方临汝默默地看着他，看着他的纠结痛苦，看着他幽黑的眼珠里自己的倒影，忽然感到害怕。

也许，真该把崇徽卖掉，从此恩义两绝。

一直到再上马，方临汝都没解释那只是一个玩笑。

崇徽蔫头耷脑，没再问她，卖掉后能不能再跑回方家。

第三十章　愚顽糊涂

一日又一日，离明州越来越近。

崇徽紧跟着一直没离开，马速也没慢下来，半步不落，甚至还学着为方临汝打点吃食住宿。

第一晚方临汝尚留意着，后来见他料理得甚是妥帖周到，也便丢开不再操心。

心中暗赞崇徽资性英敏，若是从小在尘世间生活，此时的手腕谋略，想必定在自己与何栎之上。

方临汝离开润州的消息当日傍晚便传到郭成安耳中，郭成安大喜。

城中只剩何栎，此时应该弄些事儿出来给何栎添乱，让他焦头烂额，以慰自己失落之心。

谁知何栎紧盯着扇坊和方府，严防死守滴水不漏，竟是无隙可寻。

“方游丰这些日子都在何处赌？”房氏问道。

“不赌了。”郭成安有些丧气，道，“开始几日跑隆寿街去赌，谁知没几日，越赌越没劲的样子，这几日，干脆不出门了。”

“想必是方临汝走了，何栎拘着他，别急。”房氏笑着安慰他，三角眼半眯，眼皮下垂，沉吟些时，问道，“何舆呢？让你查何舆，查了吗？”

“查了，原来是偷东西，为了携赃出府去烧马。方家养他那么多年，这么狼心狗肺的事都干得出来，居然跟何栎是一母同胞兄弟，也是绝了，被方临汝用了重刑赶出方府。不安分得很，带着几个纨绔说是要去长安游玩，嫌骑马风吹日晒不快活，在车马行包了一辆特别豪华的马车，也不知哪来的钱。”

“他母亲没有，何栎不给，可还有他姨妈呢，哪就没钱。”房氏笑笑，招手郭成安凑近，低低耳语。

“母亲高才，此计既能讹何舆钱财，又能使得他无钱可花回方府生事，一箭双雕，甚妙！”郭成安附掌大赞，出门，招来心腹郭枞，吩咐一番，命即刻出城追何舆去。

何舆虽说走了许多日子了，可他那辆马车那么招摇，又是一路上京游玩的，不难找。

何栎在方临汝走后，为方府和扇坊定下一系列严苛规矩，府里下人顺服地听从了，无人生事，连方游丰都自觉地在府里待着不再外出。

柳氏那头，因要维持方临汝的威信，何栎也便没唤她回来，只让琬初、璟初递话给方秀绮，仍每日让碧棋回来报讯，预防有意外时照应不及。

扇坊里头少了方诚，事儿都压到何栎身上，何栎把核账册的事都留到半夜里做，早上很早起床，府里事务安排妥当，辰时初到扇坊，直到丑时末，扇坊各工处检查一遍没事才回府。

如此下来，十日过去，内外平静。

这日中午，何栎在工坊里巡视，琬初急匆匆地找了来。

却是何姜氏带着何舆又回了方府。

方姜氏开口留他们，方孝不愿意，说方临汝发话赶何舆出去了，要让他们回府，那也得等方临汝回来后点头才行，方姜氏坚持要让他们回府住，方孝撑不住，急使她过来请何栎。

何栎蓦然变色，恼怒不已。

方临汝不在，何舆回府不知又要生什么事。

况且方临汝发过话不让何舆踏进方府半步，若让何舆回府，家主命令等同儿戏，让方临汝以后如何立威。

方姜氏忒糊涂，方临汝虽是她女儿，也是家主，她怎能不帮方临汝立威，反时时拆台。

眼皮忒浅，忒没大局观。

便是要留下何舆，也得等方临汝回来由她发话。

何栎纵马疾奔回府，琬初去扇坊时一群人尚在府门口较劲，只一炷香工夫，方孝被方姜氏压着被迫让步，何舆与何姜氏已进府。

听得何舆与何姜氏去了芙蓉堂，何栎直奔芙蓉堂。

离得几十步远便听到何舆的哭声，夹杂着“苍天作证，我以后再也不胡混”等语，至堂前，只见何舆匍匐地上，哀哀哭泣不住说着悔过自新的话。

何姜氏哭成泪人，撕心裂肺。

方姜氏搓着手，不住说：“好了，改过了就行了，别哭了。”

何栎大踏步入内，拧起何舆的衣领，冷冷道：“既然真心改过，那就请自力更生，自谋生路去。”说着，拖着何舆便往厅外走，半路上，突地顿住，视线在何舆身上抢眼的粉紫锦袍一角定住。

那上面一大片血迹。

“这是怎么回事？”何栎太阳穴青筋凸起，几乎气疯了。

“母亲救我，姨妈救我。”何舆趁他疏神，猛地挣开，手足并用往回爬。

何姜氏一把搂住他，泪流满面看何栎：“舆郎是你亲弟弟，你别这样逼他。”

“怎么回事？”何栎无暇废话。

何姜氏和何舆只顾哭，不回答，方姜氏叹了口气道：“舆郎跟朋友出去玩，昨日中午在金陵城一个酒楼里跟人起争执，大家推搡了几下，谁知那人一头栽倒磕到地上碎瓷片，血流满面死了，那人的下奴要告官，何舆把身上的钱都赔给人家，方得以脱身。他吓住了，你就容他回府住几日吧，他说，只住几日，精神好点儿就搬走。”

“到金陵玩乐？弄出人命？赔钱？”何栎一怔，眉头拧得更紧，“你哪来的钱？”

“母亲，我再也不敢了。”何舆不答，只大声哭号，偌大个人往何姜氏怀里缩。

何栎紧盯何姜氏，何姜氏眼神闪烁，嘴唇哆嗦，半晌说不出话。

“是我给的。”方姜氏低声道。

“给了多少？”何栎气得胸膛要炸开了，能招摇着跑出润州到外地玩乐，钱少不了。

“一千多金。”方姜氏声音更低了。

“一千多金！”何栎再也忍不住，把何舆从何姜氏怀里拉出来，狠狠一脚踹去。

“啊！”何舆惨叫。

“住手，你要打你弟弟，你先打死我。”何姜氏扑过去，死死护住何舆。

何栎咬牙看着，心中说不出的失望与凄凉。

方临汝在外艰难打拼，何舆却把方家当钱库，又偷又索取，放浪形骸也罢了，如今连打死人的事都做出来，往后还不知要弄出多少祸事来。

可叹方姜氏不体谅方临汝的艰难，一味只念姐妹之情。

可怜母亲昏昧纵容无度，眼里不存是非良善。

蛀蠹不除，方家永无宁日。

弄死下不了手，为了方家为了方临汝，却不能轻易放过他。

“你当真要留在方府不走了？”何栎冷冷问道。

“你弟弟就住几日，就住几日。”何姜氏哭喊。

这一住进来，哪还赶得走，况且他一肚子坏水，住一日都怕生事端。

“走不走？”何栎重重问，给何舆机会。

若有一分良知，此时都不应赖方府，答应离开。

“母亲，我害怕，好多的血啊！”何舆瑟瑟发抖，哀声哭叫。

“栎郎，舆郎还小，别吓着他。”方姜氏道。

吓着他！

烧马纵马，打死人，他胆子大着呢。

何栎紧咬牙，见几个婢女外头站着，低喝道：“进来，把姨夫人拉开。”

婢女们恼何舆烧马纵马，本就听何栎的话，此时再不犹豫，入内，三五人合力，把何姜氏从何舆身上拉开。

“栎郎，你就容舆郎住几日，别生气。”方姜氏急急道。

何栎不应她，一言不发抓起地台上矮案，对准何舆两条腿重重砸了下去。

何舆惨叫，抱着腿，不同方才的做戏，这会儿真个疼痛难忍，鼻涕眼泪一齐下。

何姜氏悲呼：“舆郎！”挣开婢女，抱住何舆痛哭，发髻颤颤，鬓角数根白发，眼尾细细皱纹，泪水源源不绝从浑浊的眼睛溢出，淌过皱纹，好不惨切。

何栎侧头不忍看，冷声交代：“把人抬到归闲坞大门进去的厦屋里，把门锁起来，不得请医，不得派人服侍，每日给他扔几张饼送几碗清水，养着他一条命。”

方孝挥手，几个小子入内，抬了何舆往外走。

“舆郎是你亲弟弟，你怎下如此狠手！”何姜氏冲上前，一巴掌朝何栎抽去。

何栎能避开，却不避，定定地站着。

“啪”一声响，脸庞一片赤红，鲜明四个指印。

何姜氏怔了一下，回过头，抱住何舆继续哭，不让人抬走，哀哀看方姜氏。

“快请大夫。”方姜氏喊道，没人动，急得搓手跺足，喊道，“栎郎，不给舆郎治腿他会不良于行的。”

“便是要让他双腿残疾，再也动不了，不能再为非作歹。”何栎不改口。

下人恨极何舆，再不手软，而且人多，僵持些时便把何姜氏拉开了，有人拦着何姜氏，有人拉起何舆径自出门。

“栎郎，你不能这样。”方姜氏大叫。

何栎不理她，脚步不停地出了芙蓉堂。

方姜氏急得团团转，本就心善，更何况伤的是自己外甥，姐姐哭得肝肠寸断，无法置之不理，拦不住何栎做不了主，呆怔些时，喊白芷：“快，去至善苑，把方才发生的事告诉雯娘。”

白芷垂睫，眼里精光一闪，应了声“是”，快步出门。

何栎出了芙蓉堂往外走，走得很慢，每一步都极艰难。

刚过午，日光大盛，心却是凉的。

那一砸，砸的不仅是何舆的双腿，还有他的心。

那是他同胞弟弟，父亲早逝，血脉相连的只有兄弟两个，若有别的选择，他绝不会那么狠心地夺他双腿。

府门在望，何栎一双脚却抬不起来，犹豫着，纠结着，要不要悄悄命人请大夫给何舆治腿。

不过片时，已狠不下心了。

“何大郎！何大郎且慢。”

有人在背后大喊，何栎回头看，是方家家生子方敬。今年刚十九岁，瘦高个子，眉眼周正，行事颇沉稳，年轻一辈中属有出息的，两年前提了分管采买的管事。

方才抬何舆走的人中就有他，何栎微微变色，强作镇定，淡淡问道：“有事？”

方敬凑近何栎，小声说：“何二郎身上的血迹好像不是人血。”

何栎变色，一双手无意识地攥紧。

“我阿娘在灶房做事，每日杀鸡杀鸭杀鹅什么，晚上回房时，身上总有一股血腥味，我闻惯了，方才抬何二郎离得近，闻着他锦袍上的血味，跟我阿娘每日沾上的禽畜血的味是一样的。”方敬道。

“想必是为了回府来，撒谎骗人。”何栎怒不可遏，恨自己方才的悲悯。

“若不是呢？”方敬微有迟疑，“一千多金才到他手上不到一个月，再怎么会花也还没花完吧？手上有钱，他不舍得回府吧？方才听姨夫人和夫人说话，何二郎约了人本来是要上京城的，这才到金陵呢。”

何栎一震，方敬说得有理，若不是何舆撒谎，那他就是落了圈圈，不能不查。

“你回去，把他身上染血的衣服都扒下来，找王大夫鉴定一下，速来报我。”

王大夫在秫香楼，方敬很快就请他鉴定出了结果，回报何栎：“不是人血，是鸡血。”

“把景天跟辰阳找来。”何栎沉声道。

景天和辰阳都只有十六岁，很是护主，何栎问话，咬牙闭唇坚贞不屈一字不吐。

何栎把血衣掷到两人面前，冷冷道：“我已找大夫鉴定过了，这是鸡血不是人血。”

“不是人血！”两人大叫，眼睛睁得浑圆，面面相觑。

“你们不说，以为我就查不出来吗？”何栎冷笑，吩咐方敬，到润州城里跟何舆一起出去玩的那几家找那几个人查问。

方敬领命出门。

辰阳、景天转动眼珠子，凑到一起咬耳朵。

辰阳小声道：“难道是着了道儿了？”

“要是着了道儿，得把那个骗子揪出来，把钱要回来。”景天道。

两人交换着眼神。

何栎淡淡地看着，也不催。

“何大郎，我们说。”景天叫着，一五一十地说了起来。

何舆昨日在金陵城中酒楼用午膳，酒楼里有个小娘各桌唱小曲赚赏，何舆唤小娘过来，隔壁一桌的食客恰同时唤小娘，何舆并没多想听，遂没坚持。

谁知那人一副何舆没种的眼神，何舆大怒，掏出一锭金子砸到桌面上，大喊小娘过来唱曲，金子就是给她的赏钱。

那食客并不拍金子，却站起来，嗤笑何舆绣花枕头娘里娘气。

那人满脸缌络胡，胳膊比何舆大腿还粗。

何舆秀致风流，所到之处人人追捧，从未受过这等辱骂，当即拍案而起，跟那人对骂。

同行的朋友和辰阳、景天忙过来帮忙。

那人身边只两个下奴，三张嘴骂不过他们六七张嘴，便朝他们砸盘碗，何舆他们也不示弱地回砸过去，乒乒乓乓，他们人多，叫的菜也多，那人桌上盘碗砸完了，他们却还有，继续砸。那人恼羞成怒过来推何舆，何舆抬手回推，那人看着壮实，不料脚步虚软得紧，“嘭”一声倒地，抬头时，血流满面，扑过来抱何舆一只脚，何舆又惊又怕，踹他，那人向后仰倒，便一动不动了，仆从上前探了探鼻息，呼天抢地，说人死了，扯着何舆要报官。

何舆惊呆了，同行朋友也吓坏了，急忙赔好话。

那人的仆从闹了些时竟然松口，要何舆赔钱。何舆只想脱身，同行朋友也怕殃及自己，纷纷劝他答应赔钱。就这样，把带着的金子都赔给那人的家仆。

从酒楼出来，他们担心事情不能到此了结，便急匆匆地奔回润州。

钱没了，唯有进方家才能接着弄钱，听说方临汝不在润州，机会难得，何舆于是逼着何姜氏带他回方家。

“愚不可及。”何栎气得笑了。

弄出人命来哪有那么容易了结的，要赔钱，也是赔给死者的家人，哪是给两个仆从便了事的。

那人的仆从叫喊着人死了，自己竟也不细察，居然只听一面之词，更是蠢得让人无语。

想来金子得来容易，不珍惜，打量着一千金赔出去，回头再从方家弄二千金三千金便是。

恼恨悲伤，弟弟养成这样的性子，母亲有错，自己也有错，一心只想着好好学习做事报答方家，却疏忽了对他的管教。

方敬回来后，问到的话跟辰阳、景天说的一模一样。

看来是被骗无疑了。

方渭要帮着方孝打理方府，脱不开身，通过此事可见方敬做事细心敏锐，是个能倚重的人。

何栎吩咐方敬："带着这俩小子连同舆郎染了鸡血的锦袍马上赶去金陵，一定要把事情查个水落石出。"

方敬领命，辰阳和景天还要去跟何舆拜别，何栎赏了个窝心腿，骂道："快走，别等我问你们怂恿主子胡作非为之罪。"

三人离去，厅堂静了下来，何栎来回踱步，犹豫着，事出有因，要不要请大夫给何舆治腿？

女人尖利的叫骂声传来时，何栎还有些回不过神来。

方家从没这种吵嚷喧闹之声。

方香雯气势汹汹地冲进门，身后的舒九娘阻拦不及，行至何栎面前，急忙请罪。

"滚出去，轮不到你这个贱婢说话。"方香雯身上穿石榴红襦裙，长长的羽纱帔帛在地上拖曳，十指纤纤染着鲜艳的蔻丹，指着舒九娘轻蔑地大叫。

"九娘是良家子，大娘口上积德些。"何栎冷冷地道，凌厉的气息，眼神如刀。

就在上个月，方临汝赶何舆出府，把跟他的六个人的奴契给了何姜氏后，接着，把方孝一家人的奴契都发还了，府衙里备案过，方孝、方渭、舒九娘如今都是良家子。

方德清去世那日，柳氏在众人面前给方孝没脸，骂他下奴，方孝父子几代人为方家做牛做马忠心耿耿，方临汝要给他长脸，因此特意这么做。

方香雯当时听说，很是骂了一阵，这当儿被何栎斥责，更加恼怒，尖声道："便是良家子又如何，还不是我方家的一条狗。"

语毕，眼角乜斜何栎："你也别猖狂，你也是我方家的一条狗。"

舒九娘倒吸一口寒气，惊呆了。

何栎呵呵笑，神色不变："大娘说得有理，既如此，大娘还找一条狗说话，是不是连狗都不如呢？"

方香雯一呆，脸庞赤红，说不出话。

舒九娘暗赞一声妙，内心疑惑，素日这个大管事木讷得很，为何突然就有了方临汝的钢刀一般锋利的嘴巴，难道是近朱者赤近墨者黑？

方香雯扭头往外走，出厅门又回头，高声道：“舆郎的腿不治必是终身残疾，我找来大夫要给他治伤，你叫人把门打开。”

“大娘以什么身份跟我说这话？”何栎淡淡道。见方香雯如此说，并不生气，本就有些不忍心，只是要给何舆治伤可以，却不能留他在方府。

方香雯高昂的头昂不起来，垂了下去，半晌，又昂起，尖着嗓子道：“我是舆郎未婚妻，怎就说不得这话？”

何栎“哦”了一声，并不纠缠，只道：“汝郎发过话，不准何舆再踏进方家半步，大娘要给他请医，那就请把他抬出方府去。”

“抬出方家？凭什么？我是方家女儿，舆郎是方家女婿，为什么不能在方家养伤？”方香雯冲到何栎跟前，要抓打他，体统尽失。

何栎侧身闪开，抬步往外走，口中吩咐舒九娘：“传我令，或是把何舆抬出方府，或是厦屋里一直关着，若还在府里，不得给他治伤。”

说罢，不理方香雯，径自出府。

晚间回府，听说方香雯和何姜氏抬着何舆出府了，这些都在何栎的意料之中，因此波澜不惊。

在玉澜堂中把当日的账务理毕，锁了门出来，抬头看，天上圆盘似的一轮明月。数一数，方临汝明日或许就到明州了，也不知能否圆满解决事端。这几日都在路上，没收到她的信，也没给她寄信，回转身进内，写信，把今日发生的事详细相告。末了，踌躇许久，落下三个字“多保重”。

千言万语藏于胸臆间，却无法说出。往日朝夕相处尚牵肠挂肚，分别了，更是魂魄相随。目之所及都是方临汝，看见阳光下盛开的花儿想起方临汝洒脱清朗的笑容，看见冰盆里光洁莹白的冰块想起方临汝秀润光滑的脸庞，执笔写字，眼前闪过的是方临汝端丽锋锐金枪银钩的字，悲嗔怨喜，百般滋味在心头。

翌日一早，派沐雨出润州，亲往明州送信。

方临汝这一日中午进明州城，顾不上寻客舍歇息，带着崇徽直奔江氏商行。

闹市中不能疾驰，马儿走得慢，崇徽提缰与方临汝并驾齐驱，期期艾艾道：“二郎，你还没说同不同意我跑回来呢？”

等一会儿不说他也知道自己此行目的不是卖人，方临汝白了他一眼，哼道：“跟你开玩笑的，没想过要卖你。”

“啊！”崇徽呆若木鸡。

江氏商行到了，方临汝下马，江楚泽从里头迎出来，方临汝拱手，打招呼的话未及说出来，崇徽影子一般插到她和江楚泽中间，一双黑白分明的大眼淬了一池春水，快乐如波光荡漾，抓住方临汝一只手不住地摇：“二郎你真好，我喜欢你，我好喜欢你！”

当着江楚泽的面，方临汝尴尬得紧，看着他眼里的快活，心肝肠肺无比舒畅，小爪子在心窝挠动似又痒又爽，责备的话说不出，抿唇佯怒，瞪一眼便丢开，为安抚他，还回手握住他的手。

“天快塌下来了，方二郎还携美人同行，佩服。”江楚泽拱手，粗着嗓子，眼里倒没怒气。

方临汝笑笑：“江大郎听过没，天塌下来当被盖，正好省了棉絮。”

玉树临风地站着，身姿笔直，气度从容，五官绝丽，流传于世一句俗话，在她口中说出来，别是一番磅礴激昂气概。

江楚泽注目地看了她一会儿，金刚怒目的锐利五官变得柔和，一抹笑意在那双威风凛凛的虎目里浮起，侧身打手势：“方二郎，请。”

江氏扇行的铺面是祖上传下来的，前店后院，店面很大。东侧或摆或挂各式团扇，西侧客人休息区，布置清雅舒适。穿过正中连地屏，一门通内院，进门去露天天井，天井中一棵梧桐，长势茂盛，枝叶参天。再进去是两层小楼，一楼搭着两尺高的架子，上面搁扇匣扇架等物。江楚泽领着方临汝和崇徽直上二楼，二楼是团扇存放库房，木地板，一摞接一摞的团扇重叠着，窗户紧闭，房间四角熏了防虫蚁老鼠蟑螂的药物，完全符合团扇存放的要求。

方临汝来前已想过，江氏鬻扇近百年，团扇的存放不可能有问题，亲眼所见，证实了设想，对于找出团扇霉斑的原因，却是毫无帮助。

看过每一摞扇子，都长了霉斑。

“什么时候发现的？”方临汝问道。

“一个月前，发现七天后，派江成去报信儿的。”江楚泽道，不等方临汝往下问，接着又道，“发现有一摞团扇长霉斑，我马上命人查看所有团扇，都一样长斑了，那几日恰好下很大的雨，我以为是空气潮湿之故，等天晴了，命人用白棉布抹了抹霉斑处，然后把团扇拿到太阳底下晒，但是霉斑没变浅也没变淡。”

江楚泽拿了十几柄团扇给方临汝看，扇面的霉斑还在，方临汝摸了摸霉斑地方，触手涩滞，粗而硬。

“江大郎，你觉得长霉斑的原因是方家处理扇面绫绢不当造成的吗？”方临汝沉吟些时间。

“若只是江家的扇出问题，我不觉得是方家的原因造成的，这霉斑长得太怪了，好像一夕间长出来的，可是各地扇商进的方家团扇都这样，问题何在就难说了。”江楚泽坦然道。

方临汝专注地看，始终找不出原因。

团扇长霉斑这种意外亘古未闻，没有经验可参考。

日影西斜，团扇库房跟工坊一般，严禁烛火，看不分明，方临汝起身告辞。

江楚泽邀请方临汝和崇徽住进江家，方临汝婉拒了，晚膳却没推托，由他宴请。

明州城最好的酒楼，菜肴是官宦人家才得享用的浑羊殁忽、鲙鱼、清风饭等。

崇徽从听说方临汝不卖他起，整个人都是飘的，眼神飘，步子飘，膳桌上，吃东西飘，眼睛看着方临汝傻笑，双手不停地夹东西往嘴里塞，吃到最后，方临汝怕他吃撑了，夺了他的箸子才作罢，没得东西吃，就看着方临汝“嘿嘿”傻笑，眼神黏糊，眼珠子在方临汝身上生了根一般。

江楚泽只在碰面时瞥了他一眼，后来便顾自与方临汝说话。

方临汝不知怎么介绍崇徽，她不想欺骗江楚泽，却又不能说实话。江楚泽不问，也便不作介绍，崇徽的美貌谁见了都要怔上一怔，他却并不为美色所迷，心中对江楚泽赞赏更甚。

晚上住客舍还是崇徽打点，进房后，与往常一般，崇徽为她要来热水，方临汝洗漱毕开门，他把脏水抬到门外，唤人抬走，他却不离开，挤进房间，吭哧吭哧喘了会儿气，蚊子哼哼似的小声道：“二郎，我太高兴了，我想一直看着你，今晚我在这边守着你行不行？”

男女有别，他在漱石榭时宿书房已是于理不合，更不用说共处一间房，方临汝眼波横了他一下，长发洗漱后披散着，抬手掠了掠压到耳后，悠悠道：“不是夫妻共处一室，除非小娘是玩物，你这是把我当什么了？”

崇徽皱眉，不解地看她，眼睫眨了眨，突然惊喜万分大叫，扑过去一把搂住方临汝的腰，眼睛晶亮，迭声道：“二郎，我做你玩物，咱们以后就可以每天晚上都共处一室了对不对？”

方临汝抚额：“男女共处，当玩物的是女人。”

“现在外头你是男人，我是女人，没错呀！”崇徽越发兴奋，搂得更紧，“太好了二郎，咱们以后可以白天晚上在一起了。”

方临汝哭笑不得，道：“你已经停药了，没多久就长成男人了，不是扮着女人就是女人的。”

“我接着吃药。”崇徽喜滋滋抬手发誓，“只要能跟你一直在一起，你让我做什么都行！”

方临汝怔住，直直地看着他。

她相信崇徽的誓言是发自肺腑，这个心思空如白纸的小傻子，他不知道他接着吃药对他以后的影响，或许就算知道，他还是会选择吃，没有半点儿敷衍糊弄她的意思。

然而她也知道，自己不能乱了心神。

且不说自己女扮男担着方家家主身份不能考虑儿女私情，只崇徽对她的依恋，也不能信不能放心上。

他在紫竹园中与世隔绝长大，刚入世，懵懂迷糊故依恋她，等到他完全吸收尘世的一切，打破束缚他的樊笼，飞上广阔的天地间时，他就会发现，尘世五彩缤纷，趣味无穷，他不会再满足她给的咫尺空间。他姿貌绝丽，会有许多小娘子倾心，姚黄魏紫，燕瘦环肥，群芳吐艳，自己将微不足道。

“崇徽！”方临汝捉住他高举的手，定定地看着他，再一次，严肃地申明，“崇徽，我担着家主之责，不可能有儿女私情，你于我，是家人亲人，就跟枫娘于我，琬初、璟初于我一样。”

“我知道啊，你说过很多次了，我只要能待在你身边就好。”崇徽瞪圆眼，澄明清透的眼睛透着不解。

“你看过话本的，那里面才子佳人，他们最后会成亲，然后生儿育女，我不可能跟你成亲，不可能跟你生儿育女。”方临汝缓缓道。

往日要说这话觉得羞臊，而今，她不能因为自己害羞，而不把其中要害阐明。

崇徽挠头，皱着眉头苦思，半晌，道：“我就想待在你身边，你不赶我走就行，能给我咬嘴唇我很开心，不想给我咬我就不咬。”

说半天白说了，跟以往一样，他连自己的心思都弄不明白，更加不可能听懂她言下之意。

方临汝叹口气，心道慢慢来吧，他刚入世，一口气就懂人世间的一切不可能。

挥手，道：“你回房去，我烦心，别等我说第二遍。”

崇徽扁着嘴，拿大眼睛可怜巴巴地看方临汝，方临汝要远离她，崇徽无奈，一步一挪，终是出了房。

这一夜，方临汝未能如以往一般万事放一边安心入睡，辗转反侧难眠。

事情非同小可，若是不能找出团扇长霉斑原因，即便她拿钱把坏扇全收回，也不能安然化解这次危机，商品有问题得不到解决，信誉无从保证，方家团扇信誉失，扇商们不确定以后方家团扇还会不会出问题，便不敢订方家团扇了。

制扇之家扇子鬻不出，倾覆只在旦夕间。

祭出美人团扇，也许能略略挽回扇商们的心，可是难保以后不出同样的事，若再出一回同样事情，美人团扇也不能挽救方家了。

再者，最重要的是，她也不想再用美人团扇。

一夜无眠，翌日起床，方临汝的眼眶一圈青黑。

样子忒难看，在家中也罢了，可是还得去江氏扇行见江楚泽，一向不敷粉不涂脂的人也无法，于是让崇徽出去找铺子买胭脂水粉。

崇徽对涂脂抹粉在行，紫竹园里每日都要弄一两回，因此方临汝闭眼放心地要他帮自己上妆，淡淡的脂粉香萦绕，味道不难闻，看来崇徽挑胭脂水粉的眼光不错，方临汝苦中作乐，夸道：“不错，若是扇坊办不下去，咱们可以改行开香粉店。”

崇徽这回没翘起尾巴自夸一番，沉默着，妆毕，方临汝睁眼看镜子，不浓不淡，挺合适，理了理衣领，招手道：“走啦。”

“二郎。”崇徽拉住她胳膊，关切看她，“这次事情很严重吗？”

“是啊，要是不能解决，方家扇坊得关门。”方临汝笑嘻嘻道。

“这么严重？”崇徽喃喃，怔怔地抓着方临汝胳膊的手越握越紧，紧得方临汝感觉到处的骨骼在格格响。

方临汝掰开他手指，若无其事道："没事的，尽全力，便是不能改变，人不被击垮，东山再起也行。"

"不。"崇徽紧咬牙，声音如同削金断玉，清脆锋利，齿缝中一字一字蹦出，"我绝不会让扇坊关门，我绝不会让你有事。"

方临汝刚硬的心裂成无数瓣，疼痛里透着欢悦，脸上笑容绽开，越来越开朗，黝黑的眼睛熠熠生辉，锋芒烁烁。

"放心，即便方家扇坊关了，我也不会有事，从哪跌倒，就从哪爬起来。"她温柔而坚定地说，安慰崇徽，崇徽看起来几近癫狂，令人心惊。

去江氏商行路上，崇徽格外沉默，方临汝从他紧绷的脸上看到一股近乎死亡的恐惧，不由得后悔，不该跟他说那些，让他跟着担忧，又微微奇怪，他的样子似乎曾经承受过家破人亡惨剧一般。

第三十一章　峰回路转

进江氏扇行，江楚泽带着他们上二楼。崇徽这一回没眼神飘飘只看方临汝，方临汝看扇子，他也看，而且极专注，看扇面，手指摩挲，然后把指尖凑到唇边尝了尝，接连几把后，眼睛晶亮：“二郎，我知道长霉斑原因了。”

“什么原因？”方临汝手里扇子抖了抖，略一怔，和江楚泽齐声问。

“扇面上注盐水造成的。”崇徽胸有成竹道，指扇面，“你们手指摩几下尝尝，是不是有点儿咸？”

方临汝和江楚泽尝了一下，果然如此。

崇徽又拿起抹拭了晒过太阳那几把：“织物沾上盐水后，阳光暴晒会有些显得坚硬，这几把扇子就是这样。”

方临汝昨日看过，当时就奇怪为什么扇面会那么硬，崇徽所说有理有据，霎时间心头沉沉乌云消散。

崇徽问江楚泽：“有没有不长霉斑的团扇？”

“有的，楼下铺面摆的都没长霉斑。”江楚泽道。

崇徽低眉看着扇子，没看他，理所当然地吩咐：“取几柄扇面材质不一样的团扇上来，再来一盆清水，一包盐。”

“好，我这就去。”江楚泽眼神明亮，并不因被崇徽主子使下奴一样差遣做事而不悦。

高大的身影穿过通道，到了楼梯口，方临汝看崇徽，眉头跳了一上，快步奔过去：“江大郎且慢。”幽黑的眼眸看江楚泽，眼睫轻眨了一下，低声道，“咱们一起下去，拿了扇子去客舍吧。”

江楚泽虎目圆睁，看方临汝，稍停，抿了抿唇，道：“多谢方二郎对某的信任。”

“干吗要去客舍？”崇徽过来，挤到方临汝与江楚泽之间。

方临汝笑笑，弹了他额头一记，嗔道：“小傻子！”

“我不傻！”崇徽摸额头，委屈地看方临汝，忽而，咧嘴笑，凑近方临汝咬耳朵，“二郎，这次我找出原因解了咱家扇坊关闭的危机，你是不是得好好奖赏我？给我咬嘴唇行不行？”

自为小声，其实江楚泽就在一旁，听得分明。

方临汝抬手遮脸，痛不欲生。

小傻子做一件好事就索要奖励，奖励必是要咬她嘴唇，这傻愣的行事风格，当真十年如一日，从不改变。

三人路上买了盐，到客舍后，跟掌柜要了一盆清水一个碗，进房。

崇徽往碗里倒清水，加盐，尝了尝，倒掉，再调，再尝，而后，把团扇如同库房存放时的样子扇柄交迭扎起来，一扎十柄，左右各五把，放在地上，硬纸板做了个漏勺，勺嘴对准最上面团扇中间扇面，朝漏勺里缓缓倒盐水。

盐水滴在最上面的扇面后，渗透往下滴去，一滴两滴三滴，崇徽倒得很慢，看看最下面的扇子扇面也沾上盐水了，停了下来。

“过半个时辰，这些扇面就会长出霉斑来，并且，最上面的霉斑迹面积大，下面的小，江当家可以回去查看一下，每一捆团扇是不是恰好如此。”崇徽道。

江楚泽脸色很难看，沉沉的虎目满是杀气。

不需回去时再察看，这些日子他反复看过，正是如此。

半个时辰，不长不短的时间，结果出来，果然如崇徽所说。

如此短的时间长出霉斑，团扇到明州后还卖了一阵才发现有霉斑，显而易见，从润州方家扇坊出货时是没问题的。

这是江氏商行内部有人捣鬼了。

江楚泽起身，长揖到地：“我用人不当又失察，累方二郎事务繁忙还跑明州一趟，惭愧之极。”

“江大郎这样说就见外了。”方临汝微微笑，挽起江楚泽，叹道，“别处想来也是这样，幸好有你，在你这边，汝可以明白查察，无须避讳，在别的地方可没这便利，接下来，咱们商量一下怎么揪出这个蛀虫吧。”

“我明白了，江大郎方才在库房说谢谢你信任他，因为你并不怀疑使诈的是他自己，放心让他帮着抓坏人。”崇徽不等江楚泽说话，挤过来，顶开江楚泽，眼睛亮晶晶地看方临汝。

方临汝再迟钝，至此也发觉崇徽的小动作了，略和江楚泽站得近些，他必定要插进来把自己和他隔开，霎时哭笑不得，朝江楚泽歉然一笑，打手势，请江楚泽桌前坐下。

“严刑拷打兴许能逼问出真凶，只是不如现场捉贼来得让人无话可说。”方临汝道，须臾时间，已想出一个逼贼现形的办法，压低声音，细细说出打算。

“甚好，只是如此一来，耽误方二郎时间了，库里如今有库存团扇接近十万把，方二郎让人运来十万把吧，我都订了。”江楚泽道。

“耽误了这一个月，鬻扇最好时机错失，接下来买扇的人少了，十万把会不会多了些？”方临汝道。

“戏要做就做足，十万把扇子虽多，却难不倒我，我会尽量鬻出去，无须担心。”江楚泽笑道，虎目虎虎生威。

“多谢江大郎仗义，这扇子的价格，便在平时价格上，每把减三文钱吧。”方临汝道。

“无须。”江楚泽摇头，道，“你亲自到明州，来回一个多月误了多少事，是我不察之故，哪好让方家吃亏。”

他一再坚持，方临汝也不好勉强，感激不已。

计议定，方临汝又跟江楚泽跑了一趟江氏扇行。

库房里待了一个多时辰，下楼来，没找出原因，团扇长霉斑方家负全责，江楚泽提出让方家退扇款，方临汝不同意，最后各退一步，方临汝命润州方家扇坊运团扇过来，赔长霉斑的团扇。

差人来回传讯太慢，耽误鬻扇，方临汝花钱托大唐江湖人设立的专门为人传讯的“千机阁”飞鸽传书送信。

江氏商行的掌柜、管事在方临汝和江楚泽商议时几次插嘴，反对方家赔扇。

江成回来了，反对最激烈："少当家，谁知方家再送来的团扇会不会出这种问题，万一还出问题，岂不耽误咱们家鬻扇，今年因为这事少鬻出多少扇子！少赚多少钱！老当家为此忧急一病不起，让方家赔咱们银子，另进郭家扇吧，我看着，郭家扇也很不错。"

"别说了，我是当家还是你是当家。"江楚泽冷冷道，虎目生威，把江成瞪得瑟瑟发抖。

方临汝一旁浅笑着，把江氏众人的敌意视若无物，一副为方家的利益寸步不让的样子。

江楚泽命人捧上笔墨，方临汝书信，命何栎即派人运十万把团扇过来，按江楚泽要求，扇面用料，扇面图案，团扇形状一一注明。末尾，怕何栎担忧，迟疑了一下，落了句："无须担心，表哥保重。"

团扇从润州运过来，各地换马，日夜兼程，最快也得十天。

其他州郡扇商不似江楚泽，信得过又肯配合，不知生事的是当家还是伙计。方临汝要等拿到明州这边歹人的供词，倚为铁证，一举攻陷其他州郡扇商，也便没离开，留在明州等着。

因要和江楚泽摆出生嫌隙的样子给那幕后黑手看，江楚泽也没尽地主之谊陪方临汝闲逛。崇徽对此把"求之不得"四个大字写在脸上，毫不掩饰，欢喜只他和方临汝两个，没有碍眼的人，每日快活得很，花孔雀一般招摇，随时随地都在开屏。

方临汝看得多了，脸皮厚度直接从州郡三五块方砖城墙进化成京城十几块方砖城墙，承受能力突飞猛进，捂脸的时间大减。

闲着无事，方临汝便带崇徽在城中走动，并不拘泥于团扇一行，各行各业都看。让崇徽观察各商户铺号里商品的成色好坏，定价与商品的关系，以及商铺环境，伙计的态度与招待顾客的语言等，晚上回到客舍里，再让他书面分析，然后一一点拨。

实地考察与纸上谈兵大是不同，亲口讲解更是比看批注易懂。方临汝家学渊源，自幼随方德清商场行走，年纪不大却阅历丰富，商情了解十分透彻，商道见解独特，对崇徽倾囊教授无所隐瞒。崇徽本就聪慧过人，得她指点进步神速，举一反三，奇思妙想，有些见解连方临汝都觉微有不及。

方临汝教了几日，心中疑虑从细微一点滚成雪团儿，越来越重。

龙生龙，凤生凤，老鼠生儿会打洞。

说的便是家学渊源，一般情况下，书香后代多才子，商户子弟善营商。

父辈能力与家族资源的传承，自幼的耳濡目染，以及爷娘血脉相传而生的原因，使得各人走的路，说的话，擅长的，都脱不了出身的影响。崇徽于营商一道如此精通，制扇又是个中翘楚，难道他家是润州制扇大家？

润州城制扇大家近百年来莫过于谢家、方家、郭家三家，方家自然没有儿子走失，谢天没妾室，儿女都是谢夫人亲生，自然也不会有后娘虐待崇徽致他离家出走，郭家……郭笑盟女人无数，儿女三十多个，少一个不少，多一个不多，便是走失了，只要孩子亲娘不在，也不会找的。

方临汝想象崇徽是郭家的儿子，打了个寒战，爬虫上身般，浑身不舒服。

“怎么啦？”崇徽敏感地问，停下手中笔，伸手摸方临汝的手。

方临汝抽回手，崇徽每次提起出身都惊惶害怕，不应揭他疮疤的，疑心既起却忍不住，搓着双手臂，定睛看了崇徽半晌，正颜道：“崇徽，我知道你记得自己是谁家子的，你老老实实跟我说，你是不是郭笑盟的儿子？”

“郭笑盟？郭成安他阿爷？”崇徽嗑嗑巴巴地问，惊恐地瞪圆眼，“我……我……”他猛地捂住嘴，凑到痰盂前，吐出一口血水，眉头打结，嘶嘶吸气，咬着舌头了。

方临汝一动不动紧盯着他，崇徽眼里飙出泪水，泪汪汪道：“我有那只野猪那么丑吗？你怎么会觉得那只野猪是我兄弟？”

野猪？他唤郭成安野猪？

方临汝想想郭成安的尊容，贴切得很，忍俊不禁。

崇徽找镜子，找到了，抓起镜子左右照，近照远照，喃喃道：“不至于郭成安那么丑吧？”又说，“难怪对二郎使美人计不奏效，原来是好丑。”

方临汝听他自言自语，美貌倾城不自知，差点儿笑喷，心头疑虑烟消云散。

郭笑盟五短三粗身材，大猪头一般的脸，哪生得出崇徽这样的美人儿子。

一拍额头，叹道：“整日是跟个傻子在一起，我也成傻子了。”

崇徽照了许久镜子，气鼓鼓道：“我不是郭家的儿子，你嫌我难看直说，别指桑骂槐。”

“哈哈哈……”方临汝大笑，被他逗乐了。

跟崇徽在一起，有的没的都能乐上一乐。

团扇未到明州，沐雨先到了，看过书信，方临汝气得周身发抖，一拳拍在桌面上，差点儿将木板震碎。

有母亲和姨妈那样惯着，何舆才会那样肆无忌惮为非作歹。

她们这是怕何舆闯的祸不够大，方家倒得不够快吗？

方姜氏在何舆闯了那么多祸事后，居然还姑息纵容，一千多金，那不是小数目，贫穷人家一个村子一辈子都没花这么多，她倒好，随随便便就送给何舆败掉。

还容纳何舆回府，扫自己面子，令何栎为难。

可想而知，何栎被逼亲手砸何舆双腿，心中是何等的痛苦与难过。

把何舆被暗算跟各地扇商的团扇出问题联系到一起，显然有一只手在搅动在操纵，在对付方家。

可恨她跟何栎焦头烂额疲于奔命，要对付外面的人，还要防着自己人拆台捅刀子。

明州这边的事落于纸上怕有意外，没说，只口头跟沐雨说，让他告诉何栎，完美解决无须担心。

想了想，执笔写了一封信给方姜氏，外头的事从来没告诉方姜氏，风风雨雨一肩挑着，方姜氏倒安逸惯了。她本来也不想母亲在阿爷去世后还发愁，眼下改变思路，扬汤止沸不如釜底抽薪，把各州发生的事以及这事若不能妥善解决方家扇坊面临险境都说了，但已找出原因一事不说。叮嘱方姜氏，府里开销看着裁度，能节俭的地方就节俭，攒些钱以防万一扇坊倒闭能让方锦枫的生活不受影响。

沐雨当日赶回润州，傍晚，车马行把十万把团扇送达明州。

江楚泽已把长霉斑的扇子移到一侧，新到的团扇摆放在另一侧。

那下黑手的人是何时下手的，江楚泽觉得很可能是晚上。

铺面鬻出一把团扇就要进库房拿一把补上，有时有的顾客一次买几十把，要到库房挑一挑，还有下面郡县小扇商过来进货，每日少说也有七八起，库房出出进进几十次，白天那人没有那么多时间作案且不被人发现。

不是白天，作案的人锁定在有扇行钥匙的几个人身上。

有扇行钥匙的人有江楚泽父子，大掌柜江洛，二掌柜江成，还有江楚泽两个庶出弟弟江楚涛和江楚滔。

此次为了保密，连已查出原因一事，江楚泽都没告诉父亲。

傍晚扇行关门，江楚泽留在最后，方临汝和崇徽过来，跟他一起上楼，悄悄潜在角落里，静等歹人露出狐狸尾巴。

房间里熏药的缘故，没有蚊子，只是味道不好闻，门窗又紧闭，待久了，呼吸不畅，脑袋有些晕。

“二郎（崇徽），要不你回客舍去，我跟江大郎守着就行。”方临汝和崇徽不约而同道。

“两位真是恩爱。”江楚泽道。

“那当然，二郎对我可好了。”崇徽得意扬扬道。

方临汝尴尬地笑了笑，嘴再巧也想不出话来粉饰太平。

“用不着跟我说，情爱之事，当事人心中有数便罢。”江楚泽淡淡道。

一丝不苟说出来，没有丝毫欢快意味。

方临汝腹诽，比何栎还木头，个子又那么高，魁梧雄壮，吓死人，不知会不会娶不到妻子。

此时竟不怪崇徽在外人面前口无遮拦了。

护短得紧，自己却不察。

看不见窗外月色，没有光亮。

没有沙漏，不知时间过去多久。

似乎过了很久，呼吸艰难，几乎撑不下去时，传来嘎吱声响。

“有人开了铺面的门。”江楚泽小声道。

三人直起身体，密切地注意着。

一楼开关门的声音，紧接着，来人上楼来。

靴子踩在楼板上，咚咚声在寂静里格外清晰。

来人上了楼，手里一盏奇怪的灯，薄纱笼罩，点点光芒，灯里有光点扑扑簌簌移动。

居然是萤火虫灯，方临汝惊讶不已。

那人举着灯一摞一摞检查团扇，灯光照在他脸上，憨厚的五官，竟是二掌柜江成。

把刚入库房的团扇一摞摞照过，江成转身离开。

下楼的脚步声一声声砸打着耳膜，脚步声渐远，关门声响起。

“他走了？居然没行事？”崇徽惊讶不已，看方临汝，“怎么办？”

“他应该不是行事那个人。”方临汝缓缓道。

“为什么这样认定？”崇徽不解。

江楚泽显然认同方临汝的看法，低声道：“他手里提的是萤虫灯，扇行库房严禁烛火，怕稍有不慎引起火灾，他如此守规矩，显然很看重东家的利益，此来，也许只是担心团扇再出问题。”

崇徽“啊”了一声，有些懊丧，觉得自己孤陋寡闻。

“而且那日我跟江大郎做戏争执，他激烈要求退扇款不再进货，若行事的人是他，为了避嫌，那时应该不显山不露水才是。”方临汝接着道。

“正是如此。”江楚泽附和。

崇徽有些闷，方临汝和江楚泽事事默契，自己被排除在外了，憋着一口气，粗着嗓子道：“我们还守吗？”

“守。”方临汝与江楚泽异口同声道，方临汝笑笑摸了摸崇徽头发，小声道：“若真是晚上动手，那人今晚必会来。”

看崇徽没想通的眼神，耐心道：“因为咱们明日就要走了，他得在今晚把扇子搞出事来，商行明日能找咱们索赔。”

“我好笨。”崇徽更丧气。

“谁说的，这回要没有你，我就查不出扇面长霉斑原因。”方临汝笑道。

“那没什么可稀奇的，绘画的时候，要绘桃花霏雨或杏花如红云一大片的景色，就是洒盐水在宣纸上皴出来，那霉斑是盐水和扇面绫绢熏的药相冲形成的，我一眼就看出来了。”崇徽无精打采道。

原来如此，可惜自己于丹青方面一无所知，想起崇徽因此跟自己邀功，非要咬嘴唇，方临汝忍不住嗔道：“既如此简单，你还敢邀功！”

“还不是因为你总不肯给我咬嘴唇，我只能逮着机会就提要求。”崇徽咕哝，委屈得很。

方临汝不提防他当着江楚泽的面说出“咬嘴唇”，脸涨得通红，言语不能。

崇徽脱口而出，猛醒起犯方临汝忌讳，急忙捂住嘴巴。

江楚泽干巴巴笑了笑，道：“方二郎是成大事的人，爱好也与众不同，意中人热情火辣，实属罕见。”

方临汝能说什么？

唯有把头埋进胸膛，心中暗骂江楚泽没眼色，不会装聋作哑。

铺门开关的声音再度响起时，三人精神一振，交换了一个眼神，屏息静气。

来人上了楼，一手提一盏六角琉璃灯，一手提一个袋子。

那人把琉璃灯挂到门环上，打开袋子，一个小木桶，边上一块硬纸板，如崇徽那般，把硬纸板弄成简易漏勺，小木桶里拿出一个水杯，舀水，通过漏勺往扇面上注水。

真相大白！

江楚泽缓缓站起来。

铁塔似的个子，在一大堆扇子后面，也带来惊人的冲击力。

那人扭头，手里漏勺与杯子落地，战战兢兢失声叫：“大兄，你怎么在这里？”

“我要不在这里，怎么能看到这么一出好戏呢！”江楚泽冷笑。

方临汝听得那人喊江楚泽大兄，怔了怔，失望不已。

“逮着歹人了，怎么反而不高兴？”崇徽敏感地觉察到了。

方临汝沉默，颓丧得紧。

江楚泽似是脑后长了眼睛般，沉声道：“方二郎无须担心，我没有家丑不得外扬的想法。”

“这好吗？我拿了供词要给其他州郡扇商看的。”方临汝低声道。

“无妨，家父那边你也无须担心，我会让他同意。”江楚泽淡淡道。

行事的是江楚泽庶出的三弟江楚滔，有人找到他，许他一百金，让他行事，他想着团扇出问题方家得赔钱，自己家不吃亏，便同意了。

这只是表面说辞，大户人家争权夺利，不足为外人道，方临汝暗暗叹息。

幕后指使的是什么人，江楚滔说不知道，他与那人没打照面。

方临汝仔细追问他与那人碰头的情形。

江楚滔说，一日他接到明州城最好的酒楼博士送来一信，信上说在酒楼包厢等他。他赴约，那人坐屏风后，并没露面，屏风外面矮案上放着一个托盘，托盘里放着一百金，那人告诉他盐与水的配比，让他把盐水注到团扇扇面上。

那人料定方家会赔扇子，要他在方家再赔扇子时，接着行事，今日并没有人找他。

方临汝追问那人的声音与身高穿戴。

江楚滔说，那人嘴里似乎含着什么，说话含混，听不出本来的声音。虽然坐着，但个子看起来仍很高，头上戴折头巾，身上穿的襕衫，似乎是深蓝色的。

方临汝又跟江楚滔索要那人托酒楼博士送给他的信，随意问了几句便作罢。

其他的，事关江家脸面，便没再追问，留给江楚泽处理。

离明州最近的是越州，方临汝带着崇徽直奔越州。

“这次咱们还是找东家帮忙揪出歹徒吗？”崇徽问道。

“不能。”临汝摇头，“我跟江楚泽交心，信任他，能肯定他不会使诈讹骗咱们，其他商行的扇商不熟，对不同人，得不同办法。”

“既然信不过，自然也不能假装赔扇子，然后躲库房里捉贼，要怎么办好？”崇徽问。

“你想想，由你来想办法，可好？”方临汝笑吟吟地看他。

途经的这段路崎岖不平，马行不快，心情好，也就愿意跟他多说两句。

崇徽低眉沉思。

马蹄声嘚哒，接近正午，阳光有些烈，照在他身上，如给他镀了一层金边。这些日子赶路风吹日晒，肤色不如刚从紫竹园出来时莹白如玉，光滑的象牙白颜色，也许是停药久了，少了秀润标致，多了男儿的气概，低眉睑睫若有所思的样子迷人极了。

方临汝极艰难地移开目光，心道如此檀郎，将来不知会便宜哪个小娘，微有抑郁。

“我想到法子了。”崇徽忽地拍手，眼睛亮晶晶，笑意满满盈盈眼波朝方临汝抛来，“这法子肯定成，二郎，事成了你给我咬嘴唇好不好？”

“不是跟你说了不能咬嘴唇了吗？”方临汝气得笑了，伸手屈起手指敲过去，两马并驱也离得很远，敲不着，只做样子，谁知崇徽却歪了身子过来，傻兮兮凑过来给她敲，响亮一声脆响，光洁的额头浮起一个红印。

方临汝气急败坏，一时骂也不是，关心也不是，手僵在半空中忘了收回。

“咬嘴唇那么舒服，你为什么就是不想咬呢？”崇徽咕哝，分毫察不到额头疼痛般。

方临汝提缰纵马，发誓到越州前不跟他说话。

“我还没说什么办法呢。”崇徽如影随形，不容她撇下他。

方临汝紧抿唇不理他。

崇徽扁了扁嘴，方临汝不答话，不妨碍他说话的兴致，嘀嘀咕咕说：“你其实在明州时就想到办法了是吧？我想了想，你很仔细地问江楚滔跟指使之人接触的经过，问那人的穿戴，又索要那人托博士送的书信，咱们到了越州，如法炮制，仿那人笔迹写信，冒充幕后之人，先分辨出行事的是扇行当家还是手下人的，对症下药便可。”

方临汝讶然。

她心中确是这个想法，只是在知道团扇长霉斑的原因后便一直思索着方想到的，没想到崇徽只沉吟片刻便想出来了。

“到时我来扮这个人吧，嘴里塞个梅子就行。”崇徽兴奋不已。

方临汝咬牙不接话。

“咱们到明州的事，越州那边的扇商想必知道了，若是东家搞鬼，怕是有所提防，兵神速，进城后，我马上行事。”崇徽又道。

方临汝赞叹不已，无法沉默了，夸道：“不错，按你说的办。”

“我很聪明吧？”崇徽喜滋滋地看她，嘴巴咧开，露出四颗洁白的牙齿，自夸之后紧接着索要奖励，“能给我咬嘴唇吗？咬一下就好。”

方临汝赏了他一个白眼，发誓这回任他说什么都不理他了。

傍晚到越州，要隐藏踪迹，方临汝并没跟崇徽一起进城，在离城五里地的一个村子里找了户人家歇脚。

小村落只有十来户人家，靠近郡城，屋子青墙灰瓦，不是茅草屋，还不错。只是膳食没法和城里酒楼客舍相比，茶水浑浊，面饼又硬又糙，方临汝差点儿被崩掉一颗牙。

晚上歇息，昏黄暗淡的灯光，木板床嘎吱嘎吱响，没有冰盆，方临汝猛摇蒲扇，摇得双手酸麻，也难解闷热。

饶是她性子随遇而安，到底是在金堆玉砌中长大，难受得紧。

想着明日还要在乡间小屋过一日，等崇徽辨出奸匪是什么人方能进城，一时间长夜漫漫苦不堪言。

寂静里柴扉响，方临汝以为主人起夜，没在意，脚步声悉索，竟是到她门前停了下来。

方临汝霎地坐起身，下床，借着昏蒙月色左右看，抓起椅子，走到门后，警惕地高高举起。

“二郎，你睡着了吗？”门外蚊子哼哼似的叫声，跟着房门轻轻叩响。

方临汝拉开门，把椅子搁下，骂道：“睡着了被你吓醒了，三更半夜回来干什么。”

崇徽嘿嘿笑，目光灼灼看方临汝：“我把事情办完了，记挂着你，就回来了。”

“办完了？”方临汝惊讶不已，尚且觉得自己理解错误，道，“抓住是东家还是伙计搞的鬼是吧？是东家还是伙计？”

“光这样怎么算办完了呢！”崇徽嘴角咧到耳后，无形的尾巴翘起，得意扬扬瞥方临汝。

数一数，分开不过数个时辰，半夜里办不了事，他能做事的时间只有两个时辰，这么短时间内搞定一切，当真奇才。

“好生厉害！”方临汝又惊又叹，情真意切拍他马屁。

“快问我怎么摆平的。”跟听马屁相比，崇徽更急于显摆。

方临汝从善如流，满眼期盼看他：“快说，我好想知道。”

“坐着，别光站着，累。”崇徽脱了靴，床上盘腿坐下，拍拍床沿。

窄小的木板床，只是坐着也挨得极近，崇徽目光灼灼地看着，方临汝迟疑片刻，还是走过去，挨着崇徽坐下。

“回想起来现在还想笑。”崇徽喜滋滋抑扬顿挫说经过。

他跟方临汝分开后，直奔酒楼，给了一个博士好处让他到秦茂家送信。

博士回报信送到了，崇徽一直等着，却没等到秦茂。

“秦茂有鬼。”方临汝道。

“是的，搞鬼的若不是他，有人约，不知是谁，好奇加上为了不失礼，都会赴约，不赴约，则表明搞鬼那个人就是他，眼下心虚了，不想跟幕后主使再接触。”崇徽嘿嘿笑，“我觉得他是个胆小怕事的软柿子，就放心大胆捏上一捏。”

第三十二章　不平则鸣

崇徽托博士从越州城里找了两个刀笔吏，嘱了一番，包了隔壁包厢让他们进去等着。紧接着又让人送了一封信给秦茂，写道：事败，方临汝已发现真相，明州江家被方临汝以欺诈之名告上衙门索赔五千金，速销毁所有团扇。

这封信送出去不到一炷香，秦茂就跑酒楼包厢来了，进门破口大骂："销毁所有团扇，说得轻巧，我库房里尚有近五万把团扇，五千金有余，我只得了你一百金，这笔账你说怎么算。"

崇徽含混着嗓子慢吞吞道："你说的我怎么不明白，你再说一遍？"

秦茂尖声大叫，把那人如何找他，许好处让他行污糟事，又一再保证方家不会发觉，方家会赔偿扇款或是赔团扇，他能白得好处等话细细讲了一遍。

又道："现在事败，你得赔我损失，不然，我就不销毁团扇，把你扭送给方临汝。"

崇徽至此从屏风后走出来，拍手，隔壁包厢吱呀一声响，那两个刀笔吏走进来，手中各拿着一纸，呈给崇徽，禀道："都记下了，请小郎过目。"

秦茂惊叫，崇徽笑吟吟表白身份，自己是方家的人，方家何栎之下二管事，秦茂吓得跌跪地上，嘶声哀求崇徽放过他。

这件事如果闹上衙门，传扬开去，他的信誉大受影响，以后在商场无法立足了。

崇徽佯作不肯放过，秦茂苦苦哀求，崇徽勉为其难答应，让他亲笔书写认罪书，请那两个刀笔吏和酒楼掌柜做证人，又逼秦茂另托博士去请来两个他关系亲密的人签字作证。

此后，又以方家保证不将此事呈堂告到衙门为代价，要秦茂订库房里同等数量的团扇，扇款先付。

五万把团扇，他自己先前说的，连清点都不用，他也无法抵赖。

崇徽从怀里掏出飞钱票据和订扇契书，当扇子摇，抬头挺胸，一副我好聪明，快夸我的样子。

临场随机应变反应敏锐，便是自己在场，只怕一时间也没想到如此周全之策。

请刀笔吏与酒楼掌柜作证之余，还想到让秦茂请他关系亲密的人作证，有他关系亲密的人作证，日后他便不能说是他们强逼了，把秦茂反咬一口污蔑方家的可能堵死。

让秦茂订扇，方家又鬻出五万把团扇，还能给其他州郡的扇商错觉，以为方家没查出真相，赔扇子，对稳住其他州郡暗藏的敌人，揪出歹人大有帮助。

经过讲起来不过寥寥数语，其间的惊心动魄虽没身临其境却也感受鲜明，各个环节环环相扣，错一步，便不仅不能逼得秦茂现行，还极被动，再也无法使真相大白。

难为他入世不久，居然行事周全周密，算无遗策。

当真聪明绝顶。

“我这是捡到宝了！崇徽好聪明。”方临汝拊掌，不吝赞语，夸了又夸。

“真的吗？我也是有用的人是吧？你以后不会赶我走了吧？”崇徽抱住方临汝的胳膊，喜滋滋蹭她。

“我说过，无论如何都不会赶你走，你忘了！”方临汝微笑，敲他额头，不动声色挪了挪，离他远些。

“我害怕嘛！”崇徽哼哼，撒娇的意味分明。

“傻子。”方临汝莞尔，想起一事，问道，“寻常人帮着书写没有刀笔吏有威慑力，你怎么想到找刀笔吏？我似乎没给你讲过有刀笔吏这种人。”

“我小时候在家时，我母亲……”崇徽捂住嘴，脸色有些白，兴奋从脸上霎地褪个干净，惶恐地看方临汝，不知如何说下去的神情。

儿时在家时遭受的虐待阴影之重，让他过了十四年仍未能释怀，方临汝黯然，拉起他的手轻拍了拍，温声道："你不想说就别说。"

"二郎，我不是要瞒你。"崇徽小心翼翼看方临汝脸色，"我真的不想回去，我害怕。"

"好，不回去，以后方家就是你的家。"方临汝微微笑。

"二郎，有你真好。"崇徽喃喃，抱住方临汝。

方临汝感慨万分，由得他抱着，过片时，缓缓抬手回抱。

在这个闷热的夏夜，在烦恼尽消之后，朝气蓬勃的充满弹性的年轻身体分外让人迷恋。

"只是一会儿，就抱一会儿。"她在心中对自己说。

油灯烧到了底，微弱一线光亮挣扎了一下覆灭，屋里陷入沉沉黑暗里，方临汝松开崇徽，推他："去找主人再要一间房，睡一会儿。"

崇徽没言语，方临汝腰肢一紧，紧接着，温热柔软的物体压上她嘴唇。

"说了不能咬嘴唇了……"方临汝挣扎，却挣不开，这一次不是咬嘴唇了，崇徽不容她躲闪，方临汝胸臆间烧起一团火，轰轰烈烈的一团火，脑子渐渐眩晕，醉酒般的沉迷，火星子在体内噼噼啪啪，烧出战栗的甜美的愉悦。

崇徽突地松开她的嘴唇，搂着她不动，搂得很紧，胸膛上下起伏，气息粗嘎。

以往他那嘴巴得空了便聒噪不休，这是……方临汝呆呆地，脸颊潮红，抬眼看他。

才从光明跌进暗黑里，视觉迟钝，从窗户斜照进来的月光昏昏朦朦，未能正常视物，隐约只觉崇徽一双眼睛如饿狼眼睛一般，泛着幽幽绿光。

方临汝不安地往后挪了挪，整个人都在崇徽怀里，她动，他跟着动，无处可躲，无路可退。

"二郎，我好像生病了。"崇徽喃喃，嗓子哑得不像话，一双手摸索着，抚过方临汝的背部，在后颈来回揉摸，一时轻一时重，轻时如羽毛轻拂过，麻麻的痒痒的酥酥的，重时，血肉都被揉得滚烫开了。

方临汝呆呆的不能动弹。

眼睛渐渐适应了黑暗，幽幽月光里，崇徽脸庞通红，他猛地松开她，扯了扯衣领，圆领襕衫，怎么扯也只得扯开一点儿，他不耐烦，猛地解开腰间束带，将衣衫用力掀开。

月白软罗松松挂在身上，是衣紧贴在身体上，胸肌线条分明，腰线充满力感，朦胧月光下，透出难描难绘的诱惑。

方临汝往床沿挪，未及下床，崇徽张臂又抱住她。

“二郎，我好难受，好热，喘不过气来。”他苦恼地叫，在方临汝耳畔喘息，身体颤抖。

方临汝定了定神，心思转了转，扑哧一笑，推开他，朗声道：“这么热的天气你抱着我能舒服吗？快出去，院子里有水井，打桶水淋一淋身子，就好了。”

“真的？”崇徽将信将疑，要动不动，皱眉头道，“虽然很难受，可是我更想抱着你咬你嘴唇，不想去冲水。”

“你不去我也不给你抱我了，你摸摸，我一头汗，难受死了。”方临汝故作镇定，拉他手按到自己额头上。

天气热，刚才吓得一吓，发根都湿了。

“对不起，我不抱你了，我去冲水。”崇徽歉然道，奔了出去。

方临汝靠到墙上，后背冷汗淋漓，三魂去了七魄。

崇徽去而复返，方临汝飞快跳下床，无论如何不能再让他抱她咬她嘴唇了。

哗哗水声，崇徽没过来，原来打来一桶水，倒进木盆里，招呼方临汝：“二郎，你一身汗也不舒服，冲水太凉了不行，擦一擦吧。”

方临汝哪敢脱衣擦身，随口应了声好打发他，拧了巾拍擦擦脸，便去敲主人房门，又要了一间房，跟崇徽说了。回房来，关上房门上了闩，崇徽冲了凉水过来，再敲门，只装睡着了，不开。

“怎么这么快就睡着了？”崇徽嘟哝，不情不愿离去。

方临汝拍拍胸膛，惊魂至此方定。

回润州后，得让何栎抽空教他一些男人的事，还得请安氏教一教他男女之防。

想了许多，辗转半宿，快天明方入睡。

翌日起床，盥漱毕告辞农家，方临汝没有带着崇徽离开越州城，而是一道进城。

事情解决了，还得找千机阁飞鸽传书，尽快从润州把扇子发过来给秦茂。

秦茂不仁，方家却不能不义，快些发扇子过来，趁着暑热余温，鬻出扇子多些。

从千机阁寄了书信出来，方临汝忽想起一事，问崇徽："秦茂去过几回润州，方家管事都认识，没见过你，单凭你说你是方家人，他就信了？"

"哪有那么容易就信了。"崇徽翘起唇角，一脸我好聪明的狡黠笑容，"我跟他说，我是何大郎表亲，让他找越州城的何家人过来证实。"

方临汝一怔，击掌大赞。

真个好聪明，不冒方家亲戚，偏说是何栎亲戚，何栎本家就在越州，要找人来证实便利得很，秦茂下意识地便会认为崇徽说的是实话了。

崇徽得意地摇起无形的尾巴，嘿嘿洋洋自得笑。

方临汝看他眼睛晶亮盯着自己嘴唇，暗暗后悔，不该夸他，这小傻子不会又想邀功要咬嘴唇吧？

崇徽笑了些时，还好，没提要咬嘴唇，只道："咱们去吃过午膳再走好不好？昨晚我没吃饭，今早那饭忒难吃，吃不下，现在肚子好饿。"

方临汝暗笑饱暖才能思淫欲，只要不咬嘴唇，别的都依他，慨然应好。

两人进了越州城最好的酒楼闻香楼，也就是崇徽昨晚诓骗秦茂那一家，没要包厢，大堂中坐下。

闻香楼不只在越州有名，在大唐各地也颇出名，有许多慕名而来的食客。

楼里许多名菜，伊尹干汤甘而不酸，淡而不薄，肥而不腴，尝过后，一月内再喝其他汤，如白水，无味至极。

还有猩唇、云鳐、糖蟹、鲎酱等美食，俱是人间至美之味。

方临汝要请崇徽品尝，菜品点了许多，食案摆得满满当当。

两人坐的四人对坐的长方案位子，食物虽多，勉强也能摆下。

"好吃！"崇徽吃得满嘴油光，自己吃的同时，不忘给方临汝夹，吃食的空当，心满意足道，"东西好吃，有你陪着，又只得咱们两人，吃起来也更香。"

方临汝差点儿咬到舌头，对崇徽的直白无语得紧，深吸一口气，要让他以后不能这样说话，又想不出不让他说的理由，闭了嘴，憋得肝疼。

"咦，秦茂来了。"崇徽忽地道。

他对着酒楼大门，方临汝背对着，看不到，才要回头，脚步声纷沓而至，秦茂声音洪亮道："巧了，居然遇到二管事，二管事，这几位是何大郎堂弟，何家三郎五郎和七郎，想必二管事都认识吧？"

崇徽抬头，视线在三个何家小郎脸上掠过，诚实地摇头："不认识。"

秦茂脸色变了："你根本不是何大郎本家亲戚，更不是方家管事，你讹我！"

方临汝还奇怪他怎么突然跟何栎本家那么多人在一起，据她所知，他带来的这三人，何栎叔伯几房中各有一人。原来是昨晚回去后，对崇徽的身份产生怀疑，带了人过来印证。

"把订扇的契约和扇款还给我。"秦茂咬牙切齿道，手伸到崇徽面前。

方临汝缓缓站起来，侧转身看向秦茂，笑吟吟道："秦当家是经年营商之人，当知契约订立不容更改，更何况，我今早已去千机阁飞鸽传书让扇坊发扇，这时候，五万把团扇怕是已在来越州的路上，扇款不能给你。"

秦茂瞪圆眼，见鬼似的，话都说不全："方……方……二郎……你怎么……来越州了？"

"昨日就来了，舟车劳顿，故让二管事代劳找秦当家，秦当家有意见？"方临汝笑意更浓。

"没……没……没……"秦茂结结巴巴，往外退，"二郎大忙人，茂就不打扰了，扇子请照发，扇款不退了。"

方临汝微微一笑，点头应下，视线瞟向何家几位小郎。

三个人俱是衣裳华丽粉面丽饰，举止轻浮，跟何舆颇像，想来何栎是异数，何舆才是何家子弟的面貌。

何姜氏当年怎么被骗去家财的，方临汝有所耳闻，因此对何家人深恶痛绝。

何栎成年后，方德清曾想设法帮他索回家财，但何栎淡薄名与利，也不想给方家添麻烦，婉拒了。

方临汝当上家主后不得空，忙得没想起此事，此时见何家人，想起此事，心念一动，拱手施礼，笑道："这几位是表哥的堂弟吧？闻名不如见面，好风采。"

何家三个小郎听而不闻，直直看着崇徽，眼珠子一动不动，何三郎和何五郎哈喇子都淌出来了。

"美人啊，从没见过的美人！"何七郎失声低喃。

方临汝怕郭成安那头还没死心再发难，此次出来，让崇徽穿胡袍，中衣里头却还穿垫了棉花的裹胸，耳垂夹了耳环，头上戴帷帽，此时酒楼中用膳，也没摘帷帽，只掀起前头帽帷，打眼看去，天仙丽人，绝色小娇娘。

其实秦茂昨晚在崇徽由屏风后走出来时，也曾惑其美色，故而被崇徽轻易得手。

秦茂走了好几步，回头看，指着崇徽惊叫：“你是女的？”

昨晚崇徽脱了帷帽戴折巾，没夹耳环，身上也没穿裹胸，男人做派，秦茂只当他男人，此时看，分明女娘，意外不已。

“我是二郎未婚妻。”崇徽抓住方临汝的手，逮着机会急忙宣告。

“原来是少夫人，失敬失敬。”秦茂抹汗，不敢再逗留，脚底抹油一般，撇下几个何家小郎出酒楼。

方临汝只作看不见，看着几个何家人，微微笑着道：“三位请坐，大家是亲戚，难得一聚。汝做东，请几位小酌如何？”

“好！好！”何三郎、何五郎和何七郎异口同声道，一齐朝崇徽挤来，要争他身边位置。

过道狭窄，互不相让，一时间，别说挤到崇徽身边，连前进一步都难。

方临汝口角噙笑看着笑话，几人也是大家子弟，居然如此恬不知耻，崇徽方才已说是她未婚妻，稍微有点儿礼义廉耻之心的，当知难而退，不会这般觊觎他人之妻才是。

暗道不成器之极，他们的阿爷想必也是鼠辈，自己开拓不了事业，才谋夺何栎家家财。

对付鼠辈不必留情，方临汝在瞬间拿定主意，要帮何栎夺回家业。

几个人推搡挤顶，方临汝抬步，侧身，避过他们，坐到崇徽身边。

何家三兄弟争抢的动作霎地停下，懊恼地互瞪对方。

方临汝笑笑，招呼博士添座。

又一张长条食案拼上，一面靠着墙，三面可坐人，足够。

案上残汤剩菜撤掉，另点了珍馐美味。

方临汝笑吟吟招待，几个人叙过年庚，何三郎十七岁，月份比方临汝小，何五郎十六岁，何七郎十五岁。方临汝为长，亲热地唤他们表弟，何三郎何五郎何七郎嘴里应付她，眼睛只盯崇徽，露骨得紧，方临汝套话，几位毫不设防，不多时，把何家如今情况兜个干净。

何栎一个伯伯两个叔叔，伯伯无亲生子，何七郎是长房嫡子，名是何大伯儿子，实则是本家过继来的。何大伯在何栎父亲去世三年后去世，正室夫人疼着亲生女儿，借打理中馈之名敛财，又巧立名目，将固定房产铺户田地等或是抵押或是变卖，都换成现钱入了私囊。何七郎年幼，亲生父母穷苦也无法帮他争夺利益，前年，正室女儿出嫁，家财都让女儿带走了。

何栎的三叔好享乐不上进，不过正室夫人是个厉害的主，把钱财产业攥得死死的，三叔气不过，外头与一个寡妇好上后，住到寡妇家去了。

何栎的四叔从小文不成武不就，不爱读书也不喜经商，只爱炼丹，如今城外清虚观中住着。一年里，只年底祭祖时回家一趟，妻子是个没主意的，劝过几回劝不动，便罢了。

方临汝听得几家都是败家子，寻思何栎的家财怕是也给他们弄完了。谁知不然，何栎父亲去世时，担心何姜氏懦弱没见识，两个儿子年幼，家业有失，立下遗嘱，产业不得变卖抵押只能收租，并郑重其事到衙门备了案。何大伯三人骗了家产去，却因这一遗嘱无法变卖，何栎家的铺子田地都在。

何姜氏美貌动人又温顺听话，何栎的父亲与何姜氏夫妻和美，没有妾室，成亲前两个通房无子，在何姜氏进门后也打发了。何栎的父亲不嫖不赌，虽不会创业开拓，但去世时家业也都还在。何家也是大家，何栎的父亲分得的产业合起来价值六万金有余，每年光收租就数百金，若是要回来交给何栎好好经营，收益更加可观。

何三郎是三房的嫡长子，下头有姨娘生的两个妹妹，还有一个寡妇生的弟弟，没进何家，随寡妇娘生活。

何五郎是四房嫡长子，下面有一个弟弟，可惜在八岁时吃了父亲炼的丹成了个傻子，到十五岁了吃饭穿衣还要人服侍，一不留神就光着身子跑到大街上，现在只好锁着不让出门。

这三人便是三家中能利用的人了，方临汝面上微笑着，一双手垂到食案下，拉过崇徽手悄悄写字。

洁白纤长的手指在掌心划动，像羽毛划动，又不尽然，明明轻柔得很，像铁钩划出酥酥痒痒的骚动，骨骼都疼了麻了，想她一直划下去，不只想她勾划，还想做其他的。

想做什么，崇徽想不清，不敢想，凝神看。

等方临汝写完，朝她眨了眨睫毛，亮晶晶的眼睛无声道：“放心，交给我。”

坐了一会儿右手似是不经意带歪案边茶盏，“呀”一声跳起来，恼道：“袖子脏了。”

杯口大小一点儿污渍，何三郎兄弟三人殷勤凑过来，抬手要帮他抹拭。

“脏死了别碰我。”崇徽立眉。

美人发怒，任是无情也动人，何家兄弟三人痴了。

“二郎，我回客舍换衣裳。”崇徽嘟嘴看方临汝。

“去吧。”方临汝微微笑。

“我陪你！”何三郎何五郎何七郎异口同声叫，争先恐后起身。

崇徽横眉瞪过去，眼神凶狠：“谁敢跟我剁了谁。”

何家三兄弟瑟缩了一下，抬起的脚停下。

“三位请坐。”方临汝笑呵呵道，朝崇徽努嘴，柔声道，“去吧，快去快回。”

方临汝在，美人走了还会回来，没必要激怒美人，何家三兄弟复又坐下。

崇徽不在，三人意兴阑珊，何三郎黄汤灌多了两杯，脸皮也不要了，长吁短叹：“方二郎好艳福，居然订下如此美貌未婚妻。”

“只要有钱，国色天香美人唾手可得。”方临汝笑吟吟道。

“黄金易得，美人难求，哪有那么容易，美貌小娘我见过不少，就没像方二郎未婚妻这么出色的。”何五郎道。

方临汝挑了挑眉，眼角瞥何五郎，微有轻蔑之态：“谁说的，汝便想要什么样美人就有什么样美人，汝的未婚妻三位见过了，婢女二十多位，也不比徽娘差多少，三位难得一见绝色美人，那是三位身家不够丰厚。”

“胡说，我们……我们何家是越州大富之家。”何五郎涨红了脸。

“有多富？”方临汝微微笑，拍手，博士过来，方临汝要了许多酒菜，博士知道这是个豪爽的主，殷勤问道：“客人要什么？”

“什么都不要，你服侍得好，赏你。”方临汝摸出一粒金子，约五钱，抛了过去。

博士喜得红光满面，语不成调：“多谢客人多谢客人！”要下跪磕头，方临汝摆手，不以为然的样子，道：“免了，去吧。”

博士傻笑着离去。

何家三兄弟呆滞，瞠目结舌，面面相觑半晌，何五郎结结巴巴道："方二郎，那……那是金子吧？"

"当然，我方家掏出的不会是铜钱。"方临汝闲闲道。

"方家这么有钱啊！"何三郎悄声嘀咕。

何七郎眼珠子转了转，道："自从我二婶子跟两位阿兄去了润州，好些年不见，不知他们可好？"

"表哥很好，表弟就一言难尽了。"方临汝叹气，把何舆的恶行略作删减讲了。每日不干正事带一帮纨绔到处寻欢作乐，前些日子，金陵城里打死一个人，把身上一千多金赔给人家拍屁股走人，忒让人闹心。

"他一个寄居之人，又不做事，怎么随身有那么多金子？"何七郎犹疑。

"虽说是寄居，到底是亲戚，方家也不差那点儿钱，该有的体面还是得给的。"方临汝道。

一千多金是点儿钱！

何家兄弟三人眼神交换，眼里贪婪的绿光闪动。

方临汝点到即止，不再往下接着炫富，只招呼几人喝酒吃菜。

崇徽过了半个时辰回来。

何家几人眼神不如先前露骨了，只在与方临汝说话的空当看他一会儿，殷勤地奉承方临汝，打听方家的一切。

方临汝此时惜字如金了，只听他们吹捧方家。

崇徽方才出去，却是动用鬻给秦茂团扇所得扇款，去城里珍宝斋购了三块上等的羊脂玉佩，案下悄悄递给方临汝。

方临汝闲淡说了几句，笑吟吟递出三块羊脂玉佩。

"今日初见三位表弟，在外匆促，给三位表弟的见面礼简薄了，莫怪。"

"简薄？"何三郎、何五郎、何七郎瞪圆眼。大富人家出身，识货，手里的玉佩玉色纯净，如脂如乳，触手温润，上好的羊脂白玉，一块少说也得一百金。

随身携带如此贵重的玉佩，一带三块，说不定还不止三块，家底之丰厚可见一斑。

三人相视一眼，恨不得匍匐到方临汝脚下喊祖宗，一齐道谢，满面阿谀奉迎笑容。

方临汝笑纳了马屁，挽着崇徽起身，不理何家三兄弟热情挽留，只道事儿多，有机会再聚。

出了闻香楼门，那得了金子赏的博士早殷勤地从后院牵了马门口候着。马儿喂了草料，身上鬃毛精心梳洗了，毛色油亮，方临汝纵身上马，人雅马俊，互相映衬，两两生辉，更加出色。

“这才是大家子弟风范啊！”何三郎赞叹，方临汝与崇徽离开很远了，看不见了，还舍不得收回目光。

“真有钱。”何五郎掂着手里玉佩，眼睛通红，“难怪二伯母带着大郎、二郎去了就不回来，原来在润州吃香喝辣呢。”

“也不一定就是真的那么有钱。”何七郎若有所思道。

“是呀，假的，你手里玉佩也是假的，七弟把它给我吧。”何三郎乜斜他一眼，伸手。

何七郎紧攥手里玉佩，飞快地退后两步。

街市繁华不得纵马，方临汝与崇徽并驱缓行，离得远看不到何家兄弟了，崇徽凌空摔马鞭，悻悻道：“一下子送出三百金的玉佩，还是送给垃圾一般三个人，好心疼。”

“欲取先予，欲擒故纵这道理你不懂吗？回头我让他们把今日得的都还回来，还老老实实把表哥家的家财交到我手里。”方临汝哈哈大笑。

“他们有那么傻吗？”崇徽不乐观。

“他们不傻，还很精，不过他们贪，只要贪，便会以为天上会掉馅饼，不努力就能得到金山铜矿，走着瞧吧。”方临汝笑眯眯道。

“咱们就这样走了，越州离润州又远，难得碰面，怎么算计他们？”

“等他们送上门给咱们宰。”方临汝唇角噙笑，“这三人一样的轻浮浪荡，却又有不同。何三郎性急，最容易上当，何五郎不怎么有主见，何七郎大约是过继的缘故，名正而情不顺，在家境况艰难，年纪最小却最沉得住气。三人都迫不及待想沾方家好处，但是却又不傻，无名目仅凭所谓亲戚关系不容易，况且他们的父亲当年对我姨妈不仁，也怕我姨妈不认他们这些亲戚，进而影响他们跟方家套近乎。见者有份，撇下谁都不能，三人定会一起图谋，何七郎应该会出主意，三人会各派心腹家仆去润州，打听方家的情况和我说的话是真是假，只要他们走这一步，就踏进我挖好的坑了。”

崇徽若有所思：“咱家在润州城名气大得很，传言富可敌国，打探到的，自然是方家确实很富有，至于何二郎那些事，都是真实的，夫人和姨夫人惯着何二郎，这个时候倒派上用场了。”

“是啊！”方临汝苦中作乐，道：“舆郎赔人命钱那一千多金不知我母亲攒了多久才攒出来，总算没白花。”

“咱家不是很有钱吗？天禅寺你舍施一开口就是一千金，夫人的一千金怎么要攒那么久？”崇徽不解。

“哪就很有钱，又不是大风刮来的，天禅寺捐那一千金是被逼的，我到现在心口还在疼呢。”方临汝捂胸叹气。

“等我强大起来，我决不让你受人逼迫，我会让你随心所欲，想做什么就做什么，不想做的就不做。”崇徽凝视着方临汝，一字一顿发誓般说。

似是不经意的话，闲谈中说出，其中情意却如钢刀银枪，在听者心尖上划下深刻的一道印记。

方临汝身体轻颤，胸口如有温水漫过，柔软得不像话。

虽知人生在世，如飞虫坠网中，横的竖的经纬分明密密实实的网将人紧紧裹住，哪得肆意。但得他这份心意，足以宽怀自慰——这辈子做人，她不算失败，有一个人曾这么真诚地待自己。

即便他以后展翅高飞后，他们形同陌路，这时候的温暖也可拿来时常回味，慢慢品尝。

第三十三章 大河决堤

跟何舆争执的人就是郭枞，郭家扇坊外地扇行的掌柜，那两个小子是从房氏娘家要的，三人都没在润州城露过面。

何舆如丧家之犬从金陵跑回润州，在方府门口闹哄哄吵嚷许久进府，随后却又被何栎打断了腿抬出方府，郭成安当晚就听说了，报与房氏，母子俩无限欢喜。

“把郭枞叫来，我要听听何舆上当经过乐上一乐。”房氏笑呵呵道，白白胖胖的面皮颤动。

“还没回来，约莫是赶路没何舆急，故走在后头了。”郭成安道，也没放心上。

图谋顺利，满心欢喜，唤月娇整治酒菜上来，与房氏对饮庆贺。

“一个娘胎出来的，兄弟俩的性情竟差了这许多。”房氏啧啧叹。

“有这么一个表弟，便是何栎能帮方临汝撑起半边天，也足够方临汝焦头烂额的了。”郭成安眨巴着豆荚眼得意地笑。

“可不是，想来上天厚爱一个人，必也要给他些许不如意。”房氏晃了晃酒杯，酒液荡漾，如风云动，叹道，“方临汝其人，如雄鹰，搏击长空风雷无惧；如猛虎，独斗群狼勇猛强悍；如玉树琼花，仪止姿容兼美，有帝王韬略将相伟才，若其他事亦如意，当真不让他人活了。”

“便是眼下有三两不如意的事，也让人眼红得很。”郭成安悻悻然道，“儿真是等不及了，只想当下就把方家弄垮，把方临汝踩到脚下。”

“我儿定能如愿，不着急。”房氏慈爱地笑，为郭成安夹菜斟酒。

好心情持续两日，郭枞还没回来，郭成安微感不妙，忙派另一心腹郭松去金陵察看兼追郭枞回来。

郭松去了四日方回，脸青目赤，灰头土脸，极为狼狈，惶然道：“大郎，郭枞出事了。”

郭枞的把戏哄骗住何舆和他的那些酒肉朋友，却没瞒过酒楼的掌柜和一起用膳的两个精明客人。

掌柜拿不准郭枞是什么人，怕多嘴招祸，又见何舆是个没用的，也便睁一眼闭一眼。

那两个精明的客人则不然，当时不主持公道，为的是事后分一杯羹。

何舆走后，郭枞的那两个随从抬着他和装金子的箱子出酒楼，到僻静处，郭枞也不装死了，龙精虎猛般下地，回客舍收拾包袱，要赶回润州。

那两人尾随跟到客舍，要求见者有份，平分金子。

郭枞不愿意，寻思何舆不是金陵的，跑回润州了，随那两人怎么闹，没有苦主，也不怕的，死扛着不给金子。

那两人贪财，堵着郭枞，在郭枞房间里守着不让他走。

几个人僵持不下，拖了一日，衙门来人拘拿。

原来方敬带着染鸡血的锦袍和景天、辰阳两个到酒楼查探，掌柜一看苦主回来追查，来的还不是草包，又一听受骗的是润州制扇第一家方家的人，方家声名如雷贯耳，财力雄厚，吓得要死，怕自己受连累。虽然不认识郭枞，但尾随郭枞而去的那两个是金陵本地人，却是知道的，忙把那两人供出来。

方敬拿了掌柜证词，带着染鸡血锦袍，直接告上金陵刺史府。

刺史命差役到那三家拿人。

那两人客舍守着郭枞，使博士回家报过平安，家人知道他们去处，官差一逼问便说了。

官差顺藤摸瓜找到客舍，把几个人都拘了，那两人只是想分好处，没成事，刺史训了一顿释放。但郭枞跟两个随从就惨了，收大牢，金子归还苦主，具结上报刑部，等判刑。

郭成安脸颊肌肉抽搐，咬牙问道：“郭枞他们三个没咬出我吧？”

“眼下还没有，他们知道供出大郎没好处，刺史只当是一般讹诈，没追问，就怕方敬回报何栎，何栎看出内中有隐情，让他再上金陵，要求金陵刺史追查幕后指使。”郭松忧心忡忡道。

若是被人知道制扇大家郭家当家人心术不正讹诈陷害方家的人，郭家将声誉扫地，体面无存。

郭成安强作镇定，稳住郭松，进内院找房氏。

“一千多金？何舆随身居然带这么多钱。”房氏细眯的小眼霎地睁大。

“是啊，万万没想到，金额小也不至于弄出这么大件事来。”郭成安道，黑胖脸庞青白，本来的计谋是骗走何舆身上的钱，使他只能回方家，给何栎添乱，不承想计划得逞却惹上官司，急得团团转，“郭枞忒不会变通了，当时就不应该讹何舆这么多钱，或者是那三人要分赃就跟他分，早早脱身也不至于被抓住。”

“难说，只能说，何栎太敏锐了，处事又果断，想不到方临汝不在润州城，方家也是铁桶一般密不透风。”房氏轻叹。

“眼下如何是好？”郭成安搓手不迭。

“派人路上设法拖住方敬，赶在何栎没派他再回金陵要求追查主使前，让郭枞和那两个小子……受苦不过牢中自尽吧。”房氏缓缓道。

郭成安粗黑的脸庞血色褪尽，半晌，低声道：“万一被查出来呢？”

“没有万一。”房氏冷冰冰道。

查出真相，追回金子，方敬当即带着景天辰阳回润州，离润州还有六十多里地，道旁忽然跑出一人，方敬急勒马，那人哎哟哭嚷，说方敬的马蹄踢着他了。

方敬不欲多事，致歉并表示愿赔偿，那人却偏不要钱，说找大夫诊视，方敬无法，只得同意。

那地方甚偏僻，山间小村，请大夫还得到很远的镇上去。一来一回，方敬被缠住，等得两日后回到润州，何栎命他再去金陵，要求追查主使，郭枞三人已在牢中“自绝”身亡。

“是我不察，第一次公堂审讯时就该想到有人幕后指使，提出追查主使。”方敬羞愧不已。

“不关你的事，只能怪对方心狠手辣。”何栎笑着安抚他。

心中失望不已，本来让方敬又返回金陵只是有所怀疑，这当儿却坐实了，只是人既死，若追着不放，反得罪金陵刺史，似是在指责其为官无方，不想作罢也只能作罢。

金子追了回来，总计有一千一百两，自然不能给何舆。但何栎也不想交给方姜氏，怕她转手又给了何舆，思量些时方，方临汝嘱过买铺面，留着给方游丰经营瓷器，恰好有合适的，那铺面要价一千三百金，他狠狠压价，最后以一千一百金成交。

因柳氏总嚷着要分家，他自己没昧财之心，却要帮方临汝解后顾之忧。方锦枫身子弱，每年调养身子所需药材补品所费不菲，方临汝最担心的就是他，要给方锦枫攒点儿家底留后路，况那钱是方姜氏私房，不应落公中。于是铺子名字没落到方家名下，而是悄悄落在方锦枫名上，房契要琬初、璟初两个收着。

又敲打景天和辰阳一番，严令不准告诉何舆追回金子，方敬那里也叮嘱了，不让说出去。

六月里夏日最热的时光，阵阵晚风也吹不走日头留下的闷热，绿荫里啾啾鸟鸣，叫得人更不平静，躁动不安。何栎抬头望天，想写信把这事告知方临汝，但出了明州后，其他州郡多是路上走一两日就到了，难以推算方临汝的行程，只得作罢。

方临汝从越州城出来，目的地是杭州。

明州到越州，越州到杭州都比从润州到明州近很多，一百来里路，两日工夫便能到。

夏末时节，阳光普照，万物葱茏，道两旁绿树荫浓，各种野花霞蒸云蔚，一派华茂气息，已解决了两州团扇问题，霉斑原因一样，想必其他州亦然，方临汝心情很好，纵马疾驰空当瞥身侧崇徽，美人面如冠玉俊眉修目，丰姿郁美雅洁无双，更加愉悦。

两人在第三天中午抵达杭州。

方临汝第一次到杭州，少时便对这个在江南道中与金陵府齐名的州城心生向往。《隋唐风俗史·江南卷》记载，杭州骈樯二十里，开肆三万室，十余万户，环以湖山，风帆浪泊，出入于烟涛杳霭之间，泱泱盛地，风流之都，得以亲见，果然名不虚传。

方诚前些时先随报讯扇商离开润州外出勘查，到的就是杭州。

何栎让沐雨送信时提到，方诚没往回寄过信，按路程算，若是没托千机阁飞鸽传书，即便寄信，沐雨走时何栎也还没收到。方临汝与崇徽进城后，没急着去扇商的扇行，而是到各个客舍中寻找方诚。

走访了三家客舍后，方临汝找到了方诚曾住的客舍。

掌柜头发半白，年近花甲，动作却甚麻利，从柜头里头飞快地找出一个包袱，又喊博士后院牵马，拨拉算盘珠子，让方临汝交钱。

“怎么回事？人呢？”方临汝按住掌柜拨算盘的手。

“住了三天，第四天早上出去就没再回来，交的住店钱只有五天，这些天我给他又留房间又喂马的……”

“无须多言。”方临汝摆手，包袱里掏出两缗钱，“需要补交多少扣掉，剩下的，再给我订上两间房，其中一间就要我家兄弟订的那间。”

说话间，又掏出几枚铜钱，搁到柜面上，沉声道：“把我家兄弟到来那几天什么情形讲给我听。”

“不会是出人命了吧？”掌柜白了脸，张大嘴呆呆地看方临汝。

“难说，所以，掌柜你配合得好，也好免受株连，你说是不是？”方临汝淡淡道。

掌柜急急忙忙毫无保留地说了。

方诚住进客舍后，没人来找过他，头两天出去脸色不怎么好看，心事重重的样子。第三天早上出去如是，晚上回来却是面有喜色，在大堂中用膳时，还要了一杯酒，博士当时想多卖酒劝他多饮两杯，他笑道明日有正事办，不能喝多免得醉了误事。

“方诚查到原因了！”崇徽若有所思道。

方临汝点头。

方诚的失踪定是与查到团扇长霉斑原因有关。

方家扇坊的生产管理全靠方诚，方诚若有什么不测，不啻于砍了她一条胳膊，失去爱将的恐惧，以及对方诚性命有虞的担心，如沉沉乌云罩上头顶。

方诚的包袱里面只几件换洗衣裳，没有文字书信，他住的房间掌柜口中说一直留着，其实安排过客人住进去，没有找到有用的东西。

情况不明，长途跋涉也有些累，方临汝不急着办事，吩咐崇徽："回房擦擦脸，头发有些乱，重新梳一下，精神饱满再过来，咱们一边用膳一边商量。"

崇徽梳洗了过来，不只重新梳了发，衣裳也换了，月白蜀锦广袖锦袍，大镶滚边，袍摆精绣几竿翠竹，行动间，竹叶婆娑，简单却不失雅洁，别是一番风致。

方临汝又一次被惊艳了，怔神片时，暗骂红颜祸水，心念转动，寻思着，回去后，要不要把先前给崇徽置办的衣裳收起来，另给他弄几套粗布衣裳。

又忍不住失笑，崇徽美貌怕是裹一圈兽皮也能令人神魂颠倒的。

正午夏日最热的时候，窗外吹进来的风都带着热气，院子里一棵梧桐，蝉鸣彼伏此起，十分热闹。

崇徽在窗边食案上摆好膳食，皱眉撇了窗外一眼，道："这叫声忒烦人，又赶不走，要不，去我那边。"

他的房间在对面，沿街，窗外没树。

"心静自然就周围也静，莫浮躁。"方临汝笑道，撩袍摆坐了下去，半点儿不受影响。

崇徽抿了抿唇，若有所思看着她，坐下后，却不说话，低垂头心事重重。

"怎么啦？"方临汝讶然。

"我在想，我阿爷若是有你逆水行舟无所畏惧，纷乱嘈杂中闲适自在的气度，也不至于……"崇徽说了一半，霎地顿住，捂嘴巴，惨白着脸看方临汝。

又怕自己把他送回去了。

方临汝微微一笑安抚他，并不追问，道："快吃饭，吃完咱们商量事情。"

刚接家主之任，方临汝对各地扇商并不是很了解，只知杭州城合作的扇商赵吾行正值三十而立盛年，家业极大。除了数家扇行鬻扇，还经营着布料行，杭州城有数间铺子，下头郡县还有分店，今年方家订出的团扇赵吾行订单最大，五十万把，比江氏还多。

赵吾行能把生意作得那么大，眼光当看得比较远，蝇头小利不应放眼里，也许行事的是手下的人，就跟明州江氏一样。

“咱们怎么找出这个人呢？你跟赵吾行不熟悉，不能像在明州那般行事。”崇徽皱眉，盘碗未撤，拿着箸子在碗沿敲着，叮叮当当响。

窗外蝉儿似乎听到敲击声，蓦地一齐静了下来。

“倒是机灵的。”方临汝笑道，视线瞥向窗外，日头白花花照着，微眯眼，调转回头瞬间，眼睛霎地一亮，“咱们或许能用敲山震虎一法试试。”

“敲山震虎？”崇徽蹙眉思索。

方临汝要考较提拔他，并不细说，只等他自己想出法子。

崇徽拿着箸子，叮叮当当敲着，低眉沉思，脸色一时明朗一时沉暗，变幻多端。

方临汝静静看着，指尖在案上描着他的眉眼，暗赞美人就是好看，一颦一笑皆是风景。

“咱们找两个越州口音的人到赵氏扇行去买扇子，挑扇的时候装着说闲话，也别说太明显，只说听说越州卖方家团扇的扇商被衙门唤了，还赔了钱，吓一吓赵氏幕后搞鬼那人。”

“不错！”方临汝附掌，话锋一转道，“事关重大，越州到杭州快马只需两天，那人若是派人到越州找秦茂打听呢？”

“找人去之前，我赶回越州吓一吓秦茂，让他闭门谢客，不要见任何人。”崇徽道。

“秦茂要不听呢？咱们可就功败垂成了。”方临汝笑道。

“我想得还是不够周到，二郎你说该怎么办，你比较厉害。”崇徽嘴巴抹了蜜糖似，甜言蜜语张口即来。

方临汝正要说出打算，霎地顿住，挑眉瞥了他一眼，嗔道：“快接着说，别装模作样。”

“我真不知道要怎么做，二郎你教我。”崇徽拉长嗓子撒娇。

“想骗我，得看看能不能逃过我这双眼睛。”方临汝大笑，崇徽故意装钝哄自己开心，还是很高兴的，心头甜软舒爽，笑容格外畅快。

“二郎你真聪明！”崇徽又一顶高帽子递出来，方说打算。

方才那说法果是装钝，要讨方临汝欢心。

越州扇商被府衙传召的消息，人到扇行挑扇时讲出来，未免让人将信将疑，少不得就派人去找秦茂印证，秦茂不一定能听他们支使，若说没有，反为不妙。

但这传言若是由赵氏商行信得过的人，或是意想不到的人传过去，或是他们主动获得的，他们就会坚信不疑，乱了阵脚。

方临汝颔首。

想法很好，暗里考察打探一番，确保万无一失便可实行。

但不容有失，方诚在人家手上。

方临汝猜，手沾人命非同小可，方诚是方家数得上号的人物，行事之人没那么大胆敢取方诚性命。

不知赵吾行在不在扇行中，他认识方临汝。翌日，方临汝在客舍中等着，只由崇徽外出打探。

晨起客人不停地拉门关门，博士来回跑动，过得小半个时辰静下来，喧嚣忙碌远离，令人捉摸不着的寂静，窗户的菱花槅映射进点点浅淡的晨光。

没有崇徽在身边，又不知事情进展如何，时间过得格外慢。

数着心跳挨着，窗外蝉鸣声听不到，只注意着门外脚步声，午膳时间到，崇徽还是没回来。

小傻子不会像越州那时一样，想自己把事儿齐活了才回来吧?

方临汝有些担忧。

赵吾行不比秦茂，生意做得大，心思深沉，奴随主性，虽没见过他手下，可想而知也不是易与的。

无滋无味地吃过午饭，枯等难受得紧，方临汝想外出走走，又怕崇徽回来不见自己着急出去找，只得忍着，房间里头来回踱步些时，窗前坐了些时，歪躺床上，怎么都不称心。

迷迷糊糊忽听得咚咚敲门声，从床上弹起，飞奔过去，一边拉开房门，口中叫道："你可回来了。"

"二郎，真的是你啊！"门外不是崇徽，而是消失近半个月的方诚，看起来憔悴消瘦，收拾得倒是齐整。方临汝长吁出一口气，按住方诚肩膀，喉头微哽，半晌方道："平安没事就好。"

"二郎以为我出什么事了？"方诚诧道。

"我以为你着了暗算了，不是吗？"方临汝皱眉。

"没有，我突然病倒了。"方诚微有赧然。

到杭州后，他到赵氏扇行去，方家的扇子他一把一把看着做出来的，心中确定长霉斑原因不在方家。仔细考察了三日后，第三天晚上，在客舍里，反复推敲后，他找出了长霉斑原因。翌日去赵氏商行，赵吾行不在，他让管事禀报，道找出原因了，管事到赵府禀报，回来后说下头桐庐郡布店出问题，赵吾行下去视察，让他等着。

他留了客舍地址，让管事在赵吾行回来后派伙计通知自己。从赵氏扇行出来，将到客舍时，他突然感到头晕，未及反应，一头栽倒在地上，晕了过去。

醒来时在一家医馆里，医馆里父女二人，听说他是外乡人，热情地留他在医馆中养病。对于他得的什么病，老大夫说得文绉绉的他听不懂。似乎很严重，因为每日浑身乏力，起床稍行几步便栽倒，无奈只能托医馆的小娘秀娘到赵氏扇行报讯，那边回话，说桐庐郡事儿没处理好，赵吾行没回来，方诚也便放心留在医馆里养病。

今日下午，喝过药后，他眩晕之症好了，能走动了，老大夫诊了脉，道无碍了，让他回来。

方临汝听他说起秀娘时脸庞微红，心中有数，笑道："秀娘既是你救命恩人，回头带来我见一见。"

"她刚才陪我来的，在楼下听掌柜说有人找我，我一听掌柜形容，是你跟少夫人，跟她说了，她害羞，就走了。"方诚羞涩道，有些难为情。

"那我更得看看了，好替你订下亲事，咱们走。"方临汝笑道。

"刚出来又回去，不大好吧。"方诚微有扭捏。

"这有什么，你不想及早定下来吗？"方临汝不容他推辞，带头往外走，下楼。

方诚生得极不错的，中等个子，眉眼端正，只是扇坊里都是粗鲁扇工，他性情又腼腆，人前未语面先红，故被小娘们忽略了。今年二十一岁还未成亲，好不容易有他喜欢的，身为家主，自是要为他操心。

柜台后掌柜一双精明的小眼紧盯方诚，方临汝托他在崇徽回来后给崇徽带话，掌柜应下，撇撇嘴乜斜方诚一眼，道："年轻人不能仗着年轻不爱惜身体啊，水库也有放空的时候。"

他想到哪里去了，方临汝失笑，扶着方诚出客舍，脚步忽停下。

掌柜招待四方客人，一双眼睛毒着，为何这么说，似乎事出有因。

"你在这里等我一下。"方临汝果断松开方诚，回头。

"掌柜方才为何那样说我兄弟？"方临汝笑呵呵道。

掌柜抿紧薄唇，方临汝会意，掏出几枚铜钱递了过去。

"扶你兄弟回来的是称心楼的书颜小娘子身边的疏桐，你说，在书颜的温柔乡里待了半个月，能不虚吗？"掌柜挤眉弄眼。

方临汝心一沉："您老没认错人？"

"怎么可能认错？书颜是杭州有名的姐儿，疏桐侍候她，我虽不进称心楼，可也时常见她伴在书颜的马车一侧从门外走过。今日她虽然穿得素淡，刻意把垂海弄得很低挡着眼睛了，我还是认得的。"

"多谢！"方临汝不等他说完，"啪"一把铜钱甩过去，"马上让伙计把我们的马牵到门口来，快！"

掌柜抓起铜钱，连声应好。

"二郎，怎么啦？"方诚见方临汝脸色沉重，惊讶不已。

"没时间细说，快带我往赵家扇行去，路上好生看着，看到那个救你的医女，跟我说。"方临汝促声道。

"秀娘有问题？"方诚惶然。

方临汝点头，心脏蹦到喉口。

她信得过方诚，坚信方诚没撒谎骗自己。

掌柜的话也可信。

方诚突然晕倒并获救大是可疑。

若没猜错，方诚是被人故意绊住的，晕倒也不是生病。

“那日赵氏的管事出去禀报回来后，请你喝过茶水吗？”方临汝问。

“喝过的。”方诚点头，道，“那日的茶味道有些怪，我记得很清楚。”方诚道。

果然如此。

今日崇徽把流言传到赵氏扇行的人耳里了，那人听说秦茂被告上府衙，有些惊惶，因而让冒名医女实是名妓身边的侍女疏桐放人，当时应该是不知道自己亲来杭州了。

疏桐在客舍听掌柜说自己来了，不是害羞离开，而是急忙回赵氏商行报讯。

崇徽那傻子一直没回来，不知是不是去赵氏商行了？

行商之人求财不爱结怨，方家和赵氏商行互利互惠关系，按道理崇徽不会有危险，只是不怕一万，就怕万一，她不能拿崇徽冒险。

转过街角就到赵氏扇行了，方诚指向路边一急匆匆行走的小娘，道：“那就是秀娘。”

在方临汝喊出“疏桐”两字时，疏桐脸煞地白了。

方诚双目赤红，几乎喷火。

情窦初开，却是受骗，方临汝止不住为之叹息。

看疏桐，虽说不是绝色佳人，但皮肤白净，五官秀气，颇为可人。这些日子照顾病中方诚细致周到，温婉贞淑，也难怪方诚动心。

抓住疏桐这个人证，不管行事的是赵吾行还是他手下，都可发起反击了，但又担心崇徽，方临汝改变了一向没有十足把握不行事的作风，把疏桐拧上马往赵氏扇行去。

铺门前下马，视线触到扇行里，方临汝眉头蓦地一跳。

扇行里头，七八个人半月形站着，剑拔弩张群情激昂之态。透过一个个人影，地台上一人坐着，眉眼清淡，气质斯文，不似商人，倒像秀才举子，有一股文人的书香气，身上一件碧色圆领襕袍，头戴折巾，是赵吾行。

“赵当家，这是怎么啦？”方临汝扬声问。

围在赵吾行面前的人霎地散开。

“方二郎，你亲自来了？”赵吾行抬头看到方临汝，脸色僵了僵，但极快地挤出笑容，起身迎了出来。

“赵当家不欢迎我吗？”方临汝笑道。

“哪里哪里。”赵吾行干笑，视线掠过方临汝看向疏桐，微微变色。

他在，又认识疏桐，在团扇上动手脚的看来不是扇行管事而是他自己了。

方临汝微有不解，赵吾行生意做得那么大，怎地眼皮子那么浅？

原因不明，找出崇徽是当务之急，方临汝心思转了转，不迂回曲折了，直言问：“方家的二管事先过来找赵当家了，不知他现在在哪里？”

“二管事？来过一人，可我不认得，以为是冒充的，原来真是方家二管事！”赵吾行诧道，眉头蹙起，目光闪了闪，喊人，“误会了，快去请方家二管事过来。”

一个管事模样的人飞奔出去。

赵吾行又朝方临汝打手势，请方临汝入内。

宾主落座，赵吾行几次看向门外的疏桐，方临汝只作不察，闲闲品茶。

两盏茶的工夫，崇徽在那管事的陪同下过来了。

月白锦袍点点污渍，头上束发微乱，面皮紫胀，额头蹭破了点儿油皮，看见方临汝，紧抿了抿唇，脸庞涨得赤红。

方临汝未及说话，方诚惊叫开了：“娘子，你怎么这么狼狈？”

“女人？”

赵氏的管事齐齐失声，赵吾行也难掩惊讶。

“这其中是不是有什么误会？”方临汝微微笑，摆手制住方诚下面的话，并不介绍崇徽是自己未婚妻，却又故意示了亲密，起身拉过崇徽，亲手帮他整理衣袍，一只手有意无意地停在他颈间。

男人长喉结的地方，他的则平平滑滑。

赵氏几个人面面相觑，赵吾行打了个哈哈：“误会误会，请方二郎莫怪。”

方临汝微微笑，不置可否，看着崇徽。

“我进扇行看扇，他偏说我鬼鬼祟祟跟踪他，把我抓了起来。”崇徽大声道。

只是这样赵吾行不会抓他。

方临汝不说话，笑吟吟看他。

崇徽塌了脸，委委屈屈凑近，咬耳朵。

今早从客舍出来后，他花钱雇了两个人去了赵氏的布行，迂回曲折传了越州扇商被方家告上府衙的消息给赵氏扇行的人。

传话那两人从赵氏布行出来不过片刻，里头有一个管事模样的人急匆匆出来，他悄悄跟了过去，暗想这个或许就是去找幕后主使汇报了。那人进了称心楼，过片时，赵吾行出来，他觉得赵吾行就是幕后捣鬼之人了，就悄悄跟踪。

赵吾行进了扇行，他假装看团扇也进了扇行，谁知赵吾行命人把他抓起来，他只能表明身份，赵吾行表示不信，仍命人把他关起来。

这是入世不深的祸，懂的毕竟不多，在赵吾行那样精明的人面前就无所遁形了。

方临汝看向赵吾行，笑道：“徽娘无礼，赵当家莫怪。”

“不敢当，是赵某没有详察之故。”赵吾行颇尴尬，也忙道歉。

一笑揭过，方临汝转而说起来杭州的用意。

“我今日回来，已听说当日诚管事所说长霉斑原因，检查了一下，果然如此，这事责不在方家，我自己揪出家贼即可，只是劳方二郎亲跑一趟，惭愧。”赵吾行道。

“如此甚好！”方临汝欣然，道，“赵当家明察秋毫，汝也就不多言了，事涉方家团扇信誉，请恕汝无礼，事情起因跟结果，还请赵当家落字为据，为方家洗刷冤情。”

“这……”赵吾行犹豫。

方临汝微微笑，不催不逼，只把眼看疏桐。

疏桐被她抓了现行，深究下去，可不是推个家贼出来就能了结的。

身为当家人讹诈合作商户，传出去，名誉扫地。

赵吾行磨了磨牙，方临汝确信，他是在磨牙，方临汝一动不动，闲闲地品着茶，不急不躁。

第三十四章　语出惊人

黄昏，落日隐进西边云层里，红彤彤的霞光，过了些时，霞光渐淡，云彩从鲜艳的红变成浅淡的蓝灰，接着是灰黑色。

“郎君！”赵吾行的一个管事凑近赵吾行，眼里凶光隐隐。

崇徽紧攥手，霎地站到方临汝身前。

“这茶是峡州碧涧，约莫是开春第一道茶，很香，坐下来，好好品一品。”方临汝浅笑着，拉他坐下，半点儿不紧张。闲闲地，反客为主，拨炉火，把水烧开，点茶，端了一杯给赵吾行，一杯给崇徽，方诚拦着疏桐在门外严阵以待，方临汝朝他招手，笑道，“让疏桐回去侍候书颜娘子，你进来喝茶。”

方诚一向敬服方临汝，对她说的话无条件听从，深深地望了疏桐一眼后入内。

赵吾行的那管事呆了呆，眼里凶光散去，换了不知所措。

赵吾行咬了咬牙，瞪那管事，大声道：“还不快备笔墨。”

白纸黑字，团扇长霉斑事件是赵氏扇行内管事所为，责任尽在赵氏商行，与方家扇坊无关。

“多谢赵当家支持！”方临汝吹吹墨迹，吹干了，小心折好收入袖袋内，将要起身告辞时，忽状似无意问道，“听说赵当家的布行生意做得甚好，汝阿兄不爱制扇一行，想开布行，不知赵当家得空吗？能否指点一二？”

“方家想涉足布料一行？”赵吾行皱眉，坐直身体，警惕之态。

“不涉足，只是想投资，若有合适的投资一二，拿点分红，长期短期均可。”方临汝笑道。

赵吾行身体一僵，紧盯方临汝。

方临汝微微笑，跟他坦然对视。

赵吾行先没绷住，移开视线，过片时移回，苦笑一声，道：“方二郎既看出来了，赵某也只能丢开脸面直说了，某商行最近资金短缺，倒是需要资金，愿付一厘利。”

原来赵吾行喜欢书颜，郎情妾意山盟海誓难分难舍，以至于不愿放书颜在称心楼中迎来送往，要为她赎身，明纳为妾。

但他的夫人却不同意。

赵吾行当年一穷二白，夫妻二人一起打拼方有今日，当年穷苦时，曾发誓一生一世一双人。赵夫人说，要让书颜进门，除非她不是赵家人，要求和离，赵吾行正迷着书颜，竟同意了。

夫妻和离，家财各半，赵夫人不要产业只要现钱，赵吾行把扇行和布行的铺面都拿去抵押了，方凑了一半家财给赵夫人。

送走糟糠妻，正想迎新人，谁知称心楼老鸨原本开出的赎身钱从一千金变成五千金。而外头供布料给他的商号见他夫妻和离，妻子分走一半家产，又迷恋青楼女子，担心赵氏商行败落旦夕间，纷纷追讨欠款，赵吾行焦头烂额。就在这时，有人传信，跟江楚滔与秦茂那边一样情况诱他陷害方家。

“赵某也是走投无路了，一时鬼迷心窍，实在没脸见方二郎。”赵吾行羞愧不已道。

“你的库房里的存扇并没有都弄上霉斑吧？损失不大，总算不是雪上加霜。”方临汝叹道。

“方二郎怎么知道我们没有把库存里的团扇全都弄上霉斑？”赵吾行未及开口，他身边的管事惊问。

“赵当家说了走投无路了，自然不可能在未得到方家赔偿前将自己逼进更不堪的局面。”方临汝笑道。

“方二郎慧眼如炬，赵某佩服。”赵吾行叹道。

“你差疏桐绊住方诚，是想在方家未处理前，找到那个人，让那个人赔偿赵氏，对不对？”方临汝问。

“正是！”赵吾行难堪地低头，“那日我在称心楼跟书颜在一起，赵贵过来报方管事查出真相了，我一惊，来不及找谁了，只好叫赵贵带了药过来，让疏桐外头假装偶遇把方管事弄去医馆。”

“若是内宅找个小娘，不似疏桐经常随书颜外头行走，未必被汝看出来。”方临汝笑道。

赵吾行羞愧低头：“这是老天在惩罚我。”

“诱你行事那人经过这么些日子还是没找到？”方临汝问道。

赵吾行摇头，颓然长叹。

“你妻子跟你患难与共，你却在发迹后移情别恋，可耻。”崇徽怒冲冲道，拉方临汝，“二郎，别给他钱，让他家业败尽当乞儿去。”

“莫胡说。”方临汝薄责。

赵家经营良好，资金危机突如其来，只要有人援手，定能挺过来。

在赵吾行艰难时伸手，往后，赵氏就是方家坚不可摧的盟友。

此次事情看来，赵吾行虽然不是坦荡君子，却也不是恶毒小人，人孰能无错，知错能改就好。

况且，她心中隐约有一个感觉，若是她的感觉没错，方家根本用不着投钱。

方临汝拍拍崇徽的手，示意他别多嘴，跟赵吾行商量起方家投资一事。

赵吾行能抵押的都全抵押出去变现给了赵夫人，如今也没什么可作抵给方家的，资金缺口却极大，不算赎书颜那五千金，还需三万金之数。

“这么多！”崇徽惊叫，眼里又有不平之色。

方临汝云淡风轻，并没放心上，道：“汝明日便修书从千机阁飞鸽传书回润州给我表哥让他筹钱，赵当家收到钱后给我写一张欠条便可。”

“多谢方二郎高义。”赵吾行霎时喜色满面，起身，长揖到地。

方临汝自自在在受了他一礼方把他托起来，宾主地台上复坐下，方临汝沉吟道：“有一句话，汝不讲不行，请赵当家务必听从。”

“方二郎请讲。”赵吾行恭声道。

“赵当家跟称心楼嬷嬷讲好赎金了，突然反悔，其中必有蹊跷。按道理不当质疑赵当家心上人，只是汝觉得，赵当家为了书颜娘子，妻离子散倾家荡产，代价不可谓不高。汝觉得，赵当家还是试探一下书颜娘子方可。”

“不成。”赵吾行粗了脖子，恶声道，“我与书颜真心相爱，岂能试探污辱她。”

方临汝摆手，淡笑道：“赵当家深情，汝佩服，敢问汝若是不伸援手，赵当家家业能保否？”

赵吾行呆了呆，只当方临汝反悔，不觉露了丧气之色。

“赵当家不愿欺瞒书颜娘子，汝甚佩，汝不要求赵当家亲自演戏。”方临汝看看四周，看来都是赵吾行心腹之人，也不隐晦，直言提出，自己支持赵氏商号一事暂不宣扬。赵吾行暂不去见书颜，书颜差人来找，只说在借酒消愁，让手下的人告诉来人，赵家本来就岌岌危矣，偏又得罪了润州方家，赔了一大笔钱，如今是保不住了。

横竖这几日得等润州那边筹钱过来，也无法跟布商们结账消除影响，拖几日，书颜那边若是情深不悔，危机解除再欢欢喜喜迎她进门便是。

“方二郎所言甚是！”方临汝一语毕，赵吾行手下一众管事大声叫好，最先那个满眼凶光盯方临汝的管事叫得最大声。

赵吾行犹豫，眼底满是挣扎。

“赵当家，你不替自己想，却得替书颜娘子着想。”方临汝浅啜一口茶，淡淡道，“尊夫人跟你患难中走过来，如今落了下堂而去的下场，你手下的人未必没有不平之心，书颜娘子若不嫌赵当家贫穷，甘愿粗衣淡饭陪赵当家，赵当家也可帮赢得众人之心不是？”

赵吾行怔了怔，叹道：“方二郎巧言善谈，赵某无话可说。”

对书颜的试探并没有等几日，翌日申时，赵家那个满眼凶光的管事赵贵兴冲冲跑客栈过来找方临汝，盛赞方临汝妙计令狐狸精现了原形。

书颜跟了杭州城另一富商董少岳了，赎身银子只要一千金。

“她说得好听，不忍我家郎君为了她家破人亡，可谁不知道她这是嫌我家郎君没钱，先前赎身钱从一千两突然涨到五千两，想必也是见我家夫人分走一半家产，不想跟我家郎君了故意刁难。”赵贵愤愤道。

这结局在方临汝意料之中，微微一笑不放心上，只问道：“赵当家眼下如何？”

“郎君心情很不好，他是真心喜欢那狐狸精的。”赵贵脸上笑容消失。

“你回去，别劝，由得赵当家喝酒，再多找几个人外头传扬，说赵家商行这回是栽进烂泥地捡拾不起了，有商号过来追讨欠款，自然是付不起的，别讲方家要支持赵氏的话。”方临汝嘱道。

“啊？”赵贵瞠目，道：“不是要试探那狐狸精吗？狐狸精露出狐狸尾巴了，怎么还这样说？外头多少同行眼红着想踩赵家呢。”

“你只管按我说的办。”方临汝笑道。

赵贵挠了挠头，对方临汝敬服得很，领命而去。

“干吗要这样做？”方诚不解。

方临汝但笑不语。

崇徽眉头紧蹙，半晌，自语似地喃喃道：“你今早去千机阁飞鸽传给何大郎那封书信，压根没提让他筹钱是不是？”

“没让何大郎筹钱，可是你已答应赵当家帮赵氏解围了啊？”方诚惊叫，搓手来回走动，不安道，“商场上岂能言而无信，这干系着方家的信誉啊！”

方临汝笑笑，瞥崇徽：“你想通了吗？你来说。”

崇徽鼓起腮帮子，不甘不愿道：“二郎在等赵夫人出手助那姓赵的。”

“不是和离了吗？”方诚不解。

“等着瞧吧。”崇徽懒洋洋道，幽怨的小眼神瞥方临汝，似乎方临汝就是负情薄幸的赵吾行。

方临汝差点儿爆笑，想起赵夫人，心情又有些沉重，笑不出来。

痴情女子负心汉，若是赵夫人如自己所想，出手助赵吾行，也不知是该欢喜还是该感到悲哀。

赵夫人与赵吾行结缡十三年，育有两子一女，此次赵吾行要纳妾，她无半点儿回旋余地提出和离，恨之深的另一面是爱之切。方临汝猜，书颜跟了董少岳，赵夫人当不忍见赵吾行十几年拼搏付之流水，定会出手相帮。

赵贵每日跑两三趟客舍，把方临汝当救苦救难普渡众生佛祖，把赵吾行一举一动及赵家近况报与方临汝。开始两三日，忧心忡忡，担心太多人踩赵家，赵家再也站不起来，后来见方临汝从容平静，也便淡定下来。

又过了七日，赵夫人突然放话，愿助赵吾行渡难关。

赵家上下喜出望外，赵吾行也从醉酒的状态中清醒过来，据赵贵说，他抱住赵夫人哇哇大哭，求赵夫人复合，并发誓此生永不相负。

“说得好听，谁知以后还会不会被狐狸精勾走魂魄。”崇徽咬牙切齿道，极不屑。

“世事难料，谁知道呢。”方临汝笑笑，假装看不到他在控诉自己。

始乱终弃！负情薄幸！

崇徽这些日子把这八个字写在脸上，那股子幽怨连迟钝的方诚都察觉到了，深感是自己时常找方临汝问话扰了他们亲密，罪孽深重，都有些不敢进方临汝房间了。

赵家商行的危机解除，不需方家再投资，赵吾行对方临汝危难之时的相助义举感激不已，奉了一百金作谢礼，并主动提出，陪方临汝到其他团扇长霉斑的州郡去，帮方临汝解决问题。

赵吾行生意做得极大，有他帮忙壮色自然是极好的。

一行人往其他州郡去，所向披靡，半个月便把各处问题解决了。

在赵吾行的倡议下，扇商们还联合发表了一则声明，面向大唐全国各地扇商，说明此次出问题缘故及调查结果。

方家的信誉不但没受损，反达到前所未有的高度。

行程三千多里，历时两个月，没有阿爷可依靠，仅凭己力，解决了可能颠覆方家的巨大危机。方临汝意气风发，带着崇徽和方诚回转润州，一路上纵马飞驰，剽悍如握着锋锐的利剑。

这头有惊无险诸事如意，润州城里的方家，安稳些时后，风波又起。

柳氏在会莲庵斋戒满一个月回府，听说方香雯陪着何舆出了方府，当即大闹，骂方姜氏算计她女儿，把她女儿弄给一穷二白的穷亲戚。

方姜氏一肚子火，方锦枫也拉她不住了，到谢家找谢夫人诉说。不意听谢夫人说，何舆没弄出人命，只是上当被骗，被骗的钱何栎要回来了。方姜氏被方临汝那封方家扇坊有可能倒闭，生计难继要她留后路的信吓着了，想着方家以后也许生活艰难，心疼起钱财来，想找何舆嘱咐一番，要他以后别再浪荡了，自己以后没钱给他了。到了吉安里一问，何舆与何姜氏根本不知情，心下犹疑起来。

本不信何栎贪墨的，只是铁证如山，怒冲冲地回府，府门口遇上何栎派去大唐各瓷都了解情况刚回来的方盛。

“方家制扇的，了解瓷器做甚？”方姜氏沉着脸问道。

主母问话，方盛有问必答，回道：“听说是大郎对瓷器感兴趣，想由着他所爱给他在瓷器这方面发展。”

何栎怎么对至善苑那么上心！

方姜氏眉睫一颤，眸光变得幽黑，脸色很难看。

自上次柳氏到秫香楼闹嚷差点儿害死方锦枫，她对方德清的这个妾室及妾室所出儿女，分外看不顺眼。

“何大郎怎么亲疏不分，夫人是她亲姨妈，倒帮至善苑那边打算起来。”白芷低声道。

方姜氏脸色更难看。

“婢女听说，三娘陪着柳姨娘在会莲庵时，每日都要差碧棋回来找何大郎。”白芷接着又道。

“真的假的？”方姜氏咬牙切齿问。

“婢女只是听说，不知真假，夫人问问舒九娘吧。”白芷道。

舒九娘过来，听罢方姜氏问话，谨慎道：“碧棋每日找何大郎说事，听说是二郎交代的。”

方姜氏把方临汝交代那句忽略，只寻思，这么说，何栎跟方秀绮有首尾一事居然是真的，不由大怒，冷冷道：“听说？什么时候捕风捉影的事能当真了？”

舒九娘一怔，欲要说方秀绮出府去会莲庵那晚，琬初特意来交代过的，又寻思方临汝不明着传令而悄悄行事，想必不欲声张。方姜氏嘴巴没遮拦的，她知道了，便等于阖府上下都知道，启唇又合上，不说了。

方姜氏看着她，心头不悦更甚，想起那一日，自己允了何舆进府，何栎偏不同意，还打断何舆的腿。自己迫于无奈通知方香雯救何舆，方给了柳氏把柄，是何栎让自己颜面尽失，再想想府里下人，自方孝起，都听何栎的话更甚于自己这个主母，更加恼怒，喝退舒九娘，咬牙半晌，命白芷："差人去扇坊请何大郎。"

白芷出去发了话回来，在方姜氏跟前跪下去给她捶腿，口中自语般道："何大郎忒大胆，夫人的钱也敢昧下，若只是申斥一通要了金子回来，只怕他还不把夫人放在眼里，不若人前震慑他一番。"

方姜氏正恼得紧，深觉有理，遂吩咐，命阖府上下所有人都到议事厅，何栎回府后，直接带到议事厅。

她要在所有人面前立威，让何栎和家下众人认清谁才是方家主人。

方临汝归期就在左近，何栎既紧张忐忑又满心欢悦，神思恍惚，府里来人到扇坊传话方姜氏找他，心不在焉魂不守舍，到议事厅时还有些呆。

当着一众人的面，方姜氏咄咄问道："舆郎受骗赔偿人家的金子，听说已要回来了，你没给他没给你母亲，又没给我，弄哪去了？"

一百多双眼睛齐刷刷地朝何栎看来，一双眼睛是一把飞刀，探究的犹疑的看贼一样的眼神，何栎被剥光了当众供人围观般。刹那间，脸庞赤红，无地自容。

不知方姜氏从何处知晓此事，不知为何众目睽睽之下逼问，迫切间，近前一步，低声道："姨妈，借一步说话。"

方姜氏怔了怔，下意识看向白芷。

白芷垂睫，并不言语。

方姜氏只当何栎要私下里向自己求情，人都召集到一处了，不追究下去，自己忒没面子，咬了咬牙，冷冷道："有什么话当着众人的面说便可。"

何栎一呆，本就不是能言善辩的，此情此景之下，更加说不出话。

"夫人，这事有误会，何大郎……"琬初大声道。

"这事等汝郎回来，必给姨妈有交代。"何栎打断她，面上赤红在瞬间已消退，化成惨淡的白。

"何大郎！"琬初不平。

何栎用眼神示意她不得多言后便扭头不看她。

"别多嘴。"璟初悄悄拉她。

“怎么就是多嘴，你明知道……”琬初急红了眼。

璟初拼命眨眼，朝柳氏努嘴。

暗地里给方锦枫置业，虽说用的是方姜氏的体己，到底不够光明正大，若方姜氏只是私下问话便罢了，当着这许多人的面，当着柳氏的面，如何能说。

琬初略一怔，明白何栋顾忌的，狠狠咬住下唇。

“哎哟，这可真好玩，我没记错的话，何大郎是夫人亲外甥吧？”柳氏笑得嘴角扭曲，嗓音抑扬顿挫，走到何栋面前，高昂着头，眼角斜了何栋一眼，幸灾乐祸看向方姜氏。

“没办法，儿大不由娘，更别说是外甥，柳妹妹也应该好生管束管束绮娘。”方姜氏拨弄着手腕上红麝珠串不咸不淡道。

“关绮娘什么事？”柳氏瞪眼。

“这就要问碧棋了，碧棋，三娘在会莲庵时，你每日都回府找何大郎是不是？”方姜氏淡淡道。

“婢女……婢女……”碧棋讷讷，方秀绮奉方临汝的命去监视柳氏，虽说为的是方家，可此时说出来，不啻打柳氏的脸，柳氏必是不依不饶的，说也不是，不说也不是。

方秀绮脸庞通红，羞窘难堪，几乎滴泪。

柳氏的眼珠子在方秀绮和何栋身上打了个转，本是在看方姜氏笑话的，未料火烧到自己身上，恼怒不已，冲过去，抓住方秀绮大骂：“男人都死绝了是不？一个两个上赶着贴姓何的，我叫你不自重，我叫你倒贴……”

“阿娘，不是这样的。”方秀绮气得哭起来。

“阿娘，别这样。”方游丰上前拦，哪拦得住。

“柳姨娘请慎重。”何栋咬牙，无端连累方秀绮，不得不发话，“舒九娘，送三娘回去歇息。”

“哟，会疼人呢。”柳氏尖声叫。

觉得逮着何栋短处了，也不管羞辱的是自己亲生女儿，骂得更加起劲，骂到后来，连奸夫淫妇的话都出来了，手里死死攥着方秀绮发髻不放。

舒九娘急得顿足：“姨娘好歹尊重些，三娘可是你亲生女儿。”

琬初、璟初知道隐情的，急忙上前帮舒九娘拉开柳氏，口中道：“碧棋找何大郎这事我们可以作证，是二郎吩咐的。”

三人合力，总算把柳氏拉开了，方秀绮披头散发，抽泣着奔了出去。

方姜氏冷冷地看着，见何栎维护方秀绮，心中只觉猜测是真，愤恨更甚。

何舆与方香雯勾搭也罢了，何栎可是她没明言的女婿，在她看来，何栎不知方临汝是女儿方锦枫是儿子，这是嫌方锦枫体弱，爱方秀绮娇美，简直忘恩负义。

无法容忍，步步紧迫，一丝脸面不给何栎留，沉声喝道："栎郎，把钱还我我便作罢，若不还，我必报官。"

"夫人这说的什么话呢！"方孝急得胡子抖颤，摆手劝方姜氏别说下去，扭头看何栎，满面为难，"何大郎，你看……"

"汝郎回来自有决断，请姨妈宽缓几日。"何栎低声道，悲愤莫名，强忍着没落泪。

"不行，今日今时便得还我。"方姜氏平素最宽厚仁善的，此时却寸步不让。

"何大郎？"琬初咬牙，眼里泪花打转。

一百多双眼睛盯着，身为大管事，被方姜氏当众羞辱至此，往后，如何在方府立足。

"等汝郎回来决断。"何栎低沉却坚定道。

第三十五章　家主之威

道两旁树木飞快后移，骏马四蹄攒起飞驰，远远看到润州城城门，方临汝忍不住欢呼：“终于回来了！”

三人勒马，相视一笑，复又提缰。

“等等。”崇徽忽然大叫，方临汝和方诚一齐看去，崇徽扶发又扯衣领，塌着脸道，“我的样子肯定很难看，不行，我得梳洗一下。”

后面还有一句“不能被何大郎比下去”没有说出来。

方诚把头埋进胸膛，假装没听到。

方临汝哈哈大笑，到家了，乐得惯着他，笑道：“行，到河边去，洗洗脸。”

岸边野花簇簇，河里流水清澈明净，方临汝和方诚只是捧水胡乱洗了把脸，崇徽却是仔仔细细，洗手洗脸，晶莹的水珠从修长的指缝滑下，生动好看。

方诚扭头不敢看，方临汝微微发痴，不自觉又骂红颜祸水。

洗过脸，崇徽又很是认真地拢头发。

精致的五官，皮肤光润，眼睛黑白分明，抬目四顾间，如璀璨的珍珠，动人夺目，低眉时，沉静如水墨画卷。得意扬扬笑着看方临汝时，明媚鲜活，像一只色彩斑斓绚丽的开屏孔雀。

“很好看，再插朵花就更好看了。”方临汝满腹怨气道。

“插花吗？”崇徽实心眼，听不出她的幽怨，抬眼左右看了看，不远处一丛金黄色雏菊开得正艳，上前，真个摘了一朵插到束发里。

若是梳髻小娘，插花也罢了，他此时长发束头顶，男儿装扮，束发插朵花，不伦不类，方临汝嘴角抽了抽，捂肚子，哈哈大笑。

崇徽傻乎乎的，她笑，他也笑。

方诚也跟着笑，只是笑容有些苦涩。

他还放不开疏桐！

方临汝心下戚戚，要哄他开心，也摘了一朵簪自己束发上，又哄笑着要方诚也插一朵。

方诚扭扭捏捏，半晌羞答答地也簪上。

方临汝拉了他临水照影，方诚瞟一眼，止不住大笑，眉间郁色略散。

崇徽挤过来，插到中间，探头往水里看。

方诚不觉，方临汝见多了他的小动作，再没有不明白的，抚额无语。

小傻子这种见她身边站了人就胡乱喝醋的毛病，也不知何时养成的，自己身为方家家主，在外行走，跟男人接触不少，他不改过来可怎么好。

府门口下马，没有下奴出来替他们牵马。

方临汝微感诧异。

方诚探头张望，道："别是二郎不在都偷懒去了吧？"

"不可能，何大郎威望也很高的，大家听二郎的，也听他的，有他在府里，跟二郎在家也无差。"崇徽嘀咕。

马儿咴咴嘶叫，方诚刚要大声喊人，里头阍者跑出来，却是听到马嘶声出来察看，见方临汝，欢喜大叫："二郎，你回来啦。"

"门上侍候的人呢？"方临汝问道。

"被夫人喊走了。"阍者道，方德清去世后方府几次起风波，上次惊马更是把大家吓着了，嗓子有些颤，"夫人召了人有一个多时辰了，还没散，不知出什么大事了。"

方姜氏眼里没大局，耳根软没主见偏气性不小，方临汝有些焦躁，问道："何大郎回来了没？"

"回来了，夫人召人前就派人去请何大郎了。"阍者道。

听说何栎回来了，方临汝略略安心，有何栎在，不至于乱起来。

却不知方姜氏发作的就是何栎，且是人前毫无转圜余地地折辱。

方姜氏步步紧逼，要何栎交还金子，何栎只一句“等汝郎回来决断”。方姜氏挂不住面子，眼眶红了，只觉受了天大委屈。

方秀绮走了，柳氏没把柄给方姜氏捻着，又活泛过来，撇撇红艳艳嘴唇，嗤笑：“哎呀，夫人，何大管事是你亲外甥，我们这些外人看你们做戏忒不便，是不是该回避呢。”

口中说要回避，却没半点儿回避的意思。

方姜氏脸庞赤红，帕子几乎绞烂。

白芷凑到她耳边，悄声道：“要不要婢女上去啐何大郎？问他话。”

方姜氏犹如溺水的人抓到浮木，当即点头，指何栎，大声道：“白芷、红叶，你俩上前给我问话，啐他。”

“夫人，不可啊！”方孝惊叫。

何栎雪白的脸更白，呆呆地看方姜氏。

琬初要冲过去，被璟初死死拉住。

白芷、红叶走近何栎，红叶敛睫，低声道：“何大郎把夫人的钱弄哪去了，请即归还。”白芷张嘴，朝何栎啐口水。

方临汝到议事厅门口，看到的便是这样的情形，来不及思索，飞奔过去，一把拉开何栎，挺胸挡到他面前。

口水如箭簇，不偏不倚啐到她右脸颊上。

“二郎！”

“汝郎！”

满厅惊叫。

方姜氏见竟啐上女儿，呆了。

“汝郎！”何栎咬唇，眼眶通红，忘了方临汝忌讳，扳住她肩膀，抬手为她拭脸。

“快！打水来给二郎洗脸。”琬初一怔之后惊叫。

璟初急奔出去，有婢女走得比她还快，顷刻间清水巾栉捧了来。

琬初、璟初扶方临汝地台上坐下，跪于跟前服侍。

方临汝上次为了保众人性命，以身犯险，家下众人感佩，见方临汝当头被啐，俱又惊又怒。

不能怪方姜氏，把火都撒在白芷身上，众人闪避让路给端铜盆捧巾栉的婢女的同时，朝白芷挤去，有人踩她脚背，有人在她胳膊腰上掐两下。

白芷咬牙，一言不发忍受着。

方临汝心中恚怒，借洗拭之机强行压下，逼自己不要在众人面前给方姜氏没脸。

一时诸事毕，清咳了一声，问方姜氏："母亲，怎么回事？"

通身的冷冽气息，强行压着也极骇人，方姜氏不自觉颤了一下，小声说了原委。

"二郎……"琬初上前欲暗示，方临汝摆手止住她，嘴唇抿了抿，忽地捂脸，肩膀抽搐，先是大颗大颗晶莹的泪珠从指缝滚滚而下，过得片时，破笛之声从喉间逸出。

"汝郎，你别这样。"方姜氏惊住了，手足无措。

"汝郎！"何栎奔上前，跌跪地台边，想帮方临汝擦泪，又避忌着，几乎发疯。

"二郎！"家下众人惊呆了。

从来不曾见方临汝哭过，所见的方临汝，或是冷冽强硬，或是从容淡定，或是笑谈捭阖，再不曾露一丝弱态。都深信，天塌下来，方临汝也会与天对抗，扛起方府昂然站着。

方临汝失声痛哭，大河决堤，江海涨潮，暴雨倾盆，风雷齐动，为何栎，为自己，为死去的阿爷，为这些日子所受的委屈，为母亲的不理解与痴愚。

更为了——用一个震惊人心的意外，消除众人心头方姜氏对何栎的折辱！

哭声中的悲意让人跟着不由自主伤心，众人一齐跪了下去。先是低低的呜咽之声，不久，震天动地，悲伤绝望逼走光明，厅堂虽明还暗，日月无光，魍魅恶魔一步步逼近，前路重重迷雾笼罩，找不到方向，都不敢睁眼，不敢看周围，只知陪着方临汝哭。

许久，方临汝哭声渐弱，众人方缓缓收了抽泣。

柳氏直挺挺地站着，好戏没得看，恼得满肚子火没处撒，拔高嗓子尖声道：“二郎可真会做戏，莫不是舍不得治你亲表哥。”

方临汝猛擦一把脸，抬起头来，赤红的眼睛，目光似利剑朝她捅去。

柳氏颤了一下，后面讥嘲的话哽在喉间说出去。

方临汝起身，撩起袍裾，方姜氏面前直直跪了下去：“此事怪我，是我不让表哥跟母亲说的，母亲的那些金子是我挪用了。”

“啊？”许多个嗓子齐齐惊叫。

琬初、璟初没料到方临汝把事背自己身上。

何栎没料到方临汝竟是无条件信任自己，什么都不问不察就替他撑全脸面。

方姜氏怔了，捂着嘴呆呆地看方临汝。

“此事说来话长，本来不应公开的，大家都知道了，我也就不隐瞒了。”方临汝起身，面向众人，闲淡的口气简单扼要说了此次各地扇商手里团扇长霉斑，方家差点儿倾覆一事，道，“最初没查出原因，责任在方家，只能赔扇商们钱，方家家大业大，筹万八千金子赔偿固然不难，可急切之间凑足那么多钱却不易，我便让表哥把追回的金子先给我拿来用，制扇第一大家要凑钱还得挪用主母的钱，说出去忒没面子，我叮嘱表哥别跟任何人说，是我虑事不周，请母亲责罚。”

语毕，看向方姜氏，撩袍摆又要跪下去。

“快别！”方姜氏急急挽住她，看向一旁何栎，又羞又愧，涩声道，“是姨妈心急了，栎郎别放心上。”

“姨妈是长辈，是我嫡亲姨妈，要打要骂甥儿无话，要是这点儿小事都放心上，甥儿也太不识好歹了。”何栎笑了笑道，跪了下去，给方姜氏磕头，“甥儿方才没说实话，惹姨妈生气，甥儿给姨妈赔罪。”

“快起来，你这孩子！”方姜氏松了方临汝急急扶他。

方临汝笑笑，歪头靠到方姜氏肩膀：“母亲光疼表哥不疼我，儿吃醋了。”

“傻的，你是我儿，当然也疼你。”方姜氏流泪道。

乌云散尽，艳阳高照。

方孝喜笑颜开，近前，眼含老泪，声音洪亮请示：“夫人，二郎，没事了是吧？让大家散了回去当差如何？”

“没事了。”方姜氏微微脸红，看向方临汝。

方临汝摇头，问何栎："表哥有事要交代吗？"

何栎咳了咳，知方临汝这么问是要给他训话立威，嘴拙不善言辞，看一眼众下人，深吸气，大声道："大家尽心做事，二郎不会亏待大家的。"

"是，谨遵何大郎教诲。"众人齐声道，鱼贯退出。

就这样完了？

柳氏不甘愿，吃吃笑，阴阳怪气道："哎哟，真是一出好戏，夫人，你一家子姨妈外甥和好了，我绮娘的名声呢？"

关方秀绮什么事？方临汝看何栎。

何栎满脸通红，无法言语。

"是误会。"琬初、璟初急忙上前说明。

方临汝不提防还有这一出，冷盯柳氏，寒声道："是我交代的，绮娘清清白白，请柳姨娘慎言。"

柳氏哑了，憋着一口气，道："光让我慎言有什么用，姐姐方才当着大家的面让我管教绮娘的。"

"误会了，栎郎巴巴地交代方盛到大唐各地瓷教看瓷器，要帮丰郎弄买卖，我看他如此上心，以为他对……对绮娘有心……"方姜氏讷讷。

"看瓷器？"柳氏呆住。

方游丰不想掺和家事，往外走的，到厅门口，闻言霎地顿住，往回望来。

方临汝叹气，招手唤他近前，温声道："阿兄对扇坊的事没兴趣，我寻思着让你做你喜欢的事，听说你收藏了不少瓷器，便让表哥派人各处查访。"方盛刚才也在人群中，刚退到厅外，扬声唤他回来，问道，"这次各地走过，有什么建议？"

"都记下了，可以开瓷坊，自家生产。可以大批量从各地瓷坊进了货来，鬻给下面郡县小户。也可以挑精品瓷器，只对富户高门出售。还可以收藏鉴赏，请行家同好品赏，偶尔出手一两件精品，做得好，也能赚钱。"方盛从袖袋里抽出厚厚一个本子递给方临汝。

方临汝接过，挥手让他下去，把本子递给方游丰："阿兄看看，若有想经营的，要人还是要钱，跟表哥说，表哥会给你安排。"

方游丰接过，眼眶发红，喃喃喊："汝郎！"

方临汝拍拍他肩膀，笑道："瞧着喜欢就做，要是不喜欢，我再帮你找你喜欢的事做。"

柳氏直愣愣地站着，皱着眉头思索，忽地，尖声嘶叫：“扇坊是方家产业，有丰郎一份，你想把丰郎从扇坊从方家的产业踢出去，没门。”

方临汝的手还搭在方游丰肩膀上，侧头看她，嘴角挑起，要笑不笑。

居高临下毫不掩饰的鄙视，眼神说：“要踢不踢在于我，你无法左右，便是要踢，你又能如何。”

并不否认，也不屑跟她解释。

柳氏脸赤了赤，着火似滚烫。

“阿娘，你少说两句。”方游丰大叫，把本子珍而重之收进怀里，扯起柳氏往外走。

柳氏骂骂咧咧，声音渐远。

下奴去远了，璟初不知何时也走了，厅中只余方姜氏身边侍候的人和琬初。

虽则事儿圆满解决，因着方临汝那一哭，何栎的面子也挽回来了，琬初仍愤愤难平，近前来，抑制不住怒气道：“夫人便是对何大郎有不满，自己嫡亲外甥，好歹私下问一问，如何就人前大张旗鼓给何大郎没脸。”

“这不是误会了吗？”方姜氏有些讪然，对琬初的僭越也忽略了。

“误会！”方临汝涩涩一笑，揉了揉额角，悲声道，“母亲的那些金子我没挪用，我也不知表哥用在何处，但我知道，表哥不拘做什么，必是为方家好，母亲您是看着表哥长大的，表哥为人您不知道吗？怎能因一点儿小事人前如此给表哥没脸。”

方姜氏僵住，呆了呆，脸庞又红又白，半晌，道：“不是你挪用的，那我的金子哪去了。”

“在这里。”璟初厅外快步进来，紧抿着小嘴唇。

琬初一把抢过房契，用力甩到案上，咬牙道：“虽说用夫人体己钱给二娘买铺子不算昧公中的钱，可夫人自己置办也罢了，何大郎是府里大管事，私底下帮着置办，方才那种情形说出来，大家会认为何大郎太偏心澄漪山房，进而怀疑二郎也立心不公。夫人，您不当何大郎是你亲外甥，何大郎却时时想着您是他亲姨妈！”

房契上方锦枫三个字分外醒目，方姜氏一眼扫过，脸庞赤红，眼神闪烁，看都不敢看何栎。

方临汝满腔怒火，又不能发作，憋得难受。

“何大郎为二娘置业又把房契给婢女跟璟初，婢女斗胆猜过，金子夫人已给了何二郎，要回来了，按道理应该还给何二郎，可这钱若给了何二郎，少不得又白送给人还惹了祸事出来，因此自然不能给他的。给夫人，何二郎如果闻说，唆使姨夫人过来要，夫人给是不给？何大郎故而把钱给二娘置了房产。这房契，婢女猜，何大郎也曾想交给二娘，可是二娘接了，告诉夫人还是不告诉？若告诉，夫人明知给了何二郎的钱要回来没给他，面子上总是有些说不过去吧？若是二娘不告诉夫人，岂不是母子生分？房契若是交给夫人，夫人免不了有昧下给出去的钱的嫌疑。何大郎用心良苦，夫人却不体谅他……”琬初哽咽。

伶牙俐齿一席话说得方姜氏更羞愧，脸无处可搁。

琬初说话时，何栎数次想打断她，都被方临汝用眼神止住了。

他性情厚道，感恩方家当年收留他母子三人，不想落方姜氏面子，方临汝却不能不为他打算，此番定要给方姜氏一个深刻的教训，以后方不至于再莽撞行事。

“今日夫人在大家面前让何大郎没脸，何大郎在方家也待不住了，虽说方家养了他十几年，他帮方家做事这么多年，恩情也还了。若是要走，郎君去世不久，二郎没了何大郎帮衬，一个光杆子，孤掌难鸣，可如何是好？”琬初接着道。

方姜氏脸上血色褪尽，赤红换了苍白，急切道：“栎郎，你要走？”

“我……”何栎刚张嘴。

“表哥。”方临汝哀叫，把他喉底“不走”两字堵住，紧握住何栎手，“表哥，你不能走，你走了，我一个人怎么办？”

一面说，一面背着方姜氏朝何栎挤眼。

细腻洁白的一双手，如上好的岳州白瓷，搭在自己手上，温热柔软，何栎脑袋空白，所有事物被隔绝于感官之外，心里眼里只有那一双手，怔怔不能言语。

“栎郎，今日之事是我不对，你别生气，别离开方家。”方姜氏见他不言语，脸青了，泪水流了下来，起身，颤着身子，要给何栎行礼道歉。

何栎迷瞪中回神，惊得跪了下去：“姨妈莫这样，甥儿受不起。”

“那你答应我，不离开方家。”方姜氏抹泪道。

“我答应就是，姨妈请坐。”何栎急道，顾不上按方临汝的暗示端一端架子。

方临汝暗摇头，何栎太厚道，这么容易答应下来，方姜氏得的教训不深，可别回头又犯浑。

他都应承了，不便再做什么，只能揭过不提。

方秀绮下午被嫡母与亲生母亲当着众下人之面折辱，方临汝心疼她，原先便有把她调到澄漪山房住亲自教导的打算，借机便跟方姜氏商量。

方姜氏呆了一呆，勃然变色。

“不成！”断然拒绝，毫无商量余地，“澄漪山房只住正室和正室所出子女，一个庶女住进来像什么样。”

“嫡出庶出都是方家儿女，绮娘懂事，留在柳姨娘身边没的被她带坏了，眼看着马上就要议亲了，雯娘不守礼也就算了，儿把绮娘带到身边来，她得嫡母和嫡兄看顾，外头看着也尊重她一些。”方临汝苦口婆心道。

“嫡出庶出都是方家儿女！”方姜氏冷笑，尖声道，“我只认我肚子里出来的，你若还认我是你母亲，就别跟我说这话。”

方临汝怔住，方德清在世时，方姜氏虽说不关心庶出子女，却也从不曾露出嫌恶，想不到竟然鄙视敌视如斯。

方姜氏喘着气，胸膛急促起伏，眼里泪珠打转。

方临汝呆呆地看着她，忽然间醍醐灌顶——所谓的不在意，其实是无法在意。

心中积怨不知多深，只是为博夫君怜爱，不得已装了大度。

上回柳氏到秫香楼闹事，把她深藏的不平点燃，夫君已逝，当家的是自己女儿，不愿再委曲求全了。

阿爷在世时，每一个宿在柳氏身边的夜晚，不知她是怎生的辗转难眠，愤懑不平。

记得幼时柳氏和她所出儿女也是住澄漪山房的，后来才分了嫡庶尊卑，搬到至善苑去，远离了上房正院。这其中，不知母亲在阿爷面前动了多少心机，赔上多少温婉柔情。

方临汝低叹，转身出去，亲自端来铜盆清水，方姜氏面前跪下，拧湿了巾帕给她净面，低声道：“是儿莽撞了，听母亲的，儿以后不提便是。”

一再保证，方使方姜氏转怒为喜。

晚膳时间到了，方姜氏牵挂着方锦枫，带着白芷、红叶离去。方临汝地台上坐下，长途跋涉，回来后得不到休息，又惊又怒又悲千百种情绪激荡，此时才觉整个人倦得站不住。

“婢女扶你回去。”琬初、璟初异口同声道。

“不想动。”方临汝懒洋洋摆手，吩咐琬初，“你走一趟齐妆阁，跟三娘说，她受委屈了，我心里记着。”

琬初应下，低声道：“要说受委屈，谁能有你受的委屈大。”口中对方临汝说话，眼睛却看何栎。

“我无事，汝郎信我就好。”何栎笑道，心头畅快无以复加，方临汝那一哭，把他心肝哭成一汪水，热乎乎湿乎乎，哪还有什么委屈。

“晚膳就在这边吃？”璟初问道，往门外瞧，“小傻子呢？怎么一直没见？”

“去秫香楼了吧。”方临汝道。

离开河边时，崇徽对发上的簪花很喜欢，又夸那些雏菊长得好看，摘了一大捧，道要送给方锦枫，进府后就直奔秫香楼了。

何栎自是留下陪方临汝用膳，两人边吃，边交换这阵子各自经历的事。

方临汝听了何舆所谓的打死人案，沉声道：“那三个人是被灭口的，幕后指使的人怕咱们追究下去暴露了他。”

何栎点头，道：“可惜方敬第一次上公堂时没提出质疑，不然兴许就查到了。”

“他回来时路上出的不是意外，而是被别有用心的堵住，为了拖延时间，杀人灭口。”方临汝道。

何栎还没怀疑这个，略一怔，道：“我马上让方敬回那山村找那个被撞的人，追查主使之人。”

“查不到了，那人肯定不是那个村子的，只是装成那边的人而已。”方临汝笑道。

何栎细一想，想必如此，恼恨不已。

“其实幕后这人是谁不难猜，跟此次团扇霉斑幕后指使之人是同一个人。”方临汝缓缓道。

“郭成安！”何栎眸色沉了沉。

“除了他，再没别人了。”

“堂堂正正斗不过方家，就来这些阴招损招，可耻。”何栎怒道。

“外头的这些明枪暗箭也罢了，最怕家里头闹起来。”方临汝低叹，夹了一箸鲜笋送进嘴里，却嚼不出滋味，满心只有苦涩，“表哥，我知道你大人有大量，咱们之间也不应见外，可我还是想替母亲向你道声歉，你要是度量小，一生气走了，我真不知道如何撑起这个家。”

“快别这么说，我……”何栎憋了憋，不善言辞，憋许久，憋出一句，“我生是方家的人，死是方家的鬼，无须担心。”

方临汝呆滞，一口鲜笋堵在喉间，空有巧嘴利舌，不知如何接话。

何栎一语毕猛然间回神，脸庞涨得通红。

方临汝艰难咽下鲜笋，咳了咳，总算说出话来，笑道：“多谢表哥！咱们一起为方家做牛做马。”执起酒杯，朗声道，“干了。”

“干了。”何栎羞涩地笑，脸颊浓浓的胭脂红，一杯酒落肚，越发地红，枫叶经霜，分外鲜艳。

方临汝暗赞好男儿好颜色，想起银杏，此时气氛好，再不提，不知何时才能提。

也不迂回曲折了，笑道：“表哥对银杏印象如何？就是原先在母亲身边侍候，后来去了二兄身边的银杏，让她去服侍你可好？”

特地调人到他身边，什么样的服侍不需明说。

何栎举着酒杯僵在半空中，面上胭脂罩染的红蓦地消失，低下头，方临汝的笑声听在耳中那么刺耳，沉默半晌，低低道：“我说过，此生无意娶妻，更加没想纳妾。”

“总得要有人照顾你吧？”方临汝有些维持不下笑容。

“我能自己照顾自己，不需要。”何栎淡淡道，抬头，一口干了，又给方临汝和自己满上，一口气憋着，晃了晃酒杯，克制不住道，“崇徽刚入世，世事不懂，身边更应该有人照顾，你要觉得那银杏好，把她调去崇徽身边吧。”

银杏喜欢的是他。

方临汝噎了一下，何栎不接受银杏，说出来忒伤银杏面子，遂不说，调转了话题：“崇徽对谢宜宁颇关注，我以为他喜欢谢宜宁，想撮合他们呢，幸好后来看着他也不像喜欢谢宜宁。”

在谢府洗衣房发现三四岁小男娃衣裳的事，那日出来后恰逢谢宜宁到方家扇坊生事，气晕了头没想起告诉何栎，后来事儿多，忘记了，此时想起，遂告诉他，又道："虽说眼下看起来崇徽不喜欢谢宜宁，不过事情没查清楚前，还是别给他跟谢宜宁接触，他那人一根筋，要是喜欢谢宜宁，我拦不住。"

崇徽不可能喜欢谢宜宁。

不知崇徽知道方临汝这么想，心中是什么滋味。

何栎喉底苦涩化为无奈，沉吟些时，摇头，道："谢宜宁那性子若是生过孩子，藏不住的，生过孩子的人也不可能还是那性子，谢夫人看起来高洁端重，做不出与人无名无分苟合之事，那小娃儿衣裳兴许是谢宜宁小时候穿的，闲着无事拿出来洗晾，你误会了。"

重重的一棒槌敲来，方临汝细一回想，那些衣裳的款式确实有些老，不是眼下润州城时兴的小孩衣裳样式。据传谢宜宁小时候一直女充儿男娃打扮，那日一瞥之下，印象里，那些衣裳也很干净，不见脏污，一拍脑袋，自嘲道："我真多疑，见着草绳就当蛇了。"

"商场里面走，难免疑心病重些。"何栎笑着安慰她。

"回头我看看，若是我想岔了，再设法撮合崇徽跟谢宜宁。"方临汝道。

何栎眉心跳了一下，敛下眼睫。

两人又说了会儿闲话，方临汝忽想起一事，何栎既然静悄悄给方锦枫置业，必定嘱咐过方敬和景天、辰阳不得多言了，方姜氏从何处得知金子要回来的。

何姜氏和何舆还不知金子要回来了，显然景天、辰阳没说，难道是方敬说出去的？

"不是他说出去的，姨妈发问时，我很意外，看过他神色，他比我还意外。"何栎道。

"莫不是又是从谢夫人那里听说的？"方临汝皱眉，如鲠在喉，吃不下去了，搁下箸子，"我去问问。"

"吃完饭再去。"何栎喊，方临汝阔步如风，摆摆手，头也不回出了议事厅。

秋香楼笑声阵阵，食案上晚膳摆开了，几个人却坐在地台上一动不动，崇徽绘声绘色讲着这次外出经历。

“我跟二郎、江大郎守了两个多时辰，门窗密闭，库房里的那个味道你们想不出来，可难闻了，熏得我又想吐又想晕倒，可是不能啊，我们还要捉贼呢，不只不能晕不能吐，我还得……”崇徽咳咳，挺直身材，昂首，两眼炯炯有神，“我得精精神神，好看得很，给二郎看着，那个江大郎……”他哼哼，眼角乜斜，一脸鄙视，道，“铁塔似的，还炫他个高，腰板那么直，我不能给他比下去。”

“哈哈哈……”素心、素问、银杏、翠翘大笑，方锦枫也是忍俊不禁，连方姜氏都笑得打跌。

方临汝嘴角翘起，平时不讲外头的事，钩心斗角尔虞我诈，不欲方锦枫听了糟心，眼见方锦枫似乎听得津津有味，也不进去，门外静静站，由得崇徽讲话本故事般讲下去。

说到自己讹秦茂，兵不血刃地解了越州麻烦，崇徽明澈纯净的一双眼眯起，贼兮兮色迷迷的，方临汝暗叫不好，怕他说出跟自己咬嘴唇的事，才要出声阻止，崇徽嘿嘿笑了几声，却没说，只得意扬扬道：“二郎夸我呢，说我是有用的人。”

方临汝松口气，耳提面命多时，让他不能在人前说出咬嘴唇的话，总算有点儿用。

众人看他那样子更乐，笑得更大声了。

崇徽接着说到杭州，面上笑容消失，恨恨道：“我讨厌死那个赵吾行了，家里有患难与共的妻子，外头还招惹乱七八糟女的人，这是那女人嫌贫爱富不跟他了，若是跟他，他妻子怎么办……”

骂个不停，为赵夫人不平。

方姜氏、素心、素问自是点头不迭，连方锦枫都不住颔首赞同。

“这种人就不该帮他，你怎么不劝汝郎别帮他？”方姜氏道。

崇徽塌了脸，扁嘴道：“安嬷嬷说，要我以二郎为天，二郎要怎么做我都得支持她，我不能反对。”

众人一齐沉默。

方姜氏为难地搓手，她还不知崇徽是男人，想着自己女儿扮男装欺骗崇徽，不由得内疚。

“汝郎想必也不屑，不过在商言商，水至清则无鱼，若只跟正直君子身无瑕疵之人来往，生意就做不开了。”方锦枫浅浅一笑道。

方临汝不料方锦枫整日卧床从未外出，竟有这等见识觉悟，微怔了怔。

“不说那个小人，咱们说开心的。”崇徽挥手，把话题从赵吾行身上拉开，笑拉方锦枫手，热烈道，“外头山光水色，纵马疾驰，天地纵横任我行感觉真不错，二娘，你好好养身子，回头我教你骑马，带你出去玩。”

“学骑马！纵马疾驰！天地纵横任我行！”方锦枫喃喃，悠悠向往。

“可别说，你这身子哪受得了。”方姜氏吓得脸白了，冲崇徽眨眼，不住使眼色。

崇徽挠头，不肯改口，又不想忤逆方姜氏，嘴唇启启合合些时，道：“骑马虽说好玩，刚开始学时也很辛苦。”

“很辛苦？”方锦枫问道。

“是啊，可辛苦了。”崇徽把手按到大腿上，比画，“刚学骑马时大腿内侧的肉都磨出血了，走路摩擦疼死了，这还是小事，跑长途时，得不到休息更惨，血糊糊的，我每天晚上躺下时，都怀疑自己第二天爬不爬得起来。二郎好像不是血肉之躯不疼似的，那个江成都跑不动了，二郎为了尽快赶到明州处理事情，跑得比他还快，根本不当自己是人。”

“这么辛苦？”方锦枫白了脸，方姜氏也微微变色。

“这也罢了。”崇徽摆手，皱起秀挺眉头，惨兮兮道，“最不习惯的是饮食，为了赶时间，挑住挑吃肯定不能的，到哪就在哪停，茶寮里的茶水比咱们家里洗脚水还不如，喝一口，几欲作呕，喝两口，从喉咙到肚子都在反胃……”

这比拟太形象，大家捂嘴，不自觉要吐。

“可是不喝不行啊，难道渴死？”崇徽叹气，喝一口茶水，清清嗓子接着又道，“越州城那天晚上，为了不暴露行踪，二郎在城外一个小村子里的人家住下的，我回来时，二郎以为我是歹人，抓着椅子准备歹人破门而入时跟歹人拼命，后来见是我，脸好久还是煞白煞白的……”

他摇头晃脑说着，方姜氏沉默了，笑容消失，两手神经质似的抓着帕子，方锦枫也没了笑容，怔怔失神。

平时不想说外面的事，就是怕母亲和方锦枫忧心，方临汝咳了咳，大步入内，满面笑容道："说什么这么热闹？"

"说咱们外出的事。"崇徽嘿嘿笑，蹿到方临汝身边抱她胳膊。

方临汝敲了他额头一记，瞥食案，笑道："别光顾显摆，饭菜都凉了，枫娘不能吃凉的，一会吃了不舒服我找你算账。"

"啊！"崇徽惊叫，松了方临汝急去扶方锦枫："二娘，走，咱们赶紧吃饭去。"把方锦枫扶到食案前，又忙喊素心、素问试菜："你俩试试，菜温要是不合适让灶房另做了送来。"

"无碍的，不用试，就这样吃。"方锦枫强笑。

"那哪行，你要有个好歹，二郎剥了我的皮。"崇徽苦了脸，自个儿一箸子一箸子试了，喝了一口汤一口粥，给方锦枫舀了半碗粥，道，"粥还成，温度好像正好，你尝尝。"一面说，一面命银杏、翠翘，鱼汤不是很热，微有腥味，让重做，又挑了一箸子酒糟鹿尾，一箸子糖醋鳖放到方锦枫面前碟子里让方锦枫品尝，口中道，"回头我得空学医，听说膳补甚于药补，你这身体胎里带的弱症，兴许膳补更管用一些。"

"真是好孩子。"方姜氏赞叹，轻拭眼角。

方临汝笑笑，心中也自感慨，没想到崇徽和方锦枫竟如此投缘，以后有他得空过来陪锦枫，方锦枫不会太无聊，甚好。

方锦枫这晚用了一小碗汤一小碗粥，吃了不少肉菜。

方姜氏乐得合不拢嘴，方临汝也是开怀不已，看崇徽的目光笑意盈盈，崇徽见她高兴，无形地小尾巴高高翘起，兴致勃勃提议带方锦枫到扇坊走走。

"不成。"方姜氏和方临汝异口同声反对，方临汝笑道："扇坊太远了，院子里走几步消消食就好。"

"我觉得二娘多走动对身体好些，你们别老把他关屋里。"崇徽眨巴着亮晶晶的眼睛，不服气得很。

方临汝看方锦枫悠然神往想出门的样子，微有踌躇。

"不行不行！"方姜氏迭声叫，见方临汝微有意动，急推她，"你刚从外地回来，也累了，带崇徽回去歇着。"

方临汝还想问方姜氏是不是从谢夫人那里听说的金子要回来的事，不能够了，回漱石榭路上，忍不住埋怨崇徽。

"是我错了。"崇徽认错，深刻反省，把自己由里到外鞭笞一遍，英雅挺拔，比方临汝高了近一个头，抱胳膊又蹭脸，撒起娇来行云流水。

方临汝涌到喉间的下一句抱怨硬生生噎了回去，拍开他手，赏了一个笑脸：“路上跑了一日也累了，怎么不先回去歇息就去陪枫娘。”

崇徽得她关心，登时喜笑颜开，爪子刚被拍开又缠上，没半点儿自觉，欢天喜地道：“不累，你疼二娘，我自然也要疼。”

方临汝嘉许一笑。

崇徽接着又道：“我要讨好夫人跟二娘，以后你在外面搞上狐狸精不要我了，我就去找夫人找二娘，要他们帮我做主”

语出惊人，不鸣则已，一鸣冲天。

方临汝虽然很了解他与常人不同的傻气，但仍被炸得身子又麻又酥，左右看，无人跟着，丢脸没人知道，不幸中的万幸。

崇徽说完，觉得自己很聪明，招招摇摇展翅开屏，嘴角咧到耳根，全身上下每个毛孔都散发着快活的气息。

方临汝无奈得紧，欲要警告他，常人眼里直白热烈的这些话语，他如喝水吃饭说出来，懵懂迷糊，无从教导，生生憋得肝疼。

“你还想跟夫人说什么事？”崇徽笑半晌问。

方临汝没好气地把议事厅发生的事以及前因后果简要说了，刚说完，崇徽马上接口道：“你想问夫人是不是从……谢夫人那里听的消息？”

谢夫人三字说得有些艰难，方临汝心思只在他的敏锐上，赞叹不已，并没在意。

傻子一点儿不傻，精得很。

“咱们不用夫人也可以知道，而且可以试探一下谢夫人，看看她把这消息传给夫人是不是别有用心。”崇徽沉吟道。

“直接问谢夫人？”方临汝讶然。

“嗯，直接问好处多，一来，谢夫人若是心怀不轨，有警告作用。二来，何大郎追回被骗金子的事，方家这边只有景天辰阳和方敬知道，可是幕后指使那人也知道，亲自问，可以暗中观察，看看谢夫人是否就是幕后之人或者与那人暗通消息。再则也免得夫人对你反感，认为你干涉她自由，连她跟人来往说些什么话都要过问。”

“有道理。”方临汝击掌大赞，道，“择日不如撞日，今晚就去吧，正好咱们刚从外地回来，库房里找点儿东西出来当外地土仪，借名送礼，你陪我一起去。”

第三十六章　举杯对影

“我不去！”尖锐刺耳的嗓音，崇徽退了好几步，不住摆手，“我不去，我不去。”

“谢家寡母孤女，我装着男人登门不便，你在外头是女人，带上你，礼节上才周全。不然，就得跟母亲一起去了，母亲在一旁打岔，又打听不到什么了。”方临汝耐心道。

“我不去！我不去！”崇徽反反复复只有这句话。

入夜了，回廊、屋檐、园子灯笼相继亮起，又远又近的红光点点，晚风吹过树梢，细细的沙沙声。他的脸在点点红光里雪白如纸，额头密密的汗珠，素常澄明清澈的眼睛空洞无神，眼神涣散，细看，眼眸深处，全是害怕，像陷身猎人陷阱失去生机的小兽，又像正在受着无尽酷刑的囚徒。

“怎么啦？只是去谢家做客，谢夫人即便是方家敌人，眼下没撕破脸，也不会对方家人怎么样，你怕什么？”方临汝皱眉。

崇徽直挺挺地站着，周身发冷，涔涔的汗水洇湿中衣。方临汝的脸近在眼前却模糊不清，紧攥起手，指甲深掐进掌心，借着那一点儿疼痛聚拢力气回神，方临汝的脸变得清晰，眼底的疑惑如钢枪直直扎进心脏。崇徽身体一颤，一瞬间不知哪来的灵机一动，眼里泪水落了下来，嚷道：“我不去，你想把我送给别人家，我不答应。”

“这是什么话，又傻了。”方临汝心头的疑惑尽散，抬手帮他拭泪，摇头不已，“带你去做客怎么就是把你送人呢？”

“不是要把我送人？那干吗带我去谢家？”崇徽睁圆眼，睫毛上让泪水打湿了，湿漉漉沾在一处，无辜纯净的小鹿一般的眼睛。

“傻的，连做客都不懂。”方临汝弹了弹他额头，笑着安抚了两句，道，“明日别去扇坊了，让奶娘教教你人情世故。”

崇徽张嘴想反对，要时时跟着方临汝，又霎地合上，鼓起嘴巴嘟囔，“我刚才很蠢是不是？你别告诉何大郎好不好？”

“懂得要面子啊！”方临汝失笑，不是什么大事，自是依他。

崇徽不肯去，方临汝也不便夜里一个“大男人”登谢家寡母孤女的门，有心带方秀绮去，怕方姜氏事后听说着恼，只得作罢。

寻思只能明日陪方姜氏一起去，借拜访之名打探了。

漱石榭先到，崇徽大眼睛眨呀眨，方临汝假装没看到，径自进院。

背后静悄悄的，许久拖沓脚步声响起，缓缓远去。

柳氏不信方临汝为方游丰着想的，满心眼想的是方临汝为独霸方家扇坊，要借经营其他买卖为由把方游丰从方家的产业踢出去，一路骂骂咧咧。

方游丰只作没听到，进至善苑，抛下她，快步回瑞福轩。

到底喜不喜欢瓷器他心中也不清楚，只是见着瓷器就满心欢喜，晚膳也不吃了，命点起烛火，灯光下聚精会神地看了起来。

本子里头除了方盛手记的大唐各瓷都的瓷器情况，还有不同瓷器的图样。画师画工极好，画上瓷器或是润白如玉通透似纸，或是秀丽典雅缤纷绚丽，或是厚重浑朴或玲珑剔透，白瓷干净，彩瓷明艳，方游丰看得着了迷。

前面图样和各地瓷都出产瓷器的优劣，记得清楚细致，后头附注了经营建议。

若是开瓷坊，选址不能在润州，润州没有制瓷的自然条件和基础，得到外地去，各个瓷都中挑一个地方。能成为瓷都的地方，跟润州城家家户户制扇一般，有丰富而优质的高岭土和林木燃料，水陆运输交通极方便，当地人普遍会烧瓷，有能工巧匠。

这一条方游丰没细看，他不想离开润州，他觉得没有方临汝帮他把关，自己做不好。

大批量地从各地瓷坊进了货来，鬻给下面郡县小户这一条，方游丰觉得麻烦，他怕看账本。他再无知，方德清曾费尽心思想培养他，也知做这一个需得很多伙计帮衬着，还有，身为东家不看账本不核账务不行。

他不喜欢管理许多人，也不爱看账本。

方游丰来回看后两条，挑精品瓷器，在润州城里经营，只鬻给富户高门。或是收藏稀罕的绝品，像古董行那样，请行家同好鉴赏，偶尔出手一两件精品。

他觉得这两条好，鬻精品，不肖说账务少许多请的伙计也少，大不了请方临汝帮自己把关，另再请何栎每月抽几天帮自己看账。

至于鉴赏偶尔出手一两件，更好了，边玩边赚钱。

"有什么好看的。"沉静里一声尖叫，柳氏不知何时来了，夺过方游丰手里的本子，甩到蜡烛上，猛一下点燃。

"别烧！"方游丰大叫，伸手抢，柳氏高高举起，转来转去不给他。

纸张易燃，不过眨眼工夫，等得方游丰抢到已烧了大半。

方游丰被锥心割肉，心痛如绞，怒道："阿娘你怎么能这样？"

"烧了就烧了有什么，方临汝想把你踢出方家扇坊，没门。"柳氏尖声道。

"汝郎就算不踢我让我进扇坊，我又能做什么？制扇？还是管账务？像这回这样，外头出事，骑着马奔赴各地解决问题？我做得了吗？"方游丰大叫，本子灰烬飘飞，瓷器图片残缺不全，手记字迹模糊不清，看一眼疼重一分，抖着手颤颤指门外，冲柳氏厉声喝道，"你出去，我不想再看到你。"

"我是你亲生阿娘。"柳氏气得发抖，自觉处处为儿子着想，儿子不只不领情，居然还凶神恶煞骂自己。

方游丰心烦得紧，那本子是方盛花了两个多月时间各地走调查整理出来的。这一趟食宿车马费许多不说，他是扇坊二管事，团扇辅料的进货由他负责，他一走那么长时间，多少的活都压在何栎肩上，心血付之一炬，怎不教人着恼。

赶不走柳氏，遂不理她，大步走了出去，直出院门。

"你给我回来！"柳氏嘶声喊。

方游丰头也不回，走得更快。

柳氏痛不欲生，大骂养了个白眼狼。

下人听得不妙，早早躲起来，方游丰又不在，柳氏骂了些时，自己也觉无趣，抹着泪出了瑞福轩。

方香雯在水木堂中等着她，柳氏见了，怒火更旺，冲上前攥住她发髻，狠狠一巴掌扇过去。

方香雯被扇得滴溜溜转了一圈方停下，半边脸颊通红。

柳氏还要再打，方香雯扑通跪了下去，捂着脸，仰头泪汪汪看她："儿不孝顺陪着舆郎出府，是儿的错，阿娘要打要骂都行，只是别气坏身子。"

柳氏吭哧喘气，手举在半空中没扇下去

早前进至善苑与方游丰分手后，想着误会小女儿了，人前喝骂她委屈了她，要去关心一下。到齐妆阁门口，却见方秀绮亲亲热热地送琬初出门，不由大怒，上前喝骂，骂她不庄重，正儿八经的主子，居然送个婢女出门，方秀绮扭头回房，关了房门理都不理她，气得她连踹了好几下门。到儿子那里，儿子居然赶她走，赶不走就撇下她走了，满心委屈。大女儿体贴尊重她，敬她这个阿娘，虽说无媒无聘跟情郎离家，可比狼心狗肺的儿子和小女儿看起来好很多。

方香雯帕子压着眼角哭了几声，站起来，无比孝顺地扶柳氏："阿娘，你坐下，站着累。"

案上搁着两个礼盒，柳氏一眼瞥过，想起一事，恶声道："绮娘说我的首饰是你偷了送给何舆的，可是真的？"

方香雯拆着礼盒，指尖颤了一下，泪水掉了来，跪到柳氏跟前，大声道："绮娘天天说澄漪山房的好话你又不是不知道，为了栽赃污蔑帮琬初脱罪，什么话说不出来，阿娘你怎么能信绮娘不信我？"

说罢，哭得伤心欲绝，好不委屈。

柳氏此前听方香雯说过方临汝为了帮琬初脱罪栽赃何舆，方秀绮跟她说时就将信将疑，方香雯这么说，想起齐妆阁门前方秀绮和琬初的亲热样子，顿时就信了，站起来往外冲，要去骂方秀绮。

"阿娘别生气，不值得，知道绮娘是什么人，心里有数就好。"方香雯拉住她。说得好听，其实怕柳氏找方秀绮对质，方秀绮拿了铁证出来，就不能糊弄柳氏了。

把柳氏拉回扶她坐下，打开礼盒，一盒糕点，有四款，俱是柳氏爱吃的。一个螺钿木盒里对放着一套赤金头面。

“舆郎见我想母亲，细细问我阿娘爱好，然后亲自上街买的。”

“谁稀罕。”柳氏嫌恶道，眼神不屑，口气却不恶。

三个儿女两个不理她，只眼前这个敬她，虽然看不上那点儿礼物，又恼方香雯跟个穷小子，却不怎么生气了。

“知道阿娘不稀罕，这是舆郎的一点儿心意嘛。”方香雯笑道，半点儿不恼，给柳氏捶肩膀捏胳膊，口中道，“阿娘方才回来气冲冲的，什么事不开心？”

“我被气死了……”柳氏大骂，从方姜氏召了下人责难何栎起，到刚才方游丰对自己恶口恶面，滔滔不绝，说了一个多时辰。

“阿兄忒糊涂，人家摆明着算计他，他居然不反抗。”方香雯大喊，殷勤地为柳氏倒茶。

“可不是，他吃了迷药似的，什么都听方临汝的，等到家财都被方临汝吞了，我看他上哪哭去。”柳氏恨恨道。

“阿娘可不能一生气就撒手不管，阿兄是你亲生儿子，你不管他，就没人为他着想了。”方香雯道，句句说到柳氏心坎上。

柳氏至此对她的不满烟消云散，关切地问道：“那何舆一穷二白的，你跟他可怎么好？”

“舆郎可不是一穷二白。”方香雯昂头。

谎话张嘴就来，连细思都不用，什么何舆一直很上进，外头跟朋友做着买卖，早先曾赚很多钱，都被何栎骗了去，如今搬出方府，虽没高门大院住，也购了一处二进院子了。何栎和方临汝就是怕他上进，将来成就比他们大，他们没面子，才刻意打压他。

柳氏甚恶何栎和方临汝，当即信以为真，欢喜道：“既如此，你可要抓住。”教女儿如何谄媚讨好夫郎，女儿是方家女儿，不比她自己当年是婢女，只能做妾，定要当正头夫人的，只是在孝中，不能成亲，委实麻烦。

“不能成亲不要紧，舆郎对我情深一片，女儿不担心。”方香雯略有羞涩道，话锋一转，愁眉道，“就怕拖得三年，家产都让方临汝霸占了，女儿的嫁妆都没有了。”

“他敢！”柳氏怒道。

“他有什么不敢的，他眼里就没阿娘，不信阿娘你去问他，他肯定要说等我成亲时再陪送嫁妆。”方香雯挑拨着。

柳氏急了，她一直就想着，方临汝会吞了方家家财，一分不给她的儿子女儿。

“我这就去找他，就算拼了老命，我也要把嫁妆给你拿到。”

方香雯回家，为的就是这个，这些日子手里没钱，过得苦不堪言。

何舆柔情似水，说感谢她离家陪他，好一番情深义重，等不得她过孝期了，两个已成好事。方香雯满心里夫妻一体，要拿了嫁妆，有钱度日，又资助何舆，做买卖赚钱，只等何舆发达了，回家耀武扬威。

心中迫切得紧，嘴里却说得好听，不想让柳氏碰壁丢面子什么的。

“他不给，我难道就不要？不成。”柳氏越发怒了，掰开方香雯拉自己的手，雄赳赳气昂昂地出门。

柳氏到秫香楼闹事后，方临汝让舒九娘在澄漪山房大门派了四个长得粗壮力气大的婆子守着，没有方姜氏和她同意，柳氏和方香雯不得进入澄漪山房。柳氏这些日子还没到过澄漪山房，不知这条规矩，被阻在门外，又惊又怒，尖声叫：“一个府里，澄漪山房就连我入内都要禀报？这哪来的规矩，闪开。”

“二郎有吩咐，姨娘要进去，还请等婢女禀报过，二郎和夫人准了再进去。”婆子寸步不让，两个拦着，两个入内，分别禀告方临汝和方姜氏去。

柳氏从不当自己不是主子的，只觉被下奴羞辱了，怒不可遏，放开嗓门号啕大哭：“郎君，你在天上看看，看看这些人怎么对付你的枕边人，你要为妾做主啊！”

静夜里，声音尖厉直达云霄，整个方府都听见了。

已睡下的下人都起来，涌过来看出什么事，里三层外三层围得水泄不通，何栎在玉澜堂处理账务，也赶了过来，他气得脸都青了，厉声道：“柳姨娘，你还想再去会莲庵斋戒不成？”

柳氏本来对他又惧又恨，经过下午那场风波，恨更深，惧却淡了，觉得何栎不过客居之人，没有方姜氏给他做靠山，不过尔尔，翻动艳红两片嘴唇，说道：“我斋戒，你自己呢？你又比我体面到哪里去，被你亲姨妈让人唾口水问话？哦，我忘了，你亲表弟那个一家之主会帮你挡着，可是他能挡这一回，挡得了下一回吗？”

何栎气得周身发抖。

众下人一齐低头，惊得不敢呼吸。

“竟敢对大管事无礼，按住，给我掌嘴。”

起起落落的呼吸声里，清冽一声冷叱，两个大红灯笼前头开路，两个灯笼照后头，方临汝袍裾猎猎，快步走来，眉头低压，寒眸浸了冰。

“谁敢！”柳氏颤颤叫，手指哆哆嗦嗦地指方临汝。

方临汝淡淡地扫了一眼围观下人，并不指名，当即有四人上前，两个按住柳氏，两个对准她的脸庞，轮流左右开弓。

“反了天了，我是郎君的人，郎君尸骨未寒，你们就这样对我……”柳氏大哭，前头还嚷得出话来，后面巴掌越扇越快，嘴肿了，牙齿掉了，一嘴血沫子，一个字喊不出。

“啪啪”打了近二十巴掌，方临汝方抬手示意停下，寒声吩咐：“拉回水木堂，一个月内不准踏出水木堂半步。”

方香雯远远跟着柳氏，眼见方临汝如此狠绝，惊得打战，要上前帮柳氏，看看寡不敌众，色厉内荏只会惹事不会善后之辈，急忙躲了起来。婢女推着柳氏离开。她怔站了一会儿，也不去水木堂安慰柳氏了，闪闪避避往大门去，要去找何舆商议。

阍者未得方临汝交代，不敢不让她进府，也不敢拦她，由得她离去。

人去地空，只余灯光闪烁。

方临汝看向何栎，满心歉疚，柳氏以往不敢对何栎如此无礼的，方姜氏下午人前那一番发作，因她的肆意大哭，影响降到最低，却未能尽消。

“不必放心上，我……”何栎跟她眼神接触，便知她心中所想，走近方临汝，蓦地顿住，朝一侧梧桐树后凌厉望去，厉声道，“谁在那里？出来。”

树后一人抖抖颤颤地站出来，双手拢在胸前，束发微乱，襕衫领口歪斜，手臂袖子部分蹭了粗糙树皮，微有脏污，是方游丰。

方临汝深吸口气，心中叹了口气，温声道：“阿兄来多久了？找我吗？怎么不进去？”

“我……我……”方游丰舌头打结，半晌，松开手，露出烧得只剩一半的本子，结结巴巴道，“阿娘抢了我本子烧了，我想……我想问你能不能让方盛再给我重新整理一本。过来了，看见门外有人守着，以为……以为不让进，就走了，可是我又很喜欢，就又回来了，却又不敢跟她们说我想进去……”

方临汝明白了，他纠结着，既不敢进去，又想要请她让方盛再整理本子给他，犹豫间，柳氏过来，他心中恼着柳氏，不想见她，就避到树后。自己心狠手辣治柳氏，那到底是他亲生阿娘，把他吓着了。

方临汝放软了嗓子，温声道：“阿兄是方家大郎，府里各处随意行走，无须禀报。”

方游丰来回不住地搓那残本，小声道：“阿娘上回差点儿害死枫娘，你不让她进去有你的考量，我懂的。”

方临汝深吸气，压下喉间苦涩，微微一笑：“阿兄理解，是方家之幸。”伸手从他手上拿过残本翻了翻，问道，“烧之前阿兄看过吗？”

“看过了。”

“有什么看法？”

“我想鬻精品或开鉴赏瓷行。”方游丰的眼睛霎地亮了，炯炯有神，身体瞬间站得笔直。

“阿兄有喜欢的，甚好！”方临汝眼眶微酸，欢喜道，“阿兄既然有决断，让方盛带你到各地瓷都走一趟亲自看看，好做到心中有数，若是路上就拿定了主意，人才延揽方面可以便宜行事，遇到有懂行的高人俸禄多给些，请来帮阿兄掌眼，铺子这方面阿兄无须担心，我会安排好。”

“多谢汝郎！”方游丰大喜，冲方临汝拱手，一揖到地。

“咱们亲兄弟，阿兄这样就见外了。”方临汝笑道，急上前扶起他。

方游丰识好歹，极好的，若能拉他走正道，哪怕不赚钱，不败家不走邪道就行了。

方游丰未曾出过远门，有些不放心，方临汝细细嘱了许多，又道：“走之前跟方伯支一千缗钱带上路上做盘缠。”

“这么多！”方游丰惊叫。

“穷家富路，你没出过远门，多带些钱也好壮辞色。”方临汝笑道。

方游丰感激不尽，一刻不想等，兴冲冲道：“我明日就走行吗？”

“随你，我跟方盛说，你自去准备便好。”方临汝笑道。

方游丰欢天喜地离去，往日走路蔫头耷脑的，这当儿，昂首挺胸，气势轩昂。

“给他带这么多钱好吗？别像舆郎那样被人蒙骗，他又没成算又胆小扛不起事。”何栎有些担忧。

“给少了，我怕吃住不好，他受不了苦跑回来，半途而废。”方临汝叹道。

“罢了，我好生叮嘱方盛一番，再敲打敲打双瑞、双福。”何栎道。

方香雯如丧家之犬回到吉安里，何舆躺床上眼巴巴等着她回来，看她面色，心凉了半截。

何舆此次被何栎砸断两条腿，侥幸治得及时，大夫说养上三个月便能行走如常。最喜招摇呼朋唤友走马斗鸡的，床上躺着憋得难受，只能饮食上挑挑拣拣，却哪容他挑拣，又不是在方府一应饮食灶房里供应，每日一把米一张饼都要钱，他没入息，方府又不给他们母子月例钱，靠着方香雯的月例钱紧巴巴度日，简直痛不欲生。他不怨自己把一千多金转眼间败掉，只恨何栎和方临汝不容自己，没双手捧上方家万贯家财给自己挥霍。

方姜氏日间过来，本以为来了财神爷，谁知方姜氏说话间字字句句说生计艰难，要他以后俭省着过日子，又要他伤好后，赶紧寻个事儿做，听得他怒火灼灼。方姜氏走了，这一趟竟是一个子儿没给他留下，气得恨骂不绝。

前后无路，只得在方香雯身上打主意，柔情蜜意，把方香雯哄得心花怒放，不等他开口主动提出回府索要嫁妆。

听方香雯说了回府经过，何舆大骂：“方临汝忒可恨，居然连岳母都打。”

亲昵地呼柳氏为岳母，撇开方姜氏这个嫡母，把方香雯感动得泪水涟涟，帕子压眼角揉了些时泪，发愁道：“我手里只有一缗钱了，也没首饰可当了，冬雪跟我说家里米面粮油肉菜全没了，一缗钱撑不了几天，怎么办？”

又道：“早知道没弄出来嫁妆，就不买糕点和赤金头面送给阿娘了。”

何舆心中也自悔着，口中却道：“那是你亲生阿娘，咱们就算喝水吃西北风，买东西送她也是应该的。”

方香雯感动得刚停的泪水又掉了下来，哭了一会儿，恨恨道：“都是你阿兄不好，你知道吗……”

她把从柳氏那里听来的何舆赔人命钱的金子又要回来的事告诉何舆，愤懑不已：“你是他亲弟弟，他拿回来钱不给你，反给了方临汝，给了方临汝，这钱是要不回来了。”

“我跟他誓不两立。”何舆大怒。

被剜了肉一般，双手把钱奉给外人半点儿不心疼，何栎要回来没给他，就是不共戴天之仇了，破口大骂。

方香雯跟着骂，跟何舆一样，夺方家所有理所当然，不寻思那钱如果何栎没去要，那就是不相干的人得了。

何舆骂了些时，招手方香雯近前，低低交代，手里那一缗钱别拿给冬雪买米面粮油了，明日起，就说没钱了，让别人饿着，悄悄外头买东西回来，两人房中静静吃。

“这好吗？怕不怕他们跑回方家去，咱们连个使唤的人都没有，再说，母亲怕是不忍心他们挨饿的。”方香雯道。

“都说了咱俩静悄悄吃，谁说要给母亲吃的，不给她吃，那毒妇总不成看着她亲姐姐饿死吧？”何舆幽幽冷笑，“至于那几个人。”他往枕头里面摸了摸，摸出几张奴契：“这契书你拿着，他们的奴契在我手里，敢跑，咱们就告官捉拿。”

方香雯连声称妙，柳氏是她亲生阿娘都不在意，更不说何姜氏。

横竖是何舆的主意，怨不到她头上。

第三十七章　因材施教

方游丰心急，翌日一早就出发。

方临汝亲自送到府门外，想着他从没离开过润州城，此番一走数千里，未免忧心，马车去了很远，出观前街了，还怔怔地站着。

嘚嘚马蹄声与嘎吱车轱辘转动的声音传来，方临汝抬头望去，一辆马车从街门那头驾进观前街，朝府门驰来，离得远，看不清，以为方游丰回转，快步迎过去。

晨曦载曜，清朗温柔，身上湖水蓝织锦箭袖袍在晨光里闪烁，柔软顺服的抚州绸布料勾勒出如翠竹的挺拔身材，金色的阳光照在她脸上，灿烂夺目的好颜色，难描难画的卓然风姿。

谢宜宁掀开帘子，赞道："汝郎真好看！"

谢夫人撩起眼皮往外瞥，交迭膝盖上的一双手紧攥了一下，睫毛下睑，阴沉沉的恨意一闪而过，淡淡道："你喜欢找他们玩，母亲答应你了，你答应母亲的可别忘了。"

"记着，每次找他们都必须征得你同意，而且跟他们在一起的经过都得细细告诉你。"谢宜宁脆生生答道，依偎到谢夫人身上，甜甜道，"母亲你对我真好。"

"对你好吗？"谢夫人低喃，茫然看车外，喃喃自语，"若我不是一味惯着你，说不定你也能像方临汝那样，撑起谢家，重振谢家，是我错了。"

"母亲你说什么？"谢宜宁没听清，坐直身体，诧异地看谢夫人。

"没什么。"谢夫人淡淡道，方临汝到跟前了，喊车夫，"停车。"

方临汝在离得二十几步远就认出不是自家的马车，只看厚重大气的黛蓝色织锦青松白鹤图帘子，便猜是谢家的马车。马车停下来，果然是，正打算去拜访谢夫人，她倒来了。方临汝近前，展颜一笑，抱揖施了一礼，伸了手去托谢宜宁。

“用不着你扶。”谢宜宁清脆的嗓子叫着，身上穿着胡袍，撩袍摆都不用，高高跳了下来。

“这孩子！”谢夫人随后出了车舆，不赞同地摇头，语气却是溺爱的，搭着方临汝的手，纤腰曳广袖，莲步动长裙，仪态端方下了马车。

两人缓步往府门走，才走得几步，谢宜宁已蹦蹦跳跳地跑到府门口了。

争执叱骂之声传来，方临汝暗叫不妙，撇下谢夫人快步走过去。

方家阍者引泉被谢宜宁按在地上暴打，一旁门上侍候的四个下奴上前拉架，被她反手抄起一扔，就在方临汝从门外入内四五步工夫，四人被她摔麻袋似都摔倒在地，连声惨叫。

方临汝见识过谢宜宁的野牛似的蛮力，抚额无奈得紧，上前格住她往引泉身上招呼的拳头，沉声道：“你再打下去我可找人来揍你了。”

“他不长眼，不让我进去，我才揍他的。”谢宜宁气怵怵道。

“你说你是谢家小娘了没有？”方临汝问道。

谢宜宁结舌了，扁嘴：“没有。”

“你没说，他能让随随便便一个人进去吗？”方临汝反问。

“好像不能。”谢宜宁挠头。

谢夫人过来了，姜黄色裙摆映进眼角，当着她的面教训谢宜宁忒落她脸。只是方家人被无故暴打，事后方得知也罢了，此时在场，身为家主，若不能为他们要个说法，家主的气势以及方家的脸面都荡然无存。

怎么教训谢宜宁又不伤方谢两家和气？

眨眼工夫，许多念头脑子里掠过，方临汝松开谢宜宁，皱眉道：“宁娘，我突然发现，你力气很大。”

“这还用说。”谢宜宁昂头，得意地笑，“有一回，我去挹翠楼，一个大胖子调戏我，我把他举起来转了十来圈，那胖子有两百多斤呢。”

“这么厉害！”方临汝惊叹，拍手叫绝，指那几个方家下人，“这么说，他们虽是男人，却绝不是你对手了。”

谢宜宁斜眼，趾高气扬，不可一世道："那还用说，跟我相比，他们就是小鸡跟老虎。"

"这么说来，你是不是有蛮不讲理恃强凌弱之嫌？"方临汝沉吟道。

谢宜宁怔住："可我是女人啊。"

"这个……"方临汝也觉棘手的样子，道，"也是哦，女人是绵弱的一方。"

"谁说女人就该绵弱了？"谢宜宁不满。

方临汝"啊"一声，道："我也糊涂了，若是女人不该绵弱，那就是你恃强凌弱，若是女人就该绵弱……"一拍额头，"哎呀，怎么像说绕口令。"

谢宜宁接着她的话头念，念半晌，暴躁了，跺足："反正我是不允许自己绵弱的，算我蛮不讲理恃强凌弱好了。"

方临汝等的就是她这句话，正颜道："那你得向他们致歉。"

谢宜宁撇撇嘴，虽有些不情愿，却还是冲方家几个下人团团作揖，大声道："方才多有冒犯，宜宁在此向几位赔罪了。"

"不敢当。"引泉几人起身回礼，扬眉吐气，一扫晦色。

方临汝侧头看向大门外静静站着的谢夫人，谢夫人眉眼淡淡，看不出喜怒，方临汝似是没有刚才那一个插曲般，打了个手势，笑容温雅，朗声道："谢夫人，请。"

宾主走进金阊厅，谢宜宁大大咧咧，摸摸连地屏，又去看花架，谢夫人款款坐下，宽大的裙摆舒展铺垂，雅洁端重。

方临汝暗道母女俩生得像，性情却天上地下。

说了几句客套话，方临汝才想打听是不是谢夫人告诉方姜氏何栎追回何舆被骗金子的，方姜氏来了。

栗纹绛红色羽衣，行动时光芒隐隐，莲花纱帔子，高高的望仙髻，珠钗垂下玉白五串珍珠，珠光濯濯，肤白如玉，香轻软细，满面春风。

"妹妹今日气色可真好。"谢夫人笑道。

方姜氏扶了扶珠钗，笑容欢畅。

昨晚听说女儿重责柳氏，自然睡得香甜，好心情直到此时还在，不过此时不便说实话，因道："汝郎外出两个月，我日夜牵挂，回来了，我这提着的心搁到实处，吃得好睡得也香。"细白一双纤手拍拍胸膛，只这似乎还不够，又道，"枫娘身体好了些，昨晚吃了一小碗汤一小碗落脂红绿米粥，今早吃了一碗乳粥一块水晶龙凤糕，可把我喜坏了。”

谢夫人“哦”了一声，道：“那我来得巧了，一向想着汝郎好风采，枫娘是孪生妹妹，不知是怎样的花容月貌，枫娘身体好些，正好能见上一见，宁娘也来了，她们年龄相仿，也好亲热亲热。”

方姜氏僵了一下，方锦枫是男人，连府里的人都不见，更别说见外人了，谢夫人带着女儿前来，要推脱失了礼节，不知如何是好，把眼看向方临汝。

方临汝笑道：“母亲没见过宁娘，看呆了是吧？宁娘好美貌，我初见时，也呆了，天下竟有如此标致人物，若论容貌，枫娘也是极好的，可惜身子弱，长年卧床起不来。”

方姜氏回神，当即顺着方临汝推过来的梯子下，拉过谢宜宁的手，赞道：“宁娘好相貌，姐姐有这样的好女儿，我看了都要眼红了，可怜我的枫娘，若能有宁娘这样的活泼健康就好了。”边说，边拿帕子拭眼角，偷偷使了力，眼眶揉得红红的。抬头，满眼凄苦看着谢夫人，哽咽道，“不瞒姐姐，我家枫娘便是身体好时，也是起不来床的，没法唤她过来拜见姐姐。”

“是我唐突了。”谢夫人温和一笑，并不坚持。

“宁娘是见过徽娘的，让徽娘过来陪宁娘说话吧。”方临汝笑道。

“好啊！”谢宜宁拍手，欢喜道，“母亲，汝郎那未婚妻可美了，我还没见过比他未婚妻还好看的美人呢。”

谢夫人扯起嘴角，笑道：“说得我很想见一见了。”

方临汝扬声唤门外婢女：“去请娘子过来。”因怕崇徽男装过来，谢夫人眼睛毒辣看出来，又交代了一句，“跟娘子说，谢夫人和宁娘等着见她。”

“哎呀，来来去去的规矩那么多做甚，汝郎，你带我去找她吧。”谢宜宁喊道，起身奔过来抱方临汝的胳膊。

方临汝笑笑，道：“她总得过来拜见你母亲的，咱们等着吧。”不动声色抽出手臂，眼角看谢夫人，见她似是对谢宜宁不避男女之嫌抱自己胳膊浑不在意，不觉暗暗称奇。

过些时，崇徽过来，见过谢夫人后，谢宜宁缠着带她到处闲逛了。方临汝刚想寻话头说起何栎追回何舆被骗金子的事情，谢夫人挽着方姜氏的手坐下，关切道：“妹妹那个被骗去金子的外甥可还好？没郁结于心吧？”

“没有，他心宽着。”方姜氏叹气。

"家门丑事，不想夫人听说了，实在汗颜。"方临汝当即接口道。

虽没直接问从哪听说的，也差不多了。

"方家是润州乃至大唐制扇第一家，这事金陵城里传得沸沸扬扬，我想不听说都难。"谢夫人含唇浅笑，娓娓道，"我家宁娘年龄不小了，我寡居之人不常出门，谢家本家的人当我仇人，不能依靠，只好托兄长帮忙打听出色小郎，兄长听说润州制扇第一家的人出了这种事，寄了书信来嘱咐我……"微有歉然之色，"兄长怕我深居简出，识人不明。"

说到这里便顿住不说。

方姜氏再是没心计，也听出言下之意，她兄长这是怕谢夫人只图方家响亮名声，把女儿错许何舆那样的无德无能的纨绔子弟，一时间，脸庞精赤，颇有些无地自容。

方临汝怔了一下，道："夫人是金陵人？"

谢夫人未及答言，谢宜宁诧道："你还不知道啊？我舅舅谢家在金陵可不是籍籍无名之辈。"

方临汝当真不知，她三岁时谢天去世，谢家陨落，对谢家也便没过多关注。

谢夫人从金陵听说，没有可疑之处了。

上次柳氏去会莲庵斋戒，自己担心她去挑唆教导柳氏什么，方秀绮去守了一个月，并没人去见过柳氏，看来自己多疑了。

不对，还有疑点，她不让谢宜宁与方家子弟来往。

还是不对，她今日亲自带着谢宜宁过来，又似是不反对谢宜宁跟方家人来往。

谢夫人端起茶杯，轻轻吹了一口，洁白的手指，指甲染了淡淡水红，低眉睑睫，浅呡了一口茶，帕子摁了一下唇角，一举一动自有章程，轻叹口气道："宁娘跟汝郎投缘，这些日子一直嚷着想找汝郎玩，我本想着，汝郎已订亲，瓜田李下，不让她见汝郎，可细一想，宁娘年纪不小了，我又孀居，娘家离得远，汝郎光风霁月光明磊落，想来交往的都是高洁之士，就厚着脸皮带她过来了，汝郎若不嫌弃，就当宁娘自个妹妹，帮妹妹留意着婚姻大事，可好？"

原来如此吗？

她是端重之人，仪礼讲究，倒也说得过去，方临汝沉吟。

“这有什么不好的。”方姜氏不等方临汝开口，抢着应下，又赞道，“宁娘灵动跳脱甚是可爱，容色又美，哪有不喜欢的，帮着留意出色小郎应该的。”

“自然是好的。”方临汝笑笑，见方姜氏目不转睛地看着谢宜宁，怕她要认义女，谢宜宁混世魔王一般，她吃不消有这样的义妹，心中疑惑已解，往外望了望，自语般道，“咱们说这许久话，徽娘怎么还没来，别是去看枫娘，枫娘又有哪不舒服耽误了吧？”

方锦枫是方姜氏的心肝眼珠子，方临汝这样一说，方姜氏当即对谢宜宁的兴致全无，无奈客人还在不能离开，喊厅外的红叶：“去秋香楼看看二娘可好。”

“枫娘身子不好，妹妹也不容易。”谢夫人关切道。

“可不是。”自儿子出生后，方姜氏提心吊胆，片时不敢疏神，谢夫人挑开她心中话匣子，滔滔不绝地诉说起来。

从方锦枫的吃食到穿衣，十几年来，哪一时差点儿丧命，哪一些时身体略好些，什么时候能多吃一口饭，多喝一口汤，说着说着，说到崇徽，面上笑意浓浓：“徽娘不仅生得好看，性子也好，见汝郎疼枫娘，她也跟着疼，自她进府，倒比汝郎陪枫娘的时间更多。”

“妹妹好福气，有佳儿，又添佳媳。”谢夫人笑道，低眉间，眼底却是冰凉的讥嘲。

方姜氏没看到，顾自喜滋滋夸着崇徽。

方临汝坐在一侧，被谢宜宁缠着说话，也不曾注意。

“那个趴我身上的登徒子怎么不见？”谢宜宁凑到方临汝耳根悄声说。

“表哥去扇坊了。”方临汝不动声色地退了一步，离她远些。

她虽然是女人，可表面不是，还是得跟谢宜宁避着男女之防好。

这么想着，不自觉地想到崇徽，谢宜宁抱她胳膊贴着她咬耳朵说悄悄话的毛病跟崇徽真的太像了。看来，不仅崇徽刚入世的人得学男女之防，她也得学。

眼角悄悄看向谢夫人，谢夫人眼看着谢宜宁快黏她身上了，却似是不见，眉头都不曾蹙一下，不由奇怪。难道谢夫人看出自己是女人，谢宜宁跟自己用不着避男女之防?

又或许……她……她中意自己当女婿，想横插一杠挤掉崇徽?

方临汝额头冒冷汗。

这个可能性不是没有，这些日子她在孝中，又传了有未婚妻的消息出去，润州城里还有不少人家想把女儿许给她，托了人传话。

红叶回来，说方锦枫没大碍，只是有些倦了，用过早膳走了几步路消食后，又睡下了。

方姜氏舒出一口气，又兴致勃勃地和谢夫人说话。

去请崇徽的婢女回来，说崇徽去扇坊了。

方临汝昨晚嘱过他今日别去扇坊，让安氏教他规矩的。早上送方游丰出府时，崇徽还待在漱石榭中。方临汝接了谢夫人进府，才说得几句话就让人去请崇徽，按理应是在家的，微感奇怪。

崇徽看来颇喜欢谢宜宁，她来了，怎么不过来见呢?

谢夫人对见崇徽不大在意，道："既是去扇坊了，那改日有机会再见。"

与方姜氏又说起其他。

她的话不多，偶尔一句，必能引得方姜氏滔滔不绝说个没完，谈兴甚浓，方临汝数次想打断借口扇坊有事要离开，均不得便。

午膳时间到，方姜氏热情留客，谢夫人也没推托，应承了下来。

饭桌上宾主言笑晏晏，欢声笑语不断。

膳毕一行人移步回金阊厅，继续品茶闲话。

方临汝听着方姜氏把方家里外兜得干净，除了自己跟方锦枫交换身份没说，其他的毫无保留，暗叹不止。

谢宜宁开始兴致勃勃，后来便有些无精打采了，扯方临汝胳膊："咱们去你家扇坊吧？"

方临汝当听众当得耳朵起老茧，极想答应，但怕她到扇坊又要趴何栎身上，左右为难，迟疑的瞬间，远处传来咚咚急骤脚步声，伴着叫嚷声，不觉皱眉。

脚步声很快到了厅外，来的是方渭，脸色有些白，声音惊惶："夫人，二郎……"看了谢夫人跟谢宜宁一眼，住了口。

"我去看看。"方临汝起身。

“有事就说，谢夫人跟宁娘不是外人。”方姜氏道。

方渭迟疑着，未及说话，一人奔了过来，扑通一声跪了下去，是跟何舆去了吉安里的四个婢女里头的冬雪，嘶声喊道：“求夫人救救姨夫人，姨夫人饿昏过去了，我们没钱给她请大夫，也没钱买东西给她吃。”

外传富可敌国，制扇第一大家方家的主母的亲姐姐饿昏过去！

当着谢夫人的面，方临汝不讲究面子的，也被打脸打得面庞精赤，无处收藏。

方姜氏几步奔到厅门口，死死盯着冬雪，嗓子打战：“你说什么？再说一遍。”

“姨夫人饿昏过去了，我们没钱给她请大夫，也没钱买东西给她吃，求夫人救救姨夫人。”冬雪凄凄道，磕头，很用力，咚咚咚不停，不过片时，额头青红交错。

“方渭，快送钱过去。”方姜氏尖声喊，脸庞苍白，摇摇欲坠。

方渭应下，却不动，眼角看方临汝。

方临汝抿唇，心烦意乱。何舆和何姜氏虽说没月例钱了，可方香雯如今跟他们一起住，一个月有十缗的月例，况还有首饰衣物不少，哪至于连饭都吃不上。又觉得难说，何舆的为人如何自己最清楚，再多的钱到他手上败掉也只是旦夕间。

坐视不管显然不行，便是不管何舆，也不能不管何姜氏，那是她母亲一母同胞的亲姐姐，还是何栎的亲生母亲。

要送钱却是十分不甘，今日送钱去了，明日还来说没钱吃饭，填不完的无底洞。

方临汝咬了咬牙，道：“别送钱，灶房里粮油米面送一些过去，再去医馆请大夫给姨夫人诊脉，诊金和药钱你给付了。”

“是，我这就去办。”方渭当即道。

“是妹妹的亲姐姐跟外甥吗？”谢夫人走了出来，挨着方姜氏站，摇头道，“听起来，好像是不懂过日子的，怎么不招进府里来，也用不着给钱给米面粮油什么的，衣食住行管着便可，岂不方便？”

“姐姐有所不知，原来府里住着的，我那外甥舆郎不守规矩，被汝郎赶了出去。”方姜氏低声道。

谢夫人“啊”一声，看向方临汝，语重心长道：“汝郎，这就是你的不是了，不是我倚老卖老，何家小郎再怎么不好，总是你至亲表弟，怎么能赶出府不闻不问呢？”

何舆做的那些丑事不足为外人道，方临汝嘴角抽了抽，不反驳，也不改口，挥手，示意方渭赶紧下去。

“等等。”方姜氏却又把他叫下，看方临汝，道：“再送些钱吧，舆郎腿伤着，还得请医，居家过日子，哪能一点儿钱没有。”

方临汝不愿意，抿唇不语，方渭看她一眼，回方姜氏：“夫人，账房今日没钱了，不然过几日再送？”

过几日就八月，发月例钱了，方香雯拿了月例钱，他们就不能再说什么没钱用了。

“账房怎么会没钱？”方姜氏皱眉，万不信的。

“大郎出远门，刚给他凑了一千缗钱。”方渭实实在在道。

方姜氏霎地变色，手指哆哆嗦嗦指方临汝，狠狠瞪她，眼神癫狂，嘶声道：“你阿爷在世时，栎郎、舆郎的份例一向比照你跟丰郎，怎么你当家了，丰郎出去游山玩水一给就是一千缗，舆郎就一分不给，只给粮油米面？你踩自己母亲娘家人，不觉得亏心吗？”

方临汝一口血差点儿吐出。

方游丰不是外出游山玩水，那是做正事去。况且，何舆如今与何姜氏居住的那处院子是方家花钱给买的，远不止一千缗钱，虽然房契落的是何栎的名字不是何舆，但也是她的娘家人。整日要她一碗水端平，去怎么端平，方游丰是方家儿子，何舆可不是。

不欲当着谢夫人的面与方姜氏起争执，方临汝强压住闷怒，上前给方姜氏抚胸顺气，口中温声道：“母亲息怒，是儿想的不周到，这事该怎么办回头母亲再示下，让方渭赶紧去看看姨妈怎么样了，咱们陪谢夫人说话。”

方姜氏咬唇，眼里泪花闪闪，不甘愿，可客人在侧，女儿给足她面子，再发作下去，女儿脸面忒难看，喘着气看谢夫人，强笑道：“让姐姐看笑话了。”

“家家有本难念的经，无甚。”谢夫人笑了笑，又道，“妹妹跟我不见外，我就多嘴说一句，别给钱，让他们回来住，衣食给打点好便是。”

“我也想让他们回来住，我母亲早早去世，如今最亲的，除了一双儿女，也就这个姐姐了。”方姜氏拭泪，抽泣起来。

“我觉得叫回来住这主意好，回来后，敢不听话就打，打到听话。”谢宜宁大大咧咧道。

方临汝苦得满嘴黄连。

“前些日子刚被他阿兄打断两条腿呢！”方姜氏泪涟涟道。

“他阿兄？”谢宜宁转动乌溜溜眼珠子，问方临汝：“就是趴我身上那个登徒子？”拍手掌大赞，“想不到登徒子这么有气魄，他是怎么打断那个舆郎两条腿的？用棍子？还是锤子？还是椅子、案子？什么姿势打断的……”

咕里呱啦，炒豆子似地哔叭说着，一壁说，一壁弯腰抬臂，做着各种何栎打断何舆腿时的动作。

方姜氏泪水止住，瞠目看。

方临汝满腹苦水化为无奈，谢宜宁这一打岔，方姜氏没再纠缠不放，朝方渭使眼色，示意他赶紧退下。

何姜氏饿了两顿，精神不济不甚舒服，昏倒倒不至于。何舆使冬雪去方府报讯，要钱之意罢了，见方渭带大夫诊脉送东西，独不送钱，霎时变了脸。

满心打算着，要到钱了，眼下要哄着方香雯，不能去挹翠楼风流快活，却也不能委屈自己，听说迎宾楼新出一道唤“猩唇”名菜，集驼峰、熊掌、猴脑、猩唇、象拔、豹胎、犀尾、鹿筋陆上八珍精心烹制而成，一道菜便要一百缗钱，吃得起这道菜的，自然是身份贵重的，自觉自己就是身份贵重的人，怎么着也要尝一尝，让人见识他何二郎的气派。

方府没给钱，便吃不到，咬牙切齿地恨骂，欲要摔砸东西，可惜腿不能动。方香雯暂时还有用，不能骂，把冬雪唤进来，劈头盖脸一顿痛骂。

方香雯对何舆身边的人没半分怜悯，幸灾乐祸看笑话。

何姜氏看不过去，进来把冬雪带走方止住。

“方临汝跟毒妇不给钱怎么办？”方香雯愁眉不展。

跟何舆一般爱享乐性情，只是吃饱穿好怎么够，还要买很多胭脂水粉首饰布料，用不着用不完扔一边也好。不然，怎么对得起她制扇第一大家方家大娘的身份。

“要不，你再回去，找岳母，让岳母帮忙要出嫁妆来。”何舆道。

“阿娘被方临汝禁足一个月，不能出水木堂。”方香雯苦恼。

何舆眼珠子骨碌碌转，坏水冒了出来：“你找人城中散布谣言，就说方临汝要私吞方家家财，连你的嫁妆都不肯给，逼得他怕丢脸，只能把嫁妆给你。”

“咱们的事还没公开，我热孝在身，自然不能论及婚嫁，他不肯给我嫁妆一事从何谈起？”方香雯觉得不妥，怕伤自己面子。

“等你三年孝期满，方临汝早把方家家产落入他自己囊中，你一分也拿不到了，事急从权，只能冒着不守礼的名声，先把嫁妆要出来再说。”何舆道。

何舆压根不把方香雯的名声放在眼里，嘴上却是很无奈口气，见方香雯犹豫，又长吁短叹：“是我对不起你，我要早些遇到你就好了，也好早做打算，如今没有本金做不了买卖赚不到钱，难道这三年，就等着那府里施舍东西过日子吗？”

体贴的甜蜜言语哄得方香雯舍命给他也愿意，最后一句更是直戳心窝，当即应承下来。

何姜氏劝住冬雪过来，想劝何舆善待身边几个人，走到窗下，听得里头喁喁细语，寻思儿子与方香雯在亲热，进去打扰不便，遂站住。正要离开，忽听得何舆让方香雯外头散布谣言，顿时呆住了。

她也是大家出身，深知这么一来，方香雯孝中未行三礼六聘未成亲与男人同居合奸一事传开，不只方香雯名声难听得紧，方家的声名也跌落尘埃，门风遭人诟病，方家其他女儿的品性也会被人质疑。

何姜氏不知轻重惯着儿子，却不是不识好歹之人。

方姜氏对她真真没话说，况且方家那两个女儿里头，另一个是要许给她大儿子的，当下仿如踢到火堆，火烧火燎难受得紧，正要推门进去劝儿子打消念头，景天喜滋滋跑了来：“姨夫人，夫人亲自过来看你了。”

何姜氏怔住，一时间，不知要回房躺床上装病，还是要迎出去，呆呆地站着忘了动。

二进的院子，不过百步，方姜氏很快进来。

何姜氏要避也来不及了，赤着脸迎过去。

方姜氏流泪道：“姐姐好些没？方才冬雪过来报时，谢夫人在家中做客，我不便扔下客人过来……”

何姜氏涨红了脸，摇头，低声道："我没大碍，你无须过来的。"

"不亲眼看看，我哪放心。"方姜氏叹气，拉着何姜氏手上下仔细打量。何姜氏往日在方府得的好衣裳这些日子都让方香雯拿去当了，身上穿的是方香雯另从当铺买的旧衣裙，粗麻布衫子，同质地半截裙子，露着宽腿裤，那是农妇劳作才穿的。看到这里方姜氏犹如被扇了几耳光，又是心疼又是怀愧。前些日子接方临汝信，说起外头风波，手缝略密了密，此时看何姜氏状况，又兼扇坊危机解除了，再不忍姐姐受苦的，可惜多年体己钱又已给了何舆，眼下没余钱了，于是唤白芷："你回去把我的首饰捡赤金的都包了过来，还有，新季衣裳做了还没穿的都包过来。"

白芷领命离去。

何姜氏羞愧无言，扯着衫裾，讷讷道："你别这样，我……这衣裳穿惯了也没什么。"

她习惯，方姜氏哪能眼看着她日子过得那么苦，叹道："我想让你跟舆郎搬回去住，可汝郎非不同意。"

"汝郎如今是家主，有主见，你也别总压他，免得母子情分淡了。"何姜氏劝道，想起方临汝冷浸浸的双眸，打了个寒战。

方姜氏长叹无语。

方才送走谢夫人，她当即质问方临汝，为何薄待她娘家人。

方临汝反问，若是何家兄弟跟方游丰一视同仁，将来分家时，方家家产是不是要分四份，她的娘家外甥和方家儿子一起平分方家家产？把她堵得哑口无言。

满心委屈，又寻不到言语反驳。

方临汝恼得紧，送走谢夫人和谢宜宁，恹恹的，不想去扇坊，也没回漱石榭，金阊厅中静坐。

千头万绪，乱麻一般。

担心方游丰一路是否安然，这一趟出去能不能学好，回来后能不能走正道。

郭成安频频生事，总是被动挨打不是个事，需得想办法去主动化解。

过几日便进入八月，家主继位大典何栎算了是今年最后一个月，腊月的十五日。那时，若还没想出保住方家团扇地位的办法，只能还用美人团扇了。

万不想用美人团扇，不想用美人团扇，那便得在继位前，将方家团扇打进内廷。

离十二月十五只得三个多月，时间紧迫，她必须尽快动身去长安，可方家一大摊烂事，她走了，何栎一个人如何应付。

这一次自已恰好回来解了方姜氏的发难，自己走后若出现同样的事，何栎面子扫地，威信全无，如何管辖方家内务，如何处理扇坊外务。

不把母亲这头的危机解除，委实不放心。

母亲顺遂半辈子，固执己见，目光短浅，偏听偏信，怎么让她无条件地信任支持何栎呢?

银杏进厅来，一袭浅天青襦裙，云头鞋走在地上无声无息，到跟前，方临汝方惊觉，抬头看，不知不觉竟是黄昏了。厅外夕阳残照，暑热已过，秋风起，微有几分清冷。

“入秋了，怎不加一件半臂，外头走小心着凉。”方临汝关切道。

“走得急没顾上。”银杏笑了笑，得方临汝关心，眉梢漾起喜意，上前一步，离方临汝更近些，眼角往厅外看，小声道，“夫人一整日没去秋香楼，二娘担心她有不适，让婢女去芙蓉堂探问，婢女方从芙蓉堂出来，夫人在姨夫人那边，白芷奉了夫人的命，回来拿首饰和衣裳去给姨夫人。”

第三十八章　美色当前

方临汝搁在方案上的手霎地收紧，柔润一只手，攥得手背凸起青色的血管。

她和何栎这头断何舆作奸犯恶退路，她母亲倒好，体己钱贴没了，就送首饰衣裳。一头箍着，一头纵着，这样一来，何舆别说走正路，不变本加厉就是好的。

何舆怙恶不悛，有她母亲跟何姜氏的功劳。

母亲非得把方家弄垮了才能清醒吗？

“婢女先走了。”银杏低声道，行了一礼即出厅。

只敢悄悄报讯，到底怕被人看到起疑。

方临汝温和地笑着，目送她出厅。有心唤住她，告诉她已问过何栎，何栎对她无意，又觉得这么说忒伤一个妙龄小娘芳心，难以启口。

暮色弥漫，厅里没点灯，黑白水墨颜色。

方临汝直直坐着，如玉的脸庞上，镌刻着淡淡的忧伤与无奈。

何栎从扇坊回来，寻了来，当头看到，心口剧烈蹦跳了一下，定了定神，加重脚步。

方临汝抬头，茫然空洞的眼神，过得片时方聚焦，“啊”一声叫，看看四周，道：“入夜了啊。”

跳起来往灯架那头走，何栎也往那头去，两人差点儿撞个满怀。

“我来，你去歇着。”何栎道。

“歇了半个下午了。”方临汝懒洋洋道，话虽这么说，却也没跟何栎抢，坐回地台上。

猩红一点光亮，紧接着，灯亮了，橘色的光晕照亮了厅堂。

“想什么事入了神？”何栎问道，方临汝对面坐下，探手拿茶壶，茶水早凉了，忙去烧火炉。

“不喝茶了，让人把晚膳传到这边来吧，咱俩边吃边说事。”方临汝有气无力地道。

何栎忙出去唤人传膳，婢女们见方临汝想心事，方临汝家主之威日盛，怕扰了她不敢入内，何栎刚喊得一声，出来六七个人，晚膳早备下了，只等传，鱼贯送了进来。

方临汝瞥一眼满桌佳肴，闷闷道：“来壶酒吧。”

“要了，让一会再上，先吃一碗饭垫肚子。”何栎笑道。

“表哥你怎么跟老学究似的。”方临汝埋怨，话说一半，牙齿咬了舌头，险险把后面那句“不解风情”刹住。

“今日又有谁让你不开心了？”何栎毫不在意被她称老学究，微笑着纵容地看着她。

烦心事太多。

方临汝飞快扒饭，吃完了，搁下碗箸，拍案面，“表哥，听你的，吃完一碗饭了，快上酒。”

“你啊！”何栎无奈得紧，不赞成她借酒消愁，又不舍得拦她。

半壶酒下肚，热气腾腾，脑袋发飘，方临汝精神略好些，醉眼迷蒙地看何栎。何栎关切地看着她，端正的五官，温和的眼神，他其实生得很好看，不是崇徽那种令人惊艳的雅致绝伦，而是像一壶清茶，入口微苦，而后甘香，隽永绵长。

方临汝在心中叹了口气，不想说与何舆有关的事令他烦心，只拣欢喜的说，把谢夫人说的那些讲给他听。

“这么说，谢夫人并没有与方家作对之心了。”何栎沉吟道。

“是啊！看起来她确是不会对方家捅刀子。”方临汝抑脖又干了一杯，这一杯喝的却是欢畅的，打了个酒嗝，含含混混道，“她不是方家仇人再好不过，虽没跟她起过冲突，可我隐约觉得，她不易与，比郭成安还难对付。”

“咱们被郭成安弄得有些草木皆兵了。”何栎笑道。

疑心谢夫人许多次，可件件桩桩都指向是他们多疑，不由得不释疑，心头也略开朗些，陪方临汝畅饮。

两人又说其他，才说得几句，璟初匆匆寻了来，见方临汝和何栎对酌，脱口埋怨：“以为你在扇坊忙没回来呢，原来在这喝酒，一走一整天，怎么也不想着回去看看小傻子。”

“又怎么啦？”方临汝讶异，站起来，酒喝多了，脚步虚软，差点儿摔倒。

何栎急伸手，刚触上方临汝手腕，方临汝身体一闪，避开他，倒向随后冲过来的璟初。

“一整天闷闷不乐魂不守舍，中午就吃得很少，晚膳干脆不吃了，关着门，也不知在做甚，你快回去哄一哄。”璟初急吼吼道。

方临汝酒醒了大半，崇徽大事聪明，小事糊涂，一根筋得很，那根筋要捋不直，憋出内伤不是不可能的，匆匆跟何栎说了声“表哥我走了”，搭着璟初手臂急往外走。

少了她，整个大厅便空旷得可怕。

灯光摇曳，地上影子拉得很长，何栎缓缓坐下，举杯对影，低声道：“干了。”

流觞轩里静悄悄的，崇徽住进来后，因他男人扮着女人，也没调人服侍，外头只安排四个粗使婢女，并不留值，每日里外洒扫毕了便离开，只璟初给他打点起居，院子里藤萝在秋风里瑟缩，若不是厅里头点着灯，几乎让人以为无人居住。

方临汝入内，才刚敲了一下房门，喊得一声，门便开了。

崇徽穿着月白锦袍，面色有些苍白，却也还好，眼睛没红，嘴唇也没齿痕，橘黄色烛火从厅那边映照过来，他的脸庞亮白和沉暗交织，精致的眉眼工笔画儿一般，更加迷人。

方临汝吁出一口气，暗暗埋怨璟初说得严重了，朝他招手：“快出来用晚膳。”

“你陪我吗？”崇徽问，扶着房门，声音有些嘶哑。

方临汝吃得差不多了，不想吃，看他企盼的眼神，摇头改成点头，笑道：“好啊，快出来。”

崇徽往外走，双手不是寻常走路时轻微摆动，直挺挺有些僵硬。

“木偶似的。”方临汝低笑，从来做事利落干脆，见不得磨蹭，回头拽住崇徽手，喊道：“快些……”后面的话梗在喉间没说出来，指尖下崇徽的手冷得像冰块，凉浸浸的寒气冻得她的指尖生疼，方临汝拉起他的手，整个手摸索，掌心手指干干净净，探进他袖子往上摸，湿滑黏腻，手背擦着中衣，湿漉漉的布料摩擦，赫然变色。

“你这是怎么啦？”

“没事。”崇徽摇头。

方临汝紧盯他。

崇徽眼神闪烁，不敢跟她对视。

方临汝上下打量了他一眼，猛一下抓住他胳膊。

“啊！”崇徽痛呼，瑟缩了一下，额头汗水淋漓。

“怎么回事？”方临汝把他推回房间，顾不上男女之防，厉声道，“把袖子撩上去，我看看。”

崇徽颤颤看她，双手抓着袍摆，嘴唇抿成一条线，半晌，在床沿坐下，脱了锦袍，缓缓撩起中衣袖子。

白生生如雪的手腕扑入眼帘，往上，胳膊皮开肉绽，血红一片，方临汝瞳仁剧烈收缩，俊脸遽然变色：“谁弄的？”

崇徽脸色白了白，抱臂，低声道：“我自己抓的。”

方临汝锥心剜肉疼起来，大声喊外头璟初：“快去漱石榭拿伤药白緤过来。”

回过头来又骂道：“做什么要自虐？”

自己往日也有没陪在他身边的时候，不信璟初说的那般，一天不在他就神志不清了。

“你昨晚说要带我去谢家做客，今天又突然让人来叫我去见谢夫人，我怕你……怕你要把我卖给谢家，我想找你问清楚，可又怕你烦我，只能自己抓自己，疼起来，就不怕了。”崇徽耷拉着脑袋道。

方临汝愕然。

敢情上回说要卖他，后来虽没卖，却在他心中落下阴影了。

正常的人际交往，在他看来却是相人买卖！

不由得苦笑不已。

忽想起崇徽来历，本不是方家儿女，而是牙婆卖给方家的，在他心中，买来卖去寻常事，难怪怕成这样。

方临汝悔青了肠子，不该跟他开那样的玩笑。

璟初拿了药粉白布过来，脚步声到房门外，崇徽飞快地起身把外袍穿上，拢得严严实实，袖子撸到胳膊上，疼得龇牙咧嘴，本就苍白的脸更白。

方临汝心口如猫爪子挠过般，莫名地又痒又疼，往外迎出去，接过璟初手里东西，道："这里有我，你回去吧。"

崇徽一向不要人服侍，露个锁骨都不乐意，璟初也没想帮他抹药，侧头看厅那头，道："我外头候着吧，一会还要收拾盘碗。"

"明早再收拾便是。"方临汝道。

衣裳一脱一穿，胳膊上伤势更重，药粉撒上去，胳膊上肌肉轻颤。

方临汝眉头紧绞成细结，又恼又疼，心疼时恨不能这伤长在自己胳膊上，恼怒时，又想在上面狠狠再挠一下。

一时包扎完，抬头瞪崇徽。

"二郎，你会不会像赵吾行那样，跟赵夫人好的时候就发誓什么一生一世，过些年就外面找狐狸精？"崇徽忧心忡忡地问。

方临汝不会说话了。

之前和他说了那么多，他一只耳朵进一只耳朵出了。

崇徽目不转睛地看着她，不回答不行，方临汝轻叹口气，摸了摸他的头发，粗声道："赵吾行是男的，我是女的，你问我会不会跟他一样，让我怎么回答。"

"啊！好像也对。"崇徽挠头，蹙眉苦思，闷闷道，"你认识的人里，有没有小娘子抛弃了男人外面找狐狸精的？"

方临汝就算知道也不会告诉他，沉着脸道："乱七八糟的污糟事你问我，我去问谁？"

崇徽眨眨纤长浓密的眼睫，黑白分明的大眼炯炯有神看她，嘻嘻笑道："二郎，你也有词穷语拙的时候啊！"

方临汝哈哈大笑，苦中作乐想，傻子也有傻子的好处，不会寻根究底，不需自己打岔，他便会想歪。

崇徽迷糊着，她却清楚，他想要她一个承诺，可她不可能给他。

女扮男装担着家主之位，便是倾城美色当前，也无法做商纣。

喜欢抑或不喜欢都不能细想，她无法随心所欲，不把崇徽送回紫竹园，不寻他出身送他回本家，能做的，也只有这么多了。

崇徽见她欢喜，也自欢喜，拉着她食案前坐下，殷勤地给她夹菜舀汤。

灯下看美人，醉晕浅深妆，红粉映白衣，似清雅又似秾艳，绝美颜色，方临汝别开眼，暗骂红颜祸水。

美色当前，不想看也难，憋得难受。

崇徽多次出主意解决了问题，手里箸子转动些时，顺口便把心中烦恼的事说出来，让他帮忙参详。

"林源一州刺史，除非把他从那个位子上撵下去，不然，咱们无论想出什么办法跟他对抗，最好的结果也只是短期得胜。"崇徽道。

把林源从润州刺史位上拉下来？

方临汝沉吟。

不曾涉足官场，不知其中诀窍。

想了些时，没想出法子，摇头道："这个且不说，你说，郭成安阴诡狡诈，小动作不断，怎么对付他好？"

"我想过了。"崇徽嘿嘿笑，道："咱家现在跟郭家差距太小，郭成安才会死盯着，要是咱家把郭家远远甩开，如萤火之于星辰，蚂蚁跟大象，郭成安动什么脑筋都没用，自然就不动了。"

方临汝细思，果然有理，薅崇徽头发，夸道："聪明！"

人在局中，也许真没他看得清，因又问计，怎么让方姜氏不再为难何栎。

"我瞧着夫人很看重何大郎的，昨日那事只是个意外，不至于你走了又对何大郎发难吧？"崇徽道。

"不怕一万，就怕万一，不能有万一存在，必须让母亲完全没这样的念头。"方临汝道。

"那让何大郎假装不在方家干了，外头自己做买卖，然后他一走扇坊就弄出件大事来，你一个人焦头烂额无法周全，让夫人去求他回来，再三再四求了他才回来，夫人此后就珍惜他，怎么样？"崇徽想了许久道。

"不成。"方临汝摇头。

这个方法必须弄得很逼真方能奏效，弄得逼真便里外皆知，如此，固然能让方姜氏重视何栎，此后轻易不敢向他发作，却会让家下众人看着觉得何栎与方家生分了。何栎在方家本就身份尴尬，再让人生疑，往后管理更不便，得不偿失。

"那我想不出其他办法了。"崇徽酸溜溜道，不满方临汝把何栎看得那么重，又明知方临汝这么考虑为的是方家，为的大局，无半点儿个人柔情蜜意在里头，不能抗议不能流露出不高兴来，低眉，天要塌下来般。

方临汝看到，只当他为未能想出主意难过，不觉失笑。

便是诸葛在世也不能万事尽在掌握中，他才入世不久，哪能每件事都想到完美解决的办法。

要安慰他，又怕伤他脆弱的小心肝，忽想起昨晚同他说的那一茬，遂道："我今日见了谢夫人，打听了，她好像没什么可疑的。"简要说了经过。

"她对咱们方家恨之入骨，不可能没敌意，不可能是这样的原因，听说何大郎要回金子……"崇徽张嘴，没有说出来。

他怕方临汝问他，从哪得出谢夫人恨方家入骨的结论。

谢夫人带着谢宜宁出了方府，马车辚辚而行，观前街高大的门楼落在后面，谢夫人靠到车舆壁上，半阖眼，似睡似醒。

谢宜宁眷眷不舍放下车窗帘子，抓住谢夫人胳膊摇晃："母亲，我明日就来找汝郎他们玩行不行？"

谢夫人睁眼，默默看了她片刻，缓缓道："他们每天那么忙，哪有时间陪你玩。"

谢宜宁挠头，秀美的眉毛蹙成八字，苦恼道："好像是，可是我很喜欢跟他们一起玩，怎么办好？"

"跟着他们一起做正事不就得了。"谢夫人笑了笑，摸摸谢宜宁头，道，"让方临汝教你制扇，教你营商，每日有事做，你也不无聊，可好？"

"制扇手艺不是不外传的吗？"谢宜宁不解，大眼睛睁得浑圆。

谢夫人闭上眼睛，许久，低声道："是不外传，不过，你不会缠着非要他教你吗？"

谢宜宁皱眉，思索半晌，叹气："我不一定学得会。"

“你是谢家人，天生就应该很会制扇，你阿兄当年才四岁就制得很漂亮的团扇。”谢夫人低喃，眼角晶莹一滴泪珠滑出，顺着脸颊流下，滑过润白的脖颈，落进衣领里头。

“阿兄好厉害！”谢宜宁赞叹，趴到谢夫人膝盖上，仰着头，眼睛亮闪闪，崇拜向往，“母亲，你再讲讲阿兄的事给我听。”

“好！”谢夫人温柔地笑，抚着谢宜宁后背，嘱道：“别忘了母亲交代的，在你阿兄找回来前，跟谁都不能说你有个阿兄。”

“我知道，我又不傻。”谢宜宁脆生生道。

马车到谢府墙垣门前，谢宜宁蹦蹦跳跳下马车，走过去，刚掏出钥匙，门从里头打开，一个髻发严整干净利落的中年妇人迎了出来，快步至马车前，“夫人回来啦。”

“进去，别给人看到。”谢夫人淡淡道，看一眼谢宜宁，妇人当即道：“宁娘，今日刚买了一车柴火回来，你去帮忙搬进柴房好不好？”

“好啊！”谢宜宁欣然应好，跑跑跳跳往灶房去。

一牛车的柴捆，每捆柴近百斤，她一手一捆，耍杂技般轻轻松松提起，健步如飞进柴房。

谢夫人进门，不往厅堂走，却往大门去，门楼那头厦屋，二十多个人肃立，有男有女，均四十上下年纪，见了谢夫人，一齐执礼请安。

谢夫人摆手，靠墙椅子上坐下，沉声道：“说吧。”

二十几个人依次上前。

“郭成安派了人一直守着吉安里关注着何舆，却没跟他接触。”

“继续盯着。”谢夫人淡淡道。

那人退下。

下一个人上前：“郭成安派人毒杀郭枞的人被咱们堵住了，毒打一番后供出一切，这是口供。”递过两张纸。

谢夫人接过，扫了一眼，搁到面前案上，问道：“有没有交代不得透露给郭成安知道？”

“交代过了，给了十缗钱，那人拿了好处，不会说，也不敢跟郭成安说的，他背叛主子，被郭成安知道，饶不了他。”

谢夫人“唔”了一声，挥手，又一个人接着上前禀报，道：“城里来了三个外地人，到处打听方家，下奴寻借口跟那三人交谈，原来是何大郎的堂弟，慕方家富贵之名想来揩油的。”

谢夫人“嗤”一声，悠悠道：“不错，有得方临汝忙一阵子了，这个就不用盯了。”

又一个人上前，却是迎宾楼的掌柜，禀道：“猩唇的名头打出去了，还没见何舆过来摆阔绰品尝。”

“多诱惑跟他常来常往那几个人，务必激得他红了眼弄钱去糟蹋。”谢夫人道。

下一个却是挹翠楼的鸨母，说的是何舆这些日子没去挹翠楼。

“他最近要哄方香雯，又断了腿，无甚。”谢夫人摆手。

“方香雯这几日接连不断过来当东西，小的传话下去了，咱家各个当铺都狠狠压她的价。”这一个是城里最大的当铺合盛行的司理。

“不错，就这么办。”谢夫人赞许地颔首。

各人说完，一个时辰过去，与方家有关的一切谢夫人了如指掌，挥手，最初迎她进门的妇人比了个请的手势，带着众人出了厦屋。不走正门，也不走墙垣门，沿着围墙绕整个谢府一半圈，谢府大门门前涯石街，背后靠的是民居，那些民居的门开的是另一条街金山街。妇人领着人从谢府一处假山进去，开了暗门，出来时是门开在金山街的一处宅院，那处宅院还有暗门通左邻右舍，那些人分头走左邻右舍去，而后各自离开。

妇人转身回谢府，谢夫人在方临汝到过的供奉着谢天牌位的厅堂中，跪在牌位前，低垂着头。妇人进来，朝谢夫人伸手，谢夫人搭着她的手缓缓起身，进了隔壁，却是一处起居室，仍是黑白两色，帷幔帘子坐垫非黑即白，连矮案都是黑檀木，茶具清一色没有花纹的白瓷。

妇人扶着谢夫人坐下，自己坐在她对面，为她倒了茶，轻声问道：“夫人今日去方家怎么这么久才回，教婢女好生担心。”

“看了一出好戏，没舍得回来。”谢夫人笑笑，抚抚帔子，墨绘花绫纹，舒展的兰花与蕙叶，清雅细致。

“方德清一死，方家的好戏还能少得了，夫人往后每日都有好戏看。”妇人笑道。

“别再称我夫人，你在娘家就服侍我，陪我嫁进谢家，这么多年，为了帮我，一直孤身一人连许婚都不曾，我早把你当亲妹妹。”谢夫人温声道。

妇人眼眶微红，哽咽道：“是，烟萝听姐姐的。”

谢夫人抬手，轻拍了拍她手背，两人沉默着，相对流泪些时，谢夫人沉声道：“方临汝虽年轻，然资性英武，克敌如拉朽，所向披靡，目光敏锐，处事果决，本以为方德清死了，推倒方家易如反掌，如今看来未必。”

“凭她再多智，还不是尽在姐姐掌握之中，姐姐灭自己威风长他人志气了。”烟萝道。

谢夫人摇头，手指摩挲着案面，道：“并不，她对我起疑了，主动陪方姜氏登门拜访，派了方秀绮连夜赶去会莲庵陪着柳氏，今日抛下扇坊事务陪我言语打探，若不是我提前看出她怀疑，主动释她疑虑，她把目光从郭家转到谢家来，咱们行事就没那么容易了。”

“她到底是女儿身，姐姐发难，必是群起而攻之，方家想不倒都难。”

“仅仅是她女扮男装一事，未必能一举扳倒方家，我蛰伏十几年，不出手则已，出手，必要让方家再无起死回生之地。”谢夫人阴沉沉道。

烟萝沉默，十几年殚精竭虑精心筹谋，若是败了，真真无法接受。

两人静静坐着，许久，谢夫人叹道：“方德清能把方临汝教导得那么好，亦且居然把家主之位传给她，好大的胆子，好英明的决断，我确实有不及方德清的地方，夫君也不及他。”

“宁娘很聪明，若从小培养，未必不能重振谢家。”烟萝道。

谢夫人涩涩一笑，低声道：“便是我有心培养，可我不懂制扇，也难。”

“谁想到小郎会走失呢，姐姐自然就没想着要郎君教你制扇了。”烟萝喟然长叹，“我记得小郎当年才刚四岁，制出的团扇跟郎君亲制的一般无二，甚至细节上比郎君制的还精巧。”

谢夫人咬住下唇，很用力，细细的血痕渗出。

“我多嘴了。”烟萝惊觉。

“无甚，这么多年，我这心……”谢夫人哽咽，“疼得发麻不知道疼了。”

烟萝摸帕子拭泪，低低饮泣。

谢夫人先止了泪，道：“我同意宁娘去找方家人玩了，你好生安排，让何栎尽早从方家出来。”

“这不容易吧？何栎那人重情重义，方德清对他有抚养教诲之恩……”

谢夫人打断她，冷哼一声，道：“再深再重的恩情也禁不起一再消耗，这回要不是方临汝恰好回来，他在方家都待不住了。可一不可二，一而再再而三，他再重情义，方临汝再重视他，也无可奈何。”

烟萝应下，迟疑些时道：“姐姐真的想把宁娘许给他？”

“远近儿郎明里暗里看了十数个了，除了方临汝，都不如他，方临汝是女人，他便是最好的了，看起来，宁娘对他也颇有好感，我本来想斩断宁娘那未萌芽的情丝，可宁娘一心一意想去找方家人玩，我思来想去，堵不如疏，何栎人物出色品格端方，若他能脱离方家，实是难得佳婿，少不得尽最大可能成全宁娘了。”谢夫人叹道。

“怕不怕他心中有方临汝？便是从方家出来了，还是丢不开，不能一心一意待宁娘？”烟萝道。

“我旁敲侧击从方姜氏那里打听过，他应是还不知道方临汝是女人，还以为方家要许给他的是方锦枫，方锦枫长年卧床，跟他没见过几回面，哪来的深情，无须担心。”谢夫人笑道。

“如此甚好。”烟萝开怀一笑，复又蹙起眉头，“何大郎虽好，可他母亲愚犟，弟弟又是个不识好歹的，宁娘嫁给他，不能不管婆婆和小叔子，还是糟心。”

“小事。”谢夫人微笑，“方家门风端谨，方姜氏性子仁厚又姐妹情深，方临汝也不是心狠手辣的，才会束手无策，宁娘可不是好气性的，何舆敢胡作非为，打，狠狠打，不听话打到听话为止。”

烟萝呆了呆，大笑：“宁娘那力气，就算何舆是男人也不是她的对手，管教揍得他求生不得求死不能，只能乖乖求饶。”

谢夫人扑哧一笑，抬袖掩嘴，金线细镂，轻袖幽香。

方临汝在流觞轩待到亥时才回漱石榭，琬初和璟初迎上来，低声道：“夫人差白芷来过，让你得空过去一趟，有事商量。”

方姜氏每次找她都没好事，两人脸色都微有不虞。

方临汝看看沙漏，这个时辰方姜氏许歇下了，让得空过去便不是什么急事，遂让琬初、璟初服侍自己盥漱，打算明日一早再去。

方姜氏从吉安里出来，满心不自在。

何姜氏问她，能不能跟方临汝说一声，提前把方香雯的嫁妆给了。

庶女和外甥勾搭上，未成亲住到一起，无论是身为嫡母还是姨妈，她的脸面都丢光了，又被这么问，好像她要昧方香雯嫁妆一般，更加难受，差白芷去唤方临汝过来，恨不能此时便把嫁妆给方香雯送过去。

酉时使白芷传话的，等了许久不见方临汝过来，最初以为她有事抽不开身，过得一个多时辰没来，不由焦躁起来。

“二郎当上家主也不知是好事坏事，连过来见夫人的时间都没了。”白芷悄声道，为方姜氏捶肩膀。

方姜氏本就烦躁，闻言怒火上涌，沉了脸，道：“你再走一趟，不拘汝郎在做什么，都给我喊过来。”

白芷去了，少顷回来，禀报漱石榭已熄灯，方临汝歇下了。

方姜氏万不信方临汝会这般无视自己的，冷瞪了白芷一眼，起身，也不整妆，大步往漱石榭去。

屋宇寂沉，院门外两盏灯笼静静挂着，秋风凉，月色也带着清冷。

方姜氏不敢置信，望着紧闭的院门，抖地悲从中来，捂着嘴，风地里头呜呜咽咽哭起来。

白芷静静站着，也不上前敲门。

红叶看她，又看方姜氏，手抬起，将要扣上院门又搁下。

院门关闭又隔着园子，里头听不到，没有动静。

方姜氏悲悲泣泣哭了近半个时辰，哭得站立不稳，欲要离开，满心委屈恼怒，咬了咬牙，命敲门。

方临汝睡梦里被叫醒，惊得一身冷汗，以为出什么大事，衣裳不及穿，长发披散，锦袍随意披着急冲出来，高声问道：“是不是枫娘怎么啦？”

口中说着话，往门外冲，方姜氏定定站着，方临汝冲到门口回头，看样子不是方锦枫出事，略松一口气，定睛看，方姜氏周身冷沉沉气息，眼眶大红灯笼似的，面色苍白神情委顿，似是受了天大委屈般，心头咯噔了一下，冲到方姜氏面前，抓住她的手上下仔细看，急急又问：“母亲你怎么啦？”

寻思：难道柳氏敢违背自己的禁足令跑出来给方姜氏添堵？

方姜氏一肚子委屈一肚子恼怒，见女儿紧张着急，不似眼里没自己的样子，恼怒消了，余了委屈，泪水涟涟道："让你到芙蓉堂商量给雯娘办嫁妆的事，你为何不过去？"

"商量雯娘嫁妆的事？"方临汝呆滞。

大半夜跑过来，就为这事？

交子时了，睡里被叫起来，吓了一身冷汗，不由得埋怨方姜氏小题大做，这事便是夜里议定了，最快也得天明才办，何必急在这一时。

第三十九章　自投罗网

看看方姜氏满面泪水，竟是气得不轻，心思一转，故作诧异道：“母亲不是传话说让我明日再过去商议吗？”

“明日？”方姜氏怔了一下。

“是啊，母亲要是说晚上要商议，我当时就过去了。”方临汝肯定的口气道。

方姜氏张嘴，面上委屈沮丧一扫而空，斜了白芷一眼，怒道：“怎么传话的？我交代你让汝郎马上过去，你怎么说成明日了？”

“婢女……”白芷嘴唇嚅动，她传的是让方临汝得空过去，虽不是说明日，此时说出来也不能自辩，垂下头道，“是婢女一时糊涂。”

方临汝听方姜氏说传话让她马上过去，只当话经多人嘴巴出差错了，见白芷认了错，也不多说，扶了方姜氏坐下，命烧炉子上热茶，待方姜氏喝下热茶，面色暖和过来了，徐徐道：“母亲的主意想给是不是？眼下孝中不能论婚嫁，这嫁妆要给自也是悄无声息给，后来他们成亲时，又来要一回，该怎么办？”

“已经给了，怎么可能再来要？”方姜氏皱眉。

“怎么不可能？母亲是相信舆郎还是相信雯娘？”方临汝淡淡反问。

方姜氏语结，半晌，问道：“你不想给？”

“给，不过不是直接给雯娘，而是给柳姨娘。”方临汝懒洋洋道。

女儿的嫁妆自来都是嫡母打点，方姜氏听她如此说，微有恼色。

方临汝摆手，笑道：“母亲莫恼，我这不是抬举柳姨娘，只是免得方家给了两回嫁妆还落个克扣女儿嫁妆的污名罢了。给了柳姨娘，往后她再来要，只让她找柳姨娘要，与咱们无干。”

方姜氏想反驳，但对柳氏和柳氏所出的儿女厌极，不需她打点，落得清静，嘴唇动了动又合上，道："随你吧，既应下了，早早备出来。"

"早不了，还请母亲跟姨妈说一声，雯娘的嫁妆虽不多，却也不少，我一个人不好做主，需得等阿兄回来，大家商议定了再分拨。"

方游丰是方家长子，又是方香雯一母同胞兄长，依礼也得如方临汝说的这般做，方姜氏憋了憋，想不出反对的话，只好应下。

虽是应下了，心中却不安，往方临汝身边挪了挪，握住她的手，嫩白如葱的手指微抖，小声道："你姨妈往日从不主动跟我要钱的，今日突然提起，神色还有些急，我怕是舆郎和雯娘要生什么事。"

何舆与方香雯两个凑到一起，沆瀣一气，没有什么事他们干不出来的。

他俩不要脸不要面皮，方临汝要，方家也得要。

送走方姜氏，方临汝沉吟些时，吩咐琬初："明日去看望柳姨娘，问她缺什么需要什么，她要骂你，老老实实听着，不要驳她，等她骂完了，告诉她，我要给雯娘打点嫁妆，让她考虑下想给雯娘要什么。"

"给她打算，她打算得了吗？钱花得多，方家面子还难看。"琬初撇嘴。

方临汝要笑不笑，不言语，挑眉看她。

琬初僵了一下，恍然大悟，明白方临汝是怕方姜氏跟何姜氏说自己答应给方香雯嫁妆了，何舆和方香雯还不信，说什么让柳氏打算的话其实只是要通过柳氏传话给方香雯，告诉方香雯，嫁妆在给她准备了，别弄有的没的，不觉微嗔，跺足道："二郎你忒坏，有话不说全。"

扭头出去，也不服侍方临汝安置了。

璟初也是直到她大发娇嗔才弄明白，抿唇笑，两个小酒涡盛了蜜糖，后头追着她糯声打趣："二郎的心思你要是不想就能明白那才是怪事，别气啦。"

方临汝莞尔，大半夜被方姜氏喊起来，睡意消。

满脑子都是烦心事，床上躺下去，眼睛却睁得浑圆，看着银平脱松鹤帐顶出神，至窗外曙色微明方睡了过去。

近午醒来，琬初已去过至善苑，柳氏骂了许多，骂得很难听，琬初走后，遣了身边的婢女出门，琬初让人悄悄跟着，果是去了吉安里。

"希望他们不至于两三个月都等不得。"方临汝在心中道。

柳氏被她禁足，家主令出必行，一个月内不能给她出水木堂，便是想即刻把方香雯的嫁妆给她也不能够的。

方游丰此行约两个月，等方游丰回来再一并决定，让这个庶兄看着，自己并不昧不同母姐妹的嫁妆，也好让他更坚定地支持自己，不受柳氏挑拨。

因此两桩，只能暂时卡着。

崇徽跟何栎去扇坊了，方临汝盥漱用过午膳，由得琬初、璟初服侍穿衣，浅天蓝绣罗交领深衣，素绢里，领缘、袖缘、袍摆用了深蓝云纹锦镶了大宽边，又加了一周白色小窄边，一重宽厚，深浅不一色阶，腰间水合色组带，整个人澄净爽朗，清雅翩然。

“不知道的都被迷晕头了。”璟初悄声嘀咕。

“可不是。”琬初赞同，“合府的女婢都眼红咱俩，谁知道咱俩吃的是空心包子，只有皮，没馅。”

方临汝出厅堂，廊下赏了会儿花草，弹弹廊下雀笼，回头来，正颜问：“要不要我给你俩找个实心的来？”

“婢女什么都没说。”琬初、璟初一齐叫，摆手不迭。

方临汝哈哈大笑，苦中作乐，女扮男装的日子也并非全无滋味。

主仆三人说笑些时，方临汝刚要动身去扇坊，白芷来了。

主子身边服侍的一般是妙龄婢女，方姜氏刚嫁进方家时，身边服侍的是从娘家带来的人，年龄大了便赏了钱许人，让她们安闲小家过日子去，另调拨娇艳鲜嫩的过来。白芷、红叶、银杏和翠翘四个都是方家家生子，在方家出生长大，同一拨调到方姜氏身边的，今年刚十八岁，碧玉年华，容貌也是极好的。方临汝往日没在意，因着她昨晚主动揽了传话的错处，不免多留意了一分，细看之下，不觉讶异。

白芷走路直挺挺不见起伏，身上与琬初、璟初一般的白色窄袖衫，深绿半臂胸前系了蝴蝶结，下头系杏黄长裙，琬初、璟初两个一人洗练一人甜软，她却像一截干枯的木材，看不出半分生机人气。

白芷近前，一丝不苟欠身请安，干巴巴道：“夫人请二郎马上过去，有急事商议。”

方临汝有心跟她说笑几句，平常跟谁都能热乎乎说上几句，林源郭成安之流都不会冷场，对着她像泥塑一般毫无表情的脸，却一句话也说不出。

方姜氏厅里来回走动，看到方临汝，挥手，示意婢女们都退出，不等方临汝请安，急促道："我上午过去找你姨妈，把你说的那些话跟她说了，她说不行，舆郎跟雯娘商量好了……"

"雯娘要在润州城中散播我克扣她嫁妆的谣言？"方临汝霎地拔高声音，一向知道这个庶出姐姐慕虚荣好面子，张扬招摇好享乐，却不知没脑至此。

"正是如此，你赶紧把她的嫁妆打点出来送给她，方家丢不起这个脸。"方姜氏顿足不迭。

"行，儿知道了。"方临汝沉沉冷笑。

原先想着方香雯是方家女儿，嫁妆她应得的，此时，却一个铜板也不想给她了。

方家不给不行，否则名声忒难听。

若是方香雯自己于人前发重誓开口不要，则与方家无关。

她和何舆两人，一个浅薄无知，一个贪婪刁钻，不应他们拿的都想要，更不说应得的，要让他们主动放弃，难！

然而并非无隙可寻。两个都是不想付出便坐享其成的人，只要撩起他们的贪念，便能让他们作茧自缚，自个儿主动与方家断绝关系。

把方香雯与方家的关系斩断，往后，她怎么作张作致糟蹋声名，也伤不到方家。

何姜氏告诉何舆方姜氏传话方临汝答应给嫁妆，只是要等方游丰回来，柳氏随后也差人过来传话，何舆是半点儿不信的，就是信了，他也等不得方游丰回来。

他的那些纨绔朋友过来看望他，言语中或明或暗等着他带他们去迎宾楼吃猩唇，掰着手指数给他听，润州城谁家小郎去了，只差他们几个，再不去，往后人前就抬不起头来了。

何舆让方香雯按计划好的找人散布谣言，方香雯跟他一般，迫切地想拿到嫁妆好恣情肆意吃喝打扮享受，毫不犹豫地答应。

方香雯要外出时，却被何姜氏拦住。

何姜氏不好劝方香雯，只苦苦哀求何舆："你姨妈答应劝汝郎尽快给，就等丰郎回来了，你且等等。"

见何舆不松口，流泪道："咱们走投无路时，你姨妈姨父收留咱们，好吃好喝供着咱们，不曾亏欠过咱们，你再等几日吧，汝郎便是要给，也得几日筹措不是？”

苦口婆心一句话把何舆的火拨得更旺。

“什么叫好吃好喝供着，方家富可敌国，每月却只给我十缗钱月例，这也叫好？”

“丰郎和汝郎是方家的儿子，每月月例钱也是十缗啊！”何姜氏惶然道。

“他们以后分家产的，怎么能一样。”何舆咬牙切齿，方香雯跟他一般想法，也不必避讳了，直着喉咙高声怒骂，方德清没把万贯家财双手捧上给他，就是薄情寡义。方临汝把他赶出方家，委屈他住二进小院，更是罪大恶极。骂了许久，直把何姜氏骂得脸红了白，白了红，末了，床上打滚，彩绘金色罗绫丝被踢到地上，华丽的酒红色罗绡褥子乱成一团，声嘶力竭哭起来，“我不活了，横竖人人嫌弃，每日过得像乞儿，还有什么趣儿。”

“舆郎，你别这样。”何姜氏也哭了，不住哄劝。

“你还拦不拦？”何舆滚了些时，恶狠狠瞪她。

“不拦了，你们想怎么做就怎么做吧。”何姜氏抽泣，垂肩塌背，默默走了出去。

“不长眼！”何舆冷哼。

方香雯第一次见识何舆对付何姜氏的手段，呆了眼。

何舆制服何姜氏，得意不已，回头看方香雯怔怔地站着，但并不把她放在眼里，只是还要利用她拿到她的嫁妆挥霍，不得不虚与委蛇，喊了一声“雯娘”，垂下头，尖削的下巴，桃花眼半闭半睁，风流多情，纤细脆弱，悲伤道：“雯娘，我没本事，不应该缠着你的，可是我实在不舍得放你走，我又不忍心看你跟着我吃苦，眼下咱们无路可走，只能把你的嫁妆拿出来，方有本钱做买卖，你心里要是不愿意，我不勉强。”

方香雯听他这么说，哪会不愿意，蝶儿般飞过来，扑进他怀里，叠声道：“舆郎，我愿意，你别说了。”

心疼得很，认为何舆受了委屈，方家对不起他，方临汝对不起他，同仇敌忾，坚定地要自污声名，尽快拿到嫁妆。

“雯娘，你真好，长得好看，性情又体贴温柔，我几世修来的福分才能娶到你为妻……”何舆深情款款道。

青楼里哄姐儿那一套张嘴即来，把方香雯哄得欢天喜地，命给了他都愿意。

摸摸亲亲，缠缠绵绵，缱绻许久方住，入夜了，不便外出，只好先用膳盥漱安置，打算明日再外出散布谣言。

翌日方香雯照例睡到日迟迟方起身，早膳时间早过了，用过午膳，细描柳眉，精梳螺髻，衣裙换了好几套，最后挑了件葱绿衫子，榴红长裙，红蓝色裙带缀银色小亮片，披红莲翠绫帔帛，来回照许久镜子，自觉娇艳妩媚，花容月貌羞死王嫱愧煞西子，遂高昂着头，带着芊月出门。

芊月跟着方香雯出府后，这些日子别说吃香喝辣，连吃饱穿暖都成问题，无比委屈，方香雯前头走，她后头跟着，越走越慢，不住抹眼角。

方香雯走进合盛行。

方姜氏前一日刚给何姜氏的赤金首饰，都让她拿了。

“二十缗钱。”朝奉察看过首饰后道。

“怎么这么少？”方香雯大叫。

往日她到银楼买这么些样的首饰，至少得四十缗钱。

嫁妆一时半会儿还拿不到，得靠当首饰的钱过日子，方香雯也不顾什么制扇第一大家方家大娘身份，扯开嗓子跟朝奉讲价。

芊月往常跟着她端架子摆阔气，不曾见这么小气吧啦的，只觉没脸得紧，遂缓缓从柜台前后退，闪到一侧。忽然背后一只手捂住她的嘴，惊得大叫，嘴巴被捂得死紧，叫不出来，身子被拖到转角那头，侧头看，见是琬初，不觉放松下来，琬初松了手，她也没再叫，埋怨道：“装神弄鬼吓人做什么？”

琬初沉了脸，冷冷道：“不是装神弄鬼，我是神是鬼看你怎么选择了。”

“你说什么？”芊月惊得直直退了好几步。

“跟着大娘在外面的日子怎么样？”琬初收起冷色，笑了笑。

芊月眼珠子转了转，道：“你别想让我害大娘，我是不依的。”

“啊！那就算了。”琬初拍手，转身要离开。

“你想要我做什么？”芊月一把拉住她，连犹豫的一瞬都没有。

“很简单，不是伤天害理的事，也没要你主子的命。”琬初低低笑，招手芊月凑近，递给她一个小瓶子，低低交代。

芊月接过，琬初说完，连连点头，半点儿抗拒没有，末了问道：“我有什么好处？”

琬初淡淡笑，道：“事儿过了之后，赏你十缗钱，你若是想脱奴籍，自去求大娘，只要大娘报到二郎处，二郎不拦。”

方香雯跟掌柜讲好价钱，拿到钱了，数铜钱串，芊月急跑回去，琬初静静看了一会儿，回方府。

方临汝没去扇坊，书房里头软榻上歪着，手里拿本《庄子·杂篇》。淡蓝对襟锦衣，鹅黄茜罗绣蜡梅锦边，仙风摇曳，清碧明丽。琬初进来，把找芊月的经过细细说了一遍，她注目看着册子，眼皮都不曾抬一下，只淡淡道：“知道了。”

琬初欠身往外退，忍不住又回头：“二郎就不担心不成事？”

“有什么不能成事的？”方临汝反问，“眼前有金山铜矿荣华富贵等着他们，他们肯不扑上去吗？”

“芊月真的有那么忠心不受诱惑，把我跟她说的告诉大娘吗？都说了赏她十缗钱，还赏还卖身契，这好处不少呢。说的那事没影子胡诌的，何二郎跟大娘会上钩吗？他俩不至于不懂不见兔子不撒鹰的道理吧？”琬初道。

方临汝大笑：“你是实在人，不知得陇望蜀，一山看着一山高。芊月把你说的告诉雯娘不是忠心，她想的是，雯娘若是认了个王爷阿爷，一个得道鸡犬升天，她便跟着吃香喝辣了，赏钱十缗算什么。至于卖身契，她家里穷得过不下去才卖女儿，她回家去免不了又被卖，下一个主家有没有方家宽容难说，她跟了雯娘十年，自然还跟着雯娘好。至于雯娘跟何二郎，那是两个不属于他们的钱都想弄到手的人，更何况看来唾手可得的荣华富贵。等着瞧吧，最迟明日，润州城里就传开雯娘不是方家女儿的消息，再过两日，她便要人前发重誓自己不是方家女儿，与方家毫无瓜葛了。”

琬初细想，果然有理，暗叹方临汝把人心看得入木三分。

这边说话的同时，当铺不远街头，芊月已把琬初说的话跟方香雯兜个干净。

安王爷李淙在寻找女儿。

据说，安王年近四旬膝下犹虚，一名忠婢不忍王爷骨肉分离，坦承当年王府里曾有一侍婢一夜承恩害喜。王妃不容，下令杖杀那侍婢，那侍婢拖出王府时只剩一口气，但命大活了下来。生孩子时难产，生下一个女儿后死去，忠婢给办的后事。

因怕王妃知道追杀婴儿，便把婴儿送给了一个异乡商人，当时也没料到安王爷会无子女，没索要那商人的姓名籍贯，只记得是江南口音，女婴肩窝有一颗红痣。

安王听说自己有亲生女儿，大喜过望，当即命人下江南寻找，想着儿女自是肖似爷娘，让画师绘了那侍婢的画像让人带着，让寻找的人寻人时先依据他和侍婢的模样找人，再寻证肩窝红痣。

方临汝此次外出在湖州碰到安王府出来寻找的人，那些人手里拿着的那侍婢的画像五官肖似方香雯，方香雯肩窝又恰好有一红痣，又与王爷的女儿同是十九岁。方临汝听得王妃尚在，不由惶恐，方香雯有个王爷阿爷护着，当然富贵荣华安然无恙，养育她的方府怕是要被王妃迁怒大祸临头。

后面这些话是芊月添上去的。

琬初说的是，方香雯容貌跟柳氏肖似，方府中生方府里长，自然是方家亲生女儿，跟安王爷的女儿年龄相同相貌相同身上印记相同只是碰巧而已，为免被误认是安王爷的女儿，让芊月借给方香雯抹脂油涂香水的机会，用药水把方香雯肩窝红痣消掉。

“我应该是阿爷跟阿娘亲生的，不过，怎么那么巧样样对上了？”方香雯喃喃，也不去酒楼食肆散布谣言了，急急忙忙回吉安里，把这事跟何舆说。

“居然有这样的事？”何舆眼珠子转了转，嘿嘿笑，“管它是真是假，咱们把假的也做成真便是。”

“假的就是假的，哪里做的成真？”方香雯不解。

“要做成真的很容易，年龄相貌印记都对上了，生女儿的人又死了，王爷从没见过女儿，还不任由你说，不过别给方家这边咬死你是亲生的就是了。”何舆招手让方香雯凑近，坏水咕咕冒泡。

“这么一来，方临汝会不会说我不是方家女儿，不给我嫁妆了？要不，等嫁妆拿到手再说。”方香雯道。

“方家那点嫁妆跟王爷女儿的身份相比不值一提，咱们不要了。”何舆两眼放光，王爷的女儿是郡主，还是独生女儿，不肖说金银珠宝予取予求了。柔情蜜意搂住方香雯，又亲又摸，亲热许久，交代她赶紧回方府，安抚住柳氏，明日即刻行事，别等安王府的人寻到润州时，方家的人还死咬着她是方家亲生女儿不放。

那二十巴掌扇得不轻，柳氏的脸庞还红肿着，依旧不管不顾恨骂不停，直到把嗓子弄得嘶哑，更加狼狈。方香雯当时没来安慰她，只当她被方临汝赶了出去，方香雯刚进门，便关切地问方临汝有没有为难她，方香雯连扯谎话掩饰都不用，只需顺着她，跟着大骂方临汝。

骂了许久，口干舌燥了，方香雯便把听来的告诉了柳氏。

"你是我亲生的，不可能是什么王爷女儿！"柳氏斩钉截铁道。

"我当然知道，不过是要让假的成真罢了，阿娘你想想，方临汝是家主，那毒妇是正室又是家主母亲，事事压你一头，阿兄又不肯分家，这委委屈屈的日子什么时候才到头，女儿要是有个王爷阿爷，你对我有养育之恩，你的腰杆子也跟着硬起来……"方香雯鼓动三寸不烂之舌，侃侃而谈。

柳氏当即心动，喜上眉梢，笑些时，复又发愁："就算我说你不是我亲生女儿，可毒妇和方临汝怕被王妃迁怒，不肯承认，也没用啊。"

"名分上你是我亲生阿娘，你说不是，她们不承认也没用，我们在外面造势，逼得他们不得不承认便是。"方香雯跟何舆商量过了，胸有成竹道。

柳氏没甚主意，只爱金银财帛，方香雯说得头头是道，遂同意了。

方香雯不是方家亲生女儿的消息只两日工夫便传遍润州城。

许多人登门询问，先是城中商户人家夫人，接着是方姓族中人，后来连一些没来往过的人都来探问。

方姜氏不知方临汝计划，她对庶出子女厌极，却怕露了犹疑被人议论不容庶子女，于是一口咬定，方香雯是方德清亲生女儿。

她的反应在方临汝的意料之中，无意中就成全了她的计划，把方香雯和何舆逼得不得不背水一战。

两人怕方家阻了他们的荣华富贵之路，八月初一，方香雯使芊月回府领了月例钱后，当即在迎宾楼摆酒席，宴请方姓宗族老人十数位，还有润州城十几位知名的大商，同是制扇大家的郭家和谢家都邀请了，方家的人连同方秀绮都郑重其事下了帖子。

这一次宴会，方香雯顺利将自己与方家的关系斩断，并在宴席上当着众人的面发誓，不要方家的嫁妆。

回到吉安里已近黄昏，回想宴席上把方临汝逼得一步步退让的情形，方香雯得意不已。

她刚提出她不是方家亲生女儿时，方临汝拍案而起反驳，她当即让柳氏出面作证，方临汝瞬间口结，哑口无言许久，才用她要不是方家女儿方家就不给她嫁妆一事要挟她，妄图吓唬住她。她当即发誓不要方家嫁妆，气势咄咄逼人，把方临汝的铜牙利齿敲打掉，整得方临汝毫无反击之力。

何舆也深觉扬眉吐气，不住口夸方香雯，抱住啾啾连声。

两人都迫不及待的想过上出入婢仆围绕前呼后拥的美梦，等不及安王府的人寻到润州来，也怕真的安王女儿被寻到，失去了冒认机会，决定马上动身上京。

当何姜氏首饰的钱还有方香雯刚领的月例钱，办酒席请客花光了，要上京城没盘缠，方香雯让何舆逼何姜氏去跟方姜氏要钱，何舆嘿嘿一笑，摇头道："咱们不用自己雇马车进京，明天你去刺史府，表明身份，让刺史派人护送我们进京。"

两人美美睡了一觉，翌日起床，方香雯刚要精心梳妆打扮去刺史府，芊月跌跌撞撞奔进来，扑通一声跌跪地上，号啕大哭："大娘，这可怎么办？"

"什么怎么办？"方香雯勃然变色，隐约有所悟，只不敢相信。

"琬初……方才来找婢女，跟我说，二郎找人打听了，那些说什么替安王爷找女儿的人原来是骗子，大唐根本没有封号安王的王爷。"

早不说晚不说，她昨日在人前与方家了断的关系，发誓不要方家嫁妆，今日就过来说这些。

那什么王爷寻女的消息，分明是个圈套。难怪方临汝钢齿铜牙，昨日却被自己逼得节节败退。原来是装的，目的在于诱自己人前发誓，跳进她挖的坑。

方香雯跌倒地上，半晌，跳起来，尖声叫："方临汝，你设局骗我，我饶不了你。"

往外冲，要去找方临汝拼命。

何舆正在里屋听得分明，差点儿吐血，牙根咬断，恨方临汝奸诈，又嫌方香雯无用，弄钱的路子都让方临汝与何栋堵死了，少不得还要依靠方香雯，大喊："雯娘，回来。"把方香雯喊回来，强抑怒火，柔情安抚，仔细分析，

“昨日你当着那么多人的面跟方家断绝关系，这时候去找方临汝，徒遭人耻笑，于事无补，别去。”

“那就这么算了？”方香雯赤红了眼，郡主当不成，方家女儿身份又丢了，往后，没有月例钱，没有嫁妆，怎么过日子。

“慢慢来，从长计议。”何舆比她还难受，知急不得，更加体贴，柔情蜜意开解。

方香雯又感动又羞愧，绞尽脑汁想，不等何舆慢慢引导，自己先往侵占方面想，道：“我撺掇阿娘逼大兄分家，等分家了，再把大兄的家产弄过来，横竖大兄无路可走还可以回去投奔方临汝，方临汝不可能不管大兄。”

何舆正是这个想法，心中大赞方香雯了解自己，面上却装为难，不忍方香雯夺母兄家财，推托许久，方香雯一再坚持，方同意了。

“我让母亲多装几回病，逼那毒妇给钱，多的钱就算没有，十缗五缗总有的，咱们先省着用，你买首饰衣裳布料送岳母讨岳母欢心。”

方临汝怕方香雯与何舆一路寻各州官吏索要好处招摇进京，给方家招祸，故今日便使了琬初去给芊月递话。

琬初递话后，并没即刻走，在外头听动静。

芊月的哭嚎，方香雯的尖叫听个分明，等了些时，却不见方香雯冲出来，不由意外。

回方府，报与方临汝，方临汝淡笑：“当着那么多人的面，她自己说她不是方家女儿的，又不是我逼她说的，她能找我算什么账？”

“这回吃这个亏可大了，怕是还要生更大的事出来。”琬初有些担心。

“传我的话下去，不得给她踏进方府一步。”方临汝道。

这个庶姐没救了，脏的臭的本来想捂在府里头，如今是捂不住了，不如狠狠推开，不让她脏了方家的地儿。

因着方香雯这事，几日没去扇坊了，方临汝收拾妥当欲往扇坊去，刚出厅门，婢女来报，有三个自称是何栎堂弟的小郎府门外求见。

“来了，动作可真快。”方临汝低笑。

“何大郎本家的兄弟？不是说他叔伯很不堪吗？”琬初皱眉。

“不会跟何二郎一个性情吧？一个就够受的，再来三个可不得了。”璟初也是一脸忧心。

“行事做派跟何舆如出一辙。”方临汝笑笑。

琬初、璟初勃然变色。

方临汝招手，让她俩凑近，低低交代。

两人始则紧绷着脸，后来眉眼越来越放松，再后来，眉开眼笑，璟初拍手呦呦叫：“不知死活的，落到二郎手里，也不知后来裤衩能不能留一条。”

“什么裤衩不裤衩的，忒粗俗。”琬初嗔怪，憋着笑道，“你应该说，不知他们的毛发能不能存一根。”

“你这话就不粗俗了？”璟初挤眉，睫毛扑簌扑簌眨动。

二人绕着方临汝一追一赶，笑闹些时，按方临汝交代的，让婢女把人请去金阊厅。两人且不急着去，细敷面粉，淡扫胭脂，一等婢女方府都特意发了寻常人家小娘都穿不上的极美极高贵雍容的衣裳，备订扇会那日穿了显摆方家制扇第一大家的阔气的，今日要摆阔气给何家三兄弟看，遂拿出来穿上。

收拾妥当了，去玉澜堂，侍候方德清的二十名方府最出色的美婢调了八个去侍候素心、素问了，还有十二名，都精心妆扮了，招摇着一齐带到金阊厅。

哐当！何家三兄弟手里茶杯一齐落地。

珍贵的官窑白瓷莲纹杯，轻薄如玉，砸在地上，如羊脂玉，水汪汪润白一片。

三人顾不上惋惜，只呆怔怔看着款款而来缓步走近的美人。

论起来，琬初、璟初和那十二个婢女的美色都在崇徽之下，然则满园春色来的冲击比起一枝独秀冲击更大，由不得何家三兄弟不失神。

“美人啊！”何三郎惊叹。

“方二郎说的原来是真的，见不到美人，不是世间美人少，是家底不够丰厚。”何五郎喃喃。

何七郎既看美色，也看其他，身体前倾，眼直直道：“天！她们的中衣居然是苎衣。”

筒中黄润，一端数金，苎衣轻薄洁白，叠雪裁霜，等闲人家小娘都穿不起，这些美人，据他们打听到的情况，当不是方府小娘，婢女居然穿这么好的衣裳，方家富可敌国的传言，看来不假。

中衣是苎衣，外面裙裳更加精美，捻金线织成的骨朵云纹大袖衫，下头是装饰了金与银、云母、珍珠、钿片、玉和翠羽等物的曳地长裙，娜婀多姿走来，窸窸窣窣丝绸摩擦声里夹着金玉碰撞的清脆细响，更有阵阵香气氤氲漫溢，令人不知不觉沉溺陶醉，晕陶陶忘乎所以。

琬初、璟初近前，带着十几个美婢欠身行礼：“婢女见过几位何小郎，家主事多不得空，命婢女前来招待几家小郎。”语毕，上前，收拾掉地上碎瓷，另上一套粉彩玲珑杯，指如春葱，举止娴雅，低眉浅笑，浅嗔薄怒，声若莺啼，媚赛仙子。

何家三兄弟失魂丢魄，一句话说不出。

琬初、璟初带着那十几个婢女，轮番上前敬茶，敬的是茶，比酒还醉人，茶过三巡，温柔有礼，把三兄弟送出方府。

长街空旷，秋风阵阵，三人身体抖了抖，回过神来，身旁红香翠袖不见，只有头顶秋阳照着。

“这才是大家风范啊！”三兄弟齐齐惊叹，相视半晌，回头看方府昂扬轩阔的大门，心中暗暗发誓，定要和方临汝攀上关系，抱紧方临汝大腿，以后就靠着方家这棵大树，吃香喝辣，美人环绕。

第四十章　贪念误人

方临汝要晾着何三郎等人，又不能令得他们心灰意冷离去，吩咐琬初、璟初去招待，施展美色，让他们如痴如醉欲罢不能，自己出门直往扇坊而去。

扇坊大门外听得谢宜宁脆生生娇俏动听的嗓子，方临汝拍额头，苦恼不已。

阍者迎上前来，方临汝低声问道：“谢家小娘来多久了？为难何大郎没？”

“没有，今日来了很老实，钻进工坊里学制扇不出来了。”阍者道，眼神闪亮，说话间，还不时往里探头。

都是粗鲁男人的扇坊来了个美貌小娘子，没有不心喜的，方才里头看谢宜宁，听得马蹄声方急急奔出来。

“学制扇！”方临汝怔住，快步入内，北厅没人，何栎南厅中坐着，面前摆着账本，眼睛却没看账册，若有所思的神色看着虚空处，不知想着什么。

方临汝加重脚步，靴子落地咚咚声响。

何栎侧头看来，空茫的眼神，半晌方聚拢目光，眼睛霎地亮了，细细的星辉，起身，笑道：“来了。”

方临汝闷闷应了一声，道：“谢宜宁真是胡闹，她是谢家人，居然跑方家扇坊来学制扇，没追打逼迫咱家扇工教她制扇吧？”

“没有，用不着他们拒绝。”何栎摇头，道，“她刚说要学制扇，崇徽就应下了，眼下崇徽在教她劈丝。”

“什么！”方临汝变色，转身出门，往工坊奔。

“汝郎。”何栎叫，背后按住她肩膀，又急忙收回手，“你先回来，咱们说话。”

“有什么话回头再说。”方临汝暴躁，道，“谢宜宁是谢家的人，崇徽怎么能教她制扇，糊涂。”

“崇徽的制扇手艺不是方家教他的。”何栎拦到方临汝面前。

“他是方家的人，无论如何不能教谢宜宁制扇。”方临汝抬手想拨开他。

何栎站着一动不动，定定看她：“若崇徽是谢家人呢？汝郎，整个润州城，乃至整个大唐，制扇手艺能胜方家的，只有谢家。”

“崇徽是谢家人？”方临汝失笑，道，“表哥，谢家只有嫡系会制扇，也就是说，只有谢天的儿女会制扇，谢天无妾只有谢夫人一妻，他的儿女不肖说是谢夫人亲生，谢夫人有什么理由虐待亲生儿？”

“我就是想不通这一点。”何栎低喃，坚定的神色松动。

“表哥，你也变得多疑了。”方临汝笑道，拨开何栎，往里头工坊走。

“是我多疑吗？”何栎喃喃自语。

他觉得，崇徽对谢宜宁有一股说不清道不明的亲昵，那是他对其他人，方临汝之外其他人从没有的。

他能肯定，崇徽喜欢谢宜宁，不是男人喜欢女人的那种喜欢，那是一种自然而然的喜欢，除了与生俱来的骨肉牵绊，他想不出其他原因。

劈丝工坊里，扇工们半蹲着围成圆形，中间崇徽跟谢宜宁跪坐着，手里拿着紫竹和劈刀，谢宜宁哇哇叫着，如大珠小珠落玉盘，工坊都是她清脆的声音，一时说：“好神奇。”一时说：“好难。”一时又叫：“哈哈，我会了。”

上头桃红短衣，杏色半臂，下面松绿大口裤，裤脚敞开如喇叭状，折枝花图案锦缎镶边，脚上绣履盈盈，细腰绵软如柳枝，配着俏丽精致的眉眼，别说为生计奔忙的粗鲁扇工，连几个时常在外行走的管事都围了过来，目不转睛看她。

方临汝清咳一声，众人扭头看，俱有些讪然，纷纷散开，各忙各的去。

“汝郎，你来啦。”谢宜宁抬头，冲她绽开一个灿烂的笑容，丝毫没有身为谢家人学方家制扇手艺的不自在，低头继续劈丝。

崇徽扔下手里紫竹和刀子，猛一下起身，冲到方临汝跟前，许多日子没见般，眼睛亮闪闪，贪婪而热烈，目不转睛看了些时，垂头，委屈地告状：“早上我过去你还没起床，璟初不让我进去看你。”

方临汝没好气瞪他，转身往外走，崇徽乖乖跟上，方临汝中庭站定，眼睛看着里头，沉声道："制扇手艺不外传的，你的手艺虽说是你自己家中学到的，可你现在是方家人，不能教宁娘制扇。"

崇徽圆瞪眼，身上穿着白色胡袍，小翻领是玫红色，洁白出尘里透着无边艳色，身姿笔挺，英风勃勃，眼神却是傻呆呆的，似乎不明白她说的什么，方临汝刚要细细解释，他忽然咧开嘴笑起来，开始是咕咕喉底冒笑，过片时，哈哈哈仰天大笑，笑声响彻云霄，刚走的扇工纷纷奔回来，惊诧地看着傻子似看他，方临汝刚要喝命他不要笑，他冲扇工们大喊大叫："哈哈哈，我是方家人，汝郎承认我是方家人，她以后不会再赶我走了。"

扇工们莫名其妙，一人嘀咕："你是家主未婚妻，不是方家人难道是外人？"

方临汝抚额，对崇徽神奇的关注点无语至极。

崇徽冲进工坊，夺下谢宜宁手里紫竹跟劈马，拽着她胳膊往外拖，口中道："你不是方家人，不能在方家学制扇，你快走吧。"

谢宜宁猝不及防被他拉出门，至庭中回过神来，千斤坠似的蛮力定住身体，甩开崇徽，高声道："都已经教我了为什么又不教了，不行，我要学。"

"不行，你不是方家人，我不教了。"崇徽叫得比她还大声，又指左右扇工，极有气势道，"你们也不准教。"

谢宜宁大眼睛滴溜溜转，方临汝顺着她视线看到闻声过来的何栎，暗叫不好，才要喊何栎离开，谢宜宁冲过去，一把抱住何栎的腰部，得意扬扬道："我嫁给他好了，怎么样？现在我是方家人了吧？你继续教我制扇。"

何栎烈火烧上身般，急急推谢宜宁，哪推得开，登时脸庞赤红，额头汗淋漓。

"都回去。"方临汝喝命扇工。

众人热切切看着，依依不舍，不得不走开，拖拖拉拉走得很慢。

崇徽已经呆了。

方临汝看何栎，再被谢宜宁抱下去，不想娶也得娶了，无奈得很，走近前，当日迎宾楼跟琬初、璟初合三人之力都没拖住谢宜宁，深知拼力气别想拉开她，勉强以镇定的口吻道："你弄错了，我表哥姓何不姓方，你嫁给我表哥也不能学方家的制扇手艺。"

谢宜宁"啊"一声，看方临汝，又看何栎，满眼沮丧，不情不愿地松开何栎。

何栎转身往外奔，方临汝想起前两回情形，暗暗着急，虽则认为男人不应为这点儿事想不开，谢宜宁又是难得一见的国色天香美人，却难说他愿意接受。拔足急追，但还是迟了一步，何栋纵身上马而去，去势甚急，尘烟飞扬，眨眼工夫只余一个小黑点，过片时，黑点也看不到了。

“他跑那么快干什么？”谢宜宁跟出来，乌溜溜的大眼满是不解。

方临汝喉头噎着一口血，满腔闷怒，一时间也顾不上避讳了，招手：“你跟我进来。”进北厅，地台坐下，谢宜宁不见外，挨着她就想坐下，方临汝冷喝一声，道：“谁允许你坐了？给我站着，站得笔直，不准动。”

谢宜宁迟疑了一下，真个站起来，垂手肃立，直直站着一动不动。

方临汝骂出来后，不承想她真个听训，愣了一下，她是谢家小娘，身为方家家主惩罚教训她甚是不妥，但话说出来了，要收回却是不愿意的，也无法视而不见，起身撇下谢宜宁走了出去。

“汝郎你别生气，我帮你去教教她。”崇徽门外探头探脑，小狗腿地贴过来。

他教，歪上加歪，更无可救药。

方临汝冷瞪他，嗔道：“干你的正事去。”

把崇徽骂回工坊，自己进南厅，拿出账册核账。

账本上每一个数字都不容粗心轻忽，不知不觉间忘了一切，待得要核的账核完，合上账册伸伸腰，惊觉窗外霞光彤彤，竟已近黄昏。

方临汝快步出门，北厅中，谢宜宁还是方才那个姿势，一动不动站着，方临汝愣住，沉默些时，快步走了进去，谢宜宁看她，眼眶微有濡湿，乱世魔王一般狂妄得不知天高地厚的人，居然几分楚楚可怜，跟崇徽颇有些相像，方临汝满腔怒火化为无奈，拉着她坐下，温声问道：“知道我为什么训你吗？”

“不知道，你又不说，我怎么知道。”谢宜宁委屈地扁嘴，泪水吧嗒吧嗒掉了下来。

方临汝深吸口气，看在她一站一个时辰一动不动份上，耐心解说。

男女授受不亲，身为小娘子，不应胡乱抱男人，虽则大唐民风开放，究竟于名声有碍，也给男人造成不必要的心理负担。

谢宜宁似懂非懂，抿唇愁眉听着，方临汝讲完，用力一挥手，道：“你就长话短说吧，就是说，我不能抱登徒子，抱他，他会很烦恼，别人也会觉得我不自重，对不对？”

方临汝点头。

谢宜宁豪爽地大声道：“行，我听你的，以后不抱他了。”

方临汝轻吁出一口气，暗道孺子可教，不算无可救药。

“我怎么才能继续学制扇？我感觉制扇蛮好玩的。”谢宜宁追问。

方临汝有些无奈，制扇手艺是润州城多少人赖以生存的本领，她却只当玩儿。

给她在方家扇坊学制扇自是不能的。

方临汝道：“你们家原先也有扇坊，扇坊关了，扇工各自营生，主仆情谊还在的，你若想学，让你母亲找手艺好的扇工教你。”

“我母亲让我到你家扇坊学。”谢宜宁大剌剌道。

她到方家扇坊学制扇居然是谢夫人授意的！方临汝愕然。

手艺是各家生存的根本，制扇大家的方家的制扇手艺，更是秘不外传之宝，她居然让女儿公开学艺。

直到晚上回府，方临汝还沉浸在震惊意外中，捉摸不透谢夫人葫芦里卖的什么药。

心事重重，又担心何栎，进府门后，方临汝径自往归闲坞去，也没交代同行回府的崇徽一声。

崇徽默默站着，看着她身影利落潇洒，消失在视线中。

何家兄弟三人上午刚走下午又来了，璟初和琬初还如上午一般招待，三人却坐着不肯走，璟初悄悄出来，到府门这边，要知会方临汝暂避。霞光下，崇徽一动不动，要不是袍摆风中飞扬，几乎以为是一尊雕塑。

“傻子！”璟初摇头，把手伸到崇徽眼前摇动，喊道，“二郎呢？回来没？”

崇徽视而不见，眼直直，喃喃道：“要怎么样才能让二郎眼里只有我？”

璟初怔住，早知他醋劲儿大，只不知大得上天了，竟然连方临汝身边一个人都容不下，叹口气，返身离开。背后崇徽唤住她，竟是眼观六路耳听八方，看着怔神，实则耳聪目明，问道：“找二郎有事？”

“说了你也不懂怎么办。”璟初道，往马厩去，要看方临汝回来没。

“谁说我不懂。”崇徽瓮声瓮气道，腿长步子快，几步走到璟初面前拦住她。

璟初看他，嘻嘻笑，眼睛眯成月牙儿，脆生生道：“何大郎几位堂弟来了，此时在金阊厅中，死皮赖脸不走，二郎不在，请娘子去解决。”

何家那三个色鬼！

崇徽略呆了一呆，翘起嘴角，气势磅礴，掷地有声：“我这就去。”

方临汝说过，他们三个到润州来，便跳进她挖好的坑了，眼下要做的，只是如何往坑里填土，把他们埋得密实，让他们没有出坑的可能。

何三郎兄弟上午晕晕乎乎被送出方府，秋风一吹醒了来，三人恨不得立马攀住方家再也不离开，见不着方临汝面，抓心挠肺难受。

回到客舍无滋无味吃过午膳，三人抛开谁先攀上方家先得好处的顾忌，凑到一处，同声同气商量探讨。

与方临汝分别后，他们先派了家奴过来打听，方临汝口中说的那些都是真的，何舆出手就赔人家一千多金，眼红眼热，急忙奔润州来。来了后，还怕家奴了解得不实，自个儿又在城中到处打听了好几日，确定方家真个富可敌国，是一只肥猪，方登门。

今日看那排场，真真阔绰，只是再阔绰，见不到方临汝攀不上关系又有什么用。

“上次看起来，方二郎挺和气的，不摆架子啊，这回为什么不见我们，说是很忙，我是不信的，若肯见我们，再忙也抽得出时间来。”何三郎道。

“会不会是大兄在他跟前说了我们坏话？”何五郎道。

“有这个可能，听说大兄很得重用，如今是方二郎之下方家第一人。”何七郎道。

“这可怎么办好？”方三郎和方五郎一齐问，眼看着金山铜矿就在跟前不能分一份，着急得很。

何七郎眯眼，思索片刻道：“咱们再去，记住，别被美色迷惑，见不到方二郎就不走。”

何三郎和何五郎都是没主意的，深觉有理，为了傍上方家这棵大树，什么脸皮都不要了，三人又到方家递拜帖。

琬初、璟初得过方临汝吩咐，要不松不紧勾着他们，也便吩咐请进府里。

崇徽大步进金阊厅，冲琬初挥手，琬初略一怔，带着美人们退出金阊厅。

璟初廊下站着，琬初小声问道："二郎让他过来的？"

"不是，没找到二郎。"璟初捂嘴笑，把遇到崇徽的经过说了一遍，道，"小傻子一心想挑起担子来，给他试试。"

"都知道他是傻的了，还给他进去，要是坏了二郎计划怎么办？"琬初埋怨。

"总得给他试试的机会吧？"璟初摊手，探头往里看，霎地瞪圆眼。

琬初顺着她的视线往里看，嘴巴张得老大，瞠目结舌。

崇徽地台上君王般威严坐着，何家三兄弟匍匐地上，冲他磕头。

琬初、璟初相视一眼，麻利进茶水房，一人端茶杯，一人托茶叶，顾不上款款慢步，急切进厅，假装烧水点茶，光明正大听壁脚。

"二郎是你们想见就见的？真真好笑，猫儿狗儿都能见她，二郎不用办正事了，每日要见他的人润州城从城里排到城外了。"崇徽冷冰冰笑，懒洋洋地眼角睥睨，高高在上只可仰视不能高攀的姿态，出尘绝俗的面庞，说出来的话却是带钩的刀子，把人剐一刀后，还要把皮肉往外翻上一翻。

何家三兄弟身体更弯，额头贴到地面，身体微抖。

崇徽淡淡看着，过得盏茶工夫，方发话："行了，告辞吧，回头二郎心情好时，我会告诉他你们来过。"

何家三兄弟二话不说，欠身埋着头往外走。

"你说什么把他们仨吓成那样？"琬初、璟初等得三人走远了，齐齐发问。

崇徽清咳一声，正颜端色，道："没吓他们，只是假装不记得他们了，问他们，是得了二郎送双龙海棠镶金黑檀连地屏的赵家的人，是得蝠兽墨玉杯肖家的人，还是得了连珠帐卓家的人，然后想半日说是你们啊，皱下眉头，很不悦的样子，他们就匍匐下地请罪了。"

琬初、璟初一齐沉默，片刻后，捧腹大笑，笑得东歪西倒，笑了许久方住。

琬初摇头不迭：“这真是什么师傅教出什么徒儿来，跟二郎一模一样，黑起人来眉头都不皱一下，明知道他们贪财爱钱，还编大话显摆，宝物没落进他们腰包，这不要他们的命吗？又装了不高兴的样子出来，还不是吓他们！”

“二郎都没他黑，他黑起来可是清水出芙蓉，浑然天成。”璟初咭咭笑，嘴角两个小酒窝盛了蜜，甜得要溢出来。

崇徽由得她俩笑，低眉思索些时，道：“往后他们来了不用报二郎，告诉我，我来发落。”

“瞒着二郎？”琬初问，看崇徽眼里精光毕现，总觉他在酝酿什么，手肘顶璟初，“我怎么觉得他像一只狐狸，很狡猾的样子？”

“管他呢，听他的就是，横竖他做什么都是为方家为二郎。”璟初浑不在意道。

琬初想了想，也是，傻子也好狐狸也好，崇徽死心塌地待方临汝，不会做损害方家的事，看来做事自有章程，听他的，若能减轻临汝肩上负担，也不错。

三人回漱石榭，方临汝还没回来，崇徽挺拔的身子瞬间垮了下去，璟初刚想安慰他，他又挺起胸膛，若无其事道：“二郎不在，我去秋香楼陪二娘吃。”

语毕，转身就走了。

“终于不是糯米糕团儿黏糊糊甩不开，可喜可贺。”璟初拊掌大赞。

琬初皱眉，总觉崇徽不对劲，只想不起怎么不对劲，怔站了片时，道：“二郎没回来，别是去明瑟馆了？我去看看。”

璟初悄声嘀咕：“想找何大郎就去，拿二郎作筏也不害臊。”

琬初在明瑟馆没见着人，方临汝和何栎都不在。

方临汝到明瑟馆，髹漆院门紧闭，门环上挂着铜锁，看样子何栎没回来。又去玉澜堂，还是不见何栎，使婢女问阍者，说是何栎没回府，想起前两回何栎羞愤难堪情形，放心不下，牵了马又出门。

润州城说大不大，但也不小，一时不知何栎去哪儿。

方临汝寻思他也许去迎宾楼喝闷酒了，到了迎宾楼一问，没去过。

又去扇坊，扇坊关门了，不见人。

何栎做事一板一眼，再不曾偏差半分的。

方临汝微有担忧，到给紫竹园送供给的小宅子，马车在，何栎没去紫竹园。

从宅子出来，又到城里何栎应酬曾去过的地方找，还是没有找到。

回方府，听得何栎还是没回府，担忧变成惊怕，怕何栎想不开，命方渭府里调二十个机灵的，城里各处寻找，半个时辰回府报讯一次。

本以为这么多人定能找到，谁知至酉时末，还是没找到。

方临汝慌了，又命增加人，调了五十人出去找。

戌时末，还是没找到，方姜氏都惊动了，问崇徽原因。

谢宜宁抱住何栎时，崇徽满心欢喜方临汝说他是方家人，压根没注意，说不出什么来。

方姜氏也着急了，到金阊厅等消息。

方临汝找了一遍没找到回来，方姜氏急问原因，方临汝不便说，只推不知道。

亥时中，城里酒楼茶馆差不多都关门了，外出寻找的人回来，还是没找到。

白芷站在方姜氏身边，一直木着脸面无表情，忽地小声道："会不会是去了……去了那种地方？"

"哪种地方？"崇徽好奇问。

方姜氏苍白的脸霎地涨得通红，咬牙拧眉。

"不可能！"方临汝断然摇头。

方渭迟疑了，低声道："只有那种地方没找过。"

方姜氏不等临汝开口否定，大声吩咐："带上人，去胭脂巷看看。"

胭脂巷是润州城青楼所在地，一溜儿十几家窑子，莺声燕语，脂粉飘香，男人的销魂窟。

方渭看方临汝。

方临汝坚信何栎不会去胭脂巷，方姜氏起疑，让方渭去空走一趟释她疑心也好，略一沉吟，轻点了点头。

去胭脂巷人多不好，方渭只点了方敬和另一个管事方山跟着。

夜深了，方临汝对方姜氏道："母亲回去歇着吧，我在这里等着就好。"

方姜氏揉揉额角，往日这时歇下了，确有些倦，要离开，又不愿意，虽没明言，可府里谁都知道何栎会是方家女婿，何栎真个去欢场，她决不饶他。

重重坐回椅子上，冷冷道："等渭郎回来再说。"

方临汝也不在意，在方姜氏身边坐下，静静陪着。

崇徽看看这个看看那个，拉了璟初到一旁，求知若渴，追问胭脂巷是什么地方。

璟初哪说得出口，瞪他："不是好地方，别问了。"

崇徽察言观色，自然知道不是好地方，弄不明白，难受得紧，安氏拿给他看的话本还有几本没看，纠结些时，走了出去，要去拿话本看，在话本里找那种地方是什么地方。

月色半明半寐，灯笼熄了大半，只十几步远方一盏，花草树木隐在薄雾里，脚下小径不甚分明，崇徽走得有些慢，一边走一边想着那种地方怎么让方姜氏忌讳如瘟疫，当头差点儿与方渭撞上。

一股刺鼻的酒气与香味扑鼻而来，崇徽甩袖子，抬眼看去，方渭后面方敬和方山架着何栎，酒气与香味就是何栎身上传过来的，惊得眼睛瞪圆，脱口问道："在那种地方找到何大郎的？"

方渭点头，苦着脸道："挹翠楼找到的，夫人得气死了，这回二郎也帮不上何大郎了。"

"何大郎去那种地方很严重吗？"崇徽问。

"这还用说，恐怕打断一条腿赶出方家都有可能。"方渭叹道。

还未成亲就出去寻花问柳，换了旁的人家女婿也罢了，只是何栎不行，二娘身子那么弱，受不得打击。

崇徽喊何栎，要问何栎怎么办好。

何栎一声不吭。

崇徽凑近前，何栎眼睛紧闭，眉头紧蹙在一起。

崇徽搓手，焦急烦躁，方临汝肯定不想伤何栎面子的，这些日子还一直在考虑怎么让方姜氏重视何栎，不能让方姜氏向何栎发作。

脑子里许多念头转过，崇徽咬牙，从方敬方山手里揽过何栎，小声道：“我把何大郎背去归闲坞，你们禀报夫人，就说胭脂巷找遍了，没找到何大郎，真实情况悄悄禀报二郎，接下来要怎么办由二郎决定。”

说着，把何栎搭到背上背起，大踏步朝归闲坞走去。

“娘子力气好大！”方敬赞叹。

“娘子是女人，背何大郎，二郎会不会生气？”方山有些惶恐。

方临汝生气也不会迁怒到他们身上，欺瞒方姜氏却是麻烦。

说话工夫，崇徽背着何栎走出几十步远了，方渭略一迟疑，招手，带着方敬方山退回府门，密嘱阍者别说他们抬着何栎回来了，而后方往金阊厅去。

方渭才刚说在胭脂巷没找到何栎，方临汝一拍额头，叫道：“我忽略了，只在外头找，说不定表哥就在府里面。”挥手，道，“快，府里头各处找找。”

让方姜氏厅中歇着等消息，自己快步往外走。

方渭带着人出金阊厅十几步，方临汝后面追了上来，拽住他袖子拉到一边，悄声问道：“找到表哥了？”

“二郎怎么知道？”方渭惊讶不已。

“你们进来时带进那么重的酒味和脂粉香味，我能不知道。”方临汝薄斥，“也不说散散味儿再回来，亏得母亲没注意。”

方渭挠头，急忙认错，把经过告诉方临汝，请她示下。

“好样的！”方临汝夸道。

吩咐方渭带人先在园子里装模作样找，要不要报方姜氏找到何栎等自己的命令，急奔归闲坞。

方府里的人都聚在金阊厅，崇徽背着何栎一路没遇到人，进了归闲坞后就不知如何是好。

他进方家后只在澄漪山房走动，还是听璟初给他介绍方府情况时知道有归闲坞这么个所在，知道何栎住在这里面，具体哪个院子却不知道，站在院门发呆。

忽听脚步声，漱石榭时每日巴巴等方临汝回来，对方临汝脚步声极熟悉的，回头看，喜滋滋喊：“二郎！”

“也不躲起来，不怕来的是别人吗！”方临汝薄责一句，随即狠狠夸他，口沫横飞，赞美词儿一个接一个。

帮她保住何栎她就这么欢喜！

崇徽一头栽进醋缸里，酸溜溜难受的紧，闷闷道：“有奖励吗？”

“咳咳咳……”方临汝被自个口水呛住，咳得脸红气促。

小傻子办好一件事就索要奖励，这傻子的行事风格，什么时候才能改变呢！

崇徽扁着嘴等她点头，等半晌只有咳嗽声，不由得失望，把背上的何栎往上颠了颠，酒味又重了些，脂粉味刺得人想打喷嚏，吸吸鼻子忍了下去，忽想起方姜氏的勃然变色，方渭的惊怕，满心不解，一脑门疑问往外兜。

“二郎，那种地方是什么地方？挹翠楼又是干吗的？为什么在挹翠楼找到何大郎夫人会很生气？”

看来话本也不是万能的，也或者，奶娘拿给他看的话本筛选过了，什么名妓才子风流韵事的没拿给他。

傻子方才拉着璟初问，这当儿又问自己，不问个清楚怕是不罢休的。

人世间的事好的坏的都让他懂得吧。

方临汝清了一嗓子，忍着羞臊，把胭脂巷挹翠楼是什么地方简单解说了一遍，方姜氏生气准女婿寻花问柳不便说出口，只道：“自重自爱儿郎不去那种地方，母亲故而生气。”

“那你为什么不生气？”崇徽眼睛晶亮，暗夜里灼灼发光。

方临汝似乎在里头看到幸灾乐祸之色，觉得自己眼花了，崇徽怎么会盼着何栎倒霉呢。

想何栎倒霉，他就不会拦着方渭不让带何栎去见母亲了。

方临汝摇摇头，笑道：“我跟表哥从小一起长大，表哥是什么人我清楚，这事肯定有隐情，没什么好生气的。”

“从小一起长大”像尖利的匕首直直扎进崇徽心脏，崇徽趔趄了一下，差点儿摔倒。

“小心点儿。”方临汝叫，上前扶崇徽，才想说太重背不了就歇会，眼角忽瞥见来路红光点点，移动着，越来越近，看样子，竟是有许多人往归闲坞这边走来。

方才交代方渭带人去园子里找了，怎么还有人过来？

莫不是母亲后知后觉想起方渭等几人身上有酒味香味，起疑了？

方临汝看看崇徽背上何栎，头软软垂着，只怕叫不醒，暗暗着急。

崇徽顺着她的视线回头看，也发现了，哭丧了脸，声音走调：“怎么办？被夫人发现我欺瞒她，我就完了。”

他和何栎都不能完，何栎满身酒味脂粉味，来不及消除。还怕脸上脖子颈间还有亲吻印记什么的。

方临妆后背冷汗涔涔，急切思索片时，咬牙指墙根，低声道：“从那走，快。”

顺着墙根走半圈，来到角门，府里各处钥匙带在身上，开了角门，进澄漪山房，让崇徽把何栎背到漱石榭。

方姜氏性子偏执，怕她起疑要搜漱石榭，被她发现自己欺瞒她，天都得塌。方临汝不敢掉以轻心，进门后没把何栎安置书房中，而是出后门来到水潭边，把何栎安置在水潭后假山洞里。

怕何栎醉酒不清醒滚进水潭里，亦且山洞阴凉，方临汝拿来披风把他裹紧捆住，方与崇徽急急离开，赶去跟方姜氏装偶遇。

方渭还带着人还在园子里装模作样找着，方临汝和崇徽直去归闲坞，方姜氏沉着脸带人明瑟馆院门外站着，院墙搭着梯子，命婢女进去寻人，没找到。归闲坞各处找，找完了，又搜至善苑，方府各处都找过没有，忽道：“到漱石榭找。”

方临汝一滞，想过方姜氏会搜漱石榭，却不敢相信她居然如此不给自己脸。

别人不知道，她是清楚的，自己一个小娘，从漱石榭搜出何栎来，成什么样子。

此时反对只会让方姜氏起疑更寸步不让，搜得更仔细，说不定就找出何栎来。

方临汝一言不发，默默陪着。

进漱石榭，方姜氏不让琬初、璟初动，唤白芷红叶寻找。

红叶白芷里外找，找得很仔细，找了一遍没有又找第二遍。

方临汝脸颊僵硬，指尖微微因发冷微微颤抖。

白芷、红叶回报没有，方临汝再也忍不住，低声道：“夜深了，母亲歇息去吧。”

方姜氏深深看了她一眼，有狐疑，又微有歉疚，双手交叠搓了搓，道：“让都歇下吧，明日再找。”

方临汝往常都送到芙蓉堂的，这晚不想动，院门外便站住了。

灯笼光远去，几个人回转，琬初迫切问：“何大郎找到了是不是？”

方临汝闷声不吭进屋，崇徽看了她一眼，出后门，把何栎背进来，放平地上。

璟初出去提来热水，两人一起帮何栎拭手净面。

摆弄这些时，何栎半点儿醒来的迹象都没有。

“这得喝多少酒，怎么就醉成这样。”琬初低喃。

方临汝心情郁郁，问道：“母亲怎么疑心起我来了？”

“你走了后，白芷说，怎么酒气香味这么重，青楼里找人进进出出染了脂粉香也有可能，酒气是怎么回事，夫人当时脸便沉了下来。白芷又说，渭管事会不会是找到人了悄悄送回归闲坞了，夫人当时就怒了，喊上归闲坞找。”璟初道。

“干吗眼睛那么毒，对母亲那么忠心。”方临汝埋怨，想起银杏，若是银杏在方姜氏身边服侍，就没这麻烦。

崇徽说过，要在方姜氏身边安插耳目，也许真该好好考虑。

“虽说暂时瞒过夫人了，可夫人要是找引泉问，引泉怕是撑不住，那时候，大家都有了不是了。”璟初忧心忡忡道。

引泉就是守门的阍者。

方临汝低眉，指尖来回捻动。

横联纵合，亲生女儿和府里下人合谋欺骗，视主母为无物，方姜氏得知后的恼怒可想而知。

“何大郎好像要醒了。”崇徽忽地低叫。

何栎的手指在颤动，微不可见。

方临汝眉头跳了一下，道：“快，倒茶来，喂表哥喝下。”

一大碗热茶灌下去，何栎手指动得更厉害了，睫毛不住颤动，眼睛却始终没有睁开。

“何大郎好像是想睁眼又睁不开眼。”崇徽道。

方临汝捉住何栎的手，何栎的一只手抖得更厉害，睫毛打摆般不住眨，脸颊肌肉似是因过度使力而紧绷，嘴唇哆嗦，像是要说话。

“要不找王大夫来看看？”琬初急得嗓子都抖了。

王大夫此时不在秫香楼中，回家去了，找他来得出府，闹得动静太大，更加瞒不过方姜氏。

方临汝略一沉吟，喊道：“提桶冷水来泼表哥。”

“啊！”琬初、璟初呆滞，崇徽略一怔奔出去，后面水潭打了一桶冷水回来，哗哗兜头倾倒下。

湿淋淋一地水，何栎散乱的头发黑得乌青，贴着苍白的脸，衣裳淌着水，几分弱质纤纤，琬初瞳仁缩了缩，看向方临汝：“我去给何大郎拿一身衣裳过来换上？”

方临汝摆手，定定看着何栎片时，道：“再提一桶水过来。”

又一桶水兜头淋下，何栎“哈啾”一声，霎地睁开眼睛。

方临汝高悬的心落地，松了口气。

何栎睫毛抖动，手肘支着地想坐起来，软绵绵没半分力气。

方临汝俯身要扶他，崇徽一把挤开她，托着何栎腋下把他抱了起来，靠到墙上。

何栎半阖眼，苍白的脸水珠淋漓，头发还在淌水，似是没发现崇徽的小动作，竭力凝聚力气，断断续续道：“我……不是……自己去挹翠楼的。”

“那怎么……”琬初面有喜色。

方临汝摆手打断她，端了一杯茶凑到何栎唇边，温声道：“表哥不用急，我知道你不会去那种地方，先喝杯茶。”

何栎看方临汝，眼神滚烫得能把水烧得沸开，不过瞬息，极快垂睫，啜了两口茶，哑着嗓子艰难说经过。

他从扇坊出来奔出几条街道后，怕方临汝担心，又扭头往扇坊打马，至城西，快到谢家扇坊门前时，忽闻得一阵浓郁的香气，他不喜香味，道两旁无花只树木，香味突如其来也甚是奇怪，他下意识屏息。

也许因为如此，他后来虽然周身虚软手足无力眼睛睁不开，意识却尚在。

他感觉到有人从路旁树后出来，一手扶着他不让他从马上跌下来，一手牵马，走了许久，脂粉味浓浓，燕语莺声不绝于耳。不久马儿不走了，扶着他的手松开。接着，女人俏生生的声音说："哟，这不是何大郎吗？"然后他被从马上扶下来，抬进屋，浓浓的香味围绕着他。有人往他嘴里灌酒，他抗拒，酒都洒到下巴和脖颈和衣领上了。

直到方渭寻来，他才知道自己身处挹翠楼。

第四十一章　含羞忍臊

“幕后行事的是谁？目的何在？”方临汝沉吟，茶盏端在手上，歪了也不觉。

崇徽气呼呼夺过，咣一声搁到一边，一室寂静，声音扎耳得紧，琬初剜了他一眼，嗔道：“你不会轻点儿？”

“我生气，害何大郎的人太坏了，要是二郎也误会何大郎，可怎么好！”崇徽悻悻道。

他哪是气这个，这是恼自己靠何栎太近了，方临汝无奈得紧，却不得不帮他圆场，笑道：“表哥是什么人我哪会不清楚，这要是能误会，我也别活了。”

何栎指尖抖了抖，低下眼睑，眼角晶莹水珠滑落。

方临汝没看到，略略退开些，地上坐下，屈起手指把地板当桌案敲，思索着道：“幕后那人看来一直盯着方家，也颇了解表哥，不弄晕，表哥进了挹翠楼也会离开，他怎么就算准我会着急得到处找？既然了解表哥，应该也了解我，知道我不会误会表哥，这么大费周章，是为了让母亲误会表哥申斥表哥吗？”

“咱们瞒过夫人了，无碍了吧？”崇徽问道。

“我总感觉还没完。”方临汝摇头，看看何栎，何栎狼狈不堪，方临汝突地问道，“表哥，你现在力气恢复了没？”

何栎嘴唇抖了抖，强聚力气说了那么多话，倦得再也说不出话，嘴形无声道：“不能。”

“琬初，你马上亲自去请王大夫过来，要快。璟初，你马上去跟渭郎说，是我使眼色，让他即便在胭脂巷找到表哥也别告诉母亲。崇徽，母亲问起，就说是我让你迎出去把表哥背到漱石榭的。”方临汝断然道，起身往外走。

众人怔怔站着，一脸不明所以。

方临汝急切道："我怕幕后之人是撒网捕鹰，一网多只，我不会误会表哥，母亲却不然，这是要让母亲人前又给表哥没脸使得表哥跟方家离心。若不能得逞，我拦下了，那也不要紧，母亲察知真相，暴怒可想而知，母子离心，更大的坏事。表哥已中药物浑身无力，还给表哥灌酒，在表哥身上弄出那么重的酒气和脂粉香，就是为了让母亲闻到起疑。"

"啊！"众人惊叫，俱脸色惨白。

"不要紧，我现在就去向母亲请罪，按我说的办就是。"方临汝朝众人安抚一笑，大步往外走。

琬初、璟初也忙按吩咐分头行事。

夜深，没有下人走动，偌大的方府沉寂空旷，远远看到芙蓉堂灯火通明，方临汝涩涩地苦笑了一声，揉眉心。

母亲该通透的地方不通透，该糊涂的地方倒是明白得紧。

对何舆那样的人偏是温柔宽厚菩萨心肠，对何栎就严厉苛刻半点儿不通融。上回金子那事，何舆一千多金赔给外人跑回来，也不见她生气，却怀疑何栎昧下金子大张旗鼓地追究。

总是正直严谨惹的祸，若是何栎如何舆一般，她便不会这般死揪着不放。

方家虽说有意许女儿给何栎，到底不曾明言过，何栎成年男子，有自己的自由，非得撕破脸面，何栎没脸，她自己和方家就有面子了？

方渭、方敬、方山和引泉堂中跪着，方姜氏冷着脸地台坐着，白芷站在方渭几人面前，替方姜氏咄咄问着话："身上染了脂粉香味可以说进出带上的，酒味又是怎么回事？"

方临汝深吸气，暗暗庆幸。

自己要不过来，迟早被问出真相，幸而过来了。

抬头看到方临汝，方姜氏眼神闪了闪，先是意外，接着是尴尬，最后是恼怒，嘴唇紧抿了一下，冷冷道："你来做什么？"

"母亲想问什么只管问我，让他们走吧。"方临汝平静道。

方姜氏愕然瞪方临汝，脸庞赤红，紧接着，泪珠儿滚滚而下："我这是碍着你了吗？”

方临汝满腹怨气尽化无奈，挥手，示意所有人出去。

方渭几人忙不迭退出去，白芷、红叶站着不动，只看方姜氏，方姜氏抽泣，喘着气道：“都出去，没见家主让你们出去么，看我做甚。”

夹枪带棒的，红叶、白芷更不动了。

方临汝无奈得紧，坚持要她俩退出去就是不给方姜氏脸面，只得压下，近前，低声道：“表哥眼下在漱石榭中，母亲跟我过去看看他，看过了，母亲就会明白，儿为什么让渭郎把表哥藏起来。”

方姜氏原来只是低声抽泣，闻言，抽泣变为号啕大哭，嘶声道：“原来真的在胭脂巷找到人了！你居然瞒着我，你为什么伙同下奴欺骗、隐瞒自己亲生母亲？你眼里还有我这个母亲没有？”

“母亲看着表哥长大的，表哥是什么人母亲不清楚吗？”方临汝心中太多说不出的悲哀，却不能发火，但也不愿再顺着方姜氏的意赔情安抚。

“我不知道，我只知道他真的去了胭脂巷，他忘恩负义，嫌弃枫娘身子弱。”方姜氏哭得更伤心了，只片时，帕子便湿透了。

“阿爷出殡那日，表哥就知道我跟枫娘交换身份了。”方临汝缓缓道。

方姜氏“啊”一声，脸颊挂着泪珠，惊讶地抬头，半晌，喃喃道：“不是嫌弃枫娘身子弱，那是不是想着你担着家主之位，不知何时才能跟他成亲，故而……”

“母亲还是跟我过去看看吧。”方临汝叹气，弯腰去搀方姜氏。

方姜氏被方临汝方才的话炸蒙了，怔怔间便被方临汝扶着出了芙蓉堂。

白芷、红叶紧跟着，方临汝有心让她们别跟，但怕节外生枝，方姜氏又执拗起来，也便不说。

耽误了这些时，进漱石榭只片刻，王大夫便来了。

方姜氏开始还绷着脸，打量着何栎的虚弱是装的，等王大夫诊脉断定何栎中了迷香，也没喝过酒，才哑了口。

别的人说的话她不信，王大夫从方锦枫出生起便给方锦枫诊治，性情耿直，醉心医道，每日不是山林里钻找草药，就是给病人看病研究医书，来来去去一身灰布衣裳，视财物如粪土，人情世故一概不理，因此他说的话，方姜氏没有不信的道理。

王大夫开药，琬初送他出府，璟初急忙煲药，崇徽去明瑟馆给何栎拿衣裳过来换。

方姜氏扯了方临汝出去，小声问道：“这到底怎么回事？”

“有人想让表哥跟咱们起摩擦，若是能闹得不可开交，表哥在咱家待不住走了，就称心如意了。”方临汝搓了搓脸，疲倦不堪，把商场上各种明枪暗箭，林源与郭成安狼狈为奸数次逼捐的事仔细说了，又道，“上次刺史府抓阿爷，因鲁玄暴毙咱家方暂时脱困，可利剑高悬，危机并没解除，说不定哪时候就抓我了，我若被抓了，大兄什么样母亲清楚，二兄身子那么弱什么都做不了，母亲和方家能倚仗的只有表哥，表哥一心一意为方家，咱们也别寒了他的心，做亲者痛仇者快之举。”

方德清被下大牢半日便送了命，方姜氏记忆犹新，方临汝此时提起，不仅脸上血色褪尽，身体颤抖。夫君去世有女儿挑起方家，虽则伤心，但贵安逸生活却不曾受影响，女儿若是也被下大牢出什么事，方家没何栎，没谁能挑起方家，那时候才真的是砧板上的肉，任人宰割了。

怔怔些时，低声道：“是我糊涂，往后我什么都听你的。”

方临汝吁出一口气，至此，却要给足方姜氏面子了，扶方姜氏在地台上坐下，郑重其事地跪了下去，叩首：“当时事出突然，儿来不及跟母亲商量，欺瞒母亲，是儿不孝，给母亲赔罪。”

“母子间说这些见外的话做甚。”方姜氏急急起身，把方临汝挽起来，轻抚她额头，刚止住没多久的泪水又流了出来，抽泣着道，“你在外头不容易，母亲也知道，上回听崇徽说的那些，母亲好几晚上都睡不着，难为你了。”

“这有什么。”方临汝拍胸膛，昂首挺胸，俏皮一笑，“女儿是金刚不坏之身，辛劳困顿算不得什么。”

“你啊！”方姜氏摩挲方临汝的脸颊眉眼，泪水淌得更快。

“母亲，渭郎等人隐瞒找到表哥是我示意的，请母亲别责罚他们，要怪都怪我。”方临汝又把方渭等人欺瞒主母的错处都揽自己身上，出门，命人去传方渭等人。

“不需传了，你的打算本没错，听你的好。”方姜氏拦她。

“母亲不生气，儿便放心了，儿蹬鼻子上脸，还请母亲宽慰他们几句，以消他们忐忑。”方临汝笑道。

方渭等人过来，璟初方才已嘱咐过了，说的跟方临汝一般无二。

只被女儿一人欺骗，跟被女儿联合下人一起欺骗的恼怒自然小很多，况且心结已解，方姜氏温言宽慰了方渭等人几句，不独不问罪，反夸他们忠心家主，命明日自去账房领赏，每人赏一缗钱。

母女嫌隙尽消，方临汝亲自送方姜氏回芙蓉堂，服侍她安置方回漱石榭。

何栎已经走了，书房拾掇得洁净，地面不见水渍，此前的忙乱紧张似是一场梦。

琬初和璟初回房歇下了，只有崇徽在地台上默默坐着，手搭在茶杯上，不端起来喝，指尖在茶水里搅动，入神想着什么，方临汝进来也没察觉。

停药些时，他身上成年男人的气息越发重了，喉结隐隐约约，脸庞轮廓没刚见面时那么秀润，随她在外行走，皮肤羊脂玉似的白腻变成象牙白。一身素白，飘然出尘，垂着头坐在那里，脸庞沉在暗影里，几分脆弱失落，几分秀色诱人。

方临汝心跳缓了半拍，别开眼，轻咳了一声。

“回来啦。”崇徽抬头，迷迷蒙蒙的眷恋眼神。

方临汝低嗯一声，想让他回流觞轩安置，他已起身凑过来，殷勤道：“二郎，我服侍你栉沐安置。”

“那是琬初、璟初的事，你一个大男人做这些不害臊。”方临汝粗声道，往一侧避了避跟他拉开距离。

屋里不同寻常地静，两人的声音格外清晰，崇徽个子很高，无法言说的压迫感。

崇徽嘀咕了一句什么，听得不是很清，但大概能猜到，又是在说他办了好事，能不能给他咬嘴唇。

方临汝想瞪他想骂他，不提防却咬到自己舌头，疼得嘶一声吸气。

“怎么啦？”崇徽大惊，紧张地凑过来，托起方临汝的下颌，“快，张嘴我看看。”

烛火哔叭炸了一下，火苗霎地拔高，方临汝僵僵地不能动，眼睫下垂。视线里，崇徽修长的手指泛着玉石的粉白，翠色欲滴润泽可口，方临汝张嘴，自己也不知是要给崇徽看，还是想咬一口那几根手指。

“啊！怎么咬到舌头了！”崇徽惊叫，跟看到皮肉外翻极恐怖吓人的伤口般，眼眶红红，伸了手指去抚触。

“傻子……”方临汝暗骂，崇徽手指带着茶香，最初微有苦甘，在口腔里散开后，浓醇鲜爽。方临汝呆呆的，竟然想把那根手指吞吃了，不自觉含了一下，蓦然间回神，往后退，潮红着眼，令人神迷意乱的春色，瞪崇徽，眼神示意他抽出手指。

崇徽怔怔看她，呼吸沉重，手指收回，却没放开方临汝，俯下头，嘴唇朝方临汝凑过去。

方临汝身体激颤，无法动弹。

“二郎……”

方临汝思维有一瞬间停顿，旋即用力推他，后退，厉声道：“回流觞轩去，别等我喊人赶。”

崇徽皱眉，似乎不明白好端端的她为什么突然变脸，双脚一步不动，凝神一瞬不瞬看她。

方临汝在那样的目光里怯了，身体微颤，色厉内荏，恶声道：“还不走，再不走我把你送走。”

崇徽还是不动，黝黑通透的眼睛，与方临汝定定相对，半晌，抬手理方才蹭乱的衣袍，气定神闲有恃无恐道：“不用吓我，我知道你舍不得送我走。”

方临汝有股黔驴技穷的羞恼，紧抿唇，转身往卧房走。

背后悄无声息，过片刻，惊天动地的笑声。

“哈哈哈……哈哈哈……二郎真的舍不得送我走……哈哈哈……”

方临汝想刨坑把自己埋了。

虽说有惊无险，何栎身体也无碍，但方临汝到底不肯罢休。翌日让何栎暂搁下扇坊事务，亲自追查幕后黑手。

却一无所获。

胭脂巷夜里热闹，白天冷清，没有人看过牵马带何栎过去的人的样子，巷子两头各青楼里的人也说没看到，挹翠楼的鸨母说出来时就只有何栎跟马儿，没看到牵马的人。

何栎带着人查访之时，烟萝领着一个约弱冠之龄的瘦高个男子从金山街宅子进去，穿过假山进了谢府。谢夫人在厦屋里等着，瘦高个男子见了谢夫人，恭恭敬敬跪了下去，磕了个头后方起身回话。

谢夫人端端正正受着，也不虚挽他。

瘦高个男子声音喑哑，细细讲方府前一晚发生的事。

谢夫人静静听着，瘦高个男子讲完，淡淡道："行，我知道了，去吧。"

烟萝送了人回来，谢夫人还在厦屋里，一动不动坐着，烟萝挽起裙摆放轻脚步走过去，对面跪坐下，小声道："姐姐也别灰心，再想想办法，总是能让方姜氏恼何栎，何栎跟方家反目成仇的。"

"不容易了。"谢夫人低低道，抬手按眉心，衣袖下滑，露出手腕上蝙蝠纹金合页嵌接白玉段手镯，金合页雕工精绝富丽华贵，白玉段通透洁白大方优雅，衬得一截皓腕更加迷人，年过四十，风华依旧。

烟萝看她，眼里闪过悲悯，轻叹了口气，道："昨日这一局，环环相扣，何栎跟方家离心必然之势，谁知方临汝这么机敏，反应迅捷，襟怀宽广，实在是没料到。"

"是啊！"谢夫人惘然，眼神空茫，手指神经质捻着袖子，"何栎已经知道她是女儿身，说起来，何栎是她的未婚夫郎，方姜氏只是岳母尚且不能容忍，她却能坚信何栎洁身自爱，不会涉风尘之地，帮着隐瞒圆局面，当真难得，我不如她矣。"

烟萝低眉，沉默无言。

外间都说谢天英年早逝乃是谢家扇拼不过方家扇，压力过大抑郁难解，其实并不尽然。

谢家的团扇在商场上江河日下只是一方面，其实谢夫人的醋妒带给谢天的压力更大些。

除了月子里不能出门那些时，其他时间，谢夫人寸步不离要跟着谢天。

男人谈生意总要出入一些不大见得光的地方，例如青楼歌馆，谢天不能带着谢夫人去那种地方，只能在正正经经场合与扇商们来往。夫人在侧，未免说话严肃拘谨，方德清性情洒脱豁达，手腕灵活通透，为人疏财仗义，两相对比，谢家则越来越落下风。

更兼谢天貌美姿仪，爱慕他的小娘实在多，明的暗的数不清，谢夫人每每有的没的吃醋。谢天爱她，少不得低三下四赔笑说好话，一日里头倒有大半时间在哄谢夫人。如此，扇坊里的事未免耽搁了。

当年贴身服侍的人或多或少劝说过谢夫人，无奈谢夫人总担心谢天被花花草草沾染，半句听不进去，谢天死了这些年，她方慢慢反省，悔了起来。

主仆相对无言些时，烟萝低声问道：“接下来怎么做，姐姐有什么想法没？”

“方临汝已对我起疑，咱们的人暂时什么都不要做，让郭家跟方家咬得更狠就行。”谢夫人低低笑，眼底闪过阴狠，“房氏跟郭成安一心想踩倒方家当上制扇第一家，我得便引诱房氏，让郭成安火烧方家扇坊。”

“纵火烧扇坊！”烟萝惊叫，面色有些白，“这太狠了吧？扇坊烧起来，方家的人自是要去救火，水火无情，只是烧掉扇坊也罢了，万一烧伤烧死人可怎么得了！”

谢夫人闭眼，长而密的睫毛，丰润的嘴唇，许久的沉默后，睁开眼，眼底红红的，盈盈水雾：“我也不想，可方临汝太精明，非重创不能伤方家根本，眼下不动，等她当家主时间长了，内外归心，根基深茂，更动摇不了她。”

“可……这么做忒……”忒缺德！烟萝嘴唇颤动，没说出来。

“不这么做，难道眼看着方家坐大，方临汝站稳脚跟吗？”谢夫人淡淡反问。

烟萝无言。

谢夫人从袖袋里摸出一叠纸，里头各处暗线记下的消息，从中挑出一张，看了看，道：“让春妈安排玲珑接别的客人。”

“不是要让玲珑勾着舒永根吗？”烟萝讶然。

谢夫人想在方家扇坊里安插眼线，然而扇坊招扇工都要知根知底的，无奈只能收买人，为了不引起方临汝怀疑，行动很隐蔽。

排查过方家扇坊里几百个扇工后，谢夫人挑中了舒永根。

舒永根的女儿舒九娘嫁给方渭，方孝百年后，方渭定是方家管家，有这层关系在，抓住舒永根等于抓住方家扇坊和方府。

舒永根妻子去世十多年，鳏夫一个，只得一个女儿，女儿出嫁，家中只他一人，行事方便。

前些日子，谢夫人命人在舒永根回家必经之路上演了一出戏。玲珑被一无赖纠缠，跌跌撞撞地扑进路过的舒永根怀里，鳏居许多年又尚在宝刀未老之龄，玲珑又是手段高的人，嘤咛一声，细腰如藤，柔荑紧缠，揽住舒永根梨花带雨，霎时引得舒永根想入非非，英雄气概倍增。护住玲珑，跟谢夫人安排的无赖对抗，无赖放了几句狠话走了。玲珑感激不尽，问恩人名姓，登门道谢，一来二去便成了好事。

舒永根后来知道玲珑是挹翠楼的姐儿，也不改痴情。

鸨母得谢夫人授意，假装成全他们痴心，没有安排玲珑接客。

两人欢美快乐，夜夜春宵。

“让她接客，又放言若是有钱可以给玲珑赎身，逼舒永根着急了到处弄钱，我这边再放口风给房氏，由郭成安找他，许以重利，让他做纵火烧方家扇坊的内应。”谢夫人冷冷道。

“真要这么做？”烟萝嗓子微抖。

“必得这么做，你别妇人之仁了，若不是方家独霸团扇市场，天哥不会死。”谢夫人眼眶微红，咬牙些时，冷笑，“郭成安做得再天衣无缝，咱们也能透露线索给方临汝，重创方家，又把郭家推上风口浪尖，鹬蚌相争，我谢家便能渔翁得利。”

不等烟萝开口，接着又道：“舒永根是舒九娘的阿爷，他犯事，舒九娘跟着遭殃，听说方渭跟她夫妻感情极好，自是不忍看她获罪的。那时候，方临汝若免了方渭管事之职，方姜氏仁善纤弱，方府庶务必乱，方临汝顾得了这头顾不了那头，咱们乘机行事，一举推倒方家。”

烟萝捏着袖子，抖了抖，反对的话在喉间低徊，终是没说出来。

何栎查了数日没查到幕后黑手，扇坊里事儿不少，方临汝一个人焦头烂额，虽则一口恶气咽不下，到底只能作罢。

崇徽这些日子很少到扇坊来，他没具体负责什么，来了也只是教扇工制扇。那一夜过去多时，方临汝见了他面上镇定，心中却难为情得紧，羞恼交加，辨不清羞多还是恼多，乐得不见他，晚上回漱石榭，听说他去秣香楼陪方锦枫了，索性也不唤他过来。

素心、素问的肚子显怀了，方锦枫的精神比先前好了许多，每日吃食也多了些，方姜氏不再动不动找方临汝陪方锦枫。

太平日子过了十余日，中秋节即将到来，方临汝猛然间想起，听报何三郎等人来过两回，后来就无声无息了。这日从扇坊回到漱石榭，方临汝正要问琬初、璟初两个，崇徽来了。

藤萝绿叶微黄，染着秋的霜色，秋风阵阵萧瑟清冷，残阳隐隐，阔步走来的人一身如云的白，视线对上，眼尾上挑，笑意在俊美的脸庞上漾开，快活从眉毛眼睫嘴唇乃至周身每一处透出来，浓烈如沉淀千年的醇酒。

方临汝锋利的棱角被说不清道不明的情绪磨得光滑圆润，微微笑起来。

崇徽走近，手里握着一叠纸，冲方临汝甩了甩，嘴角高高翘起，如开屏的孔雀，华丽招展，得意扬扬地道："二郎，你猜这是什么？"

方临汝哪知道，乜了他一眼，口中道："不猜。"

"猜猜嘛。"崇徽兴致勃勃凑近，眼睛亮闪闪，像一只狡猾的狐狸，循循善诱要骗小鸡跳进他设好的陷阱。

方临汝兴致缺缺，往那几张纸看去，隐约可看出是地契、房契之类的契书，不由一怔，想起一事，地台上坐下又倏地站起来，声音拔得有些高："表哥家被叔伯哄骗去的家产？"

"正是。"崇徽嘿嘿笑，马屁张嘴即来，"二郎好聪明，一猜就猜中了。"

"给我看看。"方临汝抑制不住兴奋。

不知何栎当年家中产业是不是这些，长年在外行走，只看得一眼，也知这些契约书都是真的，欢喜道："快让人请表哥过来查看。"

"来之前，我已经让人去请何大郎了。"崇徽露出一副我就知道你会这么说我的自得神情。

"真聪明。"方临汝不吝赞语，他也当得起夸，一语出，又忙合上嘴唇，警惕地瞪他。

崇徽不负她望，果然凑过来，热切切饥渴得很，问道："二郎，我办了好事，能不能有奖赏？"

方临汝拍额，呻吟一声，不理他，转身地台坐下，仔细看契书。

崇徽倒也乖，没再追着要奖赏，只是挨着她坐下，凑得很近，鼻息往方临汝脸颊啧，一只手拽着她的袖子有一下没一下抚着。

方临汝竭力忍着不侧头去看他。

“二郎，你长得真好看，眼睛是眼睛，鼻子是鼻子，嘴巴是嘴巴……”崇徽喃喃道，喉间吞咽有声。

方临汝身边好像搁了一个火炉般，火烧火燎，平生从未有过的窘迫，欲要发火，却没有由头。

说他不会夸人吧，那话比世间最美的赞语还好听。

说他会夸人吧，什么眼睛是眼睛鼻子是鼻子的，哪个人能长得眼睛不是眼睛鼻子不是鼻子，往后人前也这么说，丢脸丢大了。

崇徽拉着方临汝的袖子，绞着缠着，慢慢触到手腕，指尖若有若无地擦过方临汝的手肘，方临汝垂睫面无表情看着契书，脸颊却缓缓染上薄红。

“二郎……”崇徽低低叫。

方临汝不理他。

“你脸红了。”他说，手指抚上方临汝的脸颊。

麻酥酥的滚烫碰触，方临汝眉睫颤了一下，该推开他的，一双手却抬不起来。

“二郎，你耳朵也红了，真好看。”崇徽凑得更近了，声音很轻，几不可闻，呼吸却是粗重的。

重重脚步声传来，门外何栎直直站着，背光，看不清眉眼神色。

方临汝霎地移开身子，掩饰地清咳了一声，笑道：“表哥你来啦，快来看看这些。”

何栎笑笑，似乎没看到刚才的暧昧，进门，在方临汝对面坐下。

“我家的房契地契？”何栎一眼瞟过，眉目沉沉，不见喜色。

方临汝点头，沉浸在欢喜中，把去越州处理团扇霉斑事儿时碰到何三郎三人，送玉佩下诱饵，把何三郎等人骗来润州一事告诉了何栎。“后来的事我就不知道了，都是崇徽办的。”推崇徽，笑眯眯道，“怎么让他们归还地契房契的告诉表哥。”

“很简单，按你教过我的，利用人的贪念，没有不成事的。”崇徽斟了茶，先端给方临汝一杯，然后自己仰头喝干，摆开架式，抑扬顿挫开讲。

何三郎兄弟三人每回来，他都见了，他们要见方临汝却不让见，态度时冷时热，一时大棒一时蜜糖。期间又让琬初、璟初安排府里几个小管事禀报他计划好的事情。方家要办瓷坊，投入大利润可观，许多跟方家沾亲带故的人都来插一脚，他当着何三郎三人的面，有模有样地根据这些人跟方家的关系，安排他们在瓷坊里头挂名管事，口中作嫌弃又无奈之色，说这些人挂着名光拿好处，到时也不做事的，把这些人能拿到的好处说得天花乱坠。

一面外头安排人，在何三郎兄弟三人出入的酒楼客舍说同样的话，叹息与方家没关系，不能沾光。

众口一词，金石亦可消也，况且何三郎三人心中觉得方临汝大方，方家又富可敌国，本性又是只想占便宜不事生产的，因此从不觉得白占好处之事是不合理的。三人一直见不到方临汝的面，想着定是何栎从中作梗，但舍不得孩子套不住狼，为了贪图更大的好处，于是决定先回越州筹谋。何栎家那些田地和铺户只能收租不能卖，何三郎和何五郎的阿爷都不管家，他们的母亲一直担心何栎长大了回乡追讨，何三郎和何五郎没费多少力气就说服各自的娘同意把房产地产交还何栎。何七郎难了些，他便大闹，说要追究何大娘子把家产都弄去给女儿的旧事，何大娘子被他逼迫不过，也同意了。三人要到房契和地契，马不停蹄到润州交给崇徽。

何栎一张一张看着契书，许久，低声道：“虚许好处没兑现，后来他们追究，如何了局？”

“有什么怎么了局的，崇徽可没明着许好处，是他们自己贪心，这些本来就是你家的家产，要告官还是要舆论讨伐，奉陪就是。”方临汝笑道，扬眉，自信傲然。

暮色弥漫，屋里有些暗，琬初进来，揭开琉璃罩子，轻轻点上烛火，橘色的光芒先是幽暗，接着清朗起来。

何栎一张一张抽叠着契书，沙沙纸窸窣声，半晌抬头，紧抿了抿唇，望着方临汝，坚定的眼神：“他们都不是良善之辈，小人之极，拱手交出手上本来占有的却得不到好处，定不肯罢休，汝郎，这件事我来做主吧。”

“你要还给他们？”方临汝眼底有湿漉漉滚烫烫的热意，没生气白费一番心思，反反复复想的是，此情此义背负不起。

何栎眼里没看到他家可传子传孙的万贯家财，只担心方家被小人缠上，以后麻烦不断。

崇徽看方临汝，又看何栎，嘴唇动了动，又猛地合上，倒茶，大口大口喝。

“崇徽，谢谢你！”何栎忽然道，眉眼仍是惯有的温淡之色，眼神却是真挚生动，“这事，还有那天晚上拦住渭郎把我背走的事。”

崇徽扭捏起来，结结巴巴道：“你……对……我好我心知，些许小事，无须挂齿。”

方临汝被他文绉绉的言语逗笑了，扫了他后脑勺一下，道：“表哥这是为方家好，不是无视你的好意跟努力。”

“要回来了，自然不能那么容易就给他们，还当咱们是好欺之人。”何栎笑道，眼底有伤感，但又极快压下。把契书在矮案上摆开，仔细看，分成两份，而后把其中一份分成三份，指那三份，“一半分成三份给他们，另一半，给舆郎，让我母亲带着舆郎回越州去。”

方临汝拊掌大赞。

崇徽也笑开了眉眼，欢喜道：“不错，本来失去了，复得一半，他们自然也不会闹事了。何二郎赶回越州去，就再也不能给二郎添烦了，那边有田租铺租，生活自也能过下去，他没得理由赖在润州不走。”

第四十二章　茫然绝路

何舆腿好了，没钱出去逍遥快活，每日待家里不住发脾气。

方香雯还有用，芊月是方香雯的人不便骂，其他人则不同，不是打就是骂，没个好声气。景天和辰阳曾帮何栎瞒着追回金子的事，打骂尤其狠，何姜氏心善，看不过眼上来拦，何舆竟然连何姜氏也骂，一时间鸡犬不宁。

何栎自何姜氏与何舆搬过来后，还是第一次登门，大门外便听得里头叫骂嘶闹，母亲凄凉地哭着，怔了怔，大步进门。

当日方临汝置下这处房产时，曾带他过来看过，方正敞亮，窗明几净，配置的家具也是极好的。一进院子庭院中一株桂花树，此时正是桂子飘香之时，花香四溢，本当诗情画意，入目却是肮脏糟乱，青石板厚厚的灰尘，灶房门口烂菜叶剩饭什么的一路铺开到廊下，另一头茅房不知多久没清理了，臭烘烘味儿连浓郁的桂花香都掩盖不住。

二进院子里头，方香雯在廊下软榻上歪躺着，红艳艳的嘴唇翻动吃着瓜子，芊月跪在她跟前用美人拳给她捶腿。庭院中，冬雪等几人哆哆嗦嗦地跪着，何舆拿着扫把挨个狠狠抽打，口中不干不净地骂着。何姜氏一旁站着，扯何舆胳膊，低泣着不住哀求：“舆郎，饶了他们吧，都是爷娘生的，血肉之躯，服侍你也挺尽心的，饶了他们吧。”

冬雪几人往日在方府时极勤快的，但在这里朝打暮骂，大家心生不满，活儿也不做了，才会那么脏乱。

再看母亲，髻松发乱，上身铁灰色粗麻布短衫，下头一条黑色扎脚裤，短裙都不曾系一条，方家最下等的粗使也没穿得这么寒碜，眼角的皱纹比在方府时深了许多，眸底浑浊，弯腰塌背，老态龙钟。

一味惯纵，终是躲不了品尝苦果。

何栎深吸一口气，抹去眼角泪水，抬步走进去。

“滚开，闪一边去，不然连你也打。”何舆厉声骂，扒开何姜氏的手狠狠一甩。

何姜氏趔趄着退了好几步，跌坐地上。

“母亲！”何栎急奔过去。

何舆高举起的扫把顿住，收回，恨恨地瞪何栎：“你来干什么，我的家不欢迎你。”

“这房子是我的。”何栎冷冷道，上前，扶何姜氏。

何姜氏脸庞赤红，颤巍巍哆哆嗦嗦起身：“栎郎，你来……有事？”

何栎默默看她不语，半晌，低声道：“母亲，你悔吗？”

何姜氏低头，捂嘴哭得打嗝。

“何大郎，我们悔了，求你把我们要回方家吧。”冬雪几人朝何栎扑过来，匍匐在他脚下，哀哀痛哭。

何栎一个个脸上扫过去，这些都是方家的人，不当被如此糟蹋，目光投向何舆。

“想把他们要回去也行，拿钱来买。”何舆扔了扫把，理着衣领，玄色广袖大衫，朱绡饰领，俊俏风流，闲庭散步走到廊下，方香雯躺着的软榻榻沿坐下，轻佻地拉起她的手，嘴唇凑过去，啧啧有声。

何栎面无表情，淡淡道：“买一个人多少钱？”

冬雪、辰天、景阳几人眼睛一亮，接着，颤颤地看何舆。

“不多要，一人二百缗钱好了。”何舆嘻嘻笑。

外头标致的小娘、粗壮的小子买一个最多也只要一百缗钱，冬雪等人齐齐吸气，绝望地低泣起来。

“可以。”何栎没半分犹豫。

何舆瞪圆眼，冷哼：“方家的郎子果然不一样，阔气。”朝何栎伸手，“钱拿来，一手交钱一手交人。”

何栎探手入怀慢慢摸索，好几张地契房契，本是要都给何舆的，但亲眼看何舆刻薄寡情，亲生母亲都不孝的嘴脸，瞬间决定不给了。

不能变卖，一年收租那数百金怕是也不够他挥霍的，还是要回来懒着方家，莫如握在自己手里，钓着他，把他骗得一年都在润州与越州之间的路上走，多少给方家减些麻烦。

何栎抽了一张出来，看一眼，是一处铺子房契，递了出去，神情清淡："这处铺子价值一千金，把他们的奴契给我。"

六人每人二百缗钱也不过一百多金，何舆眼睛一亮，冲过来一把夺过，仔细看，蹙眉："越州的？"

"不要？"何栎伸手要索回。

"要，怎么不要。"何舆缩手收紧契书，跑一趟越州所费不过一二十缗钱，扣掉路费所需，还多得数倍的钱，向方香雯喊，"把奴契拿来。"

"都卖掉了，咱们以后没人服侍怎么办？"方香雯不甚乐意。

"卖他们的钱足够买二三十个了，再买就是。"何舆眯眼做美梦，想像着回越州卖掉铺子后得了金子挥金似土的日子，无限快活。

何栎接了奴契，仔细看过没错，收入怀中，看向何姜氏。

来前打算让何姜氏跟何舆一起回越州的，亲眼见何舆忤逆不孝那一幕，狠不下心，低低道："舆郎想必要去越州的，母亲要跟他去还是留在这边？"

"我……"何姜氏侧头看何舆，儿子不孝顺不长进，却是她心头肉，舍不得，低低道："我跟舆郎走。"

何栎低眉，无声轻叹。

"越州那边咱们家的宅子还在，日子也不难过。"何姜氏喃喃，不知安慰何栎，还是安慰自己。

何栎不想多说，却不得不说："母亲，你这样惯着舆郎，不是为他好。他不走正道，总有一日会山穷水尽走投无路的。莫不如让他脚踏实地，哪怕从伙计做起，一个月只得一缗钱入息，也是好的。"

何姜氏眼神游移，不敢跟他对视，小声道："你弟弟会有出息的。"

她做了许多年的梦还不苏醒，何栎再无言语。

冬雪等人东西拾掇得飞快，其实也没甚东西了，都让方香雯搜了去当了，一人只得两身衣裳。

何栎赎他们，本想何舆自己去越州，何姜氏留下来，让他们接着服侍何姜氏的。何姜氏不留，留他们在宅子住下来，回头还是得被何舆奴役，带他们回方府，却是万不能的。

不怕一万，只怕万一，怕他们跟何舆主仆情义还在，以后被何舆利用暗中害方家，因此不得不防。

带着人出门来，何栎把奴契掏出来一张一张交到各人手里，温声道："你们自去吧。"

"何大郎！"冬雪几人怔住，扑通跪了下去，"求何大郎带婢女（贱奴）回去，之前是我们猪油蒙了心背主，以后再不敢了。"

"不行，别说了，各自回家吧。"何栎摆手，不容求情。

身上带的有一些钱，掏出来，尽分给几人。

何三郎几人交了何栎家的家产出去，欲加入方家瓷坊分一杯羹，却被崇徽拒绝，嗤笑："我何时答应你们加入了？好不知耻！"

三人顿悟上当，恼恨不已，要告官夺回，但那本就是何栎家的产业，只是被他们父辈占了，心知告不赢。欲使阴私手段，可方家家大业大，他们又是外乡人，细胳膊拧不过粗大腿。

三人凑到一处，恨骂不绝，商议些时，决定到方府门前跟扇坊前谩骂，茶馆酒肆里宣扬方家"恶行"。

忽然何栎登门，表示愿将一半产业给回他们，绝地逢生，失而复得，虽然只得回一半，也是万千之喜，接了契书，连连道谢，只差磕头喊何栎菩萨，这才心满意足地回越州。

何舆翌日就启程回越州，何栎听得，惹是生非的浑蛋走了，家主继位之日越来越近，不容再拖下去。崇徽看来越来越可靠，便主动跟方临汝提出，润州这边他看着，让方临汝带崇徽去长安，寻机把方家团扇打进内廷。

方临汝正有此意，早一日进京更好，家主继位那日之前得赶回润州，因此也不等过了中秋节再走，当下收拾好行李，中秋节前一日带着崇徽出发。

方临汝刚出润州城，郭成安就得到消息。

郭成安这阵子过得灰头土脸。

花了一千多金收买方家各地扇商东家或伙计弄出霉斑事件，谁知方临汝竟察知真相化解了，不只没动到方家分毫，反助方家销出几十万把团扇。

派人暗算何舆，却赔上心腹大将郭枞，还埋下不知何时会爆发的行凶杀人隐患。

花一万金帮林源谋官，本当是大靠山，未料林源胆小贪财又小人之极，居然给他甩脸色。

自那日到刺史府没见到林源后，郭成安再没去找林源，林源也不曾差人过来传他，两人的关系如万年冰山，万幸林源还在减免郭家赋税，不算白花钱捧他。

方临汝离开润州，不搞些事情出来不甘心，郭成安从扇坊回家，找房氏商量。

房氏厅中地台上坐着，手里拿着墨条，面前檀木雕花矮案摆着宣纸白麻布，抬头看到郭成安，欢喜地笑，肥肉挤成一条细线的眼睛更细了，问道："怎么回来了？午膳在家里吃吗？我让灶下准备你喜欢的菜。"

郭成安有气无力地摇头，挨着房氏坐下，看一眼案上的东西，道："母亲怎么又亲自给我做鞋垫了，这些活交给底下针线的便是，别太累了。"

"再累母亲心里也甜。"房氏仔细看着郭成安，关切道，"外头不如意？"

"方临汝出润州了，看样子是出远门。"郭成安眼里精光闪闪。

"走了，那可得想办法让方家塌半边天才行。"房氏沉吟，手里的墨条在宣纸上划动，片时回过神来，纸上弯弯曲曲的数条黑线，忙拿过刷子，来回刷了刷，洒上白粉，宣纸又光洁如旧。

"这倒神奇。"郭成安讶异。

"没什么，不过遮掩。"房氏笑笑，招手郭成安凑近，压低声音道，"这些日子我想过，林源恼你，不过是迁怒，气天禅寺逼捐的金子没落进他腰包，其实有一法子，跟宣纸去污之法一般……"

可以瞒着人，悄悄把天禅寺佛像上的金刮下来，然后用铜代替金粉漆佛像，再在表面镏薄薄一层金粉，这样，除非经验极丰富的，寻常人看不出问题。

她不敬佛不怕鬼神，却怕给林源出这主意，林源后来诸事顺遂也罢了，不顺遂，便会认为是佛祖惩罚，怪到郭家头上。

林源有奶便是娘翻脸无情的小人，郭成安也有些担心，叹口气，闷闷道："方临汝怎么做甚都顺利，我就做什么都受掣肘呢？”

房氏内疚地看着儿子，在她看来，儿子样样都是好的，输给方临汝，许是输在容颜上，没有方临汝生得勾人魂魄，行事便诸多不便利了，此是爷娘没给他生个好样貌之故。

左思右想无计帮儿子，愁眉不展。

门外轻巧脚步声，月娇走来，手里端着一个描金压牡丹花的盒子。

“夫人，谢夫人差人送来了一盒桂花冰糕，说是亲手做的明晚中秋拜月的，送一盒给夫人品尝。”

房氏接过盒子，面有喜色。

走了许多回谢府，谢夫人一直不咸不淡，从没到郭家回访，也不曾送过什么礼，今日却送亲手做的糕点，物轻情意重，难道在方临汝那边碰了壁，有意跟郭家结盟了？

虽然谢家女儿没见过，但心中想的是，谢天当年美冠润州城，谢夫人国色天香美人，一定差不了。只待见上一见，若性情还好，便牵线让儿子见上一见求娶，既得佳媳，又得谢家家财和助力。

越想越如意，忙吩咐月娇准备回礼。

“母亲要不要亲自送去？顺便再探探谢夫人口风？”郭成安道。

“也好。”房氏点头。

没缝都要寻机，何况谢夫人主动示好。

房氏走后，郭成安无精打采，不想去扇坊，也不想回房，母子亲密，也不避讳，歪倒不走，命月娇置办酒菜上来小酌。

月娇殷勤着意，媚色娇声，郭成安一心只想着振兴郭家，坐上制扇第一大家之位，把方临汝踩到脚下，因此此时对美色视而不见，顾自喝酒，留月娇幽幽的一旁站着。

房氏去了一个时辰回转，去时只是暗藏喜色，回来却是春风得意，喜形于色。

郭成安大喜，站起来迎过去，高声问道：“是不是谢夫人答应跟咱们家结盟了？”

“那也罢了，不是自己掌控局面。”房氏笑道，挥手让月娇出去，“门外守着，没有我喊，一个人不准进来。”

往日还装装矜持样子的，此时却不装了，糙得像粗使老婆子，扯起曳地裙子地台上坐下，招手郭成安靠近，脸上肥肉抖动，眼睛熠熠生辉。方姜氏和谢夫人国色天香美人，一举一动款款有致，她做不来，也便不做，说话利落豪爽，从不遮头藏尾，又是在儿子面前，更不需装模作样，抑制不住的快活声调道：“母亲有个好办法，这一回定要方家大伤筋骨一蹶不振，方临汝回天乏力……”

“纵火烧方家扇坊？”郭成安尖声反问，豆荚眼瞪得浑圆，惊讶过后，摇头笑，“母亲异想天开了，扇坊里禁火烛，白天人来人往，夜里大门紧闭进不去，怎么烧？”

“本来是难如登天的事，可若有内应，就不是难事了。”房氏胸有成竹，莞尔一笑，“这趟走谢家当真是值了。”

房氏在厅中和谢夫人说话时，外头忽传来拉拉扯扯吵嚷之声，脆生生的声音喊道：“你别拦我，我要去告诉汝郎。”

谢夫人面有尴尬之色，赧然道：“这是小女宜宁，被我惯坏了，前些日子跟方二郎和他未婚妻认识了，整日跑方家扇坊找他们，方二郎已订亲，她一个小娘子找人家，忒不像话。”

房氏赔笑，不知谢宜宁要告诉方临汝什么，专注听外头说话。

“别以为我不懂，搭上窑姐儿的就没个好东西，舒永根只是一个小管事，哪来的钱养着那个叫什么玲珑的，少不得就在汝郎的扇坊动手脚，我决不能看着他做对不起汝郎的事，我要把他养玲珑的事告诉汝郎。”谢宜宁高喊。

“哎呀，这话可不能乱说，舒永根跟玲珑正好着，你逼得他无路可走，一把火烧了方家扇坊大家同归于尽，可就害惨方二郎了。”另一个女声叫道，听声音，是谢家的婢女。

“他敢！方家扇坊守得严密，他也烧不了。”

“那可不一定，石脂最是引火，他只需人不知鬼不觉带一桶石脂进扇坊，收工时桶底凿个小洞，放天井中，石脂缓缓渗出，任是何大郎再警惕也不能发现，扇坊闭门后在外头把烟花朝着扇坊里头射，石脂淌了一地，一点点火星子就可引起大火，扇坊里紫竹扇面门窗屋梁什么的全是易燃之物，火起救不下来，烧个干净，可怎么好。”

“啊！”似是谢宜宁的声音惊叫，嗓子发颤道：“那我不告诉汝郎了。”

“妙啊！咱们就这么办。”郭成安拍大腿，兴奋得粗黑的脸庞泛起红光。

踏破铁鞋无觅处，得来全不费功夫。

烧了方家扇坊，方家修葺重建扇坊不知得花多少钱。扇坊烧了没地方制扇停产，郭家正好乘机大量鬻扇占领团扇市场。方家扇坊停工，扇工们没事做，郭家还可借机把扇工拉过来，即便后来方临汝重开扇坊，也没扇工可用，真是一举数得。

房氏笑呵呵道：“事不宜迟，方临汝为人颇有方德清之风，仗义疏财，对家下人又宽厚，舒九娘又是方渭的妻子，夫妻俩都是他重用之人，等得方临汝回来，保不准听说舒永根恋着玲珑就出钱替玲珑赎身了，你马上安排人找上舒永根，重利诱之，若不成，就把玲珑绑走威胁他。明日又是中秋，借着节日的名义在城里到处放烟花，扰人耳目，恰好行事。”

郭成安连连点头，起身急切地往外走，房氏又唤住他，悄声道：“林源那里抽空去一趟吧，把以铜替金的主意献给他，先低姿态笼络住他，以备不时之需，有他做郭家靠山，也就不怕方临汝了。”

中秋夜，月亮如圆盘高高挂在天上，银白的光辉如水流泻，润州城街头巷尾傩舞傩戏，杂耍技艺，管弦钟鼓齐响，红男绿女，欢声笑语交织。

五颜六色的烟花升空，在空中“砰”一声炸开。

戌时末，人潮渐退时，城西，通红的火光冲天而起。

何栎带着方家下人赶到时，不少方家扇坊的扇工已得讯先赶了来。

热气融化了整条新安大道，木结构门窗、房梁屋椽、搁在库房里的成堆紫竹、一大捆一大捆的团扇扇面绢帛燃烧迸溅，夜风凛凛，火光在风中扭曲，千万条血色火龙肆虐闯荡，冲天火光映红了苍穹，沉暗的火云如大海惊涛巨浪在空中翻腾涌动，空气里都是焦木焦土味，战栗的热潮直袭面门。

何栎紧攥手，手指深掐进掌心。

“要救火吗？”方渭惨白着脸问。

先后赶过来的扇工有许多已奔到外头民居里提来水，想救火，被火光逼得无法靠近。

何栎艰难地摇头，哑声道：“救不过来了，别救，别白白增添伤亡。”

一个火人从里头奔出来，是方山，何栎遽然变色，脱下外袍奔过去，急切扑打，高声问：“里面有人？”

“有人，诚管事来时火还不是很旺，他带着我们进去，想把玉坠抢出来……”方山断断续续道，语毕，人也到了极限，一头栽倒地上。

何栎瞳仁收缩，从一旁一扇工手里抓过一桶水往自己身上兜头淋下，扔了木桶，朝火光里冲进去。

“火这么大，不能进去啊！”方渭惊叫。

何栎听不到，即便听到了也不会停下脚步，耳中只有哔叭火焰燃烧的声音，脚下青砖滚烫，湿淋淋的衣裳很快被炙烤得半干，裸露在外的皮肤灼疼，他全然感觉不到痛苦。

搁玉坠的库房到了，通红的火光里一个个痛苦呼号跳动的火人。

何栎双眼血红，从大门过来路上火势更旺，奔不出去，迫切思索，玉坠库房里面那堵墙沿街，若能把墙推倒，冲出去就是新安大道，可以直接脱离火海。

四下看，天井中有石凳，二十多条人命的生死关头，上百斤重的石凳竟也抱起，烈火中烘烤的石板面跟皮肉接触，哧哧声响，烤肉味窜起，何栎感觉不到疼痛，什么都没想，抬步狂奔冲进玉坠库房，冲进火海里，借着奔跑带来的助力，石凳对准临街那堵墙，拼尽周身力气，狠狠撞过去。

巨大的砰一声响，墙体轰然倒塌，闷闷又一声咚地响声，房梁落下，直直砸中何栎。

何栎浑不知疼痛，嘶喊：“快从墙壁缺口走！”

十几个火人朝外冲出去。

“何大郎！”方诚在冲天火光里叫，他没走，抬房梁，想把何栎拉出来。

“别管我，快走。”何栎狠狠推他。

火烧过来，天崩地裂的颤动，恶魔的利爪伸出，把他往漫无边际的黑暗里拉。

“不！我不能昏过去，我得坚持住，坚持到汝郎回来！”

方临汝急着上京，走陆路太慢，出润州后直奔扬州，想从扬州乘船上京，翌日午后到达扬州，谁知船老大不出航，道是中秋佳节要歇息两日。

方临汝大为丧气，却也无法，只得带着崇徽寻了客舍住下。

十七日一早，方临汝按与船老大约好的来到江边，方敬在码头等着她。

随方诚进去的二十多人烧死了五人，侥幸逃出来的十多人重伤，随后随方渭冲过去抬房梁救何栋的人烧伤了十几个，方渭抬起房梁让众人抬何栋出来，退开来不及，房子另一根横梁落下砸断了他的左臂，方诚周身皮肉连同头脸烧伤极重，何栋脊梁骨断了，虽则性命保住，却形同废人，方孝在听闻噩耗后，气急攻心倒地不起，竟是就这么去了。

扇坊里所有东西化为灰烬，团扇材料，绢帛玉坠紫竹还有制扇工具和几十万把成品团扇全没了，大院落烧成一片废墟。

方敬出府要往这边赶时，府门外十多个商号派了人紧逼不走追账，几个大管事死的死伤的伤，十来个二管事最轻的也半烧焦身体，他当晚得讯要往扇坊冲，被方姜氏派来询问出什么事的白芷拦下，迟了一步，方安然无事。

“怎么会这样？”崇徽喃喃，眼直直地紧盯方敬，想从他脸上看出他说谎的迹象来。

方临汝身体虚软，眼前发黑，闭上眼，昏乱里魔魇纠缠，阿爷被抓，玉澜堂被查抄那一日的情形又闪现。

烈火！杀戮！死亡！地狱！悬崖绝壁！

方临汝紧攥起手，借着指甲深深掐进掌心带来的疼痛逼自己镇定。

她是家主，不能慌，她慌了乱了失了方寸，方家就真的完了。

这次大火，方家不只家底都烧光了，还欠着外头供应团扇材料的商号三四万金，方家眼见大山倾倒，无法指望他们讲人情，钱必须尽快还，不然，各家急红了脸冲进方府抢掠财物抵债就麻烦了。

方家可以卖紫竹林，可是，紫竹林就是一个城堡。不论是全卖还是卖一部分，城堡都将外敌入侵，紫竹园暴露人前，被人发现里头养着扇面美人，方家传家宝扇是弄虚作假一事就捂不住了。何况放眼润州城，能买方家紫竹林的只有郭家。郭成安狡诈阴毒，视方家眼中钉肉中刺，压价不知压成什么样，因此事坚决不能卖的。

眼下能卖的只有田地，可卖田地不是张嘴就能卖的，买家要看，要考察，即便舍得低价卖，也不是一时半会儿便能出手的。

把方府抵押出去倒是能最快换得钱，可是，万一有什么意外，方家人便无处容身了。

方家子嗣不丰，故才会不禁子弟在正室进门前要妾室生子女，家族无近支，跟远房族人借小钱可以，金额巨大借不到。

方临汝紧张思索着，片时的混乱后，紧咬牙，看向崇徽：“你别跟我回润州，马上去杭州、明州，找赵吾行和江楚泽，把方家发生的情况如实告诉他们，跟他们借钱。”

不知能不能借到，也只能尽力一试，江楚泽仗义，赵吾行曾受她恩惠，若能借到钱周转，便不需急切中贱价卖田地抵押宅子了。估量着方家的情况，告诉崇徽，需要四万金，能借到多少算多少，方家愿付一厘利。

崇徽上次随她见过赵吾行和江楚泽，只是求借金额甚巨，没有自己出面怕不行。此行本是进京谈生意的，身上带着扇坊印鉴和个人私鉴，方临汝拿出来，都交给崇徽，作为信物。

心急如焚，方临汝一路上没停歇疾奔回润州。

提缰的手臂麻木了，大腿内侧的皮早磨破了。方临汝纵马疾驰，脑子里只剩下一个念头，快，要快，最快最短的时间回到润州，挑起整个方家，护住方家上下连同扇坊扇工几百口人。

夜深，道路看不清，稍有差池，偏离道路，便会马死人亡。

可是她此时什么都顾不得，只知道跑，纵马朝润州方向奔。

八月十八辰时，方临汝进了润州城，至方府门前，马儿凄厉地嘶叫了一声，马蹄脱力跪地。

府门外没追债商户围堵。

难道进府里抢掠了！

方临汝心头一沉，咬牙，忍着疲倦，拖着沉重如灌了铅块的双腿往里挪。

“二郎！”璟初哭喊着从里头迎了出来。

"府里怎么样？追讨欠账的商号的人进去抢夺没？"方临汝迫切问。

"没事，都散了。"璟初拭一把泪，压低声音："何大郎让人抬着他亲自到典当行去，把越州城他家的那些房契地契拿去典当了。他以急用为由，只要当两万金，价值五万金只当两万金。他是方家大管事，都知道方家确实出事急着用钱，当铺没派人去越州核实，不知道那些产业不能变卖，顺利当到钱了，每家欠账的商号都付了大部分钱，其他的，何大郎许诺半个月内还，大家也便散了。"

方临汝咬唇，把感动压下，往里走。

"表哥身体怎么样？"

"命是保住了，王大夫说……怕是要一辈子躺着了。"璟初刚止住的泪又流了下来。

"渭郎和方诚等人呢？"

"诚管事周身烧伤太严重，没一处好皮肉，看到抬出何大郎后就昏过去了，至今未醒。渭管事的左臂整个断了，为防皮肉溃烂感染骨头发炎伤及性命，从肩膀处切掉了。"璟初死命捂住嘴唇，却捂不住哭泣。

"方伯……没能救回来？"方临汝咬牙，强忍着问了出来。

方孝从小看着她长大，对方家忠心耿耿，心里眼里只有方家，虽是下人，其实跟她嫡亲伯父无异。

璟初艰难点头，哑声道："何大郎吩咐，方管家不是下人，当以主子之礼安葬，如今在鸿春堂停灵。"

"甚妥。"方临汝点头，闭眼，晶莹的泪水从眼角溢出，稍停，睁眼，往秝香楼方向看一眼，焦躁问："枫娘没事吧？"

方锦枫多愁善感，听闻出这样大事必定倒下，素心、素问两个身子日重，方锦枫倒下，她俩着急起来，怕也撑不住。

"没事，当晚何大郎就交代，封锁消息，不得传到秝香楼，也交代夫人了，澄漪山房的门死守着，只几个口紧的进出，二娘不知道出事，没受打击，精神还好。"璟初道。

何栎办事稳妥周到，细致周到，方临汝想起他以后只能床上躺着，悲伤难抑，勉强忍住。她一直扮着男儿，衣裳不是很多，首饰更是一样没有，只有几根簪子，吩咐璟初去找方姜氏，把方姜氏手上首饰珍玩都要来，连同库房里那些日常用不着的布料宝物，赶紧拿去变卖换现钱。

“昨日下午全拿来了，三娘把她的也送来了，婢女全拿去变卖了，共得一万金，给二娘置的铺子的房契，夫人也给我了，一时之间还没卖出去，何大郎吩咐，所有烧伤的人都请大夫尽心诊治，费用一律公中出，死去的五个扇工每家送了五十金，何大郎让婢女跟家属说，至少抚恤五十金，具体的，等你回来做主，让他们好好办丧事安排好生活。”

“很好！”方临汝眼眶通红，低喃，“幸好有表哥，幸好有表哥！”

“柳姨娘那天晚上咋咋呼呼，被何大郎下令禁足了，三娘昨日去找她，想让她把体己拿出来一家子共渡难关，被她大骂了一顿。”

方临汝低声道：“别强求柳姨娘，记着绮娘的好便是。”

“三娘是真的难得，大管家去世，渭管事重伤，九娘哭得什么事都做不了，又要服侍渭管事，下头几个二管事都受了重伤起不来，琬初忙着照顾何大郎，夫人自来不管事的，这两日亏得有她挑起头来，府里头才不至于一团糟乱。”璟初道。

方临汝轻叹。

患难见真情，希望经此一事，母亲不要再对方秀绮存偏见。

离明瑟馆越近，方临汝脚步越慢。

只不过故人相见，无端却近乡情怯。

脊梁骨断了，不知怎样的疼痛，何栎却强忍着，竟然在重伤之后还有条不紊安排一切。

是什么在支撑着他，往日不愿面对，此时不敢面对，却深知。

那些无声的呵护，那些疼怜的目光，深夜操劳的身影，如浮光掠影，不容忘记，也无法忘记。

琬初双眼哭肿了，眼眶像大红灯笼，眼睛细眯成一条线，看到方临汝，喊一声“二郎”，失声痛哭。

“汝郎……”何栎艰难地抬头，冲进扇坊时淋了水，身上没烧伤，脸上皮肤却让火焰灼伤了，沉暗的赤红，抹了草药，红中带青，分外凄凉。脊梁骨伤着不能躺，只能趴的，头扭向一边，别扭又难受，双手抱烤得赤热的石凳撞墙，掌心血糊糊一片，只见骨头不见肉，若不是能动，看伤情，几乎以为死人。

方临汝床前跪下，抓住何栎手臂，低声道：“表哥，我回来了，你安心休息，好好养身子。”

“汝郎，我……我……”何栎启唇，艰难地喘气。

“表哥要说的我知道，那天晚上，其实你不该进去的，你知道，于方家，于我，你很重要，你不能有闪失，但是你又不能不进去，方诚等人在里面，他们不顾个人安危冲进去想抢玉坠出来帮方家挽回一点儿损失，如此重情重义，你不能弃他们不顾，哪怕只有万分之一的机会，你也得想办法救他们出来，你只能抛开个人安危，我知道你不是不分轻重。”方临汝柔声道。

第四十三章　义薄云天

“汝郎……我……”何栎喉底呜咽似喊，眼底深深的不舍，贪婪地看方临汝。

“表哥，你一定要坚强，跟阎王抗争，你知道的，方家离不开你，我离不开你，你还要保护我呢。”方临汝定定地看他。

“好，我答应你，一定活下来。”何栎喃喃，眼睛缓缓闭上。

“何大郎！”琬初惊叫。

“没事，表哥只是太累了，睡着了。”方临汝笑笑，何栎血肉模糊的手指紧抓着她没松开，她知道，他很坚强，不会丢下她独自面对风刀霜剑，独自面对绝境。

“我糊涂了。”琬初低泣，“从中秋晚上大火起到现在，何大郎就未曾合过眼。”

“好好照顾表哥。”方临汝咬唇，强忍悲痛。

千头万绪，无法逗留，起身急去看望方渭、方诚等人。

方诚被烧得惨不忍睹，参汤吊着命，大夫说，能不能活过来只能听天由命。

方渭左臂齐肩切断，面色死灰，嘴唇焦枯，方临汝看得一眼，再也忍不住眼眶通红，倒是方渭咧嘴笑，还如往常一般一脸欢乐，露着两个可爱的小虎牙，安慰她：“我没事，二郎别伤心。”又道，“阿爷年纪大了，前些日子一直说，郎君去了，他也活不久了，一下子去了，没痛苦，也是极好的。”

“渭郎！”方临汝紧咬嘴唇，安慰的话如浮云，挽不回方渭失去的左臂。

侧头看舒九娘，舒九娘往日极好看的，清亮亮一双大眼睛，俏丽有致，这当儿如干尸，眼窝深陷，眼眶青黑，眼底通红，脸颊削薄不见肉，颧骨凸起，嘴唇咬出深深的牙印，渗着血水，见方临汝看自己，勉强扯起嘴唇笑，笑得比哭还难看。

出了方渭房间，方临汝又去看其他人。

几个二管事和十几个扇工烧伤极重，伤得轻些的只有后来随方渭冲过去救何栎那十几个方府下人，大家见方临汝，五大三粗的汉子都忍不住哭起来。

方临汝含泪忍悲，安抚了几句方离开。

润州城的大夫都请来了，各有所长，其实王大夫的医术也是极高明的，但对治烧伤和何栎的脊骨之伤却没过人医术，目前只是控制伤情保命。

方临汝吩咐璟初："方敬走在我后头，估计差不多过一两个时辰便回来，跟他说，让他歇上半日赶紧出发，打听一下各州郡擅长治烧伤和治表哥伤的大夫，重金请来，越快越好，给他支两百缗钱做路费和给大夫的定金。"

吃过饭，梳洗换了衣裳，方临汝才去见方姜氏。

只要不傻，对方家所面临的危机就有几分认知，况且璟初又来问她要私房体己拿去变卖，可想而知形势多么艰难。方姜氏这两日背着方锦枫哭得数次昏厥过去，但怕被方锦枫看出来，借口方临汝外出家中事多要理事，不敢去秫香楼，芙蓉堂中默默垂泪。

见方临汝，犹如溺水的人抓到浮木，眼睛霎地亮了，急急问："情况怎么样？"

"扇坊全烧光了，损失加起来约数十万金，咱们家现在除了紫竹林，宅子，还有一些田地，别的都没了。这些是小事，钱没了能赚回来，受伤的众多人能不能安好才是大事。"方临汝哑声道。

"怎么……怎么办好？"方姜氏结结巴巴问。

"筹钱，把欠外头的账还清，尽最大可能救人，再尽快恢复制扇。"方临汝低声道。

"我的首饰衣裳连房中珍宝全收拾了给璟初拿去卖了，给枫娘置下的那铺子的房契也给璟初了。"方姜氏急急道。

"我知道，委屈母亲了。"方临汝笑道，斟了茶，双手捧给方姜氏，安慰道："母亲也不必太忧心，儿自当周全，母亲保重身体，免儿后顾之忧就行。"

"你这孩子……"方姜氏流泪，惊魂两日，看到女儿，心安定下来，缓缓喝了两口茶，只觉清香无比，舒爽入骨。

"有些事想跟母亲商量。"方临汝缓缓道。

方孝去世，方渭重伤，舒九娘得照顾他抽不出空料理事务，下头好几个二管事重伤也无法做事，她想明言宣布方秀绮打理府第中馈，为了抬举方秀绮给方秀绮立威，想让她住进澄漪山房。

何栎伤得很重，养伤时间看起来一年半载不止，归闲坞离得远，找他商量事情和探望都极不方便，她想让何栎搬进漱石榭，年底她正式继任家主之位搬进玉澜堂后，何栎便长住漱石榭，归闲坞大门关禁，里头的粗使调到外面来使唤，府里那么多病人，每日煎药、喂药、洗漱、打扫等事不少，调出来，也可多出一些人做事。

“都随你吧，栎郎跟你住一处也挺好，母亲不是古板的人，你若一直担着家主之职不能跟他成亲，从权也好。”

让何栎搬进漱石榭只是为了方便，方临汝并不反驳，笑笑算默认。

“绮娘看来是极好的，你想让她住进来就住进来吧。”方姜氏长叹一声，看一眼门外，压低嗓子，“不过到底不是我肚子里出来的，你跟枫娘身份交换的事，不能告诉她。”

“这个自然，表哥也是无意中看出来没法瞒他才知道的。”方临汝笑道。

出了芙蓉堂，方临汝去议事厅找方秀绮。

短短两日，方秀绮脸上柔润的婴儿肥褪个干净，脸庞瘦削，眼窝有些深，一双盈盈大眼蕴着秋水，见到方临汝，眼眶一红，泪水滚落：“二兄，你回来就好了。”

听说方临汝让她主持中馈，搬进澄漪山房，泪水流得更快，抽泣许久，低声道：“二兄信得过我，我定不负所托，尽心尽力打理好一切。”

方秀绮前两日挑头理事，虽则下人还听话，到底名不正言不顺，此时方临汝给她正名，外头采买什么的要两个奶兄苏刚、苏阳过来帮衬，里头让璟初辅助，方府里头很快安定下来，井井有条，周全周到。

方秀绮搬进澄漪山房里头的萃锦楼，何栎却顾虑方临汝以后女扮男装一事泄露，自已和她一处起居坏她名声，不肯搬进漱石榭，争执些时，搬进离漱石榭和流觞轩不远的曲溪馆。

方家的账分两份，团扇生产与材料库存账在扇坊中，全都烧光了，欠外面材料供应商号的账本搁在玉澜堂，完好无损。方临汝一一核对，何栎已先付了两万两，只差一万两出头，变卖东西的钱可以先抵这个缺口。方临汝亲自约见了各商号当家，愿意延期帮助支持方家的，方家感激不尽，以后进材料还从这些商号里进，不愿意的，可当即结清。

十几家商号里头，有五家愿意支持方家，由方家确定付款时间，其他几家不愿意等，方临汝马上结账，共结了五千金出去。

方临汝又亲自登门看望烧死的五人的家人，再送了五十金抚恤。大唐同样出这种事的人家，主家顶多也就十金抚恤，家人悲伤之余，对方家感恩不已。

方临汝同时宣布，受伤的人请医服药所有费用方家出，养伤期间工钱照付，付双倍，扇坊成一片废墟无法开工，责任在方家，停工期间，所有扇工工钱照付。

方临汝此举获得一片颂扬之声，润州城普通百姓大赞方家仁义，商场中人感慨万千，夸方临汝年纪轻轻，大有乃父之风，甚至青出于蓝胜于蓝，都说方家定能渡过难关，不堕制扇第一大家之名。

郭成安火烧方家扇坊，诡计得逞，欢喜不已，野心勃勃要接收方家的扇工。但找得太早怕招人起疑，略等了几日，才要到方家扇工们家中走动，突然传来方临汝宣布扇坊停工扇工们工钱照付的消息，气得大骂不已。

工钱照付，扇工们自然不会另投郭家了。

房氏得讯，长叹：“重击之下处变不惊，不计嫡庶之忌重用方秀绮打理中馈平定府里头的骚乱。外头重金抚恤工钱照付安抚住扇工免使离心背主，方临汝行事利落果断、襟怀豁达、轻财重义，非寻常人也！”

谢夫人此时也说出相同的话。

烟萝在她对面坐着，沉默无语，脸上浓浓的灰暗颓败之色。

那一把大火，烧毁了方家的扇坊，烧死了方家五人，烧伤三十多人，也将她的良知烧得支离破碎。

那些人何其无辜，她们是罪魁祸首，是刽子手。

“何栎伤势怎么样？”谢夫人沉默片刻问。

“很严重，方临汝没回来时强撑着理事，方临汝回来后，昏迷时间多，清醒时间少，便是能活下来，也是废人，终身卧床了。”烟萝低声道。

谢夫人低眉，轻叹道：“既然这样，别让宁娘去找他了。”

“也不能一直喂宁娘喝安神汤啊。”烟萝为难道。

房氏听到的对话，说话的两人一个是烟萝，另一个自然不是谢宜宁，而是谢家别的婢女，谢宜宁对方家扇坊遭难一无所知。

谢夫人猜郭成安要在中秋夜动手，怕谢宜宁听说方家扇坊着火要去帮忙救火，晚膳时诈她喝了安神汤。翌日听说何栎伤了脊梁，嫌他残废，怕谢宜宁跑去方家找他，便一日一日给她灌安神汤。

“先喂着，过些日子再想别的办法。”谢夫人沉沉道。

烟萝应下，迟疑些时，吞吞吐吐道：“姐姐，郎君当年的死，虽说有方家扇独霸团扇行业之故，可细说来，方家并不曾对谢家耍过阴招，商场强食弱肉，难说谁对谁错。方德清已死，方临汝襟怀坦荡正气凛然之人，姐姐能不能放下仇恨，不要再对付方家了？”

“不对付方家，我活着有什么意义。”谢夫人尖声道，霍地站起来，居高临下，冷冷盯烟萝，“怎么？你同情方家？同情方临汝了？”

“姐姐！”烟萝急得一头汗，跪下叩首，“是婢女无状，夫人别生气，我只是这么一说，以后绝不再多嘴。”

谢夫人冷哼，甩袖子，复又坐下，望着门外，沉沉道：“天哥去世后，为了报仇我才苟活至今，若是不报仇，我也不活了。”

烟萝闭眼，喉底悲凉一声叹息。

“扇坊重建耗时最快也得半年，医药费和工钱加起来不是一笔小数目，花钱如流水再不制扇鬻扇没入息，更艰难，我猜方临汝会考虑租赁扇坊生产，放眼润州，咱们家的扇坊规模大，设备齐全，租赁去用是最好的，她这几日应该就会登门。”谢夫人缓缓道。

烟萝垂睑，睫毛轻颤，轻声道：“夫人这些日子跟方夫人走得颇近，关系亲密，她若开口要租赁，不答应不大好吧？”

“有什么不好的。”谢夫人冷笑，“我孀居十数年，对天哥一腔深情她尽知的，扇坊租赁出去玷辱谢家门第，自是不能的。”

廊下挂着的银铃叮铃铃响，烟萝瞥一眼，倏地坐直身体：“有人敲门。”

“应该是方临汝，过来谈租赁扇坊的，好快。”谢夫人挑眉一笑，起身往外走，口中对烟萝道，“你回避。”

谢夫人料得不错，来的确是方临汝。为的也正是求租谢家扇坊一事。

事急，昨日方孝出殡，料理完方孝的丧事，便登门了。

方家外面看着风光，其实这把火烧去了家产的十之六七，眼下剩下的财产只有价值约两万金的田地，另有一处老宅，祖上最初居住的宅子，地方很大，只是久没住人，荒废着，价值约三千金，给紫竹园送供应的那处小宅子价值约一千金，给方锦枫置下的那处铺子一千金，勉强再算上何姜氏和何舆住的那处何栎名下的宅子两千金，然后就只有和紫竹林及方府。

方府和紫竹林都不能动，田地和其他房产方临汝托了庄宅牙行寻主变卖。

能卖的这些产业即便能按价值不低价变卖，加起来也只得两万七千金，府里变卖东西的钱结了欠账后余五千金，加上原来账房上备用的一千金，一共只得三万三千金。这几日抚恤死者家属，请医，流水般花钱，只有三万一千金了。外头尚欠着五六千金的欠款，扇坊的重建至少需五万金，手上的钱根本不够重建扇坊，也等不得建好扇坊再制扇。

扇坊重建需得先备料再施工，石头、砖瓦和木材得从外地运，极耗费时间，至少需要半年，方家团扇离开市场半年，半年后再回来，早让郭家占领了。

方临汝多方考量后，决定求租谢家扇坊，暂时不重建扇坊，对外只说要追查凶手，手上的钱用来进制扇所需材料。

赵吾行和江楚泽那边，她跟崇徽说借四万金，心中预测一分借不到可能不会，不过也不会借到四万。赵吾行虽然生意做得大，急切间要抽调很多钱出来不可能，而江楚泽也许会尽心尽力帮忙筹措，可他毕竟还不是江家家主，两处加起来顶多能借两万金，他们的钱到来，得赶紧把何栎家的房契地契从典当行赎回来，以免露馅。

“不成。我若出租扇坊，知道的说是谢方两家交情，不知道的，只当我谢家活不下去了得赁祖业度日，谢家声名落地，汝郎若有一丝半分怜我孀居之苦，就别再提。”谢夫人断然道，一点儿转圜余地不给。

她是那种拿定主意旁人言语打不动的人，方临汝也不多言，掩下失望，微笑着告辞。

出了谢府，面上笑容消失，上马后，怔怔失神，信马由缰，不知不觉来到城西扇坊废墟前。

断墙残垣，废土焦木，半个月过去，空气中还弥漫着火烧焦味。

风光无限的制扇第一大家，半年时间里，家主去世，扇坊没了，前路茫茫，满目迷瘴。

天地不仁，死者何辜！

回来后来过数回，每一回看着，都有种眼前黑暗不见天日，周身血液凝结，心跳停止的感觉。

方临汝跳下马，双膝虚软，一步一挪，废墟堆里跪下，沉默地看着四周。

心中难以言说的悲恸，却哭不出来，眼泪是有依靠的人才能流的，她是家主，是方家几百口人的依靠，泪水只能在心中凝结成冰化成利刃扎着心窝，不能宣泄于色。

扇坊为什么会起火？

方家报官了，林源带着人过来勘查后说，可能是那一晚城里放烟花，火花飞溅引起的，便无下文了。

方临汝不信。

城西地旷人稀，哪来的人在这边放烟火？

滔天的恨，然而，没有证据没抓到黑手，她只能忍，强迫自己压下，假装相信官府的论断，接受扇坊大火是天灾的说法。

轻重缓急有所不同，眼下最要紧的是救治伤者，扇坊重新开工。

等得空了，她定一寸一寸扒，追寻蛛丝马迹，把幕后黑手揪出来。

红日西斜，残阳如血，临汝纵身上马。

方府门前下马时，面色平静，举止从容，不见失落与颓废。

“二郎，娘子回来了。”引泉迎出来，满面喜色。

回来了，这么快！

方临汝一颗心跌到谷底。

数一数，崇徽从扬州赶去杭州、明州再回来，只在路上走的时间，日夜兼程不停歇，最快也得十三天，江楚泽和赵吾行若是肯借钱，怎么也得要一两天筹钱时间。

这是见了他们即被拒绝了，只能回来了！

身体像负着沉重铠甲，僵直冷硬，面前已不是战场，而是屠戮场，谢夫人不肯租扇坊给方家，方家没有出路，铮亮的屠刀高悬，败势已定，再多努力不过垂死挣扎。

人还活着，心却已经凉透，马蹄在心口来回踩踏，心脏血糊糊的如泥浆。强撑着，只是因为她是方家家主，她不能倒下。

“娘子带着客人去了金阊厅。”引泉响亮道。

方临汝一怔，整个人僵住：“客人？”

“是的，娘子带着一位客人一起回来的。”引泉道，一只手举到头顶比画，“客人铁塔似的，个头真高。”

江楚泽！

跟崇徽一起赶过来，怎么看都不是要跟方家撇清不肯借钱的样子。

方临汝想从容、想沉住气，不要在江楚泽面前落面子。然而，此时此刻，激荡的心情促使她再也忍不住，双腿不听她理智的使唤，抬步往金阊厅狂奔。

外面夕阳余晖隐隐，厅里头有些沉暗，不见崇徽，江楚泽负手站着，望着墙上的“利缘义取，大商无算”字幅，高大魁梧的背影，奇峰耸立，铁塔入云。

熟悉的一幕，恍如当日他到方家扇坊之时的情形。

方临汝喉头微哽，一声“江大郎”喊得几不可闻。

江楚泽却是听到了，蓦地转身。

风尘仆仆，满面风霜，凌厉威严的虎目在与方临汝目光对上的刹那，浮起了一抹刚硬的温柔。

方临汝心脏被重重敲击了一下，感动之余，酸楚的疼痛。

“你还好吧？”江楚泽沉沉问，迎出来，按住方临汝的肩膀，定定地看着她。

铜臂铁手，沉沉的千斤坠力道。

“不怎么好！”方临汝涩涩一笑，这么多天人前一直若无其事云淡风轻，这当儿，不想再装了，轻声道，“方家眼下站在鬼门关前，生死瞬息，一步地狱一步升天，是生是死，难说。”

“我相信你一定能带着方家走下去。”江楚泽威严的虎目漫起笑意，松开方临汝，举起右手，掌心对着方临汝。

风霜、疲倦、彷徨、软弱好像因他一句话而消失，方临汝微微一笑，举手掌心对上，与他重重击掌：“多谢！定不负君厚意。”

“这才是我认识的方二郎。”江楚泽哈哈大笑，带头往厅里走。

两人落座，江楚泽执起茶壶为方临汝倒茶，方临汝往外头看，江楚泽了然，道：“我跟崇徽进府时，听说你外出了，崇徽牵挂着各种事，我让他自便，有婢女过来招待被我打发走了，我自个熟不拘礼，方二郎莫怪。”

方临汝展颜笑，满心感激。

方府如今许多伤患，事儿比往常添了不知多少，各人忙得脚不沾地，虽说三两个婢女招待客人耽误不了多少事，难得的是他在方家落难时的这份亲密姿态。

江楚泽喝了一口茶，淡语道：“江家筹了三万金，我换了飞钱交给崇徽了。”

方临汝握茶杯的手一颤，杯子差点儿脱手，一时间忘了道谢，惊讶道：“这么多？江当家肯答应？这么短的时间怎么筹到？”

“我阿爷上个月去世了，我已接任江家家主之位，接任家主之位时清盘家产，现金正好在手上。”江楚泽道。

方临汝一怔，没想到江尔林竟然已去世：“汝不知，未登门祭拜，实在有愧。”

“你事儿多抽不出空，两地又离得甚远，我便没差人给你送讣闻报丧。”

他想得如此周到，方临汝唯有感怀，沉默些时，起身，长揖到地，清声道：“江大郎慷慨解囊仗义相助，汝感佩，多谢江大郎！”

“在商言商，借是交情，利钱却少不了的。”江楚泽大笑道，起身，拍拍方临汝的肩膀，道，“我此行就是看一看你，你既很好，我也不多逗留了，这便回去。”

“这么快就走？”方临汝不同意，“长途跋涉，至少得歇一日再走。”

“我若住下，你少不得要招待我，你这时哪有工夫，我阿爷刚去世，家中也不太平，我得赶紧赶回去。”江楚泽摆手，阔步往外走。昂扬的身躯，一双长腿比方临汝几乎长了一倍，方临汝追上到府门口，江楚泽已交代引泉唤人给他牵马过来了，纵身上马，马背上冲方临汝拱了拱手，提缰，“驾”一声，疾驰离去。

方临汝目送他由近及远，直至什么都看不到，满心激荡。

谁说商人重利轻义，扑面铜臭味，也有高岭之松，雪里傲梅。

往漱石榭去时，方临汝的心脏不受控制地发抖，颤得厉害。

漱石榭没人，方临汝转头去曲溪馆。

琬初在厅中怔怔地站着，卧房里头细脆的窸窣声，不见崇徽。

“表哥醒了？崇徽在里面跟表哥说话？”方临汝不自禁喜上眉梢，快步往里走。

琬初茫然地看着她，在方临汝到门前时，蓦地道：“沐雨在里头侍候何大郎擦身子。”

方临汝一只脚抬起急急缩回，埋怨：“早不说，魂不守舍干吗。”

琬初低眉不言语。

方临汝看她髻发微乱，面色晦暗，想起她这些日子日夜不眠不休床前服侍何栎，关切道：“沐雨在，你得空去歇一会儿，别巴巴守着了。”

说话间，牵挂着崇徽，转身又出门，往流觞轩去。

琬初抬头，直直地看着她的背影消失，回头又看一眼屏风那头，眼眶渐渐红了。

这些日子床前守着何栎，体贴入微，温柔细致，何栎却楚河汉界划得分明，清醒时必是要她回去，唤沐雨近前服侍，不让她在曲溪馆久留。

洁身自爱，珍重矜持，由不得让人不动容，动容之余，心灰意冷更甚。

流觞轩院子里头静悄悄的，前些日子崇徽不在，粗使都调到别处帮忙了，方临汝快步进门，卧房里头有哗哗水声，崇徽在，这声音是在沐浴了，方临汝脚步刚停，里头沙哑的声音大喊：“二郎，等我，我马上出来。”

“顺风耳啊这么灵敏。”方临汝失笑。

才刚略站得一站，房门飞快打开，崇徽头发湿漉漉散着，上身一件白色素绡中衣，系带都没打，敞着水珠淋漓的胸膛，下头一条同质同色长裤，光着脚，从木桶到门这边一串水渍，眼睛亮晶晶看他。

“快关门，收拾妥当再出来。”方临汝嗔道，转身要离开。

胳膊一紧，崇徽用力抓住她，把她往屋里拖，方临汝启口欲发火，崇徽用脚踢上房门，“咣”一声骨肉与木材相撞，她被他按到门板上，钟乳粉、珍珠、玉屑、青木香等混合而成的澡豆香味扑面而来，含着湿润的水汽，没有询问，他的嘴唇压了下来。

名副其实的亲吻，饱含着别后重逢的欣喜与饥渴，带着掠夺与侵占的凶狠，方临汝失了呼吸，脑袋眩晕空白。崇徽捧着她的脸，力道很重，钳得她生疼，他反复辗压着她的嘴唇，喘着粗气占有，方临汝软瘫着，她推不开他，也完全想不起要推开他。

停药后的身体变化很明显，他成长为一个刚硬强健的男人，薄薄的中衣下铜墙铁壁坚实有力，她在他面前像朵娇弱的花儿。

许久之后，崇徽放开了她，他苦恼地蹙着眉，难受的很道：“二郎，我好像不舒服，热得难受。”

临汝茫然中回神，气喘吁吁推他，骂道：“秋深了，你沐浴了出来穿这么少，凉着了，能舒服吗？快穿衣裳去。”

“不想穿，不想离开你。”崇徽热辣辣地看她，热气蒸腾的身体蹭她，哑着嗓子道，“想死你了，担心死了，生怕你有什么意外。二郎，你再给我咬会儿嘴唇，让我安心好不好？”

刚才不问就咬了，这会儿又扮什么君子！

方临汝狠狠地推开他，拉开房门，骂道：“我现在就走回头再见你，还是赶紧穿好衣服出来，选一个。”

“等我，我马上穿好衣裳出来。”崇徽片刻的思索都不用，大叫道。

方临汝嘴角挑起，微微笑，扯动嘴角，嘶嘶地吸了一口冷气。

崇徽很快出来，湿发整齐地梳拢到头顶黑色发带扎起，衣裳穿得板正严实，浑然不见刚方才上敞下露的英风豪迈。

“这样行不行？够端庄了吧？”他拢着衣领问。

方临汝哭笑不得，嗔道：“让你穿衣服又没让你梳头发，头发没绞干就扎起来，回头得头痛。”

崇徽“啊”一声，极善蹬鼻子上脸的，跑回房间里拿了块白布出来，拉方临汝地台上坐下，嘿嘿笑，一口亮闪闪白牙：“二郎你帮我擦擦好不好？”

敢要她这个方家家主帮忙擦头发的也只有他了！

方临汝接过白布，抓住用力搓擦，扯动头发也不管，崇徽仿佛感觉不到疼痛般，笑得傻气又得意，隐隐又有一些别的什么，方临汝把他的头发快擦干了才想起来，那是猥琐和奸计得逞后的狡猾！气得不想理他，手心里光滑黑亮一捧头发，如黑色的绸缎，手感柔和美好，舍不得丢开，咬牙切齿继续擦，边擦边以指为梳替他梳顺滑，又不自觉地轻轻帮他揉按头皮。

“找你不见，听说小傻子回来了，我就猜你在这。”璟初门外脆生生道，说话时刚进院门，顷刻已走到厅外。

方临汝极快地搁下白布，把歪靠在自己身上的崇徽推开，低喝：“坐正。”

崇徽委屈地看她，塌着脸不情不愿地坐直身子。

璟初抿唇笑，看得分明，却不揭穿，进得厅来，问道：“晚膳摆在哪？”

方临汝清清嗓子，压下臊热，问得何栎苏醒着，遂道：“摆到表哥床前，吃过饭说说话。”

崇徽大眼睛转了转，道：“何大郎受伤宜静养，咱们别扰他了，就在这边吃。”

方临汝扫了他后脑勺一下，也不多说，起身就往外走。

“二郎等等我。”崇徽惊叫，头发披散着不梳不行，苦着脸看着方临汝走远，无精打采地进房梳头发。

“要不要我帮你梳，快些。”璟初打趣。

“才不要，你去服侍何大郎吧。”崇徽粗声道。

璟初呦呦笑，糯声道：“小傻子一点儿不傻呢，打量着把人都赶去何大郎身边，自己独占二郎呢。”

崇徽进房了，停下脚步，凝眉，粗声道：“二郎本来就是我一个人的。”

酸味冲天，璟初瞠目。

无名无分就想清扫方临汝身边的人，这要是有名分了，公蚊子都得离方临汝几尺。

何栎这些日子昏迷时多，清醒时少，只要听得他醒来，方临汝必抽空跟他说会儿话，拿事儿跟他商量。

不是不让何栎病中不得安宁，而是担心他无事操心，求生意志减弱。

双十风茂之年，正是大展鸿图之时，突然受此重伤，从此若是只能床上躺着，生有何趣。

是她自私，她已失去阿爷，不能再失去嫡亲阿兄一般的何栎。便是苟活，她也要何栎活着。

脊梁骨受伤不能坐，为着寻一线康复生机，也不便卧着，怕动着伤处。才刚半个月过去，人瘦得脱相，面皮焦干，眼睛无神，方临汝进来，眼睛亮了一亮，嘴唇抿了抿，低声道："听说崇徽回来了，情况怎么样？"

"江楚泽借了三万金，赵吾行那边不知道，一会问崇徽。"方临汝笑道，床前跪坐下，欲租谢府扇坊一事跟何栎提过的，告诉他谢夫人拒绝了，怅然道，"便是借到钱了，不能尽快制扇，也难。"

"谢夫人软硬不吃，意志坚定人，你纵使有如簧巧舌，她不愿意，也劝不动她。"何栎沉吟道。

"正是如此，故而我也没多说。"方临汝长叹，连日到处奔走，疲倦不堪，捶了捶肩膀，道，"咱们家出事，谢宜宁却没来过，她虽说性子浑了些，却是直爽磊落古道热肠的人，得讯不可能不来过问一声，想必是被谢夫人关起来了。谢夫人看来是打定主意不对方家伸援手，怕谢宜宁找她帮忙说情，不答应伤了母女和气，干脆不给她机会。"

"其他人家扇坊规模小，零零散散，便是肯租给咱们也没用。"何栎眉头紧蹙，喃喃道，"难道当真是天亡方家吗？"

"除了租赁谢家扇坊制扇，没别的办法吗？"

突兀的声音打破方临汝和何栎之间的默契无间，何栎艰难抬头，崇徽站在门口，个子似乎更高了，满脸纠结地看着他。

"没有，这是最好的，也是解决方家眼前危机的唯一办法。"方临汝叹道。

"夫人不是跟她很谈得来吗？让夫人去问她行不行？"崇徽大步过来，把方临汝从床头挤到床尾去，在方临汝方才的位子坐下，一侧五斗柜上铜盘里搁着湿巾，拿起来，自然而然地帮何栎擦脸。

方临汝心中怪他这时还耍心眼，见他对何栎如此体贴，却发作不起来，摇头，道："母亲去说有用的话，我登门时谢夫人就答应了。"

崇徽低眉，长长的睫毛掩住眼睛，许久没说话。

第四十四章　惊弓之鸟

膳食送进来，崇徽亲自喂何栎吃饭，小心细致，小口小口地，极有耐心，汤水不曾洒出一滴，连琬初都没他做得好。

膳毕撤走食案，说话时，他便心不在焉魂不守舍了，还得方临汝问他杭州之行如何，他才回过神来，没有他惯有的邀功求赏表情，也没有沾沾自喜之色，语气毫无起伏："赵吾行借了两万金。"

语毕，探手入怀，拿了飞钱出来递给方临汝。

比预想的多，且筹钱速度之快完全超出预想。

方临汝接过飞钱，叹道："赵吾行跟江楚泽这么仗义，有他们的钱，若是再赁得谢家扇坊，一边制扇鬻扇盈利，一边重建扇坊，危机也就解除了，可惜。"

"等扇坊建好再制扇不行吗？"崇徽问道，一双手死死抓着袍摆。

"扇坊重建至少得半年，半年后，团扇市场早成郭家天下了。"何栎摇头。

崇徽呆呆地听着，目光涣散，许久方凝聚起来，却不说话，眼直直地看着方临汝。

方临汝只当他懊恼未能帮自己想到解决办法，笑着揉了揉他后脑勺，安抚他："你已经做得很好了。"

转头与何栎又参详别的办法，却没一个满意的。

崇徽缄默着，袍摆抓烂了，一会儿咬唇，一会儿深吸气。

方临汝跟何栎说了许久话，见他嘴唇焦干，力乏气弱，侧身倒水给他喝。忽地看到崇徽模样，不觉皱眉："你怎么啦？"

"我……我……"崇徽身体簌簌不住抖，脸色惨白，额头汗水涔涔，结结巴巴的说不出话，方临汝眉间细褶更深，崇徽身体抖得更厉害，半晌，大声道，“兰荪可能会治何大郎的伤。”

“兰荪会治？”方临汝猛一下捉住崇徽的胳膊猛摇，欣喜欲狂。

崇徽点头，面上惨白略淡些，汗水止住了：“园子里有鸟儿、雀儿摔伤了，断腿折了翅膀什么的，她都能治，好得很快。”

这些都是小伤，润州城里的大夫也能治腿伤，脊梁骨断不是寻常伤势，非独门秘家医术治不了，方临汝失望不已。

崇徽冲口说出来，脑袋也清醒过来，越发觉得兰荪能治了，道：“她家祖传有一个专治骨伤的药方，制出来的药叫什么……”他蹙眉回想，拍手道，“叫固元生骨膏，据说药材珍贵且难得，在园子里时，她说过，如果药材凑足能制出固元生骨膏，天底下没有固元生骨膏治不了的骨头断裂。”

这么神奇，兴许真能治。

方临汝嗔道：“回来这么久不说。”一时片刻都等不得了，起身，要连夜去紫竹园接兰荪过来。

“汝郎，等等。”何栎艰难抬手，拉住方临汝的袍角，朝崇徽抬下巴。

崇徽抓着袍子颤颤地看她：“二郎，兰荪如果提出医治何大郎的交换条件是要我留在园子里陪她怎么办？”

原来担心这个才面色有异，方临汝释然。

在她心中，自然救何栎重要，崇徽留在紫竹园中后来再带出来也行。

这么想着，猛想起他上回情愿一死也不肯离开自己，踌躇起来。

低头看何栎，何栎睫毛低垂，看不清眼中神色，拽着她袍摆的手却没松开。

三人谁都没说话，深重的呼吸起落，许久之后，方临汝沉声道：“我用许她自由换她医治表哥。”

“不行！”何栎惊叫，攥着方临汝袍角的手攥得更紧了，关节凸起，哑声道，“兰荪得不到崇徽，必与方家死磕，她一得自由，美人团扇的秘密必是大白于天下，方家倾覆旦夕之间，你让我如何承受得起。”

“若为保方家不救你，我也良心难安。”方临汝坚定道，“不等她公布，你的伤一好，在她离开方家前，我自己向天下人坦白，唾骂责备我都认了。”

何栎痴了傻了，直怔怔不会动，半晌，喃喃道：“不行，汝郎，你要真这么做，我唯有一死。”

“表哥！”方临汝跺足。

“一个人想活下去难，想死，很简单。”何栎凄厉喊，手指关节格格作响，攥着方临汝袍角的手收得更紧，眉眼扭曲，焦急、胆怯、惊怕，声嘶力竭的声音在房间里幽幽传开，渺渺回荡。

方临汝呆呆地看着他，缓缓跪了下去。

跟方家虚无的风光比，亲人更重要，可何栎心中，方家和她远重于他自己，他说到做到。

“方敬出去寻医了，说不定会找到神医，等着就是。”何栎笑道。

半个月了，即便后来有消息，时间太久，砸断的脊梁骨已闭合，再也接不回去长不了了。

方临汝捂脸，把脸埋进掌心，从没这么痛恨自己的无能。

何栎忽地用力扯她的袍摆，方临汝茫然地看他，何栎努嘴，方临汝顺着他的目光看去，吓了一跳。

崇徽不知何时缩到房间角落去了，抱臂蜷缩着身子，面白如纸，眼睛如常睁着，里头却是一丝神采亦无，魂魄离体牵线木偶一般。

“崇徽！”方临汝大喊，推他。

“轰”的一声，身体倒地，眼睛还睁着，眼直直的却看不到方临汝，也感受不到倒地后蹭磨的疼痛般。

这样子跟那晚做噩梦有些像，又不完全像，临汝慌了，倒了杯茶，把他扶起来往嘴里喂。

崇徽木呆呆的，杯子凑近就张嘴，茶倒进嘴巴了，却不吞咽，淌涎着顺下巴直往脖子流。

“他本来就有些一根筋，可别钻牛角尖出不来，快请大夫来看看。”何栎急促道。

方临汝心神俱伤，没了主意，不知外头是谁，每个人都叫了：“琬初，璟初，沐雨，清泉，快请大夫。”

琬初、璟初冲进来，看一眼，急匆匆往外奔。

“我没事。”崇徽突然喊，手脚能动了，眼神活了过来。

方临汝捂胸膛，大骂：“发什么痴，你想吓死我是不是。”

崇徽低垂头，任她怒骂，乖巧得像只大猫咪。

方临汝发狠骂了几句，自己也觉无趣，对何栎道：“表哥你歇息，我走了。”理都不理崇徽，大步往外走。

崇徽直怔怔地看着她的背影，半晌，耷拉着脑袋跟了出去。

“璟初，跟着崇徽，晚上在他门外守着。”何栎大喊。

不似方临汝乐观，崇徽的样子有些不妥当，一时魔障一时清醒的，生怕一个不慎便再也清醒不过来了。

“小傻子就这样，一时正常一时魔怔的，何大郎忒小心了。”璟初出门，小声跟琬初抱怨。

琬初脸色苍白晦暗，长脸儿因消瘦而更长了，默默地看着夜色半晌，低低道：“你就按他交代的办，不怕一万，就怕万一，多事之秋，别再节外生枝。”

璟初抱被子褥子去了流觞轩，方临汝听说只“嗯”一声表示知道了。

满心满眼都是何栎的伤势，无法可想也罢了，希望就在眼前却只能眼睁睁看着，怎么办才好?

左思右想没找到十全十美的方法。

兰荪幼时家遭巨变，后来又被她阿娘托孤之人背叛，性情偏执阴狠。没有好处，要让她医治何栎难。强迫肯定不成的，救人不比其他，需得她心甘情愿方可。

半夜里突然下起了雨，往年秋雨绵绵如丝，这晚却下起暴雨，闪电霹雳而过，炸雷一个接一个，雨点如注，落在屋顶瓦片上，噼噼啪啪扰得人不安宁。

方临汝翻来覆去地睡不着，忽然房门咚咚响。

璟初外头尖声叫：“二郎！二郎！快过去看看小傻子。”

方临汝激灵打了个寒战，胡乱扯了衣裳，慌慌张张，来不及穿上，急忙开门：“崇徽怎么啦?”

“我也不知道，门板快敲烂了，喊半天没声响……”

璟初满头满脸雨水，衣裳湿淋淋滴着水，语无伦次。

方临汝半晌才听明白。

原来她见雷雨天气温骤低，思量着崇徽的被子还是半个多月前离开润州时盖的，薄薄的丝被，怕是不够暖的，于是去敲门，问用不用加床被子，谁知里头一毫动静没有。璟初想起何栎的交代，怕崇徽钻牛角尖，用力砸门，大喊大叫，叫了近盏茶工夫，还是无声无息，不觉慌了，急忙来找方临汝。

方临汝心头一沉，胡乱套上胡袍，靴子来不及穿，穿着木屐急往流觞轩奔。

灯笼打不起来，黑漆漆的暗沉，天很低，厚厚的乌云就在头顶，压得人呼吸艰难，闪电划破天空，一瞬的明亮，只见地面流水如河流汹涌，树木花叶在风雨中瑟瑟发抖。

冲进流觞轩时，方临汝整个人如水中捞出来般。

拍门喊叫，里头寂然无声。

方临汝抓起厅中矮案，想撞门，又搁下。

万一崇徽靠着门板缩着，门板倒下就砸伤他了。

方临汝出门顺着卧房墙根走，雨水冲进眼睛，酸涩地痛，泪水溢出，跟雨水混杂到一处。

上苍似乎听到她的祈求，有一扇窗户没关密实，敞着道缝。

崇徽在床上，被子盖得平整，并不是那一夜整个人蜷缩着惊惶害怕的样子，方临汝松一口气，随即一颗心吊得更高。

睡得再死也没理由这么大动静没被吵醒。

灯点燃，看一眼床上，崇徽圆睁着双眼，眼珠子一动不动，方临汝的心脏像被雷电击中，难以忍受的疼痛，抬手探一探鼻息的力气都没有，满脑子只有一个念头：崇徽死了！崇徽死了！

“小傻子死了？”璟初随后翻窗进屋，尖声叫。

方临汝直直地看着崇徽，床上绿蓝黄三晕色纬线交织宝相花蜀锦被面柔软顺服，完美地勾勒出被下人的线条，肩膀端正，身材笔直修长，枕头上那张脸五官精致，便是双眼无神空茫，也无损倾城姿色，睡前还说过话，不过两三个时辰，便如阿爷一般，天人永隔。

不！不可能的！

方临汝上前，胆怯地探出手去。

崇徽脸庞僵如冰一般，触上去，指尖冻得发抖，往脖子底下摸，衣裳被子水里捞出来的般，跟那一晚一模一样，只是那一晚她及时进去安抚他，今晚……她疏忽了，睡前在何栎房中时，崇徽明显就反常了。

方临汝狠狠地抓住崇徽肩膀摇晃，尖声嘶骂："给我马上醒过来，不醒过我，我把你送走，扔到山沟里去，由得虎豹蛇虫啃你肉、咬你骨。"

"二郎，你别这样！"璟初急得哭起来，掰方临汝的手，"把崇徽放下吧，别扰得他走得不安宁。"

"不可能，崇徽不可能死。"方临汝喃喃，满心满眼的泪，痛到极处，却哭不出来。

崇徽忽然伸手抓住她的手时，方临汝几疑做梦。

不是做梦，崇徽僵硬的面庞肌肉恢复了活力，一动不动的眼珠在转动，涣散的眼神渐渐聚焦。

方临汝低头，背光，面庞隐匿在阴暗里，眉眼狰狞，眼底灼灼怒火。

崇徽轻轻抖了一下："二郎，我想事情想得太入神了，不是故意吓你。"

"哦？"

"真的，我想得听不见看不着了，糊涂了。"

这话只哄得三岁小娃儿。

方临汝霍地起身，阔步往外走。

"二郎！"崇徽惶然地叫，撑着手想起床，身体僵直不能动，从床上直挺挺蹦下地，堪堪抓住方临汝的袍摆。

方临汝回头。

崇徽在她脚下，惶恐凄凉地看着她。

方临汝闭眼，稍停睁开，默默地坐了下去，身上的衣裳还滴着雨水，头发睡下时散开了，湿漉漉地贴在脸颊。

崇徽一瞬不瞬地看着她。

风声雨声消失在听觉里，只有两人激烈的心跳声咚咚响着。

璟初看了一眼，拉开门，又悄悄地退了出去。

方临汝紧抿嘴，静静地等着。

崇徽有事瞒着她，很重要的事，重要得让他失魂落魄，惶惶不可终日。

夜漫长而又短暂，雷声雨声渐息，窗外曙色隐隐。

崇徽忽地坐了起来，紧紧地抱住方临汝。

他的力道极大，几乎要把方临汝压进他的肋骨里，嘴唇搜索着方临汝的嘴唇，印了上去，却不吻，急促变调的嗓子喃喃说："二郎，无论如何，我……"不会说情话，表白都是磕磕碰碰，"我对你对方家没恶意，我就算死也不会做对不起方家的事，你相信我，好不好？"

他的衣裳凉凉的都是冷汗，下巴磕在方临汝的额头，冰冷湿润的触觉，担忧和愤怒交织，方临汝如山洪决堤爆发，猛一下推开他，厉声喝道："我为什么生气你还不知道吗？好好反省你错在哪里。"

"我……"崇徽瑟缩了一下，突地，眼里光芒璀璨，明亮快活，"二郎，你是怪我没跟你说实话，你没法对症下药开导我，你担心我有危险？真的吗？真的是这样吗？"

傻得像块大木头，居然还问真的吗？

方临汝一个大巴掌呼扫过去，重重扇在他的后脑勺。

崇徽摸着后脑勺傻笑。

方临汝狠狠瞪他。

"二郎，我怕你因为兰荪喜欢我，你就讨厌我了，我刚才迷迷糊糊想到以后，你不理我，我奔跑着追你，可是你越走越远，我嗓子喊哑了你也不回头瞧我一眼，我不知道怎么办好，心里疼得慌……"崇徽絮絮地说，拉着方临汝的手按到心窝上，深深地看她，眼底惊恐凄惶之色。

这是醒着生生编了一出大戏，人为制造了噩梦缠身？

方临汝并不完全相信，但转念一想，崇徽一根筋，有的地方很精明，有的地方傻得近乎白痴，因为这么点儿小事就魂魄出窍也不是不可能的，一时间气恼不是、快活不得。两人都是一身狼狈，狠狠地揉了揉崇徽的头发，嗔道："我去喊人给你提热水，洗洗换掉湿衣裳。"

崇徽乖得像只摇尾的猫，大声应好。

方临汝莞尔一笑，起身往外走。

崇徽没送她，看着她的身影从门口消失，抱臂缩成一团，沉暗嘶哑的嗓音喃喃：“二郎，我不想骗你，可是她恨你阿爷入骨，她发誓要颠覆方家，她定会那么做，方谢两家迟早刀剑相向，你若是知道我是谢家儿子，那时候怎可能容我留在你身边，我不能冒这个险，我不离开你。”

璟初出了流觞轩，别说方临汝，她也吓得不轻，三魂丢失，七魄离体，暴雨下瑟瑟发抖地走着。

漱石榭暗沉沉没有人声光亮，瞥一眼，往曲溪馆去。

何栎重伤，夜里床前得有人守着，外头也得有人候着备有意外时听命，厅中一抹橘色的光晕在风雨中格外温暖。璟初搓手，有种活过来的轻松，院门半掩着，随手一推便推开了，雷声恰好停下，吱呀声响幽幽。

璟初刚走到厅门口，里头琬初起来了，走出来，低声问道：“谁？”

璟初戴斗笠披蓑衣的，只是哪挡得住暴雨，脱下来，衣裳湿得差不多了，琬初看清了，吓一跳，惊问：“出什么事了？”

“已经没事了。”璟初吁出一口气，把流觞轩发生的事仔细讲给琬初听，发狠骂道，“被小傻子吓死了，小傻子这不是钻牛角尖，这是没事找事，二郎对他那么好，有什么好害怕的。”

琬初愕然，许久无语。

何栎晚上跟方临汝说了许久话，心绪难宁，半昏半醒，听得外头声响，清醒过来，怔怔失神。

崇徽实心眼，对方临汝对方家把命送了都愿意，只是要他离开方临汝去紫竹园陪兰荪，却无论如何都不肯的，自己的伤没治好，他怕是心结会越纠缠越紧。

心头千回百转，忽然间游丝一点念头浮起，滚雪球似的越来越大。

何栎细细思量，觉得可行，心中一喜，高喊琬初：“去请汝郎过来，跟她说我想到让兰荪帮我治伤的法子了。”

帮兰荪找出诬陷她阿爷的人，帮她报灭门家仇。

这一步很难，兰荪的阿爷是尚药局的司医，侍候宫中贵人，能陷害他的人必定品级不低。可是再难，只要布局巧妙，借刀杀人，趁火打劫，浑水摸鱼什么的，凭着方临汝的机智睿敏，只要方家能翻身，有大把大把的钱周旋打点，不是没有成事的可能。虽危险极大，却比公布方家美人团扇的秘密直坠地狱生机多些。

方家要把团扇打进内廷，方临汝少不得要到长安跟官员打交道，要在长安铺开交际网，帮兰荪报仇的同时，也可为方家攒下人脉。

其实若有可能，他不想出这个主意，但是方临汝定不会坐视他伤残不管，崇徽也会纠结痛苦，他不想他们为难。

“不错，我这就去找她。”方临汝击掌大赞，并不在意抱火卧薪，只要能救何栎，能保亲人安然，她风雷无惧。

“她对你有敌意，对崇徽有妄念，你俩跟她说她无法冷静，抬我去，我来跟她说。”何栎道。

很有道理，只是……方临汝的目光扫过被子上何栎后背的位置，担心何栎的脊梁骨伤势经不起颠簸。

“得让她诊断过，确认她能治才谈条件不是吗？万一她治不好我的伤，就不空承诺了。”何栎道。

“我糊涂了。”方临汝一拍脑袋，当即不再反对。

何栎伤了半月有余，紫竹园也要补供给了，何栎典当的他家的产业得赶紧赎回来。

方渭重伤无法做事，其他几个二管事同样，琬初、璟初虽然伶俐，却不曾接触过外头的事。数来数去，眼下能用且信得过的，只有一个崇徽。

方临汝带着崇徽，拿着赵吾行那张两万金的飞钱，先到典当行赎出何栎越州家的家产契书。

交接环节，注意事项细细讲解给崇徽听，接着带着他到何栎以前接触的几户农家。悄悄购了所需送到那处宅子，回来接了何栎，又去小宅子换马车才去紫竹园。

有些日子没见，兰荪瘦得皮包骨头，人不人鬼不鬼的，站在窗前贴着窗棂往外看。窗户密闭，油纸很厚，看不清外头，也不知她在看什么，听得房门开启之声，扭头看过来，目光定在崇徽的脸上，如死尸复活，冲过来，捉崇徽的胳膊，叠声问：“徽娘，你还好吧？他们没虐待你吧？”

“放开我。”崇徽怒道，抬着担架空不出手扒开她的手，又不能闪躲，脸都青了，狠狠地瞪着她。

兰荪后退，凄凄看他：“徽娘，咱们从小一起长大的。”

“园子里的人谁不是从小一起长大的，你别动手动脚的，二郎要是恼了，我对你不客气。”崇徽毫不客气地道，往里走，房间正中停下，返身朝方临汝努嘴，声音柔得滴出水来，“二郎，我放下啦。”

兰荪泪涟涟地看崇徽。

崇徽眼里没她，只顾揭开何栎身上的被子。因为天冷，何栎的锦袍换成青绫的薄棉袍了，只虚虚地套在胳膊上，下头没交叉系带，轻轻拉起手便脱掉了，随即露出何栎光裸的后背，崇徽大剌剌地道：“何二郎脊梁骨伤了，你看看你会治吗？”

兰荪咬唇，看着他的目光里带了绝望。

“快看啊！”崇徽皱眉。

不知是懵懂还是寡情，利刀伤人都没这么狠的。

方临汝暗叹，兰荪不是良善之辈，对这样的人无法晓之以情，只能缄默。

兰荪嘴唇咬出深深两个牙印。

方临汝的心脏怦怦跳，深恐她拒绝。

但此时却不能说什么，不然，兰荪跟她们讨价还价，帮她报家仇还不满足，还要崇徽留下来陪她，或是使什么阴诡手段，就后患无穷了。

兰荪蹲了下去。

方临汝紧攥的手缓缓松开，后背涔涔冷汗渗出。

兰荪枯瘦的手指扒掉何栎脊梁骨敷着的草药，来回反复按，不时问“这个地方疼吗？多疼？这个地方疼不疼？”

按了许久，除了疼不疼，又问了许多其他的，又跟方临汝要冰块，要好几味草药。

方临汝来前有所准备，城里大夫给何栎开的药每样都带上一点儿，药臼也带了。紫竹园里的地穴里就有冰块，供应怕有时出意外送不及时，地穴里冰块冻着很多食物，以备急需之用。

冰块敲成碎颗粒敷上去，扒开后，又敷草药汁，何栎满头汗水，牙齿咬得格格响，一时是冻得难受，一时是虫蚁啃咬的疼痛，一时又是麻痒。

一盏茶工夫后，兰荪起身，冷冷道：“能治，普通保守治法，半年痊愈，若能凑齐药材配出我家家传的固元生骨膏敷上，三个月后就能如常人一般无异。”

“太好了。”崇徽大叫，抱住方临汝的胳膊欢喜道：“怎么样？我就说兰荪一定能治，没骗你吧？”

能治，还得她肯治。

按事先商量好的，证实兰荪能治了，她和崇徽就避了出去。

方临汝看何栎，又看兰荪，微有踌躇。

怕自己和崇徽出去了，兰荪对何栎不利。

“汝郎，你们出去，我跟兰荪谈谈。”何栎道，艰难地抬头看方临汝，眼里有暗示，有不可动摇的坚定。

方临汝略一迟疑，到底还是拉着崇徽退了出去。但没关房门，站在栏杆前，警惕地看着兰荪的动静。

两人说话的声音都压得很低，听不见，神情看起来，兰荪说话很少，都是何栎在说。

方临汝本以为得很久才能说动兰荪，未料不到一炷香，兰荪便被说动了，走了出来，紧盯着她问道：“你果真肯帮我找出害我家抄家灭门的凶手？”

方临汝毫不犹豫地起誓：“我方临汝对天发誓，若兰荪能治好我表哥何栎的脊梁断骨之伤，使其行走与常人无异，我必穷方家家财，尽毕生之力，帮兰荪找出灭门仇人，帮她报仇，若违此誓，天打雷劈，不得善终。”

“我要你以崇徽发誓。”兰荪冷冷道。

方临汝一怔：“我跟你之间的约定与崇徽何干？”

“与他无干，但是我就是要你以他发誓，你发誓，若违誓言，崇徽烈火焚烧而死不得善终。”

这誓言忒毒。

方临汝想起方家扇坊起火那五名死者，乌黑的身体骨骼，皮肉无存，周身发寒，血肉冻住，虽则答应了定会尽力做到，要她以崇徽起毒誓，无论如何说不出口。

兰荪低哼，露出果然是糊弄我的表情。

方临汝咬牙，缓缓启口，前面的话又说了一遍，道：“若违此誓，让我受凌迟之刑之后，再被五马分尸而死。”

凌迟之刑千刀万剐，五马分尸更是残忍到极致。

兰荪霎地变色。

崇徽已急得脸都白了，大声道："不成，青天明鉴，二郎若违誓，所有报应尽落我身上，让我被烈火活活焚烧而死，别降罪二郎。"

"你俩倒是深情，不过……"兰荪冷笑，转身进门，没再逼方临汝按她所说发誓。

兰荪研了墨，细细写方子，先写普通治疗的方子，接着写固元生骨膏方子，写完了，淡淡道："我家祖传医术不能外传，这方子里的药材我加了好几味，寻常医者分辨不出，要我亲自治疗的话，或是把他留紫竹园里，或是把我接出去，不然的话，让崇徽每五日送一次药材过来，我调制好给他带回去敷上，固元生骨膏药材寻齐后，配好了，我再教崇徽怎么敷怎么揉按。"

"我留下吧。"何栎缓缓道。

"不行。"方临汝摇头，把何栎留在紫竹园，自己哪能放心。

把兰荪接出去，方家多事之秋，又怕她生事。

方临汝纠结，看崇徽，崇徽塌了脸，不甘不愿道："我来回跑吧。"

由他一个人来回跑，方临汝又担心兰荪暗算他，方渭若没重伤，倒是一个信得过的人，有他陪着就好了。

想起方渭，猛然间想起方渭的断臂，方临汝心头顿时如钝刀锉磨般，难受得直不起腰。

才刚二十岁，笑起来两个小虎牙，阳光开朗的儿郎，以后却只能独臂生活。

"怎么啦？"崇徽惶然不安，拽住方临汝的胳膊迫切问。

"汝郎想起渭郎。"何栎幽幽叹息。

兰荪眸色沉沉，盯着方临汝看了片时，道："也是骨伤的人吗？买一送一，我不要其他交换条件了，交给我。"

"手臂已经切掉了。"方临汝涩涩道。

"切掉了我也能把筋脉接上，固元生骨膏若能配出来，断骨也能再生，治好后，虽说不能提抬，但表面看来却是与常人无异，端个碗拿箸执笔什么的无碍的。只是这样的重伤，得我亲自治。"兰荪道。

"切掉十八天了，断臂已经掩埋了。"方临汝低声道，抑制不住喉间带了哽咽。

兰荪默然，半晌，道：“这是他命该如此了。”

方临汝不信命，一直以来，她坚信人定胜天，可是这半年来，方家接二连三遭祸，除了天命定数，无其他解释。

没有方渭陪着，便自己抽空陪着吧。

方临汝最后跟兰荪约定，每五日她跟崇徽过来拿一次药。

崇徽欢喜起来，原先不愿意，心中没想着兰荪暗算自己，只是不想跟方临汝分开，跟方临汝分开一时半会儿都难受。

马车出了紫竹林，崇徽外头驾马车。

方临汝跟何栎坐车里头，为何栎拢严实被子，问道：“表哥，你怎么说服兰荪的？”

“我跟她说，她在紫竹园中没有地方练医术，我这伤正好可以拿来学以致用，大致身有所长的人都想有地方大显身手吧，又能报家仇，两厢得便，她没理由不被打动。”

方临汝觉得只这些还不够，寻常人也许会动心，但兰荪则不然。

幽居禁竹园里，报仇雪恨也不能在人前扬眉吐气。至于医术，她出不了紫竹园，爱慕崇徽又无望，这辈子可预见的没子女，无人传承医术，医术练得再好亦无用。

除了这些，想不出还有哪些能打动兰荪，思来想去，也许兰荪是想借此多见崇徽几面，也便释然了。

却不知，何栎另递了命门给兰荪，他跟兰荪道：“你可以给我下慢性毒药，每个月或每季给一粒解药那种，只要我配合你，不让别的大夫给我诊脉，汝郎便不会发现，等汝郎帮你报了家仇，你再给我解药。”

那时，兰荪会不会不肯给解药，会不会又提别的交换条件，何栎已经顾不得了。

眼下先治好伤安临汝的心，帮兰荪家报仇至少得三五年的筹谋，三五年之后，变数很大，谁也看不着会是什么样，那时若无路可走，他瞒着临汝来个意外身亡便是。

第四十五章　行踪暴露

三人回到方府，送何栎回曲溪馆后，方临汝让崇徽拿兰荪开的药单到药房命人配药。

府里病患多，因此特意拨了一间廊房作药房。

她自己去看望方渭等人。

虽然不得空具体做什么，但身为家主，每日过去看望，说几句安抚的话，对重伤的人也是莫大的安慰。

方诚还在昏迷中，其他重伤的人伤势略有好转，方临汝宽慰了几句，到方渭院中。

因为醒着时疼痛难忍，大夫便给开了一些安神的药，此时方渭睡着了。舒九娘床前痴痴呆呆地坐着，方临汝唤她，抬头傻傻地看了些时，方回神，起身要行礼，被方临汝按住，让她坐下，小声问道："渭郎今日怎么样？"

"能怎么样？便是伤好了，那条手臂也没了。"舒九娘抽泣，这些日子一直哭，因此眼眶什么时候都是红肿的。

万幸方渭看得开，乐观，还时不时地安慰她，不然，怕是夫妻两个一齐倒下了。

陪舒九娘坐了些时，方临汝出来去了药房。

清泉守着药房，告诉她，崇徽拿来的两张药方，一张药材配齐了，一张只有几味，差了许多味。崇徽誊写了几份，差人去外头医堂寻问，交代完他也出府去了，但去了哪里就不知道了。

方临汝心头热烘烘的火焰，恨不能立时三刻就让何栎行动自如。固元生骨膏方子所需的药材稀罕珍贵，差了十几味药材的想必是固元生骨膏。崇徽跟各医堂不熟悉，珍贵药材难得，人家也未必肯卖给他。想到这些，打马出了府找崇徽，打算拿了方子帮着寻问。

在城里转了个遍，却没找到崇徽。

秋风萧瑟，凉意袭人，昨晚一夜惊魂，今日一早又去紫竹园，还不曾休息片刻。日头过午，饥寒交迫袭来，精神困顿，耳畔喧杂纷乱，身体感觉更加不适。方临汝牵马走了些时，忽想起一个地方，纵身上马往城西急驰。

一夜暴雨，路面污黑的泥水横流，断木残垣一片荒芜的废墟刺得人眼睛更疼。

崇徽果是在这边，牵着马，在废墟前直怔怔地站着。

“都这样了，别想了。”方临汝轻叹，下马，走到他身边，轻拍肩膀。

崇徽一动不动。

这样子怎么跟昨晚魔障时有些像！

方临汝一惊，走到他面前看，崇徽眼睛圆睁着，眸瞳却空茫无神，睫毛都不眨一眨，对着她的脸，一点神采也无，果是昨晚那时情形。

“崇徽！”方临汝大喝。

崇徽似是听不到，无动于衷。

方临汝额头汗水直落，昨晚他是听到璟初哭叫自己回神的，心念一转，捂住肚子痛苦地叫：“好疼！”

崇徽眼珠子骨碌碌转去，缓缓凝聚起神采，对上方临汝的面庞，怔怔些时，忽而惊叫：“肚子疼？我送你去医馆。”

揽住方临汝就想打横抱起。

回魂了就好，方临汝顾不上发火，推他：“没事，吓你的。”

崇徽傻呆呆“啊”了一声，低眉，又微有惶恐之色。

方临汝叹气，大声道：“走吧。”

崇徽当即开颜，欢声应好，才学会骑马没多久，马术已极好，上马的姿势风流潇洒，跟方临汝并缰要走了，忽地回头看一眼扇坊，低声问道：“除了租赁谢家扇坊制扇，没别的摆脱眼前困境的办法了吗？”

"没有。"方临汝黯然，因何栎得救治的好心情荡然无存。

崇徽低眉，紧咬唇，眼底苦恼彷徨，焦灼迷惘，惊惧害怕，只是方临汝提缰打马，没看到他的神情。

担心崇徽又钻牛角尖，方临汝把他喊到漱石榭安置，还在书房中摆了床铺被褥。

这一晚夜里起来几次察看，崇徽睡得香沉，呼吸平稳，方放了心。

扇坊不能开工，购配固元生骨膏的药材是眼前最重要的事。天明，方临汝差了许多人城中各药行探问，又寻思药材贵重，各大户人家兴许有其中一两味，又亲自到各家登门拜访探问。

本拟带着崇徽一起，顺便介绍城中各大豪商给他认识，他却不愿意，只能作罢。

崇徽目送方临汝走远了，怀中掏出一件小褂。昨晚在紫竹园中，兰荪给何栎查看后，方临汝帮着拾掇，他悄悄回自己住的房间拿的。

小褂是那年他离家出走时身上穿的，十几年过去，轩昂男儿了，回头看，褂子那么小，上面血迹还在，血的鲜红不见了，已变成沉暗的褐红色。当年逃出生天后，看都不敢回头看，把小褂塞到柜子角落，也没洗。

这些年拿出来过，想扔，不知为何又不舍得扔，想洗干净，却又不愿意，怕极，也恨极。

这件血褂印记着他那段日夜被毒打，没一时安宁的日子。

他清楚记得进紫竹园前的一切，记得自己的身世。

他是谢天的儿子！

把小褂收进怀中，崇徽在案上铺开纸笔，研好墨，执笔，缓缓书写。

不想和过去有关联，不想被谢夫人寻回去，不想被方临汝知道他是谢家儿子。本打算不管不问的，但看不得方临汝忧愁，何栎想出折中的办法让兰荪救治给了他灵感。

试一试，他的亲生母亲若是还记得有他这个儿子，也许……也许肯租赁扇坊给方临汝。

何栋当家产的当铺就是合盛行，方临汝拿着飞钱赎当，谢夫人很快听说，本想着方家经此重击，定是一蹶不振的，谁知方临汝居然能在短短时间里筹措出许多钱，把典当的产业赎回。

暴雨过后，花儿凋零，树叶枯黄，展眼四顾，满目凄凉，春芳不再，故人只能梦里相见的愁肠，秀眉蹙得更紧。

烟萝拉她到园子里散心，看她神情更郁，微微后悔，想了想，道："不然，公开方临汝是女儿身一事吧。"

谢夫人摇头："方临汝这当儿声望正高，方游丰不成器，方锦枫体弱，便是知道她是女儿身，方家上下怕是还是坚定地拥护她当家主的。她生得又好，高门大户一听说她是女儿身，不知多少人求娶，若她为方家狠心抛弃何栋，找一高门大户结亲，得了助力，要扳倒她就更难了。我手上眼下只有这一个利器，轻易不用，要用了，必得让她再无回天之力。"

"如此，可如何是好？"烟萝叹气，万不想谢夫人再做出火烧扇坊那般恶毒的事。

静寂里，突地传来敲门声。

"方临汝不死心，又来了吗？"烟萝诧道。

"也有可能是房氏。"谢夫人懒洋洋道，秀美的眉头蹙起，"母猪似的，生的儿子是头野猪，还想求娶我宁娘，做梦。"

"房氏来了不理？"烟萝问。

"不理。"

"要是方临汝呢？"

"见，她不死心，我就让她心死。"谢夫人冷冷道。

"我去看看，若是方临汝，姐姐再去开门。"

敲门声从墙垣门传来，来过一次的人都知道大门从来不开启，敲了也没人理会。烟萝也没意外，等得从墙垣门一侧围墙花窗看清外头的人，不觉讶异。

那是一个衣衫褴褛的小乞丐，约七八岁，一只手抓着一件小褂，一只手攥着一张纸。

"有人吗？"小乞儿许是敲累了，扬起稚嫩的嗓子喊。

行乞的人只在闹市或屋门大敞的宅子，看来这人不是来行乞的，烟萝踌躇要不要开门时，那乞儿大喊："谢君卿让我来送信的，开门。"

烟萝怔了怔，凝眉，忽地，如遭雷击，急切开门，双手抖得厉害，抖了许久方拉开门。

"你说谁？谁让你来送信的？"

"一个仙子一样的人。"小乞儿扬了扬手里的纸。

烟萝粗暴地抢了过来。白纸上一行黑字：

"母亲，求您把扇坊赁给方家，儿君卿拜上！"

"姐姐，姐姐你快来……"烟萝嘶声喊，满面泪水，"有小郎消息了，有小郎消息了，姐姐你快来……"

儿子四岁离家，字体尚稚拙，跟纸上工整端严的字大是不同，那团花小褂却毫无疑问，是儿子失踪那日穿在身上的。

"卿儿，我的卿儿……"谢夫人抱住小褂，失声痛哭。

十四年，几千个日日夜夜，渺无音讯，虽则不肯不愿去想儿子或许已经死了，却难抑担心，忽然之间得到音讯，怎不喜极之余，肝肠寸断。

烟萝也是大哭，哭了些时，抓住小乞儿迫切问道："给你信和衣裳的人在哪里给你的，你还能认得那人吗？"

"在信阳街那边，不认得，他戴着帽子，头脸蒙得密实，眼睛都只露一半。"小乞儿道。

"你方才又说仙子一样的人物？"烟萝质问。

"我也不知道……"小乞儿挠头，"虽然看不清脸，可是，就是觉得他很好看，仙子一样。"

"这就没错了，卿儿小时就很好看，长大了定也是风采卓然。"谢夫人哑着嗓子哭着道，抓住小乞儿，急急道，"带我们去找他，我给你钱。"

"仙子说你会给我赏钱。"小乞儿眼睛晶亮看谢夫人。

烟萝掏出一大把铜钱递过去，大声道："若是能带着我们找到他，还会给你更多的钱，快带路。"

信阳街来回走了十几遍，接着又在城里各处寻找，可哪里找得到。

又寻其他地方，把隐藏各处的人都派出去了，小乞儿提供的线索只是说人很高，穿着一身白袍，系白狐毛镶滚披风，帽子套头上，抓帽子捂脸的手很好看，整个润州城找遍，也没找到穿着相似身材差不多的人。

入夜了，烟萝还想再找，谢夫人也从得知儿子音讯的狂喜中冷静下来。

“别找了，他有心躲着我，咱们怎么找也找不到。”

“不找，就这样由着小郎流落在外？”

谢夫人扬了扬薄薄的纸张，短短几个时辰，那张纸看了千百遍，一笔一画深刻进脑海里。

“他虽不露面，却留下线索了。”

烟萝略一思吟，促声道：“方家？”

“对，若没扇坊制扇，等重建好扇坊，团扇市场早让郭家占领了，方家深陷困境，他一直避着我，为了帮方家，却不得不求我，跟方家的关系应该很密切很好，好到为帮方家连避开我都顾不上了。”

“我马上安排人排查跟方家有关系的人。”烟萝大喜道，忽又迟疑，“会不会是方临汝为了赁到谢家扇坊使诈？”

“不可能！”谢夫人断然摇头，“君卿这个名字从没传出去，只你们几个贴身服侍我的人知道，方临汝无从得知。还有这小褂，是卿儿当日离家时穿在身上的无疑。”

略停了停，深吸一口气，哑声道：“我疏忽了，当日方临汝登门拜访，初见天哥画像，曾说从没见过为何有似曾相识之感，原来她感到熟悉的是卿儿，她那时就见过卿儿了，原来卿儿一直就在我身边，只是我不知道。”

“小郎长成后定是倾国倾城之姿，若与方临汝有来往，方临汝是润州城名人，一举一动引人注目，为何润州城一丝不闻呢？咱们家那么多眼线盯着方家，为何也从没提过？”烟萝喃喃。

“为什么？”谢夫人也问，忽地，紧紧抓住烟萝手，周身发抖，“烟萝，我知道卿儿下落了，我知道了。”

长街之中，捂脸嘶声大哭。

十几年来在十八层地狱苦苦挣扎，多少个夜晚无眠，窗前凄凄望着天边孤月思念儿子，多少次噩梦里梦见儿子在受苦惊醒过来，再多的苦也比不上这一刻所承受的亲生儿子不肯相认之苦。

烟萝左右看，急急劝：“姐姐，克制。”

马车后面跟着，驶过来，急扶谢夫人上马车。

“我知道了，我知道他在哪里了，他好狠的心，我是他亲生母亲，我十几年日思夜想，他居然从不露面，若不是为了方临汝，他大概一点儿消息都不给我了……”谢夫人捶胸打头，嘶声痛哭，风仪全无。

烟萝张嘴，蠕动半响又合上。

当年谢天去世，谢夫人伤心欲绝失魂丢魄，在他出殡后精神倒错，把儿子当成方德清，折磨打骂。

她们上前拦，不拦还好，一拦，谢夫人打骂得更厉害，抓到什么就往儿子身上招呼。

抽打剪戳伤皮肉还是轻的，把儿子按水盆里，看他扑腾得无力了，提起来，给他喘一口气，再按。

求生不得求死不能，将生又死，那是只有四岁的孩子，哪承受得了。

那一日谢夫人捆着儿子双足倒吊房梁上两个多时辰，孩子嗓子哭哑了，后来哭都哭不出来了，陪嫁的另一个婢女含胭实在看不过去，上前坚决要把孩子放下来，谢夫人不同意，含胭一向怕谢夫人的，那天却逆了天跟谢夫人撕打起来。

她急急忙忙窥机放下孩子，又上前劝架，但谢夫人是失心疯之人，力气大得她跟含胭两人都抵挡不住，她被谢夫人狠狠推倒地上，谢夫人攥着含胭的头发往墙壁狠撞，含胭头破血流，脑浆迸射，她爬起来上前拦，含胭已经没了呼吸。

她和含胭自小服侍谢夫人，情同姐妹，谢夫人从魔怔中醒来，嘶喊一声含胭，哭得昏了过去。

后来乱成一团，等到又掐又捏把谢夫人弄醒过来，回头想安抚孩子，发现孩子不见了。

大门和墙垣门、后角门都紧闭着，门闩很高，插得好好的，孩子够不着，即便拿凳子垫着拉开了，在外头也不可能再把门闩上，府里下人异口同声没放孩子出去。

她们想着孩子还在府里，在府里掘地三尺寻找，找了好几日没找到，谢夫人时而昏迷时而清醒，昏迷时哭喊捶打自己，醒来时就要寻死，上吊撞墙跳水纵火……

众人担惊受怕，日夜守着她，不敢有半分疏忽，后来大夫诊出她有喜脉，已有身孕四个月，她方从疯魔中清醒过来。

儿子不见了，肚子里的孩子可能就是谢天的唯一血脉，她极仔细保养身体，将肚子里的孩子珍之重之。

府里找不到孩子，烟萝建议府外寻找，她否定了。

她说谢家丢不起这个脸。

烟萝心底下揣测过，其实谢夫人是明白寻不回来了。

孩子是自己离开的，被虐待得那么狠，便是这次寻回来了，后来还会伺机逃走。

十几年不露面不回家看望母亲，不知内情看来，确实绝情。

知道内情，烟萝无法赞同谢夫人。

少时相伴，白驹过隙三十几年了，烟萝不愿伤谢夫人的心，并不反驳，沉默些时，问道："姐姐猜到小郎在哪里？"

"知道，不仅知道，我还知道他如今的身份。"谢夫人咬牙切齿，眉目狰狞，"方临汝那个绝色倾城的未婚妻就是他。"

烟萝惊叫："不可能吧？方临汝未婚妻是女人啊！"

"有什么不可能的，方临汝能女扮男装，他也可以男扮女装。"谢夫人冷哼，不哭了，帕子狠狠拭泪。

"这太不可思议了！"烟萝失神，怔半晌问道，"姐姐要登门确认认回小郎吗？"

谢夫人沉默。

马车辚辚而行，不多时便进了谢府。出府时刚辰时，回来已酉初。暮色四起，沉暗里，谢夫人美丽的眼眸里迸射着阴冷狠毒的光芒。

烟萝惊得微微打战。

谢夫人昂头，冷冰冰笑："为了方临汝，他连最不愿做的事都做，可是却不愿意跟我这个亲生母亲相认，我倒要看看，若是他对不起方家，方临汝不要他了，他走投无路，还回不回自己家。"

烟萝怔住，呆呆半晌道："姐姐这么做，会不会母子越发离心了？"

“我也不想这么做，可你也看到了，若不是有求于我，我这辈子都不可能见他一面，上回我去方府，方临汝让他过来陪宁娘，他都不来。”

说到此处，谢夫人顿住，笑得更欢畅：“方临汝看来不知道他是谢家儿子，等到他身份暴露之时，不反目也难。”

烟萝扶着她往里走，想起当年那个饱遭虐待的孩子，心下戚戚，涩声问道：“姐姐打算怎么做？”

“怎么做眼下还没想到，等着，总是能找到办法的。”

“不跟小郎相认了？”

“不相认，他连见我一面都不肯，相认也不可能跟我回家，我要逼得他无路可走，只能回谢家。”

“扇坊要赁给方家吗？”

“赁，方家便是租到扇坊正常制扇，有郭成安这把刀子，我也能让方临汝焦头烂额，片时不得安宁。”谢夫人低笑，缓步走，仪态万千，方才的失意荡然无存，进房，直入卧房，妆台前坐下，望着镜子，里头的人鬐发松乱，疯子一般，不禁皱眉。

烟萝忙给她拿出笄子，散了的头发重梳髻。

乌黑如缎的长发，天生丽质，造物主青睐，年已四十风采半点儿无毁。乌髻严严绾起，再插一根白玉簪子，雍容高华，端庄美丽。

“晚上不要再喂宁娘安神汤了，明日我就带她去方家，以后给她多去方家走动，每次她从方家回来，我再细细打听，咱们的眼线未能安插到何栎和方临汝身边，知道的事毕竟不齐全，宁娘到方家走动，正好弥补了不足。”谢夫人沉声道。

方临汝苦思没租到谢家扇坊的其他出路，辗转一夜难眠。

翌日起床盥漱用过早膳，正想出府走走，方姜氏差人来传话，道谢夫人带着谢宜宁到访，答应赁扇坊给方家。

金阊厅里外头廊下几个婢女粉紫娇红侍立着，里面紫铜香炉香烟袅袅，沉水香的香味清而悠远，宾主言笑晏晏，颇为和乐。

“宁娘这些日病了，昨晚好过来，听说贵府出了事，跟我吵了一架，是我拘泥不知变通，汝郎莫怪。”谢夫人笑吟吟道。

她肯租，万千之喜，方临汝道谢不迭，又问租金和租期。

“不要租金，不然，外头的人看着当真是我谢家过不下去，需得赁祖业度日子。扇坊荒废了十几年，有需要修葺的地方，汝郎修整好便是，只当借用，至于期限，请别见怪，我要求我想收回时，方家无条件即时空出扇坊归还。”谢夫人浅浅笑着道，从袖袋里掏出契约书。

不定期限，她随时可以要方家搬走，受控于人，隐患很大。

方临汝启口想反对，又霎地合上。

谢夫人肯借已是难得，再坚持就是不知好歹了。

况且言语争执下去，谢夫人反口不租了，更麻烦。

契约书的内容很简单，谢家出借扇坊给方家，方家负责修葺，谢家要索回时，方家无条件搬出，谢夫人已签字，方临汝跟着照办。

谢夫人收了一份回去，顺便掏出一串钥匙给方临汝。

谢宜宁屁股底下如坐着口热锅般，挪来挪去不安宁。喝了许多日子安神汤昏睡，饮食不调，瘦了许多，尖尖的下巴，眼窝略深，眼睛更大更黑了，菱纹锦镶边银彩绘云纹大袖衫宽大了些，显得弱不胜衣。看方临汝这边办完事了，拽着她胳膊扁嘴道：“汝郎，听说登徒子伤得很重，你快带我去看他。”

何栎不会想见她，方临汝欲要拒绝，但感激她古道热肠，喜欢她率真坦荡，不忍直言伤她心，望向谢夫人，要由谢夫人阻止。

“去吧。”谢夫人笑呵呵道。

何栎能治好的消息她嘱了崇徽别说出去，谢夫人当是只知何栎身已残，居然不反对！

方临汝暗诧，但无法推托，只得笑着起身，带着谢宜宁离厅。

谢夫人目送她和谢宜宁走远，扭头继续和方姜氏说闲话，问了几句方锦枫，微笑着道：“来了许多回不曾见到汝郎未婚妻，委实无缘。”

“我来时她在秋香楼陪枫娘，让她过来给姐姐见上一见便是。”方姜氏笑道，唤白芷，“去请娘子过来，就说谢夫人在这边，让她过来拜见。”

谢夫人唇角吟笑，轻声道：“别说我来了，吓着小娘不敢来了，只说你家夫人有事相询。”

方姜氏看不出其中玄机，自无不可。

远远看到缓步行来一袭白袍如云般飘逸的崇徽，谢夫人木呆呆地没了呼吸。

离得远看不清眉眼，她已能确定，那就是她的儿子。

当年谢天到她家求亲，她初见谢天，谢天便是这般的如天上仙人降落凡尘，雅洁无双，丰姿郁美，飘逸卓然。

秋日萧瑟，灰色的云层低垂，秋风急，屋宇青墙灰瓦覆着一层暗蒙蒙颜色，万籁俱寂，甜酸苦涩堵满喉间，谢夫人几乎失声痛哭出来。

这是夫君和她的儿子，无须华美艳丽的衣裳，简洁雅淡，便炫目得令人眼里再无旁人。

“徽娘很美吧？”方姜氏掩不住得色道。

谢夫人大梦初醒，回过神来，咬着后槽牙点头附和，方姜氏笑呵呵招手，扬声道：“徽娘，过来见过谢夫人。”

崇徽昨日传了书信后，怕谢夫人不肯答应租扇坊给方家，又怕她答应，方临汝对谢夫人突然改口起疑，心心念念想赖在方临汝身边，昨晚本能继续留宿漱石榭，却不敢，晨起连见方临汝都胆怯。因此早早起床赶去秋香楼陪方锦枫，说话间，也是魂不守舍。白芷传话，方夫人召见，虽然人来了，但心还在方临汝身上。方姜氏喊，听得谢夫人三个字，如晴天霹雳，魂飞天外，一个趔趄朝前栽去。

“小心！”方姜氏和谢夫人齐齐惊叫，一齐起身冲过去，谢夫人更快，如飞般冲到崇徽面前，伸手托住他。

崇徽跟她目光相触，两眼一翻，昏了过去。

“徽娘！”方姜氏随后奔过来，急得惊叫，她是真心疼爱崇徽，高声喊请大夫，又急慌慌道：“快去禀报汝郎，快！”

方临汝磨磨蹭蹭地带着谢宜宁走，不急着去曲溪馆，先找人唤来沐雨，把谢家扇坊的钥匙给他，让他唤上扇工们去打扫。

安排妥当，才带谢宜宁往曲溪馆去，一路行一路介绍景致。出厅许久，走了没多远，闻讯如魂飞魄散，大夫未到，她先奔过来了。

崇徽双眼紧闭，昏迷中却有自主意识，方临汝刚把他从谢夫人手里揽过来，当即死死抱住她，手指陷进她后背的肌肉里。

这情形跟他频做噩梦那时相似，方临汝有经验，轻抚他后背，柔声道：“没事，我来了，别怕。”温柔地一遍遍诱哄，不等他哭求，又许诺，“我永远不会赶你走，只要你愿意，我会一直把你留在身边。”

崇徽僵硬的身体渐渐放松，身体不易觉察地轻颤。

这是苏醒了！

为什么眼睛还是紧闭着？

方临汝略略松开臂膀，崇徽双臂缠得更紧了，求庇护的意味从相贴的每一寸肢体中透出来，方临汝莫名地有些酸楚，为着崇徽心底消不散的童年阴影，为着他总是担惊受怕苦苦寻觅她的承诺感到悲哀。

“要紧吗？经常这样吗？”谢夫人和方姜氏同时惊问。

方临汝动作很熟练，显然，崇徽不是第一次这样突然发病。

“约莫是这几日太累了，故而这样。”方临汝笑道，抱不起崇徽，试探着，贴着崇徽耳根柔声道，“咱们回去吧。”

把他半抱半揽起来，搀扶着往外走。

崇徽果然已醒了来，随着她的步子，趔趄着紧跟着。

谢夫人怔怔地看着，冲方姜氏匆匆道：“贵府事忙，我就不打扰了。”埋头往外走，连谢宜宁都不曾喊一声。

“母亲，我还没看登徒子呢。”谢宜宁大喊。

谢夫人没应，步子越走越快，奔跑起来。

方姜氏目瞪口呆，竟然忘了要送客。

谢宜宁不想走，但又怕谢夫人生气，迟疑些追出去时，马车已经不见了。

“方临汝的未婚妻真的是卿儿！”谢夫人进房，扑倒地台上，撕心裂肺痛哭。

烟萝不知怎么劝说，唯有陪着哭。

“他很怕我，一见我就吓得昏过去了。”谢夫人一行哭一行诉说。

当年被那样虐待，能不怕吗？

烟萝嘴唇嚅动，想劝她和缓些，别吓着儿子，谢夫人忽地坐起来，仰天纵声大笑，高髻颤动，欢喜道：“方临汝看起来对他真好，他日他身份暴露，必不能容他欺瞒，他想不回谢家也难。”

“姐姐！”烟萝嗫嚅，“小郎是你亲生儿子，他既喜欢方临汝，方临汝对他又好，不如……不如成全他们吧。”

“成全？天哥的仇怎么办？谢家与方家不共戴天之仇，我决不允许儿子娶方家女儿。”谢夫人拧着眉头，恶狠狠啐了一口，扶了扶髻，皱眉道，“给我梳发，我要去郭家拜访房氏。”

“姐姐，郭成安房氏豺狼之辈，真的要联合郭家对付方家吗？”烟萝几乎要哭了。

“想要卿儿回来，就得把方家弄垮，把方临汝置于死地。”谢夫人冷冰冰道。

“可是，方临汝是小郎喜欢的人啊！求姐姐念在小郎面上，放过方家吧。”烟萝涩声哀求。

“我意已决，你若有二心，就走吧。”谢夫人锋利的眼神如刀，冷冷射向烟萝。

虽说不能把方家的扇工纳到麾下，到底重创了方家，郭成安踌躇满志，打算趁着方家无处制扇的时间抢占团扇市场，这几日紧盯着扇坊，命扇工加紧制扇。

晌午时分，忽然郭森来报，谢家扇坊开门了，方家的人出出入入，看样子是在打扫。

“你没看错吧？”郭成安呆若木鸡，许久回过神来，冲出去。

谢家扇坊与郭家扇坊只隔一条横街，顷刻便到，沐雨正在门口指挥人做事，经常见他跟着何栎办事，想认错人都不能。

郭成安咬牙半晌，上前皮笑肉不笑问道：“方家买下谢家扇坊了？”

“哪里，谢夫人高义，把扇坊借给我们家暂用。”沐雨笑道，答得一句便不说了，扭头做事。

郭成安如被扔进油锅，皮肉焦赤，回了扇坊，什么事也做不了，打马急奔回府。

房氏大门前站着，目光幽幽，郭成安未及开口，她淡淡道：“谢夫人方才来了，刚走，我已尽知。”

“本以为这回定能把方家击垮，谁知出来谢家这个变数。”郭成安懊恼不已，把马缰狠狠扔给迎出来的下人。

“这也没啥，方家要是那么容易击倒，方临汝就不是方临汝了。”房氏轻笑。

母子俩往里走，下人看郭成安那脸色，吓得纷纷躲闪。

“委实让人不甘心。”郭成安一路上恨骂不绝，问道，“谢夫人从来不登咱家门，过来做甚？”

“算是解释为何借扇坊给方家吧。”房氏沉沉道，进房间了，挥手让服侍的人都出去，地台上坐下，缓缓啜了会儿茶，沉吟道，“谢宜宁喜欢方临汝。谢夫人说，被女儿闹得实在没办法不得不借，不过，没定期限，谢家随时可以收回扇坊。”

“没定期限？不可能吧？方临汝那么精明的人，怎么可能同意命门被人拿捏着？”郭成安粗浓的眉头挑了挑。

“谢夫人拿契约给我看过，方临汝此前就去跟她求租过，被她拒绝了，她肯借，条件再苛刻，方临汝也只能接受。”房氏笑道。

郭成安豆荚眼精光一闪：“如此说来，谢夫人也不是站方家那边了。”

“自然，谢天的死虽不是方德清直接所为，间接责任却少不了，谢夫人对方家怀恨，若方临汝肯抛弃未婚妻求娶她女儿也罢了，可听来，谢宜宁很喜欢方临汝，方临汝却弃她如敝屣，谢夫人恨上加恨了。”

“万一方临汝抛弃未婚妻求娶谢宜宁，方谢两家结亲，可如何是好。”郭成安发愁。

“方临汝铮铮铁骨，不是名利能令他折腰的人，不可能。”房氏摇头，郭成安张嘴要反驳，房氏摆手止住他，道，“当然，咱们也不能坐以待毙，谢夫人方才无意带过一句话，我觉得很有道理。”

“什么话？”郭成安坐直身子，目光炯炯。

“降价鬻扇，降到成本以下，方家刚被烧了扇坊，损失十数万金，再加上重建扇坊所需不菲，家底殆尽，跟咱家拼不起，借此，把团扇市场尽收进咱们郭家囊中。”房氏踌躇满志道。

“母亲高见！”郭成安大喜。

第四十六章　混沌初开

方临汝搀扶着崇徽回到流觞轩，王大夫此时也来了，崇徽却不肯给王大夫把脉，方临汝想着他是男人，给王大夫把脉就穿帮了，这病像是心病，慢慢疏导吧，也没坚持。

只问他，怎么突然就昏倒了。

“我见厅里有个不认识的人，以为是买我的人过来相人。”崇徽眨着润湿的睫毛，大眼睛水汪汪写着后怕，“你来了，说不送我走，我才安心下来。”

“真是傻子！”方临汝哭笑不得，他之前便曾如此，也没起疑，心思很快转到别处。

借得谢家扇坊，得安排制扇了。

制扇所需的材料一把火烧个干净，得安排扇工进紫竹园砍紫竹，还得购进其他辅料，简直就是千头万绪。配固元生骨膏的药材还没找齐，也得尽快。

方诚昏迷不醒，崇徽善制扇，让他顶上方诚的即可，只是他世事懵懂，很多方面还得教导，方临汝固然能教他，可是要忙的事太多，未必顾及得到。

方临汝把扇坊里的各人在脑中过滤了一遍，舒永根憨实厚道，自九娘嫁给方渭后，渐得重用，是扇坊工坊里的二管事，可以让他提点崇徽。

思及此，忽想起，自己回府这么多日，竟是从没遇见过舒永根，不觉奇怪。

舒九娘是他的独女，妻子去世多年，不知多着紧女儿女婿，方渭出事，长住方家，帮着照料是情理中，而他居然连登门探望都没有。

救火的人伤亡都登记了，没有舒永根，难道是漏了？

或许那一晚他也进扇坊救火了，因没有人知道，烧死在里面？

“跟我去舒永根家。”方临汝伸手拉崇徽，竟抓空，侧头看去，崇徽屈着腿，抱臂蜷缩成一团，周身打战，眼神放空，不知在想什么，手臂两手抓着的地方白袍渗着鲜血。

方临汝吓了一跳，房间里伤药白布，冲进去，拿出来，把崇徽袖子掀起一看，狰狞一片抓痕，又是心疼又是恼怒，骂道：“你这是做甚？”

崇徽脸庞雪白，牙齿打战，舌头打了结，半晌方捋直，颤颤道：“你不跟我说话，我难受。”

人就在他跟前，沉思的片刻工夫没跟他说话，这就难受！

方临汝气得发昏，抓住他手背狠狠一拧，崇徽“啊”一声叫，真个傻子，不皱眉，反喜盈盈笑开，甜滋滋道：“二郎，你对我真好！我好开心！”

傻的，一时没跟他说话就伤心，一时挨打还高兴！

方临汝摇头不迭，细心地洒药粉包扎伤口。

崇徽舒舒服服地歪着头任她动作。

耽误些时已是正午，方临汝忧心舒永根，来不及吃饭，拉着崇徽急急出门。

舒永根的家原先只是破旧两间老房，方德清替方渭提亲后，买了一处一进小院落当聘礼送给他，两间倒座，两间耳房，三间正房，方正严整。

大门紧闭，没落锁，却推不开，看来是从里头上闩的，方临汝用力叩门。许久，拖沓脚步声，房门极缓从里头拉开。

舒永根蓬头散发面色焦枯形同野鬼，按着门板的一双手形如爪篱。

方临汝蓦地变色。

“二郎！”舒永根见鬼似，周身簌簌发抖。

“你生病了？害冷？”方临汝关切问？自责不已，“是我疏忽了，没想到你一个人独居，该早些派人过来探望。”

“二郎，你……你……”舒永根怔怔忡忡，许久说不出完整一句话。

“外头风大，快进屋。”方临汝道，唤崇徽，“你到医馆请大夫来看看舒叔。”

“我没事。”舒永根死灰色的脸一阵惨白，摆手不让崇徽走，低声道，“我没病，只是听说渭郎没了手臂，心里难受。”

方渭的手臂没了，也难怪他难过，方临汝微有哽咽，温声安慰几句，寻思着舒永根独居，病了也没人照顾，又提出让他搬到方家住。

“多谢二郎，我一个人住着挺好。”舒永根拒绝了，低垂着头，虚弱不堪抬不起来的样子。

他不肯，方临汝也不好勉强，告诉他借到谢家扇坊近日便要开工制扇，让他宽心些，身体好了后就到扇坊做事。又告诉他方诚一直昏迷不醒，以后扇坊的事由崇徽管理，托他帮衬提点崇徽。

舒永根没抬头，抓着门板的手紧了紧，骨节凸起，低声道：“我正想找二郎请辞，扇坊我不去了，二郎不嫌我粗笨，我自当就把懂得的教给娘子。”

“你不去扇坊？这怎么行！”方家如今正是用人之际，方临汝大急。

随她怎么说，舒永根都坚不改口。

方临汝无法，只得允了。

舒永根教得极尽心，甚至将几百名扇工的脾性长处短处等细细记下交给崇徽，教他人尽其用，教他如何平衡扇工关系如何管理督促。

他在扇坊做了二十多年，各方面看得比方临汝这个上位者还通透细致，方临汝放心把崇徽交给他，自己则忙别的。与供应方家材料的商号洽谈进货，到处寻问托人帮忙购固元生骨膏所需药材等。

事情进展得比预想的顺利，各商号见方家居然借得谢家扇坊，又听说方临汝刚回来就把何栎典当的房产赎了回来，可见方家财力雄厚。之前许诺给方家欠着账的商号愿意接着给方家欠账，结账方式如前，有月结有季结的，先前追着讨账的商号也纷纷找方临汝，主动提出给方家赊欠。

进材料不需现钱，资金就从容许多，方临汝便把扇坊重建的事纳进计划中。

固元生骨膏所需药材在第三天傍晚就凑齐了，诸事顺利。

兰荪祖传的医术果是难得，何栎抹了几日固元生骨膏后，脊骨断处疼痛锐减，多了瘙痒，每日精神好了许多，不再经常昏迷。

方临汝请教王大夫，王大夫惊奇不已，说这是骨头极快愈合生长之兆，要给何栎诊脉，何栎轻轻巧巧避过，方临汝欢喜他能不残，竟是忽略了。

有了固元生骨膏，草药不用敷了，只是兰荪每次调配得极少，仍需五日走一趟紫竹园。方临汝见兰荪精心救治何栎，对她的防患之心暂淡，加之自己的事儿又多，便把紫竹园钥匙交给崇徽，不再陪崇徽，让他自己过去。

紫竹园的钥匙除了家主，只能送供给的管事拿着，轻易不能给其他人，何栎想反对，又颓然放弃。

方临汝心中，崇徽跟自己一般是可信任之人，出言也不能阻止，徒添崇徽心结。

况且自己病着，送供给一事自然不能总是要方临汝亲为，也得崇徽帮着跑。

谢家扇坊的规模比方家扇坊还大，里头制扇工具齐全，屋宇也没需要修葺的地方，很快就开工了。扇工们感激方临汝恩义，做事拼命卖力，上下一心。

方临汝抽空接洽了建房的介行，一番比较后，敲定了一家重建方家扇坊。

可是手上的钱并不够，田地买卖慢了些，方临汝把地契拿去当铺当了，方锦枫名下的，何栎名下何舆和何姜氏曾经住的几处房子也都卖了，只留了给紫竹园送供应的那处宅子。

一切都在好转，火烧伤严重的扇工虽说形容恐怖，但到底保住了性命，只是方诚却一直昏迷着。

这日黄昏，方临汝从外头回府去看望方诚，王大夫正在给方诚诊脉，摇头道："再不醒来，超过两个月，就没醒转的希望了。"

方敬外出寻访名医一直没消息，润州城里，王大夫的医术最高明了。

方临汝不愿放弃，追问："一点儿办法没有了吗？"

"若是能有他牵挂之人不停在耳根边喊，唤起他求生意志，兴许能。"王大夫叹道。

方诚爷娘早逝，方家抚养长大，自己这个家主算是他所牵挂的，只是，显然还不够。

方临汝想起方诚提起疏桐时的羞涩，想起润州城外河边他面上的惆怅，不由黯然。

若是疏桐也对方诚有意就好了。

天气一日比一日冷，天空晦暗的灰，铅云低压，方临汝搓了搓手，才要去曲溪馆和何栎说话，引泉喘着气奔来。

“二郎，来了讹人的，下人们怎么赶也赶不走。”

方家制扇第一大家，阔门高户，从不曾有人敢公然登门行讹，方临汝诧道：“怎么个讹法？”

“远道来的，看马车也挺阔气的，偏是没脑子的，说是送一个婢女来，说你许诺一百金买他家婢女。”

一百金至少可以买十个女婢了，方临汝失笑，要吩咐引泉把人打发走，忽地又皱眉。

这种事实在离奇，骗子讹人也不是这么个讹法，改口道：“我去瞧瞧。”

离府门几十步便听得喧哗哭喊之声，女子凄切的声音哭喊着道：“我说的是真的，别拉我，我不上车，我不走，求你们了，帮我禀报你们家主方二郎，方二郎见了我，一定会拿钱赎我的……”

语无伦次，颠三不着二。

方临汝皱眉，忽地，周身一震。

哭喊的声音有些耳熟，竟是疏桐，她刚念着的人。

方临汝撩起袍摆，朝大门狂奔。

大门外一辆翠缨华盖马车，高头骏马，一个壮汉拖拽着一个女子。女子死死抱着车辕不肯上车，披头散发，领口撕裂开，露着白嫩细腻的皮肤，秀气的五官，真的是疏桐。

方临汝几步冲上前，抓住壮汉手臂，大声道：“松手，我是方家家主方二郎，有事好商量。”

壮汉松手，疏桐“哇”的一声，跌跪地上，抓住方临汝的腿大哭：“方二郎，求你了，求你赎了我……”

含含混混边哭边说，虽说吐字不清，前因后果倒是说了个分明。

董少岳赎书颜时，疏桐一向贴身服侍她，也帮她赎身了，疏桐跟着董书颜进了董府。董少岳跟书颜恩爱些日子后，连疏桐也想沾染，疏桐自是不愿意的，当日虽是受命绊住方诚，却在不知不觉中对方诚动了真心，董少岳迫逼，书颜为保自己的地位跟正室夫人斗，也逼她从了董少岳。

疏桐去找赵吾行，求他帮忙给方诚传讯，让方诚买她，不想却听说方诚受重伤，当下心急如焚。回董府后，骗董少岳和书颜，说当日方临汝看中她，曾许诺花一百金为她赎身，董家若能把她送到润州来，方临汝定能掏一百金买她。

董少岳嫌她不肯相从扫兴，听说有人肯重金买她，将信将疑，便命人送了她来。

太好了，疏桐对方诚有情，方诚有救了！

方临汝高声吩咐引泉唤人去账房支钱，又朝董家下人伸手："卖身契拿来。"

"你真的肯花一百金买疏桐？"壮汉惊奇地瞪圆眼。

"二郎，用不着花那么多，顶多五十金就够了。"疏桐扯方临汝袖子，小声道，"我当时为了哄他们送我过来胡说的，他们心里也有数，我不值那么多钱。"

"你值这个钱。"方临汝微微笑。

给五十金固然也行，但感念疏桐恩义，也要免除董家后来寻事，这个钱是不能省的。利落地付了钱，又拉着董家那下人到牙行，找牙婆做了保，明明白白立契，在府衙里头又做了登记。

因为照顾得妥当，方诚身上烧伤好许多了，只是缺少求生意志，牵挂之人到来，如仙方良药，当晚便苏醒过来。

疏桐喜极而泣，也不嫌他遍身火烧伤痕，床前铺开褥子被子，把照顾他的事儿揽到自己一人身上。

方临汝心头巨石落地，无限欢喜，许诺等方诚伤愈，给他俩珍而重之办婚事。

疏桐感激不已，泪花飞溅，不住磕头谢恩。

方临汝笑笑，并不觉自己做了许多，她是方家家主，自当爱护怜惜方家每一个人，操持他们的终身大事，也是家主之任。

烦心的事儿解决了，出了门，方临汝猛然间发现，有好些日子没和崇徽好好说过话了。

跟他一整日在一起时他还惴惴不安的，这么冷落他不知怎生惶恐，想到这里片时不停，急往流觞轩而去。

琬初到曲溪馆服侍何栎了，璎初每日要帮着方秀绮理事，再不得空来流觞轩。院子里树木残叶在寒风中沙沙作响，厅中一片暗沉，卧房里头一盏孤灯，崇徽窗前案上坐着，低头看着案面什么，挺拔的身影映在翠色窗纱上，如松如竹，欹然生姿。

方临汝微微一笑，不进门，走到窗前，轻扣窗棂。

“二郎！”隔着窗纱，模模糊糊只见崇徽惊讶地张大嘴，不敢置信地看来。

“不识得我了？”方临汝打趣道，抬下巴，示意他开窗。

哗啦哗啦数声，崇徽手忙脚乱收拾案面，笔架上毛笔撞落地上，袖口拖过砚台浸了乌黑一滩墨汁。

慌什么，几日没哄着他就生分了！

方临汝摇头不迭，不等他开窗了，返身进厅。

才想往卧房走，崇徽迎出来，走得慌慌张张，一面走，一面掸袖子理锦袍。

沉暗里，他的个子更高了。灯亮，灯光下，宽松的锦袍穿在身上，竟也不再是雌雄莫辨的丰润美艳，而是俊雅英挺。

方临汝微失神。

崇徽似乎也不知如何是好，点了灯后，绞着袖子不说话了。

“几日不见，君可还好？”方临汝先回神，笑眯眯道。

崇徽抬眼皮看她，水润润的眼睛，好看极了，睫毛又黑又浓，眨了眨飞快垂下，蚊子哼哼似喊道：“还好，二郎你呢？”

“怎么小娘子似的害臊了？”方临汝扑哧一笑，抬手摸他脸，猛觉得这动作轻佻了，玩笑也开得过分，讪讪然收回手。

“你喜欢我是小娘子还是不是？”崇徽低声问，轻描淡写的口气，一双手却微颤，不自觉捉住身侧锦袍。

方临汝心情好，要跟他顽笑，七分真三分假叹了口气，一脸怅然道：“当然是女人啦，你是女人我才能留你在身边，是男人外头看着咱俩这样，还怎么留你？”

崇徽脸色白了白，抓攥着袍子木呆呆地不能动。

方临汝差点儿忍不住大笑出声，嘴角抽搐着，拉着他在地台上坐下，举手懒洋洋地托腮，装了娇嗲嗓子，调子软绵绵像花瓣上莹莹露珠滚动：“你想做男人还是女人？”

“我想做男人还是女人？”崇徽怔怔反问，似乎从没想过这个问题，蹙起俊挺眉毛，思索半晌，苦恼的又哑又低的温存语调，“兰荪说，两个男人不能做什么，我是男人你是女人才能做什么了，我想跟你……我想做男人！”

这是停药了，已经……长成成年男人了！

方临汝本来以为他会说想做女人的，不提防他说出这么生猛的话，瞠目结舌。

“二郎，我想对你做些什么，想起来就又欢喜又害怕。”崇徽忸忸怩怩，自语似昵喃：“我这几日睡里老是梦见你，醒了以后想不起来梦了些什么，就是身子好热，好难受……”

“闭嘴。”方临汝低喝，狠狠瞪他，“热了去池溏里泡泡，保管就凉快了。”

大踏步往外走，屋里头的温度太高了，灼得人半边身子软了融了化了，冰糕儿似的站不住。

“二郎！”崇徽急起身拉她，拉了个空。

方临汝去势如风，顷刻出厅，头也不回出院门了。

崇徽直怔怔看着空旷的院子出了会儿神，地台上方临汝方才坐的位子一旁坐下，抬手轻抚软垫。红色锦绒扎边，蓝色彩绣宝相花缎面，淡雅里透着美艳，触手有余温。恍恍惚惚里，又沉溺进这几日总走不出的那个梦境里。

黄叶飘零，风里枝头瑟缩颤着，缠绵悱恻不肯离枝。

方临汝走得很快，离流觞轩很远了，崇徽惊世骇俗的话还在耳边响着，身体发烫，脸庞赤热，恼火的紧，男人太凶猛了，太无耻了，他怎么能说出那种话——怎么能想那种事！

看到自己时慌慌张张，书案上摆着的，不会是那种不正经册子吧？

那种不正经的册子方临汝也看过的。

及笄后，安氏说大户人家正头娘子多斗不过外头狐狸精，都是太过端方严谨之故，要方临汝学一些手段，册子画儿拿了不少给方临汝看。

方临汝当时瞟一眼哂笑而过，扔到一边不当一回事。

这当儿想起来，上头的人活了过来，勾得人不安宁。

盥漱上床躺下了，身体的燥热没消失，反更热了。

翻来覆去些时，方临汝起身，做贼似的从五斗柜下头抽屉里摸一本册子。房间除了她自己再无旁人，还是小心翼翼四处看了看，方上床。

册子上各种情状，大胆奔放，方临汝瞥一眼，看不下去，扔开，狠狠地扯被子蒙头睡觉，心中骂崇徽不绝。

……

“这个床真的很方便的，你就信我好不好？”

曲溪馆里头热闹得很，谢宜宁蹦豆子似脆生生的声音在大门口就听到了。

有谢宜宁的地方，只她一人就能成闹市。

“崇徽，你来啦。”谢宜宁眼尖看到了，步子如飞冲出来，捉住崇徽的胳膊往里拖。

厅里头本来极宽敞，这当儿没多少空当，一张橡木似椅非椅似床非床的东西，还有何栎连同他睡觉的匡床都在厅中。

这些日子后背脊骨愈合情况极好，何栎不需再趴着，身底下铺了厚厚的棉褥子仰面躺着，深蓝色织锦被子褥子，衬得长时间病着的脸苍白如纸，颧骨病态一抹艳红。看到崇徽，眼神闪了闪，没像平时温润地微微一笑跟他打招呼，把头侧转向一边。

崇徽微有诧异，迟钝得很，凝眉想了想方想通。

这是羞臊了。

见识过谢宜宁的蛮力，不用猜也知是谢宜宁把他连人带床搬出来的。

“崇徽，你来评评理。”谢宜宁扯着崇徽到那张怪东西面前，又摇又按的，又坐上去示范。

怪东西原来是两截，六个床脚，放平了，是一张宽面窄些的床，摇一摇，一截翘上来，人坐上面可以靠着，床脚装着木滚轮，可以推动。

“好神奇。”崇徽惊叹。

“就是，这玩意多好，可以让登徒子不用一直躺着那么闷，他们居然不想用。”谢宜宁气怵怵地道，举双手给崇徽看，“我特意做的，两只手伤成这样。”

春葱似的纤纤细手伤痕累累，右手虎口处一血口子，皮肉外露，瘆人得紧。

“怎么也不包扎一下。”崇徽急了，转身往外奔，出厅门又回来，捏住琬初袖子叠声问，“这边有白布没？”

“小事儿，不用包扎。”谢宜宁豪爽地挥手，大声道，“你帮我说服登徒子躺到这个床就可以了。”

“动来动去的，何大郎刚有些好转又伤着了怎么办？”琬初咬牙道。沐雨和清泉往常跟着何栎办事，沉稳可靠，这些日子缺人，两人都被委以重任，只晚上在，没人帮着她，疲于应付，跟谢宜宁一般，求助的目光看崇徽。

崇徽觉得那活动木床不错，看何栎，迟疑道：“何大郎，你觉得呢？”

“不挪。”何栎淡淡道，不看谢宜宁，“你试试跟琬初两个抬得动吗，抬我回屋。”

“不准！”谢宜宁大喝，双手叉腰，桃红薄袄绷得有些紧，胸前曲线玲珑，一只脚踩到床板上，白色水绸裙子掀开，露出里头沉香色纬罗扎脚裤，何栎臊得急移开眼，她自个儿却不察，千斤坠力道，再加两个崇徽和琬初都抬不动，清清脆脆的嗓子叫嚷：“谁敢抬，再抬，我就自己抱登徒子，给他换床，我也不管二郎说我不能抱登徒子了。”

崇徽和琬初伸出的手飞快缩回。

何栎剧咳，牵动后背伤骨，疼得眉头紧皱。

方临汝每日从外头回来都会到曲溪馆跟何栎说些时话儿，或是问他伤势，或是拿外头的事跟他商议。昨晚回来后一直在方诚那边逗留，后来去看崇徽，神迷魂失。一早要出门，想起昨晚没过来看望何栎，何栎心细，又兼伤病中，怕他多思多想，出门前先过来，远远听得叫嚷，摇头不迭。

进门，不听三方申辩，淡淡道：“谢宜宁，你把表哥抬出来的，还得你自个抬进去。”

“你偏心！你不讲理！”谢宜宁扁嘴，泪水吧嗒吧嗒地滑落。

方临汝挑眉一笑，地台上折叠着几件新衣裳一双崭新的翘头锦履，琬初刚领的冬季的份例，走过去，拿起翘头锦履递给谢宜宁，不由分说道：“换上。”

“干吗要换？我穿靴子穿得好好的，我才不换这别扭东西，走路都不利索。”

谢宜宁嘟囔，腮帮挂着泪水。

“你是小娘当有小娘的样才是，女儿家偶尔穿靴子可以，长期的话还是穿锦履好。”方临汝追逼着。

谢宜宁缩手到背后，不接。

方临汝咄咄逼人，一副为她好的苦口婆心状，非要她换。

僵持许久，方临汝收回手放下锦履，笑吟吟道：“你如今明白，被人逼着做不愿意的事的心情了吧？”

谢宜宁“啊”一声，意外又苦恼，挠头，看看何栎，咕哝道：“那不一样，我亲自做的床花了那么多工夫。”说话间，把手伸给方临汝看。

方临汝看一眼，暗吸一口冷气，一双手轻轻攥了一下松开：“你做之前，有没有跟我表哥说过要做这样的床给他躺？”

“没有。”谢宜宁摇头。

“那你就是强人所难，跟我方才的举动没差别。”方临汝笑道。

谢宜宁抓耳挠腮，扁嘴道：“好像真的是。”

“你强人所难，又未经我表哥同意就把他从房间里抬出来，欺人太甚，请你向我表哥致歉。”方临汝正颜道。

谢宜宁撅着嘴看何栎，半晌，抱拳施礼：“适才多有冒犯，请恕罪。”

“好了，表哥不会跟你一般见识。”方临汝笑道，拉起谢宜宁的手细看，高喊拿伤药，亲自给她撒药粉包扎，末了，道，“这床是你的一片心意，留下吧，我问过大夫，若对表哥的伤不妨事就用上。”

“太好了！”谢宜宁拍手大叫，两只手裹得白白胖胖，拍掌声沉闷，自个儿有些臊，看一眼何栎，扭扭捏捏道，“你好好养伤，我先走啦。”

“总算走了。”琬初拍胸，送瘟神一般的口气。

“其实她人不坏，率直坦荡，古道热肠，只是谢夫人从不教导的缘故，养成任性野蛮性情，行动全凭喜恶，好生引导便是。”方临汝笑道。

琬初抿了抿唇，满眼不赞同。

她极通透的人，对谢宜宁却百般看不上眼，方临汝无奈得紧，暗叹一句情之误人，也不多说，让她去请王大夫来。

“你说让大夫看看这床能不能给何大郎睡，不是敷衍宁娘？”崇徽诧异，凑近来，眼睛亮晶晶地看方临汝。

离得很近，他饱满健康的额头，光洁而富有弹性的肌肤，丰润红艳的嘴唇，无一不在提醒她一切。方临汝后退了一步，自己也不知道耳根红了，难描难画的风情，深吸口气，装了镇定从容，道：“方才若不是为了削打宁娘气焰，我就直接让表哥搬到这床睡了，这床设计得精巧，躺这上面能经常活动身子，又不动到脊骨，极好的，请王大夫看看，不过是再加些安心。”

“我不想挪床。”何栎道，紧闭着眼，面无表情，看不出心中所想。

“表哥不想接受她，就不该一味避着冷落她，她不是死皮赖脸的人，对心中所想也懵懂，好生引导，让她把眼光放在别处方是。”方临汝低低叹道。

“你们打什么哑谜，我怎么听不懂？”崇徽莫名其妙，纯黑的眸瞳转动，看方临汝，又看何栎。

“不懂就不懂。”方临汝道，心中压着许多话想劝何栎，又不便多说，交代崇徽陪何栎，自己先行去扇坊。

第四十七章 呼之欲出

方临汝的身影从院门口消失，崇徽在何栎床前蹲下，手指来回抠床沿，快抠掉一块皮了，小声道："何大郎，我有事请教你。"

什么事要避着方临汝？

何栎睁眼，狐疑的目光看他。

"我好像生病了……"崇徽凑到何栎耳边，结结巴巴磕磕碰碰说。

何栎僵住。

虽说没有明言，可方府上下谁不当他是方家女婿，虽然这个女婿在不知情的人眼里是方锦枫的，可崇徽知道方临汝是女人，在方府生活半年了，他难道不知自己是他的……情敌！

居然请教自己这种问题。

不知崇徽有意还是无意，若是有意，心思之深沉无人能及。

若是无意，这股子天然黑的能力，真是令人咽了黄连无处吐。

心中有怀疑，有不甘，沉稳如何栎，也脱口问道："你问我这个，不怕我糊弄你？"

"怎么可能，你跟二郎一样可以相信的。"崇徽想都不想道，说得坦然。

何栎除了一腔无奈，再无其他想法，招手让崇徽靠近，毫无保留把自己懂的都告诉他。

他之前吃药抑制了生长，故年龄不小却不算成年，如今停药了，喉结长出来了，变声了，身体也发育成成年男人，有了与生俱来的本钱，可以娶妻生子，享闺帷之乐。

崇徽瞪圆眼，眼珠子都要掉下来了，接着，脸红了，粉腻腻的红。而后，满天霞彩似的鲜红，再后来，耳根都红了，扒着床沿的手来回抠动，指甲抠断了也不自知。站起来，蚊子哼哼似道：“何大郎，多谢你了！”

落荒而逃，灰蒙蒙的天气，浅霜般的薄雾缠绕，洁白飘逸的身影映亮了天地。

何栎默默地看着，忽地捂脸。

无泪溢出，泪在心中，痛楚难禁。

谢宜宁蹦蹦跳跳地回了谢府，谢夫人和烟萝厅中对坐说着话，案上薄胎白瓷盘盛着张公梨，玉白的盘子，边沿五彩戗金玲珑花，中间黄金色嫩鲜梨，谢宜宁抓起一个大口啃，汁水在嘴角漫溢，五官精致，衣裳华美，甚不相衬。

烟萝移开视线，不忍卒睹。

谢夫人分毫不觉女儿举止粗鲁野蛮，只欢喜她得随心所欲快活自在，知她今日一早抬了辛辛苦苦做了多日的木床去方府，笑呵呵问道：“怎么这么快回来？那床何大郎用得合不合意？”

“不知道，我来时何大郎还没睡那张床，也不知睡不睡。”谢宜宁嘎嘣嘎嘣，几下啃完一个梨，扔了梨核，抬手袖子拭了拭嘴，道：“母亲，我去玩啦。”说着就往外走。

她心心念念做的床怎么会没要求何栎睡上去？

谢夫人诧异，喊住她，招手要她身边坐下，问道：“何大郎没睡你做的床？”

“他不愿意，汝郎说，我事先没问过他，是我的错……”谢宜宁脆生生竹筒倒豆子把经过说完，举起手展示，欢天喜地道：“汝郎亲自帮我包扎的。”

“母亲要给你包你不是不肯包吗？”谢夫人轻声问。

谢宜宁“啊”一声，蹙起秀眉，道：“是哦，手包起来了做事一点儿不方便，那点儿小伤也用不着包，我怎么就让汝郎帮我包扎了呢？”

而且还很开心！

这话没说出口，谢夫人看出来了，眸色更暗。

谢宜宁蹦蹦跳跳走了，谢夫人沉沉看着空旷的厅门出神。

“宁娘好像也很喜欢方临汝。”烟萝小声道。

谢夫人低低叹了口气，眉间微有颓然，“我不想拘她，把她惯成混世魔王，可这个混世魔王见了方临汝就是软面团，方临汝说什么她都听，而且还听得心服口服。”

“方临汝容色殊丽，风神俊整，气度不凡，行事有理有据令人信服，也由不得宁娘喜欢她听她的话。”烟萝低声道。

谢夫人缄默些时，道：“是啊，若方临汝不是方家女儿，倒是卿儿良配。”

烟萝嘴唇动了动，劝说的话终是没说出口。

风声呼啸，寒意凛凛，两人相对无言些时，谢夫人拢了拢帔子，问道：“舒永根还是天天窝家里醉生梦死，不找玲珑也不去扇坊？”

“是，他行事之初，兴许没料到后果这么严重，方家扇坊化为灰烬，女婿断送了一条手臂。说来，他也是个有情义的，郭成安的人许以重利他都没答应，直到绑了玲珑威胁他。如今他自责悔恨一心求死，只怕命不长了。”

“方家的人哪个是没情义的。”谢夫人低哼，又恨又妒，“方诚冒着生命危险带着人冲进火海想为方家保住一些财产，方渭明知危险还冲过去抬房梁救何栎，还有那些烧死的烧伤的，个个为了方家送命都肯。”

烟萝低眉：“人心换人心，方家对他们好，他们自然也一心为方家。”

谢夫人死死地掐住单丝碧罗帔子，镂金丝精绣牡丹花在白皙的指尖下变形，许久，咬牙切齿道：“舒永根若死了，方渭跟舒九娘还得方临汝重用，那绝不成，必须让舒永根是方家扇坊起火的罪魁祸首这件事败露。方秀绮主理中馈只是暂时的，她迟早要出嫁，方姜氏温厚宽和耳根软没主见，当不起家，方临汝还是得倚重方渭跟舒九娘，我要让方临汝内外交困，无人可用。”

烟萝身子颤了一下，低声道：“舒永根闭门不出，无法可想啊。”

“方临汝还是每天都抽空去方家烧损的扇坊一寸一寸地查察是不是？”谢夫人问。

烟萝点头：“她兴许是想找出蛛丝马迹，不过，重建的图样已绘好，木材也陆续从各地运过来了，听说快齐全了，不多日就要把烧焦赤的夯土木梁清走开始重建。”

“石脂见火星子即燃，现场定是一滴不存了，不过有石脂的地方火烧后的痕迹跟别处定然不同，偌大的地方毫无头绪很难查出来，若是指向分明，却很容易查到，问一下起火之时咱们在附近盯着的人，火是从哪个院落先起的，马上安排人在那个地方弄出点蛛丝马迹给方临汝发现。”

烟萝搓了搓手，迟疑着道：“真相大白，方临汝找郭家索赔，方家不是又缓过气来了？”

“郭成安跟房氏没那么蠢。”谢夫人大笑，“他们在行事之初，定是已想好万一败露的应对之法，安排好替死鬼了。”

烟萝穿过假山到那头宅子，许多个人在那候命，当即有人领命按交代办。

除了这件，还有其他事要交代，下头的人还有大大小小各事禀报，烟萝吩咐完毕问话，不要紧的自己处理，要紧的才带着人亲禀谢夫人。

这一日都是小事，烟萝自己决断，事儿忙完才要回谢府，突然一人慌慌张张地进来。

却是派去方家扇坊弄线索给方临汝发现那个人，在扇坊废墟上时恰好方临汝过去，那人怕跟方临汝撞上照面，急忙逃走，方临汝穷追不舍，后来虽逃脱了，却怕旁生枝节，急忙躲起来，让其他人过来报讯。

这事非同小可，烟萝急报谢夫人。

谢夫人问得那人在起火点挖刨时被方临汝撞上的，大笑道：“不错，我还担心方临汝要过很久方能发现线索，让她撞上了，她定会细查那一处，定能很快发现起火原因，阴差阳错，错有错着。”

并不责那人办事不牢，吩咐那人到金陵她兄长家去做事，以后别回润州了。

方临汝出府到扇坊后，巡视一番，没有要紧的事要办，便又到方家烧损的扇坊去。

两个月过去，期间又下过暴雨，废墟流淌着湿漉漉的污黑泥浆，看着瘆人，北风低徊，似是死去的人火海里惨痛的哭喃。

院里有院，近百间房屋，方临汝查过三进院厅堂，左右护厝。今日要接着查，忽见废墟里头有东西蠕动，定睛看，是个人，她以为是哪个扇工过来悼怀死者，扬声喊，那人影却如遭雷击，扭头看她都不敢，起身急蹿，方临汝略一怔，拔足急追，没骑马，徒步追出五条街后失了那人踪影。

那人定与扇坊起火有关，方临汝急喘着往回奔，估量着那人方才站的地方细察。

墙体倒塌，一地焦黑夯土，烧焦木材却少了些，只几截。

这是院里的露天中庭，不是房间。

方临汝这些日子查看过大半，很快有了结论。

起火前空旷露天的庭院，那人在这里想找什么？

来回仔细看了些时，方临汝瞳仁收缩，身体一震，走到此前扒开灰土焦木的地方看了看，又狠狠扒周围紧挨着几处地方察看，狠狠咬住下唇。

这一处地面青砖烧焦情况比其他地方严重许多，以中庭为起点，方圆周围房子比其他地方烧得更彻底。

这里就是起火点。

中庭空旷，无木梁屋椽，无团扇材料，却起了火，显然，当时庭中有易燃材料。

扇坊有人是这次起火的元凶或内应。

扇坊大门和角门的钥匙只有她自己和方诚、何栎持有，方临汝相信，方诚和何栎绝不是做内应在庭中堆了易燃材料的人，也不可能是纵火之人。

方临汝紧咬着牙，奔到谢家扇坊，打马飞奔回府。

“扇坊里有人事先弄了易燃物引起大火？”何栎勃然变色，心中和方临汝一般不相信火灾是天灾，只是，从没想到居然是扇坊内部的人搞的鬼。

“绝对是，外面的人进不去。”方临汝悲难自禁，愤恨不已。

一直怀疑郭成安，但从没怀疑过自己人。

何栎紧攥床板，双眼几乎要喷出血来。

本是和美快乐的中秋夜，却成了人间地狱，烧死烧伤那么多人，外头的人动手也罢了，居然是内部的人，大家朝夕相处，嘻哈说笑，怎下得了手！

方家待下不薄，除了应得工钱，逢年过节还额外赏钱，赏布匹绢帛等物，对方家若有不满，大可跟方临汝明白提出来，怎就背后下如此黑手。

“看下方诚可撑得住，若撑得住，马上抬着我跟他一起去扇坊，召集所有人讯问。”

“这么一来，会不会打草惊蛇，又弄得人人自危？”方临汝犹豫。

何栎深吸气，许久方忍下怒火，道：“那就别挨个问了，先问管事，那人处心积虑祸害方家，定有迹可遁，问一问，看看起火前谁有异常。”

方诚下头有八个二管事，此次大火中，三人烧死，四人重伤，只有舒永根没受伤。

重伤的四人在方府里养伤，方诚醒着，方临汝挨个问过，心脏沉沉如坠无底深渊。

方诚说，中秋那日扇坊扇工们歇息，只几个管事开工整理清盘，当日进了一批绢帛做扇面，舒永根驾马车去布料行拉回扇坊的，大家要去帮忙，舒永根拦着说不用，他寻思着进的绢帛不多，也便由他一个人忙乎。

当晚收工关门时，他和何栎分头巡视各个院落，曾见绢帛库房前中庭挨着柱子搁了一只木桶，他以为是舒永根卸货后热打水擦脸，也没在意。

扇坊里共有五口井，一进院子和二进院里，里头劈丝工坊和绷扇面工坊各一口水井，绢帛库房这边没有，洗脸一般都到水井边的。

那只不正常出现的木桶有问题！

起火一事与舒永根有关？

怎么可能！

方渭虽然不是方家血脉，可跟方家子弟无差，舒九娘是他独女，方家跟他算得上儿女亲家。方家荣，他女儿女婿日子舒畅，方家败，他女儿女婿日子难过。

方临汝想不通，那人若真是舒永根，为什么？

“带上两个人再去找他，或者差人去把他叫过来问话。”何栎道。身子还不能动，坐在谢宜宁做的小床上，上半截摇起来，坐着的，看方临汝大步霍霍往外走，急得大喊。

“没事。”方临汝无半分惧色，穷凶极恶之徒都不怕，更不说舒永根。

“不行，我不放心。”何栎紧抿唇，寸步不让。

“表哥。”方临汝回转身，床前跪下，轻攥起何栎手，低声道，“打老鼠忌着玉瓶儿，我不能带人，也不能吩咐人唤舒永根来问话。”

“你……”何栎愕然，“若证实舒永根是元凶，你想瞒着所有人，保渭郎跟九娘？”

“我也不知道，我只知道不能伤渭郎的心。”方临汝茫然。

那个阳光开朗，笑起来两个小虎牙，可爱可亲的儿郎，若是知道陷方家于绝地，致他断臂的罪魁祸首是他岳父，该如何自处？

他跟舒九娘能不生心结如以往恩爱吗？

何栎沉默片时，道：“带上崇徽吧。”

舒永根比上次见面更憔悴了，皮包着肉，瘦骨嶙峋，门缝细细一道缓缓打开，青天白日里跑出个孤魂野鬼，看见方临汝，瑟缩了一下，眼神闪烁，不敢跟她对视。

方临汝心下一沉。

不需问，只看他情形便心知，罪魁祸首真的是他。

掩下悲悯愤怒绝望，方临汝缓缓道：“我找到扇坊的起火点了，绢帛库房前的中庭。”

舒永根身体颤了颤，死灰浑浊的眼睛滑出一滴泪，扑通跌跪地上，无力虚弱，低声道：“是我，是我鬼迷心窍，这事跟九娘无关，求二郎别迁怒。”

说罢，抖抖索索地从袖袋里摸出几张纸，笔画粗乱，数处水渍痕迹，写时痛苦自责的心情跃然纸上。

纸上记着行事经过，摁了指纹签了名。

方临汝定定地看，越看心越沉。

舒永根被人利用了。

八月十四日收工回家路上，有人拦住舒永根，许他二百金，让他提石脂进方家扇坊，他毫不犹豫拒绝，谁知戌时，有人敲门，他开门一看，门外没人，地上一绺头发和一只金钗，还有一个打井的水那么大的木桶，里面盛着油脂。

桶底压着一封信，信上说，若想玲珑平安，就按吩咐的办。

舒永根到挹翠楼问得玲珑真的不见后，纠结痛苦，最终屈服了。

他爱玲珑，不想玲珑出事。

借着外出拉绢帛回扇坊的机会，他把木桶搁到马车车舆里。

木桶特制的，桶底有木塞子，他按纸上吩咐，在离开扇坊时把木塞拔掉。

因脂油淌得很慢，暮色暗沉，方诚也没发觉。

当晚火起，他躲家中不敢去看，事后听说方家扇坊整个烧成废墟。烧死烧伤那么多人，方渭失了一条手臂，悔恨不已，这些日子都没去挹翠楼问一声玲珑回去了没有，一心求死。

“找你那个人是何样貌？”方临汝沉声问。

“那人戴着帽子，帽檐压得很低，没看清，只知道中等个子，三十岁左右。”舒永根道。

这种特征润州城一抓一大把，方临汝眯眼，“仔细想想，有别的异于常的地方没有。”

舒永根皱眉细想半天，叫道：“我想起来了，那人右手手腕处好像有一指甲片大小暗红色疤痕。”

有记号就好找了，方临汝出门，走几步又回头，紧盯舒永根，缓缓道：“这事别告诉任何人，包括九娘跟渭郎，怎么处置你等我查出幕后之人再决定。”

“二郎，你……你意思是不会株连九娘！”舒永根眼睛一亮，重重磕头，“多谢二郎！”

方临汝轻叹，招手崇徽跟上。

“城里人那么多，上哪找？”崇徽忧心忡忡。

“先去挹翠楼看看玲珑回去了没。”方临汝道，瞥一眼崇徽，他这样的容貌，带着他去烟花地，也不知能否全须全尾脱身，颇踌躇。

“挹翠楼？就是上回何大栎被拖进去那地方？”崇徽问，方临汝刚点点头，他面临猛虎野兽般连连退了几步，惨兮兮问，“我要是去了回头夫人生气了怎么办？我不去行不行？”

方临汝不自禁扑噗一笑，满腔悲愤激狂消散，大度地挥手，道：“行，你别去了。”

挹翠楼乃润州城最有名的烟花地，风流的销金窟，外头寒风凛凛，里头春意盎然，姐儿们半露酥胸，红绕翠垂，芳香扑鼻，方临汝进门，鸨母大堂中站着，眼睛飞快地将她上下扫了一遍，随即满脸堆笑上前，听方临汝道要找玲珑，往窗前一指："就是她。"

背对着，只见长及腰如墨缎的长发，扭过头来，脸庞肤肤白皙光滑，五官清丽，如初绽的水仙花鲜脆娇嫩，清香袭人，虽不是倾城绝色美人，欢场里也数一数二了，看起来，约莫不过双十之龄。

这样的美人怎么会看上舒永根？

方临汝心中闪过讶异，转念一想，欢场中迎来送往尝遍人情冷暖，舒永根踏实忠厚，喜欢他也不奇怪。

玲珑说，八月十四那晚，她去找舒永根，在离他家不远处拐角被敲昏，再醒来时已是八月十六早上，才回到挹翠楼。楼里姐妹说，清早开门时发现她昏迷在门口，把她抬回屋里的，什么人绑她毫不知情。

这么说，线索到她这里就断了！

方临汝起身要离开，想起一事，顺便打听未为不可，问道："你认识一个右手手腕眼有红色疤痕的人不？"

玲珑目光极快闪了一下，摇头："没有。"

神情不似不认识，方临汝复坐下，沉了脸，冷浸浸的眸子紧盯玲珑。

玲珑垂睫不敢跟她对视，嫩白的手指缠着手里帕子，绞了一圈又一圈，绞紧再松开，软滑的粉色绸帕很快皱巴巴不成样子。

"舒永根对你一片情深，他是死是活，取决于能不能找出这个人。"方临汝一字一字道。

玲珑缩了缩肩膀，眼皮半抬，可怜巴巴看她："我真的不认识。"

鸨母四处转，这里摸摸，那里拍拍，隔着一个桌位听着这边对话，眼眯了眯，脸颊厚厚的白粉簌簌，吆喝道："翠儿，这个案面没擦干净，擦一擦。"

说着话，扭腰走开，闪过屏风，从后门出去，进后院，上了马车，车夫驭一声，马车出了挹翠楼侧门。街上兜了一圈后，来到金山街，进了宅子，扯动拉绳，烟萝很快过来，把她带到谢府见谢夫人。

"方临汝这么快就查到玲珑身上了，看来舒永根已招认，不错。"谢夫人微微笑，闲闲喝了口茶，问道，“手腕眼有疤的人你见过？知道是谁？”

“知道，就是开酒馆的胡家的儿子胡勇，泼皮破落户，爷娘死了后，酒馆也不开了，没日没夜混在楼里，垂涎玲珑好些时，他只爱吃酒弄女人。郭成安满心满眼都是钱，都是他郭家制扇大业，往常带客商到挹翠楼来，虽则凑兴唤了小娘，却从不过夜，跟他不是一路人，绑玲珑的当是郭成安的人，怎么会是他绑玲珑呢！”鸨母狐疑不解。

“不是他绑的玲珑，找舒永根那个人手腕眼的红色疤痕必是假的，故意露了给舒永根看的，好作嫁祸之用。”谢夫人扶了扶髻，笑得欢畅，“郭成安跟房氏果然不负我望，找了这么无可挑剔的背黑锅的人，你回去，暗示玲珑把胡勇招出去，我猜，胡勇这当儿已经死了，死无对证，方临汝便是查到胡勇，亦无可奈何。”

从胡家出来，夜色深沉，方临汝走得很慢，无力、疲倦、懊丧，身体发飘，走路打摆。

胡勇死了。

死了许多日子了，身体腐烂，脸庞肿得像个猪头，蛆虫在泛着恶臭的皮肉上爬来爬去。

她报官了，孙传带着仵作过来，验过后说，胡勇是饮酒过度暴亡。

胡家酒馆曾在润州城很出名，家传竹叶青酿绵醇清厚，老夫妻去世后，胡勇贪花宿柳，家业变卖殆尽，眼下租赁一间破屋栖身。

胡勇租住的破屋里，屋角有一个大木桶，里头半桶石脂，匡床铆钉缠着一小角碎锦缎，小娘子裙子上钩下来的，看起来，玲珑确实被他绑过。

胡勇显然没留下什么钱财，没钱赔偿方家，人又死了，方家的仇也没处讨。

方临汝报官时没说胡勇是方家扇坊起火的元凶。

无处索讨公道，也便没必要公开扇坊起火真相了，她不想方渭和舒九娘生心结。

隐约地，她心中也不相信胡勇是元凶。

胡勇火烧方家扇坊的动机不足。

因为玲珑喜欢舒永根，舒永根在方家扇坊做事，因而烧方家扇坊，这个理由实在牵强。

他恼舒永根得玲珑芳心，烧舒永根的家岂不更利索。

况且，胡勇已死许多日，那个在方家扇坊废墟上鬼鬼祟祟的不是他，另有其人，侧面也说明，有幕后还有其他人。

怎么处置舒永根？

方临汝拿不定主意。

五条人命，三十多人受伤，方家十数万金家财，舒永根百死难赎其罪。

然而，舒九娘何其无辜，夫郎断臂重伤，阿爷做出这等恶事，情何以堪。

街道两旁影影绰绰灯火，闪烁灯光里，一抹高挑的白色身影迎面急促奔过来，方临汝站住，沉沉的双腿发软，站立不住。

“二郎，我找你找得好辛苦。”崇徽大叫，紧紧扳住方临汝的肩膀，视线上下睃巡，“二郎，你没事吧？”

方临汝摇头，倦得不想说话。

“累了是不是？”崇徽混沌里突然开窍，方临汝面前蹲了下去，喊道，“二郎，我背你。”

方临汝一双手迟疑着，缓缓搭了上去。

宽阔的肩膀，结实强健的后背，伏上去，醉人的温暖。

崇徽背得有些吃力，几次踉跄着差点儿摔倒，走着走着，忽然间就脸上颈上都红透了。

灯火不明，偏他红艳得像朵山茶花，想不注意都难。

方临汝心口扑通跳得厉害，薄薄的布料挡不住肌肤摩擦烧起的热度，微有窘迫，想下来，刚往下滑，崇徽马上把她往上颠了颠，不安而又警惕地扭头看她。

“我不累了，让我下来自己走。”方临汝强作镇定。

崇徽紧捉住她大腿：“不行，我背着你。”口气粗而重，霸道而强硬，脱胎换骨，不是糯米糕团儿，也不是小傻子，而是威风凛凛杀伐决断的将军。

灯光越来越亮，夜更深了，风更冷了，寒风里，从上往下看去，只见他白色袍摆迎风舞动，飘然出尘，如诗如画。

一路沉默，莫名缠绕越发紧了，持续升温着，行动间，衣料悉索蹭擦，方临汝低眉，眼皮底下崇徽新雪似的脖颈透着艳丽的红，趴着的后背成了个烫手火炉。

崇徽突然咳了咳，吭哧喘气：“二郎，我方才去挹翠楼找你，那里面的人拦着不让我走，笑我，看着我眼珠子都不转……”他找词儿，半晌，道，“像看着可口的糕点一样看着我，还说我是童子鸡。”

方临汝磨牙。

崇徽扭头，无辜的、求知若渴的眼神：“二郎，童子鸡是什么？”

方临汝再厚脸皮也撑不住这种无知无觉的明撩手段，望着崇徽明艳照人的脸，粗声道：“童子鸡是吃的东西，意思就是想吃你。”

“啊！”崇徽吓了一跳，瞪圆眼：“她们是藤精树妖吃人的吗？嬷嬷拿给我的话本里有。”

又傻又不傻的，方临汝狠狠瞪他。

崇徽歪着脖子，很别扭的姿势，咧着嘴笑：“二郎，你怎么样都好看，笑起来好看，生气的样子也很好看……”

方临汝抿唇不语，崇徽闪亮的眼睛看了她一会儿，颠儿颠儿接着走，一双腿线条流畅修长，交领锦袍领口随着他身体的动作敞开来，露出光润的锁骨，若隐若现的结实胸肌。

莫名热流窜起，涨满身体每一个角落，方临汝溃不成军，偏过头，忽然就如情窦初开的小娘，羞耻而不知所措。

“咱们外面吃了晚膳再回去行不行？”崇徽蓦地停下脚步，往道路一旁看。

热热闹闹的两层小楼，门前挂着两个大灯笼，蝠云瑞祥纹槅子髹漆窗，里头人影绰绰，酒香肉香扑鼻，是迎宾楼。

“我们出来许久了，表哥担心着。”方临汝道，语气莫名地温软，不甚坚定。

“吃一顿饭不过一个时辰。”崇徽哼哼，把方临汝放下来，不等她点头，牵着她的手往里走。

方临汝略一迟疑跟上，心中懊丧得紧，自己怎就乖乖地跟崇徽掉了个，他是树，她成了缠树藤，稍一抬眼，崇徽挺拔的身躯苍劲如松，宽阔的后背，月白织锦衣料如水起伏，腰部线条流畅完美，抬步间，挠人肚肠。

一楼满座，博士殷勤喊：“两位郎君楼上请。”带头往楼上走。

崇徽楼梯口停下，一手扶着方临汝的手肘，一手揽腰，缠绵的多情的姿态，方临汝身体僵了僵，眼角悄悄看四周，没人注意，推崇徽的手收回，由得他。

崇徽不自觉地伸手，回过神来，战战兢兢，方临汝没推开他，霎时欢喜得浑身的骨头都酥了，指尖发抖，像是在抚摸，湿漉漉的眼睛看着方临汝，眼神黏腻腻无数蜜糖丝儿。

那样绝色倾城的儿郎，却又那样干净清透，由不得人不喜欢，方临汝低眉敛睫，局促地舔了舔唇。

咚咚脚步声，木楼板细细的吱呀声，食客们的说话喧闹声，清晰又模糊，入耳的，只有近在咫尺的那个人清浅的呼吸。

两人离得太近了，抬步间肩头蹭擦，崇徽也不退开，天真无邪地做着色胚举动。

方临汝半阖着眼，假装没察觉。

烟萝提着食盒从后厨走出来，一眼看到搀扶着上楼的崇徽和方临汝，嘴唇嚅动，眼眶渐渐红了。

许久，崇徽和方临汝的身影从楼梯口消失，方抬步到柜台前结账。

掌柜拨打算盘，大声道："承惠五十文。"压低嗓子，又道，"那是方临汝跟他未婚妻。"

烟萝"嗯"一声，掌柜也是谢府老人，谢夫人埋线布局，盘下迎宾楼，把他派过来做掌柜，搜集各方信息，踌躇片时，小声道："方二郎那个未婚妻是男人，是咱们家小郎！好生侍候。"

"啊！"掌柜呆滞，烟萝出门许久，回过神来，急找博士问，听得方临汝和崇徽在兰花厢忙交代，兰花厢点的食物用的食材都要新鲜的，得好生烹调，整治出最佳味道，又命博士送菜进去时好生留意着，看崇徽喜欢吃哪些菜。

烟萝出门，走得十几步停下，风地里头怔怔站着。

暗里一直观察方临汝，见过她许多回，那样刚硬的钢铁一样的人，居然露了杨柳枝儿的柔软姿态，而崇徽，小心翼翼像呵护眼珠子似待她，可想而知感情极好的。谢夫人图谋得逞之时，便是方家分崩离析、他俩情缘崩断穷途陌路之时，崇徽四岁被迫离家，这几年不知怎生地颠沛流离困顿，难得遇到方临汝过上好日子，却要被亲生母亲断了生路。

孩子落地后谢夫人怕谢天被外头花花草草缠上，把孩子扔家中随谢天外头行走，孩子一直由她跟含胭照料，虽然不是她身上掉下来的肉，也跟儿子无差，她又不曾嫁人生孩子，把曾经护持抚养的孩子看得更重了，想着崇徽坎命运坷，由不得肝肠寸断，悲难自抑。

方临汝和崇徽回到方府已是亥时。

崇徽一路呱叽说个不停，没有具体的内容，东拉西扯，一时夸月亮圆，天上黑云沉沉，月牙都不见一个，一时说好热，一时又问方临汝冷不冷，要把外袍脱下来给方临汝披，前后矛盾，蠢不可耐，浑不见平时的冰雪高洁，烟火气重得很，目光痴痴睃视着方临汝的眉眼。

这偷到腥的猫儿模样，任何人见了都会想入非非，曲溪馆在望，方临汝停住脚步，粗着嗓子道："夜了，你回去安置，我自己去看表哥跟他说事。"

"啊！这就要跟你分开了？"崇徽垂头丧气，目光黏黏看着方临汝半晌，凑近来，期期艾艾道，"二郎，我想咬你嘴唇，给我咬一下再赶我走行不行？"

方临汝一脚踹去，崇徽下意识退了一步，临汝昂头，大步进曲溪馆。

"好好的，一要见何大栎就换了个人。"崇徽抚着疼痛的小腿，看着方临汝昂然如风背影，茫然失神。

第四十八章　想入非非

何栎坐在谢宜宁做的可移动可升降的小木床上，深蓝色被子盖到胸前，深青薄绫大袖衫有些宽，肩膀削薄如竹片，温润的脸庞因消瘦而棱角分明，下巴比比刀锋还锐利，脸色白得发青，浓黑的睫毛下睑，掩盖了眼底神色，眉头紧皱着，眉心一道细褶。

方临汝暗悔，不该跟崇徽在外逗留许久，使他担心。

何栎抬头看到方临汝，晦涩的眼亮一亮，飞快地上下打量了方临汝一下，吁出一口气，带着笑意道："问出来了？"

"问出来了，可是……"方临汝叹气。

"胡勇逼舒永根做内应烧咱们家扇坊？"何栎自语似问，轻摇头，"不大可能。"

"我也是觉得蹊跷，石脂不多见，也许可以从石脂来源上查。"方临汝道，说得这么一句便沉默了，手指在床沿划拉，一下一下来回不住划。

何栎知道她思量着什么，怎么处置舒永根，他也觉得棘手。

饶了舒永根，死者死不瞑目，伤者怨愤难平。

不饶，他青年丧妻，含辛茹苦拉扯舒九娘长大，父女情深，即便他死有余辜，舒九娘定也是不舍得他死的，必然与方临汝与方家反目。

方渭若坚定地站在方家站在方临汝这边，则夫妻仳离家破，他阿爷新丧，断了一臂，又怎忍看着他恩爱鸳侣成陌路。

若是方渭跟舒九娘一心，从此恨上方临汝恨方家，方秀绮早晚要嫁人，没有方渭帮忙打理方家，方临汝又得操心扇坊又得操心内宅，不免顾此失彼焦头烂额。

方临汝尚拿不定主意处置舒永根，传来他自绝的消息。

他托邻居给舒九娘送来遗书，道这些日子频频梦见死去妻子，女儿已长大，许得佳婿，无所牵挂，要去地下陪伴妻子，舒九娘赶回家时，他已一根麻绳吊死房梁上。

舒九娘哭得肝肠寸断。

方临汝长叹一声，人死如灯灭，舒永根用命赎了罪，不应再连累舒九娘，掩下所有事情，当什么都没发生过，安排人隆重料理了舒永根后事。

石脂来源追查没查到有用线索。

润州城里没商号售石脂，要查外地，天下之大，谈何容易，方临汝只得暂时放弃。

方诚苏醒后恢复很快，没几日便能下床了，虽则还时常精神不济，却能到扇坊视事了，崇徽登时轻松许多。

扇工们感念临汝恩义，做事拼命卖力，借用谢家扇坊制扇仅一个半月，库房里已堆了三十多万把团扇。

方临汝这日核查账目，看看成品团扇进库出库账，不由得皱眉。

一个多月居然没有一个扇商订扇。

冬日不是鬻扇良时，往年冬日订出的扇也不多，却不至于这么长时间没有一个商号订扇。

方敬走访许多地方没寻到名医回来了，方临汝刚要派他到各地找扇商了解一下情况，收到江楚泽托千机阁捎来的书信——郭家在以极低的价格鬻扇。

方家扇价格原来就在郭家扇之上，眼下，比郭家扇贵了近一倍。

最普通的不配玉坠的团扇，方家鬻给扇商的价格是每把五十文，以前郭家扇每把四十五文，眼下直降至每把二十八文。

这个价制扇成本都不足。

方临汝几疑眼花，来回看，没看错，又拿出让崇徽看，让崇徽念给他听，跟她看到的一模一样。

郭成安这是不把方家扇坊挤垮不罢休了。

明州如此，其他地方想必也同样，方临汝让方敬到各地了解，打听到情况都重金从千机阁传讯回来。

消息陆续传回来，形势比方临汝估计的还严峻。

郭家扇在大唐全国各地都降价了，郭成安许是从上回团扇长霉斑事件中看出江氏跟方家关系匪浅，此次全面降价，明州是最后一个降价的地方。

方家遍布各地的扇商，除了杭州的赵氏和明州的江氏没订郭家扇，其他地方的扇商都或多或少进了郭家扇，有的商号手上还有方家扇，同时鬻方家扇与郭家扇，有的商号方家扇鬻光了，铺子里不见方家扇只有郭家扇。

赵吾行知道郭家扇降价，没当一回事，他认为方临汝完全能够应对。

若不是江楚泽来信，还得过许多日子才能得知。

方临汝苦笑不已。

眼下的危机，她真真想不出如何化解。

方家扇坊不被烧，方家还能跟郭家拼一拼，打一场价格仗，眼下的方家脆弱得如同初生婴儿，经不起一点儿风浪挫折，没有资金跟郭家血拼。

这日从扇坊回府，方临汝没回漱石榭，直接到曲溪馆跟何栎商量。

两人商议许久，没想到破解之计。

北风又密又急，天时时都是灰蒙蒙的，没下雪也不见明朗，枝头屋宇刚入夜便薄薄一层轻霜，院子青砖甬道青里带黑，花儿早放谢光了，枝头稀稀拉拉枯黄的叶子。

厅口大门挂着毡帘，沐雨掀起毡帘进来，刮进冰刀子似的北风，打得人脸颊生疼。

“千机阁刚送来的信。”沐雨掏出信，手指红彤彤像几截胡萝卜。

“过来烤烤火。”方临汝笑道，火钳挑了挑炭灰，哔叭响，红色的火苗蹿起。

沐雨拢手哈了口气，道：“三娘说这种寒夜最是疏忽不得，得多巡视几次，分了几班人巡夜，璟初带着人这时正巡视着，看样子要下雪了，我得赶紧给她送顶毡帽去。”

转身急吼吼出门去了。

府里上下都知道出大事了，方家摇摇欲坠，各人谨慎得很。

方临汝苦笑。

自己这个家主当真不称职，让合府上下人等忧愁烦恼，担惊受怕。

“鬻扇越多赔得越多，咱们不管，由得郭家赔钱不行吗？”崇徽道。

方临汝摇头，揉了揉眉心，沉声道：“坐视不理肯定不行的，再这么下去，不出半年，方家团扇就从团扇行业销声匿迹了。”

“为什么？”崇徽蹙眉，到底入世不久，没经历过的便不懂了。

方临汝满心疲倦，缄默不语。

何栎看看她，低咳了一声，问崇徽：“你这阵子外出用膳都到哪个酒楼？”

“迎宾楼，一直走那边，掌柜博士都熟悉了，殷勤得很，习惯了。”崇徽莫名其妙，不明白他为何问不相干的。

“同样道理，扇商们鬻久了郭家扇，也很难再转回来鬻方家扇，且，郭家扇鬻得多了，家家户户都知道郭家扇，此长彼消，方家扇的知名度就降低了，市场一旦失去，后来用十倍百倍的精力也夺不回来了。”何栎道。

其实还有一点没说，那就是，方家若还用美人团扇作噱头，郭家扇降价的影响虽大，却也不至于无法应对，可方临汝不愿再用美人团扇。如此，两头受损，麻烦更大。

“那可怎么办？咱家又没法降价，就只能干坐着不反击吗？”崇徽搓手，凑到方临汝面前，目光雾蒙蒙看她，一袭月白薄棉广袖宽袍，颈间拢着一条柔滑油亮的火狐毛毛领，映着彤彤炭火潋滟生色。

方临汝目光闪了闪，把手里火钳塞给他，不动声色地退了退，作了闲淡之态，笑道：“当然不能，事在人为，世间没有不可破的事，也没有走不通的路，只看咱们脑子够不够机灵了。”

“我是笨的，只能靠你跟何大郎了。”崇徽老气横秋地叹气，悻悻地挑炭火。

“胡说，你可聪明了，你入世只半年出头，就跟我和表哥差不多见解了，我们可是出生就在人世间走的。”方临汝笑眯眯道。

“真的？”崇徽眼睛一亮，乌润的眸子熠熠生辉，色迷迷地瞧着方临汝。

又想咬嘴唇了，不该夸他的。

方临汝无奈得紧，扭头不看他嗷嗷待哺饥饿表情。

何栎低眉，被子抵着下巴，拉无可拉，便往下推，后背伤着穿衣不便，深青色交领拢得不严实，露出瘦削锁骨和大半胸膛，又猛地往上拉遮住。

崇徽鼓起嘴巴，委屈得很，咕哝几句，没坚持要咬方临汝嘴唇，又回到原来的话题："咱们不能跟着降，那反其道而行，涨价怎么样？"

"涨价？"方临汝跟何栎相视一眼，霎地坐直身体。

"是啊！"崇徽本是随口说的，说出来后，忽而灵台通透，脑子里瞬间有了一套完整的想法，"你不是说，咱家扇工经过我的指导制出来的扇比以前的更精致吗？方家扇本就在郭家扇之上，既然郭家扇跟咱家不是一个台阶的，就没必要跟它比价格谁低，只把方家扇拔得更高，跟郭家扇天上白云地下泥巴之别即可。"

方临汝低眉凝思片刻，喜上眉梢："高价之物购者不多，然此时冬日，不是团扇大卖之时，咱们只需稳住市场，保住方家扇的名声跟地位即可。"

何栎也点头，赞道："有道理！"手指划动，一二三思索计策。

"表哥想到什么？我记一下。"方临汝兴冲冲进书房拿笔墨纸砚。出来时，崇徽已把矮案抬到火盆前，端来清水。

"冬日里团扇的作用不在纳凉，而是装饰，美人用团扇半遮面，含羞带怯风情万种，聚会时，执着一柄团扇婀娜走着，倍添韵致，咱们把团扇包装成礼物，鬻的不是扇，而是一种尊贵身份，一种高雅时尚。"何栎沉吟着道。

"每柄团扇都配上精美的匣子、流苏，玉坠则还是任由顾客决定要不要配。"方临汝补充，摇了摇头，道，"只是这样似乎还不够。"

"咱们还可以在扇面绘图上下功夫，园子里大家都是丹青妙手，笔下人物花鸟山水不知比扇坊画工强多少，让她们绘扇面吧。"崇徽道，摇头晃脑，长吁短叹，"画工们绘的图太难看了，眼睛终于可以不受荼毒了。"

"说的什么话。"方临汝嗔骂，眼底却满是喜色，何栎也拊掌大声称妙。

方家历任家主怕泄露紫竹园里养着美人的秘密，不敢让美人们绘扇面图，怕人家追问画师何人不好掩饰，方临汝决意不用扇面美人，人尽其能甚好，等得方家取消美人团扇鬻扇后在市场站稳了，还可以考虑把美人放出园子，嗓子完好的许婚嫁人，哑的可以到扇坊做工，她们有点儿事做不至于太孤寂无聊，方家也可以不白养着人。

“各地再掏钱办赏雪宴、赏梅宴什么的，邀请高门大户的小娘和小郎参加，吟诗作赋，胜者得方家团扇奖励，既为方家扇扬名，又提高方家扇地位。小娘子们为了扬名，必是肯参加的，小郎们为了看佳人，也不肯落下。”方临汝接着又道。

何栎点头，眉目更加开朗，笑吟吟道：“方二郎风流俊俏，翩然雅致，敏锐洗练，谈笑豪放，与其相对如沐春风。方娘子之美更是言语难以形容，这宴会，当仁不让由你们俩主持了。”

“表哥，你……”方临汝嘴巴张得可以塞鸭蛋，大木头表哥，一本正经的表哥居然会打趣说俏皮话，委实太意外。

“我长得好看？何大郎，你是在夸我长得好看吗？”崇徽扑到何栎床前，狂热地问，只差没得意地甩尾巴。

“是的，崇徽长得实在好看，愧杀宋玉，羞死卫玠。”何栎微微笑。

“哈哈哈……何大郎夸我长得好看呢……”崇徽大笑，手舞足蹈，如癫似狂。

方临汝止不住也笑，想到抵制郭家降价鬻扇良策，多日阴云尽扫。

何栎唇角轻轻上挑，笑意含蓄而清浅，心中道：“如此便很好，汝郎开心就好。”

外出一走至少一个月，方临汝带着崇徽送了供应品到紫竹园，并不与兰荪说实话，只说一直留意着长安那头动静，年底各部官员走动送礼，她想到长安走一趟，拉拉关系，打听一下情况，等何栎伤一好，就能着手帮兰荪寻仇人报家仇，问兰荪同意吗？

兰荪迟疑些时答应，配了一个半月的药给方临汝带回府。

这头解决了，扇坊那头本就方诚管着，有疏桐陪他，他精神一日比一日好，差不多完全康复了，方临汝便放心交给他。外务让沐雨、清泉跑着，处理不了的找何栎，安排好后带着崇徽离开了润州。

郭成安听说方家团扇提价，每柄团扇价格最低的一百文，价高的不配玉扇坠也要二百文，大嘲方临汝异想天开。

“不可轻视，方临汝既然这么做，必有其打算，让人盯紧些。”房氏嘱道。

消息一个个从各地传过来，郭成安毛孔粗大的脸庞越来越黑，到后来，像擦了厚厚的锅灰般。

方临汝和崇徽各地行走办赏花赏雪宴，两人仙人之姿倾城绝色，当地小郎小娘着迷追捧，喜欢方家人，也跟着喜欢方家扇，一窝蜂买方家的团扇。

方家团扇新推出的那些高价团扇扇面图案美极，丹青妙笔，扇子做工精美绝伦，比以前的方家扇不可同日而语，不只买的人评价极高，扇商们也推崇备至。

低价的东西盈利少，三十文一把的扇子顶多能加上十文，一百文两百文的扇子，加上二三十文也没人觉得贵，冬日买扇子的人本就不多，不能似夏日薄利多销，自然要鬻盈利多的方家扇。

方临汝和崇徽走了一圈，扇商们哭着喊着求订方家扇，方临汝姿态高傲，要求各商号全额交足扇款，因此都排着队等着方家发扇。扇商们贪图鬻方家扇带来的暴利，无不依从。郭家扇被堆到角落里，先前进的都无暇鬻了，更加不会再订郭家扇。

郭家扇因这一场降价风波，成狗尾巴花，低贱俗物，一文不值。

而方家扇，因涨价而成了高岭雪莲花，空中皓月，光辉夺目。

方临汝和崇徽腊月初五回到润州，方家几百名扇工在扇坊门外的大道上列了长队迎接，欢声震天。方临汝没下马，端坐在马背上，笑吟吟摆手，睥睨众生，意气风发，恍如帝王。

郭成安痛不欲生，扇坊待不下去，跑回府找房氏。

“母亲，依你看，咱们家怎么反击好？”

“怎么反击呢？”房氏失神自语，白白胖胖的脸皮松弛起皱，眼眶青黑。手里一把让人买来的方家扇，扇面一丛墨兰，碧草摇清风，幽香沁心脾，便是不懂丹青，也知用笔极妙，世间罕见。绝美的画图，精巧的手艺，权奇无双的家主，忠心耿耿的从人，这样的方家扇如何与其争锋。房氏死死地攥住扇子，许久，平静道，“此时是冬日，鬻扇有限，咱们暂避其锋芒，来年春再徐图之。”

“来年立夏日方家订扇会一开，扇商们为一睹美人团扇上的扇面美人，争相订扇，咱家更难跟方家争长短了。”郭成安气急败坏地来回不住踱步，这些日子焦躁不安，粗壮的身材却不曾变得苗条，反更肥壮了，隐约可与房氏一较高下。

房氏笑了笑，拉郭成安坐下，拍拍他手背，温声道：“便是势头良好，扇坊那一把火烧掉的，也得方临汝赚好些年，说起来，还是咱们赢了。”

“可不是！”郭成安欢笑，紧皱的粗眉头略松开些，又复皱起，“家主继位大典后，方临汝地位稳固如山，撼不动了。”

“方游丰外出两个多月也快回来了，到时再从他身上想想办法。”房氏安慰道。

郭成安长叹：“花了那么多钱那么多精力，却一次次败给方临汝，真让人不甘心。”

谢夫人比郭成安还不甘心。

上一回想让方临汝失去方渭这个得力又忠心的干将，谁知舒永根死了，方临汝没公开他的罪状，还厚葬他。方渭和舒九娘依旧好好儿地在方家待着，这些日子身体好了些，夫妻两个又忙里忙外打点起方府。

本以为此番价格战能让方家动弹不得，谁知方临汝奇思妙想，不仅反败为胜，还大赚一笔。

案上一字儿摆着十几柄团扇，谢夫人一把一把看过，抓起来，又摔又砸，尖声怒骂：“这分明是谢家扇哪来的方家扇，谢君卿，你是谢家儿子，居然把家传制扇手艺传给方家扇工，背祖欺宗，牲畜不如……”

这些日子不知砸了多少了，砸完了，又让人买，买来了再砸，倒有些像当时谢天刚去世时发疯的样子。

烟萝低眉敛睫，默默收拾。

“母亲，我回来了。”谢宜宁脆生生的叫声远远传来。

“快收拾干净。”谢夫人蓦地绷紧脸，急理衣领，抚袖子，扶了扶簪，问烟萝，“看看髻发严整吗？不乱吧？”

“略松了。”烟萝道，摸出篦子给她篦了篦鬓发，刚篦完，谢宜宁掀起帘子一蹦一跳奔进来。

“回来啦。”谢夫人慈和地笑，拉起她手，惊叫，“怎么这么凉？”拢在掌心入到唇边，心疼地哈热气。

“没事。”谢宜宁满不在乎，抽回手甩了甩，从袖袋里掏出一个小布包：“母亲，这是汝郎从金陵带回来送你的，他这几日事多，就不来了，让我捎给你。”

螺钿盒子，金陵一品阁的桃花胭脂，谢夫人瞥一眼，眸色微沉。

“母亲喜欢吗？”谢宜宁探头看，要了过去，指尖抠了一点儿涂到手背上，凑鼻边闻了闻，赞道："不错，色泽鲜润，香气雅淡，汝郎好眼光。"

岂止好眼光，谢夫人一直以来擦胭脂只用一品阁的这种桃花脂，方临汝只见过她几回面，居然留意到了，心细如发周到细致，当真令人又恨又爱。

谢夫人笑了笑，把盒子收起，看看窗外天色，道："汝郎跟徽娘外出那么久，难得回来了，你怎么不跟他们说会儿话，回来得这么早。"

"唉，别提了。"谢宜宁一脸懊恼，地台上挨着谢夫人坐下，坐没坐相，歪歪斜斜，撇嘴道，"车马劳顿长途跋涉也不歇息，说是要办正事，把我赶出来了，我就去找何大郎，何大郎不知在紧张什么，神思不属的，中午吃饭的时候，居然把花蛤连壳丢嘴里了，差点儿崩掉一颗牙。这还不算，琬初给他盛汤，直着眼把汤倒了，端着碗在那一勺一勺舀着喝空气。我跟他说话，他听都听不到，连撩眼皮瞟我都懒，没趣得很，我不走也没办法。"

"你没看错吧？"谢夫人讶然。

见过何栎几次，何栎性子稳得火烧眉毛眼皮都不会抖一抖，能让他魂不守舍大是反常的，必定不是小事。

"没有，不过，我真怀疑是我幻觉，认识那么久，登徒子就是块木头，从没见他有多余表情，做事一板一眼，汝郎不在家时，每日的膳食一模一样，一点儿变化没有，天天一身深青色薄棉锦袍，不知道的还以为他从来不换衣裳呢。"谢宜宁噼噼啪啪道。

"你就猜不到因为何事？"谢夫人状若无意，身子却紧绷。

"不知道，约莫是很大事儿。"谢宜宁捂嘴，打了个哈欠，"母亲，我去歇午觉啦。"

门毡起而又落，北风进来，屋里盘旋一圈后无影无踪。

谢夫人静看着门毡半晌，紧拧眉，低声道："这件事必定关系重大，有关方家生死存亡，不然，何栎不会如此失常。"

"咱们的人报来的信儿，方家没什么事发生，何舆虽然从越州回来了，不过没去方家，没露脸，方临汝跟何栎还不知道他又跑回来了。"烟萝道。

"也许跟十天后的家主继位大典有关。"谢夫人沉吟。

"姐姐要在那一天公布方临汝是女人吗？"

“公布方临汝女扮男装并无十分把握置方临汝致方家于死地，再看看，你交代咱们在方府里的人仔细查一查，府外的人昼夜盯着方府不要放松。”

烟萝应下。

谢夫人又道：“让备马车，我走一趟郭家。”

烟萝抬头看她，白着脸问：“姐姐想做什么？”

“给房氏支招，让她找何舆偷方家的传家宝扇。”谢夫人冷笑，“没有传家宝扇，我看方临汝怎么接任家主之位。”

郭成安跟房氏说了会儿话，心情略好些，又到扇坊办事，才刚半个时辰，府里来人传话，房氏要他马上回府。

房氏迫切地等着他，一扫之前郁闷，满面喜色。

谢夫人方才过来，闲谈中叹道，本想去方家找方姜氏说话，可方家戒备森严，家主继位大典在即，上下人等怕方家传家宝扇有意外，被偷什么的，历来家主继位都得要请出传家宝扇，也难怪方家紧张。又说，方临汝表弟何栎的亲弟弟从越州回来，方家都不放他进府，她也便不去触霉头了。

房氏被触动，霎时又想到一毒计。

重利诱何舆偷出方家传家宝扇，从根本上断绝方家生机。

“偷出方家的传家宝扇，让方临汝无法顺利接任家主？这有用吗？方游丰没用得很，方临汝便是没有经过继位仪式也是方家家主。”郭成安不甚赞同。

“扇神庇护方家扇一说，在我看来无稽之谈，可扇商们却深信不疑，敬畏喜爱方家那柄美人团扇，若能偷出来，就破了扇神庇佑方家一说了。让何舆偷，不过花上一两百金引诱他，得手了，咱家得利，失手，咱们也不吃亏，倒可以让方临汝暴怒，何舆是何栎亲弟弟，若能让何栎跟方临汝反目，方临汝便犹如断了双臂，更是意外之喜。”房氏道。

“怕不怕又是一个林源？上次给林源出主意，天禅寺的佛像金粉刮下来换铜粉，他贪财却胆小得很，还得咱们帮着找人去刮，忒麻烦。让何舆去偷，后来抓着咱们家把柄，一直要挟勒索怎么办？”郭成安迟疑。

“你自己别露面，去找你外祖父要人跟他接触，事成后即从润州城消失，他想讹诈也没处找人。”房氏缓缓道。

郭成安霎时开朗，大赞妙极好极。

润州城说大不大，要找何舆却也不难，郭成安的人翌日中午便找到何舆。

郭成安派了人跟何舆搭话，许了一百金，何舆加码要了两百金，三言两语就谈成了。

何舆兴高采烈地回到越州，谁知铺子只能出租不能变卖，气得要把何栎分尸数段，嚼肉喝血。

何三郎几人听说何舆回润州，一齐过来看何舆，名是叙兄弟之情，实则讥嘲他，借踩何舆抬高自己，往自己脸上贴金。

他们三个不成器，何舆更不堪，难得有人比自己废物，不踩一踩天理不容。

何舆哪是肯忍气吞声的人，一张嘴斗不过三张，动手以一敌三哪打得赢，被何三郎三人合力揍了一顿。

何姜氏心疼大哭，找妯娌评理，何家几个媳妇都不是善茬，没讨回公道，反被嗤笑辱骂一顿，后来还是方香雯带着芊月捋袖子上门，几个人还不知她与方家决裂，怵着她方家女儿身份，三家各赔一缗铜钱医药费。

何舆养好伤，除了回润州啃方家吃方家，再无其他谋生之法。

进润州城，却听说方家扇坊被烧，先前他住的房子被卖了，他的酒肉朋友告诉他，方家连铺田地都卖的卖当的当，外头还借了许多钱，方临汝能不能重振家门都难说。

何舆手足冰凉痛不欲生，伤心失了啃吃的肥肉。

不敢去方府，怕方家无人可用逼他做苦力，也怕方家留下方香雯把方香雯嫁人获取聘金填补亏空。他如今没钱，若没有方香雯，连个暖床泄欲的人都没有。况且，还图谋着让方香雯去骗出柳氏的私房。

以他对柳氏的了解，他笃信，柳氏绝不会把自己的私房拿出来跟方家共渡难关。

手中没多少钱，住不起客舍更不说置宅第，暂时赁了处宅子住。

何姜氏听说何栎重伤残疾卧床不起，哭成泪人，当时就要跑方家看望儿子照顾儿子，被何舆拦下了。

本拟到越州卖了铺子再买下人使唤，到了越州卖不成铺子，没买成下人。方香雯自然不做家务的，芊月也是十指不沾阳春水大家千金派头，只服侍方香雯，做饭浆洗家务等事尽落何姜氏头上。何姜氏到方府照顾何栎，他们就没人使唤了。

何姜氏四十有余，从不曾做过粗活的，一心还盼着何舆改变性情变得上进，任劳任怨。只是见不着何栎，不知何栎如今怎么样，那也是她的亲生儿子，暗里夜夜痛哭，哭得眼睛灰蒙蒙，看物都不甚清晰，做事颠颠倒倒。何舆烦躁，方香雯和芊月不能骂，只拿何姜氏出气。

何舆做儿子的朝打暮骂，方香雯也便不客气了，饭食挑三拣四，衣裳嫌浆洗得不干净，让何姜氏洗了一遍再洗第二遍第三遍，后来，连芊月也看菜下碟子，叱骂起何姜氏。

短短数时，何姜氏骤然间老了一二十岁，半头白发，犹如花甲老妪。

何舆与郭成安派的人谈妥，收了五十金定金，乐不可支，有钱他不是想着做什么买卖营生，而是享受，先去迎宾楼大摆阔气点了一桌菜畅饮豪吃一顿，接着跑牙行买了四个婢女。

方香雯嫌何姜氏做事不麻利，见买了人，也不管何舆哪来的钱，欢欢喜喜摆起当家娘子架子，吆三喝六指使人干活。

“你哪来的钱买人？”何姜氏颤颤问。

“看你做事辛苦买人替你啊，你是我母亲，我怎么能让你一直受苦呢……”何舆摆出孝顺儿子嘴脸，滔滔不绝说舍不得何姜氏辛苦的话。

何姜氏昏蒙的老眼瞬间泪水弥漫，抬手不住拭泪，大冬天里干粗活，冷水里洗衣裳洗碗洗菜，手背皮肉红肿青紫，冻裂无数口子。

何舆看到，嫌恶地移开眼，忍着恶心，又说许多好话，发誓以后赚到钱了要给何姜氏过好日子，让她在妯娌面前扬眉吐气。

“只要你上进，母亲怎么着都好。”何姜氏哭得喘不过气来。

“多谢母亲，母亲就是疼我。”何舆嘴里抹了蜜，说了许多后，把话题转到要说的，“母亲，我想找个营生做，只是没本钱，找朋友借钱，朋友说，让我拿方家的传家宝扇给看一眼就借钱给我。母亲，你回方家去，让姨妈留你，寻得机会偷出美人团扇，我拿去给朋友看一眼，看过了就给你送回方家。”

"你说什么？"何姜氏呆呆怔怔地看何舆，泪水还挂上脸颊上，眼里神采散了，"你买人的钱就是偷方家美人团扇的报酬？"

何舆不提防她看出来，霎时恼羞成怒。

上次要进方府被打断腿，心知还想进方府不易，便是进去了，进不了澄漪山房也偷不出美人团扇，只得赔好话哄何姜氏。见被拆穿，也不装了，恶声道："是又如何，你只管去把美人团扇偷出来，别的不用你管。"

"美人团扇是方家传家宝，干系重大，扇坊刚被烧，再丢了美人团扇，你让汝郎如何带着方家渡过危机。"何姜氏抽泣，不住摇头，"我不偷，我不偷。"

"你不偷是吧？我已经应承人家拿了钱了，没扇子给人家我命休矣，我也不能等人家来取我命了，这就先自己了结。"何舆高声叫嚷，冲进灶房拿了菜刀出来，装腔作势要抹脖子。

方香雯一旁听着热闹看笑话，何舆要抹脖子当即哭喊着上前拦，一边拦一边骂何姜氏："都说虎毒不食子，你连畜生都不如，不过拿把破扇子出来，有甚为难的？"

"那不是普通扇子，那是方家传家宝，方家制扇第一大家倚为凭仗的宝物。"何姜氏低泣。

何舆眼见作势抹脖子还不能让她答应，思量这回不弄得像模像样不能成事，狠了狠心，甩开方香雯，菜刀一拉，刀锋从脖颈擦过，殷红一道血口子，大喊一声"我命休矣"，仰面躺倒地上。

"舆郎……"何姜氏大哭，扑过去捂伤口，凄然道："你别割了，我去。"

第四十九章　天良丧尽

腊月十五便是家主继位大典之期，按方家祖传规矩，典礼上要请出美人团扇与众人观赏，方临汝这些时外面行走，夜里得片刻空闲时，一直在思索这件事，至回润州，已拿定主意。

营商之道贵乎诚，不欺心不欺人，不为利而抛义。

她决定，家主继位大典上方家美人团扇最后一次出现，往后，再也不用。

这半年多来，走的是刀山，行的是火海，一重又一重打击将她骨头打碎血肉挫磨成泥浆，她摔倒又爬起来，最艰难晦涩的日子都走过来了，还有什么可惧怕的。

没有什么能让她服输，没有谁能打败她。

刚到极处鬼神惊，苦海尽头艳阳天。

为了把影响降到最低，也为了给自己是女儿身一事作铺垫，免得后来暴露引来巨震，她决定自己着女装。让崇徽给自己绘像，定稿后，再绘到美人团扇上，美人团扇一侧用特殊药水写上一行字——百年大族繁茂隆盛，扇神青睐商贾诚服，方家扇以方家女终结，顺舆情领天命自此神隐。

事先搁红磷粉在匣子一角，让众人看到这行字后，收扇子入紫檀匣后，借着匣盖的阻挡，擦火石点燃红磷粉，做出美人团扇自燃化为灰烬的样子给众人看，此后，方家再无美人团扇。

那一行字怎么才能在需要时才显示，不需要时隐藏，办法是崇徽提供的。

还是用的绘画时颜色调和的原理，方临汝不懂，他演示了一遍给方临汝看，果然能随心所欲，方临汝也便安心了。

何栎不赞成在方家风雨飘摇之时结束美人团扇这块金字招牌。

“美人团扇一毁，往后若有什么不测，如何是好？郭成安虎视眈眈，林源也是一心想毁了方家，外头的扇商们恐怕会因方家没有美人团扇而改订郭家扇。”

“我意已决。”方临汝捧着茶杯缓搓动，缓缓道，“其实我舍不得，不是舍不得美人团扇能带给方家的种种好处，而是，那把团扇伴着我成长，我自幼以自己出身扇神青睐的制扇之家为荣，那柄美人团扇在我心中，是方家之魂。毁了它，跟毁了我的魂魄和精神支柱一般，可我不得不毁了它，欺世盗名瞒骗世人，辜负扇商的信任，残害扇面美人，这种种，比我个人的精神寄托重要。”

搁下茶杯，起身走到窗前，推开窗户，北风当面扫来，绯红润泽的脸庞霎地变白，方临汝搓了搓脸，咧嘴一笑，道：“人心齐，山海平。表哥，毁了美人团扇后，纵使天塌下来，只要有你，有崇徽，有大家在我身边，便没有解决不了的。”

纤长的身影在北风里有些纤弱，却那么挺拔，风飒飒响，衣裳鼓动，何栎想走过去，揽住她，却不敢动。

“汝郎！”他低叫，千回百转。

方临汝本是女人，却活得完全成了男人，其中艰辛一路陪着她走过来，不忍反对令她烦心，却不由得忧心忡忡，失魂落魄。

方锦枫有女装，他纤瘦，然而个子比方临汝略高些，不拣窄袖小衫穿便可，首饰不多只几套，但也足够了，方临汝都拿了来，打算试穿，让崇徽帮着挑。

美人团扇上的扇面美人是工笔画，绘起来画师费神劳心，美人长久不能动亦极不易，一幅画图至少得四日，定稿后再绘一次，相加至少要六日。离家主继位大典只有十日，方临汝对外只说自己外出奔波劳顿累着了，要静养，吩咐不得打扰，把璟初支使到曲溪馆跟琬初一起住。

崇徽在紫竹园里男扮女装，梳髻抹粉涂脂什么的熟练得很，待一应所需备齐，方临汝闭了院门，屋里悄悄换女装。

生平第一次着女装，方临汝照镜子，里头佳人有些陌生，高高的乌髻，明眸皓齿，肤白唇红，容光照人，只是，总觉有些违和，却想不出哪里不对劲。

广袖逶迤，长裙如水在地上拖曳，抬脚一大步差点儿把自己绊倒，方临汝拖绞起裙摆，叹口气走出去。

崇徽眼直直地看着，渐渐地，眉头蹙起来，越蹙越紧。

“怎么啦？”方临汝粗声问，穿着女装别扭得紧，崇徽又这模样，没来由地有些羞恼。

“你平时挺好看的，怎么这会儿看着好古怪。”崇徽喃喃。

看样子，没有惊艳，惊吓差不多。

方临汝恼怒，转身进屋，换另一套，再出来。

崇徽还是摇头。

方临汝不信邪，再换。

方锦枫那几套衣裳全试过，崇徽都说难看。

“难不成是这些衣裳不是给我定做的，不适合我？”方临汝被打败了。

“要不然，我去请何大郎过来看看。”崇徽道，怀疑自己眼光不行。

“也好。”方临汝道，何栎伤好得差不多了，虽说不能如常人行走，走动片时却是无碍的。

何栎过来，看得一眼道：“等我一下。”

要了一件大袖衫，背过身往自己身上披，转过来，问道：“好看吗？”

“难看死了，大男人穿小娘衣裳。”方临汝脱口道，搓了搓手臂，满臂鸡皮疙瘩。

“你穿衣装差不多就是这样子。”何栎低叹。

方临汝惊讶，看崇徽：“崇徽是男人穿女装都不显难看，只是美得雌雄莫辨，我是女人，怎么穿女装却像男人扮女人？”

“崇徽从小扮着女人，在脂粉堆里长大，虽说是男人，举止却不失婉约，你通身上下男人的气派，眼神锋锐，腰背笔直，昂首挺胸，姿态傲然，半点儿没有小娘的秀润柔软，穿着女装也是男人，故而违和。”何栎道。

“不然，就绘二娘吧。”崇徽道，方锦枫靥生轻愁，娇喘细细，纤柔脆弱，打眼看去，没人以为他是男人。

方临汝摇头，方锦枫身子弱，绘像一站数个时辰不能动哪撑得住，况且绘自己上美人团扇，为的是一朝自己女儿身一事曝光，可说家主继位大典上已经暗示过了，略作开脱。

凝眉细一思量，方临汝进卧房，再出来时，何栎手里大袖衫落地，崇徽打翻了笔洗。

乌云堆髻，胭脂浅浅晕了脸，细致秀气小山眉，秋水含烟双凤眸，朱唇一点红，满翠目，山色朦胧，慵懒可掬的似笑还无。托个净瓶，含春观音。挑朵花儿，慵妆娇妇赏春芳。闺中女儿展锦被，松罗帐，鸳鸯交颈舞。

“这样……挺好看的……”何栎嗑嗑巴巴道，抬脚，差点儿踩在地上大袖衫上，弯腰捡起来慌慌张张塞进崇徽手臂里，口中道，“我走了。”

“这样就可以了？”方临汝诧异，说话间，腰背挺直，中气十足，气势凛凛。

崇徽啊一声，瞪圆眼：“二郎，你方才是装的女人？”

“看出来了？”方临汝有些丧气。

“没看出来，猜的。”崇徽嘿嘿笑，心中窃喜，方临汝一直像个男人很好，不怕有人跟他抢了。

要是平时也是方才那股子诱人垂涎的样子，不知多少男人围着方临汝转，自己约莫连方临汝的衣角都摸不着。

何栎跌跌撞撞地走，如身后有洪水猛兽追赶一般。大冬天里，额头细细密密汗水，面颊潮红，藏了心思许久，对着的是如苍松如雄鹰的临汝，勉强克制住，今日看到的，却是桃杏开到最艳时的景致，轻盈的步子，秀致美脆的眉眼，又娇又腻的眼神，婀娜有致的身体，丝丝缕缕都透着女儿香味，想一想，身子浸进一池烧沸的春水里，尾椎骨麻麻的，酥到骨缝子里。

二十岁了，却活脱脱的像十四五初出茅庐的青葱生涩稚子，庙里清修第一次下山的小和尚，没见过女人，见着了，皮肉成了干柴，呼啸北风也带了火星子，一触即燃。

琬初床前整理被褥，乌亮亮利落干净的百合髻，眉间贴着翠钿，青裙白衫子，外罩青绫棉袄，身段窈窕，玉貌花颜。听得脚步声，何栎进门，侧头看一眼他形容，微讶异之后，白面微红，先是一赧低头往外走，跟何栎擦身而过又回头，羞涩地开腔："天冷，被子凉，要不要婢女为何大郎暖一暖？"

何栎没听到，眼里连她这个大活人都没有，脑子里都是方临汝。

虽没应下，却也没反对，琬初轻咬唇，缓缓回转身。

深蓝色丝被折得整齐，刚正端方如身后那人，中间部分因长时间坐着，褥子比其他地方略低些，颜色略沉暗些，自己躺上去，臀部也恰好在那处吧，琬初身子着火，一双手颤抖着搭上青绫棉袄衣领，柔滑的微凉缎面很快被指尖温度熨热，令人耳热面红的悉索一声响，棉袄落到地上，里头白衫子半日扒不下来，情怯、慌张、羞臊，琬初扭头，染了榴花的红唇轻启，眼皮颤颤抬起看何栎。

何栎直着眼，喉底吞咽似的咕噜声，黏糊的腻热的眼神，没有平时的端方温润，像一头饿极的粗暴的狮子。琬初胆怯地退了一步，薄薄的白色小衫随风轻摆，皮肤在冷空气里激灵凌浮起细疙瘩。何栎眼直直走到床前坐了下去，半垂头，面上潮红更甚，还是没言语，琬初轻咬了咬唇，近前去，纤长白皙的手轻搭上何栎领口。

何栎抬头，热灼灼的目光，只是目光没有焦点，似乎在看她，又似乎不是。

琬初垂睫不敢跟他对视，也不敢细思量，凭着孤勇，豁出去了，双手用力一扯。

"哧"地一响，丝缎开裂，琬初闭着眼凑了唇过去。

"你干什么？"凌厉凶悍的喝问，小腿一阵剧痛，琬初睁眼，呆呆地看着何栎急切地拢衣裳，嫌恶地瞪着自己，连推她都怕脏了手的样子，一脚朝自己踹来，很用力，毫不容情的一脚。

坚硬的青砖地面，摔上去，剧烈的震颤，沉重的闷响，骨头错位，皮肉剧痛，但也疼不过心脏的刺痛，脸颊被无声地狠狠扇了不知多少记耳光，琬初捂脸，泪水倾泻。

"出去！"何栎沉沉道，冷冷的，比窗外呼啸的北风还冷，像尖锐的钢刀。

琬初爬起来，艰难往外走。

"我身体已无大碍，这些日子辛苦你了，多谢！以后不需再过来了。"背后，何栎道，跟前一刻的冰冷相比，没有怒气，也没有意外。

唯其冷静，更让人绝望。

琬初紧咬唇，颤声道："二郎只当你亲阿兄。"

“我知道，我也只当她是亲妹妹。”何栎淡淡道。

“那你还……”

还为方临汝守身如玉！

“不劳费心。”何栎平静道，不含半分情绪。

琬初出门，回头看，何栎背对着她，深青色一抹挺拔身影，干干净净沉沉静静，那样的颜色本是不起眼的平淡无奇的，偏比阳春三月灿烂的花树还吸引她。

灰蒙蒙的天空铅云密布，灰瓦屋脊薄薄一层霜花，树枝无力低垂着，萧瑟凄清，北风吹来，琬初打了个寒战，猛然间才发现，自己只穿着一件小衫。

“你怎地穿得这么单薄？”

语调无起伏的问话，琬初回神，白芷不知什么时候来了，面无表情地站在她面前。

“有事想找二郎，走得急，来不及穿衣裳。”琬初讪然，搓了搓手臂，“你过来有事？”

“也有事也没事，姨夫人方才来了，憔悴得不行。一身粗麻布衣裳，咱家粗使婆子都比她体面，夫人哭成泪人，要留她住下，她应下了，忽然又说挂念何二郎，不住了。夫人如今身边值钱东西都没有了，衣裳只得几套，扇坊烧后她主动不要月例钱，手上也没钱，知道府里艰难着，也不好找渭郎支钱，便把厅中的檀木连立屏让人抬去当了，当了五十缗钱都塞给姨夫人，姨夫人哭着走了。我寻思着，不然还是问问二郎，把连地屏赎回来吧，主母房中架屏摆设都没有，忒难看。”白芷道。

“何二郎怎么又回来了，打量着没把方家拖垮不罢休是不是？”琬初气得周身发抖，又害冷，脸红唇青。

“何二郎没来，我看着，姨夫人倒是不错的。”白芷道，推琬初，“快回去穿衣裳，话儿咱们慢慢说。”

她素常惜字如金，今日倒话多，琬初微诧，神思不属，也没细思，转身往曲溪馆走。

“你衣裳都搁这边了？”白芷状似无意地问。

琬初“嗯”一声，刚被何栎冷脸拒了，不想让人看着她不自重住在曲溪馆，因道：“二郎有事，我跟璟初都搬到这边暂住。”

“有事不更应该要你俩服侍吗？怎地连你俩也叫走？”白芷惊讶。

“二郎做事自有他的考量，做婢女的听着便是。”琬初笑道，入院门，脸庞一赤，方才落在何栎房中的那件青绫棉袄挂在她住的厢房门板门环上，抓过来，臊着脸急急穿，眼睛不敢往北望正房一眼。

白芷静静看着，眼里精光一闪而过。

两人到漱石榭，大门紧闭，琬初看得一眼，道：“二郎吩咐了不得打扰，要不等他出来了我再问，横竖都当了，赎当也不急在这一时。”

“这不好吧？再说了，何二郎又跑回润州来了这事，是不是得禀报二郎？”白芷道。

何舆一肚子坏水，他回润州了，不知又要搞出什么事来，尽快报与方临汝也好，琬初不再反对，抬手拍门。

知道自己需得怎么样子才行了，方临汝松了口气，衣裳一件件再次试穿。这回，崇徽每次都看得眼直，方临汝又得意又悲伤，最后定了一身水蓝大袖襦裙，薄绡珠翠芙蓉大帔帛，乌发蟠曲交卷盘叠于头顶上扭了盘桓髻，簪了一枝雕花繁复垂宝石金珠的花钗，唇上点了石榴娇。

崇徽魂不守舍，用目光剥着方临汝的衣裳，方临汝也懒得征求他意见，自己左右看，走到北面推开轩窗，窗外飞瀑空中结了冰，透明一枝枝冰凌子，斜刺里伸出一枝红梅，世外仙境，方临汝满意挑眉，回过头，指尖点腮，娇柔柔道：“可以开始了。”

“二郎，我想……”崇徽驴唇不对马嘴道。

“今日初六了，十五日是家主继位大典之期，只有八天了。”方临汝收了娇态，狠狠瞪他。

“就咬一下。”崇徽舔嘴唇，丰润红艳的嘴唇，甜蜜可口如樱桃。

方临汝咽了口口水，朝他招手，等他走近了，捧着他的脸，踮起脚，轻啄了一下，推开他，软声道：“乖，赶紧绘画。”

崇徽乖不了，喉咙底闷吼一声，用力搂住方临汝，着火的嘴唇压了下去。

咚咚拍门声传来，崇徽略停了一下，方临汝猛地用力推开他，高声道：“谁？”

“是我，还有白芷。”琬初大声道。

白芷怎么来了？

她是方姜氏贴身侍候的人，知道方锦枫是男人，也知道自己是女人，方临汝略一迟疑，唤崇徽："开门让她们进来。"

案上铺着硕大的纸张和各色彩料，还没落笔，故也没放心上，没想着要避白芷。

听白芷说完来由，方临汝呆了呆，沉默些时，问道："姨妈的样子那么不好？"

"很不好，咱家的粗使婆子都比她强，模样六十都有了，穿的衣裳不好也罢了，那双手……"白芷抬手比画，"做粗活弄的，全是冻疮，肿得厉害，斑驳龟裂，她一直缩着手，夫人没看到，若是看到，一准不给她离开，婢女送她出去时，她抬手抹泪方看到的。"

冬雪几人被何栎买了放走，数一数何舆身上的钱，他不做事只花不赚，没几个钱，买不起人没人使唤。方香雯不是肯吃苦的，芊月跟方香雯一个德性，何姜氏被当老婆子使唤完全有可能。

那是她嫡亲姨妈，何栎的亲生母亲，虽则愚顽不灵，亦不当被如牛似马作践。

方临汝心烦意乱，蹙眉片刻，问道："知道姨妈眼下住哪里吗？"

"夫人问过了，何二郎赁的原来吉安里宅子前面横巷那处宅子，一前一后。"白芷道。

"你去跟三娘和渭郎说，眼下宽松些了，把夫人的月例钱补发，领了钱把屏风赎回来。"方临汝道，又吩咐琬初，"让套马车，我要出府。"

"二郎想去接姨夫人？"琬初问。

"看看，看看再说。"方临汝压了压额角。

只是看看就是骑马不是让套马车了，琬初启唇又合上，看崇徽，盼他过来劝方临汝。何舆就是祸根，即便只接何姜氏进府，也是大麻烦。

"我陪你去。"崇徽却看不见她目光，满心只想着不离开方临汝。

"用不着你陪。"方临汝瞪他，"我这一走又浪费半日，你好好构图，不许胡思乱想。"

何姜氏亲眼见了方姜氏的房间，珍玩变卖光了，首饰衣裳只剩几套，月例钱都没领，还得典当屏风才凑出几十缗钱给她。本就不愿偷方家美人团扇，更加不肯了，方姜氏留她住下，心中固然乐意，却怕住下来了，何舆要逼她偷美人团扇，因而不留下。

还想去看望何栎，听方姜氏说何栎伤快痊愈了，也就安了心，自己形容狼狈，寻思何栎看到必定生气，可别一气身体又不好，还怕何栎责难何舆，也不看望何栎了，随即告辞。

回家后，跟何舆说，方姜氏给了五十缗钱，不留她住。

“姨妈不留你，你不会哭闹不走吗？姨妈向来心软，你略闹一闹，她还能不留你？”何舆破口大骂，五十缗钱跟两百金相比不值一提，把钱当头照何姜氏掼去，何姜氏惨叫，捂住脸，额头擦破皮，鲜红的血水从指缝渗出来，何舆睫毛都不眨一下，视而不见，高声喝叫，“现在就给我回去，无论如何要留下把美人团扇偷出来。”

“不行的！”何姜氏凄凄哭，指地上那几缗钱，哀声道，“方家这次伤筋动骨，你姨妈房中珍宝卖个干净，衣裳首饰当得只剩几套，月例钱也停了，这五十缗钱是典当了厅中连地屏凑出来的，日子艰难成这样，咱们不能帮衬也罢了，可不能落井下石啊！”

不说还好，何舆听说方家生计艰难，很难再复往日富贵，不能任他啃吃了，更打定了决心要偷美人团扇。

自戮已做过，脖子浅浅一道血口就疼死他了，不愿意再抹脖子，上前对何姜氏一脚踹去。何姜氏额头的血水淌进眼睛，抬手要擦，咚一声倒地，来不及擦，何舆连环腿接二连三地踹来，厉声喝问：“你去不去？去是不去？”

何姜氏心伤难抑，凄凉哭起来，也不拭眼里血水了，心如死灰，但求一死。

方临汝刚到巷口便听得喝骂哭号，心下一沉，马车门口停下，跳下车疾奔入内，何姜氏地上打滚，满脸鲜血，方临汝胸膛几乎炸开，上前攥住何舆衣襟，拳头照脸猛揍去。

“啊！”何舆惨叫，眼眶青了，鼻血喷出来，抬手要还击，方临汝又一拳击过来，头昏目眩，后退几步跌倒地上。

“方临汝，你跑我家来撒什么野！”方香雯闻声冲出来，大叫，上前撕打方临汝。

方临汝哪容她张狂，个子比她高了许多，一把攥住她发髻，狠狠一拽，方香霁收回打方临汝的手护头发，方临汝松开她发髻，抬脚踹去，方香雯滴溜溜转了一圈，未站稳，方临汝噼噼啪啪左右开弓狠扇耳光，厉声喝道：“这几巴掌是替阿爷教训你的，姨妈是你婆婆，孝悌恭顺长辈做人之根本，你居然这么冷血熟视无睹，再敢动，我把你脸划花。”

方香雯捂脸颊，不敢再动。

方临汝转头，何舆怎么对待何姜氏的，她便怎么对他，抬脚不住踢打。

何舆连声惨叫，逃到何姜氏身后，抓着她当人肉盾牌，口中不住嚎：“母亲救我，母亲救我。”

何姜氏低泣，到底舍不得儿子挨打，伸臂拦方临汝，凄凄哭求：“汝郎，饶了他吧。”

方临汝不想饶，暴怒激狂，不把何舆揍死也要揍得他不能动弹，看看何姜氏满脸的淋淋鲜血，左眼鲜红血水，不知她伤情如何，不敢耽误，恨恨地收回脚。心道一个子儿也不给何舆了，恰好车夫听得她喝骂进来探看，随即命车夫把地上那几十缗钱捡起来，搀扶何姜氏出门。上马车后，紧张关切，来不及回府，让车夫到最近的医馆停下，先找大夫给何姜氏治伤。

何姜氏的额头擦破油皮血水直冒，这伤事儿还不大，但左眼渗血水进去，抹拭冲洗不及时，损伤了眼膜，加上本来就哭伤了，很是不好。右眼同样已是半瞎状态，敷药包扎起来，能不能治愈如常，只能尽人事听天命。

方临汝气得想回去把何舆再痛打一顿，何姜氏死死拽着她的袖子不松，无可奈何只能作罢。

看看何姜氏的双手，听白芷说过，不如亲眼所见来得冲击大，暗暗庆幸幸亏跑了这一趟，让大夫把何姜氏手上冻疮也治一治，仔细包扎起来。

自然不能让何姜氏回去跟何舆一起住了，方临汝带着何姜氏回到方府。

方姜氏见姐姐这么惨，哭得几乎昏厥，归闲坞许久不住人，冷清荒芜，何栎又不住那里了，把何姜氏留在芙蓉堂跟自己一起住，亲自照顾。

何姜氏进方府住到芙蓉堂一事，晚膳后传到金山街宅子，接着由烟萝禀报谢夫人。

谢夫人半点儿不意外，抚着手炉鎏金镂空花鸟纹，淡淡一笑，道：“何舆可真会助我们成事，不需使什么手段他自己就把何姜氏虐待成那样，方临汝虽敏锐干练，究竟心善，便是知道收留何姜氏以后会跟何舆更扯不清，也顾不得了。”

烟萝低嗯一声，眼皮抬了抬偷看谢夫人，嘴唇动了一下又合上。

“还有没有别的消息？何栎的异常原因找到了吗？”谢夫人问道。

“白芷还传过来一件事，婢女不知与何大郎的异常有关否。”烟萝回道，垂着头，轻咬了咬唇，低声道，“方临汝下午着了女装，精心梳妆，摒开所有人，与小郎独自留在漱石榭中，案上摆了很多颜料和纸张，看起来，好像是要小郎给她绘像。”

“绘像？方临汝日理万机，不可能有闲心情绘像。”谢夫人沉吟，指甲在手炉上无意识弹着，“能让方临汝抛下千头万绪的事，难道与家主继位大典有关？”

烟萝绞手指，身体微抖，缄默不语。

“着女装，绘像……”谢夫人喃喃，许久，摇头，道，“线索太少，传个话给白芷，让她亲自来一趟，我要当面问她。”

烟萝“嗯”了一声，出去到金山街宅子交代下去，回来时，走得很慢。

白芷传来的话她漏了许多没报给谢夫人，包括方临汝把琬初、璟初都支到曲溪馆住，方临汝去接何姜氏时，嗔瞪崇徽说“我这一走又浪费半日，你好好构图，不许胡思乱想”，连婉初璟初都支开，半日工夫都得争取，可想而知绘图是急用。

有什么急用？

她隐约有个猜测，不敢细思，那太惊人了。

希望白芷贴身服侍方姜氏，眼下又多了何姜氏要服侍，出不了府，不能过来见谢夫人。

上苍没有听到她的祈祷，翌日巳时，金山街宅子传来消息，白芷来了。

简陋的厅堂，烧的普通木炭，一股烟熏味呛人，坐垫是靛蓝粗麻布包着桔梗碎屑。谢夫人坐下，精简随意，不皱一下眉头，招手让白芷一侧坐下，不让她站着回话。

白芷眉眼平静，并无受宠若惊神色，也不谦和两句，自自在在坐下。

听白芷一字不漏复述了经过，谢夫人冷沉沉瞟了烟萝一眼，寒声吩咐："谢运兴，把烟萝关起来。"

"姐姐！"烟萝绝望看她。

"我念在你跟了我三十年的分上饶你一命，别逼我弄死你。"谢夫人冷冷道。

白芷面无表情看着，看不见烟萝的哀伤，看不见谢夫人的冷酷。

谢夫人回过头来，温声问："你觉得，方临汝这么做为的什么？"

"猜不出，约莫是为了很重要的事。"白芷漠然回道。

谢夫人并不生气她的不恭敬，沉吟些时，问道："方家还有其他什么反常之事？"

白芷轻抿了抿唇，道："方临汝那个未婚妻徽娘是男人。"

谢夫人"哦"一声，诧异不已，方姜氏都不知道，她怎么看出来的？

"这事很蹊跷，徽娘那日去拜见方姜氏，我在场的，远看近看，虽说美得雌雄莫辨，却都以为是男人，可是他颈间没喉结，声音低沉，虽不清脆，却也不是男人的浑厚阳刚，是女人。"

"慢着。"谢夫人打断白芷，微微变色，"你说徽娘没有喉结？不是男人声音？"

儿子今年已十八岁，怎么可能没有成年男人体征！

"当日初见他时是没有的，也不是男人声音，可昨日下午漱石榭中见他，我清楚地看到他颈间有喉结，声音浑厚低醇，是男人没错。"白芷道。

谢夫人松了口气，若有所思道："之前你一直没见他有喉结？会不会是用了什么伪装？"

"不可能，无中生有好办，像方临汝，做个假喉结粘上去，本来有的怎么消去？还有声音，变粗容易，变脆变细怎么变？"白芷冷冷地反驳。

谢夫人点头，一时沉默。

"看起来，是之前真的没有，后来才长出来的，他经常到秋香楼陪二娘，我经常听他说话，直到一个月前外出，声音还不是昨日下午听到的那样。至于喉结，夏秋时是没有的，冬日他时常围个火狐毛围脖，脖子挡得严密，推算不出具体哪时长出来的。"

"后来才长出来的？"谢夫人自语似反问，身体无意识紧绷，稍停，道，"依你看来，方临汝是不是知道他是男人？"

"自然是知道的，方临汝那么精明，怎么可能看不出来？何况徽娘对她特别黏糊，拉手指抱胳膊蹭蹭擦擦的，便是看不出，也能感受到。”白芷低眉，略一顿，凉浸浸的嗓音道，“昨日下午看他俩形容，约莫是刚亲热过，方临汝嘴唇微有些红肿，口脂擦得嘴角都是，琬初应是也看出来了，并不在意，见怪不怪，可见他俩经常亲热。经常搂搂抱抱还能感受不到？”

谢夫人点了点头，又问了许多，崇徽哪时进方府，进方府后的情形都听禀报过，还是又问了一遍。

白芷事无大小细细说，临去前又道：“有个地方很可疑，方临汝跟何栎都很信任徽娘，我在方家长大，从未听说过这么一个人，凭空冒了出来，说是何大郎越州远房表妹，何姜氏跟方姜氏都不知道这么一个亲戚，怎么可能呢？可若不是知根知底的，何栎跟方临汝怎么可能那么信任他？并不是他进方家时间长了才信任，而是一开始就信任，他进方府第一日晚上就住漱石榭，方临汝虽说女扮男装潇洒磊落，可是非常注意跟男人保持距离，不是她信任的人，绝不可能放到漱石榭跟自己一起住，夫人不妨查一查徽娘的出身。”

崇徽的出身不需查，他是谢家儿子无疑。

不！他四岁以前是谢家儿子，失踪后，就不知是何身份了。

秘密就在他失踪后的去向上。

谢夫人招来所有线人，挨个询问。

所有人都不知道崇徽从何而来，他就是白芷说的那般，凭空冒出来了。

一个大活人当然不可能凭空冒出来。

谢夫人细细回想崇徽出现在方府的经过。

那天，郭成安怀疑方临汝是女人，带着林源到方府，要把林源一个所谓的侄女许给方临汝，方临汝以自己已有心仪之人口头议定婚约了为由拒绝，崇徽出现。

而在那之前，连方姜氏都不知有这么一个人。

也就是说，崇徽是方临汝被郭成安跟林源逼迫不过无奈之下拉出来的挡箭牌。

而她拉崇徽出来，不是临时找的，而是，在那之前，她就认识崇徽了解崇徽，白芷说得对，方临汝定是对崇徽知根知底。

儿子失踪这十几年，和方家有莫大的纠葛。

可是方姜氏分毫不知情，她是在自己提到方临汝有未婚妻之时才听说有这么一个人。

自己这些年安排了不少人暗中寻找儿子，因儿子小时便粉妆玉琢，夫君和自己都极美，手下的人到处打听漂亮小郎，以儿子的美貌，只要在润州城中露过面，不可能一丝风声不闻。

是不是因为自己派的人一直找的小郎，而儿子是装着女装，疏忽了？

儿子此前没喉结，为何后来又长喉结了？

谢夫人派人请教大夫，很快得到回报。

大夫说，有种药能抑制男子发育，停药后，约半年就能长出男性特征来了。

儿子到方家的时间恰好半年。

看来，儿子此前一直喝药抑制了发育，到方家后便停药了。

儿子一直在润州城里。

在润州城里，自己安排那么多人寻找没找到，躲在哪里呢？

儿子一直男扮女，女人常待的是什么地方？

谢夫人命人在润州城各青楼打听，得到的回报是哪个青楼中都不曾养过崇徽。

第五十章　秘密泄露

一毫头绪也无，谢夫人让人再传白芷来问话。

“我正想过来找夫人。”白芷眉眼僵硬如一具干尸，语调毫无起伏，不带半分情绪，道，“有个情况我觉得夫人也可以查一查，何大郎脊梁骨的伤好了，眼下虽说还不能一直走，可是听说再养一个月就与常人无异了。”

“什么！”谢夫人低叫，香炉从手里滑落，“宁娘三天两头跑方家，怎么不知道？”

“方临汝连方姜氏都瞒着，每次只说好了快好了，我们都只当她为了宽方姜氏的心，这几日何姜氏在芙蓉堂住着，何栎过来看望她，我方知道，他是真的伤好了。”

“怎么可能呢？全润州城的大夫都说没法救治，方敬外出走了那么多地方打听，也是无大夫能治，方临汝从哪找的大夫救何栎？”谢夫人喃喃。

“我要让夫人查的就是这个，救何栎的这个大夫从没在方府露过面，也许把他找出来，也就找到徽娘的出身了。”白芷道。

谢夫人呆怔失神，白芷离开也没客套两句。

方诚烧伤极重，伤好后，身上什么光景看不到，露在外面的，颈部至左脸颊侧烧得极重，形容恐怖。换了别的人定是一蹶不振了，可他没有，每日早出晚归打理扇坊，以前就很认真尽职，眼下更卖命了。听说，方临汝重金帮他买了一个对他有情的青楼出来的女子，那女子不嫌他伤疤吓人，柔顺温婉，两人好得什么似的，方临汝发过话，开春便要珍而重之给他们办婚事。

方渭失了一条手臂，也是半点儿不受打击，跟舒九娘一道把方府打理得铁桶似的。方秀绮原来暂领中馈，方渭好了后也不跟他争权夺利，把理家大权交还给方渭，只一旁辅助，大家和和气气。

何栎伤好了，又能帮方临汝，方家损失的也只有扇坊被烧损失的十数万金，十数万金虽多，只要上下齐心，也不难赚回来。

半年之中几番动荡，方家这艘大船在方临汝的掌控下稳稳当当行驶着，一点儿翻船的迹象都没有。

原先想着弄些事儿让何栎跟方家反目离开方家，招他为谢家女婿，如今看来没指望的，泰山会崩，渤海水会枯竭，何栎对方家对方临汝的忠心不会变。

谢夫人怔坐许久回谢府，园子空旷苍凉，寒鸦头顶掠过，叫声瘆人。当年府里不得用的打发走了，得用的都派出去了，只留五个人服侍。一人灶房，一人整理园子，一人浆洗衣物，一人房中洒扫，加上烟萝。事儿多得都没得空转悠，偌大的府第如坟场，行走其中，觉察不到一毫生机。

烟萝在厢房里关着，谢夫人打开锁推门，烟萝在床沿失神坐着，抬头看到她，眼睛霎地红了。

“后悔了没？”谢夫人冷冷问，手里钥匙串叮叮当当响。

烟萝低眉，泪水簌簌滑落，低声道：“小郎这几日常去迎宾楼，我悄悄去看过几回，他看起来很快乐，姐姐不能为了小郎放下对方家的仇恨，成全他跟方临汝吗？”

“你！死不悔改，继续待着吧。”谢夫人勃然大怒，出房锁门。

烟萝扒着门板，隔着细细一道门缝，凄然道：“姐姐莫要等到无可挽回时，悔之不及啊！”

“悔之不及的是你不是我。”谢夫人恨恨骂，落锁了，一只手从门缝里伸进去，死死掐住烟萝脖子。

烟萝闭眼，并不挣扎。

谢夫人眼前一阵恍惚，脑子里浮起含胭糊满鲜血脑浆的脸，手一抖，无力松开。

放下仇恨？怎么可能！

心心念念苟活残喘，为的不过报仇，不报仇，她活着有什么意义？她十几年的殚精竭虑，岂不是一场笑话。

谢夫人冷冰冰地笑。

什么母子反目！只要把方家置于死地，儿子无处可去只能回谢家，那时她再软语好声哄一哄，不信儿子不回头。

怎么颠覆方家？救治何栎的大夫，方家从哪里找来的？进方府前，儿子在哪里生活？

谢夫人沉思。

方家也许有暗中经营的产业，就如她暗里经营着典当行、酒楼、青楼一般。

谢夫人下令查城里银楼、茶楼、酒楼等各行各业的东家，又命人日夜盯着方府盯着方临汝和崇徽。

崇徽绘像比方临汝预料的快许多，只初七一日便绘成，初七夜略作修改便成像。往美人团扇上绘，他不让方临汝看，说是她看，他紧张，方临汝失笑，没看出他哪里紧张。

绘像时，他时不时走神，要亲亲要抱抱，半点儿不紧张。

他坚持，方临汝也便随他，美人团扇藏在玉澜堂，初八一早带他到玉澜堂中，取美人团扇给他绘像到扇面上。

林源那日带着人掘地三尺翻箱倒柜没找到美人团扇，那是因为美人团扇藏在一个谁也想不到的地方——主屋后面院子一角垒屋。

任谁也想不到，匪夷所思得很。

金贵雅重的美人团扇不收正房里头，反搁不起眼堆放杂物的垒屋里。

三个长条形匣子大匣套小匣。

最外头是榆木匣，榆木耐湿，木性坚韧，不易变形不易开裂，能把湿气抵挡在外。中间是白蜡木匣子，白蜡木耐腐朽，老化轻微，心材变化小，最里头是紫檀木精雕匣子，方家每次从玉澜堂请出美人团扇都是带着这个匣子，匣子表面色彩绚丽华美，深沉古雅，硬重细腻，香气清悠溢远，芬芳沁脾。

每年请出美人团扇露于人前，众人只观紫檀匣子便肃然起敬，至美人团扇露脸，如痴如醉。

方临汝自懂事起便以自己是制扇第一家儿郎为荣，以方家传家宝美人团扇为傲。此时抚着团扇，百感交集——阿爷去世那日，心中高不可攀的信仰被打碎，而过几日，她将亲手埋葬方家维系百年的神话。

扇面上兰荪拂掠新妆，巧梳乌髻，面庞腴润，秋波盈盈，含情脉脉注视着前方。

那个时候，她想必满心欢喜，她之后，从年龄看，接下来定是崇徽当扇面美人，等崇徽被下哑药了便能停药，然后就鸳鸯成双两情欢好。

“二郎，我要绘像了，你忙扇坊的事去。”崇徽推方临汝。

方临汝沉默着大步走了。

多待一时多一分伤感，再待下去，她怕自己舍不得取消美人团扇了。

方临汝当天晚上从扇坊回来，崇徽已绘好画像。

“这么快？”方临汝讶然，美人团扇案上搁着，发髻裙裳就是初稿中她的样子，不是之前的兰荪。

“绘像方面没人能比我好。”崇徽洋洋自得，无形的小尾巴翘到天上。

方临汝莞尔，灯光有些暗，离得远扇面美人看得不甚分明，走近要拿起团扇细看。

“不让你看。”崇徽霸道地横臂拦住她，一夫当关万夫莫开，气势凛凛。

定稿细细看过，外行的眼光看来也极不错，扇面上的人虽没看清，只觉润玉笼绡，神光迷离，渺渺云生，衣裳上花纹细致昳丽，帔帛薄透轻盈飘飘扬起有如迎风舞动，没看清的只有画上人眉眼，崇徽画工见识过的，只会把她画得更美，没什么不放心的，笑一笑作罢。

崇徽嘿嘿笑，飞快地把美人团扇收进匣里，一重又一重，最后落锁。

何栎的伤药还有数日，先前事态紧急，跟兰荪撒谎说到京城帮她查她阿爷冤案，有失厚道。美人团扇上的美人画像一事妥当了，顿感轻松些，上一次去紫竹园，供给一送一个半月，水果和鲜蔬不易保存送的少，送了许多菜干腊肉，略得空些，得送鲜蔬过去。

交代崇徽，明日一起去紫竹园。

初九清晨寅时末，方临汝带着崇徽骑马从方府出发，如往日一般，去那处小宅子，进门后，从另一处大门驾马车出去，先到城外农家购买果蔬等物，接着去紫竹园。

扇坊被烧，扇坊里库存紫竹化为灰烬，不到砍竹时间又砍了一次竹，放眼望去，竹子萧疏，往日行来浓荫蔽日，今日却抬头便可见灰蒙蒙天空。

明年资金缓过气来，得问一问谢夫人鬻不鬻谢家紫竹林的竹子，谢家自谢天去世后，从不砍竹，那一片紫竹园茂密得几乎没有缝隙。

美人们都在一楼画室，绡纱锦绸各式衣裳，青赤白碧紫粉各个颜色，衣裳图案多样，或莲兰菊，或松杨竹，目之所及错彩镂金、曳锦耀珠，云雪交辉，更有千丝万缕女儿香幽幽环绕，室外寒冬腊月，屋里春暖香秾。

方临汝微微一笑，这当儿，不再后悔取消美人团扇。

兰荪窗前坐着，雪白的裙裳，乌发松松绾着堕云髻，一根白玉簪子斜斜插着，素净清丽。室外的微光从窗缝里透进来，为她蒙上一层江南烟雨的婉约空灵。当头看到方临汝跟崇徽，站起来，抬步身体前倾欲一奔，霎地又顿住，缓缓坐了回去。

崇徽明显可看出是男人了，头上白羊毛胡帽，身上白色五蝠纹胡袍，颈间围着一条火狐毛领子，王侯贵胄，仙人落凡尘。身边的方临汝一袭水蓝胡袍，翩然秀润潇洒从容，浑然天成的雅重气质，明明两人都是男人，站在一起却那么融合，亲密无间两位一体。

嘻嘻哈哈说笑着的美人们一齐停下，朝方临汝和崇徽望去，偌大的画室瞬间静得花瓣飘落的动静都能听到。

梅娘僵了一下迎了过来，身姿袅娜娉婷，弯弯新月眉，渺渺含情目，还是烟紫色衫裙，面对面站定，身上有一股素洁幽雅水仙花香，低垂头，清清柔柔的嗓子问："家主有什么吩咐吗？"

方临汝微微笑，明艳动人的笑容："没事，送了东西过来，有新鲜果蔬，你们好些日子没吃到时鲜水果了，你安排人洗了端些过来吃。"

看梅娘身上只是织锦衫子，没着绫袄，虽说房间里烧了炭火，究竟单薄了些，心中自己是女人，跟女人之间没避讳，抬手捏了捏梅娘肩膀，关切道："穿得忒少了，去加一件薄棉袄吧。"

有美人"啊"了一声，惊讶诧异。

梅娘微染晕红的脸庞变得雪白，身体哆嗦。

“二郎！”崇徽委委屈屈喊，猛一下抓住方临汝手拉开，很用力，方临汝手腕瞬间青了，崇徽怔了一下急急松开，心疼地，悔恨地，语无伦次：“二郎，疼不疼？我不是故意的。”

方临汝回神，醒悟起自己外表是男人，不觉暗悔，摆摆手，朝众美人微颔首，看向兰荪，笑道：“找你有事，随我来。”

兰荪懒洋洋地站起来，三人上楼，进了兰荪的房间，不等方临汝问，她把桌上一个塞着软木塞的白瓷瓶递给方临汝，冷冷道：“用完这些药，何大郎就痊愈了，不需再用药。”

“多谢！”方临汝收入怀中，道，“这次上京城……”

“过程不需告诉我，害我家家破人亡的仇人伏法后跟我说一声便成。”兰荪冷冷道，看向崇徽，翘头锦履鞋头蹭磨地上菱形花纹青砖，凄凄道，“徽娘，你刚刚也看到了，这个人多情滥情，当着你的面就对梅娘动手动脚，你又是男人，两人男人做不了什么，你回来，咱们园子里快快活活过一辈子好不好？”

崇徽恨恨瞪她。骂道：“你少挑唆离间，二郎才没有滥情，她是……”霎地住口，咬紧嘴唇不说了。

“她是什么？”兰荪眸中泅水，巴巴看崇徽。

不能说方临汝是女儿，对梅娘只是关心，崇徽语拙。

“不管我做什么崇徽都喜欢都会接受。”方临汝不想再拖泥带水下去，定定看兰荪，“你跟崇徽少时认识，相伴十几年，若他能爱上你，早爱上了，何苦执迷不悟。”

“你胡说，崇徽只是吃了药抑制了成长，不懂男女之情，才会迟迟没爱上我，若是没有你，他会对我动心的。”兰荪尖声嘶叫，眉眼扭曲。

本如一壶女儿红，清香馥郁，偏兑了水掺了醋，失了味道，绝色佳人变得丑陋得紧。

方临汝悲悯一声叹息。

兰荪死死地盯着她，方临汝眉眼如春山碧涧清澈高远，一举手一抬足翩然自有韵致，勾起唇角一抹浅笑，北风也带了春意，满心绝望，冰冷北风如针扎进皮肉里，冷得直打哆嗦。

“我们走了，你多保重。”方临汝温声道。

水蓝和月白两个身影出门，兰荪追出门，长廊上跪下，襦裙沾了灰，脏污刺目，不只裙子，她的人亦如是。家破前，她是爷娘掌心珠，家败，明珠蒙尘，任人践踏。连与心上人一世相伴的最简单念想都不能如愿。

“崇徽，你回来好不好？”

崇徽回头看她，比没回头更伤人，他的目光凉浸浸，嫌恶的恼怒的，冰刀子似的，没有温度，尖锐刺人。他开口了，一字一刀捅向兰荪心脏：“你别再说那些了，二郎要是生我的气，我不饶你。”

兰荪痴痴地看他，伏到地上，咚咚磕头，发髻也散了，额头破了，疼得她身体轻颤。

风里一声叹息，是方临汝的，崇徽脚步连停顿一下都没有，他搀起方临汝，生怕方临汝生气，两人步下楼梯，落进兰荪眼里最后的一幕，是他小心翼翼地冲方临汝讨好一笑。

出了紫竹园，方临汝一路无言。

其实不如只让崇徽自己来，兰荪没见到自己，兴许还没那么受刺激。

微微有些担心，没把兰荪软禁，不知会不会弄出祸事。方才想把兰荪软禁的，只是她刚治好了何栎，过河拆桥实在不是君子所为。

兰荪的身世不比崇徽好多少，家破亲亡颠沛流离吃尽苦头，人世留给她的印记只有恶，滔天仇恨，狼藉情伤。

崇徽从没喜欢她，以后也不会喜欢她，她怎么就看不透，死心眼地把自己往刀口上凑。

从进了宅子骑马出来，方临汝心中黯然仍未消，神思不属。

“去扇坊还是回府？”崇徽问，乌黑的眼眸里惊惶忧恐。

方临汝回神，叹口气，抬手，马背上微侧身朝他靠近，摸了摸他头发，柔声道：“她喜欢你不是你的错，我不会介意。”

“真的？我可吓死了。”崇徽登时眼睛亮了，拍胸膛，死里逃生，长长吁出一口气。

方临汝莞尔，看看刚过午，笑道：“去扇坊吧。”

两人城里刚走了半圈，未到扇坊，便有两人跟上了，看着他们进扇坊后，一人潜伏起来盯着扇坊大门，一人急奔金山街那处宅子。

“方临汝跟他未婚妻寅时出府，在城里兜圈，你们跟丢了，三个时辰后，他俩又在城里露面？”谢夫人蹙眉，紧盯报讯的人。

“是的，他俩不知是发现有人跟着还是怕有人跟着，走的路线诡异得很，弯来拐去的，凌晨时分路上车马行人又少，下奴怕被发现没敢跟太近，就跟丢了。”那人禀道。

方家的秘密就在方临汝和崇徽突然不见的那三个时辰里。

谢夫人命谢运兴：“绘方临汝画像，安排几个人在她不见的那个地方周围挨家挨户问，不拘有没有问到消息，都给赏钱让别说出去。”

谢家家底还在，挹翠楼和迎宾楼、合盛行每年的盈利也极可观，不在乎花钱。

黄昏时谢运兴禀报，已查到方临汝跟崇徽进了一处小宅子，在里头待了近三个时辰后出来。

谢运兴乃当年谢家管家，很机灵，别的情况也让打听了，问得那处宅子极少有人出入，白日夜里都静悄悄的，不见炊烟也不见点灯。

“邻居说，听祖辈说，这处宅子百来年一直这样，像是有钱人置了备偷情用的。”

“偷情！”谢夫人摇头。

百来年如此，也就是在方临汝祖父那辈或者在那之前就置下了，方临汝祖父的人品如何不清楚，方德清不是会在外拈花惹草偷香窃玉之人。方临汝是女人更不可能偷情，何况是带着崇徽一起过去，要偷情，方府里谁管得了她，漱石榭院门一闭，昏天暗地弄几日都没人过问。

“能找人砸门或者翻院墙入内查看吗？”谢夫人问。

“不能，那宅子没中庭，门锁用的精铜锁，砸不开，院门敲一敲，声音沉闷，厚实得很，动静太大邻居发现报官就惊动了方临汝，再也查不下去。”谢运兴道。

三个时辰在里面干什么呢？

谢夫人冥思，许久想不出因由。

“那边宅子不知有没有人来报信，属下要不先过去，夫人有什么要交代的再传属下过来？”谢运兴请示。

“去吧。”谢夫人挥手，忽而眼睛一亮，大喊，“回来。”

谢家可以狡兔三窟，方家为什么不可以？

她的线报来自背倚谢府的金山街的毫不起眼的宅子，方家也有可能同样方法。

方临汝和崇徽会不会是进了他们查到的宅子，然后，从背对着的另一个宅子另一条巷子出去。

谢运兴查宅子背靠的宅子，一炷香不到就回报，果然有猫腻，就在方临汝和崇徽进去的时间里，那头宅子的邻居看到有马车出去，隔了约三个时辰马车回来。同样，宅子极少有人出入，不见炊烟也不见灯火。

谢夫人当即交代迎宾楼掌柜，准备好胶泥，在崇徽和方临汝过去吃饭时，用少量迷药将他们短暂迷晕，胶泥印下他们身上携带的钥匙模子，再找巧匠配出钥匙。

进去那两处宅子里面查探一下，就能弄清楚方家的秘密。

谁知方临汝和崇徽到迎宾楼用膳了，掌柜在膳食里也下了迷药，却未能顺利把他们弄晕。

究竟哪里出的差错也弄不清，两人百毒不侵自是不可能的。

左思右想无计，迫切地想在方临汝的继位大典前查出秘密，只能给白芷传话，让她在方府里设法弄出钥匙模，又把失手经过也告诉白芷。

白芷闻讯，冷冷一笑，唇边溢出一句：“一群无用废物，方临汝若那么容易中招，方家早倒了。”

便是迷昏了方临汝跟崇徽，拿到装钥匙的袋子，也碰不到钥匙。

装钥匙的袋子细细如缝衣线的钢丝织成，剪不破烧不化，袋口细钢丝编织的绳子，打的绳结非常奇怪，怎么也解不开。

方家也担心有人盗钥匙，严加防患，除非得家主相传，否则，拿到袋子也束手无策。

何舆这些天一天一封书信传进方府。

头一天，引泉过来禀报何舆差人送信来，问方姜氏能不能收下。方姜氏心疼姐姐，不能让何舆住进来，给她母子通消息没什么不行的，命接了拿进来给何姜氏，又吩咐不得禀报方临汝，怕方临汝知道发火。

何姜氏接到信后簌簌发抖，怕方姜氏得知何舆所图告诉方临汝，方临汝发火定会把何舆打死，便把信偷偷收入怀里。

白芷不用看到信也知是何舆催何姜氏偷美人团扇。

十一这日早上，何姜氏敷眼睛的药解开，救治得及时，眼睛康复如常重见光明。方姜氏欢喜不已，这几日陪着何姜氏，到秋香楼少了些，姐姐无碍，便急去秋香楼陪方锦枫。

白芷自请留下来服侍何姜氏，方姜氏自是允了。

阳光晴好的一日，绵延的屋宇楼阁之上，浅浅金黄色一缕朝霞，北风里如锦缎荡漾起伏，几分流离光彩。白芷出去园子里摘了一枝梅花进屋，拿瓷瓶插上，摆弄些时，突然想起来似，从袖袋里摸出一封信给何姜氏："方才门上递进来的，说是何二郎的信。"

何姜氏瑟缩了一下，接过信不看就往怀里揣。

"姨夫人不看一看？我方才瞧着，上面字迹跟前几日递进来的不一样，别是何二郎生病了连写信都不能。"

何姜氏"啊"一声，木呆呆站了些时，进里屋。

白芷留神听，有纸张抽动悉悉声，唇边冷冷一笑。

里头寂静无声，盏茶工夫，悉悉声又起。过片刻时，何姜氏走出来，咬了咬下唇，低声道："我有事找栋郎，你去请他过来。"

事成一半了！

白芷自然应承，过去请何栋。

何栋不能久站，少时却是无碍的，即时过来了。沐雨、清泉都在扇坊忙着不在他身边，也没带琬初，在白芷意料之中。

那一日琬初只着一件薄衫子，失魂落魄，门环上挂着袄子，此前曾发生什么不难猜测，自荐枕席被拒，琬初没脸再跟前服侍何栋，何栋也不可能再留她服侍。

信封里她用左手冒何舆口气写了一封信，跟何姜氏说，他昨日交不出美人团扇被人暴打了一顿，如今受伤很重，连写信都难，不帮忙偷美人团扇可以，帮忙把何栋身上的钥匙用胶泥印一份给他，他偷偷开扇坊门潜进去偷几块玉坠子卖了，手里有钱好跑回越州去，免得又挨打。

胶泥摊薄了就搁信封里，也不需何姜氏另找。

何姜氏对幺子溺爱无度，不肯帮忙偷美人团扇，只因美人团扇干系重大，会动摇方家根本，何舆要偷玉坠子，在她想来，这事不算大，又怕何舆交不出美人团扇一再挨打，自然会依从。

信里还告诉何姜氏收钥匙的袋子特制的，绳结也很特殊，只有钥匙持有之人才能打开。

至于怎么偷，做贼之人一般也有伶俐心肝，白芷没教。

"眼睛好了，我想回归闲坞住。"何姜氏低垂头对何栎道。

"那里面洒扫的人都调到外头来了，你住回去还得再调了人回去服侍，又白添人力，不如就在这边跟姨妈一起住。"何栎劝道。

何姜氏搓手，闷闷道："你姨妈很好，可是，一处起居终究不便。"

寄人篱下已是难为情，再一起住忒不自在。

这话没说出来，神情间却显露了。

何栎叹口气，毕竟是自己的亲生母亲，虽则养了几日容色略好些，那半头白发却再也黑不回去，喉间闷堵，不忍逆她，道："随你，我再跟渭郎说声，把原先里头侍候的人调回去。"

"我想现在就搬回去。"何姜氏道。

"现在就搬？跟姨妈讲过没？"何栎问。

没讲过，何姜氏低眉，细声道："说了。"

何栎不再反对，何姜氏孤身进来，如今穿的几件衣服是方姜氏的，披风棉袄是方姜氏拿方锦枫的，寥寥数件，一个包袱皮便卷完了，亲自送她过去。

方府里里外外的钥匙他都有，至归闲坞门口，腰带里头摸索着掏出袋子，解开绳结后，拿出一串钥匙，左手提着袋子，右手开门，因思量着开完门便收回袋子，袋口绳子也没扎。

何姜氏留神看，他那细钢丝织成的袋子一共有两串钥匙，一串他拿了其中一把开归闲坞大门，一串还在钢丝袋里，何姜氏私心里揣测，那一串开归闲坞大门的钥匙想必是府里的，袋子里的那一串就是扇坊的了，低哎一声，双手胡乱抓，紧抓住那个细钢丝袋子，身体摇晃了几下倒地。

“母亲，母亲你怎么啦？”何栎大惊，大喊，“来人，快来人。”

归闲坞闭门没人到这边走动，喊了十几嗓子没人，他脊梁骨伤刚好，走路都不能持久，更不说背起何姜氏了，看看何姜氏眼睛紧闭面色死灰，急得手足冰凉，拨何姜氏手想拿了袋子走前头喊人，何姜氏紧攥着袋子，像抓着救命浮木般，眉头痛苦地紧蹙着，事关母亲生死，顾不得了，没坚持拿回袋子，往来路走大声喊人。

何姜氏眼睛睁开一道细缝看，等得何栎走远看不到了，飞快坐起来，怀里掏出胶泥，一一印下钥匙模子。

何栎未到鸿春堂外在小径遇上琬初，琬初快步奔过来，何姜氏恰好印完模倒回地上。

王大夫不在府里，琬初急差人出府请，又命人去找舒九娘要人参泡人参汤，又急命人去秫香楼请方姜氏过来。

一阵兵荒马乱。

参汤灌下去，何姜氏幽幽“醒来”，方姜氏急的泪水流出来，哽咽道：“才刚病好搬什么，好生在这边住着养身体。”又道，“阿娘已经去世了，这世上最亲的也只有你跟汝郎和枫儿了，求姐姐怜惜妹妹，好生保重自个身体。”

一番话说得何姜氏羞愧不已，怀里的胶泥像烧红的炭火，灼得皮肤生疼。

白芷冷眼看着，知得手了，静等何姜氏托她把胶泥传到门上给何舆。

谁知直至午后，何姜氏还静悄悄不动。

这是后悔了，怕何舆伤害方家？

白芷冷笑，心肝肉一般的儿子和妹妹相比——没什么好比的。

又一封信传到何姜氏手上。

“母亲再不救我，我就要被人砍死了。”

信纸上落了一大片鲜血。

白芷咬破自己的胳膊淌血上去，眉头不皱一下。

不到一炷香，何姜氏红着眼眶，把一个厚厚的信封交给白芷，托白芷放到门上，何舆的人再送信来时给带回去。

照着钥匙模很快打出钥匙来，谢夫人一把一把拨弄亮闪闪的黄铜钥匙，叹道："白芷真聪明，是个人才。"

"是很聪明，长得也好看，皮肤很细滑。"谢运兴淫淫一笑，表情猥琐，目光湿滑黏腻。

今年四十三岁，模样也不错，皮肤油光水滑，没有中年男人的脑满肠肥，身材劲削，风度翩翩，谢家的家生子，祖祖辈辈在谢家为奴，忠心自是不在话下，只是好色了些。

谢夫人凌厉的目光朝他射去，冷冰冰道："收起你那恶心的表情，再让我看到你这副模样，我让人挖了你的眼珠子。"

"贱奴知错，夫人恕罪。"谢运兴身体颤了一下，扑通跪下去。

谢夫人嘴唇抿成一条直线，任他跪着，半晌方道："起来吧。"

待谢运兴站定了，冷盯着他，一字一字道："当日让你冒充方德清使强玷污白芷，只是因为方家下人个个忠心，贴身服侍的人更是与主人同呼吸共命运，重金厚利都打不动，无计可施。白芷性情刚烈，又与方敬相好了，毁了她清白，她必定恨方德清入骨，誓要颠覆方家。果然成了，她为我所用，一人顶咱们外头十个人在奔忙，我不许你再打她主意，坏我大事。"

"贱奴知道，事关谢家起复大业，贱奴不会那么没分寸。"谢运兴扑通又跪了下去。

谢夫人冷哼一声，拨了拨手里钥匙，道："备马车，带我去方家那处宅子瞧瞧。"

门向东，方临汝和崇徽进去的那处宅子里头空空荡荡，厅堂地面干净无尘，房间房门紧闭，地上厚厚一层灰，推门进去，灰尘扑面飞来，呛得人剧咳不已，不知多少年没打扫过。

谢夫人只留意地面干净的地方，在厅中靠西那面墙摸到暗门，进了那头宅子。

同样房门紧闭，厅堂打扫干净，看来，每次过来外面厅堂都打扫了，外面本是庭院的地方，上面灰瓦盖了顶，底下停着一辆马车，只有车舆，没马。

想必方临汝每次骑马过来，紧接着就把马套上拉马车了。

宅子无人居住，自然不能留马在里面。

谢夫人查车舆里头，果蔬脂粉药草等各式味儿混杂，车舆壁和地面有经年累月下来浸染的果蔬汁液痕迹。

“这辆马车怎么像是拉日常所用蔬菜水果肉食等等东西的。”谢运兴迟疑着，皱眉刮了刮脏污地方尝了尝，道，“是蔬菜叶子味儿，好生奇怪，方临汝是方家家主，身份尊贵，说日理万机也不为过，亲自送这些不值钱日杂用品，为什么？”

“这还不简单，因为那处地方是暗宅，里面生活的人不能被任何人知道，何栎受伤之前，是何栎送，现在何栎不能动，只能由她亲自送。”谢夫人淡淡道。

那个地方就是儿子这十几年生活的地方，儿子一直生活在方家的眼皮底下，故而，方临汝信任他。

那一天，郭成安突然带着林源登门，方临汝情急中无奈把儿子拉出来做挡箭牌。

那处暗宅在哪里？暗宅里生活着的是什么人？为什么见不得光？

阳光灿烂的一天，屋宇行人都透着难得的光亮，谢夫人撩起车窗帘子，注视着道两旁起伏的屋脊，思量着，这些房子里头哪一座是方家的暗宅。

谢宜宁不在家。

以前不跑方家时她也很少在家，眼下天天跑方家，更不着家了。

若不是方家不肯给她过夜，也许晚上都不回来了，每回从外面回来，嘴里十句话里九句说着何栎。

“何栎……”谢夫人念着这个名字，低低叹息。

何栎不是那种光彩夺目令人见之眼前一亮的人，却也不容忽视，他是一壶清茶，一坛老酒，悠远醇厚。他的好不是简单的语言可以概括的，样貌温润端方，行事洗练中带着宽厚，为人处事刚正却不呆板，圆融而通透，收分有致。性情有细腻的一面，又不失大气豪放，可惜不爱她女儿，不然，她也不用担心女儿的终身大事了。

厅中静坐些时，没有烟萝陪着，孤寂得让人胆战，谢夫人起身，不自觉又往厢房走去。

从门缝往里看去，烟萝披头散发，皱巴巴的藏青棉袄，蜷缩着身子，双手抱腿，额巴抵在膝上，整个人小小一点。

从门缝递进去搁在门槛里头的饭菜一动没动。

谢夫人心口剧烈地抽搐了一下。

她没有姐妹，含胭跟烟萝在她七岁时到她身边服侍她，虽是主仆，却跟亲姐妹无异。

一个被她亲手杀死了，这一个也要因她的绝情而死吗？

谢夫人打开锁，默默转身。

“姐姐！”烟萝低叫，下床想奔过来，缩着身子太久，腿麻了，砰一声摔在地上。

谢夫人回头，冲过来想搀扶她，抬步进房又停下。

烟萝撑着地，艰难地抬头。

隔着数步远的距离，谢夫人居高临下看她，低声道：“你走吧。”

烟萝惨白的脸更白，哽咽着叫：“姐姐。”

“方家我定是要灭的，你不忍心，跟我不是一条心，外头宅子早给你置下了，你也不是没去处的，没必要再待在我身边。”谢夫人冷冷道。

烟萝起身，膝行着扑到谢夫人跟前，凄凄哭：“我陪着姐姐半辈子，让我走，不如让我死了算。”

谢夫人昂起头：“想留在我身边也不是不可以，你必须帮我对付方家，置方家方临汝于死地。”

烟萝紧咬下唇，死灰的惨白里头沁出血红，半晌，低低道：“好。”

谢夫人霎地笑了，云开日出，春光灿烂。

烟萝微失神，眼里泪水滑落，飞快地伸手拭掉。

“快起来，地上凉。”谢夫人弯腰搀起她，推她，“快梳洗，难看死了，饭菜凉了别吃，我去给你端热的来。”

“不急。”烟萝拉住她，抿了抿唇，轻声问道，“这两日有什么消息没？”

“进展很大，不过还没想透。”谢夫人一五一十把事情讲给烟萝听，道，“我想不透方家暗宅养着人做甚，暗宅又在哪里。”

烟萝本只是怀疑，两下贯通，没有什么不明白的。

抬头看看谢夫人，深吸一口气，低眉，眼底破釜沉舟的绝望，涩声道：“秘密就在方家的传家宝美人团扇上，我猜，那柄天赐宝扇其实是人为弄出来的，美人团扇上的扇面美人，是真人。那处暗宅养着扇面美人，小郎以前就养在那处暗宅里，是方家的扇面美人。方临汝让小郎绘她画像，是要绘到美人团扇上，赶在十五那日用，故而时间很急，为何要绘她自己上美人团扇，我就没想通了。”

“你说什么？”谢夫人尖声叫，眼睛瞪得浑圆，直直看烟萝：“扇神青睐赐予方家的传家宝扇是假的，是人为设的骗局？美人团扇上面的扇面美人不是天意主宰着换人，而是绘上去的？这太匪夷所思了，怎么可能？怎么可能？”

烟萝垂首，缄默些时道：“我也只是猜测，未经证实，作不得准。”

“欺世盗名，愚弄世人，一旦败露，声名扫地，人人唾弃，群起而殴之，方家怎么敢做出这样的事？”谢夫人喃喃，来回不住踱步，凌乱轻重不匀的步伐，没有素常的优雅高华，急迫狂躁，仪态尽失。秀美的眉头蹙得很紧，那目光却极是明亮，饿极的野兽看到猎物，迷路的人找到出口，溺水的人抓住浮木，耀眼得要把观看的人灼伤。

烟萝视线里绛红色裙摆来回飘曳，沉沉叹了口气，道：“那马车既是给暗宅送食材日用的，当会留下痕迹，城里各个街道路面夯土情况不同，繁华路段路面结实平整，偏僻的地方路面泥泞崎岖，马车走在上面，车轱辘情形必定不一样，我陪姐姐过去察看一下，咱们先确定下暗宅的大致方位，再在那个路段挨家挨户查。”

“有道理！”谢夫人击掌大赞。

有钥匙，方临汝刚送过东西不会过去，也不怕遇上，两人犹如进出自己家，从从容进门。

车轱辘才看得一眼，连定范围查探都不需。

那上面黏着许多的泥土，昨日走过的路，隔了许多时，还是半干不干，可见过的是泥浆路，泥土里夹杂了几片碾碎的紫竹叶。

“紫竹林，那处暗宅在城外方家的紫竹林里！”谢夫人失态地大叫，两眼放光，扬扬手里钥匙，高声道：“走，现在就去。”

《团扇美人》人物关系图

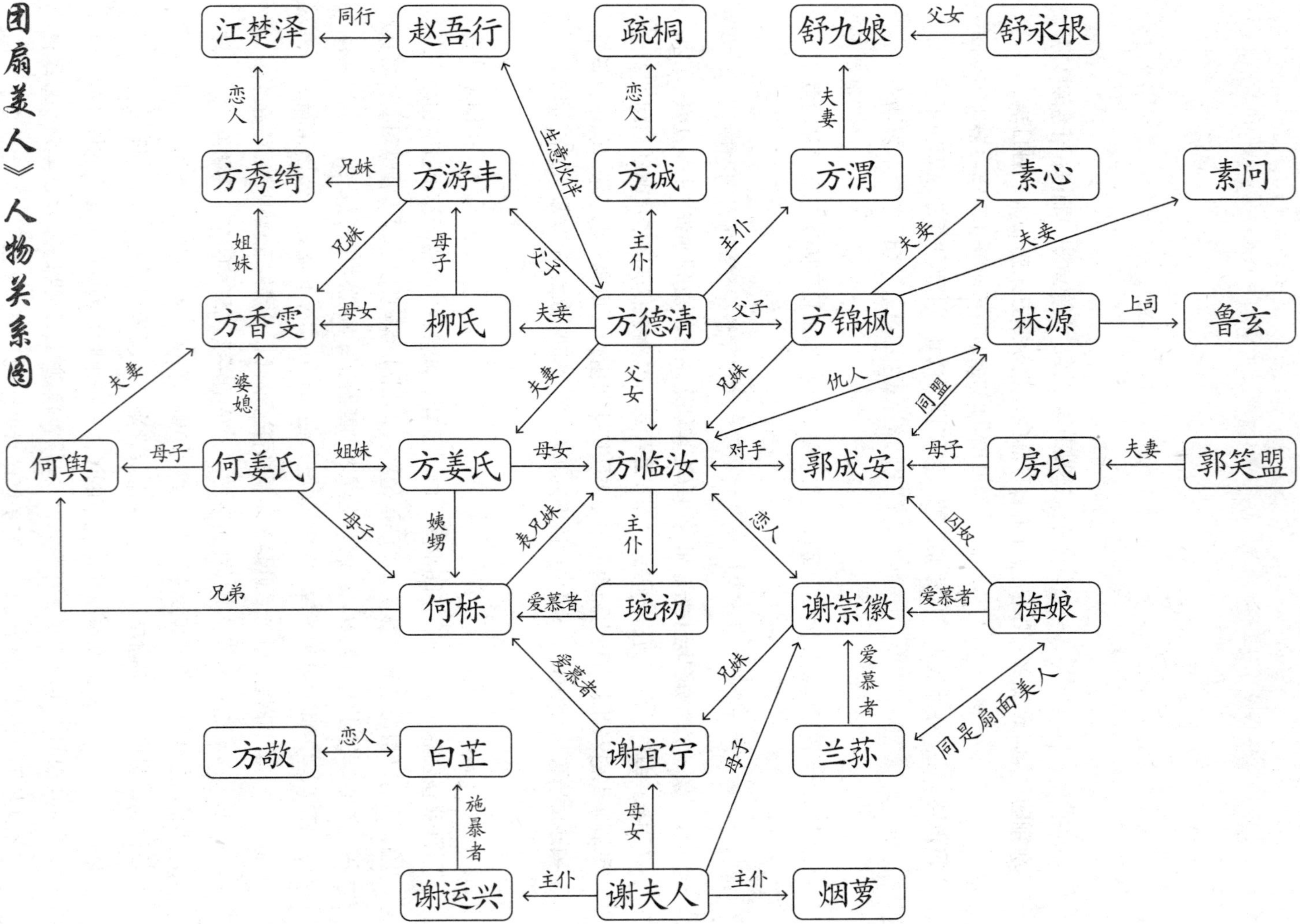

江楚泽
同行
赵吾行
疏桐
舒九娘
父女
舒永根
恋人
恋人
夫妻
方秀绮
兄妹
方游丰
方诚
方渭
素心
素问
姐妹
兄妹
母子
生意伙伴
父子
主仆
主仆
夫妻
夫妻
方香雯
母女
柳氏
夫妻
方德清
父子
方锦枫
林源
上司
鲁玄
夫妻
婆媳
夫妻
父女
兄妹
仇人
同盟
何舆
母子
何姜氏
姐妹
方姜氏
母女
方临汝
对手
郭成安
母子
房氏
夫妻
郭笑盟
母子
姨甥
表兄妹
主仆
恋人
囚奴
兄弟
何栎
爱慕者
琬初
谢崇徽
爱慕者
梅娘
爱慕者
兄妹
爱慕者
同是扇面美人
方敬
恋人
白芷
谢宜宁
兰荪
施暴者
母女
母子
谢运兴
主仆
谢夫人
主仆
烟萝

团扇美人

下册

半窗斜月 著

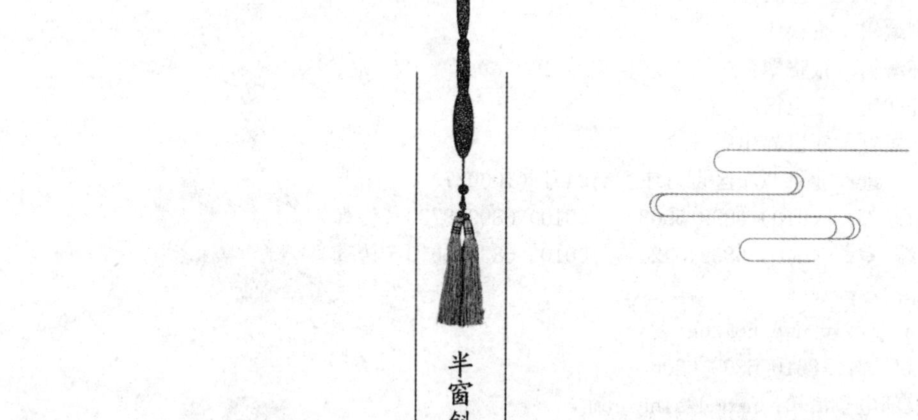

新世界出版社
NEW WORLD PRESS

图书在版编目（CIP）数据

团扇美人. 下 / 半窗斜月著. -- 北京 : 新世界出版社, 2019.11

ISBN 978-7-5104-6915-2

Ⅰ. ①团… Ⅱ. ①半… Ⅲ. ①长篇小说－中国－当代 Ⅳ. ①I247.5

中国版本图书馆CIP数据核字(2019)第230966号

团扇美人．下

作　　者：半窗斜月
策划编辑：张铁成
责任编辑：张晓翠
责任印制：王宝根
出版发行：新世界出版社
社　　址：北京西城区百万庄大街24号（100037）
发 行 部：（010）6899 5968　（010）6899 8733（传真）
总 编 室：（010）6899 5424　（010）6832 6679（传真）
http：//www.nwp.cn
http：//www.nwp.com.cn
版 权 部：+8610 6899 6306
版权部电子信箱：nwpcd@sina.com
印　　刷：三河市金元印装有限公司
经　　销：新华书店
开　　本：710mm×980mm　1/16
字　　数：290千字　印张：16.25
版　　次：2019年11月第1版　2019年11月第1次印刷
书　　号：ISBN 978-7-5104-6915-2
定　　价：118元（全三册）

目录

第五十一章　脉脉柔情

半轮橘色的落日沉在西边天际，偌大的紫竹园萧疏清冷，北风呼啸着扫过，竹叶沙沙作响。

许多条道路纵横交错，马车转完所有小道，也没找到宅子。

若不是件件桩桩了然，点点滴滴分明，看到园中此景，当以为怀疑错了，园中并无房舍，亦无人居住。

又转了一圈，谢夫人让马车停到河边。

江南雨水充足，紫竹并不像稻田那样要溉灌，园里并不需要河，恁地可疑。

“河那头虽说是跟外头一样的围墙，可难说不是障眼法。”谢夫人道，注目看着面前的大河，河上无船无桥，喃喃，“这可怎么过去？”

烟萝低眉，临到头了，又怯了惧了，挣扎着道：“天晚了，要不明日再过来。”

已踏宝山，窥天光就在当下，谢夫人一时半刻等不得，摆手，手里钥匙撞击叮当声，眼睛霎地一亮，一二三四……

手里共有六把钥匙，外头暗宅两把，紫竹林大门一把，还有三把。

再开三道锁，方家的秘密就将暴露在眼前。

左右瞧了瞧，仔细看道路。冬日，路上泥土湿润，车辙隐约可见，不多时寻到门前，谢夫人在河边蹲了下去，伸手摸索。

确定园中有秘密，铁链桥虽隐秘亦被寻摸到了，接着再放浮桥，打开第二道门进入紫竹园也不难。

晚膳时间，美人们都在疏影楼一楼用膳。谢夫人一个个望过去，好几个熟面孔，每年方家的订扇会她没到场，却悄悄使画师过去挤到观扇台前看美人团扇，绘下美人画像，此时还有什么不明白的。

天命所归，扇神垂青的制扇第一大家方家，同其他制扇之家其实没差别。

神秘莫测、万众瞩目膜拜敬畏的方家传家宝扇，居然是一个精心策划的骗局！

踏破铁鞋无觅处，得来全不费工夫！

方家祖先可真会坑子孙，挖了这么大一个坑埋方临汝。

任是方临汝再多智计，也挡不住天下人的口水，也无法消除扇商们发现被欺骗后的暴怒与失望。

“哈哈哈哈……”谢夫人失态地狂笑，花枝乱颤，风仪全无。

美人们呆呆地看她，最初的惊讶怔神后，一齐露了孺慕的眼神。

即便失态，谢夫人也是高贵而美丽的。高昂的头与后仰的脖颈形成优美而雅致的线条，爆笑声不带嘶哑破损，美人平素端庄持重时都是漂亮的，失态时方露本色，她的美貌，便是年已四十，也不逊屋里任何一个正值碧玉年华的佳人。

许久，谢夫人方止住笑。

梅娘离开座席，走近前，柔柔问：“你是家主的母亲？”

谢夫人摇头。

众人霎地绷紧脸，戒备的眼神看她。

谢夫人微微一笑，道：“我是崇徽的母亲。”

“你是徽娘的母亲？”好几个声音一齐低叫。

“你怎么会让她进园子来？十几年不相见。”梅娘弯弯的新月眉轻蹙起，扭头看兰荪，低喊，“兰荪，你看呢？”

“还用得着问，后娘呗，徽娘刚进园子时满身的伤，你虽没亲眼见到，总听说了吧？再瞧瞧他那耳朵缺口，那时多惨有什么想不到的。”兰荪懒洋洋道，起身，走到谢夫人面前，围着她转了一圈，上上下下打量了片时，唇角下垂，嗤道，“面如春花，心似蛇蝎，不躲屋里藏着跑出来丢人现眼，也不害臊。”

尖酸刻薄，毒辣刁钻，如噼噼啪啪的无声耳光直扇向谢夫人。

谢夫人脸庞赤了赤，不过眨眼工夫便如常，看看兰荪，心念一转，唇角略略上挑，扬眉一笑，道："我是崇徽的亲生母亲，崇徽没告诉你他进方家这园子为的什么，难怪你不知道。"

"徽娘进园子还有隐情？"兰荪眼里鄙夷敌视之色霎忽间敛起。

"自然。"谢夫人先前一直思量着怎么逼得崇徽跟方临汝反目，怎么才能让方家再也容不下崇徽，正苦于没头绪，兰荪的嘲笑使她灵机一动，不过瞬息工夫，完整的一套计划在脑子里形成，缓缓道，"听说过润州城制扇大家谢家吗？"

美人们面面相觑，摇头，兰荪却是眼神一凝。

她进紫竹园时已七岁，谢家扇与方家扇齐名，天下人没有不知的，多少听说过。

谢夫人进来这片时，已看出来，梅娘是园子的管事，然则，兰荪的声望却在她之上，见兰荪的神情听说过谢家扇，暗暗喜悦，侃侃道："我就是谢家夫人，崇徽是谢家儿子。谢家扇手艺高超，制作精良，本在方家扇之上。方家使了诈，挤对同行，欺骗扇商，十四年前害死了崇徽他阿爷，我那时隐约觉察了方家美人团扇有隐情，故而故意弄伤崇徽，让他潜入方家，为了一举击倒方家为父报仇，崇徽忍辱负重不敢轻举妄动，接近方临汝，博取她的信任。"她扬扬手里的钥匙，从容道，"这钥匙就是崇徽偷偷配了送给我的，不然，我怎么进得来？"

"徽娘接近方临汝是为了报仇？他不是真的喜欢方临汝？"兰荪尖叫，目光灼灼，死死盯着谢夫人。

谢夫人猫捉老鼠，又抓又放，叹道："最初是这样，然则，方临汝明艳照人，笑谈风趣，他也许……动心了。"

兰荪紧咬牙，格格作响，眉目狰狞。

谢夫人暗喜，眼角扫四周，年纪小的美人兴致勃勃天真无瑕，年纪很大的面色麻木，年纪跟儿子差不多的却是极专注地望着这边。梅娘垂首低眉，捉着袖子不住缠绞，心中霎时有数，儿子是男人的事恐怕在园子不是完全无人知道，因着儿子的美貌，对他倾心意动的美人不少，笑道："崇徽是我谢家独子，继承家业娶妻生子光宗耀祖全靠他，我自是不允许他娶仇人方家的女儿。"

"独子，徽娘是男人？"

年纪小的几个美人惊叫。

年纪大的一脸平静，睫毛都不曾抖一抖，梅娘面上不见意外，兰荪也没惊讶之色。

果然都是知道的。

谢夫人笑了笑，道：“对，崇徽是我谢家独子，会娶妻生子延我谢家香火，他是男人你们不知道吗？”

“娶妻生子！他喜欢上方临汝，哪还肯娶妻生子，两个男人混在一起，你谢家要绝后了。”兰荪眸光闪了闪，不怀好意之色甚明。

“我刚刚已经说了，不允许崇徽娶方家女儿，方临汝是女人。”谢夫人微微一笑。

“方临汝居然是女人！”兰荪失声，眼里死灰一片，一步一步后退，跌跪地上。

醍醐灌顶。

崇徽出紫竹园，第一次回来时，曾快活地说“二郎是……”说了半截停下。昨日，方临汝抚梅娘肩膀，说她衣裳穿得少，让她加棉袄，自己言语挑拨想让崇徽生气，崇徽说“二郎才没有滥情，她是……”又是说了半截顿住。

原来后面没说出来的是——女人！

梅娘怔怔失神，抬手抚肩，是昨日方临汝摸过的地方。

“腊月十五是方临汝继承方家家主之位的典礼，你们要不要随我出园子，潜伏起来，在那一日人前揭露方家美人团扇的秘密，致方临汝跟方家于死地？”谢夫人温声道。

一室沉默，没有人点头，也没有人摇头。

烟萝在一侧默默地看着一切，至此时，低低叹。

没许好处，没劝说，不见反对，看来，这些美人多半是愿意跟谢夫人出园子的。

方家完了！方临汝回天无力，这一回，不可能救得方家。

静默里，兰荪开口了，问道：“我们跟你出去有什么好处？”

“好处不是显而易见的吗？”谢夫人哂笑，“方家倒了，你们就得自由了，不用被拘在这一方天地里，可以见识外面世界的旖旎风光，若还记得自己爷娘，也可以去找爷娘，若不记得，谢家可以帮你们择婿嫁人，生儿育女，一生美满。”

兰荪轻咬唇：“我可以出去帮你揭露方家的秘密，但是，作为交换，你得做主让崇徽娶我为妻。”

“娶你为妻？”谢夫人嗤笑，毫不掩饰轻蔑，“这不可能，我谢家高门大户，我儿子要娶的小娘定也是高门大户之女，你顶多只能给崇徽做妾。”

兰荪涨红了脸，狠狠瞪谢夫人。

谢夫人微扬下巴，神态倨傲，坚定不可动摇之态。

烟萝暗赞高明，谢夫人此时若爽快答应让崇徽娶其为正妻，虽能得其相助，可也失了其他美人之心。

正妻只能得一人，妾却可以有许多个，她许了妾位，其他人必定会思量自己也能为妾，崇徽倾城美貌世间罕见，便是为妾，这些人想必也愿意的。

况且她们会被卖进方家，可想而知家境不好或者为家中亲人所不容，奴婢身份，本也配不上当正妻。谢夫人若轻易许正妻之位，在这些人心中看来，反有欺哄之嫌，怕谢夫人把她们骗出园子，扳倒方家后弃她们如敝屣。

兰荪要求谢夫人做主让崇徽娶她，想必崇徽并不喜欢她，故有些要挟，谢夫人许她妾位，乍听恼怒，细思却只怕是绝地逢生喜出望外。

兰荪咬牙些时，果如烟萝所料，咬牙道：“为妾就为妾，我答应你。”

谢夫人轻笑，点点头，把眼瞧其他人。

“你们愿意走吗？”兰荪回头问。

大的几个人沉默不语，小的几个睁圆天真无瑕的大眼睛，嘀咕几句，一齐扑过来，一个只有三四岁梳着丱发的小娃儿抱住谢夫人腿，号啕大哭：“我愿意，我要回家，我要找我阿娘。”

这是刚进园不久，还记着自己亲生爷娘的。

谢夫人微微笑，弯腰摸了摸她头发，柔声道：“好，待方家一倒，我便送你回家。”

安抚了几句，看向其他美人。众人端坐不动。

谢夫人一双手在大袖里霎地攥紧。

重中之重是那些在方家美人团扇上露过脸的美人，这些人露面，方家的传家宝美人团扇是骗局才能昭然若揭。

只是带兰荪和这群小的出园没有多大用处。

可以强行绑她们出园，然而要在继位大典上戳穿方家美人团扇的秘密，最好是她们心甘情愿指证。

“出去了总比在园子里终身孤寂老死好，都利索一点儿，愿不愿意走一句话。”兰荪不耐烦道。

梅娘低眉，轻咬唇，其他人面面相觑后，一人打手势，大家一齐点头，眼中有泪。

“她们说，她们不能说话，在园子里那么多年，外头的事什么都不懂，出去了，也不知以何为生。”兰荪道，语毕，想起谢夫人不知情，补充，“这园子里的规矩，当上扇面美人后，下一任出来就会被下药弄哑了，她们都是哑巴，能听不能说。”

“好残忍！”谢夫人轻蹙眼，眼里有泪光，悲天悯人，叹息片时，道，“我谢家家资丰饶，你们跟我出去后，”把眼瞧一瞧，知道美人们生活优渥，道，“锦衣玉食与在这里面无二致，且每月给你们发月例钱，不拘束你们可以府里府外自由行走，谢家给你们养老送终，若想嫁人，定代为择佳婿，陪上厚重嫁妆，当谢家女儿珍而重之发嫁。”

美人们对视，手势打个不停，过些时，先前打手势的那人看着兰荪打手势。

兰荪看着，呆了呆，对谢夫人道：“园子里的人都是卖身给方家的，方家手上有我们的卖身契，跟你走了，就是奴叛主，方家可以告官把我们要回去的，那时，家主生气，我们性命不保。”

“这没什么大不了的，谢家与润州刺史要好，到时请刺史判下，方家失德，许你们赎身即可，我出钱为你们赎身。”谢夫人笑笑，说了许多，又道，“你们便是信不过我，也该相信崇徽，他跟你们一起长大，不会亏待你们。”

众人又打了一阵手势，有五人起身走过来，表示愿跟谢夫人走，有十几个摇头，端坐不动。

谢夫人细看，愿出去的这五个都是年轻的、最近几年的扇面美人，足以作证了，微笑着，也不勉强其他人，只瞥一眼梅娘。

梅娘绞着袖口，眉头蹙了蹙，抬头看外面，少了花叶的树木枯枝狰狞，呼呼北风凛凛寒意，回头看向谢夫人，轻声道：“我也愿意跟你出去。”

黄昏时，方临汝和崇徽从扇坊回府，崇徽去秋香楼陪方锦枫，方临汝听说何姜氏发病，忙过来探望。

何姜氏刚吃了一盎甲鱼汤，嘴唇红润，脸颊浅浅红晕，白芷递巾帕给她拭手。方临汝掀帘入内，何姜氏手里的帕子掉落，脸上血色霎忽间褪个干净。

“姨妈，你还好吧？”方临汝笑道，近前，弯腰捡起巾帕搁到托盘里，让白芷另拿干净的来。

“无须，我擦过了。”何姜氏颤声道，不敢独自面对方临汝，捉住白芷的袖子不让她走，手指不住发抖。

怎么怕成这样？

方临汝暗道难道自己以往凶神恶煞对何舆吓着何姜氏了？微有歉然，搭着何姜氏的手拍了拍，温声道：“姨妈别急，舆郎是舆郎，你是你，你是我姨妈，我自当敬你爱你，便是舆郎，到底是我亲表弟，只要他从此洗心革面不再作奸犯科，我也不为难他。”

何姜氏手抖得更厉害，大冬天里，簌簌汗水从额头大颗大颗滑落。

方临汝眉头不由得微蹙，凝神若有所思望何姜氏。

“姨夫人还是去躺着吧，别凉着病又重了。”白芷上前插到方临汝面前，扶起何姜氏往里面卧房走，一面对方临汝道：“姨夫人要歇息了，二郎也请回吧。”

方临汝不好再说什么，缓缓出门。

暮色四起，霜色浓浓，北风更猛，乍然从暖融融的室内出来，格外地冷。

想到这样的天气方锦枫最禁不起了，忙往秋香楼去，才刚转过长廊，当头遇上王大夫。

“枫娘不舒服？”方临汝惊问。

“二娘无事。”王大夫笑道，右手提药箱，左手腋下夹着一匹妆彩锦缎，晃了晃给方临汝看，“下午过来给姨夫人把脉，顺便就去瞧瞧素心、素问，她俩脉象良好，胎儿发育得很好，夫人高兴得什么似的，送了我这匹锦缎。”

“应该的，您辛苦了。”方家嫡出这一支有后，方临汝也是无限欢喜，看王大夫拿着累，上前抱过锦缎，道，“我送你。”

一路闲话，方临汝问道：“我姨妈病情可要紧？”

王大夫摇头，道："身体并无异常症状，突然晕倒约莫是眼睛刚拆掉包扎的药突然外头走动，强光刺激晃晕了，不要紧的，服药都不需。"

如此甚好。方临汝略安心，不想何姜氏有什么不适令何栎忧心。

王大夫的马车府门外停着，送他上马车时，方临汝远远见观前街大门那头一个扭腰摆臀走着的身影，像是芊月，不由皱眉。

回头来，引泉探头探脑，方临汝问道："芊月来过？"

引泉瑟缩了一下，有些惊怕的样子，呆了呆方道："来过。"

他怕什么？

方临汝皱眉，问道："她来干什么？"

"就问问……姨夫人……可好。"引泉结结巴巴道。

方临汝先前只是觉得怪异，这当时坐实了，引泉有事瞒着自己，低哼一声，冷冷道："我这会儿追上芊月，一脚踢过去，你说她说不说实话？等她交代了，回头我可就要料理你了。"

"不关下奴的事。"引泉吓得扑通跪了下去，哭丧着脸从袖袋里掏出一封信，可怜巴巴道，"她替何二郎送信过来，夫人交代的，不让禀报你。"

方临汝接过信，想起何姜氏乍见自己霎地变白的脸，心头蓦地一沉："姨夫人回来这些日子，何二郎那边常捎信给她？"

"每日一封，天天有。"引泉道。

方临汝手指收拢，手里的信攥成一团。

引泉惊得身子一颤，咚咚磕头："二郎，真不关下奴的事，夫人交代，下奴不敢不听啊！"

方临汝沉默，松手，把信封展开细看，封得严实，举起来，对着霞光照，只见薄薄一张纸，看不见写什么，抿了抿唇，猛一下撕开封口。

钱我收了也花光了，母亲再不偷美人团扇出来，我命休矣，母亲忍心看着我被人砍死吗？

"何舆，我杀了你！"方临汝周身的血往脑门涌，往大门外冲去。

这个祸害不除，方家永无宁日。

"二郎！不可啊！"引泉惊叫，追出来，不敢拉方临汝，略迟疑工夫，方临汝已奔出老远。

北风从耳边呼啸而过，无形的风有形的刀，无比锋锐地刮着脸颊，一刀接一刀，方临汝牙齿打战，周身哆嗦，愤怒与恐惧席卷了她。若没发现，若被何姜氏偷了美人团扇出去，美人团扇落在有心人手里，方家的秘密被察知，等待着方家的将是比死亡更可怕的毁灭，满门上下，无人能幸免。

此番定要将何舆抽筋剥皮、碎尸万段。

这个人三岁到方家，方家锦衣玉食供养他，几番数次为祸方家都饶了他，居然如此恶辣卑鄙，偷盗方家传家宝美人团扇这样的事都干得出来。

出观前街大门，芊月的身影就在前面，招招摇摇，一步三扭，走得如同招徕嫖客的窑姐儿，跟方香雯一个模样。方家怎么养了这样的人，方临汝恶心，想吐，喉间腥甜上涌，不得不停下来，呕一声，呕吐物里细细一缕血丝。方临汝怔了怔，狂奔老远，后背细细汗水，停下来，风一吹，凉浸浸如冰蛇附身，双腿灌了铅似沉重，欲抬步，复又停下，拍一拍额头，狠狠骂自己："方临汝，你怎么能这么沉不住气！"

自己是方家家主，为个不成器的鼠辈居然气成这样！

若是冲动之下过去真的把何舆杀了，让何栎情何以堪。

还有她姨妈，她母亲，何舆再不成器，那也都是她们的儿子、外甥。

郭成安紧盯着方家要拿方家把柄，自己杀何舆，可把他乐死，林源跟他有勾结，况且杀人偿命律法条条，自己别想活了。

自己死了，方家谁来挑？何栎不是方家子，名不正言不顺，方锦枫体弱，方游丰无能，方家大厦倾覆，一大家子都跟着自己完。

方临汝深深地一再吸气，寒风里逼自己冷静下来，缓缓往回走。

府门口奔出一抹深青身影，是何栎。

引泉见方临汝状似癫狂，又大叫着要杀何舆，吓得急忙去禀报他，何栎听说，顾不得不能跑动，狂奔出来追赶。

方临汝一怔之后，飞跑着迎过去，口中喊道："表哥，你伤尚未痊愈，停下。"

"汝郎！"何栎青白着脸，喘吁吁抓住方临汝的肩膀，抓得很紧，顾不了避讳，急切道："你别冲动，再生气也别气坏自己，你真想杀他，我去杀了他，你别自己动手，别为一个人渣赔上自己。”

“我不去了，我错了，表哥别急。”方临汝悔青肠子，为何栎抚胸顺气。

“真的？你不会再去了？”何栎紧盯着她，眼睛一瞬不瞬，生怕漏掉她一丝表情。

“当然，表哥你再说下去，我就无地自容了，方才一时冲动，眼下清醒过来，我都嫌弃自己了。”方临汝扁嘴，撒娇耍赖。

“不去了就好，不去了就好，汝郎，我听了……”

——我听了急得要死，你若有什么闪失，我也无法独活。

这话说不出来，惊魂之后，身体摇晃，站立不稳。

进了曲溪馆面对面在地台上坐下，方临汝把信递给何栎，在他要打开时，猛地又按住他：“表哥，你得先答应我，别生气。”

搭着自己的手指尖微凉，带着北风的寒气，何栎却如被火星子淬上，皮肉滚烫，身体都颤了，勉强克制住，不敢看方临汝，垂着睫，牵起唇角，笑道：“好，不生气。”

说好的不生气，看到信的内容，哪能不生气。

何栎霍地站起来，这瞬间，他也想杀了何舆。

便是亲弟弟，他也不想饶何舆。

“都说了不生气了，若是气坏身体，岂不是便宜了咱们的仇人。”方临汝笑吟吟道，左右看。何栎遂酒色不沾，但房中也给他备了，博古架上有三勒浆、玉薤酒、石冻春等，只没有酒具，生活糙得很。方临汝也不在意，拿过三勒浆，拿两个白瓷茶杯充酒杯，满上，端了一杯递给何栎，“表哥，来，喝一杯，借酒消愁吧。”

何栎接过，大口干了，三勒浆芳香酷烈，味至甘美，直落喉管，心口那股子簇簇燃烧的怒火霎时淡了。

方临汝一杯酒下肚，心情也好了许多，冷静下来，转动着空酒杯沉吟道：“看起来，有人许了舆郎好处让他偷扇子，只不知这个人是郭成安还是那些觊觎方家美人团扇上的扇面美人的人？”

“觊觎扇面美人？”何栎狐疑。

方临汝转杯子的手顿住，才想起，鲁玄为得方家美人团扇上的扇面美人一事他尚不知情，遂把方德清牢中告诉他的，还有鲁玄是自己所杀一事，毫无保留地相告。

何栎也曾猜测过，猛然间证实了，仍难受得心脏被活生生地撕裂开。

一个碧玉年华的小娘，在那之前，鲜衣怒马春风得意，不过短短几个时辰，阿爷死了，又被迫手沾鲜血，她越是云淡风轻平静从容，他心口越疼，避讳和理智瞬间离体，猛一下握住方临汝的手，连同她手里杯子，眼眶赤红："难为你了，对不起，那时……我没在你身边……"

"无事，眼下你在我身边就好。"方临汝笑笑，抽回手，又满上酒，举起酒杯，调皮地眨眼，"表哥，来，干了，庆祝方家平安渡过一个又一个难关。"

"好！"何栎笑笑，一只手还是握着方临汝手的姿势，指尖下却已空无一物，喉间含着黄连般苦涩，压下，只作平常，端起酒杯，叮一声跟方临汝碰杯，"干了！"

两人接二连三地干完一瓶酒，方临汝微醺，何栎也半醉，脸颊酡红，皮肤粉霞似水润，姿态懒倦，声音黏腻发软，大木头一般的人竟也透了袅袅风情。

方临汝微闪神，不自在起来，欲要离开，兴致正浓之时，骤然要走忒显突兀，心思转了转，说正事。

"阿爷去世的这几个月，方家发生的事比以前十几年加起来的还多，幕后指使之人不知是谁，至今没能揪出来，这一回收买舆郎偷扇的人，想来就算逼得舆郎招出来，只怕跟舆郎接触的也只是下头的人而不是主使，总是被动自保不能挫敌败敌，实在憋气。"

何栎酒醒了大半，坐直身子，若有所思道："咱们已经知道有这么一回事，要不，将计就计，重治那指使之人。"

"将计就计？"方临汝喃喃，手里酒杯颠动，指尖偶尔击上瓷面，清脆的叮当细响，思索些时，拊掌喜道，"不错，就这么办。"

窃物的是何舆，两人决定不揪人，只设计让那主使之人自己暴露，细细推敲许久，计划定了，细节方面得问崇徽。

方临汝要找琬初去秫香楼唤崇徽过来，四下张望不见人，这些日子琬初几乎寸步不离何栎的，随口问："琬初去做甚了？怎地不见人？"

何栎眼神闪了闪，脸有些赤，心虚而慌乱，脱口道："我怎么知道。"

方临汝呆滞了一下，注目看何栎，何栎垂睫，耳根有些泛红，方临汝了然一笑，拍拍何栎肩膀，慢声道："我知道了，表哥你别久坐，躺一会儿去，我去喊崇徽。"

她知道什么？

何栎抬头，被方临汝脸上灿烂欢喜笑容扎得眼睛生疼，明白方临汝了悟了什么？她以为自己和琬初发生了什么。

自己和琬初怎么着了她很开心，半点儿不吃醋！

何栎低眉，涩涩一笑。

方临汝出门，毡帘掀开又落下，北风灌进来，在屋里盘旋一周消散寻觅不着，那股子阴冷却无处不在，炭火熊熊，却未能温暖冷寂的心。

后背无法久坐，蚁咬般疼痛，但何栎不在乎。

他需要更剧烈的疼，掩过心口的刺痛。

然而这具身体不是他自己的，方临汝为了治好他，发那么重的誓，他没理由践踏她的付出，何栎撑着案面缓缓起身，歪倒到小木床上。

方临汝出去时满面春风，回来时却寒冬凛冽，脸色沉得能拧出水。

崇徽跟在她后头，蔫头耷脑，进屋来，两手紧贴着身子垂在身侧，也不敢坐，眼巴巴看她。

"怎么啦？"何栎讶异，起身拉崇徽，"过来坐下。"

"这么冷的天他拉枫娘在园子里走，你说胡闹不胡闹？枫娘这会倒下了，周身滚烫，王大夫下午给他诊脉还好好的，刚走一会儿又急急忙忙过来了。素心、素问一看枫娘不好，急起来，胎儿动个不停，脉象有些浮，母亲气得要抽打他，还是我过去救了他。"方临汝胸膛起伏，喘着气，狠狠瞪崇徽。

"你们天天把二娘关屋子里，说是为他好，焉知不是你们太拘着他弄得身体越发弱了。"崇徽小声嘟囔。

"表哥你听听，你听听，他还有理呢，亏得我跟枫娘孪生子，母亲是亲生母亲，不然，枫娘听了他这话，还不得心思多打几转，我就不该把他拉出来，该由得他被母亲责罚。"方临汝气得发抖，扑过去，狠狠撕崇徽的嘴巴，"我叫你多嘴。"

崇徽不敢还手，由她撕打，何栎急插上前把她拉开，劝道："崇徽要锦枫出去走，也得锦枫肯出去不是？想来锦枫也是想出去走动走动的，怨不得崇徽。”又安抚崇徽，“你别往心上搁，汝郎当你一家人才会责备你。”

“我知道。”崇徽闷闷道，眨巴着又纤又浓的眼睫，乌墨似的眼睛水润润，清澈如清水里浸着的黑珍珠，“我只是觉得，我做得没错，二娘真的不能一天到晚关屋里，他得多走动走动，说不定身体就好了，可二郎和夫人偏偏不听。”

“让我怎么听你的？”方临汝捂胸口，满心气苦，“枫娘不能有半点儿闪失，他有什么不测，母亲活不下去，素心、素问活不了，她们肚子里的孩子活不了，教我如何敢去冒这个险。”

“崇徽是一片好意，若他不为方家、不为锦枫着想，他便明哲保身百事不管落个干净，你也别气了。”何栎劝道，方临汝能离开秋香楼，可想而知方锦枫已无大碍，因道，“锦枫没那么脆弱，姨父出殡那日走了那么多路，回来气息微弱，后来不也熬过来了吗？”

“不说了。”方临汝粗喘，心中自然知崇徽是一片好心，瞪崇徽，“快来想办法，将功补过。”

把自己和何栎的想法细细告诉他。

方家的那柄传家宝美人团扇的工艺精致，远超方家所有团扇的制扇手艺。不然，也不能糊弄世人，让人以为是扇神所赐。方家的制扇手艺也就那样，想必当年祖先不知制了多少把相同的，靠着熟能生巧方制出一把那样精美的。要想以假乱真糊弄窃扇之人，必得制一把极精巧的来，方家的扇工以及方临汝自己无此技艺，只能靠崇徽。

此时已腊月十一晚上，最迟在十四日家主继位典礼之前得让何姜氏“偷”出扇子送去给何舆，方临汝问崇徽，以他个人之力，两天两夜能否制出那么两把扇子并绘上美人图。

“没问题。”崇徽用力拍胸膛，欢喜得双眼放光。

傻子每每被委以重任都是这么快活，那两日绘扇面美人除了吃饭如厕，握笔一整日案前绘像也不知疲累，为了方家，他真是舍了命也愿意。

方临汝忍不住摸他头发，自己也没觉察的温柔口气道：“方才我心急，说的话重了些，不是恼你。”

“我知道，你当我自己人才会发火。”崇徽嘿嘿笑，咳嗽一声清嗓子，站起来，身姿挺直，唇角上挑三分，浅浅笑着，拱了拱手，朗声道，“数日不见，郭兄风采更佳，汝自愧弗如。”

活脱脱方临汝在外人面前的样子，眼睛圆活有神，风度翩然，仪礼卓然，谈笑风趣，从不发火，更不说流露出悲伤疲倦等情绪。

何栎忍不住拊掌，方临汝也是莞尔一笑。

崇徽坐下，靠到方临汝身上，糖糕儿般软黏黏的：“二郎，我好开心，我是真真正正的方家人了，你心中当我自家人，夫人也是，对着外人，夫人才不会想动家法呢。”

何栎在一旁呢，方临汝推他，朝何栎方向轻抬下巴。

崇徽当即正襟危坐。

何栎低眉，只当没看见他俩黏糊的眼神，心疼得狠，心脏麻木得感觉不到疼痛。

第五十二章　乱花迷眼

三人接着商议其他细节，怎么在扇面上动手脚吓唬窃扇之人，美人团扇用的千金难求的冰蚕丝织成冰绸，眼下府里没有的，急切间外头求购也购不着，崇徽提议用白绡。

“先入为主，窃扇之人万万没想到偷出来的是一把假扇，看不出来的。”

方临汝跟何栎相视一眼，点头同意了。

前些日子凑钱，府里库房里价高的布料和珍宝都拿去变卖了，好在秫香楼里存了一匹，预着给方锦枫做贴身中衣亵裤的，方临汝亲自去拿，崇徽准备药水材料。

这一夜三人反复试验，计划一再更改完善。

扇面美人自然不能绘方临汝，方临汝让崇徽绘兰荪，崇徽满面为难，连说自己跟兰荪不熟悉，最后商定绘梅娘。

何栎在崇徽推托时低眉不语，方临汝心中却是又恼又说不清的欣然。

小傻子一点儿不傻，生怕自己吃醋，跟兰荪撇清关系呢。

凌晨丑时计议妥当，三人方各自回房安置。

十二日早上，崇徽去扇坊赶制假扇。

何栎找王大夫帮忙配令人麻痒难忍的药粉和解药，等着王大夫配出来了，又试验药效，看发作时间。

方临汝使琬初去请何姜氏到曲溪馆来。

计划需要何姜氏配合，因不欲被其他人得知，特意交代了，只说是何栎微有不适，让她过来照顾。

何姜氏听说何栎身子不适，只当是昨日陪她走许多路旧伤复发，惊得青白了脸，急奔而来。

方临汝不言语，把何舆的信拿给她看。

“汝郎，你别生气，我不会帮舆郎偷扇子的，他不可能得逞的，求你饶了他……”何姜氏看着拆开的信，吓白了脸，抽出信，瞥一眼，面色白里透了青，泪涟涟哭求。

“我知道。”方临汝笑笑，扶何姜氏地台上坐下，虽则烧了炭火，但年纪大的人怕冷，况何姜氏刚病愈，拿了手炉给她握着，温声道：“昨日傍晚刚看到信，我当时气得真是想杀了舆郎，冲出府，走出观前街大门了，表哥追了出来，我还能怎么做。舆郎再不争气，是我至亲姨表弟，弄死了他不要紧，伤了你跟母亲、表哥的心可不行，眼下拿了宝扇给舆郎肯定不成的，那是方家的命根子，拿了钱给他去还人家也不行，今日帮他还钱给人家，明日他还做出同样的事，没完没了，姨妈你说怎么办？”

方临汝说一句，何姜氏就颤一下，面色白一分，方临汝语毕，何姜氏身子抖索，放声大哭：“我也不知如何是好，他一天一封信逼我偷扇子，我不肯，可又担心他真的被人砍死了。”

“我有个想法……”方临汝缓缓道。

“甚好，我听你的。”方临汝刚提了个头，何姜氏忙不迭应承。

这些日子痛苦不堪，不想伤害方家，但又担心何舆。方才看过方临汝递来的信，是儿子的笔迹，以为何舆哄骗了自己，要了方家扇坊钥匙还不罢休，还要窃美人团扇，又惊又怕又愧。方临汝的提议既保方家美人团扇，又能助何舆脱困，两全其美，哪有不依从的。

窃钥匙一事，因怕方临汝得知不饶何舆，何姜氏没敢说。

郭成安找人许何舆重金要他偷方家美人团扇，其实心中不抱多大希望。

鲁玄当日带着林源查抄玉澜堂，目的就在美人团扇，掘地三尺都没找到，林源告诉过他，美人团扇自然是藏在玉澜堂的，明着查抄还找不到，更不用说暗里偷了。

腊月十四日巳时，跟何舆接触的房七驾着马车从偏门进郭府，郭成安赶过来，听说何舆把美人团扇偷出来了，惊奇得眼珠快掉地上了，迭声问：“没弄错吧？真的偷出来了？”

“偷出来了，只是我没见过方家的美人团扇，不知是不是。”房七道，车舆里抱出一个半人高、深蓝底白印花包袱。

从形状看是条状物棉枕般的东西，郭成安皱眉，道：“怎么不是匣子装的？”

“匣子？美人团扇本来是装匣子里的，想必是带着匣子不好弄出方府，故而弃了匣子。”房七道。

有道理。

郭成安释疑，迫不及待扯开包袱布结。

包袱皮拉开，里头还有好几层布，每一层都打了好几个细结，解好一会儿，最里头的东西露了出来。一柄比寻常扇子大了三倍的团扇，以紫竹挑丝作骨，竹丝骨纤细如毛发，穿插严整紧密，洁白的扇面上，美人一袭烟紫色襦裙，亭亭玉立站着，弯弯新月眉，渺渺含情目，天然丽质，芬芳清新，素洁幽雅。

郭成安眼直了，痴呆呆些时，两眼放光，伸手，以贪婪的、膜拜的、得意的、快乐的心情仔细地抚摸团扇每一寸地方。

突然扇面上美人的眼睛不见了，紧接着，眉毛、鼻子、嘴巴相继消失，美人成了一个没脸女鬼。

郭成安惊得豆荚眼浑圆。

房七一旁看着，惨叫一声跌倒地上。

“怎么会这样？”郭成安惊叫，抱起团扇要去找房氏，双腿发软抬不起来，颤声唤房七，“快去请我母亲过来。”

房氏挪着肥胖的身体冲过来，扇面上的美人已经不见了，洁白如雪的绢面上，触目惊心一行鲜红大字——窃方家宝扇者，皮肤瘙痒直至皮肉溃烂而死。欲解，物归原主，三跪九叩赔礼求方家家主原谅。

“皮肤瘙痒直至皮肉溃烂而死！”房氏喃喃，看郭成安。

郭成安陡然间觉得手指甚痒，手里团扇跌落地上，搓手心，越搓越痒，千虫百蚁噬咬，惨叫：“母亲，我的手……我的手好痒……”

只说得一句话，搓挠的动作变成狠抓，尖声哭号：“好痒，痒死我了……”

“怎么可能？怎么会这样？”房氏失声，抓住郭成安手臂不让他抓，大叫，“忍忍，忍忍。”喊房七，“快，快叫人请大夫……”

“请大夫……没用吧？这是扇神的惩罚啊！”房七结结巴巴道，颤颤地指地上团扇。

扇面上鲜红的大字如一个个青面獠牙张着血盆大口的催命厉鬼。

“胡说，哪里来什么扇神惩罚，快请大夫。”房氏尖叫。

“我这就去。”房七急应好，急匆匆跑开喊人，跑出百来步远又跑回来，青白着脸道，“夫人，你可想好了，万一请大夫来了治不好，扇神又怪罪咱们不诚心不肯再原谅大郎，送扇子回去赔礼也于事无补，大郎也好不了了，那时怎么办好？”

“不可能！”房氏厉喝，“什么鬼神的，分明是方临汝搞的鬼，只管给我请大夫。”

“是，夫人拿定主意就好。”房七往外跑，口中唧唧咕咕苦恼自语，“万一请大夫来治不好，可别迁怒于我，怎么可能不迁怒我，大郎是夫人仅有的儿子，大郎有什么闪失，夫人就失去倚仗了……”

貌似自语，声音却不低。

房氏听得分明，看郭成安，只这片时工夫，郭成安一双手抓得血肉模糊，迟疑起来。

不敢拿儿子生命冒险，也怕闹嚷开了被郭家上下知道。

郭笑盟如今瘫在床上不能视事，虎残余威在，这阵子她不再曲意奉承，郭笑盟对她极为不满，下头一班庶子和姨娘个个不是省油灯，事儿闹大了被他们知道，定会挑唆郭笑盟换继位者。

虽说里里外外如今被她和儿子治得铁桶一般密实，可万一儿子出什么意外，就难说了。

失去儿子，她也失去倚仗和所有。

然而，窃传家宝扇之仇比海还深，送还宝扇三跪九叩也未必能求得方临汝原谅，不得方临汝原谅，按这扇面上的说法，还是无解。

无论如何，不能眼睁睁看着儿子送命。

片时的犹豫，房氏咬牙喊房七：“回来，别请大夫了，去喊月娇过来。”

把郭成安捆起来不让他挠，艰难地抱到马车里，心中本不信鬼神的，还奢望着只是手痒，谁知郭成安说身体也痒了，肚肠也痒了，痛不欲生，嘶声哭喊。

房氏至此心乱如麻，一点儿理智亦无，管不了是不是真的扇神降罪了。

月娇匆匆赶来，房氏急切吩咐，让她即找扇坊管事郭森和郭府管家郭禄筹出一万金来，越快越好。

三跪九叩未必能求得方临汝原谅，再加上重金赔礼，许便成了。

方临汝早上让何姜氏拿了假扇去给何舆后没出门，与何栎在曲溪馆里红泥小火炉闲闲煮茶喝，边品茶边等消息。

崇徽也想陪着，他两日两夜不眠不休，又是制扇又是绘画，方临汝哪能同意让他留下，把他打发回流觞轩歇息。

窗外柳絮飘飞似的小雪，北风打在窗户上嘶嘶轻响，炭火噼啪有声，茶香悠远，落地大肚白瓷瓶里头红梅怒放，暖融融几分氤氲春意。

方临汝浅啜了一口茶，笑道："好香的茶，表哥你尝尝。"

何栎心神不宁，嘴角牵起，笑得有些勉强，把茶当酒喝了一大杯，看窗外，屏息凝神，外头呼呼风声，没有脚步声，微微有些焦躁："明日就是家主继位大典，万一那人没上钩，请了大夫治好瘙痒，不送扇子回来，如何是好？"

"便是不送回来，扇面上没有美人，只有一行血字，亦无甚大碍，美人画像消失浮起血字，咱们之前可是试验过不会出差错的。"方临汝笑道。

"万一那人在大典上见咱们亮出宝扇，知道拿的是假扇，铤而走险，冲上观礼台，指方家的宝扇并不是天赐，而是人为，想造多少把就造多少把，又当如何？"

"哪有那么多万一，突然之间手就痒了，还能有什么理智，还能算计得了什么，那人一定会中计的。"方临汝闲淡自若，朝何栎挤眼，俏皮鬼怪。

何栎忍俊不禁，唇角往上翘，紧绷的神经松弛下来。

正午时分，崇徽起床过来，三个人一起用膳，刚吃到一半，引泉差了人急奔过来禀报："郭夫人带着郭大郎来了，急匆匆得很，让下奴赶紧请二郎过去。"

"郭成安！"方临汝和何栎相视一眼，意外又不意外。

"野猪就是指使何二郎偷扇那个人？"崇徽含混问，嘴里刚塞了个丸子，看方临汝和何栎动不动会心相视，禁不住泛酸。

方临汝哈哈一笑，道："这会儿不是野猪，而是没爪子的王八羔子。"吩咐崇徽，"你眼下明眼一看就是男人，不准露面，我跟表哥去瞧瞧好戏。"

郭成安被捆成一团，粗壮的黑脸膛红青白交替，泪水鼻涕糊了一脸，一双手抓得血肉模糊，皮肉不住颤，嗓子已哑了，看见方临汝，满眼哀求之色。

方临汝装模作样惊叫："郭兄这是怎么啦？"伸手搭上郭成安的手腕，郭成安"啊"的一声大叫，又爽快又痛苦，"好痒！"

"郭兄，你手痒？"方临汝装傻充愣，明知郭成安此时痒甚，偏逗弄他，微凉的指甲在他手腕上皮肉来回轻划。

"方二，快，帮我挠挠。"郭成安粗喘，嘶声哀求，眼睛温度热得吓人，姿态是低的，语言是软的，面子里子丢个精光。

方临汝素日翩然有礼，风度绝佳，此时却满眼戏谑，作弄人作弄得无耻坦荡，笑吟吟道："这可不好，郭兄，我好歹是方家家主，为你挠痒痒，传了出去，面子挂不住啊。"

"方二，你……"郭成安黑壮脸庞红白青交替，羞愤欲狂。

"我帮你解开绳子，你自己挠吧。"方临汝体贴道，伸手解绳子。

"不能解。"房氏惊叫，按住方临汝的手，眼睛肿得像核桃，筹钱短短两个时辰里，流的泪水几大缸，百般不情愿，但再拖下去徒添儿子受罪时间，从车舆里双手颤颤捧出收着美人团扇的包袱，压着怨恨忍下不甘，羞颜道："我一时贪念，使人窃了贵府宝扇，原物奉还，并奉厚礼赔罪，请方家宽恕。"说着从袖袋里摸出一万金飞钱票据给方临汝，"这是赔罪礼金。"

"什么？郭家也是大家，居然做出鸡鸣狗盗之事？"方临汝大叫，先是惊讶，接着，眉立目赤，怒不可遏，"你们竟然窃我方家传家宝扇，欺人太甚！"

说着要拉郭成安和房氏见官。

房氏早知轻易不能善了，听说要见官，虽说林源的官位是儿子帮他弄得的，公堂上必是帮郭家的，却也不愿意。不想儿子在林源面前丢脸，软了姿态苦求，方临汝不收钱，便把飞钱票据直往方临汝手里塞。

"岂有此理，当方家好欺的吗？"何栎愤怒骂道，跟方临汝一起把郭成安往府门拖了几步却又顿住，犹豫道，"汝郎，要不就算了，同是制扇之家，闹嚷开伤了和气，于方家并无益处，人家重礼赔罪便罢了。"

"不成。"方临汝坚不改口。

"明日便是家主继位大典，别节外生枝。"何栎劝道。

"方二郎，此番是我糊涂，你大人有大量……"房氏哀哀泣求，看儿子郭成安被方临汝拖着，黑胖粗壮，丑陋不堪，泪水淌得更凶。

方临汝沉吟不语，却没再拖着郭成安往外走。

房氏于沉沉迷雾里觅得一线生机，只要能救儿子，没什么不能做的，扑通跪下去，朝方临汝磕头。

“母亲！”郭成安嘶叫，猛一下挣开方临汝朝房氏扑来。

方临汝满腔愤怒被房氏一腔慈母心肠打个七零八落，不再装模作样，叹口气，道：“罢了，祭拜扇神，若扇神肯原谅郭兄了，我也不追究。”

玉澜堂正厅摆祭桌设祭供奉扇神，十几色瓜果糕点摆在前头，后面是那柄毁了的团扇，供桌前，青铜宝鼎。方临汝命郭成安和房氏在祭桌前伏地叩首向扇神赔罪，自己卷了钱纸点火，绕着郭成安和房氏念念有声，火光灼灼的钱纸驱邪般几次烘郭成安血糊糊的手，来回走了十数圈，问道：“郭兄，你还痒不痒？”

郭成安自方临汝开始叨念便屏息凝气，闻言抬头，举手甩了甩，又抖身子，狂喜：“不痒了，不痒了。”

方临汝“哦”一声，松了一口气之状，来到祭桌前，庄重地平升双手托起美人团扇。

扇面上血红一行大字不见了，只有缥缥缈缈含情脉脉的美人。

郭成安如痴如傻，房氏也惊呆了。

来前只为爱子之故不得不从之，心中其实不相信扇神降罪一说，眼见美人团扇片时间复原状，再无言语。

母子两人臊着脸急匆匆告辞。

方临汝也不送出府，只和何栎在玉澜堂前目送。

眼看房氏与郭成安行远，二人方欲回转身，突然蹿过来一个白色身影，原来在不远处的大树后藏着，也不知猫腰蹲了多久，袍摆沾着几片枯叶，还有点点尘埃。

不需看脸也知是崇徽，方临汝抚额。

“成了是不是？”崇徽高声问，眼睛在何栎和方临汝脸上打转。

方临汝绷着脸不理他，这次事儿从制扇到绘像到弄血字，都是他的功劳，却不能夸。

小傻子办好一件事就索要奖励，奖励必是要咬她嘴唇，行事风格太令人震惊，她也不指望他能改过来，只能防患于未然了。

何栎笑道：“成了，多亏了你。”

“应当的。”崇徽脸色端正，并没如往常一般办了好事就翘起尾巴沾沾自喜夸耀自己一番，往里探头，“扇子毁了没？”

“尚未。”何栎道。

“那还不快烧。”崇徽低叫，急吼吼往室内冲。

“你急什么？”方临汝无语得紧。

崇徽谄媚一笑，看何栎一眼，小声道：“真扇扇面是冰蚕丝，假扇是白绡，我这不是怕野猪跟他母亲回头来，不赶紧毁了，被他们看到，看出端倪来，可就前功尽弃了。”

方临汝看他那小眼神，抖地明白，原来扇面上绘的不是兰荪而是梅娘，他还怕自己心里不畅快，要赶紧毁灭“招蜂引蝶”的罪证呢，一时间安抚他不是，发娇嗔也不是，看看身旁的何栎，最是从容镇定的人也尴尬得紧。

何栎恍若不见，只道：“有道理。”

说着从祭桌下面摸索一下，拿出一把团扇，赫然是郭成安和房氏交来的那柄有血字的团扇。

行事之初就算计好准备好，祭桌那头桌面底下临时加了个夹层，崇徽制的另一把团扇放在夹层里头，方才郭成安与房氏伏地叩首，方临汝神神叨叨念着，飞快调换了两把扇子。

让崇徽制两把，便是为了调包之用。

方临汝卷的那钱纸上涂了一层痒粉解药，火苗助解药发挥作用，挨着郭成安的手来回烘烤十几次，郭成安中的痒粉的毒便解了。

至于郭成安的中的毒，确是痒粉撒在那柄假的美人团扇扇面上，方临汝料定意图偷美人团扇的人，不是贪美色，就是郭成安。

贪美色的人见了扇面上的梅娘，美若天仙勾人魂魄，定忍不住抚摸。

若是郭成安，美人团扇精美无比，郭成安制扇大家的当家，对制作精美的团扇定会如痴如狂，少不得也伸手去摸。

不拘盗扇的人是谁，都会中痒粉。

除了算好这些，她还利用了何舆以及跟他接触让他偷扇的那个人。

她让何姜氏跟何舆说，听方姜氏说，方家一点儿不怕人偷宝扇，说美人团扇是扇神赐予方家的，谁都偷不走，谁偷谁倒霉，除非把扇还回方家，不然扇神怪罪，性命不保。

何舆听了虽不以为然，在把扇子送去给房七时，却把这番话反复说了多次，强调自己偷扇多么困难。

做贼之人心虚，房七听得惊颤，打开看扇子都不敢，急送到郭府，后来见郭成安真的突然手痒，以为是扇神降罪，一心一意想让房氏送扇回方家，自己也能避免被扇神责怪，故有那番明是自语实则劝房氏的话。

步步机关，郭成安和房氏想不入圈套都难。

崇徽和何栎一人拿一把，出玉澜堂后门，屋后空地上点火。

扇面先着火，随着火苗消失，接着是紫竹，哔叭脆响，火光彤彤，不过片时化为灰烬，房氏和郭成安回头想通中计上当，亦无证据了。

被郭成安坑害许多次，头一回赢，赢得漂亮风光，方临汝身心舒畅。这两日要让崇徽在扇坊背着人造假传家宝扇，借口继位大典在即，放了扇工们三日假，今日扇坊只方诚等几个管事在，也不需去扇坊巡视，出门拍手，要唤人整治酒菜庆祝。

“二郎，何大郎身体还未痊愈，这两日担心这个事休息不好，咱们别扰他了。”崇徽抱住方临汝的胳膊摇啊摇。

最累的是他，白天扇坊制扇，晚上回来绘像，这是酸劲儿又冒了，方临汝有些无奈，才要训斥他两句，何栎道：“崇徽这一说，真觉得有些累了，我去瞧瞧观扇台搭好了没，看完便回去歇息，你们俩庆祝吧。”

语毕，不等方临汝挽留，径自往外走，阔步流星，顷刻间走了好远。

病了些时，消瘦单薄，深青色襕袍有些宽大，衣袂缥缈，身影在灰暗的天空下，在萧瑟的北风里，有种难以掩饰的孤寂凄凉。

“下回别再耍心眼了，真当人看不出来吗。”方临汝薄责，抬手扫崇徽后脑勺。

崇徽抱头，乌黑的大眼睛看方临汝，嘴里没嚷嚷，眼神却不住叫：“我冤枉啊，我又做错什么了？”

模样可爱又可笑。

方临汝“扑哧”一声笑起来，手上扫的动作改成揉摸：“别呆了，锁了门咱们回去。”

崇徽“啊”一声叫，一怔之后，眉开眼笑，松了方临汝的胳膊勾住她的腰肢，色迷迷道：“是不是能让我咬嘴唇了？”

前一刻单纯可爱小兔儿，后一刻就是贪花好色登徒子，这股子变脸本事真个令人瞠目，自愧弗如。

方临汝纵声大笑。

跟他在一起，不知不觉总是很快乐，单纯而纯粹，忘了责任，忘了凡尘俗世的负担，不必思量进退得失，尘埃涤荡一空，身心澄澈干净。

崇徽察言观色本领已臻化境，等不及回漱石榭了，抱住方临汝，身子蹭蹭蹭，嘴唇贴了上来。

这是玉澜堂门口呢，随时有人经过，方临汝喘息着推开他，饶是睡了一上午，他眼眶周围那圈青黑还是未能完全消散。北风呼啸的夜晚，烛火都显得清冷，窗户油纸结着细白一层霜花，他在寂寂无声的长夜里凝神绘美人画像的情景在脑子里浮起，责备的话到唇边又咽下，似嗔还喜瞪了他一眼，悄声道：“人来人往的，再不长眼不理你了。”

潜台词是，没人时随他怎么样。

崇徽不承想她这回来得这般爽快，愣愣呆呆，睫毛眨呀眨，一副怀疑自己听错的表情。

方临汝被眨得又羞又恼，扭头锁玉澜堂大门，面上镇定，手却抖的，不过关上两扇门板扣一个大铜锁的动作，许久未能做完。

崇徽看着她，忽地就开了窍，纯天然的可媲美城墙的厚脸皮蓦地涨得通红，表情娇羞，小声道：“二郎，我回去等你。”语毕，嗖地一下蹿出老远。

只是答应让他咬嘴唇，用得着那样——不会是想歪了吧?

想歪!

方临汝也想歪了，身子热，手里铜锁热烫烫的，挂了好些时方挂上。

灰蒙蒙的天空，小径幽深潮湿，石板面潮潮的像刚洒了水上去，缝隙里隐隐约约暗绿的青苔，从玉澜堂到漱石榭的路又远又短，似乎走了很久，又似乎一瞬间就走完了。

身上里衣是苎衣，滑腻腻与皮肤紧密接触，走动间轻轻摩擦，皮肤麻麻的酥痒，撩乱的不仅是皮肉，还有一颗心，方临汝惊讶于这种荡漾，扯了扯衣领，又颓然松开。

漱石榭院门和厅门大敞着，方临汝咳了咳，忐忑着往里走，脚步虚软。

厅中无人，往书房看，亦无人，越过屏风进卧房，还是没人。

璟初这些日子一直帮着打理家务，琬初这两日没在曲溪馆服侍何栎，也不见回漱石榭，不知在忙什么。方临汝找的也不是她俩，脸庞精赤，羞恼交加，愤愤关上厅门，插上门闩。

让他先回来等着自己，跑哪去了，再也不理他了。

妆台前坐下，镜中人粉面绯红，艳若桃花，伸手搓搓脸颊，绯红反更浓了，滚烫灼热，掌心都跟着烧起来。方临汝重重哼一声，把镜台扣下，不看了，在床上倒了下去。

咚咚敲门声，急促而慌乱，方临汝抓过被子堵住耳朵，不理。

敲门声停了。

“就这么一点儿耐心吗！”方临汝心中怒骂。

卧房向院子一侧廊下窗棂响了，手指摸索窗隙想把窗扇扒开的声音。

“不算太傻。”方临汝低哼。

“二郎，是我，你开下门。”窗外崇徽小声说着话，做贼似的，喊一声，敲一下窗棂，抓一下窗扇。

方临汝不吱声，这当儿，不恼了，羞得不知如何是好，暗悔，不该关门的。

窗外有一瞬没动静，过片时，崇徽又敲，贴着窗缝小声说：“二郎，我刚洗浴过，头发湿的，穿得也不多，好冷！”

这么冷的天气湿着头发外头走，嫌不生病吗？原来先跑回去洗漱清洁了，傻的！

方临汝咬牙，掀掉被子起身往厅堂走。

“二郎，我好热，你快开门。”崇徽话里带了扭捏。

什么又冷又热的，说话狗屁不通。

方临汝暗骂，忽地，脑子里某根弦拨动，呼吸急促，心脏怦怦直跳，身子燥热，回转身，左右看了看，没趁手物事，抓起枕头，猛一下拉开窗销，崇徽听得声响，欢天喜地拉开窗扇，方临汝手头枕头当头砸过去，硬邦邦骂道："滚……"

会滚就不是一根筋通到底的人了。

衣袂飘动，崇徽从窗户跃进室内。湿漉漉的长发，白色中衣，月白对襟锦袍，没着棉袄，披风也不曾搭一件，凉浸浸的寒意扑面而来。把窗扇关上插牢插销，不过眨眼工夫，方临汝眼前一花，身体落进崇徽怀里，又极快地被翻转，他把她压到墙上，后脑勺撞上窗扇，沉沉的闷响，生疼，他匆匆在上面揉了揉，脸庞压了下来，嘴唇对着她眼睛，鲜润完美的花瓣似两片唇启合，热气喷在她额头上，身子把她顶牢，委屈地叫："你答应了的，喊你那么多声怎么不开门？"

方临汝没应他，大张着嘴，短促地喘。

崇徽也没要她回答，大脑袋凑到她脖子上不住拱来拱去，拱了些时，仰起头，赤红着眼看她，叫唤："二郎，我难受！"

"不准胡来。"方临汝瞪他，此情此景，狠不起来，语调绵软无力，眼眸里盈盈水光，自己也不知道的脉脉柔情，动人至极。

"二郎应是在的，怎么关门了？"讶异的声音入耳，方临汝震了震，猛一下推开崇徽。

透过窗户油纸，只见院门那边琬初陪着一个男人走了进来，方临汝略怔了怔，方看出是方游丰，只看走路姿势，豪迈有力，气度不凡，与往日大是不同，不由大喜，往厅门奔。

"二郎。"崇徽一把拉住她，委屈地叫道。

"阿兄外出两三个月回来，不见他说不过去。"方临汝偏头一笑，忽地抱住他，踮起脚在他嘴唇上亲了一下，眼尾微微上翘，双凤眼里秋波流转，不见素常的锋利，浅浅一缕不易察觉的柔情，"你在屋里歇着。"

崇徽抚着嘴唇，呆住了。

如果此前玉澜堂的许诺细如游丝捉摸不透，这当儿，却说得再明白没有了。

方临汝让他在她的房间里歇着！

他不是刚出紫竹园那时一毫不懂，这些日子也见多了，方临汝于男女之妨上其实十分在意，能给自己在她房中歇息……崇徽扑到床上，抱住被子，把头闷进被子里，傻笑。

第五十三章　不容置辩

方游丰以往眼睛总睡不醒似的迷迷蒙蒙，眼眶周围有些浮肿，面色不见阳光的苍白，没脊梁骨般站不直，走路垂头耷脑，看着让人恨不得在他背上绑根竹竿让他站直，又想让他赶紧去睡觉，睡足了再出来见人。这当儿，腰板笔直，一身靛蓝薄棉襕袍，黑色披风迎风猎猎，皮肤健康的蜜色，双目炯炯有神，倒是有了几分制扇第一大家长子的气概来。

方临汝拉开门，注目看，百感交集——阿爷在天有灵，想必老怀欣慰了。

“汝郎！”方游丰欢喜叫，疾奔过来。

方临汝含笑看他：“阿兄壮实了，这一路走来，可还好？”

把方游丰往里迎，亲自帮他解披风。

“挺好的……”方游丰口若悬河，滔滔不绝。琬初煮了茶端上来，抓起茶杯就往嘴里灌，举止豪迈，疏朗大气。

方临汝口角噙笑静静听着，不时点头。

方游丰讲完，不等她问，兴冲冲道：“汝郎，我决定了，开个瓷器鉴赏行，掌眼的大掌柜我也请了，是岳州一个瓷器鉴赏行的老掌柜，女儿跟东家的儿子好上后又被抛弃，他气不过请辞，我给了双倍的俸禄请他，他答应了，过完年就带着家小过来，咱们这边现在就可以定下铺子开始装饰了。”

方临汝为难起来。

此前跟郭家打价格仗虽说赚了一些，时间尚短，也不过两三千金，眼下手上的钱，加上从赵吾行和江楚泽那边借来的，也只够重建扇坊，方家的田地宅子卖的卖当的当，没有可筹措的地方了。既是鉴赏行，鉴赏的是精品，价钱不低，投入定少不了，眼下抽不出这许多钱来。

除非暂缓重建扇坊，可是借谢家的扇坊不是长久之策，谢夫人又不肯定借期，随时可以收回扇坊，更是头顶悬着利剑般，不知哪时就被断了生路。

“怎么啦？”方游丰面上欢喜消失，挺直的脊背弯了下去，面上又惶恐又不甘，双手搓摩些时，颤着嗓子，胆怯又不甘道，“汝郎，你那会儿应承我，我看好了回来，要钱或要人，何大郎会给我安排好。”

“是啊，我答应了的，可是……”方临汝低叹。

“可是什么？”方游丰轻咬唇，小声哀求，“汝郎，这次走了很多地方，看了好多瓷器，我肯定了，我很喜欢瓷器，我在鉴赏瓷器这方面，眼光也不错，我一定不会败家的，你信我，行吗？”

方临汝敛睫，低声道：“阿兄刚回来，还没听说咱家出事了吧？扇坊被烧了……”

“什么？”方游丰惊叫，霍地站起来，“怎么可能！”

“我也希望不是真的。”方临汝苦笑，让琬初给她拿披风，“阿兄，我们一起去看看。”

断墙残垣，枯木焦瓦，黑漆漆的废墟上凝结一层薄霜，北风如诉如泣，幽幽打转，如火灾中被烧死的冤魂的哭泣。

方游丰呆怔怔说不出话。

方临汝把伤亡情况讲给他听，又简单说了说方家眼下情况，道：“若扇坊停建，倒是抽得出钱来，可瓷行刚做，名声尚未打出去，短时间内怕是没盈利的，若把钱都投瓷行上了，生计就艰难了。”

方游丰低垂头，背脊又弯了，无精打采，先前的豪迈气概荡然无存，喃喃道：“可我已经请人来了，怎么办？”

“先安排府里住下，俸禄照付，让他先带带你鉴别瓷器，也不需很长时间，扇坊建好，咱家不用受制于人，到时江氏和赵氏的钱先欠着，盈利全抽出来给你开瓷行，约莫只需一年。”

“我一天也等不及了，这一路上我满心欢喜，想着，你应该把铺子给我置下了，我一回来就开始装饰，过年也不停工，过了年，肖掌柜一来马上开业。”方游丰涩声道，越说声越小，最后，低声道，“汝郎，能不能把紫竹林卖掉一部分给我凑钱？”

紫竹林是一个整体，哪能卖！何况里头有紫竹园，藏着方家的秘密，虽说明日她就要宣布方家的传家宝扇从世上消失，可过往的秘密，还是能捂住就尽量捂住，特别是眼下，短短半年内频生事端，方家几次差点儿倾覆，资金短缺，不能再起波澜。

美人团扇的秘密不能说，自己之前许诺了，如今失信是自己之过。

方临汝沉吟片时，道：“阿兄再等等，过完年，我去找谢夫人，若是谢夫人肯改签合约，给方家借用谢家扇坊一个期限，不怕没地方制扇，我便先抽调钱给你办瓷行。”

“谢夫人若是不肯呢？”方游丰闷闷道。

“那便只能委屈阿兄再等等。”方临汝歉然道。

两人上马，日色将暮，鸦声凄凉。一路上，方游丰低垂的头始终没抬起来。

府门口下马，观扇台搭好了，明日便要在那上面举行家主继位大典，一盏盏精致的红灯笼，方游丰看了一眼，视线从观扇台掠向府第围墙，突地道：“汝郎，咱们府第那么大，亭台楼阁那么多，也住不完，能不能卖一部分凑钱给我？”

“卖一部分？”方临汝惊呆了，不信方游丰见识如此浅薄，鼠目寸光至此。

“正是。”方游丰见她没断然反驳，觉得有门儿，更加兴奋，“先卖了筹钱给我做本钱，等我赚到钱了，再买回来就是。”

想得太天真，又忒沉不住气。

方临汝苦笑，这当儿多说无益，却不得不说：“阿兄，瓷器鉴赏这一行，跟买卖珍玩一般，顾客可遇不可求，兴许一日卖出数件，兴许半年一年不开张。刚开始做，许久没开张的可能性极大。短时间内，咱家还是得靠扇坊制扇鬻扇盈利维持，堂堂制扇第一大家，割府而卖，颜面何存？况颓败到卖宅子，制扇材料商号谁还敢赊账给方家？材料不能赊账的话，咱家如今家底空的，哪有那么多钱进材料？更怕扇商们见方家式微，不敢订方家扇，那时，可真就是走投无路了。”

方游丰哑口无言。

方才说那话已是强撑着鼓起莫大勇气，被方临汝驳回，一向怵方临汝，再不敢言语。

两人进府，方临汝寻思着方游丰外出许久回来，怎么着也得给他面子，柳氏关了许久禁闭，也差不多得放出来了，于是传令解除柳氏禁闭，又吩咐晚上在鸿春堂设家宴，一家子团聚。

方游丰蔫蔫没甚兴致，跟方临汝到芙蓉堂见过方姜氏后，道要去看柳氏便走了。

接二连三发生许多事，每每证实方临汝是对的，方姜氏对方临汝郑重其事要为方游丰设宴也没反对，只道："枫娘虽说身子好了些，柳妹妹不是省事的，为免她看出枫娘是男儿，还是别让枫娘出席了。"

方临汝无话，应下，想起方香雯，心情微有抑郁。

方家子嗣本就不多，阿爷去世，再少了方香雯，家宴就没多少人了。

寻思着，等孝期满，方香雯要跟何舆成亲，还是把她的嫁妆给她，到底是方家女儿，不看僧面看佛面，只看阿爷面上吧。

"素心、素问七个多月身孕了，身子越发重了，受不得半点儿委屈，你把柳妹妹放出来不关禁闭，万一她闯进来闹闹嚷嚷，给素心、素问添了恼，动了胎气，可如何是好？"方姜氏蹙眉道。

"澄漪山房大门紧守着，她进不来。"方临汝也无奈得紧，不知她阿爷在世时，怎么就哄得柳氏服服帖帖，"若是再生事，再下令关她禁闭也不迟，她到底是阿兄和绮娘的亲生阿娘，不好一直关着。"

"你心中有数就行。"方姜氏叹道。

往年方德清在世时，家宴何姜氏和何栎兄弟都出席的。何栎已通知了，方临汝左右看，不见何姜氏，早上何姜氏送了假扇后回来的，因问道："姨妈呢？"

方姜氏朝里头指了指，压低声音道："精神不好，从吉安里回来后，一直躺床上，午膳只吃了半个蒸饼，别喊她了。"

方临汝想进去看看，怕扰着何姜氏休息，也便作罢。

只隔着一堵墙，门没关，外头说话里面听得分明，何姜氏把身子缩在被子里，瑟瑟发抖。

今早送了扇子过去，她哀求何舆，既然得了扇子了，把扇坊钥匙给她毁了，别再做对不起方家的事。三言两语戳开，意外得知，让她盗钥匙的不是何舆，当场惊得差点儿晕过去。

何舆闻得她能盗印钥匙模，却是两眼放光，立马逼着要她帮忙再盗。

她慌不迭急忙逃离，万幸何舆急着去送扇没纠缠她。

眼下惊惶害怕，怕何舆要逼自己盗钥匙，怕那让她盗钥匙的就是指使何舆盗扇的人，得了钥匙会对方家不利。

想跟方临汝坦白，又怕方临汝发火。

方姜氏和方临汝对她好得真没话说，自己却一而再再而三做出损害方家利益的事。真的没脸说。

方临汝和方姜氏说了会儿话，天色也差不多了，方临汝亲自进房给方姜氏拿披风，值钱的衣裳当得差不多，也没得挑，衣橱里头空荡荡的，只剩一件石青刻丝银鼠大毛滚边披风。方临汝微有歉然，方姜氏倒看得透，让白芷上来篦了篦髻，只插着一根青玉簪子，也便罢了。搭着方临汝的手，背后白芷、红叶紧跟着，往鸿春堂走去。

舒九娘带着婢女在堂外站着，满面为难之色，婢女们手里端着笼屉，膳食的热气在冬日地空气中泛着白烟，阵阵清香。看到方临汝，舒九娘急急迎上来，小声道："柳姨娘不让摆膳食，说有话要问你，顺她意了，这阖家宴便吃，不合她意，不如吃分家饭。"

关了那么久的禁闭还没长脑子，方临汝连费心思敷衍都懒的了，淡淡吩咐："摆膳。"

众人都来了，妾室依规矩不得上膳桌的，只是方德清仅一妾，且育了方家长子，因此格外礼遇。柳氏一向不立规矩一起吃饭的，长方形条桌食案，正中家主位置空着，左侧为尊，上首方姜氏的位置空着，下来是何栎跟崇徽，右侧上首柳氏，依次下来方游丰跟方秀绮。

柳氏周身自上而下明艳耀眼的颜色，头上步摇金钿，珠花翠钗，上身一件榴红漏地凤穿花绸衣，外面罩一件绛红织锦缂丝窄袄，绿绸裙子，翘着脚，露了半截青纱大脚裤。笼浅碧，荡深红，好一个绝色丽人，昂着头，目下无尘，大模大样。

方秀绮一袭烟紫色织锦褙子，里头白色薄棉绫袄，白色薄棉裙，清雅端重，眉头轻蹙，隔着方游丰和柳氏说着话。

方游丰缩背塌肩无精打采，妹妹和阿娘的说话恍若不闻。

崇徽和何栎脑袋紧挨着，细声说着话。

这个样子又是嫡庶阵营分明了，方临汝暗叹，方姜氏却是唇角微微挑起，眼底一抹嗤笑。

近了，便听柳氏尖利的嗓子刻薄道："你眼下可是住进澄漪山房攀了高枝儿了，还坐我这边做甚。"

"都是一家人，阿娘何必说这些。"方秀绮眼眶微红。

崇徽和何栎说着话，忽地起身："三娘，你坐这边。"走过去要和方秀绮换位子。

他和方秀绮换位子，方秀绮便与何栎坐一块了，样子像是夫妻，哪儿能够！

方临汝要让崇徽和方游丰换位，又顾虑着方姜氏，一时不便开口。

何栎抬头看了一眼对面，唤道："丰郎，你过来。"

崇徽眼下身份是她未婚妻，是女子，跟方秀绮坐一处恰好，方临汝暗赞。

方姜氏神色变了变，抿了抿唇，到底没发火。

崇徽怔了下，什么都没问，把方游丰拉起来，方游丰没骨头似的，有气无力地走到对面坐下。

"呦……"柳氏啧啧连声，口脂涂得浓浓的嘴唇撇了撇，嗤道："何大郎，还不是你的人就疼起来了，可惜你姨妈还要等你娶她……"

"开膳！"方临汝沉声道，打断柳氏后面的话。

柳氏咬牙，尖声叫："开什么膳，我有话要问。"

方临汝不语，扶了方姜氏坐下，俊挺的眉毛往上挑了挑，双凤眼眸光幽沉，凌厉的警告意味瞥柳氏，柳氏身体颤了一下，霎地哑了声。

膳食摆了上来，主食乳酪饼、水晶饭，菜品有山鲜有海货，色色味美，柳氏一眼扫过，砸食案，捶胸顿足号啕大哭："郎君，你在天上可好生瞧着，看看人家怎么虐待我，自个儿吃山珍海味，给我送的却只是寻常不过的一荤一素一个汤，炉饼脱粟饭，我可怎么活啊……"

“阿娘！”方秀绮霎地站起来，嗓子略略高了些，“自扇坊起火后，母亲、二兄和娘子用的膳食跟你一模一样，并无半分差别。”

柳氏一嗓子哽在喉间，眼珠子转了转，发狠道：“怎么可能？”

方秀绮咬唇，出去，唤舒九娘拿来账本，一把掷到柳氏面前：“你自己瞧瞧。”

每日购进什么食材，往各房送什么分配什么记得一清二楚，确如她所说。

柳氏眼直了，讷讷半晌，目光掠过别的地方，方诚、方渭、何栎和几个受重伤的管事，膳食都是极好的，脍精脍细，菜式每日不见重复，又哭叫起来：“我不活了，我为方家育了一儿两女，居然不如一个客居的穷亲戚，不如方渭、方诚几个下奴……”

“阿娘，受伤的人得好生调养身体，怎么相比？你……你怎么能这么不讲理？”方秀绮气得哭起来。

门外舒九娘咬牙，往里抬步又猛地顿住。

“柳姨娘若是救火救人伤残，也是这待遇，如今火灭了，你还想要这待遇也不是不能，烈火烧上一两时辰，手臂砍一条下来，后背砸断便可。”方临汝淡淡道。

柳氏面色一白，霎地噤了声。

方游丰瞥一眼账本，呆住了，自语似低问：“咱们家生计艰难至此吗？”

方秀绮流泪，低泣道：“扇坊一把火烧得干干净净，还能不艰难？母亲把她的首饰衣裳都拿给璟初变卖了，阿娘不仅不把东西拿出来贴补家用一家子同心协力共渡难关，还说这些有的没的。”

“我为方家生儿育女辛苦半辈子，没额外多拿，那点儿私房子我留着又怎么啦？”柳氏昂头，又粗了声气，理直气壮。

方临汝摇头，解除柳氏禁闭，当真别想安宁了。

懒得跟她说话，招手唤大家：“都别怔了，吃饭。”

一家人团聚欢欢喜喜的家宴，被柳氏闹得大家都没了兴趣，各人埋头闷吃，静静不闻说笑之声。

膳毕，婢女们上前侍候，方临汝漱口拭嘴后，起身刚要离开，柳氏尖叫：“都别走，我有话说。”

方临汝抬头乜了她一眼，婢女们收拾着膳桌，并不回席，走到地台上，撩起袍摆坐下，从容自在，淡声道："说。"

众人本要离开的，一齐停下脚步。

"你不拿钱给丰郎办瓷行，那就让他去扇坊去，你虽是家主，也不能一手遮天，丰郎是方家长子，没理由就得角落里待着等你赏他一口饭吃……"

刻薄尖酸，损方临汝的同时，也把方游丰贬得一无是处。

方临汝懒得跟她一般见识，看向方游丰，温声道："阿兄，不是不给你筹钱办瓷行，眼下家中的困境我也讲给你听了，稍等等。"

"我……我……我知道的。"方游丰结结巴巴，眼神闪烁，"阿娘手里有钱，我就是问她，能不能把首饰珍玩拿给我变卖了做本钱。"

"没出息的东西，什么都不争，只会打自己亲生阿娘的主意。"柳氏恨恨道，伸手戳方游丰的额头。骂了些时，昂头，眼角斜睨方临汝，趾高气扬道，"方家制扇之家，不让丰郎弄什么瓷器也行，让他去扇坊，跟你一起管理扇坊。"

方姜氏低眉，唇角下垂，缓步出门，并不过问。

白芷、红叶快步跟上，出厅门，白芷小声道："柳姨娘真真不知死活，还想老虎头上拔毛，非得要二郎再关她禁闭才肯罢休。"

方姜氏低哼，脚下不停，离鸿春堂远了些，嗤道："汝郎总顾着郎君面子不肯十分整治她，同母异母兄妹亦等同视之。虽则因枫娘身子弱多关顾了些，对丰郎和绮娘也不差，满心想着为丰郎弄营生，帮绮娘挑个好夫婿，虽说被雯娘气狠了停了她嫁妆，我瞧着，等她孝期满了出嫁时，还是要给她嫁妆的。柳妹妹这样三番五次折腾，把她气狠了，什么都不给，更好。"

红叶低眉不言语。

白芷唇角一抹讥嘲笑容，道："活该。"

主仆三人行至澄漪山房大门，正要入内，方敬匆匆奔来。

却是白芷的母亲差人来送信，说是病倒了，让白芷求主子恩典告假回家，方敬进府遇上了，引泉让他代为传话。

白芷是家生子，一家子都在方家做事。父亲原是方府扇坊二管事，有些体面的，前年腊月里父亲去世，母亲悲伤过度日夜啼哭，无法再听差，去年她父亲周年忌日后，白芷求了方姜氏恩典，在外赁了一处小宅子，把母亲送出去，买了一个婆子服侍。

“快去吧，好生陪你母亲，等你母亲痊愈了再回府听差。”方姜氏当即道，白芷匆匆离去，方姜氏又唤住她，“回来，收拾两件厚衣裳再走，别凉着了。”

又唤红叶：“府里库房约莫什么都没有了，便是有，我要了柳妹妹那边回头听说又要找事叽咕，你去秋香楼跟素心、素问要半截人参给白芷带回家给她母亲补补身子。”

红叶应下快步离去，方姜氏让白芷快去住处收拾衣裳，自个儿缓缓往里走。

北风凛凛，孤身缓缓远去的身影零丁娇怯，白芷定定地看着，再也看不见了，方回头。

“夫人对你不错。”方敬低声道。

白芷低眉，轻咬下唇，眼眶微红。

“二郎为人其实也很好，咱们那样做，是不是太狠了些？”方敬又道。

“都到这一步了，说这些有什么用。”白芷深吸了气，脸色又复僵冷，沉沉没有半分喜怒。

“继位大典还没开始，这时候找二郎坦承一切兴许还能挽回方家败势。”方敬嗓音有些滞涩。

“不成！”白芷尖声叫，皎好的眉眼扭曲，“我发过誓，方德清加诸在我身上的痛苦，我要他百倍千倍偿还，他死了，只能他妻儿偿还，我要颠覆方家，要让方德清做鬼也不得安宁。”

“可是，夫人和二郎是无辜的，二娘那身子，方家倒了，他还能得活吗？素心、素问跟你从小一起长大，情同姐妹，她俩怀着孩子，受不得打击，咱们……”

“别说了。”白芷狠狠打断他，寒声道，“我走了，你赶紧找个借口带你母亲出府，明日不知乱成什么样，再不走就来不及了。”

柳氏见方姜氏离开，有心喊她留下，又不愿意掉架子。

其实她哪有什么架子，自个儿捧着自个儿，也因方德清在世时为讨他欢心克制得狠了，方德清去世，当即膨胀得不管不顾起来。

方临汝瞟都不瞟柳氏，让何栋到玉澜堂把账本抱过来。

崇徽凑到方临汝面前，亮晶晶的眼睛看她："我呢，我做什么？"

"你也有事。"方临汝笑了笑，温声道，"你喊上方诚到扇坊去，拿一套制扇所需的工具，材料拿几套过来。"

"我问你话你还没回答呢。"柳氏被冷落，不满地大叫。

"柳姨娘少安勿躁，好好看着，接下来汝做的事就是回答。"方临汝淡淡道。

玉澜堂处，账本先拿过来了，小山似一摞堆放到地台上，方临汝不看柳氏，把账本推倒叠起，对方游丰道："阿兄，这些账本有制扇材料入库登记，库存登记，团扇生产数量累计等，你把它们分门别类出来。"

"啊？"方游丰看看那一摞账本，眉头纠结成一团，拉长了脸，碰都不想碰，摇头不迭，"我不看我不看，我也不懂。"

"只是分门别类，不需要你细看。"方临汝温声道。

"我不看。"方游丰跟看洪水猛兽般，倒退了好几步，瞪柳氏，"扇坊有汝郎打理着甚好，做甚要拉我下水，我不掺和扇坊的事。"

柳氏舌头打了结，半晌，嚷道："底下有那么多人做事，哪用得着丰郎事事亲力亲为，你别装腔作态。"

方德清去世那日，她便是这般说话，方临汝淡淡一笑，并不跟她对嘴，拿过账本注目看。何栎见她看账，当即出去，不多时拿了算盘过来，方临汝摆好算盘，噼噼啪啪算账，平时算账不说话的，今日偏念出来，一个又一个数字，几万个不止。

柳氏听得脑仁疼，脸色越来越难看。

方临汝核完一本账册，方诚和崇徽带着几个扇工抬着工具和制扇材料进来。

数不清的材料加上工具，摆满了能容近百人同时就餐的鸿春堂。

方临汝还是不看柳氏，双手不停，劈竹丝，烤扇形，上漆，绷扇面等，行云流水，有些工序须得等些时间，并不能马上做出一柄团扇来，做了十几道工序后便停了下来，看向方游丰，笑道："阿兄，你来做，会什么就做什么。"

"我什么都不会。"方游丰苦了脸，怨恼瞪柳氏。方临汝非要他做，没办法只能去做，看起来劈丝最简单，一手握紫竹一手拿篾刀，一刀下去，竹子没劈开，手指一道血口子，疼得扔了东西，哇哇大叫。

包扎好手指，方游丰说什么也不肯制扇了。

方临汝命方诚把工具和材料都收起，抬回扇坊去，厅中干净空旷，方游丰手指落下那点血迹猩红醒目。

柳氏咬牙看着，明白方临汝要说的——即便把方游丰安排进扇坊，他也干不了什么。

方临汝至此方把目光落在柳氏脸上，那张脸好像从她记事起便没变化过，每时都是艳丽风骚的，想必因此才深得她阿爷宠爱。顾念着阿爷，谨记着自己一家之主的身份，还盼着一家子和和气气，不屑置辩，却还是细细解释了一番，缓缓道：“扇坊被烧，眼下艰难些，待从容了，我必筹措本钱出来给阿兄，等阿兄的瓷行上了道，赚钱了，姨娘想分家我也不反对。分家之事，不是我一个人说了算，请族中长辈，请润州城名人作证，介行估计了家产价值，一分为二，决不亏了阿兄。”

“说的比唱的好听，谁知道。”柳氏嘀咕。

“我用不着唱给你听，阿爷把方家交给我，我有责任照顾方家每一个人，方才跟你说这些，若我有私心，你又能奈我何？”方临汝低低笑。

柳氏哑口无言。

第五十四章　蛟龙腾空

金山街背靠谢府的宅子，厅堂里头灯火闪烁，人进人出。

十几年磨一刀，明日屠刀举起，方家尸骸无存。从此，团扇行业再无方家。

谢夫人细细筹划着，唤来一个又一个手下，又是问话又是布置。

入夜了还没闲下来。

方家的订扇会万众瞩目，家主继位大典亦然，润州城中来了不少各地扇商，有想看继位大典的，有为了一睹方家的美人团扇的。谢夫人差人仔细打听，听说方家最大的两个扇商，杭州赵氏和明州江氏的当家都没来，微有些失望。

她满心打算着要趁机把这两个商号拉拢过来鬻谢家扇的。

儿子会制扇，再不愁谢家重振谢家扇问题，只等儿子回家，马上收回扇坊，召集扇工，东山再起，重返团扇市场。

怕谢宜宁为方家出头，早早哄她喝了安神汤睡下，还不放心，房门也锁上了。

“多安排一些人，明日在人群中起哄，朝方临汝扔砸东西，务必狠狠挫方临汝的锐气。”谢夫人交代谢运兴。

谢运兴领命，却不走，微有浮肿的眼睛眯起，眼神淫秽：“夫人，方家倒了，能不能把白芷赏给我？”

谢夫人抬手，手里茶盏欲砸出，霎地又收回，冷冷道：“花儿虽美，可刺儿尖利，也不怕扎了手，别打她的主意，挹翠楼里随你挑一个。”

“挹翠楼里的小娘迎来送往不干不净，我不想要。”谢运兴涎着脸笑，“白芷不行，夫人能不能把那个叫什么兰荪的赏给我？”

“可以，方家那些扇面美人你想要哪个就要哪个，全部都要了都行，不过，把人要了带你宅子去，不得给出门，别给崇徽遇到。”谢夫人淡淡道。

“多谢夫人！”谢运兴喜得打跌，磕头不迭。

“起来，别磕了，磕得我头晕了。”谢夫人嫌恶地皱眉，谢运兴忙爬起来，谢夫人沉吟片时，交代，“安排人把话传给何舆，明日方家必乱，是他报仇的好机会，明日再安排十几个人趁乱缠住方府守门的，让何舆进方府去。”

谢运兴领命离去。

“姐姐想干什么？”烟萝惨白着脸问。

“你不是猜到了吗？”谢夫人淡淡道，诸事安排妥当，起身往回走，广袖大衫，曳地长裙，娇娆轻红，飘逸婉约。

烟萝呆呆地看着她背影，面如死灰。

让何舆进方府目的何在，她的确猜到了，故而，惊魂失魄。

何舆当日挹翠楼里找相好姐儿要药，挹翠楼里的人都是谢夫人的耳目，给何舆十三酥还是谢夫人授意的。何舆吃了瘪，跟姐儿抱怨过，谢夫人尽知，何舆无耻小人，眦睚必报，方家败落时他进府，会干什么可想而知——定是跑秫香楼去羞辱方锦枫。

方锦枫身子弱得长到十七岁未出过府门，哪受得了打击？

素心、素问两个七个多月身孕，身子沉重，何舆随便做些什么，就够要她们命了。

从小宅子回谢府的路漫长得几乎没有尽头，灯笼那点儿光芒似有还无，乌沉沉不见光明。脚底下小径绵软黏腻，恍如踩在人尸上，低头间，昏黑里似乎一地血水，烟萝死死捉着袖子，神经紧攥不放。

进入厅堂中，黑白颜色，挂在墙上的谢天画像仿佛默默地看着，谢夫人上香，喃喃诉说。

烟萝十几年来听她诉说过很多次，却没一回像这回一般，一个字就是一把重锤，狠狠敲打着她的良心。

“怎么？心软了？”谢夫人起身，冷冷斜了她一眼，往里屋起居厅走。

烟萝怔站了片刻跟进去，涩声道：“姐姐，方锦枫从不曾做过什么坏事，素心、素问两个待产妇人更碍不着谢家什么，饶了他们不行吗？”

“又来了！”谢夫人狠狠一脚踹出，砰地巨响里夹杂哗哗碎瓷声，矮案倒地，案上茶壶茶杯碎了一地。

烟萝身体一颤，跌跪地上。

“你别总一副悲天悯人的样子，若不能让方家永无翻身之日，一旦方临汝重振了方家，她岂能饶过我。”谢夫人高声道，扬手要扇烟萝，又硬生生刹住。

“我就是想着……他们太可怜了，姐姐也是做母亲的人，不可怜大的，只当可怜她俩肚子里小的，行不行？”烟萝匍匐地上，额头触地。

“你怎么还说这些！”谢夫人吭哧粗喘，拂袖子，来回不住转，尖声叫，如钢针在铁板上磨过的尖锐刺耳的声音，“方临汝其人，烈火不能融其志，钢刀亦休想让她低头，胸襟宽广，胆识过人，仅是揭穿方家传家宝扇的秘密，不过是从外面灭方家生机，并不能压弯她挺直的腰杆，她还会带着方家人重振旗鼓，只有让她无颜存活于世，方能高枕无忧。她那个人唯一的缺点就是太重感情，责任心太重，方府内部大乱，方锦枫死，素心、素问死，方姜氏死，她自责身为一家之主未能护得家人安然，因而失去求生欲死了，这场仗谢家才算胜了，你明白吗？”

“姐姐的最终目的是逼死方临汝？”烟萝喃喃。

“是，唯有如此，谢家方能立于不败之地。”谢夫人冷冰冰道。

“那小郎怎么办？他喜欢方临汝，喜欢到骨子里去的。”烟萝直着眼，凄凉地看着谢夫人。

“他会慢慢忘掉的。”谢夫人低哼，眯眼凝眸，“就算忘不掉，方临汝死了，他还能做什么。”

“姐姐失去爱侣的痛苦也要让小郎品尝吗？”烟萝怔怔问。

“我跟天哥是结发夫妻，恩爱数载，他跟方临汝如何相比。”

“姐姐不怕母子关系无可挽回吗？”

“无可挽回？”谢夫人冷笑，“他认不认我，我都是他亲生母亲。”

烟萝低头，许久无言。

“你还是在厢房里待着吧。”谢夫人起身往外走。

烟萝怔了怔，默默跟着，夜色暗沉，廊下灯笼光影孤凄清，厢房门推开，吱呀声在寂静里令人皮肤一颤，细小的颗粒浮起。谢夫人倚着门框懒洋洋地站着，烟萝知道她在等自己认错，像那日一般，然而今晚，她无法再屈膝。

关起来挺好的，不会忍不住跑去方家找崇徽报讯。

幽幽灯火点燃，谢夫人冷哼一声，重重拉上房门，扣下铜锁："悔了就拍门，让我放你出来……"

远远传来的急促脚步声打断了谢夫人后面的话。

"谁？"谢夫人低喝，人影到跟前，是兰荪，面上冷冰冰的，身体语言却微有惶急，谢夫人皱眉："怎么啦？"

"梅娘不见了。"兰荪沉沉道。

"不见了？"谢夫人反问，难抑惊讶，出府的门都上锁着，怎么会不见了，"找过没？"

"找过了，不过偌大个府第，她若是藏起来，也不好找。"兰荪道。

谢夫人咬牙问："这两日她离开住处没？什么时候发现她不见的？不见前她做了什么说了什么？"

"离开过，几乎很少在房中待着，她喜欢花草，在园子里时就经常外出侍弄花草摘花回房间里插，我也没在意。晌午时她说不舒服要回房睡觉，让我们晚膳也别喊她吃了，我也就没喊她，方才几个小的议论花瓶里的花，不知叫什么名，一个去问她，方知道她不在房中，被子展开鼓起来，样子像是有人在睡觉，实际不见人了。"

这分明是有意的脱逃，若是那几个小的没吵起来去找她，根本不能知道她不在房中。

谢夫人细想那一日紫竹园里头梅娘的说话表情，最初分明是不想出紫竹园的，后来见兰荪和那些美人要出园，方说她也愿意出园，想必那时就已思量好，要寻机给崇徽和方临汝报讯。

烟萝在房中呆呆地听着，无意识地抓住烛台，疼得"哎哟"一声低叫。

谢夫人大步往外，蓦地又回来，隔着门板，问道："你觉得梅娘还在府里吗？"

烟萝轻咬唇，犹豫些时，低声道："怕是已出府了。"

"府里大门紧闭，都上锁了，她能怎么出去？"谢夫人问她，不等烟萝回答，自己先想明白了。

想必跟崇徽当年出府的路径相同的。

从哪里逃的呢？

当年儿子不见了，府里掘地三尺没找到，至今也不明白崇徽怎么出的府。

晌午到当下已经三个多时辰过去，若是出府了，紫竹园里的美人被她带走一事，怕是已被方临汝得知了。

偏偏这两日她觉得抓住方家传家宝扇的秘密，方临汝回天乏力，下令把监视方家的人都撤走了，也不知梅娘到底是不是进了方家。

幸好还能问白芷。

谢夫人一面召了人在府里搜寻，一面使人到白芷母亲那里，让人传话给白芷。

侍候白芷母亲那个婆子就是谢夫人的人，安排过去方便传话递话的。

白芷已经出府了，得讯又回了方府，却不进内，只门上找引泉问话，道侍候自己母亲的婆子不在家里，问引泉有没有来过。自是没来过的，随口就问今日有其他人来过没，听得没有，便走了。

听说梅娘没进方家，谢夫人略松口气，府里各处没找到梅娘，基本可以确定她是逃出谢府了，命谢运兴派出所有人，十几个人进观前街必经路口守着，其他人城里各处打听。

消息陆续传回府，至子时，城里各街道空无一人了，还是没找到梅娘。

“去了哪里了？”谢夫人焦躁不已，若是被方临汝得知扇面美人在她手里，想了应对法子，自己简直就是前功尽弃，而且暴露了所图，往后，想置方家于死地难于上青天。

夜深人静，郭府里郭成安的房间还没熄灯，绘着龙凤虎豹的灯架上十多支蜡烛点燃，烛台下垂的珠玉金银挂穗在流动的微风里轻轻晃动，清脆的一声声响，烛光耀眼，灯架上龙凤虎豹栩栩如生，似欲腾跃纵下。

房氏地台上坐着，眼神有些空，郭成安来回不住踱步，床上躺着一个美貌小娘，赫然是梅娘。

下午从方府出来，郭成安又羞又恼，无地自容之余，对方临汝更加妒恨。

马车将出观前街，郭成安回头看，方府大门阔敞高大，富贵昂扬，府门前的观扇台洋溢着团团喜气，热闹非常，那一盏盏红灯笼就是一张张临汝的笑脸，促狭的自得的调侃的种种表情在眼前闪过，牙根咬得格格响，恨不能回头把观扇台拆了，把方府大门砸了。

“停。”房氏忽地尖叫。

“怎么啦？”郭成安讶异问。

房氏不答，眼珠子直直看车外路边一小娘。

郭成安顺着她的视线看去，嗓子比她还尖锐：“扇面美人！”

梅娘听得叫声抬头看来，望一眼房氏，望一眼郭成安，看一眼远处方府，挽起裙子狂奔。

“抓住她。”房氏低叫。

想不明白为何刚刚才看到的方家的扇面美人，怎么会变成大活人在眼皮底下出现，梅娘眼里的张惶却使她瞬间觉得得把梅娘抓住。

母子俩按住奔跑的梅娘。梅娘拼命挣扎。

离方府大门只有二十来步距离，郭成安抓着梅娘把她往马车拖，到跟前，攥着她发髻狠狠朝车辕撞去，梅娘身体一软，头颈低垂，晕了过去。

“方家的美人团扇上的扇面美人怎么会是大活人呢？”郭成安自语似不住喃喃。

这话，自抓梅娘回府后，他已说了近百遍。

房氏捏了捏眉心，她也想不明白。

外头有传言，方家的扇面美人能变大活人，往日她是不信的，今日亲眼看着方家的美人团扇的变化，却又有几分信了。只是想不明白，扇面美人能变大活人，当是仙子一般，不食人间烟火，仙根慧骨，怎会被自己跟儿子轻易抓住。

找了大夫过来诊脉，大夫说，忧思过度兼受惊吓，头部又遭重击，一时半会醒不来，开了药，让养着，道不妨事。

大夫这么说，也便是说，女子只是普通人，不是什么花神扇怪。

“要不要把人给方临汝送回去？”郭成安踱步些时间道，因为偷方家的宝扇弄了一身骚，心有余悸。

房氏起身来到床前，紧盯梅娘，梅娘眼睛紧闭，却难掩倾城美色，房氏看了半晌，忽地道："好美的人儿，人间少见天上难觅，想来不输方临汝那个未婚妻多少。"

郭成安瞥一眼梅娘即移开目光，漫不经心道："还可以，细论起来，春兰秋菊各有千秋，也不差。"

"这样的美人生下来的孩子，想必也是极好看的。"房氏低声道。

"孩子相貌多随爷娘，自然是好看的。"郭成安随口敷衍了一句，又开始打转，皱着粗浓的眉头，喃喃自语。

"三郎、四郎、九郎、十郎得你阿爷疼爱，皆因长得好看。"房氏缓声道。

郭笑盟除了正室房氏奉爷娘之命娶的，容貌不佳，小妾们都是自个儿寻买的，虽比不上方德清的妻妾和谢天的夫人，但也都算得上美人，儿女容貌肖似他的都长得不堪，像娘的却长得极好看，房氏口中的几个，还有几个女儿肖娘，姿容皎美，极得他宠爱。郭成安要不是有房氏费尽心思帮他打点，又占了嫡长子之名，很难接郭笑盟位子掌管郭家大权。

郭成安每每看着方临汝，也暗恨自己没他的俊美姿容，听得房氏说话，懊恼道："我知道他们长得比我好看，母亲不必说了。"

"这些日子我看了不少人家小娘，略略长得好看些的，都不愿意跟咱们家结亲，试探过谢夫人几次，她连接话都懒得，看来便是你不挑她女儿，她也不愿意的。"房氏伸手，指尖从梅娘眉眼上缓缓划过，沉声道，"这样的倾城美人，可遇不可求。"

郭成安僵住，结结巴巴道："母亲，你……你的意思……是……"

房氏收回手，笑呵呵道："母亲所想的便是我儿猜的，把这女子收房，管她是哪来的，既然让咱们撞上了，也就由不得她了，让她为你生儿育女，正室另娶大户小娘便是。"

"不成，我对她没兴趣。"郭成安摆手，看洪水猛兽一般瞥了梅娘一眼，往门外退。

"对她没兴趣，那对谁有兴趣？"房氏身子肥胖，脚下腾挪却甚快，一把堵住郭成安去路，细小的眼睛的精光迸射，紧盯郭成安，"就对方临汝有兴趣，对吗？”

“胡说！”郭成安粗黑的脸庞涨成猪肝一样的暗红，目光闪烁，眼神游移，“方临汝是男人，我怎么可能对他感兴趣。”

“不是最好。”房氏笑笑，拍拍郭成安肩膀，出门，拉上房门。

“母亲！”郭成安大叫。

“你若不要那女子，母亲就唤月娇来，我儿年已二十，是该开窍了。”房氏门外道，隔着门板，声音有些模糊飘忽。

郭成安抓住门板，精致菱形雕花，木质细密，规则有度，光滑的漆面，晃了晃，没拉开，房氏竟是在外面落锁了。郭成安悻悻跺足，回转头，床上女子不知何时醒了，抓着被子缩在床角，瑟瑟发抖看着他。

“我对你没兴趣，不用怕。”郭成安走到床前，瓮声瓮气道，来回踱了几步，眯起豆荚眼看看门板，影影绰绰肥胖的一个人影，房氏还没走，苦恼地拍额，压低声音，“我母亲在门外听着，你会叫吗？叫几声给她听听。”

梅娘警惕看他，不言语，过片时，打手势，紫竹园里头常看那些被下了药的美人打手语，跟她们交流时也是打手语，行云流水，便是哑巴也看不出端倪，更不说郭成安了，莫名其妙呆看些时，恍然大悟：“你不会说话？”

梅娘点头，手指指着耳朵转转，又指嘴巴。

“你会听，只是不会说？”

梅娘点头。

“居然是个哑巴。”郭成安嫌恶地皱眉，眼珠子转了转，脱了衣裳上床。

梅娘惨白着脸看他，身子蜷缩得更小。

“放心，没兴趣碰你。”郭成安冷哼，摇头柱拍床板，粗着嗓子喘气。

嘎吱嘎吱声响伴着粗喘响声，房氏轻吁口气，揉了揉额角抬步离开。

“夫人，这是……”月娇院门口守着，迎过来，视线往房门看。

“找几个信得过的婆子过来侍候，院门让人守着，除了大郎，别的人不得给进这院子，茂树几个也别给他们进来。”房氏淡声吩咐。

月娇应下，迟疑着又道：“明日是方二郎继位之期，大郎这时候……会不会耽误起床，错过观看方二郎的继位大典。”

“方临汝继位有什么好看的，水到渠成顺理成章之事，派几个人过去看着回来禀报就是，天寒地冻的，用不着大郎亲自去观看。”房氏冷冷道。

儿子一心振兴郭家把方家踩到脚下，她原来欢喜着，觉得儿子上进，后来便越来越觉不妙，下午在方家，儿子哀声求方临汝帮他挠痒时的神色，怎么看怎么怪异。今晚，对着那样倾城美色，居然半点儿不动心，更令她心惊胆战。

她从来不强迫儿子做什么的，今天也顾不得了。

“方临汝！方临汝！”房氏低念，恨不能从儿子的心上把方临汝抠得干干净净，不留半点儿痕迹。

方临汝又是算账又是亲自制扇，把柳氏镇得哑口无言，柳氏走后，又温声安抚方游丰，看方游丰虽没怨怼之色，精神却跟刚回来那时天差地别，再是豁达开朗，也不免有不为亲人理解支持的沮丧。

进澄漪山房，何栋自回曲溪馆，崇徽陪着方临汝缓缓地走。

北风从枝头呼啸而过，地上两个影子飘忽，偶尔分开，又很快重合，靴子落地橐橐声，静夜里清脆响亮。

漱石榭到了，崇徽院门口略停了停，转身离去。

方临汝没唤他，沉默着进了大厅。

绘过她的画像后，接着又是造假扇要绘像，琬初、璟初还在曲溪馆住着，没发话让她们回来，漱石榭静静的不闻人声。洗漱了上床，方临汝忽然间觉得寂静得可怕。

气温比前些日子还低，厚厚的绵软的丝被清凉地贴在肌肤上，压抑的寒意争先恐后往骨缝里钻，方临汝不受控制打了个寒战，重重一声“阿嚏”。

“二郎，你着凉了？”

崇徽焦急的声音传来，方临汝愣了愣，猛然间才想起，自己没关院门也没关房门，为何会下意识不关门？略一寻思，身体蓦地发烫，羞臊难言。

“二郎，要不要找大夫诊脉？”崇徽进房，颀长挺拔的身姿，入世时间长了，再不是懵懂迷糊模样，清澈的眼眸里光华迸射，倾城绝色里透着洗练，威风凛凛。

他已经如腾飞的鲛龙，不再居于她之下。

方临汝晃了神，半晌方嗔道：“打个喷嚏就请大夫，大惊小怪。”

“我担心你嘛。”崇徽哼哼，上床，把方临汝连人带被子抱住，在她脖颈轻蹭，脸庞肌肤凉凉的，鼻息却极热，喷在方临汝的耳根上，方临汝颤了颤，掩饰地笑："这么大个人怎么跟个大狗似的，我可受不住，起开。"

口中说着，却不推他，一丁点儿不悦之色亦无。

崇徽察言观色上赶着的本事已臻化境，自是不起开的，抬起头，乌黑的眸子专注看着方临汝，长长的睫毛眨动，色迷迷的笑容："二郎，你身上有股香味，真好闻。"

方临汝歪头闻了闻，懒洋洋道："白附子、丁香、轻粉和杏仁等调的澡豆的香气，你要觉得香，改日我让琬初跟九娘要一盒送到流觞轩给你。"

"不要，香味在我身上没有在你身上好闻。"崇徽笑嘻嘻地说，又把头埋进方临汝的颈窝。

方临汝后知后觉发现，他这是在搭讪，没话找话，变着法儿讨自己欢心，心脏不由自主地轻轻抽搐了一下。他把她看得比他自己还重要，时时刻刻顾念着她的心情，不经意间便想哄她开心，怎不教人柔情荡漾，不自觉抬手，轻轻搭到崇徽后颈上。

崇徽从没得过这样的待遇，呆住了，一动不动。

唇边那根手指轻擦着，明明是凉的，身体却被擦得很热，方临汝张嘴狠狠咬下去。

"真的疼呢，没有在做梦。"崇徽快活一声叫。

"别……"方临汝含含糊糊地叫，身体绷直，压抑地一阵低喘。外头行事再是潇洒练达，究竟只是碧玉年华小娘，耐受不住突如其来的情潮。

崇徽怔怔看她，没想到她反应如此强烈，片刻的呆滞后，猛一下撩开被子钻了进去。

方临汝未及回神，有力的臂弯勾着她，身体被拉进他宽阔的怀抱里，她的薄绸中衣跟他的锦袍摩擦，悉索声响，方临汝慌乱地想挣开，只是身体虚软而乏力，没挣开，反倒使两人贴得更近了，紧贴着的身体肌肉结实富有弹性，气息清新美好热情洋溢，饱满的温度烫得她钢铁铸就的心都融化了，血液沸腾起来。

从前总是回避，不敢面对，恼他美色倾城祸国殃民，顾忌自己女扮男装，担着家主之位，未敢放纵，未敢回应，压抑得狠了，总是遭了报应，这当儿，有形的无形的东西被冲击得七零八落，被撩动的不仅是欲，还有情，心又酸又软，魂魄离体，理智不见了。

崇徽的嘴唇压了下来，两人贴得那样紧，紧得她感受到他心脏的跳动，咚咚咚，响而快，如急风骤雨打在瓦片上般。方临汝面上作烧，胸膛饱胀，迷幻而眩然，十分地痛快与放松。

“二郎，我好开心……”崇徽叽里咕噜说，没有重点，都是废话，听着却那么悦耳，他忽然松开她，轻轻抱着她，那样的珍重。

方临汝迷迷糊糊知道他为什么不亲她了，指尖抖了，心颤了，扭头，照准崇徽脖子血管位置，狠狠咬了下去，咬出一个深刻的印子，含含混混，嗓子又软又硬，迂回却又直接：“大兄挑不起方家担子，二兄身子骨弱，我还得继续女扮男装下去，素心、素问两个的孩子若有男孩，我尽心培养，等得有人挑起方家的担子，我就能退步抽身，不过最快也得十五六年。”

“你说过啊。”崇徽迷迷地说，似懂非懂的眼神，方临汝狠狠地拧他耳朵，骂道：“好话不说第二遍，不懂就算了。”

崇徽情字上头浑浊未开，钝得可以，却不蠢，脑筋转了转，眼睛瞪圆，傻了。

方临汝往日说这话是拒绝，此时却是——承诺。

她在给他承诺，许诺等有人挑起方家，她便卸了家主之位，跟他长相厮守。

“二郎……我好开心……”崇徽哈哈大笑，笑了一阵子，却又哭了，把头埋进方临汝的颈窝，稀里哗啦，不顾面子，没讲风度，呜呜大哭，像迷路的小狼狗找到了狼窝，像溺水的人濒死时终于攀上岸，像死囚犯突然得到赦免。等这一天等得太久了，懵懵懂懂什么都不懂，突然间，掩在心头的乌云散了，什么都明白了，想要的得到了。

“傻瓜。”方临汝低笑，捧起他的脸，温柔地帮他拭泪水。

崇徽傻傻地看她，泪水浸润的眼睛格外明亮，嘴角一线银丝，又呆又蠢又可爱。

方临汝扑哧一笑，轻点他额角：“回神，再这么傻下去，就给我回流觞轩去。”

“我没傻，我……”崇徽结结巴巴辩解，死死抱住方临汝，胆大包天，“我不走，我今晚不走了……”

做好准备被方临汝一脚蹬下床的，谁知不然，方临汝含笑看他，低嗯了一声，软绵绵的口气道：“不走就赶紧睡觉。”

崇徽呆了，没想到方临汝居然予取予求，赶忙闭眼，怯生生的，力道也轻了，小心翼翼地搂着她，生怕她不高兴了，不再给他留下。

方临汝缓缓闭上眼，崇徽的呼吸很轻，胸膛温暖，寂冷的长夜有人一起躺着，从未领会过的惬意，两情相悦的滋味原来是这样的美好，让人从身到心舒爽。

就这样吧，他愿意等她，那便无须再克制了，红颜祸水也好，家主责任也罢，动心了，再也不想推开他了。

阿爷去世这半年，她把自己练得刀枪不入，钢筋铁骨，可到底也不过血肉之躯，人生于世，最后不过一掊黄土掩骸骨。崇徽很好，他的身与心都属于她，毫无保留交给她，这就足够了。

错过崇徽，她会后悔的。

她不想后悔，也不想折磨自己折磨崇徽。

情障无解，也没必要解。

严寒彻骨的冬夜，因身边有了崇徽而温暖如春，相拥而眠，宁谧美好。

第五十五章　群起攻之

夜深，整个方府寂静下来，此时胭脂巷却进入一天里最热闹的时候，弦歌琴曲，燕语莺声交错。

何舆带着一班酒肉朋友在挹翠楼里狂欢。

顾虑着方香雯，又囊中羞涩，有些日子没来了，这一晚玩得特别畅快。

“何二就是爽快，发达也不忘弟兄，来，我敬你一杯。”一朋友道。

“咱们这么多人，就数何二最有出息了，花钱如流水，佩服佩服。”另一人道。

许多人附和，盛赞何舆义气。

“不成什么不成什么，大家不用客气。”何舆得意扬扬，眯着桃花眼，三分醉酒，三分飘然。一身鲜嫩的嫩绿色，肩膀斜溜，细腰纤纤，两道秀美的眉毛，一双风流的桃花眼，粉面朱唇，原本生得就极好，添了醉意，容貌更显昳丽，把身旁的男男女女都比了下去，只是不学好，白瞎了好皮囊。

偷团扇的报酬，订金五十金早挥霍完了，今日刚得的一百五十金，拿了五十金给方香雯打理家用。还有一百金，当即呼朋唤友，迎宾楼大吃大喝一顿，又在朋友的怂恿下来了挹翠楼，叫了姐儿吹拉弹唱，左一个右一个搂着，亲一口摸一下，不爱美色，这些美人美色也有限，比不上他自己，比不上方香雯，更加比不上方锦枫，他享受的是被吹捧奉承的快活。

六七个人喝了好几瓶酒，方香雯还有用处，何舆不想和她闹崩，看看夜深，呼喝着要离去。

玲珑袅袅娜娜地过来，娇滴滴搂住他，吐息如兰：“何二郎急着走干吗？是担心你姨妈家吗？”

“我才不担心呢。”何與哼哼，被方临汝收拾了几回，恨极方临汝，方家如今穷得瘦死的骆驼般，幸灾乐祸得紧。

“真的吗？听说明日方家大祸临头，我还以为何二郎为方家忧愁呢。”玲珑娇笑着道。

“明日方家大祸临头？”何與酒醒了大半，却不是担心，而是欢喜，双眼放光，紧盯着玲珑，“从哪听说的？准不准？”

“准得很，从哪听说的不告诉你，你有什么想做的只管进方府做，包你畅通无阻。”玲珑甩帕子，捂着嘴娇笑。

想做什么？要做什么？

方家败了，他要让方临汝痛不欲生。

想起方临汝冷浸浸的眸子，有些发怵，心念一转，阴沉沉一笑。

不必跟方临汝对抗，只拿他的心肝肉孪生妹妹方锦枫出气便可。

他要一雪那天晚上失算之耻。

以前想着把方锦枫弄上手了娶她得方家家产，如今方家落魄，家底空空，弄一弄出气，决不会娶她。

还有素心、素问两个，那天晚上若不是她俩阻挠，自己就得手了，也是仇人，她俩如今怀着方临汝的骨肉，更是仇上加仇，也不能放过。

不喝酒了，掷下一锭黄金急不可耐出挹翠楼。

方香雯还没睡，何與给她的五十金并没有精打细算留着家用，也没去赎当，而是出入银楼布行，买了几套首饰，又买了几匹布，唤了裁衣店师傅过来量身制衣。

何與一向油头粉面，头发揉桂花油，脸上擦胭脂，衣裳必要熏香，方香雯闻得有酒味脂粉味，还不知他去了挹翠楼，也没哭闹。

“我家要出事？怎么可能，方临汝精明能干得很，不可能出什么事。”方香雯摇头，再不信的。

“那可不一定。”何與奸笑，挹翠楼那种地方各式人等来往，消息最是通透的，说与方香雯知，也不是要跟她商量。懒洋洋往床上一躺，道，“明日府门前必是人山人海，咱们一起过去，潜在人群里，真出事了，咱们就往府里冲，我去给老毒妇添不自在，你去找岳母，定要说服岳母找方临汝撕扯分家的事，可别到头来什么都没有。”

方香雯也怕不分家弄不到方游丰名下家产，一想到要过苦日子，比何舆还着急，当即应下。

谢夫人密密布局，方临汝一毫不知，一夜好眠，醒来时，暖融融如浸润在温水中，伸了个懒腰，睁开眼，对上一张眼眶乌青，眼睛却璀璨晶亮的脸。

“一晚上没睡？”方临汝瞥一眼灯火，橘色灯光在透进窗户的晨曦中细小一束光芒。

“嗯，好开心，怕睡着了醒过来你就不在身边了。”崇徽傻笑，晶亮的眼睛变得迷迷蒙蒙，梦游不醒神色，抱住方临汝，软绵绵黏腻腻的糖糕团儿在她身上蹭来擦去。

方临汝心尖一阵发痒，抬臂回抱他，两个紧贴成一个，身体渐渐发烫。

从容淡定，笑谈捭阖，目下无尘什么的，都是做给别人看的，这当儿通通不见，责任和伪装荡然无存，坚强刚硬的盔甲连同高傲的壁垒被剥开推倒，随着升高的温度消失，方临汝身体软了，素日清凌凌双凤眼弥漫着绵绵情意，腻腻歪歪贴着崇徽，压抑地低低吟哦。

两人起来时已是辰时中。

琬初、璟初外头快把地板踏穿了，璟初抿着唇嘻嘻笑，琬初埋怨道：“大家主，婢女真是服了你了，巳时正大典开始，这当儿半个时辰不到才起床……”

口中说着话，忙忙碌碌侍候方临汝洗漱穿衣。

璟初上前要侍候崇徽，崇徽连连摆手，粉红的脸，满面娇羞：“我回去自己来，你去侍候二郎。”躲躲闪闪出门去。

璟初冲他后背龇牙吐舌头，甜糯糯骂：“这当儿知道难为情了，昨晚怎么不走。”

崇徽走得远了没听到，方临汝城墙厚的脸皮也臊红了。

收拾妥当用过早膳到玉澜堂已是辰时末，还有一炷香就到吉时。

原来调去服侍素心、素问的八个美婢临时调回来了，在玉澜堂外侍立着，精致的妆容，精美的橘红捻金线织成的骨朵云纹大袖衫，榴红曳地长裙装饰了云母、珍珠、钿片等物，北风里金玉碰撞一声声清脆细响，衣裳熏了香，阵阵幽香氤氲。

何栎早来了，在厅门口遥望着。鲜艳的绯色蜀锦宝相花暗纹窄袖襕袍，腰悬金镶玉如意佩，身姿笔挺苍劲，眉眼温润，方正里几分圆融，坚韧厚重，通达理顺，看到方临汝，长舒口气，迎过来，低声道："吉时快到了，刚要差人去催你。"

"跟订扇会无差，比订扇会还简单，只请宝扇众人一观，说几句场面话，咱们都见识过那么多回订扇会了，紧张什么。"方临汝微笑，入内，诧异地发现崇徽已来了，一袭月白广袖薄棉锦袍，出尘的颜色，做工精细，袍摆雅致的紫竹刺绣，飘缥缈渺若谪仙，头上一顶小娘才戴的帷帽，垂着白幂，见方临汝看他，崇徽撩起纱幂，脸上擦粉揉脂了，美得令观者窒息，怔怔呆呆说不出话。

方临汝过了些时方回过神来，清咳一声，道："你眼下看起来就是男人，那顶子帷帽未必能完全先声夺人，今日来的人特别多，其中未必没眼利的，被看出来不好，你别露面了。"

"我想看着你。"崇徽嘟囔，黏糊糊的眼神，指耳朵，鲜润的翠玉耳珰摇晃，又指胸膛，鼓鼓囊囊。他这些日子长成男人了，特别不爱扮小娘，垫了棉花的裹胸再不见他穿的，为了在人前露脸，委委屈屈又穿了。

方临汝上下仔细看，虽则男人的意味重些，却也不是就瞒不过去，琬初、璟初来了，门外等着听使唤，唤琬初："你去问问方诚，郭成安和林源来没来。"

琬初未回来，方渭过来了，驿舍刚送了两封书信过来。

赵吾行与江楚泽的信，赵吾行说，本要来祝贺的，夫人害喜不便远行。江楚泽说家中庶弟和姨娘不消停，闹了点儿事出来，抽不开身，两人遥祝方临汝继位大典顺利。

赵夫人害喜，看来他夫妻复合后感情极好，万千之喜。

方临汝一眼掠过便搁开，来回看江楚泽的信，眉头微微蹙起。

"怎么啦？"崇徽酸溜溜问。

"江大郎说得虽是轻描淡写，只怕事儿不小。"方临汝缓缓道，下意识把信递给何栎。

何栎接过，却不看，递给崇徽。看出来崇徽喝了一缸醋，体贴地让他先过目。

崇徽头发丝都在泛酸，猛一下被扔进炼炉里，臊得皮肉着火，脸面精赤，要展示风度不接，又舍不得早何栎一步知道内情，一只手伸出缩回，缩回伸手。

何栎笑笑，把信往他手里塞，又跟方临汝拿赵吾行的看。

崇徽别别扭扭地看信，甚不喜欢江楚泽，嘟囔道：“不来更好，天气这么冷，他对扇面美人不感兴趣故没来，没什么好担心的。”

方临汝要逗他，故意问：“你怎么知道他对扇面美人不感兴趣？”

“他一看就不是好女色之人。”崇徽道，霎地合口，塌了脸，懊恼不已。一个不留神居然夸了那座大铁塔，方临汝看来对他颇有好感，可别一夸，对江楚泽……恨不能把刚才那话吞回去。

方临汝莞尔。

何栎也是忍俊不禁，唇角翘起笑了些时，温声道：“江大郎曾与方家共患难，方家扇坊被烧又鼎力相助，大家是合作伙伴，也是朋友，汝郎关心他应当的，况且咱们家眼下还欠着江氏三万金，若江氏有难，要把金子讨回去，咱家可就困难了。”

“这些我懂。”崇徽闷闷道。

道理他都懂，可是一想起方临汝的目光落在别的男人脸上，他就整个人不自在。

方临汝抚额，无语得紧。

何栎低眉，假装什么都没看出来。

琬初回来，打破了尴尬的气氛。

林源来了，方诚把他迎到观扇台前，郭成安没来，只见郭家常在外走的几个管事。

“郭成安居然没来！”何栎讶然。

“约莫是昨日丢脸丢大了，没脸来。”方临汝微笑，没放心上。

郭成安没来，林源看起来不好女色，看女人的眼光不毒辣，不怕他看出崇徽是男人，也便答应他露脸。只是，瞟一眼他一身白袍，不甚满意。

常人心中都觉红色是喜庆，这一日方府上上下下，深红浅红榴红桃红，连沉稳端方的何栎都是一袭绯色锦袍，她自己也弃了常穿的水蓝湖蓝色，改穿一件正红色胡袍。崇徽一身白，固然出尘绝俗，看起来，与方家众人未免有格格不入之感。

想让崇徽换红衣，细想，崇徽的衣裳居然全是接近白色的，月白、纯白、奶白，事先没打算给他露面，也没给他做袭红色锦袍，踌躇起来。

崇徽在看到何栎居然穿着绯色衣裳时就不自在了，何栎往日都是深青石青天青色，再不见穿明艳颜色的，一袭绯衣看起来少了严谨多了风流，更好看了。他从没觉得自己绝色倾城，只觉被何栎比下去了，沮丧得很，后来方临汝来了，一袭正红胡袍，跟何栎像是一对儿，更抓心挠肺，暗恨自己没做得红色衣袍，又恨自己个子太高，不能借方临汝的或是何栎的衣裳穿，此时看方临汝眼神，分明是不想让自己跟出去，急得抱住方临汝胳膊猛摇。

“行啦，让你跟出来。”方临汝笑笑，不想见他烦闷，也便顺着他。

时辰快到了，闭玉澜堂大门，入内请美人团扇。

“我来。”崇徽叫，抢先进去取宝扇。

一重又一重匣子打开，抱出紫檀匣子，开了锁。

方临汝要打开检查，他不让，按着匣盖，目光炯炯地看方临汝：“都准备好了，火磷粉在这头，火石在那头。”

“行，不看。”方临汝笑眯眯道，只当何栎在一旁，他不愿给何栎看到自己的女装画像，不以为意。

何栎却是愣了愣。

崇徽绘像后，他怕看到女装的方临汝情难自禁露出什么来，没提过要看，此时看方临汝的神色，竟是也没细看过的样子，不觉起疑。

转念一想，崇徽一心一意为方家，对方临汝死心塌地，心里眼里只有方临汝，不会做对不起方家对不起方临汝的事，遂释然。

崇徽大事聪明敏锐，小事上偏钻牛角尖得很，怕伤着他易碎软弱的小心肝，跟方临汝一般，也没坚持要最后检查一下。

这厢即将请出美人团扇，举行家主继位大典。谢家，谢夫人高鬟凤钗，带着兰荪等人上了双驾大马车，往观前街而来。

梅娘虽没找到，可白芷早上又去找引泉打探过，梅娘并没进方府。

谢夫人大喜，看来梅娘逃出去后出什么事了，未能顺利给方临汝报讯，天助谢家灭方家，算准时间，带着人赶过来。

观前街从街门开始就被人潮堵住了，润州城的百姓早早地来了前面占位，来得迟的只能远远一观，各地的扇商由方诚招待着。谢夫人在门楼前下车，刚下车，便有事先安排的人不动声色过来。那五个上过扇面的美人每一个人身边各两人守护，其他人一个人守护，兰荪等人裙衫精致，珠钗玉簪，外头却系了寻常颜色的大氅，帽子套住头，密密地罩着脸。人潮如海，天气冷，乌云低压，柳絮似飘飞的小雪，许多人系披风大氅，帽子遮住头脸，也没人注意。

这一日谢家所有暗线出动，数百人在人群里分布，状似不经意给谢夫人一行人开道让路，谢夫人带着人很快接近观扇台，不远不近地站着，面前事先安排了一些个子高的人挡着，以防方临汝上观扇台后站得高看到她们临时做出反击。

吉时到，观扇台左右两面大鼓擂响，方家的下人齐声喊："请家主登观扇台！"

声音洪亮，整齐划一，如百川归海，如惊蛰春雷，震天动地，气势磅礴，激昂奔放。

原来叽叽喳喳说着话的人群霎忽间失了声。

众人屏息静气，敬畏、膜拜、期待的目光一齐朝方府大门看去。

红毯从府门一直铺到观扇台，历年如此，众人自觉让在两旁，并无人不守规矩往前推拥。

二十个美婢前头开路，华美的裙衫，婀娜的身姿，端丽的面容，仪态万千，款款有致。

好色的口水都淌了下来，眼睛瞪得浑圆，眼珠子快掉下来了。

贪财的，暗暗计算开了，方家这二十名美婢身上的裙衫，怕是宫里的皇妃都穿不上。

满心里如何拓展生意把家族带上一个台阶的，则暗叹方家会造势，这气派，这风度，真的难以企及。

美婢之后，方临汝一袭正红色大翻领胡袍，于万众瞩目中，双手平托装着美人团扇的紫檀木匣缓步走了出来。

正红色衣裳不是人人压得住的，气质浮了显得俗艳，气质沉了像木偶，男人穿着还怕妖娆娘气没有男子气概，这些顾忌在方临汝身上却丝毫不见。人衬衣，衣衬人，融合无间，完美的鹅蛋形脸庞，秀挺的眉毛下方，双凤眼内勾外翘，眼尾上扬，眼眸开合间华光逼人，无双风采世间语言难以形容。有江南山水烟雨朦胧的秀美，北地冰川雪峰高洁傲然，大漠长天的豪迈壮阔，集精致细腻与疏朗大气于一体，令人见之浑然忘我，痴痴迷迷失魂落魄。

“方二郎好生俊美！”

“方二郎好气派！”

“方二郎好风度！”

细细的赞美，还有抽气声，所有人的目光都被方临汝吸引过去。

“用不着看团扇美人了，看方二郎足矣！”

“方二郎若是女人，我死心塌地爱他，他是男人，求来世变成女人能爱他……”有男人喃喃。

“我要嫁给方二郎，为妾亦甘之如饴。”有女人痴痴低语。

林源定定地看着，看的却不是方临汝，而是她手里的紫檀木匣。

他很想知道，扇面美人是不是真的能变大活人。

天禅寺的佛像身上的金粉刮下来又融成金锭，送到长安城打点了，却还不够，任期不到一年，无突出政绩，想一步登天实际上很难。

方家的扇面美人绝色无双，若是能活，把美人团扇弄到手送上峰，升官发财指日可待。

方临汝之后，崇徽和何栎如守护神紧跟着，人群又爆发出一声又一声赞叹。

何栎自不待言，崇徽的丰姿便是垂着白幂，也让人觉得艳色逼人。

谢夫人死死盯着崇徽，极力克制着，才没有上前攥住崇徽的手，大声宣布，这是她儿子，谢天的儿子，润州最出色的儿郎，是谢家的儿子。

像是有毒蛇附身，崇徽激灵灵打了个寒战，朝人群里张望，密密麻麻人头攒动，又隔着白幂，看不清什么。然而一瞥之后，那股子彻骨的寒冷更甚，血液几乎冻住了，抬步也艰难。

“怎么啦？”何栎小声问，方临汝踏上观扇台了，拉崇徽快步走，触手处，崇徽指尖冰冷，握着冰块般。何栎一凛，这几日紧绷的情绪到达顶点，方才请出宝扇时的疑心又起，猛一下握住崇徽的手，狠狠掐住，“崇徽，汝郎每走一步都有她的道理，周密周全，你没坏她大事吧？”

“没有。”崇徽直着眼，眼珠子一动不动。

“真的没有？你隐瞒了什么，赶紧跟我说，也许还能挽救。”何栎沉着脸，迫切地说。

观扇台上，方临汝一番漂亮的继位说词后，把紫檀木匣搁到架子上了。

原计划是他站在观扇台正中底下，方临汝请宝扇给众人观赏毕，捧着宝扇来到他面前，他弹出药粉，宝扇上露了“百年大族繁茂隆盛，扇神青睐商贾诚服，方家扇以方家女终结，顺舆情领天命自此神隐”那行字，再给众人一观后，收入匣内，方临汝借匣盖阻挡，擦火石点燃美人团扇，做出自燃样子。崇徽坚持要跟过来，也便让他跟着，把原定由他弹药粉一事交给崇徽做，崇徽这个精神状态，令他暗暗心惊。

“我不想给人看到二郎女装的样子，宝扇上的美人，绘的是我自己，方家女改成方家媳。”崇徽低声道。

只是如此关系不大。

他也不想方临汝女装的样子被人看到。

何栎轻舒一口气，以为崇徽是怕方临汝发现责怪，低声安慰：“别担心，汝郎不会很生气。”

“何大郎，我突然好害怕。”崇徽反手攥住何栎手，掌心湿漉漉凉浸浸的冷汗，往人群里又看了一眼，那股子毒蛇附体的感觉更强烈，“何大郎，谢……谢夫人不会来吧？”

“往年从不来的，今年难说。”何栎道。

崇徽身体簌簌发抖，筛糠似的，上下牙打战，牙齿碰撞哒哒响，颤抖着从袖袋里摸出药粉塞进何栎手里：“何大郎，我……我……回府了，你……来……你来弹药粉。”

何栎身体激灵颤了一下，呆呆地看他。

有过很多次怀疑，又一一打消了，此刻，那个怀疑那么清晰，呼之欲出。

——崇徽是谢天的儿子！

谢夫人就是凌虐他，逼得他四岁逃家那个人！

“请宝扇！”方家下人齐声喊。

“请宝扇！”扇商们和前来观看宝扇的润州城百姓齐声喊。喊声直达云霄，脚下大地震颤。

不祥的预感侵占了脑海，何栎手足冰凉。

没时间了，何栎把药粉收进袖袋里，握住崇徽的手重重抓了一下，低声道：“好，我来，你快回府。”

方临汝请出宝扇，瞥一眼扇面美人，讶异之后，暗暗苦笑。

猜到崇徽的小心思，恼也不是喜也不是，低眉敛睫，只作平常。双手庄重地合握宝扇扇柄绕着观扇台走，按惯例走了三遍，看何栎和崇徽还没走到观扇台前，又走第四遍。

何栎过来了，崇徽往府门走，脚步凌乱，跌跌撞撞，台下成千上万双眼睛看着，方临汝视线瞥过即收回，微微笑着，闲适而自若，不受任何影响，继续朝观扇台前的众人亮着宝扇。却看到崇徽才走得几步便被两个人阻住，一左一右架着他胳膊朝观扇台走来。

何栎来到观扇台前，手心抓着药粉，方临汝走完第四遍，来到何栎面前，微笑着望台前众人，手里扇子横放，低了下去，方便何栎洒药粉。

“方家的美人团扇不是扇神赐予而是人为制的！”优雅清晰的女声忽地响起，如利箭破空，划开了激昂澎湃的汹涌的气氛。

方临汝面上微笑凝结，何栎抬起的准备弹药粉的手僵住。

“方家的宝扇不是扇神赐予而是人为制的！”同样的话语再一次响起，这一回，不只女声，许多个声音一齐响起，有讶异，更多的是肯定。

人群如莲花绽放，忽然腾出一片空地，十几个人掀掉大氅帽子，解了大氅扔掉，姚黄魏紫许多个如花似玉美人，一片春色辉映，灰蒙蒙的天空陡然间亮了。

方临汝望去，镇定从容的面庞龟裂。

何栎扭头看，眼睛瞪圆，瞳眸遽然收缩，僵硬地不敢置信，一瞬间，无法做出任何反应。

“扇面美人！”

“方家的传家宝扇上的扇面美人！”

“方家的扇面美人变成大活人了！”

一声接一声的惊叫。

叫喊声里，谢夫人挥手，带着一众美人快步走上观扇台。

方家调动出来在外壮声色维持秩序的人，不及为她们开路护着她们上台的人的一半，已经拦不住了。此时，惊呆的众人也来不及有所反应，没想起要拦。

“汝郎！”何栎艰难地抬手，想抓住方临汝，那么高的距离，抓不住，急切的眼神看她，“怎么办？”

“没事，只不过自己结束变成由别人揭穿，我一会儿向大家坦白，承认错误便是。”方临汝微微笑。

这样的局面在得知美人团扇的秘密后多次在脑海里出现，震惊、意外、难堪、惶然种种情绪在心头盘旋多时。忽然间，压在心口的沉沉大石落地，反而有一股说不出的轻松。

欺世盗名，瞒骗世人，玩弄扇商，弄虚作假获得了制扇第一大家之名近百年，有所得，自然也会有所失。

只不过，那么巧，偏生在她要结束美人团扇时败露。

谢夫人怎么知道方家的秘密的？

又如何进的紫竹园？

“不是方家的扇面美人变成大活人，而是，所谓扇神赐予的传家宝扇，是假的，是方家人为制出来的，扇面上的美人不是扇神主宰替换，而是养着大活人绘了画像上去，她们……”谢夫人指向最近几年那五个扇面美人，激昂愤怒，“大家都不陌生吧，她们就是方家的扇面美人，方家欺骗世人，欺骗扇商也罢了，他们更是歹毒得连这些柔弱的美人都不放过，在她们当上扇面美人后，就下哑药把她们药哑了，可怜如花似玉的美人却成了哑巴。”

“这只是你的片面之词，焉知不是你找了几个跟方家的扇面美人容貌相若的小娘冒充方家扇面美人。”人群里有人喊。

有许多人跟着附和。

何栎一震，望方临汝，有所意动。

方临汝轻摇头。

无法否认，不能否认。

谢夫人把扇面美人拉来了，证据确凿。

向世人坦白，求得原谅，方家还有一线生机。狡辩，后来被证实是谎言，方家就再无重返生天的机会。

方临汝看向谢夫人，平静从容，轻启唇。谢夫人眸光一闪，哪容她绝地逢生，摆手止住众人的质问，抢在方临汝开口前，大声道："我还有证据证明方家的传家宝扇是假的，是人为制造的。"

谢夫人走到一侧台阶前，伸手，崇徽提线木偶般被她拉上观扇台，猛一下掀掉他头上帷帽："大家请看，方家刚刚亮相的团扇上的美人，他方才随方二郎从方府走出来，这总不是我安排的吧？"

众目睽睽亲眼所见，不容置辩。

人群失声。

片刻的沉寂后，有人高叫："方家的美人团扇真的不是扇神赐予的，而是人为的！"

更多的人接着叫嚷。

润州城百姓失望绝望，扇商们怒不可遏，一齐朝观扇台涌来。

"大家少安勿躁，我还有话说。"谢夫人摆手，指崇徽，居高临下，仪态万千，"大家想必都有所耳闻，听说他是方二郎的未婚妻，可是你们却不知道，他是男人，是我谢家的儿子，我夫君去世时，给我夫君摔盆抱灵的那个儿子，后来与我谢家族人见面的女儿，是我夫君的遗腹女，只有十四岁。"

"绝色美人是男人？是谢家儿子！"许多人惊叫。

"是的，男人，是我谢家的儿子。"谢夫人重重地说，摘下崇徽的耳环，探手进衣领，哧一声，细细的裹胸绳子断了，垫着棉花的裹胸被她扯了出来。

平坦的胸膛，挺拔颀长的个子，不需她再说什么，众人都看出，崇徽是男人。

崇徽是谢天的儿子！

扇面上不绘她，而是绘他自己，不是吃醋，而是为了这个时候做铁证，坐实方家美人团扇是人造的？

方临汝耳膜嗡嗡作响，没了反应，不能反应。

"怎么回事？谢家的儿子怎么成了方家儿子的未婚妻？"有人高声问。

谢夫人微微一笑，看向兰荪："你来说。"

兰荪痴痴地看了崇徽一眼，崇徽眼直直地看着前方，没看她，也没看方临汝，兰荪抿了抿唇，启口，清声道："这事说来话长……"

把谢夫人说的那一套娓娓道来，谢夫人在谢天去世后发现方家传家宝扇有问题，于是施苦肉计，让儿子混进方家紫竹园。十四年卧薪尝胆，终于骗取了方临汝的信任，拿到方家紫竹园的钥匙，交给谢夫人，谢夫人带出美人，得以揭露方家的骗局。

大山崩塌，长空当头砸下。

方临汝不想听，兰荪的话却那么清晰，一字不漏刺进她耳朵里。

苦肉计，卧薪尝胆，隐姓埋名，以男装女，十几年潜伏。

痴迷爱恋是假的，只为了骗取她的信任。

她欲托付终身的人，骗了她。

昨晚，他们……他们……同床共寝，虽然不是夫妻，可与夫妻何异。

他居然骗了她！

北风在耳边徘徊缠绕，人声轰鸣如滔天巨浪，明明是白天，却如坠入伸手不见五指漆黑的没有天日的地狱，身上锦袍恍若不存在，挡不住北风。很冷，冷得人血液冻住，呼吸停止了，方临汝望向崇徽，眼神是飘的，根本看不清，只是知道，他站在那里，因而看过去，但她看不清他的脸庞，看不到那让她着迷的绝色眉眼，那一抹白在天地间那样刺眼，她听见自己垂死挣扎的哀鸣："崇徽，告诉我，兰荪说的是不是真的？"

崇徽没回答她，他甚至也没把脸转过来对着她，那抹白在她眼里飘忽，迎风簌簌。

"崇徽，告诉汝郎，这不是真的。"何栎厉声喝，凄厉尖锐，歇斯底里，想往上观扇台的台阶那边走，却被人潮堵住，想往观扇台爬，齐胸高的扇台，背脊的伤尚在恢复期，身体未能行动自如。

崇徽眼直直的一动不动。

方临汝摇摇欲坠，刀剑一般锋锐刚强的人，此际怯怯如霜打菊花，随时枝折花落。

何栎赤红的双眸几乎滴血，高叫："崇徽，醒醒，汝郎很伤心，快告诉她，兰荪说的不是真的，你没有欺骗她。"

崇徽转身了，空茫的视线缓缓凝聚，呆呆地痴痴地看何栎。

"崇徽！"何栎叫，指方临汝，艰难道，"快告诉汝郎，你没欺骗她。"

崇徽直愣愣地看着他，嘴唇颤了颤，没说话。

“何大郎，别自欺欺人了。”谢夫人低低笑，抬步走过来，裙摆在地面摇曳过，悲天悯人，长叹口气道，“接受事实吧，如果我儿没欺骗方二郎，我如何得知方家的秘密？如何进得了城堡一般的紫竹园带出团扇美人？”

她从袖袋里掏出一串钥匙，纯铜的一串，北风中叮叮当当响：“方家紫竹园的钥匙，可是只有方临汝跟你，跟我儿三个人手上有，你说，我儿没欺骗方临汝，我这钥匙从何而来？”

何栎瞥一眼钥匙，抿唇，不理她，定定地看崇徽：“崇徽，我相信你，我相信你没欺骗汝郎，没欺骗我，没欺骗方家。”

崇徽死灰般的眼神缓缓凝聚起活力，眼里一抹水光。

何栎冲他点头，鼓励地笑着看他。

崇徽扭头，朝方临汝走去，初始抬步艰难，后来，越走越快，白衣飘飘，风中猎猎作响。

方临汝朝他伸手，深红色连云纹红萼梅花丝绣箭袖，一截皓腕白如雪堆，纤长几根手指，虚弱地颤抖着。

第五十六章　空门大开

崇徽伸手抓方临汝的手，一尺……半尺……越来越近。

“君卿，跟母亲回家。”谢夫人低喝，崇徽脚步顿住，身体打战，谢夫人凑近了，在他耳边用几不可闻的声音冷冰冰道，“你不想母亲公开方临汝是女人的真相吧？”

崇徽僵住，呆呆地看方临汝，两人离得那么近，他们的手不到一寸的距离，指尖动一动就握上了。然而，他不敢动。

方临汝是女人的事绝对不能公开。

她那么美，没有男人不想得到她。

方家眼下跌到泥地里，谁都可以踩上一脚，郭成安，林源，润州城乃至大唐全国上下那些好色之徒知道方临汝是女人，会做些什么？

崇徽簌簌发抖。

“可恶，欺骗世人，枉我们那么多年一直以润州城出了大唐制扇第一家为荣。”百姓纷纷叫嚷。

“我要退货，我要把方家扇退回去！”有扇商口气的人喊。

更多的人加入呐喊，地动山摇，暴风急雨。

“二郎，怎么办？”叫喊声里，方家家人的问话无助而脆弱。

方临汝对这些叫喊恍然未闻，只是沉默着看着崇徽。

咫尺空间，崇徽清晰地看到她清凌凌的双凤眼里湿润的水雾，那里面隐着不敢置信不愿相信，只要他说一声，说他没欺骗她，什么卧薪尝胆，什么十几年潜伏，都是谢夫人编的，她就相信他。

崇徽颤抖的身体忽地镇定下来。

方家溃败已成定局，郭成安林源之流必定会落井下石，他要是不跟他母亲回家，他母亲处心积虑十几年，必不肯善罢甘休，除了公布方临汝是女儿身一事，只怕还有后招。

方家的扇坊起火幕后主使决不是胡勇，不是郭成安就是他母亲，跟他母亲回家，他可以借谢家的势力挫败郭家，免方家背腹受敌，东山再起更容易。

可是，此时此刻，在方临汝最需要的时候离开她，怎么舍得！

况且，这当儿离开，也便坐实兰荪的话，方临汝会误会，以为自己真的欺骗了她。

然而，不离开，他在方临汝身边能做什么？撒娇痴缠哄方临汝开心？

方临汝不是娇花，她是长空中与风雷搏击的雄鹰。她是森林里敢与猛虎搏斗的雄狮。他得成长，得长成顶天立地的男人，即便不能为她挡风雨做她的依靠，也绝不能只是她的一个爱宠，不能让她在与虎狼相搏的同时，还得费心照顾他。

崇徽不动，眼睛一瞬不瞬地看着方临汝。

方临汝嘴唇轻颤，一只手在风中抖搐。

崇徽缓缓收回手。

"崇徽！"何栎嘶声叫，绝望至极地求恳。

崇徽没有回头看他，垂下眼睫，低声道："母亲，我们回家吧。"往台阶方向走。

兰荪带着美人们跟上。

飘逸的一抹白色身影在鹅黄粉紫嫩绿的缤纷色彩簇拥下缓缓下了观扇台。

谢夫人志得意满地笑，步下台阶时，朝人群打了个手势。

"方家太可恨了，玩弄我们那么多年，大家冲啊，揍方临汝！"有人喊。

"冲啊！揍方临汝！"有人跟着喊。

人群朝观扇台拥。

"站住！"方渭大叫，残着一臂，大声喊方府下人，"大家手拉手，拦着。"

方家下人很快集结，手拉手，形成人墙，抵御着，不让人潮涌上观扇台。

谢夫人冷冷一笑，抬手，又做了个手势。

"大家砸，有什么砸什么。"有人大喊。

"对，砸啊！"更多的人跟着喊。

呼喊声充斥整条观前街，石头、沙子、泥块、青菜、鸡蛋……数不清的东西朝方临汝砸来。

方临汝直直地站着，没弯腰，没闪躲，没抬手挡，鲜亮的红色胡袍顷刻间一片片污渍，整洁的束发乱了，光润的脸庞青青紫紫。

“别砸，不准砸！”方府家人与方临汝的爱慕者的喊声在汹涌激昂的怒骂声里细如游丝。

“汝郎！”何栋肝肠寸断，挤不到台阶那头，双手按着观扇台台面，那一瞬间惊人的爆发力，硬生生撑着身体跃上观扇台，冲到方临汝面前，张臂，什么男女避讳这一刻都忘了。只知把方临汝按进怀里，用自己的血肉之躯为她抵挡一切袭击。

“表哥，我没事，无须担心。”方临汝低哑的鼻音细声说。

这个时候她还不忘安慰他，怕他焦急担心。

何栋的心脏被活生生劈成两半。

“有事也无妨，咱们一起担着。”他说，把方临汝搂紧，有石子砸过来，落在后背脊骨受过伤的地方，身体绷了一下，很快放松。

“汝郎，我很开心，这次我在你身边，没让你一个人独自面对劫难。”

他在她耳边低喃，海浪涨潮的叫骂淹没了他的声音。

更多的东西砸过来，密密麻麻如箭雨，北风越吹越急，柳絮飘飞般的小雪变成鹅毛大雪。漫天的白，一盏盏红灯笼罩了雪白，观扇台地面的红毯成了白毯，四散着的脏乱的东西仿佛皮肉腐烂的恶魔的尸身，叫骂声遮蔽了光明，青天白日里，人如身在漆黑的黄泉地狱，找不到光亮，哪怕一线微弱的光，前路昏黑，迷迷雾幛。

何舆一早带着方香雯来了，快活地看着方家的灾难。

“想不到方临汝也有这么狼狈的一天，真是舒心。”方香雯解气地看着，手上没甚东西可砸，观前街地面一向打扫洁净，更何况家主继位大典之日，这当儿，地面却有一堆堆石子，并不去想石子出现得蹊跷，弯腰捡起一块又一块，朝观扇台上狠狠地砸，砸得起劲。

丝毫不顾念骨肉之情，更没有想着台上站着的是她的血脉亲人。

何舆拍手叫好，往方府门口看，有十数人要往里冲，是要进去闹事，引泉带着人疲于应对，何舆拉方香雯：“走，咱们进去。”

外头乱，叫嚷声响彻整条观前街，方府里头的人听见了，不拘男女，在方秀绮和舒九娘的带领下冲出来，都挤过去跟方渭一起拦人不让人群冲上观扇台打方临汝。挤不过去的老弱病残在府门口人潮前竭力想挤过去，忽见十几人往府里冲，一齐惊叫，退回来和引泉一起拦人。那十几个人凶神恶煞，力大无穷，根本拦不住，艰难地拼了命拦，想闭府门，外头那么多方府的人，不知什么时候会退回府，却不敢关。

何舆和方香雯身形一闪，轻而易举地进了方府。

进门十几步过照壁便遇上柳氏和方游丰，方游丰抖索着，扶着照壁方没倒下，柳氏白着脸探头探脑，看见方香雯，如遇救星，一把抓住她胳膊，顾不上问她这些时可好，尖声问：“外头发生什么事啦？可要紧？”

“翻天了，都要揍方临汝，那柄传家宝扇原来是人造不是扇神赐予的，方临汝真是狗胆包天，这种事也敢做。”方香雯翻动两片猩红的嘴唇嗤笑。

“关汝郎什么事，美人团扇传了近百年了，面世时汝郎还没出生呢。”方游丰细声嘀咕，迟疑着想往外走。

“别去，外面乱成这样你要去送死吗？”柳氏大叫，一把拉住他。

“阿娘，我也是方家人。”方游丰抖着嗓子道。

“你当自己方家人，他们可不当你方家人，他们护的只有方临汝，没人会在意你，出去了，被人打死怎么办。”柳氏尖叫。

方游丰好不容易凝聚的点儿气性被削打得干净，肩膀垮了，腰塌了。

“都是一些不相干的人，闹一阵就散了，阿兄也不必太担心。”方香雯安慰道，朝柳氏使眼色，拉着方游丰袖子往里走。

下人都出去帮忙了，一路无人，进了至善苑，水木堂先到，方香雯推着方游丰一起进去，扶了柳氏地台上坐下，气度款款，从容镇定，斟了茶，双手捧给柳氏，体贴道：“阿娘受惊了，先喝杯茶压惊。”

柳氏真个惊着了，那么多的人，黑压压的成千上万，那震天阶的喊骂声震得脚下的地面都在颤抖。长这么大从没经历过，魂都丢了，接了茶不喝，六神无主，道：“可怎么办好？扇坊烧了，又弄出传家宝扇是假的这事，方家这是完了吗？”

“方家是完了，方临汝也完了，不过，不是我们完了。”方香雯慢条斯理地道。

“胡说什么，方家完了难道我们还能幸免。”方游丰白着脸反驳。

“我胡说做甚。”方香雯淡定得很，心中千百遍演练着怎么说服柳氏和方游丰闹分家，真是天赐良机，呵呵笑道，“方临汝是方临汝，阿兄是阿兄，你们不同母，方临汝弄假扇欺骗世人，阿兄可没有，分家出去，各过各的，可不就是跟阿兄无关了。”

“这个时候说什么分家！”方游丰跺足，烦恼地来回踱步。

“这个时候更要分家。”方香雯挨着柳氏坐下，侃侃而谈，“阿娘，你也看到了，那么多人生气，扇商们叫嚷着要退方家扇，方家这回是再也不能翻身了，趁着家业还没败得精光，赶紧分家还能得一些家产，迟了，可就什么都没有了。”

柳氏一向要分家的，分家了，自己跟着儿子过，就不用低方姜氏一头，被方临汝一个晚辈以家主之威压着，把茶杯砸到案上，怒道：“你阿兄不肯找方临汝说分家，我说了，方临汝只当我放屁，有什么办法。”

“阿兄，你顾念兄弟之情，可你想过没有，没钱了，日子怎么过……”方香雯苦口婆心，一心为方游丰打算的样子，方游丰垂头，不反驳，却也没同意，方香雯眼珠子转了转，一拍案面，惊声道：“咱们光顾着说话，不知那些人会不会冲进府来打杀抢掠。”

“啊！这可怎么办？”柳氏跳起来，“我去把院门关了。”

“关了也不顶事，那么多的人，一人踢一脚就把院门踹倒了。”

方游丰惨白的脸更白了，瑟瑟发抖。

“兴许不会冲进来，这毕竟是触犯律法的事。”柳氏颤颤道。

“阿娘你糊涂啊，法不责众，那么多的人，刺史便是要拿办也不知拿谁，何况刺史跟郭家走得亲近，未必肯帮方家。”方香雯大叫。

柳氏哑口无言。

方香雯又道：“便是今日不冲进来，明日后日往后，哪天就冲进来了也说不定。今日来的人虽多，可还有许多人没来，润州城里的百姓，还有外地的扇商，方家造假骗人一事传开了，来的人会更多。”

“那可怎么办？”方游丰也慌了，胆小怕事得紧。

“分家，只要分家了，搬出去，他们找的是方临汝，跟咱们无关。”方香雯胸有成竹道。

“对，分家。”柳氏捶方游丰。

“分家？”方游丰喃喃。虽然离得很远，但观前街的叫骂声仍清晰可闻，头埋到胸膛里，闷闷道，“好，我听你们的，我去跟汝郎提分家。”

“越快提越好，不能拖……”方香雯头头是道，分析利弊。

柳氏本是没主意的，此时不住点头。

方香雯吸取了何舆父亲留遗嘱产业不准变卖教训，怕方临汝如法泡制，方游丰分家了，自己也得不到他的财产，装了一心一意为方游丰着想的样子，道：“方临汝狡猾得很，嘴巴又能说，阿兄你可别上当，分家跟他要现钱，不要田地也别要紫竹林，免得他在契书上做手脚，阿兄拿到的是一张废纸。”

“汝郎不是那种人。”方游丰烦躁道。

“防人之心不可无，管他是不是那种人，跟他要现钱便是，他要重建扇坊，手里也有钱，听说从杭州和明州的扇商那里借了五万金呢。”柳氏叫道，尖利的嗓子扎得人耳膜生疼。

“行行行，听你的。”方游丰不耐烦得紧，分家了拿到的钱他要办瓷行，要现钱也不错。

想着外头不知闹成什么样，坐立不安，撇下柳氏和方香雯，道：“我去看看。”

“不准去。”柳氏捉住他胳膊不松手。

“别出府就行。”方香雯满心欢喜，不知方临汝能不能答应分家，柳氏手里的东西得先弄到手，方游丰走了，糊弄起柳氏更方便，把柳氏拉住，兄妹情深状，嘱方游丰：“阿兄远远看着便好，小心些。”

“行，听你们的。”方游丰急不可耐，柳氏手松了，急往外奔。

柳氏打跌顿足，恼恨无奈。

方香雯偷偷地笑着，作了侧耳倾听样子，口中惊叫道：“好大的声响，看来越来越多的人过来了，阿娘，你的那些珠宝首饰赶紧藏起来，万一有人冲进来，那时再藏可就来不及了。”

“好！好！”柳氏叠声应好。

柳姨娘爱财如命，金银珠宝首饰就是她的命根子，打包收拾了，要藏床底下，方香雯说不安全，想刨青砖埋地下，方香雯还是说会被人搜出来，外头院里树底下，又怕雨水浸泡，藏哪里都不妥当，一想到会被人抢去，心如刀割。

方香雯眼看把柳氏唬得差不多了，火候到了，提议："要不然，给我带出去藏到我那边。"

柳氏此时什么主意都没有了，亲生女儿不可能蒙骗自己，当即应下来，把大包袱塞进方香雯怀里："快，我陪你出府，你快带出去藏你那边。"又嘱道，"路上小心些，可别被人抢了。"

沉甸甸的包袱，价值一千多金，方香雯心花怒放，口中抹了蜜，甜甜道："阿娘放心，儿一定妥当收着，等阿兄分了家，阿娘跟阿兄搬出来独过了，我完好无缺地送还给你。"

何舆落后几步，看方香雯跟方游丰、柳氏走了，直往澄漪山房去。

外头叫骂声震天，里头都听见了，守澄漪山房大门的四个婆子大惊，一人出府察看，一人把听到的入内禀报方姜氏，剩了两个守着。许久，出府打探的没回来，进去禀报的也没出来，着急了，翘首望些时，一人道："我再出去看看。"

何舆进来时，只剩一个婆子守着，那婆子生得精壮，力气不小，但禁不得心慌乱，又兼何舆跟柳氏不同，那是方姜氏嫡亲外甥，不敢得罪，未尽全力拦，三两下被何舆踹倒在地上。

芙蓉堂里头一团乱，方姜氏凄厉地哭叫着："姐姐你醒醒，姐姐你醒醒……"婆子婢女外头团团转，一婆子看到何舆，大喜过望，一把抓住他："何二郎，你快进去看看姨夫人，喊一喊，姨夫人兴许就醒过来了。"

何舆不进去，大模大样地问："怎么回事？"

"方才外头来报，说是咱家什么宝扇是假的，娘子是个男的，是谢家的儿子，窃了咱家的钥匙送给谢夫人，谢夫人进了紫竹园，带了园子里的美人出来，还有什么的，记不清了，姨夫人当时听说，身子颤了一下就晕过去了，眼下又是灌药又是掐人中的，总也醒不来，偏外头乱成那个样子，也出不去人请大夫……"婆子絮絮叨叨说。

何舆"哦"一声，婆子说了一大串，外人听了定是稀里糊涂，他是知内情的，一想便透。原来谢夫人就是那让他母亲偷印钥匙模的人，得了钥匙带出那些扇面美人，却把窃贼的名安到崇徽头上，他母亲这是内疚不过急火攻心呢，却半点儿不在意何姜氏死活，撇撇嘴，道：“知道了，我去请大夫。”抬步往秋香楼走。

“王大夫不在秋香楼，请大夫得出府去请。”婆子叫。

何舆头也不回。

婆子呆了呆，回转身进门，她不是贴身侍候的，并不知何舆曾欲对方锦枫行不轨，看方姜氏哭得声嘶力竭不得闲，也没禀报何舆来了又往秋香楼去。

外头叫喊声震天，秋香楼也听到了。

方锦枫急差翠翘去问方姜氏，下人回来说，何姜氏昏倒了，探不到鼻息，那头正乱着。

叫喊持续许久没停歇，后来，叫喊变成叫骂，隐隐约约一个又一个“砸”字，一行人扶着院门探头，方锦枫脸色越来越白，忽地按住心口，低叫：“好疼！”

素心、素问相视一眼，均是面色大变。

方锦枫身子弱，心脏却从没问题，孪生子有心灵感应，这是……方临汝出事了！

她俩想到了，方锦枫也同时想到了，按着胸口气喘吁吁地往外走。

“二娘，你不能去。”素心、素问惊叫，身子沉重，走路不利索，急唤银杏、翠翘，银杏、翠翘上前，一左一右拉住方锦枫的胳膊不让他走。

“汝娘有难，我是她阿兄，不能保护她，至少得站在她身边支持她。”方锦枫嘴唇动了动，这话说出来素心、素问更不让走了，不说，笑了笑道，“我不出府，只是心里闷，到园子里走走。”

他长这么大也不过崇徽过来时拉他到园子里走了一圈，过年家宴时到鸿春堂去，这当儿鹅毛大雪密密匝匝，天地间一片白，哪是走走的好时候。

素心、素问再不信的，自收房害喜后，身份变了，未敢像以往拘着他，相视一眼，素心道：“真的园子里走走？那让银杏、翠翘跟着。”

“不成，她俩跟我走了，你们跟前没人侍候，我不放心，我自个随意走几步就回来。”方锦枫道。

此前调来侍候素心、素问的八个美婢今日被叫走充场面去了，备产期侍候的婆子都在紫藤阁。

“你们先往紫藤阁去，唤严妈妈她们过来便是。”素问笑道，朝银杏、翠翘使眼色，示意不能让方锦枫出澄漪山房。

方锦枫低头无语。

银杏、翠翘两头看看，入内。一人拿了大氅给方锦枫系上，一人拿了暖炉过来递给方锦枫。

三人来到紫藤阁，方锦枫在院门口站着不动，银杏略一迟疑进内喊人，她刚进院门，方锦枫猛地拔足朝大门方向跑。

“二娘，不能去啊！”翠翘惊叫，急追，方锦枫身体孱弱，走路都喘的人，居然跑得飞一般，路面积雪齐脚腕，踩上去软绵绵吱吱响，翠翘拼命急追，每每快追上了，方锦枫一阵发力，又被甩掉。

银杏里头喊人，听得翠翘惊叫，奔出来，紧跟后面急追。

何舆从芙蓉堂往秋香楼去，方锦枫恰与银杏翠翘去紫藤阁，若是从秋香楼直接出澄漪山房，恰好遇上，这一拐，从紫藤阁往外奔时，走的便是另一条路，错过了。何舆走近秋香楼，远远看见素心、素问挺着大肚子倚门眺望，身边不见服侍的婢女，大叫一声天助我也，快步冲过去。

素心、素问看到他，急忙关院门，但身子沉重，动作迟缓，院门还有一道缝时，何舆到跟前，身子一缩挤了进来。

方锦枫无知无觉地狂奔，此时的身体不是他自己的了，满脑子只有一个念头——他要奔到方临汝的身边，跟她一起面对责难、谩骂、砸打。

方临汝到秋香楼来，外头的事从来只捡欢喜有趣的讲给他听，从不提曾遇到什么危险，吃了什么苦，他以前虽也内疚未能为方家出力，却也平常，直到崇徽出现。

听崇徽讲外头商场上的事，他这才知道，自己的安逸生活是建立在方临汝默不作声的付出上，扇坊被烧，何栎做的第一件事是吩咐消息不得传到他耳里，直到方临汝回来，事件平息，他才得知。崇徽说的最多的话是：“哎呀，二郎重视你，我当然要对你好了。”

本应闺中娇怯怯理妆贴花钿的孪生妹妹为他挡着明枪暗箭。

十七年来，方临汝顶着他的身份，一个小娘独自面对血雨腥风，他躲在秋香楼里，享受着方家提供的奢华的物质生活，从没为方家出过一分力，为他的孪生妹妹分担过一丝一毫风险。

往日不知道也罢了，如今清晰地发生在眼皮底下的灾难，让他漠然置之，龟缩一角，只顾自身安危，如何做得到！

离府门越近，叫骂声越清晰，“大家扔啊砸啊”的叫骂声里，隐隐约约方家人嘶哑的叫喊：“大家挺住！挺住！别让他们冲上台打二郎！”

北风在耳风飒飒，雪花密密麻麻，视线里都是飘浮的白，大氅亦未能尽挡寒风与雪花，脸颊像有薄刀子一刀一刀割着般生疼，心脏要从胸腔里蹦出来了。已经喘不过气来，至澄漪山房大门，过门槛，刹不住去势，无力提起脚，方锦枫朝前扑去。

“二娘！”银杏、翠翘惊叫，银杏飞一般冲过去，将将把方锦枫拉住。

三人俱是上气不接下气，一时间，谁也说不了话。

守门的婆子被何舆踹倒地上，爬了起来惊惶张望，银杏、翠翘往日服侍方姜氏，府里是有头脸的，急上前禀报。

“何二郎进去了？”

银杏、翠翘白了脸，方锦枫蓦然变色，三人往回狂奔。

天地昏蒙，谩骂和扔砸无休无止，头顶肩膀都是白雪，眉毛也沾了点点雪色，身体冻僵了，迟钝着做不出任何反应，心脏疼过一轮之后麻木了，忽然之间，一阵剧烈的抽搐，跟先前麻麻的钝疼不同，尖刀剜心的剧疼，生生要把人疼死过去，方临汝蓦地推开何栎。

一粒石子扔来，擦着方临汝的脸颊飞过，何栎低叫“小心”，把方临汝往怀里按。

“二兄好像出事了。”方临汝没有埋头进他胸膛，抬头往府门方向看。

密密匝匝攒动的人头，漫天飘飞的雪花，石子、鞋子、沙子、菜叶、梆子构成阵雨，模模糊糊看不清，隐约只见有一群人拉扯着。

方临汝推开何栎，宝扇跌在地上，扇面一层白雪，方临汝捡起来，走到紫檀木匣前，里头火石和火磷粉完好，方临汝划动火石，团扇着火，紫檀木匣着火，赤红的火光燃起，台下叫骂声霎地停了，众人被切断喉管似，惊讶地看着方临汝。

方临汝紧咬牙，抓着团扇柄，拼尽周身力气，朝台下狠狠扔出去。

“啊！火！”惊叫推搡，一场大雪，众人外衣都沾了雪水，燃不起来，见了火，却不由自主害怕，没人叫骂了，以美人团扇落点为起点，往街门方向退。

“方临汝太可恶了，居然点火吓大家，大家别放过她，冲上台去，打死她。”有人叫喊。

那是谢夫人安排的人，其他人跟着叫，后退的人潮停了下来。

方临汝眸光赤红，着火的紫檀木匣紧跟着扔出。

“啊！快退。”团扇轻飘，火又燃不起来，紫檀木匣可不是，光重量便足以让贪生怕死的人急忙后退。

紫檀木匣之后，方临汝又点燃灯笼扔出去，灯笼扔光，接着是卷起观扇台地面的地毯。

她没时间了。

心脏如有尖刀翻搅，此前从没有过的事，何舆到秋香楼行凶那晚，她也疼了，却不似这一刻，生不如死，心心念念只想死，一毫求生的欲念没有。

这是方锦枫此时的心思。

她得赶紧回去看方锦枫，她得救方锦枫。

何栎和台前方家下人一愣之后，纷纷抽地毯，卷起来，身上带火石的划动火石点火，没火石的，凑过来让帮忙点。顷刻间，红彤彤的火光冲天，人群惊惶大叫，急速后退，谢夫人安排的人大喊，没人理他们，成千上万人的大街，顷刻间只剩数百人，面面相觑，眼见大势去，方家的人状若疯子，不敢恋战，也急忙逃走。

方临汝来不及走台阶，从三尺高的观扇台往下跳，落地时跌倒在地，手上衣裳上沾满了雪，掌心擦破，点点血珠，爬起来，往府里狂奔。

府门口十几个人与引泉等人僵持着，见方临汝奔来，急急遁逃。

方临汝顾不上追究，往府里头冲。

过照壁，两个人影在雪地里翻来滚去扭打，方临汝停下脚步，是方游丰和何舆，眼角瞥得何舆的靴子袍摆斑斑血迹，方临汝心脏一紧，把两人分开，仔细看，方游丰没事，转向何舆，紧攥起他衣领，厉声喝问：“你脚底和袍角怎么沾那么多血？哪来的？”

凤眸圆睁，嗓子尖得变调，面色难以自控在瞬间变得惨白。

何舆眼珠子骨碌碌转不说话。

“从里头出来染上的。”方游丰喘吁吁说，脸色白里透青，“他刚进府时我看见他了，衣袍干干净净，进去澄漪山房里头一圈出来就这样……”

方临汝不及细问，松了何舆往里狂奔。

“你！你！”何栎指着何舆，牙齿咬得格格作响，眉眼扭曲，焦急、愤怒、失望、自责，种种情绪混杂。

没有方临汝在跟前，何舆胆气壮了，扯起嘴角，得意扬扬笑：“都说孪生子同命，方锦枫这时约莫已经死了，她一死，方临汝也活不下去，我若是你，就赶紧进去，说不定还能听一听方临汝的临终遗言。”

“你胡说！”何栎咬牙。

不可能，方锦枫身边服侍的那么多人，怎么可能有事！

心中其实信了，方锦枫若无事，方临汝不可能突然心口绞疼。

方锦枫身边的人其实不多，因男扮着女装，粗使一向打扫了卫生即离开，跟前服侍的只有银杏、翠翘，素心、素问，有八个婢女服侍，可今早为了摆场面，都调走了，其他服侍素心、素问的婆子一直呆紫藤阁的。

方锦枫是方姜氏的心尖肉命根子，方临汝亦然，方锦枫若出事，方临汝会如何？

刚承受了方家美人团扇骗人被揭穿重击，被崇徽欺骗、背叛的打击，紧接着再失去孪生兄长！

何栎脑子里一片空白，眼前一个接一个的方临汝闪过，回眸浅笑、薄怒轻嗔、自信从容……喉结一声悲吼，往里头疾奔。

第五十七章　举步维艰

何舆整了整衣袍，拂拂袖口的白雪，一派闲淡风流往外走。

“你别走！”方游丰大叫，扯住他后领。

“你敢拦我，回头我姨妈发火，你可吃不了兜着走。”何舆闲闲地拨他手。

“你……你……”方游丰结结巴巴，本就胆小怕事，方姜氏一向不待见他，方才见何舆的锦袍染血，焦急之下一时血气上涌上前拦他，这当儿，孤勇之后，胆气泄了，松了手。

何舆得意扬扬地往外走。

“拦住他。”清脆的声音，方秀绮领着舒九娘等人随后进府，毫不犹豫发令，“母亲责备我领着，别让他走，捆起来等二兄发落。”

“你敢！你不过一个庶女……”何舆大叫，话没说完，方秀绮亲自动手，一把积雪塞进他嘴巴。

方渭挥手，众下人一拥而上把何舆按住。

秝香楼门前大摊的血水，积雪落在上头化开了，鲜明的清红，往里逶迤直至里头，方临汝周身发抖，指尖都在哆嗦，不敢置信，圆睁眼，希望是幻觉，眼花看错了，没有看错，那红那么刺眼。闭眼，盼着睁开眼来，什么意外都没有，她只是做了一场噩梦，然而事实不容她自欺欺人，银杏、翠翘悲切的叫喊刺耳清晰：“二娘！二娘！素心！素问！你们醒醒！醒醒！”

素心、素问躺在入门地上，身下都是血水，裙子湿淋淋的血红，方锦枫横趴在她俩身上，软绵绵的看不见生机。

方临汝扶着门框，直愣愣看着，迈不起步，说不出话。

何栎越过她冲了进去，探鼻息："还有气息。"

"活着？"方临汝尖声问，漆黑里一簇焰火燃起，绝望的心活了过来，高声喊，"请大夫，快请大夫！"

王大夫来了。

素心、素问失血过多，回天乏力。

方锦枫气息微弱，掐醒过来，却要寻死，灌了安神汤睡了过去。

方姜氏闻讯赶过来，直直地倒了下去。

何姜氏醒了，过来看得一眼，听说是何舆造成的，一头朝墙壁撞去，众人拦着，撞了几次没撞成，捶胸顿足失声痛哭，又昏了过去。

飘飘荡荡的大雪停了，乌云忽然飘散，迟来的日出，彤彤的阳光在白茫茫雪色上洒下一片血红后，穿堂入室，厅门口绵延的血水在霞光里越发刺目。

十几双眼睛一齐看着方临汝，等着她拿主意。

王大夫说，素心、素问肚子里的孩子还有胎动，孕期七个多月，剖腹取出，活下来的可能性虽不大，却也不是不可能。

方临汝紧攥着手，心脏被千刀万刀凌迟，一刀划过又一刀刻下，疼得站立不稳，却偏还不能倒，不能哭，不能怯。

室内的人在等着她的决定。

室外，整个方府的人都在等着她撑起整个方府，带着他们走下去。

不信命不信天，坚信人定胜天，这当儿却茫然了。

是上天在降罪方家吗？

若是这样，所有的罪孽她一人承担便可，为什么屠刀偏要朝素心、素问砍下。

裘衣骏马少年春风得意的生活随着阿爷去世一去不复返，一次次化解劫难，一步一步走下来，以为足够坚强了，其实没有。以为已看开世间所有的不平灾厄，原来也没有，此时此刻，满腔的怒火，满腔的恨，恨多舛的命运，恨苍天的无情，更恨自己的无能，是自己轻信崇徽致方家美人团扇的秘密在要结束的这一天大白于天下，惹来方家灭顶灾难。是自己料事不周，没有妥当周密地安排好一切，致何舆乘虚而入，害死了素心、素问。

素心、素问如花的年纪，满心欢欣等着做母亲，却骤然丧命。

是她的错，都是她的错！

时间一点一点的过去，噩梦并没有随着时间的流逝消失，天又阴了，阳光隐进灰色的云层，方临汝启唇，平静的口吻道："剖！"

"二娘重视素心、素问甚于孩子。"银杏低声道。

后面的话没说，方临汝明白。

方锦枫必不愿意素心、素问走后还要在肚子上开刀，醒来后，也许会怪罪她。

剖腹取子，大人的身体死后不得完整，孩子也未必能活下来。

"素心、素问必是想让她们的孩子活下来的。"方临汝低声道，蹲下去，素心、素问两人的姿势一模一样，双手横搭在肚子上，那是护着孩子的姿势，她相信，她们不会怪她。

婴儿取出，一个男婴一个女婴，啼哭声传出来。

"会哭就好，只要照顾得好，就能活下来。"寒冬腊月，冷彻肌骨的天气，王大夫却满头满脸的汗。

方锦枫从出生起就是他诊脉调理身体，看着他从一点点大的婴儿长大，不是他的儿子，却与他的儿子无异，为了保住方锦枫的一点儿血脉，只能咬牙为之。

为医这么多年从没做过，也从没听说过，期间手里薄薄的砭镰几次差点儿握不住。

奶娘一早找好的，当夜进府，婴儿的衣裳已准备了很多，倒也从容。

申时，两个婴儿睡熟了，方临汝至此方得空唤了银杏和翠翘问话。

"外头的叫骂声传进来，二娘牵挂你……"翠翘咬牙，三人在澄漪山房门口听说何舆进来了，大惊。何舆专门不干好事，那晚想对方锦枫用强未遂，此时进府会干什么不难猜，三人狂奔秣香楼，紫藤阁的婆子也才刚到院门，院门半掩半开，推开门，素心、素问已倒在血泊中。

银杏嘶声骂道："何二郎太不是东西了。"霎地又顿住，看一眼何栎，没往下说。

"说吧，表哥是表哥，何舆是何舆。"方临汝平静道，拉何栎坐下，抬下巴，示意银杏、翠翘也坐下，不必拘主仆之礼。

“素心、素问身子那么重，何二郎居然……居然还想对她俩用强……”银杏低泣，翠翘也是不住地拭眼角。

“我杀了他！”何栎霍地站起来，目眦欲裂。

“然后替他偿命吗？”方临汝淡淡道，事先已隐约有所知，气得狠了，反镇定下来。

“不然，就由他这么张狂，为非作歹下去？”何栎想起方才何舆有恃无恐的样子，几乎喷出血来。

“当然不能。”方临汝冷沉沉道，站起来，眼眸里冰一般的冷冽，“送官！告他逼奸未遂致死人命。”

何栎迟疑起来：“方家多事之秋，这时候出告，流言蜚语，会不会又添事端？”

“不告官？私自处置，被郭成安和谢夫人逮着咱们短处出告，得替他偿命不说，姨妈那头也过不了。”方临汝淡淡道。

何舆敢招招摇摇进府，行凶后又若无其事离开，抱的心思便是如此——私了有何姜氏拦着。告官，方家丢不起这个脸。

她偏要告，无论如何，她要为素心、素问讨回公道，她要让何舆血债血偿。

方才忙着救人，院门至起居厅到卧房斑斑血迹还没收拾，方临汝吩咐不要收拾，又请王大夫写下诊断证词及抢救无效经过，亲自写状词，也不等明日，即赴刺史府告状。

郭成安心烦意乱睡不着，勉强挨到天明当即起床，拉门，房门开了，大喜，盥漱毕，用过早膳，要出门，却出不了院门，两个婆子堵住大门不让出去：“夫人吩咐，让大郎今日在家好生歇着，派了几个人去观前街了，回来会细细把方二郎继位大典情况细细禀报大郎。”

郭成安几乎呕血，团团转。

梅娘脸色雪白，抬头望天，扯住郭成安袖子打手势，郭成安看不懂，懊恼得紧，甩掉她的手不理她。

房氏匆匆过来，说林源到访让他出去迎客时，郭成安下意识地望天。漫天雪花，看不出时辰，又看沙漏，刚巳时中，方临汝内外归心，继承家主之位不当有什么意外方是。可若没意外，林源不会纡尊降贵匆匆过来，大奇，理了理衣裳，出院门。林源竟是没等他出迎，唤下人带路直接过来了，黑色幞头微歪，披风系带歪到肩膀上了，形容有些狼狈，眼睛却亮闪闪眨着贼光。

“方家的传家宝美人团扇是人为制造的，扇面美人是养着大活人绘像替换的……”林源滔滔不绝，不及进屋里，就在院门口，噼噼啪啪一股脑说了刚才方临汝继位大典上发生的一切。

谢夫人拉着崇徽下观扇台，他一直盯着她，盯着那些美人，清楚地看到谢夫人朝人群里打手势，察觉等下要大乱，本就贪生怕死，当即尾随谢夫人一行人离开，出观前街，回头看，里面果然乱了。

“居然是这样！”郭成安眼直了，回头望一眼门里头，恍然大悟为何前一刻才在方家美人团扇上看到的扇面美人，下一刻变大活人出现在自己面前。

美人团扇不是天赐而是人造的，昨日让他痒得痛不欲生的扇子也是方临汝造出来的了，他中计了。

出了一回丑，还白白送了一万金给方家。

想起方临汝当时的面容，后知后觉地发现，那里头隐着戏谑、作弄、傲慢、志得意满。

郭成安捋起袖子往外奔。他要找方临汝算账。

“你干什么？”林源叫，皱起眉头。

郭成安回头，丑事不便说，忒没面子，扯借口：“我要去看方二郎落水狗一般被痛打的情形，那是何等畅快的事，不能错过。”

“有什么好看的，不被揍死也要被揍个半残。我来时，群情激昂，成千上万的人往前涌，方家的下人才多少，哪拦得住。别去了，小心出踩踏事故伤了自个儿，帮我想想怎么把那些美人从谢夫人手上要过来要紧，都是国色天香美人啊，虽说比方临汝那个未婚妻，不，是谢天的儿子略逊些，也一个个是难得一见的绝色，送到长安给上官，定能保我仕途畅通。”

林源方才还没说这一茬，郭成安瞪圆豆荚眼，诧叫：“什么谢天的儿子？”

“方临汝那个未婚妻是男人，就是谢天的儿子……”林源山羊胡颤动，口沫横飞，把兰荪说的话说了一遍，道，“方临汝当时的神情，脆弱得快要晕倒了，跟天塌下来似的。”

“啊？”郭成安失神。

“方家这回是彻底栽了，你也不用再费心思对付方临汝了。”林源抖动着山羊胡乐呵呵地道，推郭成安，“快帮我想想怎么从谢夫人手上要到那些美人。”

郭成安回神，眯起豆荚眼，嘿嘿一笑，道：“这个还不容易，那些美人可想而知是方家买的，卖身契在方临汝手上，虽是谢夫人带出来了，可不算谢家的人，便是谢夫人的那个儿子，想必也有卖身契在方临汝手上。方临汝只要上府衙告一状，谢夫人吃不了兜着走，方临汝到刺史府出告时，你先断谢家把人归还方家，接着再断方家失德，卖身契作废，美人们各归各家，之后再扣下美人们就行了，她们的家人都把她们卖了，也不在乎她们了，弱质小娘无依无靠，又是与世隔绝长大什么都不懂，还不由你摆布。”

“甚好！”林源大喜。

郭成安急着要去观前街看情况，拉着林源往外走，口中道：“林公赶紧回府衙等着，方临汝出告才能及时受理……”

后面的话硬生生刹住，房氏在背后扯住他衣裳，朝他眨眼打手势，要他留下林源之意。

郭成安霎地改口：“不然，还是别回去了，这个时候，急的应该是方临汝跟谢夫人，林公可得摆足架子，不如留下用膳，吊吊方谢两家。”

林源想了想，这事不管方家还是谢家都得等他决断，不怕不能插手，点头道：“也好。”

请林源到正厅落座，郭成安借口安排酒菜，让婢女侍候林源，自己出厅。

房氏在外面庑房里等着他。

“咱们怕是被谢夫人当枪使了。”房氏脸色罕见地沉重，肥白的乳猪蹄一般的手死死抓着门框，咬牙道，“状似无意中在我面前说什么降价鬻扇打击方家，应是有意为之，后来在我登门时外头嚷嚷什么火烧方家扇坊重创方家的话，也是故意的。那个玲珑说不定就是她事先安排了勾搭舒永根的，她故意设套让我们钻进去，借郭家这把刀灭她的仇人……”

房氏说一句，郭成安脸色沉一分，粗声道：“看来就是如此了，螳螂捕蝉，黄雀在后，我们跟方家斗得你死我活，她坐收渔翁之利。”又冷笑，“想得倒美，谢家消声匿迹团扇行业十几年，想再崛起难于登天。”

“不一定，谢夫人老谋深算，每一步都算好了，谢家扇本来就精湛精美，方家倾覆，再把咱们郭家也弄倒，就能乘势而起并在团扇行业一枝独秀。”房氏摇头，平素最沉得住气的，此时面上也微有惶恐之色。

郭成安咬牙，低声道：“我明白了，母亲是想让我再笼络林源，先发制人对付谢夫人，对不对？”

房氏点头，道：“让林源在方家上告时，判谢夫人私入民宅掳掠重罪，案情呈报刑部批阅时，谢夫人收监。长安路遥千里，公文冗繁批示很慢，一关数个月，郭家就可乘机扩大团扇市场的影响力，奠定制扇第一家地位。再让林源把谢崇徽断还方家，方临汝被骗，必是对谢崇徽恨之入骨，对家奴，主子想做什么就做什么，方家再是门风端正，方临汝再是性情仁厚，对付起谢崇徽也不会手软。等谢夫人从牢里出来，郭家势成，她奈何不了咱们了。”房氏沉眉，小眼细眯成一条线，阴沉沉的寒光。

“林源虽是咱们家捧起来的，却只认钱不认人，要让他按咱们意愿行事，难。”

林源小人一个，不讲什么恩义，花一万金捧了一个白眼狼，郭成安粗短的眉毛拧成一团，眉心打结。

“给他再奉上一万缗钱重礼吧。”房氏轻叹。

“又送钱？”郭成安为难。

郭笑盟好色，郭家家业大，人口也多，开支极大。郭成安接掌理家大权时，接的是一个空壳，兢兢业业汲汲营营，方有了些许盈余。偏这半年多来，先是花一万金帮林源谋官，给林源出主意逼方家捐钱自己也贴了一千金进去，接着又花钱各地收买人在方家团扇上捣鬼，前些时降价鬻扇又亏了很多，昨日又筹一万金到方家赔罪，眼下郭家一点儿余钱没有，房氏的体己在数次要用钱时都贴进去了，还从娘家借了不少。年关到了，按惯例，一大家子都要裁新衣添首饰。还有年宴，过年请客送礼，所需不少，偌大饥荒还不知从哪找补呢。

“你阿爷那些女人手上宽裕着，我去找她们。”房氏冷冷道。

“她们必是不肯交的，找阿爷告状，可就……”郭成安踌躇。

“我让她们没地方告状去。”房氏寒声道。

昨日连请大夫来给郭成安看手痒都不敢，皆因受掣肘之故，若是没有郭笑盟，她儿子是家主，无惧府里头妾室、庶子女生事端，亦不至于上当受骗。

一万金白白送出，自家做贼窃物在前，得知被方临汝骗了也无法上门索讨，这口恶气无处发泄，少不得就寻根究源，再也容不下郭笑盟。

“母亲，你要……你要……”郭成安煞白了脸。

“与我儿无关，我儿无须放心上。”房氏柔声道，拍拍郭成安肩膀，转身出门。

胖如母猪，肥肉颤颤，走起路来却甚利索，顷刻出了院门。

郭成安呆呆愣愣看着她的背影，抬步欲追又缩回。

美酒珍馐陆续奉上，郭家要跟方家争门第高低，饮食上也是阔气豪奢，脍精脍细。

林源想起自己是四品官，却没有郭家方家的富贵奢侈，颇有些意难平，宾主言语之间，便带了索要好处之意。

郭成安暗骂，斗倒方家，又起来个谢家，制扇第一大家之位遥不可及，还偏捧了个不知感恩反回噬的小人出来。但当下有求于人，只能强压下怒火，很慷慨地把送林源一万缗钱的意思表达出来。

“郭大郎豪爽仗义，真英雄也！”林源大喜。

郭成安谦逊地笑笑，也不含糊了，把自己所求直白说了出来。

林源一口应承。

宾主相谈甚欢，饮宴至酉时方散，郭成安送林源出府回转，内宅传来哭号声。

郭笑盟死了。

房氏宣称，郭笑盟听说方家的传家宝扇是骗局，被揭穿了，方家垮了，大笑不止，狂喜之余呼吸不畅暴毙。

郭笑盟的一个妾室质疑，被房氏请家法重责，其他人当即噤声。

林源刚回到刺史府，方临汝便来了。

听说方临汝告的是何舆逼奸害死其妾，而不是告谢夫人掳其家仆，林源大失所望。派了孙传带仵作前往方家勘验，现场还保留着，人证物证俱全，证据确凿，何舆没好处到他跟前，没什么可包庇的，当即将何舆收监，结案。

方临汝谢过，要退出公堂，林源一把喊住她，关切问："谢夫人带走方家下人，方二郎不出告吗？"

素心、素问无辜枉死，方临汝怒火填膺，一心想着让何舆血债血偿，谢夫人带走扇面美人一事未及思量，片刻工夫间心头千回百转，面上却是一丝不露，只道："多谢林公动问，汝失爱妾心神大乱，亡者要办丧事，稚子无母需看顾，过几日再作处理。"

"谢夫人蛇蝎心肠，那些美人落在她手里凶多吉少，还是尽早做决定的好。"林源道，掩饰不住焦急。

方临汝连连道谢，出得府衙，面色沉了下去。

林源不是会为方家着想的人，如此迫切想干什么？

满地的血迹清理了，素心、素问抬到鸿春堂停灵，灯光明亮煦暖。然而，深刻在心头的印记却没能消失。

方锦枫药效未过，还在昏睡中。何姜氏醒来了，又哭晕过去。方姜氏醒了，听说方锦枫晕迷，又晕了过去，便是醒着，伤心之余也做不了什么，一向也不理家事的。好在方秀绮这段时间帮着理家立起来了，把事儿都挑起来，又是要准备丧事又是添丁的，事儿极多，却井井有条。

入夜，积雪在夜幕下泛着幽幽光芒，枝头雪水滴滴答答，扇坊起火后，为了节省开支，也因为很少在漱石榭中待着，炭火不再烧，冷冷清清，

方临汝按了按额角，这当儿最想做的是两眼一闭，什么都不想了，什么都不管了。却不能够，不只不能，还得压下悲凉哀苦，振作起来，仔细思量接下来怎么办。

何栎陪着方临汝进漱石榭。烛火点亮，幽幽的冷光侧映着方临汝，早上清艳的一袭正红胡袍在一连串动乱后，凌乱脏污，束发松散，脸庞消瘦，冷峻的面色，清凌凌的双凤眼里深藏着沉郁、悲愤与隐忍。何栎几乎忍不住想把她搂进怀里，亲吻爱抚安慰她，观扇台上的僭越已是极限，敬重方临汝如敬天神，不敢亵渎。

"林源唯利是图，不可能为方家着想，眼下如此迫切，是想在方家出告后，方谢两家较劲，拿两家的贿赂，还是别有他图？"方临汝沉吟着道。

"不拘他怎么想，都不可能是于方家有利的，那些美人背主忘义，要回来也不

能留下只有发卖，我觉得，暂时按兵不动，等跟崇徽商议后再做决定。”何栎道。

“崇徽已不是咱们认识的崇徽，他是谢家儿子，是方家仇人。”方临汝低眉，嘶哑的嗓子，今日也曾挽留过，朝崇徽伸出手，只要他拉住她的手，哪怕他是谢天的儿子，是处心积虑要颠覆方家的谢夫人的儿子，她也原谅他，然而他绝情地离去，留给她一个背影。

北风呼呼，隔着帘栊传来，如低泣呜咽，刺得人心脏刺疼，想号啕大哭，偏生不能够。

何栎抬手，想搂她入怀，生生克制住，缓缓道：“我不相信兰荪的说法，崇徽不可能欺骗你，做对不起方家的事。”

方临汝涩涩笑：“一步一步算得那么好，今日宝扇上绘的若是我，我还能当众宣布我已打算结束这个骗局，偏偏绘的是他自己，坐实了谢夫人的指控，让我无路可走。”

“他只是不想你女装的样子被人看到，在你上观扇台后，他跟我说过。”何栎迫切道。

“就算如此，那钥匙呢？如何解释？”方临汝反问。

何栎启唇又合上。

府内各处钥匙，琬初、璟初接触过，舒九娘和方渭也有。扇坊的，方诚有。可紫竹林紫竹园的，只有他和崇徽、方临汝三个人手里有，他自是没外泄，方临汝更加不可能，唯一可疑的只有崇徽了。

“还有，谢夫人的筹谋若跟他无关，他为什么要跟谢夫人走。”方临汝低低道，说与何栎听，也是让自己绝望。

何栎回想事发前崇徽的神情言语，回想他进方家后的一切，坚定道：“我还是相信他。”

方临汝愣了愣，沉默些时，道：“无论如何，他今日走了，从此以后，跟方家再无瓜葛。”

“汝郎……”何栎想劝，方临汝摆了摆手，断然道：“不说这个人了，咱们商议一下接下来怎么办吧。”

第五十八章　内外交困

扇商们叫嚷着要退扇，不过往回运扇路途迢迢，未必会退，倒不用很担心，目前迫切需要考虑的是从赵氏和江氏借来的钱怎么办。

传家宝扇弄虚作假一事瞒不住，赵吾行和江楚泽很快便会得知。

与其等他们从其他人耳中听说，莫如自己坦白。

方临汝修书给两人，实言相告，表示赵氏江氏若想收回借款，即派人送还，给江楚泽的信写得长些，告诉他方德清去世当日，她方得知方家传家宝扇的秘密，当时便不想再欺瞒世人，故迟迟没开订扇会，有了后来使计鬻扇之举，又告诉他自己本来打算家主继位之日结束方家美人团扇的神话。不想后来又曝出自己女扮男装的事江楚泽得知而意外，索性把自己是女儿身的事也直言相告。

崇徽给她绘像的初稿还在，药粉洒了上去露了那行字，把画像和书信一起装进一个轴筒里头。

何栎对她要告诉江楚泽自己是女儿身一事微有迟疑，但阻止不了，又说：“画像不要寄给江大郎吧。”

方临汝明白他的顾虑，笑道：“江楚泽是坦荡之人，不会做趁火打劫的事，放心吧。”

自信自己看人不会走眼，忽想起崇徽，到如今还恍然如在梦中，不信崇徽居然一直在骗自己，笑容凝结，黯然失神。

谢家出借扇坊没有约定期限，今日撕破脸了，自然是要收回扇坊的。

没有扇坊没法制扇，况且声名扫地，制出来的扇怕是也鬻不出去，方家面前悬崖，背后绝壁，进不能，退无路。

若是赵吾行跟江楚泽不索讨借款，还能徐徐图之。然则，目前方家这样的局面，委实不能指望他们不索讨借款，再重义气，也不可能冒钱财有打水漂的风险。

此前已付了近一万金给介行从各地运木料来，扇坊不建下去，那些木料空置着，白耗了资金周转，况扇坊不建，没地方制扇，难道百年制扇之家，就这样退出团扇业？

今日出这事，外头供应材料的商号必是要追讨欠款的，结余的加上昨日郭成安送来的一万金，一共只得两万金之数。

手上没钱，巧妇难为无米之炊，怎么带着方家走下去，难！

"实在不行，只能把宅子卖了，另换一处小宅子，婢仆遣散大部分，只留一二十个吧。"何栋道。

方家大宅能卖六万金之数，支撑重建扇坊的费用还略有剩余，能作东山再起本钱。

只是这么一来，方家真是跌落泥地了，面子没了，里子也一览无余展现在世人面前，扇商们只怕更加不敢也不愿订方家扇了。

方锦枫心思重敏感多愁，身子又弱，素心、素问突然丧生，他伤心欲绝，再看方家颓败至此，怕是更撑不住。

方姜氏多年养尊处优，吃不得苦。

柳氏没有同甘苦共患难的思想，风平浪静时还要生事，更不说多事之秋了，一看卖宅子，只怕要闹着分家。这时候分家，拆一半家业给方游丰，便是方临汝有三头六臂，也无法再振兴方家。

怕什么来什么，婢女来报，柳氏在澄漪山房门口闹嚷着要见她，要分家。

地面积雪清扫了，石板路面潮湿滑腻，一不留神就会摔倒。

方临汝走得很慢，走得很艰难。

看到方游丰站在柳氏身边，怯生生不敢跟自己对视，瞬间便什么都明白了。胸腔空落落的，北风钻进皮肉，化成利刃，在心尖上一刀一刀行着凌迟之刑。

"马上分家，我们再也不听你花言巧语了。"柳氏尖声道。

方临汝的目光从她脸上一掠而过，看向方游丰："阿兄，你的想法呢？"

方游丰低垂头，颤着嗓子讷讷道："我也想分家。"

"这个时候吗？"方临汝淡淡问。

"是！"方游丰声音更低了。

何栎最是沉得住气的人，也忍不住怒形于色。

"大郎，你知不知道这时候分家，方家便再也无力翻身？扇坊被烧，家业去了十之七八，今日传家宝扇秘密被揭穿，信誉跌到尘埃，谢夫人又撕开了脸，必是要收回出借的扇坊的，方家没有扇坊可制扇，没钱可腾挪周转，再分家把家业一拆为二，汝郎再能干，也无法徒手反转乾坤。"

"翻不翻身是你们的事，与我们何干，我们只要拿属于我们的。"柳氏嗤道，方家大厦将倾，却不妨碍她堆金叠翠，浓妆艳抹，头上珠钗熠，身上锦衣罗裙华光瑞彩，鲜艳明媚。

何栎不理她，只看方游丰。

方临汝沉默着，也是定定地看方游丰。

"我还是想分家。"方游丰把头埋进胸膛，却还是没改口。

"对了，我们要现钱，不要什么房契地契。"柳氏嚷道，咄咄逼人。

方游丰点头附和。

北风飒飒吹过，门廊下灯笼摇曳，里头烛火挣扎些时，忽地灭了，近处一片阴暗，远处微弱灯光，雕梁画栋，翠阁玉楼，阴暗里褪了色，荒芜凄凉，颓败苍凉。

方临汝攥紧手，松开，再攥紧，一再深吸气，死死克制着，不让自己大骂，不让自己大哭。

这是她血脉相连的兄长，外人推倒方家，他跟着踩上一脚。

自己心中装的整个方家，可他们心心念念的只有个人，只有个人利益得失。

片时的沉默后，方临汝缓缓道："好，我答应。"

"不行，不能分家！"何栎叫，急得声音变调。

"表哥，我累了！"方临汝低吁出一口气。

何栎如遭雷击，身体剧震，呆呆地看她，启开的嘴唇合不上，也说不出话来。

柳氏没想到这么容易，也呆了。

方游丰低垂的头抬起，看了方临汝一眼，嘴唇哆嗦了一下，又飞快地埋下头。

方临汝眼底的疲倦，虚弱的身体语言，都让他忍不住想改口，说不分家了。

可是他想办瓷行，很想很想，以前玩蛐蛐玩赛马什么的都没这分热情，持续很久不消散。

“眼下咱们家现钱只有两万金，等卖了宅子筹了钱出来，我就请族里长辈过来主持分家。”方临汝道，转身便走。

“不是还有从江氏和赵氏借来的钱吗？你别想嘴里答应实则拖着，我不依的。”柳氏尖叫，一把扯住方临汝的袖子。

方临汝胸腔里怒火勃发，拂掉柳氏手，斜睨，冷冷道：“今日出这事，江氏和赵氏很快会听说，紧接着就索讨借款，那钱在我们手上留不住。”

柳氏哑了，问道：“宅子几时能卖掉？”

“这不是汝郎能说了算的事，得看买家了。”何栎怒道。

柳氏眼珠子滴溜溜转，眼睫眨了眨，叫道：“那明日请族人见证先分家，先把两万金给我们，余下的，卖了宅子再给我们。”

方临汝咬牙，看方游丰，方游丰低垂着头，竟是不反对。

何栎看她一眼，促声道：“行，就这么办，明日我去请族里长老过来主持分家。”语毕，拉起方临汝的手，撇下方游丰跟柳氏往回走。

两人回漱石榭，琬初回来了，厅里烧起炭火，进门暖融融热气，食案摆开，上面膳食密实盖着，一旁温了酒，抬头看来，道：“天寒地冻的又去哪了，赶紧吃饭……”语未说完，看方临汝眼眶发红，惊得说不出话。

方临汝解披风，指尖颤抖，半晌解不开，琬初刚要上前，何栎凑近去帮她解。

琬初愣了愣，垂首默默往外退。

出门，回头看，方临汝嘶哑的嗓子叫道：“表哥……”后面的声音很低很细，听不清，只听何栎柔声道：“不要紧，总会过去的，总会好起来的。”

琬初抿唇，眼眶热了热，出漱石榭院门，璟初当头小跑着奔过来。

“怎么啦？”

“二娘醒了，伤心得劝不住，非要寻死，安神汤也喂不下去，夫人哭得打嗝，让快请二郎过去。”

“大事小事什么事都找二郎，二郎又没有三头六臂金刚不坏之身。”琬初怒道，往里努嘴，压低声音，“哭了，何大郎正在安慰她，别找她了。”

璟初呆了呆，道：“除了那一回人前大哭，再不曾见她哭的，这是怎么啦？”

“一日里发生这么多的事，崇徽突然变成谢家的儿子，处心积虑潜伏，虚情假意骗取她的信任颠覆方家，便是铁打的人也受不住。”琬初哽咽。

“小傻子不可能骗二郎，应是有什么隐情。”璟初道。

“谁知道呢，我也不想相信，可事实就是如此。”琬初叹气，拉璟初往秫香楼走。

秫香楼哭泣声说话声很低，那股子兵荒马乱之势却不因声响细而不存在，方锦枫气喘吁吁要往墙壁撞，银杏、翠翘、红叶三人死死地按着他。方姜氏的帕子让泪水湿透了，呜咽着絮絮哀求，侧头看到琬初、璟初，往外看一眼，失望回头，急切问：“汝郎怎么没过来？”

“有事绊住了过不来。”琬初道。

“什么事能比枫儿的命更重要。”方姜氏勃然变色，要差人去喊，璟初去都没唤来，其他人更不用说，泪水淌得更凶，失声号啕，道，“也好，我也不活了，横竖遭人嫌弃，不如跟枫儿到地下做伴。”

说着，觅白绫找剪子，就要寻死。

琬初、璟初咬牙，由得方姜氏寻死自然不能的，扑过前拦，口中不住劝说。

璟初道：“出这么大的事，求夫人体谅体谅一下二郎，二娘是你的孩子，二郎也是，手心手背都是肉啊！”

琬初忍不住低泣：“婢女过来时，二郎心力交瘁，从没有过的凄凉疲倦，夫人要怪罪可以，先静悄悄过去看一眼吧。”

方姜氏呆住，不挣了。

方锦枫听得这边动静，忽地停下，凄凉一笑，低声道：“母亲，让送晚膳来吧，咱们都还没用膳呢。”

“枫儿……”方姜氏大喜，急喊传膳。

琬初、璟初长吁口气。

不多时，却更惶急了。

方锦枫吃一口吐一下，满头满脸汗水，唇白颧赤。

王大夫去芙蓉堂给何姜氏诊脉了，急忙去请。

王大夫过来，给方锦枫把了把脉，叹道："别勉强了。"

"怎么啦？"方姜氏白了脸。

"尽人事听天命吧，不然，把棺木准备出来，冲一冲，兴许就好了。"

什么冲一冲，说的就是准备办后事了！

方姜氏身子一软，虚虚地栽了下去。

一阵慌乱，药灌了下去，方姜氏醒来，却再也起不来床，下不了地。

方家乱成一团，谢家此时却是灯火通明，府门大开，许久不曾宴客的厅堂佳朋满座，杯盏觥筹，谈笑声声。

方临汝继位方家家主乃润州城盛事，为了目睹方家的荣光，或是看方家的扇面美人，许多人都去了。其中不乏谢家族人和团扇行业相关的各商号。

谢夫人语出惊人，方家落地，谢氏族人听得谢天有后，真心欢喜的，暗悔当年冤枉了谢夫人，急忙登门致歉。寻思着谢天有子，谢家重振家业只在旦夕间，想打好关系沾点儿好处的也来了。

与团扇行业有关的商号当家，想着方家垮了，谢天既有子，谢家必是还要重开扇坊制扇的，是一个合作大商家，也急忙过来套近乎。

崇徽倾城绝色，观扇台上帷帽掀掉，倾倒了台下几多妙龄小娘，回家后不约而同地撺掇爷娘提亲。那些小娘的爷娘想着，谢家当年家大业大，这几年虽没开扇坊制扇，但家底都还在，崇徽又人物出色，若能结亲，极好的，怕别人捷足先登，都急急忙忙送贺礼，恭祝谢家阖家团聚。

还有谢天的爱慕者，把情感寄托在谢天的儿子身上，也寻了名目过来拜访。

当中也有谢夫人的爱慕者，谢夫人十多年深居简出，难得见上一面，见她人前露面，接着打听得谢府府门大开，当即送贺礼过来。

谢夫人事先已料到会有这局面，饮食酒水安排妥当，遣出去的婢仆都召了回来，突然间一两百位客人登门，却井井有条，一毫不乱。

众人交口称赞不迭。

一两百个食案按身份地位左右摆设。上首，谢夫人与崇徽的食案紧挨着，并列主位。

谢夫人身着绯罗蹙金绣制褙子礼服，五色丝线精织，长衣大袖，直领对襟，两边开衩，胸前系带打着花结，闲适轻松又不失华美高贵，满面笑容，频频举杯。

崇徽已换下此前穿的月白锦袍，谢夫人命人事先给他裁制的礼袍，是他上大典前心心念念想穿的红色锦袍。精致的绯罗，大镶红狐毛领口袖口，极华美大气的衣裳。但禁不得他脸色苍白，面沉如水，死人般没有一点儿生机，显得十分违和。

谢夫人眼角瞥过来时，崇徽勉强举起酒杯朝客人示意，随即又低头，魂不守舍，身在心不在。

酒过数巡，有人问起谢家以后打算，谢夫人笑道："自然是开扇坊制扇，重振谢家扇。"

众人连声叫好，一番赞扬，夸谢夫人教子有方，崇徽生得好，又沉得住气，十几年潜伏宿敌家，当真难得。

崇徽紧攥酒杯，牙齿咬得格格响。

在观扇台上决定跟谢夫人回谢家时，他心中的思量是假装跟谢夫人母慈子孝，掌控住谢家后帮方临汝，眼下听得这些人踩方家捧谢家，却忍不住了。

心中，方家是他的家，方家人是他的家人，谢家却是不相干的陌生人。

"谢家的儿郎自是没有庸碌的。"谢夫人得意道。

众人又是一番赞扬，有人趁机问起崇徽的亲事。

"我有心上人了，她很好，天底下没人比得上，多谢大家关心，改日我跟她成亲时，请大家务必拨冗过来喝喜酒。"崇徽再也忍不住，蓦地道。在宴席上露面后第一次开口，嗓子有些哑，开始说得很慢，渐渐流利，目光沉沉扫过众人，憎恨形诸于色。

众人俱是一愣。

谢夫人咬牙，低声道："你摆什么脸色，是想我公开方临汝女儿身的身份吗？"

"你公开吧。"崇徽冷冷道，霎地站起来，场面话也不说一句，直直往外走。

"君卿。"谢夫人沉了脸。

崇徽回头。

满厅宾客，谢夫人不想人前跟儿子闹翻，勉强忍着，压低声音道："你再敢走我就说出来。"

崇徽眼底轻蔑地嗤笑，嘴唇轻启，无声道："你说吧，你说了，我马上走，到方家找二郎。”

谢夫人一口血堵在喉间，吐不出来。

热热闹闹的宴席，因崇徽一言不发离席草草结束。

送走客人，谢夫人绷着脸直奔崇徽住的望若园。

崇徽换掉衣裳了，一袭雪白，是从方家穿出来的那袭锦袍，窗前一动不动地站着。北风寒彻肌骨，侍候的人都不在，炭火熄了，凉浸浸的比外头温度还低。

谢夫人深吸口气，强压下怒火，打开衣橱捡出一件大氅，走到崇徽身边，往他肩上披，温声道：“天寒地冻的，小心着凉。”

崇徽扫掉谢夫人的手，漠然道：“多谢！”

谢夫人强装出来的慈母温情崩塌，厉声道：“你就这样对待你的亲生母亲？”

“亲生母亲！”崇徽冷笑，伸手到耳朵上，摸索着拿下假耳郭，“哪个亲生母亲会这样对自己的孩子？”

谢夫人瞳仁收缩，面上凌厉森冷褪个干净：“我……我当时……伤心你阿爷去世，神志不清，我无意伤你。”

伸手，想摸崇徽耳朵。

崇徽退后一步，拉开距离，短短的几个时辰里脑子里一直在思索，怎么才能不受谢夫人控制，怎么帮方临汝，宴席上那些人的奉承赞扬给了他启发。

他固然有方临汝是女儿身这个把柄被谢夫人握着，谢夫人也并非没有弱点。

他这个谢家儿子是谢家崛起的希望，没有他，谢家扇销声匿迹团扇行业十几年，根本不可能重振往日辉煌。

“母亲想重振谢家吗？”崇徽淡淡地问道。

谢夫人敏感地意识到陷阱，并没直接回答，只道：“谢家不仅是我的谢家，也是你的谢家。”

崇徽厌恶这种打机锋的说话。

在方家，跟方临汝在一起，想什么说什么，说错了也不要紧，方临汝不会怪他，说对了，方临汝就狠狠夸他。

何栎也是如此，像阿兄一般关心他，指点他，明明……他要跟他抢方临汝，他却从没半分敌意。

璟初虽总威胁要送他走，可是真心把他当自家人，从不会拐弯抹角说话。

琬初亦然。

方姜氏更是有什么说什么，把他当方家人，喜怒形于色。

方锦枫敏感细腻，待人体贴入微，跟他在一起有说不完的话，今日方家出这事，也不知他能否淡然以对——必然是不能的。

方锦枫身子若有不适，方临汝不知多焦急。

崇徽心口火烧火燎，焦灼难耐，恨不能马上飞到方家。

“君卿，你是谢家儿子，振兴谢家是你的责任。”谢夫人重重道。

崇徽从沉思中回神，淡淡道：“我没说不挑起谢家儿子的责任，但前提是，我完全掌控一切，谢家的所有，财力人力，必须由我全权支配。”

“不成。”谢夫人断然拒绝。

谢家所有交给他，焉知他会不会尽皆拿去帮方家。

这是毋庸置疑的事，他一定会这么做。

那她处心积虑扳倒方家又有何用。

“那没什么好谈的，夜深了，母亲请回。”崇徽淡淡道，入卧房，“咔”一声关上房门，插上门闩。

谢夫人目眦欲裂，嘶声骂：“谢君卿，我是你母亲，你竟如此待我……”抬脚朝房门踹去，那门甚是结实，晃了晃，闭拢如常。

里头悄无声息，恍若无人。

谢夫人骂了许久，口干舌燥，无人回应，恼得想唤人来拆了门板。

但想到母子龃龉闹嚷开，忒没面子，只能咬牙忍下，回到主院，瞥一眼厢房门，走过去了又回头，掏钥匙开门。

烟萝床头坐着，抬头看来，又回头，低眉，一言不发。

谢夫人无暇计较她的无礼，即便整个谢家的下奴都奉她如神明，不敢半分违逆，许多话也只能对烟萝这个从娘家陪嫁过来伴了她三十多年的人说。

“君卿跟我回来了，可心还在方家……”

咬牙切齿地把这一日发生的事，事无巨细讲给烟萝听。

烟萝面色平静，这个结果在她意料之中。

“姐姐若想要这个儿子，就顺着，若不想要，我也没话说。”

“不成，顺着他，他一心向着方家，我苦心孤诣经营十几年，岂不是一场笑话。”

“小郎长大了，再不是当年那个任你打骂的小娃儿，你又不能关着他，又不能改变他，不让步，就等着失去这个儿子吧。”

“不可能，我要他挑起他应负的责任，我还要他听我的话。”

谢夫人拂袖离去。

房门没再上锁。

烟萝下地，走到门前，抬头望望昏暗的夜空，一只脚踏出门槛又退回，黯然长叹。

她想去看看崇徽，然而，却不知能说什么。

方临汝魂魄俱碎，心力交瘁，撑不住先歇下了。

身体闲了，脑子里却不得闲，跑马似的转，一时崇徽的负情，一时素心、素问的惨死，还有方锦枫。虽然身处绵软的床褥被子之中，却如陷身钢刀银枪中，双足刀尖上走着，银枪不住扎过来，皮肉心脏无处不疼，无论怎么奔突也冲不出去，绝望没有尽头。

方锦枫之后，又想起崇徽，又回到日间的观扇台上，谢夫人带着扇面美人上台那时。

思绪忽地顿住。

今日随谢夫人过来的并没有全部美人。

还有人没随谢夫人出紫竹园。

那些美人单纯天真，一下子走了那么多人，这时不知多惶恐，她们也许有各种考量，故没跟谢夫人走，不管如何，都是忠于方家之人，得过去看看，安抚一二。

方临汝匆匆起床，草草梳了头发穿好衣裳，出门，到曲溪馆想跟何栎说一声，何栎却不在。

想必去紫竹园了。

他后背的伤未痊愈，今日一整日得不到歇息，怎么地又到处奔忙，方临汝亦是大急，暗责自己不该在这时悲伤失意，一时疏忽，把事儿都推何栎身上。

离府门尚有百来步距离，远远便听得方香雯的叫骂声，方临汝心头无波无浪。

对这个姐姐早已失望透顶。

半夜里，方香雯还不忘精心梳妆打扮展示自己美貌，头上梳了高高望仙髻，插着赤金垂珠步摇，上身一件鲜亮的油绿缎袄，外面搭白狐毛坎肩，绢画拖地长裙，灯笼彤彤红光下妖娆美艳。

身边陪着芊月和四个婢女，架子很足。

方临汝挑眉，大门台阶上，居高临下轻蔑地笑。

“方临汝，你还是不是人，舆郎是你亲表弟，是你亲姐夫，你居然把他送进大牢……”方香雯破口大骂，体统颜面一毫不存。

“他不跑来害死素心、素问，我有那本事送他进大牢吗？”方临汝淡淡地反问。

“不过贱婢贱命，死了就死了，有什么。”方香雯啐道。

两条无辜人命，肚里还怀着孩子，在她眼里不值一提，她自己金尊玉贵，她的男人是珍宝，别人都是草芥。

方临汝懒得再跟她言语，冷冷吩咐：“捆起来，嘴巴堵上，关进垒屋里头，等我得空了再处置。”

引泉等人当即上前按住方香雯。

“你们竟敢以下犯上？我可是主子。”方香雯尖叫。

芊月等人惊呆了，却也不敢上前帮她。

“迎宾楼里当着乡亲和族人的面赌咒发誓与方家毫无瓜葛的是谁？你算方家哪门主子。”方临汝冷笑，嘴利如刀。

方香雯哑口无言，推开引泉等人，抱头急逃，往日走路扭腰摆臀，莲步轻移，这当儿，脚踏浮云，飞一般没命跑。

芊月和四个婢女也忙着跑。

引泉等人要追，方临汝摆手，道：“由她去，以后再来就这般把她捆起来，她若逃，也不必追。”

不过吓一吓，并不是真的要囚起方香雯。

明日即分家，柳氏和方游丰出府，这时囚起方香雯，明日柳氏闹着要带人走，还是得让她带走，没必要囚她。

紫竹林里厚厚的积雪，小径白茫茫延伸，竹叶上雪水簌簌，细碎的滴答声响伴着马蹄声，分外凄冷。

亥时了，疏影楼一楼厅里的灯居然还亮着，都还没安置，从照到窗户的影子看，人都在。看来，谢夫人带走那么多人，剩下的，也惶惶不安，幸而今晚就过来了。

没看到何栎，外头也没拴马，方临汝不觉更急。

担心何栎后背的伤没好生养着，恶化了，兰荪跟方家已决裂，不能再要她配药，可不能出事。

方临汝刚跳下马，厅门“哗”一下拉开了，十几个人奔了出来，寒冷的冬夜里，如离群孤雁，失巢小鸟，围着方临汝一齐哭起来。

方临汝张臂搂住她们。

众人哭了些时，拥着方临汝进厅，方临汝一一看过，不见梅娘。大家都在，这当儿梅娘不应在房歇息的，遂问道：“梅娘呢？”

“梅娘、兰荪她们都跟徽娘母亲走了。”会说话的几个美人异口同声道。

可今日谢夫人带上观扇台的人里头并没梅娘。

方临汝微诧，想不通为何，暂且搁下。

扇面美人的秘密已大白天下，也不必再关她们于园子里与世隔绝。怎么安排她们的去处，方临汝来时思索过，她们善丹青，愿意留下来的，到扇坊做工，不愿意的想念家人的，不要赎金送她们回本家。

一一问过，会说话的不会说话的一共十二个人，都不想回家，还要留下来，听凭方临汝安排。

说了会儿话，方临汝得回去了，众人送至厅外，眼巴巴地看着她，不舍之意甚明。

少了许多人的紫竹园空旷寂冷，原先主事过的兰荪和梅娘都不在，年纪大的哑了，会说话的最大的只有十二岁，没有主心骨，害怕得紧。

方临汝骑了马过来，要带她们出去也不能，留下来更不行，府里多事之时，人夜了不一定就不会发生什么事。

车轱辘碾过雪地吱呀声，一辆马车在幽暗夜色里驶近，方临汝不觉大喜。

“汝郎，这么冷的寒夜，你怎么来了？”何栎跳下车驾，几步冲到方临汝面前，方临汝脸颊两抹冻红，想为她揉揉，手伸出又忙缩回。

“你都来了我能不来吗？”方临汝薄责，许多言语在舌尖打转，最后化作轻轻一句，“表哥，事情再急没你身体重要。”

“我知道，没事的。”何栎笑笑，再辛苦，只要想到能帮方临汝分担重责，也便不觉得苦了，“我刚刚去敲开铁铺，亲自看着，打了铜锁和钥匙，扇坊的锁全换掉了，紫竹园和紫竹林的锁也得换一下。”

原来如此，故走在她前头，却落后一步到紫竹园。

谢夫人手里有钥匙，虽说她看起来不是偷鸡摸狗入室行窃之人，自然还是换了好，不能把安全寄托在他人身上。

方临汝暗赞何栎想得周到，紫竹园里如今的这些美人的安排跟他说了，有马车，想连夜带她们回方家。

“我也正有此打算，走了那么多人，她们必是张惶得很。”何栎笑笑，跟方临汝心有灵犀，暗暗喜悦。

翌日天色微明，外头柳氏便闹嚷起来，立逼着方临汝请族人过来，即日分家。

请族人、估家产、立分家书，每行一步，便有钝刀在方临汝的心上剐一下。

阿爷去世不到一年，荣光无限的方家便散了。

紫竹林和大宅加扇坊地基还有交付介行的定金合计估了八万金，加上现钱两万金，兄弟二人各得五万，在族人见证下，方临汝交了两万金给方游丰，另写了一张三万金欠条给他。

方秀绮不愿跟方游丰柳氏走，被柳氏狠骂了一顿。

柳氏昨夜便把东西收拾了，一早找了人过来拉走，出金阊厅，拉着方游丰即出了方府。

整个润州城，也许再没一家分家如此利索，连分家饭都不吃。

方临汝木然地看着她们离去，背后急促的脚步声，回转头，琬初小跑着奔来，眼里含泪，喘吁吁道："二娘很不好，你快去瞧瞧……"

方临汝僵冷的心凝结成冰块，皮肉凉嗖嗖，嘴唇动一动都不能，仰头，想把泪水逼回眼眶里，却是徒劳。

满屋的药味，方锦枫无声无息地躺着，白纸片绘了脸一般，没有一丝大活人的味儿，厚厚的绫被下皮包骨头的身体。方临汝在床畔愣愣坐下，连伸手触摸一下那张跟自己眉眼一模一样的脸都不敢，生怕一伸手，方锦枫便如寒风里枝头花儿一般枯萎凋谢。

痛苦如针尖扎着皮肤，钢刀戳刺着心脏，尖锐的疼痛，意识游离涣散，除了痛还是痛，室外北风嘶吼，一阵比一阵急，心碎百瓣，残肢满地。

"汝娘……"方锦枫低喃，艰难地伸手出来拉方临汝。

细细的麻杆一般的手腕，不见一丝肉，青色血管在苍白的皮肤下蜿蜒，方临汝默默地捉住，按到脸颊上，想哀求他，好好活着，挺下来行不行，无奈喉中酸堵，一句话说不出。

她是他的孪生妹妹，可陪在他身边的时间远没素心、素问多；她对他的关爱，也远没素心、素问多。两个心爱的人突然去了，他的心也死了，强求他活下来，即便他真的撑过来了，也是生不如死，行尸走肉。

"汝娘，别……伤心，我……就这样去了……也挺好的，活着……帮不上家里什么忙，还拖累你……"

方临汝想说："阿兄，你不能死，你不是家里的负累，你活着比什么都好。"

什么都没说，也说不出，她怕微一张嘴，泄出喉咙的就是放声大哭。

那会让方锦枫走得更不安宁。

自这日起，方锦枫便水米不进。何姜氏醒了就哭，哭一阵又昏迷过去。方姜氏直挺挺地躺着，方秀绮床前亲自服侍，每餐勉强灌几口粥下去，或是几勺参汤，也不过吊着命，方锦枫什么时候去了，她也便跟着去。

方临汝再没离开过秋香楼，床前呆呆地坐着，一步不离。

绝望如同室外呼啸的北风，四面八方围追堵截，死神一步步逼近，自责在心中如野草蔓长，无从自我开解，旁人也解劝不了。脑子里反反复复都是自己的错，她疏忽大意，没有安排人守住秋香楼，置素心、素问丧生，害死素心、素问的凶手不是何舆，而是她这个方家家主。

是她的错！是她的错！

白日黑夜轮唤，在方临汝心中都是一片漆黑。

看不到光明，不再抱希望，生不如死。

何栎找她商量事情，她偶尔应一句“你看着办”。更多时候听而不闻，一言不发。

千头百绪，大大小小许多事，她一概放下了，记不起家主之职。

谢家还没过来索讨扇坊，何栎以年关在即为由，暂时停工不再制扇。

跟方家的扇坊被烧那时不同，眼下团扇即便生产出来，也没扇商订扇。

停工后，何栎把库存材料退了，跟各商号把欠款都结清了。

外头任谁看着方家都是再无生路。

府里头，众人惶然不安，都不愿意离开方家，然而方家若是支撑不下去，他们也没法赖着不走。

柳氏带着介行的人一日走几趟，迫切得很，要把方府卖了好拿欠着那三万金。

腊月二十，方锦枫鼻子里还有少许气息，却连睁眼都不能了，方临汝也不吃饭了，食物端到跟前，瞥都不瞥便推开。

漫长压抑的折磨，结局清楚明白，连奢望有转机都不能，一刻一刻挨着，等着丧钟敲响，脑中一片空白，什么都无法思量，什么都想不起。

第五十九章　心有灵犀

这么下去，方锦枫去了，方临汝也活不下去的。

何栎从秋香楼出来，抬头望望阴冷灰暗的天空，出门，往谢府去。

方锦枫跟崇徽最谈得来，若是崇徽能过来劝一劝，方锦枫好起来，方临汝也便没事了。

他不信崇徽欺骗方临汝。

那样洁白通透的人，心思写在脸上，眼里唯有方临汝，把命给方临汝都愿意，怎么可能欺骗方临汝。

眼前危机也唯有崇徽的心向方家才能有解，有崇徽帮着方家，方家才能求得一线生机。

身上只穿一件靛青色夹棉薄袍，也不加披风围脖，拢了拢袖子，大步往外走去。

谢府府门大开，被何舆带着纨绔砸得坑坑洼洼的大门修葺过了，刚上的漆，锃亮光滑，焕然一新。跟方家的门庭冷落孤寂凄冷相比，一派喜气洋洋之色。

何栎报上姓名身份，阍者连禀报都没有，直接拒绝给他入内：“夫人有吩咐，方家的人一概不准入内。”

该报个假名，得以入内，见了崇徽再作计较。

何栎暗悔，转身离开，寻思着，另唤一人过来，设法进门约崇徽出来。

“何大郎。”背后有人喊，何栎回头，一个四十左右娘子大步追过来，半新不旧藏蓝夹棉短袄，青绫棉裙，肩上搭灰鼠毛坎肩，抱着紫铜手炉，眉目清秀，眼神沉稳。看样子，虽不是谢家主子，却也是得脸的，何栎客气地拱手施礼。

“我是谢家夫人的陪嫁婢女……”烟萝缓缓道，那日起谢夫人不再把她锁厢房里，多年下来已经习惯，不由自主地便又帮着谢夫人打理起家事，方才大门里头看到何栎，略一迟疑，还是追了出来，“何大郎过来有事？”

“我想找崇徽。”何栎开门见山道。

烟萝抱紧手炉，没回应何栎的话，只问道：“方家是不是……很不好？”

言语中没有敌意，甚至有着无法掩饰的关切。

何栎略一思索，道：“素心、素问死了，锦枫挨不下去，差不多就在这几日，汝郎也没进食了。”

烟萝身体颤了一下，眼里浮起悲悯之色，抿了抿唇，低声道：“我会转告小郎。”

转身回府，步履蹒跚。

何栎注目看着她进了谢府，立于扑面寒风里，忽然间没那么冷了。

方临汝还在方锦枫床前坐着，跟何栎离开时一模一样的姿势。

何栎也不管她听不听进去，一股脑儿把自己到谢家的情形说了，末了道：“崇徽好像被软禁了，我相信，他没有欺骗你，没有害方家。”

方临汝绵软弯曲的身体缓缓坐直，扭过头来，面庞肌肤焦枯暗黄，眼神晦涩，唇角微垂，几分嘲讽几分怨恨：“一个素不相识的人对方家哪来的善意，谢夫人很会调教人。崇徽四岁离家都能深藏不露骗得我的信任，一个四十岁妇人装模作样起来更加可信了。表哥，咱们跌了一次了，再跌不起第二次，你别再去谢家，便是崇徽过来，也不准他进方家门。”

“汝郎……”何栎低喊，还想再劝，方临汝头部软塌塌地垂下，竟是昏了过去。何栎惊叫，伸手急扶，竟如托着一团羽毛般，短短几日，方临汝瘦得没了人形。

多日没有主人居住，漱石榭清幽空寂，屋后潭水结了冰，前面庭院没有了夏天的浓荫蔽日，枝条萧索，里里外外一片死气沉沉。

王大夫过来，诊过脉，叹口气，药箱重重盖上：“本就郁结难解，你们还刺激她，一个两个不想她活了，也不用开什么药了，心病还需心药医，喝药不管用。”

何栎紧攥手，悔恨交加。

不该跟她说去找崇徽了，不然，亦还不至于这样。

她对崇徽投入的感情，远比他以为的多。

爱之深恨之切，没有强有力的证据证明崇徽没欺骗她，提崇徽，不啻在她伤痕累累的心上撒一把盐。

蓝绸缎面映衬下，方临汝脸庞雪白，双凤眼紧闭着，不见自信傲然，竟然跟方锦枫一模一样，眉眼脆弱，梨花带雨。

都说孪生子同命，难道，锦枫去了，临汝也活不了吗？

何栎伸手，指尖虚虚地拂过方临汝的眉眼，不敢真的触碰着她，想俯身将她紧紧抱住给她温暖，又怕鲁莽伤了她，悲伤的情绪在胸中饱胀奔突，无处发泄。

这世间若没有她，活着有什么滋味，心灰意冷，竟然想要相随。

“这么下去，何大郎也倒了，可如何是好？”璟初觉得自己也快撑不住了。

琬初低眉，苦笑道：“都死了，咱们也不活了，一了百了，很好。”

中午没人吃饭，晚膳端上来凉了撤下，热了再端上来，没人吃。

方临汝不吃，何栎不吃，她们也没心情吃。

崇徽这几日不由自主地总想起第一次见方临汝的情形，懵懵懂懂中回过味，原来那一天，他在楼上，方临汝在楼下，他低头，方临汝仰头，目光相接的那一瞬间，他便喜欢上方临汝了。

那个夏日的清晨，天气真好，落英缤纷，暖风和煦，那样美好的天气里，方临汝更好看上几分，由不得他不沦陷。

谢夫人派了许多婢女过来服侍，个个都很美，兰荪等人也来过，被他毫不留情地赶走了。

他知道谢夫人的居心，想用美色诱惑他移情别恋。

怎么可能！天底下所有的女人都比不上方临汝，都无法替代方临汝。

传家宝扇的秘密被揭开，自己又“欺骗”了她，不知她怎么样？可还好？

她很坚强，她一定能撑下来的。

崇徽这样跟自己说，强忍着想奔去方家找方临汝的冲动。

他跟谢夫人较着劲，博弈着，谁先沉不住气，谁就输了，他不能输，他输不起，若是不能掌控谢家的资源，成了谢夫人手中牵线傀儡，就无法帮方家了。

临窗书案摊开纸张，崇徽握着笔涂画着，表面看，那是没有意义的笔画，但在他心中，却是一个一个怎么才能让方家起死回生的念头。

方家扇坊里头，他相信还是上下齐心，扇工们没有背主另觅东家的打算，只要制出的团扇有销路，重振方家不难。

扇坊的重建不能停，扇工们的俸禄得照发，过年了，节日里有的赏赐也得一如旧例。

不知欠赵吾行和江楚泽的银子能宽容方临汝到什么时候?

他不喜欢赵吾行负情薄义，不喜欢江楚泽待方临汝肝胆相照，这当儿，却祈求上天，他们能体谅信任方临汝，能继续支持方临汝支持方家。

方家的危机在外头，人为造天赐宝扇，信誉扫地，声名狼藉，挽回信誉难于登天，只能走另一条路——把方家团扇打进内廷，把方家团扇拔到民众无法企及的地位。

如此一来，假造传家宝扇带来的影响自然就烟消云散、不复存在了。

只是，要打进内廷，必得尽快，不然，方家欺世盗名一事传到长安，传到上位的贵人耳里，再来行动就难了。

崇徽恨不能即时动身去长安。

把方家团扇打进内廷并非易事，然而，再难，便是登天，他也想设法做成。

远远看到烟萝，崇徽执笔的手略顿了一下，低眉，只作不见，还是一笔一画写着没有一个成型的字。

四岁离家，能记得的事不多。

还记得如何制扇，却是自三岁起便被谢天拉到扇坊里，劈过千百遍竹丝，烤过千百把扇骨，重复着，相同的步骤不停地做，深刻进脑海里。

别的，就只记得谢夫人对他的虐待。十几年过去，还时时做噩梦，恐惧害怕，每每见谢夫人，便不由自主想起她把他按进水盆里，拿剪子剪他耳朵，拿烧火棍捅他身体，抽他、掐他等事，毛骨悚然，周身发寒。

烟萝的印象在脑子里已消失，再见了，才模模糊糊想起她来，想起含胭温和的笑容，离家那日下午，含胭和谢夫人厮打的身影。

烟萝没进门，走到窗前，默默地看崇徽。

崇徽不动声色，闲闲地涂着笔画。

“方才何大郎过来，想见你，被门上拦住了。”烟萝缓缓道。

崇徽执笔的手蓦地攥紧，笔尖顿住，纸上停滞一点墨汁，又若无其事接着写。

“何大郎说，素心、素问死了，方锦枫命在旦夕，方二郎没吃饭了，也很不好。”烟萝低低道。

“哒”一声，崇徽手里的毛笔硬生生掐断了。

“素心、素问怎么会死？”他咬牙问，镇定不再。

“何大郎没说，我找了咱们家在外头走动的人问了一下，是何舆……”

“二娘！二郎！”崇徽喃喃，扔了断笔，往外狂奔。

烟萝几步冲到房门前堵住他。

“闪开。”崇徽眼直的，抓住烟萝的肩膀往一旁摔。

他有能举起几百斤大石的力道，烟萝很容易就跌倒地上。

“回来，想拯救方家想救方二郎，就回来，听我说完再做决定。”烟萝低叫。

崇徽奔出十数步了，硬生生刹住脚步，缓缓回头。

“在姐姐的计划里，并不是揭开方家的美人团扇的秘密就作罢，她的最终目的是逼死方二郎，你这时冲出去，连大门都出不了，不仅救不了方家，且以后再也没有机会救方家了。”烟萝沉声道。

崇徽定定地看着她，研判的戒备的目光，用要将她由外及里剖开的锐利目光。

烟萝在他的目光里颤抖，铺天盖地的悔恨——崇徽的心思再明白不过了。

他心中，方临汝和方家重于一切。

她不该助着谢夫人颠覆方家的，这几日也不该一直踌躇不决，再拖下去，方临汝有个三长两短，崇徽与谢夫人母子间的仇结便再也解不开了。

她不想背叛谢夫人，可更不想眼睁睁看着事情发展到无可挽回的地步。

何栎能过来找崇徽，无形中流露出，方家人并不完全相信谢夫人的说辞，并不认为崇徽处心积虑潜伏颠覆方家，他们信任崇徽，崇徽和方临汝的情缘，并非不能再续。

拿定了主意，烟萝轻声道：“要让姐姐把谢家所有交到你手里不可能，你向姐姐屈服也不行，一步一步来吧，先弄到自由，去方家见见方二郎吧。”

崇徽的嘴唇颤了颤，缓步走到烟萝身边，把她挽了起来，低唤道：“萝姨！”

烟萝泪流满面。

谢天去世前，还生活在锦绣膏梁里幸福快活的他就是这样唤她的，童稚的细嫩的声音，甜甜地喊，一边蹦蹦跳跳着一边喊她和含胭“萝姨、胭姨”。粉团团雪堆玉雕的人儿，那么美，那么可爱，冰雪聪明，懂事又体贴。

“砰砰”一声接一声，谢夫人又在砸东西了。

外头侍候的婢女面面相觑，缩肩收背，把头埋进胸膛，恨不能化成隐形人。

满地狼藉，砸无可砸，谢夫人吭哧喘气，眉眼扭曲，什么风仪什么教养通通不见。

这几日许多扇商和供应团扇材料的商号当家登门拜访探口风，方家倒了，谢家乘势崛起的大好机会，因着母子不一条心，什么都无法做。

郭成安这几日到处走动，拉拢扇商，压团扇材料价格，前几日，以低价进了一大批扇面丝绢。郭笑盟的死半点儿没影响他，甚至借着办丧事润州城各大户人家送祭仪的机会，跟各家大套近乎。

一样是制扇之家的儿子，郭成安绞尽脑汁，兢兢业业，野心勃勃要争制扇第一家之位，她的儿子怎么就这么不上进，眼里只有方临汝没有谢家大业。

郭成安跟房氏凡事有商有量，母子一心，她的儿子怎么就一心向外，不拿她当亲生母亲。

儿子不听话，身边的人也各有打算不是一心一意辅助她，烟萝这几日从不到她跟前侍候，远远避着，谢运兴满心眼只有女色，蠢蠢欲动想霸占兰荪。

大局未稳，方家的扇面美人还有用，尤其是颇有心计的兰荪，还不能动。谢运兴颇有怨言，谢夫人气恼儿子之余，又多了一桩不快。

“望若园着火了……”

惊惶的叫喊声传来，谢夫人一震，狂奔出去。

望若园里崇徽居住的小楼火光冲天。

方家扇坊着火那晚，谢夫人安闲地看着。后来，去看过烧成废墟的一片空旷狼藉之地，也亲眼看着方家人从废墟里抬出被烧死的人的焦枯的尸骸，当这一切发生在谢府里，烧焦的尸骸有可能是她的儿子时，镇定不再。

烟萝人前高喊救火，谢夫人一把捉住她肩膀，焦灼问：“君卿呢？君卿在哪里？”

“在里面……”烟萝哽咽说。

“扑火，快扑火……”谢夫人嘶叫。

一桶桶水泼过去，火灭了。

崇徽倒在地上，昏过去了，身体淋淋的水，左臂半边袖子烧没了，整条手臂血肉红黑交织，半是焦枯。

烟萝望得一眼，疼得站立不稳。

说好的只是做样子给谢夫人看，怎么假戏真做把自己弄得伤这么严重。

若不是救火及时，他真打算烧死自己吗？

“君卿！君卿！”谢夫人凄厉地叫，抱起崇徽猛摇。

“姐姐别这样，小心伤势弄得更严重。”烟萝低叫，急喊请大夫，喊人抬条凳过来，把崇徽抬去紧挨望若园的听风楼安置。

入夜，崇徽的一条胳膊涂满药膏包扎完了，僵硬绷直。紧闭着眼，头脸烟灰拭干净了，眼眶周围一圈青黑却怎么也拭不掉，是这些日子无眠焦虑留下来的印记。脸庞轮廓刚硬坚强，嘴角周围青黑一圈胡茬，憔悴苍白死气沉沉。

那一日刚得知崇徽是她儿子到方府寻借口见他，他一袭白袍缓步走来，翩若谪仙，出尘绝俗。如今却与尘世间的浪荡子叫花子一般，谢夫人咬牙切齿，出门来，嘶声恨骂不绝。

“方临汝，你害我儿至此，我必不与你善罢甘休。”

烟萝呆滞。

害崇徽如此的是她自己，居然还怪到方临汝头上。

她自己没错，错的是别人。

自以为是，目中无人，顺她者昌，逆她者百死不足惜。

以前的谢夫人不是如此的。

不，是自己一直没看清。

谢天去世后，谢夫人便不再是自己从小伴着长大的那个人了。

报仇只是她的借口，她要发泄她失去夫郎的苦闷，方家人成了发泄对象，执念成魔，走火入魔。对她来说，已经没有是非曲直，眼里心里只有她自己，她即天理，她即正义。

这么长时间，自己助纣为虐，错了，全错了！

在她罔顾人命提点房氏火烧方家扇坊之时，自己就该觉悟的。

在她不顾素心、素问身怀六甲，差人暗示何舆进方府寻仇，明知会害死素心、素问却还为之时，自己就该觉悟的！

自己手上沾满鲜血。

方家被烧死的五条人命，还有素心、素问的命。

从不过问家事的方锦枫何辜，只在内宅中侍候方锦枫的素心、素问何辜，方家扇坊火起被烧死的那五个人何辜！

烟萝周身颤抖，魂魄出窍。

“听到我说话没？”谢夫人尖厉的说话扎进耳膜，烟萝回神，木然道：“方才走神了，姐姐再说一遍。”

谢夫人不满地睨了她一眼，拧着眉道：“方家眼下全靠何栎在撑着，可他毕竟不姓方，名不正言不顺，只要有一点儿动荡，方家下人就不会听他的，安排人散布谣言，说何栎喜欢宁娘，为了甩掉方家病秧子二娘，与谢家联手了，如何？咱们不要再喂宁娘喝安神汤，她一醒来，必是就去方家找何栎的，可信度就更高了，便是有一些明眼人不相信，可方姜氏糊涂得很，必是会信的，只要她把何栎赶出方家，方家就再无生路。”

好狠毒的计谋！

连她最疼爱的谢宜宁都要利用！

烟萝周身发寒，脚底下凉飕飕的，牙齿打战，强撑着，低声道：“方姜氏糊涂，方临汝可不糊涂，再说了，素心、素问死了，方锦枫也快死了，方姜氏怕是也活不下去了，方临汝的情形也好不了，眼看着方家人都快死光了，何必节外生枝，静观其变就是。”

“我等不了，便是方临汝死了，何栎呢？君卿一心向着方家，到时跟何栎联手，把谢家踩脚底下完全有可能。不，是一定会这样，他一定会跟何栎联手，把谢家推倒。”谢夫人高声道。

明知儿子一心向着方家，为何不让不退？

亲生母子，只要她肯让一步，修复母子间的裂痕也不是完全不可能。

谢天的死本就与方德清无关。

商场强食弱肉，适者生存，方德清从未对谢家行过阴诡之事，最大的罪过亦不过是传家宝扇是假的，因而得了便利把谢家扇逼到角落里，可传家宝扇是方家先祖弄出来的，直接责任不在他。

烟萝挣扎："姐姐要不要考虑让步？方德清死了，恩怨止于上一辈，如何？"

"让步，绝不可能！"谢夫人厉声道，手指指门外，怒目圆睁，"不要再说了，给我出去，别逼我再锁你进厢房。"

烟萝低眉，涩涩一笑，默默地退了出去。

背后谢夫人大声唤人："叫谢运兴过来见我。"

谢运兴毫无人性，只要有女人给他玩，什么事都做得出来。

烟萝抿了抿唇，快步朝听风楼走去。

本以为谢夫人总会顾念母子之情的，看来并不然。

崇徽自焚，她不反省，只怪别人，丝毫不顾虑儿子心情，不打算让步，还要更紧更狠地把儿子往绝路上推。

甚至连谢宜宁都成了操控的棋子。

听风楼里静悄悄的，侍候的婢女都被崇徽赶走了，落日橘色的余晖映进室内，带不来暖意与生机，崇徽直挺挺躺着，看到烟萝，霎地坐了起来，急切问道："萝姨，她肯答应给我自由了吗？"

连一声母亲都不愿意喊。

烟萝为谢夫人跟崇徽坚冰一般的母子关系叹息，苦笑摇头，把谢夫人方才一席话毫无保留告诉崇徽。

"我不等了，我要回去。"崇徽叫，不理缠绑着厚厚的手臂，掀开被子跳下床往外冲。

"你这样冲出去出不了府。"烟萝道。

崇徽目光闪了闪，还是往外走。

"你如果还想走小时候的路子出府，怕是不成的，姐姐派了人，围墙十步一人值守着，你一露面，就有人禀姐姐了。"

崇徽顿住，略一迟疑，低声道："我从西北角出去的。"

原来如此。

烟萝瞬间明白。

西北角是茅房所在。

一般人家的茅房臭不可闻，谢家却不然，茅房阔敞通风，底下粪坑青石板掩盖，上头有人如厕所后，必要清水冲洗，再熏香，洁净精致，清香阵阵，茅房的墙比院墙低，爬上茅房的墙再爬上院墙很容易，从院墙上往下跳，小心些，便可以不受伤的。

只要把茅房周围守着的人引开一阵即可。

只是出得去，进不来，也麻烦。

“你若不回来跟夫人周旋，想办法掌握谢家，没有财力帮方家，方家无从振兴，郭家豺狼之心，怕是也不妥当。”

“我若还想回来，自然回得来，且能悄无声息回来。”崇徽低低地说出打算。

回来时，光明正大走大门，嘱阍者一句不要上报即可。

阍者让他走了出去，本属失职，怕谢夫人责备，他一旦回来了，事情能掩过就掩过，必是会听他嘱咐的。

烟萝听得赞叹不已。

“二郎心有百窍，我不过学了她一点儿皮毛。”崇徽微微笑，痴痴地望向方府方向。

方临汝智谋无双，只是胸怀坦荡，仁厚良善，到底吃了其中的亏。

烟萝想告诉崇徽方府有内奸，白芷和方敬是谢夫人的耳目，又一想，白芷不过一个可怜人，被谢夫人伤害利用，如今已离开方家，不要断了她生路罢了，遂没说。

暮色沉沉，寒风刺骨，街上行人寥寥。崇徽大步狂奔，观前街街门在望，拐个弯，再走百来步便能进方府见到方临汝了，将要拐弯时，崇徽猛一下刹住脚步，不拐弯，直直朝前。

他看到门楼阴影处有人隐藏着。

若是谢夫人的人，此时暴露了，他往后想偷偷出来就难了。若是郭家的，郭成安心细狡猾，不知会弄什么事出来。

崇徽直直地走着，从要避开盯梢忽而想到，自己这么过去，怕是连方府大门都进不了。

那天，自己跟谢夫人走了，方家人眼里自己可是个十恶不赦的坏人，说不定还没见到何栎和方临汝，就被打死打残了。

大街上转了半圈，崇徽到扇坊去，想找方诚，求他帮忙找何栎出来见上一面。

离扇坊百多步的地方，崇徽遇上方敬。

方敬原来就瘦高，这当儿更像竹竿撑着衣袍般，一袭深灰色薄棉袍飘飘荡荡，风猛烈一些便能把他吹上天。

两人面对面站着，一样的胡子拉碴面色焦枯，一样的眼底布满血丝，眼眶青黑，崇徽多了一臂受伤。

“娘子……”方敬喊得一声又改口，死死盯着崇徽胳膊，低声问：“谢郎君，你的手怎么啦？”

“自己纵火烧的。”崇徽随口道，朝扇坊门探头，“诚管事在吗？”

“不在，扇坊已经停工了。”方敬黯然道。

“怎么停工了？”崇徽呆呆问，不等方敬回答，自己了悟过来，制出来团扇也无人订，不停工又能如何，要见方临汝的心越发迫切了，促声问道，“你帮我找何大郎出来见面行不行？”

“二娘快不行了，二郎病倒了，何大郎也倒下了，此时怕是出不来，不然，你跟我来，我想办法送你进府见他们。”方敬道。

“你相信我没欺骗二郎？没害方家？”崇徽眼睛一亮，粲然生辉。

他再清楚没有了。

方敬低眉，道：“我不知道，一切还是等二郎决断。”

他肯帮自己进府就很好了，崇徽急忙道谢。

方敬把崇徽先带到自己家，一处简陋的一间堂屋两间偏房的小院落，让他等着，自己出去想想怎么帮他进方府。

大户人家府里得脸下奴一般在外头都有自己的房子，崇徽也没起疑，应下来，连声道谢。

方敬出门直往白芷家去。

两家离得不远，只隔一条横巷。

白芷的母亲在里头躺着，谢夫人派来的婆子灶下烧晚饭，白芷堂屋中坐着，面前一个火盆，火钳在火盆里不住翻搅，火星点点溅开，有的喷在她手背上，她恍然不觉疼痛。

方敬走到灶房门口，掏了几个铜板出来，喊婆子："去打一壶酒回来。"

婆子解下围裙，接过铜钱，出来望望天空，不大情愿，但还是出去了。

"想说什么。"白芷面无表情地问，没抬头看方敬。

"我方才遇到谢崇徽了，自己纵火烧伤了一条胳膊，看样子是偷偷跑出来的，想见何大郎跟二郎，我把他带到我家里了。"方敬低声道。

白芷蓦地抬头，直刺刺看他。

"咱们要怎么做？"方敬问。

"你想怎么做？"白芷反问。

"给谢夫人报讯让他以后再也无法偷跑出来；或者跟他说没法送他进方府让他自己想办法；或者……送他去见何大郎跟二郎。"后面的话，方敬说得很慢。

"你都有主意了，还问我做什么。"白芷冷笑。

"我没主意，由你决定。"方敬低头，瘦削的肩膀微微颤抖。

"准备一辆马车避谢夫人耳目，我送他进府见何大郎跟二郎。"白芷淡淡道，站了起来。

"真要这么做？"方敬蓦地抬头，眼眶微红，"二娘命在旦夕，二郎倒下了，何大郎也病倒了，咱们只要旁观，置身事外，大仇……也就得报了，反之，方家重振，咱们做的那些事被二郎得知，她饶不了咱们。"

"饶不了就饶不了。"白芷冷冰冰道，眼里泪水如断线珍珠滑落。

她后悔了，后悔了！

这几日，几次想一刀捅死自己。

她不该帮谢夫人对付方家。

方德清造的孽，为什么要报应在无辜的人身上。

她记得，当年要调拨人到方锦枫身边服侍，本来要调她去的，但她觉得方锦枫病蔫蔫的不好侍候，万一做错什么要受责，躲在花廊下哭。素心寻了来，听她哭诉后，自告奋勇替她去服侍方锦枫。

这些年来，她和素心、素问一起长大，情同姐妹，她却冷漠地看着谢夫人设局害死了素心、素问。

方锦枫敏感柔弱，每回她到秋香楼帮着素心、素问递个手炉倒杯茶什么的，他都要温和地说声谢谢，从不当她是卑贱的婢女。

刚到方姜氏身边时，因年幼，做事不周全，方姜氏从没责备过她，每每都是温和地笑着安慰她。

听说素心、素问死了，她才恍悟，此前，她一直心存侥幸，内心深处以为，方临汝会妥当地安排人保护素心、素问和方锦枫，何舆不可能得手的。

悔！铺天盖地的悔！

“我去准备马车，你随后过来。”方敬出门，又回头，快步走到白芷面前，张臂，将她柔弱娇小的身体紧箍住，轻吻落在眉间，“无论如何，咱们一起面对。”

温暖的怀抱一拥之后松开，瘦削的身影出门，消失在视线中，白芷捂住嘴巴，死死压着，将凄惨的号啕与悲愤的责问压在喉间。

“方德清，你为什么要那样做，你为什么要毁了我？”

明明在那之前，方德清跟她亲生阿爷一般，疼爱呵护她，甚至比她阿爷还疼她，她阿爷脾气不好，喝两盏就骂人，有时还打她，每次她都是跑去找方德清，方德清总是严词呵斥她阿爷，慈爱地安抚她。

那个她无比尊敬的温文尔雅风度翩翩的长者，为什么是个禽兽，为什么……要那样对她！

崇徽上马车，向白芷拱手：“多谢！谢谢你能相信我。”

白芷冷着脸坐着，不言不语。

没有人比她更清楚崇徽是无辜的，他并没有欺骗方临汝、伤害方家。

马车方府门前停下，白芷瞥向崇徽。

崇徽会意，左臂受伤，右手飞快地把白芷给他弄的一个大夫药箱背上。

身上穿的是方敬的灰色薄棉袍，黑色披风，头上戴了幞头，遮住整个额头，面庞抹了暗黄色花粉，眉毛用青黛描得粗而浓，夜色昏朦，只要低着头，不被细细打量，便能蒙混过去。

两人下车，引泉探头看来，大叫："白芷，你可回来了，府里出大事了……"

"我知道。"白芷打断他，"我都听说了，打听到一位大夫医术很高明，我请他过来看看二娘。"

说着，也不提禀报主子请主子示下，侧头冲崇徽打了个手势，道："大夫，请。"

她是方姜氏身边得用的人，好比半个主子，又是请人给方锦枫治病，引泉也没拦。

柳氏和方游丰都搬出去了，澄漪山房大门没人把守，进了门，白芷淡淡道："你自去找何大郎跟二郎，我去看夫人。"

"多谢！"崇徽的心早飞起来了，一语毕，拔足朝漱石榭狂奔。

漱石榭里幽幽灯火，崇徽飞奔进去，琬初、璟初厅中呆坐着，这时来的即便是鬼也不在乎了，猛打眼没认出来，细一看便看出来了，琬初垂下眼睫，只当不见，璟初站起来，愣愣道："小傻子，你回来了。"

"嗯，我回来了。"崇徽猛点头。

回来！亲切的字眼，几乎让人落泪。

"你没欺骗二郎吧？"璟初傻傻问。

"当然没有。"崇徽坚定道，快步往里走，"我去看二郎。"

里头"咚"一声响，何栎虚软着步子迎了出来。

"何大郎，我……我没欺骗二郎……"崇徽红着眼眶道。

何栎轻点头，看一眼他伤臂，没问为什么，侧身让路。

王大夫说，不能再刺激方临汝，然则，眼下方临汝失了求生欲望，最坏也不过如此，崇徽是救生浮木还是高悬的屠刀，只能试一试了。

他坚信，崇徽没有欺骗方临汝，谢夫人的说词，不过是要离间崇徽和方临汝罢了。

崇徽此时能来，也证实了他的看法。

方临汝眉眼紧闭，若不是在漱石榭中看到，几乎会以为眼前的人是方锦枫。那样的脆弱无助，楚楚可怜，吹一口气要化了，摸一摸便捏断了，捧不起，放不下，浑不见往日神采。不是瑰丽豪迈的诗篇，不是跌宕起伏的乐章，不是纵横驰骋的英豪，像雪花，像水滴，低哀婉转，仿佛随时可以化为云烟。

“二郎！”崇徽低叫，床前跪下，悔青了肠子，“二郎，我没骗你，谢夫人做什么跟我无关，真的，我跟她走，只是想着咱们家美人团扇的秘密被揭穿，触了众怒，很难起死回生，我想着跟她走，可以利用谢家的财力资源帮你。我不想那么没用，只能跟在你后头，我想给你依靠，做你的依靠……”

连母亲都不喊，呼谢夫人。

说起方家，是咱们家，他的心里认知自己是方家人。

方临汝缓缓睁眼，水光蒙蒙的眼睛，漫溢着柔情和道不尽的轻怜蜜爱。

崇徽从十八层地狱爬上生天，满心欢欣雀跃：“二郎，你不生我的气？你相信我？”

“我生不生你的气不重要，我相不相信你不重要。”方临汝微微笑，低低的，喉咙底下苍凉的笑，“崇徽，我不会去思量信不信你，也不会去找答案，你是你，我是我，你走吧。”

崇徽从生天直坠地狱，粉身碎骨，眼直直呆呆地看方临汝。

最决绝的莫过于此。

不屑于寻究真相，因为——你是一个陌生人。

第六十章　一了百了

“二郎，我……我……”崇徽喃喃地叫，满眼糊涂，他不明白方临汝为什么不问不察，“何大郎……”他转身看何栎，茫然求助，“二郎为什么这样对我？我怎么做二郎才能像以前一样对我？”

不可能像以前一样对他了。

他是谢夫人的儿子，谢夫人是颠覆方家的人，而方临汝，便是心灰意冷万念俱灰，她还是方家家主。在她心中，儿女私情远没方家重要。

何栎在忽然间才明白，方临汝不管信不信崇徽，她都只能选择不去相信，选择将崇徽推开。

这是闺阁女儿跟一家之主的差别，天堑之别。

在观扇台上，她也许有一瞬间的软弱，她朝崇徽伸出了手，那时候，她是一个脆弱的情难自拔的小娘，可那时候，崇徽留给她的是绝情的背影。

若崇徽也不能治愈方临汝心头的伤痕，怎么办？

何栎双腿绵软，站立不稳，跌跪床前。

“何大郎！何大郎！”崇徽不住喊，祈求何栎的支持。

“表哥，让他走。”方临汝紧闭着眼，低沉而坚定道。

何栎只能说：“崇徽，你走吧。”

“我不走，我死也不走。”换作以前，崇徽会这样说，然后死皮赖脸留下来，打也罢骂也好，冷脸也行，只要能留在方临汝身边。然而，这当儿的他说不出这样的话，也做不出这样的事。

方临汝是真的不想看到他，他留下来，只是自己开心，却给方临汝添不痛快。

拖着沉重的双腿，一步一挪地出门，外头暗沉沉夜色，看不清道路，崇徽恍恍惚惚，不知往何处去。

谢家不是他的家，方临汝不要他了，他不知能去哪里。

“小傻子！”璟初追了出来，轻拉住崇徽袖子，“二娘危在旦夕，二郎心里很乱，这时说的话你别搁心上。”

“真的吗？”崇徽死灰般的眼睛霎地亮了。

“当然。”璟初肯定地点头，虽说想着大家一起死一了百了，还是不能眼睁睁看着方临汝活生生把自己逼死，往秫香楼方向指了指，小声道：“你素日跟二娘最有话说的，要不你过去开导开导二娘，二娘好了，二郎自然就好了，自然也就能跟你和好了。”

“我这就去。”崇徽活了过来，斗志昂扬。

“我陪你去。”璟初道。

崇徽在继位大典上跟谢夫人走了，府里的人都知道了，他自己过去，银杏和翠翘怕连给他进门都不肯，更不说到床前开导方锦枫。

翠翘果然不让崇徽进门，堵着院门，银杏却出乎意料地竟然同意，低声劝翠翘让路：“横竖最差不过这样了，死马当活马医吧。”

“不成，万一二娘一口气过去了，咱们担不起这个责任。”翠翘咬牙道。

“二娘要是在我跟他说话后去了，我给他偿命。”崇徽沉沉道，掷地有声。

不过换了个地方换了张床，紧闭眼躺着的方锦枫和方临汝一模一样，崇徽抓起方锦枫的手堵住自己嘴巴，默默流泪。

璟初急得不住打手势：“你倒是说话啊！”

崇徽只是哭，哽咽着不说话，泪水顺着方锦枫的掌心往手腕蜿蜒而下，渐渐湿了袖子，璟初赤眉白目，银杏咬唇，绞了帕子凑过来给锦枫拭手。

静静的一毫气息没有的方锦枫忽地睁开眼来。

银杏一颤，帕子落在床上。

“崇徽……”方锦枫喊，声如游丝。

“二娘。”崇徽哽着嗓子应，自那日离开后，悬着一颗心，好不容易跑回来，却被方临汝赶走，难受得紧，没想起要安慰方锦枫了。向来有什么说什么，这几日在谢家憋得狠了，找到倾诉的人，当即抽着鼻子说起来：“二娘，我难受死了，我记得自己是谢家儿子的，可是我不想回谢家，谢家怎么样跟我无关，偏偏被谢夫人知道我是她儿子了……”

他絮絮叨叨说，一口一个谢夫人，说自己的考量。

方锦枫没说话，静静的，若不是眼睫偶尔眨动，几乎不知道他在听着。

璟初急得跺足，要打断，银杏忽地摆手，示意她别打扰。

崇徽说了许多，羞涩地拭了拭泪水，哑着嗓子道：“二娘，我刚听说你有一男一女两个孩子，真好，我跟二郎可能不会有孩子了，二郎病得很重，何大郎说，她撑不下去了。”

方锦枫身体颤了一下，嘴唇哆嗦，指尖轻动，艰难地想抓崇徽。

“二娘，你想说话？”崇徽问，上床坐下，把方锦枫连人带被子抱起来，靠在自己身上，唤银杏，“倒杯水来。”又对方锦枫道，“二娘，喝口水，喝了水才有力气说话。”

温热的水缓缓倒进方锦枫的嘴巴。

方锦枫咽下去了，没吐。

翠翘惊讶地瞪圆眼，璟初长吁出一口气，合掌无声庆贺，银杏抿唇，似乎意料之中。

“素心、素问是我害死的。”方锦枫低喃。

银杏、翠翘蓦地变色。

“不是说是何舆害死的吗？”崇徽讶然道。

“我……要不是我任性地非要出去看汝娘，带走了银杏跟翠翘，素心、素问身边有人，何舆就不能……对她们怎么样。”方锦枫凄凉道，断断续续，短短一句话说了许久。

银杏、翠翘掐袖子，这几日心知方锦枫的心结在这里，却不敢提。

“就算她们身边没人跟着，何舆不来，她们也不会出事，说来说去，害死她们的还是何舆，跟你何干。”崇徽不解道。

方锦枫愣了一下，苍白的嘴唇微颤，没有再说话。

“二郎那边也在自责，说是她虑事不周没妥当安排害死素心、素问，你们干吗要把责任都揽自己头上，明明不是你们的错。”崇徽闷闷道。

方锦枫的眼里微有茫然之色，微侧头想看崇徽。

崇徽把他抱得坐直了些，两人面对面坐着，方锦枫的身体软得坐不稳，崇徽按着他，叽咕道：“二郎当时有危险，你不顾自己身子弱跑出去想陪着她，这本来就是应该的，若你是缩头乌龟，那才让人不齿，后来何舆跑了进来，说起来，守澄漪山房大门的婆子让他进来了，婆子的责任不是更大？可你们不是没重责那婆子吗？因为婆子是无意的，无心之过，罪魁祸首是何舆，不是吗？”

“是这样吗？”方锦枫反问，眼里茫然之色消退，换了悲伤，凄凄道：“素心、素问死了！”

“她俩死了，可并没离开你，她们给你留下孩子了，孩子会替代她们陪着你。”崇徽断然道，唤银杏翠翘，“把孩子抱来给二娘看。”

银杏和翠翘相视一眼，急急奔了出去。

孩子在红色软绸襁褓里沉沉睡着，因是早产，细细小小，才几日，眉眼还没长开，皱巴巴一团。

方锦枫贪婪地看着，孩子抱走了，泪流满面：“我也想哪怕为母亲为汝娘也勉强活着，可我这身体，活着就是汝娘的负累啊！”

“若易位，二郎体弱多病，你是健康的身体，你会觉得她是负累吗？”崇徽问。

“当然不会。”方锦枫毫不犹豫道。

“那不就得了，一家子在一起好好活着，比什么都重要。”崇徽道。

并不是开解，也没想要开解，只是心中有什么说什么，直来直往，也不照顾方锦枫脆弱敏感的心，反而直戳方锦枫的心窝，醍醐灌顶。

“如此吗？”方锦枫喃喃，抓住崇徽的手，指尖轻软无力，嘴唇轻颤：“可我觉得活着真的难，吃一口饭，走一步路都牵动那么多关心我的人，母亲、汝娘、素心、素问，她们围着我战战兢兢一刻不得安宁。我……活得好累……”

“我早就说了，夫人和二郎太拘着你了，她们偏不听。”崇徽愤愤道，发牢骚。

翠翘惊得白了脸，欲要阻止崇徽说下去，银杏觑着方锦枫的脸色，轻摆手。

"她们是为我好。"方锦枫颤颤说。

"是为你好，可是做法不对。"崇徽很久之前就觉得不能一直拘着方锦枫，大门不让出，二门不让迈，生生把个大活人拘得走不得动不得。若能走出去，看看外头，眼界宽了，不是只看到宅子里跟前那几个人，也不至于心思太窄太敏感。

方锦枫悠然神往，专注的，眼睛越来越明亮。

银杏手肘捅了翠翘一下，朝小火炉里煨着的红枣粥努嘴，翠翘会意，一人备铜盆盛来温水，绞湿了帕子递过来，一人盛了半碗粥出来。

崇徽接了帕子，给方锦枫拭了拭头脸和手，又一勺一勺喂他吃粥，口中不停说着话。

半碗粥喂下去，方锦枫没吐，虽则还是气促力弱，脸庞颜色却好了些，浅淡一抹生机的红。

璟初合掌，悄声宣佛号。

崇徽扶着方锦枫漱口净面毕，眼里忽而精光一闪，凑到方锦枫耳根边，咬耳朵说话儿。

方锦枫眼睛瞪圆，连连摇头，低叫："不成，母亲跟汝郎会承受不住的。"

崇徽接着又说。

方锦枫渐渐沉默，若有所思，许久，抓住崇徽的手，哑着嗓子对银杏、翠翘道："请王大夫来一下。"

三更天，北风刮得更猛了，呼啸着撕打着大地。方临汝睡得极不安稳，梦里床板在颤动，忽然间大地裂开，整个人直直下坠，堪堪落在尽头，未及喘一口气，一只三头六角猛兽朝她冲过来，猩红的血盆大口，儿臂长的巨大獠牙，她想躲，没能躲开，猛兽獠牙咬住她喉管，方临汝挣扎，猛一下醒了过来。

"汝郎，不舒服吗？"一只大手握住她的手，何栎低哑关切的嗓音在耳边响起。

"让人去看看二兄。"方临汝低声道。

"好，我亲自去看，你放心。"何栎起身，才刚抬步，远远传来咚咚急促凌乱的脚步声。何栎愣了一下，琬初、璟初点亮了灯，拉开厅门，问："谁？翠翘，是你，你来做什么？"前头压低声音，后面嗓子尖细，微微战栗。

翠翘挟着寒风进门，嘶声哭："二娘去了！"

何栎愣愣地回头，双腿虚软，跌跪方临汝的床头，伸手摸索，无力地空洞地安慰：“汝郎，你别伤心……”

方临汝沉默。

这一刻的到来在意料之中，脑子里居然一片清明，眼中无泪，心也感觉不到疼痛，说不清为什么，只是觉得不真实，不相信方锦枫就这样去，掀开被子下地时，她的眼神清澈镇定，看不到虚弱与痛苦，她轻声道：“表哥，咱们过去看看。”

“汝郎，伤心就哭吧。”何栎艰难道。

方临汝摆手，面无表情，琬初、璟初颤抖着上前，给她束发加白色外袍，她很配合，抬手伸臂，收拾妥当了，还往镜子里瞥了一眼。

何栎呆呆看她，苍白无力地劝：“汝郎，你别这样……”

“我没事。”方临汝打断他的话，在心中想过很久了，倒背如流，“人总得活下去是不是？阿爷去世时，我觉得天塌下来了。扇坊被烧时，我觉得一脚踩进地狱，如今是二兄，这一脚踩的是火海，皮肉都焦了，可又能怎样呢？”

她的唇角浮起一抹云淡风轻的笑意，眼底恬静安然，面庞似有柔柔光晕罩着：“阿兄还留下两个孩子等着我照顾，母亲也还在世，我是方家家主，我得走下去，不能倒。”

像自我开解，更像是发誓，一字一字在何栎的心上一刀一刀重重刻下。

千古艰难唯一死，活着比死更受罪，这瞬间，他情愿方临汝倒下了，紧闭眼，长眠过去。

方姜氏撕心裂肺的哭声在寂冷的夜空里飘荡，方临汝直着身子走了进去，屋里跪了一地，呜呜痛哭，银杏侧头看来，流泪喊道：“二郎！”

“你来做甚，你不是很忙吗，家大业大，母亲和阿兄都不值你费心……”方姜氏趴在方锦枫的身上，闻声哭喊着大骂，扭头看到方临汝，霎地呆住了，喃喃叫：“枫儿，枫儿……”回过头看床上的方锦枫，再转头看方临汝，目光呆滞。

站着的这个娇怯虚弱，眼窝深陷，肩膀瘦削，脸庞不见肉随时欲随风而去的人，是她那个神采飞扬，身姿标枪似笔直，气势逼人的女儿？

“母亲！”方临汝低叫，床前跪了下去，默默地看方锦枫。

“你……你也别太伤心了，枫儿身子一直弱，能撑到这么大，也……也是意外了……”方姜氏结结巴巴，鼻音浓浓，抽泣着，没了怒气，反过来安慰方临汝。

方临汝的指尖从方锦枫跟自己一模一样的眉眼抚过，低"嗯"了一声，道："母亲也保重，阿兄还有两个孩子需要我们照顾呢。"

"孩子！枫儿的孩子！"方姜氏低喃，坐直身子，大叫，"别哭了，别吵着孩子。"又切切问，"孩子在哪里，快抱来给我看看。"

小脸皱巴巴的两个孩子，方姜氏注目看，眼睛一眨不眨，孩子饿了，蹬蹬小腿，舞着小手，一齐哭起来，奶娘上前抱起喂奶，吃饱了，又睡了过去。

"跟你和枫儿小时候真像，不，像你，很结实。"方姜氏流着泪道，又哭又笑。

方锦枫遗嘱不要葬礼，也不要停灵，即日跟素心、素问合葬。

方临汝按他遗嘱，二十一日午后，方锦枫从秋香楼直接下棺，而后出府，跟素心、素问一起落葬到城外山上方家祖茔。

没有送殡队伍，没有吹鼓手奏哀乐，悄无声息，墓碑甚至连名讳都没有。

按例，当刻方家二郎方锦枫，可方临汝顶着方锦枫的身份活着。刻方家二娘也不行，方临汝还活着，写她身份有生葬的忌讳。

山野空旷，枯叶飘飞，萧瑟的枯枝在寒风中颤抖。年关近，小儿玩炮仗，稀稀拉拉的鞭炮声响，方临汝直直地看着无字碑，血色的残阳染红了她苍白的脸庞。许久，缓缓起身，低声道："表哥，我们回去吧。"

"死得好，老毒妇跟方临汝这下可伤心了。"何舆在大牢中听方香雯说方锦枫死了，大笑不已。

方香雯花了许多钱打点，役卒们当她财神爷捧着，牢房里头烧起炭火，铺锦褥盖丝被，每日三餐有荤有素，何舆在牢房里享受着追捧，很是惬意。

怕方临汝不放过他，也不急着出牢房，林源已上报他逼奸害死素心、素问一案，他压根不在乎，坚信只要手里有钱，什么都不是问题。

这些日子遥控指点方香雯，对于如何把方游丰手里的钱收进自己囊中，他信心十足。

方游丰搬出方府搬得匆忙，方临汝心灰意冷，又兼方锦枫病重，对他不闻不问。方府上下管事对他这个大郎本就不看重，方临汝没吩咐，眼里便没方游丰这个人。方游丰长这么大，什么事都有人为他打点好，虽然一心喜欢瓷器，究竟能怎么做却不懂，搬出来没落脚的地方，被柳氏拉着到方香雯租来的宅子里住。

柳氏什么都不懂，却喜欢管别人，方游丰本就是没主意的，没两日，分家的金子便被柳氏要了去替他保管了。方香雯什么都不懂，却会吹牛，有的没的乱吹一气，哄柳氏，说是由她找人做短期买卖，每日能赚多少，柳氏贪着那蝇头小利，便把钱给了方香雯。

方香雯找何舆商议，想送重金给林源为何舆脱罪，何舆让她先等着，要等方家垮了，方临汝治不了自己再出大牢。

交代方香雯，两万金只是零头，得看着后头那三万金，还有方家余下的方临汝的家财，那些都是他们的，一个子儿也不能漏了。

之前偷团扇得来的酬金还有一百多金，没来得及花。役卒们每月只得一两缗钱月俸，满打满算使上十金就让他们眉开眼笑了。剩下的钱，让方香雯好生供着柳氏。柳氏的首饰珍宝暂时别动，分家得的那两万金也别动，隔两日另拿几缗钱给柳氏，说是盈利，放长线钓大鱼。

方香雯按他交代的做，哄得柳氏极疼她，夸她懂事，夸她能干。

为了早些拿到剩下的钱盈利生钱，又总觉得方临汝会侵吞方游丰的家财，柳氏日日跑介行，恨不能立时把方府大宅卖出去拿钱。方锦枫下葬，她连消停一日都没有，还带着介行的人和买家过来看宅子。

分家时宅子估值六万金，其实也值得六万金，她急着要卖，人家坐地还价，只肯出五万金，她一心只想拿钱，方临汝不在，便逼方姜氏答应。

卖五万金，她还是要拿三万金，少的那一万金，是方临汝的责任，皆因方临汝不能尽快卖出宅子。

方姜氏见了两个孩子精神略好些，柳氏这一闹，气得又倒下了。

方临汝跟何栎肩膀上点点积雪进府，柳氏正在芙蓉堂门前指天就地叫骂着，骂方姜氏方临汝赖账，想用两万金打发方游丰。

方秀绮噙着泪门前拦着，不让她入内。

介行的人一旁尴尬得紧，侧头看到方临汝，抹一把额头，匆匆道："方二郎，你回来啦，你们商量一下，再给我口信。"拉着买宅子的人匆匆离去。

"你们别走啊！"柳氏叫，不让走，自己却拦不住，懊恼不已，冲方临汝啐口水，骂道，"你别想赖账，今日不把宅子卖了给我钱，我不依的。"

"表哥，去请典当行的人来，把宅子当了。"方临汝淡淡吩咐。

“当宅子？”何栎勃然变色。

典当，即便当死当，钱也比变卖少。活当，以方家如今的境况，宅子当出去，根本无力赎回。

“对，当了，把钱给柳姨娘跟阿兄。”方临汝平静地道，又吩咐方渭再请族中长辈过来，又唤柳氏，“去找我阿兄过来。”

分家那日的人齐聚，金阊厅中大家各就各位，方临汝跟族中长辈打过招呼后，问方游丰：“阿兄，你跟柳姨娘想法一样，要立马拿到钱是不是？”

方游丰低垂头，眼神闪烁。

“当然是了，快说。”柳氏拧他耳朵。

“是！”方游丰细声道。

“眼下急着卖的话，有人出五万金，白折损一万金，柳姨娘非要不拘卖多少钱马上卖，可要拿的还是三万金，自然没这样的道理。为了尽快凑钱给你，我决定抵当，抵当出去，我后来没钱赎回，亏得更多，你有什么话说没？”方临汝缓缓道。

方游丰搓手，头垂得更低，不说话。

“你亏不亏什么的与我们何干，我们只拿我们的钱。”柳氏鼻孔朝天，不可一世。

方临汝没理她，只盯方游丰：“阿兄，你说句话。”

方游丰看看柳氏，轻咬唇：“我……我要眼下拿钱。”

这便是她的同胞兄长！

方临汝唇角微垂，失望至极，不再言语，看向族中长辈。

众人一齐摇头，叹息不已：“丰郎，到底亲兄弟，何必如此，宽缓些，汝郎得利，你也有利，我们大家给你们兄弟做见证，汝郎不可能昧你的钱。”

“你们趋炎附势捧方临汝臭脚当然这样说了，我可不信，不昧我们的钱，就赶紧拿钱来。”柳氏尖叫。

族中长辈气得面都青了，一人道：“德清尸骨未寒，枫娘刚去世，你们咄咄逼人至此，还有没有念一点儿骨肉之情？”

“什么骨肉亲情，丰郎是我生的，跟方临汝可没关系。”柳氏嗤笑，翻动红唇。

方临汝淡淡一笑，道："各位叔祖伯祖，汝这便抵当了宅子，把钱给阿兄和柳姨娘，有个不情之请，请各位作见证……"

白纸黑字立约，方游丰跟方临汝兄弟之情断绝，柳氏和方游丰如何，与方临汝无关，方临汝方姜氏如何，也与他们无关。此后，生死富贵各安天命。

方家族人眼见方临汝被柳氏逼迫至此，怒不可遏，方临汝所请莫不应承，众人一一签名画押作证，让柳氏和方游丰画押。

宅子价值六万金，急切间要当，只当得三万金，方临汝在族中人见证下，当即交给方游丰。

"断了好，从此以后，我们吃糠咽菜亦自心安。"方姜氏大叫，挣扎着下地，精神倒好了。

亲生阿娘同母兄长和嫡母嫡兄弄到断绝关系地步，方秀绮身份尴尬，一时间不知如何是好。

方姜氏倒看开了，温言安慰她，又命红叶、白芷传话下去，从此以后，方秀绮就是她亲生的，阖府上下人等不准不敬。

方锦枫离世带来的重击，因柳氏这一闹反而弱了。

方姜氏精神矍铄，不哭不抱怨了，亲自带着奶娘照料两个婴儿。

方临汝打点起精神，开始过问家里家外事情，她一好，何栎也便好了，死气沉沉的方府霎时间生机勃勃。

腊月二十六日，江楚泽托天机阁飞鸽传书过来，道借给方家的钱随便方临汝什么时候还，信里还一板一眼说，借的时间越长，江氏得的利钱越多，莫忘了利钱计算便是。

冷冽的隆冬里吹来春风，方临汝因消瘦而眼窝深陷的眼睛有了往日的神采。

手上江氏的借款赎回了宅子，暂时没有被低价收了宅子之危。

润州城里此时却传开了，有鼻子有眼，说何栎嫌弃方家二娘身子弱，于是勾搭谢夫人一起对付方家，方家二娘死了，何栎和方家的牵绊也断了，不多时就要离开方家。

方临汝听到传言，淡然置之，每日出入都是何栎陪着，谣言不攻自破。

方姜氏听说了风声，不似以往糊里糊涂又发作一番何栎，反唤来何栎明白表态，表示相信他。

最痛苦的经历了，也便没什么撑不住的，当务之急是怎么重振方家。

方临汝决定过完年后到长安去，设法将方家团扇打进内廷。

若是能打进内廷，自然欢喜，若不能再设法夺民间市场。

方家团扇虽没美人团扇光环，可根深叶茂，在崇徽的指点下，扇工们制出来的扇精美绝伦，便是谢家扇复出，方家扇也不至于一点儿优势没有。

崇徽！想起这个名字，心仍隐隐作痛，幽幽细细，如蝼蚁啃咬。

那夜之后，崇徽没再来过方府。

众人不约而同紧闭口，连琬初、璟初何栎都不再提起他。

崇徽这个名字成了方府的封禁。

方临汝让介行仍帮着卖宅子，扇坊的重建不停，她决定忽略居住而重在立身。

年到了，扇工们的年赏仍照例发了。府里头，方临汝有意仍给各人置办衣裳首饰，众人却由方渭和舒九娘带着过来找方临汝，坚决不要置办。

“明年这时候，二郎记得给大家双倍赏赐就是，你们说是不是？”舒九娘笑道。

众人一齐笑，齐声附和。

春风拂面，春意闹人，春阳和煦，方临汝在众人一张张笑脸中，绽开了笑容。

天地无情人有情，上下齐心，没什么过不去的坎。

第六十一章　以德报怨

方家从重重打击中跌倒又站了起来，本应志得意满的谢府意外地萧条冷落，为夫报仇心愿达成的谢夫人陷入水深火热中。

方锦枫死了，方临汝却没像她预料那般倒下去。

这几日进进出出城中行走，虽说有些消瘦，但精神却还好，指望她被打击得重病缠身不治身亡的计划落空。

再想不到方临汝居然如此坚强，接二连三的重大打击居然没能把她击垮。

方游丰柳氏闹着分家，逼得方临汝当了宅子，谢夫人暗喜，但快活没几日，方临汝就赎了当。显然，有人在方家山穷水尽走投无路时，还坚定不移支持方临汝。

崇徽纵火自焚后，每日紧闭房门，不再开口跟她说一句话。

母子情疏至此，同族中人过来拜访，谢夫人连让他露面都不敢，怕他在人前鞭笞讨伐自己，更遑论商号里的人。

年关近，扇商们离开润州，拉拢扇商的大好机会丧失。

不敢一直喂谢宜宁喝安神药，谢宜宁醒来后，听说了变故，冲口而出：“母亲，你怎么能这么做，造假传家宝扇的又不是汝郎，与他何干。”

跑到方府去，被拒绝入内，回来后，拉长了脸，崇徽生气是冷脸相对，她则不然，呱啦说个没完，不住地怪她。

紫竹园带出来的那些美人，方临汝未曾上府衙告官，归属未定，还担着私掳方家奴婢之责。没放她们回家，大的还好，小的哭哭啼啼闹着要回家，吵得人不得安宁。

兰荪不断逼迫她让崇徽纳其为妾，谢运兴几次想占有兰荪未遂，做事逐渐不上心了，叫人更加焦头烂额。

今年不比往年，跟各府要人情往来，有收礼，也要回礼，崇徽人前不露面，渐渐地，有些闲言碎语传了出来。

谢夫人要面子，迫于无奈，找烟萝过来询问，让她帮忙出主意。

“小郎不是小娃儿，不能任姐姐搓圆捏扁，姐姐不让步，必是母子一直僵下去，不能全部放权，把扇坊交小郎打理亦可，略缓一缓母子关系如何？”烟萝道。

扇坊交给崇徽打理，少不得就要给他支配人与钱，谢夫人不愿意。

挥手让烟萝退下，苦苦思量，忽地，一声尖厉的叫喊冲天而起，直扎耳膜。

“出什么事了？”

“好像是蘼芜院那边传来的。”婢女惨白着脸道。

兰荪住在蘼芜院。

喊叫的声音似乎就是她。

谢夫人咬牙，快步朝蘼芜院走去。

花架、矮案歪倒，茶杯茶壶摆件碎了一地，帷幔扯落地上，一片凌乱里，兰荪衣裙破碎，谢运兴一手横按在她胸前，一手正在扯她裤子。

裙裾传曳在地面发出悉索声，谢运兴回头看，兰荪就在这瞬间掐住谢运兴脖子一把推开他。

“瞧你就那点儿出息。”谢夫人嫌恶道，事情到了这个地步，阻止没有意义，转身离开。

“夫人救我。”兰荪尖叫。

谢夫人脚步不停。

跟在她身边的婆子婢女愣了愣，一齐往外走。

“还不明白吗？夫人一早就答应把你给我了。”谢运兴嘿嘿笑，拭一下唇角的血水，脱裤子。

兰荪爬了起来，眼眸充血，美丽的眉眼扭曲，恐怖如恶鬼。谢运兴扑了过来，兰荪伸手狠狠一抓，谢运兴惨叫，众人回头，圆瞪眼，无法自控地发出尖叫。

谢运兴裤裆洇出了血，子孙根竟然被兰荪硬生生拧下来了。

兰荪咬牙，森白的牙齿，额头鲜血漫延，顺着脸颊淌到嘴角，时方才挣扎时撞伤的，一只手抓着血淋淋物事，像噬血吃肉的魔鬼。

“啊！啊！啊！”谢运兴捂着裤裆，屈着腿嘶声惨叫。

“兰荪，你……你好大的胆子！”谢夫人咬牙。

“他居然想玷污我，不过给他一个教训罢了。”兰荪冷声道。

“夫人，把她抓住，我要报仇……”谢运兴哑着嗓子大叫。

兰荪变色，凛凛寒眸死死地盯谢夫人，厉声叫喊：“咱们约好的，我帮你揭穿方家美人团扇的秘密，你让崇徽纳我为妾。”

谢夫人不应，视线在谢运兴和兰荪脸上打了个转，不过片刻的思量，挥手，喝道：“把兰荪捆起来。”

几个婆子上前按住兰荪。

兰荪拼命挣扎。

门口闻声来了许多人，崇徽的身影出现在人堆里，兰荪眼睛一亮：“徽娘，救我！徽娘，救我！”

崇徽讶然：“你背叛二郎背叛方家，居然还指望我救你！”

“这是你谢家，她是你母亲，我帮着她有何错。”兰荪流泪大叫。

“别给自己找借口，你给何大郎下药，我宁死也不离开二郎，你那时就看透了，固而才明知道我喜欢二郎，不可能跟你好，才帮着谢夫人对付方家吗？”崇徽淡淡道，转身离开走得数步，又回头，嗤笑道：“二郎仁义，惯得你不知天高地厚，外头尝尝苦头，也好教你知道方家的好。”语毕，扬长而去，再不回头。

兰荪身体一软，失了挣扎力气。

婆子们也不管满地碎瓷，把她狠狠地按在地上，捆了起来。

不见天光，看不到希望。

在阴黑冰冷的柴房里头关着，兰荪终于体会了崇徽那句话的含义。

她给何栎下毒，天大的罪，方临汝只是把她软禁房间里，饮食一应如常。谢运兴试图玷污她，她是受害者，谢夫人却怪罪她，把她关起来。

等谢运兴养好伤有力气了，她会遭受什么折磨不难猜到。

紫竹园最后一次跟方临汝见面的情形在脑子里回放。

她悲悯地叹息，她说：你跟崇徽少时认识，相伴十几年，若他能爱上你，早爱上了，何苦执迷不悟。

我们走了，你多保重。

崇徽真的不爱她，一点一滴的情意都没有。

并不是她以为的因为喝药没成长不通情爱，他刚出紫竹园时，也还没成长为完整男人，一颗心便已尽落在方临汝身上了。

兰荪在绝望里低泣，仇恨、不甘、后悔，痛不欲生。

谢府发生的事，方临汝一毫不知，林源差孙传来过几次，话里话外让方家出告跟谢夫人索讨回美人。他越着急，方临汝越不急了，以方锦枫新丧伤心为由，按兵不动。

腊月二十八，除夕前一日，何栎和方临汝在漱石榭中对坐着，商议过年后方临汝动身到长安一事。

白芷忽然过来，带来一张药方，说是崇徽送来的，兰荪给他的，让他交给何栎。

“怎么回事？”兰荪的字迹方临汝认得，狐疑地看何栎。

何栎看一眼，眼睫颤了一下，瞳仁缩了缩，很快平静，笑道：“好像是口服的药，可能是治我后背伤的后续药汤，让人按方抓了药煎给我喝吧。”

“兰荪性情阴晴不定，心思诡异，跟谢夫人走了，怎么还会记挂着你的伤？”方临汝凝眉。

“这是作为医者的习惯吧，最近这些日子我后脊梁骨经常隐隐作疼，试一试也好。”何栎道。

方临汝皱眉，何栎一向隐忍，说隐隐疼，那便是疼得狠了，沉吟些时，让请王大夫。

“用不着请王大夫，按方抓药煎了服下便是。”何栎道，语调有些急。

方临汝定定地看他，何栎在她清凌凌的目光里渐渐退缩，目光游移，不敢跟她对视。

“表哥，你瞒着我什么事？”临汝轻声道。

何栎想否认，却不敢否认。

兰荪在他体内下了慢性毒药，不致命，却每日心口如有蝼蚁噬咬，幽幽疼痛，一个月得服一粒解药。兰荪跟谢夫人出了紫竹园，这些日子未能得到解药，数一数，毒发就在元正日，不想死，不舍得死，他想陪着方临汝，这几日正焦灼着，无法可想，想不到兰荪肯主动写药方送来。

“表哥，你……你怎么能把命交给兰荪？你这是在饮鸩止渴！”方临汝启唇，言语在喉咙底嘶吼，没喊出来。

何栎为什么这么做，略一思索便明白了。

他一心一意只想着方家，只想着她，不拘做什么，都以方家以她利益为先，当时的情形，他怕自己为救他做出损害方家利益的事，于是把自身安危交到兰荪手里。

方临汝遍身冷汗，手足冰凉。

不相信也得信，无路可走，命人按方抓药，煎了药给何栎服下。

黑浓的药汁咽下，何栎眯眼，感觉了一下，惊喜道：“好像是彻底解毒的药。”

以往吃解药心口的疼痛仍没消，这次却一点儿痛感没有了。

王大夫诊脉许久，也证实了，何栎体内没毒素存在。

方临汝身体一歪，倒到靠垫上。

“汝郎！”何栎惊叫。

“无甚事，别喊我。”方临汝无力摆手。

死里逃生，力竭气衰。

这一年里，她失去阿爷，失去方锦枫，再也无力承受何栎也离她而去。

琬初、璟初打手势，悄悄送王大夫出去。王大夫走远了，不约而同回头看，方临汝直挺挺躺着，何栎半弯腰，专注而温柔地看着她，璟初搓了搓手，低声道：“肉麻死我了。”

琬初撑起嘴角强笑：“肉麻不好吗？何大郎对二郎那么好，二郎终身有靠，咱们就不用担心了。”

“我更担心了。”璎初抿唇，小酒窝若隐若现，“二郎要是喜欢上何大郎，小傻子可怎么办？”

“能怎么办，他是谢家儿子，方家大难临头时，他在哪里。”琬初冷冷道。

璎初叹气，摔了摔头，道：“咱们操心没用，去看两个小娃儿吧。”

细细的嘀咕声传进耳里，方临汝身体僵了僵，再是虚弱也无法躺着了，撑着手臂起身，对上何栎含笑的眉眼，一阵不自在，何栎也不自在，各自移开目光。方临汝咳了咳，没话找话：“兰荪不是心怀善念的人，奇怪，居然会在脱离方家后送解药药方过来。”

何栎点头，也觉奇怪。

“打听一下吧，问问她在谢家的处境如何。”方临汝道。

谢夫人老奸巨滑，过河拆桥的本事怕是很拿手，崇徽对兰荪没半点儿情意，不会护她。不管如何，兰荪治好何栎脊梁的伤，使何栎免于终身残疾，此次又送了解药药方过来，她承兰荪的恩情，若兰荪过得好也罢了，过得不好，她不能袖手旁观。

怎么打听方临汝没去想。崇徽能把解药药方送到她跟前，显然，跟方家人还有联系。

兰荪差点儿被谢运兴强暴，眼下被关在柴房的消息当日下午传到方临汝的耳中。

“谢夫人也是女人，怎么能纵容谢运兴做出这种事！”方临汝勃然大怒，不能容忍这等恶事，当即要上谢府讨人，又怕谢夫人若是不肯放，还得费一番口舌，或拖上一拖，只怕兰荪要受罪，略一沉吟，决定到府衙出告。

“不知林源有何图谋，这时出告，会不会掉陷阱？”何栎微有顾虑。

“顾不了那么多了，不尽早把兰荪要过来，谢运兴伤好了，不知会怎么折磨她。”方临汝道，带上那些美人的卖身契快步出门。

林源等方家出告望穿秋水，听得方临汝上告，无限欢喜，也不管什么除夕临近，当即升堂，接了状纸，即命人到谢府带谢夫人并一众美人。

身为被告，谢夫人一丝惶然之色亦无，绯色通棱织彩妆花锦大袖衫，金丝间孔雀羽线织成长裙，艳而不俗，富丽华贵，眉眼精致，举止雍容，公堂见了林源，并不下跪，只拢袖浅施一礼。

林源眼直直地看着，心中暗赞不已。

若年轻个二十岁，比方临汝容色更佳，没想到润州城居然有这么多美人，费了许多劲方收回目光，把眼看众美人，这一看，不觉失望。

当日这些人上观扇台时只觉扑面春色，如今定睛细看，又有谢夫人和方临汝珠玉在侧，这些美人美则美矣，却不能令人一见之下神魂颠倒，这些人便是夺了，怕是也未能打动上官。

不甘心，问方临汝："你家被带走的人可都在？"

方临汝在看兰荪，短短十数日，兰荪颧高眼深，面庞焦枯，半点儿没当日在紫竹园时的千娇百媚。看到她，满面泪水，凄凉悲苦，方临汝在心中叹息，一个一个看过，道："还差两个人，谢崇徽和梅娘。"

"梅娘逃走了，谢家愿意赔钱，谢崇徽是我谢家儿子，当日方家买人时并没有爷娘签字画押，卖身契作不得数。"谢夫人淡淡道。

带走美人们时许诺会从方家手里要回她们的卖身契，并不作如此想法，只提崇徽。

美人们一齐变色，瑟瑟发抖抱成一团。

要了这些美人没有用处，林源兴致缺缺，想起郭成安所托，拍一拍惊堂木，大声道："方家下奴当归还方家，谢杨氏私掳人仆，触犯律例，来人，把谢杨氏收监容后再审。"

收监！

方临汝目光闪了闪。

谢夫人淡然，面色不见半分波动，从袖袋里摸出一个小布包，走近公案搁到案面上。

林源打开一看，欢喜得两眼放光，山羊胡一抖一抖，差点儿大叫出声。

一万金的飞钱票据。

好大手笔。

郭成安那一万缗钱不值一提，郭成安所托自然不办了。

当即改口。

“方家无德，谢杨氏路见不平，事出有因，无须收监再审，谢崇徽卖身契没爷娘签字，作不得数。”

“大人所言甚是。”方临汝把林源前后变化看在眼里，深知那小布包里头就是贿赂，方家本也没想要回崇徽，从善如流，道，“契书作不得数，不过方家当时买谢崇徽花了钱的，还望谢家付赎金。”

“多少？你说。”谢夫人傲慢道。

“一万金。”方临汝从容道。

林源眼凸了。

谢夫人轻笑，掸掸袖子：“方二郎可真会说笑，一万金可以买成千上万个下奴了。”

方临汝拉长嗓子“哦”一声，道：“原来谢家小郎也不过一个下奴，谢夫人心中，儿子一万金都不值。”

谢夫人脸上从容平静龟裂。

林源瞠目，早知方临汝铁齿铜牙，此时更是见识了，肩膀不自觉缩了缩，搭在公案那张飞钱上的手指有些烫，像搭着一块烧红的铁块。方临汝若是不依不饶，自己这钱怕是未能保住，幸而她不追究只要赎金，两下权権，方家占理，不能一味顺着谢夫人，当即打着官腔道：“方临汝所说也有道理，谢家乃润州城望族，谢家独子当然值一万金了，谢夫人，你说是不是？”

谢夫人咬牙，一万金谢家很容易便拿出来，却不愿拿，此时给方家钱，不啻助方临汝光复方家。心思转了转，本是不打算放兰荪还方家的，要留着给谢运兴出气拢络谢运兴，改变主意，指兰荪，道：“此人重伤了我谢家人，方二郎若想带走，请赔偿我谢家人诊疗金一万金。”

林源大张嘴，下巴几乎掉了。身为主官不会说话了，看向方临汝。

“可以，就依谢夫人所言，如此，谢家付赎金，方家赔诊疗金，两清。”方临汝淡淡道。

狮子大开口，本意也不在要钱，而是开出一个让谢夫人无法接受的条件，再来谈其他，谢夫人中套，很好。

双方当堂具结。

出得府衙，兰荪哑声道："多谢二郎！"

"无甚，你帮我治好我表哥的伤，又送来解药药方救了他一命，我自当如此。"方临汝浑不在意，从怀里掏出卖身契，把所有人的一一发还，包括兰荪的，对她道，"我承诺过的不会变，你的灭门大仇我一定会不惜一切代价帮你报，谢运兴必是不肯善罢甘休的，我要安排人送她们各回各家，你跟着她们出润州吧，走得越远越好，不要被他找到。"

"二郎！"兰荪悲啼。

方临汝不仅不追究她们背主之责，还妥为安排，送各人回家，相比谢夫人的冷酷，自己的自私，无地自容。

小的几个听说能回家，什么都不懂，拊掌欢喜大叫。

大的一齐痛哭。

即便不通人情世故，多少也懂得的，不然当时也不会怕被方临汝拿着卖身契把她们要回方家折磨，在谢夫人许诺留她们在谢家时才跟谢夫人出紫竹园。

兰荪流泪些时，抿了抿唇道："给我拿纸笔来。"把正元生骨膏方子写下递给方临汝，道，"何大郎脊梁的伤应是好了的，以防万一，方子我写给你。"

美人们上了马车，马车远去，方临汝眉头轻蹙里，许久没收回目光。

"怎么啦？"何栎不解地问。

风地里头站着很冷，方临汝抬步，口中道："表哥，你觉不觉得怪异……"

听起来，梅娘是假装附和，想跟着谢夫人出紫竹园后给方家报讯，她也确实逃出谢府了，可为何没来方家报讯？

方家声名在外，她随便找个人都能打听到方府所在。

梅娘的去向成谜，另有一事也很可疑。

梅娘出逃，谢夫人没能抓她回去。正常情况下，这个时候谢夫人应该担心方临汝已得讯想了应对之策出来，大典上揭穿方家传家宝扇忒犯险，很可能功败垂成，暴露了居心，往后再行事就不便利了，可她却没改变主意，依然按计划行事。谢夫人老谋深算，不是那种会做没把握的事的人。那么，只有一个可能——她清楚地知道梅娘没进方府。

"方府里有谢夫人的耳目，给她通风报信了。"何栎瞬间也想到了，遽然变色。

方临汝点头，面色沉沉。

一起同患难的人当中居然有内鬼，自己的一举一动都有人报给谢夫人，细一思，毛骨悚然。

这个人必须揪出来，不揪出来，不得安宁。

怎么揪，却颇费脑筋。

方家兴家近百年，府里头如今侍候的这些人大多是家生子，少数不是的，也是四五岁买来的，从小在方家长大。做事小心着意，连番遭打击，家计艰难，却没有人有去意，排查时哪怕只是流露出一点点儿的怀疑，对他们也是一种极大的打击。

“要不然就借口家业艰难，只留贴身侍候的，其他人都发卖了吧。”何栎道。

方临汝揉了揉额角，道：“我再想想吧。”

阖府上下人等都是方家人，她不想因自己的无能而让方家人面临未知命运。

“不然，咱们用计吧，诈一诈。”何栎沉吟道。

“诱敌出动？”方临汝一点即透，拊掌叫好，眉头松开。

方临汝和何栎争执着进了方府。

何栎怪方临汝，不该为个兰荪把能跟谢夫人索要一万赎金的机会放弃。又说，那些美人曾背叛方家，无信无义，不该不要赎金发还她们卖身契，还大费周折送她们回家，耗钱又耗人力。

方临汝眉头皱得很紧，极力克制着，末了，一副被何栎念叨得恼了的样子，凛凛冷脸，寒声道：“表哥你是不是在借题发挥，怪我把舆郎送进大牢。”

“这是什么话？”何栎温和的面庞变色，惨白着脸道，“我为的方家，你却说这样的话，舆郎多行不义自断生机，我怎么会怪你？方家眼下举步维艰，多一个钱进项也是好的，我才有那番话……”

方临汝歉然，忙又道歉。

两人和好如初，只是晚膳时，一向不沾酒的何栎喝了两盏酒。

多事之秋，阖府上下人等人心惶惶，何栎与方临汝起龌龊的消息像旋风顷刻间刮到每个角落。戌时，方姜氏唤了方临汝过去问话，谆谆劝道：“栎郎说的话不无道理，他也是为的方家，你一意孤行惯了，不见得就是对的。”

何姜氏抱病起床，把何栎唤来，哀哀哭求：“方家多事之时，汝郎心情不好，你多顺着他，别跟他唱反调。”

翌日，何栎破天荒没到漱石榭跟方临汝一起用膳。除夕团年宴上，两人虽然也交谈，笑容却未达眼底，姿态也不如以往亲密。

元正日，两人却又一起外出，一起拜访亲友族人，亲密一如以往。

好了又生分，生分又和好的戏演了半个月，何栎此间数次单独外出，却没有谢家的人找他搭话试图拉拢他。

谢夫人一直想离间方临汝和何栎，把何栎从方家拉走，得讯没理由不采取行动。

元宵夜，演了半个月的戏，方临汝累得喘气，决定放弃。

“看来，府里的人没嫌疑，也许谢夫人派了人白日黑夜盯着咱们府门，没人给她报讯也清楚地知道梅娘没进府。”

何栎也是此想法，只是装着跟方临汝生分，也难受得紧，能不演戏求之不得。

“安排人城中仔细寻一寻梅娘。”方临汝道。

不知梅娘出什么事了因而没到方府，眼下是否还活着，是否安然无恙，忧心不已。

当日制蒙骗郭成安的那把美人团扇，扇面美人绘的梅娘，漱石榭还有底稿，方秀绮善丹青，让方秀绮照着绘了几幅梅娘画像，寻找的人拿着画像探问，有消息即时禀报。

正月十七，赵吾行派赵贵带着他的亲笔书信和方家的借据到来。

赵吾行信中说要收回借款，让方临汝把金子换成飞钱票据交赵贵带回。

临汝二话不说，上府衙换了飞钱交给赵贵。

赵贵却不接，如释重负，笑呵呵另掏出一封信给方临汝。

原来讨要借款之举是试探。

赵吾行要考察她的品行，若是拖拖拉拉不愿还钱，则立即告上府衙索讨，若是很利索还钱，则借款不追讨。

不只不追讨借款，还订五十万把精品团扇，扇款三千金预付，也要赵贵带来了。

方临汝心坚如钢之人，也不由得红了眼眶，长揖到地：“汝感激不尽，烦请赵管事替汝拜谢赵当家。”

赵贵侧身不受礼，憨憨道：“其实是我家夫人主意，当家还是有些担心的，毕竟不是小数目。夫人说，她相信你有勇有谋，仁义果敢，定能重振方家。为此，当家还吃醋了，若不是你未跟夫人见过面，夫人没有慕你风采卓然之嫌，怕是要吵起来了。”

方临汝微笑，感慨万千。

想不到一时不平之心，居然结下了赵夫人这个善缘。

年前那时大肆造势鬻扇，库存成品团扇鬻得差不多光了，库里只有一两万把，有了赵氏的订单，若是有扇坊制扇就可以开工了，可免扇工无事可做，方家为难要不要发薪俸的烦忧。

谢家一直没开口要收回扇坊，可是，难说哪一天就要收回。开工就要进材料，到时谢家收回，材料无处堆放，又是一桩麻烦。

归闲坞和至善苑无人居住，要不要购了制扇工具，就在府里制扇？

方临汝颇犹豫。

制扇材料均是易燃物，故远避民宅，在府里制扇，万一起火，损失金钱事小，有人员伤亡，她百死难以赎罪。

“慢慢想办法。”何栎劝道。

从漱石榭出来，想了想，去找白芷。

崇徽上次捎药方回来托的白芷，想必白芷能与崇徽搭话通消息。

白芷把她母亲从外头接进方府，方姜氏顾念着她母亲身体不好，特意拨了一处厦屋给白芷母女住，又让她只日间听差，夜里陪母亲。白芷仍是没有笑模样，说话干巴巴的，眉眼却比以前鲜活，何栎过来，白芷正在廊下使婢女给方姜氏上膳食，瞥一眼何栎，迎了过来，不说话，袖手静静地站着。

“我想跟崇徽见个面。”何栎开门见山道。

“他出府不是很便利，每次都是偷偷的，我跟他见了面再约你，怕是得好几天工夫，何大郎为的什么事，能否告诉我，我转告他。”白芷冷冰冰地道。

何栎微一迟疑，把所有相告，道：“我想问崇徽，能不能越过谢夫人跟方家订一份有期限的租赁扇坊的契约。”

“行，你可以走了，有消息我会去找你。”白芷道。

转头找方敬，方敬是二管事，出府自由，让他回他租的那处宅子候着崇徽。

“看来，二郎必是能重振方家的。”方敬长叹，喜忧参半，深深地看着白芷，低声道，“你还是决定要帮方家帮二郎？若不想帮，咱们跟何大郎说跟谢郎君没碰上面即可。”

“帮！”白芷咬牙，硬邦邦道，“他日二郎得知咱们做的那些事，要杀要剐随她，以她的为人不会迁怒咱们的母亲的，这便足够了。”

“好！无论如何，我陪着你。”方敬笑笑，拉起白芷的手紧握了一下，转身快步离去。

两日后，一份崇徽签字画押，盖了谢家扇坊印鉴，租期一年的契书交到何栎手中。

“表哥，你怎么还去找崇徽！”方临汝把契书摔到矮案上，清凌凌的双凤眼里戒备有之，恼怒有之，唯独没有喜色。正月里，天气还很冷，脸色微白，这当儿，却涨得通红。

何栎温和地笑，并没因方临汝的变色而气急，把契书拿起来递到方临汝手里，温声道：“你且看看，方家能不能因为手上有这份契约而使用谢家扇坊。”

方临汝咬牙，抿紧唇，多年养成习惯，看契书文件时必得集中十分精神，恩怨暂且抛开，注目细看，契约书条款清楚分明，崇徽的笔迹，喉头微酸，当日倾了十分心思教导崇徽，想不到竟在此时派上用场。

来回仔细看了几遍，方临汝确定，租赁契书里头没有陷阱，不存在崇徽欺蒙方家之嫌。

跟谢夫人的约在前，无期限，商场规矩，同一件事，后头的契约为准，从契约书的约定看，方家只要签字盖印，谢夫人即便告上衙门，也不能在约定租期内收回扇坊。

“即使他没欺骗我，我也不想再跟他有交集。”方临汝缓缓道，把契书递给何栎，“送回去给他吧。”

何栎没接，道：“没有谢家扇坊咱们家没地方制扇，不制扇，扇工们的薪俸发不发？还有，方家扇如今声名扫地，若再淡出团扇行业，不出半年，团扇行业无方家扇立足之地了。好不容易赵吾行肯支持，江氏那边江大郎想必也是肯继续鬻方家扇的，有他两家，兴许能带动其他扇商订扇。况且，谢家扇坊租给咱家了，谢家自己就没地方制扇，没有谢家扇进团扇市场，郭家扇不如方家扇精致精美，其他家小扇坊制的团扇不值一提。没得选择，说不定还订方家扇，这是方家起死回生的好机会，咱们必须抓住啊！”

“道理我知道。”方临汝低眉，纤长的睫毛笼下细细一圈阴影，涩声道，“表哥，别逼我，给我留点儿尊严吧。”

何栎愣了愣，接过契书，默默往外走去。

那一夜方游丰和柳氏逼迫她分家，她说她累了，他明知不能分家，只要她坚持不分家，方游丰和柳氏亦无可奈何，可他没坚持劝说。

眼下也同样。

他不想勉强她做她不愿意做的事。

只是，难题怎么解决？

无解。

白芷接过契书，面瘫一般从不见一丝表情的脸霎地阴了下去，声音挟着零度以下北风的寒气：“何大郎，我觉得你应该问二郎一句，方家的存亡和她的骄傲、她的尊严孰轻孰重？”

“汝郎自有他的考量。”何栎歉然道。

“白芷说得对，拿给我吧。”背后幽幽说话，何栎吓一跳，回头看，方临汝十几步远的地方站着，袍摆寒风里飘飞，眉眼沉静，目光明澈坚定。

“汝郎，你别强迫自己。”何栎急切道。

“不，我得强迫自己。”方临汝摆手，冲白芷微微一笑，低声道，“多谢你的当头棒喝。”

正月二十日，方家人打开了谢家扇坊，开工制扇。

谢夫人很暴躁，心情比崇徽刚回谢家时还差。

谢宜宁每日跑几趟方府，进不去也没挫减她的锐气，也没怪方临汝绝情，只怨她害得方家那么惨。

崇徽还是每日紧闭门不理她，上元节都过了，谢家扇坊开工遥遥无期，各商号当家走动几次后，也不来了。族中人对于谢天有子承家的欢喜也消退了，润州城各家走几次见不到崇徽后，也不来了。谢家又复门庭冷落。

反之，方家因方临汝毫不拖泥带水分家产给方游丰，当了宅第又极快赎回，扇坊接着重建不停工，起复有望，又热闹起来。

新元里，各商号当家又到方家走动拜访，甚至因郭成安乘机压价使他们几乎无利可图，都盼着方家起复，有的商号还流露出愿意赊账给方家的意思。

一次两次，方家倒了又起来了。这一次，如果方家东山再起，就再也打压不住了。

儿女不省心，下人也不听话。

烟萝不知真病还是假病，卧床不起。谢运兴恼她放走兰荪，借口身体受重创也不起床主事，什么都得她自己亲力亲为，累得两眼发黑，这时别说掌控外头，连府里都料理得不尽如人意。

听报方家开了谢家扇坊，扇工们开工了，谢夫人一愣之后冷笑："一份没期限的契约，方临汝这时居然还敢开工，嫌活得太轻松了不是。"

命套马车，带上当日签的契书，亲自到扇坊去。

她要收回扇坊。

第六十二章　覆水难收

方临汝在扇坊大门的台阶上站着，正送客，客人有好几位，都是润州城经营团扇材料的各商号当家，方临汝面上笑容浅浅。正午时分，日色灿烂，洒下一片金色光芒，给她略显苍白的脸庞加了一层瑰丽的色彩，丰姿难描难画。

马车停下，谢夫人听得众人热切道：“多谢方二郎还肯订某等商号的材料，此前多有得罪，此番白纸黑字约定半年一结款，是某等的诚意，方二郎不必放心上……”

方家风雨飘摇，这些人居然白纸黑字约定给方家半年结账!

谢夫人体内血管几乎爆裂，一只手紧抓住车舆壁，“哒”一声，精心保养的几个长近半寸的指甲折断。

“方家多事之秋，各位厚爱，汝感激不尽。”方临汝笑吟吟道，目光从各商号当家脸上移向马车。

踩脚凳未搁，谢夫人从高高的车板上跳了下去，未站稳，昂起头，冷声道：“方二郎，我过来收扇坊，当日约好的，谢家随时可以收回扇坊，请你守诺。”

各商号当家微微变色，一齐看向方临汝。

方临汝眉头都不曾挑一下，淡然回道：“夫人这话好生奇怪，汝不明白了。”

“装糊涂就能逃避吗？”谢夫人淡笑，从袖袋里掏出契书，展开，要让各商号当家看。

“夫人莫急，依汝之见，还是请商会诸位过来断一断好，再不然，到府衙请官断也行。”方临汝笑道。

各商号当家见方家居然开谢家扇坊制扇，蜂拥而至，都怕落后一步方家订了其他商号的材料，争先恐后许各种优惠，又主动白纸黑字跟方临汝签半年结账合约，见扇坊租赁有变数，都担心起来。此时方临汝胸有成竹要请商会要见官，他们也想弄个明白，其中一人当即道："先请商会诸公决断，若还不成，便见官吧。"

有人当即唤跟随下人，命快去商会请人。

谢夫人冷笑，也不反对。

自认为谢家占理，方临汝虽说也是商会理事，却不能只手遮天，商会诸人便是偏帮方临汝亦不能够的。

不多时商会会长与几位理事到来，谢夫人递出合约，方临汝也交了一份契约书过去。

商会诸人看过，会长道："谢夫人，这就是你的不是了，既约好租期一年，尚未到期，自然不能收回去的。"

谢夫人勃然变色，要过方临汝递出那份契书看，目眦欲裂。

各商号当家长吁口气，伸手要契书看，一齐笑了。

"谢夫人，需不需要再上公堂请官断？"方临汝谦和地问。

请什么官断，官断也是谢家不能违约，不能收回扇坊。

契书上若只有崇徽签名也还有申辩余地，偏上面还有谢家扇坊印鉴，随便她怎么说，这份租赁合约都是合理合法的。

谢夫人咬牙，告辞的体面话也不说，跳上马车，大声喝道："回府！"

烟萝在厢房的床上躺着，谢夫人一脚踹开房门，冲进去，把她从被子里抓起来，重重一巴掌扇过去。

烟萝被扇得撞上后面墙壁，半边脸肿了。

"你居然伙同外人欺骗我，偷扇坊印鉴签那么一份租赁合约帮方家，你……你辜负我对你的信任，你良心怎安……"谢夫人大骂，一巴掌扇去尚不解恨，抓起来，又是一巴掌。

烟萝脸肿得更甚，赤红一片，嘴角溢出鲜血。

"我帮的不是外人，是姐姐的儿子，谢家的独子。"烟萝哽咽道。

"他不是我儿子，他是个白眼狼，我没这样吃里爬外的儿子。"谢夫人高声骂。

“姐姐不认小郎了是不是？”烟萝痴痴地问。

谢夫人呆了呆，被问倒了，满腔怒火无处发泄，抓住烟萝头发，狠狠往墙壁撞。

烟萝并不反抗，“砰”一声响，谢夫人接着撞第二下，烟萝幽幽道：“姐姐记不记得含胭，当年她拦着不让你虐待小郎，你把她撞死了。小郎离家十四年，好容易找回来了，若再把他逼走，他走了可不会再回来了，姐姐真的不想要这个儿子了吗？”

谢夫人僵住，吭哧粗喘。

“姐姐，悬崖勒马未为晚，莫到无可挽回时，悔之晚矣。”烟萝凄然道。

“胡说，我有什么好后悔的，我没错。”谢夫人高声喊。

烟萝涩涩笑，闭眼等死。

谢夫人眼前浮起含胭血水满脸的情景，临死前，她高喊：“夫人，你再折磨下去小郎就没命了，婢女就算死也要拦你。”

她弄死一个了，还要亲手弄死另一个吗？

谢夫人紧攥着烟萝头发的手无力松开。

回到房中，将锁着的东西一一拿出来检查，还少了郭家下人指证郭成安差他们毒杀郭枞的那份供词。恼火不已，欲去找烟萝追回来，转念一想，细密布置抓郭成安把柄，就是要在方家倒下后对付郭家，那份供词落在方临汝手里，由方临汝和郭家斗，谢家坐收渔翁之利也好，也便不追讨了。

郭家扇坊离得谢家扇坊不远，郭成安远远地看得热闹，走过来探问。

谢夫人上马车走了，方临汝嘴角噙笑不答，那些商号当家年前被郭成安压榨，心中怀恨，笑呵呵详尽地讲给他听。

当胸一柄利剑捅来般，郭成安粗浓的眉头抖了抖，黑脸庞白了红，红了白。

“众位鼎力相助方家，汝迎宾楼摆宴答谢，望各位勿推辞。”方临汝笑道。

众商号当家自然异口同声应下。

方临汝又看向郭成安：“若郭兄肯拨冗赴宴，汝脸面生辉。”

乌润润的眼眸满溢笑意，瞳仁晶莹剔透，离得近，看得格外清晰，光华灼灼，郭成安迷愣住，过片时方回神，干巴巴笑，推辞几句，狼狈离开。

背后，方临汝叫出何栎，众商号当家簇拥着，意气风发往迎宾楼去。

郭成安咬断一口参差不齐黄牙，颓丧气恼，打马回府。

府门口遇到大夫背着药箱出来，郭成安一惊，跳下马，急问道："可是我母亲身体不适？"

大夫摇头，径自离去，茂树从里探头，灰扑扑的衣裳，头巾歪戴着，"哟"一声，奔出来，小声道："夫人这会儿气得砸东西，大郎你要不要出去逛逛？"

说话不清不楚的，郭成安瞪他："母亲为什么生气？"

茂树嘿嘿笑，说半天，郭成安方听明白，一只脚进府门又往回缩。

房氏抱孙心切，请大夫给梅娘诊脉看是否害喜，大夫诊半天说没有喜脉，又问了一些话，迟迟疑疑说梅娘似乎没跟郭成安睡过，房氏一听气疯了，在屋里头砸东西，月娇吓得避了出来，茂树凑过去探问方打听到。

"别跟夫人说我回来过。"郭成安小声道，缩着肩膀蹑足出门，拉住马缰要上马。

"大郎，夫人找你。"月娇催命的声音不迟不早响起。

郭成安垂头丧气下马，耷拉着脑袋往里走。

进门，当头一个茶盎擦着脸颊飞过去。

房氏动了真怒，厉声喝道："跪下。"

郭成安老老实实地跪了下去。

"你让我说你什么好。"房氏狠戳他的额头，"人家方临汝刚十八岁，两个孩子的阿爷了。你瞧瞧你，过了年都二十一岁了，一个房中人都没有，知道的说你不好女色，不知道的，还当你不行呢。"

郭成安搓额头，瞥一眼缩在屋角的梅娘，嫌恶道："畏畏缩缩胆小怕事，儿看不上她。"

"你看得上什么样的？"房氏气笑了，双手叉腰，一身肥肉颤动，"方临汝那样的是不是？有无双风采倾城美貌，还能干，你怎不想想，大唐举国上下，能有几个方临汝那样的？更不说那是个男人，是个男人，清楚吗？"

郭成安把头埋进胸膛不敢反驳。

房氏胸膛起伏，不住粗喘，绝色美人儿子都不碰，娶妻一事儿子又一直拖着，看来便是妻子进门，也不一定就肯碰。咬牙些时，粗俗道：“我不管你喜不喜欢，你给我把人睡了，给我留个孙子，之后爱睡不睡我也不管了。”

说着，大步往外走。

梅娘吓得白了脸，身体不住地抖。

郭成安更加嫌恶，要睡这样的女人，生不如死，眼珠转了转，飞快起身拉住房氏：“母亲，这个女人长得还可以，林源一直想找绝色美人送给上官，咱们把她送给林源算了。”

“送给林源？”房氏停下脚步。

“是啊，送给林源……”郭成安把谢家扇坊门前发生的事讲给房氏听，道，“租赁契约是谢崇徽签的，看来，谢崇徽是心向方家的，有谢崇徽支持，方临汝重振方家不难。方家的人这几日一直在城里找那个女人，母亲也听说了吧？万一给方家找到咱们家，又是一桩麻烦，不如把她送给林源讨好他。”

“谢崇徽居然帮着方临汝？”房氏失神，回转身，颓然坐下，“林源无耻之极，收了咱们好处又不替咱们办事，钱也不退回，给他送美人，怕也是白送。”

“横竖这个人是咱们白得的，送给他，咱们也不亏，林源多少也是帮咱们做了几件事的。免了咱家的赋税，方家的扇坊起火，也多得他草草断定是天灾，方临汝报案胡勇死时，也多得衙门没细细追查。前几日，三郎和四郎、十郎联手上告，说阿爷死因可疑，也是他不动声色地压了下去，还打了三郎几个各二十棒，整得他们再也不敢上告了。”郭成安道。

“噤声！”房氏薄责，抬下巴朝梅娘示意。

“一个哑巴，不会说话，又不识字不能写，听了也无法告诉任何人，无碍。”郭成安不以为然道。

房氏这几日考察过，梅娘确实不识字，也便不往心上放。虽气得狠，到底不愿十分逼迫儿子，沉吟道：“也行，就把她送林源，你阿爷那些女人和她们生的野种不消停得很，林源是润州父母官，对我们还是有用的。”

“母亲的主意从来不错的。”郭成安奉承道。

房氏瞪他：“别以为把这个送走了就完事了，早晚你给我生个孙子出来，这事才叫完。”

郭成安干笑，眼珠转了转，扯别的事：“母亲是怎么弄死阿爷的，不会落把柄给人抓住吧？”

“我做事怎么可能留下把柄。”房氏嗤笑，闲闲理了理帔子，道，“便是剖腹验尸也验不出什么来，我啊……掐着你阿爷的嘴，给他灌了高纯度的酒，一口能让人醉三天三夜那种酒，灌了一整壶。”

郭成安面皮轻颤，身体微微发抖。

“行了，别想了。”房氏笑呵呵地道，慈爱地拍了拍他手背，“既然要送，就赶紧送，让人套马车，这当儿就把人送过去吧。”

方临汝和何栎与众商号当家在迎宾楼里把酒言欢，谈笑风生，酒至半酣，忽见方敬在厢房门口打手势，何栎朝众人笑了笑，假装内急退了出来。

“谢郎君让捎给你的。”方敬小声道，递给何栎几张纸。

何栎打开看，眸色沉暗，小心折好拢进袖袋里，问道：“还有别的事没？”

“打听到梅娘的一些消息，不过还没找到人。”方敬道。

有人在腊月十四申时中见到过梅娘，当时梅娘跟他打听方府，梅娘美貌，那人热心地把她送到观前街街门方离开。

“那人把梅娘送到观前街街门了？”何栎遽然变色，不自觉抓住方敬肩膀。

“是的。”

方临汝眼角看着厢房门，何栎一贯镇定的，能令他面色大变的必不是小事，眉头微蹙起。

“方二郎是不是有什么事？若有事，咱们便散了吧。”众商号当家体贴道。

方临汝笑笑，借机便道：“正是，今日不够尽兴，改日汝再作东，到时各位千万要赏脸。”

出迎宾楼，把众人送走，何栎不等方临汝问，把崇徽捎来的纸拿方给临汝看，方临汝看过，却是奉郭成安命去毒杀郭枞三人的人的口供。

“凭这个虽说不能坐实郭成安杀人灭口之罪，却也能让金陵刺史把郭成安传去问话，追查下去，郭家就大乱了。”方临汝沉吟道。

“这事慢慢计议。”何栎摆手，把方敬禀报的梅娘当日已到观前街门口一事说了，急切道，“梅娘看来进方府了，引泉有问题，梅娘被他扣下又送出府去了。或许，就藏府里了，府第那么大，藏一两个人咱们也不能发现，咱们赶紧回去，审讯一下，看看除了引泉，还有没有其他人吃里爬外对方家不忠。”

说着，抬步快走。

方临汝不动，低睑睫思索，何栎拉她，方临汝缓缓摇头，若有所思道：“表哥，梅娘应是没进府。”

“没进府？都进观前街门了，怎么可能没进府？”

“门上除了引泉，还有四个人，不可能五个人都吃里爬外，就算他们几个都吃里爬外，人来人往的，不拘往里弄人还是往外弄走，都不是他们几个人能办到的。”

“可是人进观前街后不见了啊！”

“表哥你也说了，是进观前街后不见的，不是进府后不见的。”

“你的意思是？”何栎有些糊涂。

“郭成安，房氏。”方临汝咬牙，“十四日申时中，那个时辰，恰好郭成安跟房氏从咱们家离开。”

“忘了这茬了，郭成安这厮还真什么坏事都干得出来。”何栎恍然想起，恼恨不已，“眼下怎么办？”

“没有证据，跟他要人他必是不给的，你回扇坊照看着，我去郭家探探口风。”方临汝道。

牵挂梅娘安危，片时不等，也不及回扇坊牵马，即往郭府去。

郭成安把梅娘手足捆了，因她是哑巴也没堵嘴巴，提了扔进车舆里，亲自驾马车往刺史府去。

出了府门前横街上大道，才走得百来步远，当头遇到方临汝，没骑马，身姿挺拔秀丽，闲庭散步，赏风望霞，路边闲闲走着，便是一幅明翠靓丽的画卷。

郭成安一眼瞥过，微失神，这么略一停的工夫便失了擦身而过的时机。

方临汝看到他，郭成安大家之主，居然亲自驾马车，目光闪了闪，快步走到路中间拦住马车去路，微笑着扬声道：“郭兄这是要去哪，怎么亲自驾马车？”

郭成安此时再想驾马车前行也不能了，强笑着回道：“我母亲要回外祖家，送她过去。”

“原来郭夫人在车里，失礼了。”方临汝走近车舆，漫声道，“方临汝向郭夫人问好。”

“我母亲有些不适，想必睡着了。”郭成安惊得额头细细汗珠子，暗暗庆幸，亏得梅娘不会说话，不敢再逗留，提缰驭一声，口中道，“方二请让开。”

车舆里抖地清脆高扬一声喊：“二郎救我！我是梅娘。”

郭成安魂飞魄散。

居然会说话！且一心向着方家！

自己的那点儿秘密都让她听了去，让她回方家，郭家休矣。

也不管方临汝就在车舆边，提缰，朝马儿挥鞭。

方临汝听得梅娘的声音，哪容他驾车离去，左手抓郭成安的胳膊借力，右手抓着车舆的木柱往踏板上跳。马车动，她也跳上踏板了，伸手便抓郭成安手里马缰，郭成安闪躲，方临汝又抓，马缰勒得死紧，马儿嘶叫，扬蹄摆臀，车舆摇晃，往前拖驶出百多步。郭成安大急，松了马缰，冲进车舆，抓住梅娘的衣领往车舆壁狠狠地撞。

“咔”一声闷响，低低痛呼，方临汝飞身入内，身子做肉垫，梅娘撞到她胸膛上，疼得眉眼扭曲。

郭成安一击不成，攥起拳头朝梅娘的太阳穴击去，青筋暴凸，使了十二分力。梅娘惊叫，惶然闭眼，方临汝咬牙忍住疼痛横臂挡了过去，“咔嚓”一声，小臂骨头断裂，郭成安自己也吃疼，嘶一声吸气，拳头聚不起力，视线里没有可用来打砸的东西，方临汝紧缠不放，在车舆里无法把人弄死了，抓起梅娘狠狠地朝车舆外摔。

方临汝飞扑过来抓住梅娘的胳膊，身体横在车舆地板，郭成安咬牙，闭眼霎地又睁开，一手提梅娘，一手抓住方临汝的后背衣裳，两个一起往外摔。

方临汝在郭成安抓起自己后背时，迅即地松了梅娘，转而死死抱住他一条腿。

梅娘和方临汝被甩出车舆，郭成安也被方临汝带着跌出车舆，三个人叠成一团砸到路上，当场把夯土路面砸凹下去，黄土飞扬，大片灰尘扑扑簌簌。

马儿受惊，嘶叫着朝前奔，三人横叠在一侧车轱辘侧前方，车轱辘被马儿拉着，一下一下往他们碾撞过来，方临汝只觉胸骨、手骨似乎都断了，却不能松懈，梅娘在下，她在中间，郭成安在最上面，郭成安起来了，她和梅娘必被他弄死无疑，死死抓住郭成安不让他爬起。

郭成安挣扎着要腾手掐方临汝的脖子，方临汝死死地抓住他的胳膊，把他往车轱辘下挤，郭成安渐渐占了优势，侧转过身子来，死死地掐住方临汝，方临汝一手受伤，只一只手使得出力，艰难地扒他的手，扒不开，脸庞紫涨，气息微弱。

奄奄一息之际，一声凄厉的“汝郎”传来。

何栎来了。

方临汝长吁口气，双手无力垂下。

“砰”一声，何栎一拳撩上郭成安的面庞，郭成安吃疼松手，何栎猛力一掀，巨大的力道把车厢整个掀翻，何栎紧接着攥起郭成安，狠狠一脚踹去，郭成安死狗一般摔出去。

方临汝挣扎着爬起来，又赶紧拉梅娘。

何栎追着郭成安踹，郭成安嗷嗷惨叫，方临汝喊道：“表哥，堵住他嘴巴，把他捆起来。”

何栎照办，很快把郭成安捆起来堵住嘴巴，拖到方临汝的面前。

方临汝朝郭府方向抬了抬下巴，低声道：“快走。”

何栎从激狂中回神，这里离郭府很近，万一郭家人闻声赶过来，他们就走不了了，郭成安已跟方临汝撕开了脸，也不在意杀了他们三人灭口了。

何栎是骑马过来的，把方临汝和梅娘托过马背，拍马，方临汝和梅娘前头走，自己跑步跟着。

方府未到，经过竹枝巷，方家给紫竹园送供应的那处小宅子就在竹枝巷里。方临汝勒马，何栎跑近，两人交换了一个眼色，前后左右看，无人，飞快拐进小巷子，进了那处小宅子。

关紧房门，何栎仍一阵后怕。

若不是他不放心，回扇坊后心神不宁赶过来郭府找方临汝，后果不堪设想。

室内有些昏暗，点亮油灯急查方临汝的伤势。

方临汝摆手，忍着剧痛，道：“先不急治伤。”把事情经过简要跟何栎说了，又道：“郭成安要杀梅娘灭口，我阻止，就连我也要一起杀。”

何栎脸色大变，心思极通透的，疾声问梅娘：“郭成安为什么要杀你灭口？你知道他什么秘密？”

梅娘惨白着脸，身体发抖，抓着方临汝的肩膀支撑住，一五一十地讲她到郭府后发生的事。

“原来如此。”方临汝和何栎明白了。

郭成安此前以为梅娘不识字不会说话，说隐私也不避她，听得她出声，原来会说话，自然要灭口了。

“眼下如何是好？郭成安跟林源本就沆瀣一气，郭成安又是要送梅娘给林源的，林源为了得美人，随便找一个借口，把咱们拘拿，大牢里用刑，咱们就跟姨夫那时一样了。”何栋急迫道。

方临汝低眉思索，过片刻，笑道：“当秘密人尽皆知，郭成安也就不能针对我们了。至于林源，简单，他上头还有观察使，他贪财却胆小，未必肯为郭成安拿自己官位冒险……”

细细说自己的计划。

何栋拊掌大声赞妙，少停，看梅娘，复又皱眉：“此计只解咱们的性命之危，还不能断林源强夺她的念头。”

方临汝“嗯”一声，手指捻动，道：“也不是无法可想，只是残忍了些。”注目看梅娘，柔声道：“方家不过一介商户，想跟刺史对抗无异以卵击石，林源不好色，心心念念夺美人为的把人献给上官，你若被他夺了当礼物献人，也许坎坷悲惨，但也许得宠了一步登天……”

“我不愿意，我不做玩物。”梅娘抽泣，拔下头上玉簪，低声道，“我若毁容了，二郎还能把我留下，给我一口饭吃，一个安身之地吗？”

“当然能。”方临汝坚定道。

“多谢二郎！”梅娘清声道，手起簪落。

洁白无瑕的的面庞上，一道一指多长的划痕浮起，自右眼下方直至耳根。

郭成安被何栋捆住，焦急欲狂，地上打滚，硬生生地滚回郭府，阍者见了，惊得急上前为他解绑。

满身尘土，头发散乱，郭成安顾不上拾掇，大声喊人牵马，叫了十几个家奴，冲出门，往方府方向疾奔。

方临汝带着梅娘和何栋拐进小巷了，郭成安直追到方府大门外，没追到人。

不敢上前问，以为方临汝已跑回府了，上前去，被方临汝带人一蜂窝涌上来堵住就走不了了。

调转马头回府，进门直奔房氏上房。

“怎么变成这样！”房氏面色大变。

火烧方家扇坊等事只有梅娘口头之语还能狡辩，但弄死郭笑盟一事，郭笑盟的妾室和庶出儿女本就有所疑，传到他们耳中，他们出告，郭笑盟刚下葬没几日，仵作一验尸体，真相大白。那时，便是林源肯压下，郭成安毒害自己亲生父亲一事也捂不住，免不了在润州城传开，那时必是千夫所指，没获罪也寸步难行。郭笑盟妾室和庶子女那么多，又不能尽皆毒杀。

房氏细眼珠眯了眯，精光一闪，道：“你马上上刺史府，让林源带人到方府去抓人，编个谋反罪什么罪都行，抓了方临汝、何栎和那女人，牢中用刑弄死，跟林源说，若能弄死方临汝等三人，咱家送他一万金。府里面，我马上闭府，不给人出入，免得风声传到那些狐狸精和她们的子女口中。”

“好，儿这便去。”郭成安打马匆匆出府。

林源不甚愿意。

钱拿着固然欢喜，也得平安才行，方临汝不是易与之辈，万一弄不死她被她反咬一口，官职丢了，命没了，要钱何用。

他后来多次回想，越发笃定鲁玄是方临汝杀的，对方临汝又惊又怕。

他虽有一州刺史官威，可方家也不是平头百姓，方临汝更是块硬骨头，难啃得很。

郭成安急得几乎要给他下跪，好话说尽，酬谢的钱从一万金加到五万金，拖了一个时辰，林源才勉强答应带人到方家去。

方临汝的打算是将郭成安的恶行散播出去，同时，上告金陵府追究何舆被讹诈郭枞三人之死与背后主使，逼林源不敢包庇郭成安，不敢为难方家。

何栎到隔壁邻居借来笔墨纸砚，方临汝伤的左小臂，咬牙忍着，跟何栎一起书写，把郭成安害死郭笑盟一事写到纸上。写了数十张，但只有一匹马，方临汝的手臂受伤无法自己上马下马，三个人亦无法共乘一骑，只能由何栎携了梅娘带着纸条骑马出去依计行事。

已天黑，方家的扇工收工各自回家了，何栎就近找了数十名扇工，分别到茶楼酒馆等人多的地方散发。

在迎宾楼，何栎遇上郭家的三郎、四郎。

房氏那日弄死郭笑盟，紧接着，以筹钱为郭笑盟办丧事为由，带着下人到郭笑盟各妾室房中搜了一遍，把各人的梯己私房都弄走了。这般举动，再没血性的人也着恼。郭三郎和郭四郎因生得好，最得郭笑盟宠爱，跟郭笑盟有点儿父子之情，兄弟中序齿又在前头，本来颇有可能继位家主的，对郭成安和房氏的不满尤甚。两人以前互看不顺眼一直斗来斗去，被郭成安捡了漏，此时同仇敌忾，联合了反抗郭成安，上府衙告状。林源偏帮郭成安，以诬告之名把他们打了二十大棒，两人养了许多日的伤，尚未好利索，府里待着郁闷，相约出外喝闷酒。

听得郭笑盟真是郭成安害死的，且害死手法也知道了，郭三郎、郭四郎大喜，当即要再上刺史府告状。

何栎拦住，细声支招，自己这边要安排人上金陵出告，便指点他俩到扬州府找观察使告状，又让他们赶紧转移郭笑盟的尸体，免得郭成安先行一步毁尸灭罪证。

两人点头不迭，出迎宾楼，铁铺里买了铁铲，即奔郭笑盟坟地。

刨坟，把郭笑盟棺椁抬出来，走得远远的，另寻了地方掩埋，接着，骑马奔扬州府，找观察使告状。

第六十三章　水深火热

诸事妥当，何栎带着梅娘回方府。

担心林源带差役过来抓人扰了方姜氏、惊着两个婴儿，命关门上闩，自己孤身一人在府门外候着。

林源带着差役拖拖沓沓出府衙，路上走了一炷香才到方府。

方府大门紧闭，庄严肃穆，门楼下两盏灯笼，灯光摇曳。

何栎一人府门外站着，见林源等人，不慌不忙上前行礼，道：“二郎吩咐，若林刺史来了，让我禀报林刺史，郭成安丧尽天良害死自己亲生父亲，害死了被抓进金陵刺史府大牢的三个郭家下人，还有命人纵火烧方家扇坊一事，证据都尽在他手中，因涉事地方不仅在润州，他已安排人上金陵府出告了。”

何栎说一句，郭成安的面色就白一分，何栎语毕，他已哑然失声。

林源侧头看他，缓缓后退。

何栎一字一字又道：“二郎还说，郭成安害死亲生父亲一事，润州城已传遍了，郭家三郎、四郎方才在迎宾楼用膳，最先知道了这个消息，已经上扬州府出告了，林刺史若能明察此事，也好在观察使问话时好摘清干系。”

“别听他胡说。”郭成安暴喝，朝何栎冲过去，一把掐住他的脖子。

“我有没有胡说，你到迎宾楼一问不就知道了。”何栎半点儿不畏惧，抓住郭成安的手腕跟他较劲。

郭成安铁青着脸，手上更加用力。

何栎笑：“郭大郎……这是……要当着林刺史……的面杀人灭口吗？二郎……早料到你会……这样做，请了人……瞧着呢。”

林源面色一白，朝方府围墙看，阴影里看不清，方临汝算计好一切，难说没安排方家以外的人看着作证人，郭成安固然对他有恩，可远不足以让他冒着丢官危险袒护，大声喝道："郭成安，你好大胆子，竟然敢当着本刺史的面杀人。"挥手喊差役，"把郭成安拉开。"

差役上前，把郭成安拉开，双手扭到背后按住。

"林公，你别听他胡扯，他是想救那个绝色美人，那美人很漂亮比谢崇徽不遑多让，男人见了莫不倾心的。"郭成安大叫。

林源迟疑起来。

要想步步高升，仅金钱开道还不够，加上美色，方能畅通无阻。

郭成安见他意动，大喜，喊道："美人此时就在方府里，事不宜迟，迟了，方临汝把美人送走了，可就找不到了。"

林源迟疑些时，摆手令差役放开郭成安，装腔作势道："是非曲直公堂问话自有论断，何栎，开府门，把人给我带走。"

何栎呵呵笑，一切在方临汝意料之中，轻扣大门，道："开门，给林公瞧瞧梅娘。"

嘎吱声沉沉响，府门开了，差役要往里冲，外头的防盗门迟迟没开，粗大厚重的横木制成的门，门后八道铜挂锁，没开锁，冲不进去，一齐回头看林源。

"何栎，还不命人开锁。"林源威严道。

"林刺史稍等。"何栎笑笑，冲门里头喊道，"梅娘，出来见过林刺史。"

纤柔美丽一抹倩影从门房里走了出来，团扇半遮面，只看一双剪水秋眸，林源眼直了，喃喃道："美人啊！"

周围差役一直吸气，痴痴呆呆，大张口，口水滴答。

郭成安得意地笑："林公，你看，很美吧？"

"是的，好美！"林源失声，挥手，"来人，给我冲……"

后面的话没有说出来，美人放下团扇，"啊！"的一声失态惊叫。

众差役一齐后退，有的惊得捂眼，不忍卒睹。

何栎也呆住了，梅娘此前只是脸颊一道划痕，眼下受伤的脸颊似是被磨擦过，整个左脸颊皮开肉绽，暗影里，半张脸绝艳无双，半张脸形同鬼魅，令人瞥一眼毛骨悚然，瞥两眼，心跳停止。

“怎么会这样？”郭成安惊叫，须臾，大骂，“何栎，你好狠，如花似玉一个美人，你居然把她毁容了。”又对林源道，“林公，何栎、方临汝无端伤人，当重治。”

何栎未及说话，梅娘幽幽开口：“郭大郎，你把我从车舆里狠命往地上摔，把我的脸摔成这样，还血口喷人污蔑他人，怎么说得出口？”

郭成安挥舞着手慷慨激昂，立马僵住，梅娘落地后他跟方临汝生死搏斗，压根没注意她，不拘怎么弄的，这个罪名不能认，大叫：“一派胡言。”

梅娘不语，掀起裙子挽裤管，玉白的小腿赏心悦目，往上，两条大腿血淋淋的擦伤，再挽起袖子，同样惨不忍睹的擦伤。

擦伤和自个儿弄的伤，有眼睛的都分辨得出。

郭成安哑口无言，辩无可辩。

何栎咳了咳，清清嗓子，梅娘这头危机解除，不再纠缠，拱手微笑着对林源道：“林刺史高风亮节，为官清廉，润州城百姓无比敬佩，郭成安毒杀亲生父亲一事，想必林刺史也会好好审查的，听说他是往他父亲嘴里灌了高纯度烈酒至其酒精中毒而死，林刺史不妨招来郭家其他人，问一问可肯开棺验尸，开棺验尸，必是真相大白。迟了，观察使降罪下来，怕是……”

顿住，不往下说。

美人成了夜叉，罪魁祸首是郭成安。林源心中大怒，何栎言语隐约有所指，山羊胡颤动，眼睛半眯，思索片时，为了自己的前途，只能牺牲郭成安了，挥手，大声道：“把郭成安抓起来，带回府衙，传郭家人来问话。”

差役恨郭成安毁了绝色美人容貌，如狼似虎上前，狠狠扭住郭成安。

郭成安张嘴，转念一想，召郭家人上公堂，他母亲巧舌如簧，必能说动林源站到他这边化解危机，又合上嘴唇。

何栎目送林源一行人走远，双腿虚软，身上冷汗淋漓，缓缓挪动，引泉飞快地开了防盗门，何栎进门，悲悯看梅娘：“难为你了。”

“无甚。”梅娘笑笑，蒲姿柳颜，却有青松意志，寒梅傲骨。

何栎感慨不已，吩咐门上侍候的一人赶紧去请方秀绮过来带梅娘去跟紫竹园出来的美人一起安置，请王大夫给她治伤，又唤一人去寻方敬过来。

方敬很快过来，何栎把崇徽传递出来的郭家下人的供词交给他，命他带上两个人，连夜出润州城到金陵刺史府告状，要求追查讹诈何舆的幕后指使人。

方临汝分析，毒杀郭笑盟的本就是房氏，房氏为救儿子，必是会把罪责都揽自己身上，林源到底欠着郭成安恩情，只要有元凶结案即可，会顺势定罪房氏，释放郭成安。

要治郭成安，还需金陵刺史府那头派人抓捕郭成安，借此震慑得林源为免自己官位有失不得不亲自动手治罪郭成安。

林源胆子小，爱财惜命，不信不入套。

胡勇的死在林源的辖下，林源要寻治罪郭成安的证据易如反掌。

房氏命紧闭府门，不让郭笑盟妾室儿女外出，也不回房，大门里头门楼下焦灼等着。天边霞光彤彤，至暮色起，至入夜，灯火点亮，还无消息，忙差郭森几个心腹出去，分头到府衙和方府探看。

膳食自是没心思吃了，来回走，几乎将门楼地面踏穿。

戌时初，郭森连滚带爬地回来，脸色青白，牙齿打战，上气不接下气，许久，方把方府门前发生的讲清楚。

“林源押着大郎去府衙了，小的急忙跑前头回来，约莫不到一炷香就有差役过来传人问话了。”

事情居然往最坏的方向发展！

房氏呆呆愣愣，只不过片时失神，咬了咬唇，疾声吩咐：“马上去把郎君的坟刨开，尸体抬出来，远远地找个没人的地方焚烧了。”

“烧尸！”郭森呆住。

“对，烧尸灭迹，马上去办。”房氏眉头都不皱一下。

郭森愣了愣，急忙带人出府。

月娇等侍候一旁的心腹俱皆脸色发白，簌簌发抖。

房氏扶了扶发髻，理理帔子，淡笑道：“慌什么，大郎不会有事的。”

只要毁尸灭迹，没有证据，公堂上便可狡辩是方临汝为了陷害郭家，带人挖走郭笑盟的尸体造谣嫁祸。

刺史府来人要带郭家人公堂问话，房氏大家夫人风范，笑吟吟招呼茶水，又命月娇悄悄递上贿赂，差役作势要即刻带人走，雷声大雨点小，并不动。

房氏拖延时间，寻思等郭森办完事便赴府衙，那时便万无一失了。

拖了一刻有余，府衙又来了一批人追，眼看拖无可拖，正着急，郭森回来了。

看一眼郭森形容，房氏一颗心坠进万丈深渊里。

“郎君尸体被人抢先一步挖走了。”郭森颤颤道。

最后脱困的退路被切断，房氏咬牙，眼睛赤红，思索片时，瞬间有了决定，招手月娇近前，附耳低低交代。

月娇“啊”一声惊叫，捂嘴呆呆地看房氏。

“按我交代的办，不得不遵。”房氏立眉瞪目，凛凛威严。

方临汝回家，听说何栎意外中碰到郭三郎郭四郎，欢喜不已：“多行不义必自毙，这是天也不帮郭家了。”

左小臂王大夫检查过，说骨裂了，伤得不可谓不重，却浑不在意，把兰荪留下的正元生骨膏方子给王大夫调药膏出来敷，闲闲地等着消息。

亥时中，府衙那头消息传回来，林源雷厉风行，连夜审讯，结局却在方临汝意料中。房氏认罪，她的贴身婢女月娇出告指证她，也不需验尸了，当夜结案，房氏收监等候刑部复核秋后问斩，郭成安无罪释放。

沐雨在公堂门口观看全程，说了结果，接着详细说经过，口齿清晰道：“房氏自承罪责，林源看来还思量着放了郭成安不妥，没有立即决断，房氏就说了句，郎君去世时，我儿并不在现场，当时正在厅中陪客人饮酒，请刺史细想一下是不是，林源当即命画押结案。”

方临汝若有所思道：“看来那时郭成安陪的客人是林源了。”

“应是如此，固林源不敢再追查下去，他跟郭成安的勾结看来颇深。”何栎道。

此番定是要治死郭成安的，一环扣一环连环局，方临汝胸有成竹，派人盯着郭府，命在金陵刺史府的人过来抓郭成安到金陵问话时，即假装普通百姓跑刺史府给林源通风报信。

事情一如方临汝所料，正月二十五日早上，金陵刺史命人到润州城捉拿郭成安问案，林源得讯，急忙带差役拦住，把郭成安抓到府衙问话。

房氏在大牢中，底下的人能力不够也不似房氏尽心，就算他们肯出力出钱，亦于事无补了。

郭笑盟的小妾和庶出子女见郭成安倒霉，大喜，一窝蜂跑去府衙告状。

房氏为立威杖杀过数个下奴和郭笑盟的一个妾室，众人异口同声把水倒在郭成安的头上。

林源已无心包庇，严查细察，郭家人要求开棺验尸也允了，命仵作验尸取证。直审了三日，胡勇死亡一案都不用追究便能定郭成安死罪。

正月二十九日，扬州观察使府的人过来，观察使接了郭三郎、郭四郎的状纸派人来查问。林源惶恐不安，怕郭成安在无力自保时拖自己下水，说出自己跟他勾结做下的那许多事，对郭成安严刑逼供，逼着郭成安认了一大堆罪，数罪并罚，定了死罪。

结案报观察使，观察使不过依例过问，这边结案了，也便不再追查。

正月过去，二月到来，春意浸润到每一个旮旯缝儿，鲜嫩的绿，娇艳的花，方府里每个人走路都是轻快的，身姿语言透着欢喜。

方临汝傍晚从扇坊回府，兴致勃勃，命琬初、璟初在潄石榭庭院中摆食案，弄了酒菜，跟何栎对饮庆祝。

郭成安房氏入狱，方家去了心腹大敌，万千之喜。

年前叫嚷着要退货的扇商，过了年又来了，一看谢家扇坊是方家在制扇，打听得租期一年，谢家这一年内没地方制扇，谢家的扇不可能复出，微着急。才想打听郭家扇情况，郭成安入大牢判了死刑，一齐傻了眼，都闭口不提退方家扇了。

郭笑盟不喜欢房氏不喜欢郭成安，最后却还是把大权交给郭成安，有房氏善于弄权之故，却也因郭成安比其他儿子委实能干许多。

郭成安和房氏进了大牢，郭笑盟的十几个儿子没一人为大局着想，为郭家整个大家族着想，只顾争夺家主之位。偏又没有一个能力突出力压众兄弟的，夺位之争胶着不前，斗得热火朝天。尤以郭三郎和郭四郎尤甚，两人曾联手，敌人倒了当即执戈相向。内哄不平，外务便一团乱，府里的下人和扇坊的人又是郭成安房氏的人，不听郭笑盟的其他儿子使唤，乱上更加乱。

郭家扇坊这阵子虽有开工制扇，各人却偷奸耍滑，制出来的扇子十分不像样，且拖拖沓沓每日没制几把扇子，扇商们看着更觉郭家不成了，犹豫迟疑不知要不要订方家扇，润州城中滞留了不少扇商。

清风徐来，风里阵阵青草鲜花的清香，对面的人笑靥如花，左小臂的骨伤没好，缠着木板，中衣剪掉半截袖子了，外头松松一件湖蓝色大袖锦袍，抬臂间，露出雪白酥润一截柔腕。何栎不饮已自醉了，却不敢放肆，浅尝即止，挖空心思想正事，打消脑子里不该有的绮念。

“咱们要不要到扇商中走动走动，都是合作很多年的，多少有些情分在，方家姿态略低一些，他们就回头了。”

方临汝浅啜了一口酒，摇头：“再等等吧，我不想白走一趟。”

何栎微有不解：“谢家没扇坊制扇，郭家乱得不成样子了，还有什么变数？”

“谢夫人不会坐失良机，郭成安的那些弟弟都是庸碌无能之辈，互相不服，没有一个人能胜出。最终很可能变卖扇坊和紫竹林，分家，各人拿钱各过各的日子。”

“卖扇坊和紫竹林？”何栎声音霎地拔高了，讶异不已：“郭家虽没有方家制扇第一大家殊荣，也是百年基业，子孙得多不肖才能做出断送祖宗基业这种事！”

方临汝抬臂，一口干了杯中酒，涩笑一声，道：“不止郭家，方家若是没有我，柳姨娘和阿兄亦是这种人，这次分家扇坊烧了没得卖，不是连这传承了百年的大宅子也要卖吗？”

何栎无言，想起分家时柳氏的逼迫，方游丰的毫无立场，叹道：“也不知丰郎如今如何。”

“别管他，不操那个心，他不能摆脱柳姨娘的控制，咱们再怎么拉扯也没用。像绮娘，我拉扯得心里舒坦，回头我必要给她找个极出色的郎君，给她许多嫁妆，风风光光地出嫁。”

她能丢开，何栎自然无话，接着前头的事说下去。

“你觉得，郭家的儿子会变卖扇坊和紫竹林，谢夫人为了争取眼下团扇行业的空缺，买下郭家产业，然后召集扇工制扇？”

方临汝点头。

“可是谢夫人不懂制扇，崇徽应是不肯出力的。”何栎道。

“难说，表哥别忘了，他是谢家儿子。”方临汝淡淡道。

“我相信崇徽是心向方家的，这回若不是他送来郭成安命人毒杀郭枞三人的罪证，咱们必不能想得这么周全，一举打垮郭成安。”

是这个理，此次能一举扳倒郭成安，崇徽送来那份供词起了决定性的作用。

方临汝沉默些时，道：“郭家倒了，对谢家也是有利的，表哥别忘了，谢夫人手上咱们家的钥匙是从何处来的。”

何栎无言以对。

“我已打算取消美人团扇，方家这个所谓传家宝的秘密在继位大典后揭穿，对方家的打击很轻微，偏就在那一刻揭开，时机把握得恰恰好，让我怎么相信他。”方临汝又道。

“我还是不相信崇徽会害方家会欺骗你，兴许是别的哪方面出错，或者，谢夫人察知咱们家的秘密，从咱们三个人哪个人身上偷钥匙。”何栎道。

“怎么偷？装钥匙的是钢丝袋，钢丝绳结的解法除非家主教过，否则打不开。”方临汝哂笑。

何栎搜肠刮肚找不到话反驳。

方临汝伸臂探过食案拍拍何栎肩膀，笑道：“表哥，你性情厚道，为我好，我知道，不过覆水难收，过去的就让它过去吧。”

何栎嘴唇嚅动了一下，在方临汝清凌凌双凤眼里看到自己的影子，劝说的话堵在喉间，堵得他呼吸困难，最终没说出来。

心中有个声音说，方临汝和崇徽断了，也许，自己就有机会了。

可是，那样对崇徽太不公平了。

他坚信，崇徽没有欺骗方临汝，方家美人团扇的秘密不是崇徽透露给谢夫人的。

继位大典的前一刻崇徽的畏惧害怕不可能是装出来的，崇徽从紫竹园刚到方家时，洁白无瑕白纸一张，那不是一个四岁奉命潜伏的人会有的性格。

按谢夫人说法，谢宜宁是遗腹女，推算出生日期，是崇徽进紫竹园后才出生的，在那之前，谢夫人仅崇徽一个独子，怎么可能舍得将独子送进方家潜伏，况且当时她若已察知方家团扇美人的秘密，根本用不着派崇徽潜伏方家，即时揭穿方家的骗局便是。

只是想不明白，谢夫人手里那串钥匙从何而得。

想着心事，不知不觉中便一杯接一杯地喝着，酒量小，不多时醉眉晕眼，脸颊霞红，桃秾李艳。已过弱冠之龄，因未曾识情滋味，青葱生涩，别是一番诱人风情由里往外淌。

方临汝举杯，抬头看到，愣了愣，别开眼，才要说醉了，散了吧，沐雨匆匆走了来。

刚刚得到的消息，谢家买下了郭家扇坊和紫竹林，谢夫人广发请柬，明日中午迎宾楼宴客，润州城经营团扇材料的商号当家都收到了请柬，还有那些正左右观望着的扇商。

谢家的扇工们也收到通知，后日扇坊开工，让还想回谢家的辰时一刻准时到扇坊去。

何栎瞬间酒醒了，愣愣的不说话。

方临汝预料到这结果，倒不意外，面色不变。

何栎愣些时，挣扎着吩咐沐雨，明日中午混到谢家宴席里头去，看看崇徽有没有出席。

崇徽出席了，席上言笑晏晏，倾城绝色连一帮大男人都被迷得说话打战，席至尾声，崇徽拿出十几把团扇给扇商们点评，那些团扇精美之极，跟方家去年高价鬻的那些团扇不相上下，许多扇商当场跟谢家签了订单。

“谢家复出这个时机把握得真好。”何栎苦笑。

郭家倒了，方家起死回生的好机会，偏谢家复出了。

“没事，有赵氏的订单，扇坊能开工，江氏那边，江大郎肯借钱给咱们，年前霉斑事件后进的扇子多，积压了不少，等鬻光了，也必是会下订单的，有他们两家撑着，能留着扇工不用白开薪俸就行。”方临汝看得开，反过来安慰何栎。

手臂的伤未痊愈，此时要上长安去也不方便，只能忍着。

何栎心中还奢望着，崇徽帮着谢夫人许是有其他考量，问白芷，崇徽有没有递消息出来，却得到否定答案。

谢家扇势如破竹，陆续又有扇商赶来，下单订了谢家扇。

崇徽行事很霸道，全部要预付扇款。

郭家扇没了，方家扇又出了弄虚作假一事，扇商们别无选择，接受了崇徽的霸王条款。

何姜氏缠绵病榻许多时，渐渐好了，跟方姜氏一起照顾两个孩子，孩子眉眼长开了，长得都像爷，跟方临汝方锦枫生得一模一样，虽是早产儿，因照料得好，也没生病什么的。

方临汝给两个孩子取了乳名，男婴名幼奴，女婴取名雉儿。两个孩子很聪明，叫他们小名时似乎就知道在喊自己，眼睛会朝喊他们的人看来，然后咬着手指咿咿呀呀。

方姜氏每日笑呵呵的，满心眼只有孩子，方锦枫离世带来的打击淡了下来。

二月二十日，方临汝小臂夹板拆掉，行动自由，上京一事提到议程上。

“让方敬陪你去吧，我看他这些日子历练得越发能干了，性情又稳。”何栎道。

“我一个人去。”方临汝摇头，摆手止住何栎，道，“我乘船，不会出什么事，到了长安，天子脚下，机敏些，更不可能出事，反而是家里这边要面对的太多了，阿兄的两个孩子不容有失，母亲和姨妈要靠你照顾，府里和扇坊大大小小许多事，越是稳重可靠的人越是得留着帮你。”

她决定的事从来不容反驳。

二十一日一早出发，何栎送她上车马行的马车到扬州乘船。

马车出城门，尘土飞扬，稀薄的晨光里渺渺一个黑点，渐渐什么都看不见。何栎的心被挖空了，空落落没处支撑，骑在马上随意走着，不知不觉竟到方家的扇坊前。扇坊已建起雏形，围墙大门建好了，从外头看，只见夯实的黄土墙和鳞鳞屋顶。何栎在厚重的朱漆大门前愣愣看了些时，刚要打马离开，沉沉一声“何大郎”从远处传来，循声看去，何栎有瞬间几乎认不出眼前的人是崇徽。

他的五官其实没多大变化，脸庞轮廓清晰些，让人直觉得看到的是另一个人，皆因神色变化。

他以前明澈干净，洁白无瑕，虽然有时耍点小心机，不合时宜的吃醋，总得来说是何栎一眼能看透的人。但眼前的人，何栎却看不透，完完全全的陌生人，阴郁沉闷，冷漠刚硬，眼底没有什么表情，像戴着面具。

何栎跳下马，崇徽快步来到跟前，何栎有许多话想问他，这当儿，却一句说不出来。许久，方说出一句客套话："随意走走到这边来了？"

"过来瞧瞧进度，看这样子，预付的一万金已用完，紧接着又付钱了吧？"崇徽问道，没穿白色衣衫，一件暗蓝色锦袍，脸色不复以前在方家时的白皙，因着肌肤没光泽，眼眶青黑，唇角胡子拉碴，气色看起来不甚好。

何栎有瞬间的迟疑，还是说了实话，道："又付了两万金了，按进度，约莫到四月中旬就要再接着付钱。"

"账上已经没钱了，只能等卖宅子了？"崇徽问。

何栎点了点头。

崇徽探手入怀，掏出一叠飞钱票据递给何栎："这些你先拿着，差不多再等一个月吧，我就能凑齐三万金了，本来想凑齐了再拿给你，遇上了就先给你吧。"

飞钱金额有大有小，几百金一两千金不等，加起来，共有一万五千金，何栎呆滞，想不明白的地方一下子通透了："你答应谢夫人管理扇坊经营扇坊，就是为了经手扇款把钱挪用给方家填窟窿？"

"当然，若不是有自己的考量，谁插手她谢家的事。我不只要挪用扇款，等凑齐了钱，我就撂挑子不干。她不懂制扇，宁娘处事简单粗暴，扇工们离开谢家十几年，不好管理，那个时候，扇坊还是得停工。扇商们走了一趟弯路，比对过，还是方家好，自然就回头来订方家扇，咱们方家扇就复得生机了。"崇徽冷冷地道，眉间寒浸浸的敌意。

满心眼里想的只有方家，幸而自己没怀疑他，不然，让他情何以堪。

何栎沉默半晌问道："你把钱都给了我，账面怎么办？"

"谁管她账面怎么办，钱就是我拿了，她可以上府衙告我，随便怎么做。"崇徽浑不在意。

手里的飞钱沉甸甸的如大石，有了这钱，虽说还不够建扇坊，可拖一拖，制扇鬻扇有盈利顶上，就能不卖宅子了。

然则，这到底是谢家的钱，君子不做暗室欺心之事，私相授受，未得谢夫人同意，有失坦荡。

崇徽看何栎神色，急道："这不过是先借用，等咱家有钱了再还回去就是，你若不拿，白费我虚与周旋的力了。"

眉眼满是焦灼之色，何栎熟悉的那个崇徽又回来了。

手里握着的不是钱，而是崇徽暖烘烘的炽热的一颗心。

为了方家，他跟谢夫人虚与委蛇，不接这钱，便是在践踏他的付出，他的苦心孤诣。

白芷的话在耳边响起："方家的存亡和她的骄傲她的尊严孰轻孰重？"眼下同样道理，君子爱财，取之有道，可是，若拘泥木讷不知变通，不只辜负崇徽一片心意，也置方家的危机于不顾，何栎把飞钱缓缓收入怀中。

崇徽长吁一口气，如释重负，红着眼眶，低声道："何大郎，多谢你一直相信我，谢夫人手里的钥匙真的不是我给她的，我问萝姨，萝姨不肯告诉我。"

萝姨？想必就是那天从谢府里追出来那个妇人。

眉眼沉静，可亲可敬，崇徽能频频帮方家，想必她出了不少力。

何栎笑笑，温声道："她到底是你母亲的陪嫁，跟你母亲感情深厚，你也别太为难她。"

"可是我好想马上证实自己是清白的，马上回到二郎身边，这些日子见不着二郎，难受死了。"崇徽嘟着嘴委屈道，又复此前在方家时的天真傻气模样。

何栎莞尔："你这会儿便是证明自己清白，也见不到二郎，二郎今早到长安去了……"

"什么！你怎么不早说！"崇徽大叫，一把抓过何栎手里马缰，"何大郎，马给我，我追二郎去。"

谢家扇坊开工不到一个月，他走得开吗？

"崇徽。"何栎大叫。

崇徽去势如风，顷刻不见踪影。

车马行的马车走得慢，方临汝二十五日才到扬州。

渡口熙熙攘攘人来人往，河水的湿润味道扑面而来，方临汝随着人流涌动前行，素常走路昂首挺胸，这当儿，低垂着头，眼眶微红，难以自禁。

上一次上京城，崇徽同行，在这里被方敬拦住，惊闻扇坊被烧，崇徽飞奔杭州明州，她赶回润州，那一天的情形清晰得就在眼前，她跟他，却已陌路。

耳边"二郎"一声欢喜叫唤，方临汝激灵颤了一下，抬头看去，崇徽在人潮中挤着，朝她快步冲过来。

许多日子不见，陌生得紧，唯有那一双眼睛的璀璨一如往昔。他冲到她面前，四目相对，如琴弦拨动，铮然有声。他的眼底火星迸射，炙热的温度几乎将人烧融，身畔人来人往，嘈杂鼎沸，他的眼底却只有她，贪婪地快活地看着她。跋涉了千山万水后故人重逢的喜悦，失去了珍宝复得的喜悦，身患绝症濒死的人突然活过来的喜悦，饱胀澎湃涌动的欢欣，使得他嘴唇周围那一圈青黑的胡子也别有韵味。

方临汝强压下喉底酸涩，嘴角牵动，抱拳拱手，得体地微笑："谢郎君别来无恙。"

崇徽趔趄着直直后退了一大步，定住身体，呆呆地看她，眼眶蓦地红了，眼底湿漉漉泪意，要强忍住，嘴唇抿得死紧。

"汝有事，后会有期。"方临汝淡淡道，越过崇徽，大踏步往前走。

"二郎！"崇徽在背后喃喃叫。

方临汝脚步不停。

踏上甲板，方临汝回头望了一眼，二月底的风还是极冷的，清晨的阳光透着寒意，崇徽的身体在颤抖，抓着袍子，痴痴地看着她，似乎快要倒下去了。

方临汝咬了咬唇，几乎是慌乱地匆忙收回视线。

舱房很小，低矮逼仄，没有床，褥子铺在舱板上，一床薄被，都是深蓝色粗麻布，方临汝把包袱自肩膀上解下搁到床角，抱膝坐下。舱窗透进模糊一团光影，空气不流畅，湿气更重，呼吸进鼻腔的空气都带着水汽，舱外人声喧闹，有急切的催促声，也有殷勤关切叮嘱声，听起来都有同伴，走远路只得一人的，想必不多。

方临汝怔怔地看着舱顶，此时若是年前那次，跟崇徽一起上京，会是什么情形。

他会非得跟她挤在一个舱房里，好奇地打开舱窗看着外头一切，一边快活地叽哩呱啦不住说话，说外面的情形，又一脸向往地说着到京城后如何如何吧。

那时他从紫竹园出来不久，人世未深，每日最大的烦恼也许就是她身边有男人吧，有何栎，有合作商号伙伴，有江楚泽那样的人等。

谁能料到，短短几个月，天翻地覆，方家数次动荡。而他，原来是谢家儿子，跟自己天涯陌路，渐行渐远。

隔壁舱房的门开了，有人进去，接着，窸窸窣窣地响，声音不大，却足以扰人清静，方临汝闭眼，想当没听见，那人却异乎寻常地执着，制造着各种噪音，方临汝扯被子蒙住头，不去听。

船开了，颠簸起伏，隔壁还没消停。

隔壁住的不会是一个精神失常的人吧？

这么想着，方临汝起身摸了摸门闩，闩得好好的，略安心些，坐回舱板床时，不由自主苦笑。

便是外表与男儿无异，究竟脱不了女儿身的诸多顾虑，这当儿若是男人，只怕是去敲隔壁舱门，探看是否真个疯子，或是请其安静，而不是自己这般谨慎地检查舱门是否上闩了。

隔壁舱门吱呀一声拉开，方临汝倏地起身拉开舱门。

她不要再畏缩房中猜疑着，她要亲眼看，判定那人是不是疯子，不是，便安安心心睡觉。

隔壁渡客探头出来，似是要喊人，垂着湿漉漉的长发，一件不甚合身的白色中衣，紧绷出线条分明的胸肌。听得方临汝这边动静，抬头朝她看来，脸庞肌肤水光润泽，眉毛洇墨描染般挺秀，黑到极致微显深青，脸颊热气氤氲出来一层薄红，清艳至极，丰满的嘴唇，撩得人喉口发痒。方临汝怔怔失神，没想到崇徽也上船了，就住隔壁，崇徽张嘴欲语，方临汝退回舱房，闭上房门。

“你……是……要水的渡客？”惊艳的说话，接着是惊叹，“客人，你这洗澡水真够脏的，多少天没沐浴了？”

“五日了，追人，赶过来了在渡头守着不敢走开。”崇徽低哑的嗓音道。

“难怪你方才上船时像是逃家流浪在外的，这一洗漱，尽展大家公子风范……”

废话真多！

方临汝在心中骂。

心思转动，又落在崇徽的话上。

原来那日自己走后他就追上来了，自己乘车马行的马车走得慢，他早早到来，一步不敢离开，一直渡头守着。

傻子！

如有烧红的火舌从心口蹿烧起，在身体各处扫过，麻麻的痒痒的，似感动欣喜的情绪伴着懊恼自厌，方临汝倒在地床上，抓过被子狠狠蒙住头脸。

第六十四章　患难情真

不想承认，却无法否认，因崇徽就住在隔壁，不知不觉中便安心。

旅途中没有不适，轻松怡然。

船行一日一夜后靠渡头停泊了一个时辰，补充食物清水，下客上客，接着出淮河进入扬子江。船老大说，要在江上不停歇航行三日三夜。

渡客有自带干粮的，也有跟船老大买食物清水的，方临汝包袱里十几把团扇和换洗的衣物，鼓鼓一大包，无法再带食物，都是跟船老大买。头两次开门出去，隔壁似牵了拉簧似的也马上开门，崇徽殷勤地端了食物凑过来，方临汝客客气气彬彬有礼，不接受，后来崇徽便不再献殷勤了，只是打开门，沉默地跟在她后头走着。

大江上行驶了两日两夜，这一日午后，天气忽然大变。天空阴沉沉似泼了墨，雷声一阵急过一阵，闪电撕裂开黑暗的天幕，倾盆大雨如注，紧接着，江面狂风大作，黄白浑浊的江水掀起高达半空的巨浪，天崩地裂的浪声，船只在风浪里打摆，时高时降，忽左忽右，随时要翻船一般。

渡客们惊慌失措，有人大哭，有人嘶喊，声嘶力竭的叫嚷伴着风声浪声雷声雨声，传进耳膜里形成阵阵轰鸣，宛如千军万马在耳边奔腾，百万战鼓擂动，魑魅魍魉从地狱里钻出来，虎狮豹狼张着血盆大口齐动。

方临汝经历过许多次人间坠入地狱生不如死的感觉，阿爷去世之时，扇坊被烧之时，观扇台上崇徽的背叛以及方锦枫的死，却从未如眼下，真实地直面了死亡。

滔天巨浪每一次掀起，就狠狠揪住呼吸一次，身体随着船只的颠动翻滚，弹起撞上舱顶，又重重跌落舱板上。腹间翻江倒海，五脏六腑争先恐后地往喉间涌要冲出体内，食物、胃液、胆汁，所有能吐的都吐了，撕心裂肺地吐着，吐不出了，就开始吐血，黑漆漆看不清，可是能意识到那是血，满嘴铁锈味儿，温热的液体不住往外吐。

可怕的折磨持续着，无休无止，时间似乎停止了，比利刀刺骨钢枪扎肉还难受的苦难。

死亡在周遭盘旋，渐渐地，顾不上什么害怕，只渴望折磨快点儿结束。或者老天爷能开开眼，让风浪结束，满身狼藉，束发早散开了，衣袍凌乱得不成样子，脸色不用看，也知雪白一片，额头磕青紫了，牙齿磕出了血，嘴唇几次与舱壁地板相撞，疼得麻了。比死亡更可怕的是不知屠刀何时落下，不知苦难何时结束，恨不能一头撞死过去，再坚强的人此时也是泪流满面，失措悲哀。

也许再也看不到明天的日出，当浪头再一次掀起，整个人随着大船的颠簸撞向舱门时，方临汝咬着牙，凝聚起周身力气，直起身，蓦地拉开门闩。

狂风呼啸扑面将人刮倒，沉重的闷响，随着方临汝倒地的还有崇徽。

他一把抓住方临汝的肩膀，方临汝在那一瞬间，看到他一只右手掌心通红肿胀，他拍了很久的门了，然而拍门声在巨大的声响下不存在。

两人紧紧地搂在一起，彼此形容狼狈，呼吸短促，崇徽的嘴唇压了下来，口腔的味道一点儿也不美妙，呕吐过后食物反咀般的味道，还有鲜血的腥甜味道，他们都不在乎，狂热地、渴切地需索。

方临汝这当儿忽然感谢这场大风浪，如果他们死在这里，就这样死了，紧紧抱着死了，也没什么遗憾了。

崇徽很粗鲁，像饿极的野兽，撕咬着她的嘴唇她的脸颊她的下巴她的脖子，铁臂用力箍着她的肩膀。风浪的声音更大了，叫嚷号哭就在耳边，死亡的影子越来越近，眼看就将他们整个罩住。崇徽有些粗粝的掌心揉搓她的后颈，来回刮擦柔嫩的肌肤，方临汝的脑子里只剩下一个念头，那便是回应他，用尽全身力气回应他，热情地疯狂地不顾一切地取悦他，身体紧绷到了极限，快活欢愉也到了极致。

眼角有白光，那是闪电划开天空；有彤彤红光，那是她们猩红的眼眸。嘴里血的腥锈味儿不多久又换了他们彼此的味道，女儿家清甜的味儿，男人悍猛的阳刚味儿，粗重的呼吸震荡着耳膜，散乱的头发更乱了，缠绞在一起。衣袍更乱了，系带松了，布料松松地挂在身上，穿着几同没穿，崇徽蠢蠢欲动，鲜明地一下一下撩拨着方临汝。

……

铜盆铁锅敲打的声音忽地传来，紧接着，舟子的叫喊声来到舱外。

“靠岸了，船停不稳，水不深，大家可以自己跳水游上岸！”

靠岸了！死里逃生。

有受不了颠簸的出了舱，风浪暴雨声里此起彼伏的落水声，方临汝和崇徽从紧紧相拥中略略分开些，崇徽问：“二郎，咱们要不要跳水游上岸？”

上岸，脚踏到平地会舒服些，只是，这样大的风浪，她水性好，自然能游上岸，崇徽却不能，他此前不会游水，住进漱石榭后虽学过游水，水性却一般。

不知拖着他能否安然上岸。

方临汝推开舱窗往外看。

风浪扑面，舱窗刚开一条缝，又被风浪冲击重重落下，江水在那短暂的一瞬从缝隙里冲进舱房，地板都是水。

那么高的浪头，人落在水里，在浪头底下，沙砾都算不上，就是一个气泡，转瞬间不见痕迹。

方临汝捉住崇徽的手腕，手心湿淋淋，抖得抽羊角癫一般。

“你要是害怕，咱们就不跳水。”崇徽回握住她。

不是害怕，而是，她发现，怨也好恨也罢，她竟然把崇徽看得比自个儿重，生死转念间，想的是如何护他周全。

叫喊的舟子又走了一遍，从门外经过。

“靠岸了，船停不稳，水不深，大家可以自己跳水游上岸！”

方临汝软软地瘫倒地上。

崇徽惊叫：“二郎，二郎你怎么样？我去看看有没有大夫？”

他往外奔，方临汝猛地抓住他，虚软的身体如缠树的藤蔓紧紧缠住他。

“别动！”她低叫。

崇徽的身体颤了一下，迟钝地感觉到了什么，欢声叫：“二郎，你不生我的气，你舍不得我有可能出一丁点儿事，对不对？”

“不对，不是，你是谢家儿子，跟我没关系。”方临汝在心中怒吼，没说出来，此刻，没有力气说话，没有力气动一动。

两个人紧抱在一起，依偎着，靠对方身上那点儿热气确认他们还活着，眼泪热烫烫一滴一滴淌过脸颊，淌进颈窝里，红尘万丈，化外一方。

不知过了多久，风平了，浪静了，雨停了，雷声消失了，四周安宁静谧。

方临汝身体僵硬，肌肉失了知觉，死神与噩梦已然远去，他们活下来了，红彤彤的日头出来了，此前炼狱一般的经历恍若做梦。

方临汝挪动了一下又一下，艰难地缓缓站起来，甩手臂，踢腿，活动四肢，崇徽推开舱，窗外江水欢快地奔流着，不见萧索，渡头上人来人往，盛世繁华。

经过那一幕惊魂，许多渡客都不敢再坐船了，纷纷下船。

方临汝也决定下船走陆路。

狂风巨浪里，生命将失未失时，曾想过，便是死在那一瞬，能与崇徽死在一起，人生亦无憾了。危机过后，面对碌碌尘世，却不再那般想法。

她不能死，不能出事，一家子老的老小的小，她没理由只图自己快活把什么都扔到何栋肩膀上，她得好好活着。

至于崇徽，他是谢家儿子，这个事实无法改变，那么，唯有背道而驰，陌路而行。

“方家弄虚作假造天赐美人团扇，固然罪有应得，可是，我不能原谅你母亲，你有没有欺骗我都不重要，你是谢家儿子，这一点就足够了。”她对崇徽说，为崇徽理了理衣领，低低地坚定地道，“别再跟着我。”转身阔步离去。

“二郎！”崇徽叫，追出来，未能抓住方临汝的肩膀，便是抓住了，也留不住。

方临汝决定的事，无人能改变。

“二郎，要怎么样你才能像以前那样待我？”崇徽喃喃。

“客人，要下船还是不下？”船老大问。

崇徽看方临汝，方临汝走远了，细细一个小黑点，心中一千万个声音叫嚣着要追上来，却有弱弱一个声音说：“追上去又能怎么办？二郎不想让你跟，陆上不比舟上，你也跟不了。”

崇徽甩头，对船老大道：“不下了。”

不下了，水路比陆路快，他要赶在方临汝前头到京城去。

方临汝到京城，所为的定是她此前说的那件事——把方家团扇打进内廷。

他要抢在方临汝前面，帮方临汝办成这件事。不能再像以前那样傻乎乎地站着等方临汝接纳他，他得动动脑筋。

方临汝刚出润州城，方香雯便急急到大牢中给何舆通风报信。

“太好了。”何舆无奈欢喜，大牢中再是受追捧，究竟不自由，不想待下去了。

“阿兄分家得的钱和母亲的那些东西都在我手里，要送多少给林源？”方香雯问。

“钱要送，不过要想完全脱罪，也不能光送钱，毕竟案子上报刑部了，还得原告撤状。”何舆想过了，胸有成竹，细细给方香雯支招。

方临汝走了，何栎虽然与方临汝一个鼻孔出气，可架不住何姜氏是他母亲，只要有何姜氏压着，何栎便无可奈何。至于方姜氏，方锦枫死了，她想必不会容情，可那又如何，她难道能眼睁睁看着亲姐姐伤心欲绝，便是方姜氏狠了心见死不救，他也有办法让何姜氏不得不救。

方香雯到方府，引泉拒不让她入内，方香雯按何舆教的，花钱雇了十几个人大喊大叫，说何舆在牢中快病死了，求何姜氏去见他一面。

方渭听到，带着人出来把人轰走，里头何姜氏已听到叫嚷。

气虽气得狠，到底是最疼爱的幺儿，何姜氏避过方姜氏，当日下午便偷偷去大牢中看望何舆。

何舆装了一副快要死的形容，哀哀痛哭，表示悔恨不已，又说当日其实只是想吓一吓素心、素问，没想着要害死她们，如今快要死了，也算罪有应得，请何姜氏节哀，不要以他为念。

半句不提要何姜氏帮他向方姜氏求情，请方家撤状的话。

何姜氏哭成泪人，这些日子悔恨，觉得自己和幼子害了方家，如今方家有了起复之像，里外太平，自责便淡了，只余了心疼儿子之心。

出得大牢，一行走一行哭，舍不得儿子死，又不知如何是好。

当头撞上方香雯，何姜氏愣了些时才“啊”的一声回过神来，茫然道：“是你啊！”

“我过来给舆郎送寿衣。”方香雯拿帕子揉眼角。

寿衣两字打得何姜氏身体狠狠一哆嗦，眼直直不能言语。

“舆郎身体一直很好，就是大牢中条件太差了，才会这么快就垮了……”方香雯抽泣道。

何姜氏痴呆呆地应道：“便是不病死，等刑部行文下来，也是秋后问斩，不过多活几日罢了。”

“谁说的？素心、素问本来就不是舆郎杀的，舆郎顶多就是过失，只要方家能撤状，舆郎就不会有事。”方香雯气怵怵道。

何姜氏眼睛亮了亮，又黯了下去：“光是素心、素问死了，也还好说，可是枫娘也死了，他姨妈不会饶过舆郎的。”

方香雯嗤笑，道：“不试过怎么知道她不肯饶，便是她不肯饶，只要你想救舆郎，办法有的是。”

凑近何姜氏耳边低低说。

“不成，这种事我不能干。”何姜氏煞白了脸，连连摆手。

“不干就不干，随你，反正死的是你儿子，我大不了改嫁。”方香雯嗤笑。

何姜氏愣愣失神。

“枫娘死了，你那个木头大儿子想必不肯娶妻的，舆郎再死了，你何家可就要绝后了，不知你死后见到你那夫君能说些什么。”方香雯接着道，不理何姜氏，扬长而去。

“绝后”两个字比寿衣更打击人，何姜氏木偶似的机械地走着，抬头时，已然到扇坊了。

“母亲，你怎么过来了？”何栎听报迎出来，诧异不已。

“枫娘去世了，你……你要不要考虑娶别的小娘子？”何姜氏直直道。

何栎皱眉。

方锦枫是男人，方临汝才是女人，方锦枫去世，跟他的终身大事无关。可是，方临汝心中喜欢的是崇徽，不可能嫁给他。

怕何姜氏到处相看小娘给自己胡乱订亲，何栎深吸气，抿了抿唇，低声道：“儿终身不娶，娶妻一事请母亲莫要再提。”

当真是不肯娶妻！

早知他死心眼得很，果然如此！

何姜氏痴痴道：“舆郎要被判死刑的，你要再不娶妻，何家就绝后了。”

儿孙若是不肖，像何舆那样的，还不如没有。

何栎半点儿不在乎，随口道：“到时汝郎的孩子过继一个便是。”

“明明有两个亲生儿子却要过继孙子，你让我他日九泉之下有何面目见你阿爷。”何姜氏失控，尖声哭起来。

何栎不为所动，一早劝过何姜氏，不要惯着何舆，若不是无度惯纵，何舆没有行差踏错被问斩，不就有后了吗？

转身往里走，口中道：“儿还有事，母亲请回吧。”

何姜氏呆呆地看他，面颊泪水横流，凄然道：“栎郎，你决定不娶妻，母亲也不勉强你，能不能到府衙撤状，把你弟弟保出来？”

“撤状？”何栎霎地回头，咬牙，圆睁眼，愤恨悲伤，“母亲居然说得出这种话？要我撤状可以，只要素心、素问跟锦枫能活过来。”

“那是你亲弟弟！”何姜氏哀声道。

“我没有那样的弟弟，奉劝母亲一句，别再纵着他，因你纵着他之故，已经害得方家很惨了，姨妈待你不薄，母亲但凡有一点儿人性，就别再助纣为虐。”何栎重重道，撇下何姜氏，径自入内。

看不见何姜氏了，那无原则的让人恼怒不已的言语却没从脑子里消失。

何栎心烦意乱，勉强坐下看账本，眼前一个一个黑字如苍蝇飞舞，嗡嗡叫着，看不进去。到扇坊各工房巡视，走了一圈又一圈，心头怒火未减，另有一股厘不清压不下的忧惧，总觉得要出什么事，魂不守舍，一头撞到墙壁上。

“何大郎，怎么啦？”方诚喊道，扶住何栎。

何栎眼直直地看他，蓦然间，身体激颤。方诚半边脸至脖颈烧焦的暗褐死皮，看惯了，并不觉得有什么可怕的。这当儿看着，想起的是，方临汝每次离开润州便出大事，上一次方临汝离开，扇坊被烧，方诚被烧成这样，这一回方临汝离开，可别又出什么事。

“你好生照看着扇坊，我回府看一下。”抛下这句话，何栎匆匆地往外走，出门，牵马，朝方府大宅急赶。

“应该不至于出什么事吧？郭成安跟何二郎都在大牢中，谢家那边有谢郎君关照着。”方诚自言自语，话是如此说，也不由自主地紧张起来，召了新提拔的几位管事，命各处巡视不得疏漏，又到大门上亲自交代阍者，不是府里常来常往的人来了，不得进扇坊，得禀他和何栎。

何姜氏看着何栎决绝的背影，泪水飞溅。

大儿子自来不贴心，不听她的话，拿定主意九头牛也拉不回来，他说终身不娶，那便没指望了，小儿子要死了，她夫君这一脉便绝后了。

不行！若绝后，九泉之下没脸见夫君。亦不舍得何舆死，心中奢望着，何舆此番得教训，出来后就改邪归正了。

拿定了主意，快步往方府走。

进门，按方香雯教的，先到灶房去，要了个大食篮，装了许多食物，提着出府。在府门口跟引泉闲聊两句，道是要送去扇坊给何栎吃，打开食篮盖子，笑着请引泉品尝一两口美食，接着假装突然想起，还要回去再加一盎炖汤，又往回走。去的却不是灶房，而是芙蓉堂。

婴儿每日睡觉时间极多，都睡着了，奶娘自玩去了。白芷、红叶侍候方姜氏回房间歇息。翠翘、银杏廊下坐着打络子、说悄悄话，抬头看到何姜氏，起身问好。

“我要去给栎郎送吃的，先看看孩子再走。”何姜氏笑道。

“睡着了，姨夫人轻点儿。”银杏低着嗓子道。

何姜氏日日跟方姜氏一起照料孩子，从不提防的，也没陪她进内。何姜氏进门，流泪看了两个孩子一眼，打开食篮，把里头食物端出来，抱起雉儿轻放进去，盖上食篮盖子，出门来，跟银杏、翠翘又说了两句，方离开。

孩子睡得香甜，一路不哭不闹，出府门时，何姜氏把事先写下的一封信递给引泉，让他交方姜氏。

方才亲眼见过她食篮里搁着食物，便是没见过，引泉也不会怀疑何姜氏，由她径自出门。

按方香雯的授意，带出孩子后要到何舆租赁的宅子，方香雯带着孩子藏起来，等方家撤状，何舆从大牢中出来，再把孩子送回方家。

何姜氏怕何舆得逞了还要用孩子要挟方家敲诈勒索方家，不敢去何舆租的宅子，寻了一处客舍躲了起来。思量着，打听得何舆出来了，便抱着孩子回方家。

何栎策马狂奔，府门口停下，引泉殷勤迎出来，笑问道：“姨夫人给你送吃的过去，没遇上？”

“送食物？”何栎反问，双腿发软。

“是啊，好多吃的，对了，姨夫人还留了封信要给夫人。”引泉拿出何姜氏留下的信，这时方觉怪异了，嘀咕道：“见天跟夫人在一起，怎地还要留信？”

何栎一把抢过信，扫一眼，怒火填膺，目眦欲裂，高声喊人。门上侍候的，还有在近处当值的，一共十几个下奴匆匆赶来，只听何栎撕心裂肺地喊：“马上打马出去往吉安里追，见到我母亲把她拦下来，即刻带回来。”

引泉吓得脸白了：“何大郎，出什么事了？”

“那食篮里装的可能是孩子。”何栎嘶声道，还奢望着猜错了，何姜氏还没带出孩子，往芙蓉堂狂奔。

银杏、翠翘还在廊下坐着，见何栎脸色青白，满头大汗，惊得一齐站起来：“何大郎，出什么事了？”

何栎顾不上说话，直冲进内，婴儿小床上少了一个孩子，双拳紧攥，一口血直直喷了出来。

“怎么少了一个孩子？”银杏、翠翘惊叫，两个孩子生得一模一样，认不清，撩开襁褓看了一下，一齐哭起来：“雉儿不见了。”

白芷、红叶从隔壁冲过来，变了脸。

方姜氏醒来，头发散乱过来，看一眼婴儿小床，哭喊一声：“我的雉儿！”直直倒了下去。

何栎往外狂奔。

“何大郎且慢。”白芷大叫，身形如风，一把抓住何栎的手臂。

“我得赶紧把母亲追回来，把孩子要回来。”何栎赤红着眼道，掰白芷的手指。

“姨夫人带走雉儿想做什么？”白芷冷静地问。

“她要……”何栎咬牙，说不出话，把信掏出来递给白芷。

“撤状！”白芷瞥一眼，银牙格格响，喘一息的工夫即道：“马上按姨夫人要求的办。”摆手止住何栎的反驳，冷冰冰道，“十个何舆也没雉儿重要，暂且饶他不死，后来再来收拾他有何难。雉儿要是出什么事，可就无可挽回了，不足月出生的孩子经不起一点儿折腾，很快到喂奶时间了，多哭几声，都有可能气衰力弱……”

醍醐灌顶，何栎重重地施了一礼，往芙蓉堂里头看一眼，道：“你开解劝慰姨妈，我马上到府衙去。”

林源为择清自己，把郭成安下大牢，心中并无内疚，只懊恼失了一棵摇钱树。听说方香雯求见，眼前黄灿灿的金子飞过，三角眼锃亮，山羊胡翘起，命即带进来。

方香雯奉上一万金，林源乐得差点儿大叫。

何舆一案，素心、素问二人不是他直接弄死的，有许多可商榷的地方，当时直接定案，不过是何舆没油水到跟前，如今重金送来，自然要帮他脱罪的。只是……林源想起方临汝寒浸浸的眸子，打了个冷战，把飞钱票据推回，推心置腹道：“不是本官不悯情，而是你那弟弟方二郎忒厉害。”

“林公请放心，方府很快就会有人过来撤状，说起来，舆郎到底与方家姨表之亲，当时气狠了方出告，事过境迁，自然也就放下了。”方香雯笑道。

方家作为原告若肯撤诉，自然没什么不能网开一面的。

林源大喜，笑纳下重礼。

何栎撤状，林源当堂释放何舆，方府的人已去过吉安里何舆租住的地方，没找到何姜氏和孩子，不知藏身何处。何栎抓起何舆，府衙外备着马，把他拧到马上，绕城策马走，口中大喊：“母亲，何舆出来了，请你带雉儿现身。”

雉儿醒了，乌溜溜的大眼看了看周围，陌生得紧，“哇”一声大哭，何姜氏急忙哄。博士过来敲门探问，何姜氏要了开水，渗了糖，晃凉了，喂了点儿水，雉儿静下来，眯眼含了会儿手指，又哭起来。何姜氏又喂糖水，雉儿又静一会儿，复又哭，如是数次。博士连敲了几回门，探究的怀疑的眼神看何姜氏，何姜氏急得脸色青白，忽听楼外街上何栎喊声，如释重负，急忙抱着雉儿下楼。

抱过雉儿，何栎身高七尺的大男儿泪流满面，死里逃生，小心地拢在怀里上了马，急往方府去。

短短一个多时辰，方姜氏醒了昏过去、昏过去醒了来数次，看到雉儿，“哇”一声大哭，死死地抱住不肯松手。

“禀夫人，禀何大郎，姨夫人回来了，要不要给她进府？”引泉失职，被何姜氏抱着孩子走了，惊惶失措，何姜氏跟在何栎后头回府，不敢让她入内，过来请示。

方姜氏抱着孩子，抬眼，微有踌躇。

“我去说。”何栎冷冷道。

何姜氏在府门外瑟瑟站着，病了许久刚好，原来半头白发，如今满头尽是银丝，脸颊消瘦，颧骨高凸，凄凄然看何栎：“栎郎，我只是想救舆郎，我不会伤害雉儿的。”

“母亲有没有想过，雉儿不足月剖母腹而生，如今不满百日，母亲把她抱出府去，若有三长两短，如何对得起姨妈、对得起汝郎？”何栎神色刚冷，“请母亲去跟舆郎生活，从今往后，方府不准你再踏入半步。”

“雉儿不是没事吗？”何姜氏讷讷，为自己辩解。

“这回没事，下回呢？你们已害死素心、素问，连她们的孩子也要害死才甘心么？”何栎寒声道，对何姜氏失望至极。方姜氏和方临汝若不是念着亲情，也不至于一再被害，他是何家的人，少不得由他来斩断牵绊。唤过引泉，命以后不得让何姜氏、柳氏、何舆等人入内，又厉声道，“今日你疏忽大意差点儿酿出大祸，暂且饶你，往后再出事，拿命抵。”

何舆喜滋滋地设家宴庆祝自己出大牢。

柳氏对这个女婿极满意，方锦枫死了，素心、素问死了，都是女婿的功劳。

只喟叹方临汝没死，不然，方临汝所得那一半家财就该由她儿子继承了。

方游丰闷着脸坐着，旁边那三人才是一家子，他是外人。柳氏喋喋不休地说着可惜方临汝没死的话，方游丰听不下去了，“啪”一下砸了箸子，粗声道：“汝郎虽不是你生的，可也是阿爷的儿子，阿爷待你不薄，你怎么能说这种话！”

柳氏口沫横飞兴致正好，被亲生儿子训斥，扫了兴，又觉得在女婿面前没脸，大恼，尖尖长指甲直戳方游丰脑门，破口骂道：“什么叫待我不薄，你知道什么？”

柳氏吭哧喘粗气，分家后，方香雯着意奉承，极度膨胀自大，唯我独尊，只觉扬眉吐气了，也不想忍了，大声道：“我忍了好久了，我委屈啊，我守了十几年活寡，有男人跟没男人一样……”

大喊大叫，也不顾一旁有女婿。

原来方德清早在十五年前，柳氏怀上方秀绮那年，外出时，为救当时一起外出的白芷的父亲，伤了子孙根没治好，成了废人。

方游丰惊呆了。

方香雯张大口，说不出话。

何舆也很意外，方姜氏跟何姜氏姐妹情深，居然从不透露，口风真紧，桃花眼眯起，眼珠子骨碌碌转，坏水又冒起，满眼同情敬重，为柳氏斟酒，双手捧到她面前，叹道：“岳母受委屈了！”

柳氏淌眼抹泪道：“都看着我锦衣玉食，谁知我的苦楚，郎君外头赚了好名声，不贪花不好色，谁知他其实是无能。”

“难为岳母了，毒妇有正室夫人之名，岳母什么都没有，偏还得为方家守节……”何舆滔滔不绝，句句说到柳氏心坎上。

柳氏找到知心人，哭得稀里哗啦，边哭，边骂方德清，骂完方德清骂方姜氏。

方游丰听不下去，起身顾自离去。

宅子不大，回了房间还听到柳氏抑扬顿挫唱大戏似的声音，不由得烦躁不已。

分家后，原以为手里有钱能马上办起瓷行，可自己什么都不懂，两个多月过去，至今一毫进展亦无。肖掌柜前些日子带着家小按约定过来，他大喜，跟柳氏要钱，想把买铺子装饰等事都交肖掌柜，谁知柳氏非要掌眼，说怕他被骗。跟肖掌柜碰面，肖掌柜看不惯她的尖酸刻薄、目光短浅，她觉得肖掌柜居心不良古板倨傲，三言两语谈崩，肖掌柜一怒之下带着女儿离开润州城，他再三苦求也没能把人留下。懊丧得紧，不由自主地想，若是方临汝肯理自己，有方临汝出面，此时瓷行想必开起来了，便是一时半会没开，也比自己操办要快。

第六十五章　作茧自缚

方游丰后悔逼方临汝分家，言语中流露出来想把钱送回给方临汝，不分家了，先助方临汝渡过难关，等方临汝缓过气来筹得出钱来，然后自己再开瓷行。柳氏一听，大怒，把他骂得耳朵轰鸣，不敢再提，交给柳氏的钱再也拿不出来了，甚至前日看中一个不错的铺子，柳氏也不肯给钱置办。

双瑞、双福开始帮着他，后来见他立不起来，被柳氏拿捏得死死的，都心灰意冷。回方家又回不去，何舆与方香雯这个家对他们来说就跟客舍一般，待不住。方游丰不需人服侍时，便外头逛去，很多时候一整天都不回。方游丰自己都待不住，自是不会怪责他们，眼下身边一个人都没有，说烦恼也没人听，闷闷地出门去。

出门走不多远，遇到蹒跚而行的何姜氏。

方香雯贿赂林源用的方游丰的钱，自是不提的，方才席上只说是何姜氏偷抱出孩子逼得方家撤状，方游丰心中怪何姜氏暗算方家，也不跟她打招呼，昂头径自越过她。

何姜氏到了吉安里，远远地看着那处宅子，当日何舆的折磨打骂已忘了，忽然又记起，双腿颤颤，再也不敢前行。方游丰的冷眼看在眼底，想着那处宅子里如今还住了柳氏，更发怵，挪一步都艰难，不去找何舆，又无处可去。

泪湿衣襟，一步好几挪。

何舆见方游丰走了，说话没了顾忌，又奉承了柳氏几句，一拍桌子，慷慨激昂道：“岳母大人为方家劳苦功高，隐忍十几年，却落得个带着内兄出府避居这小宅的下场，那毒妇高高在上占着正式夫人的位置跟方家大宅，岳母，你得去讨个公道。”

“讨公道？”柳氏诧异，已经分家了，方临汝并无欺昧，家产各占一半，还要什么公道。

“岳母为方家守节十几年，应该跟方家索要赔偿。”何舆义正词严道。

“赔偿？”柳氏瞪圆眼，这种从旮旯缝石头隙里挖出来的理，连她都想不出。

“对，赔偿，毒妇必是不肯家丑外扬的，岳母可以过去找她要赔偿，她若不给，就公开方德清无能一事。”

“这个……”柳氏蹙起描得细而尖的眉毛，想起方临汝寒浸浸的凤眼，有些发怵。

何舆深知她所惧，道：“方临汝走了，不在润州城里，何栎毕竟是外甥，毒妇也不便跟他商量。你过去，不需多要，今日要几百金，明日再要几百金，毒妇一开始想着几百金保方德清名声也值了，后来想着，都给几百金了，再给一次，兴许你就不开口了。这么一刀一刀切，慢慢的，把方临汝的家产都弄成内兄的，难道不好？”

何舆说一句，柳氏心动一分，听到后来，拊掌大赞何舆聪明，也不等明日了，回房梳妆打扮，即时去方府。

何姜氏到了门前，柳氏从里头趾高气扬出来，瞥她一眼，鼻孔里哼一声，扬长而去。

何舆殷勤地送柳氏，看到何姜氏，眉头拧成细结，嫌恶道：“你过来做甚？”

“栎郎不让我进府。”何姜氏低低道。

“那与我何干？”何舆拂拂袖子，看瘟疫一般看一眼何姜氏。出大牢了，何姜氏没了用处，况且和柳氏正图谋的事若是被何姜氏知道了，少不得又要劝自己，不耐烦听何姜氏说教，也不装孝子了，退一步入内，关大门。

闭合的两扇门板暗淡的原木灰色，原来牢中那些忏悔的话都是糊弄自己的，贼性不解，豺狼之心，何姜氏眼前黑暗，中午抱了雉儿出府，焦灼担心，午饭不曾吃，方府被拒离开，走了半城的路，累极倦极心灰意冷，一头栽倒地上，昏了过去。

方香雯听得“咚”的一声，拉门悄悄看，回头跟何舆道：“晕过去了。”

“丧气。”何舆骂，何姜氏若死在门口，还得费一口棺木钱，皱眉想了想，何姜氏眼下用不着，难保以后不会派上用场，横竖她好养活得很，赏一口饭便成，还能做家务，遂吩咐方香雯，“唤人抬进来，安置到罩房里去，灌几口水，剩饭装一碗给她吃。”

新媳妇多被婆婆压得抬不起头，不得自在，何姜氏性情好，从不端婆婆架子，何舆也不尊重她，随方香雯怎么糟蹋。方香雯闻言，无可无不可，唤婢女把何姜氏抬进门。

柳氏扭腰摆臀，一步三摇到了方府，引泉不给她入内，也不急，按何舆教的，大剌剌道：“你去跟夫人说，若不想郎君的丑事传遍润州城，死后还在世人面前丢脸，就过来见我。”

传话无妨，引泉忙使人去禀方姜氏。

雉儿吃了奶睡着了，小脸外头吹了一阵风，比幼奴多了脸颊浅浅的晕红，方姜氏吓坏了，直着眼看着也不歇息。外头，让方秀绮和舒九娘调了许多婢女过来，里三层外三层守，草木皆兵。

何栎温声劝解，正说着话，门上来报柳氏过来，方姜氏一听柳氏说的那些话，苍白的脸更白了。午睡时听说雉儿不见了爬起来，不及梳髻着衣，头发蓬乱，单薄的白色中衣外头随意罩了一件藏蓝大袖衫，下头还是睡觉时穿的笼腿裤。方德清在世时，肌肤细腻光滑、白皙如玉，短短几个月，脸皮像让北风吹得干裂起皱的老树皮，嘴唇焦干，眼尾刀刻上去般的深重皱纹，浑身发抖，摇摇欲坠。

“姨妈莫急，我去打发她。”何栎安慰道，大步往外走。

“不！”方姜氏尖叫，如飞冲到何栎面前，拦住不让走，“不准去，我自己去。”

“姨妈！”何栎叫，眉眼紧绷，一双手紧握成拳，焦急又无奈。

“这是我跟柳妹妹之间的事，你一个大男人不要过问。”方姜氏分外固执，视线扫过服侍的婢女，又道，“你们也都不准跟。”

“不成。”何栎哪放心，柳氏胡搅蛮缠撒泼打闹样样拿得出，方姜氏温婉宽和，有人在场给她撑腰也罢了，没人在一旁，还不由得柳氏欺负。

“我陪夫人过去吧。”白芷忽地道。

方姜氏抓住白芷手腕，枯瘦几根手指，颤了颤，白芷口风紧，不爱说话，靠得住，喉间吁出口气，道：“也好。”

何栎也略放松些，白芷性情如芒似刺，尖锐刚猛，方临汝跟她对上都未必占得了便宜，有她陪着方姜氏，柳氏讨不了好。也便不再坚持，虽如此，还是嘱白芷：“若见机不对赶紧喊人。”

到底不放心，回头又吩咐银杏、翠翘等人好生守着两个孩子，自己跟了过去，不到大门边，远远地看着。

柳氏闲闲地站着，见了方姜氏，也不行妾礼，鼻孔朝天，眼角斜挑，高高在上的口气道：“我忍辱负重委屈了十几年，不想再忍了，你要不想我把郎君的丑事抖出来，拿五百金来封我的口。”

“你！你！”方姜氏手指颤颤指柳氏，好半晌方说出话来，“你怎么说得出这种话？郎君在世时待你不薄，汝郎分家时，一分也没短丰郎的，你……你这是敲诈勒索！”

“我就敲诈怎么了？有本事你告官啊！”柳氏嗤笑，弹弹手指，指甲染着鲜红的花汁，艳丽无比，瞟一眼方姜氏，安闲自在，“闹开了好，让润州城的人都知道，方家之主原来是个……”

“住口。”方姜氏断喝，眼眶赤红，“给五百金你就不说了是不是？”

“是。”柳氏懒洋洋道。

信用于她如无物，后来反悔亦无负担。

“我给。”方姜氏咬牙。

“夫人。”白芷叫。

方姜氏摆手，不容置喙：“去跟渭郎支钱来，若没有，让栎郎扇坊里先支用。”

“算你识相。”柳氏撇嘴，站累了，也不讲什么风仪，撩起裙子坐到门前台阶上。

白芷站着不动。

“还不快去。”方姜氏低喝。

“夫人想过没，今日给她钱，明日她又来要，你给不给？明日给了，她后日又来，那时又如何？”白芷木着脸问。

方姜氏僵住，问柳氏：“给了你这次，你往后还来不来要？”

“不来了。”柳氏狠狠瞪白芷，心中骂她把自己的打算说出来，想着走一趟得五百金，欢喜得紧，哼起小调儿。

白芷看她那嘴脸，哪有不明白的。

方姜氏犹豫起来，方家如今家境，真经不起填无底洞了。

白芷冷冷一笑，上前，攥起柳氏发髻把提起来，抬手一耳光扇去。

“你敢打我！”柳氏尖叫，扑腾挣扎，失了先机，挣不开，大声骂，姐姐也不喊了，直呼道，“姜氏，你快让这个贱婢住手，不然，我把郎君的丑事说出来了。”

“说吧，说了我饶了你，不说，我揍死你。”白芷冷冰冰地道，一个接一个耳光，柳氏脸庞肿了，脆利的嗓子哑了，方姜氏上前拦，白芷攥着柳氏头发转个身，接着打，柳氏呜哇哭，嘶声骂道：“姜氏，你不拦休怪我不客气了，我说了。”

“不准说。”方姜氏大喊，死死地抱住白芷手臂不让她打，柳氏觑机五指如爪朝白芷抓去，白芷白皙的脸庞霎时几道深深抓痕。方姜氏一呆，松了手，白芷抬手，又一巴掌重重朝柳氏扇去，力道之大，柳氏被打松了两个门牙，满嘴的血。

柳氏捂嘴，嘶声叫喊：“姜氏，你做初一，别怪我做十五。”撕扯开喉咙叫喊，直呼方德清名字，“大家都听着都听着，方德清是个跟阉人一样无能的废物，算不得男人。”

“你说什么？”白芷当头被雷劈中，松了柳氏发髻，痴痴呆呆地看她。

“住嘴！”方姜氏扑上前捂柳氏嘴巴。

“你不给钱，凭什么让我闭嘴。”柳氏尖声骂，对上白芷吃亏，对方姜氏却游刃有游，抓方姜氏发髻，就想像白芷对自己那般扇方姜氏耳光，高举的手被白芷狠狠掐住，白芷血红一双眼睛，刚开了刃锋芒毕露的利刀般尖锐的目光盯着她，沉声道：“把你刚才说的话再说一遍。”

“说上一百遍我也敢说。”柳氏鼻孔里哼了哼，撇嘴，大声道，“方德清是个跟阉人一样的废物，算不得男人。”

“什么时候的事？”白芷面沉坚冰，凉浸浸看她。

“什么什么时候的事？”柳氏没弄懂，反问了一句，不等白芷回答，明白过来，嗤笑道，“为你主子抱不平啊？十五年前的事了，说起来，跟你也有关系。那一年，方德清由你阿爷陪着去湖州办事，回来的路上，山道上，坡上一棵树倒了下来，往你阿爷身上砸，方德清走在后头看到，急忙纵马上前，往你阿爷马屁股甩了一马鞭，你阿爷逃开了，他自己却让树砸中，摔下马，道上有石头，不偏不倚伤了他的子孙根，没治好，从那年起就一直不行了。”

怎么可能？

白芷后退，呆呆地看着柳氏翻动的红唇。

方德清居然在十五年前就不行了，那……强暴自己的男人是谁？

“你胡说。”她尖声喊，无比盼望自己没误会，方德清是毁了自己的那个恶徒，柳氏是胡说。

“我有没有胡说你回去问你母亲不就知道了，你阿爷在得知方德清为了救他受伤后，自责不已，经常酗酒，醉了就痛嚎，寻死觅活，你母亲自是知道这事的。”

不可能的！不可能的！

白芷转身狂奔。

她不相信。她恨之入骨的人，居然不是仇人，而是舍命救了他父亲的恩人！

方游丰的无能并不是在长大后才暴露的，很小的时候方德清就抓他到扇坊学制扇了，制扇教不会后，又费尽心思教他管账务，他还是学不会。

方锦枫长年卧床，方临汝虽然人物出色，可女扮男装到底也不是真的儿子。

在被强暴之前，她和银杏、翠翘几人私下里讨论过，方姜氏只生下一对孪生子，柳氏生下方秀绮后肚皮就没有动静。两人那么多年无所出，方德清正当盛年，再是对妻妾深情，为了方家的传家大业，也应该纳妾室，争取生下一两个儿子，生下来的儿子哪怕比方临汝平庸，只要不是方游丰那般无能，也能传承方家家业了。

原来，不是不想纳妾，也不是方姜氏和柳氏无法再怀孕生子，而是方德清受此重伤后，再无法行房事。

从母亲口中得知“柳姨娘说的话是真的”时，白芷直直倒了下去。

为什么！

真相居然是这样。

她残忍冷酷地帮着谢夫人毁灭方家，满手血腥，到头来，原来是弄错了。

无颜存活，只求苍天把她的命夺了，免得沾了方府的洁净。

"哟，跑什么呀！"柳氏得意笑，捏着兰花指，甩帕子，乜斜眼睨方姜氏，"给不给钱？这当儿我只在这儿说，你还能捂住，若外头传开了，你方家的脸可就丢大了。"

"你说吧，看人家是相信你的话，还是相信我姨妈的话，我姨父顶天立地，不是你能污蔑就能污蔑的。"平静的毫无起伏的说话打断柳氏的叫嚷，何栎在白芷离去时就过来了，扶住方姜氏的手肘，轻握了握。

方姜氏有些茫然，接着，恍然大悟，当即改口："柳妹妹要往自己头上泼脏水我管不着，你自便吧。"

"你……你们！"柳氏哑口无言。

何栎看左右，喝道："给我打，以后见一次打一次，再敢上门来撒野，往死里揍。"

引泉等人呆呆地听着，何栎发话，一拥而上，恨柳氏辱方德清名声，下手毫不留情。

柳氏尖声叫着，不多时，疼得大哭，髻松衫乱，连滚带爬急忙逃，来时那股子嚣张气焰荡然无存。

何栎扬眉看着，轻吁口气。

还是方临汝说得对——对付小人别讲什么君子风度，只有比他（她）更小人！

吩咐门上侍候的，以后何舆柳氏方香雯三个人过来，也不必禀报，只管狠狠打。

"怕不怕她外头乱嚷坏了郎君名声？"方姜氏抹泪，忧心忡忡。

何栎道："咱们先发制人便可。"

柳氏那张臭嘴没有什么不敢说的，一点儿脸面不要，讹诈不成肯定会到处嚷嚷。然而，不拘如何不能如她的意给钱，鲜廉寡耻之人，给了钱，就会被她一直勒索了，填不完的无底洞。

方德清对他有抚养栽培之恩，恩重如山，不容方德清死后声名有损，方才一旁听到柳氏叫嚷就有了主意，问得当年替方德清治伤的大夫是王大夫，口紧的，更加胸有成竹。

捂着不如掀开，堵着不如疏漏，方德清已去世，又不能验身证实柳氏所言，当所有人都认为柳氏在撒谎时，真亦是假，假亦是真。

何栎即下请柬，当晚在府里宴请方家族人，润州城有头有脸的各大家和各商号当家人。

宴席上，何栎告诉众人，柳氏无中生有说方德清是废人，到方府敲诈勒索，被他命人打走了，为防柳氏再编一些乱七八糟的事出来污人耳目，特意办了这个宴席告知大家。

分家时，柳氏咄咄逼人，不给族中长辈面子，大家极是不满，何栎一语刚毕，方家同族长辈你一言我一语义愤填膺地骂起柳氏。把方家大宅估值六万金兄弟各得三万，柳氏逼方临汝五万金卖宅子，少卖钱，她却一分不少拿还要三万金的事讲给其他人听，齐声道："无耻之极，某等平生第一遭见，汝郎是家主，想昧钱少分给丰郎易如反掌，可他没有，姜氏性情温厚大家有目共睹，柳氏得了好处还不罢休，如今居然还要敲诈勒索，实在太过分了。"

方游丰没出息，柳氏是妾室，各商号的当家不拘于情于理还是自身利益，自然都是站方姜氏和方临汝这边，异口同声讨伐起柳氏。

柳氏狼狈地逃回吉安里，何舆听说敲诈不行，大恼，翌日让柳氏寻相熟的人说唱败坏方德清名声。但众人已先入为主，一齐认定柳氏黑口白牙污蔑方德清，不屑之至，嗤笑鄙夷。

柳氏如过街老鼠——人人喊打。

脸面扫地，臊得不敢再在人前露面。

陆路比方临汝预想的难走。

有劫道的小贼，也有小偷小摸在客舍里偷窃的，幸而她比较谨慎，下船后找典当行，把好衣物都当了，另买了两套乡野百姓穿的粗布衣裳换上，飞钱和金子贴身藏着。皮肤弄得灰扑扑的，包袱里只得一缗铜钱，买了十几张粗面饼做干粮，路上基本不说话，低眉睑目一副没见过世面的样子，从而避过很多灾祸。

同路的人不停换，有的半路被劫了没盘缠只能下马车，有的客舍里被偷了财物只能流落异乡，还有的水土不服生病倒下了，一路走下去的没几个。

便是一路平安，二月二十七日下船，到长安后，也已经是两个月后了。

俱怀逸兴壮思飞，欲上青天揽明月。

长安城的壮阔豪迈，大气恢宏，宽广气魄，远非润州小城可比。

同样地，作为润州数得上名号的方家家主，方临汝在豪门望族皇亲国戚遍地的长安城里，渺小如蝼蚁。

一国之都，名士风流，街上随处可见博学儒雅、满腹经纶的学者仕子；随处可见雍容高贵气度清雅的男人女人；随处可见端拱的大门，整肃的婢仆，言行举止，穿戴佩饰奢华远胜润州城各大户人家的小娘小郎。

方家未败时，也许能在长安城挥洒一番，从容结交，眼下家中捉襟见肘，断不容方临汝挥霍，只能精打细算。如此，更举步维艰了。

龙椅上的皇帝去年登基，今年刚改年号宝历，性情奢侈荒淫，沉迷击鞠，国事荒废，大臣罕得进见。内宫宦官王守澄与权臣李逢吉勾结，把握朝政，排斥异己。这些远在润州城的方家可以泰然不理，但走到天子脚下，意欲把方家团扇打进内廷的方临汝却不得不考虑。

立身不正之人要打动最易，金钱铺路即可。

方临汝随身并没带许多金钱，无法用金钱铺路，其实内心深处，亦不愿金钱铺路，无异于与虎谋皮。

几番打听后，方临汝到贵妃郭氏的父亲右威卫将军郭义府上递名刺拜访。

不知是不是右威卫将军不把一个商户人家放在眼里，还是名刺根本没递到他手上，方临汝接连走了七八日，顶着烈日府门外候着，郭府车马辚辚，贵人或出或进，却未能得到召见的机会。

方临汝转而拜访宗正寺卿李厚。

李厚倒是接见了她，甫见面满面春风，夸他人物出色，但对方临汝介绍的团扇半点儿不感兴趣，兴冲冲地考问他琴棋诗书画。

方临汝自出生起，耳里眼里听到看到的均是团扇，三岁学制扇，学了制扇学商道，说起与团扇相关的如数家珍，谈商道出口经纬，其他的则一窍不通，便是想附和亦辞穷。

李厚扫兴不已，直说他外表看着人物风流，谁知里头是把稻草，枉了一副好皮囊，见了方临汝一次便下令不让她入府。

方临汝转而拜访其他人，不是碰壁不得接见，便是在见面后被骂蠢碌，琴棋书画不会也罢了，居然连作诗都不会，大唐举国上下，哪一个不会吟两句诗。

到京城时四月底，滞留了一个半月，一点儿进展也没有。

天气一日比一日热，挥汗如雨，舍不得多花钱，房间里没有冰块，闷热如置身蒸笼中。长安城什么都贵，带的盘缠越来越少，要谋的事却没有一丝进展。加上路上走的，离家已近四个月了，不知家中一切安然否，内外交困，方临汝病倒了。

头重脚轻，周身绵软，食欲不振，恹恹无神，彻夜无法入眠，别说走路，连抬臂举手都喘气。

方临汝给了博士赏钱帮忙找来大夫，大夫说话文绉绉的，不是方临汝听惯的王大夫那样直白的诊断语，听得方临汝本就昏沉的脑袋更沉了。追问几次方弄明白，自己是本就五内郁结，血气不调，再加上水土不服，气候不适，心事重，操劳过度等。故小病酿大症，若不好好调理，怕是挨不过去。

自阿爷去世后，接二连三的打击，强撑着一口气，终是埋下祸根了。

异地他乡，简陋的环境，陌生的房间，没有亲人在身边，不适加倍。方临汝强迫自己，不去想如何破解眼前僵局把方家团扇打进内廷，不去想润州家中是否安然，不去想跟崇徽没有希望的未来，不去想阴阳两隔的方锦枫，摒弃所有，安心养病。

只有活着，只有活下去，才能言及其他。

眼下未到山穷水尽时，不要把自己逼上绝路。

即便山穷水尽，亦不应退却，也许往前再走一步，便是柳暗花明。

方临汝咬牙每日多花了五缗钱要了冰块，房间凉快下来，膳食也不再节省，各种滋补炖汤，各种美味食物。博士每次过来侍候都给几枚铜板打赏，心中念清心经，什么都不去想，什么都不去思考，放松，再放松。

与天夺命，人力最终胜了天，养了半个月，方临汝身体便大好了。

大夫连声惊叹，说没见过病得这么重的人能在这么短的时间里能痊愈的。

六月初六，方临汝下了床，精神抖擞地出门。

她梳理了一番，发觉自己太急功近利了，与诸多上位者来往，心中却只想着自己来长安的目的而无他人，失败也就必然了。

她必须改变，先走进长安城的贵圈，再徐图其他。

方临汝步下楼梯，恰巧这些日子给她治病的大夫从大门进来，方临汝微笑着拱手，目光掠过看到大夫后面的人，问好的话在唇边打住，惊奇地瞪圆眼：“兰荪，你怎么在长安？怎么这样的穿着？”

兰荪头戴黑色幞头，地黄交枝绫服，束金银銙带，若没看错，这应是五品官员的服饰。

“我一听申大夫说一个病得快要死的人居然能半个月痊愈，就猜是你，除了你，没人能如此刚强。”兰荪笑呵呵道，眸清眉扬，颊丰肤润，扯扯身上衣裳，眨了眨眼，“二郎是不是很好奇？咱们到你房间说。”

开朗乐观，跟在紫竹园中那时的阴毒冷酷、愤世嫉俗大相庭径。

方临汝惊奇她的变化，进房，顾不上倒茶待客，拉兰荪坐下，急切道：“快说。”

兰荪却不急，嘿嘿笑，反客为主，倒茶捧给方临汝，等方临汝喝了，自己浅浅抿了一口，方缓条斯理地讲起来。

兰荪随着方家的美人离开润州城后，她无家无亲人，无处可去，坐在马车里一直没下车。最后一个美人的家乡在长安城外乡下，到此她不得不下车。她阿爷是尚药局司医，自小在长安长大，除了紫竹园，长安就是她的故乡了，看长安城就在眼前，于是进了长安城。

方家遣散美人，不只无偿给还卖身契，还给了每人十缗钱，兰荪也得了十缗钱，生计暂时没有忧虑。她出身医家，对医道极痴迷，在紫竹园中只看家传医书没有病人，如今得以入世，便找医馆自荐求当医者，给方临汝治病的申大夫，兰荪就曾在他的医馆待过。

兰荪在申大夫的医馆看诊一个月便声名远播。

她阿爷的医术极好，祖传医书里各方面病因极详尽，她在紫竹园中无事可做，潜心钻研医书。虽然只十七岁，但胸中的医道比四五十岁的人还强，有了诊脉治病机会，如鱼得水。

二月底，医馆来了一个人，说话娘娘腔，问兰荪能不能要腿骨折的病人极快痊愈。兰荪的阿爷是司医，她接触过宫中的人，一看就知那人是宦者，看那人紧张得不容有失的神态，猜需救治的人的地位一定极尊崇。她艺高胆大，又没家人负累，当即说能治，却又提条件，要彻查她阿爷的案子，翻案了才治病，那人恐吓她，但兰荪半点儿不惧。

腿骨折的人竟然是当今圣上，皇上喜击马球，又爱手搏，一日不玩乐都不行。此次腿折了不能动，动辄发怒，朝廷乃至内宫人人自危，兰荪的要求对那些当权者，以及皇帝不值一提。

"翻案了？"方临汝惊喜问。

"翻案了。"兰荪昂然，哼道，"承了我阿爷恩惠却不保我，把我卖了那户人家可吓坏了。"

"你报复她们了？"方临汝问道。

兰荪摇头，眼眶微红："没有，我刚到她家时，她们对我其实不错，很疼我，后来风声紧，也是迫于无奈才卖我。我跟园子里的那些人背主弃义，你都能宽宏大量不追究，我又为什么不能放过她们呢。"

她能看开，不枉造杀孽甚好，方临汝慨叹不已，关切道："都说伴君如伴虎，在宫里，可要小心，谨言慎行，免得招祸。"

"知道。"兰荪笑笑，给方临汝搭脉，沉吟道，"虽说好了，到底大伤元气，二郎以后不能那么操劳了。"

方临汝道谢，兰荪如今在宫中，接触到最上位者，若是通过她跟宫里贵人搭线，事半功倍。只是，她毕竟刚进尚药局，没有根基，若是帮自己，有可能无意中得罪某些人，招来祸事。

兰荪看她，了然的眼神，方临汝有些羞赧，到底还是把自己所求和顾虑说了。

"我就等着呢，二郎还是和以前一样，想着别人多过想自己。"兰荪慨叹，道，"二郎无须纠葛，崇徽已经办好你想办的事了。"

崇徽办好了！

他是把方家扇打进内廷！

方临汝怔住。

疏神间，忽而又想，自己为什么没想着，崇徽打进内廷的是谢家扇？

潜意识里，她跟何栎一般，从来没怀疑过崇徽！

"我带你去找崇徽吧，他这几日办完事了，也正到处找你。"兰荪笑道，打量客舍房间，摇头不已，"没想到二郎住这么差的客舍，崇徽光在那些洁净清雅之所打听，反错过了。”

方临汝苦笑：“京城吃住都贵，方家如今举步维艰，拮据得很，我哪舍得多花钱住好客舍，便是一天五缗钱的冰块，也是病倒后热的受不住无奈之下方用。”

“方家很艰难，可是你还给我们一人十缗钱。”兰荪低喃，眼里水汽弥漫。

“这不一样，有的地方不能省，有的地方能省。”方临汝道，并无施恩图报想法，不想兰荪竟放在心上，连忙岔开话题，“带我去见崇徽吧。”

出得门，热浪扑面而来，才走几步，皮肤焦赤，喉头干渴，再走几步，方临汝毛躁起来。

崇徽那傻子找起她来不会停一停的，这么热的天气，太阳底下挨个客舍寻自己，可别中了暑气弄出病来。

七转八转，走了许久，兰荪在一处寻常人家居住的宅子门前停下。

看出方临汝不解，兰荪道：“这不是客舍，里面住的几个人是你方家旧仆，在京城讨生活，偶尔遇上崇徽，邀了崇徽过来住，把住客舍的钱省下来。”

方家旧仆?

方临汝想不起是谁。

里头的人听到声音迎出来，一个腆着肚子的妇人，目光对上，方临汝惊叫：“冬雪！”

“二郎！”冬雪早知方临汝到京城了，并不意外，扶着肚子笑了笑，请方临汝入内。

她肚子很大，从月份看，似是在润州城时就怀上了。

方临汝不想问，又想问，如鲠在喉。

“这是何舆的孩子。”冬雪摸了摸肚皮，低眉，轻声道，“我嫁给辰阳了，他说不介意，我不想何舆知道我怀着他的孩子，二郎回去也别说。”

何栎曾说过那日赎冬雪几人的情形，何舆对房中人冷酷无情，也怨不得冬雪怀上他的孩子却不想让他知道，方临汝点头应下，不在此话题上深究。看看四周，虽说不是高门大户，却也齐整，方方正正一厅两厢两个耳房小院落，从外头看，厅明房亮，院子一角不知名的花儿开得灿烂，五彩缤纷，关切问道：“你们可都还好？”

"还行！"冬雪噙泪。

当日服侍何舆的，有春云、夏雨、秋月和她，加上景天、辰阳六人，何栎帮他们赎身后让他们走，几个人家中或是没亲人，或是继父后娘不容方卖身进方府的，无处可去。景天会杂耍，辰阳会敲花鼓，冬雪、春云几人因何舆好风月，调教她们唱曲跳舞，都能唱会跳。几个人一合计，也不卖身求生了，组成一个卖艺班子，到处走，酒楼客舍里卖唱耍杂技，倒也赚了些钱，衣食无忧。

后来走到长安，长安城的富贵人家多，赏钱给得也阔绰，冬雪发现有身孕，身子重了，便赁了这处房子住了下来不再走动。

说起来，崇徽能与兰荪重逢，还多亏了景天、辰阳几人。

冬雪害喜请医馆大夫诊视，听得有女大夫，便寻女大夫，找的恰是兰荪，两下说开，方知都跟方家有瓜葛。

他们在酒楼里卖唱时见到崇徽，崇徽不认识他们，他们却在崇徽进方府时悄悄去看过他。但此时看众人口中方临汝天仙般的未婚妻，崇徽变化挺大，他们还不敢相认，引了兰荪过去看方确定的。

几个人每日在长安城各大酒楼大客舍中卖艺，也是方临汝住的小客舍之故，不然，早遇上了。

第六十六章　柳暗花明

崇徽狂奔回来，冲进院门，看一眼方临汝，扶着门框急促粗重地喘息，紧接一通狂咳，撕心裂肺地咳，整个身体都在颤动，额头满是汗水，捂胸弯腰间咳嗽间，落在方临汝眼里的后背白袍淋漓一汪水渍，沉暗的一圈，汗水在冒热汽，白烟蒸腾。

方临汝轻抿了抿唇，心底狂风骇浪，面上波澜不惊。

盼相见，怕相见，见不着时心如火焚，一刻如年月漫长，恨不能立马见到。如今见到了，高悬的心落了地，不容喘气，又重重坠进无底深渊里，胸腔空荡荡的。六月里手足冰凉，望着他，舍不得移开眼，魂魄飘来荡去，又是欢喜又是怯惧，和血带泪往里咽，什么都不敢流露。

决定了陌路，再拖泥带水于自己于崇徽都不好。

崇徽咳了许久，抬头看方临汝，眼里的炙热渐渐冷却。顺气了，不再喘，失望凝进眼眸深处，默默地往里走，到方临汝面前，低声喊道："二郎！等我一下，我给你拿文书。"

冬雪诧异地看看方临汝又看看崇徽，都莫名其妙，兰荪拉她，两人悄悄退了出去。

崇徽从里头出来，木头人似的走得死气沉沉，手里一个长条形榆木匣子。木匣子上饰螺钿刷髹金漆，富丽精美，一看就不是民间所有。上头挂着铜锁，方临汝默默地接过，崇徽从怀里掏出一个铜丝袋子，从里头摸钥匙。

方临汝这时方发觉，那日观扇台上他随谢夫人离开，身上还带着方家特制的收钥匙的铜丝袋子。

钥匙也罢了，因谢夫人手上也有，何栎换过一套了，那铜丝袋子的制作却极难，据说是方家先祖找了漂洋过海来的巧匠做的，整个大唐没有一个铁匠能做，这么珍贵的东西，自己居然一直没找他索讨。

榆木匣盖打开，里头一叠文书，崇徽一页一页地翻开给方临汝看。

没有意外的，里面是尚宫局的文书还有执掌凤印的郭贵妃的谕旨。方家获皇商殊荣，供内廷团扇，数量不算多，每年五十万把，但价钱……非常可观。团扇未供进内廷，内帑已先领了，铜钱五十万缗，计五万金。方家往后一年的盈利将会是以前十年甚至二十年的盈利的总和，方家只要小心谨慎经营不出差错，地位将没有哪一个制扇之家能撼动。

扇坊被烧带来的重击，还有传家宝扇弄虚作假被揭穿带来的打击，分家造成的家底薄弱等不足，都化解了。

方临汝胸腔鼓胀胀的，甜酸苦辣混杂，百般滋味中，甜味儿越来越重，几乎撑不住要把人融化了。视线闪动，瞥到崇徽的手上，那双手手背伤痕密布，指节凸出，跟她熟悉的那双秀润的手大相径庭，本不想问，言语已越过理智冲口而出："你的手怎么弄的这样？"

"学打马球弄的。"崇徽闲闲道。

千里迢迢到京城为的办正事，自然不是爱玩乐而学打马球，方临汝注目地看，一道一道的伤痕刻进心脏。

"我记得你教过我，大神好拜小鬼难缠，打听得皇帝陛下不问政事喜欢打马球也善打马球，我就学马球，还好不难，很快学会了。兰荪帮我制造机会，我在皇帝面前露了一手，圣心大悦，又打了几次，就拿下这个呢。"崇徽轻声道，指榆木匣子。

说得轻松，可其中的艰辛她在京城逗留了两个多月一事无成如何不知，面前的男人忠诚勇猛，无畏无惧，入世未久，便为她挑起沉重的担子，鲜活的一颗心毫无保留献给她。

方临汝抬手，指尖触上崇徽伤痕累累的手。

崇徽死灰般的眼睛霎地亮了，不云淡风轻了："其实很疼，疼死我了，打马球也不好学得很，我三岁被我阿爷抓去扇坊学制扇，每日不断劈丝烘烤什么的，觉得好难好累好辛苦，可还不如这回学打马球。”

她给点儿温度，他便蓬蓬勃勃绽放，拉长嗓子，扁着嘴，带着委屈，语调亲昵。

方临汝一颗心被扭麻花般扭绞，又是疼，又是酸，又是甜，软得一塌糊涂，指尖的轻触变成轻柔的抚摸。

“二郎！”崇徽欢快叫，嘴角翘到耳根，见缝插针，蹬鼻子上脸，凑近方临汝，嘴唇贴着她耳根：“二郎，咱们回润州后，我不去谢家了，回家住，行不行？”

回家？回方家？

方临汝抚着崇徽手背的动作霎地顿住。

观扇台上谢夫人对方家举起屠刀杀戮的情景在脑子里浮起，方锦枫死在方家的巨变之下，尸体未曾凉透，自己就要和仇人的儿子言归于好吗？

心被利刀来回砍切，血肉模糊无数片，满腔柔情无所依，灵魂无葬身之地。

进不得相合，退不能相忘。

方临汝在午后的阳光，在落日的霞光，在暮色里塑像一般长久地站着。

崇徽面上笑容消失，惶然焦急，悲凉失落。后来，眉眼平静，再无起伏，一言不发。

方临汝是塑像，他是大石，就那样面对面站着。

入夜了，景天、辰阳等人回来了，没进门，门外探头探脑，方临汝从昏沉里回神，低声道：“谢夫人不会容忍你进方家的。”

崇徽死灰复燃，眼里星子迸射，抓住方临汝的手，快活地大叫：“她怎么想不关我的事，只要你肯让我回我就行。”

能不去想，不去在意谢夫人的想法吗？

方临汝自问。

显然，谢夫人手里的钥匙不是崇徽给的，方家的秘密也不是崇徽透露的，她相信崇徽没欺骗自己，没有做对不起方家的事。

可是，崇徽是谢家儿子的身份无可改变。

崇徽定定地看着她，刚从紫竹园出来时，皮肤如白雪堆就，后来，渐渐成了象牙白，眼下，成了浅麦色。这几日烈日下暴晒，脸颊表皮赤红色，脸庞轮廓刚硬，眉眼棱角分明。握着她的那双手掌心粗糙，握得很紧，擦得她皮肤生疼，心口更疼，那双乌润清澈定定地看着她的眼睛专注执着，写着沉甸甸的深情。

没有山崩地裂巨石压顶，令人窒息的感觉却分毫不轻，方临汝屏息，不敢喘气，略微一松动，她便会忍不住投入他怀抱，死死抱住他。

那一夜后来怎么跟冬雪、兰荪几人一起喝酒庆祝，一起感慨世事无常，又怎么回客舍的，方临汝恍恍惚惚魂魄离体，回过神来，和崇徽已坐进回润州城的马车中。

崇徽去马车行租的马车，车舆很大，横躺着也不局促，坐褥絮了松软的棉褥，软绵绵如坐云端，踏板上奢侈地搁了冰盆，每晚住宿更换，打尖住宿都是大客舍，处处有他料理妥当。

没有长途跋涉的不适，甚至是快活而惬意，直到进了江南道地界，离润州城越来越近。

不想去面对的，已避无可避。

崇徽眼底从企盼到失望，从失望到企盼，随着方临汝的神色起起落落，一会儿云巅，一会儿深渊。

这日进金陵，方临汝残忍道："若二兄能死而复生，我便让你回方家。"

崇徽低眉，看不清喜怒，低低道："也不在意谢夫人的看法吗？"

方锦枫若真能死而复生，莫说谢夫人，便是谢天在世，她也不在乎，可方锦枫不可能死而复生，方临汝阖眼，胆怯心虚，不敢看崇徽。

崇徽收了扇商扇款，人不知踪影，钱也没留下。

谢夫人暴跳如雷，使下人在润州城里寻了一日没找到，听说方临汝离开润州赴京城，猜崇徽追着方临汝走了，怒火更炽。

谢宜宁对制扇兴致浓厚，这些日子跟着崇徽学制扇，虽说还不精通，但大致过程都了解，管理扇坊事儿亦不至于一头雾水。只是她做事随心率性，一言不合就开揍，又力大无穷，把人揍得叫爷喊娘，扇工们不敢反抗，但心中却不服，做事表面像模像样，实则偷奸耍滑。手艺活俱赖本心，如此一来，制出来的扇子不只没当年谢家扇的精致，连眼下润州城其他制扇小作坊都比不上，扇商们自是看不上的，纷纷要求退扇款。

谢夫人为谢家长远声名，只能退款，一口血哽在喉间。这日从扇坊退完扇款回府，又到厢房找烟萝。

她要找烟萝帮忙，烟萝却一味苦劝。

“姐姐这时悬崖勒马未为晚，已揭穿方家传家宝扇秘密，再大的仇恨也报了，如今不如跟方家联手，共霸团扇行业，双方得利。方家扇坊被烧，接着分家，银钱短缺，姐姐若主动示好，借钱给方家，方临汝又是胸襟宽广、满腹韬略之人，必是肯原谅小郎的。如此，既能光复谢家，又得佳媳，骨肉团圆，岂不美满？”

谢夫人大怒。

若依她所言，自己之前做的那些岂不成了笑话。要她向方临汝低头，莫如夺她性命。

谢夫人狠斥烟萝一顿，出门来，命人传谢运兴到正堂颐雅堂来。

重开府门后，谢府便不复往日死气沉沉样子，颐雅堂中摆满价值连城的古董，尊贵典雅不下侯门仕族，奢华却不张扬，那看着古朴的不起眼的物件，懂行的瞧着定吓一跳，诧异于谢家的泼天富贵。

谢夫人坐在花梨酸几椅上，夏日没铺坐垫，冰盆换得勤，不只不热，还让人觉得冷，莫名的寒气在厅中侵扰。谢夫人闭眼，嫁进谢府后的一点一滴的事儿走马灯似脑子里转。谢天在世时夫妻恩爱，谢天去世后的孤独凄清，若方家不是一家独大，谢家扇不被排斥，谢天不会死，都是方家的错！方德清死了，血债要方临汝偿，方临汝没死，便逼到她死为止。

更阴毒的计谋在脑子里成型，只等谢运兴去执行。

谢运兴的伤早好了，拖拖沓沓地过来，歪歪斜斜地站着，没个人样。

放在以往，谢夫人早沉了脸，命人拖下去打死算了，但眼下烟萝不肯帮她，便是肯帮，做起肮脏事也没谢运兴在行，勉强压下怒火，清声冷叱：“给我把身子站直。”

谢运兴眉头跳了一下，略站正些，有气无力道：“夫人若看我不顺眼，把我打死吧，我无妻无子，独爱女色，如今成了废人，活着还有何趣。”

他若起死志就不会还苟且活着，这么说不过拿乔作态，谢夫人冷冷道：“别拐弯抹角了，想要什么直说。”

“夫人说话算数？”谢运兴因酒色过度而浑浊暗黄的眼睛一亮。

“若办得到的自然算数，办不到的，免谈。”谢夫人道。

“很简单，我要白芷，也不需夫人赎买她出来给我一直玩，就再弄一次就行。”谢运兴眯眼，眼底污秽淫邪之光。

“你不是成废人了吗？还打她主意做甚。”谢夫人搓了搓手臂，嫌恶得紧。

谢运兴淫淫一笑：“这个夫人就不懂了，要玩女人也不是非要……”

“别说了。”谢夫人厉声打断他，谢运兴对白芷执念不放，想要利用这个人帮自己做事，不满足他的要求不行，只是白芷骨头又硬又傲，不是能被人玩弄于股掌上的人，沉吟些时，道，“你自去想办法，我不过问便是，注意，别泄露你的身份，还像那一回那样，别给她看到你的脸，最好是嫁祸，完事了，快些回来听差。”

她不过问，白芷便任由玩弄了，谢运兴大喜，又是癫笑又是搓手，丑态百出。

白芷自柳氏那日到方府闹过后便病倒了，方姜氏因她一贯服侍小心着意，并不苛责，许她慢慢养着不需到跟前服侍。连何栎都因她数次直陈利弊耿直孤介，一心为方家而另眼相看，亲自请了王大夫给她诊脉开药，却不见好转。白芷缠绵病榻，昏昏沉沉，自责悔恨，一心求死，两三个月过去，出气多入气少，如花似玉美人只剩一把枯骨。

方敬知她心病，也不劝，横竖她死了，他也不独活，两人做同命鸳鸯。

这一日饮食都断了，眼见只等准备后事，门上引泉差了人来报，道是此前服侍白芷母亲的婆子寻了来，有要事要见白芷。

这时便是天塌下来也没人在乎，更别说凡尘俗事。

方敬道：“让她走。”

报讯之人去了又来，道那婆子说，事关重大，请一定一见，不然，只好去见方姜氏了。

旁人听了不知话里有话，方敬和白芷如何不知。

人都要没了，哪管方姜氏知不知背后那些勾当，方敬漠然道：“跟她说，随意。”

白芷昏沉沉躺着，忽地抬手：“慢着，跟她说，我明日过去找她。”

身子弱得喘气都难，说得这么一句，面色又差了一分。

传讯之人走了，方敬劝道：“她说什么见夫人的话，不过恐吓罢了，咱们又不帮谢夫人做事了，何必理她。”

白芷紧闭眼，不说话，半晌，低低道：“给我端吃的来。”

方敬呆了呆，见她不一心求死，反没喜色，低声道：“不是证实郎君没害你吗？你还要对付方家？”

白芷不答，哑着嗓子道：“我自有主意，你别问。”

这些日子后悔恩将仇报，脑袋昏蒙不曾细想，她为谢夫人办了那么多事，婆子竟然还出言要挟，忒寒人心，心寒之余，忽而清醒过来。

当日误会方德清玷污了自己，只告诉方敬出事，细节没说，方敬不知内中详情，她自己此时不昏愦了，当即觉得自己也许落了圈套。

那日她阿爷忌日，她去上坟拜祭，坟前跪下叩拜时，忽然头脸被蒙住，被拖拽进密林深处。

后来的情形，她从不去想，那一天她哭了，肝肠寸断，但也就哭那一回，后来她再没哭过。从那后，她便成了恶魔，在地狱里游走，最痛苦的时刻不是惨剧发生那时，而是后来心灵深处无休无止的折磨。她的生命里再没有日出日落，每一时都在黑暗中，再也没有春夏秋冬，每一天都是在寒冬之中。

几日后，她发现方德清有一件锦袍缺了一角，那件锦袍是宝蓝色抚州绸料子，跟她挣扎中扯下的那个恶徒的衣裳料子颜色一模一样，她如遭雷击，背人处悄悄把扯下的布料与方德清的锦袍缺口比对，严丝密合，她心中于是认定那恶徒是方德清。

如今细细回想，方德清若真是作恶之人，怎会留着缺了一角的锦袍，早毁尸灭迹了。

况且她是方家家生子，方德清要真对她有不轨之心，即便碍着方姜氏和柳氏颜面不敢明着将她收房，要占有她，机会有的是，何必等她外出时，荒山野岭里蒙了她的脸用强。

可惜那时她被仇恨蒙蔽了双眼，一心只想报仇。

人皆有无利不为之心，那人使强占有她，若不嫁祸方德清，那便是图她美色。反之，所图的是——白芷想起自那事后自己为谢夫人做的事，后槽牙几乎咬断。

白芷母亲府外安身的宅子其实是谢家的，带着母亲回方府数月，再回来，只觉一股阴森寒气，七月里就让人肌骨发寒。

头脸突地被蒙住，嘴巴被堵住，手脚被绑，跟噩梦缠绕的那一日一般。

谢夫人的人传话要见她，她如约出府，并不见人，却被那日强她之人绑了，背后有什么关联，心中有所猜测，此时证实了，并无意外。

一只黏腻腻的手抚上她脸颊，如毒蛇在皮肤上游移，跟那一日一样的感觉，面前绑了她的，就是那冒充方德清污辱了她的人。

仅是猜测还不够。

白芷忍着恶心，轻抬脸颊蹭那人的手。

那人似乎没想到她有此举动，停下不摸了。

白芷继续蹭，深情地依恋迷恋的蹭磨，喉底发出沉暗的风情的吟哦。

那人呆了呆，扯掉堵住白芷嘴巴的布料。

“是你吗？我想死你了。”她说，差点儿被自己柔媚的嗓音恶心吐了。

“你说什么？”那人迟疑了一下问。

“那日在山里是你吗？你好勇猛。”白芷痴痴道，转动脸庞，隔着蒙脸的布料，轻咬那人手指。

那人怔了怔，得意大笑，笑声在空荡荡的屋子里回响，尖锐像夜鹰的啼叫，笑了许久，恨恨大骂：“兰荪毁了我，我一定要找到她，把她扔窑子里，千人轮万人骑……”

兰荪，方家的扇面美人，跟谢夫人走了，方临汝要出来送走。

被兰荪重伤的那人是谢府管家。

事情至此还有什么不明白的！

“一夜夫妻百日恩，我只认你是我夫郎。”白芷深情道。

“我就这么厉害？让你一直念念不忘？”谢运兴淫淫地笑。谢夫人嘱他不要被白芷察觉他的身份，但他心中不服谢夫人，并不把谢夫人的话放在心上，不然，也不会在这处宅子就露出形迹，一把拉开罩着白芷脸庞的布袋，解开绑着她手足的绳子。

“这么不自信？”白芷娇嗔地扭身体，妖娆地笑，百枷缠身反修成了佛，心中泪血成河，面上春意横生。

“我当然自信了，我……”谢运兴更得意了，滔滔不绝显摆猎艳史，末了又骂，“都是妖婆从中作梗，不然，咱们可以多度很多个春宵。”

“今日相认亦未为晚。”白芷笑道，纤纤素手轻摩谢运兴的喉结。

谢运兴喘息：“还以为你是冷面金刚莲台菩萨，原来是风月中人，挹翠楼的姐儿还没你风骚，没你有情趣。”

“如今知道也不晚，来日方长。”白芷娇笑着，扬起下巴。病了许多时，脸庞消瘦，面色萎黄，脂粉也未能掩盖破败之色，素衫白裙，其实没残余多少分美貌。但禁不得她平时姿态傲然，冰雪不化，如今突然融化了绵软了，极大地让人心理膨胀，满足得紧。谢运兴色迷心窍，本就不觉得自己施暴是恶行，更加再想不起眼前女子是受害者，只当自己魅力无边，盖世英雄，女人对自己臣服天经地义。

缠缠绵绵玩了许多情趣，白芷提出要绑住谢运兴手足，由她主动，谢运兴淫兴大发，求之不得，自是依从。

又玩了些时，白芷半是娇嗔半是恼怒说自己当年误会了，还以为与自己欢好的是方德清，其后投怀送抱被方德清拒绝，因而由爱生恨。

谢运兴懊悔得大叫：“原来你恨方家，要颠覆方家，不是恨方德清强暴了你……”

不需白芷问，自己便兜出当年如何嫁祸方德清。

原来当日白芷刚出门，谢府这边安排盯梢的人即回来报讯，谢夫人安排的假扮外地扇商的人随即约方德清到挹翠楼商谈。进挹翠楼后，姐儿假装失手，把酒洒到方德清锦袍上，随后殷勤地请方德清换上另一件锦袍，说是洒了酒的锦袍浆洗后送回方府。这种事在欢场常有，方德清也没在意，他身材跟方德清相仿，穿着方德清的锦袍把白芷拖进密林深处施暴，白芷不抓撕开袍摆一角布料，他也会设法留下一角给她拿着。

事毕他脱下锦袍送回挹翠楼，挹翠楼洗了送还方德清，方德清见缺了一角，只当浆洗时出意外，他性情豪爽，不是斤斤计较之人，也没找挹翠楼讨说法。白芷服侍方姜氏，出入玉澜堂自由，如谢夫人所料，在无意中看到那件缺了一角袍摆的锦袍，遂认定施暴的之人是方德清。

果然是精心策划的圈套，可恨自己一叶障目，为仇人利用反过来害恩人。

白芷微微笑。

谢运兴看着她的笑容，微微胆寒，才想说话，一把锋利的匕首扎进他脚背，痛得尖声惨叫。

“被兰荪弄断子孙根还不洗心革面做人，真是不长教训。”白芷嬉笑，嫌谢运兴叫声扰了她兴致，撕下他袍摆塞进他嘴巴，匕首接二连三地扎下。

谢运兴一双脚背血肉模糊，骨头全扎碎了，接着扎手腕，白芷镇静得如宰鸡杀鸭，谢运兴疼得晕过去又醒来，泪水鼻涕糊了一脸。白芷视而不见，从容平静，过程中还小心注意着，不让自己身上素衣白裙沾上血迹。

扎了许久，看看谢运兴手足都废了，再也无法医治方停下，用他衣裳拭干净匕首，收进袖袋里，任他昏迷在地，闲闲离开。

方敬尾随着她，里头声响听得分明，按约定只在外头等着，等了一个多时辰，看白芷出来了，什么也没问，只问：“回府？”

“不，去金山街找谢夫人。”白芷淡淡道。

谢运兴只是爪牙，谢夫人才是罪魁祸首，比谢运兴还可恶可恨。

听金山街那边宅子的人来报白芷要见自己，谢夫人一点儿提防之心都没有便过来了。

烟萝不帮着她，谢运兴托病不理事，凡事都靠她自己，未免瞻前顾不了后，又以为方家败势已定，便没派人盯着，没过问，只把心思放在如何重振谢家扇上。因此一时耳目闭塞，柳氏叫嚷方德清是废人一事，并没有听说。

方敬一如既往地恭敬本分，低眉垂首。

白芷木着脸，一丝表情欠奉，待谢夫人坐定，干巴巴道：“有事要跟夫人私下说，请夫人摒开左右。”

堂中只两个婆子，都是信得过的，本无需要她们回避，谢夫人略一迟疑，寻思白芷性情孤介冷傲，还是挥手让那两个婆子退下。

“我刚刚查到当年强暴我的人是谁了。”白芷幽幽道。

谢夫人蓦地觉得不好，刚要喊人，方敬一个箭步上前，右手捂住她嘴巴的同时，左手横臂卡住她脖子，顿时什么声音也发不出。

白芷上前，慢条斯理地捆住谢夫人的手足，随后，匕首划动，谢夫人身上衣裳化成碎片，身体赤条条地露了出来。

谢夫人双眼血红，目眦欲裂。

“可以松开她嘴巴了。”白芷闲闲道。

方敬松开手。

光裸着身体，谢夫人一时间没敢喊人，白芷计算好的一切，不等她回神抛开面子喊人，破布塞进她嘴巴，直抵进喉咙，令她呜呜声都发不出。

白芷竖握匕首，刃尖在谢夫人脸颊划动。

谢夫人惊恐地瞪圆眼，喊不出，喉底沉暗的咕噜声，脸颊血珠细细，衬得脸色更白。

白芷划了许久，划完了，低低笑：“本来要找个男人……终究没法像你那么狠毒，便宜你了。”

收起匕首，招手方敬大摇大摆地往外走，踏出门又回头，嗤道：“你可以告官，也可以找人报复我，我自然是将你的恶行写了交给好多个人收着，我不出事，不打开，我出事，即打开公布。你不在乎你的儿子怎么看你，不知是不是也不在乎你的女儿，若你的女儿知道你为了达成自己不可告人的目的曾命男人强暴我，不知是何想法。”

谢夫人的瞳眸遽然收缩，比脸颊被划割更深的恐慌惊惧。

“你若认倒霉什么都不做，我便什么都不说，毕竟我是方家婢女，事情张扬开，方家也会陷入是非之中。”白芷凉凉道，语毕，扬长而去。

外头日光明灿，恍如从阴森森的地府回到人间。

白芷迎风展袖，苍白的脸颊浮起浅浅的娇媚晕红，止水无波的眉眼活了，秀致如三月桃花盛开，薄脆的花瓣，娇嫩的花蕊，颤颤巍巍的枝条，惹人怜惜。

方敬默默地看她，没有言语，炙热的眼神却将心中所想暴露无遗。

他为她着魔，为她生为她死。

白芷看着他，再也无法克制，扑进他怀里，失声痛哭。

压抑了许多时，痛苦委屈累积成河，在这一刻化成绵绵泪水，方敬默不作声，手指插进她微有些散乱干枯的头发里，轻轻地抚摸揉搓。

言语有时是多余的，无声的关怀更贴心。

她在他面前无须压抑，想怎么做就怎么样，怎么放肆任性、刁蛮骄横都可以。

许久，白芷哭声渐弱，细细地抽噎着，抬头，展颜一笑，面上泪痕斑驳，眼睛却璀璨明亮，勾住方敬地脖子，柔软的双唇，炽热的一双手，勾织成网，密密地缚住了他。

方敬回应，无限春光。

宅子里头，谢夫人凄厉一声尖叫。

吻得欲生欲死的两人停了下来，方敬望一眼宅子大门方向，低声问："咱们这当儿便赴死，还是等二郎回来，向她坦白，由她处置？"

"等二郎回来吧，总得跟她解释清楚谢夫人手上的钥匙的来路，为崇徽小郎洗刷冤屈不是。"白芷道。

"好，都听你的。"

第六十七章　东山再起

谢家扇没崛起，扇商们别无选择，又回头订方家扇。

因着郭家没制扇，又逢炎夏是鬻扇的最佳时机，团扇需求比往年更甚，短短数月便鬻出三百万把团扇。

崇徽给的钱先用在制扇所需的资金周转上，鬻扇盈利后再付扇坊重建所需，虽则不是很从容，但比预想中的捉襟见肘却好许多，大宅也无须变卖了。

方家的扇工专心制扇，作为大管事，方临汝又不在，何栎忙得脚不沾地。方临汝一走近半年，眼看中秋节将近，千机阁的势力只在江南道，长安没有飞鸽传书回来，不知方临汝如何，牵肠挂肚，别是一番滋味在心头。

好在府里头没再出什么事，方秀绮和方渭、舒九娘同心同德，把方府打理得铁桶似的，两个孩子无灾无病地长大，吃得香睡得好，不睡时咿咿呀呀手舞足蹈，方姜氏每日笑得合不拢嘴，不再伤怀方锦枫离世。

事儿多，何栎不得闲收拾何舆，暂且放过他，等方临汝回来了，腾出手脚来，再细细算账。

这日何栎刚送走一位扇商，何姜氏寻到扇坊中来了。

几个多月不见，何姜氏又老了许多，风烛残年老妪一般，一头银丝在阳光下刺目得紧，何栎紧攥手又松开，不咸不淡问道："母亲有事吗？"

"我……我想……问你能不能去劝一劝你弟弟，这么下去，会弄出大事来的……"何姜氏结结巴巴，吞吞吐吐，又臊又慌。许久没往下说，两只手不住掐衣角，这一回倒没穿粗麻布衣裳，只是夏日大家都穿薄绸的，女人在衫子外头再罩绉纱或羽纱衫子，好看又凉快，她却还穿着离开方府那日穿的春日衣裳，青绫衫子，藏蓝色褙子，热得额头密密汗珠子。

何栎咬了咬牙，到底是亲生母亲，无法漠然视之，低声道：“进屋说吧。”

屋里搁了冰盆，一扫外头的炎热，何姜氏气儿顺了，话也说得流畅了，一口气说完，眼巴巴地看着何栎。

原来何舆从大牢中出来，规矩了几日耐不住，又跟一帮酒肉朋友出去吃喝。天天一身脂香腻粉味回来，方香雯渐渐起疑，他甜言蜜语哄着，两回三回，方香雯再不相信他了，闹嚷叫骂。芊月帮着方香雯，何舆不耐烦，把她发卖了，方香雯大怒，吵嚷更甚，何舆不理她，数日前离家，一走好几天不回。方香雯到处找，今日中午在挹翠楼一姐儿的房间里找到了他，两人拉拉扯扯回家。方香雯大骂何舆忘恩负义，何舆骂她不要脸不检点淫奔无耻，又说她一家子阿娘阿兄都要他养着，别摆什么娘子架子。方香雯气极大骂，说他花的是方游丰分家的钱，柳氏听得这话炸了，问方香雯讨要方游丰分家所得的五万金，方香雯都给何舆了，找何舆要，何舆矢口否认，说方香雯诬赖人。还把方香雯和柳氏、方游丰的衣物都扔出门去，柳氏和方香雯一起撒泼大闹，抓打何舆。

何姜氏见闹得不像话，急来找何栎。

他过去能做什么？难道给何舆壮声色，帮何舆镇住方游丰，霸占方游丰的家财？

时至今日，母亲还如此愚犟不明吗？

何栎失望至极，冷冷道：“舆郎里外烂透了，母亲若还想救救这个儿子，就等丰郎和双瑞、双福回来，帮着制住他，让他把丰郎的家产交还，否则他迟早死路一条。”

“那些钱自是得还的，只是你弟弟一毫营生不会，没钱，日子可怎么过。你过去，帮着劝他归还，以后每个月给他十缗八缗钱花着，可否？”何姜氏讷讷。

“我为什么要给他钱？他有手有脚的，十八岁了，凭什么要我养着他？”何栎气极大笑，“做伙计做苦力，不拘做什么，只要肯干，总不会饿死的，凭着付出赚的钱过日子，再苦也比依赖他人过日子强。”

“你弟弟从小没吃过苦没受过气，哪做得了伙计博士，那是你亲弟弟，你关照一二不行吗？”何姜氏凄然道。

“他凭什么不受苦不受气？有才华还是有能力？什么都没有，就该受苦受气。”何栎说了一半顿住，母亲愚犟不明，溺爱幼子无度，说也白说，懒得再说，起身，漠然道，“儿事务繁忙，不陪母亲了，请母亲走吧。”

何姜氏对何舆也失望透顶，也觉得何舆做的那些事不厚道，只是慈母心肠，不自觉便溺爱放纵，不舍得儿子受苦，见何栎绝情不肯帮忙，出得扇坊，想了想，往方府去。想求方姜氏，让方家再给何舆发月例钱，临近观前街了，想起自己上回抱雉儿出府一事，又赧然，无颜见方姜氏，转身离开。

她要找方姜氏，柳氏跟她的想法如出一辙，也跑方府来了。

所求却是要方姜氏派人过去抓住何舆，帮方游丰把家产要回来。

引泉再不让柳氏进门的，命人打走她，事关方游丰的五万金家产，柳氏不肯走，又哭又叫，引泉等人打了一顿，但不敢真下死力，赶不走，只得入内禀报。方秀绮听说了，让不必禀方姜氏，自己出来料理，大门里头站着，婢女仆妇围随，寸步不让，不让柳氏进府，要她离开。

“我是你亲生阿娘，丰郎是你亲阿兄，你居然不帮，狼心狗肺，牲畜不如。”柳氏大骂，骂完方秀绮骂方姜氏，“何舆是她外甥，她甭想撇清，钱要不回来，我就找她讨去。”

“阿娘这话真真好笑，何二郎当日被何大郎关在厦屋里头，是大姐非得要抬了跟他走，与母亲何干？大兄的家产给你们拿走了，你们保管不善，跟母亲又有何干？当日白纸黑字写得分明，恩断义绝，生死各不相干，阿娘若是忘了，我便差人请族中长辈过来提醒阿娘。”方秀绮脆生生道。

柳氏哑口无言，指着方秀绮颤颤骂：“你且莫得意，总有一日毒妇跟方临汝不要你了，你来求我，我也不收留你。”

“阿娘无须操心我，二兄哪怕自己饿死，也会把最后一口饭留给亲人吃，儿一点儿不担心。”方秀绮淡笑，说了这些，便不说了。柳氏死赖着不走，打狠了出人命不行，也不能真个动手打亲生阿娘。索性命人搬来几案胡床，大门里头坐着，让众人传话下去，有事找她到大门这边来。

她这些日子帮着方渭、舒九娘担起一半的家事，事儿不少，络绎不绝的人过来请示，一一发落。柳氏谩骂随她骂，听而不入耳，不往心上放。

江楚泽一路风尘进了润州城，快马至方府门前，看到的便是这样一幅画面。

大门外喧嚣人间市井泼妇叫骂，门里头桃华年纪小娘子闲云野鹤出世离尘，条理分明断着事。白衫绿裙，外罩羽纱半臂，绿玉耳珰，倭坠髻上一支绿玉簪子，垂着一串玉白珍珠坠子，寻常不过的家居衣裳，却衬得她甚是清丽秀美，娇俏可人。

小娘子蓦地抬头看来，四目相对，潋滟的红从她脸颊浮起，接着晕开，整张脸，乃至耳根脖颈都红了，渲染开一片羞涩的春色。

江楚泽专注地看着，虎目里头神色莫辨。

方临汝继位大典他本想赶过来，不巧几个庶出弟弟弄了天大一件事出来，抽不开身，方临汝书信到来前，他已从旁的渠道得知家主继位大典上的变故，恍然大悟方临汝当日为何不用美人团扇开订扇会，对方临汝的敬佩又重了一分。三万金不是小数目，当时江氏也面临危机，他其实很需要钱，可他情愿抵当出江家大宅，跟亲友借贷，也不跟方临汝索讨借款。

接到方临汝书信，打开画像，他呆住了。

方临汝居然是女人！

果敢刚毅，英姿飒然，笑谈捭阖，商场纵横驰骋尽显男儿豪迈本色的人，居然是个女儿家。

江成欢天喜地提议他备礼上方家向方临汝求亲，以免被别人捷足先登。

向方临汝求亲?

他沉默，看方临汝随书信捎来的画卷，画上方临汝低眉浅笑，羞颜如花，陌生得紧，不是他熟悉的那个方二郎。

眼前这个小娘生得鲜脆娇嫩，骨子里跟方临汝却很像，闲淡，从容，是非分明，刚毅坚定。

江楚泽微微一笑。

就是她了！

跳下马，大步走到柳氏跟前。

高大一尊铁塔矗立跟前，柳氏吓得直直倒退了，仰起头，脖子都酸了方看到江楚泽的脸。古铜色肌肤，刚硬方正的脸，一双虎目不怒自威。柳氏垂睫，不敢看，要离开，寻思这不是方家的人，是外人，在外人面前闹，方府没脸，少不得就依自己派人过去制住何舆，当下扯开嗓门诉说，一面捏着帕子翘兰花指揉不见一滴泪的眼角。

方秀绮臊得脸没处埋，外人在场，一时不知如何是好。

江楚泽看她，嘴角噙笑，一双虎目居然也是柔情涌动，方秀绮垂睫，白面红霞罩染，江楚泽直看得她两手捉对儿撕打，许久方收回目光，回头看向柳氏。

柳氏冲他飞媚眼，扭腰摆臀，搔首弄姿。

方才被引泉命人推搡，精心梳的单螺髻乱了，蓬蓬如一个鸡窝窝顶在头上，衣领歪斜，裙腰半坠，像戏台上的小丑，不自知，还只当风情迷人。

方秀绮羞极气极，喊人："抬铜镜来给柳姨娘照照。"

婢女脆声应好，飞奔而去，飞奔回来，铜镜立到柳氏跟前，柳氏往里一看，里头夜叉一个，跟戏台上耍杂耍的红屁股猴子般，臊得捂脸急逃。

江楚泽摇头，前因后果柳氏唱了一回，又听方秀绮斥她，清楚明白，扭头看方秀绮，温声道："她愚蠢不堪，你却知道如何把钱讨回来的，为何不教她？"

"我……"饶是心无绮思，究竟是在一个陌生男人面前，未免羞臊，方秀绮许久说不出话来。

"皆因有的人作天作地，谁都欠着她，你若好意待她，她不只不感恩，反无穷无尽需索，帮她乃是捧虱上身，连自个儿都不得清静了，少不得只能撇清，撇得越清白越好。由得她坠入地狱，那是她自找的，非是咱们见死不救。"

清朗的声音大门外蓦地响起。

方秀绮抬头，江楚泽转身，俱是眼睛一亮。

一人欢声喊："方二郎！"

一人哽咽着叫："二兄。"

一齐朝方临汝疾冲过去。

江楚泽腿长，一步顶方秀绮两步，重重地按住方临汝的肩膀，虎目里头无边欣喜："别时可好？"

方秀绮落后几步，怔了一下，默默后退。

"此前很不好，差点儿见不着你了，江兄这时候才来润州探望我，我可是生气了。"方临汝笑吟吟道，风尘仆仆，锦袍不甚齐整，与江楚泽一般无二的狼狈，一拳捶了过去，朗声道，“这回可不容你当日就走了，必得住下，由汝好生款待些时日方可。”

“但凭做主。”江楚泽大笑。

方临汝寻方秀绮，方秀绮已不见了。

两人并肩入内，金阊厅中对面坐下，方临汝最是沉得住气的人，也抑制不住欣喜之情，把方家已获皇商殊荣一事告诉江楚泽。

江楚泽并不意外。

方临汝眼里首先看到的是他人，其次才是她自己，她会因坦荡而损失金钱，会因仁厚而遭受更多挫折。最终，定是上下敬服，人心归向。

众志成城，山海可平，方家今日的风光势在必然，情理之中。

微微一笑道：“某知道方二郎必非池中之物，眼下不过牛刀小试罢了。”

方临汝赧然，此事俱赖崇徽之力，不便细说，只笑笑，问江楚泽，江氏发生了什么事，以至他直过了八个多月才赶了过来。

“我阿爷去世后，母亲身子一直不好，内宅有所疏忽，几个弟弟勾结弄了人命案出来，被我平息了，又闹分家。”

人命官司非同小可，分家更是伤筋动骨，再大的家业分家后也会七零八落，从他口中说来却如饮水喝茶，闲淡平常，方临汝感佩不已。那时节，想也知他手上银钱短缺得很，他却咬牙顶着没开口跟方家讨账，当时他若讨账，方家真个撑不下去。

这份恩情天高地厚，方临汝起身，长揖到地：“虽说大恩不言谢，然汝却不能装聋作哑，江大郎以后有所驱策，汝赴汤蹈火在所不辞。”

江楚泽挽起方临汝，注目看她，拉长嗓子“哦”一声，道：“但有驱策在所不辞吗？那以身相许如何？”

方临汝一僵，手肘肌肉紧绷。再见面，他言谈神色都当她兄弟朋友，她浑忘了自己已将女儿身一事相告，便是想着，也没料到江楚泽会是挟恩索报之人。

江楚泽朗声大笑，重重拍方临汝肩膀：“方二郎，做不到的事别夸海口，小心马前失蹄。”

方临汝抹一把额头汗水，拍胸膛：“吓死汝了，江大郎以后莫开这种玩笑的好。”

“不是开玩笑。”江楚泽却又沉了脸，正颜端色，在方临汝面色大变时又大笑，起身朝方临汝行礼，“某想向方家求亲，求方二郎把令妹许婚于我。”

“绮娘？”方临汝大喜。

江楚泽人才家世品行俱佳，嫡长子，又是家主，方秀绮是庶女，得以许配给他，委实不错。

“正是，方二郎肯成全否？”江楚泽笑道，虎眸点点柔情。

自然是愿意的，答允的话到唇边，方临汝又刹住，肃容道：“婚姻大事非同小可，还需从长计议。”

江楚泽没想到她不是一口应承，微有讶然。

方临汝并不是要拿着捏着，而是另有考量。

婚姻结的两姓之好，并不是江楚泽人才好便可以不顾虑其他。

他是嫡长子，高堂尚在，江夫人能否接受一个庶女做媳妇不得不考虑，她不想方秀绮嫁进江家后受委屈。

还有，大家子弟成亲前多有通房，成亲后纳妾平常之极，她却想帮方秀绮觅一个重情专一不纳妾的夫郎，江楚泽今年已二十一岁，这个年龄只怕府里已有通房了。

她阿爷只是柳氏一个通房纳为妾，便够乱的，江楚泽若是也有通房，她情愿往门第低的人家里为方秀绮觅夫婿，只要人才好品性好，没通房，又能承诺一生不纳妾，家贫也无妨。

大不了方家陪送铺子田地等，许他们小家庭一世丰足。

听方临汝说了顾虑，江楚泽动容不已。

江氏于方家有恩，家大业大，与江氏联姻，对方家大有益处。方临汝若是只为家族利益或个人私利，当是毫不犹豫答应，她却没有，心中只有骨肉之情，怎不让人感佩。

方秀绮跟她又不同母，更难得可贵。

有这样重情重义的“内兄”，又是她看重的人，相信方秀绮也是懂礼之人，江楚泽结亲之心更坚定了。

“我母亲说过，不在乎媳妇出身，只要我喜欢即可，至于通房。”他摊手，自嘲道，“我不善甜言蜜语，不解风情，又生得粗壮，府里婢女畏我如虎，方二郎大可放心，侍候我的都是小子，从没婢女近身过。”

以他的人才家世，哪会是婢女看不中他，这是洁身自爱不近女色却不欲自我标榜了，方临汝喜出望外。

样样如意，脱口要应下亲事，转念间又摆手。这回，不说因由了，只道：“江大郎容我再思量思量。”

“你想先问过你三妹是不是？”江楚泽一眼看穿，笑道，“有劳了，烦请方二郎这便差人去问。”

样子迫切得很，方临汝莞尔，让江楚泽等着，自己亲去问方秀绮。

听说江楚泽没有通房，还承诺以后不纳妾，方秀绮羞颜低眉，自然愿意，方临汝大喜。回到金阊厅，当即与江楚泽交换了订亲信物，议定等方秀绮孝期满，便行六礼，择良辰吉日成亲。

两人都是长途跋涉，风尘仆仆，说了这许久的话，方临汝起身，要引江楚泽去安置，门外传来急切凌乱的咚咚脚步声，何栎如一阵旋卷风刮了进来。

气促面红，汗珠密布，江楚泽高大一尊铁塔不存在，眼里只有方临汝，眼神明亮，一瞬不瞬地看着方临汝。

一别数月，方临汝也红了眼眶，低喊一声“表哥”，喉底哽咽。

“你们表兄弟……表兄妹叙话，我自便去。”江楚泽笑道，出门去。

已是自家妹夫，不必拘礼，方临汝也没在意。

“汝郎！”何栎低叫，仔细看方临汝，眼睫毛都能数出有几根的专注。

牵肠挂肚，一颗心吊在半空中，如今得见，恍如严冬里枝头将要凋零的花儿突遇春风。霜雪解冻，春暖花开，每一片花瓣舒展开，又如置身漫天霞彩之中，风景不胜美妙，只想把方临汝好好瞧着，瞧个够。

方临汝嘴角挑起，微微笑着，眼里却忍不住大颗大颗泪珠滑落。

她在外，再大不适也不过一个人，冷冷暖暖顾好自己便完事。何栎则不然，方家一大家子都要靠他，背着本不当他背的责任，做得好无功，略有差池，兜头责难。

见到他，天地的颜色也变得明丽秀润，克制不住的欢喜，满溢出来的丰沛情绪，心头潮热，四肢百骸暖洋洋的，无处不舒适。

泪眼相望许久，何栋低低问：“这一路可还好？”

“大病了一场，好在挨过去了。”方临汝叹道，笼统说好，他心中必是百般猜测，九转回肠，反为不好。

何栋蓦然变色，往门外奔高声喊人请王大夫。

“已经痊愈了。”方临汝含笑道，拉他回厅，握拳挥臂，虎虎生风，“你看，这不好好的吗？”

何栋抿唇，眼睛通红：“以后再不让你一个人出远门了。”

一个人出远门确实不方便，方临汝乖巧无比应下，拉了何栋坐下，细说别后情形。

“这是你行善得好报，若没从谢夫人手中救出兰荪，又不计前嫌发还卖身契，送她钱送她离开润州，也不能得她相帮了。”何栋笑道。

“其中也多得冬雪几个穿针引线，崇徽方能跟兰荪碰上面，此皆表哥的功劳。”方临汝笑道。

“我当日虽说赎了她们，却很绝情地拒绝他们回府的哀求，幸好她们没计较。”何栋微有后怕。

“你不让她们回来也是为她们好，回来了，舆郎又要她们帮他做事，她们应也不是，不应也不是，倒两难了，如今也挺好。”

总是自私了些，好在冬雪几个不像何舆，只记得他的好不记他的恶。

这次事成全靠崇徽，方临汝看起来也完全相信崇徽了，何栋关切道：“崇徽呢？怎么不带他一起回家？”

回家！

方家能是崇徽的家吗？

方临汝沉默。

家主继位大典上，方家被打进十八层地狱，声名扫地，她在绝境中凤凰涅槃浴火重生，带方家从死地走向生天。感情上，却找不到出路，她也想莽撞地不顾一切地不问往后只把握眼前，接纳崇徽，不离不弃。可是她是方家家主，她不能只顾自己，而将方家推进水深火热中。谢夫人偏执疯狂，崇徽叛出谢家门走进方家，安肯善罢甘休，定是诡计百出对付方家的，即便方家无骗局可拆穿，她也会无中生有，死死纠缠不放，方家将又陷险境。

如鳖在瓮中，左奔右突，失措无助，回天乏力，进无门，退无路。

不知何时陷了进去，情之所钟，身不由己，待要回头时，已陷得太深。

进城后，崇徽倒不像路上那么黏缠，车马行下马车后，大步流星走了，也没说什么。

何栎欲要劝说，又不知从何说起。

心疼方临汝，同情崇徽，独独忘了自己。自己一颗心已碎成千百瓣，遍体鳞伤，爱而不得，却只不争不抢，默默忍受着折磨。

方临汝不欲在崇徽身上纠缠下去，沉默些时笑着转开话题："方才听得柳姨娘跟绮娘争执，舆郎竟是从大牢中出来了，这是为何？"

何栎面上欢喜之色褪个干净，把那日的事细细说了，赧颜道："都是我虑事不周，致放虎归山。"

"与你何干，家贼难防。"方临汝摇头，长叹了口气，道，"姨妈心是善的，只是对舆郎溺爱无度，爱而不适足以害之，她不明白这个道理，早晚自尝苦果。"

何栎对何姜氏已失望透顶，把午间何姜氏又来找自己的经过说了，道："她还看不清，这时若能帮着丰郎索回家产，他一个子儿没有，咱们这边又不接济，无路可走，说不得就得去谋生计，知道钱财来之不易，兴许就改了性子，从此脚踏实地了。"

说到此处，问方临汝："五万金任是再会花，也不至于几个月就花光了，应还是有不少，要不要派人过去帮着丰郎索讨？"

"不了！"方临汝摇头，有些累了，支着引囊，身体略歪，懒洋洋道，"阿兄不是无可救药之人，然则被柳姨娘拿捏得死死的，除非他自己立起来，不然，咱们沾上他，就跟柳姨娘撇不清了，迟早招祸。便如姨妈跟舆郎，姨妈其实是好的，禁不得舆郎烂透了，她又无法跟舆郎断了关系，一而再再而三为祸方家，如今虽说大定，可我也不想节外生枝，理不相干的人。"

何栎低眉。

方游丰到底是方家长子，她若只是方家女儿，也罢了，偏她是家主，眼里看的是整个方家，眼下被方游丰气得狠了说不理，真个不理，将来免不了要后悔。

思量些时，道："不然，咱们给丰郎一个机会吧。"

给方临汝出主意，暂且不公开方家已成皇商的消息，方游丰若能凭自己之力讨回家产，且主动把家产送来给方临汝，表示要先助方家渡难关再徐图个人发展，便拉扯他一把。

团扇行业如今方家一家独大，不需公开方家已成皇商消息挽救方家，方临汝自是赞成。

两人又说其他，说了许久，暮色起，刚要入内院拜见方姜氏，引泉差人过来禀报，方游丰带着双瑞、双福抬着一个大箱子来了，求见方临汝。

抬着一个大箱子？

方临汝和何栎相视一眼，方临汝轻吁出一口气，道："过去看看吧。"

府门口聚了不少下人，小声嘀咕嗤笑着，方游丰披散着头发，赤着上身，后背绑着一把紫竹条，跪在府门口。他的背后双瑞、双福亦然，抽抽搭搭地哭着，一旁搁着一口大箱子，正是当日分家时装金子抬走的箱子。

负荆请罪到了他这里成了负竹请罪，不学无术闹出这种差错，方临汝嘴角抽搐，伸手挽方游丰，口中问道："阿兄这是做甚？"

"我错了，汝郎你原谅我吧。"方游丰臊着脸道。

"我不明白阿兄说什么。"方临汝淡淡道。

方游丰脸庞涨得通红，把眼看双瑞双福。

"二郎，你救救大郎救救我们吧。"双瑞、双福爬过来，一人抱住方临汝的一条腿，哭哭啼啼，一把鼻涕一把泪诉说。两人攒了一缸苦泪，开始只是要博方临汝可怜，后来越说越伤心，泪雨滂沱，浑忘了做戏。

自分家了，两人受尽柳氏的气，被方香雯动辄喝骂，何舆从大牢出来后，两人更是过得连狗都不如。

今日方游丰回去，听说自己的家产尽落何舆手中，要不回来，气性起，挥拳向何舆，两人当即上前帮忙，多得他俩之力，何舆被揍得无还手之力，只能供出金子藏在他另租赁的一处宅子里。主仆三人押着何舆过去抬了金子出来，哪里都不敢去了，急奔方府求方临汝庇护。

两人说了许多，末了道："是贱奴的错，没有好生规劝大郎，二郎若不给大郎回府，贱奴只好一头碰死在二郎面前以赎罪。”

“那你们碰死吧。”方临汝凉凉道，掰开两人的手返身回府。

“二郎！”双瑞、双福绝望大哭。

方游丰如遭雷击，瘫软地上：“汝郎，是我错了，我不该在咱们家内外交困时还逼迫你分家，我……我当时糊涂，一心想快点儿把瓷行办起来，我把金子都给你，再也不提分家了行不？”

方临汝回头，淡淡问：“分家时你分得五万金，眼下拿回来多少？”

方游丰低垂头，无力道：“三万金。”

一年不到少了两万金，方家扇坊全盛时一年也赚不了两万金，方临汝气得一脚朝方游丰踹去。

方游丰惊恐地瞪圆眼，身体闪了闪，却没避，硬生生受了方临汝一脚。

何栎一旁看着，叹了口气。

果然还是丢不开，若是把方游丰当不相干的人看待，方临汝就不会发火，更加不会打他。

方临汝踹了一脚又一脚，双瑞、双福吓得瑟瑟发抖，方游丰抱着头，老老实实地挨着，没闪避，也没号哭。

方临汝踹累了，停下来，吭哧喘着粗气，何栎以为她要让方游丰进府了，却听她道：“表哥，把竹枝巷那处宅子的钥匙给阿兄，派方盛过去帮衬着，城里好生瞧着，宅子和铺子有合适的就各买一处下来。”

“汝郎，我不要单过，求你让我回来。”方游丰方才挨打没哭，这当儿嘶声哭起来。

方临汝轻叹，把他拉起来，细细帮他拭泪，温声道：“树大分丫，儿大分家，亘古如此，阿兄慢慢学着立起来便是，你看这回我跟表哥不在你身边，你不就依靠自个儿跟何舆讨回金子了吗，我相信假以时日，你一定能独当一面，做一家之主。”

“我……我……”方游丰哭得更伤心，高高大大的汉子抽抽噎噎，哽着嗓子道，“是我不好，你处处为我考虑，我却只顾自己。汝郎，我不弄瓷行了，这钱你拿着，把借人家的钱先还了，往后扇坊赚了钱再给我弄瓷行，三年五年十年八年都行，我等着。”

“我这边如今不缺钱了。”跟何栎商议的方游丰已做到了，方临汝也不瞒他了，“咱家已成皇商了，钱不紧缺了。”

“这么好！”方游丰欢喜无限拍手，复又羞臊，“我是阿兄，却什么都不能帮你。”

“你把瓷行干起来，能自立门户，阿爷在天有灵也安心，便足够了。”方临汝笑道。

何栎唤人把方盛叫出来，叮嘱几句，又嘱了双瑞、双福一番，让他们尽心服侍方游丰，只要不生坏心，护着主子，少不了他们好处。

双瑞、双福开始见方临汝不让方游丰回府，哭丧了脸，后来见方临汝不是不管，登时喜笑颜开，两人凑到一起嘀嘀咕咕，又凑到方游丰耳边咬耳朵，方游丰连连点头。

却是怕柳氏回头又要拿方游丰的金子，或是何舆又耍什么诡计阴招，想把金子交给方临汝保管，以后买宅子置铺子日常应用再来找方临汝支钱。

“不成，既已分家，断没我再替掌家之理。”方临汝断然拒绝，再管下去，方游丰就成没断奶的娃儿，再也长不大了，他总得试着自己挑起担子。于是让方盛带着方游丰去那处小宅子安身，径自回府。

过照壁，方临汝刚要跟何栎说起江楚泽跟方秀绮订亲之事，大门外传来柳氏的哭喊。

跟她以往的作张作致雷声大雨点小的做派不同，这一回的哭声悲凄痛楚，撕心裂肺。

方临汝跟何栎相视一眼，均是面色一沉，不约而同转身，快步往大门走。

柳氏蓬头散发，脸上青一块红一块，精致的石榴裙上大片湿渍，葱绿衫子和桃红大朵绣花裹胸上也水淋淋的，袖子还在滴答淌着，细看，是鲜血，方临汝瞳仁缩了缩，双手不自觉地攥起。

见方临汝出来，柳氏跌跌撞撞扑到方临汝脚边，嘶声叫：“二郎，你要为雯娘做主啊……”

她在方府闹了一阵后回去，不料方香雯遍身鲜血倒在地上，已没气了。

何舆和何姜氏都不见了，想也知是何舆害死方香雯的，求方临汝追究何舆，为方香雯报仇。

方临汝怔住。

气过恼过怨过，心里不把方香雯当姐姐，被逼得狠时，也曾想过方香雯有朝一日自食恶果，那时就解气了。这一天当真到来，到底是一父同胞骨肉，不由得恍惚。

天边霞光璀璨，眼底却只有黑暗，漫长的时间里，失明似的感觉不到光亮。

许久，方临汝低叹一声，道："你去报官吧。"

"让我自去报官？你不管？雯娘是你亲姐姐，你怎么能这么绝情！"柳氏跳起来，指甲尖尖的食指戳到方临汝鼻子底下。

何栎一个箭步上前，把方临汝拉开，护到他身后，冷冷道："柳姨娘这话好生奇怪，迎宾楼中谁当众说方香雯不是我姨夫骨肉的？不独方香雯，便是方大郎，分家时柳姨娘在族中长辈面前也说过，方大郎是你肚子里出来的，与汝郎无关，白纸黑字立了字状，生死富贵各安天命，如今又提什么姐姐，好不打脸。"

"你们……你们……"柳氏语结，眼珠子一转，朝何栎撞去，口中大叫，"便是雯娘与你们无干，何舆可是你们的亲弟弟跟表弟，他害死我女儿，你们偿命来。"

方临汝拉着何栎侧身一闪，柳氏撞了个空，跌倒地上。

方游丰未走远，柳氏哭喊着也便回来瞧究竟，臊得捂脸，低喊双瑞、双福、方盛："快走。"

方临汝懒得喊人打走柳氏，命众人："闭府门，她爱哭哭去。"

第六十八章　不肖子孙

厚重的两扇大门闭合，柳氏六神无主，回头找方游丰。

方游丰早不见了。

柳氏凄凄惨惨地不知如何是好，闹亲人很有一套，旁的什么都不懂，便是上府衙告状，也不知怎么做。

回了吉安里，方香雯尸体横在地上，何舆和何姜氏还是不在，方游丰也没回来，屋主倒是来了，听说闹出人命，要收回房子。

柳氏不同意，屋主强硬地把方香雯的尸体抬出去扔在大街上，接着扔物品。柳氏无法，回房收拾细软钱财，首饰珍玩此前交给方香雯，早让何舆得了去，身边只有方香雯哄骗给她的蝇头小利，十几缗铜钱。她在方家时衣食住行有人打点，出来这几个月也不曾自己管事，什么都不懂，长街中坐在地上抱着方香雯的尸体哀哀痛哭，不知如何是好。

路人指指点点，有方氏族人经过，大声嗤笑。

“当日方二娘去世，方二郎悲痛欲绝，她一日工夫等不得，非逼方二郎卖宅子，五万金卖宅子，一分为二他儿子只得二万五千金，她偏还是要三万金，逼得方二郎没办法典当了宅子给钱。这可好，听说就几个月工夫将她儿子的钱送掉两万金了，把钱当柴火烧都没烧这么快，真是报应不爽。”

“何舆偷鸡摸狗，何大郎把他关起来了，方大娘非要抬了他出方家，还没成亲呢就住一块，两个都是不要脸的，沆瀣一气，坑完方二郎又坑自己阿兄，死了活该。”

……

不知情的路人听了，一齐撇嘴，啐一口走开，没一个同情施以援手的。

柳氏又羞又悲，一行哭，一行四周偷偷瞧着，寻何姜氏。

这些日子看着，何姜氏是个好性子且心善的，想必不会眼睁睁看着方香雯暴尸街头，眼下能帮忙的也只有她了，找了许久，却始终不见何姜氏，失望之余，破口大骂。

何姜氏和何舆此时在府衙中。

何舆旁门左道在行，其他事儿上头却不灵光，一向顺遂，连方临汝何栎都不能拿他怎么样，方游丰又一向胆小怕事，浑不把方游丰放在眼里，跟方香雯柳氏撕掳开了，竟也没想着要离开暂避风头，反赶方香雯和柳氏出门。

不意方游丰病猫变恶虎，挥拳相向，又有双瑞、双福两人助阵，双拳难敌六只手，吃疼不过，被逼着交出金子。

回来后，急忙甜言蜜语哄方香雯，还要借方香雯这条过桥板弄钱，谁知方香雯不上当了，咬牙切齿骂他，什么猪狗不如无用废话等语，恶毒鄙夷之至。

何舆陪了话多好话竟然不见效，立即恼了，狠狠扇了方香雯一巴掌。

方香雯转了一圈摔倒，恰栽到矮案上，顷刻间下体血流如注。

何姜氏急去请大夫，大夫过来一诊脉，原来方香雯已害喜两个月，孩子没了，方香雯也因失血过多没救过来。

何舆弄死人浑不在意，只愁没钱花，眼下跟方姜氏要钱不容易要到，方家防患森严，也不能故伎重施抱孩子出府敲诈。出门，在药铺里买了一包毒鼠药，要何姜氏装惨回方府住下，给两个孩子下药，然后假装有解药，让方姜氏何栎给两万金他就给解药。

何姜氏怔怔失语。

血泊里的方香雯圆睁着眼，眼白上翻，死不瞑目。

她也许品行有亏，可对何舆却是真情实意的，无婚约没成亲离家跟了他，帮他骗亲生阿娘阿兄的钱，如今怀着他的孩子，何舆却如此绝情，半点儿伤心之色亦无。

雉儿和幼奴两个稚子何辜，他害死他们的阿娘，还要对他们下药。

他心肝烂透了，一肚子的坏水，不可能改过，他也不觉得自己有错有过该改。

不该抱出雉儿逼方家撤状救他出来的。

若他没出大牢，便不会枉添杀孽，方香雯生下孩子，她夫君还能有后。

何姜氏想起何栋的一次次劝说，看看何舆硬塞进自己手里的毒鼠药，跌跪地上，失声痛哭。

“我还没死呢，号什么，快去。”何舆恶狠狠道，踹何姜氏。

那一踹半点儿不容情，何姜氏小腿骨嘎一声响，疼痛难忍，颤颤站起来，拭净面上泪水，低声道：“好，我去。”

何舆哼哼，翘着腿大模大样不可一世地坐着，等着黄灿灿金子送到面前来了，然后出去挥霍，听吹捧奉承。

何姜氏出门，回头看，何舆一袭茜草粉蜀绸锦袍，脉脉桃花眼，绝美风流容色，何姜氏牙齿把下唇咬出血来，五脏六腑撕裂开。

方家被害得那么惨，经不起他再去折腾。

妹夫和妹妹在她带着两个儿子走投无路时收留了他们，锦衣玉食供养，待两个儿子一如方家子弟，她却恩将仇报，如何对得起妹夫和妹妹？对得起方临汝？

自己不听他的话不害方家，他会从别的地方对方家下手。

这个烂到骨子里的儿子不除，方家永无宁日。

他早晚走上死路，晚些时死，造的孽更多。

心灰意冷，绝望至极，拿定了主意，往府衙而去，出告何舆。

方府这晚大摆宴席，为江楚泽接风，兼庆贺方家成为皇商和方秀绮议亲之喜。

席上本应欢声笑语，因着方香雯的死，何舆弄出人命，大家都没甚兴致。

席散，方姜氏半晌不离开，方临汝知她有话要说，便由何栎陪江楚泽，自己搀扶着她回芙蓉堂。

诸事顺遂，花草树木也解人意，怒放繁茂，生机勃勃，方姜氏把随侍的婢女都遣走了，与方临汝母女俩慢慢走着。

月色悠悠，没有灯笼前头照路亦无碍。

柳氏府门前那样大叫大哭，方府里多少人都知道了，方姜氏自也知道，等方临汝主动提，方临汝不提，憋了又憋，终是忍不住，期期艾艾道："要不把你姨妈接回来？"

方临汝不说好也不说不好，扶着方姜氏缓缓走，脚下靴子落在卵石小径上，沉沉一声声。芙蓉堂在望，停下脚步，反问道："接了姨妈回来，姨妈若求我们救舆郎，母亲打算怎么做？"

方姜氏无言以对。

何舆害死素心、素问，使得方锦枫失了生志离世，两个无辜孩子出生便没爷娘，救何舆万不愿意。然而，要她对何姜氏不管不问，却又做不到。

芙蓉堂在望，方姜氏嘴唇嚅动，还想再说，一个婆子跌跌撞撞奔了来，尖着嗓子大喊："夫人，二郎，外头传来消息，说……"

方临汝平平静静，几多风雨经历过，眼下便是天塌下来亦无畏无惧。

方姜氏却是霎地白了脸，惊道："又出什么事了？"

"姨夫人……去府衙出告……何二郎，何二郎被下了大牢了。"婆子结结巴巴道。

方姜氏怔住，方临汝也惊呆了，母女俩面面相觑，一句话说不出。

静夜寂寂，夜风吹过枝头，树叶簌簌响动。

沉默些时，方临汝道："母亲且去歇着，我去看看。"

走得百来步遇上何栎，却是也听说了，跟方临汝一般想法——何姜氏若是能对何舆绝望不再理他生死，他们也不能置她于不顾，正想出府去探望。

"一起去吧。"方临汝道。

长途跋涉，到家了也不得安歇，何栎微有歉然，知她面冷心热，对亲人关切在意，不亲自去看一看不放心的，也便没劝她别去。

两人先到府衙，不见何姜氏，又往吉安里去，柳氏抱着的方香雯尸体还在大街上哭着。方香雯满身鲜血凝结了，月色下沉暗的黑，头发乱糟糟披散着，双眼圆瞪，死不瞑目。方临汝想起她之前的招摇猖狂，浅薄轻浮目中无人行止，报应来得当真快，摇了摇头。

柳氏可怜巴巴地看她，不敢再哭骂。

方临汝视而不见，策马进小巷，门上挂上铜锁，不见何姜氏。

许是路上错过了，何姜氏去方府了，两人打马急调头。

“二郎，求求你……”柳氏背后哭喊。

方临汝催马扬鞭，片刻不停。

何姜氏没到方府，不过托人送了一封信过来。

何栎看过，怔怔递给方临汝。

何姜氏信中道，她后悔了，后悔溺爱无度害了何舆，无颜再见何栎和方姜氏、方临汝，到会莲庵出家了。

“姨妈觉悟得太迟了。”方临汝轻叹。

何舆不过十八岁，此前很多次，在他偷她母亲房中器玩时，在他偷扇坊扇坠时，在他竟然意图迷奸方锦枫时，在他偷柳氏首饰时，在他不孝辱骂亲生母亲时，在他伙同方香雯败坏方家名声时，在他逼何姜氏偷方家传家宝扇时，在他侵夺方游丰金子时……那么长的时间，何姜氏若能狠下心对何舆严责重治，不惯不纵，何舆在歪门邪道上无路可走，也不至于一步一步走向绝路。

方姜氏连夜出城去会莲庵劝何姜氏回来，何姜氏此番却看破红尘，坚持不回方府，方姜氏无法，哭成泪人，还要方临汝和何栎去劝，方临汝和何栎都没去。

心中深知，何姜氏自责悔恨只是一方面，让她绝望的却是何舆一步一步走上死路。

亲自出告疼如心肝的儿子，对一个慈母来说，打击何其之大。

无解之局，只能靠她自己慢慢走出来。

方香雯可恶得很，然则到底是同父姐姐，方临汝对她的身后事无法置之不理，只是不愿出面，怕被柳氏缠上甩不掉。翌日一早花钱托了城里济善堂的管事出面为方香雯收殓，自己悄悄跟着，看到方香雯落葬方回府。

想想方香雯才刚二十岁，便是恼得紧，亦不免伤感。

人生苦短，昨日红杏春色，转眼黄土一抹。

进漱石榭时，思绪还在山上，满山秋色，枝头树叶绿里透黄，坡上花儿将谢未谢，面上还是一片黯然之色。

琬初、璟初两个穿大红衫子，没系长裙，嫩绿灯笼裤儿，高挽着袖子，忙得很。

继位大典上出了意外，紧接着素心、素问去世，方锦枫去世，方临汝病倒，接着分家，方临汝的手臂又受伤了，伤好后又上长安去了，到如今还未搬进玉澜堂。昨晚方姜氏发话，让她们赶紧拾掇方临汝的东西，今日便搬进玉澜堂去，免得外头看着忒不像话。

方家绝地回生，甚至风光更胜往昔，琬初、璟初两个身为方临汝的贴身婢女，粉面生春好不得意，做起事风风火火，半日工夫便收拾完了，又到曲溪馆，帮着沐雨、清泉搬何栎的东西过来。

方临汝进门，摆设铺陈陌生得紧，使劲眨眼，半晌方回神。

“二郎该去玉澜堂起居了。”璟初笑道，拍小手，外头两个婆子进来，抬着一张肩舆，极大的椅子，扶手靠背齐全，顶上垂帷遮阳伞，恭恭敬敬伏身，朗声道：“请二郎上舆。”

方临汝忍俊不禁，一巴掌扫上璟初后脑勺，把她双环髻整得微乱，嗔道：“就在府里头，摆什么虚架子，都退了，我自己有脚。”

璟初呜呜假哭，琬初啐了她一口，笑道：“让你不好好说话，挨骂了吧。”

琬初细细解释，原来幼奴和雉儿两个一日一日长大了，屋里待不住总想往外头跑。方姜氏被何姜氏抱走雉儿吓着了，一时半刻孩子不能离她视线，必要跟着，两个孩子园子里走上好几圈都不倦，新鲜得很，方姜氏总跟着未免累。于是何栎让专门定做了一张肩舆，方便方姜氏抱着两个孩子由婆子抬着园里逛，这当儿，是让方临汝试坐，有哪不舒服需要改进的，让工匠改进。

何栎做事周到细致，体贴入微，方临汝感慨不已，应下了。

出门，刚坐上肩舆，白芷和方敬并肩走了进来。

方敬瘦竹竿一般，气质温文，手里抱上一叠书，像是要下场的举子。

白芷还是素常凉薄的模样，眉目淡淡，嘴角抿成直线，却又微有不同，那股子不同不明显，又不容忽略，如白雪叠压着的红梅，雪化了，天光晴朗，分外鲜艳。

白芷之前重病，方敬日夜不离照料，府里传开了。

方临汝回府后听说了，望着他俩欢喜一笑，朗声道：“正要找你们呢，我之前承诺要给方诚和疏桐大办婚事的，这事那事耽搁了，这几日择定良辰吉日就要办，你俩的亲事一起办，如何？”

“多谢二郎！婢女有话禀二郎。”白芷干巴巴地道，眉间浑无喜色。

方临汝怔了一下，挥手，让婆子和琬初、璟初都下去，转身进厅。

白芷和方敬随后进门，直直跪了下去，双手交迭于头顶，伏地叩首。

这是请罪的姿态！

方临汝细想回来听说的事，自己离家这些时，也只是何姜氏抱了雉儿偷偷出府这么件大事，那日守着雉儿的是翠翘和银杏，与她无干，便是与她有干，如何又扯上方敬？

方才没注意，这当儿才发现，白芷竟是一袭庄重的青绿色钗钿礼衣，那是小娘出嫁才穿的婚服，看方敬，一袭绯红色新郎梁冠礼服。

这是要做同命鸳鸯一起赴死之态！

方临汝地台上缓缓坐下，默看白芷和方敬些时，道：“说吧。”

白芷平静无波，从自己被强暴讲起，到以为方德清是恶徒，到谢夫人派人跟她搭线，她没要好处跟谢夫人勾结到一起，为谢夫人做了什么事，一五一十毫无保留。

原来如此！

方临汝死死抓着案几边沿，指节发白，极艰难地克制着。

自己曾感觉府里有内鬼，有人跟谢夫人暗通款曲，与何栎演了半个月戏，谢夫人那边却无动静，原来是那时她已悔了，不再传消息给谢夫人。

崇徽后来数次传消息回来，何栎的解药，郭成安的罪状，谢家扇坊的租赁契约等等，都是通过她。此番悬崖纵马，丝绳上跳舞，火中取栗，水里求生，危极险极。

当时她若有坏心，方家当真万劫不复。

姨妈真糊涂，竟然时至今日也不找自己坦白一切为崇徽洗刷冤屈。

崇徽那傻子，自己固然伤心欲绝，身边还有何栎陪着，有家人。可他，蒙冤无处诉，以前日日黏着自己，分开一时都难受，前一晚两情欢好，紧接着便被迫分开，那些日子不知怎么挨过来的。

一心一意想着要帮方家帮自己，跟他亲生母亲作对，却得不到自己的信任和理解。就在昨日，在他费尽心思帮方家争得皇商之位后，自己还冷脸相对，下马车跟自己分道扬镳之时，他的心不知多痛！

愤怒，恼恨，心惊，内疚，愧悔，种种情绪交错。

胸腔激荡，想大骂，想大笑，想大哭。

“我跟阿敬错了，是生是死任由二郎处置。”白芷再叩首，姿态昂然，跪着，身姿却无半分卑微。

怎么处置她和方敬?

方临汝定定地看着，想起许多。

家主继位之日方家美人团扇的秘密被揭穿，千夫所指，一落泥地爬不起来，始作俑者是谢夫人，白芷在其中起的作用也很大，居功至伟。若没有她通风报信，谢夫人不可能察知方家传家宝扇的秘密，也无法嫁祸崇徽，自己不至于受这七八个月锥心蚀骨的折磨。继位大典上骤变致方府门户大开，何舆得以入内，素心、素问因此丧命，方锦枫伤心欲绝离世。白芷于方家而言，罪大恶极。

可细论起来，她也不过是个可怜人，被谢夫人利用了而已。

在真相未大白之前她便已心向方家，以方家这个大家为重，舍了小我，数次为崇徽传讯，当头棒喝自己，不顾个人利益得失。

方家的一连串变故，白芷也不是元凶。

方家人为造了传家宝扇，弄虚作假欺瞒世人，被揭开，可谓自作自受，怨不得揭开之人。

素心、素问之死，何舆是首凶，守澄漪山房大门的婆子让何舆进了澄漪山房，有错。她虑事不周，没有多安排人妥当守着素心、素问守着方锦枫，她也有错。

方锦枫一向体弱，才会在重击之下离世，跟白芷更是没有直接因果关系。

沙漏滴答，一炷香，两炷香，白芷和方敬身板笔直跪着，无畏无惧等着悬在头上的利刃落下。

方临汝在长久的拉锯之后，轻吁出一口气，低声道：“过去的就过去了，止于今日，止于你们和我之间，回去好好准备，我挑个好日子，给你们和方诚疏桐一起办婚事。”

白芷周身剧震，抬头呆呆地看方临汝。

方临汝微笑，漫声道：“我是一家之主，自当为你们筹办婚事，怎么？很意外？”

“二郎！”白芷嘶声叫，泪如雨下。

“起来吧。”方临汝起身，一手一人挽起她和方敬，重重拍了拍方敬肩膀，“我把白芷交给你了，若敢对她不好，我可不饶你。”

“多谢二郎！”方敬眼里噙泪，削薄的肩膀不住发抖。

“擦擦，男子汉大丈夫流血不流泪。”方临汝打趣道。

方敬哭得稀里哗啦，鼻涕眼泪一齐下：“二郎，其实我们是抱着必死的心来的，来前想着，二郎若肯赏我们个全尸，便是天大的恩情了，没想到……”

“圣人说，人谁无过，过而能改，善莫大焉，这也没什么。”方临汝笑道，推白芷，要她帮方敬拭泪。

白芷哭得比方敬更狠，泪水拭了流流了拭，帕子都湿透了。

方临汝低叹，轻声道：“其实我也有不是，我是方家家主，却未能察知你们心中的痛苦，未能及时开导，若我能及早察觉，悲剧就能避免，你们也不至于走那么多弯路。”

“二郎快别自责，你要这么说，婢女无地自容了。”白芷哽咽道。

方临汝哄了些时，两人方收了泪，欠身告退，方临汝亲送了出去。

出得厅门，白芷站住，犹疑道：“二郎，若不公开真相，崇徽小郎岂不是蒙冤莫白？”

“无碍，我只说是自己着了谢夫人的道儿，钥匙是从我这儿泄出去的便是。”方临汝笑道。

公开真相崇徽固然含冤昭雪，却伤了何栎，何栎本就心思缜密，事无巨细都要周全妥当，若得知竟是从他那里被得手印了钥匙模子去，不知怎生地自责。

她总是这般凡事都往自己身上揽，情愿自己背负也不愿伤着周遭的人点滴。

白芷低眉，感念无言。

方临汝亲送至院门，目送白芷和方敬远去，方收回目光。琬初、璟初院外守着，婆子和肩舆还在，方临汝撩起袍摆往肩舆上坐，琬初往里探头，问道：“何大郎不是找你有事商议吗？商量完了？”

方临汝僵住，身体将坐未坐，半弯着腰。

“怎么啦？”琬初诧道。

方临汝苦笑，直起身往回走。

不想何栎听到，还是被他听到了。

长廊一角，何栎扶着红漆柱子木呆呆地站着。

“表哥……”方临汝轻喊，千言万语堵在喉间，不知挑哪一句说。

“是我疏忽大意致酿方家颠覆大祸，又害得崇徽被误会。”何栎低低道，摇摇欲坠，站立不稳。

“表哥若这么想，我的错处就更大了，当日是我把姨妈接回来的，若不接姨妈回来，姨妈又哪算计到你。”方临汝笑道。

“汝郎！”何栎呆呆地看她，抬手，指尖虚虚落在她的头发上。

“表哥，都过去了，咱们都不去想了，可好？”方临汝含泪道，虽没明言，可方家上下谁不认为何栎会是方家女婿。何栎为方家做牛做马，劳心费力，她却恋上崇徽，辜负了他的一片深情，若他还为此自责，她真得下十八层地狱了。

第六十九章　自有天数

她眼眶一红，何栎霎时疼入骨髓，急急道：“我不想就是，你别伤心。”

方临汝强忍的泪水倾泻而出，呜咽道：“表哥，是我对不住你。”

无前情无摘要，何栎却是听懂了，从来方方正正、自然得体的一个人，手足无措，脸红脖颈红，颜色靡丽，眼神闪避，许久方挤出一句话：“情之所钟无有根由，不能两情相悦固然不幸，若连一个倾心的人都没有，更可悲，你……莫放心上。”

方临汝一时没忍住将那层窗户纸捅开，再说下去，往后见面彼此都难为情，急忙收泪，换了平常神色，问道：“表哥特意从扇坊回来，找我有事？”

何栎面前艳红消退，换了肃容：“谢宜宁听说你回来了，过来找我，说谢夫人这些日子怪怪的，连她都不见，她有些担心，问能不能让崇徽回去见谢夫人劝一劝。”

“崇徽没回谢家？”方临汝一呆。

“若回去了，谢宜宁就没那话了。”何栎道，有些担心，“崇徽那人一根筋不会转弯，大事明白，小事糊涂，你记不记得他那几回发病，别看他眼下像是长大了，处理起事情有条有理，其实……”

没往下说，方临汝明白。

崇徽其实跟从紫竹园刚出来时没甚差别，骨子里很怕谢夫人，极度依赖方临汝，脑子一转不过来，发病了，身边没人，不是小事。

两人那日分别，下马车时，方临汝连抬头看他一眼都没有，也不知他会去哪里，想了想，道：“表哥，派几个人出去城里打听一下，我亲自走一趟谢家。”

“你要去谢家？”何栎犹疑，有些担心。

方临汝笑笑，道：“无事，我毕竟是方家家主，谢夫人不敢伤我，表哥若担心，谢宜宁在她家扇坊那边是吧？我找她陪我进谢府。”

谢宜宁率直随性，坦荡清朗，昭若日月，虽是谢家女儿，却不会伤方临汝，何栎想了想同意了。

郭家扇坊已更名谢家扇坊，金光闪闪的镏金门匾换了乌木草书门匾，大气磅礴，一扫郭家暴富堆金的嘴脸。

人在门外便听得里头谢宜宁中气十足的骂人声音，伴着紫竹条抽动的啪啪声，还有扇工凄惨的哭叫，方临汝摇头不迭，谢宜宁动不动就使暴力的性子，过了这些时居然一点儿不改，还似是变本加厉了。

谢家的阍者缩在门房一角瑟瑟发抖，方临汝上前，不需报名姓，制扇第一大家的家主方二郎，团扇行的人没有不认识的，阍者哭丧着脸颤颤道：“方二郎别为难小的行不？小娘正在揍人，我这当儿进去禀报，她一个窝心腿踹来，我命休矣。”

方临汝失笑，不为难他，冲里头扬声喊：“谢宜宁，出来！”

才喊得两声，谢宜宁风一般冲出来，长发如男子一般束在头顶，扎湖水蓝发带，身上与发带一般颜色一般质地的箭袖束身胡袍，身姿小白杨似，爽直利落，亮晶晶的眼睛，欢喜大叫：“汝郎，你肯理我啦？”冲到方临汝跟前，抱住她的一条胳膊，跟祟徽一般，糖糕团儿似黏到她身上，脸颊在她肩头不住地蹭。

谢家阍者眼都直了。

“这些日子可好？”方临汝笑道，把她推开。

“一点儿也不好，母亲像换了个人似的，登徒子不见我，你也不见我，横空跑出来个阿兄还不错，可是他又魂不守舍的……”谢宜宁噼噼啪啪说个没完，说了许久，眼眶红红，又贴到方临汝身上，抱住她的胳膊，委屈道，“阿兄跑了，母亲要我管理扇坊，我喜欢制扇，让我管我就管呗，可那班人笨死了，一点儿不像你家扇坊的人机灵。”

又说了许多，一边说一边把方临汝往里拉，方谢两家眼下势不两立之态，她心中却跟以往一般，亲亲切切地待方临汝，带着方临汝各个工房走。

扇坊门匾换了，里头的大梁却换不了，鲜艳的红漆，梁上绘了花鸟人物，富丽堂皇，脚底下水磨青石板光鉴照人。

谢宜宁嘴巴叭啦不停，一一数落扇工的不是，什么做事颠三倒四，劈丝动作太慢，烤扇骨姿势不好看等，林林总总，鸡毛蒜皮一大堆。

方临汝总结了一下，其实都是很简单很容易解决的事，但因着谢宜宁的简单粗暴，反把针尖大的事闹得滚雪团儿似越滚越大，不可收拾。

还有个不容忽略的问题，谢家召回的扇工近二百人，制扇工序十数道，工房许多个，居然没有二管事也没有大管事，全由谢宜宁这个半吊子一手抓。

谢夫人看起来精明能干，怎会由得扇坊散乱至此？

“你母亲不过来吗？”方临汝问。

“她不会制扇，扇坊刚开时有阿兄，后来阿兄跑了，她气疯了，派人到处找阿兄，每天只关心阿兄有没有找到。再后来，我也不知她怎么啦，待房间里不出门，连我也不见，更加不过问扇坊里的事。”谢宜宁苦恼道。

待房间里不出来是被白芷毁容之后了。

谢夫人行的事忒阴毒，若只是认为方家害死谢天而报复方家也罢了，为了在方家埋钉子，居然使人强暴白芷嫁祸她阿爷，被毁容自作自受。

方临汝并不同情，看着谢宜宁明灿灿的眼睛，依赖信任的眼神，却无法置之不理，问道：“这些扇工里头有没有原先做管事的？”

“我不知道，要管事干吗？”谢宜宁挠头。

她不懂，崇徽在方家扇坊许多日子，却是懂的，不安排管事，打的拿了扇商扇款帮方家随后便走人的主意，才不管谢家扇坊乱不乱，方临汝沉吟片刻，道：“你问问有谁以前是管事。”

“喂，你们有谁以前是管事？”谢宜宁大声吆喝。

扇工们从各个工房里头探头看来，随后面面相觑，眼神闪烁，无人应声。

虽说过了十几年，有的人年老已故，却不至于一个管事的都没活下来。看来这是人回来了，心却被谢宜宁打跑了，却不过旧主情面待着，时时想着跑路，连管事都没人愿意当了。

方临汝负手，居于庭院中，目光在扇工们脸上扫过，有了主意。

“你把人召到一处，名册给我。”

“好咧。”谢宜宁脆声应，连问一声缘故都无。

近两百人集中到入门中庭处，方临汝在廊下摆开席子矮案，铺开纸张，研墨执笔，谢宜宁凑在一旁，眼睛睁得浑圆，好奇雀跃，跟在看大戏一般。

方临汝照着名册念名，被念到名的走到她跟前人，回答她的问题。问题千奇百怪，有问年纪，家里有什么人，在家中排人第几，有几个儿女的，也有问各个制扇工序的，一起的扇工性情的。甚至有问方家扇眼下团扇行业一家独大，谢家扇如何杀出血路，大唐各地人物风俗等等。有的人问得多问了许久，有的人问得少三言两语就让退下。

依次问完了，唤一个年二十岁眉眼周正名谢慎的扇工近前，道："按我刚才问话的多寡和问的不同的话把大家分成几列。"

"你方才问了那么多，谁记得住啊！"谢宜宁大叫。

方临汝笑着蓐了蓐她后脑勺，并不收回命令，把眼看谢慎。

"我能记得。"谢慎不卑不亢地道。

祖辈父辈都是谢家扇工，谢天去世谢家扇坊关闭时，他尚年幼，跟着父亲在家里学的制扇，谢家召回扇工，他阿爷已去世，子承父业回来了。阿爷在生时，是谢家扇坊的一个二管事。

近二百名扇工分了数列，问得少的最多，一百多人，余之有五列，每列人数从三五人到一人不等。

谢慎分完，谢宜宁还一头雾水，扇工们却是神色大变，看着方临汝的目光不自觉露了孺慕敬仰。

方临汝平静闲淡，看一眼众人，问谢宜宁："你能不能当着大家的面答应我，以后不再对他们动粗，不管怎么生气，只讲理。"

"他们要是做得好，我也不用动手揍人。"谢宜宁嘟囔，见方临汝抿唇神色不悦，忙道，"行，我答应你。"冲扇工们举手发誓，"我以后再也不动手揍你们，要是我动手，让我天打五雷轰……"

"行，无须再说。"方临汝打断她，笑道，"我要为你谢家扇坊指定管事和薪俸，你愿意吗？"

"当然愿意啦，都听你的。"谢宜宁乐得大叫。

方临汝又一一考校，点了谢慎作扇坊大管事，又分别指派了各工房和库房二管事，入账出账管事等，薪俸明确下来，参照方家扇坊，每月二十缗钱至五缗钱不等，各人负责什么事一一分派清楚明白，出了差错问责管事者。

又对谢宜宁道："你负责核账对账，查漏补缺，每十日召集管事问话一次，每一个月召集所有扇工问话一次，做事勤勉做得好的，嘉奖，偷懒耍奸的，扣钱……"

她每说一句，谢家扇工眼神便亮一分，至后来，扇工们眼眶红红，差点儿要跪下喊方临汝祖宗。

"都听你的。"谢宜宁爽快应下，欢天喜地道，"听你这么一说，清楚又简单，没有我之前做起来那么麻烦。"

方临汝笑笑，朝扇工们看去，喊出十一个名字，十一个人讶异又忐忑走到方临汝面前。临汝一一问，却不是问责，而是这些人有的手上有伤，有的面色难看，还有一个走路微拐，方才看到了，细问影响问话故没问。方临汝问得有的生病了，许了假；有的制扇时受了伤，命谢慎给请大夫治病，费用公中出；走路微拐的是腿有先天残疾，让管事把他安排到可以坐着制扇的工房去。

安排妥当，方临汝又叮嘱谢慎和谢宜宁，制扇多寡精粗不说，务求安全，尽量减少扇工制扇过程中受伤的可能，每日关门前得仔细检查各处，严防火烛。

来时刚过午，出门时已是暮色沉沉，听说方临汝要去谢府，谢宜宁无心无肺道："好啊。"又嘟囔，"我母亲害得你家那样，你能不在意太好了。"

方临汝低眉，不忍开口扫她兴致。

哪能不在意，若不是为崇徽，她断不会登谢家的门。

到谢家时已是华灯初上，谢府灯火点点，婢仆穿行，浑然不同此前来过的冷清。然则，婢仆一脸冷漠，亭台楼阁幽黑，繁华背后，透着异乎寻常的沉晦。

谢宜宁带着方临汝畅行无阻，行至谢夫人居处前，院门却是紧闭着。

院墙花窗透出桔色光芒，还有细碎说话声，里头有人。

"母亲这阵子一直这样，院门紧闭，一个人不见，只留萝姨在里头侍候。"谢宜宁恹恹道，拍门，大声喊，"萝姨，开门，我回来了。"

里头惊惶的低叫，窸窸窣窣声，过了些时，脚步声传来，房门拉开了，出来一个四十上下年纪妇人，着杏色襦裙，眉眼沉静，和蔼可亲。

"萝姨，这是汝郎。"谢宜宁道，侧身就要往里钻。

萝姨，就是何栎提过对方家有亲近之意，对崇徽帮助眷顾颇多的谢夫人的陪嫁婢女了。

方临汝拱手施礼。

烟萝冲方临汝回以微笑，颔首致意，回头对谢宜宁温声道："姐姐才念叨你呢，想吃你亲手做的桂花糕。"

"我这就去做。"谢宜宁大叫，走几步想起方临汝，蹙起秀气的眉头，苦恼道，"可是我得陪汝郎啊！"

"去吧，我有萝姨陪着便成。"方临汝笑道。

谢宜宁蹦蹦跳跳走远。

方临汝回头看向烟萝，直言不讳："崇徽此前跟我一起上长安了，昨日一起回来，进城后各自走了，听说他没回谢府，不知是否出什么事了，我来问问。"

"小郎不见了？你跟小郎之间的误会解开了？你不在乎小郎是谢家儿子？"烟萝一连串问话。

方临汝一时不知如何说，含混"嗯"了一声。

"姐姐这些日子神志不清，百事不理，没对小郎做什么。"烟萝道。

"那你知不知道崇徽有什么落脚地？"方临汝问道。

烟萝摇头："谢家外头有许多处房舍，可小郎并不知。"

空跑一趟了，方临汝大失所望。

"宁娘很听方二郎的话，方二郎能不能看在她是小郎嫡亲妹妹的分上，教导她一二。"烟萝突然道。

"宁娘自有亲生阿娘教导，汝不好僭越。"方临汝缓缓道。

"方二郎不妨进来瞧瞧。"烟萝低声道，侧身让开门。

厅门开着，烟萝没请方临汝进门，朝一侧卧房窗户打手势。

方临汝缓步踱到窗前，往里一看，差点儿脱口惊叫出声。

谢夫人风华绝代艳色无双美人，这当儿，脸庞纵横交错密密麻麻疤痕，打眼看去，还以为见到冤狱女鬼。身上衣裳还算整齐，发髻梳得严实，一双眼却昏蒙浑浊，眼神散乱，双手一会儿摸脸，一会儿拿铜镜，镜面涂了一层黑漆，什么都看不见的，她却煞有介事地照，口中喃喃有声。烟萝推门进去，她一把掷了铜镜，抓住烟萝迭声问："宁娘来了是不是？我这个样子她看到会不会害怕？她会不会知道我使谢运兴强暴白芷，从此不认我这个母亲了？”

不等烟萝答话，又惶然大叫：“不成，我不见她，我不要给她看到我的样子，你让她走，让她走。”

“她走了，她说园子里桂花开得正好，想亲手做了桂花糕给你吃，一会儿做好了会送过来。”烟萝微笑道，轻拍谢夫人手背。

“宁娘是个孝顺孩子。”谢夫人抽泣，泪水大颗大颗滑落，顺着沟沟壑壑的脸颊往下淌，模样凄凉，令人惨不忍睹。

方临汝退了一步，不敢正对窗户，怕谢夫人看到自己。

“快，快给我擦粉，弄得好看一些，别让宁娘看到我吓着了。”哗啦声响，谢夫人打开妆盒。

烟萝微笑应好，帕子湿了水绞干给谢夫人拭了脸，仔细敷粉，对那一脸斑驳伤痕视而不见，极细心耐心，擦了粉，又细细扫胭脂，抹口脂，梳髻簪花。

“好像好看些了。”谢夫人喃喃，对着什么都看不见的镜子左照右照，忽地又皱眉，“不行，还是不够好看，洗掉，重新给我上妆。”

“好！听姐姐的。”烟萝笑道。

上面脂粉洗掉，再上妆，还是不满意，再洗再敷粉，如是十数次，抹过脂粉，又换衣裳，换了一套又一套。

烟萝没有半点儿不耐烦，脸上浅浅笑容，细致周到服侍，顺着她，温和地说话。

方临汝怔怔看着，不敢置信。

眼前事实却不容她不相信。

委实没想到，谢夫人居然疯了！

细思，又似乎情理之中。

风华绝代艳色无双的美人却毁容了，打击何其大。

偏又不能把白芷怎么样。

为了达成自己不可告人的目的，使谢运兴强暴白芷，这般阴狠毒辣的事暴露在人前，且不说谢家声名丧尽，只谢宜宁可能会有的反应便能让她神经紧绷到极限。

谢宜宁嫉恶如仇，性情耿直，断不可能接受。

崇徽不肯跟她相认，疼如心肝的女儿再反目，只是想想，她便承受不住了。

还有别的一些可想而知的原因。

十几年殚精竭虑要颠覆方家，做到了，然而方家却在重击中迅速崛起，她所有的努力可笑而不堪。高傲如她，无法直面失败，却又无力再翻盘，自是无法忍受。

精神失常，是潜意识对自己的保护吧。

不能正常地思索考虑一切，便可以不用面对一切。

方临汝缓缓地朝院外退，悄悄的，未敢发出声响。

崇徽去了哪里呢？

方临汝忧心如焚，连日派了许多人城里各处打听，却没有打听到一星半点儿消息。

中秋节后，江楚泽回明州，方临汝送他出城。回城路上，前面路边一人一袭白袍仙姿翩翩，催马急追过去，到了跟前一看却不是崇徽，把人诧得看怪物般看她。

崇徽生自己的气，再也不见自己了吗？

不！不会的！

可是，若不是生气，他为何避而不见？

方临汝从未尝过这般烽烟弥漫的滋味，呼吸都带起心的疼痛，触目所及，扇坊里，家中，每走一步，都有崇徽留下的痕迹。

一日一日过去，崇徽音讯皆无。冬日追近，枝头绿叶黄了，花儿凋零，夜里频频做梦，无边无际的梦里，崇徽委屈地看她，喃喃喊着，她扑上前拉他手，他的手冰凉僵硬，她想为他握暖，他却消失了。

九月初，方家扇坊完工，方正严整，气象万千。九月二十日，扇工们兴高采烈从谢家扇坊搬了回来，方家气焰之盛，润州城人人赞叹。

十月初三，朝廷公文发下来，何舆判了笞一百并徙岭南之刑，郭成安、房氏定于十月初十问斩。

何舆不是死刑，方临汝微有意外又不意外，方香雯不是他直接杀死，只算过失杀人，徙刑情理之中。只是他出生富贵，在方家成长那些年从未受过一丝苦，笞一百未必承受得住。

果然当日行笞刑时，尚未打到一百之数，何舆便没了呼吸，活生生疼死过去了。

何姜氏并没来，心灰意冷遁入空门，红尘俗世一概不过问，还是方临汝跟何栎给何舆收尸掩埋。

坟堆跟方香雯相邻，方香雯的坟头已是野草繁茂，方临汝烧了钱纸，一声叹息。

两人回城，一路马蹄声，将到观前街，方临汝忽地勒住马缰，沉吟不前。

“怎么啦？”何栎关切地问，方临汝这些日子经常失神，行人中寻找崇徽，左右看，目之所及没有身形跟崇徽相似的。

“我想去探望郭成安。”方临汝缓缓道。

“他作恶多端，死有余辜，咱们家扇坊被烧，死伤那么多人，何必还念同在商场之情。”何栎不甚赞同。

“我不是去给他送行。”方临汝目视前方，眼神清明坚定，“表哥，我想去跟他要林源贪赃枉法的证据。”

“拿到证据扳倒林源？”何栎迟疑，“咱们家如今是皇商，林源也不敢轻易招惹咱们家，莫节外生枝了。”

“只求自保，只念自身利益，自然是不管，可我想为润州百姓，为润州城的各个商家做点儿事。”方临汝缓缓道。

若人人都是明哲保身，无人揭露贪官，则贪官横行无忌，百姓更加苦不堪言。

她决定的事无人能改变，何栎只有点头的分。

虽在衙门大牢走过，但也无法改变心头那股子不适的感觉，林源显然也没因跟郭家有旧情而格外照顾郭成安。牢房里一阵恶臭，郭成安蜷缩成一团躺在牢房一角，乱蓬蓬稻草似的干枯头发，身上衣裳脏得看不清本来面目，身底下是稻草，身上一床暗黑色破棉絮，光景很不好。

方临汝有些意外，她记得房氏的爷娘尚在，便是郭笑盟的妾室和庶子女及郭家下人对他们不管不问，但房氏的爷娘是骨肉至亲，总不至于不理不睬吧。

似是看出她心中所想，差役嗤笑道：“刚开始进来时，那些人想着他们还有可能出去，还殷勤着，送吃送喝的。后来定了案，见没出去希望了，也都不来了。他们几次受不了央人去给房家报讯要吃的喝的穿的用的，兄弟想图几个赏钱，去报讯了，你猜房家人怎么做？”

方临汝笑笑不答，静等差役讲下去。

差役啐一口，撇嘴道：“房家人说，他们没有这等丧心病狂的亲人，不认他们了呢。”

势利薄情至此，也难怪养出房氏和郭成安这种视人命如草芥，一心只为利益毫无善念的儿孙。方临汝摇头，掏了一缗铜钱塞进差役手里，笑道：“我出去带点儿东西再进来。”

“方二郎请便。”差役笑得合不拢嘴。

“方二，是你。”郭成安死狗一般地躺着，霎地起身，冲到牢房门。在牢房里蹲了半年多，瘦了几十斤，入大牢时穿着的紫色云纹襕袍松松地挂在身上，脸庞肥肉不见了，暗黄的脸皮，眼窝深陷，眼睛大了许多，亮闪闪簇燃着火焰，抓着木栅贪婪地一瞬不瞬地看方临汝。

方临汝走几步了，回头微微一笑，脚步不停往外走。

郭成安一动不动站着，探头伸长脖子。

方临汝再进来，手里抱着一床被子和褥子，还有一个食盒，食物香味漫溢。

郭成安盯着食盒，喉底咕噜有声，舔了舔嘴唇，低声道：“劳你把这些送去给我母亲吧。”

倒是母子情深，方临汝喟叹，道：“你母亲那边我表哥已经送了同样一套过去了。”

“多谢！”郭成安咬唇，泪水叭嗒叭嗒地掉下。

方临汝轻叹口气，左右看，无可抹泪物事，迟疑了一下，从袖袋里掏出手巾递了过去。

郭成安接过，又是擦泪又是擤鼻涕，一方白手巾很快成了黑巾子。

方临汝熏香沐露着长大，侧开头不忍看郭成安此时的样子。

“方二，怎么你用的东西不熏香也有一股清香，很好闻。”郭成安把手巾按到鼻边，一脸痴相。

方临汝搓了搓手臂，暗暗庆幸何栋要陪同自己没同意，郭成安这副样子被何栋看到，再是好脾气，再是沉稳，怕是也要气得揍他一顿。

郭成安一语毕回神，黄白脸庞涨得通红，捧得手巾讷讷道："一时失口，方二莫怪。"

方临汝干笑。

"方二，这方手巾能不能送给我？"郭成安没一会儿又癫了。

方临汝无语。

手巾子拿回来也不会再用，只是她是女儿家，送一个男人手巾的事万万做不出来的，暗悔方才不该掏手巾，沉了脸伸手。

郭成安讪讪地把手巾递回。

方临汝道明来意，郭成安勃然变色，豆荚眼睁得浑圆："你不是念着往日交情来探望我，而是别有用心？"

不是别有用心谁来看他，她跟他有什么交情？

他火烧方家扇坊，方家死伤三十多人，车轱辘底下更是下狠手要置她于死地，若不是何栎及时赶到，她早已被他弄死了。

方临汝笑笑，并不反驳，只道："你给林源不少好处吧？林源罔顾恩义，你不想报仇吗？"

郭成安咬牙切齿死死地盯着方临汝。

方临汝淡然以对。

"我什么都不会说，你休想在我临死前还利用我一把。"郭成安咬牙许久道。

第七十章　花好月圆

方临汝浑不在意。

郭成安费尽心思想把方家从制扇第一大家的位子上拉下来取而代之，跟方家死磕那么久，哪是一次见面就能打动的人。

出大牢，何栎在外头等着，他这边却有好消息。

房氏不等他开口，主动告诉他，她手里有一份林源贪赃枉法的记录。不只是郭家送林源的好处，还有林源控制天禅寺刮佛像金身外面的金粉，隐瞒少报税钱等事，这份记录就藏在郭府她的住处卧房东北墙角青砖底下。

郭家四分五裂，府第划了无数片，郭笑盟的妾室儿子嫌房氏和郭成安居住的院落晦气，一直空着。方临汝和何栎没费多少力气便拿到房氏所说那份记录。

回到府里，在玉澜堂中对坐下，何栎觉得顺利得有些不可思议。

“房氏入狱，郭成安问死刑，虽说是他们作恶多端，可说来却是因为咱们策划之故，她怎么会那么爽快就把林源的罪证交给咱们？仅仅因为恨林源想借咱们的手除林源吗？”

方临汝也有此想法，细细看记录，看了些时，纸张凑到鼻边嗅了嗅，大笑：“房氏好计谋，好一出一石二鸟之计。”

何栎接过，嗅了嗅，浅浅的墨香，二十多页的记录，墨香一模一样。

蓦然间也醒悟过来。

林源当上润州刺史一年有余，郭家一早便跟他勾搭到一处，房氏若是平时有什么勾搭都记录下。不同时期记的，前头写下的时间许久了，应是没有墨汁味道了，只后面写的时间短，有浅浅墨香方是，字体颜色有深有浅，字迹微有变化方是。

这份记录墨香气味一样，显然是同一时间写的，笔迹前头端整，后头微显潦草，想是一口气写了许多，写到后面累了倦了，虽强撑着，却免不了气力不足。

方临汝一张一张地翻到背后，细细看背面，有浅浅的黑色泥色，大牢地面特有的颜色，更加肯定自己的猜测。

房氏入大牢后，不甘心功败垂成，恨林源恩将仇报，恨她和何栎将她们母子送上断头台，精心设下此局，她和何栎只要去大牢中，不拘他们有没有想扳倒林源，她都会说出这份所谓的林源的罪证来。

“天禅寺佛像金漆换铜漆一事咱们知道，要查证也简单，看来是真的。其他的则未必，这里面必是真真假假，假假真真，咱们若拿这份证据出告，后来查无此事，反而要因诬告获罪，这份证供不能用。”何栎有些沮丧。

“倒也不一定，不一定非要咱们自己出告。”方临汝笑呵呵道，压低声音细细分说。

十月初十，房氏和郭成安问斩。

同日下午，茶馆酒肆青楼里，冒出来许多房氏手书的指证林源贪赃枉法削天禅寺佛像金漆的证供。霎时间，群情激昂，许多人涌到天禅寺，有懂行的佛像上轻刮了刮，果然证实金粉已不存在，只有表面薄薄一层，里头是铜粉。百姓们大怒，涌到府衙门前高喊大叫，林源使差役镇压，数千上万人，却哪弹压得住。

林源上任后，巧立名目收税，茶叶税、丝帛税、田税、人头税等，百姓们早已不满，火星子越燃越旺，接连许多日，百姓们聚集府衙前流连不去，有人报了淮南观察使。十月二十日，观察使抵达润州城，十月二十五日，林源被裁撤了官职，押解长安审讯。

自阿爷死后，方家接二连三灾难，虎狼环伺，方临汝至此方松了口气。

谢宜宁自那日方临汝帮她整治了扇坊内务后，每日都要跑来找方临汝。

方临汝想着谢夫人已疯，谢宜宁性格光明磊落，嫉恶如仇，耿直率性，不会做对方家不利之事，便悉心教导。

谢宜宁混世魔王一般的人，对方临汝却言听计从。

大抵爷娘出色，儿女也差不到哪去，跟崇徽一般，进步神速。

谢家扇坊的人开始还有所顾忌，后来见方临汝不藏私，渐渐地便跟方家的人走得近了。谢慎隔三岔五过来找何栎，请教何栎。

谢家扇虽说还在方家扇之下，却也慢慢在团扇行站稳了脚跟。

十二月初一，谢宜宁把账册搬到方家扇坊让方临汝帮她复核。

方临汝一看，居然已有了盈利，且不少。

虽说二月底便重开扇坊，正正经经制扇鬻扇却是临近中秋她教导后才开始的，不过三个月时间，盈利两千多金了。

方临汝狠夸了谢宜宁一番。

“我自然是能干的。”谢宜宁得意扬扬道，自吹自擂了一番。说到高兴处，跑门外，把一百多斤重石狮子抓起来，舞得虎虎生风。

方临汝笑呵呵看着。

谢宜宁舞了些时，搁下石狮子，搓手道：“好些日子没揍人了，有些手痒。”

方临汝回神，笑着摸了摸她头颈，道：“这毛病可得改，不然，没有儿郎敢娶你，都被你吓跑了。”

“登徒子就不怕我，从来都没给我笑脸。”谢宜宁忽地脸红了，羞涩地笑，忸忸捏捏道，“汝郎，我喜欢登徒子，我母亲现在都不见我，也不操心我婚事了，你把我许婚给他行不行？”

方临汝的笑容僵在脸上，好半晌，道：“这种事外人不好做主，你自己去跟我表哥说吧。”

推托之词，谁知谢宜宁当了真，真个往扇坊里面去了。

跟方临汝说话时羞羞答答，见了何栎，却生猛得很，中气十足声若洪钟：“登徒子，我喜欢你，我要嫁给你，我要跟你一起睡，给你生娃儿。”

哐哐咚咚当当……篾刀、紫竹条、扇子、绢帛等物落地声齐齐响起。

方临汝捂脸，痛苦地想，便是叮嘱扇工不得大嘴巴往外说，也捂不住的，明天谢家小娘向方家何大郎求欢的消息，怕是会长翅膀似在润州城传开了。

“我不喜欢你，我不会娶你。”何栎平板得没有半分感情起伏的声音响起。

直接干脆，毫不拖泥带水。

忒伤一个痴心喜欢他的妙龄小娘的心了。

方临汝暗叹。

“为什么？你不喜欢我哪里我改。”谢宜宁凶巴巴叫。

“你喜欢我哪里我改。”何栎应道。

方临汝呛着了，咳个不停。

里头扇工们也同样，咳嗽声此起彼伏。

“谢小娘，你有所不知，何大郎跟我们家二娘虽没明白订亲，可谁都知道，他必是要娶我们家二娘的。二娘去世了，何大郎悲痛欲绝，你就别逼他了。”方诚道，帮何栎解围。

“原来是这样啊，你怎么不早说，矢志不渝忠贞专一，登徒子，好样的，我敬佩你，我以后再也不说要嫁给你了。”谢宜宁大声喊，重重地拍何栎的肩膀。

方临汝的五脏六腑都要咳出来。

她觉得，有朝一日谢宜宁得知真相，可能会像舞石狮子一般把自己举起来旋转。

腊月十五日，幼奴和雉儿周岁生日，同时也是素心、素问的忌日。

方府日间为素心、素问做法事祭拜，晚上摆酒席贺两个孩子周岁。

两个孩子生得一模一样，眉眼像方锦枫，自然也是像方临汝，粉雕玉琢，人见人爱。公开的身份是方临汝的儿女，照顾得好，会歪歪扭扭走几步路了，会简单说几个字，喊得最多的是阿爷，方临汝每日陪他们并不多，两个却都跟方临汝亲热，看到方临汝便张臂要抱抱，软糯糯嗲着嗓子喊“阿爷”。

“果然还是父子父女亲，我整日抱，也不见喊。”方姜氏吃味，浑忘了方临汝是女儿。

雉儿舒服地靠在方临汝臂湾里，乌溜溜大眼在方姜氏和方临汝脸上转了转，探头，啾一声在方姜氏脸上亲了一下。

幼奴在何栎怀里，有样学样，也往方姜氏脸庞凑，甜软软啵了一下。

“这鬼精灵样子，跟你父亲小时候一模一样。”方姜氏笑得合不拢嘴。

方临汝微笑着看着，眼底掠过一抹黯然，大家都凑趣说着话，没察觉，只何栎飞快看了她一眼，嘴唇嚅动，欲言又止。

崇徽一直没消息，死水一潭的心有时免不了泛起涟漪。

不想给方临汝添困扰，更加守礼了，从不越一步雷池。

爱一个人未必非要两情相悦，甜酸苦辣悄悄咀嚼，只要她诸般安好，便是云开月明。

素心、素问忌日之后是方锦枫的忌日，方渭请示方临汝要不要做法事，方临汝望着漫天雪花，想了想，摆手道："不做。"

不知为何，心底总觉得方锦枫没死。

这一年的冬天下雪时候特别多，雪下得特别大，举目总是一片茫茫的白。

郭成安和房氏死了，谢夫人疯了，新任润州刺史对方家颇礼遇，一切如意。方临汝面上笑容闲适，心底深处却总觉得冷，不同于去年的大山崩塌穷途末路，这股子冷幽幽细细，流淌在血液里，无处不在。

至此方了悟，崇徽在她心中，比她意识到的重要得多。

情不知所起，一往而深，欲断无从断。

新年到了，崇徽还是没消息，方临汝把派出去打听的下人都召了回来，不再寻找。

一年又一年，又是一年的立夏日，这一日同时又是方德清的忌日。

方德清去世三周年了。

方家在鸿春堂中设祭，饶是过了许久，饶是眼下方家鲜花着锦，烈火烹油之势，失去亲人的伤痛却未能消减半分，方临汝和方姜氏一身素白，牵着幼奴、雉儿跪拜，泪流满面。

"二郎！夫人！外面又来了一个二郎！"引泉连滚带爬奔进来，结结巴巴叫喊。

"说的什么胡话？什么又来了一个二郎？"方姜氏诧异。

"就是……就是……"引泉扶着地板大口大口喘气，半晌方接着往下说，"来了一个人，跟二郎长得一模一样，贱奴要不是知道二郎在府中，还以为他就是二郎呢。"

"跟我长得一模一样？"方临汝呆呆地问。

"是的，身边还有娘子陪着，不知道的，真以为就是你。"引泉尖着嗓子嚷嚷。嚷完，猛觉得自己没说清楚，又补充，"贱奴说的娘子就是谢家小郎。"

崇徽陪着一个跟自己长得一模一样的人过来！

方临汝两腿发软，站立不住。

挺拔颀长的两个身影出现在厅门口。

一个是崇徽，一袭月白大袖锦袍，浅棕色皮肤，脸庞线条分明，如青松劲挺，如大海宽阔，如高山昂然，英俊豪迈，天上罕见世间无双绝色男儿。

崇徽旁边站着的那一个，一袭白色银丝云纹翻领胡袍，身姿笔直如翠竹，鹅蛋脸庞，皮肤凝脂堆雪，水墨勾描成的秀挺眉毛，眼睛内勾外翘，眼尾上扬，光华流动一双明眸……方临汝恍如看到镜子里的自己。

真的一模一样，五官、举止、气度，无一不相似，便是她自己看着，也是分辨不出，哪个是自己的皮囊，哪个不是。

那人看方临汝，看方姜氏，凤眼含泪，大步进了厅，撩袍摆，在方姜氏面前跪了下去："儿锦枫给母亲磕头。"

"我这是在做梦吗？"方姜氏喃喃，不扶方锦枫，一双手摸索着，虚弱地抓方临汝的手。

方临汝也觉得自己在做梦。

方锦枫没死！还活着，且看起来身体强健，由崇徽陪着回来了。

定是在做梦，心底深处太渴望方锦枫没死，太渴望见到崇徽了。

"怎么有两个阿爷呀？"袍摆扯动，雉儿和幼奴扯方临汝的锦袍脆嫩嫩的声音问。一模一样的眉眼，一样把头发集束于顶，分作两路扎成小髻，象牙白团花罗绢裲裆衫，及膝同色小袴，恍如白雪堆成的玉人儿，仰着粉嘟嘟的小脸，一模一样的乌溜溜的眼珠子转来转去，看方临汝，又看方锦枫。

"这是我的孩子？"方锦枫哽咽着问。

"我叫雉儿。"雉儿半点儿不怕生，眼前人跟方临汝一模一样的眉眼，日日见的，也不可能怕生。

"我叫幼奴，我是阿兄，雉儿是妹妹。"幼奴快嘴地接着说，松了方临汝的袍摆，拉雉儿，朝方锦枫奔过去，糯糯喊："阿爷，抱抱！"

"雉儿，幼奴！"方锦枫一手抱住一个，失声痛哭。

"枫儿，真的是你！"方姜氏大哭，跌跪地上，张臂，把方锦枫连同雉儿、幼奴一起抱住。

"是我，儿不告而别，使母亲伤心，儿不孝。"方锦枫哽咽道。

方临汝直着眼看崇徽，怔怔的，欲问他缘由，无暇开口，只想把他眉毛、眼睛、鼻子、嘴巴看个清楚分明，深刻进脑海里，再也忘不了。

崇徽朝她伸手，方临汝僵硬地抬手搭了上去。

脚下道路绵软，整个人都不是自己的，灵魂飘荡。临近玉澜堂，琬初、璟初两个瞪圆了眼，崇徽却视而不见，方临汝什么都看不见，眼里只有身边这个人。

进门，崇徽一脚踹上房门，哐当房门合上，紧接着“咚”的一声，方临汝后背后脑勺生疼，崇徽把她压到门板上，脸庞在她眼前放大，方临汝一阵眩晕，未及回神，他炙热的双唇印了下来。充满了掠夺侵占意味的亲吻，令人窒息的深吻，霸道强悍，粗鲁野蛮，铁铸似的刚硬臂膀紧箍着方临汝。方临汝眼冒金星，耳朵嗡嗡轰鸣，震荡着他沙场战鼓擂动一般的粗重心跳声。嘴唇又麻又疼，口腔都是他的气息，身体绵软，像可怜的小羊羔，在饿狼的锋锐的爪子，尖利的獠牙下，无力抗拒。

许久，他提溜软面条似把她提溜起，往卧房里头走。

…………

方临汝醒来时室内漆黑如墨染，一双贪婪的大手在她身上摸索。

动了动身体，只觉周身舒爽，从没有过的惬意。

“醒了？肚子饿不饿？我让琬初、璟初传膳食。”崇徽喑哑的嗓子问，暖热的气息直往她耳洞里冲。

方临汝觉得自己有些儿蠢蠢欲动，一片暗黑，感官更加清晰，肌肤紧贴，情热如火，定了定神，低哼：“不忙，先算账。”

崇徽嘿嘿笑：“我坦白从宽，求二郎饶命。”

“油嘴滑舌。”方临汝嗔骂，拧他腮帮子。

有许多话要问，一时间，不知从何问起。

问他为何走了那么久不给自己报个平安？

分开当时，她摆的是断绝关系不来往的姿态，问这话自打脸。

问他方锦枫明明由她和何栋亲自安葬了，为何活着？

此时方锦枫能活着，怎么回事不重要，只要活着便好。

崇徽紧紧地抱住方临汝，那么久见不到她，思念几乎将人折磨疯，为了能跟方临汝长相厮守，忍得很难受。

“我这些日子跟锦枫在一起，锦枫那时没死……”

亲人的关爱给了方锦枫温暖，也带给他沉重的压力。

走一步路都牵动身边人的目光，多吃一口饭，多喝一口汤，方姜氏和素心、素问都要念一声“阿弥陀佛”。

喝水穿衣都不能自己做，把手伸向杯子，身边人便天塌下来般拦着他，怕他劳累，急急端起水杯凑到他唇边。

每日被问几十遍冷暖寒热，饿不饿，渴不渴。

昂贵的药材，精致的绫罗绸缎，山珍海味，流水阶进秋香楼，他不理事，只看表面也知道，整个方府他之外所有人的嚼用加起来不及他一个人多。

他的命不是他的，亲人的关爱筑成一个牢不可破的囚笼，一个大男人像金丝雀一般在囚笼里度日。

阿爷死了，本该他做兄长的保护妹妹，可他孱弱的身体挑不起方家的担子，他在妹妹的庇护下继续废物一般活着。

素心、素问的死给他找到解脱的借口。

都知他伤心欲绝，他可以不再勉强自己活下去。

崇徽那一晚到秋香楼看方锦枫，给他出主意，让他诈死离开方家。

方锦枫不同意，怕自己“死了”方姜氏和方临汝无法接受，他不能那么自私。

崇徽问他，以他的身体状况，不离开方家可活得下去？

方锦枫无言，崇徽提议置之死地而后生，横竖他眼前生机已失，留下来也是一死，不如诈死，出了方府后，抛开心理负担，好好调理身体。若是能活下去再回来，若是活不了，只当让方姜氏和方临汝提前接受他离世的现实。

方锦枫问王大夫，王大夫竟也赞同崇徽的提议，于是诈死。

方临汝和方姜氏心中认定方锦枫熬不下去，王大夫一说方锦枫死了，便信以为真。

翠翘和银杏不知道实情，不过，两人应是有所察觉，暗中悄悄支持方锦枫没揭穿。

崇徽事先去棺材铺里打过招呼，方家给方锦枫订的棺椁底下留了气眼，方临汝和何栎刚把人落葬，他和王大夫即去挖坟起棺抬出方锦枫，抬到王大夫家中调养。

方锦枫身体太弱了，饶是他想活下去，也还是几次差点儿熬不过去。崇徽和方临汝从京城回来，过去探望，方锦枫那时得到身子油尽灯枯之势，崇徽想起兰荪医术高超，跟王大夫商量一番后，带着方锦枫进京城。

一路提心吊胆，万幸方锦枫熬了下来，当时满心眼只有方锦枫，再想不起给方临汝留书。

后来到了京城，好不容易见到兰荪，兰荪在宫中当值，却不能时时出宫给方锦枫诊治，便设法把他和王大夫、方锦枫都弄进宫弄到尚药局。

方锦枫的身体缓缓好转，他想起要给方临汝修书，此时宫中却有了大变故，内宦把持了一切，不说下等宫人，连上头皇帝和妃嫔们都不能自由出宫。

这事方临汝听说了，何栎进京往内廷送了两回团扇，曾想见兰荪，都没能见到。

皇帝热衷打夜狐，不问朝政，内宦权力越来越大，皇帝如今已被架空，都得看内宦眼色行事。

方锦枫身体痊愈，兰荪使尽浑身解数方把三人送出宫。

得以归家，自然没有寄书信的必要了。

“二郎，这回不赶我走了吧？你自己说的，只要锦枫还活着，就跟我好。”崇徽哑着嗓子嘟囔。

当日从京城回润州，她确实说过这种话。

方临汝弹了他额头一记，嗔道：“不行，你还是得离开。”

“为什么？”崇徽霎地坐起来，黑暗里看不清方临汝的面庞，跳下床，摸索着点亮灯火。回过头来，死死地盯方临汝，眼睛赤红，悲愤欲绝，“你自己说过的，为什么说话不算数？”

“你姓谢，方府是方家人的家，你住方府里算什么？”方临汝不急不躁，横躺着，一手支头，兴致盎然。崇徽的头发还束在头顶，却散得不成样儿了，锦袍系带解开了，松松挂着身上，里头中衣系带虽系还似无，胸膛半敞，结实紧致，肌理分明，犹抱琵琶半遮面，风情无限，方临汝大饱了眼福。

“我……我……”崇徽口结，像打磨的驴子，地上不住转圈儿。半晌，顾不得触方临汝逆鳞了，高喊，“你始乱终弃，睡了我又不对我负责。”

方临汝差点儿喷笑，坐起来，伸伸腰，扭动脖子，懒洋洋道："阿兄还活着，身体康健，我无须顶着他的身份生活，自然是恢复我自己的方家二娘身份，你若留在方府不离开，我怎么嫁给你？"

"啊？"崇徽大张嘴，下巴合不拢，半晌，结结巴巴道："你肯嫁给我？你不生我的气？你不嫌我是谢家儿子？"

"你希望我生你的气，嫌你是谢家儿子，不肯嫁给你？"方临汝闲闲地反问。下床，身上衣裳揉烂的破布般惨不忍睹，当着崇徽的面大大方方脱了，另拿了一套换上。

崇徽已经不会说话了，眼直直地看着方临汝，眼珠子随着她的动作转动，傻呆呆的，一脸做梦没清醒神色。

方临汝穿戴毕，镜台前坐下，拿起梳子梳发。

崇徽如石柱子肃立许久，忽地张口，霹雳炸响一般的狂笑，紧接着响彻云霄的大叫："哈哈哈，二郎答应嫁给我啦！哈哈，二郎答应嫁给我啦！哈哈哈，二郎答应嫁给我啦……"

叫喊声在方府上空盘旋，一声又一声回响。

啪啪鸟雀惊飞，沉寂的府第一盏接一盏灯火点燃，咚咚急促步声传来，一声一声问话外头响起，过些时，璟初过来拍门，咕哝道："三更半夜的，小傻子你发什么疯。"

"二郎答应嫁给我了，哈哈哈哈……"崇徽冲过去开门，又是一阵狂笑。

"这有什么乐的，不是早晚的事吗？"璟初掩嘴打哈欠，"消停消停，别笑了，阖府的人都让你吵醒了。"

"什么这不是早晚的事？你不意外？"崇徽惊奇地瞪圆眼。

"二郎对你那么好，你把人亲也亲了摸也摸了，都留宿了，嫁给你不是早晚的事吗？"璟初斜一眼崇徽，无趣得很道。

崇徽张大嘴巴不再说话了。

璟初走了十几步回头："小傻子，我提醒你，你那母亲坏透了，一肚子坏水，二郎同意嫁给你，她可不一定同意你娶二郎。"

"管她同不同意，我娶定了。"崇徽嘿嘿笑，回头看方临汝，方临汝含笑看他。崇徽挠头，忽地道，"二郎，我'嫁'给你吧？"

语出惊人，不把人炸晕不罢休。

方临汝呆滞。

崇徽一语出，灵台清明，七窍通透，拊掌夸自己聪明，欢喜道："对，就这样，我嫁给你。二郎，我跟你以后还在咱们府里生活，谢夫人就烦不着我们管不着我们了。"

他"嫁"给自己！

入赘！

方临汝细一想，当真不错。

谢夫人眼下虽说疯了，可保不准哪一天就清醒了好了过来。

自己嫁给崇徽，她是婆婆，孝道压着，那时整日钩心斗角，日子别想好好过了。

崇徽入赘，随她清醒还是糊涂，都没有后顾之忧。

方临汝微微笑，朝崇徽伸出手，朗声道："好，你'嫁'给我。"

宝历三年五月初一，骄阳似火，润州城人潮涌动，行人车马步履急切，方向一致——城东观前街方府。

润州城两大制扇之家方家和谢家结亲，这一天举行婚礼。

娶妇嫁女寻常事，不同寻常的是，方谢两家结亲，是谢家独子"嫁"给方家女儿。

大家还很好奇，方家庶出嫡出合共三个女儿，长女次女已故，三女许婚明州江氏当家，哪来的女儿娶谢家儿子。

新娘骑着高头骏马从方府大门出来欲往谢家迎亲，髻插钗钿，身着绿色礼衣，鹅蛋脸庞，泼墨点漆一双双凤眼，气度无双容色殊丽。

"方二郎！"众人齐齐惊叫，纷纷问身边的人，"我没看错吧？这分明是方二郎啊！"

"我眼花了，看不清，我看着也是方二郎呢。"旁边的人揉眼睛。

新娘骑马欲行，里头仆从围随着又出来一人，一袭正红锦袍，眉眼与马上人一模一样。

“怎么有两个方二郎？”众人瞠目结舌。

马上人朝众人抱揖施礼，微微一笑道：“在下方临汝，方府二娘。”

方临汝不是方家二郎的名字吗？怎么变成二娘了？

众人呆若木鸡。

后面出来的人走到马边，与马上人一模一样的眉眼，唇角上挑的角度也一模一样，抱揖施礼：“在下方锦枫，方府二郎。”

方临汝骑马远去，方锦枫回府。

人群寂寂，许久，不知谁惊叫：“我明白了，咱们一直见的方二郎是方二娘，是女人，方家一直躺床上的才是方二郎！天啊！方郎君去世后，继位方家家主的原来是个小娘子！”

许多人一起惊叫。

方府里头，筵开玳瑁，褥设芙蓉，各地扇商和润州城有头有脸的各大世家当家齐聚一堂，自方才方临汝和方锦枫一起露面，大家便都懵了。

“真没想到，方二郎居然是女人！”赵吾行低叹。

“女人男人于咱们都一样，大家有钱赚就行。”江楚泽笑道。

“也是！”赵吾行释怀。

赵家借给方家两万金，方家归还了，除利钱之外，另附了五千金谢礼，两家关系固若金汤牢不可破。如今在团扇行，提起赵家，因着赵家和方家的关系，谁都得低头，礼让三分。

六月十五日，方秀绮出嫁，十里红妆，方家陪嫁许多金银器物珍顽，还在明州置了良田铺子给她做嫁妆，满城轰动。

锣鼓声声入耳，柳氏于敬节堂里头红着眼睛探头看，管事啐道：“没你的事，方家发话了，方三娘是方夫人亲生的，别看了。”

“你且莫狗眼看人低，我有儿子，丰郎终归要接我出去的。”柳氏尖声叫。

“狗眼看人低的是你，你若不逼迫着分家，如今方家的泼天富贵也有你儿子的分，也不害臊。”管事撇嘴，看一眼门外，推心置腹地劝道，“你若还有一分疼儿子就安心待这里面，方二郎见你儿子跟你撇清了，还会把眼顾他一二。你儿子开瓷行一两年没入息，都是方二郎不停往里填钱，如今眼看好些了，方二郎又做主给他订了个美貌无双知书达理的娘子，你别再闹了。”

柳氏悔恨痛哭。

门第富贵，人才出众，润州城许多人家看中何栎和方锦枫，方秀绮出嫁后，上门提亲的络绎不绝。

方姜氏开始还推托，后来心思便活了，这日午后，让白芷唤方临汝过来商议。

“素心、素问去时二兄便要相随，念着你和我，念着两个孩子方勉强活着，人死不能复生，阴阳相隔，已是悲痛万分，母亲还要往阿兄心口捅刀子吗？”方临汝摇头，不赞成。

方姜氏哑口无言，过片时，道：“那栎郎呢？你都嫁人了，难道要他为你守一辈子？”

方临汝睑睫，纤长的睫毛笼下清浅一圈阴影，沙漏滴答，许久的沉默后，低声道：“我负了表哥已是不该，母亲还要我为了求自己心安而逼表哥娶妻吗？”

“贤妻相伴，儿孙绕膝，难道不比一辈子孤独好？”方姜氏勃然变色。

“子非鱼安知鱼之乐，冷暖各自心知，由得他吧。”方临汝长叹。

方姜氏还想再说，方渭急匆匆奔了进来，气喘吁吁：“夫人，二娘，不好了……”

——方锦枫和何栎要出家为僧，如今已去了天禅寺，准备落发摩顶受戒。

“这哪成！”方姜氏挽起裙子急往外奔，要去阻止。

“母亲不需急。”方临汝一把拉住她，“母亲还要逼表哥和阿兄娶妻吗？”

“娶什么妻，他俩不出家就行了，我再也不管了。”方姜氏大哭。

方临汝长吁一口气，微微一笑，对方渭道：“把母亲说的话传给二郎跟何大郎。”

何栎和方锦枫后来终是没出家，只是佛前发誓终身不娶，方姜氏被吓着了，再也不敢提要他们娶妻的话。

至此，一段围绕着团扇引发的故事告一段落。

《团扇美人》人物关系图

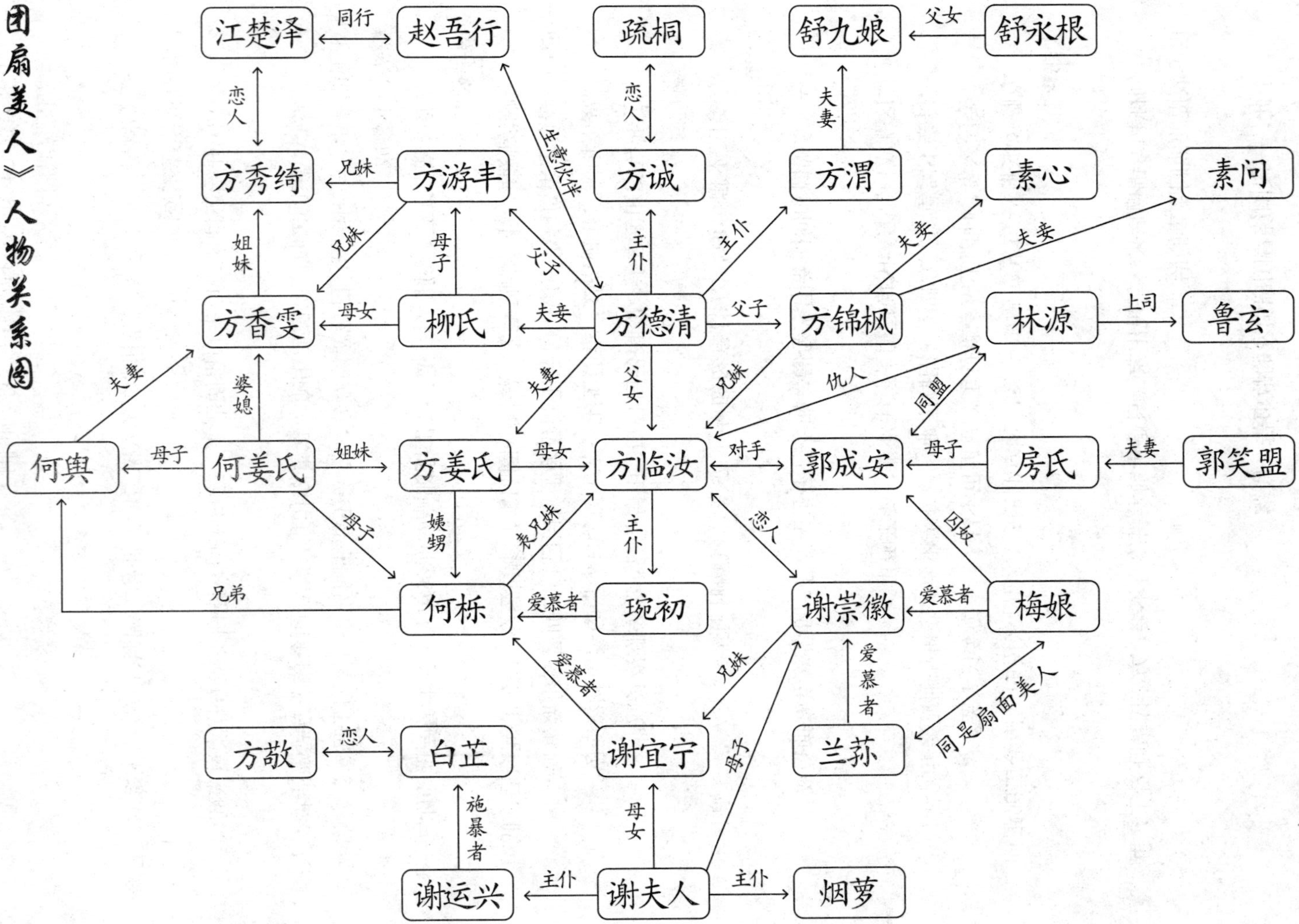
江楚泽
同行
赵吾行
疏桐
舒九娘
父女
舒永根
恋人
恋人
夫妻
方秀绮
兄妹
方游丰
生意伙伴
方诚
方渭
素心
素问
姐妹
兄妹
母子
父子
主仆
主仆
夫妻
夫妻
方香雯
母女
柳氏
夫妾
方德清
父子
方锦枫
林源
上司
鲁玄
夫妻
婆媳
夫妻
父女
兄妹
仇人
同盟
何舆
母子
何姜氏
姐妹
方姜氏
母女
方临汝
对手
郭成安
母子
房氏
夫妻
郭笑盟
母子
姨甥
表兄妹
主仆
恋人
囚奴
兄弟
何栎
爱慕者
琬初
谢崇徽
爱慕者
梅娘
爱慕者
兄妹
爱慕者
同是扇面美人
方敬
恋人
白芷
谢宜宁
兰荪
施暴者
母女
母子
谢运兴
主仆
谢夫人
主仆
烟萝